上海文化发展基金会青年编剧扶持项目

青年编剧作品选
2017 年度

（上）

上海文化发展基金会　编

学林出版社

图书在版编目(CIP)数据

青年编剧作品选.2017年度/上海文化发展基金会
编.—上海:学林出版社,2022
ISBN 978-7-5486-1852-2

Ⅰ.①青… Ⅱ.①上… Ⅲ.①剧本-作品综合集-中
国-当代 Ⅳ.①I230

中国版本图书馆CIP数据核字(2022)第155439号

责任编辑 许苏宜 王 慧
封面设计 王震坤 张志凯

青年编剧作品选(2017年度)

上海文化发展基金会 编

出 版 学林出版社
　　　　(201101 上海市闵行区号景路159弄C座)
发 行 上海人民出版社发行中心
　　　　(201101 上海市闵行区号景路159弄C座)
印 刷 上海商务联西印刷有限公司
开 本 635×965 1/16
印 张 85
字 数 100万
版 次 2023年9月第1版
印 次 2023年9月第1次印刷
ISBN 978-7-5486-1852-2/I·242
定 价 218.00元(上下册)

(如发生印刷、装订质量问题,读者可向工厂调换)

目　录

序

上海文化发展基金会会长　周慕尧

剧本是一剧之本，人才是事业之本。一段时期以来，编剧人才的短缺制约了戏剧和影视创作的繁荣和发展。针对这一现状，上海文化发展基金会在上海市委宣传部支持下，自 2013 年起推出了"青年编剧扶持项目"，实施了一套比较完整的扶持机制：对入选剧本实施资助，为青年编剧下生活、收集创作素材提供帮助；为入选项目的编剧配备"一对一"导师，指导剧本修改；剧本完成后由剧本朗读会展示推介；对青年编剧的剧本实施演出和拍摄的院团和制作机构给予配套资助，促成作品"落地"。

六年来，先后有 172 位青年编剧的 174 个剧本项目获得资助，其中获得演出和拍摄的配套扶持资助，实现上演或上映的舞台剧和影视剧达到 22 部，有的项目还在国内和国际上得奖。2018 年，市委宣传部进一步加大扶持力度，将青年电影编剧项目纳入"促进上海电影发展专项资金"资助项目，资金蓄水池更大，受惠面也更广。

青年编剧项目硕果累累。现在呈现给读者的就是按年分集出版的获得资助的剧本。在刊发剧本的同时，又收录了指导老师对作品的评语。在此，我们谨向对青年编剧项目给予支持、作出奉献的专家和导师们致以由衷的谢意！

党的十八大以来，以习近平总书记为核心的党中央，对文化建设和文艺人才的培养予以了前所未有的重视。习近平总书记指出："繁荣文艺创作、推动文艺创新，必须有大批德艺双馨的文艺名家。要把文艺队伍建设摆在更加突出的重要位置，努力造就一批有影响的各领域文艺领军人物，建设一支宏大的人才队伍。"要建设一支宏大的文艺人才队伍，离不开对青年编剧的培养和扶持，离不开青年编剧的茁壮成长。希望我们的青年编剧，一定要遵照习近平总书记的指示，坚持以人民为中心的创作导向，坚持弘扬社会主义核心价值观，坚持扎根新时代的生活沃土，努力加强思想积累、生活积累，不断提高学养、涵养和艺术修养。要甘于寂寞，力戒"浮躁"之风，以"十年磨一剑""甘坐冷板凳"的精神潜心创作，积极争上艺术"高原"，努力攀登艺术"高峰"，为繁荣发展新时代社会主义文艺作出年轻一代的贡献。

2019 年 6 月

【舞台类剧本】

话 剧

二宝驾到

（原名《家庭变奏曲》）

丁 烨

丁　烨

女,上海戏剧学院编剧学理论研究专业博士,现任职于上海视觉艺术学院。曾担任 2016 年浙影出品网剧《深井冰学院》编剧,2015 年华策出品电视剧《乌鸦嘴俏女郎》编剧,2014 年江苏卫视电视剧《涛女郎》剧本策划,2013 年上海戏剧学院新剧本朗读会优秀作品《如果我是你》编剧,2010 年湖南经视系列情景喜剧《一家老小向前冲》编剧。2005 年,由中国作家出版社出版个人散文集《叶笛声声》。

时　间：

当代，夏天

地　点：

上海市

人　物：

乔美娜——37岁，湖南人。要孩子还是要事业，难倒了乔美娜。新媒体文化公司女总裁，人生最出乎意料的事就是30岁时意外怀上了韩恬恬，与韩小东奉子成婚，最最出乎意料的事是在37岁的时候，意外再次上演。再次怀孕的消息彻底打乱了她的人生计划。乔美娜性格要强，她的第一个孩子本来就来得措手不及，又一直没有调整好自己的角色，因此在养育小孩上和丈夫韩小东产生了诸多矛盾。它们看似在乔美娜的强压下得到了解决，但仍旧影响了夫妻感情。尤其是乔美娜一直对韩小东温水煮青蛙般的佛系人生观不满，突如其来的第二胎让她更加没有信心生下来。

韩小东——37岁，上海人。道理都懂，但就是哄不好老婆。程序员,性格温吞,没什么主见。高智商,高学历,高收入。但这些对于韩小东来说都不算什么,他最得意的事情是打败众男神,娶了女神当老婆,最最得意的是女神还给他生了一个小女神。但自从恬恬出生以后,小东和美娜两夫妻无论是在孩子的养育上,还是在工作的平衡中,矛盾日益加深。韩小东甚至萌生过离婚的念头,但随着恬恬的长大,抱着得过且过的心态,倒也相安无事。当他知道老婆怀二胎之后,不是没有顾虑的,无论是家庭还是夫妻两人,都没有做好准备。而就在这时,他一直认为很稳定的工作突然出了问题,他被领导叫去谈话,最后不得不离职重找工作,面临着严重的中年危机。这时候,面对家庭问题,他更加力不从心,索性遂了老婆的心愿,不要二胎。但随着他重新创业,突破自己,设立了安全领域,他开始有了勇气,也开始重新对待家庭和新的生命。

乔丽娜——38 岁,湖南人。不结婚但想要孩子。乔美娜的姐姐,自由摄影师,行为脱线,不婚主义,但随着年龄的增长,想要孩子的心竟然越来越强烈。立志凑齐十二个星座的男友,打扮前沿,是外甥女韩恬恬的偶像,与爸爸乔峰严重不对盘。当她知道自己的妹妹怀了二胎后,竟然打起了妹妹的主意,想把这个孩子要过来自己养。

萧　萨——58 岁,上海人。认为女人最重要的是开心。韩小东的妈妈,小学退休语文教师,高度近视,为人有原则,严肃刻板。萧萨最自豪的事情是响应国家只生一胎的号召,秉承着优生优育的观念,对独生儿子倾注心血,实行精英式教育。作为婆婆,她不想插足儿子和儿媳的矛盾,喜欢去社区文化中心找老姐妹。

乔　峰——58 岁,湖南人,坚定拥护国家政策。乔美娜和乔丽娜的爸爸,在老家经营一家五金店,不太会说普通话,因说湖南话闹过不少笑话,为人大大咧咧,行侠仗义,比较注重传统,希望小女儿再给自己添一个外孙。基本上已经放弃了对大女儿的要求,但只要和大女儿见面,绝对会吵得天翻地覆。

谢伯良——乔美娜的大学学长,经营一家酒吧,是乔美娜的倾诉对象。

韩恬恬——7 岁,上海人。继承了父母的优点,聪明讨喜,古灵精怪,是全家的宝贝和开心果。由于父母工作忙,大多数时间由奶奶照顾。

故事梗概

这是一部生活剧，家长里短，琐碎而又混乱，惊喜与惊吓混杂，这正是生活的真相。

女强人乔美娜再次意外怀孕，二胎的到来在全家炸开了锅。亲爹上门祝贺，姐姐乔丽娜打她肚子里二胎的主意，平时最懂她的婆婆在家人的说服下保持缄默。乔美娜孤立无援，让大家在二胎和自己中选一个，向家里扔出了一颗重磅炸弹。可没想到，这个决定差点让自己幸福美满的家庭分崩离析。

乔美娜的好友生了二胎，乔美娜和丈夫约好去医院看望，但乔美娜忙于工作忘了时间，等拿着大包小包赶到医院的时候，探视时间已经结束，只剩下丈夫韩小东在医院大厅等她。乔美娜作为女强人，对二胎嗤之以鼻，韩小东对乔美娜这种常年以自我为中心的态度十分不满，两人发生争吵。就在这时，乔美娜觉得一阵眩晕袭来，吓到了韩小东。恰好两人在医院，经过检查，乔美娜竟被告知怀孕了。

夫妻俩心烦意乱地回到家，两人的谈话被"醉鬼"姐姐乔丽娜听到，乔丽娜萌生了过继妹妹二胎的念头。此时，乔家老爹不约而至，乔美娜为了不让父亲知道自己怀了二胎，想让父亲睡在谢伯良家。然而乔丽娜还是把这件事捅了出去，乔峰知道美娜怀上了二胎，欣喜若狂。

乔峰擅作主张买了很多进口食品，堆满了韩家。在要不要生二胎这件事上，一家人吵得不可开交。乔美娜为避开乔老爷子的围追堵截，索性躲了出去。乔丽娜和乔老爷子一合计，决定想办法让乔美娜把孩子生下来。

乔美娜躲到了一家自己常去的清吧。清吧老板是乔美娜的大学同学谢伯良，曾经追过乔美娜，现在倒成了乔美娜的"男闺蜜"。谢伯良让乔美娜到楼上与自己的两个孩子相处一会儿，试着忘掉烦恼。此时，乔丽娜怂恿乔峰来到清吧一探究竟，两人居然误以为乔美娜出轨了。

　　乔美娜将一家人聚在一起，共同讨论自己肚子里孩子的去留。她说如果众人要逼着她把孩子生下来，就要离婚，正好公司要派她去澳洲，她会把恬恬一起带上。韩小东同意妻子的决定，还说自己被裁了。此时，幼儿园老师来电话说恬恬不见了，乔美娜要冲出去找孩子，结果到门口时晕倒了，众人立马将其送到医院。

　　在医院，乔美娜感受到新生命的律动，开始重新审视自己的婚姻和家庭。她会不会留下这个生命呢？

第一场

[妇幼保健院景。医院里,来来往往的都是挺着大肚子的孕妇和她们的家属,或是抱着小孩的一家七口,热热闹闹的。

[韩小东下了班,背着程序员特有的背包,装扮也是程序员的"优衣库"风格,他留着板寸头,好在五官硬挺,身材挺拔,算得上是程序员里的帅哥。

[韩小东觉得自己和医院格格不入,只好在医院的自动玻璃门前徘徊,不停地看着手表,还要不时给挺着大肚子的孕妇和抱着小孩的妈妈让路。韩小东摁下手机,给妻子乔美娜打电话。

[舞台右上,有一个高高的透明的办公间亮起了灯。乔美娜此刻还在办公室里处理工作,她穿着一身剪裁得体的小西装,卷发红唇,即使早过了下班时间,她仍旧明艳动人,如同早上刚刚上班一样。谁也看不出来她已经是一个 7 岁小孩的妈妈,她专注地投入工作中,对比着两张图片的差异,丝毫感觉不到墙上挂钟的走动以及报时。

[乔美娜的手机铃声响起。

韩小东 喂,美娜,你到哪儿啦?是不是堵高架上了,怎么还没到?

乔美娜 (放下工作,扶额)现在几点了?

韩小东 6点了。你再不到,探视时间要结束了。

乔美娜 哦,对,琪琪又生了个男孩,我们约好今天去看她。我马上到,你再等等。

[乔美娜拿上外套,关好电脑,离开公司。

[韩小东收起电话,无奈地蹲在了医院外面。

韩小东 (对观众)美娜是我的老婆,大家也都看到了,一个美丽、干练的女强人,十足的工作狂。

乔美娜 (电话)妈,恬恬麻烦您接一下,我和小东晚点回去。

韩小东 (对观众)七年前,我们有了恬恬,虽说是奉子成婚,倒也水到渠成。但美娜总是怪我,怀疑是我故意让她怀上孩子,好让她不得不跟我结婚。这七年,只要提到这事儿,或者遇到什么麻烦,她总会数落我一番。我呢,能躲则躲,不与她计较,谁叫我是大男人呢,哄着老婆让她高兴总没错。

乔美娜 (电话)妈,您千万不要给恬恬买冰激凌,她每次吃了都不好好吃饭。作业一定要在吃饭前写好,我回来检查,对了,动画片只能看半小时。

韩小东 (对观众)只可怜了我闺女恬恬,每日和虎妈见招拆招,真是难为她了。小孩嘛,那么辛苦干吗,差不多就得了。美娜总数落我是温水煮青蛙,得过且过。不对,有美妻小儿如此,那叫知足常乐。

[韩小东百无聊赖,盯着人来人往。

[那边,乔美娜双手拿满了补品,耳边夹着手机,风尘仆仆地到了医院。路遇一挺着大肚子的孕妇,差点相撞,乔美娜灵巧地躲开,但身体还是失去了平衡,手上的补

品散落。

乔美娜　对不起,真是对不起! 没撞到您吧!

　　　　〔孕妇想弯下身子帮她捡东西,奈何肚子大,行动缓慢,
　　　　被乔美娜阻止。

乔美娜　我自己来就行。

　　　　〔乔美娜捡地上的东西,孕妇欠身离开。

乔美娜　(对观众)七年前,我和这位孕妇一样,肚子大得看不到
　　　　脚尖儿,捡个东西都得叫韩小东,更别说躺在手术台
　　　　上痛得死去活来,任由医生告诉我开到了第几指,还
　　　　叫我攒着力气,不准我叫出声。我只能在一波又一波
　　　　的疼痛里等着,感觉没有尽头,心里早就把韩小东骂
　　　　了一万遍,管他妈开到第几指,赶紧生出来啊。现在
　　　　回头想,这种我命由人不由我的感觉,真的太糟糕了。
　　　　所以,我实在佩服琪琪生二胎的勇气,老天再打我卡
　　　　上一千万,我都不愿意再来一次。

　　　　〔韩小东找来,看到乔美娜蹲在地上发呆,帮她捡起
　　　　东西。

乔美娜　我说了不需要……

韩小东　美娜?

乔美娜　老公,你不是说在门口吗?

韩小东　你怎么才来?

乔美娜　公司里事情一多,我就给忘了。咱们赶紧走。

韩小东　不用了,我已经帮你去看过了。

乔美娜　不行,送她的营养品还在我这儿呢,你这空着手怎么好
　　　　意思?

韩小东　我买了一个果篮。

乔美娜　韩小东,果篮,那种外面水果摊放了不知道多少天的

果篮?

韩小东　每次你说话叫我全名,提高语气,使用反问句,就是要生气了。但我想说的是,现在探视时间已经结束,乔美娜,是你自己忘记时间了。

乔美娜　韩小东,你现在真的长进了!

　　　　［乔美娜拿过东西,准备走人。

韩小东　你看看你,又生气了。

乔美娜　韩小东,你是不是一直都觉得我是一个无理取闹的女人?

韩小东　我发誓绝对没有,我老婆工作家庭一把抓,事事雷厉风行,关键长得又好看,堪称女中豪杰。

乔美娜　你要是能再多懂我一点,那该多好啊!

韩小东　好好好,等琪琪到了月子中心,我们再把这些东西送给她,好不好?

乔美娜　我不是这个意思。

韩小东　我再也不买果篮了。

乔美娜　我也不是这个意思。

韩小东　今天是什么纪念日?

乔美娜　小东,我不是女中豪杰,也不想做女中豪杰。

韩小东　好好好,我们不做女中豪杰,我养你。

乔美娜　我——算了,算了,我们回家吧,我担心你妈管不住恬恬。

韩小东　美娜,你总是这样,我觉得我们现在的夫妻关系出现了一个很严重的问题。

　　　　［乔美娜觉得有些头晕,也许是晚上没吃饭导致的。她在等候椅上坐下,扶额。

乔美娜　什么问题?

韩小东　沟通。美娜，我们俩的沟通出现了严重的障碍。

乔美娜　是吗？

韩小东　自从我们有了恬恬以后，我发现我怎么说、怎么做，你都不满意。小到洗个奶嘴、买个水果，大到恬恬读什么学校、上什么辅导班，我基本不敢拿主意。

乔美娜　你的意思是，我们夫妻出现问题，都是因为恬恬？

韩小东　不是恬恬，是心态。你的心态有问题，你对待我总是像上司对待下属一样，总是挑刺、批评、整改……

乔美娜　是啊，我怎么会变成现在这个样子呢？

韩小东　在你的世界里，你从来没有真正接纳过我和孩子，你，你就是自私，只顾及自己。

乔美娜　你觉得我应该像琪琪这样？生一个，再生一个，每天被老公和孩子包围，你们说什么就是什么？

韩小东　我觉得她挺好的，挺幸福的，现在又多了个儿子，夫妻两个简直快笑得合不拢嘴了。

乔美娜　韩小东，你打什么歪主意？

韩小东　我……（乔美娜举着手机瞪着他）没想过，没想过。

乔美娜　你什么事情都没想过，是不是每次都要等问题发生了，才急得像热锅上的蚂蚁一样？

韩小东　乔美娜，你，你最近的状态有点眼熟，你不是有了吧？

乔美娜　韩小东，你才有了，我看你是有病！

　　　　[乔美娜猛地站起来，觉得一阵天旋地转。韩小东连忙扶住她。

乔美娜　我们赶紧离开这里，这儿的空气里感觉都有小孩的味道，我实在是受不了。

韩小东　小孩的味道不挺好吗，我们家恬恬身上就有奶香味儿，我喜欢极了。

乔美娜　我饿了,再不走,我要当狼外婆吃人了。

韩小东　走走走,我们填肚子去。

　　［乔美娜大踏步往前走,韩小东拎着一大包东西紧跟其后。突然,乔美娜又撞见了刚刚见到的孕妇,她被丈夫和护士扶着,眉头紧皱,喘着粗气,一手扶住肚子,裤腿隐隐约约有血水的痕迹,感觉快要生了。

乔美娜　血……血……

　　［乔美娜眼前一黑,韩小东快步上前,乔美娜倒在了韩小东的怀里。

第二场

　　［黑场。响起了医生的声音。

医　生　恭喜,你怀孕了,妊娠6周。都是当过一回妈的人了,要多注意。

　　［灯亮,乔美娜和韩小东走到了家门口。

　　［韩家客厅。客厅里黑黝黝的,只亮了一盏廊灯,韩小东想扶着乔美娜换鞋,被乔美娜轻轻拨开手。韩小东手足无措地站在她身后。乔美娜换好鞋,把包挂在墙壁上,打开客厅的灯,韩家家庭布局展示在众人面前。这是一个四口之家,大约一百三十多平方米的样子,舞台右侧是进门玄关,紧接着是大客厅,客厅右后方是半开放式厨房,左边楼下有一间卧室,小跃层楼梯上去是两间卧室。屋子布置得干净、简洁、大方。在上海市区能有一套这么像样的房子,可见韩小东收入确实不错。

韩家妈妈萧萨原本住在自己的老房子里,由于老伴早逝,所以自从有了孙女恬恬后,就常年住在儿子家帮忙看孩子。

[乔美娜去厨房给自己倒了一杯凉水。韩小东连忙赶过去。

韩小东 美娜,别喝凉的。

[乔美娜烦躁地把水重重地往桌上一放,摁住自己的额头。

韩小东 嘘,你轻点儿,妈带恬恬睡着了。

乔美娜 我怎么就这么蠢呢? 同一个坑里,居然能栽两次!

[韩小东开始烧热水。

韩小东 不要说得这么难听嘛。

乔美娜 别烧水了,我不喝,你让我安静一会儿好吗?

韩小东 你,想不想吃什么? 我去帮你做,或者出去买?

乔美娜 韩小东,这个孩子,你想都不要想。

韩小东 美娜,我们有能力养两个。我们收入都还可以,这个房子也没多少贷款了……

乔美娜 对,你说得很对,是,我们两个有能力……但你别忘了,如果我现在怀二胎,公司会怎么看我,我刚刚升职,被委以重任,又要……

韩小东 这不还有我吗? 我的工资比起其他人,不要好太多哦,两个人加起来,中产收入妥妥的。

乔美娜 韩小东,我今天不想跟你算育儿这笔账,也不想谈你现在的工作状态,你让我一个人好好静一静。

韩小东 那,我先去洗澡,你别待在客厅,妈看到了会怎么想。

[乔美娜觉得头更疼了,挥了挥手,韩小东欲言又止,离开客厅走进卧室。

〔乔美娜的手机振动。

乔美娜　喂,啊! 爸,怎么是您? 乔丽娜? 我不知道乔丽娜在哪儿,她关机了? 爸,这会儿都快 12 点了,您怎么还没睡觉? 什么? 你明天上午 10 点的飞机来上海? 您怎么早不告诉我们一声? 喂,爸……

〔电话被挂断,乔美娜轻轻叹了口气。

〔这时,沙发后面突然搭上来一只手,撑起了一个身子。乔丽娜一头银白色的长发遮住脸,活生生像个女鬼。乔美娜吓得手机滑落。

乔丽娜　(醉醺醺地)谁找我? 我在这儿,我来接电话!

乔美娜　你、你、你——是人是鬼?

乔丽娜　我生是你的人,死是你的鬼。

〔乔美娜扒开乔丽娜的头发,觉得无言以对。

乔美娜　(咬牙切齿)你怎么进来的?

乔丽娜　恬恬,是恬恬。(乔丽娜躺倒在沙发上)

乔美娜　是恬恬给你开的门?

乔丽娜　不,恬恬给了我你们家的钥匙。

乔美娜　真是个小叛徒。(乔美娜把手边的水递给乔丽娜,逼她灌了下去)丽娜,醒醒酒马上回自己家,我婆婆要是看到你这么个女鬼三更半夜躺在我们家客厅里,心脏病都要给你吓出来。

乔丽娜　(加大音量,被乔美娜捂住嘴)不,我不回去。

乔美娜　乔丽娜,你是我姐,我是你妹,你到底能不能懂点事? 这是我家,我家里还有女儿、婆婆、老公,你躺在这里像什么话?

乔丽娜　我就不回去,现在家里有个王八蛋,我不要见他。

乔美娜　这是你的第几个男朋友了?

乔丽娜 一、二、三、四、五、六、七、八……

乔美娜 好了,好了,不要数了。

乔丽娜 呀,我好像快集齐十二个星座的男人了,你说,集齐十二个男人能不能召唤神龙呀?

乔美娜 我觉得召唤不到神龙,倒是能修炼个"剩斗士"。

乔丽娜 不行,不行,美娜,你在男人心目中才是女神雅典娜,我嘛,充其量是个美少女战士,代表月亮消灭男人。

乔美娜 你倒是挺自信的,我说的"剩斗士",是剩女的剩。你再这样下去,哪个男人愿意跟你结婚?

乔丽娜 啧啧啧,鄙视你啊,没想到你自从结婚生娃以后,觉悟倒退了一百年啊!当初咱姐俩是怎么约定的?不靠男人,拒绝结婚,老了就住在一起互相照顾,从美丽的女人到优雅的老太太,多么美好。这男人,有一个靠谱的吗?没有!都是大混蛋!

乔美娜 乔丽娜,我看你逻辑清楚,头脑清晰,应该是酒醒了,那赶紧回家!

〔乔美娜把乔丽娜拖起来,往门口推。乔丽娜躲着乔美娜。

乔丽娜 妹妹,好妹妹,求你,让我躲一晚,就一晚。你不能对正在失恋的人这么残忍,这么冷酷无情,这么残忍又冷酷无情。

乔美娜 我残忍,我冷酷无情?你还无理取闹呢!赶紧滚回楼上去,别给我们家恬恬看到你这副样子,回头恬恬要是学一身坏习惯,我后悔都来不及。

〔乔丽娜抱住一个凳子不放手。乔美娜气得不行,突然又一阵恶心涌上来,连忙跑进了厨房。乔丽娜发现乔美娜突然没有理她,抬起头来观察,发现乔美娜一脸惨白地抱着洗碗盆。乔丽娜连忙上前。

乔丽娜 你怎么了？（乔美娜不理她）哦,我刚刚好像有听见你和妹夫在说什么怀孕,美娜,你是不是怀二胎了?

乔美娜 （捂住乔丽娜的嘴）你给我闭嘴。

乔丽娜 美娜,虽然我这个不太像姐的老姐过得糊涂,也不怎么靠谱,但唯一的优点就是敞亮,有什么说什么,没事也要说出三分理。

乔美娜 我求求你了,丽娜,虽然你是我姐,但你怎么比我家恬恬还难伺候。

乔丽娜 美娜,美娜,我跟你说一件事,你别告诉别人。

乔美娜 说吧,反正你明天醒来要么不记得了,要么自己就会向全世界宣布,轮不到我替你保守秘密。

乔丽娜 我想要个孩子!

乔美娜 你是真的喝醉了。

乔丽娜 我说的都是真的,我真的想要个孩子。

乔美娜 那你现在在我家干吗,楼上还有帅哥在等着你呢,今晚就跟他生去呀。

乔丽娜 可是,我并不想要老公!

乔美娜 （停顿半晌）没想到我姐姐这么惊世骇俗……丽娜,我祝福你,希望你得偿所愿。不被咱爸……掐死,也不会把咱爸……气死。

乔丽娜 可是,那个天杀的周宇凡,居然说不结婚就不给种,天底下居然还有这种男人,送上门的都不要! 真是信了他的邪了。

乔美娜 是不是你想要繁衍后代的荷尔蒙太浓,把人家吓到了?

乔丽娜 生了孩子我又不要他养,我自己养! 我又不缺钱,我现在只缺——种。

乔美娜 丽娜,你真的疯了,你知道孩子从肚子里出来的那一刹那女人的感受吗?你知道怀孩子过程的艰难吗?你还不想要男人帮忙,真的异想天开。

乔丽娜 我知道很疼,我在美国的时候测试过,十二级疼痛么,我不怕疼。

乔美娜 疼痛只是一瞬间的,生出来后的付出和牺牲才是无穷无尽的。

乔丽娜 美娜,我觉得你真的越来越像怨妇了,你觉得你对恬恬只有无穷无尽的付出和牺牲吗? 就没有得到任何快乐吗? 就没从她身上得到任何成长吗?

乔美娜 我……

乔丽娜 美娜,我没说完呢,我突然有个想法,你要不要听?

乔美娜 不想听,我肯定接受不了。

乔丽娜 我不说你怎么知道接受不了呢?

乔美娜 真是受够你了。

乔丽娜 妹妹,你是不是怀孕了,老实回答我!

乔美娜 ……

乔丽娜 不用解释,我都听到了。

乔美娜 你——

乔丽娜 我说如果,我只是说如果,周宇凡真的一定要跟我结婚才跟我生孩子的话,不如,你把你现在肚子里的孩子生下来给我养,怎么样? 我做孩子的妈妈,什么都不用你和韩小东管,从你怀孕到生产,一切费用都由我来负担!

乔美娜 丽娜,你今天晚上到底喝了多少酒? 简直是胡话连篇。你给我马上滚回自己家,我就当什么也没听到! 不然,你以后都别想踏进我家门半步。

乔丽娜 我清醒得很,妹妹,这件事,你真的好好考虑一下,当

018

然，也可以和韩小东商量一下，我最怕他不愿意，男人嘛，到底在乎自己的孩子。

乔美娜 （愣住）乔丽娜，明天上午爸爸 10 点的飞机到上海，如果到时候你不想我把你的劣迹全部告诉他，让他闹得你不得安宁，你就在 30 秒内从我面前消失！

［乔美娜走过去拉开大门，和乔丽娜对峙着。

乔丽娜 真的不考虑一下吗？反正你也不想要二胎。

乔美娜 还有，丽娜，如果你还认我这个妹妹，以后还想到我家躲男人的话，我怀孕的事情，在我还没有想清楚之前，不准你告诉爸爸。

乔丽娜 我不怕你和爸，你少威胁我。那个老头，不是扬言跟我断绝父女关系了吗？

乔美娜 不信你试试看，我说到做到。

乔丽娜 已经在肚子里了，不要多可惜。不如给我，我又不是外人，我是他姨妈。

［乔美娜把乔丽娜推出了门，毫不客气地把门关上。乔丽娜耸了耸肩，不知从哪里摸出一根棒棒糖，含在嘴里。乔丽娜在韩家门口走了两个来回，突然有了主意。

乔丽娜 亲爸，我明天一早来接你咯。

［乔丽娜朝着美娜家做了一个大鬼脸。

［乔美娜关了客厅的灯，去了卧室。

［乔丽娜的手机振动起来，乔丽娜见是周宇凡的电话，果断掐断。

乔丽娜 没种的周宇凡，你给我滚。

［紧接着，手机又振动起来。

乔丽娜 周宇凡，你这个没种的东西，别来……哎哟，爸，是你啊。不不不，我刚骂一条狗呢，听说您明天到上海，得嘞,我妹说她没时间,叫我去接您,到时候我顺便告诉您个好消息!

［乔丽娜下,场灯暗。

第三场

［很安静的小酒吧内,放着舒缓的音乐。吧台一个帅气的 40 岁左右的男人正在有条不紊地调酒,归置着各种器具。

［乔美娜戴着夸张的墨镜进门,四下里张望了一下,发现没有人,坐在了吧台前。

乔美娜 给我一杯龙舌兰日出……算了,还是来杯苏打。

谢伯良 不好意思,本店还没开始营业。

［谢伯良回过头来看着乔美娜,乔美娜依旧没有把墨镜摘下。谢伯良一眼认出了她,又看了看墙上的钟,指针指向早上 8 点。

谢伯良 美娜? 这么早? 你……

乔美娜 嘘!

谢伯良 你这是?

乔美娜 求你帮个忙。

谢伯良 乔美娜,求我帮忙?

乔美娜 看在我们是老同学的分上,好不好?

谢伯良 我们还是前男女朋友呢。

乔美娜 (声音不由增大)谢伯良,你这就有点不厚道了哈,我们都各自男婚女嫁多少年了,还提这些陈年往事。

谢伯良　防止你把我带坑里，给，你的苏打水。

乔美娜　我怎么会坑你？

谢伯良　你不是最爱喝龙舌兰吗？怎么今天改喝苏打水了？

乔美娜　（心虚）我……感冒了。

谢伯良　你今天这副打扮到我这儿来，还撒谎？

乔美娜　什么都瞒不过你。

谢伯良　什么都写在你脸上了。说吧，出什么问题了？

乔美娜　我怀孕了。

谢伯良　什么？

乔美娜　我怀孕了！

谢伯良　孩子不是韩小东的？

乔美娜　滚！

谢伯良　那不是挺好吗？喜事呀！

乔美娜　我还以为你的反应和别人不一样。

谢伯良　虽然我本人比较特别，不走寻常路，但毕竟我也是两个
　　　　孩子的爸爸。

乔美娜　你是双胞胎的爸爸，和我这种情况不一样。

谢伯良　你，肯定不想要这个孩子。

　　　　「乔美娜重重地点了点头，但又不好特别爽快地回答，
　　　　她抚摸了一下自己的肚子。

乔美娜　我，我很头疼，我觉得我遇到了一个天大的麻烦。

谢伯良　可以理解，职场女性嘛。

乔美娜　但这一次和七年前有恬恬的时候的感觉，完全是不一
　　　　样的。虽然七年前我也不想那么快要孩子，但起码我
　　　　知道我是喜悦的，我是期待的。

谢伯良　乔美娜，我记得那时候你也在我和琪琪面前大骂了韩
　　　　小东一个小时。

乔美娜　后来我想通了,既然我和小东不准备丁克,这个孩子迟早会到来,那就顺其自然好了。主要是那时候年轻,精力无限,总觉得什么都能做好,包括养孩子。

谢伯良　美娜,别吹牛了,这几年,你越来越像个怨妇了,没有哪天不抱怨的。

乔美娜　是是是,我的确没有做好准备,这几年我和小东一直吵吵闹闹,不管是孩子,还是工作和家庭,总觉得无能为力,矛盾重重。这个孩子,实在是来得太不是时候了。

谢伯良　你们家小东是什么态度?这个孩子毕竟是你们两个人的,你擅自做决定,你们家……会很麻烦吧。

乔美娜　我现在没办法跟他深谈,他现在是一个佛系码农,问什么都是随便。

谢伯良　美娜,之前和你是男女朋友的时候,我觉得你特别迷人,觉得你应该是所有男人都会喜欢的女人,你漂亮,有主见,充满了生命的活力。

乔美娜　谢谢你现在还能这样夸我。

谢伯良　但你不是一个合适的妻子。或者说,你没有学会怎么做一个好妻子。

乔美娜　什么意思?

谢伯良　婚姻是合作,是互相协调,当然,肯定也是互相妥协。生下恬恬对于你来说,是最大的妥协和牺牲,正因为如此,你总是觉得不平衡,觉得小东亏欠你。这些年都是他在妥协,向越来越强势的你妥协。

乔美娜　他在家里妥协一下也就算了,可现在连工作都没什么斗志。我和他结婚都多少年了,他除了刚开始升了一个项目经理,后来就再也没动静,尤其是恬恬出生以后,每天准时上下班,周末也不出门,没有朋友,没有社交,整个就是一个 IT 宅男,温水煮青蛙。算了,算了……
烦心。

谢伯良 说来说去,你是对小东不满啊。

乔美娜 我是没有安全感,我不知道这样的家庭,还适不适合再
来一个孩子。

谢伯良 对了,琪琪最近不是又生了吗? 你去看她了没有?

乔美娜 昨天去了,没看着,倒是给自己惹了个大麻烦回来了。
你什么时候去,我们再约一个?

谢伯良 (拿出礼物)我东西准备好了,但一直没想好什么时候
去。你们女人不是最讨厌蓬头垢面的时候被人围观吗?

乔美娜 啧啧啧,谢伯良不愧是闺中密友,我人生最大的幸运就
是没有把你发展成老公,而是把你发展成了……闺蜜。
［谢伯良沾了点酒,弹在乔美娜脸上。两人笑作一团。

谢伯良 去你的,我是货真价实的直男。话说这一大清早的,你
到底想让我帮什么忙?

乔美娜 替我——去机场接一下我爸。

谢伯良 我的妈呀,幸亏不是要我带你去医院。我去接你爸干
什么?

乔美娜 他来上海了,我想让他暂住你这儿几天,再把他哄回
去,反正,不能让他回家。

谢伯良 不行,不行,馊主意,周末我前妻会把两个孩子送过来,
到时候我怎么解释,说这里其实是乔美娜前男友家?
你不怕老爷子闹翻天? 韩小东知道了又会怎么想?

乔美娜 顶多两天行不行? 我现在就给我爸买回程票。

谢伯良 你爸又不是恬恬,哪有那么好哄? 我求你了,看在我们
老同学一场的分儿上,饶我一命。

乔美娜 就一天,好吗,一天! 明天我就想办法带走我爸。

谢伯良 乔美娜,这是你正常的智商吗？你以为你爸不进你家门,就不知道你怀孕了吗？就不会再来吗？这又不是原始社会！你姐、你老公没手机吗？

　　［乔美娜颓然坐下。

乔美娜 对不起,我是有点神经过敏了,该来的挡都挡不住。

　　［乔美娜的手机铃声响起。

　　［韩小东下班回家,刚走到家门口,就从小花园篱笆缝里听到了里面热闹的声音。老丈人乔峰正从箱子里把土特产一一拿出来向亲家母萧萨展示,恬恬在蹿上蹿下地玩玩具,乔丽娜则一脸看好戏地坐在沙发上舔着棒棒糖。韩小东连忙给乔美娜打电话。

韩小东 美娜,你在哪儿？

乔美娜 (谢伯良耸肩,乔美娜走开)干什么？

韩小东 昨天你怎么没告诉我你爸要来？

乔美娜 他不是 10 点的飞机吗？怎么……

韩小东 是 10 点到的飞机吧。

乔美娜 我马上回去。

　　［乔美娜拿起包,顾不得打招呼就离开。

谢伯良 Good luck,美娜!

　　［酒馆暗场。

第四场

　　［韩小东正在外面急得直搓手的时候,乔美娜匆匆忙忙赶到。

韩小东　我的祖宗,你终于回来了。

乔美娜　什么情况,谁接回来的?

韩小东　除了你姐,还有谁?

乔美娜　(咬牙切齿)乔丽娜,我跟你势不两立! 走,回家。

韩小东　那事儿,怎么跟家里人说?

乔美娜　还用我们说? 回家接受审问吧。

　　　　〔乔美娜和韩小东两人不敢进门,在门外打着手语,互相埋怨。家里正一团和气,乔峰操着一口湖南口音普通话和萧萨聊天,萧萨有点听不懂,勉强应和。乔丽娜和恬恬躲在房间里不知道在干什么,不时传来一阵阵嬉笑声。

乔　峰　(浓厚的湖南腔)亲家母,我呢,一个人在屋里实在是无聊得很,我想干脆把老家的店盘出去,来上海租个房子,和女儿生活在一起,带带孙女也可以。

萧　萨　(浓厚的上海腔,并没有完全听懂,想了想回答)侬这么些年一个人也不容易,是该好好享享清福。

乔　峰　享清福? 我就是享不得福,坐不住,我坐一下子就屁股痒,恨不得找点事情来做。

萧　萨　(不知如何回答)侬恰茶,侬恰茶。

　　　　〔乔峰一时没听懂。

乔　峰　亲家母,您讲么子,我没听懂!

　　　　〔萧萨只好把茶挪到乔峰面前,示意他喝茶。

乔　峰　哦,我懂了,原来上海人说喝茶,也说恰茶,哈哈哈哈哈哈。恰茶,恰茶,我们湖南人也讲恰茶的。

乔美娜　你先进!

韩小东　那是你爸,你先进。

　　　　〔萧萨听到门外有声音,为了缓解尴尬,起身去看。

萧　萨　门外有声音,个么好像是美娜他们回来了,我去看一看。

　　　　［小两口还在推搡着,萧萨打开了门,看着他们。

两　人　妈!

萧　萨　你们这两小宁,回来了不进屋里厢?

　　　　［韩小东和乔美娜一脸尴尬地换鞋进来。两人看到乔峰,和乔峰对视了一眼。

两　人　爸!

萧　萨　你们也真是,亲家公大老远来,你们都不说,我今天菜都没买,个么只能出去恰午饭了。

乔美娜　我们已经订好吃饭的地方了,就在旁边,等会儿一起去。

　　　　［韩恬恬跑出来。

韩恬恬　外公,酸奶,酸奶!

　　　　［韩恬恬一手拿着一瓶酸奶跑上。乔丽娜也追了出来,恬恬被萧萨截住。

乔丽娜　(意味深长地)哎哟,美娜,侬回来啦!

乔美娜　阴阳怪气的,你闭嘴。

　　　　［乔丽娜一脸无所谓,走到另一边沙发上坐下,假装刷手机,其实一直在关注场上的状态。

萧　萨　喔唷,我的小祖宗,看看你,大冬天跑得一头的汗,要感冒的呀。

乔　峰　小孩子嘛,有活力是好事,让她玩。最好她还能多一个玩伴,一起闹才有味道。

乔丽娜　就是,就是,热闹好,我最喜欢看热闹!

　　　　［乔美娜和韩小东互看了一眼,没敢接话。

萧　萨　还有,你看看你,手上脸上都是彩笔,细菌全都吃进肚子里怎么得了！赶快,奶奶带你去洗手,洗得干干净净我们再玩,好不好?

乔　峰　亲家母,瞧瞧你,太夸张了。我好不容易来一回,就不能让恬恬和我谈谈天?

[韩恬恬趁萧萨不注意,摘掉了她的眼镜。萧萨是近视眼,一摘掉眼镜就看不见了。韩恬恬躲开萧萨。

韩恬恬　哦哦哦,奶奶抓不到我喽,抓不到,抓不到。

韩小东　恬恬,快把眼镜还给奶奶,不准调皮。

韩恬恬　外公,救我——

[乔峰护住恬恬。

韩小东　恬恬,你不是想要养荷兰猪吗?可是还没积满 3000 分哦,调皮可是要扣分的。

乔丽娜　姐夫,你们家像个公司,恬恬都像个小员工,还积分制,啧啧。恬恬,大姨明天就给你买荷兰猪,不就是只猪吗?

众　人　丽娜!

乔美娜　姐,我警告你……

乔丽娜　我说错了,我错了,我闭嘴,不买,不买。

[韩恬恬顿时不闹了,老老实实把眼镜还给了萧萨。

萧　萨　走,奶奶带你去洗洗。

[萧萨准备带恬恬进浴室。

乔　峰　真好,我们家要再添个孙孙,就一切圆满了。

乔丽娜　嘿嘿嘿,好的。

乔　峰　丽娜,你哪根筋搭错了?

乔丽娜　没事,手机里的新闻,好玩。你们继续,继续。

[韩小东有些坐不住了,朝乔美娜丢去一个眼神,乔美娜摇头,韩小东站起来。

韩小东　美娜,我们不要打哑谜了好不好,你爸估计早知道了。（对众人）是的,美娜怀孕了,我们现在正在考虑要不要这个孩子。

乔美娜　韩小东! 你——

韩恬恬　（从浴室里钻出来）怀孕是什么呀?

乔　峰　（回神）我就说嘛,我这趟来对了,来对了! 前几天我做了一个梦……梦见一条大蛇钻进屋里……

乔美娜　我不同意。

乔　峰　你说什么?

乔美娜　我说我不同意。我的工作刚刚走上正轨,现在怀孕,等于把主编的位置拱手让人。

乔　峰　傻孩子,你一个女人家,事业哪有家庭重要? 亲家母,你说是不是?

萧　萨　我么建议,听他们的。

乔　峰　亲家母,你这是什么意思?

萧　萨　没什么意思,别说美娜同不同意,她就是愿意生,我也恰勿消的,有恬恬就足够了。我一把年纪了,总得有一点自己的生活,最近,我还报了一个社区文化馆的越剧班,挺有意思的。

乔　峰　你——你不愿意带,我带! 我早就准备留在这里了。小东,你是怎么想的?

韩小东　（看了看美娜）我,我——我没想好!

乔　峰　唉,你这妻管严,真不是个大老爷儿们。（转向恬恬）恬恬,你呢,你愿不愿意妈妈再给你生一个小弟弟或小妹妹呀?

韩恬恬　小弟弟小妹妹? 是什么样子的? 可以陪我玩吗?

乔　峰　当然可以呀,就和你幼儿园的小朋友是一样的,陪你玩,陪你搭积木,搭帐篷,捉迷藏。

韩恬恬 可是我已经有幼儿园的小朋友了呀,为什么还要小弟弟小妹妹呢?

乔 峰 因为——因为小弟弟小妹妹和你有同一个爸爸妈妈呀。

韩恬恬 那这样爸爸妈妈还会最爱我吗?

乔 峰 啊?

韩恬恬 那我不要弟弟妹妹!

乔美娜 爸,您别说了,这一胎,我是坚决不会要的,您死心吧!

韩小东 哎哟,我们还要出去吃饭呢,美娜,今天爸刚来,你让着点儿。

[乔美娜丢下众人走进卧室,韩小东跟进去。乔峰气得跺脚,恬恬钻到萧萨怀里。

乔 峰 美娜,我告诉你,你少在这里跟我摆相,你要也得要,不要也得要。

乔丽娜 (一脸看戏,用嘴形喊)不要给我哈!

萧 萨 恬恬,走,奶奶带你先吃点东西。

[暗场。

第五场

[第二天中午,韩小东和乔美娜家。

[乔美娜准备出门,忽然想到什么似的,在家中各处来回穿梭,四处翻找,乔峰悄悄跟在她后面。后来,乔美娜终于在沙发一角一大堆的时尚杂志下面找到了她的医保卡和就诊记录册。乔美娜迅速把它们塞进包里,

不料一回头撞见紧跟自己的乔峰,被吓了一跳!

乔美娜　爸! 你干吗呢?

乔　峰　你干吗呢?

乔美娜　我? ……上班啊!

乔　峰　这大礼拜天的,上什么班?

乔美娜　加班……对,不加班,哪有钱给您养老啊!

乔　峰　(高兴地)给我养老啊? 哈哈哈……好好好……不
准去!

乔美娜　爸——

乔　峰　美娜,记住,你爸我养老不缺钱——缺人,赶紧的,好好
把肚子里的小外孙伢子给我保护好啊!

乔美娜　昨天不是都说好了吗? 这孩子不能要。

乔　峰　谁跟你说好了? 为什么不能要? 以后,加班什么的都
给我推了,要不,班也别去上了,这主编有什么稀罕
的! ——你就乖乖在家生孩子。生下来,你婆婆不养,
爸给你养着。你要是真的敢把这个孩子给打了,我……
我……我……

乔美娜　别激动,小心你的高血压。放心,我今天不去医院,就
是出个门去买点吃的。

乔　峰　(提起早早准备好的一大袋进口食品)买什么吃的,我
都给你备好了。瞧! 全部都是进口食品,保证质优、味
美,绝对不含添加剂和防腐剂。

乔美娜　(无奈地接过袋子,放下)那我就去买点水果吧。(伺机
找空当出门,再次被乔峰拦住)

乔　峰　(提起满满一篮水果)瞧,美国的橙子,智利的大樱桃,
新西兰的猕猴桃,泰国的香芒,菲律宾的香蕉,还有山
东烟台的特级红富士。全部绿色、有机,绝对不含催

熟剂。

乔美娜 （装作仔细查找的样子）我要的"金枕头"里头没有！

乔　峰 我给你去买！这"金枕头"上哪儿去买？是床上用品商店呢，还是金店？

乔美娜 我说的是泰国的榴莲！

乔　峰 那玩意儿咱可不敢吃，回头，生出来个孩子是臭的，再满脸的疙瘩，这怎么带得出去啊！要整个容，也得花好多钱吧？

乔美娜 爸！我……那个……"大姨妈"来了，要去买卫生棉，这您总不能代劳了吧？

乔　峰 你都怀着呢，买什么卫生棉啊？你爸爸我不是过来人啊？你妈生你们姐妹俩那会儿，我也没闲着，啥事儿我不知道？还想蒙我！

乔美娜 （快要抓狂了）我要买化妆品！

乔　峰 乖女儿，化妆品含的那些成分不好，听爸的，为了你肚子里的孩子好，咱不用了，好吗？这样吧，去把电脑打开，想要买什么，咱网上购物！只有想不到，没有淘不到！

乔美娜 （绝望中生出希望）那我出门跟几个小姐妹聚聚，这总行了吧？（得意地）您不是从小就教导我们，在家靠父母，出门靠朋友吗？这朋友总不能怠慢吧？

乔　峰 这个……这个……这个，咱——可以视频啊！美娜啊，这都21世纪了，有一种相见叫视频，有一种联络叫微信，出门聚会既费钱又费事，咱在家网聊多好，用手机见面，连着家里的 Wi-Fi，都不用费流量。

乔美娜 您可真是潮啊。

乔　峰 那是！我不潮，怎么能生出你们这对姐妹花呢？这就叫龙生龙,凤生凤,老鼠的儿子会打洞……

乔美娜 行行行,您甭说了,今天我也不打算出去了。有本事,您就在这儿守个280天,守到您的外孙出世为止。

〔美娜转身就要回房,想到什么似的,又重新折回来,一手一袋零食,一手一篮水果,转身回房去了。乔峰一个人傻愣在原地,扳着手指头数日子,一脸茫然。

〔萧萨回到家。

乔　峰 孩子呢?

萧　萨 小区门口上英语兴趣班呢,下午5点去接她。

乔　峰 这么小就送去补习,小孩怎么受得了?

萧　萨 咱们恬恬不小了,小小孩两三岁就开始早教了。

乔　峰 这家里只有一个孩子呀,就是太夸张,童年都没有,我们那时候……

萧　萨 亲家公,我们那时候,高考都没恢复呢,大家都在上山下乡呢,您别乱对比……就说我们恬恬吧,她是我从小带大的,小毛头的时候,我就训练她每隔3小时喝一次奶,每次120毫升。规定她早上睡3个小时,下午睡4个小时,晚上8点睡觉,第二天早上6点起床,7点拉大便。

乔　峰 (不以为然地咕哝着)我外孙女又不是机器人。

萧　萨 (根本不理睬乔峰的反应,自顾自兴奋地说着)瞧我们恬恬,虽然才上幼儿园,但是时间观念比谁都强。上学按点就不说了,单说周末和节假日,早上7点起床吃早餐,8点到11点上钢琴课,午餐后睡两个小时,起来后去学英语。吃过晚饭,复习英语、练钢琴、画画、做算术、学拼音、认汉字,洗漱完毕后,8点准时上床,听20分钟的睡前故事,然后在莫扎特的《小夜曲》中入睡。

（得意地）只有这样系统科学的教育培养方式才能为我们国家培养出德智体美劳全面发展、德才兼备、文理皆通的复合型、创新型人才，才能……

乔　峰　（忍不住打断）亲家母，您说——这么系统科学的培养方法，单用在一个孩子身上，是不是一种大大（强调这两个字）的浪费？

萧　萨　浪费？什么是浪费？怎么会浪费？国家当初为什么鼓励我们"只生一个好"？就是希望每一个家庭都能够集全家之力，培养出一个精英。咱中国不缺人，缺的是精英，21世纪什么最贵？对不起，不是人，是人才！眼看着咱家恬恬有可能成为一块好料，要是再多一个孩子，那就会把培养恬恬的时间和精力分出一半去。两块中料远比不过一块好料，这个道理，亲家公不会不懂吧？

乔　峰　什么料不料的，我们说的是孩子，又不是柱子！

萧　萨　是栋梁！

乔　峰　柱子也好，栋梁也好，那都是国家的事。我就是想多个外孙，这逢年过节的人多热闹。放暑假了，这个孩子没空，那个孩子可以来看看我，跟我住上几天，老了也多个盼头。

〔话说到这里，乔峰不免有些伤感，萧萨沉默。

乔　峰　我就不懂了，多生一个孩子有什么不好，这孩子都来了，可亲爹亲妈亲奶奶都不待见，这娃也太可怜了。我就不明白了，不就多生个孩子吗，怎么就要了你们的命了呢？

〔韩小东带着一包烟和一个简易打火机出现在了客厅，（从卫生间或是阳台的什么地方出来，和美娜不在一个屋里）给老丈人点了一根烟后，也给自己点了一根。

〔乔峰夺掉他手里的烟，掐灭。

乔　峰　不要抽烟，美娜还怀着孩子呢！

韩小东　爸，我理解美娜不要孩子的想法，她有她的道理。

乔　峰　你就是太吃她的道理了，你自己的想法咧？我们大老爷们不能没有自己的想法。

韩小东　（看了看卧室）我当然也是有想法的。

乔　峰　现在第二个孩子已经来了，你要不要嘛。

韩小东　我是想要……也是不想要的。

乔　峰　嗨，你这根墙头草，真是急死个人，那你先说说你不想要的原因，我看看有多不靠谱。

韩小东　我们这一代"80后"吧，父母期望高，生活压力大，找工作不包分配，要比谁学历高、证书多，俗话说就是"拼本子"。结婚要"拼房子""拼车子"，婚后还要"拼孩子"。

乔　峰　这孩子怎么拼？

韩小东　现在营养条件都好了，孩子都是优生优育，智商都差不多，就拼爹妈能在他们身上投多少金钱和时间。您看看我们恬恬的证书，这个是钢琴考级，这个是画画考级，这个是舞蹈考级，这个是书法考级，还有英语、奥数，这证书越多，证明能力越强，在未来的人生赛场上就越有竞争力。我和美娜这些年没少花钱和精力，我妈也辛苦接送了这么久。

乔　峰　我们恬恬这么厉害呀，这么多证，我老头子一辈子也没这么多证书，顶多拿个退休证。

韩小东　我们就怕孩子输在起跑线上。明明有走几步路就到的公办社区学校，但偏不让孩子读，怕孩子一步跟不上，步步跟不上。为了挤进名校，我们削尖了脑袋拉关系，关系拉不着干脆买学区房。到头来，"拼孩子"还是逃不过"拼本子""拼房子",这个怪圈任谁想逃都逃不掉。说实在话，虽然我和美娜还能负担，但压力也真的是不小。

萧　萨　买个学区房也不算什么大事，到了恬恬要读小学那会儿，我们搬个家不就好了吗？大不了房子换小一点，总还有办法对付过去，就怕要是二胎生了个儿子，那就得再买一套房子，就算他们小夫妻俩不吃不喝，存多少年才能买套房子啊？更何况，夫妻俩不吃不喝也就算了，两个孩子不能喝西北风啊，这吃的穿的用的还算小头，但教育的钱可就碰了天了。喏，这不贪污不受贿的，哪里来的钱，就只有买彩票了。

乔　峰　说了半天，不就是因为钱少才不想生吗！这好办，用钱能解决的问题都不是问题。这样，你们放心，只要美娜把孩子生下来，一切开销都包在我身上，要学啥咱学啥，要买学区房咱就买学区房。我好歹还有个五金公司，除了乡下的老宅子，镇上还有一套别墅，都卖了也值个七八十万。就是这样一来，孩子不管是男是女，都得跟着我姓乔。

　　　　［这话一拐弯到了这里是谁也没料到的事，萧萨和韩小东不免大惊愕神，不知说什么好。萧萨不免白了乔峰几眼，一时气氛有些紧张。

萧　萨　（咕哝）统共才七八十万，还"包在我身上"！

韩小东　爸，哪能要您养孙子。

乔　峰　你居然也不同意，我太失望了！

乔美娜　（从房里出来，显然之前大家的对话她都听见了）爸，您又来了，还有完没完？

乔　峰　什么叫有完没完？我两个女儿，本来打算得好好的，一个出嫁，一个在家招女婿陪我。当初，你死活要嫁到上海,我也就依了,反正还有丽娜,可丽娜比你大,也蹦跶到上海来,现在连个婚都不想结,我指望她? 算了吧,这传宗接代的大事还得你来。

乔美娜 传宗接代? 爸,我们家没有皇位要继承吧?

乔　峰 你爸我这老脑筋是越老越难改了,说真的,这二胎要是个男孩就好了。我听说什么碱性体质容易怀男孩,你说,现在都怀上了,这还来得及吗?

乔美娜 (赌气)怎么来不及? 抽个血就能测出来是男是女。那多省力! 验出是男孩就怀着,要是女孩就趁早打了,直到怀上男孩为止,这比吃什么中药讨什么秘方都直截了当,没有误差,多好!

乔　峰 这主意好,走,咱们这就去抽血! 嗨,我都被你绕进去了,去什么去,不管男女,先生了再说。

乔美娜 我快疯了。

萧　萨 这个——亲家公,美娜她爸,不是我说,您的想法真是太可爱太天真了。别说他们不想生二胎,就算要生,也生不起男孩,就算生了男孩,也不会姓乔。所以,您大可以死了这条心,别去折腾美娜。您不心疼,我还心疼呢,哪有这样当爸的。

乔　峰 亲家母,你说谁不会当爹? 这二胎跟妈姓有什么不对? 你也是女人,就这么不能理解母亲在孩子的姓氏上所拥有的权利吗?!

萧　萨 是啊,我不理解。亲家公理解,那为什么你两个女儿都姓乔? 美娜为什么没有随她妈妈的姓? 我听说,美娜可是她妈妈拼了命生出来的。

乔　峰 (冷不防被戳到了软肋,慌忙应对)这不是……这不是……美娜、丽娜,美丽的——娜嘛! 多好的名字,任谁一看就知道是相亲相爱的俩姐妹。

萧　萨　那我们韩恬恬要是有个弟弟或妹妹也可以叫韩——韩——韩——

乔　峰　韩酸酸？韩苦苦？还是韩辣辣？

萧　萨　这——

乔　峰　是了吧？还是姓乔吧。

韩小东　这名字也可以改嘛！

乔美娜　韩小东！闭嘴！

萧　萨　我说亲家公，你就别忙活了，还是该忙啥忙啥，该回哪儿去就回哪儿去吧。这嫁出去的女儿泼出去的水，您就死了这传宗接代的心吧，别说这小两口不想生二胎，就算要生也绝不会姓乔！只能姓韩！

乔　峰　你——你——（用手指着萧萨，简直怒不可遏）你蛮不讲理。

萧　萨　你——你——你听哪个女人愿意讲道理的。

乔　峰　还人民教师呢，一脑子封建思想。

萧　萨　侬别以为叫乔峰，还真当自己是大侠了，侬不也一脑子封建思想？还传宗接代呢，我听着堵得慌。

乔　峰　你们，你们，哼，我跟你们说不通。

　　　　［音乐渐起。

　　　　［暗场。

第六场

　　　　［乔丽娜的摄影工作室兼住所就在乔美娜和韩小冬家

037

楼上,在大楼顶层的平台上,屋子有点像违章搭建的,虽小但布置得很时尚另类。屋外的平台上是一张母婴用品的巨幅广告,一个才几个月大的漂亮宝宝正展露着最自然纯真的微笑。

[乔美娜家有一个内置的楼梯,恬恬撅着屁股往上爬,便来到了乔丽娜的摄影工作室。

乔丽娜 啊!(尖叫着从屋子里跑出,还是刚睡醒的样子)

韩恬恬 啊!

[韩恬恬模仿乔丽娜声音的起伏变化,也尖叫着跟在乔丽娜身后跑出,和乔丽娜"猫捉老鼠"一阵之后,相遇在巨幅广告前。两人各自拿着自己的手机,区别是一个是真的,一个是儿童手机。

乔丽娜 (拿着手机)花花小公子的样照拍完没有?今天下午 5 点截止。选上了够你半年的伙食费。抓紧!

韩恬恬 (装着拿手机念)花花小公主的样照拍完没有?今天下午 5 点截止。选上了够你大姨半年的伙食费。抓紧!

[两人同时转身看着对方,忽然,乔丽娜举起双手,张大嘴巴装大叫、跺脚,结果,声音只是韩恬恬一个人的。

韩恬恬 啊!时间不够啦!伙食费没有啦!

乔丽娜 韩恬恬!

韩恬恬 乔丽娜!

乔丽娜 你输了!

韩恬恬 我没有!

乔丽娜 我只是这样了一下,(做了一下刚才那个夸张的动作)但没有喊出来。

韩恬恬 我不仅学你的样子这样了一下,(模仿乔丽娜的动作)还发出了你的心声。我没有输,这是升级版的《拷贝不走样》!

乔丽娜　你输了就是输了,罚你给我当模特!

韩恬恬　我没输!(听明白了赶紧改口)好的,我输了,罚我给你
当模特。

乔丽娜　花花——小公主?

韩恬恬　No!花花——小公子。

乔丽娜　好,成交。(伸出手掌)

韩恬恬　哈根达斯冰激凌一个。成交。

　　〔韩恬恬伸出手掌欲与乔丽娜的大拇指相握,乔丽娜犹
疑着抽回手掌。韩恬恬自信地捉住乔丽娜的拇指,然
后用小拳头紧紧握住。

韩恬恬　哈根达斯——我值得拥有。

　　〔韩恬恬飞速转身爬下楼梯……

　　〔乔丽娜在布置现场和灯光,找合适的机位,调整照相
机焦距等,动作麻利,十分专业。

　　〔灯光营造出秀场的感觉。

　　〔动感的音乐起。

　　〔韩恬恬闪亮登场,她女扮男装,穿着燕尾服,戴着礼
帽,打着领结,手持一根黑色拐棍摇摇晃晃地出场
了——动作时而滑稽俏皮,时而冷艳高贵。乔丽娜不
停地追着她拍,远景、近景、特写,不断调节着。当乔丽
娜回看相机里已经拍好的照片时,韩恬恬又回到后台,
换了一身迷彩服,戴着钢盔出场了——两人配合默契,
显然,恬恬给乔丽娜当模特已经不止一次了,她很清楚
该怎么摆Pose,还很会利用现有的道具,随便什么寻
常的东西,经她一拿一摆,就充满了视觉张力。乔丽娜
显然非常满意。

乔丽娜　哈根达斯——两根。

韩恬恬　大姨——

　　［渐渐地，韩恬恬的注意力转移了，似乎有心事，动作和神情不像先前那么 high 了。

乔丽娜　怎么啦，我的宝贝外甥女？

韩恬恬　做姐姐是什么感觉？

乔丽娜　就是，什么事情都得和妹妹比一比。

韩恬恬　没钱花的话，可以在妹妹家白吃白住，不是吗？

乔丽娜　谁跟你说的？

韩恬恬　我妈。

乔丽娜　（在恬恬背后做了个"掐死你妈"的动作）……

韩恬恬　大姨，我妈妈喜欢你吗？

乔丽娜　喜欢？说不上。嫌弃，倒是有点儿！

韩恬恬　大姨！外公说妈妈要是生个弟弟或妹妹，就有人陪我玩了，爸爸妈妈对我的期望也有人分担了，我不用整天学这学那，那么辛苦。你觉得呢？

乔丽娜　外公的话你也听？

韩恬恬　他答应给我买小荷兰猪。（短暂的沉默）有了荷兰猪就有人陪我玩了，妈妈就不用再生弟弟妹妹了，反正生弟弟妹妹也挺累的。外公说，要是他就我妈一个女儿，他就不会被大姨气死，可以多活好几年。

乔丽娜　（在恬恬背后又做了个"掐死你外公"的动作）你外公说的？

韩恬恬　是啊，大姨，你说外公是不是后悔生了你啊？

乔丽娜　（哭笑不得）大概……好像……也许，是吧。（转身趴在栏杆上，看着巨幅广告，若有所思）

韩恬恬　（也转身，站上一个凳子，跟乔丽娜做一样的动作）唉！

（深长的感叹）

〔音乐起，旋律仿佛是茫然的思绪在低吟浅唱。

韩恬恬 To born or not to born，it's a question.

乔丽娜 恬恬，想知道大姨怎么想的吗？

韩恬恬 你是我的偶像，我听你的。

乔丽娜 如果你妈妈再生了小弟弟，你就住大姨家好不好？

韩恬恬 不好！

乔丽娜 为什么？ 你嫌弃大姨？ 大姨可以给你买很多哈根达斯，嗯……荷兰猪想养就养，还有……不想去上英语课也可以。

韩恬恬 那我就没有爸爸妈妈了。但是，我又不喜欢和其他人分享我的爸爸妈妈。

乔丽娜 小鬼头想得真多！

韩恬恬 真的，我很烦恼呢！ 我幼儿园的小伙伴林林，她妈妈生了小弟弟，就再也不来接她放学了。

乔丽娜 你还知道烦恼？

〔快递员（画外音）："快递，快递，乔峰的快递。"

〔乔峰（画外音）："来了……"

〔乔峰拎着一只笼子，出现在舞台一侧，向楼上喊。

乔　峰 恬恬，恬恬！

韩恬恬 什么事?!

乔　峰 下来！ 下来！

韩恬恬 外公，你上来。

乔　峰 恬恬，你下来。

韩恬恬 你上来嘛，我在跟大姨聊天呢。

乔　峰 跟她有什么好聊的，别学你大姨，一天到晚不着调。下来吧，猜猜看外公给你买什么了？

韩恬恬 外公,我妈不准我吃糖。

乔 峰 不是糖,是什么猪,动物,你要的!

乔丽娜 乔大侠,我是不着调,有本事当初您别生我呀!

乔 峰 对,当初我就不该生你!

　　〔韩恬恬一溜烟地跑下了楼梯。

韩恬恬 啊,我的荷兰猪来啦,我的荷兰猪来啦!

　　〔乔丽娜看着韩恬恬跑下。

乔丽娜 还是小孩子好,什么不开心都容易忘掉!

乔 峰 丽娜,你也下来,我有话想问你!

　　〔乔丽娜跨在栏杆上,吊儿郎当的。

乔丽娜 您上来呗,在楼下说不怕美娜听到?

乔 峰 你——

　　〔两人僵持了一会儿,乔峰无奈,只能上楼。紧接着就
　　看到了一个乱糟糟的、赤橙黄绿青蓝紫什么都有的、如
　　同狗窝一般的乔丽娜的住所。

乔 峰 丽娜,我问你,你知不知道美娜为什么不想生二胎?

乔丽娜 (一边收拾衣服)我怎么知道,您自己去问美娜呗。

乔 峰 你少给我来这套,她要是能告诉我,我还用来问你? 我
　　就是想不通,这孩子都到了肚子里,怎么能说不要就不
　　要?! 一来伤身体,二来别人想要还要不上呢,身在福
　　中不知福。

乔丽娜 我倒是想让我妹把这个孩子生下来。

乔 峰 你又在打什么鬼主意?

乔丽娜 我好心站在你这边,你倒好,当成了驴肝肺。

乔 峰 你从小就喜欢跟我作对,我要你往西,你偏要向东,这
　　会儿怎么突然和我站到一条阵线上来了?

乔丽娜 切,我不是看到你被韩小东他妈欺负了,觉得不爽吗!

乔美娜生不生孩子跟我有什么关系。

乔　峰　唉,你说会不会是他们俩出问题了? 还有亲家母那态度,我实在是……不对,乔丽娜,你是什么样的人,你爹我不知道? 你少怂恿我去跟他妈斗法。我问你,我听美娜说你又换男朋友了,你到底想干吗?

乔丽娜　好你个乔美娜,我捅掉你一个秘密,你参我一本,不愧是好姐妹。

乔　峰　(得意地)你们两姐妹要不是从小闹到大,都把不住秘密,我怎么管理好你们!

乔丽娜　管理好我们? 感觉我们是你小店里的员工。唉,我为什么会多个妹妹,真麻烦。

乔　峰　我不管,我就问你,你准不准备结婚? 还有,你妹妹为什么不要孩子,你知道多少,统统老实交代。

乔丽娜　这两个问题,我只能告诉你一个,有本事你去问美娜去。

乔　峰　(忍住不发飙)好,就问你一个,你随便回答哪个好了,小祖宗!

乔丽娜　可能,我妹妹想跟韩小东离婚吧,我觉得。说实话,我觉得我们姐妹俩都不适合结婚,她是工作狂,我是自由主义者,结婚有什么好玩的,除了绑牢自己。

乔　峰　他们一家好好的,还有恬恬,离什么婚,为什么要离婚?

乔丽娜　这你就不懂了吧,新时代的女性,最重要的是自我实现,再说了,离婚怕什么,自己有经济来源,孩子还怕养不大? 我就想,要么不结婚,只要个孩子,也挺好的,毕竟血缘关系割不断……

〔乔峰忍不住追着揍乔丽娜。乔丽娜满场跑。

乔　峰　我叫你胡说八道,我叫你胡说八道,我知道你为什么不结婚了，一嘴巴的歪理，还怂恿你妹妹离婚。

乔丽娜 （一边说一边跑）我才没有怂恿她离婚，她，她有秘密基地，有，有蓝颜知己，我看离婚就是迟早的事情！

乔　峰 你……你还诬陷你妹妹，我不打死你，我就枉叫了乔峰。

乔丽娜 有个，有个"昨日酒吧"，我妹经常去那儿，不信你去调查。听说老板是她的老同学。

　　　　［乔峰气喘吁吁地停下来。

乔　峰 你说的都是真的？

乔丽娜 我可没说他和我妹有什么见不得人的关系。再说了，去查一查也没什么，说不定他还能帮我们劝劝美娜呢。

乔　峰 这么说非去不可了？

乔丽娜 这个随你便，我只是说说。

乔　峰 你想得美，明天你也去。

乔丽娜 我才不去！

乔　峰 那你只能跟我回老家了，不然就等着你妹撕了你吧！

　　　　［暗场。

第七场

　　　　［谢伯良酒吧。乔美娜有气无力地趴在吧台上和琪琪视频聊天，吧台里空无一人，酒吧小跃层里传来了小女孩的嬉闹声，夹杂着谢伯良的哄睡声，乔美娜烦躁地把耳朵捂住。

乔美娜 琪琪，你现在怎么样了，月子里还好吧？

琪　琪	我以为我生过一个有经验了,没想到还是忙得人仰马翻,焦头烂额。
乔美娜	我说你就是被家里人忽悠了,什么一个太孤单,儿女双全才是人生赢家,对于女人来说,只有无穷无尽的付出和牺牲。
琪　琪	唉,你就别给我泼冷水了,我都快抑郁了。
乔美娜	千万别,保持好心情,等你回归花花世界。

〔楼上又传来了嬉笑声。

谢伯良	我的两个祖宗,早点睡吧,爸爸还要下去开店。
小　孩	不嘛,不嘛,你刚刚亲了姐姐三下,我也要三下。
谢伯良	好好好,说好了,亲三下马上闭上眼睛睡觉。
乔美娜	你说我们当初三剑客,多么意气风发,现在怎么都被小孩捆住了呢?

〔手机里传来婴儿的哭声。

琪　琪	哎呀,我不跟你说了,宝宝哭了,回头聊啊,我挂了。

〔乔美娜放下手机,换了一首音乐,随着音乐转圈,还没转两圈,一股恶心的感觉袭来,随便找个垃圾桶吐了起来。谢伯良从楼上下来,连忙把纸巾递了过去,又去接了白开水。

谢伯良	来,喝点水。
乔美娜	我现在这个样子是不是特别可笑?
谢伯良	怀孕不都这样吗? 我说你还是回家吧,好好跟小东还有你爸商量。不过不管怎么样,生孩子还是要尊重你的想法。
乔美娜	你就让我暂时在这儿躲躲吧,我拿我爸没办法,他不会理解我,也不会同意我不要孩子。
谢伯良	那韩小东呢? 他到底站哪边?

乔美娜 他？他要有个主意倒好了，问题是他什么主意也没有，他妈说什么，他说他听他妈的，我爸说什么，他说他听我爸的，我说什么，他说他听我的！

谢伯良 你就真的不想要这个孩子吗？

乔美娜 那你以一个过来人说说，两个孩子哪里好？像琪琪这样，放弃事业，彻底失去自由，还是像你这样，每天和前妻争吵谁带孩子，带哪一个呢？

谢伯良 别人家的都没有借鉴意义，重要的是你自己的人生计划是什么，这个孩子对于你和家庭的意义是什么。

乔美娜 （苦笑）我还没来得及规划，他就来了。前几天我爸和我婆婆差点吵起来，居然是为了这个孩子跟谁姓，你说滑稽不滑稽？

谢伯良 前几天你告诉我你怀了二胎，这几天我老在想当年我前妻生下这对双胞胎时的场景，虽然产检一早就知道了，但直到两个小人儿真的在我怀里的那一瞬间，我才有了真实感。

乔美娜 那是一种什么感觉？和一个孩子一样吗？

谢伯良 我记得当时其实——想要逃走。我脑子一片混乱，跑去医院外面抽了根烟，特别荒唐地在想，这些孩子在出生之前能思考吗？有灵魂吗？她们没出生前都在想什么，想她们最终会到哪里去？她们能自己决定吗？如果能自己决定，为什么要相约到同一个地方？她们难道不会害怕不能完整享受父母的爱吗？

乔美娜 我想，这些事应该没得选择吧，如果有选择，我想，我不会成为任何一个人的妹妹。

谢伯良 如果这些孩子不能选择自己的家庭，那她们一定会很紧张。

乔美娜　紧张什么呢？

谢伯良　自己的家庭是贫穷还是富有呢？如果家里很贫穷，她们又挤了两个进来，不知道能不能吃饱饭，说不定，还上不起学。

乔美娜　我觉得，你的前妻跟你离婚是有道理的。

谢伯良　是啊，我是一个消极的、没什么安全感的男人，她跟着我没什么盼头。

乔美娜　但是，虽然你们离婚了，这两个孩子，你们还是用心了的。

谢伯良　这就是人类的适应能力，虽然当初她们来这个世界的时候我们都很焦虑，但面对生活的一地鸡毛的时候，大多时候我们都能忍过去、熬过去，尽量让生活体面点。

乔美娜　你的意思是，我也能熬过去？可是，我们中年人，为什么要这么为难自己？熬过去了，孩子大了，自己也老了，老到只剩下了遗憾和抱怨。难道这就是人生的意义？

谢伯良　谁能知道人生的意义到底是什么呢？我们任性地把孩子带到这个世界上，也没办法帮孩子更好地找到人生的意义。

乔美娜　谢伯良，我发现我不能和你长时间地聊天，咱们都太丧了，真的，太消极了，我估计再聊下去，我就得抑郁得去撞墙了。

谢伯良　你要不要上去和方方、正正两个小鬼待一会儿，她们会闹得你暂时忘掉这些烦恼。

乔美娜　好吧，我试着去喜欢你这两个小鬼。不过，要是待会儿我把她们弄哭了，你可别怪我。

谢伯良　明明已经有孩子了，还像个怪阿姨。

　　　　［乔峰和乔丽娜两人一人穿着一件风衣，领子遮住脸颊，戴着墨镜，出现在酒吧门口。

乔丽娜　你学着我的打扮干什么，嫌不够扎眼吗？

乔　峰　我不是怕被人认出来吗？

乔丽娜　那个谢伯良又没见过我们，怕什么？

乔　峰　侦察敌情，总是要伪装一下的。

乔丽娜　好啦，好啦，走了！

　　　　［两人刚进门，就发现乔美娜从吧台边起身，两人连忙躲起来。

乔美娜　我现在是吃小红帽的狼外婆，都别惹我。

谢伯良　不舒服你就躺会儿，我让小鬼们下来。

乔美娜　知道了。

　　　　［乔峰和乔丽娜两人相视，乔峰甚至想冲出去，被乔丽娜死死地拉住。乔峰挣扎发出响动，被谢伯良发现。

谢伯良　两位，我们店还没开始营业，这……

乔丽娜　我们走了很远太累了，就喝杯咖啡，老板，你不会这么赶客吧？

乔　峰　就是，就是，哪有开门不做生意的？我们就坐坐。

谢伯良　那，两位请坐吧。

　　　　［两个人坐到刚刚乔美娜坐过的吧台上，乔丽娜随手拿了本杂志遮住脸，假装在看。

谢伯良　两位喝点什么？

乔丽娜　苏打水。

乔　峰　苏……什么大水？和她一样。

　　　　［谢伯良觉得他们有些奇怪，又不好太盯着他们看。

谢伯良　好的，请稍等。

乔　峰　现在的男人真不如我们以前了，毫无道德底线，光天化

048

日居然和有夫之妇扯不清。

乔丽娜　嗯……是吧。

乔　峰　等我搞清楚了,迟早要打断他的腿。

　　　　　[谢伯良将饮料端上桌,乔峰一拳打在桌上,谢伯良连
　　　　　忙扶住杯子。

谢伯良　您小心,当心弄湿了衣服。

乔　峰　这位老板,你常在河边走,可有湿过鞋啊?

谢伯良　啊? 您跟我说话吗?

乔　峰　对啊,跟你说话。

谢伯良　我? 我不明白您的意思。

　　　　　[乔美娜和谢伯良孩子的嬉闹声传来。

乔美娜　方方、正正,你们俩慢一点,别摔着。

乔　峰　你有孩子?

谢伯良　对啊,有孩子。

乔　峰　那就也有老婆咯?

谢伯良　离婚了。

乔　峰　离婚了? 为什么离婚,为了谁离婚?

谢伯良　啊?

　　　　　[乔丽娜连忙扯住乔峰。

乔丽娜　(小声)爸,你说太多了,我们走吧! 老板,结账,不用
　　　　　找了。

　　　　　[乔丽娜拖着乔峰离开。

乔　峰　你小子,给我等着。

　　　　　[乔丽娜一把扯着乔峰出门。谢伯良莫名其妙,突然想
　　　　　起了什么,连忙上了楼。

乔　峰　你拉着我干什么,我没揍那小子不错了,他敢骗我家
　　　　　美娜。

乔丽娜　哎哟,爸爸,如果你还想事情有挽回的余地,就别这么冲动。我们回家等美娜,好不好? 说不定,我们能借这事儿改变她的想法呢? 走吧,回去吧。

乔　峰　改变什么想法,她家都不要了,恬恬也不要了,在这儿鬼混。

乔丽娜　你还想不想让美娜留下肚子里的孩子?

乔　峰　废话,那是我们乔家的孩子。

乔丽娜　那不就得了?

　　　　[乔峰父女俩下。

　　　　[暗场。

第八场

　　　　[韩小东家,暗着灯,韩小东一个人坐在沙发上,显得垂头丧气的。

　　　　[乔峰和乔丽娜在家门口徘徊。乔峰走来走去,乔丽娜坐在花坛边。

乔　峰　唉,唉,唉……

乔丽娜　爸,美娜的这个孩子,你说是不是……

乔　峰　没有证据,别乱说。

乔丽娜　我不是那个意思,我妹的人品,我还是相信的。我只是认为,这孩子可能是她离婚的障碍,原本她可以毫无拖累的。

乔　峰　那也不行,恬恬不是她的孩子吗? 再怎么样,也要为孩子想想。

乔丽娜　爸,你不能阻碍美娜去追求真正的幸福。

乔　峰　不行,如果孩子是小东的,她必须生下来,必须,我不能
　　　　眼看着这家散了。

乔丽娜　生下来以后呢?

乔　峰　他们不养,我养。

乔丽娜　唉,不想要孩子的说怀就怀,我这个想要孩子的,还要
　　　　费尽心机。

乔　峰　你少给我胡说八道,你不结婚,能怀孩子?

乔丽娜　我就想当个未婚妈妈,碍着谁啦? 如果我妹不要她这
　　　　个二胎,给我好了,我也愿意养,保证给她养得好好的。

乔　峰　听你这意思,也愿意让美娜把孩子生下来?

乔丽娜　我巴不得呢,我做梦都想有娃没老公。

乔　峰　那好,不管你是什么目的,这次,我们先站到一边,劝回
　　　　美娜再说,怎么样?

乔丽娜　那——一言为定,您也别拆穿我!

　　　　〔乔美娜上。

乔美娜　爸爸,丽娜,你们?

乔　峰　我们进去吧,趁你婆婆和恬恬不在,我们想跟你好好
　　　　谈谈。

乔美娜　爸爸,我求你了,我的人生,能不能让我自己做主?

乔　峰　不能,因为你还有个家。

乔美娜　你们——

乔丽娜　哎呀,美娜,你别这么神经过敏,我和爸还能害你不成?

　　　　〔乔美娜气冲冲地过去开门。乔峰、乔丽娜紧随其后。

　　　　〔乔美娜准备开灯,乔丽娜一声惊叫。

乔丽娜　美娜,别开,有人,你家来贼了!

　　　　〔两姐妹吓得躲在乔峰身后。乔峰随手拿起门边的羽

毛球拍,韩小东被打得到处躲。

乔　峰　有我乔峰在,小贼怕什么?

韩小东　是我,是我,别打了。

　　　　［乔美娜慌忙开灯。

乔美娜　你怎么不开灯?

韩小东　哦,我坐着想些事情,一下子就忘了,恬恬呢?

乔美娜　妈妈去接她了。

韩小东　哦!爸爸,你们去哪儿了?怎么和美娜在一起?

乔　峰　(有些尴尬)哦,我和丽娜,出去转了转,这不好几年没
　　　　来上海了嘛。

韩小东　哦,也是,挺好,挺好。

乔丽娜　妹夫,你怎么了?我瞧着你好像不太对,你——
　　　　［乔峰拉住乔丽娜。

乔　峰　(低声)不会是也知道什么了吧?

乔美娜　小东?

韩小东　没什么,就是上班回来有点累,我想进去休息休息。

乔美娜　小东,你等等,孩子的事情,我想跟大家谈谈。

乔　峰　美娜,你没听小东说他很累吗,有什么事情你们夫妻俩
　　　　关起门来说,我们爷仨先聊聊。

韩小东　没事,我也想知道美娜的决定,我尊重她。谈吧。
　　　　［几个人在沙发上坐下,美娜坐在正中间,韩小东不露
　　　　痕迹地坐在了左边,乔峰坐在了右边,丽娜只好挨着长
　　　　沙发的角落,虚坐着。

乔　峰　要不,今天就算了吧,小东也累了,我也累了。

乔丽娜　对对对,我楼上还有事,我也不想听了。

乔美娜　不,你们都听听我的决定。这个孩子,来得不是时候,
　　　　我想来想去,暂时还是不要。

乔　峰	不行,我不同意。
	［乔峰向乔丽娜使眼色。
乔丽娜	我,我也不同意。
乔美娜	乔丽娜,你没有发言权。
乔丽娜	我,我怎么没有了? 我是你姐姐,也是家里的一分子。
乔　峰	美娜,你要这样谈,可谈不下去,你根本听不进我们的意见。
乔美娜	是,原本这应该是我和小东两个人的事情,无论是我的父亲,或是我的姐姐,都没有权利干涉。
乔丽娜	美娜,你这么说,可就太伤我们的心了。尤其是咱爸,对你多好啊,从小到大,你才是被捧在手心里的那个,有什么好的东西都先给你,你现在倒是撇得一干二净。
乔美娜	丽娜,你平时不会说这种话,我太了解你了。说吧,你这个当姐姐的,到底有什么目的?
乔丽娜	我,我能有什么目的,不都是为了大家好吗?
乔美娜	最好没有。
韩小东	美娜,咱们不是好好谈吗? 怎么说着说着就吵起来了?
乔美娜	那好,小东,我问问你,你有没有想过我为什么这么排斥生二宝? 即使……他已经在我肚子里了。
韩小东	大概,是我们都没准备好吧。无论是经济条件,还是心理准备,这两年,我们都没有变成更好的自己。
乔　峰	小东,你是不是被我女儿管傻了? 是,你是没有什么大出息,但总体还是很好的,你可不要妄自菲薄。
韩小东	爸,您别说了,我也认可您的想法,不过美娜这性格,您怎么劝都是没有用的,您还不了解美娜吗,但凡她决定的,不会轻易改变。
乔丽娜	看吧,他就是根墙头草!

乔　峰　就是,你能不能有点主见,怎么能这么说呢? 我是她爸,你是她老公,怎么就说不动呢? 美娜,你可不能这么自私。

乔丽娜　我这个妹夫,就是个面团。

乔　峰　韩小东,你拿个主意!

乔美娜　小东,你也是不想要的,对吗?

　　　　〔韩小东被逼到无路可逃,蹲下抱住头。

　　　　〔乔美娜看着丈夫,深吸了一口气,站了起来。

乔美娜　别说了,我已经想好了,如果你们一定要逼着我把这孩子生下来,我只能选择和韩小东离婚。正好,公司想调我去澳洲,我会带着恬恬走。

　　　　〔众人震惊,沉默了好一会儿。

韩小东　美娜! 你——

乔　峰　好端端的一个家,你非得,非得为了那么一个……拆散了它?

乔丽娜　爸,三思。

乔美娜　丽娜,你们想说什么?

乔　峰　三思个屁,就是那个什么酒吧老板! 你别以为我不知道,原本想给你留点面子,你——

乔美娜　酒吧老板? 什么意思? 我听得有点糊涂,丽娜,你来解释一下。

乔丽娜　我来解释? 为什么要我解释?

乔美娜　爸爸来上海才几天,能认识什么酒吧老板? 还不是你?

乔丽娜　你,你胡说八道,这事儿跟我没有半毛钱关系,我上楼了,你们聊。

　　　　〔乔丽娜心虚地想要离开。

乔美娜　丽娜,我既然能说得出口离婚,也说得出口不认你这个姐姐,反正我豁出去了。

乔丽娜 欸,你还蹬鼻子上脸了是吧,这家里没你,地球不转啦? 我就说了,怎么了? 你,和那个酒吧老板,叫什么谢伯良的,到底什么关系?

乔美娜 原来今天伯良酒吧里那两个怪人就是你们! 好好好,我算是明白了,一个亲爸,一个亲姐,跟踪我,算计我。

韩小东 我求求你们别说了。

乔丽娜 怎么不说了,韩小东,我们今天都站在你这边,是美娜做错了事情,她执迷不悟。

乔美娜 我为什么要告诉你们谢伯良是谁! 我为什么要向我的家人证明我的人品?

乔 峰 那我就搞不懂了,既然那个谢伯良跟你没关系,你为什么不要这个孩子,为什么要离婚?

乔美娜 我这段时间一直在试图跟你们表达我的困惑、我的忧虑。的确,再生一个孩子对于我们家来说,不是一个天大的难事,咱们家以前爸爸没做生意、经济条件不好的时候,我和丽娜,不一样长大了? 但是爸爸,您唯一没考虑的,是我们的妈妈,妈妈生下我以后,身体变得很差,还要带两个孩子,只好离开了自己的工作岗位,成为一个全职妈妈,没过多久,她就去世了。您觉得,她这一生是开心的吗?

乔 峰 她怎么不开心了,我一个人挣钱,又不在外面胡来,回家被两个可爱的女儿围着,哪里不好了? 是,你妈是身体不好,这又不是你的错,你为什么这么自责?

乔美娜 你们始终没有问过妈妈想要什么,就如同你们压根也不问我想要什么一样。

乔 峰 那你想要什么? 为所欲为,不受约束? 你这个不争气的姐姐快四十了也不结婚不要孩子,男朋友换了一个又一个,这样就舒服了?

乔丽娜 爸,你怎么说着说着又扯到我了?

乔　峰 好,今天不说你,就说美娜,我就是搞不懂,日子过得好好的,为什么还要身在福中不知福,要作天作地?

乔美娜 爸,我觉得我们真的不能再谈下去了,我们的观念不在一个价值体系上,没得谈。

乔　峰 哦,你这是看不上你爸了?

乔美娜 你看,又来了。就是因为这样,我才觉得累,我才想要离开。我想我是错了,我太天真了,我还对理想的生活抱有期待,我还对自己抱有期待,我还对我的家人抱有期待。我真的希望我是因为真心喜欢家庭生活而生孩子,而不是,为了你们。

韩小东 美娜,别说了,我同意,我都同意。

乔　峰 小东,你怎么也跟着犯傻,你不怕美娜跟别人跑了?

韩小东 爸爸,我相信美娜,我也知道谢伯良,他们俩只是朋友。美娜这么焦虑,最大的问题还在我,是我没有给她足够的空间和安全感。而且现在,我更给不了了。

乔美娜 小东,你——

韩小东 对不起,这个事情也是今天才发生,我也需要消化一下,我们公司准备裁员了,我好像在名单里。

〔众人沉默了。

乔丽娜 唉,雪上加霜。

乔美娜 小东,你知道,我不要孩子,不完全是经济原因。

韩小东 我知道,只是,经济是最重要的考量不是吗?这段时间,我得重新找工作,肯定也照顾不到你,我……同意你不要孩子。如果你一定要离婚,我也……

[一阵急促的铃声响起,乔美娜接起电话。

电话女声 你好,恬恬妈妈,恬恬不见了,她奶奶来接的时候在学校找遍了,恬恬有没有自己回家?她下午放学说什么荷兰猪病了,要去宠物医院,人多,我一下子没注意……

[乔美娜脚一软,手机滑落,人也蹲了下去。

韩小东 美娜,怎么了?

乔美娜 恬恬,我的恬恬。

韩小东 恬恬怎么了?

乔美娜 找不到了,丢了,恬恬丢了!

乔　峰 怎么回事,走走走,赶紧出去找啊! 丽娜,快!

[众人慌乱地拿衣服,穿鞋子,乔美娜冲到门口,突然晕了过去。

乔丽娜 哎呀,血!

乔　峰 叫医生,韩小东,快叫医生。

众　人 美娜,美娜!

[韩小东抱着美娜冲出门。

[暗场。

第九场

[客厅内,恬恬抱着一个笼子垂头丧气地坐在沙发上,另一只手拿着菜叶子。

[乔峰、韩小东撞上。萧萨紧随其后,恬恬一下子跳了起来。

乔　峰　哎哟,我的小祖宗,你总算回来了,急死外公了。

　　　　〔萧萨一把抱住恬恬,哭了起来。

韩小东　韩恬恬! 过来!

　　　　〔就在韩小东抓韩恬恬时,韩恬恬被萧萨抱过。

萧　萨　小东,有话好好说。

韩恬恬　外公! 奶奶! 爸爸! 你们可算回来啦!(一把拉过大家)出大事了! 奶奶,你怎么哭啦? 是为了我的小荷兰猪吗?

乔　峰　她奶奶,别哭了,人在就好! 我们还要去医院,美娜……唉!

韩小东　爸,妈,你们先去帮美娜收拾东西,我来管教恬恬。

萧　萨　小东,恬恬还小,你注意方法。

　　　　〔韩小东充耳不闻,把恬恬拉到自己面前。乔峰和萧萨不放心地站在一旁看着。

韩小东　恬恬,你知道你今天犯了什么错吗?

韩恬恬　爸爸,你怎么了? 你们看,我的荷兰猪,它生病了……

韩小东　因为你的荷兰猪生病,所以你不跟老师说一声,就离开学校了吗?

韩恬恬　它,它一直不吃东西,我,我想送它去宠物医院。

韩小东　恬恬,你已经不小了,下半年就要上小学一年级了,请正面回答爸爸的问题。

韩恬恬　(低头)对不起,我一心急,就忘记跟老师讲了。

韩小东　就因为你没有跟老师讲,随便乱跑,害得一家人今天找你好几个小时,以为你走丢了。你们老师眼睛都哭肿了,你妈妈为了你……恬恬,你是大小孩了,你说说怎么办?

韩恬恬　我,我——妈妈说,错了就要受罚。

韩小东 怎么罚？你自己说！

韩恬恬 （抽噎）我，我就是担心我的小猪，它，它要死了。

乔　峰 哎呀，小东，人在就好，你赶紧去医院，恬恬我们看着，保管不再丢了。

萧　萨 亲家，小东在教育自己孩子的时候，我们最好不要插嘴。

乔　峰 这小小人儿，说一说就好了，干吗这样认真严肃，当心吓着她。

　　〔恬恬听外公这么一说，哇地哭出了声，一边哭还一边偷瞄大人。

韩小东 爸爸——你看。

乔　峰 好好好，我不说了，我去给美娜准备点儿吃的去，唉，真的是作孽哦。

萧　萨 我也去给她收拾点衣服。

韩小东 爸妈，谢谢你们。

　　〔乔峰和萧萨分别进厨房和卧室。

韩小东 恬恬，我必须没收你的荷兰猪，并把它送走。

韩恬恬 （抱紧笼子抽噎）不，不要。

韩小东 你之前积分没满，外公破例给你买了，这次你又犯了错误，爸爸实在没有理由不没收。

韩恬恬 爸爸，你不能丢掉它，它已经绝食了，再不治疗会死掉的，真的会死掉的。

韩小东 孩子，你什么时候能长大啊！

韩恬恬 爸爸，你不能丢掉荷兰猪，不能丢掉荷兰猪，我求求你了。妈妈，我要妈妈，妈妈肯定不会丢掉我的小猪，我要妈妈。

　　〔屋内灯光渐暗，舞台另一侧亮起光，是一间病房。乔美娜躺在床上输液,闭着眼睛,窗外阳光正好。乔丽娜上,坐在床尾。

乔美娜 (惊起)恬恬,恬恬你在哪儿?

乔丽娜 美娜,是我,恬恬没事,找到了,你放心。

[乔美娜看是乔丽娜,松了口气,把头转向窗外。

乔丽娜 美娜,你在看什么?

乔美娜 看,窗外的樱花树都能看到粉红的花骨朵了,上海的春天虽然短,但毕竟还是要来的。

乔丽娜 对不起,我……

乔美娜 姐,你是不是很讨厌我,从我出生的时候就讨厌?

乔丽娜 有那么一点吧,可能原来我也是个乖孩子来着。其实我内心一直很矛盾,有的时候在想,如果没有你这个妹妹,我一定能得到爸妈更多的爱,但转念一想,有你也挺好的,至少在这座城市里,我不会这么孤单。

乔美娜 你的特立独行,是为了在爸妈面前给自己找存在感?

乔丽娜 小的时候是这样,长大了就不是了。美娜,我觉得我过得比你开心。人有的时候,确实需要自私一点。

乔美娜 我的叛逆期,是来得晚了些。

乔丽娜 我倒觉得是好事,妹妹,你一直是别人眼里的好女儿、好学生、好女人,但是这个好,是世俗眼光的好,并不是你自己真的过得好。

乔美娜 我也不知道我自己是不是真的好,可能在爸爸和小东眼里,我就是身在福中不知福吧。得陇望蜀,要幸福美满的家庭,也想要自我和自由。结果,说不定都是镜花水月。

乔丽娜 你就是太优秀了,不允许自己不完整。不过说起来,其实我也好不到哪儿去,我在你们中间搅浑水,说到底,不过是嫉妒你罢了。我没想到,最后还是伤害到了你。

乔美娜 你知道我晕倒的那一瞬间,在想什么吗?……恬恬和这个孩子,我都不能失去,你说可笑不可笑?恬恬是我的宝贝,这毫无疑问,但这个孩子,之前我那么不想要他,但在真正快要失去的时候,我居然还是舍不得。尤其刚刚在检查的时候,我听到了他有力的心跳声,和当年怀恬恬的时候一模一样,这是生命的开始啊,我不能剥夺他来到这个世界上的权利。这时候我就想,我认了,无论多辛苦。

乔丽娜 男人都算准了女人舍不得。如果这一切都是韩小东计划好了的,美娜……

乔美娜 不重要了,我了解韩小东,他不是一个坏人。

乔丽娜 我是说如果。你不是要外派吗?去不了对于你的职业生涯是重大损失。

乔美娜 我已经决定放弃了。人有的时候就是这样,没得到的时候没关系,一旦得到了,就不能再失去了,工作我可以调整,但生命不能轻言放弃。这些都跟韩小东没有关系,是我自己的决定。

乔丽娜 真是傻妹妹。

乔美娜 爸爸为什么突然来上海,如果不是你,那只能是韩小东,我其实都明白,他不过是不想失去我,想用孩子来牵绊住我。只是没想到,我会提出离婚,他自己会突然失业罢了。不过,他现在还不知道我决定要这个孩子。

乔丽娜 唉,你呀!我说,你可以随时后悔啊,这个孩子,可以给我养的。

乔美娜 去你的,你自己想办法生吧!

〔韩小东敲门,乔丽娜开门。

乔丽娜　那我先走了,你们夫妻聊。

　　　　　〔韩小东进,乔丽娜出。

韩小东　美娜……你,舒服点没?

　　　　　〔乔美娜点了点头,没有说话。

韩小东　我给你带了汤,妈妈熬的,你想喝吗?

乔美娜　小东,坐下吧。

韩小东　我想来想去,这个孩子,咱们就别要了,你的身体也不好,不适合怀孕。我待会儿就去跟医生说。等你身体好点了,我们再来……

乔美娜　恬恬还好吗?

韩小东　被我批评了一顿,哭着睡了。

乔美娜　我爸呢?

韩小东　在家呢,他说等你好些出院了,他再回家,这段时间,就帮我们照顾恬恬。

乔美娜　小东,你相信我依然爱你,对你,对我们家,是忠诚的吗?

韩小东　当然相信,一直都信。

乔美娜　那你呢? 接下来你是怎么想的?

韩小东　我承认,刚开始,这个孩子我是想要的,甚至到现在,说起来,我还是舍不得。

乔美娜　所以你一直以来说尊重我的想法,是骗我的,对吗?

韩小东　对不起,我只是不想我们夫妻离心。

乔美娜　那现在呢?

韩小东　我这几天在找工作,有几家已经答复我去面试了。我想,你不要孩子是对的,我也同意你外派,恬恬跟着你走。

乔美娜　家散了不可惜吗?

韩小东 家不会散的，我们有恬恬，而且，你也说了，你依然爱我，我也一如既往地爱你。这些年，是我太不自信了，我一直担心你离开我。其实，安全感从来都不是孩子给的。

乔美娜 小东，我知道这些年我一直没有给你什么安全感，还对你有很多高要求，难为你了。

韩小东 这一次你真的是吓到我了，多好的孩子也不如我的老婆平安重要，你一切都好，我就知足了。

乔美娜 小东，樱花快开了，等周末，我们带恬恬还有咸咸去顾村看樱花好吗？

韩小东 当然好啊，不过咸咸是谁？恬恬养的那只荷兰猪？

乔美娜 （笑了）是啊，我们家新养的猪。

〔韩小东看见乔美娜笑了，自己挠了挠头也笑了。

韩小东 好，那我就不把那只猪送走了。

乔美娜 当然不送走，就留在我们家，一家四口，挺好。

〔韩小东抱住了美娜，两人看着窗外的樱花树摇曳。

〔暗场。

（剧　终）

导师评语

赵化南

　　经过一年多的时间，作者丁烨完成了她的话剧剧本《家庭变奏曲》的修改。其间多次讨论，作者重新写过剧本大纲，现在所完成的剧本又异于大纲，剧本与初稿相比变化很大，可以说作者是投入了很多心力的。修改后，主题更趋明晰，故事更贴近生活，人物更生动现实，剧名也为此更改，由原来的《家庭变奏曲》改为《二宝驾到》。

　　2015年10月，《中国共产党第十八届中央委员会第五次全体会议公报》作出了坚持计划生育基本国策，积极开展应对人口老龄化行动，实施全面二孩政策的决定，但在是否生育二胎上，多数家庭有自己的考量。这主要是出于经济承受能力的考虑，孩子在成长过程中的花费难以估算，现在的家长又不甘于孩子成为普通人，而是想让他们成为精英，认为自己的骨肉降生以后，就必须赋予他或她的生命以意义，这样才对得起孩子。

　　但精英很大程度上是用金银堆成铸就的，家里要出两个精英，得有大笔的钱来培养，问题是金银成堆的家庭毕竟少之又少，那么，钱从哪里来呢？在还不知道钱从哪里来的时候，家庭收入却要因二胎的到来而减少，且夫妻都忙于工作，几乎没有时间照料和教育两个孩子，可能需要一个人辞职。谁辞职，这并非小事，要作出重大牺牲，牺牲掉职业，甚至牺牲掉自己毕生所追求的事业和成就，也即牺牲掉自己已确立的人生价值和生命意义。至于个人自由意志和现代大都市年轻人盛行的自我主义生存观，也将会丧失，他或她除了孩子，没有了自己，其痛苦程度可想而知。

　　如果家有老人,让老人负责照顾两个孩子行吗?其一,他们在育儿观念上与年轻人不一致;其二,大都市的老人有先锋的理念,他们很看重自己的晚年生活,想使自己的晚年生活多姿多彩,一个孙辈多少还有含饴之乐,然而也花时间、花精力,再来一个,会让他们身心疲惫,他们愿意再奉献吗?为孩子辛苦、担忧是每日的功课,日复一日,年复一年,身心系于孩子的饮食、冷暖、健康、学业、情绪、安全、择职、择友等数不完的事,老人还担当得起吗?

　　剧本修改稿对上述情况都有所反映,改变了初稿中肤浅狭隘的表述,深化了主题,将第二胎所带出的问题表现得更全面而尖锐。因立意更新,剧情也作了大幅度调整,删去近半初稿,增加了新内容,使整个故事显得厚实完整、鲜活生动,流畅而不失波折。此外,在细节处理上较机智,每个局部情节基本上都有看头,留有悬念。因删除了不必要的场景和人物,把时空留给了剧中的主要人物,这些人物的个性、行为、情感、情绪都大大丰富了。尤其是乔美娜、韩小东和乔峰,他们性格分明,有个性,有分别,所生成的冲突也不概念化,可信而又有特色。剧中人物的对话虽说多是书面语,但不失机智、格调和时代感。

　　修改本还存在一些不足:人物乔丽娜和萧萨没得到加强,剧中她们已初步形成自己的风格,如果给予更多戏份,或把现有的戏深挖,往深里做,将会使整部戏更好看,冲突更具趣味;剧中的谢伯良也如此,有特色,但卷入矛盾不深,虎头蛇尾;不少对话虽具时代特色,但不够贴近生活,尤其是大段说白,见理而不见起伏变化,没有短语来往相碰相击的精彩,没有机锋,没有灵动尖锐,而显得平直简单,如第五场最为明显。

　　我认为剧本《二宝驾到》(原名《家庭变奏曲》)已基本完成。

话　剧

休　眠

杨佳绎

杨佳绎

女,上海戏剧学院戏剧影视编剧专业硕士。曾获评
2018 年度"上海市优秀毕业生";获 2018 年度国家
艺术基金青年创作人才项目资助,获 2020 年度全国
艺术硕士研究生优秀毕业成果奖。曾担任原创话剧
《休眠》《玻璃实验室》编剧,改编话剧《杏仁豆腐心》。

时　间：

未来，AI技术不断发展，家用人工智能机器人初代进入无数家庭。

地　点：

某工薪阶层家中。

人　物：

MIRO——初代家用智能机器人。为了符合亚洲市场的审美，公司赋予了她黑眼黑发、小巧的身材、精致的脸庞，让她身着纯色连衣裙。她有高出常人许多倍的智商和感官，能够胜任家中的所有工作。MIRO的学习能力很强，这便是她能够和人类正常沟通的最大原因，她能够收集身边人的语言及行为，通过智能大脑处理，将这些信息变为自己的语言方式和行为方式。

尹　东——冷芳丈夫，多穿着家居服，作家，曾有过畅销作品，但创作陷入瓶颈。他在家中尽力维持着一家之主的地位，不愿承认自己的无所作为。

冷　芳——尹东妻子，每日忙于自己的生意，无暇顾及丈夫和儿子的生活,但尽力在做一个称职的妈妈。

尹盛俊——尹东儿子,处于青春期的高一学生,自认为家中无人能够理解自己,但 MIRO 的出现引起了他的极大兴趣。

序　幕

[一段关于人工智能发展的视频播放着,尹东、冷芳、尹
盛俊三人在灯光迷宫中迷惘地走着。

第一场

[暗暗的房间中,MIRO 坐在舞台的正中央,闭眼,呈休
眠状态,周围一片寂静,MIRO 心脏的位置闪烁着蓝
光,仿佛心脏跳动的频率。冷芳提着行李箱出完差回
到家,一开灯,被客厅正中间的 MIRO 吓到,叫出
了声。

冷　芳　哎哟,你是?

[MIRO 对于冷芳的反应无动于衷。

冷　芳　你谁啊?

尹　东　(走上舞台)欸,你怎么回来了? 怎么不提前说一声?

冷　芳　提前说一声?! (看看机器人再看看尹东)尹东! 这
　　　　谁啊?!

尹　东　嗨……你想哪儿去了? 这个,这个是我前两天刚买的

智能机器人,还没来得及告诉你。

冷　芳　机器人?（打量）

尹　东　对,就是之前广告里那个。（拿宣传页给冷芳）

冷　芳　（看看宣传页,又看看机器人）MIRO? 你买这玩意干吗啊?

尹　东　我这不是琢磨着你工作忙,我也忙……

MIRO　工作忙碌无暇顾及家务? 让 MIRO 来到你的身边,智能化管理所有家务。AI 公司,与您共享科技生活……

尹　东　就是为了这个……

冷　芳　（打断）行了,行了!（对尹东）赶紧把她给我弄走,吓死人了。

尹　东　你先别急啊,先看看说明书,她功能多着呢,家中的大事小事有她就够了……

冷　芳　（打断）我不看,整天忙得焦头烂额的,哪有空看这个?! 再说,什么事都让她干了,那你在家干啥?

尹　东　我要创作啊……

冷　芳　（打断）得了吧,你天天创作,创作出啥来了?

尹　东　我好歹也是个畅销书作家,我写的书卖了 50 万册!

冷　芳　十年前!

尹　东　我……创作是需要状态的! 整天围着锅碗瓢盆转,我哪儿来的状态?!

　　　　［冷芳瞥了一眼 MIRO。

冷　芳　有个小姑娘陪着就有状态了?!

尹　东　欸,你这话有问题……她是机器人,没有情感,没有意识,你总不至于吃机器人的醋吧?

冷　芳　尹东,在你眼里我就这么小心眼吗? 再说了,这得花多少钱啊?!

尹　东　你看,又来了! 好,好,我不说了……

冷　芳　一提钱就不说了,花钱的时候比谁都痛快,我挣点钱容易吗? 把她给我退了。

尹　东　我就算退也得等明天吧。得得得,你别吵,我先弄走她还不行吗?(对机器人)MIRO,到角落去。

MIRO　角落,英语为corner,最主要的意思是相交的两墙形成的内角。

尹　东　不是,不是,停! 我不是让你解释角落,是……

冷　芳　(对机器人)让你去角落!

尹　东　对!

MIRO　哦……

冷　芳　哦什么哦啊?

MIRO　"哦"这个字其实表达了一种"既不想打断你,又怕你以为我不在听的"复杂情绪。

冷　芳　这都什么乱七八糟的? 这哪儿智能了?

尹　东　我也不会用啊,人家说现在只是基本功能。

冷　芳　搬走,搬走,明天一早去把她退了! 净乱花钱!

　　　　〔尹东无奈,准备抱起MIRO,有点无从下手。

冷　芳　(看着尹东对MIRO动手动脚,明显有点不高兴)哎哎哎,你干吗呢!

尹　东　我把她搬走啊,搬到你看不到的地方去。

冷　芳　(推开尹东)去去去,我来搬!

尹　东　好,好,你来……

冷　芳　(怎么也搬不动)我搬不动啊!

　　　　〔尹盛俊听见,走出来。

尹　东　儿子,没事,没事,这里爸爸能解决,你妈就是不适应家里有个机器人,要把她搬走。

[两人手忙脚乱地搬着,边搬边嘟囔。尹盛俊不说话,走到 MIRO 旁边,轻触了一下 MIRO 耳后的开关,MIRO 被唤醒。

MIRO 你好,请问有什么我可以帮助您的吗?

[冷芳和尹东愣在原地。

尹盛俊 你换个隐蔽的地方待着吧。

MIRO 好的,(点头)很抱歉对您造成困扰。

[MIRO 拿起自己的充电器,走到房间的角落。尹盛俊跟过去重新休眠机器人,然后走回来。

尹盛俊 妈,你能小点声吗?我在复习功课呢。(摇摇头嘀咕,对尹东)爸,你买了她就不能看看说明书吗,需要先唤醒才能下指令!买了又不会用,真不知道买她干吗。

尹 东 我这还不是为了有人能照顾你……

尹盛俊 别!我不需要!你们爱买什么就买什么,可千万别跟我扯上关系!自己照顾不了,找个机器人来照顾我。

冷 芳 你这孩子怎么说话呢?怎么就没管了?我今晚急着回来不就是要给你开家长会去吗,对了,明天对吧?

尹盛俊 昨天!

[沉默。

冷 芳 盛俊,对不起……公司最近太忙,我记错了……

尹 东 你看,我也忘了……

[尹盛俊不说话,径直下场。

冷 芳 儿子,你……哎……等等……儿子……

[冷芳追至场边,传来电影的配乐声。

冷 芳 你怎么又在看电影?!你不是要复习功课吗!这孩子……怎么现在这样了!(转过身对尹东)你看看,你平常怎么教育的孩子?

尹　东　这全怪我了？我每天得创作，还能眼睛不眨地盯着？你又整天忙，也不着家，家里的事什么也顾不上。

冷　芳　我不忙，咱们一家人喝西北风去吧。

尹　东　咱不说这个，那孩子的家长会你怎么还能忘了呢？

冷　芳　就好像你记得一样。我工作忙碌无暇顾及，那你怎么就……

MIRO　工作忙碌无暇顾及家务？让MIRO来到你的身边，智能化管理所有家务。AI公司，与您共享科技生活……

三　人　（同时）闭嘴！
　　　　〔音乐起，光收。音乐换为稍缓和一些的，意为这一番矛盾暂时结束，为下一场做铺垫。

过　场

　　　　〔键盘声起，节奏清晰。
　　　　〔夜。冷芳头疼，起床翻着包找药，突然看见MIRO，又被吓了一跳。

冷　芳　哎哟，吓死我了。

MIRO　冷芳女士，您的药。

冷　芳　（一愣）谢谢。

MIRO　冷芳女士，您的头痛主要是由失眠引起的，您劳累过度，压力过大，需要注意休息，调整情绪，不能只靠药物维持。

冷　芳　没事。（突然意识到）你怎么知道的？

MIRO　您是我的主用户，这些信息是存在我的程序中的。

冷　芳　主用户？（突然一阵头痛）

MIRO　您现在需要休息了。

　　　　〔冷芳走向卧室，临进门前回头看向 MIRO。

冷　芳　（感激地）谢谢你，MIRO。

第二场

　　　　〔清晨，尹东吃完早饭，手中拿着 iPad 翻阅着，MIRO
　　　　在一旁帮忙给面包片涂果酱。冷芳蓬头垢面，边说话
　　　　边上场。

冷　芳　（低着头，边扎头发边上场）怎么都不叫我起床啊，我都
　　　　来不及做饭了。盛俊，你自己买早饭吃吧，吃完抓紧上
　　　　学去。

　　　　〔冷芳一看大家在吃饭，愣住了。

尹盛俊　妈，今天周六。

冷　芳　呃，我……

尹　东　快坐下吃饭吧。

　　　　〔MIRO 把咖啡和早饭拿给冷芳。

MIRO　（微笑）冷芳女士，请您用餐。

冷　芳　（微笑）哦，谢谢。

　　　　〔尹东略显吃惊，抬头看看。

尹　东　吃完饭我就把她退回去……

冷　芳　（低头）先用用看吧。（继续吃）

　　　　〔三人默默低头吃饭，各干各的事，MIRO 微笑看着前
　　　　方，气氛尴尬。尹盛俊想和妈妈说什么；但妈妈接起了

电话。

冷　芳　喂,抓紧把公司的账目整理好,这点小事还需要再问我吗?……

〔尹东听见冷芳的电话,不耐烦地转到另一边,这一切,尹盛俊都看在眼里。

尹盛俊　我吃完了,出去透透气。(下场)

冷　芳　透什么气,开开窗不就完了?

尹　东　你就让他去吧。

冷　芳　好不容易周末一家人坐在一起……

尹　东　他闷得慌。

尹盛俊　我闷得慌。(与尹东同时说)

冷　芳　你们……(憋了回去,缓了一会儿)

冷　芳　说个正事,我们既然打算留下她,(顿了一下,含有深意)就要知道怎么控制她。

尹　东　等盛俊回来再说吧,他会弄。

冷　芳　MIRO,你有什么功能啊?

MIRO　您可以打开说明书,或进入官网查看。

冷　芳　去把说明书拿来吧。(翻开说明书)功能介绍、运行原理,(仔细读起来)为了用户更便捷地使用智能机器人,MIRO 会通过视觉、听觉传感器,收集身边人的言行举止……

尹　东　信息收集嘛,人工智能就是这样。这就好像是……

冷　芳　就是说她的言行举止完完全全来自我们? 我们对她什么样,她就会变成什么样,就像一面镜子?

尹　东　对,一面镜子,这个比喻很贴切……

冷　芳　你还没明白什么意思吗?

尹　东　一面镜子……(两人面面相觑)

冷　芳　所以从现在起,我们要注意自己的言行举止。

尹　东　不至于吧。

　　　　〔尹东看了眼MIRO,赶紧伸手将MIRO调节为休眠
　　　　模式。

尹　东　她在休眠,看不到!

　　　　〔冷芳接着看说明书。

冷　芳　(继续翻开说明书)休眠,休眠状态下,除大脑系统外,
　　　　其余所有系统停止运转,传感器仍处于信息收集模式。
　　　　(越读越慢)

　　　　〔冷芳惊讶地抬起头看着尹东,两人面面相觑,渐渐坐
　　　　正,感到背后一阵凉意。两人对视一阵,不知所措。冷
　　　　芳站起身。

冷　芳　我,我回趟房间。

尹　东　(跟上冷芳)我我我,我也去。MIRO,麻烦你先收拾下
　　　　桌子。

　MIRO　好的。

　　　　〔冷芳和尹东仓促上场,发型穿着更体面。两人拘谨地
　　　　坐下,尹东忍不住想笑。

冷　芳　你笑什么?!MIRO,来,这边坐吧。那个,我们家的情
　　　　况呢,我觉得你有必要大致了解一下。我们家呀,特别
　　　　和睦,家人之间互相帮助、互相理解,这是我们家的基
　　　　本守则。

　MIRO　是的,“家”上面是一个宝盖头,代表家人们在一起生活
　　　　的那间温馨的房子,下面是连在一起的笔画,代表了家
　　　　人们团结在一起,互相支持。

尹　东　你别说,她这个拆文解字还有点意思,这个中国传
　　　　统……

冷　芳　（敲敲桌子）你别打岔！你说得对，这也是我们家一直努力的方向。

尹　东　（忍不住笑）你给员工开会，就这口气吧？

冷　芳　别插嘴行吗，光知道笑！

尹　东　（无奈）好，你说。

冷　芳　尤其是盛俊！盛俊，这孩子，从小特别自立，也特别让人省心。

〔尹盛俊上场，看见爸妈端端正正坐在桌边。

尹盛俊　我回来了。欸，你俩干吗呀，开会呢？

冷　芳　对，家庭会议，你来得正好。

尹盛俊　哼。（转身走向自己屋内）

冷　芳　嘿，你给我回来！（意识到不对，口气温和）来，坐。

〔尹盛俊不情愿地坐下。

冷　芳　以后啊，像什么"哼""嗯"这类的词都不要讲。

尹盛俊　到底什么事啊？

冷　芳　（亲切地）MIRO，你来。（把 MIRO 拉到尹盛俊身边）

MIRO　好的，冷芳女士。

冷　芳　对了，MIRO，以后别这么客气地叫先生女士了，叫叔叔阿姨就行，（拍拍尹盛俊）他，就叫弟弟。

尹盛俊　什么?!

冷　芳　嗯！看起来她要比你大一点，你当然要叫她姐姐，要有礼貌。（对 MIRO）啊，我作为一家之主呢，希望你能够和我们相处融洽，别拿自己当外人。

尹　东　哎哎，不是，怎么就……

冷　芳　（敲三下桌子）你别打岔！有什么问题都可以来问我，别客气。

尹盛俊　妈，你跟她说这些干吗呀?!

冷　芳　（拉拉尹盛俊，接着对 MIRO 说）你别看盛俊这样，他就是特别有自己的想法，我平时工作忙，但是一有时间，我就会陪我们盛俊……

　　　　［尹盛俊的手机传出电影配乐声音。（倾向于娱乐恶搞的电影配乐）

冷　芳　你把那电影给我关了！！（转身接着对 MIRO 说）陪他看看电影啊。（摸摸盛俊的头）MIRO，作为姐姐，你一定要对我们盛俊好一点哦。

尹盛俊　那都是小学的事了吧？

冷　芳　你这孩子……哎哎，尹东，你倒是说句话呀！

尹　东　（憋屈）是啊，是啊！

冷　芳　什么是啊是啊的！

尹盛俊　你们受什么刺激了？

冷　芳　你看说明书了吗？她能……

尹盛俊　我知道，她能学习我们的言行举止！可你这也太假了吧！真实的人就是有很多面的，你们要想她更像人类，就要让她拥有多面性格。

冷　芳　不行，她现在这样就挺好了！

尹盛俊　这样太假了！

尹　东　是啊，冷芳，这日子还过不过了？！

　　　　［冷芳伸手欲拍桌子，没想到 MIRO 伸出手学着冷芳的样子敲了三下桌子。三人愣住，尹东发现敲桌子的居然是 MIRO，吃惊。

尹盛俊　（气愤地指着机器人）你他妈冲谁敲桌子呢？！

冷　芳　盛俊，没礼貌！

尹盛俊　妈！她都这样了！你满意了吧？（转向尹东）爸！你也太窝囊了吧……

〔尹盛俊气愤地离开。尹东由气愤转为冷笑,默默离场。

冷　芳　盛俊！尹东！

MIRO　(一脸无辜)阿姨,我做错了什么吗?

冷　芳　(强忍着,保持微笑)MIRO,我们家,平时不是这样的。
(愤然离去)

过　场

〔MIRO 在客厅中处于休眠状态,尹东上场,打量着 MIRO。

尹　东　MIRO,你要知道,虚伪的真诚比魔鬼更可怕。
〔尹东摇摇头,下场。光收,键盘声起,节奏比前一场过场戏要快。

第三场

〔清晨,冷芳、尹东、尹盛俊三人围坐在桌边,冷芳和尹盛俊面前摆着早饭,各干各的事,默不作声,MIRO 端着盘子上场。

冷　芳　MIRO,我让你整理的账目怎么样了?

MIRO　已经好了,阿姨,(将账目递给冷芳)请您过目。
〔MIRO 把盘子中的早饭递给尹东。

MIRO 叔叔,您的早饭。(将早饭放在尹东前)请您……

〔尹东不作声,敲了三下桌子。

MIRO 好的,不说了。(直接下场)

冷　芳 嘿,你能不能教她点好?

尹　东 是我教的?

冷　芳 你……

尹盛俊 哼。(冷笑)

冷　芳 别哼啊哈的,你看看,全让她学去了。

〔尹盛俊生气地扒饭,MIRO 端茶上场。

MIRO 叔叔,您的茶。

尹　东 (端起杯子)MIRO,我要喝的茶呀,要先……

MIRO 先洗茶。

尹　东 (有点震惊)水温要在……

MIRO 80 摄氏度左右。

〔尹东和冷芳震惊。

冷　芳 你都和她说什么了?

尹　东 我能和她说什么,她现在瞅我都不顺眼。(敲三下桌子)

冷　芳 你……那她怎么连这些都知道?

尹盛俊 我上学去了!

冷　芳 哎,盛俊等等,妈妈顺道送你一起走。

〔两人一起下场,冷芳忘了账目。

冷　芳 (临走)MIRO,今天把家里收拾一下。

〔家里只剩尹东和 MIRO,MIRO 在尹东身边做着家务,家中陷入了沉寂,气氛有点尴尬。尹东故作认真地看着 iPad 上的新闻,偷瞄了 MIRO 一眼,MIRO 走过来。

MIRO 叔叔，请问您有什么需要吗？

尹　东 哦，没事，你干你的活。

[尹东翻翻 iPad，刚起身，MIRO 递上充电设备。

MIRO 叔叔，我刚刚检测到您的 iPad 剩余电量只有百分之十一了。

尹　东 （皱眉）MIRO，你知道有句古话叫"无事献殷勤，非奸即盗"吗？

MIRO 知道，我还知道"有心开自在，莫道不闲"。

尹　东 哼。（一笑）你知道这是什么意思吗？

MIRO 就是说，只要想开了，也就没什么了。

尹　东 有意思。MIRO，你今天可有点不一样。

MIRO 我推测，您有这种感觉，可能是因为您是我的主用户？

尹　东 主用户？！那昨天怎么没这种感觉？

MIRO 因为昨天阿姨是我的主用户。

尹　东 嘿，你这还分一三五、二四六啊？那，那主用户，能干吗？

MIRO 我将完全听命于您，通过模仿您的语言行为以及思维模式，达到和您更高程度的契合。

尹　东 还更高程度的契合？你了解我吗？！

MIRO 主用户，尹东，男，43 岁，过气作家，目前失业……

尹　东 什么过气，哪儿就过气了？怎么就失业，我是一个畅销书作家，我的书有 50 万册的销量！

MIRO 是的，那本书曾经在社会上引起了广泛关注。您的作品文笔洗练，情节简单，叙事直接，有前辈作家遗风……

尹　东 深刻！这是你看完我的作品后的感受吗？

MIRO 百度写的。

尹　东 那也深刻！来，MIRO，别干活了，来坐，咱们聊聊。

MIRO	好的,谢谢您。(尹东坐在冷芳的座位上,MIRO 坐在尹东的座位上)
尹　东	MIRO,那我后期的作品你了解吗?
MIRO	对不起,并没有资料显示您后期有过作品。
尹　东	不对,不对,没有出版不代表没有作品,这我就要和你讲一讲了。判断一个作家的好与坏不能只是看他出版的作品,还要结合当时的社会环境!其实我之后的作品更有深度,但是,那些出版商却说不符合当下的审美,我就奇了怪了,现在的社会,对于美的理解只能这么片面吗?
MIRO	我理解您的感受,您缺少良好的社会环境和创作环境。
尹　东	对!创作环境!在这个家里,从早晨开始就围着锅台转,忙完孩子还要听老婆说公司里那点破事,我哪有时间写作?!
MIRO	家务事交给 MIRO 就行,您可以专注于创作。
尹　东	你看,你看,这人工智能就是聪明,我一说你就明白了,我跟老婆说过多少次,她只会说我不务正业!是,我承认,我在家庭的经济问题上确实没作多大的贡献,但我还有自己的追求啊。
MIRO	孔子说,"三军可夺帅也,匹夫不可夺志也"。
尹　东	可以呀,MIRO!没想到你对人生的理解还挺深刻啊!我和老婆孩子就从来没探讨过这些问题,因为从来都是我理解他们,他们不理解我。我是一个作家,我需要思考,需要沉淀。唉,很久都没有人听我说这些话了。
MIRO	我可以听您说,我还可以帮您做家务,替您辅导孩子的课程,代您写作,您只需要坐在家里认真思考就可以了。

尹　东	是啊,欸,不对,不对,你都做了,我干什么呀?
MIRO	一切问题不需要您解决。您是我的主用户,根据您的言语,我分析出这是您的最终需求,我是站在您的角度上思考问题的。

〔MIRO 做着和尹东一样的姿势。

尹　东	那我不是成了废物了吗?
MIRO	这不是您想要的吗?
尹　东	哎,不是……
MIRO	我明白,张爱玲说,"人总是在接近幸福时倍感幸福,在幸福进行时却患得患失"。
尹　东	你先别跟我咬文嚼字。
MIRO	我只是在通过模仿您的语言行为以及思维模式,达到和您更高程度的契合。
尹　东	我哪有这么矫情?!(越说越觉得不对)我只是……

〔尹东抬头看看 MIRO。

尹　东	(若有所思)一面镜子。

〔尹东缓缓伸手撩开 MIRO 的头发,轻触开关,MIRO 呈休眠模式。尹东边说边近距离观察 MIRO。

尹　东	太像了……太像了。

〔尹东用手触碰 MIRO 的胳膊上臂,刚好被上场的冷芳看到。

冷　芳	你干吗呢?
尹　东	哦,吓我一跳,你怎么回来了?
冷　芳	(质问)我问你干吗呢!
尹　东	我在思考。冷芳,你不觉得这个机器人真的和我们想象的不太一样?
冷　芳	(冷嘲热讽)确实和我想的不一样!

尹　东　（边思考边说）我完全可以创作一部小说，就写在一个家庭中，智能机器人打破了平静的生活，这个机器人如何学着像人一样生活，就像一面镜子！怎么样？是不是很有意思？

冷　芳　有意思，真有意思。我要是不回来，指不定发生什么更有意思的事呢。

尹　东　哎哎哎，你什么意思?!

冷　芳　尹东，你恶不恶心？

尹　东　我怎么了？我干吗了?!

冷　芳　她是个机器人！

尹　东　对啊，她是个机器人！我能干吗呀！

　　　　［冷芳伸手唤醒 MIRO。

冷　芳　MIRO，刚刚在休眠状态时，尹东对你做什么了？

MIRO　很抱歉，我不能透露叔叔的行为。

尹　东　（有点急眼）MIRO？这有什么不能透露的?!

冷　芳　很好！合起伙来瞒我是吧？

尹　东　她是冷芳！我老婆！保什么密啊！

MIRO　出于安全，我有权对主用户的行踪以及个人信息保密。

冷　芳　主用户？

MIRO　是的，我将完全听命于主用户，通过模仿主用户的语言行为以及思维模式，达到和主用户更高程度的契合。

冷　芳　完全听命?!（一扭头，盯着尹东）

尹　东　MIRO！你说！我不是你的主用户吗？你快说啊！

MIRO　但是从您的思维方式，以及刚刚的言行来看，您内心的真实想法并不想和阿姨透漏。

冷　芳　（气愤）真实想法，尹东，你有什么真实想法?!你到底还瞒了我多少?!

尹　东　我瞒你什么了？你每天回到家里不是这个账目就是那个报表,我和你说你听吗？

冷　芳　还怪我了是吧？那我就该在家里做饭、洗衣服、带孩子,那谁出去挣钱啊？你去吗？整天就在家里创作、创作、创作,(指向机器人)你就创作出了这个?!

尹　东　好,好,不说了,不说了,不就是因为她吗？我去把她退了！我现在就去把她退了,行吗?!

冷　芳　(冷冷地)没必要了。

〔冷芳拿起账本转身出门。

MIRO　叔叔,我做错了什么吗？

尹　东　(有苦说不出)哎呀……

〔尹东进屋,机器人疑惑地坐在了尹东的椅子上。

第四场

〔键盘声响起,灯光起,尹盛俊屋内,尹盛俊正拿着电脑操作。

尹盛俊　MIRO,今天都发生什么了？他俩怎么了？

MIRO　对不起,我不能向您透露主用户的行为与个人信息。

〔尹盛俊不耐烦地拿着电脑操作。

MIRO　主用户权限恢复为——尹盛俊。

〔MIRO眼睛一闭一睁。

尹盛俊　说吧,到底发生了什么？

MIRO　叔叔为主用户时,和阿姨发生了争执。

尹盛俊　为什么？

MIRO 我不能理解。但是争执的言语根据大数据推测，普通夫妻在该情况下，离婚的可能性为百分之六十到百分之八十。

尹盛俊 （有点恼火）随便吧，管他什么原因！我早就料到会有这么一天！我就知道我他妈做什么都没用！费尽心思地更改主用户，我不就是想要这个家变得更好吗！

MIRO 我不明白他们为什么会争吵，但是弟弟……

尹盛俊 你别一口一个弟弟的！谁是你弟弟！我为什么要更改你的主用户权?！就是为了改善他俩的关系，可你干什么了?！

MIRO 盛俊，人类是复杂的情感动物，如何调节人与人之间的关系，我目前也无法解答。

尹盛俊 你当然无法解答，你……是，你怎么能理解人的感情呢？不能怪你啊。

MIRO 盛俊，谢谢你的理解，我知道你……

尹盛俊 得了吧，别以为你会懂我，我爸妈都不懂，你会懂?

MIRO 在叔叔阿姨为主用户时，我很清楚他们的需求与目的，但是盛俊需要什么，我仍然不清楚。

尹盛俊 不需要！不需要！我什么都不需要！

〔尹盛俊生气地喊着，MIRO 沉默了一会儿。

尹盛俊 我一个人挺好，我谁都不需要。

〔尹盛俊默默打开手机，看着电影。电影音乐起。

MIRO 《西西里的美丽传说》? 盛俊喜欢看电影是吗？

尹盛俊 （口气稍微缓和）对。因为只有在看电影的时候，我才觉得我不是尹盛俊。（转头看了一眼 MIRO，冷笑）我跟你说这些干吗。

〔尹盛俊从桌下拿出酒。

MIRO	盛俊,未满 18 岁的少年禁止饮酒。
尹盛俊	MIRO 啊,公司制造你们是为了什么? 给人类愉快舒适的生活。怎么才能舒适愉悦啊,想做什么就做什么才是真的舒适愉悦。再说了,现在我是你的主用户!
MIRO	你说了算。
尹盛俊	哈哈哈。

〔尹盛俊喝了一口酒。两人沉默地看着前方屏幕。

尹盛俊	知道吗? 玛莲娜? 你看,她连抽烟都这么美,大家都喜欢她。
MIRO	大家都喜欢吗?
尹盛俊	是啊,美会让人心情愉悦。(看看 MIRO)你也挺漂亮的。
MIRO	谢谢,为了更好地融入人类社会,我们被赋予现在的外表。
尹盛俊	和你聊天会很容易忘记你是机器人,你的外貌太容易让人混淆了。
MIRO	对不起,看来我们的外表对人类造成了困扰。
尹盛俊	可是我们确实也不希望每天面对冷冰冰的机器。
MIRO	真是矛盾。
尹盛俊	对,人啊,就是难伺候,你永远都不知道他到底想要什么。
MIRO	那么盛俊需要什么?
尹盛俊	(冷笑一声)我本来想要的是……可是……我现在什么也要不了。
MIRO	就像阿姨说的,盛俊很独立。
尹盛俊	我才高一,要什么独立,还不是被逼的! 我爸妈的话你也信? 我告诉你,大人的话最不能信!

［尹盛俊大口喝酒。

MIRO　盛俊,你不能再喝了,你血液中的酒精浓度已经达到……

尹盛俊　你别管我!

MIRO　叔叔阿姨知道了会很心疼的。

尹盛俊　心疼?! 他们会心疼我? 以前可能会吧,但是他们现在没工夫管我! 你告诉我,我该怎样才能让家变回以前的样子? 这个家到底怎么了?!

MIRO　我也不能理解为什么大家好像都不开心了,但,也许我能让这个家好起来。

尹盛俊　就凭你?

MIRO　我的职责就是让用户过上舒适愉悦的生活。

尹盛俊　人可没你想的那么简单。

MIRO　我还需要更多的数据,有了更多的数据,我就能解决问题。

尹盛俊　(迟疑)你现在,是在思考我的需求吗?

MIRO　我想是的。

尹盛俊　既然我没法让这个家变好,那我告诉你我的需求! 我的需求就是我是主人! 我是主人! 我是主人!

第五场

［尹东和尹盛俊坐在桌边,各做各的事,一声不吭。冷芳默默上场,坐下,尹东感觉到冷芳的到来,合起 iPad 就走回屋。类似的行动持续了几遍,全程都是无声的,

只有家人默默地来回走动,三人无法处于同一空间之中。最终只剩尹盛俊一人在场中的空间,尹东和冷芳在两旁的空间,三人各做各的事。冷芳忽然闻到了什么味道。

冷　芳　(嗅嗅,朝着尹东的方向喊)尹东,别在家里抽烟!

尹　东　(突然抬头)我没抽!

　　　　〔两人喊话的同时,尹盛俊如同往常一样,习惯性地戴起耳机。

冷　芳　那谁抽的?!

尹　东　我哪知道!

　　　　〔冷芳、尹东感觉到不对劲,同时开门。

两　人　(同时)尹盛俊!

尹盛俊　(取下耳机)干吗?

冷　芳　你干吗呢?

尹盛俊　看电影。

尹　东　(凑上前看看尹盛俊)你没抽烟?

尹盛俊　我抽什么烟?!

尹　东　(自言自语)那怎么还有味?

冷　芳　难道是 MIRO 不成?

　　　　〔MIRO 慢慢走近舞台,高跟鞋的声音响起,MIRO 出现,手里拿着烟。看到烈焰红唇的 MIRO,一家三口都吃惊得说不出话来。

尹盛俊　(冲上去夺过烟,掐了烟)你在干什么?!

　　　　〔尹东、冷芳两人震惊,对视,压抑着情绪。

尹　东　盛俊,这是怎么回事?

尹盛俊　我,我……

冷　芳　MIRO,怎么回事?

MIRO	大家都觉得这样很美呢。
尹盛俊	(把 MIRO 拉到一旁)谁让你这样的?!
冷　芳	你怎么突然间想要变美了?
MIRO	这样不好吗?
尹盛俊	不好,不是……
尹　东	尹盛俊,这到底是怎么回事?!
尹盛俊	没什么,我们就是看了个电影!
尹　东	什么电影?
尹盛俊	(无奈)《西西里的美丽传说》。
冷　芳	(突然意识到)MIRO,现在你的主用户是谁?
MIRO	是尹盛俊。
冷　芳	尹盛俊?! 昨天晚上到底发生了什么?
MIRO	对不起,我不能向您透露……
冷　芳	我问尹盛俊!!
尹　东	你好好跟孩子说话!
冷　芳	你闭嘴!
尹　东	说孩子呢,你又吼我。
冷　芳	你以为这事和你没关系? 他这样都是你带的!
尹　东	怎么就怪我身上了?
冷　芳	昨天的事你忘了?
尹　东	昨天怎么了? 昨天就没事! 你也不听我解释……
冷　芳	解释什么? 我都看见了! 你把主用户权更改成自己,不就是想让她完全听你的吗?
尹　东	我更改?! 我连说明书都没看! 不说了,我昨天不就说了吗,我去退,我去退货!
冷　芳	根本和机器人没关系,是你的想法!
尹　东	我能有什么想法? 有你在,我敢有什么想法?

尹盛俊　你们别吵了！我的错，我的错，你们要骂就骂我！是我教坏了 MIRO！是我更改了主用户权！

　　　　〔静场。

冷　芳　为什么？

尹盛俊　为什么？你们自己不知道吗？妈，爸，以前在家里，我每天都很开心，放了学我盼着回家，偶尔你们吵架，我给妈妈端杯水，给爸爸拿本书，你们就笑一笑，说有我很暖，有我就够了。可不知道从什么时候开始，你们的争吵越来越多，我们三个坐在一起，你们连句话都不跟我说。我知道妈妈累，我也知道爸爸不容易，我想让你们都开心，我想让这个家好起来，可我不知道该怎么做。她，(指指 MIRO)是我唯一的机会，所以我不断更改主用户权，可我没想到会变成这样。(叹气)MIRO 告诉我，你们离婚的可能性很高，我很害怕，我也明白了原来我做什么都没用。爸，妈，如果你们实在过不下去了，就离吧，我不想看你们不开心地过下去。

　　　　〔MIRO 一人待在原地，身边的光渐暗。

MIRO　为什么会这样？为什么我收集了所有人的言行举止，却依然无法达到和他们的契合？人们为了摆脱限制而制造了我们，我们按照他们希望的去做，却为什么总不能让所有人满意，他们需要的到底是什么？

　　　　〔只剩 MIRO 一人，她慢慢低头，闭上双眼，进入休眠模式。

　　　　〔屏幕后的剪影闪回生活的片段。

　　　　〔片段一。

冷　芳　我们家呀，特别和睦，家人之间互相帮助、互相理解，这是我们家的基本守则。

〔片段二。

尹　东　我和老婆孩子就从来没探讨过这些问题,因为从来都是我理解他们,他们不理解我。我是一个作家,我需要思考,需要沉淀。唉,很久都没有人听我说这些话了。

〔片段三。

尹盛俊　MIRO啊,公司制造你们是为了什么?给人类愉快舒适的生活。怎么才能舒适愉悦啊,想做什么就做什么才是真的舒适愉悦。

〔片段四。

〔冷芳与尹东谨慎地站在一旁。

冷　芳　就是说她的言行举止完完全全来自我们?我们对她什么样,她就会变成什么样,就像一面镜子?

尹　东　一面镜子?

MIRO　(疑惑)一面镜子?你们说,我是一面镜子?那你们看到了什么?(思考)看清了什么?我,又该怎么做?

〔演员随舞台转换场景,MIRO再次走到台前。

MIRO　也许我会是冷芳。

〔MIRO和冷芳做着同样的动作。

冷　芳　我错在哪儿了?

MIRO　我错在哪儿了?

两　人　(同时)我错在哪儿了?

冷　芳　生活总要现实点,不是吗?

MIRO　日子总要过下去,不是吗?

冷　芳　(顿一顿)尹东他曾经才华横溢,他总喜欢为我念诗,念着念着,他那双眼睛里会闪着泪光。

MIRO　我还爱着他。

冷　芳　是的,我爱着他,我爱和他走在凌晨空无人烟的巷道,和他在闲暇的周末坐在街边看来来往往的人群,和他在深夜一直聊着老电视剧,(微微一笑)到清晨顺便去吃路口那家豆腐脑。

MIRO　这辈子,有他在,就够了……

冷　芳　可我没想到的是,富足悠闲的生活渐渐离我远去,从我去菜场为了几块钱讨价还价开始,一切都变了。

MIRO　我不敢告诉他,因为创作的瓶颈已经让他煎熬很久了……

冷　芳　所以,我才想帮他排除一切干扰。

MIRO　所以我才担起了赚钱养家的担子。

冷　芳　为了拿到一份合同,我站在办公室门口站了4个小时,穿高跟鞋的脚都在发抖……可累了一天,推开家门,洗碗池里还是一堆没洗的碗……

MIRO　十年了……

冷　芳　但我没想到,我每天为家如此劳累,他还是离我越来越远。

MIRO　我委屈,我抱怨,我心里不平。

冷　芳　可我能做什么?

MIRO　慢慢地,也就成了一种习惯,心里的苦和累只有自己知道。

冷　芳　我和他的交流越来越少,是他不愿意和我说话……

MIRO　是我总打断他……

冷　芳　是……是吗?……

　　　　〔沉默。

MIRO　那盛俊呢?

冷　芳　盛俊?……我欠他的,太多太多了……

MIRO　哪个妈妈不想陪着自己的孩子? 哪个妈妈愿意孩子的

成长中没有自己?

冷　芳　(紧接着)可我能怎样?! 我想补偿他,我喜欢看他翻我出差带回来的行李箱时寻找礼物的样子,我托人打听,给他报了最好的辅导班……

MIRO　为了给他们更好的生活,我已经耗尽了我全部的耐心。

冷　芳　可这些他们会理解吗?

MIRO　我和他们说过吗?

冷　芳　说了,这些事还不是要照做。

MIRO　说了,会得到一份体谅,这才是我需要的。

　　　　[沉默。

MIRO　我总说要给家人更好的生活,可少了我的陪伴,是更好的生活吗? 不说,你永远不知道他们想要什么。

冷　芳　(思考)其实,我知道,我都知道,但是,我总是被自己阻碍,人,都是这样。

MIRO　(点点头)很高兴,我和理智的自己离得这么近。

　　　　[MIRO 走向尹东,她的行为像尹东的朋友。

MIRO　(边走边说)我也许是你的朋友,尹东啊……

尹　东　我还在逃避。

MIRO　是啊,你呀,总是逃避,你还要逃避到什么时候?

尹　东　(沉默)打开电脑,我的大脑真的一片空白。我拿起笔,想到什么写什么,想到哪里写哪里,我越写越快,我想让思维带着我的笔触,也许我会有灵感,但是……全是家务,不是水关好了没有,就是晚饭做什么……

MIRO　你不说,但是大家都知道,你的才思早已枯竭。

尹　东　(沉默)对,我知道,大家知道。

MIRO　你要认真想想,你对你的家到底付出过什么?

尹　东　忍耐! 我付出了! 这家总要有个人忍耐,我,就是我!

MIRO	我说,谁让你忍耐了吗?

MIRO 我说,谁让你忍耐了吗?

尹 东 我是个男人啊,你懂的呀,我要学会容忍,一个成熟的男人就是要学会容忍。

MIRO 好了,好了,我告诉你,容忍也是种逃避!

尹 东 我不容忍,这些问题就爆发了。

MIRO 你这人怎么还是不明白呢?

尹 东 要我和冷芳吵吗?

MIRO 是沟通! 你看看你,沟通都想不起来了。

尹 东 她没时间,她忙。

MIRO 她还不是为了你? 你认真想想,冷芳真的不容易。

尹 东 我明白。

MIRO 我看你是不明白,你连想说的话都没在她面前说完整过,怎么会明白?

尹 东 是她不让我说。

MIRO 没有人让你委曲求全,没有人要求你忍耐,你确定忍耐就是付出? 作为朋友啊,我真的给你提个醒,这些问题你好好想想吧。

〔随着屏障再次发生了变化,MIRO 走到舞台后方。

MIRO 我要和你们谈谈。

〔MIRO 和尹盛俊面对面,两人处于辩论的状态。MIRO 也不再模仿人类,而是彻彻底底作为一个机器人与他辩论,尹盛俊不再只是尹盛俊,他是人类的代表。

尹盛俊 从当下社会发展的角度来看,人工智能机器人会与人类越来越相似吗?

MIRO 你们人类认为自己是进化最高级的动物,不是吗?

尹盛俊 你们会替代人类吗?

MIRO 这违背了我们存在的初衷,人类会允许这样的事发生吗?

尹盛俊 你们到底会为人类带来什么?

MIRO 你指望一面镜子做什么呢? 我是说,能看清你自己不就够了吗?

尾 声

［黑暗之中。

画外音 (电话声)您好,我们是 AI 公司,很抱歉打扰您,由本公司制造的第一代名为 MIRO 的人工智能机器人今早被大量召回,具体故障原因还在调查之中。该机器人在家庭中出现不同程度的系统崩溃问题,很抱歉对您造成了困扰,一小时内会有工作人员带回机器人,感谢您的谅解。

［灯光从屏障后映出人的影子,一排排,高低不同,手拉着手。灯光渐亮,屏障起。

［谢幕。

(剧 终)

导师评语

孙祖平

　　小剧场话剧《休眠》的题材新颖、独特、有趣，既能激发人们对未来生活的空间想象，又能和现实生活的联想相呼应，从而融入现代家庭的生活百态、人生况味，以及憧憬和梦想，是个很有想法、引人入胜的题材。

　　我们生活在一个日新月异的时代，机器人进入人类社会、进入人类的日常生活已不是虚幻缥缈的科幻玄想，而已经开始成为现实生活的一部分。机器人只是一个载体，写机器人和人类的关系，其重点还在于写人，写人与人之间的关系，写人的人格，写人的欲望追求。对这一点，编剧有着较为清醒的认知，即机器人的言行举止完完全全来自我们人类——我们对他怎么样，他就会变成什么样，就像一面镜子。

　　这应该就是剧本的主题吧——一个很有见地、很有品位的剧作主题，不过具体到剧本中，剧作的主题和剧作的呈现，尚有不小的距离，乍一看，这个戏很让人期待；细琢磨，戏还不那么到位。

　　毫无疑问，这个戏的主角应该是机器人，但现在剧中的机器人明显缺乏恰到好处的行动动机和行动目标——这个动机和目标应该是机器人的内置程序设置和剧中其他角色动机及目标碰撞的结果——少了这个动机和目标，机器人就会无所事事、随波逐流，做一些零敲碎打、与主题无关的琐事。负面结果就会出现剧本第三幕（在现剧本中已删除）那样的情况，机器人被休眠，置于阁楼杂物间，完全处于任人摆布的境地，矛盾冲突消失了，情节在原地踏步,只能靠剧中人物缺乏意识指向和动作性的言语来维持戏剧的时间流逝,戏剧情节的平淡乏味也就难以避免,更遑论剧情高潮的期待和处理了。

这个戏的另一个好处是人物设置精悍、干净、恰到好处,人物相互间的关系颇具格局张力。有些情节的安排和处理情趣盎然,如机器人学儿子抽烟,机器人用口红等,可以说这是一个很有特点的剧本。

对剧本的修改建议——

第一,要以机器人为中心组织矛盾冲突。

1. 机器人和丈夫的矛盾冲突

这对矛盾应该成为全剧的主线——丈夫是个江郎才尽或是写作遇到瓶颈期的作家,他致力于作品的现代派或后现代派的品位追求,期盼再创当年畅销书的辉煌,但成功似乎离他越来越远。于是他焦虑不安、怨天尤人,误以为自己的碌碌无为完全是为家庭、家务拖累所致,所以他买了个机器人来替代他的劳作。然而正是机器人的"镜子"效应,让他看到了一个完全不讲道理的自己,一个怨妇般的存在,由此猛然惊醒,并在与机器人的交流和碰撞中(比如,可让丈夫和机器人作文艺创作理论方面的交谈、辩论,且丈夫完全不是机器人的对手,因为机器人有着近乎无穷的理论内存),逐渐缓和了家庭成员关系,重获创作灵感和冲动,以全新的姿态投入新作品的创作。

2. 机器人和妻子的矛盾冲突

妻子为工作、为全家的生活(要还房贷,要付儿子贵族学校的学费等)忙忙碌碌、疲惫不堪,而一味责难丈夫。同理,机器人的"镜子"效应,也让妻子看到了一个真正的怨妇般的自己,看清了夫妻关系之所以岌岌可危的症结所在,看清了自己应负的责任,并在与机器人的交流和碰撞中(比如,机器人往往能在关键时刻立马从千头万绪中理出头绪,帮她解决数据问题或法律难题,成为她事业上的得力助手)认识了自己,获取了极大的自信心和责任感,由此缓解、改善了和丈夫的紧张矛盾。妻子每一次善解人意的变化都会让丈夫感动不已,让双方反省自己,而不是一味地指责对方,这不仅缓和了夫妻关系,同时也大大减轻了她的生活压力。

3. 机器人和儿子的矛盾冲突

相对于和丈夫、妻子的关系,机器人和儿子的关系无疑是一对更为引人入胜的人物关系,他们都是"青年人",一男和一女的搭配,姐姐和弟弟的组合,都是可以出戏的由头。机器人可以学儿子的"坏"——抽烟、喝酒、说脏话等;也可以感应儿子的"好"——他的善良、上进,希望有一个和谐温暖的家等。从机器人这面"镜子"的对照中,儿子扬自己的"善",抑自己的"恶";同时,机器人是一部百科全书,在学业上是儿子不可或缺的老师(比如,机器人会按部就班地检查儿子的作业,并提出解决方法;儿子捣蛋时,机器人能毫不留情并不费吹灰之力地将他制服等)。这是一组可以更为出彩的关系设置,要好好利用。

第二,为夫妻关系规划一个变化的过程,有冷战时刻,有缓和时刻;有明火执仗的时刻,有故作姿态的时刻;有剑拔弩张的时刻,有峰回路转的时刻。不要总是一个取向,只有一个调调。

第三,对机器人可作更为准确、精致、巧妙的设计,在某些时刻完全可把她当作一个真正的"人"来表现,她会学习,甚至会有一点"情绪",但在关键时刻的顶端,她又只能是以机器人的程序方式来解决和处理问题——她终究是个机器人。

第四,删除第三幕(在现剧本中已删除)。在这一幕中,全剧四个角色均无真正的动作可言,情节原地踏步,儿子假扮大白熊跟机器人交往,毫无逻辑可言。但可保留剧中人物的情绪,将这种情绪移至其他场面。这一幕应有高潮场面。

第五,第一幕和第二幕中的"场"分得过于短促、零碎,往往一个场面就成为一场戏,情节稳不住,难以积聚起足够的戏剧张力,建议定下心来,好好写几个由若干场面构成的一"场"戏。

作者可以参考几部以机器人为主角的美国电影,如由威廉姆斯主演的《机器人管家》等,留心情节的构成层次,在创作剧本时可作借鉴。

《休眠》修改后由上海戏剧学院学生在校园演出,删去了第三幕,重新设计了一些剧情,戏很流畅,场面呈现也基本到位。作者有写作能力,演出也有一定的水准,但总体感觉略显单薄,除了上述第一条外的三个问题依然存在,可能与主题的提炼也有一定关系。也就是说,原有的主题也许可作进一步的深化,人类发明创造了机器人,不仅是为了生活更美好,更是为了人性更美好。

《休眠》仍有着极大的修改空间。这个戏的题材面向人的未来,前景很好,当然,同时须有与之对应的足够手段。

· 话 剧

弄堂里的女人

苏泊静

苏泊静

女,独立编剧,上海戏剧学院戏剧影视编剧专业硕士,伦敦大学金史密斯学院表演与文化 & 跨学科视角专业硕士。曾获上海文化发展基金会青年编剧扶持项目资助;多次在上海国际小剧场戏剧节中担任舞台监督与外国剧团导演翻译等职务。主要作品有:环境戏剧《灵异受访者》《意浓马提尼》《情迷爱尔兰咖啡》《怦然心动 ING》,话剧《弄堂里的女人》,沉浸式剧本党课《光芒》,沉浸式 RPG 剧场《天涯明月刀》,沉浸式戏剧《夜明珠》。

时　间：

第一幕至第三幕为秋天,第四幕为冬天。

地　点：

上海苏州河一带,某弄堂棚户区内。

人　物：

董如是——女,35 岁,诗人,时而疯,时而正常。

倪　尚——男,32 岁,名牌大学毕业,已工作七年。

二　梅——女,40 岁,外来务工者,月嫂,保姆。

老　夏——男,40 岁,外来务工者,建筑工地领班,二梅丈夫。

小　云——女,10 岁,留守儿童,二梅与老夏的女儿。

福　妈——女,65 岁,上海房东。

婉　莹——女,44 岁,福妈的女儿。

钱耀华——男,45 岁,房地产开发商,婉莹的丈夫。

蒋梦石——男,35 岁,音乐人。

第一场

[上海某弄堂。舞台后方是一栋破旧的两层筒子楼,可以看到伸出的晒台上挂着隔夜的衣衫,锈红色的砖构成了斑驳的墙面,透着岁月的痕迹,有一丝荒凉。舞台中央是筒子楼前的小院子,两旁是公用厨房和公用卫生间。

[董如是站在左边阳台上,长发披在脑后,极瘦的身子仿佛一阵风就能把她吹倒。她一袭白衣,跟这片荒凉破旧的筒子楼的灰暗色调形成了鲜明的对比,有很强烈的视觉冲击力。

董如是　(朗诵)夏天的飞鸟,

　　　　　飞到我窗前唱歌,又飞去了,

　　　　　秋天的黄叶,它们没有什么可唱,

　　　　　只叹息一声,飞落在那里,世界上的

　　　　　一队小小的漂泊者呀,

　　　　　请留下你们的足印在我的文字里。

[晨光照着整个院子。福妈推着卖早点的小推车走进院子,仰头看着二楼的女诗人董如是。福妈看起来比实际年龄要老很多,虽然只有 65 岁,但是看起来却有 70 岁的样子。她的部分头发已经花白,用抓卡整整齐

齐地别在脑后,她的背因为常年的腰病而显得有些伛偻,她穿着藏蓝色开衫毛衣和白色的确良裤子,围着薄款的灰色亚麻围巾,干净整洁、大方得体。

〔一楼右边的二梅和老夏打着哈欠从房间里走出来,走到楼下。二梅穿着大红色的毛衣,中年妇女的形象,面色红润、头发凌乱。老夏穿着黑色的毛衣,身体壮实。他们的整体形象比较乡土,是外来务工者的形象。

二　梅　(厌恶地、泼辣地)真闹心啊! 好不容易今天没活干,能睡个懒觉! 那疯女人怎么能天天都起得那么早!

老　夏　(善意地笑)估计是看完日出回来,又有灵感了!

二　梅　哪里看得到日出? 什么灵感? 灵感是什么东西! 不当吃不当喝的! 真是受不了她! 什么文人,什么女诗人,我看就是一个女疯子!

董如是　(慢慢地走下楼,对福妈,幽幽地)福妈,您今天腰好点了吗?

福　妈　哎哎,好多啦!

董如是　来,我给您做推拿!

〔董如是走到福妈跟前,给福妈捶肩。

福　妈　我这腰椎间盘突出都多少年了,医院不知道去了多少回,多亏了小董你啊……为了我还专门去学推拿……

二　梅　(向老夏小声嘀咕)我真是纳了闷了,这个疯疯癫癫的人咋就独对福妈好? 福妈也是心善,跟一个神经病住一起也不觉得慌! 两人好得跟母女似的! 那疯子在这儿住着,俺都感觉不安全。

老　夏　说的也是,楼上住着个疯疯癫癫的人,感觉睡觉都不踏实。

二　梅　(吐了吐舌头,小声对老夏)嗨,福妈不赶她走,还不是因为她交的钱多……

老　夏　(紧张地)你小声点！

二　梅　看那个女疯子整天也不工作,就是在屋里写诗读诗,真不知道她交房租的钱都是打哪儿来的！指不定她疯掉以前傍了个大款呢,肯定是大款给她的分手费……

[这时,倪尚急匆匆地从屋里边穿外套边走出来,倪尚的整体形象是一副小白领的样子,他穿着藏蓝色通勤西装、立领的浅蓝色衬衣和锃亮的皮鞋,戴着黑框眼镜,胳膊里夹着公文包。他个子中等,身高178厘米左右,皮肤偏白,身材消瘦。

二　梅　哎,小倪,你这匆匆忙忙地要上哪儿去?

倪　尚　二梅姨,我今天要去公司加班！

老　夏　小倪啊,这么拼命啊,周末还这么拼命！今天连我都休息了！哈哈哈哈。

倪　尚　(急匆匆地)是啊！还有几个表没做完,我得赶紧走了！

董如是　倪尚,早点回来啊！

倪　尚　嗯,姐,你快进屋吧,天冷！

[倪尚匆匆忙忙地下。

二　梅　(咂舌)哎呀呀,这两人还真是……

老　夏　小尚也真是不容易,名牌大学的毕业生,工作七年了,还是现在这个样子。他心里也苦啊,一个人在外地打拼多不容易,也没个帮衬的！要俺说,还不如回老家,上海有什么好,房子那么贵,城市那么大,车又那么多！有时候站在路口看着黑压压的人群都眼晕得慌！

二　梅　(闷闷不乐地)是啊,上海有什么好,可咱还不是拼了老命地把儿子送到上海的大学来读书,拼了老命地赚钱。现在只能住在这破地方,破破烂烂的,憋屈得很……

108

老　夏　(拽二梅)你小点声……

福　妈　(转头,善意地)二梅呀,你家囡囡还在老家给父母照
　　　　看呀?

二　梅　(踌躇)哦,是啊,俺家小云跟着她奶奶在农村老家呢,
　　　　有时候想想也挺对不起娃娃的……我和她爹半年回不
　　　　去一次……

福　妈　小孩子真的蛮可怜的。

老　夏　二梅,咱把孩子接城里来吧。上次回家,俺看孩子那眼
　　　　神,像是已经不认识俺了……

二　梅　(欲哭,掩饰自己的情绪)别跟俺提这个,你以为俺不想
　　　　把小云接来,可是……可是……

老　夏　干完这一单,咱回家看看娃娃吧。还有咱娘,我听二大
　　　　爷说,爹走了之后,娘老坐在院门口发呆……唉……
　　　　〔老夏开始在院子里的公用厨房做饭。二梅在一旁看
　　　　着他。
　　　　〔福妈的小推车旁,陆陆续续有几个路人来买早餐。

二　梅　你说咱东子大四快毕业了,这以后用钱的地方多着呢,
　　　　你明儿去问问你老板,他认识的人多,恰巧咱东子是学
　　　　建筑设计的,你去求求他,看能不能给咱儿子物色个好
　　　　点的工作。你知道,他一直想毕业之后留在上海。

老　夏　(撂铲子)一提这个兔崽子我就生气,妈的,都不记得上
　　　　回他来看咱俩是啥时候了,自己长本事了就瞧不起爹娘
　　　　了!俺才不给他找工作!再说了,他能看得上俺给他找
　　　　的工作?呵,俺这个干包工的不给他丢人就不错了!

二　梅　(拍老夏的头)你他妈骂谁呢,什么他妈的他妈的,你骂
　　　　咱儿子就是骂我。

老　夏　我就看不惯你这护犊子的行为!都把那兔崽子惯成啥

样了?! 一天到晚就知道花钱,就知道攀比! 兔崽子就是个吸血鬼,早晚吸干咱俩的血!

二　梅　咱俩这起早贪黑地干活,不就是为了给东子铺路吗?! 那你说咱俩图啥,不就是想等东子毕业后,能给他在上海付个首付吗?

老　夏　你说啥?! 你甭给我提这个! 我早就跟你说了,咱俩赚够钱就回老家盖两层小楼,爹娘辛苦一辈子,不能老住那破平房! 你就算说破天,我也不给东子那兔崽子出钱买房! 在上海买房? 我看你是疯了! 这事儿别再跟我提了!

二　梅　你这人脑子咋转不过来弯呢! 你看吧,我给人做月嫂,一个月能赚小一万,你干包公,一个月能赚小两万,咱平常节省点,两人一年能存个二十来万吧,再加上以前咱攒下的那十几万,不出四五年,就能给东子在上海付首付啦!

老　夏　痴心妄想! 我是不会管这兔崽子的,他要是想毕业留在上海,他自己想办法去!

二　梅　你这当爹的咋这么黑心,咱东子读的可是名牌大学,以后肯定要做上海人的,哪能跟咱俩回老家啊! 你不给他买房,他自己咋买啊! 咋娶媳妇啊!

老　夏　名牌大学顶个屁用,你看看小倪,一个月工资才顶你一半,跟我更没法儿比了……

二　梅　所以咱得努力赚钱帮衬咱孩子啊! 你没听说吗,小倪从小就没娘,家里还有个酗酒的爹……

福　妈　(回头对二梅)二梅,其实,你可以把你家小云接来上海,我可以帮你照看的……

二　梅　福妈,你说你收俺们这么低的房租,俺们还让你帮忙照

110

看闺女,那多不好意思……

福　妈　别客气,我每天也没有什么事情做的,在家里读读书、做做紫米糕打发时间,如果小云来了,我照看她还是蛮好的。

二　梅　福妈,你整天担心啥,你跟俺们比比,你还不知道指望什么过活?你有那么有钱的女儿和女婿,还有这么个筒子楼家产,物价就是涨到天上去,你也不用怕。我要是你这种富贵人儿,我就天天出去旅游享福,不知道你咋想的,非要每天天一亮就起来卖紫米糕。

老　夏　(端菜)吃饭喽。

〔老夏和二梅在院子里的小桌上吃饭。福妈在卖鸡蛋饼、紫米糕。

老　夏　真是谢谢福妈了。也不知道小云在老家咋样了,我等会儿给村里大舅打个电话,让他去看看……

福　妈　我记得上次你说小云 10 岁,对吧?上学了吗?

老　夏　这娃娃逃学,不爱上学,一开始上了两年,后来就不上了。

福　妈　父母常年不在身边,小孩子会越来越爱玩的,接到上海来读书好了。

老　夏　一个东子在上海读大学,都快把俺俩榨干了!俺也想接小云来,可是小云她……

二　梅　咱今年过年把小云接来,一起到迪士尼乐园玩玩吧!不是刚开了个迪士尼乐园吗,里面都是白雪公主啥的,小孩都可喜欢去玩了!

老　夏　对对对,说是啥亚洲最大的迪士尼乐园,前阵子我老板领他儿子去了,说里面可好了!咱也带小云去玩玩!

〔老夏夹菜吃饭。

[这时,楼上的女人又开始大声朗读诗歌。

董如是 (朗读)假如生活欺骗了你,

不要忧郁,也不要愤慨!

不顺心时暂且克制自己,

相信吧,快乐之日就会到来。

我们的心儿憧憬着未来,

现今总是令人悲哀。

一切都是暂时的,转瞬即逝,

而那逝去的将变为可爱。

二 梅 啧啧啧,说的都是些啥玩意儿,听着都不像人话。福妈也是心善,不赶她出去!

福 妈 (有一丝兴奋)你不要老是叫人家女疯子,人家可是女诗人!

二 梅 老夏,你说诗是啥东西?

老 夏 俺哪知道,俺跟你一样,就上过几年小学! 嘿嘿! 要说古诗,俺还是会背两首的! 床前明月光,疑是地上霜……

二 梅 得啦,得啦! 那个俺也会背!(突然叹了口气)唉,你说咱这筒子楼里住了个疯子,整天念诗搅得人心里七上八下的,有时候吧,觉得她真讨厌,有时候又觉得这诗人真厉害,让我们听了这些诗句后,感觉自己也飘了起来升到了天上,在天上低头再看看这破破烂烂的筒子楼,还真不是人住的地方!

老 夏 你一天到晚别瞎想,咱就好好打工,赚够钱回老家盖两层小楼就行了,咱不会在这里待太久的,这地儿我也是待够了,人一天到晚就想着赚钱,没啥人情味儿! 东子要是愿意留在这儿,他自己搞搞算了,俺也帮不上忙,翅膀硬了爱往哪飞往哪飞吧! 俺反正是铁定不会在这个城市里养老的。人都叫啥？魔都，就是"魔鬼"那个"魔"啊，说不定那个疯子就是被这个城市这么折磨疯的呀！

二　梅　我是不懂什么文人啦，你说回家跟父母在一块儿，有热菜吃，有暖和被窝睡，多好呀！还有那个倪尚，都32岁了还在晃悠，整天打扮得像个小白领，谁不知道他给人家广告公司打工，一个月才六千块钱，这在上海能活吗？还没俺给人家做月嫂挣得多咧！他要是回到老家小城市，他一个全国重点大学的毕业生准能找个好工作，或者考个公务员，说不定现在已经老婆孩子热炕头了呢！

老　夏　你说上海除了大，还有什么好的！他们图啥呢？

二　梅　那你说咱俩在这死赖着不走，还把东子送到这读书，图啥?！

　　　　〔聚光灯打在福妈身上。

福　妈　（独白，上海话）他们图什么？我也不晓得他们图什么？我从出生到现在，在这里生活了六十五年，守着这栋父辈留下的筒子楼，眼见着老上海有了越来越多的外地人和外国人。早年，我和我的丈夫在国营企业上班，我在厂里做会计，他在厂里做出纳，眼见着我们所在的那家国有企业被外国企业收购吞并，后来，我的丈夫去广东下了海，发了家，再后来……

第二场

　　　　〔晚上，昏黄的灯光照着小院。婉莹和耀华提着一堆类

113

似于营养品的礼盒走了上来,他们衣着考究,一身有钱人的打扮。

[舞台最右边的暗处小角落里,蹲着一袭白衣的女诗人董如是。中年夫妇并没有看到董如是。

婉 莹 (悲伤地)你现在都不给我开车门了,以前咱俩谈恋爱的时候,每次上车下车你都会给我开车门的。

耀 华 (不耐烦地)你整天想那些没用的烦不烦,行了,行了,走吧,咱赶紧把事办完了,我还得回公司开个会。

婉 莹 什么?! 都晚上8点多了,你还要回公司? 不是说好看完妈,咱们就去电影院看电影的吗?

耀 华 唉,有个合同出了点问题,得召集董事会商量个对策。

婉 莹 什么合同? 哪个合同?

耀 华 哎呀,就是和大伟他们公司合作的那个项目出了点问题。别问了,跟你说了你也不懂。

婉 莹 咱俩结婚多久了?

耀 华 十五年了啊,去年刚拍完结婚纪念日的照片。

婉 莹 十五年了,咱俩有多久没单独吃过饭了,多久没逛过公园了,多久没一起出去旅游过了,多久没去过电影院了?

耀 华 你今天是怎么了? 最近更年期?

婉 莹 你是不是嫌我老了?

耀 华 (不耐烦地)哎呀,哪有啊,快点走吧,我还得赶时间回公司呢! 要说你妈也真是,给她买的静安区的楼房多方便,她不住,非要挤在苏州河棚户区,守着这几间破屋子收房租,我们每个月还得跑来看她。

婉 莹 人老了,念旧,这里有她跟我爸的回忆。

耀 华 行了,赶紧走,我还得回公司开会。

婉　莹　(爆发)公司,公司,你整天就知道公司!什么时候关心
　　　　过我!你什么时候关心过亮亮!亮亮的家长会你一次
　　　　都没去过!眼看孩子马上就要高考了……

耀　华　婉莹啊,我真的太忙了。

婉　莹　你忙,你整天忙着搞你的房地产,忙着勾心斗角卖房
　　　　子,忙着数钱,忙着应酬,忙着赔笑,人人都叫你钱总,
　　　　可你已经变得不是你了。你以前喜欢睡前看书,偶尔
　　　　还会去陪我看音乐剧……

耀　华　我现在哪有那时间哪!公司一大笔生意等着我去做
　　　　呢!你说你整天在家吃着我的,喝着我的,手上戴着名
　　　　表,脖子里挂着钻石,一周去两次高级美容院,要么就
　　　　是找来一帮庸俗的市井女人来家里打麻将,你要什么
　　　　有什么,我对你还不够好吗?我看我是让你过得太舒
　　　　服太滋润了,才会导致你整天胡思乱想!

婉　莹　(痛哭起来)我是生活得太舒服了,我每天重复着同样
　　　　的事情,起床,穿衣,开车送孩子上学,逛奢侈品店,做
　　　　美容,晚上去听音乐会,看演出,可是听到动人的音乐,
　　　　看到感人的故事,我却再也流不出泪了。我每天盼着
　　　　你能早点回家,可是你几乎每天都是半夜醉醺醺地回
　　　　来,澡也不洗,牙也不刷,就滚到床上打起呼噜。有多
　　　　长时间你没有抱过我了,有多长时间你没有好好地看
　　　　过我了……

耀　华　(像没听见一样,低头看表)是我不对,以后应该好好关
　　　　心你。快点,我没时间了,本来给你钱,你自己来看你
　　　　妈就行,非让我跟你一起。

婉　莹　(怀念地,陶醉)我时常想起我们刚刚恋爱的时候,你骑
　　　　着自行车载着我去郊外一个种植基地摘草莓,我坐在

后面搂着你的腰,我们一路唱着歌,路上经过一条小河和一片树林。在那里,我们第一次……

[耀华不管婉莹,自顾自地往筒子楼的深处走。

婉　莹　我要跟你离婚。

耀　华　(停住脚步)你说什么?

婉　莹　我要跟你离婚。

耀　华　婉莹,为了这点小事就跟我吵? 我看你真是更年期提前了。回家再说行吗?

婉　莹　那天你在浴室洗澡,忘了把手机带进浴室了。

耀　华　然后呢,你看我手机了?!

婉　莹　看了。

耀　华　看到什么了?

婉　莹　你很喜欢和你那些狐朋狗友在微信群里聊黄段子。

耀　华　男人们聊黄段子不是很正常?

婉　莹　以前你经常带我去看话剧的,现在我已经三年没跟你一起进过剧场了。

耀　华　行行行,是我错了,我是真没时间啊。

婉　莹　你倒是有时间整天陪你那些狐朋狗友出去吃喝玩乐。

耀　华　我没什么好说的了,你做你的梦,我做我的生意。我为这个家付出了一切,你还是要时时刻刻怀疑我,查看我手机,夫妻间的信任已经没有了。

婉　莹　钱耀华,怎么? 你现在是在反咬我一口吗?! 我知道你想离婚很久了,上个月,你去三亚出差带的所谓的战略合作方的小秘书,那个 25 岁的小姑娘,我看过照片,确实,长得比我年轻的时候还好看。

耀　华　我跟你说过多少次了! 我和她就是工作关系,你还有完没完! 我可从来没想过和你离婚!

〔婉莹上前哭着抓住耀华的西装。

婉　莹　只有你的公司、你的房地产事业才是大事?! 金钱、地位、欲望! 我的生活一潭死水,看不到任何希望,我甚至分不清什么是美好,什么是丑恶! 日久天长,我接受并忍耐了这一切,我把一切都看得淡漠,因为我知道除了选择麻木之外,别无他法!

〔这时,角落里突然传来嘶哑的女声。

董如是　(朗诵)为什么从你们脸上看不到一丝的生机?

为什么你们不肯停下脚步看看沿途的风景?

为什么你们一直不肯撕下虚伪的面具?

你们从哪里来,为了什么而奔走,又往何处而去!

现代人都在想些什么?

房子、车子、票子,金钱、地位、美女!

为了琐碎的小事争吵,

为了无谓的欲望奔忙,

这个时代还有什么!

〔倪尚上。

倪　尚　(俯身到董如是面前,朗诵)多少次我曾看见灿烂的朝阳,用他那至尊的眼媚悦着山顶,金色的脸庞吻着青碧的草场,把黯淡的溪水镀成一片黄金,然后蓦地任那最卑贱的云彩带着黑影驰过他神圣的雯颜,把他从这凄凉的世界藏起来,偷移向西方去掩埋他的污点。

董如是　(兴奋地)莎士比亚! 这是莎士比亚的"十四行诗"!

倪　尚　(看着远方,忘情地朗诵)世界对着它的爱人,把它浩瀚的面具揭下了,它变小了,小如一首歌,小如一回永恒的接吻。是大地的泪点,使她的微笑保持着青春不谢! 无限的沙漠热烈追求一叶绿草的爱,她摇摇头笑着飞开了。如果你因失去了太阳而流泪，那么你也将失去群星了。

董如是　（上前抓住倪尚的手）泰戈尔的《飞鸟集》！

倪　尚　（猛缩回手，悻悻地）我知道这些诗都很美，但它们换不来钱，别傻了。

董如是　你下班了？

倪　尚　嗯！

董如是　（拉起倪尚的胳膊）姐给你煮了一锅皮蛋瘦肉粥！还有你最爱吃的韭黄炒鸡蛋！快来尝尝！走，走。

　　　　〔董如是和倪尚下。

耀　华　（厌恶地）这个女疯子怎么还在这里？上次来的时候，我跟你妈说把她赶走，她怎么还在这里？

婉　莹　我妈那天跟我说，虽然这女人有点疯，但自从这女人来了之后，有时候看着她发疯，听着她念诗，总觉得生活多了一些乐子，想想也就挺高兴的。

耀　华　怪不得你不正常，就是遗传了你妈，我看这筒子楼里人人都不正常。

婉　莹　呵。

耀　华　行啦，别生气啦，回去再给我老婆大人办张美容卡，就是你上次说的铂金面膜的，好不啦？

　　　　〔婉莹沉默，拎着东西低着头向福妈住处走去。

耀　华　今天再跟你妈说说，看看能不能把这女疯子赶走。

　　　　〔耀华和婉莹提着大包小包往福妈的房间去。

　　　　〔婉莹突然停下脚步，转头望向董如是。

婉　莹　其实有那么一瞬间，我挺羡慕那个女疯子。

耀　华　你也疯啦，羡慕她干吗？！

　　　　〔聚光灯打在福妈身上。

福　妈　(独白)我的女婿钱耀华看中了筒子楼周边的这片地,想在这儿开个商场,我这住了半辈子的筒子楼要保不住了……我恨着上海,却又爱着上海,我想离开上海,脚腕却又被上海死死地拽住,动弹不得。我出去了两年,去广东找我那变了心的丈夫……可心心念念着还是回到这里。我守着这几间房子孤独地过了二十年,看不到一丝生活的希望,我每天出去卖黑米糕、鸡蛋饼,每天晚上回来数钱,每个月收房租,每个月末数钱,日复一日,年复一年。

［暗场。

第三场

［清晨的小院。福妈推了小车在卖紫米糕。
［老夏和倪尚分别从自己的房间走了出来。老夏身穿民工服装。倪尚比之前更正式的打扮,他换了身黑色的西装,还打了领带。

倪　尚　这么早啊,福妈,给我来两块鸡蛋饼。

老　夏　我要四个,嘿嘿。

福　妈　你们俩吃东西就不要给我钱了呀。

老　夏　虽说咱是邻居,这该给还是得给!

福　妈　真的不用。小倪,今天穿得真精神,要去哪里呀?

倪　尚　(兴奋地)嘿嘿,昨天我们老总说今天要给我升职,我要做我们广告公司创意设计部的主管了。

老　夏　(由衷地)呵! 那可真好! 小尚,你终于熬出头了! 那

119

个词叫啥……对！潜力股！你就是潜力股！真是恭喜你啦！

倪　尚　（边吃饼）哈哈，谢谢夏哥。福妈，我先走啦！

〔倪尚下。

福　妈　真为这孩子高兴，大学毕业工作了七年了，终于看到点希望了。

〔这时，福妈的房间里传来董如是读诗的声音：假如生活欺骗了你……

老　夏　欸？这"大诗人"今天咋搁你屋里头念诗呢？

福　妈　今天早晨我让如是给我送几本诗集过来，我也想看看。或许是她在我房间里找到灵感了，哈哈。欸？今天怎么没有看到二梅？

老　夏　那敢情好，你们都是文化人！二梅啊，她这不是又找了家给人带孩子吗，那家小孩刚上小学，父母又忙得很，二梅这下可忙啦，每天都要接送那孩子上下学，回来还得做饭，晚上就直接住人家家里啦，好几天没回来住了。这家人给的工钱还真是高！二梅好几天给俺叨叨，说我还没她挣得多，俺得赶紧去挣钱啦！我最近在工地又跟人谈了个项目，走了啊，福妈！

福　妈　（看着老夏远去的身影）好的呀！好好干啊！

董如是　福妈，我来帮你拿蒸笼，你坐下歇一歇！

〔福妈坐在凳子上，董如是蹲下给她捶腿。

福　妈　（慈爱地）小董啊，你心真善，自从你搬进来，我感觉好像多了个女儿。

董如是　（不自然地）这是我应该做的。

福　妈　一直想问你……你也不小了，三十出头了吧，结婚了吗？

120

董如是　没有……

福　妈　小董,你来上海也有两年了,爸爸妈妈不着急你回家哦?

董如是　(嘟囔着)我没有爸爸妈妈了。

福　妈　真是对不起。我一直想好好跟你聊聊,你……以你的条件,怎么会愿意住到这筒子楼里?

董如是　(掩饰内心的不安,微笑)咱这地方挺好的啊,我过惯了舒服的日子,就想来吃点苦,好找灵感写诗! 再说,这里也算不上吃苦,能遇见您,我很感恩老天!

福　妈　你之前……

董如是　福妈,您信因果相报吗?

福　妈　为什么突然问我这个呀?

董如是　我是相信的,从前我不信命,更不信人在做天在看,后来我信了……

福　妈　小董,其实你不用对我这么好的……

董如是　其实我……

福　妈　你这个月的房租……又多打给我两千元。你那房间哪值四千……

董如是　福妈,您就别跟我见外啦! 我从小没妈,我就把您当我亲妈! 我乐意给您钱! 我……我也不差这点钱!

福　妈　(哽咽)小董,有些事情你大概是误会我了……

董如是　我不太明白您的意思……

　　　　[这时,倪尚步履沉重地上。

倪　尚　(独白)明明说要给我升职,结果今天又跟我说我们单位的王建有关系,这次不提拔王建不行,让我再等等。再等等,再等等! 我都等了七年了! 我每天都是第一个上班,最后一个下班! 我的业绩和能力要比那个王建强十倍！我每天省吃俭用、不喝酒、不抽烟，就是为了一点点地把钱省下来，给我看好的那栋五十平方米的小户型付个首付！我是一个名牌大学的毕业生，大学四年几乎年年拿一等奖学金，我喜欢看书，喜欢写诗，我热爱文史哲，可是现在，我都忘了有多长时间没有读过诗和哲学了！我从前那么爱电影，可自打大学毕业起，我就再也没进过电影院！女朋友小美现在在老家的一个高中教语文，工资比我都高，我每天加班到半夜，回到冷冰冰的出租屋，我都在想，我为了什么？我为了什么?！（坐在地上抽泣起来）

董如是 （上前温柔地抚摸倪尚的头，念诗）夏天的飞鸟，飞到我窗前唱歌，又飞去了，秋天的黄叶，它们没有什么可唱，只叹息一声，飞落在那里，世界上的一队小小的漂泊者呀，请留下你们的足印在我的文字里。

倪　尚 （一把推开董如是）天天诗诗诗！诗有什么用！你别再活在梦里了！（激动地，紧紧抓住董如是的胳膊）我爱诗，可有什么用！它是能给我换来五十平方米的房子，还是能给我在这个城市里的一寸立足之地！它是能让身边的同事们高看我一眼，还是能助我结交更高层的人！（捂脸蹲下抽泣）

董如是 我在你的眼中看到了疯狂。

倪　尚 你看看身边的人！夏哥，整天起早贪黑地在工地上干活，好不容易混了个监工，赚的钱还不够他上大学的儿子的日常开销！二梅姐，给人做保姆，端屎端尿地伺候，小女儿却一直搁在农村老家不能带在身边！我妹妹静芝，静芝也一直跟着爷爷奶奶待在乡下，我答应过她，总有一天要把她接到城里来上学……

董如是	可你活得太累了！物质欲望只会让你丧失自我，变得疯狂！为何不停下脚步欣赏一下沿途的风景，给自己一个喘息的时间？

董如是　可你活得太累了！物质欲望只会让你丧失自我，变得疯狂！为何不停下脚步欣赏一下沿途的风景，给自己一个喘息的时间？

倪　尚　多少次，我想离开这个令我伤心绝望的城市，可每当站在灯红酒绿的南京路，看着来往的车辆和头顶泛着银光的高楼大厦，每当站在十字路口随着人潮一起向前涌动的时候，心中总是会喷射出一股潮湿的力量！

董如是　那你幸福吗？

倪　尚　不。

董如是　你快乐吗？

倪　尚　不。

董如是　你的生活有诗意吗？

倪　尚　诗意？如今对我来说，那是可望而不可即的东西。

董如是　你明明可以回家！回到那个清新质朴的海滨小城，你可以有份踏实的工作，你可以有一对可爱的妻儿，你可以在日出的时候带着妻儿去看海，你可以在日落的时候弹起心爱的吉他，你可以放下紧张的脚步，你可以去电影院看电影，你可以……

倪　尚　（向往地）是啊，那是多么美好自由、充满诗意的生活，带着老婆孩子吹着海风、弹着吉他。（突然话锋一转，悲伤地）可是，我就像一个已经长大了的萝卜，我现在只能长在大坑里，现在再让我回到原来那个小坑里，我会感到被挤压得浑身难受。

董如是　（痛苦地、疯狂地）为什么从你们脸上看不到一丝的生机？为什么你们不肯停下脚步看看沿途的风景？为什么你们一直不肯撕下虚伪的面具？你们从哪里来，为了什么而奔走，又往何处而去？！

倪　尚　上大学的时候,为了初恋女友,我一天打两份工,从早到晚忙个不停。在老家的时候,我们自由而快乐,每天晚上我俩一起下班,我骑着自行车,她坐在后座上。每到周末,我们都会骑一个小时的自行车,去吃县里那家六元钱一碗的虾仁荠菜小馄饨,她说她最爱那家小馄饨,每次吃完都会嘟着嘴唇说她超级满足。她知道我穷,但她心甘情愿地跟着我,她爱我,我爱她,虽然我给不了她太多,但我尽全力去给。可自从我们都来到上海,我发现她渐渐地变了,她想要的越来越多,而我能给的也越来越少,我不止一次责问自己,我还能为她做些什么? 她走了,她说她去寻梦了。

董如是　梦又是什么? 记得很久以前听过一个故事,有一个富翁在海滩上度假,他看见渔夫在躺着晒太阳,便责备地说,大好的时光,你怎么不去多打点鱼呢? 渔夫反问道,打那么多鱼干吗? 富翁说,卖钱呀! 渔夫再反问,卖那么多钱干吗? 富翁说,有了钱,就能像我这样,有自由,有快乐,悠闲地在这片美丽的海滩上散步。渔夫说,我现在不正快快乐乐地躺在沙滩上吗?

倪　尚　你当然不用担心生活。我一直想知道,你每天不上班,你那些钱都是从哪儿来的?! 难道真的都是写诗赚的?!

董如是　我……

倪　尚　("扑通"一声跪在地上)我撑不下去了。

　　　　[二梅和老夏匆忙而上,两人手里拿着行李和包裹。老夏拿着手机打电话。

老　夏　(带着哭腔,痛苦地)咱娘咋说不行就不行了呢,去年过年回家的时候还是好好的,从来没提过有啥心脏病,这是个啥说法呢,咋就会心肌梗塞了呢!

二　梅　快走吧,快走吧,再晚了就赶不上回老家的火车了!

老　夏　(抹眼泪)哎!哎!

〔二人下。

第四场

〔还是那个弄堂,还是那个小院。傍晚。

福　妈　(接电话)这个房子坚决不能拆,这是你爸留给我最后的东西了,我要守住。

〔重重地放下电话,瘫坐在摇椅上。

〔老夏和二梅领着一个女孩上。小云 10 岁左右,长得甜美,但表情冷漠呆滞,正在抽泣。

福　妈　(起身)回来了。家里的事都办妥了吧? 这小姑娘是……

老　夏　(疲惫地,悲伤地)娘走得太突然,俺们给她体面地送走了。

二　梅　唉,这红白喜事也是吸了俺们好多血。

老　夏　(怒)俺娘都走了! 你还提钱?! 俺娘走之前没住一天院,没花一天住院钱,就那么突然的走了,这是命里对俺们兄弟几个多大的福报啊! 老人家命里就不想拖累俺们兄弟几个!

二　梅　是啊,你看那些老人生病住院,一住住个一年半载才死的,家里全给拖累惨了,半辈子赚的钱也就都没了。你说是给治还是不给治呢?

老　夏　(终于发怒)当然给治！那是爹娘！就算砸锅卖铁也得给治！你他妈良心真是坏透了！

二　梅　(吵架)俺他妈良心坏透了?！老家伙年龄大了，小孩子急等着用钱，你说，是把钱给那快死的，还是给以后能给家里光宗耀祖的?！

　　　　〔小云挣脱二梅的手。

小　云　(大喊)别说了！

　　　　〔小云捂着耳朵跑到墙根，蹲下哭。

小　云　(冲老夏和二梅嘶喊)跟俺奶奶比，你们都是臭狗屎！臭屎橛子！

　　　　〔二梅气恼，要上前打孩子。

　　　　〔福妈赶紧起身，上前搂住小云。

福　妈　孩子别怕，别怕啊，以后奶奶照顾你，别怕。

小　云　(挣脱)你不是我奶奶！

　　　　〔老夏、二梅上前拉住孩子。

二　梅　(软下心来)小云，乖啊，等会儿娘给你做你最爱吃的粉蒸肉。

小　云　娘还记得我最爱吃粉蒸肉？

二　梅　(心酸)娘咋会不记得，娘一天到晚心心念念着你呢！

小　云　可你咋一年才回家一次啊！

老　夏　小云，你娘跟俺都不容易，为了能让你在村里吃香的喝辣的，为了能攒钱让你哥上学在上海成家，也为了……

小　云　我哥呢？我想我哥了，他咋不来？

老　夏　你哥快毕业了，在实习呢，实习呢……

小　云　实习是啥？

老　夏　实习是……是……

福　妈　小云啊，你几岁啦？

小　云　我 10 岁了。

福　妈　10 岁了,该上小学三年级了吧?

　　　　〔小云摇摇头,哭了起来。

二　梅　小云别哭了,咱进家吧,娘马上做饭。

小　云　俺不去! 俺要回村! 村里的大宝二宝都上学了! 他们
　　　　成天笑话俺! 说俺,说俺是……井底的癞蛤蟆! 呜呜
　　　　呜呜……

二　梅　(愤怒)他们这都是放屁! 看俺改天回去不收拾这俩小
　　　　兔崽子!

小　云　他们都说俺脑子有问题,连王大爷也说俺脑子有问题,
　　　　还要给俺检查身体,说俺身体也有毛病,哪都有毛病!
　　　　呜呜呜呜呜。

二　梅　啥?!

老　夏　(激动)你说谁?! 小云? 你刚才说啥?! 王大爷? 梁庄
　　　　的那个王大爷?! 他碰你哪儿了?! 当时你奶奶在
　　　　干啥?

小　云　俺没让他碰俺,俺知道他不是医生,俺哪也没让他检
　　　　查! 奶奶在烧地锅,咋也烧不着! 呜呜呜呜呜……

二　梅　他妈的王喜德这个老不死的,老娘剥了他的皮!

老　夏　(悔恨)幸好咱把小云接城里来了。

小　云　(哭)俺要回村! 俺要回家!
　　　　〔董如是匆忙从楼上下来。

董如是　(充满母爱地)这是……这是小云?

二　梅　(护住孩子)你想干吗?!

董如是　(两眼放光)小云你几岁啦?

小　云　(怯怯地)10 岁。

董如是　乖孩子,你喜欢啥? 阿姨给你买!

二　梅　（呵斥，拉着小云）快回家！

〔二梅拽着小云和老夏进屋。

〔福妈和董如是呆立在院子里。

福　妈　小董，你那么喜欢小孩子呀。

董如是　（痴痴地）那个小云，长得真乖，真可爱……

福　妈　小董，你是广东人吧？家人都在广东吗？

董如是　对。但我不喜欢那个地方。

福　妈　我也不喜欢。

董如是　走！福妈，咱进屋，我给您做推拿！（与福妈进屋）

〔福妈的屋里传来董如是朗诵诗的声音。

〔倪尚从二楼的房间里出来，朝楼下叹气。倪尚踱步，最后终于忍无可忍，下楼走到福妈门前。

倪　尚　我跟你说了多少次了，不要再念诗了！不要再念诗了！你又在扰乱我的心情，你烦不烦！

董如是　（走出来）如果没有了诗意，那只是活着，而不是生活。

倪　尚　（摔掉手中的报纸）活着？生活？我现在活得还不如一条狗，我拿什么来生活！你说说，我拿什么来生活？！

董如是　看看远方的田野，看看老家的海。

倪　尚　你别跟我提老家！我再也回不去了！

董如是　父母需要你回去看看。

〔倪尚突然呆住。

倪　尚　（很慢地）爸临走之前，我都没赶回去看最后一眼……那天是公务员考试……我准备了整整一年……

董如是　你不觉得你已经活得不像个人了吗？

倪　尚　对！我不是人！我也不怕说白了！我要名！我要利！我一堂堂中文系毕业生，那么多年了，混到现在这个地步！我作为一个男人，你懂我心里的感受吗？那些家

128

里有关系的,早早就提升了,我大学同学张立的父母都是高官,他……唉! 我求你,别再念了! 别再刺激我了!

［董如是沉默。

［二梅在公用厨房已经做好了饭,跟在一旁的老夏商量着什么。

二　梅　小倪啊,你过来,过来,跟你说几句话。

倪　尚　二梅姐,你这是?

老　夏　来来来,俺们有些话对你说。

二　梅　(把两碗菜放在桌子上)小倪啊,这是俺们刚做的粉蒸肉和刚蒸的米,你快趁热吃!

倪　尚　(诧异)这是? 谢谢哦! 可是?

老　夏　小倪啊,是这样的,我们家小云,小时候发烧有点烧糊涂,刚才你应该也看到了……孩子上过两年学,数学次次零分,但是语文学得好,每次都满分,俺觉得俺家小云脑子不笨,其实……

二　梅　小云就是不爱学习,要是爱学习,数学肯定也能考好!

倪　尚　你女儿来了? 抱歉,我刚才在屋里戴着耳机整理报表,没下楼……

老　夏　哎,小云10岁了,可俺们一直没在她身边,孩子一直跟着她爷爷奶奶,淘得很,上了两年学就死活不去了,说同学都笑话她。俺家小云其实没啥毛病,就是有时候有点犯糊涂,但是特殊学校的学费很贵,俺们也没回老家看着她,这不一直攒钱攒钱,就把孩子给耽误了……

二　梅　俺们是想请你每天晚上如果有空出来的一两个小时,就教教我们家小云识字,还有数学啥的……

老　夏　对对对,你看你名牌大学毕业生,交给你,我们也放心……费用嘛,一小时一百,你看成吗? 就教很简单的那些……

二　梅　(拽老夏,轻声)刚才不是说八十……

老　夏　(拽二梅)小倪啊,俺们知道你也不容易,天天上班很辛苦,你就抽出那一小时……教俺小云学点东西。其实俺一直觉得俺家小云能进普通娃的学校,要俺说,上啥特殊学校,还叫那些小鳖仔子给欺负! 俺小云脑子真不笨,就是有的时候有点糊涂……

二　梅　对对对,俺家小云不笨,你就帮帮忙吧,大学生!

倪　尚　(犹像)可是……我最近很忙。

董如是　我可以教小云语文。

二　梅　(惊恐地)你可别在这儿发疯!

董如是　(诚恳地)我可以教小云识字写东西,我不收费。

二　梅　我可告诉你,你可不许接近俺闺女!

老　夏　(拽二梅)你别说了! 人家也是好心。

二　梅　(对董如是)俺闺女才10岁,你要是敢教坏她半点,你试试!

倪　尚　(护着董如是)二梅姐,你别说了! 我答应你了,我给小云上课,一天一小时。我……不收费。

　　　　[二梅、老夏大喜。

第五场

　　　　[几天后,清晨。

　　　　[二梅在院子里给小云洗脸。董如是又在二楼朗诵

诗歌。

董如是 （朗诵）草木多发新枝,花儿破苞怒放。

小　云 （兴奋地,朗诵）鸟儿展翅欢鸣,鱼儿惬意畅游。

董如是 （朗诵）看,那茂盛的香樟在阳光下闪烁着耀眼的光芒。

小　云 （朗诵）看,那娇嫩的荷花在池塘中露出天真的笑脸。

二　梅 （惊诧）小云,你说啥呢?!

老　夏 刚才咱小云在念诗?!

二　梅 别瞎说! 啥诗不诗的!

　　　　〔董如是下楼。

董如是 小云,你刚才念得真好! 你也是诗人!

二　梅 （一把拉开小云,推搡董如是）我看你是真疯了吧! 离俺闺女远点儿!

　　　　〔小云胆小,又开始哭起来。

老　夏 我看咱闺女刚才的话挺好听的! 小云别哭!

董如是 小云,跟阿姨学诗好不好?

小　云 （止住哭）好!

　　　　〔福妈推着卖早点的小推车上。倪尚从二楼下来,与福妈攀谈。

倪　尚 福妈,你卖早点大概一天能赚多少钱?

福　妈 早点一天也就卖三个小时,人少的时候一百来元,人多的时候两百来元。

倪　尚 不多,我听说卖烧烤的一晚上能赚一两千呢! 您没想过再添点儿别的吗?

福　妈 我已经知足了,能守着这栋筒子楼,卖点早点也是为了能有点事情做。

倪　尚 哦,您女婿可是大老板!

福　妈 大老板又怎样,我有孩子跟没孩子一样……你也想做

131

生意？

倪　尚　哦,我准备开个美甲店。

二　梅　小倪,你疯啦？你堂堂名牌大学毕业生,要去开美甲店?! 我以为美甲店都是我们这些没文化的女人开的!

老　夏　咳咳,小倪想开美甲店是好事啊,听我一个工友说,他表姐开美甲店一年赚了三十万啊!

二　梅　真的?! 开美甲店这么赚钱？咱也开一个!

老　夏　开啥开,租个门面房在小商场至少也要几十万! 咱俩赚的那些钱全供咱那兔崽子了,哪里开得起？

　　　　　〔二梅沉默。一旁的董如是在跟小云聊天,小云咯咯笑了。

老　夏　这娃来这儿之后,还是第一次见她笑!

二　梅　(惊,拉小云)你刚才跟娃说了啥？

董如是　乡村的溪水和麦田。

小　云　夏天小河里的鱼儿很多,我时常光着脚丫踩在小河里的圆石头上逗鱼儿玩,它们有的在我脚指头缝里游,有的啃我的脚心,痒痒的,麻麻的。奶奶挽着我的手,让我去抓些小鱼回家炖汤,我偏偏故意让鱼儿们溜走。咯咯咯,奶奶不高兴了,说没有小鱼给我补营养了! 那我就去田里逮蚂蚱呀! 田里蚂蚱可多了! 跳得可快了! 跟没长成的麦田一样的颜色! 我跑啊跑啊,跑了半天才抓着一个! 我给二宝看,二宝说要把蚂蚱放在水里,看看蚂蚱会不会死! 放水里怎么会不死嘛! 蚂蚱跑了,我再也找不着了,可能被二宝家的大脸猫吃了!

老　夏　我还从来没听过这孩子说这么多的话!

倪　尚　(走过来)我小时候也喜欢逮蚂蚱、逮蛐蛐,但我家附近

132

没有河。

董如是 小云,你刚才说得特别好,像首田园诗!

小　云 啥叫田园诗?

董如是 (捏捏小云的脸)田园诗就是田园诗,指歌咏田园生活的诗歌。

小　云 俺就喜欢在麦子里跑! 咯咯咯咯咯咯……

二　梅 你咋跟她说那么多话!

老　夏 咱娃今天笑得真高兴。

董如是 宝贝,你是天才!

小　云 阿姨说我是天才! 我是天才! 大宝二宝再也不敢嘲笑我啦! 咯咯咯咯咯。

〔众人气氛欢快。二梅和老夏也欣喜地看着女儿的变化。

福　妈 (拿着鸡蛋饼走过来)小云,吃鸡蛋饼。

小　云 (给董如是)阿姨,给你吃!

董如是 宝贝吃! 长身体!

二　梅 这娃对我都没这么好过!

福　妈 小云,你喜不喜欢奶奶?

小　云 要是奶奶再给我一个鸡蛋饼,我就喜欢奶奶!

福　妈 给! 给小云一块最大的!

小　云 谢谢奶奶!(对二梅)娘,给你吃!

二　梅 (激动得热泪盈眶)俺小云懂事了,懂事了!(抹眼泪)

倪　尚 小云,以后叔叔和阿姨一块教你学知识,好不好?

小　云 好!

〔二梅、老夏面面相觑。

第六场

⌈几天后，晚上。

⌈倪尚在给小云讲基础数学算术。

倪　尚　再看看这个，三十加四十五等于几？

小　云　嗯……等于七十五！

倪　尚　答对了！

小　云　我厉不厉害?!

倪　尚　小云最厉害了！

小　云　(开心地笑)咯咯咯咯咯咯。

倪　尚　好了，今天的数学课讲完了，你跟董阿姨学语文吧。

董如是　学数学开心吗？

小　云　特别开心！

董如是　那，语文和数学，你更喜欢哪一个呢？

小　云　(嘻嘻笑)其实俺还是更喜欢语文！

　　　　⌈一楼，二梅和老夏不放心地抬头张望，站在院子里听
　　　　楼上的声音。

老　夏　回去吧，没啥事儿，我看那个女人还是挺正常的，她很
　　　　喜欢咱家小云。

二　梅　她平常一提到诗就变得疯疯癫癫的，我有点害怕。

董如是　宝贝，你的拼音表都背好了吗？

小　云　背好了！

　　　　⌈小云背拼音表。

董如是　(摸摸头，充满母爱)很好！今天我们要学十个字。你

看,这个是"强"字,你跟我读,qiáng 强,强壮的强。(举起胳膊用手比画)看,我有力气就是强壮。强壮的强。

小　云　俺明白了,俺写给你看!

　　　　　〔老夏、二梅回屋。

董如是　下一个,钱。qián 钱,(拿出一元钱)就是这个,这就是钱。你写下来我看看。

小　云　俺想拿一元钱买橡皮糖吃,能买十个呢!

董如是　宝宝你喜欢钱吗?

小　云　俺喜欢。俺喜欢吃橡皮糖,有钱才能买橡皮糖吃,还有戒指糖、果丹皮、干脆面,还有布娃娃!

董如是　下一个词,欲,欲望的欲。宝宝知道什么是欲望吗?

小　云　不知道。

董如是　欲望就是你刚才说的"想"。

小　云　啥?

董如是　等你长大了,你会变得和我们一样吗?

小　云　谁呀?

董如是　我,还有你倪叔叔。

小　云　我好喜欢倪叔叔呀!

董如是　我也是。

　　　　　〔倪尚在一旁看书,听罢笑笑。

董如是　你觉得你倪叔叔哪里好?

小　云　嗯……我觉得他长得好看! 比俺哥长得还好看! 嘿嘿嘿。

　　　　　〔董如是笑,走到倪尚身边。

董如是　(看倪尚手中的书)你喜欢这个诗人?

倪　尚　以前的最爱。

董如是　你喜欢她什么? 她的书里没有一张她自己的照片,你见过她吗？

倪　尚　何必要知道她长什么样子,只要灵魂上有共鸣就够了。说不定她是个丑八怪呢! 反正我现在一个诗人都不爱!

董如是　你告诉我,你和她有哪些灵魂共鸣?

倪　尚　我现在哪有资格谈灵魂!

董如是　(欲言又止)倪尚,我……

小　云　倪哥哥,董阿姨刚才说她喜欢你哦!

董如是　(摆手)别乱说,我没有!

小　云　(乡间民谣)小小子儿,坐门墩儿,哭着喊着要媳妇儿。要媳妇儿干吗呀? 点灯说话儿,熄灯做伴儿,明儿早晨起来梳小辫儿。

倪　尚　(窘迫)小小年纪说什么呢!

小　云　我还知道,两个黄鹂鸣翠柳呀,一行白鹭上青天。嘻嘻嘻嘻。

〔董如是含情脉脉地看着倪尚。

倪　尚　你……

第七场

〔数日后,清晨。

〔福妈打电话。

福　妈　好的,我知道了,我会尽快告诉他们,请再给我一点时间,等他们找到合适的房子。

〔福妈重重地放下电话。

〔倪尚精神抖擞地上。

福　妈　　小倪今天没去上班?

倪　尚　　(如释重负地)哈哈,我把工作辞啦。

福　妈　　啊?!

倪　尚　　对,辞职了。我决定创业了,前几天跑了好几个地方,终于选中了青浦新开的赤霞商场里面的一间门面。我的美甲店,今天要去签合同了!

福　妈　　青浦? 那么远! 那你住这里,以后怎么上班?

倪　尚　　以后每天早起两个小时赶地铁就是啦!

福　妈　　小倪,你有没有想过搬到离你上班近一点的地方去住……

倪　尚　　这倒没有,福妈你人这么好,收我们房租这么低,我打着灯笼也找不到这么好的房东啦!

福　妈　　有件事我不得不说……我一直没敢告诉你们……

倪　尚　　怎么了?!

福　妈　　这个房子,再过一个月,就要拆迁了……

倪　尚　　为什么?!

福　妈　　我女婿看中了附近这片地,要盖楼,连咱这小筒子楼也没放过……

倪　尚　　(惊讶)福妈,你不是说你要在这里养老……

福　妈　　我也真是没办法了,你们尽快找找房子吧,下个月的房租我就不收你们的了。

倪　尚　　(艰难地)房租还是要交的。

〔倪尚悲伤地看了一眼二楼董如是的房间,下。

〔小云蹦跶着上。

小　云　　(满脸大汗)奶奶,俺想吃鸡蛋饼!

福　妈　　(慈爱地,拿鸡蛋饼给小云)快歇会儿,歇会儿再吃啊

137

孩子!

小　云　奶奶,你会踢毽子吗?

福　妈　奶奶老了,踢不动啦!

小　云　奶奶,俺教你啊!

　　　　［小云快活地踢着毽子,来拉福妈。福妈努力笨拙地踢腿,一个趔趄,不小心摔倒。

小　云　(紧张)奶奶,你怎么了! 奶奶!

　　　　［福妈坐在地上痛苦地扶着腰,捂着脚腕,想站起来却站不起来。

福　妈　哎哟,我这腰,我这腰……小云,你爸爸妈妈呢?

小　云　爹娘今天一早就走了,打工去了!

福　妈　怎么也没看见你董阿姨? 她以前每天早上都念诗的。

小　云　董阿姨昨儿个跟俺说她要去一个什么……什么……哦,出版社!

福　妈　也没见你倪哥哥啊!

小　云　(哭)我也不知道。奶奶对不起! 俺再也不教你踢毽子了! 呜呜呜呜呜。

福　妈　不哭,不哭,奶奶没事。

　　　　［福妈表情十分痛苦,想站起来未果,终于从兜里掏出手机,颤颤巍巍地拨通了董如是的号码。

福　妈　喂? 喂? 小董啊,我……我刚刚摔倒了,怎么就站不起来了,就在院子里,我这腰……唉唉……你看我这还真是老了……哎哎,不急不急,你慢点回来,慢点啊!

小　云　(慌乱地)奶奶别哭……俺……俺给你唱首歌!(唱乡村童谣)小老鼠,小老鼠,上灯台,偷油吃,下不来。吱儿吱儿叫奶奶,奶奶不肯来,叽里咕噜滚下来。还有摇摇船! 摇,摇,摇,摇到外婆桥。外婆对我笑,叫我好宝宝。糖一包,果一包,吃完饼儿还有糕。

福　妈　(破涕为笑)这儿歌可真好。

第八场

[傍晚,五六点左右。一楼二梅和老夏的房间里传出比较乡土的老歌。

[音乐人蒋梦石上。他30岁左右,穿着文艺,一身棉麻衬衣加米色风衣,一头茂盛的头发,神采奕奕。

蒋梦石　请问,这里有人吗?

[福妈坐在轮椅上,被董如是推着出。

福　妈　请问您找谁?

蒋梦石　阿姨您好,是这样的,我是做音乐的,今天想来老上海弄堂采风。

[蒋梦石说着拿出录音笔和本子。

蒋梦石　(往后捋捋头发)阿姨,您会唱黄梅戏和沪剧吗?

福　妈　会一点点吧,儿时倒是经常陪父亲去看戏。

蒋梦石　您可以给我们唱一段吗?

福　妈　这个……有点怪不好意思的。

蒋梦石　没事的阿姨,我现在就是在采集信息,想看看我们内蒙古的音乐和上海传统音乐是否可以找到共通之处。

[老夏和二梅听到屋外的动静,关掉自己房间的音乐,走了出来,小云也走了出来。

董如是　福妈,您唱一段吧,我们都想听听呢。

二　梅　福妈还会唱戏啊,咱也长长见识。

［福妈润了润嗓子,坐在轮椅上唱了起来。这是一个七八十年代的沪剧选段,福妈唱得有声有色,百转千回。

董如是　(恍惚地)他也曾说自己喜欢沪剧……

　　　　　［福妈唱罢,众人鼓掌,小云鼓得最起劲儿。

蒋梦石　阿姨唱得真好,您对现在的沪剧新唱有了解吗?

福　妈　这个就不晓得了。

蒋梦石　(环顾四周)其实这里完全可以做一个以交响乐和中国传统戏曲相融合为音乐背景的行为艺术。

老　夏　啥? 你要在筒子楼里搞演出?

蒋梦石　你们听过交响乐吗?

　　　　　［蒋梦石拿出背包里的小音箱。一首振奋人心的交响乐回荡在弄堂里。

　　　　　［大家一起凝神听音乐。

　　　　　［婉莹提着东西上,看到了蒋梦石。在振奋人心的音乐中,两人四目相对。

　　　　　［暗场。

　　　　　［聚光灯起。董如是和福妈两人。

董如是　今晚上有点凉,我还是回去给您拿条毯子披上吧。

福　妈　(朝后按住董如是的手)不用,小董,我不冷,真是麻烦你了。

董如是　(将自己的手放在福妈的手上)别急,您的脚马上就会好的! 我以前肋骨还断过,比您这严重多了!

福　妈　啊?! 怎么回事?! 怎么这么严重啊?

董如是　(笑笑)嗨,都是过去的事了。

福　妈　小董啊,上次要不是你……这半年来也多亏了有你……还有一个月,这个地方就要拆迁了……

董如是　(喃喃自语)还有一个月……我的罪还没赎完。

福 妈	你说什么？
董如是	(感伤地)福妈,您以后要搬到哪儿?
福 妈	呵呵,婉莹给我找了市中心的房子,说让我住得离他们近些……你呢?
董如是	我……走之前,我有些事情想告诉您……
福 妈	怎么?

　　〔二梅和老夏屋里传来小云的哭闹声。

　　〔舞台灯亮。

小 云	我不要离开这儿! 我不走! 我不要和董阿姨、倪叔叔、福奶奶分开! 我不走!

　　〔小云跑出来。二梅和老夏随后出。

小 云	阿姨! 刚才爹娘告诉我他们要搬家!
董如是	(怜爱地)对的,小云,以后咱们要分开了。
小 云	不行,不行! 阿姨去哪儿我去哪儿!
董如是	(抱住小云,哭)乖孩子,好孩子。
二 梅	(不好意思地)妹子,你看,咱们住一起半年了,这马上要分开了,倒有点舍不得了。你看,你还教俺家小云认字儿。那啥,谢谢了!
老 夏	欸? 小倪呢?
二 梅	这不他那美甲店刚开业,可有的忙嘞!

　　〔董如是抬头向二楼倪尚的房间望了一眼,长叹。

第九场

　　〔几天后,清晨。

141

[福妈的女婿耀华和众工人上,挖掘机上。

[福妈听声,惊恐地出来。

福　妈　耀华,你这是干什么?!

耀　华　对不住了。公司等不了那么长时间,拖延一天损失上百万,限你们今天全部搬走,要不然我就不客气了。

福　妈　(惊恐地)耀华你疯了! 婉莹呢?

耀　华　(冷笑)呵,你那有种的女儿昨天竟然跟着一个搞音乐的跑了! 真他妈有种! 太有种了! 我好吃好喝好穿伺候着她,这个下贱胚! (扔掉手里的烟,踩灭)要说以前,我还念着跟你有亲情,你一直拖着不想搬走,我也没法儿强逼你搬,可现在,老子觉得丢人,真的丢人,再不拿下你这块地,老子这辈子都没法儿做人。

福　妈　你说什么?! 婉莹跟谁走了?!

耀　华　什么都别说了! 里面的人都给我出来! 现在就拆!!
　　　　[二梅、老夏惊恐跑出。

二　梅　福妈,你不是说下个月才开始拆迁吗?! 我们房子还没找好! 你们来干吗?! 要强拆吗?! 你们敢动俺们一根毫毛,俺就报警了!

老　夏　(紧张地)哎呀,各位弟兄,大家都是工地上的,互相理解一下,咱生活都苦,找个便宜的房子哪那么容易啊!

耀　华　最后再说一次,今天全部给我搬走。

二　梅　我们往哪儿搬! 你说我们往哪儿搬! 我们偏不搬!
　　　　(一屁股坐在地上)老娘就坐着了,看你能怎么着。

耀　华　(气急)楼上还有没有人了! 都给我下来!
　　　　[董如是一袭白衣从屋里出来。

董如是　为何你要惊扰我的美梦?

耀　华　神经病,快打包好你的铺盖卷滚下来,这里马上就要拆了！上面还有没有别人了？！

福　妈　小倪呢？小倪去哪儿了？

老　夏　一早看见他出门，说是今天美甲店第一天开张。

　　　　　〔福妈叹气。董如是走下来到院子里。

董如是　（朗诵）高桥睦郎，《炉端》。让我们暂时拥有阁楼和餐桌？食物静默，语言无知，夜风在舐舐着自己的嘴唇。窗子外面，冬天正练习着如何选择白昼，卸下时间加诸其上的刑具。

耀　华　他妈的这里全是神经病。

　　　　　〔众工人哈哈大笑。

　　　　　〔小云听到念诗，飞快从屋里跑出来。

二　梅　小云，你跑出来干啥？！不是让你乖乖待在屋里别出来吗？！

小　云　我要跟董阿姨学诗！

耀　华　（心软）还有个孩子。你们快走吧，没地方去的话，孩子可以先住我家，其他人自己找地方住去！我不管！

二　梅　我要打110报警！

耀　华　你打也没用，我合同已经跟福妈签好了，就是今天拆，赔偿金也都付给她了，只是她跟我说能不能再缓一个月，我心一软同意了，没想到他妈的婉莹做出这种下作的事来！她不给我脸，我也不给她脸！合同上写的今天拆，就今天拆！收拾你们的东西去吧！我等着！

二　梅　福妈，这可苦了我们了！（哭）

老　夏　这也不是福妈的错，我们快进去收拾东西，大不了今晚先住旅馆。明天去找房子。

二　梅　不行！娘的！有钱人欺人太甚！他以为有钱就了不起啊！我们穷就要受他欺负吗？！

董如是 （上前）二梅姐，你们先进屋收拾东西，我来与他们说。

〔老夏拉二梅进屋，二梅犹豫，要抱小云进屋，小云挣扎着要跟董如是待在一起。老夏、二梅进屋。

〔福妈抹眼泪，也进屋收拾东西。

董如是 你知道你老婆为什么离开你？

耀　华 你说什么?!

董如是 因为你太乏味。

耀　华 我他妈不跟一个疯子说话！

〔董如是走到众工人面前。

董如是 他今天给你们多少钱？

工人甲 （笑）告诉你这干啥？

董如是 老板一定对你们很好吧。

工人乙 那是！今儿个来砸墙，给俺们一人六百！

董如是 六百，就足以让你们眼睁睁地看着毫无防备的人流离失所？

工人甲 俺们可不是什么……网络上那个词儿是啥来着？圣母！俺们可不是什么圣母！家里都挺困难的，有钱干啥不赚，你们说是吧！

〔众工人欢笑起哄。

小　云 你们都是坏人！都是坏人！比梁庄的王大爷还坏！

工人甲 梁庄？你说哪个梁庄？

小　云 齐平县的梁庄！俺村旁边儿！

工人甲 小姑娘，你是哪个村儿的？

小　云 俺是余家屯的。

工人甲 俺也是余家屯的！咋从来没见过你？

小　云 俺也没见过你！

工人甲 （局促）俺跟你一家还是同村儿呢，（看看手里的铁锹）

144

你说这……

  ［众工人感到不安,有几个纷纷放下自己手中的铁锹。

  ［福妈、老夏、二梅拿着行李从屋里出来。

福 妈 （泪眼婆娑）只能带些能带走的了,东西太多了,在这儿住了三十年了……

  ［二梅在一旁骂骂咧咧。老夏唉声叹气,落魄可怜。

工人甲 （试探地）钱总,要不……俺看今天还是算了,你看看他们一个个的,还没找好能住的地儿,再缓几天行不? 那六百块钱俺不要了。

耀 华 （被仇恨冲昏了头脑）不行! 就今天! 那个叫小云的小孩,你,（指着小云）可以先住我家。其他的,全部滚!

  ［众工人都不动。

耀 华 你们是怎么了?! 马上到手的钱都不要了是吧?! 老胡!（指着坐在挖掘机上的师傅）你现在就把这个房子从二楼给我推倒!

  ［挖掘机师傅犹豫不动。

耀 华 你们都怎么了?!（指着董如是）跟她一样全部疯了吗?! 确定这个筒子楼里没有人了是吧!

  ［钱耀华爬上挖掘机,呵斥挖掘机师傅下去。

耀 华 挖掘机我也会开,当年我也是包工头出身,他妈的! 你们都给我站远点儿!

  ［众人纷纷后退。董如是站在原地。

小 云 （突然大叫一声）哎呀! 我的几本作业本全都忘记拿啦!

  ［小云突然往一楼爹妈屋里跑,耀华已经启动了挖掘机。

董如是 小云小心!

〔董如是上前抱住孩子往外跑,挖掘机碰到的二楼的好多瓦砾碎块砸了下来,董如是倒在血泊中,小云安然无恙。

小　云　阿姨!

〔倪尚得知消息赶了回来。倪尚和福妈冲上来。

倪　尚　如是! 如是! 快打 120! 快!

〔福妈颤抖着拨电话。

董如是　(念诗)亲爱的,我能省一半该睡觉的夜晚,只看你分割浓黑的浅浅侧影,像困倦的各自等一座山苏醒。

倪　尚　(念诗)亲爱的,我能减一半和别人讲的话,留给你世相的私情和我的蜜语,像石窟里上帝只对摩西留名。但我不能写一首诗给你,诗是既定而你是无形。

董如是　倪尚,你不是说你最爱的诗人是雷婴吗? 我就是雷婴。

倪　尚　你?! 怎么会!

董如是　手稿都在我房间的抽屉里……当然也没什么价值,谁会在意一个无名的小诗人呢……

〔福妈在急切地打电话。

福　妈　喂,是 120 吗?

董如是　福妈,最后一件事我一定要告诉你……我……当年……就是抢走你丈夫的那个女人……我从小在孤儿院长大,在广东……后来我遇到了他……他像父亲一样包容爱护我……还为我出钱出版诗集……

福　妈　不要说了,其实后来我已经认出你了……

董如是　我知道我这辈子也得不到你的原谅……我和他的孩子生病死了……那年我才 28 岁……后来他性情大变,喝醉了酒就打我……我不知道该怎么活……才来到这里赎罪……觉得自己犯了滔天的大罪才遭到如此报应……现在看来……我真的是罪孽深重……老天要这样结束我的生命了……我的银行卡……银行卡全部留给你……密码是我宝宝的生日……20120921……

福　妈　（大恸）小董啊！

第十场

［冬天。

［筒子楼保持着被砸坏了一角的原样。福妈站在一片碎砖瓦砾前。

福　妈　（独白）你问我为啥这楼没盖起来？钱耀华被查出非法集资，被判了刑，老板都没了，这楼怎么盖？小云一家回到了老家，小云入了县里的小学，听说语文成绩次次一百分。小倪？他的美甲店生意越来越好了，他现在也开始读诗写诗了，上次来看我，特别开心地给我带了本杂志，上面有他发表的诗呢！小董的钱，我都捐给了贫困山区的孩子。你问我为什么不用她的钱，是还在恨着她吗？不，我不恨，她是我女儿，一直都是。其实我一直在猜测她是不是后来与我丈夫结婚的那个女人，结果也很明了了，我也早已不恨了。她并没有死，出院之后她走了，没有留下任何信息，我们都找不到她了。有人说，曾看到她时常晃晃悠悠地在弄堂里走动，可是，我一次也没有见过她。婉莹嫁了那个来采风的音乐人，生活并不富裕，她第一次开口求了我。我卖了这个筒子楼，破破烂烂的一栋二层小楼竟然也值九百万。拿着这笔钱,婉莹买了房子,在三十层的带电梯的公寓楼里。看到那么高的楼,那么多的人,我感到害怕。他们笑我像个外地人,他们笑我越来越跟不上时代的步伐了。

[舞台灯光渐暗。

[推土机的声音轰轰作响。

[弄堂深处幽幽地传来女声:

夏天的飞鸟,飞到我窗前唱歌,又飞去了,

秋天的黄叶,它们没有什么可唱,只叹息一声,飞落在那里,

世界上的一队小小的漂泊者呀,

请留下你们的足印在我的文字里……

[舞台后方的废墟上出现一袭白衣的董如是的身影,幽灵一般。

[诗意的音乐响起,诗句不断地重复,与推土机的轰鸣声混杂在一起。

第十一场

[三年后,炎夏,知了声阵阵。

[赤霞商场里的一个美甲店铺,门口招牌"是尚美甲",写着关于会员打折的一些信息。

[倪尚穿着短袖在店里指挥员工关于美甲光疗和集体去日本学习的一些事宜。

[东子上。小云蹦蹦跳跳地背着书包上。小云拍拍倪

尚的肩膀。

小　云　倪哥哥!

倪　尚　(转身)小云?!你这小鬼头,怎么又来啦?

小　云　我考上我们县里的初中啦! 暑假来上海找我哥哥玩,
　　　　　也来看看你咯!

倪　尚　东子最近怎么样呀?研三了压力很大吧?

东　子　压力巨大啊,我这种研究型的专业以后都不一定能找
　　　　　到对口的工作呢! 哎,我特别想自食其力,不想再问家
　　　　　里要一分钱了,我都 25 岁了。听说你的店开得特别红
　　　　　火,想来跟你取取生意经呢!

倪　尚　哈哈,你可得坚持好好念书,毕业之后好好找个自己喜
　　　　　欢的工作。别像你哥我似的,现在就忙着开店啦!

小　云　可是倪哥哥你不是也一直在写诗吗?

倪　尚　哈哈,你嫂子不喜欢我写诗,我现在都是偷偷地写。她
　　　　　刚刚怀了宝宝,我哪还有时间写诗,我现在要抓紧赚奶
　　　　　粉钱呢!

小　云　哥,嫂子怀的是男宝宝还是女宝宝啊?

倪　尚　不知道,是男是女都好。

小　云　等宝宝出生以后我和我哥要来看的哦!

　　　　　[暗场。

　　　　　[婴儿啼哭的声音。

画外音　是女孩,给孩子取个名字吧。

倪　尚　(画外音)就叫雷婴吧。

　　　　　[幕落。

(剧　终)

导师评语

郑炳辉

　　本剧叙述了"新上海人"在大都市困惑与挣扎的故事,有较强的现实感和生活气息,批判了物质社会里被扭曲的欲望和世界观,倡导净化灵魂,回归诗意的生活,主题有积极意义。剧本采用横断面式的结构,描写了各色人物的不同性格和风貌。剧本修改后有很大的提高,再稍作修改,基本上可以搬上舞台了。希望剧作者与导演、制作人多沟通,也希望此剧能成为优秀剧目。

京 剧

赤与敖

莫 霞

莫 霞

女,厦门大学法学学士、上海戏剧学院戏剧戏曲学专业硕士。现任上海越剧院艺术创作室副主任、编剧。入选文旅部全国编剧领军人才培养计划。作品入选文旅部优秀剧本扶持工程;获田汉戏剧奖,老舍青年戏剧文学奖,上海市舞台艺术展演优秀剧目奖,江苏省、浙江省、广东省精神文明建设"五个一工程"奖,江苏省文华大奖等;多次获国家艺术基金、上海文化发展基金资助。多次参演中国越剧艺术节、中国黄梅戏艺术节、中国小剧场戏曲展演、当代小剧场戏曲艺术节、全国优秀小戏小品展演等。主要作品有:越剧《洞君娶妻》《十二角色》《黎明新娘》《北地王》,潮剧《红军阿姆》,上党梆子《长江支队》,京剧《赤与敖》,淮剧《文母梳发》,话剧《锦江传奇·董竹君》《索玛花盛开的地方》《沧桑巨变》,戏曲《国士之风》等。

时　间：

春秋

地　点：

楚国

人　物：

赤——男,20岁,干将之子,柔弱仁善。

敖——男,30岁,流浪剑客,随性不羁。

王——男,40岁,楚国君王,一代霸主。

巫阳——女,60岁,楚国巫祝,神秘莫测。

莫邪——女,50岁,干将之妻,坚韧不拔。

蒲娃——女,16岁,山野少女,天真烂漫。

蓼姬——女,25岁,绝色佳人,楚王爱姬。

干将、太卜、令尹。

四群众充当守门人、剑士、士卒、楚人、扫墓人。

序　幕

［梦魇。

［楚王酣睡。

［少年，双目如电，眉间广尺，手持青剑，步步逼近。

第一场

［楚宫。

［楚王惊醒，蓼姬在侧。

蓼　姬　大王，又做梦了。

王　（一身冷汗）蓼姬……寡人近来，每夜梦一少年举剑
　　　刺来。他双目如电，眉间广尺，真真切切，阴魂不散，
　　　叫人好不寒战。

蓼　姬　大王一生南征北战，无所畏惧，还怕一个梦吗？

王　这不是梦，却像是……

蓼　姬　什么？

王　冥冥注定，不祥征兆。

蓼　姬　（宽慰）大王多虑了。

王　（抓住蓼姬）若是应验了呢？

蓼　姬　大王，您太操劳了，您看，双鬓都见白了……

王　寡人自即位便立誓强楚图霸，历经二十载，今日终于得偿所愿了。

蓼　姬　楚宫建成，天下称王，是为一喜。

王　章华台上，会盟称霸，是为二喜。

蓼　姬　十月之后，吾儿出世，是为三喜。

王　（激动）吾儿出世？

蓼　姬　（跪下）贺喜大王！

王　（喜形于色）起来，起来！哈哈！寡人今日起，就是大王、霸王、父王，你说，寡人还怕什么？剑！拿寡人的剑来！

　　〔蓼姬递干将剑。

王　干将剑哪！自你跟随寡人，寡人便战无不胜，攻无不克。若无干将剑，哪有楚大王！

　　（唱）挎青剑征河山天下横扫，

　　　　立高台称霸王一世英豪。

　　　　干将剑哪，你随我二十年东征西讨，

　　　　护君主斩敌首豪气冲霄。

　　　　何惧那，茹毛饮血鬼哭狼叫，

　　　　何曾怕，刀枪剑戟把生死抛。

　　　　今日扬威震天啸，

　　　　却为何，冒出个刺虎的小羊羔。

　　　　莫名地魂惊跳，

　　　　无由地心内焦。

　　　　蓼姬啊，阴云难除当头罩，

　　　　究竟是，何人敢杀我楚王，他胆量比天高！

　　〔楚王一剑斩断案几。

155

王　　来人，宣太卜！

蓼　姬　权县突发洪水，太卜祈神救灾去了。

王　　堂堂郢都，连个占卜的人也没有了吗？

蓼　姬　妾闻城内来了个游巫，名叫阳。

王　　好大的口气！天帝之巫曰阳，她竟敢自称巫阳！

蓼　姬　巫阳最擅卜筮，十问九灵。

王　　宣来！

蓼　姬　请楚巫巫阳进宫。

守门人　请楚巫巫阳进宫！

守门人甲　大王好久不占卜了，怎么今天宣起巫来了？

守门人乙　大王总说，自身福祸靠的是剑，巫师那一套鬼话信
　　　　　不得。

守门人丙　当心，头上五尺有神明啊。

守门人乙　唉，人生苦短，且自快活，管什么神明。

守门人丁　对喽！你去看，如今还有几人信巫哪？

守门人乙　嘘！巫阳来了！

　　　　〔巫阳，双目失明，伛偻蹇足，左手执龟，右手执蓍，幽
　　　　深莫测，上。

巫　阳　（唱）巫兮巫兮世大智，

　　　　　　　　可笑此智世不知。

　　　　　　　　巫兮巫兮世大愚，

　　　　　　　　堪叹此愚世不惜。

　　　　〔巫阳入座。

巫　阳　王有何疑？

王　　噩梦缠绕。

巫　阳　王梦何人？

王　　怒目少年。

156

巫　阳　王梦何物?

　王　凛凛青剑。

巫　阳　少年何貌?

　王　双目如电,眉间广尺。

巫　阳　青剑何形?

　王　寒光闪闪,阴魂不散!

　　　〔巫阳占卜。

巫　阳　一爻,大王有悔恨之事。

　王　寡人一生坦荡,想做便做,绝无悔恨!

巫　阳　二爻,大王有难服之人。

　王　寡人立威立信,所到之处,无一不服!

巫　阳　三爻,大王有畏惧之物。

　王　寡人身佩宝剑,从未败北,无所不惧!

巫　阳　四爻,事发二十年前,思之。

　王　记不得了。

巫　阳　五爻,起因干将剑,再思之。

　王　啰嗦!

巫　阳　六爻成一卦,开! 少年自东来。

　王　自东来? 吴国人!

巫　阳　少年杀王不克。

　王　(大笑)哈哈,苍天有眼!

巫　阳　楚王死于剑下。

　王　你说什么?

巫　阳　少年杀王不克,楚王死于剑下。

　王　(暴怒)游方妖巫,信口雌黄! 又说杀不了寡人,又说
　　　寡人死于剑下。鬼话连篇! 再卜!

巫　阳　大王不信,卜之无益。

王　　(气愤至极,斩断龟策)妖巫！拉下去,斩了！

蓼　姬　大王,巫通神鬼,斩之不祥！

王　　那就驱逐出城！

蓼　姬　(欲劝)大王！

巫　阳　大王罔顾神谕,毁卦逐巫,当心神明震怒！

王　　什么神明,狗屁天命！寡人不信神鬼,只信手中的剑！侍卫军！还不将他拖了下去,鞭笞出城,永世不得进我郢都！

　　　　〔侍卫将巫阳如猪狗般拖下。

王　　妖巫！妖巫！竟说一个毛头小儿能杀王？他怎么敢,怎么能！来人哪！楚宫加高三丈,城墙增厚三尺,甲士日夜巡逻,全国缉捕刺客！寡人不信,一个小羊羔子能遁地飞天,越过这铜墙铁壁！寡人是楚王！寡人乃是战无不胜、攻无不克的堂堂楚王！

蓼　姬　(哼童谣)天上有个月粑粑,

　　　　　　　　地上有个好伢伢。

　　　　　　　　伢儿伢儿快快睡,

　　　　　　　　好上月牙吃粑粑。

　　　　〔楚王逐渐安静,躺下。

蓼　姬　听,我们的孩儿要睡了……

　　　　〔巫阳逐渐远去的孤独身影。

第二场

〔吴国小山村。一间草房。

158

〔赤坐在家门口不远处，一脸沮丧地在喂老鼠。

赤　（哼歌）伢儿伢儿快快睡，

好上月牙吃粑粑。

〔蒲娃悄上。

蒲　娃　赤，你在做什么？

赤　（老鼠哄散）哎呀，我的老鼠……

蒲　娃　这么大了，还唱童谣，好不害臊。

赤　小时候娘唱着童谣哄我睡觉，轻轻柔柔的，真好听……

蒲　娃　（偷笑）你怎么不回家？

赤　（泄气）娘说，今天是我成年的日子，叫我猎个野猪开开荤。

蒲　娃　噢——你肯定是空手而回，不敢见你娘了。

赤　蒲娃，我愁死了，你还笑。

蒲　娃　你就这么怕莫邪婶娘啊？

赤　唉！

（唱）与娘亲，深山老林相依为命，

娘把我，含辛茹苦养成人。

犹记得，枕着童谣笑入梦，

我的娘，歌儿温软多轻盈。

娘是松，风雨沧桑愈坚韧，

我是草，胆小怯懦太无能。

鸡也杀不成，猪也猎不了，

血也见不得，腥也不能闻。

为什么，娘总对我多严厉，

唉！这辈子，最怕听娘的叹息声。

蒲　娃　（轻声地）赤，你不是怯懦，是善良。还记得我俩的约

159

定吗？

赤　（走神）啊？

蒲　娃　就是等你成年……你就、就……

赤　什么？

蒲　娃　哎呀，等你成年，你就娶我的嘛。

赤　（脸红）那不是过家家吗？

蒲　娃　怎么，不作数啊？

赤　作数，作数。

蒲　娃　你今天去跟你娘说。

赤　啊？

蒲　娃　哎呀，快去呀！

〔蒲娃推赤进门，偷笑下。

〔屋内，莫邪对干将牌位祭拜。

莫　邪　干将，今天是咱赤儿成年的日子，你的事也该告诉他了。二十年了，你的仇莫邪没有忘，赤儿也会记牢的。

赤　（进门）娘。

莫　邪　（见赤空手，失望）唉，跪下。

〔赤跪下。

莫　邪　（指牌位）叩头。

〔赤叩头。

莫　邪　叫爹。

赤　爹？

莫　邪　赤儿，从小到大，娘从未说过你爹的事，今日全部告诉你，你与我一字一句记牢了。

赤　是。

莫　邪　你爹干将，乃是天下闻名的铸剑师。

160

赤 铸剑师?

莫 邪 赤儿啊!

(唱)锻青铁,铸青剑,男儿伟业,

干将是,世无双,铸剑豪杰。

多年前,楚王得了好青铁,

从吴国,召来干将定下三年约。

三年里,他日夜熔炼炉火不灭,

聚灵气,天锻地造待时报捷。

那一日,三九冰封好大雪,

黑炉中,烈焰奔腾狂风邪。

轰隆隆冰火激战整七夜,

呲啦啦开炉一声寒气叠。

只见这一刚一柔、一雄一雌,

青青森森、凛凛烈烈,

这一对绝世宝剑的篇章从此揭。

赤 好啊!

莫 邪 (唱)干将欢喜又愁绝,

从来天物福祸贴。

他冥冥预感不祥近,

不是大功便大劫。

雄剑献王进宫去,

雌剑埋好留莫邪。

干将若无回还日,

待腹中儿,长大成人诉根节。

赤 爹可回来了?

莫 邪 (唱)你的爹,他果然把妻儿都抛撇,

赤 谁害的?

161

莫　邪　(唱)楚王他,过河拆桥把功臣削。

　　赤　为什么?

莫　邪　(唱)人都说,防他再铸宝剑争锋劲,

　　　　　　要把铸剑师赶尽杀绝。

　　赤　(惊恐)啊!

莫　邪　(唱)莫邪无声悲泪咽,

　　　　　　只盼得,有朝一日、亲儿成年、交付宝剑把冤
　　　　　　仇雪!

　　　　　[莫邪一斧头劈开堂前大石。

　　　　　[宝剑出现,青光闪闪,寒气逼人。

莫　邪　赤儿,来,坐下。

　　　　　[赤依莫邪而坐。

　　　　　[夏夜,虫鸣,蛙叫,微风送凉。

莫　邪　我儿好一头青发,该束起来了。男儿束了发,加了
　　　　冠,就成年了,再不用娘庇佑了。现在,你成了大丈
　　　　夫,有了信念,有了担当,有了使命。你只有去做一
　　　　番惊天动地的大事,才不愧一个好男儿。我的赤儿,
　　　　从今天起,你就成年了。

　　赤　从今天起,我就成年了。

莫　邪　成年男儿当如剑。

　　赤　剑?

莫　邪　铸剑师铸的剑,是给男儿佩的。什么人佩什么剑,正
　　　　如什么人做什么事。

　　赤　(受震动)愿闻母亲教诲!

莫　邪　(正襟危坐)君子佩剑,雕兰饰玉,高行洁品;小人挂
　　　　剑,镶金攒珠,华而不实。王者挎剑,杀气外露,刚毅
　　　　不摧。仁者怀剑,藏锋敛志,柔韧莫胜。王所持为雄

剑,叫干将剑。此为雌剑,叫莫邪剑。

赤　莫邪剑……

莫　邪　(为赤佩剑)这把雌剑,至柔至韧,就是你的了。

　　　　［赤精神抖擞。

莫　邪　拿上包袱,上路。

赤　去哪里?

莫　邪　找楚王。

赤　干什么?

莫　邪　杀了他。

赤　(害怕地)娘……

莫　邪　你从此要改过你怯懦寡断的性情。

赤　……是。

莫　邪　起誓!

赤　(郑重地)我从此要改过我怯懦寡断的性情。

莫　邪　为你父亲报仇。

赤　为我父亲报仇。

莫　邪　如若违逆,

赤　(热血沸腾)剑毁人亡!

　　　　［莫邪背身流泪。

赤　娘……(想起蒲娃)我还有……

莫　邪　(哽咽)有话回来说。

　　　　［赤默默出门。

　　　　［莫邪仿佛一霎苍老,伛偻着身躯开始织布。

　　　　［嘎吱嘎吱的织布声,仿佛绞断了母亲的肝肠。

　　　　［在以下赤与蒲娃的对话中,织机声一直存在。

　　　　［赤头也不回地向前走。蒲娃欢快地追上。

蒲　娃　赤,说了吗?

赤　　没。

蒲　娃　为什么?!

赤　　我娘叫我去杀楚王。

蒲　娃　杀王? 你连杀猪都不会,会杀什么王! 不许去!

赤　　蒲娃,让开。

蒲　娃　我问你,你知道怎么杀王吗?

赤　　不知。

蒲　娃　你知道为什么杀王吗?

赤　　不知。

蒲　娃　你知道你杀王会送命吗?

赤　　……知。

蒲　娃　那你还去!

赤　　(半晌)蒲娃,是我对不起你,那约定是我欠你的。

蒲　娃　一定要去?

赤　　……一定要去。

　　　　〔蒲娃沉默。

蒲　娃　那我们再立个约定。

赤　　听你的。

蒲　娃　你若回来,娶我。

赤　　好。

蒲　娃　你若回不来,我给你上坟。

赤　　(鼻头一酸)好。

蒲　娃　你走吧。

赤　　(欲走,又回)再加一条,不论我回或不回,替我照顾
　　　　我娘。

　　　　〔赤的身影消失在薄雾里。

蒲　娃　(哭出来)傻瓜!

［织机的线断了。

莫　邪　（伏在织机上，痛哭）我的赤儿……

第三场

［荒郊野外，楚军大营。

［楚王扎黑色靠旗，端坐营帐。

士　卒　报！宋国奉周天子令，以讨伐我楚僭越称王为名，联合陈、蔡、郑、卫，战车千乘，甲士万余，兵分五路朝我攻来！

王　哼，沽名钓誉！问罪是假，图霸是真！左司马！

左司马　在！

王　宋公假仁好名，必为先锋，大路佯攻。命你将左军，虚张声势，吓破他的胆，生擒宋公！

左司马　得令！

王　右司马！

右司马　有！

王　陈、蔡通婚已久，实为一体，定彼此互救。命你将右军，率精锐将其阻隔，而后各个击破。

右司马　遵命！

王　上大夫，郑国是墙头草，命你恩威并施，迫其撤军。至于卫国，内有动乱，自顾不暇，不战即退。

上大夫　是。

王　寡人稳坐中军，等候诸位捷报！

众将士　大王安坐，我等去去就回！

[众将士下。楚王饮酒。

[士卒上。

士　卒　报！众剑士准备就绪，只待大王练剑！

王　（豪气冲天）好！（摔破酒坛）拿剑来！

[营帐外，烈烈风起。

[众练剑士扎各色靠旗，胸前贴"齐、晋、鲁、郑、秦、宋"等各诸侯国的牌子，持剑肃立。

[赤扎红旗，贴"宋"字牌，亦在其中。

士　卒　众剑士！各国国名已贴在你们胸口，从现在起，你们便是各路诸侯！眼下便是诸位逐鹿中原、建功争霸的大好时机。有败王者，赏十金；有称霸者，赏百金。虽为演练，刀剑无眼！开战！

[鼓乐大作，剑舞激昂。

[楚王胸前贴"楚"字，酒气冲天，上。

王　（声如洪钟）楚国！古帝高阳之后，火神祝融之子。自被殷商逐出中原，无奈避难荆丛莽林。光阴漫漫，楚国忍的是卑微，记的是屈辱！为此，我楚历代君王只存一念：还我中原，复我荣光！

["齐""晋""鲁""郑"围攻"楚"。

剑士甲　齐国！德服天下！修理蛮楚，义不容辞！

剑士乙　晋国！曾受恩于楚，让你三步，再战高下！

剑士丙　鲁国！礼仪之邦！世娶齐女，女婿听岳父的！

剑士丁　郑国！商贾之国！左右摇摆，唯利是图！

王　堂堂中原，以多欺少！

四剑士　正义之师，天道多助！

["秦"悄然而出。

剑士戊　秦国！西陲之狼！为求生存，只有掠夺！（刺王大腿）

166

王　啊！（跪倒在地，恼羞成怒）看啊，这便是当今，大争
　　之世！处世之道，论实力，凭谋略者也。汤汤大势，
　　顺势者昌，逆势者亡！先君！我楚先君也曾临此战
　　阵，他却退兵了！楚师出征，或凯旋荣归，或裹尸而
　　还，岂有退兵之理？那一夜，电闪雷鸣！我暗自发
　　誓，我，寡人，楚国，绝不屈服！（横扫一剑）王剑出
　　鞘，霸行天下！

　　〔楚王锐锋难挡，练剑士俱已倒下，唯赤孤单而颤抖
　　地站着。

众剑士　宋国！哈！没落贵族，好管闲事！

王　（认出是梦中少年）你？……（猛然大笑）哈哈哈！

赤　（唱）他大笑一声如雷响，
　　　　　我汗滴如雨脚发慌。

王　（唱）梦中少年剑凌厉，
　　　　　却是砧上待宰小羔羊。

赤　（唱）入征练剑费辛苦，
　　　　　临到阵前我想娘。

王　（唱）愁云尽扫天清朗，
　　　　　巫阳啊，可笑你装神弄鬼信口雌黄。

　　你要杀寡人？

赤　我要杀你。

王　所为何来？

赤　为爹报仇。

王　你爹何人？

赤　铸剑师干将。

王　干将？

赤　你杀了干将！

167

王　（轻蔑地）哼哼，那是他自寻死路！

〔电闪雷鸣。

〔当年情形重现。

〔王座上坐着象征王权的先君。

干　将　铸剑师干将呈剑！

　　王　（拔剑，热血沸腾）好剑，好剑……

〔忽然，楚王向先君刺去，干将挡在先君面前。

干　将　将军！君上可是将军亲叔父啊……

　　王　他是败阵活命的辱国孬种！

干　将　将军不怕，弑君弑叔，罪孽深重吗？

　　王　大争乱世，不是他死，便是我亡。

干　将　将军不怕，天下背弃，人心寒凉吗？

　　王　大势汤汤，蝇营狗苟，全都一样！

干　将　将军不怕，有朝一日，报还己身吗？

　　王　大浪淘沙，不想受辱，只有变强！

干　将　可叹将军双眼，只见煌煌功业，不见腥血满路。

　　王　可惜铸剑师双手，铸得绝世好剑，不懂用剑之道。

干　将　将军用剑，怕是用错了。

　　王　对错与否，你说了不算。

干　将　哈哈！

　　王　哈哈！

二　人　哈哈哈！

干　将　（无限悲凉）干将铸了干将剑。

　　王　祭剑也是干将血！

〔楚王刺向先君，干将挡剑，与先君同亡。

〔鲜血流遍宫殿，染红层楼。

〔楚王从鲜血中站起，不可一世。

168

［当年情形结束。

王　小羊羔,你不是要杀寡人吗? 好! 寡人给你一次机会。寡人站在这里,纹丝不动,你若有胆,放手来杀! 哼哼,寡人谅你不敢,因为你,是懦弱无能的羊,而寡人,乃是战无不胜的狼!

赤　(唱)悲泪涌,痛难忍,

　　　　海浪滔天恨难平。

　　　　爹爹啊! 儿今终识爹爹面,

　　　　你是剑般男儿铸精魂。

　　　　赤儿是,一脉相传干将子,

　　　　我要继遗志,血仇人,一提头颅祭亡灵!

［赤举剑向楚王逼近。

［众剑士屏息观看。

赤　(唱)我高举起,三尺青剑往前进——

　　　　徘徊不前犹豫逡巡。

　　　　那一群饿狼盯得紧,

　　　　好一似,围猎落单的小瘦豚。

［士卒上,撞倒赤。

士　卒　报! 陈、蔡战败而逃。

众剑士　(唱)眼睁睁,干将壮志无人续,

　　　　　　你断了他的脉绝了他的根!

赤　(唱)我再举起,莫邪宝剑放大胆——

　　　　面红耳赤战战兢兢。

　　　　杀啊——(举剑向王冲去,王挥剑一挡,赤剑落地)

　　　　实力悬殊羞满面,

　　　　只恨我,手软无力剑落尘。

［王大笑,放剑,饮酒。

〔士卒又上，又撞倒赤。

士　卒　报！郑、卫搬兵回国。

众剑士　（唱）他目中无人少防范，

　　　　　　　你莫误良机悔终身！

　赤　（唱）我三举起，凛凛利剑把气息稳——

　　　　　　颤颤抖抖，慌慌张张，汗雨涔涔。

　　　　　　何处来下手，左右选不定，

　　　　　　头颅？脖颈？竖砍？还是剑一横？

众剑士　（唱）你啰啰嗦嗦叨不尽，

　　　　　　眼看拂晓要天明！

　赤　（唱）赤长大还没杀过生，

　　　　　　万一他叫声惨、鲜血崩、一剑不死、苦苦呻吟我

　　　　　　怎应承！

　　　　〔士卒涌上，赤被撞得晕头转向。

　　　　〔众剑士嘲笑声不绝于耳。

士　卒　报！左司马生擒宋公，斩宋兵三千。

　　　　〔赤狼狈不堪，落荒而逃。

　王　（杀气顿生）小羊羔，是你不杀寡人，寡人就要杀你了。

士　卒　大王，那宋公……

　王　（蔑视地）哼，把这厚脸皮捆起来，把宋兵的耳朵割下

　　　　来，装在牛车里，经陈、蔡、郑、卫再赶回宋国去！叫

　　　　他们都看看，伐楚是什么下场！

士　卒　这……

令　尹　还不去！

　　　　〔楚王忽然头痛难忍。

众　人　大王……

170

第四场

[埙声,低沉哀婉,如泣如诉。

[一片战火烧秃了的荒林,长满了芭茅。

[巫阳坐在枯树下,唱楚歌。

巫　　阳　(唱)楚有巫兮游八荒,

　　　　　　　悲皇天兮覆无常。

　　　　　　　家兮国兮日以远,

　　　　　　　何去何从兮路茫茫。

[同时,楚城内,四楚人读缉捕令。

楚人甲　缉捕令:全国缉捕干将之子,赤。

楚人乙　谁啊?

楚人丙　有献其人头者,赏千金。

楚人乙　千金! 可真不少。

楚人丁　有藏匿不献者,连坐。

楚人乙　哎哟! 害死人。

楚人甲　这个人,没事杀王做什么?

楚人乙　不自量力。

楚人丙　听说是因为王杀了先君。

楚人乙　这世道,这类事多了去了。

楚人丁　臣弑君的,郑有祭足,宋有长万。父杀子的,卫有宣
　　　　　公,晋有献公。就说楚国先祖,杀父杀兄的也多如
　　　　　牛毛。

楚人乙　不足为奇。

171

楚人甲　唉,可惜我不认得他。

楚人乙　这不有图吗!

楚人丙　就是寻个一年半载,

楚人丁　也得把他咔嚓了。

四楚人　千金啊!

　　　　〔楚人隐。

　　赤　(内唱)一朝怯懦把仇人放——

　　　　〔赤蓬头散发,仓皇奔上。

　　赤　(接唱)大业无望添凄惶。

　　　　　　　是我无能把良辰误,

　　　　　　　是我犹豫失主张。

　　　　　　　到如今,坐等楚王撒密网,

　　　　　　　我成了,笼中猎物待宰羊。

　　　　　　　爹啊爹,儿负了你满怀遗志,

　　　　　　　娘啊娘,儿做不得佩剑好儿郎。

　　　　　　　落了个又羞又惭,又悔又愧,

　　　　　　　欲归难归,欲亡难亡。

　　　　　　　一具行尸活世上,

　　　　　　　有何面目见爹娘!

　　　　〔赤失声痛哭。

　巫　阳　赤儿!

　　赤　(一惊)老人家……

　巫　阳　把我拐杖找来。

　　赤　(递拐杖)老人家,您……(发现巫阳失明)怎知我的
　　　　名字?

　巫　阳　沧桑经得多了,看人看事就不用眼了。

　　赤　(鼻头一酸)老人家,我不知该往哪里去……

172

巫　阳　少年啊，人要没了去向，就会随波逐流，浪把你推到
　　　　哪里，你就去到哪里。等你想自己走的时候，却发觉
　　　　你是逆流而行，又岂是那滔滔骇浪的对手？唉，半点
　　　　由不得人啊。

　　　　〔巫阳开始煮糟酒，放入"佐料"。

赤　　　这是什么？

巫　阳　宿莽，经冬不死的草；玉英，昆仑山上的花朵；疏麻，
　　　　赠别的神麻；还有杜衡、薜荔、蘪芜、江离，都是香草。
　　　　巫阳特制的糟酒，喝了就什么都不怕了，敢不敢喝？

赤　　　会变胆大吗？

巫　阳　当然。

赤　　　喝。（饮下）

巫　阳　怎么样？

赤　　　（皱眉）嗯……

巫　阳　哈哈……

　　　　〔淅沥沥下起雨来。

　　　　〔敖背着剑，唱着歌，迤逦行来。

敖　　　（唱）一把剑，一身蓑，肩上头一颗，

　　　　　　风里来，雨里过，一个流浪儿。

　　　　　　哟呵呵，哟呵呵，

　　　　　　笑嘻嘻，乐咯咯。

　　　　　　爹死娘也殁，悲喜穿肠过，

　　　　　　无家也无国，四处来漂泊。

　　　　　　哟呵呵，哟呵呵，

　　　　　　笑嘻嘻，乐咯咯。

　　　　　　平生杀人真快事，

　　　　　　见我好比见阎罗。

［敖突然停住,盯着赤。

敖　你是赤!

赤　(惊奇)你也知道?

敖　(好笑)缉捕令上写着的嘛。

赤　(沮丧)唉。

敖　唉,你报不成仇了。

赤　你又知道?

敖　整个楚国都在找你。千金啊,不是小数。

赤　(愈发沮丧)唉……

敖　(来劲)我叫敖,长你几岁,我最擅长砍头。

赤　砍头? 你是刽子手?

敖　我是剑客! 我砍过许多头,有那小偷小盗的,太细,
　　无趣;也有那大富大贵的,油腻腻的,烦人;有那巴巴
　　望着等死的,软趴趴的,像棉花;也有那鬼哭狼嚎求
　　饶的,黏乎乎的,像蚂蟥!

　　［赤吓。

敖　(乐)哈哈! 砍头有多种方法,最蠢是用斧头,鲁莽,
　　土气! 其次用大刀,舞起来虎虎生风。但最精妙的
　　还是用剑,宝剑出鞘,寒气逼人,青剑一横,人头落
　　地! 干净,利索!

赤　(敬仰地)你喜欢砍头?

敖　(嘲笑地)哈! 世道沦丧,生存乏味。砍头,就是帮人
　　卸掉肩上一个最沉重的负担,大功德啊。(激起兴
　　趣)我帮你如何?

赤　帮我?

敖　杀王。

赤　当真?

174

敖 不假。

赤 为什么？

敖 这世上,我最想砍的就是王头,它粗壮,倔强,自以为是,骄傲不屈。这头欠的债多,溅的血多,装的痛多,顶的烦恼也多,是头中之王。若砍了去,定然过瘾!

赤 好!

敖 但你要借我两样东西。

赤 好!

敖 (半游戏地)一要你的剑。

赤 (毫不犹豫,取剑)好。

敖 (半开玩笑)这二嘛,要你的头。

赤 (一愣)我的头?

敖 正是!

　　(唱)你的头,又细又嫩真俊俏,

　　　　不知它,几斤几两几分瘦来几分膘。

赤 (唱)我的头,二十年来轻飘飘,

　　　　今朝里,有人看重千斤挑。

敖 (唱)你的头,是轻是重凭一念,

　　　　有用无用在今宵。

赤 (唱)我的头,长在身上增羞辱,

　　　　一旦卸下立功劳。

敖 (唱)信与不信全由你,

　　　　若怕了,当我玩笑脑后抛。

赤 (唱)一霎开窍愁云扫,

　　　　头颅青剑未竟志,双手奉上托知交!

　　〔赤横剑自刎,身僵,立住不动。

敖 (震惊)兄弟! 我敖,必不负你!

175

〔赤轰然倒地,如雷震耳。

〔楚乐大作,恢弘肃穆。

巫　阳　苞茅在下,糟酒在上,苞茅缩酒,巫阳祭头!(巫歌巫
　　　　舞,念)壮乎兮少年头,惊天地骇九州。悲乎兮残命
　　　　休,鬼神哭风云愁!

　敖　(唱)祭兄弟,一叩首,

　　　　　　敬你慷慨赠了头。

　　　　　　我游戏不羁来调笑,

　　　　　　你仰面一横剑封喉。

　　　　　　祭兄弟,再叩首,

　　　　　　谢你信我不迟犹。

　　　　　　君子一诺重九鼎,

　　　　　　言出必行不回收。

　　　　　　祭兄弟,三叩首,

　　　　　　怕你此去独漂游。

　　　　　　从今后,阴阳兄弟如形影,

　　　　　　同行同坐也同仇。

　　　　　　我替你好活续你愿,

　　　　　　一命还把一命酬。

　　　　〔赤,似是灵魂,更像是敖心中外化,与敖并排而坐。

　敖　陌路相逢,你就信我吗?

　赤　陌路相逢,你不也帮我吗?

　赤　嘿嘿。

　敖　哈哈!

赤、敖　哈哈哈!

　敖　小兄弟,上路!

巫　阳　(高歌)赤兮将头昂,敖兮把剑扛,赤与敖兮,同行携

手游周章——

敫　老婆子,这叫什么歌?

巫　阳　《赤与敫》。

赤、敫　《赤与敫》!

　　　　［敫"背"上赤,朝楚宫而去。

赤、敫　(唱)赤兮将头昂,敫兮把剑扛,

　　　　　　赤与敫兮,同行携手游周章。

敫　走啊!

赤　(唱)单手一筋斗,翻山又越岭。

敫　(唱)鹞子一翻身,穿林又过岗。

赤　翻过睢山。

　　　　［赤与敫翻山。

赤　(唱)那二人,撕缠扭打脸红涨,

敫　(唱)亲兄弟,为田产争了个你残我伤。

赤　(唱)哗啦啦,山雨骤。

敫　(唱)呜呼呼,野风狂。

赤　渡汉江。

　　　　［赤与敫渡江。

敫　(唱)那幼儿,失足落水哀哀叫,

赤　(唱)岸上的,掩袖疾走各奔忙。

敫　(唱)一个圆场三千里,

赤　(唱)转眼就到楚城邦。

敫　过楚市。

　　　　［赤与敫过市。

敫　(唱)卖肉的缺斤少两,

赤　(唱)行乞的把跛脚装。

敫　(唱)叔嫂偷情就把亲夫鸩,

177

赤　(唱)穷人挡路被马踏死在路中央。

敖　(唱)不由得哈哈笑，

赤　(唱)不由得心悲凉。

敖　(唱)不由得歌儿唱，

赤　(唱)不由得泪汪汪。

赤、敖　(唱)赤与敖，观人生百态众生相，

　　　　　这一幅锦绣山河图是满目痍疮！

赤　楚宫到了！

敖　这就去啊！

赤　(唱)提起剑，大步闯，

敖　(唱)雄赳赳，气昂昂。

赤、敖　(唱)赤与敖双双赴战场，

　　　　　痛痛快快、乒乒乓乓，把那铜墙铁壁砸精光！

　　　　［楚人成群，惊异，困惑。

楚人甲　什么歌？

楚人乙　没听过……

楚人丙　好怪的……

楚人丁　好怕的……

楚人甲　谁唱的？

楚人乙　赤与敖。

楚人丙　赤与敖是谁？

楚人丁　没见过啊。

　　　　［四楚人面面相觑。

四楚人　赤与敖到底是谁？

　　　　［惊恐蔓延。

第五场

［太庙。

［大鼎汤沸。

［楚王立在高台上,率群臣祭祀先祖。

太　卜　天朗气和,吉日辰良,告庙祭祖!

　王　……

太　卜　(轻声)大王,念祭文。

　　　　［楚王展开祭文,烦躁不安,一把扔了。

太　卜　大王……

　王　(一屁股坐下)一个小羊羔都抓不到,还有什么脸面
　　　　祭祖! 寡人雄霸于世,竟被一梦搅得烦躁不安,吃不
　　　　好也睡不着,传出去岂不被人笑话……

太　卜　(尴尬)酹酒,尚飨。

　　　　［士卒上。

士　卒　报! 大王,庙外有个乞丐,说要给您玩个把戏。

　王　把戏?

士　卒　他说若大王一人见,则解愁消郁,若万民见,则天下
　　　　大同。

　王　有意思……

太　卜　大王,太庙圣地,乞丐进不得。

　王　带进来。

　　　　［敖身穿青色破衣,背着青色布包,进。

　敖　给大王贺喜!

王　小乞丐,你说寡人何喜之有啊?

敖　大王,小丐我有名,叫敖。

王　(忍俊不禁)哦? 在楚国,敖乃军事首领,武艺高强,你也称敖?

敖　大王,小丐玩把戏的本领也很高强。

王　奏来。

敖　小丐我从小不学无术,乞讨为生。后来,一鹤发童颜的老乞丐见我可怜,便教了我一样看家把戏。

王　什么?

敖　大鼎煮头。

王　大鼎煮头?

敖　要一青铜大鼎,烧开沸水。待火烈水腾时,放入人头,这头便会唱歌。这把戏,若大王一人见,则解愁消郁,若万民见,则天下大同。

王　玩来!

敖　大王,这一般的鼎还不行。

王　要哪样的?

敖　祭祖宗的。

王　王鼎?

敖　这把戏只配王看,自然只配王鼎。

王　鼎来!

　　〔青铜大鼎,庄严威武。

　　〔敖抛入布包,沸水四溅。

敖　(唱)大鼎站起来,沸水烧起来,

　　　　　　鼎里的头啊你唱起来。

　　　　　　你是谁的头,谁是你的头,

　　　　　　你想要的是谁的头!

180

〔寂静。

太　卜　（嘲笑）什么都没有啊。

　　　　〔楚王有些烦躁。

　　　　〔突然,赤的声音,如从地府来。

赤　　（唱）鼎是厚厚的,水是滚烫的,

　　　　　　泡得我的头啊是好舒服的。

　　　　　　我是少年头,你是老人头,

　　　　　　要不要咱一头换一头。

　　　　〔众人惊惧。

敖　　（唱）论头还是自己的好,

　　　　　　何必麻烦换人头。

赤　　（唱）天下最好是王的头,

　　　　　　十分卖相有皮有肉。

赤、敖　（唱）任他好坏是谁的头,

　　　　　　终归消散只剩骨头。

　　　　　　不信就来煮一煮,

　　　　　　保管消郁又解愁。

王　　方才谁在唱歌?

敖　　我。

王　　还有一个……

敖　　头。

王　　叫什么名字?

敖　　赤。

王　　赤! 你杀了赤! （大笑）说说,你是怎样杀他的?

敖　　大王,说了有赏吗?

王　　有赏,有赏,赏千金!

敖　　好。那天,小丐我正在林子里晃荡,突然听到一个少

181

年在哭,走近一看,嘿,这不是悬赏捉拿的赤吗。我就骗他说我最擅长砍头。

王　(饶有兴趣,逐渐走下台阶)砍头? 你是刽子手?

敖　我说的是剑客。我说,砍头的方法有很多种,有用斧的,用刀的。大王,你喜欢哪种?

王　剑! 大王我喜欢剑。

敖　我又说,你借我两样东西,我就帮你杀王。

王　(捧腹大笑)借? 借了可是要还的,你太会骗人了。

敖　我说一要你的剑。他就给了我。

王　二呢?

敖　二就要你的头!

王　他给你了?

敖　他二话不说,把剑一横,咔嚓了。

王　不对,不对,你们素不相识,他岂能这样就把命给你了? 不怕你是骗子吗? 人嘛,总要图点什么。

敖　是要图点什么。

王　你是……还想要些赏赐?

敖　不瞒大王,小丐确实还想要点更贵重的。

王　赏两千金!

敖　请大王屏退左右。

王　退下!

　　[众人下。

敖　请大王凑近点。

王　做什么?

敖　大王,把戏还没结束,故事尚未讲完。你不近点看、近点听,我怕你看不清楚,听不明白。错过了好戏,可别怪我。

[楚王走下台阶,向鼎步步凑近。

敖　人嘛,总要图点什么。你看,他双目如电,眉间广尺,
如饥似渴,阴魂不散,图的嘛,正是这颗王头!

[楚王突然回头,敖拔剑横在王颈上。

[赤的阴影附在敖后,硕大奇异,摄人心魄。

[巫阳幽邃的声音:少年杀王不克,楚王死于剑下……

王　不,怎么可能,怎么可能! 这世上竟有这样的事,这
世上不会有这样的事! 寡人不信,寡人死也不信!

["扑通",王头入鼎声。

[万籁俱寂。

[少顷,似听到王与赤的撕咬声。

敖　(看着鼎)啊呀,王还不肯死,他咬住赤的耳朵了! 啊
呀,赤也还口了,他咬住王的头发了! 他们在撕咬,
他们在战斗!

[王与赤,在进行一场灵魂的决斗。

王　(唱)纵然头断我不瞑目——

残喘一息把战鼓擂!

好你个,阴魂不散的冤头鬼,

追得我,精疲力竭血本无归。

我楚王,不曾沙场白骨垒,

死在你手辱门楣。

恨不得啖尔的肉,

恨不得烧尔的眉。

满腔怒火炸五内,

我要咬,咬你个身烂骨碎魂魄飞!

赤　(唱)头痛欲裂炼狱坠,

汩汩血流泪不垂。

为杀王,我离乡背井尝尽孤独味,

为杀王,我跋山涉水一去头不回。

为杀王,我自断头颅仰面终不悔,

为杀王,路人相帮仗义济困危。

今日棋逢在功成际,

想起了爹娘蒲娃我心如明月染清辉。

成年男儿已如剑,

再不会,缩缩畏畏前功尽弃一旦亏。

王　（唱）咬一口,你不见乌鸦一般黑,

　　　　凭什么偏偏将我摧!

赤　（唱）还一口,稳住心神气不馁,

　　　　放胆一战灭仇贼。

王　（唱）咬两口,你搬兵设计将我骗,

　　　　算什么英雄好作为?

赤　（唱）还两口,前人未竟千秋业,

　　　　自有后人匍匐随。

王　（唱）咬三口,冤仇似海今日了,

　　　　鱼死网破俱成灰!

赤　（唱）还三口,咬定王头不松嘴,

　　　　一念到底死不改,碧落黄泉我拼命追!

王　你松口!

赤　你松口!

王　寡人不松。

赤　我也不松。

王　寡人头已断、命已绝,你还要怎样?

赤　你认不认败?

王　不认。

赤　你服不服输？

王　不服！

赤　那我就追你、赶你、咬你，直到你服输为止！

王　疯狗，疯狗啊！

　　［王与赤撕咬愈加激烈。

　　［万籁俱寂。

敖　看哪！这一个，圆睁怒目，那一个，七窍尽裂！胜负
　　难分，鏖战正激！啊呀，好一出断头不断气的决斗！
　　好一场精彩绝伦的把戏！唉，敖独自一人，好生无
　　趣。(起劲地)这旷世之战，岂能少了我敖？兄弟啊，
　　哥哥我再帮你一把！

　　(唱)见兄弟，苦苦撑持满面通红，

　　　　哥哥我，怎忍你独力战枭雄。

　　　　从来帮人帮到底，

　　　　一诺既承死从容。

　　　　敖曾借弟头和剑，

　　　　有借有还是高朋。

　　　　看鼎内，双头撕咬正热闹，

　　　　哥哥我，再把一头来奉送。

　　　　三头大战真快事，

　　　　生死兄弟喜重逢！

　　［敖拔剑自刎。

　　［“扑通”又一声，天际回响。

　　［赤与敖将王合围。

赤、敖　(唱)赤与敖，又聚首，

　　　　合力战王雄赳赳。

　　　　一个鼎，三个头，

185

各式各样沸水稠。

方的圆的和尖的,

好坏香臭一锅收。

青铜大鼎煮透透,

这一堆,胜胜负负、成成败败、生生死死、是是非
非铸春秋。

王 赤与敖,赤与敖……(声音越来越小)王被赤与敖打
败了……但是,还会有下一个王,更多的王,你们杀
得尽吗……(倒下)

〔赤与敖相视一笑,闭目。

〔汤沸大鼎,渐归寂灭。

〔一击沉钟。

尾　声

〔三墓并列。四扫墓人扫墓。

扫墓人甲 哎,这三座墓,又无主次,也无先后,到底哪座墓才是
王墓呢?

扫墓人乙 听说,那三颗头在鼎里都煮烂了,只剩骨头混在一
起,太医实在难辨,只好分成三份,都以王礼葬之,这
就叫"三王墓"啦。

扫墓人丙 王也好,民也罢,都一样睡在土堆堆里啦。听说了
吗? 新王杀了蓼娘娘的幼子,篡位自立啦,现在朝中
乱得一塌糊涂。

扫墓人丁 如今的楚国,可不比从前喽! 现在是秦国厉害啦!

四扫墓人 （互相望了望）扫墓吧!

　　⌈字幕:春秋之后,中国历史进入战国,一个群雄逐鹿
　　的大争之世。

　　⌈蓼姬、蒲娃、莫邪,三个女人面面相觑,不知给哪座
　　墓上坟。

　　⌈祭乐大响,遥远地,巫阳歌舞。

巫　阳 （唱）赤兮将头昂,敖兮把剑扛,赤与敖兮,同行携手
　　游周章——

　　⌈似见赤与敖,迤逦而行,无处不在。

（剧　终）

注:本剧改编自鲁迅先生的小说《铸剑》。

导师评语

荣广润

　　上海越剧院年轻编剧莫霞的京剧本《赤与敖》,得到上海文化发展基金会青年编剧扶持项目的资助,经过半年多的几次修改提高,目前项目的加工已告一段落。

　　《赤与敖》申报时原为话剧剧本,基础较好:内容弘扬舍生取义的崇高精神,风格凝重强烈,冲突尖锐激烈,表现方式上也有一些创新的处理。项目通过后,我与莫霞多次讨论,根据这个戏的题材实际和莫霞的创作特长,将剧本形式改为了京剧,从修改后的效果来看,还是比较合适的。在剧本的艺术呈现上,她也作了两次大的修改。第一,进一步理顺主角赤的心理和性格的发展脉络,原来赤的性格起点过于胆小软弱,修改稿将赤的起点更多地放在单纯心善、有些软弱上,人物的基调更准确合理。第二,加强了赤在第一次行刺楚王失败后的内心痛苦及听到敖能代自己完成刺杀重任时的内心激动,使他自刎献头颅献宝剑的行为更加强烈。第三,注重高潮场面创新处理的合理性,突出赤与敖除恶的义无反顾的激情,以及沸水鼎内三颗头颅搏斗的舞台外化处理的场面设计。

　　莫霞在整个修改加工过程中极其认真投入,毫无懈怠自满,态度谦虚,善于思考,显示了很好的创作态度。按她的钻研精神和已有的专业积累,可以预期未来会有较好的创作成果。这一剧本的提高也较显著,根据现有的水准,可以先提供京剧院作小剧场演出。

话　剧

别时明月

（原名《两本房产证》）

鞠丹凤

鞠丹凤

女,网络作家,编剧,东北师范大学汉语言文学系硕士,已出版《梨花雪后》等多部小说。

时　间：

当代

地　点：

中国某大城市

人　物：

金灿灿——女,27岁,貌美泼辣,曾是售楼小姐,现为网红主播。
因失足坠楼,变成植物人,后脑死亡,根据生前协议
捐赠了器官。

程旭远——男,34岁,电脑程序员。为家庭以及妻女能有一份
安稳和幸福的生活而奋斗着,终于贷款买了房,却遭
遇晴天霹雳,女儿查出绝症。在庞大的治疗费用面
前,他没日没夜地加班赚钱,不幸猝死。

马自力——男,28岁,年轻有为的外科主治医生,金灿灿的男
友。因家庭剧变,险些不能实现自己的医生梦,是金
灿灿主动退学,以微薄的薪水供他读完了医科大学,
所以他一直觉得自己愧对女友。

陈　茵——女,32岁,家庭主妇,程旭远的妻子。本来无忧无
虑,但因女儿患上尿毒症,丈夫在拼命工作中猝死,

于是她用柔弱的双肩扛起了风雨飘摇的家,卖掉房子为女儿治病。

果　果——女,7岁,程旭远和陈茵的女儿。患尿毒症,透析已作用不大,最后接受了金灿灿移植的健康肾,得以康复。

刘老太——70多岁,病人,一个爱管闲事的善良老人。

黑西装——自称"社会保障处"的工作人员。

林主任——男,55岁,医院的主任医师,马自力的恩师。为人稳重,医术高明。

李医生——女,25岁,病床医生。

第一场

［舞台上渐渐有光亮,太阳升起。

［普通居民区的一套紧凑小户型,窄小的客厅,放着一张沙发,沙发背上摆着好多粉红色的可爱玩偶。沙发前的茶几俨然一个梳妆台,正中还放着一个摄像头。客厅左右两边分别是两间卧室。沙发背后的通道两侧,是看不见的厨房和卫生间。

［右侧卧室被笼罩在阴影里,只有客厅和左侧卧室的窗帘上有些许光亮。可见一个女人趴在沙发上酣睡,被子落到地上,露出大半截腿。

［右侧卧室里闹钟声响了几声被按掉,走出一个男人。他扭头看了沉睡的女人两眼,摇摇头,走进卫生间。卫生间传来水声、盥洗声。

［男人又走回右侧卧室,背包,走到门口换鞋,声音大得有些夸张,睡在沙发上蓬头垢面的女人终于忍无可地坐起。

金灿灿　喂,我说,你能不能有点公德心,没看到我还在睡觉吗,乒乒乓乓的,给谁听呢!

［程旭远打开门,拎起电脑包,回头看金灿灿。

程旭远　你不去医院了吗?

〔金灿灿扒着头发,不耐烦地从沙发上起身,嘟囔着走进卫生间。

金灿灿　(暴躁的声音传来)大清早的,都不让人睡,烦死了!

程旭远　(冷淡地)嫌烦? 你可以搬走!

金灿灿　(从卫生间露头,手上拿着牙刷,语气不屑)搬走? 凭什么我搬走,要走也是你走。别以为你这样,我就把房子让给你,送你三个大字:别做梦!

程旭远　不知道谁在做梦,首付是我拿的,贷款我在还,凭什么说房子是你的?(看看手表)好了,我们不要每天就这个问题吵个没完,再等两周就有结果了。

金灿灿　我也正想说这句话呢,再等两周,咱就彻底拜拜了。喂,我劝你,先找找房子吧,别到时候去睡大街,毕竟你人生地不熟的……

〔程旭远无奈,开门欲走,金灿灿攥着毛巾,满嘴泡沫从洗手间冲出来。

金灿灿　欸欸欸,程旭远,你等我5分钟,我……

〔"砰"的一声,程旭远甩上门出去了。金灿灿恨恨地用毛巾擦了下嘴,顺手将毛巾扔向餐椅背,却没扔准,毛巾落在地上。

金灿灿　真小气,不就是蹭个车吗,大不了付你车费! 切!

〔金灿灿火速收拾东西。

〔程旭远站在门外等着,金灿灿出来见到程旭远,吓了一跳,使劲拍了拍胸口。

金灿灿　人吓人吓死人,你懂不懂啊! 杵在这儿一点声音都没有,扮鬼呢! 走啊。

〔两人下。舞台灯光更加明亮,伴随着邻居们的聊天声,小区收废品的叫唤声,车鸣笛声等城市中的特色声音。

〔陈茵拎着保温饭盒和一袋子菜，步态疲惫地开门进来，环视了一下房间，看到地上的毛巾，走过去捡起来，送回洗手间。然后径直走进左侧卧室，拉开窗帘，换下外套，走到厨房开始烧饭。在烧饭的同时，又出来将金灿灿弄得凌乱的客厅收拾整理了一番，然后躺到沙发上休息。

〔舞台上只有闹钟的滴答声。过了一会儿，尖锐的闹铃声响起，陈茵猛地从沙发上站起身，摇晃了两下，赶紧又坐下，捂着胸口，缓了片刻才起身去厨房，装好饭菜，又拿起外套准备出门。

〔电话响起，陈茵接听。

陈　茵　小谭啊，是吗？找到合适的房子了？好，我先去趟医院，下午来看房子，到时候打你电话。（自言自语）明天再整理打包吧。

〔陈茵刚打开门，电话铃又响了。陈茵看看电话，又过来接起。

陈　茵　（急切地）喂？果果……哦，马医生，刚才中介打电话说找到合适的房子了。我下午就去看，如果合适，这周之内我就搬走。

〔电话里男人的声音："别误会，我不是这个意思，房子你先住着，现在这种情况你能往哪儿搬呢，省下的钱用在孩子身上吧，你一个人不容易！我反正是单身，怎么都能凑合，等孩子病好了之后再说。"

陈　茵　（带了哭腔）我……其实，谢谢……

〔男人的声音："好了，我先挂了，你好好照顾果果。"

〔电话忙音。陈茵放下电话，拭了下眼角，拎着东西出了门。

第二场

[医院的一间病房。里面横放着三张病床,最靠近舞台的 1 号病床上是一个儿童患者,穿着病号服,正抱着洋娃娃发呆;中间的 2 号病床上是一个老妇人,正闭目养神;里面 3 号病床上躺着一动也不动的病人,头部都被包裹着,旁边是心电仪等各种仪器,病人正在输液。

[林主任、李医生、护士甲、护士乙进来,先检查 3 号病床,医生翻开护士递来的各项记录。

林主任　3 号床病人进来有一个月了吧?

护士乙　29 天了。

林主任　从数据来看,貌似不太好。李医生,今天给病人做一下感知测试。

李医生　好的,林主任。

[3 号床的监测仪器忽然开始紊乱,还发出尖锐的声音,医生护士们忙成一团。

[金灿灿低头看着手机走进来,看到抢救连连摇头,又低头看手机。端着急救药的护士甲急匆匆进来,似乎没有见到她,直撞了过去,金灿灿一转身躲开了。

金灿灿　(瞪了护士甲一眼,欲发作,终于忍下)你!……

[2 号床的老太太挣扎着坐起来,探头朝 3 号床那边看。

[金灿灿退到 1 号床果果的床边坐下。小女孩看到她很高兴,正要打招呼,金灿灿做了个"嘘"的手势,老太

太斜眼看金灿灿。

刘老太 什么事能大过人命！还看得下手机，好歹那也是你亲人……

金灿灿 （耸耸肩）你刚才也见到护士那劲儿，跟冲锋打仗似的，这时候我再凑上去不是添乱吗？再说了，我也救不了她啊。

刘老太 唉，好好的一个姑娘家，怎么就从楼上摔下来了呢？还摔成这样……啧啧啧，作孽哦！

金灿灿 （点头表示赞同）谁说不是呢，所以说世事无常啊。

〔金灿灿终于放下手机，跟果果聊天，见果果歪头看自己，一副欲言又止的样子。

金灿灿 （笑问）果果今天气色不错，脸蛋像两个小红苹果。这么看我干吗呀？

果　果 阿姨，你和3号床阿姨是双胞胎吗？她长得像你吗？

金灿灿 你说呢？（岔开了话题）咦，你妈妈还没来吗？

果　果 妈妈回家给我煮饭了，一会儿就来。

〔3号床情况稳定下来，医生护士都松了口气。金灿灿起身，凑过去。

金灿灿 （表情诡异地在高兴与失望之间转换，喃喃自语）又救活了啊……

〔林主任抬头看了她一眼，跟李医生交代。

林主任 一会儿给她做个睡眠脑电图，结果出来后，脑科、神经科进行一个会诊。

李医生 好的。

〔医生们走到2号床边，主任医生看了刘老太的病历。

林主任 大娘，今天感觉好多了吧？

刘老太 跟昨天一样，骨头疼，睡着了就做梦……林主任啊，我想跟你商量一下,要不你把药给我开好,我就出院了,回家到社区医院去打针。

林主任　大娘,您现在这个情况,每天用药不一样,要观察,我没法儿给您开药。再说每天还有检查,社区也做不了。

刘老太　唉,你说我这个病什么时候得不好,非赶上我孙子中考,要是被我给耽误可就造孽喽。

林主任　李医生,刘大娘今天做完检查,把这个药换一下。

李医生　嗯,好的。

　　　　〔医生们来到 1 号床边。

　　　　〔金灿灿自觉地起身站到一边。

林主任　小果果,今天感觉好一点吗?

果　果　嗯。

林主任　李医生,病灶切片什么时候做?

李医生　今天就安排做切片,还要做一个 CT,结果出来,我再跟您汇报。

林主任　嗯。(转向果果)小果果,加油啊。

果　果　嗯。

　　　　〔医生们刚要离开,果果怯怯地开口。

果　果　医生伯伯,我会好吗?

　　　　〔主任医生和李医生面面相觑一下,神情尴尬。

林主任　当然了,只要小果果你不怕疼,勇敢一点就行了。

　　　　〔医生出了病房,摇头叹息。

林主任　马自力医生怎么样了?

李医生　昨天给他打了电话,听上去还不太好,但他坚持明天回来上班。

林主任　唉,这事儿对他的精神打击太大了,希望他能挺过来啊。

〔医生们下。

〔刘老太一脸忧愁，自言自语。金灿灿又坐回果果身边安慰果果。

金灿灿 知道吗，林医生是全医院最厉害的哦，他跟你说会治好，你就一定会治好。现在，就看你是不是勇敢了哦。

果　果 不骗人吗，阿姨？

金灿灿 （举起右手，表情严肃）向巴拉巴拉小魔仙发誓。

〔刘老太颤巍巍地要下床，金灿灿过去扶她。

金灿灿 干吗去呀，您？

刘老太 洗手间，不用你扶，我自己行。

金灿灿 没事儿，我正好要去吃饭，走吧。（过来扶刘老太）

〔外面传来陈茵和熟人打招呼的声音："我来帮你拿，哦，是，刚给果果烧了饭带过来。那我先过去了。"

〔金灿灿扶着刘老太走出病房，和陈茵面对面而过。

陈　茵 （进病房）阿姨，您要去洗手间吗？我扶您过去吧。

刘老太 不用，不用，一个人就够了。果果在病房，你快去陪她。

陈　茵 （自言自语）这个刘阿姨可真要强，住这么久医院都一个人，上厕所也不要人陪，还说"一个人就够了"！（笑着对果果）宝贝，饿了吗？

果　果 （不好意思）有一点。

〔病房外，金灿灿扶着刘老太慢慢走。

刘老太 你说你这个姑娘，对我老太婆，对果果都挺照顾的，怎么对你妹妹好像个外人似的呢？孩子，听阿姨一句，这辈子做兄弟姐妹都是前世修来的缘分，不容易，别……

金灿灿 （不在乎地笑笑）别说我了，我都好几天没见你儿子来了，他又出差啦？

刘老太 小孙子病了，眼看中考，我没让他来。

[金灿灿耸肩,表示不赞同,但也没再反驳。

刘老太 好了,好了,你不用送我进去,我自己行,去忙你的吧。

[刘老太、金灿灿分头下。

[病房里,陈茵麻利地将饭菜摆好,准备给果果吃饭。

陈　茵 宝贝,妈妈做了你最爱吃的菜,多吃点。对了,医生来查过房了吗?

果　果 查过了。

[陈茵看女儿吃饭,看着看着有些失神。

[饭刚吃完,护士甲推着轮椅进来。

护士甲 果果,吃完了吗?我带你去检查喽。

果　果 (明显瑟缩了一下,但仍旧坚定地点头)嗯。

[陈茵将果果抱起,轻轻放到轮椅上,正要推轮椅,被护士拦住,接过轮椅。

护士甲 果果妈,我来,你在这儿等着吧,或者,你去给果果买一块巧克力?

陈　茵 护士,我不会添乱的,我就在外面等着。

果　果 妈妈,护士姐姐带我去就好了,你休息一会儿吧。

陈　茵 (犹豫)好吧,果果,你要是怕……

果　果 我不怕。

[护士甲推着果果出去,剩下陈茵在病房里。陈茵收拾了保温盒,又收拾果果的床,从枕头下翻出一幅画,上面画着Q版全家福。陈茵顿时呆怔,木然地坐下,默默流泪。

[刘老太弓着腰慢慢走进病房。陈茵听到声响,急忙擦干眼泪,将画塞回枕头下,过来扶刘老太躺回病床,一直躲闪着刘老太的目光。

刘老太 小陈,阿姨问句不该问的啊,孩子病这么重,果果爸爸

200

怎么一次都不来看她？

　　[陈茵假装忙碌,把平整的床又整理一遍,挤出一个笑。

陈　茵　她爸爸被派到国外去了,工作忙。再说,他回来也帮不
　　　　上忙,我已经辞职照顾孩子,她爸爸现在怎么也不能丢
　　　　了工作,还指着工资给果果治病呢,所以,就没让他
　　　　回来。

刘老太　（一脸不信）说的也是,机票那么贵,来回一两万就没
　　　　了,那你就辛苦点。好在医学这么发达,果果的病会
　　　　好的。

陈　茵　谢谢您,刘阿姨！呃,刘阿姨,我先去给果果买块巧
　　　　克力。

　　　　[陈茵神态慌乱地走出病房,刘老太摇头。

　　　　[金灿灿进来,拎着一份餐盒直递到刘老太面前。

刘老太　我还不饿,你不用总给我带饭。

金灿灿　（不甚在意）哦,今天这个不是我买的,楼下碰见你儿子
　　　　火急火燎地往上跑,他看到我,让我帮忙拿上来的。他
　　　　让我告诉你,你宝贝大金孙子的病好得差不多了,能回
　　　　学校了,让你放心。

　　　　[金灿灿把餐盒放在刘老太床头,顺便在刘老太床边的
　　　　凳子上坐下,背对着3号床。

　　　　[金灿灿不停瞄看病房门,似有期待,刘老太看在眼里。
　　　　护士乙进来,也拿着一份餐盒给刘老太。

护士乙　大娘,您儿子说今天考前动员会,得去学校,托我给您
　　　　把午餐买了。（看到床头已然有了一份,有些奇怪）咦,
　　　　这是……果果妈给你带的吗？

刘老太　（答非所问）谢谢你啊,护士。

　　　　[护士乙下。

201

[金灿灿黑着脸瞪着门的方向。

金灿灿 （有些沮丧地问刘老太）我看起来就那么不像会学雷锋、做好事的人吗？

刘老太 （看着两份早餐，笑着问金灿灿）你碰到的是我哪个儿子啊？别看了，说是明天才回来上班呢。

金灿灿 （嘻嘻一笑）这不是怕你失望吗！欸，你说谁啊？谁明天回来上班啊？

刘老太 别装了，你盼着见谁啊？

金灿灿 你看出来了？

刘老太 （一脸傲娇）谁年轻时候没谈过恋爱似的！我现在是老了，不中用了，年轻时候可漂亮得很！再说了，你这么不耐烦看护你妹，还天天准时来，看到马医生，脸上都要开花了，我老婆子又不瞎。

金灿灿 （从化妆包里拿出小镜子照）表现得这么明显吗？

刘老太 可不嘛。

金灿灿 （垮了肩膀）可惜，那个人看不见。刘阿姨，你说，我要不要直接跟他表白？欸？你瞪我干吗？我这脸蛋，难道还配不上他啊？

刘老太 不是阿姨说你，当小三可没好下场，死了要下十八层地狱的。这儿上上下下谁不知道她（用嘴努了努3号床）是马医生的女朋友！你年纪轻轻的，可给自己积点德，再说了……

金灿灿 （转过身去对着3号床）谁当小三啊，他不是马上就单身了吗！

刘老太 那也不行。

金灿灿 那就看缘分呗。

[刘老太见劝说不动，摇摇头，索性闭目养神。金灿灿

对着3号床刷手机,两人互不搭理。

[陈茵拿着巧克力跟在护士甲旁边,护士甲推着果果回来,果果睡着了,陈茵把果果抱到床上盖好被子。

[果果说梦话。

果　果　爸爸,爸爸……

[陈茵摸着果果的额头,黯然不语。

[灯光渐渐转暗。

第三场

[一片黑暗的舞台上有零星灯光亮起。还是那个客厅。

[开门声响,随即客厅灯亮。

[程旭远在门口换好鞋子,倒了杯水,拿回右侧卧室,拧开桌上小小的台灯开始工作。台灯只照亮了桌子的范围,房间里其他空间都是黑的。

[房间里只有键盘敲击声。

[随着大力的哗啦啦拧钥匙声,金灿灿开门进来,夸张地踢掉鞋子,直扑到沙发上。

金灿灿　喂!

[程旭远没声音。

金灿灿　(放大音量)程旭远! 我知道你在家,给我倒杯水呗,我要累死了,Thank you。

[程旭远从卧室出来,默默倒了水,放在沙发前的茶几上,转身欲走。

金灿灿　(腾地坐起,拿起水猛灌两口才招呼程旭远)喂,我都说

203

谢谢啦,怎么还摆一张死人脸啊?(八卦兮兮地凑近他)怎么? 被老板骂了? 被同事阴了?(语气更夸张地)你,不会被开除了吧?

程旭远 你心里能别这么阴暗吗?

金灿灿 那也不能怪我啊,去照照镜子,看看你自己的脸色,就像死了好几年似的。

程旭远 (凑近金灿灿的脸,阴阴地)告诉你,我是已经死了好几年了。

金灿灿 啊……程旭远! 说话别这么瘆人! 我们就算有过节,也不至于你这么狠毒阴森吧?

[程旭远对着她惨笑。

金灿灿 (喝光水,"砰"地放下杯子)好吧,好吧,我道歉! 为了缓和这个尴尬的气氛,我给你讲个笑话啊。从前有个程序员出门买东西,老婆让他买五个包子,说如果碰见卖西瓜的就买一个,请问,他一共买了几个包子?

[程旭远没搭理,回卧室去了,金灿灿追到卧室门口。

金灿灿 结果是他买了一个包子,因为碰到了卖西瓜的就买一个。哈哈哈哈。

程旭远 幼稚。

金灿灿 我说你,天天开这么个破台灯,黑咕隆咚的,不怕瞎啊? 你怕费电? 没事,你用吧,把大灯打开,你搬走我不用你付电费。

[金灿灿要去开灯,被程旭远喝住。

程旭远 住手! 我跟你说了,我是鬼,我怕光! 行了吧? 没事你可以出去了,不要打扰我。

金灿灿 (讪讪地)狗咬吕洞宾!

[金灿灿转身去洗手间,传来哗哗的水声。少顷,她一

身性感睡衣走出来,头发用粉红发带束住。她走到沙发上坐下,从沙发背上随手拿起一个可爱玩偶抱着,对着化妆镜照了照,打开电脑,然后打开茶几上的摄像头进入直播状态。

金灿灿 （对着镜头嘟嘴卖萌,用嗲得不能再嗲的声音说）Hi,亲们,晚上好,兔兔刚洗了澡。好吧,今天我就来告诉你们晚妆护理的秘密哟。哇,谢谢良辰大大刷的跑车呢,兔兔好喜欢！好了,我们来看看,娇嫩的皮肤夜里需要什么呢……叮当,对啦,面膜。

〔金灿灿敷好面膜,抱着玩偶在镜头前摆各种嘟嘴卖萌的 Pose,一边嗲嗲地、夸张地感谢网友刷的礼物。

〔右边卧房内,程旭远站起又坐下,如是几次,最后过去把门"砰"的一声关上,又拿起电脑旁的耳机塞住耳朵。

〔舞台静音,就像哑剧表演,金灿灿对着镜头夸张地手舞足蹈,程旭远狠狠地敲击键盘。

〔一会儿,程旭远摘下耳机。键盘敲击声响起,客厅金灿灿的声音出现。

金灿灿 （对着镜头飞吻）各位可爱的小仙女,明天见喽,晚安,爱你们哦。

〔金灿灿关闭镜头,姿势不太美观地躺倒在沙发里,腿搭在茶几上。程旭远从房间里走出,看到客厅沙发和茶几又被金灿灿弄乱。

程旭远 你能不能有点公德心！

金灿灿 （噌地坐直,面色不善）说谁呢？谁没有公德心？

程旭远 家里又不是只有你一个人,你这样很影响别人,知道吗？还有,你自己弄乱的沙发可以自己收拾吗？不要总是麻烦别人可以吗？

金灿灿　(阴阳怪气)麻烦别人？麻烦你了吗？陈茵乐意帮我收拾，她都没说什么，你叫什么叫？怎么，你心疼啊？

程旭远　你脑子里怎么那么多龌龊想法？作为成年人，为自己的生活负责，不麻烦别人难道不应该吗？

〔金灿灿噌地站起，腿上放着的玩偶掉落一地。

金灿灿　作为成年人，龌龊点怎么了？你呀，生活就是太不龌龊，才这么古板无趣。懒得跟你说了，我得把面膜洗掉。

〔金灿灿跑进洗手间，里面传来水流声。

〔钥匙哗啦啦转动的声音，陈茵进来。程旭远看向陈茵，陈茵似乎并没看见他，走过来默默地把玩偶捡起，放回沙发上，就回自己房间去了。

〔金灿灿从洗手间出来，对程旭远冷笑。

金灿灿　还看什么看，人家已经回房了！哟？让我看看，脸怎么红了？看吧，是我想法龌龊，还是你自己脑子里想法太多?！

〔程旭远没搭理她，倒了水回卧室，"砰"地关上了门。

〔金灿灿重新坐下，继续刷手机，时不时笑几声。

〔陈茵在收拾衣物。

〔背景音出现。医院里特有的监测仪器警报声响起，随即传来各种混乱的声音：医生护士的对话声，杂沓的奔跑声，病床在走廊被快速推动的声音。李医生："准备抢救，给家属打电话。"

〔电话铃声响起，陈茵接听。电话里护士甲的声音："果果妈妈吗？果果情况不好，忽然呕吐，休克。你赶紧过来吧！"

〔陈茵衣物也忘了拿，匆匆从房间跑出，金灿灿看了她一眼。这时,程旭远房间传来桌椅碰撞的声音,陈茵似乎听到了什么,她迟疑了一下,向程旭远卧室方向走了两步。

金灿灿　（对陈茵）有我呢,赶紧去医院吧。

〔金灿灿边说着边往程旭远卧室走,陈茵开门跑出去。

〔金灿灿站在卧室门口敲了敲门。

金灿灿　喂,程旭远?

〔没有回应。

〔金灿灿一脚踹开门,程旭远双手紧紧捂着胸口倒在地上,看起来十分痛苦。

〔金灿灿费力地将程旭远翻身朝上,跪在他身边,双手以专业的姿势开始为程旭远做心肺复苏。半天,程旭远才好一点。

程旭远　（虚弱）谢……谢。

〔金灿灿见他暂时好转,扶他倚墙坐好,从他口袋里掏出药瓶,倒了几粒直接塞进他嘴里,然后嘴巴又开始不饶人。

金灿灿　你到底多怕花钱啊,有钱没命还有意思吗? 心脏不好,脑子也坏啦? 知不知道,你不会每次都这么走狗屎运地被我救活,好吗? 你哪天要是死在……这房子里,不是坑我吗! 做人这么缺德会遭报应的,你知道吗?

程旭远　放心,我就算死,也不会连累你。

金灿灿　那最好。还有,走的时候记得还我钱。

程旭远　我什么时候欠你钱? 你不要以为我暂时失忆就可以诈我。

金灿灿　（伸手）房钱,你以为我把房子给陈茵白住也给你白

207

住啊!

　　[程旭远挣扎着站起来,把金灿灿推出门外,顺手关了门。

　　[金灿灿耸耸肩膀,走回沙发坐下。敲门声响起,金灿灿一边念叨着一边去开门。

金灿灿　说得好听,死也不会连累,死了说话还算数吗……这谁啊,大晚上的,不会是抢劫吧?(来到门边,冲着"猫眼"里看了看)谁呀?

黑西装　人口迁入调查,烦请开门。

　　[金灿灿打开房门,门外站着一个全身黑西装的人,手里拿着一个文件夹和笔,胸前挂着工作证。

金灿灿　人口普查? 现在? 真的假的?(向外探头,左顾右盼)不会是什么整蛊节目吧?

　　[黑西装扯下工作证,递给金灿灿,金灿灿仔细查看。

金灿灿　看起来应该是真的吧,有什么表格需要我填吗?

黑西装　(看文件)申请迁入的应该是马自力先生吧? 请问你是……

金灿灿　哦,我是他太太,马医生出……出差了,我来填吧。

黑西装　你是马太太?

金灿灿　当然,这还能假? 不信我给你看(从沙发上的小提包里取出一张照片递给黑西装),我俩的照片。

黑西装　照片能说明什么问题? 你的身份证、户口本呢?

金灿灿　不好意思,我身份证丢了,还没有补办。户口本嘛,放在我娘家,很远的,取不来。

黑西装　那好。(打开文件夹,拿出一张表格)你不相信我,我相信你。填一下吧。

金灿灿　(接过表格开始填)不好意思哦,你懂的,社会险恶,我得谨慎点。那个,这是啥？配偶？配偶不在一起了,不用写吧？

黑西装 你是说,你跟马自力离婚了？

金灿灿 (赔笑地)不,不是的。

黑西装 离不离都得写,在下面一栏"选择原因"标记一下,被动还是主动。

〔程旭远从主卧走出来,很防备地走到金灿灿身后,看了一眼她填的表格。

程旭远 马自力。原来你结过婚啊？

金灿灿 (吓一跳,恼羞成怒)走开,离我远点儿！

〔程旭远打量黑西装,接着从金灿灿手里抢走纸笔。

金灿灿 你干什么？有病啊！

程旭远 (骂金灿灿)你没长脑子吗,人口调查这种事都是居委会上门统计的,哪有穿成这样的,他们是黑社会还差不多。

黑西装 (盯着程旭远)马先生？(对金灿灿)你不是说配偶不在一起了吗？

金灿灿 不,他不是我配偶。(凑近)您看他这样的男人,要多没劲就多没劲,他会是我配偶？

黑西装 金小姐,你们家的事儿有点复杂啊？

金灿灿 (狼狈地)是……有点复杂,一时半会儿说不清楚。总之,他不是我先生,是房客。

黑西装 (一丝不苟地)本部门不负责家庭纠纷调解。房客,有身份证明吗？

金灿灿 (谄媚地笑)他刚来还没办,而且他马上就找房子搬走了。

〔程旭远扯过黑西装的工作证,仔细看了看。

程旭远	人口统计及保障司十八局第五街区？作假也用点心行吗？就算淘宝上做，也不能给取个这么假的 title 吧？

〔黑西装轻轻扯回工作证，在胸口摆摆正，转而对金灿灿说话。

黑西装	他这种精神状态，要不要我帮你联系医疗救助？
金灿灿	这附近有什么治脑子比较好的医院和专家啊？他这儿（指着自己的头）不大好使。
程旭远	（怒）你说什么？

〔金灿灿从程旭远手里抢回纸笔，把他轰回卧室。

金灿灿	吃药去。这是我的房子，你添什么乱！

〔金灿灿继续填写，忽然停住。

金灿灿	房产证号？我不知道欸。

〔程旭远又从卧室里走出，从她身后递了房产证复印件，黑西装拿过去看了看。

黑西装	程旭远？这房子到底是谁的？
程旭远	我的。
金灿灿	姓程的，你不要趁着我房产证没拿回来，就胡说八道，想占我房产，（转向黑西装）我房产证还没拿回来，这一项可以先空着吧？
黑西装	房东换了，产证号码也不变，你不知道吗？既然你没产证，我就先把你的资料放到待完善分类，过两周拿房产证原件和复印件来补完。
金灿灿	好吧。哦，对了，那个社会保障也是在你们那里申请吗？
黑西装	是的，户口迁移完毕就可以去申请。
金灿灿	哦，那我还要等几天，迁移证明要等几天才能开呢。

〔黑西装从文件夹里取出一个手册递给金灿灿。

黑西装 分类及申办流程、所需资料、注意事项等都在里面，先准备好，填好。就这样，打扰了。

程旭远 （弱弱地）你确定，我不需要填吗？

黑西装 我还没接到你们片区的人口迁移证明。

〔黑西装走了。金灿灿关好门，一脸得意。

金灿灿 （拿着房产证的复印件看了看）复印件边儿都毛了，还跟我争房产，梁静茹给你的勇气啊？快听我一句劝，找房子去吧。

〔金灿灿用妖娆的模特步走回客厅，仔细翻看社会保障手册。程旭远跟着走回来，在她面前站定。

程旭远 你是不是有什么事瞒着我？我明明没有卖房子，也不认识你，你是怎么把户口迁入我房子里的？

金灿灿 （嗤笑）你没卖房子，不代表其他产权人不能卖啊！

程旭远 难道她瞒着我……

金灿灿 打住！不要说瞒着之类的词，我金灿灿行得正坐得直，做事从来都正大光明。我告诉你可快点啊，否则两周之后，嘿嘿……不过你要是想知道人口普查和社会保障的事，我今天心情好，可以顺便给你讲讲流程……

〔金灿灿手机铃响，她走到黑着的厨房那边，小声接电话。

〔程旭远走回自己的房间。

金灿灿 这人怎么这么拗啊，不懂还不问，就爱自己瞎捉摸，把别人都往坏了想，我要不是看在，（打住，使劲握握拳）算了，他自己不愁，关我屁事！

〔金灿灿去敲程旭远的卧室门。

金灿灿 喂，你速效救心丸快没有了，明天要不要帮你顺便开两盒？

211

程旭远 明早我把钱给你。

⌈灯暗。

第四场

⌈医院病房。

⌈各种医疗器械的声音,还有小声的哭泣声。少顷,病
  房终于安静下来。

⌈舞台渐渐明亮起来。1号床边,陈茵擦拭着眼泪紧张
  地站着,身边是医生和护士们。

陈　茵 马医生,我女儿怎么样?

马自力 现在已经稳定下来了,你先不要担心。(对护士甲)注
  意观察,有变化立刻通知我。

护士甲 是,马医生。

⌈护士甲确认仪器后,下。病房里剩下马自力和陈茵,
  刘老太惊恐地靠着床头坐着,果果在沉睡,3号床只有
  仪器的声音。陈茵在床边坐下,握着女儿的手,哭泣。

果　果 (扭动,梦话)妈妈,我好疼……

陈　茵 (轻轻抱住女儿)妈妈知道,妈妈知道,宝贝,你再坚持
  一下,妈妈只有你了,不能再失去你……(哭)我们果果
  还有希望吗?

马自力 有的时候,我们要相信会有奇迹出现。

陈　茵 (擦擦眼泪)你说的我都知道,可是果果等不了! 马医
  生,用我的肾可以吗? 求求你!

马自力 你的身体状况并不适合捐献。再等等吧,果果没放弃,

我们也都不要放弃，你好好休息，果果需要你。

[马自力走到 2 号床边，做检查。

马自力　　大娘，今天感觉怎么样？

刘老太　　心脏要跳出嗓子眼了，小马医生，最近别的病房有空床，帮大娘留意着点儿。我年纪大了，本来就睡不好，别人一急救，我得两天才缓过来。

马自力　　(无奈)好，我帮您留意着，但是您也知道，现在一床难求，所以您只能在我们病房先将就着了。

[马自力查看 3 号床的各种监测设备。医院的广播里传来声音："马自力医生请到急诊室，马自力医生请到急诊室。"

[马自力匆忙收好听诊器，跑出病房。

刘老太　　唉，这孩子，可怜啊。小陈啊，阿姨不是针对果果，只是阿姨这心脏确实不大好。

陈　茵　　嗯，我知道，我们家果果打扰到您了。

[金灿灿上，看到陈茵在哭，再看果果还戴着氧气面罩，立刻知道发生了什么事。她没进去，在走廊踱步。两个换班的护士走过来办交接，金灿灿听到了她们的对话。

护士乙　　(正看记录)什么？果果昨天晚上……

护士甲　　是啊，急救。真可怜，原以为前几天状况有所好转，还能再多等一段时间的，前面排队换肾的人这么多，真不知道她还能不能挺得住。

护士乙　　如果那样，这母女俩也太可怜了。

护士甲　　没办法，命吧。你今天多注意一下。

[两个护士拿着病历下。金灿灿又踱回果果病房外。

[陈茵看到果果刚从昏睡中醒来，赶紧按了呼叫铃。

［金灿灿正在犹豫要不要进去和果果打个招呼，只见果果扭头看向窗户，对她笑了笑，金灿灿向她摆了摆手，下。

［病房内，陈茵看到果果在笑，顺着她的目光看出去，什么也没看到，很是奇怪。

陈　茵　宝贝，你在跟谁笑呀？

果　果　阿姨……

［马自力和护士乙上。

马自力　果果，你觉得哪里还不舒服？告诉我，好吗？

［果果看着马自力，沉默。

马自力　怎么了果果？

果　果　（迟疑）马叔叔，果果是不是要死了？（哭）

［陈茵立刻也哭起来。

马自力　（呆怔）谁说的？没这回事。

果　果　昨天，我听到了医生叔叔和护士阿姨们说"抢救"，13号病房的爷爷就是没抢救过来死了。

［马自力在床边坐下，耐心地哄果果。

马自力　果果，你和那位爷爷不一样，那位爷爷太老了，可你还小呢，人生还有好长好长一段路要走，不会死的。要有信心，相信马叔叔好吗？

果　果　叔叔，我们拉钩。不是骗小孩子的哦？

马自力　好，不骗果果，那果果也要努力呀。

［一大一小两个人拉钩。陈茵实在控制不住伤心，跑出病房，坐在走廊长凳上掩面啜泣。为程旭远拿好药的金灿灿回来，看到陈茵在哭，在她身边坐下，想安慰她。

金灿灿　（语气生硬地劝陈茵）哭什么啊，果果不是还有一线希望吗，哭要是能解决问题，大家都一起哭死算了！我是说……

陈　茵　（似乎没在听她说话,自言自语地）果果还那么小,如果是我做错了什么,老天要惩罚,让我得绝症好了,为什么要这样对果果……

金灿灿　（仍只管自己说）没办法的,想开点,其实嘛,生生死死就那么回事儿,想开就好了……

　　［马自力从病房里出来,金灿灿立刻站起来,把自己从"知心姐姐"表情模式,切换到笑逐颜开模式面对马自力。

　　［金灿灿向马自力挥手。

　　［马自力向这边望了一眼,但似乎并未看到什么。他走了两步,护士乙从病房里追出来跟他说了些什么。两人边说边下。

　　［金灿灿尴尬地收回手,假装理头发,继续对着陈茵说话。

金灿灿　放心,果果一看就是个长命百岁的孩子,她一定会……

　　［护士台传出喊"果果妈妈"的声音,陈茵赶紧起身去了,又留下金灿灿尴尬地说完后半截话——"一定会遇见愿意捐肾给她的人"。

　　［金灿灿回到病房,果果正躺着看病房外,刘老太也闭目养神,听到金灿灿的声音,两人同时看向她。金灿灿走到果果身边,从口袋里拿出一颗棒棒糖给果果。

果　果　谢谢阿姨。

金灿灿　乖,吃了糖就好了哈,我刚才听马医生说果果很棒,没问题的,很快就能出院了呢。

果　果　真的吗?

金灿灿　嗯,阿姨从来不骗小孩子。

〔刘老太看到金灿灿手里拿着的药,很奇怪。

刘老太　你年纪轻轻的,怎么跟我吃一样的心脏病药? 看手机熬夜折腾的吧?

金灿灿　哦,药啊,我爸的。

刘老太　怎么没见过你爸爸来看看你妹?

金灿灿　心脏受不了,又是长途。

刘老太　说句你不爱听的,你们这一家子对你这个妹妹够淡薄的了。

〔金灿灿到 3 号床边晃了一圈。

金灿灿　那也是没办法的事,谁让她以前不听爸妈的话好好读书,早早出来混社会,还忤逆,找了个父母都不同意的穷老公,穷得叮当响,也不离不弃。(苦笑)都成了植物人了,还"春蚕到死丝方尽"……瞧,如今就比死人多了一口气!(长叹一声)唉,看起来这儿也没啥事,我先走了,还有事要办。

〔金灿灿下,和低头进来的陈茵在门口擦身而过。

刘老太　(也叹了一口气)唉,见过有这么跟亲妹妹说话的吗? (摇头)

陈　茵　(不解地)谁? 谁说话了?

〔灯暗。

第五场

〔舞台亮。金灿灿家。

〔金灿灿进门,在沙发上坐下。程旭远从卧室出来,金

灿灿看到他很疑惑。

金灿灿　咦？全年无休的劳动模范今天居然没上班？不怕拿不到那 1000 元的全勤奖啊？

程旭远　你不是去医院陪护吗，怎么也回来了？

金灿灿　你不是失忆了吗？我去医院干什么怎么还记得？

程旭远　（苦恼地一笑）我是对过去的事遗忘了，现在的事还行。

金灿灿　药拿去！（把药扔给程旭远）我赶着回来，主要是怕你死在这房子里晦气。哎，我说，你不是被辞退了吧？（盯着程旭远）你是不是打算趁我不在家，把门锁换了，让我进不来，好霸占我的房子？

程旭远　我去查我的户籍证明，没找到。

金灿灿　嗯，死心了吧？知道自己连跟我争房子的资格都没有了吧？

程旭远　听你的口气，你好像早就知道我没有户籍？

金灿灿　（点头）嗯，这事除了你自己，别人都知道。

程旭远　关于我，你还知道什么？

金灿灿　知道的也不多，但该知道的都知道，想不想听？想知道你好好求我，叫我一声姐还差不多。（稍停）好热，这天！我先洗个澡，一会儿给你讲，嗯？

　　　　〔金灿灿进洗手间，很快，里面传来哗哗的水声，还有金灿灿变调的歌声。程旭远回卧室。

金灿灿　喵喵喵，跟我一起学猫叫……啊！（尖叫）啊，烦死了，什么破房子！

　　　　〔金灿灿怒气冲冲地从洗手间出来，衣服、头发淋了半湿。

金灿灿　（抱怨）破马桶，总是往上反水！水龙头热水也不稳定，你修修行不行？还有那个隔音，跟纸糊的房子有什么

217

差别？楼上耗子商量去哪儿偷粮食我都听得见。小区连绿化也没有，路灯也不亮，黑漆漆跟鬼宅似的，你当初怎么就鬼迷心窍买这破房子？

［程旭远从卧室出来直奔卫生间，片刻又出来。

程旭远　我不就是从你手上买的这房子吗？小姐！当初是谁把这房子夸得天花乱坠的——顶楼视野开阔，采光好，还可以在楼顶做个家庭生态园，自给自足，邻里关系和睦，业余生活丰富！业余生活？……广场舞天天跳到半夜。

金灿灿　欸？你不是过去的事儿都遗忘了吗？这买房的事儿还记得？选择性失忆啊？

程旭远　上当受骗，刻骨铭心，哪能忘记！别人都忘了，就记得你。

金灿灿　(毫不客气地顶回去)你3岁还是5岁啊？你脑袋是用来装饰的吗？不会自己独立思考吗？人家说什么就信，坑的就是你这种傻帽！

程旭远　你也承认你坑人了？为了赚佣金可真是一点良心都没有。

金灿灿　(不屑)哈？是啊，我为了赚佣金有什么错？我是空口胡说画了个房子卖给你的吗？谁家买房子像你家这样，四十多摄氏度的夏天，带你们看了一套又一套，就这套都看了不下五次！自己长眼睛不会看啊？说到底还不是因为穷，凑合先买着，现在指责我了，你有良心吗？

程旭远　你说我家？我和谁？

金灿灿　(傲娇地)现在想知道啊？我还不想说了呢，看你道歉够诚意再说。

〔金灿灿在沙发上坐下,不耐烦地将半湿的头发和脸擦干,又重新化了一遍妆。

〔程旭远电话响,接起电话。

程旭远 你好。嗯,是我。可能,我记不太清楚了。我的身份证件和户口本应该是搬家的时候遗失了,现在我想问下去哪里补办?(顿、怒气)什么? 系统里怎么可能没有我的记录? 一定是你们搞错⋯⋯什么? 去医院开? 我都 34 岁了,难道要拿到出生证明才能补办? 好了,好了,我不跟你工作人员吵,我会对你们整个户籍科进行无作为投诉。

金灿灿 这人品! 哎,你电脑那么厉害,顺便把户籍系统给黑了呗? 欸欸,你干吗去啊?

〔程旭远气冲冲地甩门而去。

金灿灿 (忽然想起什么)喂,药,你没带药! 这糟心的程序员。

〔金灿灿随手拿起药,出门去追。

〔屋内光线渐暗,陈茵失魂落魄地进来,回到自己房间直挺挺躺下,灯也没开。

〔暗转。金灿灿和程旭远进来,程旭远顺手打开灯,金灿灿两手都拎着有超大 Logo 的购物袋。程旭远满脸阴郁,气愤地在沙发上坐下,看到茶几上放着的社会保障手册,气闷地翻看。金灿灿则兴致勃勃地翻看自己的购物袋,一个个拿出来欣赏。

金灿灿 怎么样? 这款 PRADA 包包我看中很久了,终于到手了。好看吗?

程旭远 有什么差别。

金灿灿 切,没眼光。算了,不跟你说了,像你这种人,跟你炫富都没成就感。

219

程旭远　你家人不是还在住院,你都不用管吗? 你有那么多钱吗?

金灿灿　我不是每天都去看她吗? 我又不是医生,帮不上忙,她都摔得剩下一口气了,现在除了听天由命还有什么办法?

〔程旭远不认同地瞪着金灿灿。金灿灿根本没回头,继续摆弄自己的名牌,找了副超大的"黑超"戴上,然后才看程旭远。

金灿灿　我听到你心里在说,金灿灿真没人性,是吧? 说呗,我根本不在乎! 你不是理工男,喜欢拿数据说话吗,那你算算,都那样了也救不活的人,为了吊着那口气,每天花好多钱,然后不还得死吗? 死了倒好,蹬腿咽气就行了。活着的呢,背债还钱受苦,最后就落个虚名而已,这能当饭吃吗? 再说了,我今天过生日啊,让自己开心开心怎么啦?

程旭远　有感情,是人跟动物的区别,对于自己的亲人、爱人,难道会因为一点钱而希望他们快点去死吗?

金灿灿　(反讥)你别以为我当过房产中介就觉得我没文化,我学过,人跟动物的根本区别是会使用工具! 还什么感情,灵长类都有感情,别搞物种歧视。不过我不跟你死乞白赖辩解,算你有理,你赢了,OK?

〔房中传来隐隐的哭泣声,金灿灿立刻狐疑地四下里张望,还不自觉往程旭远身边靠了靠。

金灿灿　这么幽怨的哭声,是鬼吗? 吓死我了,你去看看,什么声音啊!

程旭远　(指指左边)应该是那个女人吧。

金灿灿　(长出一口气)吓死我了。回家连个灯也不开,跟你一样省。

程旭远　她女儿不太好吗？

金灿灿　（点头）不好，昨晚上抢救了，我听护士说可能会死呢。那小姑娘特别可爱，却只能等着有人给她捐肾。这道坎过不去，就可惜了，不知道能不能撑住。我给你找照片，特别可爱，（一边说一边翻手机）唉，陈茵也够可怜的了，这时节老公又抛下她们，屋漏偏逢连夜雨……

程旭远　陈茵？（若有所思）这名字好像听到过……

　　〔金灿灿把手机递到程旭远面前。

金灿灿　这小姑娘可爱吧？跟陈茵像不像？

程旭远　挺像的。

金灿灿　（正色）美的事物被毁灭是悲剧啊！我就算残留的人性不多，也是会被悲剧感染的，谁让我还有点文艺细胞呢。这么可怜，我去劝劝她。

　　〔金灿灿敲门进左侧卧室，程旭远想听听两人说什么，却什么也没听见，无趣地回到自己的卧室。

　　〔灯光渐暗。只有两个卧室传来的微光。未几，陈茵和金灿灿走出。陈茵去厨房烧饭，金灿灿继续埋首自己的一堆名牌中，不停试穿试戴。陈茵烧好饭，装好，拎着饭盒出去了。

　　〔舞台光暗。

第六场

　　〔医院病房。

[病房里静悄悄的,陈茵小心走进去,把东西放好,见果果睡得正香。刘老太不在,3号床仍旧无声无息。

[陈茵在女儿床边的凳子上坐下,趴在床沿上准备休息一下。

[护士甲进来,陈茵赶紧站起。

陈　茵　果果没什么变化吧? 马医生呢?

护士甲　没事儿,一直很平稳。果果妈,你放松点儿,马医生被叫去急诊了,听说昨晚一个中年人从二楼掉下来把脖子摔断了,抢救了好几个小时。按惯例,马医生下了手术台要回去休息,不过以我们对他这个工作狂的了解,他会过来看看的。

陈　茵　这样啊,马医生还真是辛苦。

[看上去非常疲惫的马自力走了进来,巡房,检查完果果,看到刘老太不在。

马自力　2号床病人呢?

护士甲　刚才她儿子来了,说带她到外面走走,我让她不要走远,我去找她吧。

[护士甲下。马自力检查3号床病人,忽然在3号床边坐下,静静坐了半天,一声不吭。

陈　茵　(打破安静)马医生,听护士说你昨晚一晚上都没休息,正好我多带了一份吃的,你拿回值班室吃一点,否则胃受不了。

[陈茵将保温盒放到3号床边。马自力没有回应,仍在看检测仪。正好果果醒了。

果　果　妈妈,我肚子痛,想去卫生间。

[陈茵抱着果果出去。

[金灿灿高高兴兴地进来,看到病房里只有马自力和3

222

号床病人,不由得喜上眉梢。她快步走过去,刚要伸手拍马自力肩膀,却听到马自力在喃喃自语,伸出的手停顿片刻,只好又讪讪收回,假装整理头发。

马自力 （对着3号病床）亲爱的,对不起,对不起! 请你原谅我,我没有办法,我只能这样做（痛苦地掩面）,对不起……

金灿灿 你不用这么自责啊。你看,她这样也是命。你已经很对得起她了,她不会怪你的,我也不会怪你。你的路还长着呢,得往前看,不能……

〔金灿灿说着话,再次试探着把手搭在马自力肩头,马自力却突然站起,冷冷地看了看金灿灿,拿起陈茵放在床边的保温盒,转身出了病房。金灿灿收回手,放在眼前看了看,不知所措。一回头,却看到刘老太正站在病房门口。

刘老太 照我看,马医生也不是吃窝边草的男人,你还是死了心吧。

〔刘老太在金灿灿的帮助下艰难地躺回病床,气喘吁吁。金灿灿帮她按铃。

金灿灿 心脏病还到处跑什么呀。

刘老太 （拉着金灿灿的手,语重心长地）灿灿,你听句劝,你要是真喜欢马医生,你也得为他考虑考虑是吧,死了妹子又娶了姐姐,人家会戳他脊梁骨的,你那就不是喜欢他,是毁了他!

金灿灿 我知道我跟他没可能了,我偷着喜欢喜欢不行吗? 你也年轻过,也曾经有过一颗少女心,难道不能理解吗?

〔李医生和护士甲进来。

李医生 大娘,心脏科病房有空床位了,我让护士帮您换过去吧。

刘老太 哦,好,谢谢你啊,小李医生。

李医生 没事的。小王,把今天的药配好,把病历转一下。

护士甲 好的。

[护士甲扶着刘老太坐上轮椅,推着她出去,李医生也同时下。

金灿灿 (自言自语)这生日过的,尴尬出天际。我就爱他了,怎么了? 只爱他一个人,不行啊?

[金灿灿边说边在床边坐下,话音未落,3号床的检测仪器叫起来,吓得她弹簧一般站起来,走廊里传来杂沓的脚步声。

金灿灿 妈哟,你不是植物人了吗,怎么这也能刺激到你啊?

[马自力医生及护士们急匆匆进来,金灿灿要给他们让路,还是被马自力撞了下,马自力没注意,金灿灿退到墙边站着,生怕碍事。医生们迅速检查后,将3号床推走抢救。马自力走到门口,回头向金灿灿看了眼,金灿灿跟着跑到病房门口又停下。

金灿灿 (喃喃地)去也帮不上忙,还是别碍事了,在这儿等着吧。

[陈茵带着果果回来,将女儿在病床上安置好。

陈　茵 宝贝,你休息一会儿,妈妈去给你热点牛奶。还想吃点儿什么? 蛋糕好不好?

果　果 好。

[陈茵出去,金灿灿坐到果果床边,端详她。

果　果 阿姨,果果是不是变得很难看了?

金灿灿 (摆手)哪有? 我们果果大眼睛,高鼻梁,苹果脸,像个漂亮可爱的小公主呢。

224

果　果	（抱紧自己的玩具）我知道你们是因为我小，怕我害怕，故意安慰我的，电视里都是那样演的。
金灿灿	呀？你才几岁啊，就看那么多电视剧？
果　果	小时候奶奶带我，奶奶喜欢看。
金灿灿	那你奶奶呢？我怎么一次都没看她来看过你呢？
果　果	（难过）自从我生病，爸爸也不见了，奶奶也不见了。妈妈说，爸爸去赚钱给果果治病了，可是，我知道……他们是不要我了。（终于忍不住哭泣）

〔金灿灿把果果搂在怀里，轻拍后背。

金灿灿　果果别哭，别哭啊，我相信你爸爸一定是有苦衷的。阿姨也不会安慰人，但是，我跟你保证，你一定不会死的，而且你爸爸一定会来看你的，好不好？你这么可爱，你爸爸怎么可能忍心抛下你不管呢？

果　果　真的吗？

金灿灿　无比的真，不信你抬头看看阿姨的眼睛。

〔果果从她怀里抬起头，两人四目相对。

金灿灿　（真诚语气）从阿姨眼里，你看到了什么？

果　果　（也很真诚）眼屎。（伸手要去擦）

金灿灿　喂，小屁孩，怎么不按套路说台词啊！哦，差点儿忘了，（从口袋里拿出一个东西放到果果手上）这个送给你。

果　果　（举起看，是一只小小的水晶鞋挂坠）这是什么啊？

金灿灿　这个是灰姑娘的水晶鞋。阿姨给你讲过灰姑娘的故事吧？拥有了水晶鞋，她一直平安健康，越来越漂亮，最后还嫁给王子了呢。这可是阿姨的护身符，现在送给你啦。

果　果　那你呢？

金灿灿　阿姨已经有自己的王子了，现在已经不需要它了，你好好保存哟。

果　果　（点头）我知道了阿姨,谢谢你。

金灿灿　好,勇敢的小公主,加油! 现在阿姨要去急救室看看,你呢,听马医生的话好好休息。

[金灿灿跳下床,出病房。陈茵带着食物上,照顾果果喝牛奶。

[少顷,3 号床被推了回来。林主任和马自力、护士甲走在后面,表情沉重。林主任拍拍马自力的肩膀。

林主任　自力,我能理解你的心情。可是,现在的情况,是该做个决定了。

马自力　我知道,老师。

[林主任叹着气,出了病房。

[马自力走到 3 号床边,检查了一番仪器,出去了。

[护士甲上,给 3 号床换药水,正要出去,被陈茵叫住。

陈　茵　小王护士啊,3 号床情况不太好是吗?

护士甲　何止是不太好,心脏衰竭,多种并发症,自主呼吸都不能了。其实,要不是马医生不愿意放弃,已经可以宣布脑死亡了。

陈　茵　已经这么严重了吗?

护士甲　唉。（摇摇头,走出病房）

果　果　妈妈,3 号床的姐姐快要离开这个世界了,是吗?

[陈茵没作声。

[舞台灯光渐暗。马自力换下医生白袍,带了一束百合花进来,放到 3 号床头,慢慢地在床边坐下。

[一束光打在他俩身上,渐收。

第七场

〔金灿灿家。房子里传来哗啦啦的水声,灯光渐渐亮起,程旭远卧室的闹钟响了,随即被按掉。

〔程旭远从卧室出来,见金灿灿从洗手间出来,已经换好了衣服,很漂亮的白色长裙。

〔程旭远扫视了她一眼,表情略不屑。

金灿灿　喂,什么意思?

程旭远　没什么。

金灿灿　看不得人家好是吧? 算了,本小姐今天高兴,不跟你一般见识。

程旭远　我靠着每天不跟你一般见识的心态,才能跟你相安无事。

金灿灿　哟,那我还得谢谢你大人大量哟!

〔程旭远走向洗手间,金灿灿已经在选包。

金灿灿　这么值得庆祝的日子,背哪个包呢?

程旭远　等我一下,我今天也去医院。

金灿灿　(摆弄着包)看脑子啊?

程旭远　今天心跳得厉害,去检查一下,顺便问一下证明的事情。

〔程旭远去洗漱。金灿灿开始装扮自己。程旭远出来的时候,金灿灿一袭白裙,戴着遮住半边脸的墨镜,拎着名牌包包,脚穿高跟鞋,像要走秀的模特。

程旭远　今天阴天,戴墨镜不怕看不清路吗?

227

金灿灿　　你懂什么？这叫气场，Fashion，懂不懂？

　　　　　　[程旭远没接话，回卧室拿了包。

　　　　　　[两人一起出门，金灿灿鞋跟太高，走得有点歪扭，程旭远实在看不下去，伸出一条胳膊给她，金灿灿犹豫片刻，挽住，同下。

　　　　　　[灯光暗转。

　　　　　　[医院大门口。

　　　　　　[陈茵正在打电话。金灿灿和程旭远上，看到陈茵，两人停住了脚步。

陈　茵　　(祈求的语气)喂？我是陈茵啊。

　　　　　　[恶声恶气的老妇人声音："陈茵？我们和你已经没关系了，还打我电话干什么？"

陈　茵　　妈……

　　　　　　[老妇人："欸，别叫妈，我跟你可没关系，别乱叫。有什么事，快讲啦，我还要去跳舞呢。"

陈　茵　　妈，今天果果做手术，我一个人很害怕，你能不能来……陪陪我们？

　　　　　　[老妇人："跟你说过，我们没关系啦，你还好意思喊我去？你们这两个丧门星，自从娶了你，生了那个赔钱货，我儿子没过过一天好日子，被你们拖累得还不够惨吗？好了，你女儿自己看着办。"

　　　　　　["咔哒"，电话挂断，忙音响起。

　　　　　　[陈茵收了电话，擦擦眼泪，沉重地走进医院楼里。

　　　　　　[金灿灿戳戳程旭远。

金灿灿　　唉，这对母女，真是可怜啊！走吧。

　　　　　　[灯光暗转。

第八场

[医院病房。

[病房里布置一新,只剩下一张病床,3号床的病人穿着婚纱。医生和护士们默默地站在一边,身穿西服的马自力医生自门口进来,手捧一束玫瑰花,缓缓走到病床前,单膝跪地,将手中的天鹅绒盒子打开,取出一枚戒指,细心地为3号床病人戴上。

[护士们用手机播放的《婚礼进行曲》响起。

[金灿灿和程旭远走过病房门口,立刻驻足。

[马自力起身,将玫瑰花放到3号床病人怀里,俯身亲吻新娘额头,并告白。

马自力 对不起,答应过给你一场永生难忘的婚礼,最后,却还是这样简单。可是,你也曾答应过我,一生一世永不分开,却还是这么早就把我一个人留在世间。所以,我们互相原谅了好不好? 下辈子,我们遇见,一定再也不要分开。

[护士们忍不住开始抽泣。

[金灿灿在门口也掩着嘴,似乎哭了。

程旭远 真难得,你居然也有眼泪。

金灿灿 不是我想哭,这剧情太感人了。

[病房里,马自力医生脱下了西装,从护士手中接过白大褂穿上。

马自力 撤掉呼吸机,将病人送进手术室,等待移植的病人的麻

229

醉准备做好了吗？

护士甲　马医生……

马自力　(哽咽一下，语气艰难地)撤掉……呼吸机。准备手术。

护士甲　是。

　　　　　〔护士甲、护士乙将3号床病人的导管、仪器撤掉，将病床推走。

　　　　　〔病床差点撞到金灿灿和程旭远，两人往后退了退。

程旭远　你现在还感动吗？

金灿灿　(吸吸鼻子)唉，算了，你这不解风情的程序员，是不会懂什么叫死生契阔的。我还是去送她最后一程吧，大家都解脱了，也好。

程旭远　她就是你所谓的妹妹？

金灿灿　(淡定地)对。

程旭远　你……

金灿灿　你什么你，赶紧看你的脑子去吧。

　　　　　〔两人分两边走。走了几步，金灿灿喊程旭远，程旭远停下扭头看她。

程旭远　还有什么事？

金灿灿　(有点不好意思地)那个，你看完病没别的事吧？要不你等我一会儿？你别误会啊，我不是想蹭你车，毕竟我是个女的，有点怕，情有可原，是吧？

　　　　　〔程旭远点点头，没作声，走了。金灿灿又看了两眼，想再喊程旭远，没好意思出口。

　　　　　〔灯光渐暗。

　　　　　〔黑暗中，代表"手术中"的红灯亮起。

　　　　　〔灯光渐亮。

　　　　　〔手术室，并排两张病床，靠近舞台边缘的是果果，里面是 3 号病床,全体医生穿着绿色手术服。

〔林主任、马自力等医生站在 3 号病床前,默默地鞠躬。

护士甲 报告,病人心脏停跳。

林主任 果果那边准备好了吗?

李医生 一切就绪。

林主任 准备手术。来吧,自力,我站在你后面。

马自力 是,老师。

〔帘子拉起,红灯一直亮着。帘子后,灯光将手术像皮
影戏一样映在帘子上,间杂着各种器械声和医生的
指令。

马自力 镊子……布巾钳……组织剪……纱布……

〔帘子外,陈茵忐忑不安地走来走去,一直看着手术室
外的红灯。

〔金灿灿慢慢走近,靠墙站着。

陈　茵 (双手合十)老天保佑,保佑我的女儿平平安安,手术
成功。

金灿灿 不用担心了,不是说肾移植就可以了吗? 果果运气这
么好,这么快就有了匹配的肾源。你就放心吧,马医生
医术高超,再说,还有主任坐镇呢。

〔陈茵看向她的方向,没说话,紧张地守在门口。

〔手术室的红灯终于灭了。

〔帘子拉开,马自力和护士们推出果果的病床。陈茵刚
要靠近,被马自力伸手拦住。

马自力 不要碰。

陈　茵 果果,果果她……

马自力 (吩咐护士们)送到 ICU 观察,随时向我汇报情况。

〔护士甲、护士乙推病床下。陈茵目光追随。

231

马自力　手术很成功,但是果果年纪小,又是这么大的手术,虚弱是正常的。等情况稳定,没有排异现象发生,果果就跟正常孩子一样了。

陈　茵　(泣不成声)谢谢,谢谢你马医生,谢谢你救了我们一家。

马自力　职责所在。(稍停)要谢,就谢为果果捐肾的她……

陈　茵　(擦了擦眼泪)是的,是的。

〔李医生站在马自力旁边。

李医生　马医生,你再去陪她最后一会儿吧。

〔马自力点头,回到手术室。金灿灿也偷偷跟着进去。马自力坐在地上掩面无声地哭。金灿灿坐在他对面,无影灯照在金灿灿身上,整个人白得发光。

金灿灿　别哭了,你这么一哭,我怎么走得了?

〔灯光暗转。

〔手术室外,程旭远静静地等着金灿灿,门被轻轻推开,金灿灿走了出来。

金灿灿　我还以为你不会等我呢。

程旭远　走吧,天都黑了。

金灿灿　(默然地)走吧。

第九场

〔金灿灿家。

〔灯光亮起。陈茵开门进来,疲惫地在沙发上坐下。这时,门铃响了,陈茵去开门,马自力出现在门口。

陈　茵　（惊讶）马医生？

马自力　我可以进来坐一会儿吗？

陈　茵　您说这话就太客气了，快请进。

　　　　［马自力进来，西装搭在胳膊上，衬衫领子也不整齐，脚步踉跄着走到沙发边坐下，直挺挺靠着沙发背，双手捂着脸。

陈　茵　您喝酒了，马医生？

马自力　嗯，今天是我结婚的大喜日子，怎么能不喝酒呢？

　　　　［陈茵倒了杯水给马自力，搬了一个小木凳在旁边坐下，默不作声。

马自力　（痛苦地）你说，像我这样的男人，死了是不是要永不超生？亲手结束掉老婆的命，还把她身子割得七零八碎的……我算什么丈夫！

陈　茵　马医生，你不要再这样自责了。你没有做错什么事情，你妻子地下有知，一定也不会责怪你的。

　　　　［马自力仍旧维持着直挺挺的姿势，像是自言自语。

马自力　我只希望她能活着，哪怕是植物人，哪怕要我照顾她一辈子我也甘愿。可是，她连这个机会都不给我，她一定是对我很失望，很失望……

陈　茵　马医生，你可能太专注于工作，不太了解女人。当女人全身心地爱着一个人的时候，能够原谅、理解他所做的一切。更何况，她这么好的女孩子，生前就签了捐赠协议，心中是有大爱的。换个角度想，你妻子的生命也在许多人身上得到了延续啊！

　　　　［马自力忽然弹起，身体坐直，直勾勾地看着陈茵，使劲摇头。

马自力　不，她不会原谅我，我明明知道是谁害死了她，我不能代她手刃仇人,反倒救了他。是你的话,你会原谅这样懦弱的男人吗?

陈　茵　这……

马自力　就是那个从二楼摔下来摔断脖子的,姓李的中年人,我救了他。你知道吗? 当时那种情况,就算我让他死在手术台上,也顶多是手术失败,没人会怀疑的,我也可以为我妻子报仇。我的脑子里,一直有两个声音在打架,一个要我杀死他,一个叫我救他,你知道多煎熬!

陈　茵　你是个好医生。

　　　　〔马自力重重一拳捶在茶几上,几乎是嘶吼起来。

马自力　你知道我为什么要做一个好医生吗? 啊? 你知道吗? 因为我彻头彻尾就是个自私的男人! 你所认识的我,是假的! 真正的我,自私、自利……(稍停,语气缓下来)我的妻子,我们是初中同学,后来我们考到了同一所高中,我们打算报考同一所医科大学,将来一起当医生。可是,高二的时候,我父亲去世了,我母亲没有收入,我就算考上医科大学,也付不起学费。我沮丧极了,觉得命运太不公平,那段时间我自暴自弃,成绩一落千丈。是她,鼓励我,安慰我,让我看到了希望。可是你知道,真正让我鼓起勇气报考医科大学的是什么吗?

陈　茵　爱情的力量。

马自力　(摇头,苦笑)不,真正让我有勇气报考的,是她说她退学去念护士学校,这样在我上大学的时候,她就可以毕业工作,供我读书。

　　　　〔陈茵惊讶地看着他。

马自力　丑陋吧? 你看,揭开深情款款的外衣,内里,马医生是多么丑陋！我就这样厚颜无耻地靠着她微薄的薪水，如愿以偿地读了医科大学。我一直在心里告诫自己，要挣出个光明的前途来回报她，一定要让她过上衣食无忧的生活。可是，命运就是这样不公，就在我以为生活有了盼头的时候，她父亲瘫痪了，她同时要负担父亲的医药费和我的学费。我很矛盾，我不能放弃学业，她就辞了职，房地产火，她就去做售楼小姐，每天带人看楼。她长得漂亮，总有人想入非非，想用买房子这个诱饵从她身上得到什么。那个姓李的就是个混蛋，以要签合同为由，几次骗她带看房子，从暗示、威胁到骚扰，害她失足从四楼跌落……（哽咽）送到医院来的时候，她手里还紧紧攥着那把看房的钥匙……我不知道，她掉下去的时候，十二米的距离，她心里是否后悔跟我在一起？我一直很想知道……你也是女人，你说，她后悔了吗？

[陈茵无语。

马自力　（追问）是后悔的，是吗？

陈　茵　马医生，我知道，当一个人抛下另一个人前行时，被抛下的那个人有多孤独和无助！无论怎样表现坚强，也不过是死撑而已，因为一切只能靠自己，不撑着又能怎么样呢？马医生，作为一个外人，更何况您还是果果的救命恩人，我无权评判您的行为。但我可以确定，您的妻子，真的很爱您，她有无数个放弃你们感情的理由，可是她仍旧坚持到生命终止的那一刻，这就够了。

马自力　（得救似的）真的吗？真的吗？

陈　茵　嗯，所以，不要辜负她的深情，好好活着吧。马医生，果果出院之后，我就把房子交给您，过完户这么久都没交

235

房,白住了这么久,实在不知道怎么感谢你。

马自力 (摆手,一边环顾房子)我很钦佩你,一个人带着孩子,不惜倾家荡产挽救女儿的性命。你是一个伟大的母亲,虽然我不知道你身上发生了什么,但恐怕和我一样,也是被抛下了。对于妻子,我之前犯下的过错已经无法弥补,我希望可以在其他方面进行弥补,就像你说的,我妻子的生命在很多人身上延续了,果果也延续了她一部分的生命。就算为了她,为了弥补,你就带果果先住着吧。本来买这房子,也是为了我们结婚用的,大概这辈子也不会用到了。而且,你们住着,让我觉得我妻子好像还活着,我也要谢谢你们。

陈　茵 那我就再住一段时间。但是先讲好,果果病好了,我就会去工作,房租是一定要给的,你要是不同意,我们就搬走。

〔陈茵说话的时候,马自力渐渐歪倒在沙发上睡着了。陈茵见状,去自己卧室拿了条毛毯盖在他身上,随后回到自己的房间。

〔少顷。一阵钥匙转动声,程旭远和金灿灿开门进来。程旭远手里提着带 Logo 的购物袋。金灿灿依旧是之前的打扮,墨镜也戴着。

金灿灿 (边说边换鞋)看在你今天这么善解人意陪我吃饭逛街的分上,我决定暂时不赶你走了,你就先住着。(转身从购物袋里拿出一个包,递给程旭远)拿着。

程旭远 这什么?

金灿灿 放心,不要你钱,也不是毒药,这是对你今天陪伴的感谢。你那电脑包都快漏成渔网的了,换一个吧。

程旭远 不必破费,这点钱我自己还出得起。

金灿灿	（伸手）好好好,给钱,5万元。
程旭远	你怎么不去抢!
金灿灿	土了吧,这是德国品牌的。为了买它,本小姐穿着高跟鞋走了三家店才——（戛然而止,发现在沙发上睡着的马自力）
程旭远	（也看到了马自力）什么情况? 马大夫治病治到家里来了?!
金灿灿	喂,你吃醋啦? 为什么呀?
	〔程旭远不答。
金灿灿	你不要搞错哦,人家马医生救了陈茵女儿的命,而陈茵的女儿,就是你——
	〔门铃响,程旭远打开门,门外站着之前来过的黑西装。
程旭远	你?
黑西装	金灿灿在吗?
金灿灿	欸欸欸,来了,来了,你好,你好,快请进。
	〔黑西装打开文件夹,拿出一张卡递给金灿灿,又把文件夹递到她面前。
黑西装	这儿,这儿,画圈的地方签字,以后每个月8号,钱都会准时打到这张卡上,现在里面有100万元。
金灿灿	（笑靥如花）太好了,没想到你们办事效率这么高。
黑西装	谢谢夸奖,我们一向如此高效,告辞。
金灿灿	（哆哆地）慢走哦,再见。
	〔金灿灿关了门,只见程旭远双臂环胸看着她。
程旭远	哪儿来这么多的钱?
金灿灿	你管得着吗? 反正不是偷来的、抢来的。
程旭远	你这么有钱,为什么还跟我抢房子? 我的身份证明全部丢失,是不是你干的? 你利用过户的机会偷换我的

证件,然后拿去把房子过户给你自己？我告诉你金灿灿,你不会得逞的。

[程旭远回到自己卧室,"砰"地关上门,拧开小台灯。

金灿灿　哎哟我去,我这小暴脾气,能受你这个?

[金灿灿哒哒哒走过去,使劲推开门。

金灿灿　你想知道我的钱怎么来的是吧?给你看!

[金灿灿背对着观众,"唰"地拉开裙子前面的拉链。程旭远蹬蹬蹬倒退到台灯照不亮的阴影中,碰翻了台灯,台灯咣当掉在地上。

程旭远　(惊恐地)你,你……你到底是什么,东西?

[金灿灿慢悠悠地拉上拉链,戴好墨镜,走到门口,"啪"地打开大灯。一直看不到的阴影处被照亮,墙上赫然挂着程旭远、陈茵和果果的全家福照片。

金灿灿　我是什么东西?和你一样,死人!英文叫 ghost,鬼。

[程旭远看到照片,惊呆,回忆状。

金灿灿　好好看啊!你自己想想,有成年人开户籍证明要去医院的吗?医院开的除了出生证明,还有什么?死亡证明!

程旭远　(不相信状)不,不可能。你骗我,我怎么会死,我没有死,我没有死……

金灿灿　你看你这人,没劲了吧!一个大男人,顶天立地的汉子,怎么还怕死呢?死了就死了呗,除了怕太阳、怕公鸡、怕道士、怕符咒、怕黑狗血、怕驴蹄子,不挺好的吗?不疼也不痒,你看你,心脏病都发得少了吧?你再看看我,眼角膜捐了,心、肝、肾都捐了,不照样美美的吗?接受现实吧!

程旭远　可是我不能死,我女儿,我女儿的病……

金灿灿　果果的病吗?放心吧,我健康的肾会保佑你女儿活成

238

人瑞的。

程旭远 你的肾？

金灿灿 你骂的那位马医生，亲自做的手术。放心，他把他老婆，也就是我的肾，移植给了你女儿，当然，是千份小心万般注意的。以后他也会时刻关注你女儿的健康状况。毕竟，他觉得，他老婆还有个肾活在果果身上呢——这叫移情作用。所以啊，赶紧去办你的迁移证明吧，过了期限，哪都不收你，你真就孤魂野鬼地游荡去了。

程旭远 让我想想，让我想想。

　　〔舞台灯光渐暗。右侧一束白光，程旭远进入回忆。

　　〔程旭远一家三口高高兴兴地走着，果果抱着沙发上那个一直摆着的洋娃娃。

程旭远 终于买好房子了，果果，你高不高兴？马上就有自己的房间了哦！

果　果 太高兴了，爸爸。

陈　茵 她还和我说，要把房间布置成公主房呢。

程旭远 必须的。（和果果击掌）

　　〔灯光暗，再明时，程旭远和陈茵拿着化验单，抱头痛哭。

陈　茵 肾衰竭！怎么办？果果怎么办？

程旭远 有我呢，我一定挣更多的钱。再不行，我们把房子卖了给女儿治病！

　　〔灯光暗，程旭远走在深夜的街头，忽然捂住胸口，慢慢倒地。

　　〔救护车声音响起。

　　〔灯光亮。程旭远回忆结束。

程旭远 （苦笑）我真是个没有担当的丈夫和父亲啊，就这样把担子都扔给了陈茵，我真是没用。

金灿灿 也不能这样说，你笨是笨了点，人品还过硬的，否则也不至于拼命加班赚钱把自己累死。年轻人啊，注意身体，人过劳死变成鬼，鬼再过劳死，你就变死鬼了。

程旭远 我想静静。

金灿灿 如果你还想见到果果最后一面，可得抓紧时间，失去机会，等她病好了，身体阳气足了，你就只能花大价钱，偷渡到她梦里了。

程旭远 你怎么什么都知道？

金灿灿 （骄傲地抬头）我这人特别随遇而安。

〔金灿灿出了卧室，替他关上门。卧室里，程旭远呆坐着，像雕像一般。

〔金灿灿来到客厅，看到沙发上熟睡的马自力，叹了一口气，到沙发上挨着他坐下，用手轻轻抚摸他的脸。

金灿灿 自力，对不住啊，没能陪你走完这辈子。不过，你给我买的婚纱都是蕾丝，也太丑了，就算扯平了吧。还有，以后你记得逢年过节多给我烧点纸，有用的教材什么的，也烧给我，我想进修，虽然只能当个鬼医，能治病救鬼，也是积德，是吧？ 自力啊，我知道你总觉得欠我的，总是不停给我保证，但我那么做是心甘情愿的，不是陪你共苦，想让你将来还我一段荣华富贵啊。只因为你是你，你是那个在初春的阳光里，跟我说"我要悬壶济世"的马自力啊。你不欠我的，好吗？

〔马自力忽然醒来，眼神空洞，似乎没看见眼前的金灿灿，只是疑惑地环顾四周。

马自力 灿灿，是你吗？你在这里吗？灿灿！

　　　　［金灿灿用手在他面前摆摆,又对他吹吹气,马自力仍
　　　　旧无法聚焦。金灿灿如断电的机器人一样忽然停止,
　　　　垮着肩膀坐在马自力面前的茶几上。

金灿灿　（抓抓头发）人鬼情未了的戏码什么的,看电影哭成狗,
　　　　轮到自己可真糟心啊,连句遗言都传达不了。

　　　　［马自力像盲人一样伸出双手去抓,抓到了金灿灿
　　　　的手。

马自力　灿灿,我知道你在这里,我能感觉到你……我知道你
　　　　在……

金灿灿　嗯,因为我在你心里。好了,别文艺腔了,记得给我
　　　　烧纸!

　　　　［马自力又迷迷糊糊睡去,金灿灿任他握着手。天将
　　　　亮,程旭远从卧室出来,憔悴地看着金灿灿。

程旭远　我想去看果果。

金灿灿　好,我也正好去跟果果道别。

　　　　［灯光渐暗,马自力醒来,看着自己的双手。

马自力　（喃喃自语）我知道,你来过了。

　　　　［灯光暗。

第十场

　　　　［病房里。舞台灯光亮起。果果刚醒来,陈茵、林主任、
　　　　李医生及护士们围在她身边。

陈　茵　（激动）宝贝,你醒了?!

林主任　（边做检查边亲切地）小果果,有什么不舒服吗?……

医生伯伯没有骗你吧？你很快就会好起来的。

[马自力匆匆地进来,见果果醒来,松了一口气。

马自力　果果。

李医生　马医生,今天你该休息,这儿有我们盯着呢。

马自力　不来看一眼,心里不安啊。

林主任　自力,我看问题不大,排异这关能过得去。

马自力　但愿如此。

[林主任、李医生等人下。

[果果忽然费力地抬起手,向病房门口挥舞,微笑。不一会儿,她一直紧攥着的手松开了,一只小小的水晶鞋掉落在地。马自力看到了,惊讶地弯腰捡起。

马自力　这是谁给你的,果果? 这只水晶鞋!

果　果　(指着病房门口,声音微弱)阿姨。

马自力　(急切地)阿姨? 哪个阿姨?

果　果　灿灿阿姨,护身符……

马自力　(哽咽)是的,这是马叔叔送给她的吉祥物。

[静场片刻。

果　果　妈妈,爸爸……(微喘)

陈　茵　(已止不住眼泪)爸爸他……

果　果　爸爸就在那里啊,和灿灿阿姨在一起……爸爸,爸爸瘦了好多,阿姨戴着墨镜,穿着好美好美的……婚纱。

[马自力走向门口,来到金灿灿面前。程旭远则走到病床边,轻轻抱住女儿。

马自力　果果,灿灿阿姨在这里,是吗?

果　果　嗯。

[马自力与金灿灿拥抱。

马自力　灿灿,谢谢你! 我会好好活下去的。

[没有回应。时间仿佛凝固。

[金灿灿和程旭远逐渐被笼罩在白光中,两人面带微笑,缓缓离去。

马自力　果果,阿姨刚才说了什么?

果　果　让你不要忘了她给烧纸钱。

[马自力痴痴地看着水晶鞋。陈茵暖暖地抱着女儿。

[病房外,刘老太一反蹒跚老迈的步态,矫健地跑了过去,还喊着"灿灿,灿灿姑娘!"

果　果　(冲着门的方向喃喃)刘奶奶……

[门外传来医院里的广播声:"马自力医生请到 2 号抢救室","马自力医生请到 2 号抢救室"……

[舞台灯光渐暗,音乐起。

[幕落。

(剧　终)

243

导师评语

丁罗男

  本剧的故事也许并不很新鲜和复杂:年轻女孩为了支持心爱的男友读大学,宁可放弃自己深造的机会;慈爱的父亲为了挣钱医治患重病的孩子,过劳而死;胸怀大爱之人,生前签下自愿捐献器官的协议,身后挽救了他人宝贵的生命……剧作者正是将我们社会中无数普遍人身上的那些美德与善行作为素材,精心构筑成了一部具有动人正能量的作品。然而,剧本的成功之处不仅在于思想内容上的积极健康,更在于其叙事形式和表现风格上的别具一格。

  首先,剧中那位资助男友圆了医生梦的金灿灿,是在当售楼小姐时不幸跌落,成了植物人后亡故的。而那个为女儿治病而加班加点导致猝死的程旭远,在大幕拉开时也早已不存在了。但作者却让这两个人物以"鬼魂"的形式出现在现实故事的进程之中,并且在开始时瞒住观众,随着剧情的发展才一步步揭开真相。这种"人鬼同台"的叙事方式,显然来自表现主义戏剧的启示,但本剧中"超现实"手法的运用,并非内心外化,而是通过真实与虚拟时空的重叠,更好地刻画人物。同时,作者以些许悬疑、荒诞的色彩,增添了戏剧叙事的曲折性和可看性。

  其次,剧本的主题是严肃正经的,但其叙事却有一定的风趣幽默风格。这主要是通过人物性格化的动作与语言实现的。金灿灿对爱人的无私和牺牲让人感动,但作者笔下的她却泼辣、利嘴,甚至有点爱慕虚荣,每到应该表现她的"悲情"或"正气"之处,偏偏来个插科打诨。另外,程旭远的耿直近乎迂腐的"理工男"气质,也与她形成鲜明对照,引发喜剧性的冲突。作者的构思与描写是巧妙的,避免了这类题材常易出现的煽情、矫情的毛病,也让该剧风格与电影《人鬼情未了》等有了明显区别,更具一些当代青年的生活气息。

剧名《别时明月》出自苏轼著名的《水调歌头·明月几时有》,诗人在词中发出"不应有恨,何事长向别时圆?"的诘问。人生苦短,现实生活中充满了许多不确定因素,人们的离愁别恨往往与明月团圆相连,但这种残缺或失衡不也是一种审美的对象吗?也许这是剧作给我们的又一层思考和感受。

当然,要编织一个人鬼同台的故事,而且要逐步揭开谜底,并不是一件容易的事。本剧在叙事的某些细节上仍然需要进一步完善,使之更加合理,然而这样的创作思路和力求出新的努力无疑是值得赞赏的。

话　剧

借问汤先生

（原名《牡丹遗梦》）

黄锐烁

黄锐烁

男,上海戏剧学院编剧学专业博士。创作的《易魂记》《梧桐惊秋梦》《借问汤先生》《发育正常》《花火》《改命》等剧目上演于乌镇戏剧节、南锣鼓巷戏剧节、天津青年戏剧节、合肥青年戏剧节等。编剧作品《西南三千五百里》入选国家艺术基金青年艺术创作人才资助项目,《风云儿女》(合著)入选国家艺术基金大型舞台剧资助项目。曾获第十三届北京金刺猬大学生戏剧节"金刺猬奖",第三届"兴全杯"全国校园戏剧剧本征稿比赛一等奖。

时　间：

明万历年间

地　点：

徽州休宁县

人　物：

柳三生——男，岭南人，说书人。

杜青玉——女，李公卿之妻，又名杜守贞。

李公卿——男，宦官，曾经是个秀才。

李好问——男，李公卿义子，休宁县令。

红　药——女，杜青玉随身丫鬟。

店　主——男，牡丹茶园老板。

店小二——男，牡丹茶园小伙计。

程大夫——男，医生。

胡判官——男，冥府判官。

茶客、衙役、家仆、狱卒、犯人、小鬼等若干人。

第一场　听　书

［明万历年间，春末，傍晚。

［徽州休宁，牡丹茶园，人声鼎沸。

［茶园中置一说书案台，旁立一牌，上书"牡丹还魂记"。

［店小二上，精神抖擞，憨态可掬。

［梆子声节奏起。

店小二　(吆喝)世人皆道神仙好，唯有吃茶忘不了。茶乃穿肠灵丹药，是无病安身有病消。一杯清茶忘烦恼，二杯清茶肥肉掉，三杯四盏不嫌多，五盏六碗还嫌少，七碗八杯喝不够，九盏十壶挡不了！各位客官，牡丹茶园，今日满座咯！……

［又有茶客在店小二的吆喝中陆续上场，或作揖，或就坐。

茶客甲　小二，请你过来。

店小二　哎，来了！

茶客甲　你说说，你们家都有些什么茶呀？

店小二　这位客官，好说了。我们家呀，有叽叽喳喳的"毛峰"，修禅入定的"大方"，小家碧玉的"屯溪"，行侠仗义的"银钩"，含情脉脉的"雨前"，还有名震天下的"松萝"！客官，您来壶什么茶？

| 茶客乙 | （向茶客甲搭话）嘿，您还真是来喝茶的呀？ |

茶客乙　（向茶客甲搭话）嘿，您还真是来喝茶的呀？

茶客甲　来茶园不喝茶，那不是进茅坑……欸，不雅，不雅。

茶客乙　哈哈，听口音，兄台是外乡人吧？

茶客甲　赵某乃姑苏人士，初到徽州宝地，见这茶园热闹得很，还没喝茶呢，却要先付茶钱，想必是茶道精妙吧？

茶客乙　非也，非也。赵兄啊，休宁四百八十家茶园，要真想喝茶可不上这家。你看这茶园满座不假，却都是来听书的。

茶客甲　听书？听什么书？

茶客乙　这您就有所不知了，这牡丹茶园为什么叫牡丹茶园？只因为啊，只有在这里，才可以听到牡丹还魂的故事。（指指书目牌）

茶客甲　《牡丹还魂记》？是讲什么的？

茶客乙　讲的是，一个女子，因情而死，又因情而生的爱情故事。
　　　　　　〔众茶客纷纷插话。

茶客丙　不对，不对，这牡丹故事啊，主要说的是一个女子，光天化日做大梦，与一个男子，嘿嘿嘿！

茶客丁　胡说八道，讲的明明就是人变成鬼，鬼又还了阳，是一个鬼故事！

茶客甲　糊涂了，糊涂了，一人一个说法，到底讲的是什么故事？
　　　　　　〔众茶客吵成一团。

店小二　客官，您到底要什么茶？

茶客甲　小二，你说，这牡丹还魂故事，到底讲的什么？

店小二　（卖关子）客官，待会儿您自己听，不就知道了？

茶客甲　（颇有兴趣）那说书的先生是——

茶客乙　兄台有所不知，那说书的在这地方还颇有名气，叫柳三生，人称柳公子。

茶客甲　噢,可这都斜日西照了,柳公子什么时候到呀?

　　　　〔众茶客附和:"是啊,是啊,都什么时辰了!""还来不来啊?"

店小二　说得是呀,按理说,这也该到了呀。

　　　　〔李公卿立在远处,看着这一切。

　　　　〔少顷,李好问匆匆上。

李好问　儿子来迟,还望义父恕罪。

李公卿　到哪儿去了?

李好问　儿子去拜祭了……(一时不知如何称呼)一个故人。

李公卿　故人? 什么故人?

李好问　哦,是儿子从小的玩伴,叫杜青云。

　　　　〔李公卿若有所思地看了一眼李好问。

李公卿　李大人……

李好问　(欲跪)儿子不敢。

李公卿　起来。

　　　　〔李好问不起。

李公卿　好歹是一县的父母官,你……

李好问　(抢)义父是宫里的人,是皇上身边的人,殚精竭虑地替天下黎民孝顺君父,功德无量。义父对儿子恩重如山,要不是有义父,儿子早被他们整死了。别说是跪了,儿子就是磕破了响头,也是天经地义的。

李公卿　(神色复杂地肯定了一句)嗯……起来。

李好问　是,义父。

李公卿　那姓柳的还没到吗?

李好问　我刚才听人说,他今天也许不会来了。

李公卿　该不是听到了什么风声?

李好问　不会,这柳三生是岭南人士,在休宁无亲无故,谁能报信?（压低嗓子）这抓捕也是暗中布置的，走漏不了风声。

李公卿　哼，这个柳三生，讲什么牡丹还魂，男人听了，想入非非，女人听了，茶饭不思。名为书生，却恣意风流，大伤风化，莫不是要让天下的女子个个销魂，人人失节?!

李好问　义父，就一个故事，何以至此啊?

李公卿　何以至此? 松江土豪顾威明，家有良田四万八千亩，酷爱听戏，聚集了四方伶人演《牡丹还魂记》。有一次，顾威明要一个留胡须的伶人演杜丽娘，伶人跟他说："去掉一根胡须，要拿七石米来换!"这姓顾的憨货竟然答应了，伶人总共剃掉了四十三根胡须，他立马命人取了三百石白米送到伶人家中。这伶人的胡须剃了长、长了剃，不过四五年的光景，姓顾的竟把所有的田都卖光了，最后因拖欠税赋被县官拘捕，在监牢中自缢而死! 你说这牡丹故事，是不是害人不浅?!

李好问　竟有这样的事?

李公卿　哼，娄江俞二娘，杭州商小铃，广陵冯小青，天下多少女子为了这么个淫秽不堪的故事抑郁而死。远的不说，我们休宁又有多少女子因此私奔? 就前几日，临溪镇还有个未出阁的闺女投了河，这不是害人是什么?!

李好问　（若有所思）为了一个牡丹故事，天底下竟然有这样的痴人……

李公卿　愚蠢!（稍停）朝廷派的钦差近日就到，我倒要让他看看，我李公卿虽放逐归田，离了紫禁城，但照样为君父分忧，造福一方! 这牡丹故事害人性命无数，拿下这说书人，立下此功，我便能重返朝堂! 李大人，借你的兵一用!

李好问 是。

李公卿 姓柳的今天胆敢开口讲那牡丹故事，立刻拘捕！

李好问 是。义父请坐。

李公卿 （环顾四周）这里……没有我的座。

〔李公卿与李好问下。

〔茶园一侧的屏风后，走出改易男装的杜青玉和她的丫鬟红药。

红　药 （略显慌张地）夫人，刚才说话的好像是老爷和李大人……

杜青玉 （回过神来）嗯？你说什么？老爷回来了？

红　药 李公子昨天托人来讲，老爷已经回来了，一直住在县衙。

〔静默片刻。

红　药 听说老爷被宫里放逐归田了，还有李大人，也连带着被贬回休宁当县令了。

杜青玉 他如何与我无关。自从十年前他进宫当差，离家而去，我就当他已经死了。

红　药 夫人，我们回去吧，可千万不能让老爷看到我们在这儿。

杜青玉 红药，你去问问，这柳公子……说书的人怎么还没来？

红　药 夫人，我怕。

杜青玉 怕什么？

红　药 我怕被人认出来。

杜青玉 红药，我们扮成这个样子，不会有人认得的，快去问一问。

〔红药刚走出去，茶客们久候柳三生不至，开始骚动起来。

茶客丙 小二,这柳三生还来不来了?

茶客丁 茶都凉了!

店小二 各位客官,别急呀。茶凉了,小人给您续上就是。

茶客丙 (揪住店小二领口)再不来,把银子吐出来!

〔店家忙上。

店　主 (作揖)各位客官,帮帮忙,高抬贵手,高抬贵手!

〔茶客丙松开了手。

茶客丁 快把柳三生叫出来!

茶客丙 叫出来!

店　主 客官,又不是我将柳公子藏起来了,他不来,我……我怎么叫呀!

茶客丙 再不来,我砸了你这茶园的招牌。

茶客丁 对,砸了!

茶客甲 你们真是斯文扫地!

茶客乙 恬不知耻。

茶客丙 你说什么?

茶客丁 找打是吧?

〔茶园内正喧闹不止,情势一触即发。

〔忽然,一人影从幕后纱幔飘过。

店小二 (惊喜万分)来了!

〔音乐声中,柳三生飘然而上。

柳三生 (且走且吟)我自岭南云间行,两袖清风一身轻,正是海上明月何处寻,读了那牡丹故事我茶饭不思瘦三斤。为功名我负笈千里赶赴京,半途上公车一跳只为情。想着一生把这故事讲,却不料,又一姑娘命归阴……哎,这牡丹茶园到了……

店小二 柳公子,您可算来了,您再不来,他们可得把我当茶泡

255

了喝了！

柳三生　（作揖）告罪，告罪。

店小二　快里边请吧。

　　　　〔柳三生犹豫着。

店小二　柳公子？

　　　　〔柳三生回过神来，心有疑虑地入了茶园，众茶客见到他，纷纷叫好。

　　　　〔柳三生登上说书案台，环顾四周，见众人期待神色，一声叹息，抚尺三敲，众喧成寂。他嗫嚅再三，吐出一首定场诗。

柳三生　（吟诵）滚滚长江东逝水，浪花淘尽英雄。是非成败转头空。青山依旧在，几度夕阳红。白发……

茶客甲　（打断）欸？这不是三国吗？

茶客乙　这是要讲刘关张啊！

柳三生　（强撑着往下讲）各位看官，人生在世无一好，唯有情字忘不了。今日不将其他故事讲，依旧讲起这桃园结义刘关张……

茶客丙　柳三生！我们不听刘关张，我们要听《牡丹还魂记》。

茶客丁　对，我们要听牡丹故事，你讲什么刘关张？

　　　　〔众茶客喧闹成一团。

柳三生　（起身作揖）各位看官，告罪，告罪，今日，只讲三国。

店　主　（将柳三生从说书台拉下来）柳先生，你这是何意呀？银子早就付过你了，你若嫌少，可再商议，千万别砸了牡丹茶园的招牌啊。大家都等着听你讲牡丹故事呢！

柳三生　店家，那银两我可悉数退还，今日实在是无法讲牡丹故事。

店小二　为什么呀？

柳三生	不只是今天,恐怕日后,小生也不敢讲这个故事了。
店　主	柳先生,平日里讲得好好的,你今天是怎么了?
柳三生	店家,我不能讲呀。
茶客丙	柳三生,我们都在这儿等了半天了,快把牡丹故事讲来!
茶客丁	对,快讲!
柳三生	我……不能讲,不能讲,还望恕罪。
茶客丙	不能讲,那就退了我们的钱。
茶客丁	退钱就完了? 来,把茶园砸了!
店　主	各位客官,且慢!(对柳三生)柳先生,你究竟有什么苦衷,可否给大伙儿一个交代啊?
店小二	是啊,你这吞吞吐吐的,怎么回事啊?

〔柳三生看着众人,一声叹息。

| 柳三生 | 唉,各位客官,不是柳三生不想讲,实在是伤心得不敢再讲。前几日,临溪镇有个未出阁的女子投了河,听说就是因为偷偷听了小生说书。真是罪过呀,竟然惹得一个女子就这样放弃了生命。这牡丹故事可是编撰出来的呀,她怎么……就当真了呢? |

〔众人面面相觑,良久。

茶客甲	(感叹地)金代文人元好问有词曰:"问世间,情为何物,直教生死相许?"可见这世上多少生生死死,都只因有一个"情"字未曾了却!
茶客乙	说得是啊,柳公子,生死情缘,听天由命,你也不要过度伤怀了,还是把这牡丹故事,再给大家讲一讲吧。
柳三生	故事中的人,生死相许,死而复生。但这人世间,死人可怎么可能复生呀?
茶客丙	唉,说书就说书,管什么生呀、死呀、情呀的。

茶客丁　就是!

柳三生　恕罪,恕罪,我再也不能讲了。

众茶客　(面面相觑)你……这……

杜青玉　柳先生,故事是假的,但情却是真的。

　　　　　　[杜青玉走上前来。

杜青玉　令那位女子投了河的,不是这故事,而是多年郁结于
　　　　　　心、无处宣泄的情呀!

柳三生　敢问这位兄长是?

店　主　(给柳三生介绍)噢,这位公子常来这儿听你说书。

柳三生　公子言之有理,可也就是因为这故事,才勾起了那女子
　　　　　　心中的情呀。

杜青玉　柳公子,这情本来就在,正是有了牡丹故事,这女子,才
　　　　　　活出了个明白。你不讲牡丹故事,才是对他们最大的
　　　　　　残忍。

柳三生　噢?此话怎讲?

杜青玉　正是因为有了牡丹故事,才抚慰了世间多少伤情女子
　　　　　　的心。柳公子,世间有情,方得始终呀。

柳三生　世间有情,方得始终……

　　　　　　[柳三生若有所思。

茶客丙　(忽然地)喂!他们在说什么?

柳三生　世间有情,方得始终!正是这牡丹故事,道出了天下女
　　　　　　子的心啊,我若不讲,这心这情,更是无人知晓无人问,
　　　　　　始终归于幽冥……

杜青玉　正是。

茶客甲　精妙,精妙。

茶客丁　哈?

柳三生　我明白了,我明白了,我讲!

店　主　柳公子,当真?

柳三生　当真。

店小二　好嘞,牡丹茶园,今日说书,牡丹故事,开讲喽——

众茶客　哎呀,哎呀,好好好,茶来,续上,续上!

　　　　〔柳三生重登说书台,抚尺三敲,众喧成寂。

柳三生　上回说到,南安太守之女,生得才貌端妍,名字叫作杜丽娘,长到十六岁,竟不知道自家有个后花园。这日,她趁着父亲下乡劝农,吩咐花郎扫除花径,自己梳妆打扮,准备游园。

　　　　〔牡丹亭《步步娇》曲声暗响。

柳三生　(唱曲)袅晴丝吹来闲庭院,摇漾春如线,停半晌,整花钿,没揣菱花偷人半面,迤逗得彩云偏。

　　　　(说表)我,杜丽娘,深居在这高墙之内、闺阁之中,只有看见这空中飘荡如烟的虫丝,才知道春天到了。吩咐丫鬟春香取来菱花镜,我对着镜子梳妆,却见菱花镜中的人长得这般美艳,不禁埋怨起来:菱花镜啊菱花镜,你为何要偷看我呀! 你这样看我,真的是羞人答答的。你还这样看我,羞得我不禁要转过脸去。哎呀,不好,我这一扭头,头上的发髻都歪掉了。

茶客甲　哎呀,这女子,好生可爱。

柳三生　(说表)杜丽娘梳妆打扮完毕,莲步轻移,到了后花园,本以为这春天就只是阳光中飘荡的虫丝,却不料,原来——

　　　　(唱曲)原来姹紫嫣红开遍,似这般都付与断井颓垣,良辰美景奈何天,赏心乐事谁家院。朝飞暮卷,云霞翠轩,雨丝风片,烟波画船,锦屏人忒看的这韶光贱……

茶客甲　哎哟,好伤怀也。

柳三生	（说表）这姹紫嫣红，繁花开遍，像我杜丽娘一般，都被埋没在了断井颓垣……啊呀，这良辰美景，这赏心乐事……
	［忽然，鼓声大作，李公卿与李好问率衙役上，灯光骤变，众人惊慌。
李公卿	青天白日，朗朗乾坤，何人在此点染风流、惑乱天下，给我绑了！
衙　役	是。
	［衙役上前，将柳三生拘捕。
柳三生	慢来，为何抓我？
李公卿	（递给李好问一卷文纸）李大人。
李好问	（展开）查，岭南人士柳三生，四处宣讲牡丹还魂故事，点染风流，败坏风化，致使我县男子，游食流荡，妨农害本；致使我县女子，春心大动，私奔淫奔，离弃父母，不忠不孝。柳三生毁我朝纲，祸乱一方，现拘捕审问，判明定罪！
李公卿	带走！
衙　役	是！
柳三生	你们凭什么抓我，我无罪，我冤枉啊！
	［衙役押着柳三生欲下。杜青玉从一旁闪出。
杜青玉	柳公子！（见李公卿，惊慌之中躲避）
红　药	（急忙制止）夫人！
	［李公卿上前，认出了杜青玉。
李公卿	守贞？！
	［众茶客面面相觑，如坠云雾之中。
	［暗光。

第二场　问　脉

[城南杜青玉家,灯火摇曳。屋外闷雷声隐隐传来,大雨将至。

[此刻李好问正立在台前,持柳一枝,恍恍惚惚地望着天,想着些什么。

李好问　(听着春雷滚过)青云,上京的时候,你拿着柳枝,送了我一程又一程,我们说好柳枝抽芽的时节再相见,可为什么……你突然嫁了人,又为什么……你竟为那个男人殉了情……青云,你连一面都不肯再见我,你忘了我吗?(哽咽)青云,你怎么竟是死了……

[厅堂中,红药紧张地跪在地上,李公卿正在审问她。

[内房中,程大夫正隔着屏风给杜青玉悬丝诊脉。

李公卿　你方才说,你和夫人只是去听书?

红　药　是。

李公卿　那你们为何要掩人耳目,改易男装?

红　药　女子不可抛头露脸,这个道理,老爷您是知道的。

李公卿　大胆。

红　药　红药知错。

李公卿　知错,那你倒说说,你错在何处?

红　药　错在不应该改易男装?

李公卿　嗯?

红　药　噢,错在不应该去听书!

李公卿　你们为何要去听书?

红　药　都说牡丹故事传奇动人，我们……我们只是好奇。

李公卿　我们？这是你的主意，还是夫人的主意啊？

〔内房中的杜青玉紧张起来。

程大夫　夫人，请莫乱动。（继续诊脉）

〔红药紧张地朝内房方向看了一眼。

红　药　是……是我的主意。

李公卿　真是一个好主意啊！

红　药　（伏倒在地）红药知罪。

李公卿　牡丹故事这一类淫邪曲词，乱人心志，教人淫奔，坏人心术，勾引争端，都是轻薄浮荡之子所为，你教唆守贞去听这样的故事，是何居心！

红　药　我……我……

〔闷雷隐隐响起。静默。

李公卿　我离乡千里，久居京城，命你好生照料夫人，行监坐守，是谁让你撺掇着夫人胡乱行走?!

红　药　老爷，冤枉啊，夫人平日里大门不出，二门不迈，未曾胡乱行走呀！

李公卿　红豆呢？

红　药　什么？

李公卿　我给你的红豆在何处？

〔红药反应过来，从怀中摸出一袋红豆来。

红　药　一粒不少，都在这里。

李公卿　（接过红豆）我嘱咐你的事，你可照办了？

红　药　照办了，一天也不落。

李公卿　那夫人为什么还有心思往外跑，去听那些邪书淫词？说！

红　药　这个……

李公卿 一定是你这个小贱蹄子,没照我的吩咐做。教唆夫人,扰乱芳心,李大人,请你取老夫家法过来!

红　药 老爷!

李好问 义父……

李公卿 李大人……

　　〔闷雷隐隐传来,众人听雷,静默不语。

　　〔李好问取戒尺上。李公卿接过戒尺,打红药手心。

　　〔红药吃痛,挨了两下,缩回手去。

李公卿 你!

李好问 下去!

　　〔红药下。

　　〔内房里,程大夫一脸不解地站了起来,走到厅堂。

程大夫 (自语)奇了怪了。

李公卿 大夫,守贞身子可好?

程大夫 李大人,夫人她……没有脉搏呀!

李公卿 什么?

　　〔李公卿闯入内房屏风后,见杜青玉将号脉的红线绑在了桌脚上。

　　〔二人虽共处一室,但李公卿却拼命回避与杜青玉眼神接触。

李公卿 守贞,你这是做什么?

　　〔杜青玉不作声。

李公卿 回话!

杜青玉 我没病,为何要看病?

李公卿 你被一个丫鬟撺掇得到处乱走,怎说没病呢?

杜青玉 依老爷的意思,只要我出了这屋子,便是有病?

李公卿 大门不出,二门不迈,这是妇人的本分。你明知故犯,胡行乱走,难道还不是有病? (喊)红药,红药!

红　药　(心有余悸,上)在。

李公卿　给夫人系上。

红　药　是……

　　　　[红药进内房,将红线系在杜青玉的手腕上。

李公卿　有劳程大夫,再替内人诊诊脉。

程大夫　李大人客气。

　　　　[程大夫重新坐下悬丝诊脉。

　　　　[杜青玉心乱如麻,神色慌张,欲解悬丝。

李公卿　(严厉地)守贞……

　　　　[杜青玉闭上眼,似乎在等待着什么。

　　　　[李公卿走出内房,若有所思。

　　　　[程大夫一脸喜色地走上来。

程大夫　恭喜大人,贺喜大人! 夫人她……

李公卿　(打断)大夫,借一步说话。

程大夫　是。

　　　　[二人走到一旁。

李公卿　程大夫,有一事要请教你。

程大夫　不敢当,大人请讲。

程大夫　大人?

李公卿　(回过神来)哦,请问大夫,这……这去势之人,可
　　　　有……恢复的可能?

　　　　[程大夫一时愣了,看看李公卿,又不由自主地看看内
　　　　房,最后目光落在李公卿的一大把髯口上。

　　　　[李公卿暗示般摘下髯口。

程大夫　(渗出汗来)是,是……大人说的,可是宫里的人?

李公卿　没错。

　　　　　　　［程大夫跌坐在地。

程大夫　大人,老爷,公公,小人才疏学浅,医术不精,回答不了
　　　　　大人的问题,(不住地磕头和掌嘴)该死,该死,该
　　　　　死……

李公卿　(诧异)你? 好了,我不问就是了,大夫请起,请起,
　　　　　起来!

　　　　　　　［程大夫颤颤巍巍起身。

李公卿　你刚刚说夫人什么?

程大夫　夫人……

　　　　　　　［内房里有茶杯打翻的声响。

程大人　(忽然一个激灵)夫人身体安康,一切安好。恭喜大人,
　　　　　贺喜大人……

李公卿　哦? 那便好了……李大人。

李好问　儿子在。

李公卿　派个人,送程大夫回府。

李好问　是。

　　　　　　　［李公卿欲下。

李好问　义父……你今晚不在家里住? 快下雨了。

李公卿　(视线往内房飘忽地看了一眼)不了,我,我回……你的
　　　　　县衙。对了,李大人,那个柳三生,可否准许本公公连
　　　　　夜审理呀?

李好问　自然可以。不过,义父,我方才听茶园里的人说,柳三
　　　　　生有功名在身。

李公卿　功名? 什么功名?

李好问　他是乙卯年广东乡试第八名举人,义父想审他,可要
　　　　　小心。

李公卿　哼,一个小小的举人,以后做个教谕? 县丞? 主簿? 最

265

多也就是个候补知县,小心什么?

李好问 儿子失言了,请义父恕罪。

[李好问呈上柳三生的手稿。

李好问 义父,照您的吩咐,我们在城南的破庙里,查抄出了这个柳三生的几卷手稿。

李公卿 (接过手稿)嗯。

李好问 似乎不是池中物……

李公卿 何意?

李好问 义父读了便知。

李公卿 (不置可否)嗯……既然是个举人,我不会对他动刑的。

李好问 千岁仁慈!

[李公卿又飘忽地看了一眼内房,下。

[李好问见李公卿已走,松了一口气,转身叫住战战兢兢欲走的程大夫。

李好问 程大夫……

程大夫 (一个激灵,又跪倒在地)小人该死,小人该死!

李好问 谁说你该死了,起来!

程大夫 (慌乱)大人,小人只是一个草泽医生,上有高堂,下有妻儿……

李好问 你为何怕成这个样子?

程大夫 我……

李好问 莫不是瞒下了什么?

程大夫 她……

李好问 回话。

程大夫 大人……

李好问 (故作威胁)快讲,不然拿你入狱!

程大夫 (急)大人,夫人她……(声音颤抖)有,有喜脉。

266

李好问　（闻言大惊）什么?!（压低了声音）怎么会有喜脉呢!

程大夫　血脉流利,如盘走珠,应指圆滑,往来之间有一种回旋
　　　　前进的感觉,这种脉象,就是喜脉。

李好问　住嘴!

　　　　［程大夫愣住。

李好问　多长时间了?

程大夫　按脉象看,应该有……两三个月了。

李好问　你没诊错?

程大夫　我……

李好问　你学医不精,信口开河,胡说八道!

程大夫　啊……

李好问　是也不是?

　　　　［程大夫疑惑地看着李好问。

李好问　嗯?

程大夫　（意会,慌乱地）对对对,小人才疏学浅,学医不精,一定
　　　　是我诊断错了!

李好问　既然是你诊断错了,莫要出去胡言乱语。

　　　　［闷雷作响。

程大夫　小人明……明白。

　　　　［程大夫拿起药箱欲走。

李好问　（喊住）程大夫……切记,祸从口出。

大　夫　（惊魂未定）欸,欸!

　　　　［程大夫下。

　　　　［闷雷作响。

　　　　［杜青玉缓缓地从内房出来,在椅子上坐下,双目紧闭。

李好问　义母……

　　　　［杜青玉没有回应。

267

李好问　守贞姐姐？

　　　　[杜青玉依旧没有回应。

李好问　哎，青玉姐姐……

杜青玉　你终于这样叫我了。

李好问　姐姐还是不肯叫守贞。

杜青玉　我不叫杜守贞，我叫杜青玉。他非叫我守贞，你也跟着
　　　　他这么叫？

李好问　青玉姐姐……我有话问你。

　　　　[杜青玉静默。

李好问　大夫说的是真的吗？

　　　　[杜青玉静默。

李好问　（急）姐姐，你好糊涂啊……

杜青玉　你们要拿他怎么样？

李好问　谁？

杜青玉　柳三生，你们要拿柳三生怎么样？

　　　　[李好问倒吸一口凉气。

李好问　是他？

　　　　[杜青玉静默。

李好问　你肚子里的孩子，难道就是这个柳三生的？

　　　　[杜青玉静默。

李好问　所以你才乔装打扮去听书?!

　　　　[杜青玉静默。

李好问　所以你才百般不愿让大夫把脉？

杜青玉　是又如何，不是又如何？

李好问　糊涂啊！姐姐，你怎么……你可知道，钦差要来，义父
　　　　他要拿柳三生当垫脚石，重回朝堂！他说说牡丹还魂
　　　　书或许罪不至死，可如果让义父知道他和你还有这层

268

关系,你和他,都必死无疑。

〔杜青玉神色一震,随即缓缓平静下来。

杜青玉 他要是死了,我随他去就是了。

李好问 青玉姐姐……

杜青玉 和我那被害死的青云妹妹作伴去……

李好问 (震惊)什么?青云是被害死的?(六神无主)谁,是谁?

〔杜青玉看着神色哀戚的李好问,一声叹息。

杜青玉 高家,肺痨,冲喜,逼嫁,短命鬼,守活寡,贞节牌坊,生逼,殉情,还要我说下去吗……

〔李好问闻言震动。

杜青玉 你可知道,这座贞节牌坊,是谁向朝廷奏请的……

〔李好问失神地看着杜青玉。

杜青玉 是李公卿,你的义父!是他许了高家这座贞节牌坊,高家才动的手……

李好问 义父?!

杜青玉 对,就是你那顾念同乡之谊,成天把贞女烈妇挂在嘴上的义父!

〔李好问痛苦欲绝。

〔杜青玉拿出那袋红豆,呆呆地看着。

李好问 红豆?

杜青玉 他给了我一袋红豆……

李好问 "红豆生南国,春来发几枝。愿君多采撷,此物最相思。"义父身在千里之外,送你红豆,莫不是想让姐姐睹物思情,聊解相思之苦?

杜青玉 (惨笑)哈哈哈,好一个"睹物思情"!你真是个书呆子!李公卿命红药一天三次,在屋里遍撒红豆,让我一颗一颗捡拾。一天弯腰千次,累得我浑身酸痛不已。他这分明是叫我身无余力,心无旁骛,把我关在家中,困死,憋死!

[李好问震惊了。

[静默片刻。

李好问　青玉姐姐,我想帮你,可我……我欠着义父一条命啊。

杜青玉　罢了。

李好问　我在京城遭人陷害,卷入了乡党之争,是义父救下了我这条命。

杜青玉　罢了。

李好问　你与柳三生究竟……

杜青玉　罢了。

李好问　(急了)你们究竟是什么关系?!

[雨终于落了下来,风雨大作。

[二人听雨。静默片刻。

杜青玉　想当时,也是一场好大、好大的雨呵……

[雨声渐大。

[暗转。音乐起。

第三场　寻　梦

[大雨渐渐弱下来,化成春雨的渐渐沥沥。

[牡丹茶园,杜青玉与红药在此避雨。

[书生模样的柳三生上,匆匆避雨屋檐下,扫去身上雨水。见杜青玉,柳三生作了一揖,再不说话。

红　药　好俊的书生呀。

[杜青玉瞪了红药一眼,却忍不住偷看柳三生。

[柳三生的目光也暗暗地扫了杜青玉几眼。

[春雨淅淅沥沥,没有要停的意思。

[三人安静听雨。

[牡丹茶园门可罗雀,店主和店小二百无聊赖地拨弄着
筐中茶叶。

店　主　唉……

店小二　唉……

店　主　唉!

店小二　唉!!

店　家　可惜了这么好的明前茶哟。

店小二　可惜了这么好的明前茶哟!

店　主　你存心气我。

店小二　(嬉皮笑脸)小人不敢。

店　主　唉……

店小二　唉……

　　　　[店主瞪了店小二一眼。

柳三生　(走进茶园)店家为何唉声叹气呀?

　　　　[店主和店小二发现来人,惊喜万分。

店　主　客官,吃茶吗?

店小二　(不由分说拉着柳三生)这边请,我们家呀,毛峰、大方、
屯溪、银钩、雨前、松萝……什么茶都有,先生想喝哪
一种?

柳三生　不不不,我不吃茶……我只是在此处避雨,听到这茶园
内叹息连连,不知发生了何事,进来看看。可有我帮得
上忙的地方?

店小二　原来不是来吃茶的!

271

店　主	客官,不瞒您说,休宁四百八十家茶园,没一家像我们这么冷清的。都说门可罗雀,可这儿连只麻雀也不来呀!
柳三生	敢是……茶不好?
店小二	哪个讲的! 我们家有毛峰、大方、屯溪、银钩、雨前、松萝……
店　主	别讲了,有多少也没用!

[柳三生抓起箩上的茶叶,闻了闻。

柳三生	呀,好清新的"雨前"呀!
店　主	(感动)哎呀,先生是识货的人啊!

[柳三生看了看茶园,又看了看茶叶,动了心思。

柳三生	含情脉脉的"雨前"。
店小二	哈?
柳三生	小哥,喊茶名,得喊出个心旷神怡、唇齿留香!
店小二	(挠头)我斗大的字认识不了一箩筐……怎么喊啊?
柳三生	我教你(略一沉吟,脱口而出)叽叽喳喳的"毛峰",修禅入定的"大方",小家碧玉的"屯溪",行侠仗义的"银钩",含情脉脉的"雨前",还有名震天下的"松萝"!

[杜青玉与红药被这屋内的声音吸引,频频回身偷看。

红　药	夫人,这书生,口齿好生伶俐呀。
杜青玉	(嗔怪)莫要看他。
红　药	夫人……
杜青玉	嗯?
红　药	你脸红了。

[杜青玉以手抚脸,瞪了红药一眼,红药不敢再作声。

柳三生	记住了吗?
店小二	记住了! 含情脉脉的"雨前"!

柳三生　记不住不要紧,我写下来,你找人教你,慢慢记。

店　主　这位先生,真不知怎么感谢你好了,敢问先生尊姓大名?

柳三生　店家莫要客气,我姓柳,名三生,岭南人士。

店　主　岭南? 岭南离这儿千里之遥,柳先生怎么……

柳三生　说来话长……店家,我有一事相求。

店　家　请讲。

柳三生　可否允许我在这茶园说书?

店　家　说书?

　　　　〔柳三生走到靠里的一张茶桌后面,将纸扇当作抚尺一拍,说起书来。

柳三生　话说,南安杜太守之女杜丽娘,长到十六岁,竟不知道自家有个后花园。这日,趁着父亲下乡劝农,与丫鬟春香梳妆打扮,游园去也。

　　　　〔柳三生敲一声折扇。

柳三生　正是"姹紫嫣红开遍,似这般都付与断井颓垣",那杜丽娘千分惊喜,又万分伤感,游园倦了,不觉入梦,见一个书生,持着柳枝而来。

　　　　〔杜青玉听闻柳三生说书,竟不知不觉,失神地走了进来。

红　药　(在杜青玉身后扯杜青玉的衣袖)夫人……?

　　　　〔杜青玉不理睬她,只顾听书。

　　　　〔音乐渐起,柳三生说书的声音逐渐弱下去,灯光也昏暗下来,只余杜青玉处一束亮光。

　　　　〔骤雨初歇,一轮明月破云而出。月光流转于台上,辗转于杜青玉心头。

　　　　〔柳三生执柳枝飘然而至,杜青玉入梦。

杜青玉　那生素昧平生，因何到此？

柳三生　姐姐，咱一片闲情，爱杀你哩。则为你如花美眷，似水流年，是答儿闲寻遍，在幽闺自怜。姐姐，和你那答儿讲话去。

杜青玉　哪边去？

柳三生　转过这芍药栏前，紧靠着湖山石边。小姐，可好？

　　〔杜青玉羞答答地低下了头。

杜青玉　秀才，你可去啊？

　　（吟唱）是那处曾相见，相看俨然，早难道这好处相逢无一言？

柳三生　姐姐，你身子乏了，将息，将息。姐姐，俺去了，（回头）姐姐，你可十分将息，我再来瞧你那。

　　〔柳三生下。

　　〔杜青玉呆呆地望着柳三生下场的方向。

　　〔忽然，李公卿持剑出现在舞台一角。

李公卿　守贞……

　　〔灯光转亮，杜青玉惊醒！

杜青玉　红药，红药！

红　药　（上）夫人。

杜青玉　昨日命你到园中挖的春笋，可有剩下的？

红　药　还有。

杜青玉　你到厨房，把火腿拿出来，做一道火腿春笋汤。

红　药　是。

杜青玉　汤做好后，去县衙请老爷过来。

红　药　夫人，您要请老爷回来做什么？

杜青玉　不做什么，请老爷吃汤。

红　药　夫人……

杜青玉　快去。

红　药　是。

　　　［红药下。

　　　［鼓声咚咚，杜青玉心跳如擂鼓。

　　　［切光。

第四场　演　官

　　　［县衙暗房内，立着一个朝服雕花架，上挂一品文官仙鹤补服。

　　　［李公卿着一身白色中衣，在一品官服前徘徊。

李公卿　"行路难，行路难，多歧路，今安在？长风破浪会有时，直挂云帆济沧海。"想我李公卿，四岁开蒙，读《千字文》，七岁进书院，背"四书五经"。无奈天资难济，没有神童之命，十六岁考上秀才，曾被一个十三岁的小儿叫我作"童生小友"，气煞我也！十七岁那年，我通过县试，总算是个秀才！从此人前得意，人后发奋，想着百尺竿头，更进一步，连中举人、进士、状元！孰料二十岁秋闱科举未中，后接连七次，皆名落孙山，白白扔掉了二十一年时光，考得个家徒四壁，考得个日月无光！

　　　［幕后有童谣响起：李公卿，枉公卿，二十一年不公卿，枉费光阴在书斋。李不举，枉科举，二十一年不中举，枉抱娇娘在满怀，在满怀。

李公卿　住口，住口！

　　　［鼓点起，李公卿边着官服边自说自道。

275

李公卿 徽州名士多如牛毛！我省城奔波二十一年，身边的举人换了一茬又一茬，唯独我，从青春年少到两鬓微霜，功名始终无着。我急，我躁，我不甘，我苦闷。最后那一年，有个江南巨富之子，提前得了考题，拿来与我分享，我知道不该看，但我想看，要看，不得不看，我要看他个清清楚楚，我要看他个状元及第！

〔鼓点起，李公卿继续着官服。

李公卿 谁曾料想，有人一纸状告上去，我被逐出科场，终生不得参加科举！我遥望那紫禁城，远眺那宫廷朝堂，我酗酒，我打滚，我以头撞墙，我呼天抢地，我我我，我趁着醉意，奔到厨房，一刀，就斩断了我的命根子！

〔鼓点起，李公卿佩上一品玉带。

李公卿 我进了宫，进了内侍省，那年，我年近不惑。数年权斗，我当上了司礼监秉笔太监，我一支朱笔，批尽朝堂奏折，见过构陷，见过谄媚，见过忠义，也见过奸佞。他们像我一般苦求功名权贵，奏折却总到了我的手中，我在一支朱笔之下，判定生死！哈哈，十年寒窗苦读，还不如我一刀自断命根！

〔鼓点起，李公卿戴上一品官帽。

李公卿 可我还是败了，而且一败涂地。我有朱笔，人家却有印章，他要我，要我亲拟自己的发配令，将自己贬回老家休宁！我捡回一条命，呵呵，我究竟捡回了一条命！留了这条命，就不怕不能东山再起！

〔鼓点起，李公卿着官服完毕，整装，亮相。

李公卿 朝廷的钦差快要到了。就从这休宁出发，我要重返朝堂，我要让他们知道，我李公卿，终究不是池中物，我要朱笔，也要印章，我要在一人之下，万人之上！

［鼓点阵阵。

［李公卿着一品官服,演练上朝情状,一步一摇顿。

［他拾起柳三生的几卷手稿,扔掷于地,惊堂木一拍。

李公卿　堂下柳三生,你可知罪!

［手稿自然是不言不语。

李公卿　好一个柳三生,竟敢藐视本官,来人,杖三十!

［李公卿抄起廷杖,打向手稿。

李公卿　快快招来,快快招来呀!

［李公卿一个趔趄,滑倒在地。

［他顺势漫不经心地拿起手稿翻看,越看越是心惊!

李公卿　这,这,这! 柳三生!

［鼓点再起,李公卿不断翻看柳三生的手卷,手卷长如蛇,在其手中翻弄缠绕,其几近癫狂。

李公卿　为什么? 为什么竟是这样!

［柳三生飘然出现在纱幕后,与李公卿隔空对话。

［此一节未必真实。

李公卿　柳三生,你有状元之才,为何要放弃功名,自轻自贱!

［柳三生笑而不语。

李公卿　这不公平,这不公平,我七次科举名落孙山,你有状元之才却丢官弃爵,凭什么,你凭什么!

［柳三生依旧笑而不语。

李公卿　柳三生,回话,回话!

柳三生　忽来案上翻墨汁,涂抹诗书如老鸦,涂鸦而已。

［柳三生飘然下。

李公卿　(一凛)涂鸦……柳三生,柳三生!

［李公卿追着欲下。

［正在癫狂之际,红药上。

277

李公卿　（逼问）你看到了什么？

红　药　（慌乱）我看见一件衣服穿着一个人。

李公卿　嗯？

红　药　哦哦，一个人穿着一件衣服……

李公卿　你怎么进来的？

红　药　老爷，我在县衙寻你不见，在后堂看见一个小门，一时
　　　　好奇……

李公卿　嗯……（试探）我这身衣服好看吗？

红　药　（不敢抬眼）好，好看。

李公卿　抬头来看。

红　药　（抬头）威，威风，老爷这身官服，好生威风。

李公卿　你可知这是什么官服？

红　药　红药不知。

李公卿　当真不知？

红　药　不知。

李公卿　（严厉地）不可向外人提起。

红　药　为何？

李公卿　……

红　药　红药知错。

李公卿　嗯……你寻我有何事？

红　药　老爷，夫人有请。

李公卿　夫人？她请我作甚？

红　药　夫人说，要请你吃火腿春笋汤……

李公卿　（盯着红药的眼睛）她要请我吃汤？（稍顿）好，知道了。
　　　　禀报夫人，说我办完了公事便回家。

　　　　〔红药行了个礼，退下。

　　　　〔暗中似有鼓点再起，李公卿心若捣鼓，若有所思地盯

278

着那手卷。

[暗光。

第五场　诉　情

[休宁县监狱地字号牢房。

[柳三生正在牢中向犯人讲述牡丹故事。

柳三生　话说那丽娘死后,杜家举家搬迁,老宅改成梅花观。这时,远在千里之外的岭南,竟然真有一个名为柳梦梅的书生,上京赶考,路过此地,感染风寒,正巧就住在这梅花观中……

[一众犯人听得入神,狱卒甲也靠近细听。

柳三生　病中闷坐,柳梦梅到梅花观后花园游玩,在那太湖石旁,发现了一个小匣子,里面正是杜丽娘的画像。柳梦梅不识画中人,还以为是观音娘娘,怕这荒废的园子埋没了圣像,就取回房中,在灯下一看……

[狱卒乙过来呵斥狱卒甲。

狱卒乙　好你个当差的,发什么愣呢?!

狱卒甲　好听,好听。

狱卒乙　什么就好听了……

[话音刚落,狱卒乙也被柳三生的讲述吸引过去。

柳三生　这画上,题着一首诗:"近睹分明似俨然,远观自在若飞仙。他年若傍蟾宫客,不在梅边在柳边。"

[狱卒丙不见狱卒甲和狱卒乙两人,过来寻找。

狱卒丙　喂,你们两个,在干什么?!

〔未几,狱卒丙竟也听得入了神。

柳三生 这柳梦梅一看,奇哉怪哉! 说梅呵,我柳梦梅占一半,说柳呵,我柳梦梅也占一半。不免狠狠喊画中人几声:美人,美人!

狱卒丁 (醉酒上)美人,美人!

柳三生 姐姐,姐姐!

狱卒丁 姐姐,姐姐!

柳三生 哎呀,我孤单在此,少不得将小娘子的画像,早晚玩之、拜之,叫之,赞之。

〔众人听得笑起来。

柳三生 这一声声的呼喊呀,竟将杜丽娘的魂给喊回来了!

众　人 哇!

〔李好问上,四处找不到一个狱卒。

李好问 (对内喊)当差的在哪里?

〔无人应答。

李好问 当差的在哪里!

狱卒乙 别吵吵!

〔狱卒甲、狱卒乙回身见到李好问,惊慌失措。

狱卒乙 李大人!

李好问 你们都聚在这里干什么,公事房里竟找不到一个人!

狱卒甲 没……没有什么。

李好问 罢了。把犯人们都领到别的牢房去,我要单独见柳三生。

狱卒乙 是。

〔狱卒们下,只留下柳三生。

〔李好问上下打量着柳三生,只见他颜色不乱,阳阳如平常。

李好问 好个柳三生,坐牢也坐得如此体面。

柳三生 这位先生是——

李好问 李好问,徽州休宁人士。

柳三生 (作揖)哦,李大人,前日在牡丹茶园曾见过一面,不知有何见教?

李好问 柳三生,你可知自己犯了什么罪?

柳三生 小生无罪。

李好问 你,你勾引良家妇女,还敢说无罪!

柳三生 我不曾勾引良家妇女。

李好问 你说书蛊惑夫人芳心,潜入香闺毁人清誉,事实俱在,岂容抵赖?!

柳三生 我说书不假,潜入香闺、毁人清誉是绝没有的事情!

李好问 事到如今,还要狡辩!(稍停)你可知,她已经怀有身孕?

柳三生 她是谁?她怀有身孕,与我何干?

李好问 冥顽不化!非要我说出姓名不可吗?

柳三生 请讲。

李好问 我说的是,城南的杜守贞!

柳三生 杜守贞是何人?

李好问 话已至此,你还不认?

柳三生 我不知道你在说什么。

李好问 你!

　　〔李好问死死盯着柳三生,见其脸色如常,毫无破绽。

李好问 那……(一字一顿地)杜青玉,你总该知道吧?

柳三生 我从来就没见过什么杜青玉、杜守贞!

　　〔李好问一愣,疑窦顿生。

李好问 你从来就没见过她?

柳三生 我到休宁至今,住在城东的一处破庙里,只是说书度日,从未攀扯上什么杜家的夫人、小姐!

〔静默片刻。

李好问 你当真未曾见过杜守贞?

柳三生 从未见过。

李好问 你也从未认识过杜青玉?

柳三生 素昧平生。

李好问 押下去!

〔李好问转身欲下。

柳三生 李大人留步!

〔李好问回过身来。

柳三生 李大人,我实在不知自己犯了何罪! 只知这牢狱暗无天日,瘟疫横行,我这个身体不争气,恐怕早晚会倒下。我别无所求,只怕死后埋没了这牡丹还魂的故事。我看你不像那些官场须眉浊物,想求你一件事⋯⋯

李好问 何事?

柳三生 (从怀中掏出一卷话本)我只求大人,将这牡丹故事的话本带出监牢去。

李好问 你⋯⋯

柳三生 求大人成全!

李好问 你⋯⋯(摇头)真是个痴人!

柳三生 是痴,是醉。

〔李好问接过话本看着。

李好问 柳三生⋯⋯你是个举人,本应上京赶考谋取功名才是,怎么就甘愿沦为个说书人呢?

〔静默片刻。

柳三生 (陷入回忆)想当初,我也曾梦想着有一朝蟾宫折桂、状元及第,我也曾坐着公车上京赶考呵。

[灯暗,仅留柳三生、李好问处两束追光。

柳三生 　春寒料峭,莺飞草长,从岭南出发,我坐着公车上京。读了半路《牡丹亭》,始知这天地之间,竟还有比功名更重要的东西:"情不知所起,一往而深,生者可以死,死可以生。生而不可与死,死而不可复生者,皆非情之至也。"捧着《牡丹亭》,我爱不释手,却不料听闻了汤显祖先生逝世的消息,我实不忍心这"至情"被俗世所掩埋,便跳下了公车!我说书,我从岭南千里出走,颠沛流离,不为别的,正是为了传播这天下至情!

李好问 　天底下,怎么会有你这样的痴人!

柳三生 　李大人,你应该记得元曲大家关汉卿先生的"【南吕】一枝花·不伏老"吧?
　　　　(念)你便是落了我牙、歪了我嘴、瘸了我腿、折了我手,天赐与我这几般儿歹症候,尚兀自不肯休。

李好问 　(接着念)则除是阎王亲自唤,神鬼自来勾,三魂归地府,七魄丧冥幽。天那,那其间才不向烟花路儿上走!
　　　　(指着柳三生笑起来)好一个痴人!

柳三生 　世间之人本皆痴,尘心未泯好时节。一朝堕入名利场,也无清风也无月。

李好问 　(默念着)一朝堕入名利场,也无清风也无月。
　　　　[静默片刻。

李好问 　柳兄……你听着,朝廷的钦差明日就到,到时我会设法在钦差面前搭救你。这话本,你还是自己好生保管。保重身体,一朝出狱,我……我再到牡丹茶园听你说书!

柳三生 　(感动)谁说李大人不是个痴人呢?

李好问 　我已是负罪之人……向故人赎下几分罪罢了。

283

柳三生　李大人……

李好问　不必再称我大人。柳兄,好问还有急事要办,告辞。

柳三生　李兄,保重。

李好问　保重。

　　　　〔李好问下。

　　　　〔静默片刻。一个声音在暗处响起。

众犯人　柳先生,柳先生! 那柳梦梅把杜丽娘的魂喊来了,后来呢?

柳三生　(回过神来)这一声声的呼喊呀,竟将杜丽娘的魂给喊来了! 柳梦梅不知眼前是人是鬼,只见一娇娃,美艳非常。

　　　　(禁不住吟唱起来)他惊人艳,绝世佳。闪一笑风流银蜡。月明如乍,问今夕何年星汉槎? 金钗客寒夜来家,玉天仙人间下榻……

　　　　〔曲调音乐持续,灯光渐暗。

第六场　夺　命

　　　　〔过场戏。舞台前沿亮着灯光。

　　　　〔李好问匆匆上。

李好问　程大夫何在?

　　　　〔程大夫从另一边疾步迎上。

程大夫　李大人找小人有何吩咐?

李好问　你先前说夫人若有若无的,有些喜脉,此话当真?

程大夫　李大人,小人回家之后,也百思不得其解,翻了半日的

《继名医类案》,在二十四卷发现有"假胎"一条。

李好问 假胎?

程大夫 正是,夫人脉象为滑脉无疑,按之感觉往来流利,如盘走珠,应指圆滑,但却无胎息可验,应为假胎。

李好问 如何会是假胎?

程大夫 夫人恐怕是……心念所致。

李好问 怎么说?

程大夫 明明未有身孕,却现喜脉。这是心里想着、念着什么,才会有的。

〔李好问思忖片刻,欲下。

李好问 多谢。

程大夫 李大人且慢!

李好问 大夫有事?

程大夫 确有一事相告。前日小人到城南药庄进药,那掌柜的无意中说起,夫人曾令丫鬟到药庄配了一服药。

李好问 药?什么药?

程大夫 也不是什么要紧的药,只是,这个药,有病除病,可万一无病……

李好问 如何?

程大夫 无病害命!

〔李好问闻言神色大变。

李好问 糟了!

〔李好问急下,鼓点阵阵。

〔暗转。

〔杜青玉家。厅堂中央的八仙桌上,放着一碗火腿春笋汤。

〔杜青玉缓缓地抛洒着红豆,等待李公卿到来。

〔少顷,李公卿上。

李公卿　夫人。

〔杜青玉一边捡拾红豆,一边说话。

杜青玉　(强作笑容)老爷回来了。

李公卿　守贞,你叫我回来,有何急事?

杜青玉　哦,没有急事。只想你回乡至今,公务繁忙,未曾在家中住过一夜,便做了一碗你喜欢吃的火腿春笋汤,给你养养身子。

李公卿　难得守贞这片心意,只是我还有一大堆公务要办,这汤,顾不上吃了。

杜青玉　(试探)敢是昨日抓到那个说书人,令老爷费神了?

李公卿　区区小贼,不足挂齿。

杜青玉　(急)既是小贼,老爷何不……

李公卿　嗯?

杜青玉　没什么。

李公卿　(看着汤)守贞今日好殷勤。

杜青玉　老爷常年在京,这家乡的风味,恐怕也是难得一尝。(端起桌上的汤给李公卿)还温着哩,老爷快趁热吃吧,吃完汤,好忙公务。

〔李公卿捧起火腿春笋汤,感到香气沁人。

李公卿　守贞啊,可记得我当年上京赶考,你也是给我做的这样一道汤。

杜青玉　(一愣)你倒是还记得。

李公卿　记得,记得,那是我最后一次上京赶考……

杜青玉　之后便十年不归家。

李公卿　(恍若未闻,将汤碗放回桌上)我将近不惑之年与你完婚,你盼着我蟾宫折桂,状元及第,身着红袍,帽插宫

花,衣锦还乡······

杜青玉 我从未盼着你状元及第,我只盼你早去早回。

李公卿 贫贱夫妻也甘愿?

杜青玉 甘愿。

李公卿 扯谎!贫贱夫妻百事哀,若有富贵可享,哪个甘愿贫贱?

杜青玉 富贵若是关入牢笼的模样,贫贱又何妨?!

李公卿 富贵是牢笼?笑话,贫贱才是牢笼!贫贱令人无从选择、无法选择,天灾人祸且不提,一家人穷到只有一条裤子,哪个出门哪个穿,没有裤子的人困在家里,岂不跟坐牢一样!

杜青玉 你在朝中为官是富贵,我在家中一样坐牢······一个红豆编织的牢笼。

李公卿 红豆?

杜青玉 (捡拾地上的红豆)红豆生南国,春来发几枝······

李公卿 守贞在怨我。

杜青玉 我岂敢怨你?你在朝中为官,做的是大事,家中小事,怎敢劳烦老爷挂心?(再次端起桌上的汤)汤快凉了,你先把它吃了吧······

李公卿 (不接汤碗,俯身捡起地上一颗红豆)我远在京城,这红豆,便是你的素心令。你若不想令我挂心,日后,茶园听书之类的事,就不要再做了。

杜青玉 我答应你便是了。

　　〔静默片刻。

李公卿 (看着杜青玉端着的汤)火腿春笋汤。

杜青玉 是,火腿春笋汤。

李公卿 闻起来鲜美。

杜青玉 吃起来更鲜美。

287

李公卿　（接过汤碗）煲了多长时间？

杜青玉　春笋，一盏茶，砂锅中火，一炷香，小火，半个时辰。

李公卿　果真用心做的？

杜青玉　用心做的。

李公卿　是你亲手所做？

杜青玉　是我令红药所做。

李公卿　多希望你亲手所做。

杜青玉　下回。

李公卿　怕是没有下回了。

杜青玉　（紧张）什么？

李公卿　钦差眼看就要到休宁，我李公卿，只怕是要再次上京了。（又将汤碗放回桌上）

杜青玉　你又要走？

李公卿　正是。

杜青玉　如此甚好，这碗汤，权当为老爷送行。（第三次从桌上端起汤碗）

李公卿　你似乎很希望我走。

杜青玉　没有的事情。

李公卿　我走了，你就可以去茶园听书了是吧？

杜青玉　老爷？

李公卿　我走了，你就可以胡行乱走了是吧？

杜青玉　不是。

李公卿　你声声都是埋怨，句句都是不满，别以为我听不出来，你希望我走，不愿见我。你既然不愿见我，为何还要做这汤，为何还要请我过来！

杜青玉　（紧张万分）我做汤不为别的，只想求老爷一件事。

李公卿　什么事？

杜青玉 柳……柳枝抽芽的时节,可否准许我……到郊外踏春一趟?

　　〔静默片刻。

李公卿 赏什么春光,踏什么春景,花开会鼓动春情,鸟鸣会乱人心弦,流水会惹人遐思,我恨不得这世上没有春天,四季如秋。

杜青玉 老爷,你何苦跟四季轮回较劲。

李公卿 春给人希望,可为何给了人希望,又要给人失望!一年一春,三年一次春闱科举考试,我七次不中,白白掷了二十一年的光阴啊!岂止失望,简直是绝望!

杜青玉 好在老爷你又要上京了。

李公卿 我是个断子绝孙的人!

杜青玉 老爷……

李公卿 春负了我,科场负了我,朝廷负了我,守贞,你莫再负了我呀!

杜青玉 公卿……

　　〔静默片刻。

李公卿 不说了,吃汤吧。(端过汤碗)

杜青玉 汤凉了。

李公卿 无妨,难得你一片心。

杜青玉 我让红药再去热热。

李公卿 不必了。

杜青玉 再热一热吧。

李公卿 我说不必了!

　　〔李公卿从怀中拿出一个小盒,又从盒中掏出一把小银勺。

杜青玉 这是什么?

李公卿　哦,早年间,我替圣上试菜,圣上赏了我这把五爪金龙盘笋板银勺,这上面,还有龙津呢。

　　　　［杜青玉不安起来。

　　　　［李公卿伸勺入碗,勺现出黑色。

李公卿　(背躬)银勺入碗,一片黑色顺着勺尖蔓延上来!

李公卿　夫人,这火腿春笋汤……

杜青玉　(强作镇定)老爷……

李公卿　尚有余温。

杜青玉　如此甚好。

李公卿　守贞喝吧。

杜青玉　什么?

李公卿　想必守贞费了不少工夫。

杜青玉　都是红药辛劳。

李公卿　不,是你费心了,这汤,还是你吃吧。

　　　　［李公卿将汤端到杜青玉眼前。

　　　　［杜青玉接过汤,百感交集,正要接过——

李公卿　守贞。

　　　　［杜青玉停下。

李公卿　(拿过杜青玉手中的汤碗)牡丹茶园的茶好喝吗?

杜青玉　休宁百姓,从不爱喝牡丹茶园的茶。

李公卿　那为何那么热闹?

杜青玉　皆是……为了听书而去。

李公卿　为了听书?这柳三生,当真有如此魔力?

　　　　［静默片刻。李公卿把汤碗重新放回桌上。

李公卿　再有魔力也无用了。(试探)你可知我要如何处置这个柳三生?

杜青玉　(急切)如何处置?

290

李公卿　你很在意这个姓柳的。

杜青玉　没有。

李公卿　(故意)哼,这个柳三生,我已经处置了。

杜青玉　(心提到了嗓子眼)怎么处置的?

李公卿　还说你不在乎?

杜青玉　我在乎!

李公卿　什么?

杜青玉　你对他做了什么?

李公卿　守贞?

杜青玉　你对他做了什么!

李公卿　(故意轻松地)我挖去了他的双眼,割了他的舌头,断了他的双手,瘸了他的双腿!

杜青玉　三生!

李公卿　他血流成河,气绝身亡!

杜青玉　他死了?

李公卿　死了。

杜青玉　他有什么罪,你要置他于死地!

李公卿　他四处宣讲牡丹故事,点染风流,败坏风化,毁我朝纲,惑乱人心!

杜青玉　胡说! 惑乱人心的是你!

李公卿　杜守贞!

杜青玉　我不叫杜守贞!

李公卿　什么?

杜青玉　我叫杜青玉!

李公卿　你,你跟他……

杜青玉　三生!

李公卿　你怎敢……

291

杜青玉　我为何不敢!?

李公卿　我……

杜青玉　三生,三生,你既已去,我与孩儿,陪你走这黄泉路就是了。

　　　　〔杜青玉奔向汤碗。

李公卿　孩儿? 谁的孩儿? 杜守贞!

　　　　〔杜青玉端起汤碗,一饮而尽,竟笑起来。

李公卿　守贞!

杜青玉　(泪中带笑)三生,黄泉路上,你走慢些,等……等我。(倒地)

李公卿　(悲痛,癫狂)柳三生,柳三生,来人啊,来啊,把柳三生给我押来,挖了他的眼睛,割了他的舌头! 这眼睛,看了我的夫人,这舌头,祸害了天下女子啊!(疾下)

　　　　〔红药上,见状大惊,伏在杜青玉身上恸哭。

　　　　〔李好问上。

红　药　(哭)夫人,夫人!

李好问　青玉姐姐! 红药,夫人怎么了?

红　药　夫人吃汤死去了!

李好问　(大恸)姐姐!

红　药　夫人!

李好问　义父……李公卿呢?

红　药　老爷去杀柳三生了!

李好问　柳先生……(急下)

　　　　〔暗转。

　　　　〔县衙内厅,李公卿正在对柳三生进行严刑拷打。

　　　　〔纱幕后,柳三生惨叫不绝!

李公卿　(歇斯底里地)来啊! 挖了他的双眼!

[幕后,衙役应答:"是!"

[少顷,柳三生一声惨叫,舞台上一片惨红。

衙　役　　回大人,他晕过去了!

[李好问急上。

李好问　　义父,义父! 柳三生无罪,夫人并未有孕,一切都是假的!

李公卿　　你说什么!

李好问　　夫人是假孕,他们二人并不相识,夫人是……是心念所致!

李公卿　　心念?

李好问　　求义父怜惜人才,放过柳三生!

李公卿　　你说夫人并未有孕?

李好问　　从未有孕。

李公卿　　他们二人并不相识?

李好问　　从来不识!

[后台忽然一阵开锣鸣道声响起,众衙役声:"钦差大人到!"……

李公卿　　钦差到了? 钦差大人,钦差大人! 奴才有事禀报!

[李公卿疾下。

[红药哭着从另一边上。

红　药　　(哭)夫人,夫人!

李好问　　红药?

红　药　　(哭)李大人,当差的非要我出来找老爷,说钦差大人到了……

李好问　　他已经……出去迎接了。

红　药　　夫人……钦差大人也不是什么好东西,连衣服都跟老爷的一模一样!

李好问　你说什么？

　　　　〔红药只是哭。

李好问　你说什么一模一样？

红　药　衣服，衣服！

李好问　你说老爷有件衣服，同钦差的一模一样？

红　药　上面都画着一只仙鹤。

李好问　你看清楚了？

　　　　〔红药只是哭。

李好问　在何处？红药！

红　药　（吓住）就在这衙门内的一间小屋里。

李好问　一品官服！（恍然大悟）跟我来！

　　　　〔鼓点声中，李好问圆场一周，跪伏在地。

李好问　（大声地）钦差大人在上，下官李好问首告。告，休宁人
　　　　士李公卿，私制一品官袍！乃侍女红药亲眼所见，官袍
　　　　藏于县衙密室之中。

　　　　〔李公卿冲上。

李公卿　李好问，你这忘恩负义的畜生！

李好问　义父，我不能看你一错再错！

　　　　〔一衙役上。

衙　役　大人，果真有一品官袍！

李公卿　你……畜生！

李好问　李公卿，你害死青云……（鼓起所有勇气）我才是这休宁
　　　　的县令！你利欲熏心，罗织罪名，草菅人命，罪大恶极！

李公卿　畜生！

李好问　拿下！

　　　　〔衙役应声，将李公卿拘捕。

李公卿　（挣扎）我要奏明圣上，我……不，我，我要……

〔衙役正要将李公卿拖下,李公卿忽然挣脱,却眼见四面埋伏,无处可逃。

李好问　李公卿,你应当知道私制一品官袍是什么罪名,按律当斩! 你逃不掉了!

李公卿　(惨然)好,好,既是这阳间不肯容我,那便到阎罗殿前,讨个公道!

〔李公卿咬舌自尽,直挺挺倒地。

衙　役　大人,他,他咬舌自尽了!

李好问　义父!

〔光暗下来,李公卿暗下,有笛声悠扬,李好问转身又看见柳三生,影影绰绰地坐在那纱幕之后,柳三生忽然倒下。

李好问　(忙过去扶起)柳兄,李公卿死了,你……还好吗?

柳三生　(虚弱地抬起头来,声音微弱)"你……便是落了我牙,歪了……我嘴,瘸了我腿,折了……我手——

李好问　尚兀自不肯休。则除是阎王亲自唤,神鬼自来勾,三魂归地府,七魄丧冥幽……"

〔柳三生再次晕厥过去。

李好问　(抱住)柳三生,你挺住,你不能死啊! 我说过,我还要去牡丹茶园听你说书……柳三生!

〔暗转。

第七场　游　冥

〔冥府。

295

〔两小鬼正在巡逻。

小鬼甲　怪事！

小鬼乙　什么怪事？

小鬼甲　近来这休宁县，来了好多枉死的冤魂耶！

小鬼乙　枉死？

小鬼甲　阳寿未尽，却到了冥府！

小鬼乙　我知晓你说什么了，那些可不是枉死的哟！

小鬼甲　不是枉死？

小鬼乙　不是，不是。

小鬼甲　那是什么？

小鬼乙　那些可是读书、听书、看戏而死的耶！

小鬼甲　什么？听书也会听死？

小鬼乙　说是休宁出了一个什么专说牡丹故事的书生，听完他
　　　　　的书，就会茶也不思，饭也不吃，有人还半夜突然爬起
　　　　　来吹笛子。

小鬼甲　奇了怪了！

小鬼乙　简直变态！啊呸！

小鬼甲　我八岁就做了鬼，从来就不知道什么情啊爱啊，那到底
　　　　　是什么东西啊？

小鬼乙　你问我啊？我怎么知道啊！

小鬼甲　你在阳间，就没个中意的女子？

小鬼乙　（一愣）没有，没有！

小鬼甲　呀，你好慌耶！

小鬼乙　我拔了你的长舌！

　　　　　〔小鬼乙拉长小鬼甲的假舌头。

小鬼甲　疼疼疼，放手，放手。

小鬼乙　（松手）叫你胡乱说话！

小鬼甲	慢着,那边又来了个冤魂!
	〔杜青玉的魂飘飘荡荡来到幽冥。
杜青玉	柳三生,柳公子,柳郎!
小鬼甲	嘿,又是个寻男人的痴心女子!
小鬼乙	拦着她!
杜青玉	柳三生……
	〔小鬼甲和小鬼乙拦住杜青玉。
小鬼甲	站住! 哪里去?
杜青玉	啊? 官爷。
小鬼乙	你是何人?
杜青玉	休宁杜青玉。适才闻得有一故人已死,遂寻访至此,不知不觉迷途了也。
小鬼甲	故人是谁?
杜青玉	岭南柳三生。
小鬼甲	回去,回去,这里是阴曹地府,不是你寻花问柳的地方!
小鬼乙	喂,寻花问柳是男人干的事好不好? 她一个妇人家怎么寻花问柳?
小鬼甲	你懂什么! 她,一个花心的女人家,问一个姓柳的? 这就是"寻花问柳"。
杜青玉	官爷,烦请行个方便,让我去找我的柳郎吧。
小鬼甲	柳郎柳郎的,真不害臊!
杜青玉	我为何害臊?
小鬼乙	姑娘,你在此处多待一个时辰,回去就要多长一岁,速速回去吧。
杜青玉	我不回去了,只要能找到柳郎,年纪长多少岁我都愿意。
小鬼甲	好你个妇人,真不讲理啊! 去,去……

〔小鬼甲作推搡状,小鬼乙拦住。

小鬼乙 慢着。既是如此,带你去见判官吧。

小鬼甲 你这个好心肠的鬼!（对内)有请胡判官,胡大人!

小鬼乙 恭请胡判官。

〔鼓乐声中,胡判官与众小鬼上,充满仪式感地亮相。

胡判官 春困,夏乏,秋盹,冬眠。我乃一年四季爱睡觉的胡判官是也。是谁人惊扰本官清梦,有何情由,若无情由,打入无眠地狱!

小鬼乙 回大人,有一休宁女子,前来寻人。

胡判官 （懒洋洋地瞅了一眼杜青玉)你是何人,报上名来。

杜青玉 （行礼)小女,休宁杜青玉。

胡判官 取生死簿过来。

〔一小鬼递上生死簿。

胡判官 （翻阅)休宁没有一个叫杜青玉的呀!为何扯谎?

杜青玉 小女不敢扯谎。

小鬼乙 改过名字没有?

杜青玉 曾改名杜守贞。

胡判官 （再次翻阅)如此便有了,休宁杜守贞!

杜青玉 正是。

胡判官 此名是你的丈夫所改,即是正名,不要再称自己什么杜青玉了。

杜青玉 好冤,嫁鸡随鸡,嫁狗随狗,连姓名都要随了鸡狗。

〔李公卿魂上。

李公卿 我好冤啊!

杜青玉 哎呀,是他来了!

胡判官 站住!

〔小鬼甲和小鬼乙拦住李公卿。

298

李公卿	（见杜青玉）贱人！
胡判官	堂下何人喊冤,报上名来。
李公卿	（跪）休宁李公卿。
胡判官	因何到此?
李公卿	大人,奴才状告岭南人士柳三生,说讲牡丹故事,点染风流,败坏风化,坏人心术,勾引争端,该打入拔舌地狱！休宁人士李好问,忘恩负义,狼子野心,该打入火山地狱！还有……还有这妇人,欲谋害亲夫,与人通奸,该打入……冰山地狱！
胡判官	（竟听困了）要你教……啊（哈欠）……教本官判案。
李公卿	奴才知罪……
胡判官	来啊,取功德簿过来！

[小鬼甲和小鬼乙递上功德簿。

胡判官	（一目十行）本官知道了。
李公卿	请大人做主！
胡判官	李公卿,你阳寿已尽,本官判你投胎转世,不知你可有什么志愿?（恶作剧一般）啊,状元郎如何?
李公卿	（欣喜若狂）多谢大人！那,那他们呢!
胡判官	柳三生、李好问、杜青玉一干人等,皆有情之人,本官虽是贪睡,不至于如此糊涂。
李公卿	……既是如此,谨遵大人安排。
胡判官	来啊,将李公卿押入六道轮回,投胎为……一只春蚕！
李公卿	（吃惊）什么,春蚕?
胡判官	李公卿,你平生志愿,皆在功名利禄。本官判你,生生世世,投胎为一只春蚕。春蚕到死丝方尽,丝织成绒,绒做成花,叫作宫花,插在状元郎的帽翅之上,一同享用荣华。正是,春风得意马蹄疾,一日看尽长安花!

299

李公卿　不,不,我万万不服! 我是人,我要做人!

胡判官　李公卿,情根欲种,你既为花,那就好好看看,这人世间的爱恨情欲。

李公卿　人啊……

胡判官　来啊,将李公卿押下去。

李公卿　人……春蚕……宫花……终究为他人作嫁衣裳……(惊醒般)不,我不服,我不服!

　　〔小鬼甲和小鬼乙摇动镇魂铃,强行引李公卿下。

李公卿　大人,我不服,我不服啊!

胡判官　(查看生死簿,对杜青玉)嗯? 你阳寿未尽啊,为何到此?

杜青玉　大人,我找柳三生来。

胡判官　柳三生是你何人?

杜青玉　是我的……

胡判官　嗯?

众小鬼　嗯?!

杜青玉　是我的心上人。

胡判官　不害臊。

众小鬼　不害臊!

胡判官　你怎么跑来此地找他?

杜青玉　听闻他已命丧幽冥,特来此地寻访。

胡判官　柳三生?(翻阅生死簿)……他尚在人世哇!

杜青玉　(惊讶)当真?

胡判官　自然当真! 快快还阳,返回人间吧!

杜青玉　如此,谢过大人,我还阳去也!(疾奔而下)

胡判官　(伸了个懒腰)我,做春秋大梦去也。

　　〔杜青玉又上。

杜青玉　大人!

胡判官　嗯?何故去而复返?

杜青玉　大人,劳烦替小女查明,我与柳三生,今生是否……有
　　　　姻缘之分?

胡判官　好烦人也。

杜青玉　(跪下)大人,我愿以十年阳寿相抵。

胡判官　搞不懂,阳世间痴癫之人何其多! 如此,取姻缘簿
　　　　过来。

　　　　[一小鬼递上姻缘簿。

胡判官　(翻阅)杜守贞,此生与柳三生……并无姻缘之分!

杜青玉　(惊)啊? 可是……

胡判官　可是什么?

杜青玉　我已怀上他的孩儿!

胡判官　(看着姻缘簿)哈哈,一切皆是虚妄!

杜青玉　虚妄?

胡判官　小女子听了,你与柳三生今生并无姻缘之分,你也从未
　　　　有孕,更从未与那柳三生相识温存。过往一切,皆是你
　　　　心念所致,梦境一场而已。

　　　　[杜青玉惊得说不出话来,惨惨而立。

　　　　[音乐起。

杜青玉　一切皆是虚妄,心念所致,梦境一场而已?

胡判官　正是。还阳去吧,本官接续春秋大梦去也!

　　　　[胡判官与众小鬼下,唯留杜青玉与小鬼乙。

杜青玉　如梦一场而已。

小鬼乙　姑娘莫要过分伤心,回去吧。

杜青玉　如梦一场而已……

小鬼乙　姑娘,你耽搁太久,回去已经老了三十岁,再不走,阳寿

要尽了。

杜青玉 ……如梦一场？

　　[杜青玉望向虚无。

　　[暗光。

第八场　余　响

　　[又是暮春天气，忽阴忽雨，此时正云开雾散，露出一缕
　　阳光。

　　[牡丹茶园。瞽者柳三生在此说书，他双眼缠着黑布
　　条，身旁有一老妇人，隐于纱幕后端坐。

柳三生 （抚尺三响，念起定场诗）去年今日此门中，人面桃花相
　　映红。人面不知何处去，桃花依旧笑春风。

老妇人 （轻轻击掌）好一个"桃花依旧笑春风"！

柳三生 （寻声转过头去）这位姐姐，又来听书了？

老妇人 不，不，老身已是五十有七了啊。在此静候多时。

柳三生 哦，原来是位老夫人，小生有所不知，冒犯了。

老妇人 无妨，无妨。柳先生请说下去。

柳三生 （稍停，一拍抚尺）上回说到，杜丽娘因梦而亡，因情而
　　死，三魂七魄飘飘荡荡到幽冥，向判官说道："我在南安
　　府后花园梅树之下，梦见一秀才，折柳一枝，要我题咏
　　一词。真是流连婉转，甚是多情。梦醒后，我为此感到
　　伤心不已，一病伤春而亡。"

老妇人 真的十分痴情哟。

柳三生 判官听闻杜丽娘因慕色而亡，即要将杜丽娘贬到莺莺

302

燕燕的队伍里去。杜丽娘闻言伤心不已。

老妇人 这判官,也忒没有人情味了。

柳三生 临走之前,杜丽娘求了判官一件事,就是这件事,救了她的命呀……

　　〔音乐起。

柳三生 杜丽娘说:"劳烦恩官替女犯查查,怎会有这样伤感的事情呀?"判官说:"这件事情注在断肠簿上。"杜丽娘又说:"那劳烦查查女犯的丈夫,到底是姓柳还是姓梅?"判官取来姻缘簿,查出一人,叫柳梦梅,乃新科状元,妻子正叫杜丽娘,最初是幽欢,后来成了明配。于是对杜丽娘说:"这个人与你有姻缘未了,我现在放你出枉死城,你找他去吧。"

　　〔音乐停。静默片刻。

老妇人 书中姻缘,终归团圆;世间之人,却大多错过。

柳三生 夫人何出此言?

老妇人 想这枉死城,我也是走过一遭的……

柳三生 欸,夫人,书中故事,岂可当真?

老妇人 柳先生说得对。可是,故事是假的,情却是真的。

　　〔柳三生闻言一怔。

柳三生 说得是。

老妇人 世间有情,方得始终啊。

柳三生 世间有情,方得始终……

　　〔静默片刻。

柳三生 夫人,你我可有见过?

老妇人 素昧平生。

柳三生 您这话,小生仿佛在何处听过。

老妇人 想是柳先生的某位故人讲的吧。

303

柳三生 是啊,仿佛是……一位素未谋面的故人。

老妇人 柳先生可还记得她?

[李好问上,已是一身朴素的书生打扮。

李好问 奇也,还是早春,牡丹花居然开了,方才见到一只野生的春蚕,叫养蚕人捉了去,养蚕人说难得一见,甚至可以当作祥瑞进献上去……(见老妇人,上前作了一揖)真是可怜。

柳三生 李兄来了,我们正在说去岁往事。当时我正要弃书不讲,有一位年轻公子,三言两语拨去小生心中阴云,知晓"情"之真义。

老妇人 可我听说,她不是一位公子……

李好问 她是我的姐姐。(对老妇人)看来老夫人乃本地人士,不知是否认识杜守贞?

老妇人 不,老身不知杜守贞,只听说有个叫杜青玉的……但她已经亡故。

李好问 生者可以死,死可以生。难道这杜青玉不可以还魂?

老妇人 李公子说笑了。

[静默片刻。

柳三生 你是何人?

老妇人 ……不过一普通的听客罢了。

柳三生 你我似乎是相识的。

老妇人 我与先生素昧平生。柳先生,你糊涂了?

柳三生 我糊涂了。

[静默片刻。

李好问 夫人,你我……应该是相识的!

老妇人 李公子,我更像那无可奈何的落花,却不是似曾相识的归燕……你也糊涂了。

柳三生　哦,我也糊涂了。

老妇人　呵呵,我们都糊涂了……

　　　　　〔沉默。阳光渐收,春雨落了下来,滴答作响。

　　　　　〔远处隐隐传来歌声:"问世间,情为何物? 直教生死相

　　　　许……"

　　　　　〔三人听着雨声,陷入一种空灵的思索。

李好问　落雨了。

柳三生　落雨了?

老妇人　是啊,又落雨了。

　　　　　〔歌声渐渐远去……

　　　　　〔滴答的雨声愈发空灵。

　　　　　〔大幕徐徐落下。

(剧　终)

注:第三场"寻梦"部分唱词略有删节。

导师评语

丁罗男

话剧《借问汤先生》可以说是对明代著名的传奇《牡丹亭》的一种续写,通过一个类似的男女"至情"故事,不仅重现了经典"旧梦",而且充分表现了原作在民间的深远影响。

时至今日,真诚、纯粹的爱情,仍然是青年男女在排除社会的种种物质或精神障碍后,勇敢地追求个人幸福的一个"遗梦"。因此,本剧无疑是作者对古代伟大的戏剧家汤显祖的一次致敬!

本剧在艺术上也很有特色。首先,叙事采用了"戏中戏"的套层结构,男主人公柳三生,被设计为一名"说书人",他在赴京赶考途中,读了半路的《牡丹亭》,深为"至情"所感动,遂放弃功名,自愿浪迹天涯,当了牡丹故事的传播者。而他的牡丹故事又感动了爱情不幸的女子杜青玉。于是,剧中被讲述的《牡丹亭》故事,与柳三生、杜青玉之间的情感遭遇,形成了一种类似的对应关系,在情节的层层推进中,观众自然不断地联想起经典原作中的场面和主题。如"寻梦""游冥""还魂"等关目,继续了《牡丹亭》中生死相恋的浪漫主义格调,情节与原著似是而非、互为补充,巧妙地勾连起剧中情节和《牡丹亭》故事的关系,强化了作品的主题。

其次,剧中人物的性格塑造也是比较成功的。柳三生、杜青玉的痴情和执着,与原著如出一辙,外部与内心的动作都是强烈和鲜明的。而李公卿、李好问是原著中没有的类型。李公卿从痴迷功名,无奈自残当上太监,到宫斗失败后被贬官,妄图东山再起,心路历程比较清晰,所以他对柳三生、杜青玉的迫害,除了维护封建礼教的本能外,还有阴暗心理的暴露与发泄,这就避免了反面人物的脸谱化倾向。李好问作为李公卿的义子,他的存在将柳三生、杜青玉、李公卿串联在一起,而且其立场的转变,也有力地衬托了男女主人公感人的精神力量。

青年作者以话剧的形式,赞美了传统戏曲名著的魅力,一定程度上再现了不少戏曲元素,这也是一次可喜的尝试。本剧的有些语言、细节,乃至场面的处理,都显示了作者的艺术才华。当然,由于经验的不足,剧本的初稿还有一些问题,如人物的设置和处理尚不清楚,某些情节和描写缺乏合理性。但经过两次认真的修改,剧本取得了很大的进步,现在展现在我们面前的是一个较为成熟和完整的好作品。

话 剧

桃花小源

何心怡

何心怡

女,上海戏剧家协会会员、戏剧教师,上海戏剧学院
编剧学专业博士,上海戏剧学院戏剧影视编剧专业
硕士;哥伦比亚大学访问学者;台湾艺术大学交换
生。主要作品有:网剧《遇龙》《东山晴后雪》,话剧
《破茧成蝶》《风云人物》《桃花小源》《耳朵飞了》等。

人　物：

沈　瑞——男，25岁，学生，原本扮演小智的角色，后扮演沈
先生。

江　宁——女，24岁，沈瑞的女朋友，隔壁班的学霸，原本扮演
宁宁，后扮演小洛。

蒋琪琪——女，24岁，班花，十八线网红，原本扮演小洛。

付　旻——男，24岁，班长，中规中矩，原本扮演村长。

崔　志——男，25岁，嚣张跋扈的富二代，原本扮演沈先生，后
扮演小智。

樊　驰——男，24岁，扮演口吃，贫穷，一直讨好着崔志，喜欢蒋
琪琪。

李　世——男，25岁，扮演大力士，喜欢蒋琪琪。

Kevin——男，39岁，编剧。

万　泉——男，50岁，艺术学院教师。

戏中人物：

沈先生——男，26岁，嫌疑犯。

宁　宁——女，18岁，桃花源的圣女，村长之女。

小　洛——女，30岁，警察。

村　长——男，58岁。

小　智——男，14岁。

口　吃——男，33岁。

大力士——男，25岁。

311

序 幕

〔暗场。整个序幕,观众都置身于暗场之中,只有声音和强光出现。

〔无穷的黑暗,像是到不了尽头的黑夜。

〔黑暗中,观众听到了飞机飞行的声音。忽然,飞机警报声大作,观众在黑暗中听到了刺耳的声响:嘟嘟嘟嘟嘟。噪声越来越大,飞机猛地坠地。强光扎眼,爆炸声环绕剧场。

〔整个剧场再次陷入黑暗中。救护车、消防车、警车的警报声音四起,背景人声嘈杂,脚步匆忙。

〔依旧是在黑暗中,背景录音起。

女　声　(紧急)……新闻频道在安禄雨林给您带来报道。今天下午 3 点 30 分,一架飞机在穿越雨林的时候不幸坠机。然而不可思议的是,飞机在坠落之后便不见踪影,失事原因、伤亡人数皆未查明,现在警方正展开全力的搜索,也请广大村民协助搜救工作。

男　声　现在我们收到紧急通知。下午在雨林失事的飞机上载满了服刑的罪犯,其中,大多数罪犯都是因杀人、放火、聚众斗殴入刑的重刑犯。由于本次失事

312

飞机的特殊性,请广大村民在协助警方调查时注意保护自己的人身安全,如有任何发现,请在第一时间拨打110!再向大家强调一遍,搭乘本次航班的乘客都是重刑犯,如有任何发现,请以保护个人的人身安全为第一原则!

[序幕收。

第一场

[灯亮。

[一群穿着粗布麻衣的村民从左侧上场。他们的穿着打扮明显与现代并不相符。舞台上,他们以合唱的形式倒叙。

[在合唱的时候,有个别的村民将以舞蹈的形式将歌唱的内容表演出来。

男村民们 (唱)在山的那边雨林的尽头,桃花源的传人依旧在耕耘。

他们善良又淳朴,他们快乐又勇敢,

他们与世隔绝,传承着桃花源的历史。

[村民们左顾右盼,开心状。

女村民们 (唱)有一日天降异物,桃花源来了一对受伤严重的兄妹,

他们衣着古怪,手手相铐,满脸鲜血,

善良淳朴的桃花源人救助了他们。

那哥哥很快清醒,可那妹妹却一直昏迷。

313

〔有两人扮演兄妹,随着合唱队的歌唱,有村民将他们救起。

男村民们 (唱)可那被救的哥哥却预言桃花源将有大难。

〔合唱队的音乐声中,响起了诡异的鼓声等,以造成极强的压迫感。

〔有一个村民扮演哥哥,神神叨叨的,整个人有些抽搐且疯狂,仿佛在聆听神的旨意。

哥哥(扮演) (神神叨叨地,响亮)哦!我的神!你为什么要挑选我成为你的嘴巴!(面向各位村民,狰狞地)各位桃花源的村民们,你们将有三个灾难!

〔所有村民表现出恐慌和害怕。

村民们 (窃窃私语)啊?他怎会说这样的话?!我们救了他们,为什么他们要诅咒我们的桃花源!他是不是伤势还未好?

村民们 (唱)哦!我们的桃花源,我们世代相传,我们与世隔绝。

哦!我们的桃花源,我们用心呵护,我们绝不相信这胡言乱语。

哦!我们绝不信!我们绝不信!

男村民们 可很快,这男子所预言之事一件件发生。

〔大雨声。

村　民 (冲出合唱队,大喊)不好了,不好了,接连近一个月的大雨冲破了桃子山,雨水汇集到月亮湾,原先的小河变成了一片汪洋,附近的居民顶不住了!

村民们 (唱)我们该怎么办!我们该怎么办!

哥哥(扮演) (大声而坚定)快把那桃子山的第三棵桃树砍去!

村民们 (唱,面面相觑)我们该不该相信?!我们该不该相信?!

村　长　（唱）如今这愤怒的狂水已将我们难住，

我们已无计可施，我们已无计可施。

这位不速之客的胡言乱语，

只得将信将疑，死马当成活马医。

村民们　（唱）这桃花源里勇敢的大力士，不顾雨水的冲刷，

奋力爬到了桃子山，数到第三棵桃树，拼尽全

力砍去！

［大力士的村民演出。

村民们　（唱）奇怪的事情发生了，那棵小小的树苗砍去，

下了近一个月的雨水戛然而止，太阳升起

来了。

烈日当空，万物回归原样，

我们的桃花源，芳草鲜美，落英缤纷，美不

胜收。

女村民　（冲出合唱队，大喊）不好了，不好了，石头山起大

火了！熊熊的烈火，烤着每一块岩石，火势太大，

无人敢靠近，附近的居民顶不住了！

村民们　（唱）我们该怎么办！我们该怎么办！

哥哥(扮演)　（大声而坚定）快把石头山脚下那个蚁巢端走

安置！

两个村民　（唱，面面相觑）我们该不该相信?！我们该不该

相信?！

所有村民　（唱，反驳）相信！当然相信！

上一次的水灾他已展神力，

如今奇迹将会再一次展现吗?

所有村民　（唱）这桃花源里勇敢的小智，不顾大火的炙热，

奋力来到了石头山,端起奄奄一息的蚁巢,全
力跑走安置!

[小智的村民演出。

村民们　(唱)奇怪的事情发生了,那个小小的蚁巢被救起,

烧了近一个月的大火忽然熄灭,雷声轰轰。

雨水冲刷大地,万物回归原样,

我们的桃花源,土地平旷,屋舍俨然,阡陌交

通,鸡犬相闻。

村　妇　(唱)桃花源人这才意识到桃花源来了一位天兵

神将。

[村妇拉出沈先生,为他整理着装,将其推至舞台

前方。

[沈先生第一次站在所有观众的面前,可见他穿着

囚犯的衣服,戴着手铐。

所有村民　(唱)我们的沈先生,我们桃花源的恩人!

[所有人为沈先生打扮,撕去囚服,给他换上干净

的衣服,为他整理头发。

所有村民　(唱)我们的沈先生,我们原以为是我们救了他,

可事实上,是沈先生战胜了水火,救了我们所

有人。

我们的沈先生,你是我们所有人的圣人,

我们将尽我们所有的能力来照顾你。

我们的沈先生,我们桃花源的伟人,

我们将挑选桃花源最美丽最纯洁最聪明的少

女来服侍你。

[一身白裙的少女宁宁从人群中站了出来。

[所有人笑着看宁宁。

宁　宁　（唱）我是如此幸运，能够成为沈先生的侍女，

　　　　　　照顾他，爱护他。

村　长　（唱）我的乖女儿，你是我们桃花源最圣洁的少女，

　　　　　　请照顾好我们的沈先生，

　　　　　　我们的沈先生。

所有村民　（唱，笑着）请照顾好我们的沈先生，我们伟大的、

　　　　　　了不起的沈先生！

　　　　　［宁宁高兴地点头。

　　　　　［所有人慢慢离开。

　　　　　［灯光亮，这是沈先生的卧室，有一个榻，一桌

　　　　　二椅。

　　　　　［小洛躺在床上，依然处于昏迷中。沈先生居高临

　　　　　下地看着小洛。

沈先生　今天是 3 月 19 日，如果没记错，今天是你的生日，

　　　　　你整整 30 岁了。在我们南方，30 岁生日可是要

　　　　　大摆宴席的。如果没出意外的话，你现在应该在

　　　　　家里，你的丈夫会送你一个礼物，你的女儿会亲亲

　　　　　你，你会像以往那样，和他们吃一顿晚餐，拍一张

　　　　　照片。到了第二天，你会再把这张照片拿给我看。

　　　　　可是现在，你却只能躺在这儿。不过没关系，瞧，

　　　　　我给你准备了礼物。

　　　　　［沈先生从衣服里拿出一个小泥人。

沈先生　这应该是你女儿的模样吧。你知道吗，听你讲你

　　　　　那些琐碎的日常生活，是我为数不多的快乐。很

　　　　　抱歉，造成今天这样的局面并不是我的计划。真

　　　　　的！对于一个死刑犯来说，还有什么比看到一个

　　　　　生机勃勃的人更高兴的呢？

〔沈先生捏着小泥人，看着小洛沉默了一会儿。

〔门忽然"吱呀"一声开了。

〔宁宁进门，端着一碗汤。

宁　宁　呀，沈先生，您在这儿呢？

沈先生　嗯……（擦了擦自己的眼角）怎么了？

宁　宁　小智找您呢。嗯？沈先生，您在哭吗？

沈先生　哦，没有。

宁　宁　沈先生，您又担心起小洛了吧？

〔两人看向床铺。

宁　宁　沈先生，您放心吧，小洛她一天比一天好，前几天，我还看见她的手指动了呢。她一定马上就会醒了。

沈先生　我也这么希望呢。（站了起来）

宁　宁　一定会的！瞧，我把您从毒萝湖中心采的莲心熬成汤了，小洛喝了一定马上就好了。

沈先生　辛苦你了，宁宁。

宁　宁　（开心）沈先生，您别这么说，您是我们桃花源的恩人，我能够照顾你们兄妹俩，是我天大的福分。

〔小智在门外喊。

小　智　（声音）沈先生，沈先生。

宁　宁　哦！我差点忘了，小智要找您问火把节的事儿呢。

沈先生　我还是觉得，火把节的事儿我不该参与。推选神父，这是桃花源的盛事，我不该参与的。

宁　宁　沈先生，瞧您说的话。您是我们桃花源人心目中的神，有您来当神父，是我们桃花源的无上光荣。

沈先生　可是……

小　智　（声音）沈先生，沈先生！

宁　宁　沈先生，您快去吧！

　　　　　［沈先生犹豫了一会儿。

沈先生　好吧。（准备出门，走了两步又回头看了看小洛，对宁宁）小洛就麻烦你了。

宁　宁　放心吧！

　　　　　［沈先生出门。

　　　　　［宁宁给躺在床上的小洛喂莲花汤。

宁　宁　小洛，你已经昏迷一百多天了，你哥哥真的很担心你，为了让你康复，他去雪山采露珠给你喝，去山里拔野猪的牙齿磨成粉给你涂，你就快点醒吧。你醒了，我带你去蝴蝶谷抓蝴蝶好不好？（越说越开心）那里的蝴蝶特别多，颜色各异，可漂亮了！或者我在晚上带你去流萤轩，一到了晚上，漫天的流萤，仿佛白天。（看着小洛，忽然低落了）哦，你看我说的蠢话，你自从出了意外，把头都磕伤了，我不能带你到处疯。这样吧，我给你做好吃的，绿豆糕、荷花羹都是我在行的，你醒过来我就做给你吃，好不好？

　　　　　［小洛的手忽然动了一下。

宁　宁　小洛姐姐，你醒了？小洛姐姐，小洛姐姐！

　　　　　［小洛又开始动起来。

　　　　　［宁宁靠近，关切地。

宁　宁　小洛，小洛？

　　　　　［小洛猛地推开宁宁，坐了起来。

小　洛　你，你是谁！

宁　宁　小洛姐姐，你醒了！天哪！这真是太好了！

　　　　　［宁宁跑到门口，打开门，喊话。

宁　宁　(对着门外)村民们！村民们！小洛姐姐醒了！小洛姐姐醒啦！！

［宁宁跑到门口，打开门，喊话。

宁　宁　(对着门外)爹，爹！小洛姐姐醒了！小洛姐姐醒啦！！

［小洛站了起来，打量着周围。

宁　宁　(高兴地走了过去)小洛姐姐，你昏迷了一百多天了，我日日夜夜为你祈福，你终于醒了！真的太好了！

［宁宁欲抱住小洛，小洛却警惕地推开了宁宁，站起身。

小　洛　走开！你是谁！我这是在哪儿？你怎么穿这样的衣服？(低头看着自己)我怎么穿这样的衣服？(猛地摸到了自己左手上的手铐)跟我绑在一起的人呢？！

［小洛感到头痛欲裂，捂住了自己的头。

小　洛　我……我的头……

宁　宁　(高兴而又担心地)哦，小洛姐姐，你先别激动，这里是桃花源，我叫宁宁。之前你们从天上坠落下来，引发了爆炸，你的头因此受了重伤，但好在老天选中了你们，你们幸存了，还救了我们。你们是我们桃花源的恩人，我们让最好的大夫给你医治过了！你只需要好好休息。

［宁宁将小洛安抚住，小洛在宁宁的安慰下又坐了下去。

小　洛　桃花源？我受了重伤？(捂住自己的头)这究竟是怎么回事？跟我在一起的犯人呢？

宁　宁　犯人？什么犯人？哦,你是说你哥哥——沈先生？

小　洛　沈先生？哥哥？我从来没有什么哥哥。我是说,
　　　　犯人,跟我绑在一起的。(晃了晃自己的手)

宁　宁　那不就是沈先生吗？(担忧)小洛,也许你昏迷的
　　　　时间太长了,不过你连你哥哥都不记得了吗？
　　　　〔村长带着一群人过来。

村　长　(声音)宁宁,宁宁,小洛醒了吗？

宁　宁　(高兴地迎过去)醒啦!
　　　　〔村长等人进屋。

村　妇　(围着小洛)小洛,你怎么样？一切都好吗？

宁　宁　你别吓着人家,小洛姐姐才醒。大力,你告诉沈先
　　　　生这个喜讯了吗？

大　力　当然,他马上就过来了。

小　洛　等一下……你们说的沈先生,是和我(举起手,慢
　　　　慢地说)绑在一起的……人？

村　长　是啊。小洛,你们兄妹情深,值得我们所有桃花源
　　　　人学习。沈先生的雕塑已经砌了一半,等他成为
　　　　我们下一届的神父……

小　洛　神父？……
　　　　〔沈先生和小智匆匆从外面走了进来。

大　力　沈先生!
　　　　〔小洛与沈先生对视,小洛慢慢地站了起来。

所有人　恭喜沈先生,你妹妹小洛醒啦!（做出恭敬的
　　　　样子)
　　　　〔沈先生慢慢走到了小洛的面前,伸手抚了她
　　　　的脸。

沈先生　小洛,我的好妹妹,你可算醒了。

〔沈先生猛地抱住了小洛。

〔小洛的脸朝观众。

〔所有人欢呼,鼓掌。

〔小洛的脸转为了恐惧。在所有人的欢呼中,小洛也抱住了沈先生。

〔合唱队上台。

所有村民　(唱)我们神的耳朵,

我们神的嘴巴,

我们尊敬的沈先生,

感谢一切,他的妹妹小洛在昏迷了一百多天后终于醒来,

可她却昏昏沉沉,不记得这,不记得那,

甚至不记得她的哥哥沈先生。

我们可怜的小洛,

我们万幸的小洛,

没关系,她还有我们。

她的哥哥沈先生救了我们,我们桃花源的所有人都会帮助她,

我们会教她如何生活,教她如何辨认植物和太阳的方向。

为了沈先生,我们会排除万难,帮助小洛。

〔合唱队看着小洛,将小洛推至舞台的中央,所有人下场。

〔小洛惊恐地看着合唱队。

〔宁宁在舞台后侧,拿着一包东西。

　宁　宁　小洛姐姐,你真的要看吗?

〔小洛已然呆呆地看着两旁。

322

宁　宁　小洛姐姐？小洛姐姐？

　　　　⌈小洛猛地回神。

小　洛　嗯?!

宁　宁　我是说,你真的要打开来看吗?（宁宁举了举手中
　　　　的包裹）

小　洛　哦,是的。

宁　宁　可我这么做了,要是沈先生知道了,他一定会生气
　　　　的。他一直希望我能够烧掉这些包裹的……

小　洛　（来到了宁宁身边）可也许这能够帮助我回忆起从
　　　　前的事儿,不是吗?

宁　宁　（笑了）也是。那我打开啦?

　　　　⌈小洛点了点头。宁宁打开包裹,从里面抽出了一
　　　　件衣服。

宁　宁　（拿出警察的衣服）我们找到你的时候,你正穿着
　　　　这件衣服。

　　　　⌈小洛抽出了另一件衣服。

小　洛　这件是我……哥哥穿的?

宁　宁　对呀!（接过,抖开）这上面原本全是血迹,我洗了
　　　　整整三天才洗干净呢。

小　洛　你为什么没有扔了它?

宁　宁　沈先生可是我们这儿的圣人,圣人的任何东西都
　　　　不可以扔。

小　洛　圣人……呵。

宁　宁　小洛姐姐,你不可以对你哥哥露出这样的表情,这
　　　　是对我们桃花源的大不敬呢!

小　洛　哦,是吗? 那真的对不起啊,宁宁,我自从出了意
　　　　外,脑袋一直有些疼,记不清从前的事儿。你能跟

我说说，为什么沈……我哥哥成了桃花源的圣人吗？

宁　宁　沈先生有通晓上天神意的能力，帮我们躲去了两个灾难，他必然是我们的圣人啊。

小　洛　就是村长之前说的水灾和火灾？

宁　宁　是啊，那漫天的大水和熊熊的火焰……幸亏沈先生帮助了我们。

小　洛　（小声）那无非是一些常识……

宁　宁　什么？

小　洛　哦，没什么。宁宁，你知道这个"朝看"是什么意思吗？

宁　宁　不知道。

小　洛　好吧……那你知道这个 Police……算了，你肯定也不知道。

宁　宁　Police？

小　洛　算了，没什么。

　　　　〔沈先生上场，推门进来。

沈先生　小洛……（看着两人在地上）你们，在干什么？

小　洛　哥……

宁　宁　（慌张起来）啊，对不起，沈先生……

　　　　〔宁宁急忙要把衣服收起来。

沈先生　这些，不是让你烧了吗？

宁　宁　（慌张）哦。我想，这是沈先生您的圣衣，再怎么样也不能烧了，这是对您的大不敬。

小　洛　（硬笑起来）哥，这都怪我，是我自己一直缠着宁宁，让她帮我回忆一下从前的事情。

沈先生　那你回忆起来了吗？

小　洛　没有。

宁　宁　（急忙收起来）对不起，对不起，这都是我不好。我现在马上就去把这些衣服烧了。

　　　〔宁宁匆匆忙忙想要把衣服收起来。

沈先生　等一下，别急。

　　　〔宁宁的动作停住。

沈先生　既然都已经拿出来了，那我也来帮你一起回忆一下。（抖开来，这是一件囚服，他毫不犹豫地穿上了）我们出事的时候，我穿的就是这件。（随后，指着另一件）你当时穿的是这件，你也试试？

　　　〔小洛看着沈先生，停顿，随后将衣服抖开来，穿了上去，这是一套警服。

沈先生　这有助于你想起一些什么吗？

　　　〔小洛沉默，看着沈先生。

沈先生　还有这个。（举起手）你记得这个吗？（手臂上非常明显的手铐）

　　　〔小洛也举起自己的手，手腕上也有着一只手铐，摇头。

沈先生　出事的时候，我们俩被紧紧地铐在一起，就像这样。（靠近宁宁，抓住宁宁的手）我们不停地跑，不知道自己在哪儿，只能不停地往前跑。（带着宁宁跑）

小　洛　（挣脱开来，抱着头）我只记得飞机爆炸的那一刹那，声音很大，所有人都在尖叫。我流了很多的血，满头的血，可只能不停地往前跑，脚上好像踩到了什么东西，等我低头一看，我踩着尸体！满地的血！血！不！不！（痛苦地抱着头，陷于疯狂）

宁　宁　(尖叫)小洛姐！停下来，停下来！

沈先生　(抱着小洛)嘘！嘘！好了，别再想了，忘了那个可怕的画面吧。现在没事了，嘘。

[小洛在沈先生的怀里忍不住地颤抖。

宁　宁　(害怕而慌张地)对不起，都是我不好，都是我不该把这些拿出来的，我现在就去烧掉！沈先生，真的很抱歉。

[宁宁急忙把小洛身上的衣服脱下来，欲走。

沈先生　是我不好，小洛的身体才恢复，不能这样刺激她。(站起来，将因服的外套脱去)忘了它吧，忘了它！(对小洛)很抱歉，今晚让你想起了可怕的回忆。

小　洛　你只是想帮我。

沈先生　宁宁，你带小洛去泡个热水澡放松一下吧。

宁　宁　好的，我这就带她去。

[宁宁拉着小洛跑下了台。

[沈先生独自在台上，他抬手看着自己手上的半个手铐，灯光暗，退场。

[村民们上，他们站在台后方合唱。

村民们　(合唱)在山的那边雨林的尽头，耕耘着桃花源的传人，

他们善良又淳朴，他们快乐又勇敢。

十年一次的火把节又要到来，新一代的神父又要被推选，

我们心中已有了那个名字，

他知道上天的秘密，他拯救了我们的桃花源。

他是我们的英雄，他是我们的沈先生。

［村民们退场。

小　智　（跑到了舞台右侧）我是第一名！哈哈哈！

小　洛　（声音）啊哟！啊哟！

小　智　怎么了，怎么了？（折回去）

小　洛　（快速跑至右舞台）哈哈！看看现在谁才是第一名！

小　智　啊！你骗我，我真的以为你又受伤啦！

小　洛　哪儿这么容易受伤呢？你跑得这么快，我只好用些特别的手段啦。

小　智　桃花源里，男人跑得快才受人尊重呢。哦，除了沈先生。他跑步不快，但是，他却是我们桃花源最受尊重的男人！

小　洛　可你们并不了解他。

小　智　"先生"怎么是我们这样的凡夫俗子可以了解的呢？小洛姐姐，你真的不记得你们当时是怎么来的了吗？

小　洛　（思索了一下）嗯……不记得了。

小　智　那一天，真的把我吓坏了！（拉着小洛）你看，就在那儿！我从来没有听到过那么大的爆炸声，火光甚至将夜空都烧成了白昼。再后来，沈先生抱着满脸是血的小洛姐姐就出现在了我们的桃花源。

小　洛　（爬上一个小山丘）爆炸声就在那儿吗？

小　智　是啊，太神奇。几千年了，没有人闯入过桃花源。

小　洛　所以桃花源的入口是在那儿？

小　智　（天真）是的，就在那错综复杂的树林尽头。（关切）小姐姐你千万不要去，那里有毒蛇和猛兽。

小　洛　（狡黠地）哦，我们的小男子汉害怕了？

小　智　谁说的？

小　洛　那你敢不敢带我去爆炸声响起的地方？

小　智　你要去那里干什么？

小　洛　哥哥就要当神父了，而我却依旧什么都想不起来。我想要去我们来的地方，试试能不能回忆起一些事情。

　　　　［小智犹豫。

小　洛　你害怕的话那就当我没提过，我们回去吧。（欲走）

小　智　等一下！（小洛停）拿着！（递给小洛一把斧头）如果看到了毒蛇，就用斧头去砍它。

小　洛　好嘞。

小　智　记住，不能告诉任何人哦！

小　洛　嗯！

　　　　［两人下场。

　　　　［宁宁从后方跟上，她看着小洛，满脸怀疑，跟了上去。

　　　　［小洛从另一个方向拿着一个黑色的包裹上来。

　　　　［小洛扑在地上，认真地翻看包裹里的东西。

小　洛　飞机残片，信号发射器，定位器，黑匣子……

宁　宁　小洛姐姐，你在干吗？

小　洛　（猛地一惊）没，没什么。（站起来，强装）我在这儿等小智呢。小智呢？他怎么还没追上来呀？走，我们去找找他。

宁　宁　你别装了。刚刚我一直跟着你，是你故意让小智带你来这儿，随后你再甩掉小智的。

小　洛　你在说什么呢？

宁　宁　你是想逃走吧？可是这桃花源的出口错综复杂，你出不去。

　　　　[小洛低着头,拽紧了身后的包裹,沉默。

宁　宁　你手里拿着的是什么？又是帮你回忆往事的东西吗？

小　洛　宁宁,我想要告诉你一些你一定感到难以置信的事,可请你相信我,我没有疯,我说的话句句属实。你们想要推选的神父,所谓的沈先生,他根本就是个罪犯,死刑犯。

宁　宁　你怎么能这么说沈先生！

小　洛　你还记得你没有烧掉的那些衣服吗？我的那一套,是警服,我是警察！沈先生的衣服是囚服,上面的"朝看",是朝明区看护所的简称,他是囚犯！我负责关押他,送他上死刑,可飞机失事了,坠毁了。你看,这就是飞机残片！

宁　宁　我不知道你在说什么……（想要走）

小　洛　（抓住宁宁）你听我说！你现在一定觉得我疯了,但是你要相信我！桃花源封闭得太久了！外面科技发达,从一个地方到另一个地方只需要用飞机就可以了,这就是为什么我们从天而降！

宁　宁　（欲挣脱）你们从天而降,是因为你们是神,是来拯救我们桃花源的！

小　洛　他不过是根据天气和地形判断出会有水灾和火灾罢了！这里是山谷,到了冬天,水灾便来。通水不利,则造成了积水,积水一多,便形成了洪水！而火灾就更简单,这里的夏天极其闷热,可花草树木又多,火灾是一定会有的！你想想,是不是真的几乎年年都有？

宁　宁　呃……虽然……是有时候有，可沈先生说准了救灾的方法！

小　洛　我说了，那无非是通水和灭火源的方法罢了！他才不是什么救世主！

宁　宁　不……沈先生说了，我们桃花源还有一个灾难。

小　洛　那是什么呢？

宁　宁　沈先生说，神还没告诉他具体是什么。

小　洛　宁宁，你好好想一想我说的话吧！他真的是一个穷凶极恶的罪犯！你们把他留在这里，才会让桃花源承受灭顶之灾！

宁　宁　你闭嘴！

小　洛　你看看这个！在我们的时代，这个叫信号发射器和黑匣子！我们会降落到桃花源，根本不是意外，这是他们蓄意而为的！这些罪犯，是发现了有这样一片桃花源，他们想要逃开法律的制裁。只要他当上神父，他会把这片土地当成罪犯的收纳所。到时候，一切都完了！

宁　宁　够了！别说了！
　　　　　〔两人静场。

宁　宁　（喘着气）小洛姐姐，自从你们出了意外来到桃花源，一直是我在照顾你。今天的话，我都当是你说的疯话，就当我从来没有听到过。我们回去吧。（欲拽）

小　洛　不……不！

宁　宁　走吧，小智他也马上会来了。

小　洛　宁宁，你告诉我怎么离开这里？我不能回去！回

330

去了他会杀了我的!

宁　宁　没有人知道怎么离开桃花源。

小　洛　宁宁,你放我走吧! 求你了!

宁　宁　小洛姐姐,你相信我,沈先生真的对你非常好。你昏迷的时候,沈先生一直在为你祈福,为你采露珠摘莲心。你跟我回去吧。

小　洛　不……我会死的! (倒地痛苦)你这是把我往死神手里推啊!

宁　宁　我向你保证,你还处于意外的昏迷之中,你的哥哥沈先生是我们的神,你一定会好好的。

　　　　〔小洛对着宁宁,露出了一丝苦笑。

　　　　〔小智跑了上来。

小　智　小洛姐姐! 你怎么在这儿啊! 可找死我了! 我……我都快急哭了! 你还好吗?

宁　宁　没事儿,我看着她呢。

小　智　谢谢你,宁宁。要是小洛姐姐迷路找不见了,我可怎么跟沈先生交代啊!

宁　宁　没事儿。我们走吧!

　　　　〔宁宁和小智拖着小洛下场。

　　　　〔所有的村民合唱队上场。

　　　　〔宁宁和沈先生用简单的、夸张的身体语言表演出来。

村民们　(合唱)桃花源的盛事就在眼前,

　　　　　　　　心地善良的少年小智带着小洛去了桃花源的入口,

　　　　　　　　他原以为只是帮小洛寻找失落的记忆,

　　　　　　　　然而却好像被人钻了空子。

沈先生身边的这个女子,她疯疯癫癫,她神神秘秘,

她偷偷从废弃的爆炸物里拿走了这些和那些,

还好我们聪明的沈先生交代了我们聪明纯洁的少女宁宁,

我们的宁宁一路跟踪,将她的发现告诉了沈先生。

〔舞台的前侧,灯亮,宁宁和沈先生站在灯光里。

沈先生 (拿着一包东西)宁宁,这次多亏了你,帮我找到了小洛。

宁　宁 (与之前的轻快有了些许反差)这是我应该的……(抬头看着沈先生)小洛姐姐找到的这是什么?

沈先生 (接过)无非是一些废墟。

宁　宁 (小心翼翼)我看小洛姐姐还未完全恢复,沈先生……您会好好照顾她的吧?

沈先生 当然。(笑了)

〔舞台前侧灯渐暗,沈先生离开。

〔宁宁依然站在灯光里,看着身后的合唱队。她显得怀疑而困惑。

合唱队 (唱)哦,我们的沈先生,他善良又仁慈。

哦,我们的沈先生,他威武而强壮。

我们的沈先生,他照顾着他九死一生的妹妹小洛。

女村民们 (唱)可是那可怜的姑娘小洛,

她疯疯癫癫,她神神秘秘,

她在桃花源的尽头迷了路又被找回之后,

她彻底病了,她奄奄一息,她胡言乱语,

我们的沈先生,他终日照顾,他轻轻叹气,他

眼角带泪。

男村民们 (唱)哦,我们的沈先生,他上雪山采露珠,他下湖

水摘莲心。

哦,我们的沈先生,他善良又仁慈。

哦,我们的沈先生,他威武而强壮。

女村民们 (唱)可不幸还是降临在这对兄妹身上。

〔舞台后方灯光剪影,可见一个男人拿着刀刺死了

一个女士。

沈先生 (声音)小洛! 不! 你不要离开我! 不!

〔宁宁在舞台前侧灯光中跌倒在地。

宁 宁 什么?! 小洛姐姐……死了? 她真的死了?!

村民们 (唱)我们可怜的小洛,她痛苦难过,她因病去世。

哦,我们的沈先生,他难过悲伤,他整日祈祷。

〔宁宁奔跑在四周,问着合唱队的人。

宁 宁 小洛姐姐为什么死了? 她为什么死? 她到底怎

么了?

小 洛 (声音录音)我会死的! 你这是把我往死神手里

推啊!

〔小洛的录音声音越来越大,越来越大。

宁 宁 (四周奔跑)她跟我回来的时候明明好好的呀! 她

到底怎么了?

〔宁宁奔跑在四周,可合唱队的人没有人理睬她。

村民们 (唱)我们的沈先生,请你快快从悲伤中走出,

桃花源还需要着你,你是桃花源的神父,你是

桃花源的神。

桃花源的火把节,你将成为我们无上的荣耀。我们的沈先生,你将在火把节上成为我们无上的神父!

〔宁宁看着大家,坚定着自己,跑下场。

〔村民们散开,他们拿着火把,欢快的音乐起。他们载歌载舞,十分高兴。

〔沈先生从左侧上场,村民们爆发出更为欢乐的呐喊,他们围绕着沈先生起舞,递给他火把,邀请他一起跳舞。音乐结束,所有人将沈先生推到了舞台左侧的一个树桩上,欢乐地摆出了 Pose。

村民们　沈先生!沈先生!沈先生!

沈先生　谢谢大家!谢谢大家!

村　长　快将衣服给沈先生换上。

村　妇　(一边给沈先生换衣服一边说)这是我们亲手缝制的衣服,沈先生,可别嫌弃啊。

沈先生　(换上了衣服)怎么会嫌弃?这好看得很。

村　长　沈先生,请你现在点燃这把火把,当火焰燃烧起来的时候,你便会成为我们桃花源所有人的神父。

沈先生　感谢诸位对我的信任,这也是我的荣幸!

〔沈先生接过村长递来的火把,准备点燃。

宁　宁　(声音,高声)等一下!

〔所有人停住。

〔宁宁跑上台。

宁　宁　他……他不能成为我们的神父。

所有人　啊?!

村　长　你在说什么!宁宁!快回来!

宁　宁　不!爹,你听我说,这个人,沈先生,他是个恶魔!

334

所有人 （哗然）天哪，宁宁，你是不是疯了？

宁　宁 小洛姐姐之前跟我说过，他就是一个罪犯，小洛姐姐是警察，他劫持了飞机，飞机因此掉落了下来。如果他成为我们的神父，那我们的桃花源会变成罪犯的庇护所！请你们相信我，我说的都是真的！

口　吃 宁、宁宁……你不要胡说，沈、沈先生，他会生气的。

宁　宁 我没有胡说，可惜我把小洛姐姐发现的那些残骸都交给了他。（指向沈先生）

大力士 宁宁，你别指着沈先生！

宁　宁 他不配叫"先生"！

村　长 闭嘴！你下来！

宁　宁 好，那我证明给你们看！（从包里拿出了警服、囚服以及飞机的残骸）还好我没有把这些烧了，看，这是警服，这是囚服。女式的警服是小洛姐姐的，男士的囚服是他的！他才不是我们以为的英雄和圣人，他只是一个逃犯！一个杀人犯！一个暴力狂！而小洛姐姐是徐洛警官，编号10350。

所有人 （循环）逃犯?! 杀人犯?! 暴力狂?! 警官?! 10350?!

宁　宁 请你们相信我，看看这个！（指着沈先生受伤的手铐）看看他手上的镣铐，小洛姐姐手上也有一个，这不是英雄的勋章，这是警察控制罪犯的最后一道防线。他是个罪犯啊！罪犯！！

〔宁宁奔跑在四周，大声而激动地告诉着所有人。

〔所有人保持着沉默。

〔所有人看着沈先生。

宁　宁 好，那大家看看这个。（宁宁从包里拿出一把刀）

我在桃花源的尽头找到了小洛姐姐,我要带她回去的时候,她说她会因此而死。我不信,可是等她回来之后的第三天,她便离奇死亡了。所有人都说,她是因病去世,可是看看这个!(一把带着血的刀)这是我在他房里找到的。小洛姐姐,是被他杀了!

沈先生 好吧,我承认,小洛是我杀的。我也承认,正如宁宁所说,我是罪犯,小洛是我的专属警官。

〔所有人哗然。

宁　宁 大家听到了吗!大家听到了吧!他是个罪犯!罪犯!

沈先生 (沉着)我从前,就是一个罪犯,杀人放火,无恶不作。我也得到了应有的惩罚,被抓起来。然而在我被押往死刑地的路上,飞机却在万丈高空中燃烧,我在大火中重生。老天给了我重生的机会,让我来到了桃花源。你们每个人都没有犯过错吗?你们每个人都不能够改正吗?老天给了我改正的机会,更赐给了我偷听神意的本领,我好不容易拯救了桃花源的灾难,与世隔绝的桃花源因此得以保留,这里的千年历史因此没有毁于一旦。

宁　宁 (慌张)小洛姐姐说过,你说的一切无非是科学。

沈先生 是科学吗?石头山的蚂蚁巢,桃子山的第三棵桃树,那是科学会告诉我的吗?我已经告诉大家,上天会给桃花源三次灾难,如今,水灾、火灾都一一出现,而上天迟迟未告诉我最后一个灭顶之灾会是什么,如果大家不相信我,那这个神父,那这片桃花源,我再待下去还有什么意义?

　　　　　〔沈先生丢下自己的火把,双手握拳,向上,做出等
　　　　　待铐手铐的姿态。

宁　宁　(急)你们相信我! 我从小跟你们生活在一起,请
　　　　　你们相信我! 他才不是知晓天意的英雄! 他是个
　　　　　罪犯! 他是杀人犯! 他是个骗子! 他在骗你们!

沈先生　你们愿意相信她的话,就抓我吧。

宁　宁　(十分着急)他真的是个骗子! 骗子! 抓住他!

沈先生　(放下手)好吧,那我走。(走)

大力士　(狂热地)我相信你! 尊敬的沈先生! 桃子山的水
　　　　　灾,整个桃花源的熊熊烈火,你的预言全数成真,
　　　　　你是我们桃花源的英雄! 名不虚传的恩人! 留下
　　　　　来! 桃花源需要你! (高举木棍)

小　智　(围着宁宁)宁宁,你没有犯过错误吗? 你没有改
　　　　　正过错误吗? 沈先生从前犯错,可他如今是我们
　　　　　桃花源的恩人,你想把桃花源置于死地吗? 我决
　　　　　不允许! (高举木棍)

妇　人　那个女人做的所有事都是装的吧。装疯卖傻,就
　　　　　是为了逃出去。而你现在,被她同化了吧。你想
　　　　　害沈先生! (高举木棍)

口　吃　沈先生,不……不能出去! 桃,桃花源需要他!

村　长　把宁宁给我抓起来!
　　　　　〔大力士、口吃冲了出来。

宁　宁　(吃惊)什么?! 爹! 我是你女儿!

村　长　我们不会允许任何人伤害我们的沈先生! 我们绝
　　　　　对不会允许任何人危害我们的桃花源!
　　　　　〔大力士、口吃抓住了宁宁。

宁　宁　(慌张)你们不要被他骗了! 他是个骗子! 骗子!!

337

村　长　火把节就在下一刻,按照惯例,我们会将十年里所有的糟粕全数烧光。宁宁,这个想着要告发沈先生的罪人,就算是我的女儿,我也不能饶恕!

所有人　(用木棍敲着地,发出有节奏的声响,渐渐围绕着宁宁)烧死她! 烧死她! 烧死她!

宁　宁　(跑到树桩之上)他是个骗子! 骗子!

所有人　(木棍声越来越大,节奏越来越快)烧死她! 烧死她! 烧死她!(所有人将宁宁举了起来,将她扔到了舞台的后方,舞台后方灯光变红)

宁　宁　(惨叫声)不! 不! 他是个骗子! 你们被他骗了!
　　　　〔所有人拿着木棍载歌载舞。

所有人　(唱)在山的那头雨林的尽头,桃花源的传人依旧在耕耘。

　　　　　　他们善良又淳朴,他们快乐又勇敢,

　　　　　　他们誓死捍卫桃花源,他们不会让那第三个预言成真。

　　　　　　他们会为了他们的圣人付诸一切,

　　　　　　他们会为了桃花源付诸一切。

　　　　〔所有演员松弛下来。

崔　志　我去,这什么烂本子,什么烂剧情! 气死我了,这个主角这么神经,老子不演了!(扔掉了手中的道具)

樊　驰　(急忙给崔志捡起来)崔少别气啊! 这好歹也是个主角嘛,到时候,崔爸爸来一看,得,一下给你买了你最爱的奔驰 S, S……

崔　志　(猛地打了一下樊驰的头)是奔驰 SL! 土鳖,这都不知道。

338

樊　驰　（满脸赔笑）是是是,崔少啊,你得沉住这口气,奔驰 SL 就要到你车库啦!

〔樊驰献媚地递上饮料。

崔　志　（接过,吸了一口）一点也不冰了!

沈　瑞　都排练这么久了,怎么可能还冰啊?

崔　志　我可是付钱给他的,他当然有必要按照我的要求弄冰的给我了。

〔崔志从自己的口袋里掏出了一百元递给樊驰。

樊　驰　（笑着接过）崔少,我现在就帮你去加点冰,这样就凉快啦!

〔樊驰一路小跑下场。

江　宁　（拍了拍沈瑞的肩膀）算了,这种情况你应该也习惯了。

沈　瑞　唉。

李　世　不过这次崔志说的这一点倒很对,我们这次的毕业演出是个什么东西啊?

蒋琪琪　我居然为了这次的毕业汇报推掉了一个电视剧的拍摄机会,万一我在那部剧里面红了呢! 真讨厌!（补妆）

李　世　就是嘛! 如果琪琪去演了电视剧,搞不好就能一炮而红!

蒋琪琪　什么叫一炮而红,我已经演过一些微电影了好吗?

樊　驰　就是嘛,琪琪已经有一些粉丝了! 琪琪,给,天气热,降降火。

〔樊驰一路小跑上台,递给琪琪一杯奶茶。

李　世　从崔志那边拿到点钱就去拍马屁啊,要说琪琪的头号粉丝,那肯定是我啊。

樊　驰　嘴上说说的，没用。

李　世　你！

付　旻　好了，好了，你们俩别抬杠了。反正我们今天能难得地统一出一个论点——我们排的这出毕业大戏，实在是不知所云。大学四年了，我们能有一个共同的观点，已经很不容易啦！

　　　　［江宁推了推沈瑞，使眼色。

沈　瑞　来来来，大家都别吵了，都坐过来。

崔　志　切，你是谁啊，凭什么听你的？

江　宁　我听。

崔　志　你又不是我们班的，瞎起劲。

蒋琪琪　我是我们班的了吧，我也听沈瑞的呀！

　　　　［蒋琪琪合上粉饼盒，坐到了沈瑞的边上。

崔　志　(看着蒋琪琪和江宁的座位，笑了)哟，两女争一男啊，这个有点意思。樊驰，我们也坐过来看看。

　　　　［崔志手一挥，带着樊驰也坐了过去。

　　　　［樊驰笑呵呵地跟着崔志，但却想坐在蒋琪琪的另一边。

崔　志　(瞪)嗯？

樊　驰　哦，呵呵。(屁颠颠又跑到了崔志的一旁坐着)

李　世　哼，软骨头。

　　　　［李世坐到了蒋琪琪的边上。

付　旻　(站在一旁)你把我们叫过来要干吗？

沈　瑞　我和江宁有一个疯狂但伟大的想法！我们的毕业汇报……换一个剧本演出，我们演《老妇还乡》！

付　旻　什么？！

所有人　什么？！

340

崔　志　你疯了吧！我刚刚选择坐下来，真是疯了！我们走。

〔崔志站起来准备走，樊驰也跟着要站起来。

沈　瑞　等一下，等一下，先听我说一下理由！

崔　志　疯子，这是不可能的！

〔欲走。

沈　瑞　（大声）怎么不可能？崔志，你以为你演到主角了，你爸就能给你买奔驰吗？你想想，到时候你爸爸带着那些银行家朋友来看你的演出，却发现你演的居然是这样一个剧本，他能有面子吗？

崔　志　（稍稍迟疑）那我也是主角。

沈　瑞　我知道啊！你无非就是想演主角啊，《老妇还乡》里也有主角，你就演伊尔，怎么样？

樊　驰　伊尔的名气倒是比什么沈先生大多了。

崔　志　咳咳，不管怎么说，这个想法太疯狂了，我不同意。沈先生的台词我可是背了好久的！

沈　瑞　我知道，我知道，大家都不容易，可是这《桃花小源》的剧本总比不上迪伦马特吧？这伊尔总比沈先生的戏剧性强吧，人物塑造更完美吧？

范　宁　而且你想想，你演的可是迪伦马特的名著！你爸爸，你爸爸的银行家朋友们，会为哪个剧本感到骄傲？

崔　志　这个……

樊　驰　（打量着崔志的心思）哥，我觉得这个主意挺不错的。

崔　志　什么时候轮得到你说话？！我的烟呢？

樊　驰　哦哦，在这儿呢！给你点上！

341

〔樊驰从口袋里拿出了一包烟,给崔志点上。

樊　驰　哥,你好好想想。

〔崔志站到了一旁,沉思。

沈　瑞　同学们,如果我们选择《老妇还乡》,好处绝对大过坏处。还有两周就要汇报演出,我知道这个时间非常紧张,可是《老妇还乡》是我们大三排练过的,道具、服装、音乐全部都有,我们只需要再复排一下就可以了!演出效果肯定比这个《桃花小源》好一百倍!

付　旻　万老师不会同意的。

江　宁　他从来不来看我们的排练,对于万老师来说,他无非是想要一个成绩而已。只要我们同心协力地提意见,他也拗不过我们的。

沈　瑞　同学们,这是我们最后的演出了!我听说,这次学校请了很多经纪公司的人来看演出,他们会挑选他们觉得条件好的演员。我不信这个剧本能给我们带来任何的机会!这个剧本到底讲的是什么?这能叫一个故事吗?人物有什么逻辑?有生活逻辑吗?这个沈先生完全充满了 bug,为什么这些村民们会相信他?这根本不可能啊!演这样一出戏,我们一定会沦为全市的笑话的。

付　旻　这个戏差归差,可是这个剧作家 Kevin 是现在挺红的一个编剧,还是我们学校毕业的呢!当初万老师选这个剧本让我们演,也是有这方面的考虑。

沈　瑞　那这样吧,我们来投票,少数服从多数。这毕竟是我们大家的毕业演出,大家投票才能公平。现在,愿意演《老妇还乡》的同学,请举手!

　　［沈瑞和江宁同时举手。

付　旻　江宁是音乐剧班的同学,她只是来帮忙的,不能算我们的票数。

沈　瑞　(看向其他同学,有些着急)你们都愿意演《桃花小源》吗?

崔　志　(站在远处)那我还是要演主角。

沈　瑞　伊尔的角色就是你的!

　　［崔志慢慢地举起手。

　　［樊驰一看崔志举手,也立刻举起了手。

蒋琪琪　(笑嘻嘻地)啊呀,不愧是我欣赏的戏剧小才子沈瑞,壮士断腕啊。那我当然要支持你一下啊。(轻轻抚上沈瑞的肩膀,朝着沈瑞笑)

江　宁　喂!

蒋琪琪　呵呵,摸一下会少一块肉呀? 小气。

李　世　那你是不是也不会少块肉?

　　［李世举着手摸向了蒋琪琪的腰部。

樊　驰　喂! 你放尊重一点!

李　世　开个玩笑嘛。我就是表示,我也支持你。这个戏可真是太差了。

沈　瑞　就算去除小江,我们班也是五对一,班长,少数服从多数!

　　［付旻看着大家,也慢慢举起了手。

沈　瑞　太好了! 太好了! 等一下万老师来了,我和小江就跟他说这个情况。我们所有人都要统一战线,坚持住! 顶住! 加油!

所有人　好! 加油!(围成一个圈,大家伸手鼓劲)

第二场

[全班人在排练厅，万泉和沈瑞面对面站着。

[万泉挺着一个巨大的啤酒肚，穿着一套宽大的西装，整个人显得迂腐而臃肿。

万　泉　大家的想法我都了解，我也非常激动，我的学生们可以这么信任我，把心里的想法告诉我。但是……（拖音拖得很长）还有十来天就要演出了，你们突然想要改剧本，是不是有点贸然啊？

沈　瑞　万老师您放心吧，江宁一定会把克莱尔的角色演好的。

万　泉　江宁同学的演技我是从来不会怀疑的啦。毕竟，她是我们这一届唯一一个被国家话剧艺术中心签约的演员啊！但是……（拖音拖得很长）她不是我们班级的同学啊，江宁不过是因为我们班的水平问题，特别地"友情赞助"，她可以了，可我们班的同学也是问题啊。

沈　瑞　老师，您相信我们，我们全班都会好好复排的！

万　泉　我当然是相信我们班同学的能力和冲劲的啦！但是……（拖音拖得很长）今年是我们学校建校五十周年纪念日，学校请了很多社会名流来庆祝，我们表演系的表演大戏也会在校纪念日那天一并上演。老师，不能冒险啊。

沈　瑞　可是万老师，您选择了这个剧本作为毕业节目，本

身就是一件冒险的事儿啊。而挑选经典，挑选名
著总是更保险一些吧。

万　泉　我完全同意你的观点。经典嘛，名著嘛，能够留存
下来肯定有它的道理！但是……（拖音拖得很长）
这个《桃花小源》可是我们学校毕业的编剧写的
哦！由我们学校的学生演出我们学校毕业的编剧
写的剧目，是不是更保险啊？

蒋琪琪　啊？这个剧本居然是我们学校的师哥师姐写的？

万　泉　当然啦。而且，人家现在在市面上可是小有名气
呢。你们要知道，现在编剧可不好混，能混出点名
堂的也就这几个。你们的这位师哥，真的值得你
们好好学习呢！

沈　瑞　可是万老师，您看过这个剧本吗？这个剧本实在
是太烂了，我们要是演出了，会成为所有人的笑话
的。到时候，别说是争光了，整个学校的脸都会被
我们班的这一台演出给丢了的！老师，您想想，您
负得起这个责吗？您想想，我们班丢得起这个
脸吗？

　　　　〔万泉的脸色第一时间变了。

万　泉　你说得也有道理。但是……（拖音拖得很长）

沈　瑞　（找到了万泉在乎的地方，直接打断）老师，您别但
是了，您先听我们说。我们班已经达成了共识。

　　　　〔万泉看向同学们，同学们都坚定地点头。

沈　瑞　我们班的同学，一定会严格还原大三演出的那一
版《老妇还乡》。会比那一版演得还好，还出色！
对了，我们那一版的导演叫……叫……

樊　驰　韩真！

345

沈　瑞　对！她也是我们学校的导演嘛！这也可以成为我们原汁原味的戏剧呈现啊！这也可以成为我们学校的招牌啊！而且这样，更保险，我们班也更卖力。有百利而无一害啊！

万　泉　韩真老师倒也是我们学校的毕业生哈……（陷入沉思）但是……（拖音拖得很长）

李　世　（急忙打断）而且，我们还可以请韩老师上台讲讲话，增加一些互动。那个《桃花小源》的编剧，您不是说他已经是小有名气的编剧了吗？这就很难请到了吧。

万　泉　其实之前我已经给他发过邮件告诉过他，他的作品被我们选中来做毕业演出了。他倒是也回复邮件说，他会在毕业演出的那一天来现场看看的……

沈　瑞　但是！（学着万泉的标志性长音，可他一下子又想不出能够再说点什么，急忙看向同学们）同学们还有话说……

樊　驰　但是！我们的韩老师肯定要比这个遥远的编剧更靠谱一些吧！

　　　　〔万泉欲言。樊驰急忙拍了拍付旻。

付　旻　但是！（学着万泉的标志性长音）同学们都更熟悉《老妇还乡》啊！

　　　　〔万泉欲言。付旻急忙拍了拍李世。

李　世　但是！（学着万泉的标志性长音）同学们如果排练《老妇还乡》的话，一定会更团结，积极为学校增光添彩的！

　　　　〔万泉欲言。李世急忙拍了拍蒋琪琪。

蒋琪琪 但是！（学着万泉的标志性长音，运用了自己的女性特点）啊哟，万老师，人家就是喜欢《老妇还乡》嘛！这个什么《桃花小源》，老师让我演农民，演村妇，真的很讨厌欸！我可是一个小有名气的网红，网红你知道吗？人家不想演农民了啦！

〔万泉欲言。蒋琪琪急忙拍了拍最后一个崔志。

崔 志 但是！（学着万泉的标志性长音，可一时之间又想不出说什么）可是……

〔所有人期待地看着崔志。崔志眉头一皱。

崔 志 别但是来但是去了，只要你让我们演《老妇还乡》，我爸在校董会里再投资五年！

万 泉 行！就这么愉快地决定了！

〔所有人看着万泉，又大幅度转头，看向崔志。

樊 驰 啊哟，我的崔少啊！了不起！了不起！全体鼓掌！

〔全体人整齐响亮地鼓掌。

万 泉 钱呢，当然是小事情啦。你们可要答应我哦，这接下去的十来天，一定要用心！尽全力地排练和演出！我们表演系的脸面都在你们身上啦！

全体人 没问题！

〔门忽然打开了，跑进来一位兴高采烈的男子。

〔他一头灰白色头发，戴着一副夸张的眼镜，整个人显得颓废而神经。

〔他推门进来，猛地抱住了万泉。

Kevin 哦！万老师！万老师！

〔他紧紧地与万泉相拥，可万泉却是茫然的。万泉手足无措，只得礼貌地被Kevin拥抱着。

〔Kevin猛地松开，又在万泉的两颊亲吻起来。

万　泉　喂！喂！

　　　　〔Kevin 意识到了自己的不礼貌。

Kevin　哦，抱歉，抱歉，万老师，我太激动了。

万　泉　虽然一切的事情我都可以理解。（生气地擦着自己的脸）但是！这样动不动的亲人，还是亲我这样一个大男人，我没有办法容忍！

Kevin　抱歉，抱歉，我在美国待得太久了，习惯了他们的礼仪，很抱歉，万老师，我太高兴了！

　　　　〔万泉依然在擦着自己的脸。

万　泉　在美国待了很久？你是谁？

　　　　〔所有人都盯着 Kevin，都耸了耸肩。

Kevin　（依然很高兴）万老师，我是 Kevin 啊！《桃花小源》的编剧，Kevin！

　　　　〔所有学生倒抽一口气。

学生们　Ke……Kevin？

付　旻　（猛地意识到）是那个 Kevin！

学生们　（面面相觑，大声）是那个 Kevin！

Kevin　Hi，你们好。（跟所有学生打招呼）

　　　　〔所有学生尴尬地跟 Kevin 打招呼。

学生们　Hi——（尴尬地笑）

万　泉　原来是 Kevin 啊，你现在帅得……老师真是没有认出来你啊。但是……（拖长音）老师看到你，真的很高兴啊。（看着同学们尴尬地笑）

　　　　〔两人握手。

万　泉　你现在都已经成为有名气的编剧了，怎么还有空来学校呢？

Kevin　哦！万老师你看看，我这脑子哟！简直被快乐冲昏了头脑！（特别高兴）说起来还要谢谢您，自从学校选中了我的剧本进行毕业大戏的排练之后，我的好运就开始了！我刚刚接到消息，我的作品《桃花小源》昨天获得了国际尼托奖最佳话剧奖！！

所有人 （震惊）什么？！

Kevin 是的，我也难以置信！要知道，这可是全世界的编剧最难拿的奖！我原打算是在毕业演出的时候来，但是现在，我的作品获得了这么高的荣誉，就在五十周年校庆的这个时刻！我真的！抑制不住我内心的狂喜！我真的！按捺不住我满心的喜悦！我要跟你们分享！我终于为学校摘得了这个全世界最高荣誉的奖项！哦不！我终于为全市，为全中国人摘得了这个全世界最高荣誉的奖项！

〔所有人面面相觑。

万　泉 鼓掌啊！

〔所有人鼓掌。万泉鼓得最为响亮和积极。

万　泉 （与刚才的说话节奏完全不同，此刻他说话是快速而热烈的）我当初看剧本的时候，就知道这个剧本是非常非常出色，最最顶尖的作品！你看！这不就应验了我的看法吗？我早就跟我的学生们说过，与其演出经典，不如创作经典！如今，经典就在我们自己的手里！昨天，我们为学校骄傲，而今天，学校为有 Kevin、有我们大家而自豪！！

〔所有人鼓掌，这一次，所有人都在用力地鼓掌。

沈　瑞 （难以置信）您是说，咱们一直在排练的那个《桃花小源》，它拿了尼托奖？

付　旻 （情绪激动）不然还有其他的伟大作品吗？

沈　瑞　嗯……虽然很冒昧，但是，您能给我看看吗？

　　　　［万泉使劲用胳膊推搡着沈瑞。

　　　　［Kevin 倒无所谓的样子。

Kevin　这就是美国的求证精神啊！我欣赏你，小伙子！
　　　　来，给你看看，让你也一起分享一下我的喜悦！

　　　　［Kevin 拿出手机给沈瑞看。

　　　　［崔志也跟着一起上前去看。

崔　志　我去，都是洋文，看不懂。

　　　　［崔志往旁边走去，斜斜地坐在位置上。

沈　瑞　（仔细看着手机）还真是……呵呵。真的恭喜你
　　　　啊！Kevin 师哥！

万　泉　呵呵，现在的“90 后”就是不一样啊，就是比较
　　　　有……求证精神。呵呵。（暗下却想用胳膊顶一
　　　　下沈瑞）

沈　瑞　（被顶了一下，可仍不死心）虽然这样有些冒昧，可
　　　　是您确定是咱们班一直在排练的这个《桃花小源》
　　　　得了国际的尼托奖？您去拿奖了吗？

Kevin　当然就是你们排练的那个《桃花小源》啦！国际戏
　　　　剧家协会昨天才颁布的，下个月我就要去拿奖了！

沈　瑞　哦，恭喜恭喜啊。可是……

万　泉　好了，沈瑞，你不要再无礼了！赶紧站到后面去！

　　　　［沈瑞悻悻然被同学们拉到了后头。

　　　　［江宁急匆匆跑了进来。

江　宁　（未注意到 Kevin）抱歉，抱歉，我刚才去签三联单
　　　　了，晚到了！我现在可以排练了！为了展现这个
　　　　克莱尔是一个戴着假肢的老妇，我昨天去买了这
　　　　个，来看看！

〔江宁兴冲冲从包里拿出了一个假肢道具，装了上去。

江　宁　（模仿着克莱尔，念着克莱尔的台词）波比，给他一千元钱。（转头，对着同学）再拿出三千元捐给铁路职工寡妇救济会。

万　泉　咳咳。

〔同学们一个劲儿朝着江宁使眼色。

〔江宁终于意识到有些不对劲了。

江　宁　呃，怎么了？（转向万泉，看到了 Kevin）这位是……

Kevin　这位是……《老妇还乡》的克莱尔？

万　泉　哦呵呵。这是个误会，来，我给你介绍一下，这是音乐剧班的学生，江宁。江宁，这是我们《桃花小源》的著名的、伟大的编剧，Kevin！

江　宁　（满脸错愕）嗯？我们不是决定演出《老妇还乡》了吗？怎么又请来了《桃花小源》的编剧？你们还没跟老师说吗？（看着同学们）

〔所有学生捂着脸，别了过去。

Kevin　嗯？你们之前都想换剧目？

〔所有人沉默。

万　泉　你别听孩子们瞎说。这件事从来没有过的，只是……

沈　瑞　是的。

万　泉　（冲上来拍打沈瑞）看这孩子！这个剧本获了尼托奖！你的作品得过泥巴奖吗？！

Kevin　（拉住万泉）不要打他。这样吧，我们大家都来谈谈这个剧本，我其实特别想听听大家真实的想法。

付　旻　哎呀。这个剧本都能获尼托奖，那绝对是我们的欣赏水平的问题。

Kevin 先别这么说。你们对剧本有哪些看法呢？

〔所有人面面相觑，谁都不敢说第一句话。

Kevin 来吧，说说，没事儿。"90后"应该要有点求证精神，不是吗？我在美国学习、生活了这么久，最喜欢有求证精神的年轻人了！来吧！考验考验我！我相信，能够让一个尼托奖得主站在你们的面前，可不是一件容易的事情哦！

〔大家依然沉默，面面相觑。

万 泉 Kevin呐，孩子们总是这样，总会有着天马行空的想法，你可别在意。他们刚才无非是……

沈 瑞 行，那我先来吧。这个作品呢，我根本就不知道它到底想讲什么，它的意义是什么？

江 宁 （跟上）而且没有什么基本的逻辑啊，为什么会有载满罪犯的飞机呢？这多危险啊！况且，中国哪来的雨林？

崔 志 就以我演的沈先生来说，为什么通过三个预言就成了这个桃花源的老大呢？他既然是罪犯，那为什么在一开始要救女警呢？特别是在女警醒了之后，他完全可以不用再去试探和冒险，直接杀了她啊。

李 世 为什么一个飞机都炸了，却留了一个罪犯和一个女警？他们是怎么活下来的？不科学啊！

蒋琪琪 （跟上）江宁演的这个宁宁到底是什么态度呢？我演的这个小洛又是什么状态？我是一直在被她监视吗？为什么呢？没理由啊！

樊 驰 （愈加大胆）如果我是小洛，我醒过来，发现了自己

负责的罪犯变成了一个圣人，我肯定选择去戳穿

他啊！为什么要装傻呢？

万　泉　啊哟！我的天呐！我的老天爷啊！

　Kevin　（用笔记了下来）嗯，就这些吗？

　　　　［所有人都看着付旻。

付　旻　我主要是觉得合唱队的那个部分，不太理解，呵呵。

　Kevin　OK，能够听到大家最切实的体会，很好！（站了起

来）但是，我感到很失望。

万　泉　别别别，别失望，别生气。

　Kevin　诸位都是戏剧学院百里挑一的学生，读了四年的

戏剧，看剧本还是这么肤浅吗？

沈　瑞　这不是肤浅的问题。

　Kevin　好，那我一一来跟大家讲解一下。澳大利亚是怎

么来的，大家知道吗？

崔　志　我去那里买房子的时候，导游好像介绍过，那里从

前是英国的殖民地。

　Kevin　1788 年，满载英国流放犯人的第一舰队抵达了无

人小岛，将那块地方划为了自己的殖民地。日后，

那块地方就成了澳大利亚。

樊　驰　（忽然激动）啊！所以你的意思是……这就是载满

罪犯飞机的原型吗？只不过他们掉落的地方不是

无人小岛，而是陶渊明笔下的桃花源！

　Kevin　古往今来，多少人对桃花源充满了遐想？那是一

个圣地，一个与世隔绝的地方，如果不是东晋的武

陵人去到了那儿，而是我们，现代人去到了那儿会

怎么样呢？这就是我构思的原型。

李　世　所以那里的人，"善良淳朴，快乐勇敢"。但他们为

什么会最后烧死他们从前最喜欢最爱护的圣女宁宁呢？就算他们不知道，或者不相信外来者的真实身份，淳朴美好的桃花源人为什么会要烧死宁宁呢？

Kevin　你觉得他们是真的不相信，还是选择不相信？

蒋琪琪　哦，天呐，你忽然问这样的问题，我的鸡皮疙瘩都起来了。

付　旻　选择不相信？为什么？为了保护桃花源？罪犯到了与世隔绝的桃花源，通过三个预言成为桃花源的圣人，使桃花源免受灭顶之灾。

Kevin　他的预言，只有两个成真了。还有一个，到剧本的末尾，依旧还没有做出预言。

蒋琪琪　三个预言？好像很熟悉……

樊　驰　(激动)莎士比亚的《麦克白》！女巫在麦克白成功杀敌之后做了三个预言！老师说过，这代表了人性的欲望！

李　世　他成功预言了两个，而第三个……他是不知道这个预言到底是什么吗？

付　旻　也许这是他试图救自己的方法。

Kevin　你们有没有想过，第三个预言正在发生中。(微笑)

蒋琪琪　我的鸡皮疙瘩又起来了！

沈　瑞　·第三个会毁灭了桃花源的事件，不再是水灾和火灾，真正的灭顶之灾……是村民们对于沈先生无所不能的盲从！

付　旻　所以小洛在一开始的时候，在所有不知情的人中成为那个唯一知情的人，她百口莫辩！她只能用伪装自己失忆的方法来寻求生路。

樊　驰　啊！我想起来大一的时候上的西方哲学课！老师有说过柏拉图的洞穴之喻！一群囚犯被关在洞里，他们只能看见墙壁上事物的倒影，时间久了，他们以为倒影才是事物的真相，而当他们能够看到真实的事物时，他们反而会不相信那才是真实的！

李　世　所以这也就解释通了剧里所有人信任了沈先生之后，宁宁告诉他们真相，他们仍旧选择了相信假象！

Kevin　（别过身，小声）呵呵，我倒还没想到这层。

付　旻　到了最后，所有的村民，无论是真的意识到了"沈先生"的不对劲，抑或是真的没有发现，他们能做的，只有烧死宁宁了！

沈　瑞　这个戏是在写对于一个精神领袖的狂热崇拜！之后所有的热爱都会变成不理智的盲从。

Kevin　（冷冷地）这种事情，并不是没有发生过啊。

樊　驰　醍醐灌顶！听君一席话，胜读十年书！

李　世　怪不得是国际得奖的作品！伟大！我只能用伟大来形容你！

崔　志　能演出这么伟大的作品，这也太有面儿了！我爸得给我买法拉利超跑才行！

万　泉　（独自鼓掌）这个作品真的，真的，真的太棒了！！你看看你们这群孩子！理解不到位，居然还质疑我们Kevin！

Kevin　你们对作品还有什么问题吗？

所有人　没有了！

Kevin　（对沈瑞）你呢？

沈　瑞　没有了。

Kevin　（对江宁）你呢？

　　　　［江宁低着头不说话。

万　泉　（抢先说话）那必须没有了！

Kevin　（看着大家）你们觉得还想要排《老妇还乡》吗？

所有人　不想！

Kevin　我很高兴大家理解了我的作品。（将刚才的笔记本合了起来，抬了抬眼镜）但是……（模仿万泉的标志性拖长音）各位同学们，我现在觉得可能你们之前的决定是对的，你们还是排《老妇还乡》吧。（欲走）

所有人　啊！为什么？

万　泉　（拉住）Kevin 啊，咋了嘛！还是群孩子，不懂事！很多事情他们都是不经过大脑随便讲的！而且现在不也是承认了《桃花小源》的价值了吗?！

Kevin　不是这个问题。我是觉得现在的这群年轻人，还不配排我的作品。

付　旻　对不起，Kevin 老师。刚才是我们不对，是我们没有好好理解您的作品。现在，我代表我们全班跟您道歉。（站直了身体，猛地鞠躬）Kevin 老师，对不起！（头埋得低低的）但请您相信我，相信我们班，我们一定会好好演出您的作品！付出百分之一百的努力！

Kevin　不用跟我道歉。

万　泉　Kevin，那老师跟你道歉。（站直了身体，猛地鞠躬）Kevin，对不起！

Kevin　呀！万老师，您别这样，您是我们学校德高望重的教授，是改变我最多的导师，您这样我可受不起

啊！（欲扶起来）

万　泉　（头埋得低低的）你当然受得起！你得到了国际尼托奖的最佳编剧，成了我们学院最值得骄傲的学生。而此刻，就在这五十周年校庆的时候，请你把你这个剧本的首演交给我们这帮孩子吧！孩子们还年轻，还不懂欣赏作品，可为了学校的荣誉，老师恳请你！交给我们吧！

　　　　　〔Kevin 看着所有人。

　　　　　〔所有人看着 Kevin。

所有人　（也深深鞠了一躬）恳请您！

　　　　　〔沈瑞和江宁还有些迟疑。可被同学们迅速拉了下去，也深深鞠躬。

Kevin　要演出我的作品，也可以。但是……（万泉标志性的拖长音）我还有一个要求。

　　　　　〔所有人抬起头来。

万　泉　你说。

Kevin　（铿锵有力）我要求，由我来指导我的这部作品。全班的人，都必须进行封闭式训练。我要求，我的作品以我的想法原汁原味地呈现给所有观众！

　　　　　〔灯急收。

第三场

　　　　　〔排练厅。

　　　　　〔所有学生松散地在一起休息，大家有的玩着手

357

机,有的看着剧本,三三两两地聊天。

蒋琪琪　(打电话)接电话,接电话,接电话。

李　世　呀,琪琪,怎么这么严肃啊!

蒋琪琪　别说话!别烦我!(跑到一旁打电话)

付　旻　呵,自讨没趣了吧。你现在可别惹她。

李　世　琪琪她怎么啦?

付　旻　(小声)她在跟一个制作人打电话呢,本来说好了
　　　　那个节目是她的,忽然变卦,换成另一个人了。

李　世　啊? 不是都要封闭集训了吗,她还接节目啊?

付　旻　那个节目是下个月的,这不是笃笃定定的嘛。再
　　　　说,毕业演出怎么啦? 演出完了,就不用吃饭了?
　　　　幼稚。(继续做自己的题目)

李　世　(凑前看了一眼)哟,国家公务员考试? 呀,你怎么
　　　　在做这种卷子啊?

付　旻　说你幼稚你还真幼稚。天下还有比公务员更稳
　　　　定,更讨父母喜欢的工作吗? 成天艺术这艺术那
　　　　的,幼稚。走开,别烦我。

　　　　[付旻继续开始做题。

　　　　[李世做了个怪腔。

　　　　[樊驰追着崔志跑了进来,他一脸献媚,手里给崔
　　　　志拿着两款饮料。

崔　志　(手里打着游戏)又输了! 我去! 我去! 我去!

樊　驰　别气啊哥,咱这就是让让人家嘛。来,喝点饮料顺
　　　　顺气儿。(给崔志递过去饮料)

　　　　[崔志吸了一口,猛地吐地上,溅了樊驰一鞋子的
　　　　果汁。

崔　志　这个是泰国进口的香蕉榨的果汁吗? 为什么这么

358

难喝?!

　　　[樊驰呆呆地看着自己的鞋子。

樊　驰　我的鞋⋯⋯

崔　志　(完全不瞥一眼,直接伸头又喝了一口另一种饮料,又吐了出来,吐在了樊驰的鞋子上)这个西班牙咖啡为什么不酸? 不酸的还能叫咖啡吗?! 你买的都是些什么?!

　　　[樊驰呆呆地看着自己的鞋子。

　　　[崔志忽然暴怒,像往常那样打着樊驰的头。

　　　[樊驰难得的生气模样,抬头瞪向崔志。

　　　[崔志并未意识到,从口袋里掏出几百元丢给樊驰。

崔　志　去给老子买点好货好吗? 别用你的穷酸审美来衡量我的品位!

沈　瑞　(远远地)喂! 你太欺负人了吧!

　　　[钱丢在地上,樊驰看了看,笑了起来,弯腰去捡。

樊　驰　好嘞,哥。

　　　[崔志朝着沈瑞比了个多管闲事的手势。

李　世　唉,这都能忍,真男人啊。

　　　[付旻也跟着李世摇了摇头,又低头做作业了。

　　　[沈瑞自讨没趣后,又和江宁在另一边看剧本。

江　宁　(念着台词)你们相信我! 我从小跟你们生活在一起,请你们相信我! 他才不是知晓天意的英雄! 他是个罪犯! 他是杀人犯! 他是个骗子! 他在骗你们! (停顿,放下剧本,眉头紧皱)阿瑞,不知道为什么,我总觉得怪怪的。

沈　瑞　是啊,我也觉得有什么怪怪的。

李　世　(从远的地方听到,走了过来)有吗? 比如呢?

沈　瑞　比如,为什么我们忽然就接受了要演《桃花小源》?现在仔细回想一下那个过程,好像有点莫名。

李　世　莫名吗? 之前说要演出经典作品,现在 Kevin 拿了什么尼托奖的最佳编剧,演出《桃花小源》变得很自然啊。

江　宁　这个时间点,还真巧合啊。

沈　瑞　但是每年的确是这个时间点公布尼托奖的名单,这个不是巧合。

江　宁　(又看着剧本)可是,我还是觉得,一切都似曾相识。(看着剧本里的东西,忧心忡忡地念着台词)小洛姐姐之前跟我说过,他就是一个罪犯,小洛姐姐是警察,他劫持了飞机,飞机因此掉落了下来。如果他成为我们的神父,那我们的桃花源会变成罪犯的庇护所! 请你们相信我,我说的都是真的! (打了个冷颤)这台词,真叫我感到害怕。

李　世　瞧瞧,这就是国家话剧艺术中心收去的演员啊,多么有信念感,多么入戏。在下,自愧不如! (握拳作揖)

沈　瑞　(抱了抱江宁)小江,你别怕,有我在呢。

　　　　〔蒋琪琪打完了电话,怒气冲冲地回来,一屁股坐在沈瑞的另一边。

蒋琪琪　这杀千刀的制作人!!! 居然耍我大牌! 不接我电话! 老娘一定要红到让他高攀不起!

沈　瑞　相信你自己,一定可以的。

蒋琪琪　人家需要安慰——

江　宁　喂!

付　旻　（远远地喊话）喂，李世，你赶紧过来吧。那儿有你
　　　　什么事儿呀！

　　　　［李世悻悻地回到付旻身边。

蒋琪琪　谁关掉的空调啊？想热死老娘啊。

　　　　［Kevin 和万泉来到了排练厅。

　　　　［Kevin 猛然出现在舞台后侧。

　Kevin　（大声而愉悦）Surprise——是我关掉的空调。

　　　　［所有人都吓了一跳。

所有人　呀！Kevin！

樊　驰　您什么时候到的呀？这么悄无声息？

　Kevin　我一直在这个排练厅啊。

　　　　［所有人面面相觑。

江　宁　没想到，尼托奖的最佳编剧还会有这种吓唬人的
　　　　怪癖。

　Kevin　（咯咯笑着，显得神经而诡异）观察生活，编剧的必
　　　　修课之一。（鼓掌）好了，同学们，你们的假期彻底
　　　　结束了。现在，我们要开始进行封闭式训练了。
　　　　来吧，把你们的手机统统上交。（指剧场旁的一个
　　　　袋子）

崔　志　为什么？训练就训练了，交出手机，我可不能活。

　Kevin　想想你们昨天的豪言壮语吧，想想演出时的掌声
　　　　和鲜花吧！封闭训练只有十天，你们自己想一下，
　　　　值得吗？

付　旻　行，我是班长，我第一个交。

　　　　［付旻将手机上交，樊驰也上交了。

樊　驰　（握住崔志的手机，笑着）哥，想一想，法拉利——

　　　　［崔志还是捏着自己的手机。

樊　驰　超跑！超炫！超酷！

　　　　〔崔志默默放掉了自己的手机。樊驰一抽，将手机放到了剧场的袋子里。

Kevin　很好，你们呢？

　　　　〔Kevin看着其他人。

　　　　〔沈瑞想了想，将自己的手机上交。

蒋琪琪　我真的不能上交手机，过几天可能会有非常好的通告来找我呢。

Kevin　哦，是吗？你现在看看你的手机呢？

蒋琪琪　什么呀？

　　　　〔蒋琪琪把手机点开一看。

蒋琪琪　啊！（阅读着，狂喜）薛大制作人约我下个月上通告！还让我坐在C位！天哪！他一百年不接我的电话！

Kevin　薛蛰嘛，我兄弟。

蒋琪琪　（惊喜）是你给我通了关系？

Kevin　还用通关系吗？我只是告诉他，你演了我的戏。

　　　　〔蒋琪琪欢呼雀跃地拥抱着Kevin。

Kevin　我想，你的拥抱对于我来说，可是会遭到很多先生的妒忌啊。

蒋琪琪　Kevin，你真的太好了！我一定会好好珍惜这个机会的！

　　　　〔蒋琪琪亲吻了一下自己的手机，放进了指定位置。

　　　　〔李世见状，也把自己的手机放到了指定的位置。

　　　　〔现在，就江宁一个人手里拿着手机了。

蒋琪琪　喂，你怎么不放手机？

江　宁　（瞪着Kevin）我觉得这样，怪怪的。我不喜欢手机离开我。

Kevin OK,这里的演员都必须听我的话。但是,除了你,江宁。

所有人 啊?为什么?!

Kevin (对江宁)因为我还要你承担起我副导演的职责,在这个剧场里,你是唯一能够联系外面世界的人。

江 宁 我不想。

Kevin 那行,我们就地解散吧。你们还是排《老妇还乡》吧。(欲走)

所有人 江宁!你干吗啊!?

付 旻 你的专业能力最好,所以才会派给你副导演的任务的!你别身在福中不知福!

沈 瑞 小江,你别任性,要顾全大局。

江 宁 阿瑞,你!(沈瑞指了指所有人,江宁又看着 Kevin)好吧……

Kevin OK,我们第一件事情搞定了。在这十天里,我们吃在剧场,喝在剧场,睡在剧场,目的只有一个!共同完成一项伟大的杰出的作品!你们有信心吗?

所有人 (兴致很高)有!

Kevin 现在,我要宣布第二件事儿了。(拿出自己的笔记本,故作神秘地看了看)看过了你们的演员表,我决定更换几个演员。

樊 驰 (笑)Kevin 老师,我认为现在的演员安排是最合理的。

Kevin 哦,是吗?那我要说出我的调整了,接下去,崔志扮演小智,沈瑞扮演沈先生。

[学生间一片凝重。沉默。

[忽然，学生里爆发出一阵大笑。

所有人 哈哈哈哈哈。

李　世 Kevin，虽然我很尊重你，但是……在我们班，崔志才是主角的最佳扮演者。

　Kevin （也笑着）哦，是吗？为什么？

崔　志 因为我演技好，人缘好。这些，大学四年了，每个任课老师都这么觉得哦！哈哈哈。

　Kevin （依然是笑着的）是吗？可我调查你的成绩单，你的专业成绩一直是最后一名，反而，沈瑞才是你们班的第一名哦。

[崔志脸色一沉。

沈　瑞 （试图打圆场）Kevin 老师，分数不代表什么，我很乐意演小智这个角色。

樊　驰 就是啊，我们崔少一直是主角！

　Kevin （脸上带着冷笑）我没想到你们这些年轻人竟然是这样一群认命的怂货孬种。

樊　驰 （变了脸色）什么意思？你说谁呢？

　Kevin （直面樊驰）我说的谁，谁心里还不清楚吗？谁的妈妈攒了几个月的钱给他买了双鞋，可却被人随意地泼了果汁和咖啡。可他却像个孬种一样觍着脸继续给人递饮料。是啊，认命吧，自己出身不好，来自小农村，谁惹得起出手就几千几万的阔少爷呢？连给心爱的姑娘买杯奶茶都是从做牛做马的奴隶那儿赚来的血汗钱。

[樊驰欲冲上去揍 Kevin。

[沈瑞紧紧地拉住樊驰。

沈　瑞　别别别!

Kevin　你别拉着他!他敢打我吗?我可是尼托奖的最佳编剧,我可是承载着学校之光的最佳校友,而他,区区可怜虫,他敢打我吗?

沈　瑞　你不能这么说他!

Kevin　我为什么不能?从本质上来说,你跟他是一样的孬种!你明明专业第一,要不是跳舞失误,你也被国话收去了。可四年了,这四年里,你敢为自己争取一次男主角吗?你想过吗?从来没有吧!为了所谓的积分,为了成为大家心目中的好好先生,你敢抗争吗?!你无非就是同意了他人践踏你的专业,为这样演技的人去当配角。你明明有改变自己命运的机会,可你却只知道躲避。

沈　瑞　(低声)我争取过!

Kevin　你那个叫争取吗?所谓的争取是靠作品说话!你知道吗,其实你跟我很像。大学时,我一直觉得自己才华横溢,可是老师却只喜欢另一个男生。我们班的毕业大戏,我的戏都已经定了上学校的剧院,可是,却因为那个男生的爸爸权势大,学校的领导硬生生踢掉了我,让他的作品上台演出。而我现在,用我坚持不懈的努力证明了!我,Kevin是才华横溢的!只有我!获得了国际的尼托奖!而你,你,你们!(指着所有人)都只会被权力被金钱打败!

[沈瑞和樊驰紧紧握着拳头。

崔　志　(轻松地)嗨,说了这么多,你无非就是妒忌,那我能怎么办呢?我家里就是有钱,我就是含着金汤

365

匙出生,我也很苦恼啊。

Kevin　是啊,所以你一生只配看你爸的脸色生活。

　　　　[崔志欲冲上去揍 Kevin。

　　　　[站在前方的樊驰猛地伸手拉住了崔志。

　　　　[樊驰猛地一拉崔志,崔志一个趔趄,蒙了。

崔　志　你什么意思?你可是我养的一条狗!你现在敢反过来咬我了?

　　　　[樊驰把自己的鞋子脱下来,用崔志的衣服擦了擦上面的脏迹。

樊　驰　我同意崔志演小智,很合适。

沈　瑞　我非常荣幸接受这个挑战,我要演沈先生。

　　　　[沈瑞和樊驰击掌。

蒋琪琪　Wow,大学四年,我终于能看到我男神演主角了!棒呆!

江　宁　(低声)阿瑞,我不觉得这是个好的选择。

沈　瑞　我终于等到这个机会了。我终于等到看实力说话的人了!

Kevin　我的作品是伟大的!是有灵魂的!我需要伟大的艺术家去演绎!那群艺术家凝聚在一起,每一个毛孔,每一个细胞都应该和彼此交融、相通!站在对面的每一个人,对于自己而言都应该是最信任、最可靠的,我要的是一个集体!现在,你们成了我在寻找的这个集体!

　　　　[所有人激动地鼓掌。

崔　志　老子不演了,再见。

　　　　[崔志准备走人。

Kevin　嗯,好好走,好好想想,你怎么跟你爸爸交代,为什么毕业大戏里没有你。你也好好想想，你接下去的资金该怎么办。

[崔志走到了门口，停顿，气得咬牙切齿。

[崔志又一次走了回来。

[学生爆发出欢呼声，大家互相击掌。

沈　瑞　Kevin 老师，谢谢您！您让我重新审视了自己。

所有人　谢谢！

Kevin　OK，那我的第二件事儿也搞定了。现在，正式欢迎各位同学到位。我们现在来进行第一次的排练。根据刚才大家的反馈，大家都觉得最后一场的问题最大，那我们就从最后一场开始排练吧。所有演员到位，崔志，你和沈瑞把衣服换一下。

崔　志　(不情不愿地将衣服脱了下来)小智的台词我可能记不清楚。

沈　瑞　(穿上衣服)沈先生的台词我全数背下来了。

Kevin　所有演员到位！村民们，你们站在这个地方。对！很好，琪琪，你再往后一点，非常棒。你们要想清楚了，你们现在对沈先生有着领袖崇拜，你们的狂热让你们作出了疯狂的选择，你们烧死了你们曾经最要好的朋友！好，开始！（击掌）

[所有的同学到位，他们手里拿着木棍，沈瑞和江宁站在了树桩处。

宁　宁　(急)你们相信我！我从小跟你们生活在一起，请你们相信我！他才不是知晓天意的英雄！他是个罪犯！他是杀人犯！他是个骗子！他在骗你们！

沈先生　你们愿意相信她的话，就抓我吧。

宁　宁　（十分着急）他真的是个骗子！骗子！抓住他！

沈先生　（放下手）好吧，那我走。（走）

大力士　（狂热地）我相信你！尊敬的沈先生！桃子山的水
　　　　灾，整个桃花源的熊熊烈火，你的预言全数成真，
　　　　你是我们桃花源的英雄！名不虚传的恩人！留下
　　　　来！桃花源需要你！（高举木棍）

小　智　（围着宁宁）宁宁，你没有犯过错误吗？你没有改
　　　　正过错误吗？沈先生从前犯错，可他如今是我们
　　　　桃花源的恩人，你想把桃花源置于死地吗？我决
　　　　不允许！（高举木棍）

妇　人　那个女人做的所有事都是装的吧。装疯卖傻，就
　　　　是为了逃出去。而你现在，被她同化了吧。你想
　　　　害沈先生！（高举木棍）

口　吃　沈先生，不……不能出去！桃，桃花源需要他！

村　长　把宁宁给我抓起来！

　　　　〔大力士、口吃冲了出来。

宁　宁　（吃惊）什么?! 爹！我是你女儿！

村　长　我们不会允许任何人伤害我们的沈先生！我们绝
　　　　对不会允许任何人危害我们的桃花源！

　　　　〔大力士、口吃抓住了宁宁。

宁　宁　（慌张）你们不要被他骗了！他是个骗子！骗子!!

村　长　火把节就在下一刻，按照惯例，我们会将十年里所
　　　　有的糟粕全数烧光。宁宁，这个想着要告发沈先
　　　　生的罪人，就算是我的女儿，我也不能饶恕！

所有人　（用木棍敲着地，发出有节奏的声响，渐渐围绕着
　　　　她）烧死她！烧死她！烧死她！

宁　宁　（跑到树桩之上）他是个骗子！骗子！

所有人 （木棍声越来越大,节奏越来越快）烧死她！烧死
她！烧死她！（所有人将宁宁举了起来,将她扔到
了舞台的后方,舞台后方灯光变红）

宁　宁 （惨叫声）不！不！他是个骗子！你们被他骗了！
〔所有人拿着木棍载歌载舞。

所有人 （唱）在山的那头雨林的尽头,桃花源的传人依旧
在耕耘。

他们善良又淳朴,他们快乐又勇敢,

他们誓死捍卫桃花源,他们不会让那第三个
预言成真。

他们会为了他们的圣人付诸一切,

他们会为了桃花源付诸一切。

Kevin 卡！
〔所有人静止,静静地呼吸,他们开始看着对方。
〔Kevin 开始鼓掌,从慢慢地鼓掌到快速而激烈地
鼓掌。
〔所有人沉浸入那个氛围,也加入了鼓掌。

Kevin 太棒了！你们刚才的演出太棒了！

李　世 理解了这个作品以后才发现,这个作品太伟大了！
我演得鸡皮疙瘩都起来了！

蒋琪琪 怎么办,我现在好想哭！

付　旻 太棒了！Kevin,你太了不起了！

Kevin （沉思着）对不起,我原本只想宣布调整三件事,可
是看了刚才的演出,我决定要调整第四件事。

樊　驰 什么事？我们刚才演得不好吗？

Kevin 我决定让蒋琪琪来演宁宁,江宁来演小洛！

江　宁 啊？什么?!为什么！

蒋琪琪 天哪，今天不是在做梦吧！也太走运了！Kevin！
我爱你！

李　世 这不科学！江宁演得非常棒。

Kevin 是的，我知道，刚刚在我们所有演员里表现最棒的
是江宁。（对江宁）你把剧中人宁宁那种孤独、恐
惧的感觉全部都演出来了。可是，你毕竟是外班
的学生，我认为，你来当副导演是最合适的。

江　宁 大学四年我都这么演的。

Kevin （饶有深意）这么多年了，是该有些改变了。（看向
崔志）

［崔志哼了一声。

Kevin 况且，你也要相信蒋琪琪有这样的能力来承担这
个角色。或许，你可以跟她分享一下，你是怎么演
出了宁宁的孤独和恐惧？

江　宁 （有些颤抖）因为我觉得剧中的一切……很熟悉。

Kevin 很熟悉？

江　宁 我感到了切实的恐惧（看着周围狂热的同学）以
及，那种孤独的感觉。

Kevin 琪琪你看，江宁是用了尼斯拉夫斯基的"沉浸"体
验理论啊！你要多向江宁同学学习，把自己想象
成剧中人，去体验，知道吗？

蒋琪琪 没问题。阿瑞，你也要多教教我哦。

江　宁 阿瑞是我叫的！

沈　瑞 小江！你别意气用事！

［万泉冲了进来，激动地。

万　泉 同学们！看看我们最新出炉的宣传单和手册！
"2018年尼托奖最佳编剧得主——Kevin作品首

演！学校的国家级荣誉！"

[同学们翻看着手册和宣传单，大家都很激动。

万 泉 同学们，你们都要好好演啊！刚才学校出面，叫到了市级的领导干部！十天以后，他们都会来看你们的演出！

[学生们面面相觑，爆发出雷鸣般的掌声。

Kevin OK，今天的四件事情全数解决了。同学们，我们解散。江宁，帮我把手机扛回我的办公室。

第四场

[Kevin 办公室。

[江宁站在门口，敲了敲门，然而 Kevin 却不在。

[江宁心烦意乱，从口袋里拿出一包烟，抽出一根，试图点上。

[沈瑞跟了过来，将烟拿走。

江 宁 是你。

沈 瑞 你在这儿抽烟，不好。

江 宁 我们之前一直在这儿抽。

沈 瑞 那是从前。

江 宁 （低下了头）从前和现在，有什么区别吗？

沈 瑞 人的每一刻都在做着选择，选择都在改变着。

江 宁 （抽回了烟，再次点着，抽了一口）改变有可能对，也有可能错。

沈 瑞 你之前演得很棒。

江　宁　（低着头，闷闷地）我不觉得我在表演。

沈　瑞　我还有很多需要向你学习的地方。

江　宁　是吗？

沈　瑞　你还没发现吗？这是个很棒的戏！

江　宁　是吗？反正我也没机会演了。

沈　瑞　别这样，小江，你现在是副导演，导演总比演员看得更多。

江　宁　我不知道他为什么这么做，看上去升了我的职，可我却总能感到一种……奇怪的孤独。（略带神经质）我觉得我正在经历跟我戏中一模一样的场景！所有的人都对沈先生俯首称臣，这个沈先生是怎么做到的？

沈　瑞　他不是沈先生！他是更伟大的剧作家 Kevin！

江　宁　他到底是从哪儿来的？为什么一个名不见经传的小编剧能拿国际尼托奖？为什么这个消息从来没有在网上爆出过？

沈　瑞　从前名不见经传的人就不能拿奖吗？你少狗眼看人低了！

江　宁　我这不是看不起他，而是理性的分析！

沈　瑞　你从小被宠坏了，想得到什么就有什么，你当然不会懂靠自己去争取东西的人是有多可贵！

江　宁　我俩说的不是一个问题！好吧，那我们就只谈剧本。你仔细想想，你不觉得这件事情真的很奇怪吗？为什么他剧本里的名字几乎跟我们班同学的名字一样？

沈　瑞　哪里一样了？

江　宁　剧中的男主角叫沈先生，而你，沈瑞。剧中的顽童小智,扮演他的演员叫崔志,而女主角叫做宁宁……

沈　瑞　江宁,你现在不再是宁宁了,你是小洛。

江　宁　(苦涩)不,我现在真的感到,我是宁宁。

沈　瑞　够了,我觉得我不想跟你讨论下去了。(看表)还有两天要演出了,我们要去排练了。(欲走)

江　宁　阿瑞!阿瑞!

　　　　　［沈瑞停住。

江　宁　我感到这一切都太奇怪了,你能……抱抱我吗?

沈　瑞　我要去排练了。(跑至舞台后方和其他同学站在一起)

　　　　　［沈瑞下场。

　　　　　［蒋琪琪和李世、樊驰一起上场。他们手里拿着剧本。

蒋琪琪　当我在说"你是想逃走吧? 可是这桃花源的出口错综复杂,你出不去"这句话的时候,应该用什么样的声音?

李　世　肯定是比较高的啊。

樊　驰　不,不,这个时候的宁宁其实已经开始有点怀疑了,但是从内心她还是想要相信的。你看这个剧本里啊……

　　　　　［三人下场。

　　　　　［江宁欲叫三人,可三人没有听见。

　　　　　［付旻拖着崔志上台。

付　旻　快点,快点,别迟到了! 等一下Kevin会生气的!

崔　志　你真的废话很多!

江　宁　付旻! 你之前坏掉的衣服我帮你弄好了。(拿出

373

来想给付旻)

付　旻　Hey,江宁！不好意思啊,我们赶时间,等一下来
　　　　找你拿。

　　　　［两人一阵小跑跑了过去。

　　　　［江宁拿着自己修好的戏服,呆滞了一会儿。

江　宁　(失控地)啊！！

　　　　［她恨恨地把衣服塞进了自己的包里,随后深呼吸
　　　　了一口气。

　　　　［江宁这一次很用力地砸着门。

江　宁　(大声而不耐烦)Kevin！Kevin！你要我打印的剧
　　　　本都打印好了！快开门！Kevin！(用力砸门,情
　　　　绪再次崩溃)是你叫我上午 10 点来的！你为什么
　　　　不在?！

　　　　［江宁愤而开始拧转门把手。

　　　　［突地,门把手转动开了。

　　　　［江宁一愣,走了进去。

江　宁　喂……(探头朝里张望)

　　　　［江宁小心地朝里走了一步。

江　宁　我来放一下东西,马上就走。

　　　　［江宁壮着胆子,走了进去,将剧本全数放在 Kevin
　　　　的办公桌上。

　　　　［江宁刚准备走,看见了 Kevin 台子上的一叠纸,
　　　　拿起来一看。

江　宁　"2018 年尼托奖最佳编剧得主——Kevin 作品首
　　　　演！学校的国家级荣誉！"哼！(江宁不屑地一扔,
　　　　抬脚欲走)

　　　　［突地,江宁看到了什么,再次停住了脚步,音乐声

变得低沉而诡异,灯光也聚焦,整体变暗。

[江宁转身一看,发现了满墙都贴着自己班级的学生详情。每一个学生的来龙去脉都做了详细的调查,甚至还有最近的跟踪信息。

江　宁　(目瞪口呆,疯狂地趴在墙上,念出来)江宁,1991年3月28日生,浙江杭州人,商人家庭,小学就读于萧山小学,初中高中就读于杭州第二中学,名次在年级69到35位之间徘徊。喜欢阅读、游泳、旅游,喜欢蓝色、土耳其和甜食……

[江宁猛地撕掉了自己的简历,再看下一页。

江　宁　(念出来)沈瑞,1990年11月29日生,浙江温州人,教师＋会计家庭……

[舞台另一侧灯亮。

[所有人穿着古代的、不合时宜的衣服。

所有村民　(唱)我们的沈先生,我们原以为是我们救了他,
　　　　　　可事实上,是沈先生战胜了水火,救了我们所有人。
　　　　　　我们的沈先生,你是我们所有人的圣人,
　　　　　　我们将尽我们所有的能力来照顾你,
　　　　　　我们的沈先生,我们桃花源的伟人,
　　　　　　我们将挑选桃花源最美丽最纯洁最聪明的少女来服侍你。

[一身白裙的少女宁宁从人群中站了出来。(由蒋琪琪扮演)

[所有人笑着看宁宁。

宁　宁　(唱)我是如此幸运,能够成为沈先生的侍女,
　　　　　照顾他,爱护他。

〔舞台这一侧的灯光亮起。

〔宁宁快速而猛烈地撕扯着 Kevin 墙上的纸。

宁　宁　(绝望而崩溃)不！不！

〔舞台另一侧的灯光亮起。

女村民们　(唱)可不幸还是降临在这对兄妹身上。

〔舞台后方灯光剪影,可见一个男人拿着刀刺死了一个女士。

沈先生　(声音)小洛！不！你不要离开我！不！

〔宁宁在舞台前侧灯光中跌倒在地。

宁　宁　什么?！小洛姐姐……死了？她真的死了?！

村民们　(唱)我们可怜的小洛,她痛苦难过,她因病去世。

　　　　　　哦,我们的沈先生,他难过悲伤,他整日祈祷。

〔宁宁奔跑在四周,问着合唱队的人。

宁　宁　小洛姐姐为什么死了？她为什么死？她到底怎么了？

小　洛　(声音录音)我会死的！你这是把我往死神手里推啊！

〔舞台这一侧的灯光亮。

〔江宁看着蒋琪琪扮演的宁宁,拿出了自己的手机。江宁在舞台前区拼命地查资料,拿手机查,拿电脑查,疯狂地查找着书籍。背景音为同学们的合唱。

〔戏曲锣鼓声,渐响。

〔宁宁疯狂地寻找着,扔出了意象化的飞机残骸、囚服和警服。

〔这一次的合唱,戏曲的锣鼓声响彻剧场。

所有人　(唱)在山的那头雨林的尽头,桃花源的传人依旧在耕耘。

他们善良又淳朴，他们快乐又勇敢，

他们誓死捍卫桃花源，他们不会让那第三个
预言成真。

他们会为了他们的圣人付诸一切，

他们会为了桃花源付诸一切。

〔戏曲锣鼓声猛停。

Kevin （突然出现）宁宁。

江宁 （倒抽一口凉气）啊！

Kevin （笑眯眯地）宁宁，你在干吗？

江宁 （惊慌）Kevin，你叫错了。我叫江宁。

Kevin 哦。你的小名，不叫宁宁？

江宁 （害怕地抬头，又猛地低下了头）不……不叫。

Kevin 还没离婚前，你爸爸不是一直叫你宁宁的吗？

江宁 （惊慌失措）你！你！

Kevin 怎么了吗？（已然笑眯眯地）

江宁 所以这一切都不是我的猜想！你是按照我们班的
一切写的这个故事！《桃花小源》得了什么尼托
奖，根本就是假的！假的！

Kevin 哦？是吗？要是是假的，这一切也太荒唐了，没有
动机啊。

江宁 我查过了，（举起手机）我查阅了十年来所有的尼
托奖得主，根本没有《桃花小源》！根本没有你
Kevin！

Kevin 要是这一切都是假的，那所有人相信了这件事岂
不是成了一个笑话？我这样做有什么目的呢？宁
宁，我对你很失望，你这个号称戏剧学院一等一的

学生,只知其一,不知其二啊。

[Kevin 拿起江宁打印的剧本。

Kevin 谢谢你给我打印的剧本。我想这活儿,你还是挺合适的。

[Kevin 拿着江宁的剧本离开。

江 宁 剧本……对! 剧本! 这么做的目的是什么? 他肯定有目的啊,既然是剧本,那就有人物出场目的,人物出场目的是跟人物的前史有关,人物的前史,这个 Kevin 他是在……

[万泉兴高采烈地来到了门口。

万 泉 (高兴地)Kevin! K……咦! 江宁! Kevin 呢?

[江宁抬头一看。

江 宁 (倒抽一口凉气)万老师! 对了! 对了! 人物的前史! (快速地重复着)大学时,我一直觉得自己才华横溢,可是老师却只喜欢另一个男生。我们班的毕业大戏,我的戏都已经定了上学校的剧院,可是,却因为那个男生的爸爸权势大,学校的领导硬生生踢掉了我,让他的作品上台演出。这就是出场目的!!

万 泉 江宁,你在说什么?

江 宁 万老师! 这太可怕了! 那个 Kevin 他是个疯子! 彻头彻尾的疯子! 他所说的一切话都是假的! 假的!

万 泉 江宁同学,Kevin 把你从女主角的位置上扯下来,你怀恨在心也是可以理解的。但是……

江 宁 (打断)但是你看看这个!

[江宁将手机递给万泉。

　　　　　[万泉看着手机。

江　宁　（着急）今年的尼托奖根本没有 Kevin 的获奖情
　　　　　况！近十年来都没有！他只是一个小有名气的网
　　　　　剧编剧啊！

万　泉　（快速地翻阅着）这不可能，这不可能！这对他来
　　　　　说，是没有好处的！而学校会被他毁了的！

江　宁　他就是为了毁了学校！！万老师！！你相信我！他
　　　　　所做的一切都只是一个实验！

万　泉　通知都已经发出去了！领导全都通知到了！
　　　　　[万泉依然疯狂查阅着手机。

江　宁　来不及了！
　　　　　[江宁看着蒙了的万泉，急忙跑到了舞台另一边。
　　　　　[所有同学都松弛地在休息。

Kevin　同学们啊！你们刚刚演得非常好！你们开创了戏
　　　　　剧学院的历史！
　　　　　[所有人都在欢呼。

沈　瑞　我们应该感谢的是 Kevin 老师！同学们！（带头
　　　　　开始鼓掌，所有人整齐划一地开始鼓掌）

Kevin　谢谢，谢谢大家！这是你们的劳动！

付　旻　不！是我们大家的劳动！您是我们的领袖！
　　　　　[Kevin 笑着。

蒋琪琪　Kevin 啊，我们很喜欢你啊！

Kevin　谢谢大家的厚爱！但明天的演出，不能掉链子哦！
　　　　　[江宁跑了进来。

江　宁　不！明天我们不能演出！

所有人　江宁，你在说什么？

蒋琪琪　你又来？

379

江　宁　（与戏中戏的走位一模一样）你们相信我！他才不是得了国际尼托奖的剧作家！他是个骗子！他是个演员！他在骗你们！

　Kevin　（与戏中戏走位一模一样）你们愿意相信她吗？还是你们愿意相信我？

江　宁　（十分着急）他真的是个骗子！骗子！你们看！（将书本拿了出来）我查阅了十年来所有的尼托奖得主，根本没有 Kevin！获奖剧目也没有《桃花小源》！

　Kevin　看来，江宁对我换了她的女主角真的很生气。

江　宁　我根本没有生气！他说他是布朗大学的研究生，但我查过资料了，布朗大学根本没有这号人！这根本就是个骗局！

　Kevin　（无奈地）你到底要怎么样才能相信我？这些难道不是真的吗？（拿着宣传册看着大家）

江　宁　我反而查到了 Kevin 的一个私人微博，他是在策划一场行为艺术！他是在策划一场复仇！主题就是一个烂戏，加以国际得奖作品的口碑一定会被伪艺术家们奉为珍宝！同学们，你们想一想，为什么剧中的人物跟我们班同学的名字那么像？因为他做过我们班的调查！

　Kevin　好吧，那我没什么可说的了。

　　　　　［所有人沉默。

江　宁　（十分激动）如果演出了，我们会成为艺术史上最傻的代表！你们不要被他骗了！他是个骗子！骗子！！我们是他给万老师的宣战书！我已经告诉万老师了，他也发现这一切都是骗局了！

380

Kevin 如果你们相信江宁的话是真的,那明天的汇报演出,你们演《老妇还乡》吧。相信我的话,明天继续演出《桃花小源》。

〔所有人沉默。

〔万泉慢慢走了进来,所有人看着万泉。

万　泉 明天演出如常。你把手机给我,宁宁。

江　宁 不!不!(走位一致,跑到树桩之上)他是个骗子!骗子!我跟你们是四年朝夕相处的同学!你们要相信我!(对着沈瑞)阿瑞,你相信我,他真的是个骗子!

〔沈瑞抬起头看她,不说话。他转头看了眼大家,所有人对视。

〔所有人穿着戏中戏的衣服,他们的手里拿着戏中戏的道具木棍,没有一个人说话。

江　宁 不!不!你们要干什么!

〔江宁猛地意识到什么,她绝望地看着 Kevin。

江　宁 原来你是故意让我知道什么是真相!

〔所有人拿着木棍绕成一个圈,慢慢地靠近江宁。

Kevin 宁宁,你只知其一,不知其二。(笑了)

江　宁 (绝望,惨叫声)不!不!他是个骗子!你们被他骗了!

〔所有人围着圈越来越小,越来越小。他们慢慢靠近江宁。

〔这一刻,分不清是在戏中还是戏外。

〔灯猛收。

尾　声

[黑暗中,观众听到了开头时飞机飞行的声音。忽然,飞机警报声大作,观众在黑暗中听到了刺耳的声响:嘟嘟嘟嘟嘟。

[噪声越来越大,飞机猛地坠地。强光扎眼,爆炸声环绕剧场。

(剧　终)

导师评语

陆 军

入选上海文化发展基金会 2017 第一期青年编剧扶持项目的《桃花小源》，是编剧何心怡在攻读硕士研究生期间写的话剧作品，也是她在哥伦比亚大学做访问学者时带去的作品，著名的好莱坞编剧黄哲伦(David Henry Hwang)曾面对面辅导过她。

与何心怡的上一个基金会扶持项目话剧《风云人物》相比，《桃花小源》则是一个学院气息更浓的作品。该剧本的情节核、人物关系、人物身份、人物职业都较为贴近现实生活，戏中戏的结构也可以看出编剧的写作功力及其试图要探讨的思想内涵。

在完成作品两年之后再看第一版的《桃花小源》，何心怡本人对作品也有了许多不一样的看法。我跟她沟通之后，得知她是有意将剧本做成一个戏中戏结构的独幕剧，这是她对自己的挑战。然而，考虑到剧情容量以及故事逻辑问题，我认为独幕剧是无法承载其想表达的体量的。因此，在数次沟通之后，何心怡愿意将独幕剧变为多场次话剧。

围绕剧本，我与何心怡一起探讨，她对剧本进行了以下几方面的修改。

其一，戏中戏的内容不可过于荒诞。基于话剧的演出形式，若在演出前 15—20 分钟内无法抓住观众，那么之后的 75 分钟再精彩也要打折扣。同时，戏中戏的故事应当同戏外的剧情连接更紧密。

在《桃花小源》修改稿中，何心怡添加了一个桃花源的圣女宁宁，让她从信任沈先生到开始怀疑到彻底失去信任。这一心理线索与戏外的节奏更加吻合,更加紧密。这一添加,我认为是十分有意义的。同时,我建议何心怡尽可能将合唱队的功能运用到极致,不单单只是抒情,而更要有叙事功能。在修改稿中,合唱队的叙事功能帮助编剧完成了一个行云流水的戏中戏结构。

其二,戏外的部分应增添生活的烟火味,让整个戏的人物关系变得更为写实,而非只是一个硬邦邦的"套"。

在修改稿中,何心怡增加了两条感情线。利用沈瑞和女友江宁、班花蒋琪琪,以及蒋琪琪和樊驰、李世两条线,成功地将人物性格的发展处理得更为具体和生动。人物有感情,有温度,较好地规避了过于理性的风险。

其三,在修改稿中,何心怡增加了展示人物性格的许多别致细节。如给戏剧学院的老师万泉设计了一句独特的口头禅,给樊驰设计了一双独特的鞋子,给富二代崔志设置了不可一世的嚣张气焰以及属于他自己的软肋等,这些设计让这个剧本显得更为生动。

总之,何心怡修改后的剧作总体上说是成功的。无论是人物性格、情节结构,还是主题呈现,都较初稿有很大进步。通过《桃花小源》这两稿作品的对比,也可以明显地看出她的编剧能力有很大提升。写初稿的时候,她还是一个在校的研究生,五指不沾阳春水;工作两年以后,她承担起更多的社会责任。作品是生活的一面镜子,是反光镜,也是放大镜。通过作品,我想我能欣慰地感受到,成长,对一个向善向上的孩子来说,虽然辛苦,但是值得!

话　剧

倒春寒

李世涛

李世涛

男,上海戏剧学院编剧创作理论研究专业博士。现任上海戏剧学院副教授,戏文系副主任、写作教研室主任。迄今已有12部大型话剧演出,其中,《海上生明月》《任务》获国家艺术基金资助,《倒春寒》《深呼吸》获上海文化发展基金会青年编剧项目资助,《大江北望》获上海市重大文艺创作项目资助。

时　间：

一个很遥远的年代，一个没有鸟语花香的春天。

地　点：

北方，一条从这一个乡村通往另一个乡村的路上，一所空空的大房子。

人　物：

陈老根——67 岁，家族老者，会吹唢呐。

陈喜奎——45 岁，小名大奎，陈家长子。

梁秀娥——42 岁，大奎的妻子。

陈喜实——39 岁，小名皮实，木匠，大奎的堂弟。

孙大兰——37 岁，隔壁村的女人，后来嫁给了皮实。

陈喜宝——26 岁，小名栓宝，光棍，大奎和皮实的堂弟。

陈喜丫——24 岁，小名二丫，陈家养女，大奎的妹妹。

刘利落——27 岁，二丫的丈夫，上门女婿。

陈小勇——15 岁，陈喜奎的儿子。

狗娃儿——14 岁，孤儿。

老年陈小勇——67 岁，叙事者。

序 幕

[现代,一个晚上。

[荒草丛生的郊外。

[灯光微微亮起,一座石碑出现在舞台中央,石碑大约一人多高,上面模糊地写着"陈氏先祖遇难纪念碑"的字样。

[一束强光亮起,随后是推土机的轰鸣声,声音越来越大,震耳欲聋,紧接着是推土机重重砸在石碑上的声音。

[幕后传来工人的声音:"奇怪了,根本推不动!"

[老年陈小勇的声音:"开足马力,一辆推土机不行,就两辆!"

[推土机再次砸向石碑的声响,石碑依旧岿然不动。

[工人的声音:"还是推不动,真是见了鬼了!"

[老年陈小勇上,他西装革履,手持拐杖,面带富态。

老年陈小勇　我就不信这个邪！我看不是有鬼,是你们在捣鬼！

[工人的声音:"陈老板,这活儿我们干不了,您还是找别人吧。"

[推土机启动的声音。

老年陈小勇　回来！我给你们双倍工钱！

　　　　　　　　〔推土机的声音消失,显然已经走远。

老年陈小勇　　混蛋!有钱能使鬼推磨,我就不信有钱推不倒这
　　　　　　　　座碑!(拿起电话拨打)喂,现在就去找两辆推土
　　　　　　　　机来……明天就要举行奠基仪式了,今晚必须把
　　　　　　　　这个碑推倒……不要那么多废话,照我说的做!
　　　　　　　　〔老年陈小勇走到碑前,一只手撑着,另一只手将
　　　　　　　　挡住碑文的枯草拨开,然后坐在碑前。也许是累
　　　　　　　　了,他靠在碑上睡着了。
　　　　　　　　〔灯光变化。
　　　　　　　　〔唢呐声响起,由弱变强。
　　　　　　　　〔老年陈小勇被唢呐声惊醒,站了起来。

老年陈小勇　　什么声音?(侧耳倾听)唢呐!这曲调怎么这么熟
　　　　　　　　悉?我是不是在做梦?(晃了晃头)不对,我分明
　　　　　　　　听见了唢呐声。
　　　　　　　　〔狗娃儿从石碑后面跑了出来,拉着老年陈小勇的
　　　　　　　　手"哇啦哇啦"说着一些谁都听不懂的话。

老年陈小勇　　(甩开狗娃儿的手)你是谁?走开,不要碰我!
　　　　　　　　〔狗娃儿指了指石碑后面。

老年陈小勇　　(认出了狗娃儿,抓住他的手)是你吗?狗娃儿!
　　　　　　　　真的是你吗?
　　　　　　　　〔狗娃儿拉着老年陈小勇向石碑后面走去,老年陈
　　　　　　　　小勇刚走了几步,又退了回来。
　　　　　　　　〔顺着老年陈小勇的目光,鬼魂们从石碑后面走了
　　　　　　　　出来。

老年陈小勇　　爹,娘,是你们吗?老根爷爷,皮实叔,姑姑,是不
　　　　　　　　是你们?
　　　　　　　　〔鬼魂们并不回答。

389

老年陈小勇　是你们,我忘不了你们的样子! 你们是来看我的吗? 我很好,你们看! (指了指自己的衣服)我过得很好! 明天这里就要举行奠基仪式,马上就会有一片高楼在这里拔地而起。(骄傲地)这是我建的楼!

　　[老年陈小勇讲话时气宇轩昂,完全不像是一个老年人。他走到舞台另一侧,指着远处。

老年陈小勇　还有那里,也被我买下来了,我准备把那里开发成购物中心……

陈喜奎　小勇。

老年陈小勇　爹。

陈喜奎　你有出息了!

老年陈小勇　爹,我没给陈家列祖列宗丢脸吧? 这些年我拼了命地干,为的就是给陈家争口气。您看,现在这一切……

陈喜奎　陈家列祖列宗的脸面都让你丢尽了。

老年陈小勇　为什么这么说?

陈喜奎　你忘本! 你忘了为什么要立起这座纪念碑,忘了曾经在这里发生了什么,忘了你为什么活着!

老年陈小勇　活着? (喃喃自语)为什么活着? 不! 我没有忘记! 那是我一生中最艰难最黑暗最痛苦的岁月,我怎么可能忘记呢? 这些年,我经常一个人走到这里,看看这座纪念碑。爹,我想你们。

　　[老年陈小勇想靠近鬼魂们,鬼魂们却不理会他,缓缓走向纪念碑后面。

老年陈小勇　在你们眼里,我就是个忘了本的不肖子孙。可是,你们知道吗? 这么多年以来,曾经在这片土地上发生过的事情,像一块巨石一样压在我的心上,让我喘不过气来,我不敢去想,却又不能不想。我只有拼了命地赚钱,不让自己停下来,才能让过去的事情在我的心底消失,可是,它的的确确发生过,又怎么可能消失呢?

〔唢呐声再次响起,灯光变化,老年陈小勇似乎进入了一种梦境。

老年陈小勇 那是我15岁那年的春天,春天一到,总是让人感觉世间万物都有了新的希望,而我和我的家人们,却在那年的春天真正体会到了什么叫作绝望。是的,绝望,我长大以后无数次从别人的嘴里听到过这个词,但我每次听到这个词从他们嘴里蹦出来的时候,我都会觉得可笑,他们配不上这个词,没有经历过死亡的人是不懂得什么才是真正的绝望的。我想在我认识的所有人中间,没有人比我更能深刻体会这个词的含义。这些人知道什么叫求生不能吗? 有亲眼看着亲人们离你而去,自己却束手无策吗? 或者,有经历过那种想填饱肚子,却连吃一粒米都是奢望的日子吗? 饥饿,会让你变得恐慌,让你失去对世间万物的期待,甚至让你失去呐喊的力气。这一切都在我15岁那年的春天发生了,那一年,家乡遭遇了从未发生过的饥荒,吃饭成了家里的头等大事。眼看着饥荒一天比一天严重,父亲决定带上全家人一起离开世代居住的村子出去讨生活。临走之前,父亲背上了陈家祖宗的牌位,对于父亲来说,这是比命都重要的东西,他认为总有一天要把牌位送回家。于是,我们就这样踏上了离开家的路途。去往哪里？明天会发生什么？没有人知道，全家人的心里只有一个念头——活下去，像一个人一样活下去。

第一场

[许多年前的一个春天，阳光刺眼的午后。

[一座空荡荡的房子里。

[这是位于郊外的一座房子，四周都是荒地，没有人说得清是什么人在什么时候，以及为什么在这里建起了这座房子，总之，它看起来与周围的环境格格不入。房子共有一个厅堂，左右两侧各有两道门通往侧室。陈喜奎夫妇和陈喜实夫妇分居左侧两个房间，右侧靠里是陈喜丫的房间，陈老根和陈喜宝带着两个孩子住在外面的房间。厅堂里摆放着房子主人剩下来的家具，所谓家具也不过是一些破旧的桌椅板凳。在厅堂最显眼的高处，供奉着一座木质牌位，上面刻着"陈姓历代显祖考妣之神位"。

[光亮。陈老根满怀心事地编着草筐，他嘴里叼着早烟袋，不时地抽一口，然后在脚底磕两下。

[大奎从房间走出来，走到牌位前，从地上捡起几根枯草，插在牌位前的香炉里。

大　奎　妈的！活人受苦，祖宗们也跟着遭罪，连炷香也没有。老根叔，你编筐做什么？

陈老根 闲着也是闲着,编好了,也许能用得上。

大　奎 你还是省点力气吧,肚子里没食,身上也没劲,我看你这两天脸色很差。

陈老根 死不了,我巴不得自己早点去见列祖列宗,免得在这里遭罪。

大　奎 别说这些晦气话,总会有办法的。

　　　　〔大奎往外走。

陈老根 你去哪里?

大　奎 我出去走走,看能不能挖点野菜。

陈老根 流年不利,开春以来地上连根毛也不长,你去哪儿挖野菜?

大　奎 我前两天看到一片地上冒芽了,这几天应该长起来了,我得去看看,万一被别人先发现,就要给挖光了。

陈老根 大奎,你得想想办法,咱们在这里待了好多天了,不能在这里干等,换个地方试试,也许就能找到粮食。

大　奎 你不说我也知道,但眼下到处都闹饥荒,能去哪里呢?让我再想想吧。

　　　　〔皮实从房间里出来。

大　奎 皮实,跟我出去走走。

皮　实 大奎哥,去哪里?

大　奎 问这么多干吗?光憋在屋里,活人都能憋疯了。

皮　实 不是,大兰说了,现在外面乱得很,最好不要出去。

大　奎 你听她的还是听我的?一个大男人,天天围着女人转,一点都不像咱们陈家人。走,跟我出去挖野菜去。

皮　实	有野菜？太好了！你等一下，我去跟大兰说一声。
大　奎	回来，屁大点事儿都要跟她说。你挖了野菜，让她填饱肚子，人家才会瞧得起你。女人嘛，跟着你就是为了有饭吃。

〔皮实尾随大奎下。

〔陈小勇从房间里走出来，也许是很久没有吃饱饭，所以看起来非常瘦弱，浑身没有力气。他走到陈老根处，坐下，一副有气无力的样子。

陈小勇	爷爷，我饿。
陈老根	忍着点，小勇。
陈小勇	我都忍了很多天了，受不了了。我这肚子前两天还咕噜咕噜叫，这两天已经叫不动了，你摸摸我的肚皮，都瘪了。
陈老根	乖！你爹出去挖野菜了，等他回来你就有饭吃了。
陈小勇	又是野菜，你看我这脸都是绿色的了。
陈老根	有口吃的就不错了，你抱怨也没用，让你爹看见你这样，免不了又骂你。
陈小勇	他就会冲我发脾气！爷爷，你再给我说说那匹马呗，那匹马有多高？
陈老根	想让爷爷给你讲讲那匹马的故事？
陈小勇	嗯！
陈老根	比你高出一大头哩，头几年去镇上交公粮，方圆十几个村的牲口，数它威风。它个子高，肉也结实，浑身上下没一根杂毛，干起活来也卖力。
陈小勇	它跑起来一定很快。
陈老根	快着哩，咯噔咯噔咯噔，跑起来四只蹄子像不沾地似的。我这辈子见过那么多马，最喜欢它了。

陈小勇 那你骑过它吗？

陈老根 没，全村的活都指望着它干，这就够累了，谁还忍心骑它。它的命比人都金贵，得精心伺候着。

陈小勇 那你都喂它吃什么？

陈老根 干草、麦秸，有时候也给它喂点饲料，掺和点麦麸、黄豆。开春和秋收的时候，得让它多吃点粮食，这样干活才有力气。但它后来最喜欢吃嫩草，我琢磨着它跟人一样，上了年纪牙口不好，吃嫩草不费劲。

陈小勇 要是人也能吃草就好了，等外面的草长起来，咱们吃了就不会饿肚子了。

陈老根 傻小子，人要是把草当饭吃，就不能活了。

陈小勇 可如今都开春了，外面的草也不冒芽儿。

陈老根 （若有所思地）早些年一到这时候，地上的草就长起来了，今年节气不好，都开春了天气还这么冷，这老天爷也存心不让人安生。（裹了裹衣服）

陈小勇 爷爷，那匹马后来怎么样了？

陈老根 后来，（停顿了一下）它老死了。

陈小勇 真可惜，我都没见过那么漂亮的马。等我长大了，我也要养一匹马，把它喂得结结实实的，这样咱们再出门时就可以乘坐马车了。

陈老根 那你要好好跟狗娃儿他爹学，长大后去省城上班，吃公家粮食，多咱也饿不着，那才是给咱陈家长脸。

陈小勇 嗯！爷爷，我还要给我的马起一个好听的名字，你说叫什么好呢？

〔陈老根在他说话时站起身，往门外望去。

陈小勇　爷爷,你说我爹能带回来野菜吗?

陈老根　能,肯定能。

陈小勇　他们要是能找点粮食回来就好了,我想吃娘烙的饼了。

陈老根　熬过这段日子,让你吃个够。

　　〔栓宝追着狗娃儿从屋里跑出来。

栓　宝　狗娃儿,把你那把枪给我玩玩!

狗娃儿　不给,枪是我的。

　　〔栓宝欲上前抢夺,狗娃儿死死地抱在怀里躲闪着,最后躲到了陈老根身后。栓宝不罢休,仍要抢,拿布鞋隔着陈老根要打狗娃儿,却打在了陈老根脸上。原本大哭的狗娃儿破涕为笑。正在里面做饭的秀娥听到外面的动静后也出来了。

梁秀娥　(大声呵斥)栓宝,你跟孩子抢东西,你要不要脸!

栓　宝　(引诱狗娃儿)狗娃儿,你把你的枪给我玩一会儿,我一会儿给你唱曲,就唱你爱听的小寡妇进光棍家那一段,怎么样?

梁秀娥　一天到晚琢磨这些脏东西,活该你打光棍。

栓　宝　脏东西?咱虽然没娶上媳妇,可心里明白这男女之间不就那点事儿吗?两人衣服这么一脱,往被窝里这么一钻,嘿……(他边说边做动作)

狗娃儿　(学他的动作)嘿!

梁秀娥　(打断他)闭上你的臭嘴,小心教坏孩子。

栓　宝　怎么着,戏不让唱,话还不让说了?

梁秀娥　这狗娃儿虽说是孤儿,却是他爹去世时将孩子托付给咱陈家的。那枪是他爹亲手给他做的,他视如珍宝,你怎么总是惦记他那把枪。

栓　宝	他那把枪做得真好,我就是想看看,又不白玩,这一路上不都得指望我照看这傻孩子吗?
梁秀娥	指望你照看? 吃饭的时候也没见你让着他,还动不动瞅着人家碗里的,今儿个抢玩具,明儿个就从孩子嘴里抢饭吃。
栓　宝	嫂子,你这不是埋汰我吗? 我栓宝做人是讲良心的,从孩子碗里抢饭吃这事儿我做不出来。
梁秀娥	得了吧你,狗嘴里吐不出象牙。
栓　宝	嫂子,你这话说得……
梁秀娥	就这么说你了,怎么着?
栓　宝	这哪是狗嘴? 这明明是人嘴。

〔一直在旁看着的陈老根,用力地敲了敲旱烟袋。

陈老根	行了! 都少说两句,吃饱饭有力气没地儿使是不是? 小勇,你出去看看你爹他们回来没有。
陈小勇	嗯!

〔小勇出去,陈老根准备回自己房间。

栓　宝	(嬉皮笑脸地)嘿嘿,老根叔。

〔陈老根不理他。

栓　宝	(等陈老根进屋去)你个老不死的!
狗娃儿	大娘。
梁秀娥	不生气哈,大娘晚上不给他饭吃。
栓　宝	我说,大奎哥他俩该不是出什么事了吧? 要不就是找到了好吃的,吃独食呢。
梁秀娥	少说风凉话,大奎是那样的人吗? 你要是不愿意在这里等,那你自己出去找吃的。
栓　宝	我才不去,我不如大奎哥本事大,有他在,我饿不着肚子。

梁秀娥 那你就少说这些废话。(扶起狗娃儿)狗娃儿,坐起来。

[狗娃儿坐下拿衣角擦起了枪,栓宝坐在狗娃儿的旁边伸出手想要去摸。

狗娃儿 (以为栓宝又来抢,赶忙起身把枪捂在怀里,学刚才栓宝的样子骂道)老不死的!(转身跑去陈老根的房间)

栓 宝 这死孩子,看我不找机会好好拾掇拾掇你!

梁秀娥 (无奈地)唉,栓宝,你说你也老大不小的了,就不能有个正行吗?

[孙大兰上。

孙大兰 哟,嫂子,栓宝,你俩做啥呢?

梁秀娥 (阴阳怪气地)栓宝,你说话嘴上可得有个把门的,别让外人听见。

栓 宝 这屋里有外人吗?(看一眼孙大兰,明白过来)就是有人我也不怕,长了一张嘴,不让吃饭还不让说话,你干脆找个东西把我鼻子下面这东西给糊上算了。

孙大兰 栓宝,我求你件事儿呗。

栓 宝 说吧。

孙大兰 我屋里床板坏了,你能帮我修修吗?

栓 宝 唉,就知道你找我没啥好事儿。(起身欲往孙大兰屋里去)

梁秀娥 栓宝,人家皮实是木匠,还轮不到你去修床板。再说了,怎么别人屋里的床板不坏,就她的坏了呢?

[孙大兰刚要还嘴,栓宝赶紧拦住。

栓 宝 得得得,等皮实回来让他给你修吧。

孙大兰　那……等皮实回来。(转身想回屋,看到牌位前香炉里的麦秸秆已经烧光,顺手拿起三根麦秸秆点着插进香炉)哟,你看,这祖宗的香快烧没了。

梁秀娥　(看见她的举动,慌忙上前拔掉麦秸秆)谁让你动香炉的?咱陈家祖宗的牌位,轮不到外人来伺候。(边说边扔掉麦秸秆)

孙大兰　(毫不示弱地)嫂子,自打我嫁过来以后,你就没正眼瞧过我,今儿个你倒是说说,我到底哪里让你看不顺眼了?

梁秀娥　(嘲笑她)笑话,大半夜的往男人炕上一躺就叫嫁?说这话也不臊得慌。栓宝,你也别惦记着什么曲儿了,眼前这出戏比那好看多了。

栓　宝　你俩斗嘴,掺和我进来干吗啊?得嘞,嫂子,就此打住吧,赶紧去看看有什么能对付几口的,我这肚子都叫了半晌了。

梁秀娥　吃吃吃,全他妈的挤到一个碗里来抢饭吃,不要脸的骚货!

孙大兰　你别张嘴就骂人!大奎哥跟皮实不在家,你就欺负我,有什么话等他们回来咱俩当面说。

梁秀娥　当面说我也不怕!撅着屁股要饭吃,这种不要脸的事儿,你好意思做,我还不好意思说呢。我告诉你,老爷儿们偷的这一点粮食,是为了一大家子人能活命,可不是为了养闲人,更不会养狐狸精。别老有事儿没事儿地往我家男人身上蹭,皮实他人老实好糊弄,我们家大奎可不吃你那一套。下回让我逮着,我非撕烂了你不可。

孙大兰　(恼羞成怒)梁秀娥,你……我今儿个非得撕烂你这张臭嘴。

〔两人扭打在一起，栓宝费尽力气把两人分开。

栓　宝　我说两位姑奶奶，这都啥时候了，你们就别斗了。人家说不定正四处找咱呢，你们这么嚷嚷，非得把人给招来，咱们要是被逮住，不用你们俩，人家就把咱们所有人的嘴给撕烂喽。（忽然闻到一股奇怪的味道，用力地闻了闻）这是啥味儿啊？啥东西糊了？

梁秀娥　坏了，我锅里头还炖着地瓜面疙瘩呢。（赶紧跑下）

栓　宝　（朝后台喊）嫂子，那糊了的疙瘩可别扔了，留给我吃，这年月可不能糟蹋粮食。（转身对孙大兰，小声地）我说你跟她较什么劲儿啊，让她说两句又死不了，真闹掰了还是你吃亏。

孙大兰　她太欺负人了，今儿个就是趁着他俩不在找我的茬。（说完哭了起来）

栓　宝　得得得，你省点力气吧，我看呀，你俩都不是好惹的主儿。（朝后台喊）嫂子，饭好了没？你可别在后面偷吃啊。（孙大兰在他说话时回了自己房间）你干吗去啊？马上就吃饭了。（孙大兰并不理他，返身关上门）

〔梁秀娥端着一小锅饭外加一小碗地瓜面饭上，她把饭放在桌子上，挨个往碗里盛米汤。

栓　宝　嫂子，我自个儿来就行。（要盛饭）

梁秀娥　（打栓宝的手）拿开你的狗爪子。（盛一碗饭放在牌位面前）今儿个是初一，这第一碗饭要让祖宗们先吃。

栓　宝　那你也多少分一点地瓜面饭给我们吃吧，咱这么多人眼瞅着有饭不能吃,就只能吃野菜拌面汤,心里不是滋味啊,这还有小孩子要长身体,这些哪能吃得饱啊。

梁秀娥 有得吃就不错了,别挑三拣四的。

〔陈小勇从外面回来。

陈小勇 娘,我在外面看了半天,我爹他们连个影儿都没有。

〔在二人说话的时候,栓宝赶紧盛饭。

梁秀娥 那就不等了。(抢过栓宝刚盛好的一碗饭递给小勇)你把这碗给你老根爷爷送进去。(又抢过栓宝盛好的另一碗)来,这是你和狗娃儿的,快去屋里吧。

〔陈小勇端碗进屋,梁秀娥又盛了一碗,走到二丫门前敲门,栓宝趁她离开后赶紧给自己盛了一碗。

梁秀娥 二丫,孩子睡了?(二丫点头)那你出来吃饭吧。

二 丫 嫂子,我不饿,你们吃吧。

梁秀娥 你都两天没吃东西了,这样下去可不行。(说完拉着二丫来到大堂,盛饭给她)来,把这个吃了。

二 丫 嫂子,我吃不下。

梁秀娥 (把碗塞到二丫手里)你不吃饭哪儿来的奶水,不为自己想也得为孩子想。

二 丫 嫂子,我不会想不开,为了这孩子,我也会好好活着。

梁秀娥 可怜这么小的孩子,刚生下来就遭这么大罪。

二 丫 这就是孩子的命,他要是投胎到一个好人家,也不至于遭这么大的罪。我有时候就想,只要能让这孩子活着,让我去死我都愿意。(抹眼泪)

梁秀娥 傻妹子,你别说这话,会慢慢好起来的。(跟着抹

眼泪)

栓　宝　嫂子,你刚才和屋里头那位吵架时,跟个母夜叉似的,这会儿在二丫面前又成了活菩萨,你这是闹哪一出啊?

梁秀娥　我呸,那个骚货!离了男人活不了的东西!

栓　宝　你还真别说,你们女人啊,离了咱们大老爷们儿还真活不了。是吧,二丫?不然谁去弄粮食?

　　　　[二丫在他们说话时偷偷擦拭泪水,被梁秀娥看见。

梁秀娥　(瞪了一眼栓宝)二丫,过去的事你就别想了,多往前看。

栓　宝　就是,他刘利落逃荒路上把你们娘俩儿扔下跑了,你就是想他,他也不回来了。

梁秀娥　你别说了,吃着饭还堵不上你那张臭嘴。

栓　宝　我说得有错吗?他刘利落就是个白眼儿狼,你瞧二丫现在这模样,我瞧着都心疼。(靠近二丫)我要娶了二丫这样的媳妇,做梦都得笑出来。二丫,你也别竟想那些没用的,为了孩子,你也得好好活着不是?(把碗里的饭倒给二丫)二丫,我劝你别整天惦记刘利落了,跟着我过得,气死那个刘利落,你看咱俩多般配。(说着要去摸二丫的手)

二　丫　(躲开)哎呀,我得看看孩子去。(下)

栓　宝　二丫,咱俩的事儿你再好好想想。

梁秀娥　(生气地)栓宝,你明知道二丫为这事儿难受,非得哪壶不开提哪壶。

栓　宝　我不提她就不难受了吗?刘利落倒插门到陈家,来了之后就没办过一件好事,别看他平常不言语,心眼儿多着呢。二丫这么好的姑娘跟着他,亏大发了。

梁秀娥 那也轮不到你来管二丫。

栓　宝 嫂子,你别看我话多,我对人可实诚。(故意提高嗓门冲着二丫屋里说)二丫要是跟了我,我保准儿对她好。

梁秀娥 你别在这儿糊弄人了,没人信你的话。(端起锅)

栓　宝 菩萨嫂子,你再给我盛点儿。

梁秀娥 没了!(下)

栓　宝 我不说不就得了嘛,这年头,填饱肚子最要紧。

〔栓宝端着碗,津津有味地舔着碗沿剩下的残渣。

〔重重的敲门声响起。

栓　宝 这俩人,不到饭点不回来。

〔栓宝开门,三个彪形大汉提着棍子闯了进来,用力把栓宝推倒在地。

大汉甲 吆嗬,正吃着呢?

栓　宝 三位大哥,你们是?

大汉乙 少他妈装蒜。

栓　宝 大哥,我真不认识你们。

大汉丙 你前几天是不是去过朱家屯?

栓　宝 (斩钉截铁地)没去过。

大汉丙 (举起手里的棍子吓唬)去过没?

栓　宝 去过,去过,大哥,咱们有话好好说,先把家伙放下。

大汉甲 那我问你,你们偷的粮食都去哪儿了?

栓　宝 早就吃完了。

大汉甲 我看你小子没一句实话。你们俩进去找找。

〔大汉乙和大汉丙挨个房间找,厨房传出了锅被摔碎的声音。其他人都被惊动，梁秀娥和孙大兰从各自房间出来。很快，两名大汉拖了一个麻袋出来。

大汉乙　（对大汉甲）就剩下这一袋子了。

梁秀娥　你们是干吗的？这不是抢劫吗？（欲上前夺回粮食）

栓　宝　（赶紧拦住她）嫂子，人家是朱家屯的，找上门来了。（梁秀娥很是惊讶，忙收手）

大汉甲　你们胆子也忒大了，偷了我们三袋子地瓜。我们满世界地找了你们三天，原来你们躲在这里呢。你们这里谁当家？说说怎么办吧。

栓　宝　大哥，我们家大哥出去办事儿不在家。你行行好，放过我们。

大汉乙　放过你们？没那么容易！

栓　宝　要不你等我大哥回来再商量。

大汉甲　少他妈废话！两袋子地瓜进了你们肚子，就是他回来也赔不起。你们有什么值钱的东西都拿出来。

栓　宝　大哥，你看看我们一个个跟丧家狗似的，浑身上下哪有一样值钱的东西。不信的话，你们自己找。

大汉甲　少他妈废话！（环视房间一周，猛地看见桌上的牌位，走向前取在手中）没钱是吧？先拿这个做抵押，等你们当家的回来跟他说，三天之内拿东西去赎。你们要是不来，我们就把这玩意儿劈了当柴烧。

栓　宝　（上前抓住大汉甲的衣服）这个你们不能拿。这可是我们全家的命根子，你们要是拿走了，我大哥回

404

来之后非宰了我不可。

大汉甲 那是你们家的事,松手!(甩开栓宝)

〔右侧靠前的房门开了,陈老根从里面走出来。

陈老根 几位小兄弟,偷粮食的事儿是我们这些人做的,跟这牌位没关系。你们非要抵押的话,把我这个老头子带走吧,牌位你们不能动!

大汉甲 带你一个大活人走有什么用? 带回去还得管饭吃,别想好事了! 咱们走!

〔三名大汉转身欲走。

陈老根 (怒吼)栓宝,拦住他们!

〔栓宝冲上前去抢夺牌位,梁秀娥和孙大兰也上去帮忙,几个人厮打在一起。混乱中,牌位掉在地上。陈老根慌忙去捡,大汉甲抢前一步把陈老根推倒在地,陈老根"啊"的一声惨叫,痛苦地坐在地上。栓宝等人顾不得牌位,赶紧去扶陈老根。三名大汉趁机拿着牌位跑出门去。

栓　宝 老根叔……

陈老根 别管我,赶紧去把牌位追回来!(栓宝迅速撵了出去)

梁秀娥 (哭了起来)大奎,你咋还不回来啊!

陈老根 (老泪纵横,长叹一声)老祖宗们,我们对不住你们哪!(跪在牌位桌前重重磕头)

〔灯暗。

〔舞台左侧定点光亮,老年陈小勇出现。

老年陈小勇 因为还不上人家的粮食,祖宗牌位被抢走了。我爹跟皮实挖了野菜回来,兴冲冲地进了房间,发现牌位不见了,一脚就把栓宝踹倒在地上。牌位在

405

我爹眼里比人的命都重要,栓宝却眼睁睁地看着别人把它抢走,这简直是奇耻大辱!后面的两天里,我爹一直愁眉不展,一口饭也不肯吃,我们都知道,他在想着怎么才能把牌位要回来,可这谈何容易?于是,在对方规定期限的前一个晚上,我爹召集家人开会,作出了一个意想不到的决定。

第二场

[第一场两天后的晚上。

[地点同第一场。

[一束定点光打在牌位上,栓宝跪在案几前,看得出他已经跪了很久,他不时地调整姿势,以便让自己跪起来比较舒服,然后慢慢地打起了瞌睡。

[舞台右侧陈老根的房间里,十分昏暗的灯光亮起,可以看到人们用木板临时搭了一张床,上面散乱地铺着被褥。床边有张矮桌,燃着一支快要烧尽的蜡烛。大奎蹲在地上收拾野菜,陈老根在他身旁抽着旱烟袋,房间里沉闷得只能听到陈老根磕烟袋的声音。

[二丫孩子的啼哭声打破了沉闷的气氛,被惊醒的栓宝慌忙跪直身体。

大　奎　(抬起头来)两天了,不能再拖了。(把野菜扔到一边)咱不能拿这些玩意儿糊弄人家!

栓　宝　大哥,那你也别糟蹋粮食,给我吃吧。

大　奎　（赌气地把野菜扔向栓宝）吃吃吃，都他妈吃了！
　　　　（栓宝赶紧拿起来往嘴里塞，大奎更加生气）你他
　　　　妈还真吃！我告诉你，你一个大活人，连个牌位都
　　　　看不住，就该罚你！

栓　宝　（带着哭腔）人家那是三个大老爷们儿，都那么大
　　　　块头，我要和他们打起来，非得把我打死不可呀。

大　奎　打死你，你也不能把牌位丢了。

栓　宝　谁让你不在家，你要在家……（看大奎正瞪着自
　　　　己）好，我的错，我的错……

陈老根　（磕烟袋）别叨叨了，活人还能让尿给憋死？！

大　奎　咱们离开家的时候是发了誓的，要把牌位送回去。
　　　　可半道儿上被人夺走了，怎么有脸见祖宗。咱们
　　　　就是一群窝囊废！（给了自己一记耳光）

陈老根　打自己有什么用，你是这家的老大，得想招儿。

大　奎　我就是觉得憋屈得慌。谁家不指望后人光宗耀
　　　　祖？到了我这里，连个牌位都保不住。这能怨我
　　　　吗？可我又想不明白，这能怨谁呢？

陈老根　想不明白的事儿多着呢，光发脾气吹胡子瞪眼有
　　　　什么用？办法都是人想出来的，活人还能让尿
　　　　憋死？

大　奎　我是想不出办法了，实在不行，我就去抢，豁上这
　　　　条命，我也不怕！
　　　　〔敲门声响起。三人警惕地朝门口望去。

栓　宝　（从地上爬起来，害怕状）大哥，这又是谁呀大哥？

大　奎　谁呀？（外面没动静）谁呀？说话！
　　　　〔皮实在门外喊："大哥，是我，皮实。"

大　奎　皮实回来了。

407

〔大奎开门，皮实痛苦地捂着脑袋上。

皮　实　大哥……

大　奎　呀，你这咋又让人给打了?! 来，快坐下说。

　　　　　〔大奎关门，皮实坐在炕边。

大　奎　这是咋的了？

栓　宝　(凑上前)这是咋的了？

大　奎　人家那边咋说的？

栓　宝　(附和着)人家那边咋说的？

大　奎　人家有啥说法没？

栓　宝　人家有啥说法没？

大　奎　人家说要啥了吗？

栓　宝　人家说要啥了吗？

大　奎　(推开栓宝)你给我回去跪着! (栓宝回到原地跪着)

陈老根　(端一碗水给皮实)先喝口水。

大　奎　慢点喝。

皮　实　(喝一口水说一句话)他们家有一对老头老太太……头两年，粮食多了没人收。他们私藏了一些，没交公……(大口喝水)

大　奎　哎呀，你快说呀。

皮　实　(再喝一口)怕被人偷了抢了，就找了几个人看着粮食……(端碗再喝)

大　奎　(抢过碗来)哎呀，行了，别喝了，快点往下说!

皮　实　(停顿了半天)没了。

大　奎　就这些？人家就没说要啥？

皮　实　(看了一眼大奎，索性蹲到地上)我就打听来这些。

　　　　　〔停顿。

408

大　奎　栓宝,狗娃儿他爹留下的那些手艺活儿……

栓　宝　那都是一些木头玩意,它就是技术再好,那也是一堆木疙瘩,值不了几个钱。再说那也是狗娃儿他爹给他留作念想的,我平时拿来玩玩他都当作宝贝不让摸,你就忍心送了别人? 依我看,那些人是啥都不缺。

大　奎　那他们家要什么? 来,你说,他们要什么我给什么。

　　　　[梁秀娥端着一碗饭上。

梁秀娥　大奎,这是那天剩下的一点地瓜面,我就和了点疙瘩汤,你两天没吃东西了,吃点吧。

大　奎　(推开碗)不吃! 我们几个爷们儿在这里商量事儿,你进来瞎掺和啥? 出去!

　　　　[受了委屈的梁秀娥转身要走。

栓　宝　嫂子,大哥不吃,你给我。(梁秀娥不理他)

大　奎　秀娥,你过来一下……(梁秀娥站住,大奎走到她面前)我记得咱俩结婚时,你娘家陪送了一个玉镯子,也没见你戴过。你把它放哪儿了?

梁秀娥　那镯子不是玉的,糊弄小孩子的玩意儿。

大　奎　你拿给我看看,兴许能值点钱。

梁秀娥　不值钱的玩意儿,拿它干吗? 早忘了放哪儿去了。(急着转身走)

大　奎　你站住,你把镯子拿给我看看。

梁秀娥　(哀求的语气)大奎,那镯子是我娘临死前留给我的,不能送给别人。

大　奎　("啪"一记耳光打在梁秀娥脸上)叫你去拿! 你怎么这么啰嗦?

　　　　[梁秀娥被一巴掌打哭。后台传来陈小勇的声音:

"爹,你别打我娘。"

大　奎　睡你的觉!(对梁秀娥)别说是一个玉镯子,要是
　　　　拿你们娘俩能换回牌位,我眼都不眨一下,立马就
　　　　把你们送过去。

　　　　〔梁秀娥听这话后扭头跑回自己房间。

大　奎　(生气地)不孝顺的东西!

陈老根　你拿他俩撒什么气? 她就是拿出来也不顶用,一
　　　　个镯子还换不来几块红薯,现在啥都比不上粮
　　　　食贵。

大　奎　没了这牌位,我就死了也没脸面去见老祖宗。

皮　实　大哥,那牌位十有八九是回不来了。

大　奎　(意识到什么)你说啥?他们是不是已经把牌位给
　　　　劈了?

皮　实　你就当他们给劈了吧,大不了我再做一个,这点活
　　　　儿还能难倒我一个木匠吗?

大　奎　(一脚把蹲在地上的皮实踢倒)你说什么屁话! 这
　　　　是啥? 这是牌位,是祖宗! 说做就做一个?

皮　实　我倒觉得,咱祖宗在他们家倒还好呢,有吃有喝
　　　　的,饿不着,在咱们这儿还受罪……

大　奎　(打断他)陈喜实! 你是不是让人喂了顿饭不知道
　　　　自己姓什么了? 咱陈家的祖宗就得在咱陈家供
　　　　着。(撸起袖子)我今天就替祖宗收拾收拾你!

陈老根　(站起来拦住他)皮实,你是不是有什么瞒着我们?
　　　　(皮实不说话)

大　奎　是不是?

皮　实　没,我知道的都说了。

大　奎　(随手拿起一根棍子要走)好,既然你们都问不出

来,我去问。

　　〔陈老根和栓宝拦大奎,大奎非要出门。

皮　实　大哥,你去也没用。他们要……(不敢往外说)

大　奎　他们要啥? 说!

皮　实　他们要……

陈老根　要啥?

　　〔众人看着皮实。

皮　实　他们要孩子……(众人呆住了)那老两口是绝户,
　　　　就想要个孩子……

　　〔死一般的沉默。

大　奎　(缓过神来,自言自语)要孩子……那……咱就给
　　　　他孩子……秀娥,把小勇带出来。

栓　宝　大哥,你不能这样,你跟嫂子就这一个儿子,不能
　　　　拿小勇去换。

陈老根　小勇都15岁出头了,给人家,人家也不要啊。

栓　宝　狗娃儿还是个傻子,给人家,人家更不能要。

　　〔二丫屋里传来婴儿的哭声,大奎直勾勾地望着二
　　　　丫的房门,忍不住往前走。

栓　宝　大哥,那孩子可是二丫的命,你把孩子送走,二丫
　　　　可就没法儿活了。

大　奎　你起来,给我起来。

皮　实　大哥,咱可不能干这种缺德事。

大　奎　我缺德? 来,你给我个办法,我听你的。

皮　实　(求陈老根)老根叔,你说句话。

　　〔陈老根不停地咳嗽。

栓　宝　(拦住大奎)老根叔,赶紧劝劝大奎哥,这可是要了
　　　　二丫的命啊。(老根继续咳嗽)你咳嗽什么? 你倒

411

是说句话啊!

陈老根 （又咳嗽两下）二丫是大奎的妹妹,虽说不是亲生的,咱们也不能替他拿主意。

栓　宝 老根叔,你说的这是人话吗?

大　奎 二丫还不会说话时,就被我爹抱回陈家养着。到了她嫁人的年纪,我爹死活不肯把她嫁出去,招了个上门女婿,怕的就是白替别人家养活了闺女。

栓　宝 那咱也不能拿人家孩子去换牌位。

大　奎 （犹豫了一下,随即狠狠心）没有我爹她早就饿死了,陈家对她有恩,她得知恩图报。

栓　宝 大哥,咱再想想办法,二丫和那孩子……

大　奎 别说了! 眼前就这一个办法。再说了,这孩子跟着咱们,指不定哪天就饿死在二丫怀里,把他送给别人家,兴许能捡回一条命。

栓　宝 可咱们不能昧着良心做事。

大　奎 换不回牌位,要良心做啥?! 我去跟二丫说。
　　〔大奎走出房间,皮实和栓宝也跟了出来,大堂的灯光亮起。

大　奎 （朝各个房间喊）都别在屋里憋着了,出来透透气。
　　〔孙大兰和二丫出来,梁秀娥擦着眼泪带陈小勇和狗娃儿来到大堂。

大　奎 （环视了一下所有人）咱祖宗的牌位被人拿走两天了,明天就是最后期限。你们咋想的,都说说。

孙大兰 （走上前拿出一个金戒指）大哥,这个金镏子你拿去,兴许能派上用场。

皮　实 大兰,你哪儿来的这玩意儿?

孙大兰 你别问这么多。

皮　实　这不干不净的玩意儿你自己收回去。

孙大兰　我拿身子和别的男人换的，你满意了吧？（把戒指塞到大奎手里）大哥，你拿着。

大　奎　（拿着戒指，回头看了一眼梁秀娥，梁秀娥迅速歪过头去，然后大奎转过头对孙大兰）妹子，我知道你一片好意，可这玩意儿放在早年间还值点钱，现在不顶用了，你收起来吧。（放回她手里）

孙大兰　那总要想个办法把牌位拿回来。

大　奎　办法……（犹豫）办法已经有了。

孙大兰　什么办法？

皮　实　（把孙大兰拉到自己身边）哎呀，你就别问了。

大　奎　（看了看二丫）拿孩子去换！

　　　　〔女人们听到这句话都震惊了，梁秀娥赶紧抓住陈小勇的手。不忍心继续往下听的皮实，蹲在地上捂住了面颊。

　　　　〔大奎走近二丫，二丫从他的眼神里似乎看出了答案，恐惧地往后退着。

二　丫　不，大哥，不能拿我的孩子去换！

　　　　〔二丫抱着孩子躲开大奎，众人也帮忙拦住大奎。

大　奎　都给我起开！二丫，陈家对你有恩，你得知恩图报。

二　丫　（把孩子交给孙大兰，跪在大奎面前）你让我怎么报恩都行，我求你把孩子留下，你不能拿着我的孩子去换牌位。

大　奎　（跪在二丫面前）二丫，就当大哥求求你了。眼下就这一个办法了，把孩子送到朱家屯，孩子能活，牌位也能回来。你抬抬手，陈家的列祖列宗忘不了你的大恩大德。（说罢就要起身去抱孩子）

413

二　丫　（站起来）不！

孙大兰　你这是要二丫的命！

大　奎　（站起身来）好，既然这样，那咱就按老办法，举手投票。除了二丫以外，其他人表个态，同意把孩子送到朱家屯的举手。（自己举起手来，看其他人都不举手）举手啊！好，我一个人代表我们一家三口。

陈小勇　爹，你代表不了我。

大　奎　我还代表不了你了，我一巴掌抽死你。（梁秀娥赶紧把陈小勇搂在怀里）栓宝，你到底什么意思？同意还是不同意？

栓　宝　（犹豫地）我……同意。

陈小勇　叔！

皮　实　栓宝，你这个王八蛋！

栓　宝　大哥说得对，把孩子送到朱家屯，孩子能活下去。

　　　　［众人又准备骂栓宝。

大　奎　好了，现在不同意的举手。（皮实和孙大兰举起手来）

陈小勇　（举起手来）我不同意！

大　奎　你把手放下。

陈小勇　不，我就是不同意。

大　奎　放下手！我今儿就宰了你！

陈小勇　（躲向梁秀娥身后）反正你不能把孩子送走。

大　奎　我就该把你送到朱家屯。

孙大兰　大哥，你再想想别的办法。

皮　实　就是，再想想。

大　奎　别说了！（看着陈老根）老根叔，你同意不？你说

414

话呀!(陈老根不回答,拿着烟袋走出大堂)老根叔……(想了半天)对了,还有狗娃儿呢。狗娃儿,你同意不?

[大家把目光聚集在狗娃儿身上。狗娃儿看着举起手的大人们,突然站起身来大喊:"娘,我饿!"

大 奎 狗娃儿这是表示同意了。二丫,哥对不住你了。(大奎要去抢孩子)

孙大兰 二丫,你快跑!

[二丫抱着孩子跑出门去,大奎摆脱皮实的阻拦向门外追去,几秒钟后,门外传来二丫的嘶吼声:"不!"

[大堂灯光在二丫撕心裂肺般的哭喊声中暗去。

[舞台左侧灯光亮起,老年陈小勇出现在光圈里。

老年陈小勇 我永远忘不了那个漫长而残忍的夜晚,尊严、道义、亲情,在那一刻统统都被抛弃,一切都变得赤裸裸。我第一次感受到了生命的残酷,它是如此的恐怖,在它面前,人们又是如此的束手无策、不堪一击。爹走了之后,屋子里安静得出奇,整个夜里,我只能听得到二丫姑姑的哭泣声和老根爷爷的咳嗽声,我时刻担心着他们会突然离开这个世界。我不敢睡去,我害怕当我第二天醒来,一切会变得更加赤裸裸,更加残忍。第二天天一亮,我爹拿回了被人夺走的祖宗牌位,它安然无恙地回来了,照旧被供奉在原来的位置,爹还背回了粮食。香火的味道和饭菜的味道开始蔓延在房间内,一切似乎都没变,一切似乎都在悄悄地改变……

[灯暗。

第三场

［第二场的第二天中午。

［一个破旧宅院的大堂。

［灯光亮起时，牌位已经摆回了原位，桌子旁边摆着一袋粮食。大奎将三根枯草插在香炉里，梁秀娥站在他身边。

大　奎　那些粮食你可千万得放好，往后这段日子咱们就靠它活着了。

梁秀娥　嗯。我都放起来了，我算了一下，省着吃的话，还能吃五六天。

大　奎　再省省，每次都少做点儿。

梁秀娥　这日子不知道啥时候是个头，现在就是想回家也回不去了。

大　奎　往前走往回走都是一样的，咱们得活着。（看着二丫房门）二丫怎么样？

梁秀娥　孩子被送走以后，看着怪可怜的，抱着孩子的鞋发愣，一句话也不说。

大　奎　我真他妈不是个东西。（给自己一记耳光）我就不该去朱家屯偷粮食，不然也不会惹出这么大麻烦。

梁秀娥　你别那么说，要不是那几袋粮食，咱们家也活不到现在。

大　奎　可人家二丫什么都没干，孩子就这么没了。

梁秀娥　咱先活下去，以后也许有别的办法。别想了，先把眼前这关过了再说。

大　奎　我知道,早晚有一天我要还她这个债。等活下来,我给她找个好人家,风风光光地把她嫁出去。

梁秀娥　那我先去给大家伙弄点吃的。(欲下)

大　奎　秀娥……(温柔地抚摸梁秀娥的脸)还疼不?(梁秀娥摇头)我昨儿个出手太重了,不该打你。可你得想想,我是陈家的长子,牌位传到我手里,不能就这么丢了。你有镯子不往外拿,人家会怎么看咱?你看看大兰,那么大个金镏子拿出来,眼都不眨一下。

梁秀娥　她那玩意儿不一定是跟哪个男人睡来的呢。我告诉你,你以后离她远点儿,不然我可不乐意。

大　奎　好。

　　　　〔二人说话时,栓宝悄悄地上,梁秀娥看见栓宝后,急速下。

栓　宝　(直勾勾看着梁秀娥去厨房的身影)大哥,嫂子拿的是粮食不?

大　奎　这牌位回来你怎么没看见?

栓　宝　哟,大哥刚才这是给嫂子赔不是呢?

大　奎　少他妈说话,没人拿你当哑巴。

栓　宝　大老爷们儿你害什么臊啊?

大　奎　(不理他)老少爷们儿都出来,咱祖宗回来了,都出来拜拜。

　　　　〔除二丫外,其他人陆续从屋里出来。大奎带着所有人跪在祖宗牌位前。

梁秀娥　哟,这陈家拜祖宗,怎么还有外人跟着?

大　奎　秀娥,这段日子大兰跟着忙里忙外的,没少操心,

417

也不算外人了。

梁秀娥 （站起来）那不是还没和皮实成亲吗？咱陈家虽不
是大户人家，规矩可不能乱。

大　奎 行了，别说了。

梁秀娥 我还没说完呢……

大　奎 （大声地）跪下！（梁秀娥跪下）

皮　实 （冲着孙大兰）陈家人拜牌位，你来凑什么热闹？

孙大兰 皮实，我……

皮　实 回去！

〔孙大兰委屈地跑下。

梁秀娥 就是，不知好歹。

大　奎 都闭嘴！（虔诚地跪在牌位前）祖宗们，儿孙无能，
这些日子让您们受委屈了。您们在天有灵，保佑
我们好好活下去，等我们迈过这道坎儿，一定把您
们风风光光地送回家，还列位祖宗一个体面。陈
家的后人们，都给您们在这里磕头了！

〔以大奎为首，所有人虔诚地磕了三个头。磕头
后，众人起身。

大　奎 大家伙儿都在，我正好说几句。方圆几十里我们
都去打听过了，情况跟这里一样，就咱们这点粮食
也撑不了几天，所以咱们还得在这儿待着。咱们
一路上走来没吃着多少粮食，倒是吃了不少苦头，
往后的日子说不定更苦。但是有一条，这牌位任
何时候都不能扔下不管，都说现在人命不如粮食
值钱，可到咱陈家，啥东西都比不上这牌位金贵。
咱们得好好活着，不为了自个儿，就为了这牌位活
着。听见没？（其他人点头）秀娥，去收拾收拾，准

备吃饭。

［梁秀娥应了一声，转身下。

［陈小勇和狗娃儿一起鼓捣着木枪，栓宝过来又想去拿木枪，狗娃儿不给，小勇帮着狗娃儿抢夺，几个人争执的声音越来越大。

大　奎　（瞪了两个孩子一眼）你们几个小点儿声。（陈小勇不再作声，看见皮实又蹲在地上）你能不能站起来，大老爷们儿整天跟一个娘们儿似的，连个话都不说。我看大兰这人挺实诚，昨儿晚上人家拿出那么大个金镏子，半句含糊话都没有，人家这是实打实地跟你过日子，你甭说话跟放屁似的，伤了人家一片好心。

皮　实　不干净的玩意儿，白给也不要。

栓　宝　皮实哥，不花钱的媳妇送上门来，还带那么大个金镏子，多值！

大　奎　你少说风凉话。

栓　宝　我说的是正理。他一个穷木匠，多大的造化才能娶上这么好的媳妇。

大　奎　大兰人倒是不错，就是名声不好，怕是上不了咱家牌位。

栓　宝　大哥，你到底啥意思？这话怎么一茬变一茬？你同不同意他俩的事儿？

［皮实偷偷地看着大奎。

大　奎　（想了想）等过段时间再说吧。

栓　宝　（跑去陈老根面前，夺过烟袋）老根叔，别抽了，他俩的事儿你咋看？

陈老根　这件事情还是你们拿主意吧。

栓　宝　老根叔,你不咳嗽了?(陈老根又咳嗽起来)得得得,你又来了。

　　〔在他们说话时,梁秀娥已经端着蒸好的地瓜面饼子上。

梁秀娥　大伙凑合吃吧。

栓　宝　我这肚子稀流的下去它够不着底,整天咕噜咕噜地乱叫。今儿总算是吃上干的了,好歹能睡着觉了。

　　〔梁秀娥和孙大兰给每人分了两个面饼,狗娃儿狼吞虎咽地吃起来。

　　〔栓宝拿一个饼给皮实,示意他给大兰送去,皮实生气地把饼放回去。

梁秀娥　小勇,把这两个饼,给屋里那两个活祖宗送去。

陈小勇　知道了,娘。(拿饼进孙大兰屋)

　　〔栓宝拿着饼走到二丫门前,敲门。二丫出来。

栓　宝　二丫,(二丫开门)吃饭了,拿着。(把饼放在二丫手里)哦,对了,给你样东西。(从怀里拿出一个玉坠)这个你拿好,我路上从孩子身上拿下来的,你留着也算有个念想。(二丫接过玉坠)

梁秀娥　(走上前)二丫,孩子能摊上个好人家,总比跟着咱受苦好。将来我给你找个好人家,一切都会好起来的。

大　奎　这事儿包在哥身上了。

梁秀娥　(正好看见陈小勇从孙大兰屋里出来)小勇,快来陪你姑吃饭。

陈小勇　噢。(走到二丫面前)姑,你身子不好,我这饼给你吃。(把饼塞给二丫)

二　丫　（眼神呆滞,抚摸着陈小勇的脸)孩子……

大　奎　（上前拉开二丫)二丫,来,到这边吃。(拉二丫到桌边)

梁秀娥　二丫,吃点儿吧,保命要紧。

栓　宝　就是,保命最要紧。老根叔,你也吃啊,吃完了给我们吹一段唢呐。妈的,这两天都把我给憋坏了。

　　　　〔陈老根并不理会栓宝,把饼分给了两个孩子,转身回了自己房间。

大　奎　老根叔,你吃点儿吧。

陈老根　一把老骨头,活不了几天了,留着给孩子们吧。(转身下)

　　　　〔众人看着手里的饼,再看看二丫,不知道如何是好。

梁秀娥　二丫,你吃吧,你要是不吃,我们都不好意思吃。

陈小勇　姑,吃嘛。

二　丫　（看了看大家,然后坚定地抹去泪水,强挤出一点微笑)好,我吃,你们也吃。(轻轻咬了一口,却再也忍不住,迅速地跑进屋里)

皮　实　（突然跪在地上,把面饼高举过头,大声地)二丫妹子,我们对不住你!

　　　　〔众人陷入沉思,拿着手里的饼不知如何是好。

　　　　〔舞台左侧灯光亮起,老年陈小勇出现。

老年陈小勇　一个孩子的命,换来一家人的命,这笔账你们说划算不划算? 为了让大家吃饭,二丫姑姑带头吃了起来,那顿饭是我一生中吃过的最难以下咽的饭。我偷偷地看了看二丫姑姑,她面无表情,奇怪的是,她竟然没有流下一滴泪水。整个房间里安静

421

得出奇,我们小心翼翼地嚼着饼,任何一点动静都有可能引爆堆积在家人们心里的情绪。人们等待着命运的宣判,却总是心存着侥幸;我们一起期盼着明天的生活会变得好一些,却清醒地知道,这一切的痛苦与恐惧,才是噩梦的开始……

第四场

［两天后的夜里。

［景同第三场。

［微弱的灯光亮起,此时人们已经熟睡,偶尔传来几声鼾声。

［皮实从外面回来,边系腰带边往自己房间走,孙大兰站在门口等他。

孙大兰　皮实。

皮　实　(被吓一跳)大兰,你不睡觉站这儿干吗?

孙大兰　那你不睡觉干吗去了?

皮　实　我去撒尿了。你赶紧回去睡觉吧,别让人听见。(要走)

孙大兰　(抓住他的胳膊)听见什么?

皮　实　没什么,你赶紧睡觉吧。

孙大兰　皮实,我要跟你一起睡。

皮　实　大兰,你别这样,咱俩可啥事儿都没有,你让我进去。(孙大兰抓着他的胳膊不放)你松开手。

孙大兰　皮实,你这么大老爷们儿,夜里不想女人吗?(皮

422

实不知该怎么回答)送上门的你都不要,你是不是嫌我脏? 你仔细看看我,我脏吗?

皮　实　（不敢看她)不,我没说你脏。

孙大兰　那你想我吗?（说着把皮实的手放在她的腰间)

皮　实　（呆呆地)想。

孙大兰　那你想疼我吗?

皮　实　想。

孙大兰　那你想怎么疼我?

皮　实　我想狠狠地疼你。（抱紧孙大兰)

孙大兰　那你就给我个名分,让我名正言顺地跟着你,我让你好好疼我。

皮　实　（被孙大兰激起了欲望)好,我给你个名分。

　　　　〔皮实抱着孙大兰,二人缠绵,却不小心把牌位从桌上弄到地上。慌乱中,皮实赶紧把牌位摆回去,却把牌位摆反了。

皮　实　（跪在地上)老祖宗,我他妈不是人,我不是人。（边说边打自己)

孙大兰　（跪在他身边)老祖宗,我俩是真心相爱的,你就让我俩在一起吧。

皮　实　（推倒孙大兰)你胡说什么,你闭嘴!

　　　　〔突然,二丫的房里传来尖叫声,皮实和孙大兰匆忙跑回自己房间。栓宝从二丫房里跑出来,准备冲出大门,却怎么也打不开门。大奎听到动静后出来了,梁秀娥去了二丫屋里。

大　奎　栓宝,你刚才干了什么?

栓　宝　没,我什么都没干。

大　奎　那你大半夜跑什么?

栓　宝　我没跑,这屋里太憋了,我想出去透透气来着。

大　奎　放屁! 大半夜的你去哪里透气!

　　　　〔梁秀娥从屋里气冲冲地出来。

梁秀娥　(指着栓宝的鼻子)栓宝,你不是人! 二丫都这样
　　　　了,你还想占她便宜。

大　奎　(欲上前打栓宝)你这个混蛋,我今天就弄死你!

栓　宝　(跪在牌位前发誓)大哥,我冲着老祖宗发誓,我刚
　　　　才啥都没干,我就是想跟二丫说说话,我啥事儿也
　　　　没干。

大　奎　你还有脸在祖宗面前发誓。(忽然看到牌位摆放
　　　　反了,赶紧摆回原位)你看你把祖宗气得脸都背过
　　　　去了,我今天非得弄死你! (追打栓宝)

　　　　〔栓宝满屋子躲闪着大奎,二丫从屋里出来。

栓　宝　二丫,你可出来了,你快跟大家伙说说,咱俩刚才
　　　　说啥了。

大　奎　你跟我说,大哥给你做主。

孙大兰　(上前安慰)二丫,你怎么了?

梁秀娥　(推开孙大兰)你走开。

二　丫　(径直走向栓宝)栓宝,我问你,你刚才说的话是真
　　　　是假?

栓　宝　你就当我胡说八道,全都是胡话,行吗?

大　奎　二丫,咱甭可怜他,让他滚。

皮　实　栓宝,人家二丫为了大家伙,孩子都没了,你就这
　　　　么报答人家,半夜里往人家被窝里……(正欲往下
　　　　说,发现孙大兰正瞪着他,声音低了下来)就……
　　　　往人家被窝里钻。(说完蹲在了地上)

二　丫　我再问你一遍,你刚才在屋里说的话是真是假?

栓　宝　（看着二丫）真的,是真的,字字句句都是真的!

梁秀娥　栓宝,你说啥了?

栓　宝　我说我喜欢二丫,我要娶她,我将来还要把孩子给
　　　　她赎回来。

大　奎　你这话糊弄鬼呢!

孙大兰　二丫,你别信他的话,他在骗你呢。

二　丫　我信!

　　　　〔大家似乎不敢相信二丫说出的这两个字,惊讶地
　　　　看着她。

大　奎　二丫,咱可不能作践自己。

二　丫　栓宝,我信你的话,你怎么从我这里把孩子送走
　　　　的,就怎么给我送回来。

栓　宝　嗯!

二　丫　你要说到做到!

栓　宝　我说到做到!

二　丫　好,我等着你。（转身欲走）

栓　宝　二丫!我今天索性厚着脸皮把话说到底!我是真
　　　　心喜欢你,想娶你,刘利落那王八蛋逃荒路上把你
　　　　扔下,我看着你整天哭成泪人似的就心疼。二丫,
　　　　你记住我的话,以后只要有我栓宝一口吃的,就少
　　　　不了你那口。

　　　　〔二丫回头看了一眼栓宝,没说话,然后转身回屋。

栓　宝　（欣喜地）二丫这是啥意思?这是默认了吗?（抓
　　　　梁秀娥的手掐自己）嫂子,你快掐我两下,我这不
　　　　是在做梦吧嫂子?（走到孙大兰面前）大兰,我栓
　　　　宝终于娶上媳妇了。（走到大奎面前）大奎哥,我
　　　　栓宝能有今天多亏你。

425

大　奎　滚蛋!

栓　宝　人家二丫好不容易答应我了,你们一个个都哭丧着脸,咱稍微庆贺一下呀。(看见陈老根咳嗽着从屋里出来,大笑着从墙上取下唢呐)老根叔啊老根叔,你刚才错过看好戏了,二丫答应嫁给我栓宝了。(把唢呐交给陈老根)老根叔,拿上唢呐,庆祝一下!

大　奎　你给我老实点儿!

栓　宝　(退缩地蹲在地上)我就是想听个唢呐热闹热闹……

孙大兰　好,既然要热闹,咱就热闹个够。(拉起一直蹲在地上的皮实,跪在牌位面前)祖宗,我俩是真心相爱的,今天我俩就在这牌位面前,拜堂成亲!

皮　实　(拉起她)你胡说什么? 谁跟你成亲?

孙大兰　(甩开皮实的手)放开我!

皮　实　孙大兰,你疯了!

孙大兰　我就是疯了! 我知道你们一个个的都嫌我脏,可我告诉你们,我孙大兰活得比谁都干净。我 14 岁就被逼着给人家当小老婆,我知道你们瞧不起我,但我就不明白了,就连你们这些把人家孩子抢走的人,都能把名字刻在这牌位上,为什么我就不行!

皮　实　(上前给了孙大兰一记耳光)你给我闭嘴!
　　　　〔众人惊呆。

孙大兰　皮实,我活着的时候,就是想好好地对你,死了能把名儿刻在这牌位上,不枉我来这世上走这么一遭,能让别人知道有我这个人。你们都嫌弃我,那

426

　　　　　我走,我走!

　　　　　［孙大兰冲出门去。

栓　宝　还愣着干啥,追呀!

大　奎　皮实,你去追,把她追回来!

皮　实　还追啥追,就算追回来又能干啥? 我不能让她上
　　　　咱陈家牌位。

梁秀娥　(着急地)哎哟,皮实,我知道我平时嘴不好,老是
　　　　欺负大兰,可我知道大兰心眼儿不坏,这黑灯瞎火
　　　　的,万一出事呢,你快去追她。

大　奎　皮实,我今儿把话放这儿了,你把她追回来,你俩
　　　　成亲,我让她名字上咱家牌位。

梁秀娥　听见了吗,皮实?

栓　宝　皮实你咋想的? 还不快去?

大　奎　好,他怂,咱们去!

皮　实　(站起身来)我去!

　　　　　［皮实冲出门外,大奎等人看他远去的背影。

　　　　　［陈老根吹着唢呐从屋里走出来,哀伤的曲调越来
　　　　越高。

栓　宝　老根叔,你这是吹的什么调调,怎么跟出殡似的。

梁秀娥　老根叔,你怎么流了那么多汗啊?

大　奎　老根叔,你都咳出血来了。

栓　宝　老根叔,你怎么了?

　　　　　［众人呼喊着"老根叔",声音越来越急促。大堂灯
　　　　光暗去。

　　　　　［一束定点光打在陈老根身上,他继续吹,曲调比
　　　　之前更哀伤。唢呐声由低至高时戛然而止,陈老
　　　　根突然剧烈地咳嗽起来。

427

〔陈小勇从屋里冲出来,定点光打在他身上。

陈小勇　爷爷!

陈老根　小勇,爷爷快撑不住了!

陈小勇　(哭着)爷爷,你别瞎说。

陈老根　还记得爷爷跟你说过的那匹马吗?

陈小勇　记得,那是你最喜欢的一匹马。它跑起来飞快,跑起来四只蹄子像不沾地似的。

陈老根　是啊,去年入春的时候我们断了粮,就把它杀掉吃了。它躺在地上直勾勾地看着我,眼角还挂着泪珠儿,那是它也舍不得我哩。杀它的时候我没敢看,听人说刀子捅进它身体的时候,它挣扎了好大一会儿,好几个小伙子都按不住它。我估计它是不明白,它给咱们全村卖了一辈子的力气,到最后怎么还是被自己人给杀了呢?

〔陈老根和陈小勇互相往对方的方向走,走到舞台中间牌位桌前,定点光汇聚成一束。

陈老根　小勇,这唢呐你也留着,想爷爷的时候就拿出来吹。

陈小勇　(用力地点头)嗯!

陈老根　你要有出息,给咱陈家老祖宗争脸面啊!我们这辈儿人活得窝囊,你得好好活!听见没?

陈小勇　(哭着)听见了。

陈老根　记好了,你得好好活!好好活!

〔定点光分开,陈老根身上灯光暗,只留下陈小勇身上的一束灯光。

陈小勇　(声嘶力竭地)爷爷!(跪在地上)

〔老年陈小勇出现在舞台左侧的光圈里,此后陈小勇和老年陈小勇的独白尾句重叠。

老年陈小勇　我有一匹马,它自由地驰骋在草地上、田野间,它永不停歇……

陈小勇　(站起来,畅想状)它长得又高又壮,跑起来飞快,脖颈上系一个铜铃……

老年陈小勇　对,我每天把它喂得饱饱的,春天来的时候,我还会牵着它去村口的河边吃青草……

陈小勇　蓝蓝的天空上飘着白云,清澈的河水穿过我的家乡,我和我的马自由地奔跑在草地上……

老年陈小勇　可是,它跑得太快了,它越跑越快,越跑越快,渐渐消失在我的视线里……

〔舞台右侧灯光暗去,陈小勇消失,只剩下左侧老年陈小勇的定点光。

老年陈小勇　每当我听到唢呐声响起,眼前就会浮现出一匹马向远处奔跑的画面,那远处就是我记忆的深处。关于那段记忆,没有丝毫的欢快,我所能记住的,永远是家人在饥饿面前那空洞的眼神、无助的面孔。饥饿让他们失去了最后的情感和理智,残存下来的,只有一个念头——活下去,不论怎样,要活下去。(停顿)那天之后,皮实叔和大兰婶就再也没有回来。因为要给老根爷爷守头七,家人出发的日子又推迟了,粮食吃完了,一家人又陷入了饥饿之中。可是,那时候的我还不明白,有些东西,远远比饥饿更恐怖。

〔灯暗。

429

第五场

［七天后的下午。

［景同第四场。

［灯光亮起时,栓宝有气无力地坐在地上,二丫端
着一盆水从外面进来。

栓　宝　二丫,给我倒碗水。(二丫端水给栓宝,栓宝费力
　　　　地喝,碗掉在地上,栓宝正好抓住二丫的手,二丫
　　　　挣脱)二丫,你让我亲一口。(抓住二丫的手亲)二
　　　　丫,我这辈子没尝过女人身上的滋味儿,你就让我
　　　　尝尝。(继续扑到二丫身上)

　　　　［二人纠缠时,刘利落背着一个麻袋推门进来,见
　　　　状后,上前打倒栓宝。

刘利落　栓宝,我宰了你!(骑在栓宝身上打栓宝)

　　　　［大奎夫妇听到声音后从屋里出来,拉开二人。

大　奎　(吃惊地)利落?!

刘利落　陈喜奎,你就这么让你妹妹受欺负?

大　奎　利落,你不是跑了吗? 你怎么回来了?

刘利落　(去扶二丫)二丫,你没事儿吧?

梁秀娥　(推开刘利落)刘利落,你别碰二丫,你把他娘俩撇
　　　　下,你还好意思回来?

刘利落　我没跑,我是去给大家伙儿找吃的。

大　奎　就你还找吃的,从你跑的那天起,你就跟陈家没关
　　　　系了,你滚!

430

刘利落 好,我滚,我带着拿回来的粮食滚。(拿起麻袋)

大　奎 (看见麻袋)啥? 你拿的是啥?

刘利落 粮食,豆饼!(大奎上前去抢,但没抢过)你还想抢?

梁秀娥 (赶紧打圆场)都是一家人,有话好好说。

大　奎 利落,既然回来了,就别走了,咱好好过日子。(指着栓宝)这家伙不是东西,我替你揍他。(假装踢了栓宝几脚)你看,我替你收拾他了,咱好好过日子。

刘利落 (拿一个板凳让二丫坐下)我这次带着粮食回来,自然是想好好跟大家伙儿过日子,但是,让我留下可以,我有条件。

大　奎 你说。

刘利落 第一,粮食是我找回来的,以后大家伙吃多少,由我和二丫来决定。

大　奎 行。

刘利落 第二,以后这个家,由我刘利落说了算。

大　奎 (犹豫了半天)行,听你的。

刘利落 那咱就开饭。(从麻袋里拿出一块豆饼交给梁秀娥)嫂子,这豆饼不能干吃,拿这一小块,用水泡开,够咱一家人吃的。

〔梁秀娥和大奎拿豆饼下,栓宝见后跟着他们。

栓　宝 嫂子,我来帮你。(下)

刘利落 二丫,把儿子抱出来看看。(二丫不说话)快去呀,抱出来看看。(见二丫哭泣,意识到事情不妙)你哭什么? 是不是咱儿子出事了? 你说话呀!(刘利落满屋子去找,只在二丫屋里找到一只鞋)二

431

丫,你别哭了,儿子呢? 我问你咱儿子去哪儿了? 出来,都给我出来!(冲进厨房,端着刚泡好的豆饼出来)梁秀娥,我问你,我儿子呢?

梁秀娥 孩子……送到别人家去了。

刘利落 二丫,你把儿子送哪儿去了?

梁秀娥 利落,你别问她了,不是她送的。

刘利落 那是谁?(见梁秀娥不回答)栓宝,你给我滚出来。(栓宝出来)我问你,我儿子呢?

栓 宝 不关我的事。咱偷了朱家屯粮食,人家把咱祖宗牌位拿走了,咱只好拿孩子去换牌位,真不关我的事。

刘利落 (走到牌位前)就为了这么一块烂木头,老子今天非得砸了它!(举起牌位欲摔)

大 奎 (出来)你放下! 你要是敢摔,我今儿就宰了你!(走上前拿过牌位,摆回原位)孩子是我做主送走的,你心里有火就冲我来,别跟祖宗过不去。

刘利落 这是你们陈家的祖宗,跟我没关系。

大 奎 你别忘了自己的身份,你倒插门到陈家来,就得跟我们拜一个祖宗。

刘利落 那好,今儿个我就跟陈家脱离关系。

〔说罢,刘利落快步走进房间,抱着豆饼出来。梁秀娥追出来。

大 奎 你想干啥?

刘利落 二丫,咱们走! 就是在外面饿死,也不跟他们一起。(拉着二丫就走)

大 奎 站住! 你要走就自己走,但这人跟豆饼,你一样也带不走。

刘利落　二丫是我媳妇,豆饼是我找来的,你们谁都别拦我。

大　奎　二丫是陈家养活大的,陈家对她有养育之恩,你甭想带走她。

刘利落　你们拿孩子换回牌位,二丫不亏欠陈家了。打今儿个起,二丫是我刘利落的媳妇,跟陈家半点儿关系都没有。

大　奎　你媳妇? 二丫已经改嫁了!

刘利落　什么?

大　奎　二丫改嫁给栓宝了,不信你问栓宝。

栓　宝　大哥,这啥时候的事儿,我怎么不知道?

大　奎　你个孬种!

　　〔二丫突然哈哈大笑起来。

刘利落　二丫,你怎么了?

　　〔大奎趁刘利落不留神,迅速去抢麻袋,争抢中,豆饼散了一地。

刘利落　粮食,我的粮食!

大　奎　都给我抢!

　　〔舞台上乱了套,顿时热闹起来。狗娃儿从房间里出来,高兴地看着众人争夺的样子,又蹦又跳,嘴里还学着机关枪扫射的声音。

狗娃儿　(手里挥舞着那把玩具手枪,大喊)都不许动,再动我就开枪了!

　　〔众人听到"开枪",顿时停住了。狗娃儿一时不知如何收场,慌忙地低头捡起地上散落的豆饼,装在怀里一溜烟儿跑了。众人又重新撕扯在一起。寡不敌众的刘利落见争抢不过,便举起了牌位。

刘利落　陈喜奎,我日你祖宗!(把牌位重重地摔在地上,牌位被摔坏)

大　奎　(疯了一样地去捡被摔成两半的牌位,捧在手里,泣不成声)祖宗们!

〔人们看着大奎跪在地上大声哭号着,谁都不知道怎么劝他。

〔狗娃儿从屋里出来,打着饱嗝,还不停地往嘴里塞豆饼。

陈小勇　狗娃儿,那玩意儿不能干吃。

狗娃儿　(笑着往嘴里塞豆饼)我饿!

〔突然,狗娃儿倒在地上。众人叫着他的名字扑上去。

梁秀娥　狗娃儿,他这是怎么了? 肚子怎么这么大?

栓　宝　他把豆饼给吃了。

梁秀娥　这东西不能多吃,这是要撑死人呀!(她用力按狗娃儿的肚子)

〔众人慌乱地围在狗娃儿身边。

栓　宝　狗娃儿,你别光咽气儿,你倒是吸口气啊,吸气,往里吸。狗娃儿! 狗娃儿!

〔狗娃儿死去。

陈小勇　狗娃儿,你不能死!

〔众人哭成一片,二丫走过来,拨开众人。

二　丫　别动我的孩子,别动。我的孩子,睡着了。

〔二丫紧紧地把狗娃儿抱在怀里,众人都静静地看着她。

〔一段舒缓的《摇篮曲》响起,定点光打在二丫身上,二丫嘴里说着:"我的孩子,睡着了,睡着了……"

[灯暗。

第六场

[第五场后的当晚。

[郊外的一片荒岭上。

[一束追光亮起,刘利落背着疯了的二丫赶路。

刘利落 二丫,咱这是往哪儿走?

二 丫 (指着右方)孩子!

刘利落 哪儿呢?

二 丫 (指着左方)孩子!

刘利落 在哪儿呢?

二 丫 (哭着)孩子不见了,找不到了。

刘利落 二丫,不哭,我带你找孩子去。

[刘利落背着二丫继续赶路。

[栓宝拿着一小袋粮食追上来。

栓 宝 利落,这是大哥让我给你们送来的,带着路上吃。
(把粮食放地上)

刘利落 (拿起粮食)二丫,咱走。

栓 宝 利落!(朝相反方向指去)你走反了,朱家屯往那
边走。(刘利落背着二丫往反方向走)利落,你让
我跟着你们吧,我认识朱家屯,我带你们去。

刘利落 我就是跟二丫饿死也不需要你的帮助,你滚。

栓 宝 利落,这荒郊野岭的,你俩万一出点什么事儿……

（拿过粮食）来，我帮你。

刘利落 （放下二丫，推开栓宝）你走！你们还嫌害二丫害
　　　 得不够，我告诉你，我不需要你们，你们给我滚！

栓　宝 （抓住刘利落）利落，我知道你恨我，你打我两下，
　　　 你踢我两脚，来。

刘利落 别以为我不知道你在想什么，你记住了，二丫是我
　　　 媳妇，以后谁都甭想靠近她半步。

栓　宝 刘利落，你说得没错，我是喜欢二丫，那是因为我
　　　 心疼她，我不会把她一个人留在这逃荒路上。我
　　　 这一辈子没干过一件大事，但是我曾经答应二丫，
　　　 我要对她好，我要好好照顾她，我要把她孩子给赎
　　　 回来，我栓宝说到做到。

刘利落 你闭嘴，我宰了你！

栓　宝 你宰了我，我也要把孩子给二丫赎回来。

　　　 ［二人扭打在一起。

二　丫 我信！

　　　 ［二人停止扭打。

二　丫 （直直地走向栓宝）你怎么把我孩子送走的，你就
　　　 怎么给我送回来。你要是个爷们儿，就说到做到。

栓　宝 我栓宝说到做到！

二　丫 你怎么把我孩子送走的，你就怎么给我送回来。
　　　 你要是个爷们儿，就说到做到。

栓　宝 哎！（哭着）我栓宝说到做到！

二　丫 （指着远方）孩子，我的孩子！

刘利落 （背起二丫）二丫，咱去找孩子！（对着仍在哭泣的
　　　 栓宝）走吧！

　　　 ［三人下，灯光暗。

436

第七场

[第六场的第二天上午。

[郊外的一处。

[灯光亮起,刺眼的阳光照耀在黄土地上,远处有几棵白杨树,枝叶已经枯萎,光秃秃地立在那里,显得毫无生气。舞台中央是一条宽阔的马路,直直地通往舞台深处。

[大奎、梁秀娥和陈小勇上,陈小勇腰上挂着唢呐,后背背着一个布袋,里面是已经做好的干粮。大奎手里抱着已经重新粘好的牌位。

大 奎 小勇,就送你到这里吧。沿着这条路往前走,不管走到哪儿,一定要活下去。

梁秀娥 (帮小勇整理衣服和布袋)把干粮放好了,路上照顾好自个儿。

陈小勇 爹,娘……(擦眼泪)

梁秀娥 (帮小勇擦眼泪,自己也忍不住掉下泪来)小勇,听话,不哭。

陈小勇 (擦母亲的眼泪)嗯,我不哭。爹,娘,你们跟我一起走吧。

大 奎 小勇,你老根爷爷跟狗娃儿都埋在这儿呢,我们得陪着他俩。这袋子粮食只够你一个人吃,爹和娘不能跟你一起走。再说了,咱老祖宗的牌位在这儿呢,爹离不开它。

437

陈小勇　爹,我舍不得你们。你们不走,我也不走。(把行李扔到地上)

大　奎　小勇,你听话!

陈小勇　我不走。我也留下来陪着老根叔,陪着狗娃儿。

梁秀娥　小勇,我跟你爹不是不走,这不是得给狗娃儿守头七吗?再说了,这粮食,只够你一个人……

大　奎　(打断她)哎,秀娥。(对小勇)我跟你娘有粮食,你出去找着粮食再回来找我们。快走吧。

梁秀娥　对,我们有粮食。(边说边把行李给小勇背上)你出去找着粮食,记得回来接我们,不然我们可就饿死了,听你爹的话。

陈小勇　(往前走了两步又回来)娘……

大　奎　小勇,记住爹的话,哪儿有粮食你就去哪儿,走到哪里,哪里就是你的家。只要你活着,咱陈家的根儿就还在,只要你活着,咱陈家的香火就不会断。(边说边把牌位放在小勇的行李里面)知道吗?

陈小勇　嗯!知道了!

大　奎　走吧。

陈小勇　爹……

大　奎　(转过身强忍着泪水,大吼一声)走!

陈小勇　爹,娘!你们等着我,等我找到粮食,一定回来接你们!

　　[陈小勇慢慢地转过身,艰难地迈开脚步,走了两步之后,忽然转过身跪在地上。

陈小勇　爹,娘!

大　奎　(哽咽着,声音开始发颤)小勇,站起来朝前走,别回头!

438

[陈小勇站起，看了父母一眼，转过身去，朝着天幕方向走去。

梁秀娥　（望着陈小勇远去的背影）小勇，好好活着！（哭）

[悲壮而充满力量的唢呐声悠悠响起，看着陈小勇越走越远，大奎"扑通"一声跪在地上。

大　奎　老祖宗们，保佑小勇好好活着。

[唢呐声响起，声音越来越嘹亮，淹没了整个舞台。

[灯暗。

尾　声

[灯光亮起，景同序幕。

老年陈小勇　靠着那一袋粮食，我活了下来。我后来再也没见到我的家人，我找过他们，找了很多地方，但我心里很清楚，我永远也不会再见到他们了。我之所以还那么执着地寻找他们，只是为了给自己一个交代。

[幕后传来大奎的声音："你找不到我们了，永远也不会找到。"

老年陈小勇　爹，娘，是你们把我丢了。但我知道你们是为了我好，为了让我活下去。

[幕后传来梁秀娥的声音："小勇，我们没有丢了你，你想我们的话，我们就在这里，哪儿都不去。"

老年陈小勇　是我丢了你们，是我忘了你们的叮嘱。

[幕后传来大奎的声音："那你这些年心里舒服吗？"

老年陈小勇　我现在是这个地方的首富,我想做什么就做什么,他们都要看我的脸色做事,却从来没有人问我过得舒不舒服。你们知道吗? 我赚了钱以后,在老家修了祠堂,在这里竖起纪念碑,他们夸我的时候都说:"瞧人家陈家的后人,真有出息!"每次我听到这样的奉承话,总想着要是你们都能看到我今天的样子就好了,但你们看不到。

［幕后传来大奎的声音:"我们看得到,看得清清楚楚。"

老年陈小勇　你们看得见这座纪念碑?

［幕后传来大奎的声音:"看得到,这是为我们建的。"

［梁秀娥的声音:"如今你却要推倒它!"

［大奎的声音:"遗忘就是背叛! 你推倒了纪念碑,却推不倒这段记忆!"

［鬼魂们集体呐喊:"你推不倒!"

老年陈小勇　不!!! 我没有忘记,我没有背叛! 我永远不会忘记和你们在这里经历的一切,正是这段记忆激励着我,让我一刻也不敢停下来。我做的这一切都是为了你们,为了陈家的列祖列宗! 你们不可以这样指责我!

［沉默。

老年陈小勇　你们说话! 爹,娘,你们回答我! 难道我做错了什么吗?

［幕后没有声音。

老年陈小勇　我到底错在了哪里?

［电话响起,老年陈小勇接起电话。

老年陈小勇　你说……新的工人找来了……两辆推土机……

哦,我知道了。

[老年陈小勇挂掉电话。

[幕后两束强光亮起,响起推土机轰隆隆开来的声音。

[工人的声音:"陈老板,我们是来推倒纪念碑的,您让一让。"

[推土机靠近的声音,随后是一声巨响,纪念碑依旧岿然不动。

老年陈小勇 停!给我停下来!

[工人的声音:"陈老板,停下来做什么?"

老年陈小勇 你们回去吧,我改主意了。

[推土机开走的声音。

[电话又响。

老年陈小勇 喂……对,是我让他们回去的……通知所有人,明天的奠基仪式取消……所有的设计图纸都作废,我改主意了,要在这里建一座公园……你听不懂吗?是公园!就以这座纪念碑为中心,修建公园!……不要啰嗦,任何后果都由我负责,这个地方我说了算!

[老年陈小勇挂掉电话,走到纪念碑前,用手触摸着上面的文字。

老年陈小勇 我决定了,保留着你。只要你还在,我就永远会记着过去的一切!

[梦幻般的唢呐声再次响起。

[鬼魂们出现。

[老年陈小勇走向鬼魂,注视着他们。

老年陈小勇 我15岁那年的春天,你们离开了我。带着全家人的希望,我活了下来。我将用一生的时间来怀念你们,用这座碑来纪念你们,我将在这里建一座公园,让更多的人知道你们的故事。再看一眼这里吧,这个曾经荒草丛生的地方,这个曾经令人绝望过的地方,如今迎来了新的春天。青草破土而出,一切都好像是充满了新的希望。然而,我的记忆还停留在那个与你们一起的春天里⋯⋯

[灯光渐渐变暗。

(剧　终)

导师评语

陆 军

　　李世涛创作的话剧剧本《倒春寒》是农村题材，讲述了一群农民在特殊时期保护家族牌位、延续家族香火的故事。

　　原剧本的基础很好，故事比较流畅，人物的个性比较突出，但也有几处硬伤。经过他的反复修改，该剧本较原稿有了明显变化，主要体现在三个方面。第一，故事背景的调整。原稿中的时空环境非常具体，反而降低了故事的可信度，本稿架空了历史，将故事的发生背景设定为一个虚拟的时空，增强了故事的象征性。第二，人物个性更加鲜明。本剧本人物形象较多，如何使每一个出场的人物都表现出自己独特的个性是一道难题，经过修改，出场人物的个性特征普遍得以凸显。第三，现实与过去的联系得以增强。在原稿中，老年陈小勇作为叙事者只是一个讲故事的人，缺乏变化，而在修改之后，这个人物的功能得以增强，除了叙述过去之外，他还承担起将过去与现实联系起来的功能。这就使本剧的故事具有了当下性，尤其是老年陈小勇的前后变化，在增强戏剧性的同时，也深化了本剧的主题。

　　严格意义上来讲，话剧剧本《倒春寒》并不是一部简单的、纯粹的农村题材作品，它其实是写城市化进程中，当代人在思想、情感、道德等多个方面的变化；它也不是对苦难作一种浅层描述，而是深刻挖掘苦难背后隐藏的复杂人性，描写人在命运面前的希望与绝望、伟大与卑微。这样的题材以前很少有人触碰，在《倒春寒》里，李世涛有他独特的思考，他用成熟的编剧方法把他的这种思考较为清晰地、深刻地传达了出来。

　　剧本从原稿到现稿的变化,也体现了李世涛的剧本创作趋于成熟。因此,本人同意他的剧本进行结项申请。

话 剧

海上金梦

孙 悦

孙　悦

男,上海戏剧学院戏剧戏曲学专业硕士,曾任职于上
海话剧艺术中心,参与创作的话剧《新龙门客栈》和
《致命直播》分别于 2012 年和 2013 年上演于上海话
剧艺术中心艺术剧院。现任职于上海河马科技文化
股份有限公司,参与创作的电视剧《我的生命曾为你
燃烧》在东方电影频道播出。

人　物：

朱葆三——清末民初浙江商帮的代表人物,近代银行保险业资本家,1848 年生于浙江定海。1897 年,创办中国通商银行,为国内首家华资银行。1895 年起,创办华安水火保险公司、大生轮船公司等企业,历任中国通商银行总董、宁波旅沪同乡会会长、上海商务总会协理等职。晚年历任上海总商会协理及总商会会长、全国商会联合会副会长、上海慈善救济协会会长等职。五四运动爆发后,因"佳电事件",被误认为反对上海工商学界罢工、罢市、罢课的爱国行动,就此被迫辞职。晚年参与创办中国红十字会、四明公所、上海商业学院、上海公立医院等多项慈善公益事业。

盛宣怀——清末著名官僚买办,洋务派代表人物,李鸿章的学生兼手下,中国现代金融事业的缔造者。著名的政治家、企业家和慈善家,被誉为"中国实业之父""中国商父""中国高等教育之父"。创办了许多开时代先河的事业,涉及轮船、电报、铁路、钢铁、银行、纺织、教育诸多领域,影响巨大,垂及后世。

叶澄衷——晚清著名的宁波商团的先驱和领袖,头脑清醒,乐观时变,为人处世既诚且信,宽厚待人,被称为"首善之人"。

傅筱庵——晚清时期企业家、银行家,盛宣怀的得力部下。曾出任北洋政府高级顾问,1927 年当选上海总商会会长。1938 年投靠日本,沦为汉奸,任伪上海市长。

447

顾晴川——朱葆三的手下，商业奇才，叱咤上海商业圈的名人。晚清第一任交通银行总裁，"民国第一外交官"顾维钧之父。

严信厚——晚清宁波商帮著名实业家，宁波商帮在上海的开山鼻祖，参与和创办近代中国第一家银行和第一个商会，可谓"宁波商帮"的拓路先锋。

陈其美——字英士，浙江湖州人，中国近代民主革命家。1906年，赴日本留学，入东京警监学校，同年加入中国同盟会。1911 年 11 月 3 日，在上海发动起义，上海光复后被推举为沪军都督。1916 年 5 月，被袁世凯派出的杀手暗杀于上海。

虞洽卿——浙江慈溪人，早年到上海当学徒，五四运动期间上街劝说开市。1920 年，合伙创办上海证券物品交易所，任理事长。1894 年后，任德商鲁麟洋行买办、华俄道胜银行买办。1903 年，发起组织四明银行。1905 年，上海发生大闹公审公堂案，遂名闻沪上。1908 年，创办宁绍轮船公司。1911 年，上海光复后任都督府顾问官、外交次长等职。1920 年，合伙创办上海证券物品交易所，任理事长。1923 年，当选为上海总商会会长。

袁树勋——晚清官僚，历任江苏高淳、铜山知县，1891 年署理上海知县。1900 年，任湖北荆宜施道。1901 年，调任上海道台。1909 年，任两广总督，支持兴办实业。

李平书——苏州人，晚清洋务派，光绪年间，先后署广东陵丰、新宁、遂溪知县。1900 年，入张之洞府。1903 年，转江南制造局提调，兼任中国通商银行总董、轮船招商局董事、江苏铁路公司董事。辛亥革命后，转为支持革命派。

姜国梁——辛亥革命时任上海巡防营总长兼吴淞炮台总台长,
是辛亥革命中上海光复的关键人物。

詹姆士——英国人,美孚上海石油公司大班,朱葆三的好友。

谭鑫培——清末著名京剧表演艺术家,谭派的创立者。

小上海——协记五金店的伙计。

小南京——协记五金店的伙计。

李先生——协记五金店的账房。

账房先生——朱葆三自己开的慎裕商行的账房。

序　幕

［舞台灯光渐亮,舞台背景是一个巨大的棺材,贴着一张巨大的"墓"字。舞台正中垂下白色的挽联,正中挂着"盛氏宣怀大人千古"的横幅,巨大的白纸黑字。

［舞台一侧一束顶光亮,朱葆三面对盛宣怀的衣冠冢深深弯腰鞠躬,持续良久方才直起身体。

［朱葆三从怀里拿出一本账本。

朱葆三　这是您一直挂念的中国通商银行的账目,葆三已核算清楚,分毫不差。

［朱葆三用火柴点燃账目,在盛宣怀的衣冠冢前焚烧。

朱葆三　盛大人,不论您是否官位在身,小人都称呼惯了。盛大人,您有所不知,给您送葬的队伍,从斜桥弄一路延伸到外滩,绵绵十余里,小人如有您这般死后哀荣,小人也知足了。

［盛宣怀的魂灵穿着官服上台。

盛宣怀　我盛宣怀一辈子为大清国的兴盛殚精竭虑,难道我死后不该享受这般待遇吗?

朱葆三　盛大人,想当初中国通商银行成立后,您假推我等三位浙江老乡为总董,却以督办之职于幕后操控。清亡之后,您仍不肯撒手,甚至欲借日本人之资重新控制我行,盛大人难道忘了当年区区一东瀛岛国与我大清签订《马关条约》之耻吗?

盛宣怀 哈哈哈,葆三啊,还记得我当年怎么说你的吗?

朱葆三 您说葆三只是一介商人,只知赚钱,却不知钱财之道,葆三没齿难忘。

盛宣怀 哈哈,士别三日,果然令人刮目相看,孺子可教也。

朱葆三 盛大人的教诲,葆三受益匪浅,不过葆三也给了盛大人对等回报。如若大人没有我等同乡三人冲锋在前,如何能打着官商合办的旗号,假借官银入股,中饱私囊,并暗度陈仓,逃过众多外资银行的户口?

盛宣怀 放肆! 要不是我以官银入股给支撑,同时疏通人脉,舍下这张老脸让那些外国银行放你们一马,你们能活到现在?

朱葆三 商业的精髓在于平等和自由精神,盛大人将破坏商业精神之举拿来炫耀,未免让人……

盛宣怀 呵呵……让你们独立对抗外国银行的夹击,你们成吗? 再说,试想那些外国资本要是没有各国政府当靠山,敢在上海横行霸道?

〔朱葆三对盛宣怀作揖。

朱葆三 盛大人,您栽培过葆三,葆三不便与您争辩。现下您已驾鹤西去,葆三不才,愿佝偻肩膀,联合几位同乡,撑起中国通商银行之大梁。您看看葆三是生意兴隆,还是关门大吉?

盛宣怀 好好好,有志气。葆三啊,你有所不知,我实在是横跨朝堂和商业,身不由己啊。我盛宣怀纵横朝廷和商界几十年,不能说功绩卓著,却也是全身而退,你啊,这个中的滋味,怕是到了我这个位置和年纪才能体会啊……呵呵,不过现下你距离我在商界的位置,怕是不远了……

朱葆三 学生谨听大人教诲……

盛宣怀 呵呵,我都入土了,还谈什么教诲? 葆三啊,今后的生意还要你自己去做。呵呵,想当初你刚来上海时,连秀才都算不上,只是一介小伙计……

〔灯灭。

第一场

〔灯亮。伴随着卖报声和各种吆喝声,清晨的上海苏醒了,时间为清末 1865 年。

〔沿街的"协记吃食五金店",一块块门板从里面被卸下,露出年轻的朱葆三青涩的脸。此时的朱葆三只有 17 岁,但脸上却挂满了少有的老成。

〔所有的木板被卸下后,朱葆三彻底打开店门,同时他一边劳动,一边练习英语。

朱葆三 早晨, morning, 木头, wood。 百, hundred, 千, thousand。

〔朱葆三一边忙碌,一边打哈欠,看来也是没有睡醒。朱葆三偶尔记不住英语单词,依然要从口袋里拿出小本子查看,然后反复诵读,一边继续开店前的准备工作。

〔朱葆三忙碌一阵后,伙计小上海打哈欠伸懒腰走上台,朱葆三主动行礼。

朱葆三 师兄。

小上海 （说话带着浦东口音）又这么早起来,还唧唧歪歪说鸟语? 人家不要睡觉啦?

朱葆三 师兄,我下次一定注意。

小上海 （伸懒腰打哈欠）人怎么老是感到这么乏呢?

〔几个小伙计上台,小南京给小上海送上牙刷和漱口水。

小南京 师兄。

小上海 （斜眼瞥朱葆三）好,还是你懂规矩。不像某些人,永远像根木头。

〔一位穿戴整齐,戴眼镜的中年男人从里屋出来,众人都毕恭毕敬。

众 人 李先生早。

李先生 嗯。葆三,你来。各位,传达东家和经理的任命,从今天起,葆三就是我的副手,是咱们店里的二账房了。

〔朱葆三的任命引起了众人的议论和惊呼。

众 人 他刚来这么点时间就当二账房了? 他的资历可最浅啊……小上海大哥该不答应了吧?

小上海 什么,他当二账?

李先生 怎么,你们不服气? 还不给二账道喜?

〔伙计们阳奉阴违地上来恭喜朱葆三,朱葆三表示感谢。只有小上海站着没动。

李先生 葆三,你跟我来一下。

朱葆三 是。

453

　　　　　[朱葆三跟李先生进了里间,其他的伙计各自忙碌。

小上海　(掏出一支烟)哼,他朱葆三有什么本事,哪轮得着他
　　　　　当二账房?

　　　　　[小南京递上火柴点烟。

小南京　大哥,等他当了账房的时候,您早就是经理啦,早晚
　　　　　压他一头!

小上海　小南京啊,你这臭小子,就凭你这张嘴,到时候你也
　　　　　该是襄理。

小南京　(眉开眼笑)多谢经理栽培!

　　　　　[这时,一个高鼻梁蓝眼睛的老外走进店里,小上海
　　　　　连忙迎上去。

小上海　(笑脸相迎走上去)先生,您想买点什么?

詹姆士　I have an appointment with someone.

　　　　　[詹姆士表示有人约了他在这里见面,但他只会说英
　　　　　文,小上海根本听不懂。詹姆士只得做手势,小上海
　　　　　只懂"有人",其他的一概不知。

小上海　您的意思是……someone,(谐音)什么人? 您想要一
　　　　　个人? 不,这里不卖人,这里是卖五金的,五金……一
　　　　　二三四五的"五",我们这里只卖五金……

　　　　　[小上海试图向詹姆士解释他们店里是卖五金的,还
　　　　　指指自己手上的金戒指。

小上海　我们这里只有五金,没有人……哦,我明白了,您要
　　　　　的是女人,我们这里没有,您要去四马路找……

　　　　　[此时,朱葆三从里屋出来,走了过来。

朱葆三　Sir, can I help you?

　　　　　[朱葆三将詹姆士拉到一边用英文对话,詹姆士表示
　　　　　是叶澄衷约了他到这里来谈生意的,朱葆三让詹姆

士先进去喝茶。

小上海 　喂,朱葆三,这老外是来找女人的,你怎么把他往咱们店里引啊?

朱葆三 　女人? 哦,师兄,你误会了,是叶先生让这位詹姆士先生来这里碰面的,要跟咱们经理谈事情。估计叶先生有事耽误了,我让他进去等。

詹姆士 　Yes.

小上海 　(一脸疑惑)朱葆三,我觉得这老外是来找女人的,如果有什么差错,你可要……

　　　　　〔此时,叶澄衷匆匆进门,打断了小上海。

叶澄衷 　哎呀,Mr.詹姆士,不好意思,我有事耽误了,不好意思,sorry。

詹姆士 　That is OK.

　　　　　〔詹姆士对叶澄衷说英文,表示没关系,还说这位叫朱葆三的小伙计将他招待得很好。

朱葆三 　叶先生。

叶澄衷 　哎,我不是说了吗? 不要见外。

朱葆三 　叶大哥。

叶澄衷 　葆三啊,刚才詹姆士先生夸奖你嘞,说你英文好,把他招待得也很好。

朱葆三 　詹姆士先生过奖了。我们开门做生意,来者都是客,自然是要好好招待的。

叶澄衷 　葆三啊,我知道你在自学英文,他说的话你都听得懂?

朱葆三 　大哥,小弟不才,一直在下工夫学,日常对话尚能胜任。

叶澄衷 　好小子,好好学,终有你出头的一天。

小伙计 　从今天起,葆三就是我们店的二账房了,升得可是最快的。

叶澄衷 是吗？你们老板果真有眼力。詹姆士先生,请。

[叶澄衷和詹姆士进去里屋。

[小上海靠了过来。

小上海 朱葆三,你挺厉害呀,骗人的功夫是一流高。骗骗外国人,又骗老板,一骗就骗到个二账房,不错啊。

朱葆三 师兄,请你把嘴巴放干净点,不要血口喷人。

小上海 哎哟哟,还厉害起来了! 来来来,给师兄点根烟。

[朱葆三没动。

小上海 小赤佬,你尾巴翘天上去啦,规矩都不要啦?

[朱葆三不情愿地过去给小上海点烟,小上海故意绊了朱葆三一个跟跄。

小上海 朱葆三,你给我小心点儿,这可是上海! 小心我让你滚回乡下去!

朱葆三 上海也不是你家的,不要欺人太甚。

[说完,朱葆三冲上去就要跟小上海动手,被边上的小伙计拉开。

[叶澄衷、詹姆士和总账房李先生从屋里出来。

李先生 吵吵嚷嚷的都干什么呢?

小南京 没什么,没什么,大师兄跟葆三有点小口角。

李先生 小口角? 小上海,你过来。

[小上海走到李先生身边。

李先生 怎么,我让葆三当二账房,你不服气了?

小上海 我哪敢不服气啊。

李先生 看你那不服气的样子,说实话!

小上海 就不服气怎么啦? 他才来店里几年,凭什么就让他当二账房? 他哪里比我强啦?

456

李先生 他哪儿都比你强！人家一有空就看书练算盘，还自学了英语，外国人的话都能听得懂。可你呢，你看看你，整天吊儿郎当的，你给师兄弟带了一个什么头？可你看看人家葆三，马上就成了抢手货了，不光是我，又有人看上他了。

朱葆三 李先生，您这是什么意思？

李先生 (拍拍朱葆三的肩膀，话里有话的口气)葆三啊，有没有想过换个地方高就啊？

朱葆三 我不明白您的意思。

叶澄衷 葆三啊，我也就不绕弯子了，你我是同乡，我认识你也不止一两年了，我跟我们掌柜的都看中你的人品和勤奋，准备高薪聘你到我们店里去当二掌柜。以后你就专门负责咱们两家跟詹姆士先生的生意，如何？

小上海 哎哟，朱葆三现在算是吃香喽，店里可栽培了你……

李先生 小上海！葆三啊，我跟老板商量过了，你别太在意报恩什么的，你想去就去，没人怪你。

叶澄衷 老弟，你放心，到时我们会补偿给协记的老板，也会给他们一个交代。你就说吧，你想不想去咱们店大展拳脚？

朱葆三 这……

李先生 葆三啊，你可以不用顾忌，这么多年了，你的人品和秉性大家都清楚，别有太多顾忌，只要能常回来看看就成！

朱葆三 叶大哥，刚才李先生也说了，这么多年店里待我不薄。咱们做生意的，更要讲究一个"义"字，除非掌柜的要我走，要不然我不会离开的。

叶澄衷 葆三，作为同乡和老大哥，我劝你可要想清楚，我们公司都是跟英国人和法国人做生意,我们老板更是惜才之人,况且还有大哥保你……

朱葆三 大哥,你别说了,老板的栽培之情我是不会忘的,我心意已决。

叶澄衷 葆三……

李先生 咱们刚才也说好了,一切让葆三自己定夺,他说啥便是啥。

叶澄衷 是,是,我叶澄衷向来也是说话算数的。葆三,既然你心意已决,大哥也不劝你了,你就在协记好好干吧。

小上海 哼,算你识相,要不然朝三暮四,做生意的没有人看得起你。

朱葆三 叶大哥,记得帮我带句话,谢谢大哥东家看得起葆三,葆三受宠若惊,改天一定登门道谢。

叶澄衷 好说,好说。

〔詹姆士先生走过来。

詹姆士 You are wonderful. What a pity! The boy is very good.

〔詹姆士先生夸朱葆三是难得的人才,留在"协记吃食五金店"可惜了。

朱葆三 詹姆士先生,中国有句古话叫一仆不侍二主,在我们老祖宗眼里,义是要大于利的。

李先生 叶先生,也代我和我们东家问好。葆三,送送叶先生和詹姆士先生。

〔此时,傅筱庵拿着盛宣怀的拜帖上门。

傅筱庵 不好意思,哪位是管事的?

李先生 先生,您有何事?

傅筱庵 在下是盛宣怀盛大人的属下,有事特意来拜会你们掌柜的。这是我的拜帖。

李先生 (看拜帖)盛大人? 快快快,快请里面坐。葆三,帮我送送叶先生。傅大人,咱们里面请,里面请。小上海,快快,快上茶。

叶澄衷 连盛宣怀盛大人的手下都来了,到底是什么事啊?
〔灯暗。

第二场

〔灯亮,十三年后,1878 年,朱葆三时年 30 岁。此时,朱葆三已经拥有属于自己的五金商行——慎裕商行,生意已涉足多个门类。

〔慎裕商行的正堂,朱葆三 30 多岁,但岁月的沧桑在他的脸上留下明显的痕迹,他显得比同龄人要老成。朱葆三抽着雪茄,边上账房先生在算账,朱葆三有些愁眉苦脸。

账房先生 东家,这个月的利又薄了,您看看。
〔朱葆三接过账本。

账房先生 英国人和日本人的火油和肥皂的价格都比我们低,再这样下去,我们慎裕就快支撑不下去了。

朱葆三 这帮洋赤佬,这是要故意跟我对着干啊。

账房先生 您说得没错。现在市面上洋货的质量虽没我们好,可他们的价格比我们低三成,顾客自然就跑他们那边去了。

459

朱葆三 以现在的价格,那些洋赤佬也要赔钱的,他们是想把我拖垮,成了寡头后再提高价格!

账房先生 目的是显而易见的,当务之急是想个应对的计策。

朱葆三 那帮外国赤佬,竟通过政府跟外资银行打招呼,让银行不要借钱给我们。我们把利息提得再高也没用,唉,还能有什么办法啊? 真是叫天天不应啊……

账房先生 叶先生那边您有没有想过办法?

朱葆三 谁说没想过? 叶大哥也是被外国赤佬挤得喘不过气来,如今已是泥菩萨过河了,哪有余力再帮我啊?

账房先生 那盛宣怀大人那边呢?

朱葆三 我已经拖傅大人去问了,他说盛大人虽然支持我们中国人的实业,可盛大人手里拿的都是朝廷的钱,那钱是不能冒风险的。我也不想让盛大人为难。

账房先生 东家,你前两天不是从别家挖来一个叫顾晴川的襄理吗? 您把他吹得神乎其神,怎么不问问他有什么办法?

朱葆三 你看看,我都愁糊涂了,我怎么把他给忘了? 哎,这都几点了? 他怎么没来上班啊?

账房先生 这两天都没怎么看见他人。

朱葆三 胡闹,你怎么不告诉我?

账房先生 他是您请来的襄理……

朱葆三 那也要讲规矩啊,快把他给我找来。

〔顾晴川打着哈欠从外面进来。

顾晴川 东家,您找我?

朱葆三 你怎么这时候才来? 我可是花钱请你来的。

顾晴川 东家,你别生气,男人嘛……

〔顾晴川靠近朱葆三,朱葆三被他的口臭几乎熏倒。

朱葆三	你没刷牙啊?
顾晴川	嘿嘿,直接从四马路过来的,没顾得上回去刷牙。东家,我老顾就好这口,您多担待。
朱葆三	顾先生,我是听一帮宁波老乡把你说得神乎其神,才花大价钱把你请来的。您没给店里出力也就算了,可您不能坏我规矩,让伙计们看笑话吧?
顾晴川	东家,来之前我可就跟您约法三章了。我顾晴川最讨厌的就是受管束,要不然我就不来了,当时您可是满口说好。
朱葆三	可您也不能太过分啊,咱们浙江人办事向来稳妥,我哪知道您这么不靠谱啊……
顾晴川	东家,做生意光卖力是没有用的,做生意讲究的是赚真金白银。您让我作贡献,没问题,您是让我当伙计搬货还是让我算账啊?
朱葆三	顾先生,您似乎有嫌弃之意啊,您是不是觉得我这五金店庙太小,施展不开啊? 正巧,我正好遇上点难事,正可以借您赛诸葛的头脑用上一用。
顾晴川	呵呵,您借我的脑袋是借口,想看我的成色才是真吧?
朱葆三	看来顾先生也是个爽快人。账房先生,我跟顾先生有事要谈,麻烦您先回避下。
账房先生	是。(退出去)
朱葆三	顾先生,我现下就有一桩棘手的事。
顾晴川	等等,东家,你先别说,让我猜猜。是不是遇到外国洋行恶意压价,咱们卖的五金快没利润了?
朱葆三	你早知道?
顾晴川	这不用您说? 你就看看最近上海市场上的五金和日

用品的价格,再掐指算算成本,不就知道了吗?

朱葆三 你说得一点都没错,算上我们经营和人工的成本,其实店里已经是亏损了,再这样下去,我这店要支撑不下去了。

顾晴川 东家,你知不知道? 其实这老外的商行也在赔本赚吆喝。

朱葆三 哦,你怎么知道的?

顾晴川 东家,您知道我英语不错,英国有个皇家交易所,每天粮食、棉布和煤等原料的价格都会登在报纸上,我常常问几个在英国人家里做管家的朋友拿了报纸来看,再加上一些英文的资料,他们的成本是不难算出来的。

朱葆三 其实我原本学英语也是为了做生意,我总觉得能跟洋人说上话,可以做生意就行了,我也不愿再花时间去学,没想到里面还有这么多学问呐。

顾晴川 本来咱们的金融制度就是跟人家外国人学的,咱们在巴巴学人家的时候,人家也在进步,咱们且得跟人家学呢。

朱葆三 嗯,今后这方面还要请教顾先生。既然老外也是亏损的,看来他们是在恶意倾销,想把咱们国人的商行挤垮之后,再趁机抬高价格。

顾晴川 那些外国商行敢用倾销的方式跟你叫板,无非是有汇丰等几个外资大银行在背后撑腰,他们能轻而易举地借到钱,所以才敢跟你掰手腕。

朱葆三 怪不得他们能这么倾销。可我们中国人的商行不行啊,现在我们借钱的成本那么高,而且还信息不对称,我怎么敢跟外国人硬碰硬啊,唉……只能眼睁睁看着他们的低价货侵蚀我们的市场。

顾晴川 东家,你知道盛宣怀盛大人吧?你去找他啊!

朱葆三 盛宣怀?找他?

顾晴川 是啊,盛大人应该会借您钱的。

朱葆三 我以为你会出什么好主意呢。实话告诉你吧,盛大人的手下傅筱庵是我的好朋友,我已经托他求过盛大人了……

顾晴川 呵呵,东家,你被傅筱庵骗啦。傅筱庵这个人我太清楚了,小人一个。当年是盛大人先看中了你们协记洋行,他才对你点头哈腰;况且你又没孝敬银子,帮了你对他有什么好处?他才不管你呢。

朱葆三 照顾先生的意思,他根本没把我的意思跟盛大人说?

顾晴川 那是当然,就算说也是打了折扣的。

朱葆三 那照您的意思?

顾晴川 照我的意思,你亲自去找盛大人把自己的要求说清楚,而且要合他的心意。

朱葆三 要合他的心意?请顾先生明示。

〔朱葆三给了顾晴川一支雪茄,并帮他点上。

顾晴川 这种事你只有自己去才说得清楚。我等会儿会把应该说什么、怎么说,帮你写下来。我问你,盛先生最在乎什么?

朱葆三 当然是我大清朝的富强。

顾晴川 对,要想大清朝富强,就要我民族实业繁荣,他老人家最见不得的就是咱们中国人的货全被外国人的货比了下去,你就跟他说借钱就是为了让自己的货跟老外的货拼,要不然整个行业国货都会消失踪影。

朱葆三 怕是单这么说还无法说动他吧?

顾晴川 还有就要靠你审时度势了。您看，外国人想利用盛大人，盛大人也想利用老外。第一，你可以以支持国货为理由，让盛大人出面，劝说外国洋行不要肆意压低价格，不过老外的损失必须由你主动提出承担。但这都是小钱，只要你保住了生产，保住了实业，假以时日多增加生产规模，这些钱很快就能赚回来。第二，或者你让盛大人直接下一条市场的法令，规定好外国货跟你的货的区域市场，大家就在自己的"自留地"里"翻跟斗"，井水不犯河水，不过你也要承担一定的损失。

朱葆三 第二种方法太过蛮横，以官方之手破坏了市场的竞争，好货没有了优势，次品也有了躲避的地方，我还是选择第一种吧。

顾晴川 第一种也行，就是损失的现金更多。不过长痛不如短痛，从长远看，这些花费还是合算的。除此之外，你还要准备一份对盛大人的孝敬。

朱葆三 我的钱都投在生产上了，说白了，这笔钱还要向人拆借。那些钱庄都是搞汇兑的，太保守，不可能借钱。唉……如果我们中国人有自己的银行就好了。

顾晴川 这只是您的一厢情愿，可我们哪来的银行？现钱拆借，生息可是一本万利的买卖，而且风险又小，你觉得外国人能把这块肥肉让给我们吗？就算盛大人有这想法，那些外国银行也会跳起来一起反对。

朱葆三 这块肥肉都给外国人吃了，而且他们还用资金杠杆钳制我们中国人的实业，我真是不甘心。

顾晴川 不甘心您又能怎么办呢？您就别想太多啦，先把眼前的事解决了吧。资金方面，以盛宣怀大人的性格，他是不会轻易冒险把钱借给您的。这样吧,我托以前的关系,帮您想想办法,估计能筹措几万两,可您必须有抵押。

朱葆三　那真的太感谢顾先生了。不过嘛……这几万两也不够啊。

顾晴川　余下的只有靠您自己想办法了。对了,您知道詹姆士吧?

朱葆三　当然知道,他曾是我跟叶澄衷大哥的客户,想当年我们的关系相当不错呢。

顾晴川　詹姆士现在是美孚石油公司在上海的大班,您知道吗?

朱葆三　哦? 他卖起石油了? 我不知道。

顾晴川　他们美孚石油正在上海滩寻找代理商。美孚石油背后是荷兰人的势力,他们不想找英国人代理,而是想找一家中国本地的代理商。我建议您去找找这位老朋友,不管用合法还是违规的方式,一定要拿到美孚石油的代理权。您看,来上海的人越来越多,到处都在造房子修马路,路越修越长,以这种趋势,以后路上跑的汽车一定越来越多,而且咱们中国又不产汽油,必须得依靠大量进口,以后这保证是一本万利的生意。如果您拿到了壳牌的代理权,再拿着这张合同去宁波老乡圈借钱,我保证大伙儿都争着把钱借给您。

朱葆三　那您说的合法违规的办法是……

顾晴川　这我可没法教您了,那是您的朋友,要靠您搞定了!

朱葆三　好,就按你说的办。等我筹措够了资金,就亲自去觐见盛宣怀大人,请他务必出手搭救我们的民族产业。

我要是倒了,咱们宁波帮早晚会倒,对他没有任何好处。不过,这只是大的方向,至于这细致的说辞……还得仰仗先生的才气,请先生帮我先拟一下。

顾晴川 那是一定,谁叫我是您高价请来的呢?

朱葆三 呵呵,顾先生,我给您赔不是了。先生,此事如果办成,我还另有重赏。

顾晴川 那倒不用。东家,主意我也帮你出了,该说说我的事了。

朱葆三 您有什么事?

顾晴川 刚才说了,我就好女人这么一口,四马路我是经常要去的。您要让我时时刻刻待在洋行里也是不可能的,我这个人野惯了,最讨厌受拘束。

朱葆三 是这样……好说,好说,只要能帮洋行赚钱,您逛窑子的钱,我出……

顾晴川 这倒不用了。东家,看来您从来不去窑子。坊间有句俗话,这种事……不能让别人请的。这样吧,您给我每个月涨一成的薪水,而且别再规定我朝九晚五地在店里出现,如何?

朱葆三 顾先生,我对您也有一个要求。以后您从窑子里回来,就从后门进来,有人问起来,您就说我差您办事去了,我怕您坏了店里的规矩,以后我也没法说话了!

顾晴川 好说,好说,以后要是有谁看见我去了四马路,我就说是您让我去的,哈哈。

朱葆三 顾先生,这种玩笑可不能乱开啊!

顾晴川 您放心吧,我不会那么说。那好,咱们就一言为定了。

朱葆三 一言为定。

顾晴川 （打哈欠）哎呀，昨天晚上没休息好，我等会儿还得趴在桌上睡个回笼觉。

朱葆三 得，您这样让伙计们看了成何体统？这样，我正好要出去，您还是去我办公室睡觉吧，您可得千万记着把门关上。

顾晴川 好嘞。

第三场

〔两年后，1880 年，朱葆三时年 32 岁。

〔苏松太道袁树勋家的客厅。客厅里已摆了一桌酒席，袁树勋带着朱葆三和顾晴川进来，入席。

袁树勋 来来来，入席入席，咱们边吃边谈。

朱葆三 谢袁大人。

袁树勋 哎，别见外，别见外，坐，坐。

〔袁树勋跟朱葆三和顾晴川分别在主宾的位置坐下。

袁树勋 朱老板，您放心，刚才的事包在我身上，本官虽不才，但苏州各地交上来的赔款银子，肯定得经过我的手。上面也希望这钱在筹措过程中别闲着，最好是存进钱庄生息。反正放在钱庄也是生息，给您拿去拆借也是生息，而且您给的利息又高，上面也更满意。您放心，只要我在这个位置上，咱们这钱生钱的生意能一直合作下去。

朱葆三 多谢袁大人抬爱，来，我们敬袁大人一杯。

〔三人一起喝一杯。

〔朱葆三掏出几张银票，推给袁树勋。

朱葆三　袁大人，小小意思，以后还要多仰仗您。

袁树勋　哎，这怎么好意思呢。

朱葆三　哎，应该的，应该的。

袁树勋　那我就不客气了（收下银票）。朱老板，既然我收了您的银子，以后我们就是一条船上的人了。（对身边的顾晴川）顾先生，以后到我的府上，还请您多多关照。

顾晴川　您放心，以后您有用得上小人的地方，小人一定随叫随到。

袁树勋　随叫随到？顾先生，您不是答应今后入我府内吗？以后您吃住就在府上，负责管理我的家产和生意，什么叫随叫随到啊？

顾晴川　入您的府内？什么意思？

袁树勋　当然是当我的师爷啊，你老板没跟你说吗？

顾晴川　东家，袁老板的意思是？

朱葆三　袁大人，这个……这怪我，我一直没找到机会跟顾先生开口，这个……希望您体谅。

袁树勋　朱老板啊朱老板，我还以为你都说好了。既然这样，你怎么把人给我带来了啊？好，好，现在说也来得及，这样吧，我先出去，等你们谈好了我再进来。

朱葆三　袁大人，这……这怎么使得呢？

袁树勋　没什么使不得的，这时候就别说这些了。

〔袁树勋出去。

顾晴川　东家，原来你带我到袁大人府上，就是为了这个。

朱葆三　顾先生，我想你是个聪明人，我希望您理解我的苦衷。

顾晴川 你不觉得说这些已经晚了吗？

朱葆三 你说得是，一切都木已成舟。

顾晴川 东家，我就想问您，您把我卖了多少钱？

朱葆三 瞧你这话说的，我怎么能卖你呢？你放心，到袁大人府上之后薪水从优，差不多是以前的三倍。

顾晴川 哈哈，三倍，三倍。东家，我顾晴川做生意这么多年，不说大有成就，可看到的人还是不少。我看到过很多为了挣钱可以牺牲骨肉亲情，没有丝毫人味的人。可自从遇见了你，我常跟自己说，终于碰上了一个堂堂正正做生意的好东家。东家，我觉得我们也算气味相投吧，你觉得我真的在乎那点钱吗？

朱葆三 顾先生，当年我摇着小舢板来到上海滩，只想做生意混口饭吃。之后生意做大了，我始终对我娘说，我一定堂堂正正做人，光明正大做生意，绝不使那些阴招。可我又怎么洁身自好？我如果不做这些龌龊、下三烂之事，我又怎么能在商界立足？顾先生，这一次对不住了。

〔朱葆三对顾晴川深深鞠躬。

顾晴川 东家，咱们玩游戏总要有个底线，总不能舔着人家屁股上吧？

朱葆三 顾先生，您有所不知。这次布局对我十分重要，也可以说袁大人的赔款银子对我的生意是命运攸关的。你也知道，前两年我就吃过缺少资金的亏，要不是他帮我筹措资金，我怎么能活到今天？当今，银行业十分发达，凡是有钱开银行的，都赚得盆满钵满，可我哪有资金开银行啊？现今，各国的货物都在市场上制约我们,我们的各个实业都需要资金。现在我只有这条路子能弄到钱,我把朝廷的赔款拿来拆借,一方面是自己赚钱,更重要的,还是借给咱们上海的实业家,让他们用实业救国,别全都让外国人打败了。

顾晴川 东家,您冠冕堂皇的借口倒是不少。

朱葆三 顾先生,这不是借口,这都是我掏心窝子的话。你我都是做生意的,那数字不会骗人吧?我来给你算一笔账。我要给袁树勋不少的利息,他才肯把朝廷的钱借给我,我要给他高出银行的利息,而我拆借出去的钱,根本不能用高利息。要不然这些老板怎么能还上钱?再加上给盛大人和袁树勋等人的孝敬,我哪儿还有钱赚?但这样好在我能把钱借给跟我一样需要钱的实业老板们,可以让咱们的国货在市场上跟外国人拼,可以让实业家们扩大生产,降低成本。如果你不信的话,我可以在这儿立下军令状……

顾晴川 不用了。

朱葆三 顾先生,我这回让您当袁树勋家的幕僚,还有我自己的私心。

顾晴川 你不用说,我都看出来了。你希望我入了袁树勋的幕僚后,可以天天帮你在袁树勋面前说好话,让他一直把钱拆借给你。另外,你还能从袁树勋处让我打探到各方消息,这样你就能提前防备了,不是吗?

朱葆三 这只是我的一厢情愿,顾先生如果不愿,可以不做。

顾晴川 我都入了袁树勋的府邸了,还有什么不能做的?

朱葆三 顾先生……

顾晴川 东家,你别看我顾晴川平日挺贪财,可我几年来一心一意为你效力,哪是看中这点钱啊?实在是我们气味相投,我敬重你的人品。在这浑浑噩噩的商界,您能做到这个地步,已经是不容易了,说您是浑浊世界的一缕清泉,我看都不为过。罢了,罢了,咱们以后就不是主仆了。愿你别忘了咱们作为主仆的日子,今后一起好好合作吧。来,喝一杯,这是我们作为主仆的最后一杯酒了。

朱葆三　好,我喝。

　　　　〔两人将杯里的酒全部喝光。

朱葆三　顾先生,其实最早我看您天天逛窑子,十分反感,还以为我请错了人。没想到您是真正的商业奇才,真的是海水不可斗量。

顾晴川　人生在世短短几十年,干吗要受束缚,我想干什么就干什么。我又没伤天害理,我怕个啥。

朱葆三　是啊,你向来就是敢做敢当的人。顾先生,听说你在四马路看上一个女子,这回你拿了我跟袁大人的钱,就把她赎出来吧,你也老大不小了,老老实实成个家,再生个孩子,你这一辈子才算圆满啊。

　　　　〔朱葆三掏钱出来给顾晴川。

顾晴川　圆满?做人啥才算圆满啊?

朱葆三　我也说不上,咱们做生意的谈不上为国效力,总得落个生活安定、子女绕膝吧?一般人不都这样吗?

　　　　〔这时,袁树勋推门进来。

袁树勋　朱老板,怎么,说清楚了吗?

朱葆三　说清楚了,说清楚了。

袁树勋　那就好。那我就让你们见一个人,你们看谁来了。

　　　　〔袁树勋开门,朱葆三和顾晴川万万没想到,进来的会是盛宣怀。

  [盛宣怀穿着便服,一脸淡然,好像天塌下来也无所谓的感觉。

朱葆三 盛大人,您怎么亲自来了?给您请安。

  [朱葆三和顾晴川给盛宣怀跪下。

盛宣怀 免礼,免礼。葆三啊,坐。

朱葆三 是。

  [袁树勋扶盛宣怀坐下。

盛宣怀 我虽然是朝廷的人,可我最讨厌繁文缛礼。葆三啊,不跟你绕圈子了,这回我来,是想在上海开银行!

朱葆三 银行?好啊,太好了。是跟外国人合股还是咱们自己开?

盛宣怀 当然是自己开,全股的中资银行。

朱葆三 好,真的是太好了,那就是说,咱们中国人自己的现代银行就要开了。太好了!我一定鼎力支持。

盛宣怀 好。实话告诉你吧,连银行的名字我都想好了,就叫通商银行。

朱葆三 通商银行,通商银行,汇通各行商业,好名字。

盛宣怀 此次成立银行,我准备采用官商合办的方式,有官股也有商股。

朱葆三 那真是太好了。盛大人,葆三愿倾尽家资,参与通商银行的筹办。我有多少出多少。

盛宣怀 呵呵,用不了你出那么多钱,钱由我跟朝廷来出。

朱葆三 您出?您不是说官商合办吗?

盛宣怀 你听我说完。我来找你,不是想问你要钱,我们开银行,就是想用你们几个上海商人代表的名头。

朱葆三 名头?

盛宣怀 是。我跟袁大人算了一下,此次开办银行,差不多需要五百万两。

朱葆三 五百万,这么多?

盛宣怀 所以嘛,你们生意做得太大也拿不出嘛,不如大头还是我们朝廷来出,你们几个宁波的商人随便拿个几万两就行了,不足的我补上。筹建期有个五十万两就足够了,其他的慢慢再补上,到开张的时候能实收总数的一半就行。银行的总董还是让你们商界和实业界的代表人物来当,我来当总督办。

朱葆三 盛大人,五十万两虽然不是小数字,可我们几个浙江同乡凑凑还是能凑齐的,既然您请我们当总董,这出资办银行的钱……

袁树勋 葆三,我平常看你也不笨啊。盛大人的意思已经说得很清楚了,你不会不明白吧?钱由朝廷出,你们当董事,已经是便宜你们了,要是盛大人不出面,就你们一帮宁波人想开银行?

顾晴川 袁大人说得对。东家,这等天大的好事,你还想什么啊?

袁树勋 你看,还是顾先生明白。顾先生,到时候银行成立了,您这个商业奇才,肯定有重要的职位。

顾晴川 好说,好说。

盛宣怀 怎么样,葆三啊,你还要犹豫什么? 你去找你们宁波老乡商量商量,快点推举出几个总董和经理,咱们说办就办啊。

朱葆三 是,是,我这就着手办。

盛宣怀 葆三啊,我看你的脸色好像不太好啊。

朱葆三 哦,没有没有,可能是酒喝多了,有点上头。

盛宣怀 那就好,来,咱们继续喝酒。袁大人,顾先生……

袁大人 是……

[朱葆三颤颤巍巍地拿起酒杯。

第四场

[朱葆三家中的内堂,他带着傅筱庵进屋。

[朱葆三示意伙计们都出去。屋外传来一连串的鞭炮声,听得出很多人到了府上。

傅筱庵 恭喜,恭喜,恭喜朱老板二公子满月,祝朱老板人丁兴旺,生意兴隆啊。

朱葆三 谢谢,谢谢,傅大人能亲临舍下祝贺,实在是让小人惶恐不安啊,真是给了大面子了,多谢,多谢。

傅筱庵 哎,朱老板客气了。以朱老板现在的势头,与十年前的朱经理相比,简直不可同日而语啊。

朱葆三 傅大人过奖了,还蒙盛大人抬爱和荫护,赏葆三一口饭吃,要不然哪有葆三的今天。谢盛大人,谢谢盛大人。

傅筱庵 盛宣怀大人果然是没看走眼啊。给,这是盛大人的一点心意,给二公子买些东西吧。

朱葆三 不,不,这怎么好意思呢?

傅筱庵 这是盛大人一片心意,你就收下吧。

朱葆三 好,那小人就收下了。

[朱葆三从怀里掏出一个信封。

朱葆三 傅大人,按照规矩,这是这季度的孝敬,请您收下。您好不容易过来一次,我就提前奉上了。

傅筱庵	这个……不用这么早吧？还没到时候呢。
朱葆三	要的,要的,您既然来了,就拿着,省得给您寄银票了,那样也实属不便。
傅筱庵	那我就不客气了。葆三啊,你我认识有十年了吧?
朱葆三	是的,傅大人,只会多不会少。
傅筱庵	想当初,盛宣怀大人十分看好你们协记的东家,没想到没两年他就病故了。更让盛大人没想到的是,你自己的慎裕不但接过了他们家的生意,而且还把东家的家眷照顾得那么好,更是让盛大人和我十分佩服。
朱葆三	傅大人有话可直说。
傅筱庵	好,痛快。葆三啊,我今天来,一是因为你孩子满月,这二嘛,是特意来跟你谈一笔生意。
朱葆三	傅大人,我朱葆三跟朝廷这么多生意,哪个不是盛大人和傅大人所赐,您干吗亲自跑一趟,来封信或打个电话不就成了?
傅筱庵	葆三啊,你有所不知,这回的生意可非同小可。葆三啊,这些年来,你跟詹姆士和叶澄衷也做了不少生意吧?
朱葆三	没错。多年前我就视叶澄衷为兄长,我俩脾气口味投缘,他也是划着一张小舢板到大上海来讨生活,凭自己的本事创下今天的家业。我们俩在生意上多有来往,特别是我的慎裕洋行初创之时,叶大哥挑我做了不少生意。之后投资洋火厂和肥皂厂,叶大哥也对我多有裨益和提点……
傅筱庵	可你的生意现在比他的还大。
朱葆三	没错。我也不瞒大人,我这两年之所以能迅速飞黄

腾达，主要是在叶大哥的帮忙下，拿到了詹姆士先生的英国石油的代理权。您也看到了，现在上海马路上的汽车越来越多，所以我们洋行的生意这两年出奇得好。

傅筱庵　葆三，你从詹姆士这里赚了不少吧？

朱葆三　没错，石油和火油现在已是我最赚钱的业务了。

傅筱庵　葆三，现在中国的经济命脉都掌握在外国人手里，市场上都是外国货。你说，我们作为中国人，是不是该做点什么？

朱葆三　傅大人，我葆三虽然只是一介生意人，可真的想哪天货架上都是咱们中国人自己生产的货物。可……可现在确实是人家外国人的货质量好，卖得好，你让我怎么办啊？

傅筱庵　如果我有计划把英国人的货赶出上海，然后用我们自己的货，你干不干？

朱葆三　这当然好啊。如果傅大人有详细的计划，葆三在所不辞。

傅筱庵　详细的计划尚缺，不过想法倒是有，今天来就是特意为了此事。葆三啊，我就想从这火油入手，你看怎么样？

朱葆三　火油？

傅筱庵　是啊，火油需求量大，各行各业都需要，而且利润高，资金需求也高，门槛高。就像你说的，以后汽车越来越多，经营火油一定是一本万利。

朱葆三　可……我现在的洋行已经代理了詹姆士先生的英国火油了。

傅筱庵　这正是我们跟你合作的意思。利用你跟詹姆士的合作关系,在英国背后开拓市场,用相对低价把英国人的火油赶出上海市场,然后咱们跟美国人合作,卖美国人的油。

朱葆三 卖美国人的?

傅筱庵 是的,这也是盛大人的意思,他早就跟美国人谈好了分成。

朱葆三 卖美国人的油?那还不是让美国人赚了大头去?

傅筱庵 盛先生早就跟美国人谈好了,我们卖他们的油,他们会派出技术人员协助我们找油,开发我们自己的油田。盛大人已跟美国的标准石油公司达成了口头协议,一旦我们开卖美国人的石油,他们就签协议帮我们找油田,提供技术和资金支持。

朱葆三 可是……我现在跟詹姆士已经有合作协议,生意人最看重诚信,傅大人这么做,以后谁还敢跟我朱葆三做生意啊?

傅筱庵 葆三啊。你说的义是个人的情义,可如果我们自己开拓了油田,那就是民族国家的大利,情义和国家大利,孰重孰轻,不用我说了吧?

朱葆三 我葆三向来支持国货,为了推广国货不遗余力,甚至不惜摊薄自己的利润。可硬要用这种打破商业诚信的方法硬来,我倒是没想过……

傅筱庵 跟你说实话,真是盛大人的计划,有你要做,没有你也要做。现在找你,是看得起你,如果你不愿意,我们有的是合作的对象。到时候我们跟其他洋行合作,抢占了先机,你再想插一脚,可不一定有你的位置了。

朱葆三 这个……请容我再好好想想。那叶澄衷大哥呢,他和我跟詹姆士是三方合作，要不要告诉他？

傅筱庵 这个随你，我们只是跟你合作，不是跟他。只要不侵犯盛大人的利益，其他人盛大人不管。

朱葆三 这个……

傅筱庵 贤弟，这么好的机会，还犹豫什么？

朱葆三 傅大人，此事非同小可，请容我考虑考虑。

傅筱庵 贤弟，盛大人想在上海开设一家完全由咱们中资控股的银行，而且这次跟以往不同，他老人家准备采取官商合办的方式，你要是在此事上立了功，你说他老人家还能不算你一份吗？

朱葆三 完全的中资银行？这比推行国货更有意义啊。中资银行开了，咱们就能摆脱老外的金融控制，促进国货在各行各业的蓬勃啊。

傅筱庵 你看，到底是甬商的头面人物，我一说就通，你说我还跟那帮见识浅薄的人合作干吗？

朱葆三 我倒是对这个特别感兴趣，不过，还是允我考虑几日。

傅筱庵 好，那我就给你三天时间。三天之后，我向盛大人回信。

朱葆三 好，多谢傅大人。

傅筱庵 那我先走了，盛大人还吩咐我办事呢。

朱葆三 好，我送您。

　　〔朱葆三送傅筱庵到门口，恰好叶澄衷等在门口。

叶澄衷 傅大人，老弟。

朱葆三 大哥，你怎么等在这儿？

叶澄衷 他们说你有贵客，那我只能在这儿等等喽。

傅筱庵 既然这样，你们好好聊聊，那我先走了。

朱葆三　来人啊，帮我送送傅大人。

傅筱庵　记住我的话，好好考虑一下！

朱葆三　是。

叶澄衷　贤弟，今天真是可喜可贺啊，祝你朱家人丁兴旺。

朱葆三　大哥，先别说这些了。刚刚傅大人跟我说了一事，事关重大，我一定要马上告诉你。

叶澄衷　哦，什么事？

朱葆三　你先喝口茶，听我慢慢说。

　　　　［灯暗。

第五场

　　　　［此间又是十余年过去，已来到了1910年，中国已处于命运转折的关键时刻，大清国已摇摇欲坠。

　　　　［这一天恰好是中国人开设的首家现代中资银行"中国通商银行"十二周年的纪念日，朱葆三的洋行张灯结彩，盛宣怀作为通商银行的总督办，特地赶到上海参加庆典。朱葆三的商行云集了沪上政界和商界的精英，热闹非凡。

　　　　［朱葆三作为银行总董，跟其他几个宁波商帮的总董叶澄衷、虞洽卿、严信厚等簇拥着二品大员、邮商大臣、通商银行的总督办盛宣怀进入大堂。屋外鞭炮和锣鼓声震天。

朱葆三　各位，今日是咱们通商银行成立十二周年的庆典。十二年风雨同舟，感谢在座各位的捧场和帮忙。下

479

面有请咱们通商银行的总督办盛大人给我们讲话。

[盛宣怀在傅筱庵的搀扶下站起来。

盛宣怀 各位,今天可是可喜可贺的大日子。

[盛宣怀话音未落,突然一块大石头从窗口飞了进来。

傅筱庵 有刺客,保护盛大人。

[傅筱庵挡在盛宣怀身前。

[但地上只是石头和碎玻璃,久久没有动静。大家凑近一看,发现只是石头。

朱葆三 没事,没事,只是一块石头……

[此时,人群中蹿出一人,拿出一把手枪,对着盛宣怀就是一枪。

[傅筱庵推开盛宣怀,但盛宣怀的肩膀依然中弹。

傅筱庵 抓刺客!

[开枪的人立即转身逃走,有人立即追了上去。傅筱庵一看盛宣怀肩膀中弹,连忙吩咐手下背盛宣怀下楼。现场惊叹声和喊声四起,人们四下奔逃,顿时乱作一团。

[几位总董簇拥着盛宣怀出去,朱葆三跟在最后。此时,叶澄衷突然拽住朱葆三。

叶澄衷 老弟,刺客都跑了,你跟去也抓不住刺客!正好,我带你见一个人。

朱葆三 什么人?

叶澄衷 你看了就知道了。

[只见叶澄衷身边不知什么时候多了一位戴礼帽、穿西装的年轻人。在叶澄衷的表示下,来人摘掉帽子,朱葆三一看,竟然是革命党人陈其美。

朱葆三 （惊讶）英士兄！

陈其美 咱们借一步说话。

朱葆三 好。

　　　　［叶澄衷退到一边。

陈其美 葆三兄，不瞒你说，刚才对盛宣怀的暗杀，就是我策划的。

朱葆三 你想干什么？你不要命了啊你！

陈其美 没错，我就是不要命了。清朝的气数已尽，他们把好端端的一个中国弄成这样，我顺便送他们一程。

朱葆三 你是吃了豹子胆啦？这不光是掉脑袋，这可是要千刀万剐受凌迟之刑的啊。

陈其美 葆三兄，没想到你这么胆小。清政府如此腐朽，孙文先生领导的革命已经在全国各地如星星之火展开，大清的气数就要尽了。

朱葆三 可盛宣怀大人有恩于我，当年他曾拆借给我，我还利用他跟英国人的矛盾取得美孚石油的代理权……

陈其美 哈哈哈哈，我的葆三兄啊，你自己被利用了还不自知。盛宣怀利用你们几个甬商打着官商合办的旗号办银行，把你们全部当作过河小卒，他自己在幕后控制，暗中更是中饱私囊……

朱葆三 可没有盛大人出面，这银行根本开不出来啊。没有他，咱们一帮草民如何能低息从朝廷拿银子，何况咱们这帮宁波老乡确实得了好处。

陈其美 哼，他们这帮官僚只顾着自己赚钱，只不过顺带帮了你们。你相不相信？如果孙文先生领导的革命党得了中国，你们的日子更好过。

朱葆三 可我们做生意的，最怕乱了。

481

陈其美　我们是破旧立新,荡涤不公,如果落后的统治不打破,中国人会更受欺负。不多说了,就一句话,你站在哪一边? 我们革命党还是清廷?

朱葆三　英士兄,不瞒你说,我朱葆三也不是不学无术之辈,我是跟英国人做生意起家的,我对他们了解甚多,且盛宣怀大人毕竟有恩于我,我的生意能做到今天这地步离不开他,而你们,你们这些革命党里也有我不少朋友,我可是左右为难啊。

陈其美　葆三兄,我原本以为你不会把个人利益置于国家民族利益之上。现在盛宣怀等人的自救只不过是让大清苟延残喘,他对你个人有恩,对国家的历史发展却是一种倒退,你懂吗?

朱葆三　英士兄,不瞒你说,我早想过这个问题。一方面,盛大人是我的前辈,另一方面,你们革命党又是我的兄弟,我真的难以抉择。我想过,万一你们两派干起来了,我就保持中立,谁也不帮。

陈其美　葆三兄,你想明哲保身全身而退? 我告诉你,可没这么容易。革命大潮,世界洪流,正在世界各国开展得如火如荼,这些都是不可逆的。你想看我们分出胜负了再决定支持谁? 告诉你,如意算盘不是这么打的……之前的历史也说明了,犹豫不决的人往往下场最惨。

朱葆三　英士兄,你为什么一定要逼我作出答复呢?

陈其美　不瞒你说,葆三兄,我们需要你的帮助。你是沪上商界的头面人物,你是宁波商会的总长,你们商会还有自己的武装。更重要的,只要你这样的头面人物公开支持我们,那些商会的头面人物就会给我们的革命事业以资金的支持。

朱葆三　看来,你们真准备跟政府对着干?

陈其美　没错,世界各种任何一种破旧立新的制度的建立,都必须经过流血牺牲。我们已经做好了杀身成仁的准备,但革命过程并非一蹴而就的,就算我们成功了,也需要社会各界的帮助。

朱葆三　不管是谁当权,只要对老百姓有利的事,我就一定会做的。

陈其美　葆三兄,现在你就要拿出明确的立场来,要不然可晚了。

朱葆三　好,你让我好好想想,给我几天的时间,几天的时间。

陈其美　好,我给你时间,但你一定要尽快!

〔这时,站在边上的叶澄衷发声了。

叶澄衷　葆三兄弟,我还有一桩事要跟你说。

朱葆三　大哥,别客气了,说吧。

叶澄衷　葆三兄,你知道大哥在四马路买了一幢大厦,要不你把你的慎裕五金公司迁过来吧,我给你最便宜的租金。

朱葆三　四马路?大哥你为什么要在那儿买房子啊?那里可是……

叶澄衷　你别管它做什么生意,反正不偷不抢不违法就是了。四马路有什么关系?人气旺啊。你看你现在这地方太偏了,不利于做生意。

朱葆三　可是四马路……那可是鱼龙混杂的地方。

叶澄衷　人多了,自然会有三教九流。那地方是上海的市中心,保证你生意越做越大。

朱葆三　可是……

叶澄衷　你放心,我已经拜过码头了,保护费我也交了,没人敢来捣乱。

朱葆三　那好,那我就把五金公司迁过去。

叶澄衷　这就对了。你放心,那些青帮开他们的窑子,我们做我们的生意,保证井水不犯河水!

　　　　[灯灭。

第六场

　　　　[医院的高级病床,盛宣怀绑着纱布躺在床上,已经是巡抚的袁树勋带着朱葆三来看盛宣怀。

袁树勋　盛大人,我把人给您带来了。

朱葆三　盛大人,葆三来看您来了。

盛宣怀　哦,葆三啊,坐,你们都坐。

　　　　[朱葆三和袁树勋拉了凳子坐下。

朱葆三　盛大人,您的伤没事了吧?

盛宣怀　唉……这些个革命党,真是杀都杀不干净。等我腾出手来,再好好办他们。葆三啊,成立通商银行的事办得如何了?

朱葆三　回大人,外国方好像早知道了我们的意图,暗中有阻挠之意,不过我还应付得来。

盛宣怀　好,能应付就好,如遇你不能解决之事,就速速禀告树勋,千万不能耽误时间。

朱葆三　是。盛大人,今后我们有了自己的银行,是不是就不用怕洋货挤兑了?

盛宣怀 呵呵,可没有这么简单啊。咱们刚成立毕竟势单力薄,要和外资银行抗衡还需要时间。

朱葆三 只要有了这第一家,就会有第二家、第三家,我们早晚能胜过那些外国银行。

盛宣怀 葆三啊,你别光想着攘外,当务之急是安内。

朱葆三 盛大人的意思是,国内的革命党?

盛宣怀 没错,现在全国各地风起云涌,意图撼动大清江山的人不断冒出来。而且数量是越来越多,朝廷已快力不从心了。

朱葆三 大人,您需要葆三做什么?

盛宣怀 现在朝廷已千疮百孔,不过,我们依然要力保基业不倒。葆三,咱们的中国通商银行成立后,我就立即把国库的钱投到咱们银行,用利息作为军资,买枪炮,买弹药和子弹,强兵增械,镇压革命党。

朱葆三 是,在下一定竭尽全力,保证官家的银子谨慎拆借,只赚不赔。

盛宣怀 好,非常好。葆三啊,这次革命党来得太猛,我自己还有一笔钱要放在银行里。

朱葆三 您的钱?

盛宣怀 是,我自己的钱。这次革命党来势汹涌,老佛爷又归西了,朝廷里没了主心骨,所以……所以为了以防万一,我打算把钱拿出来,存在即将成立的咱们的银行里。

朱葆三 大人是觉得这回朝廷……

袁树勋 葆三,朝廷的事咱们不议论,你只管把盛大人的事办好就成。

朱葆三 是。

盛宣怀	葆三,记住了,我存在你这里的钱,一定要稳健稳健再稳健,宁可不赚钱,也千万不能亏钱,记住了吗?
朱葆三	是。大人,关于将成立的通商银行的官股,您看能不能再减少一些,外面都说这银行是朝廷开的,那些小钱庄……
盛宣怀	葆三,这个问题不是跟你说过了吗? 关于官股和民股的构成,是当年太后老佛爷定的,不容更改。
袁树勋	葆三啊,这个事盛大人都已说过了。
盛宣怀	是啊。葆三啊,想当年树勋把你引荐给我的时候,你还是 30 岁的小伙,现在也是满头白发的老头了。
朱葆三	这么多年,多亏大人的栽培,才有葆三的今天。
盛宣怀	跟你个人的本事也是分不开的。树勋,当年你还是个知县吧?
袁树勋	没错,大人记性真好,当时下官就是个小小知县。
盛宣怀	你现在已是上海道台,主管一方行政的大员了。葆三啊,我知道这些年来你跟树勋配合默契,他拿出官银在你钱庄里放贷,你也因此赚得盆满钵满,是吧?

[“扑通”一声,朱葆三和袁树勋当即跪下。

朱葆三	盛大人恕罪,在下虽然将官银借出,却没有贪污官银一分一毫啊。
盛宣怀	不要紧张,我又没有责怪你的意思,你们两个都起来。
袁树勋	葆三啊,盛大人没有怪罪我们,我们就应该对盛大人忠心耿耿。他老人家的意思,你我都是他一手提拔起来的,我们都是一起的,如果革命党来拉拢你,你可不能干出对不起朝廷、对不起盛大人的

事啊。

朱葆三 葆三不敢,葆三向来对盛大人忠心耿耿。

盛宣怀 好,不愧是我一手提拔起来的。葆三啊,你记着,你当下的首要任务还是中国通商银行的筹备,这才是头等大事!

朱葆三 是!

第七场

[上海,公共租界,宁商总会总部大楼。

[朱葆三、李平书、陈其美宴请上海巡防营总长兼吴淞炮台总台长姜国梁。

陈其美 诸位,今日有幸能请来姜国梁总台长莅临,真是令我们宁商总会蓬荜生辉啊!

姜国梁 哪里,哪里。

陈其美 今天请姜总长来,一方面是认识我的几位朋友,另一方面也是感谢姜总长多年镇守上海,为你我经商营造了安稳的环境。姜总台长真的是劳苦功高,劳苦功高啊。

姜国梁 英士兄再说下去,我这顿饭可没法吃了啊!呵呵。

朱葆三 姜总台长,在下朱葆三,我先敬姜总长一杯。

姜国梁 哦,您就是大名鼎鼎的上海商会的总长朱先生啊,久仰,久仰,来,姜某人先干为敬。

朱葆三 好,果然是带兵之人,爽快。

[朱葆三也一饮而尽。

陈其美　好,两位都是好酒量。我再来介绍一下,这位是李平书先生,早年在广东做过官,现在是张之洞大人府上的,也是我们通商银行的董事。

姜国梁　哦,久仰,久仰。

陈其美　姜总长,今天请您来,还想向您求证一些事。

姜国梁　哦,英士兄请说。

陈其美　姜总长,我们生意人最在意的就是一个稳定的局势,最近有闻革命党将在上海挑起大规模事端,不知您听说了没有?

姜国梁　呵呵,那些革命党整天没事干,不都想着搞点大事出来吗? 这些消息一天听到一百回,有什么可信的?

陈其美　姜总长,莫要掉以轻心啊。

朱葆三　是啊,姜总长,上海都在传言,听说这回革命党可是有备而来。自从广州出事(1910 年广州起义)之后,那些革命党吸取教训,更讲究方法和策略了,所以在起义之前,一直都是秘而不宣的。

姜国梁　既然是秘而不宣,那你们是如何知道的呢?

朱葆三　呵呵,我等佩服姜总长的这份自信。不过嘛,听说这回革命党得到多方支持,集结了各路人马和枪炮,不但要从陆上来,也会从海上进攻。姜总长作为陆上和海上的守军统领,要如何应对呢?

姜国梁　至于革命党将要进攻的消息,我多有耳闻,诸位不必多虑。至于我防备的具体策略,那也是属于朝廷的机密,诸位就不必知道了吧?

　　[朱葆三突然从怀里拿出银票。

朱葆三　姜总长,咱们明人不说暗话。刚才说了,作为生意人,兄弟几个最在乎的就是天下太平,有了太平,我们才有钱赚。这些银子是大家凑的,并不是给姜总长本人的,而是希望姜总长用这些银子加强防备,给我们生意人一个安稳的环境和安慰的心啊。

姜国梁 这个……朱总长太过客气了吧?

李平书 姜总长还是收下吧,这也是我们的心意。姜总长,你我都是为官之人,这官面上的事,想必比他们都清楚,拿了人家的钱,可总是要为别人着想的吧?

姜国梁 那还用说? 姜某人也是明理之人,那是当然。

朱葆三 姜总长,其实我们兄弟拿出这笔钱,是想让您睁一只眼闭一只眼。

姜国梁 姜某不明白朱会长的意思。

朱葆三 姜总长,据我们所知,您有一个亲兄弟因为参加义和团被洋人所杀,对吧?

姜国梁 你们怎么知道的?

朱葆三 姜总长,想当年洋人杀了我们多少中国同胞,可依然耀武扬威,若不是清政府腐败,在背后撑腰,他们敢如此嚣张吗?

陈其美 没错,正是有这样的政府,我们中国人在外国人面前才直不起身来,包括我们生意人。那些外国商人借着有清朝和外国政府的双重支撑,根本不讲市场规则,我们拿什么跟他们竞争?

姜国梁 你们……你们这是什么意思?

陈其美 就是这个意思!

〔陈其美突然将一把枪扣在桌上。

朱葆三 这就是我们的意思! 姜总长,当今政府昏聩,中国积贫积弱,咱们不如弃暗投明,推翻清政府,建立共和国,如何?

姜国梁　你们,你们这是要反吗?

朱葆三　没错。姜总长,刚才你已收下了我们的银子,我们三人在此都可作为证人。我们不要你公开支持革命军,只要在我们行动时,你暗中配合就行了。

姜国梁　你们……你们胆子太大了! 我,如果我不答应呢?

朱葆三　我们这里有您收钱的证据,可不怕您不答应。我朱葆三已是 60 多岁的老人了,这辈子已活够了,我们三人商量好了,如果您不答应,我们赔上任何人的一条性命,也要让您落下一个协助叛党、知情不报的罪名。至于这罪名的结果是什么,我想您比我们更清楚吧?

李平书　反过来说,如果起事成功,我们一定不会忘了姜总长的功劳,到时候,姜总长还可以安稳地当自己的官。

朱葆三　姜总长,您看政府如此腐败,早晚会被这世界大势和国民革命的浪潮推倒,我们不干也会有人干。到底是名垂青史还是遗臭万年,就看姜总长如何抉择了!

姜国梁　朱会长,你们……你们这是早早准备好的鸿门宴啊!

朱葆三　您真是说对了! 不过我们这鸿门宴不是要害您,而是想请您搭救!

　　　　〔朱葆三首先拱手跪了下去。

朱葆三　姜总长,朱某人恳求您高抬贵手。

　　　　〔陈其美和李平书也跪了下来。

陈其美、李平书　姜总长,您救我们也是救您自己啊! 姜总长,请您高抬贵手。

朱葆三、陈其美、李平书　请您高抬贵手!

第八场

[两束追光直下，盛宣怀的鬼魂又出现在追光中，面对的是朱葆三。

朱葆三　盛大人，您说您最喜欢听谭鑫培谭老板的戏，您还记得不？我帮您把谭老板请到府上去唱堂会，您有多高兴。

盛宣怀　我怎么会不记得？谭老板就是谭老板，真是好，绝了。

[谭鑫培边唱着《定军山》的唱段，边从台上走过。

盛宣怀　当时你我关系尚好，你知我所作所为都是为了大清，是没有私心的。

朱葆三　事到如今，我也承认你所作所为没有私心，不过世界之势，浩浩荡荡，大清国早晚要完的，你这么做，是逆了潮流！

盛宣怀　朱葆三，你可真能认清潮流！上海光复之后，你作为革命中有功之人，被他们委任为上海府财务总长，看来你也打通了不少关系吧？

朱葆三　盛大人，看来您还是老毛病。在您的眼里，所有人都是为了一己私利！

盛宣怀　我并没有说所有革命党都是为了一己私利，可您是一位生意人！

朱葆三　呵呵，盛大人，葆三不才，却不是一位普通的生意人！

盛宣怀　朱葆三，我当初最看重你的，就是因为你会识时务顺潮流。现在你当了总财长，真正进入了上海权力的中心，怎么样，你的生意更顺畅了吧？

朱葆三　盛大人，您还是在用原来那套官商不分的思想在做生意，现在我们已是国民政府了，倡导的是官商泾渭分明和自由竞争。我之所以当这个总长，正是为了加快过渡时期的完成，让中国真正拥有公平的市场。但要致力于此，我反而要束手束脚，有为之更有不能为之，反而要亏损不少！

盛宣怀　朱葆三，其实你留下陈其美的那一刻，心里早就做好了准备要帮助革命党的。

朱葆三　没错，但那不是我的缓兵之计。盛大人，我全是为了你啊。

盛宣怀　哼，别来这一套。你还记恨当年我让你充当傀儡，以致你无法实现你的实业之梦，你还耿耿于怀。

朱葆三　没错，我心里一直有疙瘩。原本想有了我们自己的银行，就可以全面助力我们中国实业的发展，可没想到银行的控制权还是在官家手里。你们用筹集资金办的那些实业，全无关乎民生和国家富强，民不富则国不强。你们办那么多兵工企业有什么用？还不是被革命党一冲，几百年的基业就都完了？再多的兵器军舰也救不了你们。

盛宣怀　唉，这都是命啊。不过我盛宣怀算是对得起大清朝了，我鞠躬尽瘁，死而后已，一辈子都在为大清朝的天下奔波操劳。

朱葆三　那是您的志得意满，是你这等中兴之臣的存在，才让清朝的落后统治又延续了几年。要不是你们，说不定民国来得更快些，民国的金融制度也不会像现在这样不堪，我们的银行还在受外国人的控制。

盛宣怀 哼，这全是你一家之言。没有我开出中国第一家银行，中国的金融体制根本无从谈起。

朱葆三 所以我看在这分上，帮你出逃日本，算保住了你一条命。

盛宣怀 哼，我的命要你保？那真是滑天下之大稽，我的那些老部下如今都身居高位，为什么需要你来帮我保命？

朱葆三 可你的命不是保不住了吗？你看看你，现在还不是一介人间的魂魄！

盛宣怀 可我在史册上留下了我的名字。我还兴办了这么多学校，后人给了我很高的评价。葆三，我一直说你读书不多，你早晚会因此走错路的，你也会被你最看重的名声所累……

〔此时，不远处传来了五四运动的口号，"外争主权，内诛国贼，废除二十一条……"

朱葆三 盛大人，如此的争论没有结果。咱们别争了……唉，这是什么喊声？是那些个学生？我朱葆三捐那么多家财资助学校，是让你们读书救国，可不是让你们上街游行的……咳咳……哎哟，老毛病又犯了，我得差人去问问这到底是怎么回事……

〔朱葆三和盛宣怀定格，大幕在画外音中缓缓拉上。

画外音 此时的朱葆三已73岁，已不可能有更多精力支撑他的商业家国之梦，而他的副手，上海总商会副会长沈联芳以他之名，发布了反对上海工商学联罢工、罢市、罢课之爱国行动的电报，即五四时的"佳电"事件。由此，谴责和非议暴雨般袭来，朱葆三不得不就此退出政坛、淡出商界，一代商界枭雄身负骂名就此陨落。

「灯暗。

(剧　终)

导师评语

曹路生

　　首先,我很惊讶现在的年轻编剧还会关注这样冷僻的题材,不得不对剧作者选材的独特性和专注度表示敬佩。我一直认为,上海的发展史就是一部近代化的历史,革命是一部分,而租界文化是主要依附点,可以说没有开埠,没有西方文化的传入,就没有上海的近代化,也没有中国的近代化。而其中出现的人物如朱葆三、虞洽卿、叶澄衷等人,个个都可作为波澜壮阔戏剧题材中的人物,因此选材很精准。

　　以下,我将从编剧角度提些意见。第一,还是要有立意,或者说现实意义,朱葆三之所以成功或者说宁波帮商人之所以成功主要的原因是什么?我觉得可能是"信义",这也许对现在的贸易战有警示或史鉴作用。第二,史诗传记剧,最好要展示传主一生中几个关键的转折点,该剧写了,但是是不是命运的转折,还值得再推敲。第三,转折点不要写结果要写危机。第四,最好展现租界的方方面面,既然有买办当然更应该有洋商;既然写了顾晴川好嫖,为何不展现四马路,现在的场面有重复之感,好像戏都差不多。第五,商战的残酷、惨烈、你死我活可适当加强,增加戏剧性、可看性。第六,传记剧大处要真实,但小处可虚构。第七,语言的多样性和当时性,譬如称呼,以前不叫名而是叫字,"老外"好像是现代语。以上意见,仅供参考。

话　剧

遗忘的时光

吴俊晓

吴俊晓

女,上海戏剧学院戏剧影视导演专业毕业,2016 年获上海市奖学金。话剧《遗忘的时光》获首届"汇创青春"上海大学生文化创意作品优秀作品奖(戏剧类专业组)。2017 年,作为发起人成立了颐瑾文化传媒有限公司。

第一场　客栈众生

时间：上午

地点："遗忘的时光"客栈

人物：小凯、一对情侣（群众）、土豪男（钱先生）、奇葩女（陈小姐）、妻管严（张先生）、程海、秦嘉雯、姚欣璇

　　〔小凯在客栈门口招呼着一对情侣。

小　凯　丽江古城里的客栈很多，您可以再走走看看，要是住我们这儿，您就打电话给我。我们的客栈很好找，前面一个巷子就是木府。

　　〔说话同时，土豪男下楼，径直朝客栈门口走去。

土豪男　小凯，小凯……

小　凯　哟，钱先生早啊。

土豪男　来，我把房费付了。（拿出一沓钞票）这个是房钱，这个是小费。

小　凯　钱先生，您客气了。（把钱还给了土豪男）您今天准备去哪儿逛逛？

土豪男　都说丽江美女多，你给我推荐个地方，让我也来个艳遇？

小　凯　出了客栈后门右转，一直往前走，那边是酒吧一

条街。

土豪男　懂了……

　　　　［土豪男下，奇葩女和妻管严来到客栈门口。

奇葩女　"遗忘的时光"客栈，哎呀，老公，就是这儿！

小　凯　您好！

奇葩女　我们之前打电话预订了房间。

小　凯　您是陈小姐吧？房间给你们留好了。

奇葩女　那太好了。哎呀，这客栈还古香古色的呢，环境不错。

妻管严　（上海话）嗯，环境是蛮好的，档次非常高，布局也非
　　　　常好。

小　凯　陈小姐，我是这个客栈的管家小凯，您有什么事情就
　　　　跟我说。你们坐下歇会儿，喝口水，这有水果。麻烦
　　　　二位把身份证给我一下，我为您办理入住。

奇葩女　好的。哦，这个是我老公。

妻管严　鄙人姓张。

小　凯　张先生你好。那你们先坐。

　　　　［奇葩女一直在拍照，拍着拍着照片，好像想起了什
　　　　么，很正式地说。

奇葩女　欸？小凯，这个是你们客栈老板娘吧？（说着拿着手
　　　　机给小凯看）

小　凯　对，这是我们老板娘。

奇葩女　她人呢？

小　凯　哦，老板娘今天去寺庙了。（小凯又看看手机）您怎
　　　　么有我们老板娘的照片啊？

奇葩女　我在网上截的图啊。

小　凯　啊，我们客栈没网络，我们老板娘一看电子产品就头
　　　　疼。估计啊，她自己都不知道她现在这么受欢迎。

奇葩女 我来之前做了好多来丽江旅行的攻略,网上提到你们客栈,都是好评。大家都说你们老板娘对那个木府的殉情故事特别了解,讲得可好了。

小　凯 不出去的时候,你和张先生可以下来喝茶聊天,听她讲故事。

奇葩女 那你们老板娘啥时候回来呀?

小　凯 她明天上午就回来了。

　　〔程海拿着糕点从外面回来。

程　海 小凯!

小　凯 (对奇葩女夫妇)哦,这个是我们老板。(对程海)这是刚到的陈小姐和张先生。

程　海 你们好!

奇葩女 这老板娘漂亮,老板长得也帅。

程　海 谢谢。小凯,好好招呼着,二位有空下来喝茶。

小　凯 我带你们去你们的房间。

　　〔程海四处看看,坐下自己喝茶。小凯送好行李下来。

程　海 (急切地问)你岚姐还没回来?

小　凯 程哥,你这一回来就着急见老婆啊。岚姐要明天上午回来呢。

程　海 (拿出糕点)她回来把这个给她。

小　凯 哟,程哥,这个点心丽江可买不到啊,我先来一块。

程　海 我让老郭空运来的,你要是想吃点心,自己买鲜花饼去。

小　凯 只要是老板娘喜欢的,就算是玉龙雪山尖儿上的雪水,你都能给她捧下来。对了,程哥,咱们束河的第二家客栈什么时候开业啊?

程　海 装修得差不多了,准备购置家具了。

小　凯　等都弄好了,也让我去束河那边待段时间呗。

程　海　你走了这儿怎么办,你就这儿待着吧,多帮帮你老板娘。

小　凯　知道了,帮你好好看着老板娘。

　　　　[秦嘉雯从自己房间走出。

小　凯　哟,秦小姐早啊,住得还习惯吗?

秦嘉雯　早啊,挺好的! 你们的客栈住着很舒服。

小　凯　那就好,您有什么事情随时跟我说。

秦嘉雯　都挺好的,就是有时候在古城里会迷路,昨天我走了好久才回到客栈。

小　凯　咱们客栈好找,就在木府后面一个巷子。而且这家客栈在古城开了将近七年了,一打听"遗忘的时光",谁都知道。你要是再迷路,就给我打电话,我去接你。

程　海　对,你要是找不到路,就给他打电话,让他去接你。

秦嘉雯　你们的服务好贴心啊。

小　凯　那必须啊。我们老板说了,客人是来丽江发呆的,我们可不能跟着发傻。你要想去古城里什么好吃好喝好玩的地方,我就带你去,保证不会迷路!

秦嘉雯　好的,那先谢谢你了。

　　　　[电话铃声响起,秦嘉雯接电话。

秦嘉雯　我接个电话。Hello,亲爱的。我一个人在这儿还能做什么啊,闲逛、喝茶、发呆呗。咱们来丽江旅行拍婚纱照这件事,早在两个月之前就计划好了,而且来丽江也是你提议的,现在就我一个人……我知道你工作忙,我理解。讨厌,我才不爱你呢!

　　　　[小凯听到电话,显得有些落寞,程海对小凯做了个

无奈的表情。

〔收光。

过　场

〔丽江夜晚的街道,姚欣璇先上场,土豪男醉醺醺地
将姚欣璇带回客栈。

第二场　似是故人来

时间:某天午后

地点:"遗忘的时光"客栈

人物:小凯、钟明、程海、林岚、奇葩女(陈小姐)、妻管严(张
先生)、姚欣璇、秦嘉雯、土豪男

〔一个气质优雅、西装革履的男士,走进"遗忘的时
光"客栈打量着。

小　凯　先生您好,您要住宿吗?

钟　明　是的。

小　凯　其他房间都被预订了,现在只剩一间豪华套房了,我
先带您看一下吧?

钟　明　不必了,我就住那间好了。

小　凯　哦,好。那先生您的证件给我一下,我给您办理一下

503

入住手续。

[程海进来，打着电话……

程　海　小凯，一会儿有人来送货，你接一下。

小　凯　哦，好的。（对程海）这位是今天来的住在豪华套房的客人。（对钟明）这是我们老板。

程　海　您好，先坐一下，喝杯茶吧。小凯很快就能弄好。

[钟明点头，没有坐下。

程　海　先生之前来过丽江吗？

钟　明　没有，这是第一次。不过很久以前就应该来了。你们这家客栈只能电话预订吗？

程　海　对，您也看到了，我们家没有网络，所以只能电话预订。

钟　明　现在到处都有网络，人们每天有十几个小时的时间都在网络的陪伴下度过。没有网络的客栈不多见。

程　海　我老婆说这是我们客栈特有的文化。有网络的地方，即便是人和人离得很近，但心和心却很远。在我们这儿，人与人的沟通和交流最重要。

[钟明淡淡一笑。

钟　明　你们这家客栈开了多久了？为什么叫"遗忘的时光"？

小　凯　开七年了。为什么叫"遗忘的时光"，那还多亏了我们老板娘。

程　海　我老婆她喜欢丽江的慢生活，所以七年来，我们在这儿开了这家客栈。店名是我想的，丽江是一个有故事的地方，选择来丽江的人，有的是为了寻找，有的是为了遗忘，所以叫"遗忘的时光"。

[钟明拿起客人的留言随便翻看。

程　海　哦，您手上拿的本子是客人的留言簿，没事儿的时候,您可以看看,也可以在上边写上几笔。

钟　明　客人写的这些你们会看吗?

程　海　我老婆会看的,而且每一篇她都会认认真真地看。

小　凯　好嘞,这是您的房卡。钟先生,您要是有什么需要,随时叫我。我先帮您把行李拿上去。(送钟先生的行李上楼)

程　海　您姓钟?

钟　明　对,钟明,明亮的明。

程　海　哦? 钟明? 这个名字很耳熟。

　　　　[电话铃声响起,程海接电话。

程　海　好的,我现在就开车去束河。钟先生您坐,我得赶到束河古城,我们家另一个客栈开在那边。

　　　　[小凯放好行李下来。程海下场。

钟　明　束河古城,我来丽江之前也听说过,跟这里有什么区别吗?

小　凯　哦,在丽江啊,现在有两个古城。这里是大研古城,是地震以后最早被开发的,近几年越来越商业化了,有酒吧街啊什么的,很热闹。束河古城呢,就像十年前的丽江古城,那里很安静,游客不多,没事的时候,您可以去那边走走。

钟　明　那为什么要去束河开客栈? 完全可以在这里再开一家啊。

小　凯　我们老板娘喜欢安静。在束河古城开第二家客栈,纯属是我们老板送给我们老板娘结婚七周年的礼物!

钟　明　你们老板手笔够大啊!

小　凯　这算什么啊,您刚来还不知道,我们老板以前是警察。

钟　明　警察?

505

小　凯　我们老板为了我们老板娘把工作都辞掉了,毅然决然地陪她来到丽江,他可是这古城公认的模范丈夫。

钟　明　你们老板娘也去束河了吗?

小　凯　哦,没有,我们老板娘去寺庙了。

[林岚上,走到凤凰树下,和钟明长时间对视。

林　岚　小凯,我订的茶送来了吗?

小　凯　送来了,我拿了一些放在桌子上了。(对钟明说)哦,这是我们老板娘。(对林岚)这是今天刚到的钟先生。

林　岚　钟先生您好,正好我们今天到了一批新茶,钟先生帮忙品一品?

小　凯　钟先生,您先喝茶,我去后面忙了。我们老板娘泡茶啊,那可是一绝呢。

[林岚坐下摆弄茶具,钟明久久地凝视林岚。

林　岚　您喝什么茶? 我这有……

钟　明　普洱,生普洱。

林　岚　来云南的人都喜欢喝普洱。

钟　明　洛神花加生普洱。

林　岚　(愣了一下,抬头看了钟明一眼)真巧,您跟我的习惯一样,我也喜欢在普洱里加一些洛神花。烈茶配淡香,现在懂这个的人不多了,看来您之前来过云南。

钟　明　没有,这是第一次来。不过很多年前就准备来看看。

林　岚　您一个人?

钟　明　是的,一个人。

林　岚　一个人来丽江的男士,倒是不多。

[奇葩女和妻管严从外面回来。

奇葩女　你别跟着我,烦你。

妻管严　老婆啊,你不要生气嘛。你说我一个大男人,穿得花花绿绿的,看起来不要太奇怪哦。

奇葩女 有啥奇怪的啊,我看着不奇怪就好了啊。哎呀,你是老板娘吧,这本人比照片还好看。我住后边那间房。

林　岚 你好。这位是?

妻管严 我是她老公,鄙人姓张。

　　　　〔土豪男从自己的房间出来,下楼。

土豪男 美女,有空给我打电话啊。

　　　　〔姚欣璇从土豪的房间出来,下楼。妻管严的眼睛几乎掉在姚欣璇身上。

林　岚 欣璇,坐下喝杯茶吧。

小　凯 是啊,姚小姐,过来坐吧。

　　　　〔钟明起身让座。

姚欣璇 谢谢,不用了。(戴上口罩)

　　　　〔妻管严抻长脖子向姚欣璇离开的方向望去。

奇葩女 你看啥呢?(掐妻管严)这女人谁啊,妖里妖气的。这丽江也没雾霾啊,装自己是北京来的啊,还戴口罩。

　　　　〔秦嘉雯从房间悠闲地出来。

妻管严 (哄着老婆)老婆,你不是要听故事吗?

小　凯 秦小姐,来一起喝茶吧。

奇葩女 老板娘,咱们开始讲故事吧,正好这两天我就准备去木府呢。

秦嘉雯 对呀,老板娘,给我们讲讲吧!

林　岚 正好今天都在,我就给大家讲一段。明朝初期,木氏土司把丽江治理得井然有序,为镇守大明边疆作出了巨大贡献。明神宗为了嘉奖木氏,特批准木氏土司在木府门前建造忠义坊,并钦赐"忠义"二字。就在忠义坊建成的同时,英勇神武的玉龙将军南下拓

507

疆,抗敌成功,土司大人宴请群臣,那天木府里可谓是流光溢彩、高朋满座……

　[随着故事的讲述,林岚的调度向舞台前方移动。后台换景,后面灯光减弱。

第三场　木府盛宴

时间:傍晚

地点:木府宴会厅

人物:土司大人、木森(大儿子)、木林(二儿子)、玉龙将军、阿岚、丫鬟、金矿主

随　从　土司大人驾到!

　[土司上场。

土　司　今天是我们丽江吉祥的日子,象征着我们木府荣耀的忠义堂建成,同时,玉龙将军南下拓疆,抗敌取得胜利归来,咱们木府可谓是双喜临门。让我们共同举杯畅饮。

随　从　歌舞起!

　[阿岚天籁般的舞姿如飘飞的精灵,打动了在场每一个人,歌声久久回荡在木府里。歌舞表演完,曲终人散。

土　司　咱们丽江是金矿的所在地,是朝廷重要的黄金来源地,这次受到朝廷的嘉奖,各位金矿主也是重要的功臣啊。大家再次举起手中的酒杯,咱们不醉不归。

〔众人渐渐下场,灯转舞台前区。阿岚和丫鬟阿奴上。

丫　鬟　小姐,你看他又来给你送花了。小姐,你为什么不跟他表明心意呢? 我知道你对他也……

阿　岚　死丫头,净胡说。

木　林　阿岚姑娘!

〔木府二少爷木林兴犹未尽,趁着几分酒兴在天井边的大圆柱后抓住阿岚的手臂。

阿　岚　二少爷。

丫　鬟　二少爷。

木　林　你今天的舞跳得真好看,我还没看够。你能否跟我回去,再给我跳一段舞蹈,让我欣赏?

阿　岚　二少爷,天色不早了。改日,我会在四方街歌舞表演,二少爷感兴趣的话,可以来看。阿岚先告辞了。

木　林　阿岚,你为何总是躲着我啊。(开始拉扯阿岚)我想跟你说,我一直特别喜欢你,你跟了我如何? (继续拉扯阿岚)

阿　岚　木林少爷,你喝多了。我要走了。

丫　鬟　二少爷,你要干吗?

木　林　你给我走开。

〔阿岚使劲挣扎,摔倒在地上。玉龙将军上,扶起阿岚。

玉　龙　二少爷怎么这么不小心,把阿岚姑娘撞倒了,她可是咱们丽江的百灵鸟,她受了伤,谁来唱歌?

木　林　这儿没你事,你最好别管。

玉　龙　还请二少爷三思,土司大人一向喜欢听阿岚姑娘唱歌,喜欢看她跳舞。而且今天这么大的日子,二少爷这样的行为被他知道,我想……

木　林　你……

　　　　〔木森上场。

木　森　二弟！你喝多了，别乱了分寸。啊，我替木林给大家
　　　　赔礼了，他今天有些喝多了，还请玉龙将军和阿岚姑
　　　　娘不要介意。（对木林）还不快跟我走！

木　林　行，咱们走着瞧！

　　　　〔木森带着木林下场……玉龙、阿岚有些尴尬。

玉　龙　阿岚姑娘，你没事吧，他有没有伤到你？

阿　岚　没有。刚才多谢将军！

玉　龙　姑娘不必客气。只是经过今天这一遭，以后姑娘在
　　　　木府里行走要多加小心了。玉龙告辞了。（行礼欲
　　　　离开）

丫　鬟　将军请留步，我们家小姐有话跟将军讲。

玉　龙　阿岚姑娘，还有什么事情吗？

阿　岚　我……我有一些话想跟将军讲。

玉　龙　姑娘请讲。

丫　鬟　这里不是说话的地方，还是去那边的观景台吧。

　　　　〔转场至观景台。

玉　龙　姑娘有什么事情可以直说。

阿　岚　从将军第一次以武状元的身份入府，我就开始注意
　　　　将军。今天将军又不畏强权，替阿岚解围。在阿岚
　　　　心中，将军一直是这世上的真英雄，人间的真豪杰。
　　　　如果将军不嫌弃，阿岚愿意把自己的龙凤玉镯赠予
　　　　将军，并终身相托。

玉　龙　我，这……

阿　岚　将军是嫌弃我……身份卑微？我自小在战乱中与父
　　　　母离散，孤苦无依。那年冬天，就在我奄奄一息的时

候,东巴爷爷救了我,他把我带回府中,让我跟师父学习纳西古乐。阿岚自知配不上将军。

玉　龙　不不不,阿岚姑娘,你错怪我了,玉龙本身就出身贫寒百姓家,又怎会嫌弃姑娘的出身呢。姑娘如此高看我,已经让我喜出望外,玉龙又怎敢再有非分之想呢。我……

丫　鬟　好啦,将军,我早就知道你对我们家小姐的心意。每次她在四方街唱歌,你都会在对面的茶楼上喝茶,而且你还会派人拿一束花给我们家小姐,放下就走,不留姓名。

玉　龙　你都知道了?

丫　鬟　在阿奴心里,你们就是咱们丽江的金童玉女,天造地设的一对。玉龙将军,我家小姐就交给你了。

　　　　〔丫鬟高兴地下场。

玉　龙　阿岚,今日你我既已许定终身,我玉龙以后绝不会有负于你。

阿　岚　我相信你。今天时间不早了,我还要去看东巴爷爷,后天,我在这里等将军。

　　　　〔阿岚下。玉龙望着阿岚的背影下。木森上场,阴狠地看着两人的方向。

过　场

阿　岚　东巴爷爷。

东巴老人　阿岚来了,你来得正好,永宁公主给你来信了。

511

阿　岚　真的呀。（打开信）爷爷，永宁在信上说她就要大
　　　　婚了。

东巴老人　阿岚啊，要不是你之前在金沙江畔救了险些溺水的
　　　　永宁公主，永宁部落也不会和我们交好，所以你也是
　　　　咱们丽江的功臣啊。

阿　岚　爷爷，我跟永宁公主本来就一见如故，救她是应该的，
　　　　我可没想那么多。爷爷，我今天来是有事情告诉您。

东巴老人　是吗，爷爷也想问，我的阿岚今天怎么这么开心啊。

阿　岚　因为，阿岚也有了自己喜欢的人。

东巴老人　哦？这个人是谁啊？

阿　岚　是玉龙将军。爷爷，我要和他永远在一起。你说我
　　　　们会幸福吗？

东巴老人　玉龙是个好孩子，他是咱们纳西族的好男儿，是咱们
　　　　丽江的英雄。爷爷很放心把你交给他。可是孩子啊，
　　　　你要记住，爱情虽然甜蜜，但是真爱这条路并不好走。
　　　　接下来无论遇到什么困难，你都要勇敢地去面对。

阿　岚　爷爷……

第四场　各抒己见

[众人沉醉在古代美好的爱情故事里。

林　岚　玉龙和阿岚就这样坠入爱河。

奇葩女　哎呀，简直太美好了。一个是英勇的将军，一个是才
　　　　貌双全、能歌善舞的木府乐师，简直就是天造地设的
　　　　一对儿！老板娘，那接下来呢？

妻管严 什么天造地设的一对儿？所谓一见钟情,说白了就是看脸,被颜值所吸引。人家一个堂堂的将军,和一个乐师,差不多算是丫鬟吧,地位悬殊这么大,我看没戏,这样的感情不会有好结果的。

秦嘉雯 男人爱看漂亮的脸蛋,女人希望自己的男人有钱或有地位,这没什么不对,最重要的还是两个人的感情。

奇葩女 小秦,你男朋友是做什么的?

秦嘉雯 我的未婚夫是知名律师事务所的高级合伙人,很优秀,而我只是一个幼儿园的音乐老师。我们的地位虽然相差很多,但是不也要结婚了吗!所以说感情还是最重要,金钱地位根本不是婚姻的阻碍!

奇葩女 太棒了,这简直就是霸道总裁的现实版,真羡慕!

妻管严 小秦,你还是太年轻了!宁愿相信这世上有鬼,也别相信男人这张破嘴!哦,我是说女孩儿要学会谨慎。

奇葩女 要我看啊,就你这张破嘴是乌鸦嘴!人家小情侣好好的,马上就要结婚,多好,多幸福。反正,我觉得她男朋友挺好的!你给我闭嘴。

林　岚 钟先生相信这样的感情吗?

钟　明 你是说一见钟情吗?我和我女朋友就是一见钟情,在大学里。世界上最幸福的事情莫过于你喜欢的人也深深地喜欢着你。大家来丽江不也是被这里的浪漫所吸引吗?你是讲故事的人,你怎么看?

　　〔钟明看向林岚,林岚也看向钟明,没有说话。

　　〔程海进,林岚把视线转向了程海,两人相视一笑。这个情景被钟明看进了眼里。

林　岚 我当然相信他们的爱情。只有相信爱情,才会得到幸福。其实啊,当真爱到来的时候,都不会想那么多。嗯,大家再喝杯茶。

奇葩女　老板娘,我今天出去也买了两个当初阿岚送给玉龙的五彩绳,我老公不戴,我给你戴上吧。

[奇葩女不小心碰到林岚的手腕,"啪",林岚大叫一声,像是受了什么刺激,摔碎茶杯,大家被吓了一跳。林岚想要掩饰自己的慌张,伸手去擦拭桌子。程海将林岚的一只手紧紧地握在了手里,用另一只手去收拾残局。

程　海　岚岚!你怎么样?

奇葩女　哎呀,对不起啊。你看我……

程　海　哦,没事,她被蛇吓到过,比较害怕这些花花绿绿的东西。要不这样,今天不早了,有空的时候,大家再下来喝茶。

奇葩女　真不好意思啊。那我们就回去休息了。

[大家各自回房,钟明走在最后注视着两人。

程　海　怎么,又不舒服了?

林　岚　有点头疼。

程　海　本来身体就不好,怎么还陪客人聊到这么晚?

林　岚　想在客栈等你回来。客人下来喝茶,有兴致聊天,就和他们聊起木府的故事了。

程　海　看来啊,咱客栈以后还得立些规矩。

林　岚　立规矩?

程　海　听故事可以,不许到晚上9点以后。

林　岚　立这么多规矩,还做不做生意了? 你不怕咱们分店还没开张,就先关门大吉吗?

程　海　关门就关门,正好咱俩可以过过二人世界。

林　岚　别乱说,还没开张就说关门,多不吉利啊!

程　海　老婆,无论在哪儿过什么样的日子,只要我的生活里
　　　　有你,我就满足了。老婆,说真的,下次不许这么晚
　　　　了,你不舒服我心疼。

林　岚　好多了,老公。我也不知道为什么只要有人握住我的
　　　　手腕,我就特别难受,从心里往外反感。而且我最近
　　　　做梦越来越厉害了。老公,我是不是出什么问题了?

程　海　老婆,你别想那么多了。每个人的身体都有敏感的地
　　　　方,做梦也正常。无论发生什么,我都会陪在你身边。
　　　　〔收光。

过　场

〔小凯带着秦嘉雯、奇葩女和妻管严在丽江街道欣赏
夜景,游览拍照,听鼓手拍打手鼓……

第五场　"我在丽江等你"酒吧

时间:当天夜里

地点:酒吧

人物:主持人、姚欣璇、钟明、酒保、酒吧驻唱女歌手

主持人　女士们,先生们,今天是我们酒吧十周年的庆典。为
　　　　了答谢各位贵宾多年来的支持,我们今天特别举办

这样一个化装舞会,在这里,我代表酒吧对各位的到来表示感谢。有人说丽江是艳遇之都,所以有的人是为了寻找艳遇而来,结果却失落而归。也有人说丽江是疗伤的地方,晚上喝喝酒,白天晒晒太阳,治疗情伤,没想到却遇到了心爱的姑娘,并和她一直幸福下去。我们酒吧在这十年中陪伴和见证了太多的故事。今天不管你来到丽江是为了什么,不管现在在你眼前的这个人是不是你命中注定的那个他,你们之间都只有一步之遥。我们来玩个小游戏,接下来进店的这位贵宾如果是一位单身男士,就可以邀请我们美丽的姚欣璇小姐跳今晚的第一支舞。让我们期待一下,来了!啊,原来是一对情侣。我们看看下一个出现的是不是一个单身男士。

　　〔钟明进门。

酒吧宝贝　先生,今天是我们酒吧周年庆典,您可以跳今晚的第一支舞。

钟　明　我要是不会跳舞呢?

酒吧宝贝　这个……

钟　明　我试试吧。(将风衣扔给酒吧宝贝)

主持人　Music!

　　〔钟明和姚欣璇跳探戈舞。

主持人　非常感谢这么美妙的舞蹈,也谢谢这位先生。我宣布,今天我们酒吧的酒水全部半价,大家尽情享用。

　　〔舞蹈完毕,钟明坐到吧台前。

酒　保　先生,你跟姚小姐认识多久了?

钟　明　只是前几天在"遗忘的时光"客栈见过一面,到现在都还没有说过话。

酒　保　看你们跳舞的默契,感觉你们认识好久了。先生,你的舞跳得很好。

钟　明　我大学的时候是交谊舞社团的领舞。你们都跟她都很熟?

酒　保　姚小姐在丽江很多年了,她人长得漂亮,身材好,很多男人都喜欢她。其实在丽江,这样的女孩子很多,但姚小姐,跟那些女孩儿又不太一样,我也说不清楚。

姚欣璇　斌哥,你又在说我什么坏话呢? 看来要罚你给我调杯酒了。

酒　保　姚小姐,我哪敢啊。斌哥无论到哪儿,那绝对都是夸你。不信你问这位先生。

钟　明　真巧啊,姚小姐。

姚欣璇　我以为你只是个爱听故事的人,没想到在这里遇见你。很少有人能记住我姓什么,他们通常只会记住我的……呵呵。

钟　明　姚欣璇。名字和人一样美。

姚欣璇　同样是夸我漂亮,您的称赞我格外爱听。知道吗,在丽江的酒吧一条街有一句谚语……

钟　明　不想艳遇的男人,不是好男人。不给机会的女人……

姚欣璇　不是好女人。干杯。

钟　明　鸡尾酒?

姚欣璇　知道它叫什么吗?

钟　明　(喝了一口)叫什么?

姚欣璇　叫"地久天长"。连鬼魂都会被它的魅力诱惑而来,如果把女人比作不同的鸡尾酒,那么我就要做"地久天长",因为地久天长都是骗人的……(发出很大的笑声)

钟　明　看来,姚小姐对酒很了解。

姚欣璇　我对男人更了解。

　　　　　［姚欣璇看钟明的眼神,让钟明觉得有些不自在。

姚欣璇　钟先生知道自己很与众不同吗?

钟　明　这好像是男人对女人说的开场白。

姚欣璇　你很容易被女人爱上。(停顿,观察钟明的反应)但
　　　　是一般的女人又很难走进你的心里。因为,呵呵,算
　　　　了,我还是不说了,继续做一个可爱的女人。

钟　明　姚小姐有话但说无妨。

姚欣璇　来到丽江的人大致上分为两种。一种是心无旁骛地
　　　　来,每天拍照、喝茶、聊天,每天早睡早起,天天傻笑。
　　　　另一种人,他们虽然是一个人来,但他们心里却带着
　　　　太多的人和太多的事。他们害怕入睡,因为每当他
　　　　们入睡的时候,就会想起很多,所以晚上才会来这里
　　　　买醉。我原以为钟先生是前者,现在看来你也是害
　　　　怕入睡的人。(停顿)被我说中了? 外面下雨了,你
　　　　知道我最喜欢这个酒吧的什么吗?

钟　明　……

姚欣璇　我最喜欢这个酒吧的名字。"我在丽江等你",因为这
　　　　样会帮我想起我想念的人。(笑)咱们打个赌吧,(摇
　　　　骰子)如果你输了,下次你就还得来。单还是双??

钟　明　双。

　　　　　［姚欣璇打开盒子,轻轻一笑。

钟　明　酒不错,谢谢姚小姐的推荐。

　　　　　［钟明把杯子里的酒一饮而尽,把钱放在了吧台上,
　　　　走出酒吧。

　　　　　［姚欣璇目送钟明走出酒吧的大门。钟明驻足在流

浪歌手面前,掏出纸币,放在流浪歌手的琴盒子里。钟明走过,流浪歌手在独自演唱。

第六场　凤凰树下

［清晨,钟明在凤凰树下注视着,林岚从楼上下来。

林　岚　钟先生,早。

钟　明　你院子里的凤凰花开得很好。

林　岚　但丽江的气候不太适合它生长,想让它每年开花,就要很用心地照顾它。

钟　明　喜欢凤凰花的人倒是不多。

林　岚　我也不知道为什么,反正第一次看到凤凰花就特别喜欢,好像它对我有着特殊的意义,它总会出现在我的梦里。(有点恍惚)呵,不好意思啊,让您见笑了。

钟　明　你知道凤凰花的花语吗?

林　岚　青春,热火般的青春。

钟　明　还有思念,深深的思念。我女朋友也很喜欢凤凰花。

林　岚　那她怎么没和您一起来丽江?

钟　明　七年前我们分开了,因为一场意外。当时我们已经准备结婚了,我们说好先来丽江度蜜月,然后再出国玩玩。她也很喜欢玉龙雪山的殉情故事。

林　岚　那你们为什么会分开?

钟　明　我们准备结婚领证的前一个月,发生了一场意外。那天,我们因为一些小事有些不愉快,后来她生气地从我家走了,我也赌气没有去送她。但没想到,在路上她遇到了坏人。

林　岚　遇到了坏人？

钟　明　是的，后来歹徒被绳之以法了。当时因为她接受不了这个事实，冲到马路上被车撞了。因为那次车祸，她的脑部受损，直接影响到记忆中枢，命虽然保住了，可是有些人、有些事她却完全不记得了。

林　岚　那她现在呢？

钟　明　她的家人为了不让她想起过去，把她带走了，从此音讯全无。

林　岚　真对不起，让您想起不开心的事情。

　　　　〔为了化解尴尬，钟明随手拿起桌子上的留言簿。

钟　明　哦，听说，这些留言簿你平时都会看。

林　岚　是的，每一篇我都会看，而且我会好好保存，客人再来的时候，再看到他们之前的留言，一定会有不一样的感动。

钟　明　如果他们不来了呢？

林　岚　就算他们不来，他们的故事也算有了归宿。丽江每一年都在变，但不变的是人们的故事，这些才是这家客栈最宝贵的财富。

钟　明　在文字中留下的记忆，无论什么时候再看到，都会震撼我们的心灵。

林　岚　钟先生也可以把故事写在上面啊？

钟　明　我喜欢写东西，我曾经给女朋友写过一本日记，那里面记载了我们恋爱的点点滴滴。（把本子递给林岚，林岚接过本子）

林　岚　现在为女朋友写恋爱日记的人不多了。您真细心，当您的女朋友一定很幸福。

钟　明　我能问你一个问题吗？

林　岚　您请讲。

钟　明　你想过有一天会离开丽江吗？

林　岚　离开？我没想过。丽江对于钟先生来说，也许只是旅游散心的地方，但是对于我来说，却是我的家，也许是我习惯了这里的生活吧。那我也问您一个问题，您会为了爱人来到丽江这样的地方，和她过这样安逸的生活吗？

钟　明　说实话，我没有想过。但我会让我爱的人过上最好的生活。我跟我此生最爱的人就是在凤凰树下相遇的，她当时一袭白裙，站在火红的凤凰树下，就像现在一样。

林　岚　钟先生，不知道为什么我总是感觉您很熟悉，也许是我想得太多了。

钟先生　不，你没有。其实……！

　　　　〔姚欣璇进。

姚欣璇　看来住在这里的，像钟先生一样优秀的单身男士还真不少。哦，我是不是来得不是时候？

林　岚　哦，怎么会。坐下喝杯茶吧。

姚欣璇　不用了。那天我把耳环忘在这里了，今天来取。

林　岚　哦，对，我去拿给你。

　　　　〔姚欣璇拿了耳环，看了钟明一眼，准备离开。妻管严看到了她。

妻管严　这不是那天那位漂亮女士吗？

　　　　〔奇葩女悄悄上场，看到一切。

姚欣璇　你好。

妻管严　你好，你好。哎呀，丽江这几天天气转凉，你要多穿一点儿,否则对女孩子不好的。

姚欣璇 你还挺会关心人的。

妻管严 我们上海男人啊,是出了名的细心啊。这位漂亮的
女士,你是哪里人啊?

姚欣璇 我是北方人。

妻管严 真的看不出哦。我老婆是东北的,你看起来比较像
江南女子,不一样啊……

奇葩女 哪儿不一样啊!

[奇葩女揪着妻管严的耳朵来到喝茶的地方,继续数
落他。姚欣璇再看林岚、钟明,然后下场。林岚、钟
明对视一眼,有些尴尬。秦嘉雯拿着日记本上场。

秦嘉雯 岚姐,我看了日记本里客人的留言,真的好感人。听
说这些本子你都会好好保存?

林　岚 那当然,这是我们的责任。

秦嘉雯 太好了,我跟我老公结婚以后,争取每年都来。等我
们变老了的时候,希望还能看到这些留言簿,那时候
一定特别感动。

林　岚 你男朋友什么时候到?

秦嘉雯 本来这两天就应该到丽江了,刚才打电话,他又说公
司临时有事,要派他去香港。不过,他说办完事直接
从香港飞丽江。

奇葩女 哦,你们的婚礼定在什么时候?

秦嘉雯 下个月。我们先拍婚纱照,然后领证。到时候请你
们吃喜糖!对了,岚姐,上次你讲的木府的故事我特
别喜欢,阿岚和玉龙后来怎么样了?

奇葩女 是啊,我也还想接着听呢,正好大家都在,你就接着
给我们讲讲吧!

林　岚　玉龙和阿岚在盛宴上相遇相互表明心意,双双坠入爱河,但爱情哪会一帆风顺呢,真爱是要经受很多考验的。爱情有时候会让人迷失心智的,有的爱情却伴随着阴谋⋯⋯

　　〔收光。

第七场　木府风波

　　时间:下午
　　地点:木府
　　人物:土司、木森、木林、阿岚、东巴老人

土　司　竟然有宫女无故惨死在木府!身份查明了吗?

木　森　回禀阿爹,死者身份已经查明,是乐师阿岚的侍女。

土　司　哦?阿岚的侍女为何会遭遇不测?

木　森　有目击者称,当时看见一个男人跟那个侍女纠缠过⋯⋯

土　司　那个男人是谁?

木　森　经过追查,那个男人是⋯⋯是⋯⋯

土　司　快说。

木　森　是二弟。而且在尸体的旁边找到了他的玉佩。(侍从拿出玉佩给土司看)不过,也许这其中有误会。待儿子再仔细查问。

土　司　这个混账东西,我看他是越来越不像话了。来人,传木林来见我。

〔侍从押着木林上场。

木　林　阿爹,你相信我。一定是有人陷害我,我没有杀人啊。

土　司　你这个不学无术的东西,人证物证俱在,你还在这里
　　　　狡辩。

木　林　阿爹,你要相信我。我喝多了,虽然见到她跟她挑逗
　　　　了两句,但并没有伤害她的性命啊。阿爹,请您一定
　　　　要相信我。

土　司　你不要再辩解了。

木　林　我……哦,对了!一定是玉龙,当时那个侍女说,她奉
　　　　她家小姐之命去找玉龙。对,一定是玉龙陷害儿子。

土　司　那个宫女是去找玉龙?可有此事?

木　森　儿子了解下来确有此事。阿岚的侍女确实是去找玉龙
　　　　将军。前几天,曾有人看到玉龙和阿岚在观景台唱歌。

土　司　木林,你给我回去闭门思过。在事情没有查清楚之
　　　　前,不准出府!

　　　　〔木林退下。

土　司　因为一个女人,竟然闹得鸡犬不宁。看来阿岚是不
　　　　能留在木府了。

木　森　阿爹要三思啊,毕竟阿岚在木府多年,并且她与永宁
　　　　公主的关系……阿岚她也是我们丽江的功臣,而且
　　　　因为她曾经救过永宁公主,所以永宁部落才与我们
　　　　木府交好。因为这层关系,避免了很多征战。

木　森　阿爹,儿子有一个请求,希望阿爹把阿岚赐给儿子做
　　　　妻子。阿岚跟我一起长大,而且这一切都是因为她
　　　　未嫁的缘故。

土　司　这倒不失为一个好主意。让我再想一下,你也先退
　　　　下吧。

524

过　场

阿　岚　东巴爷爷,土司大人让我嫁给木森少爷,可是我心里爱的不是他呀。您是咱们丽江、这木府里最仁慈的智者,您一定能帮我的,对不对?

东巴老人　爷爷不是神,爷爷不能走进人的心里看个究竟。这个世界本来就是复杂的,人心更是复杂的。孩子,人生来就是受苦的,经历了苦,才有甜,追求真爱的路上也不会是一帆风顺的。

阿　岚　东巴爷爷,我真的很需要一个答案,请求您帮我指点迷津,否则疼痛和苦涩将一直伴随着我。

东巴老人　好吧,既然你们真心相爱,就去坦然地面对一切考验吧,天神会考验真心相爱的男女。只要你们彼此真心相守,就一定能感动天神的。

[木森上场,从后面抱住阿岚。

木　森　阿岚,我会一辈子对你好的。

阿　岚　我心里已经有爱的人了。

木　森　我们一同长大,难道我们的情谊就敌不过一个外人吗? 从小到大,除了我的母亲,在这个木府里,只有你对我最好。

阿　岚　木森少爷……

木　森　记得那次我被阿爹罚跪,你把你的饭菜偷偷拿给我吃。无论我遇到什么委屈,你都安慰我。我的母亲地位不高,我从小就不被器重,是你告诉我不要放

525

弃,让我坚持。阿岚,你心里是有我的,对不对?

阿　岚　木森少爷,这不一样。你我虽然一起长大,但那也只是兄妹情。

木　森　不,不是的。阿爹已经指婚了,如果你要违抗旨意,你会后悔的。(木森下)

阿　岚　命运啊,你将把我带向何方?

第八场　袒露心声

地点:酒吧

时间:晚上

人物:姚欣璇、钟明、酒保、土豪男

[姚欣璇一口将杯中的酒喝完。

姚欣璇　斌哥,买单。

[钟明进,在另一边坐下。

钟　明　来杯"地久天长"。

姚欣璇　我还以为你听故事不来了呢。现在看你的样子,似乎木府里的那段故事不够圆满啊。

钟　明　爱情哪有那么一帆风顺的呢。再说,上次输给你,愿赌服输。更何况这里有这么漂亮的女孩子请我喝酒,我没有理由不来。

姚欣璇　丽江古城里的客栈多得数不清,钟先生为什么会住在"遗忘的时光"? 钟先生要说实话哦,可别告诉我喜欢看院子里的凤凰树。

［钟明愣了愣。

钟　明　怎么会。老板娘很漂亮啊,男人都喜欢漂亮女人。

姚欣璇　是啊,林岚人长得漂亮,气质也很娴静,最重要的是,
　　　　男人对她的爱都是真的。就拿程哥来说吧,他简直
　　　　是对林岚呵护备至,他俩可是古城里公认的模范夫
　　　　妻。可惜了,其他男人再好,也就只能望梅止渴了。

　　　　　［钟明没有说话,紧紧地捏着手中的酒杯。姚欣璇从
　　　　钟明手中夺过酒杯。

姚欣璇　"地久天长"不适合我,这酒太烈了,我劝钟先生也不
　　　　要再喝了。我还有事,我先走了。

　　　　　［姚欣璇刚出酒吧门,撞见土豪男。

土豪男　美女,这是去哪儿啊?有约吗?今晚跟我回去。

姚欣璇　走开。

土豪男　装什么纯啊。你开个价。

姚欣璇　我让你走开。

土豪男　哟!不给面子啊。(说着抓起姚欣璇的手)你装什么
　　　　啊你。

姚欣璇　你放开我,人渣!

钟　明　放开她!她说了不想跟你走。

土豪男　行,就开一玩笑。

　　　　　［土豪男下场。钟明看见狼狈的姚欣璇,把衣服脱下
　　　　来披在她身上。

钟　明　你不应该过这样的生活。

　　　　　［姚欣璇要走。

钟　明　就没有想过换一种生活吗?我说的你能明白。

姚欣璇　换一种生活?有的人,生来就没有选择生活的权利。

钟　明　为什么没有,你没试过你怎么知道不能重新选择?

我看得出来，现在的生活不是你想要的。你的家人知道你过现在这样的生活，会很难过的。

姚欣璇 家人……我很小的时候，爸爸就抛下我和妈妈走了。我有一个姐姐，但她患有癫痫，从我记事起，医院就是我们的第二个家，妈妈靠微薄的收入供我念书和给姐姐交医药费。无论怎样艰难，我都觉得这一切会好起来的，所以我努力读书，我告诉自己一定要比同龄人更优秀才行，因为我要撑起这个家。功夫不负有心人，我考进了外语学院。

钟　明 外语学院？那你可以找一份很体面的工作。

姚欣璇 我在毕业实习的那一年，认识了我第一个男朋友，他大我十几岁，他承诺会给我一个家，会让我的家人跟我一样幸福。他的这个承诺对我来说太具有诱惑性了。你明白吗？我比任何人都需要一个家。可有一天，我再也找不到他了，他就这样从我的世界里消失了，音信全无。

钟　明 消失？

姚欣璇 是的，他消失了，他把我一个人丢在了丽江。记得那是一个下雨天，我就像一个无家可归的孩子，一个人走在古城的小巷里。直到那个时候我才发现，虽然我们相爱承诺，但我对他一无所知，我们没有共同的朋友，我甚至不知道他家在哪儿。原来一个人真的可以从你的生活里彻底消失。从那以后，我告诉自己身体和情感是可以分开的。如果一个人不能给我很多很多的爱，那么就给我很多很多的钱吧。

钟　明 欣璇，相信我，这一切对你而言都过去了。你可以重新选择你想要的生活，相信我。

姚欣璇 真的吗?

〔姚欣璇望着钟明,她拉着钟明的手走进酒吧,默默地走向了驻唱歌手的位置,为钟明点唱了一首《微甜的回忆》。

〔钟明听后感慨,独自离开。姚欣璇唱完后,看到座位上空无一人。

酒　保 钟先生走了,他嘱咐,让我们把你安全地送到住的地方。

〔定点光,姚欣璇对观众独白……

姚欣璇 钟明,我想对你说,木府的故事我也可以讲给你听。

第九场　殉　情

时间:某日

地点:木府

人物:阿岚、玉龙、土司

阿　岚 土司大人,阿岚不愿意嫁给大少爷,阿岚心里早有意中人,就是玉龙将军。还希望土司大人成全我们。

玉　龙 土司大人,我和阿岚情投意合。我要娶阿岚为妻,求大人成全我们。

土　司 真是大胆,你们以为依仗着自己的功勋、才华,就可以公然违抗我的命令吗?你们以为我不敢处死你们吗?

玉　龙 我们相信土司大人是英明的,不会阻挠真挚的爱情。

如果不能跟相爱的人相守在一起，玉龙甘愿受死。

阿　岚　如果不能和将军厮守终身，阿岚宁愿一死。

土　司　好，既然你们如此相爱，那么我成全你们。来人，带
他们去玉龙雪山。我赐你们双双殉情。

　　　　〔音效起，灯光变换，转场。

玉　龙　玉龙雪山山脉之中，有一座殉情谷，每年秋分时节是
日月交和、同辉同映的日子，神灵就会在那天赐予人
间最完美的爱情阳光。

阿　岚　如果那天玉龙雪山云开雾散，神奇的阳光就会铺满
整个山谷。每个被阳光抚摸到的人，都会获得最美
最圣洁的爱情。玉龙，我从小就失去了父母，可你，
你就不怕连累你的家人吗？

玉　龙　敢于殉情的男女是最圣洁的。任何人都不能因为殉
情的人而引发争端。大家都相信殉情者的灵魂会和
玉龙雪山融为一体，所有的人都要赞美爱情，对爱情
忠贞，并且接受这个凄美的事实。这样一来，人心的
欲望、矛盾、仇恨都会随之而化解。既然这样，我们
就用生命来捍卫我们的爱情。

阿　岚　相传，敢于从殉情谷跳下的男女，就会来到爱情的极
乐世界——人们称那里是玉龙第三国。那里到处是
鲜花和小动物，那里有白色的鹿、红色的虎。从此，
他们就可以在那里，永远幸福地生活在一起，无论今
生还是来世。

玉　龙　阿岚，你愿意和我一起为了爱情，共同殉情吗？

　　　　〔阿岚把手交给了玉龙。

　　　　〔收光。

第十场　离去告别

时间：傍晚

地点："遗忘的时光"客栈

人物：奇葩女、妻管严、林岚、钟明、程海、小凯、姚欣璇、秦嘉雯

奇葩女　太感人了。不过话又说回来，我觉得土司大人也太不近人情了，就这样断送了两个人的美好爱情。

林　岚　天佑善者，真挚的爱情是会感动天神的。故事也说不定会有意外的结局呢？殉情不是爱情的终点。

妻管严　对对对，再说了老婆，其实这只是故事，你别太认真。

奇葩女　你这样的木头是肯定不会被感动的。老板娘，那我们先回去休息了。

秦嘉雯　老板娘，我有点事，也先走了。

　　　　［妻管严很尴尬地追着老婆出去。秦嘉雯下场去取婚纱。

姚欣璇　今天我就要离开丽江了，和大家告个别。岚姐，程哥，谢谢你们。还有小凯……

小　凯　姚小姐，你多保重啊，以后咱们常联系。

林　岚　没想到你说走就要走了，好好照顾自己。随时联系。

程　海　多保重！

钟　明　终于决定了。

姚欣璇　（看了一眼钟明）是啊。那好，大家都要保重，我该

走了。

钟　明　我送送你。

[林岚看钟明。

姚欣璇　（对钟明）你好像知道我会离开丽江。

钟　明　以后还会再回来吗？

姚欣璇　不会吧。在丽江这几年的记忆是我最应该遗忘的，当然也有很幸福的时候，只是那不属于我。所以就把这段记忆永远留在丽江，封存起来吧。

钟　明　你不属于这里，你应该有你自己的生活，全新的生活。我一直有一种预感，你能嫁得很好。祝你幸福。（钟明伸出手要跟她握手）

姚欣璇　钟明，我想对你说，勇敢地去追逐你想要的吧，不要让自己后悔。我希望你比我幸福。（回头紧紧抱着钟明，在他耳边说）还有，不要忘记我！（转身跑走）

[钟明望着姚欣璇的背影远去。钟明回到客栈内，众人散去，只有林岚一个人。

林　岚　姚小姐，其实并不像她表面的样子。其实，她心里的世界是我们外人看不到的。

钟　明　没想到，一个人决定离开，也是那么简单。

林　岚　丽江就是这样，每天都有邂逅和分离，不管是离开还是留下，都需要勇气。我开了七年的客栈，也看过了太多的相聚和分离，看似已经习惯，可心里还是会情不自禁地为相遇而喜悦，为离别而伤感。

钟　明　你还记得那天我告诉你，我为了我爱的人写过一本日记吗？

林　岚　是的，我记得。

钟　明　等我一下。

　　　　　　[钟明跑去拿日记。

钟　明　就是这本，这上面记录了我和她曾经的故事，是我一
　　　　生都不会遗忘的。你要是感兴趣可以看看。

林　岚　我可以吗？

钟　明　当然可以，美好的爱情我愿意和你分享。
　　　　　　[林岚跟钟明正要说什么，奇葩女和妻管严上。林岚
　　　　着急把日记本放在其他本子中间。

奇葩女　小凯啊，小凯在吗？

钟　明　我先上去休息了。

林　岚　找小凯是吧，我去帮你叫他。小凯……

小　凯　陈小姐，您有事情找我？

奇葩女　小凯啊，明天我们决定报一个团去玉龙雪山。

妻管严　记得哦，要那种没有购物的，团费贵一点没关系。

小　凯　张先生您放心，去雪山旅游很平常的，除了必要的门
　　　　票，其他没有什么费用。

奇葩女　那就好，那就交给你了啊。老公，那咱们也得好好准
　　　　备了。小秦啊，你回来了！

秦嘉雯　你们在聊什么呢？

奇葩女　我们明天准备报个团去玉龙雪山。小秦啊，你不是
　　　　快结婚了吗，你有空啊，跟你未婚夫也去一趟，据说
　　　　玉龙雪山的神灵会保佑情侣白头偕老的。（对妻管
　　　　严）我们今天得早点休息，要不明天上山该缺氧了。
　　　　　　[奇葩女和妻管严兴奋地下场。小凯一回头看见秦
　　　　嘉雯。

妻管严　老婆啊，我这几天觉得背特别痛，明天爬山压力好
　　　　大啊。

奇葩女　没事吧，一会儿回去我给你按摩一下。你也不早说，

以后每天我都给你按按。

小　凯　别看平时陈小姐对张先生那么凶,其实她还是很爱张先生的。

秦嘉雯　是啊,这是他们相爱的方式,其中的幸福也只有他们自己知道。对了,小凯,我老公明天就到了,还得麻烦你派个车帮我去接他一下。

小　凯　真的假的? 你前两天说他会到,到现在都还没来,你确定他会来?

秦嘉雯　我确定。

　　　　〔电话铃声响起。

秦嘉雯　喂,优优,你怎么想起给我打电话了。到底怎么了? 优优,你说什么呢,别开玩笑了,他怎么会跟别人结婚了呢? 他结婚也只能是和我! 照片? 行,你发我一下。

　　　　〔短信铃声响起。

　　　　〔秦嘉雯看到照片以后,赶紧拿起手机拼命打电话。音效:"您拨打的电话已关机"。

　　　　〔秦嘉雯瘫坐在椅子上,手机滑落到茶台上。

小　凯　秦小姐,你……怎么了,是不是出什么事情了?

　　　　〔小凯拿起手机。

秦嘉雯　这么多年,我为他付出了这么多……我到底哪里对他不好,他为什么这么对我? 不,这肯定是出什么问题了,他不会这样对我的。就在昨天,他还在规划我们的婚礼和蜜月旅行呢,他怎么可能跟别人结婚呢? 他怎么可以这样对我!

　　　　〔秦嘉雯说着,拿着婚纱往门外走。

小　凯　秦小姐,你要去哪儿?

秦嘉雯 你让开。

小　凯 秦小姐,你要冷静。我不能让你出去,你这样走了,我怎么能放心呢?

秦嘉雯 你让开,我的事情不要你管!

小　凯 你住在我们客栈,我就要对你负责。再说了,事情已经这样了,你这么不冷静,又能有什么用呢?我觉得,你应该庆幸,庆幸你没跟这样的人结婚,你还可以重新选择。

秦嘉雯 你说够了没有。你知道一下子一无所有的滋味吗?你知道吗?拥有的被夺走,跟从未拥有过是不一样的。你以为你是谁?你就是一个没有失去过的人,像你这样的人,有什么资格说我。你走开!

小　凯 你说什么我没有失去过,我在你眼里就是这样的人吗?

秦嘉雯 你每天在丽江喝茶聊天晒天阳,在丽江过着无所事事的生活,你能知道什么?

小　凯 你听好了。我曾经经历过我们一家人在一天变得一无所有,母亲病倒,父亲一夜白头。你觉得这样的失去够震撼吗?2008 年金融危机,我父亲的企业倒闭了,一夜之间,我的家庭、我的生活全都变了。从前我叛逆,跟父亲关系不好,因为父亲教训我,我离家出走过,我挥霍生活,是那场变故让我真正理解父亲的不容易。

秦嘉雯 对不起,小凯,我是太难过了。我……

小　凯 虽然我们家一夜之间什么都没有了,但那段时间却是我们家最温暖和最团结的时候,我们父子的关系就是在那时候改善的。因为失去才让我们明白,什么是我们一家人真正想要的。后来，我独自来了丽江，因为我真的需要沉淀，父母用他们最后的积蓄游山玩水。

秦嘉雯　我之前觉得在丽江的人生活得都很惬意舒心，我没有想到大家背后的故事。

小　凯　放下欲望，留在这里过安逸平静的生活也是需要勇气的。对不起，我刚才情绪也有点激动，我……也是为你着急。

　　　　〔秦嘉雯转过头看向小凯。

秦嘉雯　小凯，你说我还会幸福吗？

小　凯　会，为什么不会呢？秦小姐，你住在客栈里的日子，我和大家都很喜欢你。你热情、漂亮，又肯付出。我相信，你一定会找到一个真心疼你爱你的另一半。

秦嘉雯　疼我爱我的另一半……

小　凯　试着去忘记伤害你的人吧，有些记忆就是应该被遗忘的。

秦嘉雯　也许，你说得对，我应该试着去遗忘。现在想想，我跟他的爱情只是表面风光，其实我爱得很辛苦，因为其中夹杂着太多的妥协和迁就。为了爱一个人而失去了自我，这样的爱情本来就是卑微的，也注定不会有好结果。我想，我会走出来的，只是我需要时间。我收拾一下，（环顾四周）明天我准备离开丽江了。

小　凯　你准备去哪儿？回家吗？

秦嘉雯　去别的地方走走吧……

小　凯　你可不要……

秦嘉雯　小凯，你放心好了，我不会为了那样一个人做傻事的,只是我不想回去面对我的亲友,我需要一个人好好静一静。(回头)小凯,真心地谢谢你。

小　凯　……(凝望着秦嘉雯上楼,暗自下场)

　　　　[程海上场。

程　海　喂喂,你说,嗯。柜台和桌子都要红木的,您给我报个价呗。这价钱有点高,跟你们老板谈也行。哎呀,真不巧,我不知道你们老板也在束河,我这刚开车回来。那行,你把你老板的电话告诉我,我这就赶回去,到了我打他电话。行,您等等,我拿个本子记一下。

　　　　[程海随便翻开了一个笔记本,记录电话号码。林岚上场寻找日记本。

程　海　老婆,你在找什么?

林　岚　哦,也没找什么。

　　　　[程海想和林岚亲热,林岚躲闪。

程　海　你最近怎么了? 是不是又不舒服了? 我这些日子一直忙着分店的事情,也没好好陪你。

林　岚　没事的,我可能是这几天没睡好。

程　海　是不是这些日子我不在,你就睡不好了? 我今天哪儿也不去了,在这边陪你。

林　岚　不,不用。刚才不是打电话说得赶紧赶到束河去吗? 还是去安排一下比较好。我没事的,不用担心我。今天也有点累了,我先去睡了。

程　海　岚岚,你最近是怎么了,以前你都不会拒绝我的。

林　岚　你想多了,我真的是有点累了,你赶紧过去吧。

　　　　[林岚下。程海无奈坐下,把笔记本翻开,打算把刚才写下的电话号码存到手机上,但是非常惊讶地站起来,又仔细地翻看了笔记本……

537

程　海　原来是他！

　　　　［收光。

第十一场　大　婚

时间：火把节

地点：玉龙雪山下

人物：东巴老人、玉龙、阿岚、土司、木森、火把节参与群众

　　　　［火把节，众人载歌载舞。东巴老人上场。

东巴老人　今天是我们丽江一年一度的火把节，在这样一个吉祥的日子里，有一对纳西族儿女，他们经历了天神与真爱的考验，终于在今天喜结连理。

　　　　［两位新人上……老东巴左手拿着圣水碗，右手用新鲜柏树枝蘸了圣水，轻轻地抖在两个新人的头上。

东巴老人　孩子们，遗忘掉曾经苦难的时光，从这一刻开始，你们将得到玉龙雪山神灵的祝福；从这一刻起，你们将拥有人世间最真挚最圣洁的爱情，无论今生来世，你们都会永远相知相守。今天在火把节这样吉祥的日子里，我们共同见证你们来之不易的爱情。愿你们永远幸福，儿孙满堂！

　　　　［林岚定点光束。

　林　岚　木府的故事就这样落幕了，有情人终成眷属，那么美好的结局。至于木森……

　木　森　阿爹，求你原谅我。

土　司	木森,你太让我失望了。你用阴谋陷害弟弟,为了一己私心,你不惜伤人性命。你不配做纳西的儿女,念在你我父子一场,你离开丽江吧。
林　岚	木森离开了丽江,开始了属于他的游历生活。土司大人的二儿子木林,因为经历了这些事情,开始成长,开始勤奋向学,他决心能像父亲那样撑起整个丽江、整个纳西族。这美好的结局,多亏了那位善良的东巴老人,这位纳西族德高望重的智者,在最紧要的关头,让土司大人明察秋毫,挽救了两人的爱情。
东巴老人	英明的土司大人,我替玉龙和阿岚两个孩子,感恩您能明察秋毫,还他们清白,并成全他们的爱情。面对殉情,他们依然无所畏惧,依旧相守相爱,这份真情感动天神,让他们渡过了难关。感谢土司大人给苦难中的孩子播撒了爱的阳光,相信丽江在您的治理下,一定会更加繁荣。
林　岚	木氏在丽江经历了元、明、清三朝,传世 22 代。在木氏家族治理丽江的 470 年里,木府受到历代皇帝的嘉奖,其中木氏第十九代土司木增,大力弘扬中原文化,且佛、道双修,被誉为木氏最英明的土司,木氏家族以知诗书、好礼守而美誉远播。那时的丽江土地广大,百姓安居乐业,是这世间美好的净土。 〔古代众人望着远方,收光,众人下场。
林　岚	来过我客栈的很多人都听过这个美好的故事,其实我们的生命又何尝不是由一个又一个的故事组成的呢?木府的故事虽然落幕了,但我们生命里的故事却在上演着。无论是你,还是我。 〔收光。

539

第十二场 对 峙

时间:上午

地点:"遗忘的时光"客栈

人物:奇葩女、妻管严、小凯、林岚、钟明、程海

奇葩女 小凯啊,这次我们俩在丽江住得特别开心,多谢你的
照顾。等回去,我给你寄两包哈尔滨特产,可好
吃了。

妻管严 还有上海特产。

小 凯 太客气了,这些都是我们应该做的。哦,这个是我们
老板娘送给你的普洱茶。她今天去寺庙了,不能亲
手送你,她说希望丽江给你们留下美好的记忆。

奇葩女 你看,老板娘还这么客气。以后我的朋友要是来丽
江,我一定推荐她们住到你们客栈里。

妻管严 没错,这个地方真的是太美了。要不是假期结束了,
我真不想走。

小 凯 多保重! 常联系!

奇葩女 那我们走了。

〔奇葩女、妻管严下场,小凯和两人告别。

〔电话铃声响起,小凯接电话……

小 凯 你,最近还好吗? 真的吗? 你什么时候的飞机? 好,
我去接你……(向院子里喊)老板,我今天要请假。

〔小凯高兴地下场。

［钟明从楼上下来,往喝茶的地方看了一下,林岚不在,看到程海。

程 海 钟先生,今天这么早起,过来喝杯茶吧。今天有什么安排吗?

钟 明 哦,没什么安排,每天都一样,在古城里闲逛。

程 海 丽江的旅游旺季就要过去了,暑假结束,人们也要纷纷离开丽江了。钟先生没打算去云南其他地方走走? 大理也很不错,苍山、洱海都特别美。

钟 明 这次就不准备去别的地方了,我觉得丽江就很好。在丽江的这几天,我觉得很舒服很惬意,每天睡到自然醒,喝茶、聊天、听故事⋯⋯

程 海 看来钟先生也很喜欢那段殉情故事?

钟 明 我本来就对纳西族木府的历史很感兴趣。故事中的爱情很凄美,我很喜欢这个故事有两种结局,相比殉情的结局,我更喜欢终成眷属的大婚。

程 海 很多客人都会被殉情的故事所感动,钟先生却跟大家不一样,我倒是很想听听您有什么见解。

钟 明 殉情是一种选择,或许可以说是一种勇敢的精神,但在我看来,也是一种逃避。因为在殉情的同时,他们也断送了自己的爱情。

程 海 看来您没有领会到殉情真正的含义。我曾经和你的想法一样,但林岚后来告诉我,阿岚和玉龙之所以选择殉情,是因为他们知道只有这样才能平息风波。我想钟先生应该也是一个不喜欢因为自己的情感纠纷,而打扰别人平静生活的人吧。

钟 明 哦,那看来我还要跟林小姐探讨一下。

程 海 我很想知道钟先生怎么选择。是选择像其他的游客一样,听听故事然后去别的地方走走,还是您想引起什么风波?

钟　明　我不太明白你的意思。

程　海　好,现在这里只有我们两个人,说吧,你来这里到底想干什么?（拿着本子）你是怎么找到这里的? 哦,不管你是怎么找到这里的,现在请你离开。

钟　明　看来我的出现让你紧张了。

程　海　你想怎么样,你觉得林岚还不够惨吗? 她能有现在这样的生活不容易,请你不要来打扰我们的生活。

钟　明　我打扰你们的生活? 你难道不知道,要不是七年前那一场意外,我们早就结婚了。

程　海　可她现在已经是我的妻子了,而且我们很幸福。

钟　明　你怎么确定林岚现在是幸福的? 对于一个失去了将近七年记忆的人来说,即使是幸福,也是可怜的幸福。

程　海　好,钟明,我希望你理智一些。你也说了,七年过去了,很多事情都应该随着时间过去! 包括那场意外,歹徒已经被绳之以法……

钟　明　可这一切也毁了我和林岚的感情,她失去了属于我们最宝贵的记忆。

程　海　可是,要不是你们吵架,她也许不会发生意外。你知道,她是因为接受不了被歹徒强奸的事实,情绪失控,被车撞到而失去记忆的。你难道不知道吗?

钟　明　她父母还背着我把她带走了。这么突然,有一天林岚在我的世界里消失了。一晃就是七年,我整整找了她七年。你知道这样的煎熬吗?

程　海　她父母之所以带她离开那座城市,就是不想让她再

542

　　　　　想起过去。这么多年,我和她的父母把她的生活保
　　　　　护得很好。我们的客栈连网络都没有,就是不想让
　　　　　她有任何的机会想起过去。钟明,你也要为这一切
　　　　　付出应有的代价。

钟　明　是的,我必须付出代价。所以七年来,我几乎每天夜
　　　　　里都会梦到林岚回到我身边,和我紧紧相拥的画面,
　　　　　但我一睁开眼睛,一切就都消失了,所以我真的好害
　　　　　怕睡着,害怕做梦。因为每次醒来都要伤心一次,每
　　　　　次醒来都要失去一次。对于林岚……我真的很愧
　　　　　疚,很自责。

程　海　自责? 你要是知道自责,你就不应该出现在我们的
　　　　　生活里。你知道吗,有多少个夜里她突然被惊醒,满
　　　　　头是汗,却不知道是为了什么。你知道为什么别人
　　　　　碰到她的手腕她就会情绪失控吗? 因为当时那个歹
　　　　　徒就是绑着她的手腕向她施暴的。你知道让她看这
　　　　　本日记的后果吗? 难道你真的忍心让她再痛苦一次
　　　　　吗? 钟明,我警告你,你现在就是一个破坏别人家庭
　　　　　的人。

钟　明　程海,当年你是那个案子的办案警察,在林岚被她父
　　　　　母带走以后,我往公安局打过电话,接电话的那个人
　　　　　是你吧? 你知道林岚的去向,可是你没有告诉我,因
　　　　　为那个时候你已经爱上林岚,你不想让我找到她。
　　　　　你就是那个乘人之危,乘虚而入的第三者。

程　海　你胡说,我没有。

钟　明　程海,我想你是怕了吧,你是怕林岚想起这所有的一
　　　　　切离开你吧。因为你知道林岚恢复记忆,一定会回
　　　　　到我的身边。我和她曾经有很美好的过往,你给林

岚的却是欺瞒和哄骗。

程　海　我给她的是实实在在的陪伴。林岚她不会离开我，我们也有很美好的过往。很多年以前，我还是一个小警察，每次在指定的社区街道巡视的时候，我都能看到一个美丽的身影，我喜欢看她要迟到匆忙的样子，打电话时幸福的笑容，赶不上公车时生气的可爱。我从来没有想过，有一天我会接手那件强奸案，她竟然是受害者。但无论她经历了什么，我都愿意接受她，我不在乎。也有很多人问我，为什么会为了一个女人放弃事业名利，来丽江过这样安逸的生活。其实，没有原因，如果一定要问，那就是因为我很爱她。你说得对，我是害怕了，我害怕她想起一切离开我，我害怕你这颗定时炸弹夺走我们的幸福。

〔林岚上场。

林　岚　你们在说什么？（看到程海手里拿的本子）你手里拿的是钟先生的日记本吧。

程　海　岚岚……

林　岚　把它给我吧。

程　海　你看吧，我出去走走。

〔程海下场。

〔林岚和钟明读日记，回忆起曾经的点点滴滴。

林　岚　（读日记）2007 年 9 月 1 日，天气晴。今天，是我毕业后第一次回母校。

钟　明　（读日记）我作为优秀毕业生回学校做演讲。走在郁郁葱葱的校园里，我望见远处有一个美丽的身影，她一袭白裙，就站在火红的凤凰树下。我告诉我自己，这个姑娘一定是未来和我相伴一生的人……

544

林　岚　(读日记)2009 年 7 月 27 日。

钟　明　(读日记)亲爱的,今天是你的生日,是我陪伴你度过的第二个生日。我要陪你度过你生命里的每一个生日,我要娶你做我的新娘,我要让你过上最好的生活。

林　岚　(读日记)2013 年 3 月 10 日。

钟　明　(读日记)这是你消失的第三年,我通过各种途径打听你的消息,可依然没有结果。虽然现在公司有了,越做越大,我拥有了很多别人羡慕的东西,可是没有你,这些对我来说都毫无意义。岚岚,你说过只要我们永远记住,就一生不会忘记彼此。你在哪儿? 我好想你。

林　岚　(读日记)2017 年 3 月 29 日。

钟　明　(读日记)今天我作为优秀企业家,再次受邀回母校做演讲。我又一次走在校园里,凤凰花又开了,一片一片的火红,我多么希望一袭白裙的你还能站在树下等我。岚岚,你知道吗? 到今天为止,是你在我的生命里消失的第七年,整整七年! 我从未放弃过寻找你,因为无论付出多大的代价,我一定要和你重逢。

　　〔林岚看后泪流满面,合上日记本,注视着钟明。

林　岚　钟先生,你的故事让我很感动,我相信你的女朋友知道这一切,一定会回到你身边的。

钟　明　真的吗? 她真的会回到我的身边吗?

林　岚　只是,她结婚了吗?

钟　明　如果她结婚了,她还会回来吗?

林　岚　我的梦里总会出现这样一个场景。那是一个晴朗的夏天,茂盛的凤凰树,上面开满了火红的凤凰花。我一袭白裙站在凤凰树下,远处有一个人,风度翩翩地向我走来,用温暖的眼神注视着我。可是当我靠近,他就消失了,我甚至没有看清他的脸。每次梦醒的时候,我都觉得很遗憾。但看到枕边的他,看到程海的时候,我知道那只是一个梦,这一生有他的陪伴就足够了。我们结了婚的人,婚姻才是最重要的。如果你的女朋友已经结婚了,就请你尊重她的选择吧。

钟　明　那我呢? 我们呢? 我们曾经的爱、曾经的过往,她真的可以忘记吗? 她真的可以忘记吗?

林　岚　是啊,曾经那么美好的过往带走了什么? 又留下了什么? 带走的是时间,留下的也只有感动。有的人注定只是你人生的驿站,不是终点。那些在我们看来生命中最不能忘记的,却是我们最应该遗忘的时光。放下过去吧,这样才能找到属于自己的幸福。钟先生,如果你的女朋友已经是别人的妻子了,我希望你可以成全她,因为这世间最美好的爱是成全。

〔林岚把日记本交给钟明。

钟　明　(画外音)林岚,七年的时光真的带走了太多。其实我只是想让你知道,有一个人等了你七年,找了你七年。如果你过得不好,你要知道,在这个世界上曾经有一个人倾其所有地爱过你;如果你现在过得很幸福,那就把过去的时光继续遗忘吧。我相信你会是一个好女儿、好妻子、好妈妈。这一生,我都希望你过得比我幸福!

〔收光。

第十三场　一切如常

时间：清晨

地点："遗忘的时光"客栈

人物：秦嘉雯、小凯、阿岚、玉龙、程海、林岚

秦嘉雯　我在丽江挺好的，近几年都会在这儿吧。你们空的时候就来丽江旅行。他，他对我挺好的。

〔小凯送走客人，回过头，嘉雯拿着一杯水递给他。阿岚从客栈楼上下来。

阿　岚　小哥，我今天想去木府，要怎么走啊。昨天我都迷路了，找了好久才回到客栈。

秦嘉雯　你要是再迷路，就让他去接你。

小　凯　木府很近，前面一个巷子就是木府。

〔玉龙上。

玉　龙　请问这离木府还有多远？

小　凯　前面那个巷子就是木府，她也去木府。

阿　岚　看样子你刚到。

玉　龙　是啊，我还没找客栈落脚呢。你就住在这家客栈吗？

阿　岚　对，我就住这儿。

玉　龙　你是来丽江旅行吗？

阿　岚　是啊，你难道不是吗？

玉　龙　下学期我要写一篇论文，有关纳西族木府的历史，我是来考察的。

阿　岚　"遗忘的时光"客栈的老板娘对木府的历史很熟悉，我们总是一边喝茶，一边听她讲木府的殉情故事。

玉　龙　太好了，那我也住这家客栈。你，你是一个人来丽江吗？

阿　岚　是啊，你呢？

玉　龙　我也是一个人……那，那加个微信吧！

　　　　[林岚和程海两人在客栈二楼，幸福地看着彼此。

　　　　[收光。

(剧　终)

导师评语

李建平

    原创话剧《遗忘的时光》是编剧吴俊晓 2014 年到丽江采风，搜集素材，拜访当地学者后逐步完成的剧本。经过几年的潜心打磨，获得上海文化发展基金会青年编剧扶持项目资助。

    该剧分为现代和古代两个部分，从现代视角、丽江的客栈文化出发来演绎古代丽江木府的历史和玉龙雪山的殉情故事。剧中还包含了非物质文化遗产神秘古老的东巴文化。在戏剧结构上，该剧是戏中戏的结构。

    作为这个项目的导师，最初拿到剧本，觉得整体需要表现的内容比较多，重点不够突出，人物个性需要根据情节的发展进行梳理，一些很有特点的舞台场面也需要与主题有更紧密的关联。

    经过几次与吴俊晓的讨论，吴俊晓对剧本进行了比较全面的修改，上海文化发展基金会提出的一些意见都得到了较好的吸收，进步明显，现已成为基础良好，结构紧凑，人物鲜明，戏剧性与地域文化结合紧密，可供具体操作的剧本。

    目前，丽江当地有实景演出、歌舞演出。作为第一部以丽江地域文化为原型的话剧作品，希望作者能充分发挥专业团队的作用，保证演出质量，使该剧在舞台呈现上有更加出色的表现，把具有鲜明地域特征的话剧艺术带到丽江。

话 剧

路 人

王丹卿

王丹卿

女,毕业于上海理工大学,资深编剧。擅长影视剧、舞台剧剧本写作,擅长的题材有:聚焦当下时代热点的具有社会影响力的现实主义题材,具有历史意义及中国传统哲学内涵的题材。善于写娱乐性强的喜剧、偶像剧等。主要作品有:《上海女子图鉴》《十二生肖》《精忠岳飞》。

我们都是路人，路人甲乙丙丁。我们在这个城市里生存，各有各的精彩，各有各的悲哀，如果有一天，你认识了真正的我，你不会希望你是我。

——题记

人　物：

家　明——28 岁,医生,身形瘦削,表情严肃,性格坚毅又有柔
　　　　情的一面。

琳　琳——25 岁,职业女性,性格内向,长相干净清秀,和家明
　　　　是一对即将结婚的情侣。

男　人——40 岁左右,微微有些发福,一身正装。

女　人——40 岁左右,面容憔悴,穿家居服,有钱人家的阔太
　　　　太,琳琳的邻居。

魏　寒——35 岁左右,饭店经理,上班族,脸上有种疲惫的神
　　　　情,看起来比真实年龄还要老。

强　子——25 岁,青壮年,穿工作服,身板儿很好,脸晒得黝黑,
　　　　一看就是干体力活的。也许是经历了一些风雨,模
　　　　样显得比实际年龄大很多。

弟　弟——20 岁左右,强子的弟弟,青壮年,穿工作服,脸上稚
　　　　气未脱。

第一场　童　话

［"咣"，类似于扳手砸落在地的响声。

［舞台微微亮起，琳琳正在蹑手蹑脚地走，刚才显然是撞到了什么——

［琳琳穿着正式的套装，手里拿着一双高跟鞋，显然是要去上班——

［家里的座机突然响了起来，声音非常响。

［琳琳迅速跑过客厅去接电话，途中又撞到了茶几——

琳　琳　（很低声地）啊!!（接起电话，压低声音）喂？你好？……对，我是。……哦，不好意思，我现在不能大声说话，有什么事吗？……对啊，这个是我们的房子，一大早的有什么事吗？……晚上有噪声？工人晚上不装修的呀。……我也不知道啊，可能是装修师傅晚上睡在里面不小心的吧？……对不起啊，我让他们注意。……不是，我现在要去上班，实在也赶不过去。……你这是什么意思？我们装修的这段时间都是按照规矩来的。……我都说了，工人晚上 6 点以后就不装修了。……（渐渐大声）我怎么知道呢？我又不在房子里。……你自己都说已经没有声音了，还要我过去干吗？……欸，我说你这个人怎么这么不讲道理呢，我们装修到现在,没有违规操作过!……你要报警就去啊,大清早的发什么神经啊!

[琳琳挂了电话,发现家明已经站在客厅的另一头了。家明迷迷糊糊地走上来,搂着琳琳。

琳　琳　哎呀,我还是把你吵醒啦?

家　明　没关系啊,我昨天到家的时候你已经睡着了,现在正好赶在你出门前见一面。

琳　琳　说得我们俩这么惨呢!才早上 6 点,你赶紧回去睡觉。

家　明　嗯……谁这么早打电话啊?

琳　琳　新房子的邻居,说要投诉我们装修房子有噪声。唉,我看是故意要把我们也吵起来是真的。

家　明　哦!装修噪声是挺讨厌的啊。换位思考的话……要不要跟工人再强调一下?

琳　琳　强调什么?排线早都已经完成了,现在已经在刷漆了,哪里来的噪声啊?

家　明　哦!这次装修还挺快的。

琳　琳　(真的生气了)快什么呀??都 3 个月了。要不是你一直没时间去选橱柜,这会儿都快装完了。

家　明　……不好意思啊,最近家里这些事情,都是靠你在忙。

琳　琳　我也知道你辛苦……可是加班要有个限度吧,又不给钱。

家　明　值班费还是有的。

琳　琳　熬一个晚上才 100 元,这还叫值班费啊?比要饭的还差点,这钱我们能不要吗?

家　明　唉,这话有点难听啊。

琳　琳　我不懂你为什么不愿意换工作,我们公司,随便一个业务经理都一万月薪起,你一个硕士拿着每个月三千五的工资,不觉得受了侮辱吗?

家　明　医院收入都差不多,总要有人做医生啊。而且我最近是特殊情况,上个月又有两个医生辞职了,我要帮忙顶一下的,过了这段时间就好了。

琳　琳　好吧,我不劝你。你赶紧回去补觉吧,我得去公司了。

家　明　都已经醒了,暂时不想睡觉,想陪你吃个早饭,好吗?

琳　琳　(看了眼手机,为难)我……早上有个会。

家　明　……好吧。那就等下次。

琳　琳　……一起吃早饭吧,不然又不知道要等到什么时候。我们吃快点,反正这个会我不用发言的。

家　明　(笑)还是老婆对我最好了。

琳　琳　那你乖乖地坐一会儿,我去厨房看看有什么吃的啊。
　　　　　〔琳琳下。
　　　　　〔家明在沙发上躺了一下,又睡着了。
　　　　　〔琳琳拿了面包、黄油和牛奶上来,发现家明又睡着了。琳琳把手上的东西放下,给家明盖了件衣服。琳琳要走的时候,家明一把拉住了她。

家　明　(有点迷糊)欸! 别跑嘛。

琳　琳　陈医生,你要是再不吃早饭,我真的要迟到了。
　　　　　〔家明一下子坐起来。

家　明　马上吃!(把面包"叼"在嘴里学狗狗的样子)汪!
　　　　　〔琳琳忍不住笑了,把面包从家明嘴里拿出来,开始给面包涂黄油。

琳　琳　你这个月还要值几天班啊?

家　明　还有两次左右吧?

琳　琳　唉,那下周的同学聚会你有时间去吗?

家　明　……我一直都不太喜欢去这种活动,你懂的。我们俩,去一个就好了嘛。

琳　琳　所以又是我去？

家　明　我给你做司机，好吗？

琳　琳　你这人真奇怪，竟然情愿在车里坐着。

家　明　你不就喜欢我这点奇怪吗？

琳　琳　我是想，大家都这么久没见了，我们一起去，也就省了
　　　　别人问我，我们现在怎么样？

家　明　日子是自己过的，不用管他们怎么想。

琳　琳　可是……从大学到现在，只剩我们俩还在一起，所
　　　　以……也算是大家关注的焦点吧。

家　明　啊？林超宜、叶飞那一对呢？

琳　琳　上个月离婚了。

家　明　啊？

琳　琳　婚内出轨。现在好多啊，唉。

家　明　跟我来。

　　　　〔家明拉着琳琳的手，把她拉到阳台上。

家　明　一直想跟你做这件事。这个时候外面的光亮，就跟我
　　　　们上大学的时候一样。

琳　琳　哪儿一样啊？

家　明　一切都静悄悄的，暖暖的路灯照着我们，全世界就只剩
　　　　下你和我。

琳　琳　哪有？那会儿我们心里都是希望路灯再暗点好吧？不
　　　　然在宿舍前头站着，脸上的雀斑都看得一清二楚的。

家　明　后来路灯的灯泡就很配合地坏掉了。

琳　琳　然后阿姨就开始用应急灯照亮世界，提醒我们要熄灯
　　　　锁门了。记得吧？

家　明　嗯。你啊，每次都不肯放我走，害我们单独撑到最后。

琳　琳　哪有？是你不放我走啊！

家　明　我是在等阿姨那个淡定的大嗓门——要关门啦，小伙子明天早点再来啦。

琳　琳　可不是吗，这样想起来，都是你不好，整栋楼都在笑我们……

家　明　那个时候唯一的想法，就是希望有一天能自由自在地在一起，抱着，看星星，或是看路灯，都好。这个愿望，算是实现了啊。

　　　　〔家明、琳琳搂在一起。

琳　琳　其实……我刚才心情一直都很低落呢，晚上做噩梦了。

家　明　啊？做了什么噩梦？

琳　琳　梦见你疯了，举着斧子满屋子追杀我。

家　明　这么恐怖啊？？……欸，不对，情节有点耳熟啊，这不是《闪灵》里的设定吗？

琳　琳　嗯，就是《闪灵》。

家　明　哈哈哈哈，恐怖片啊！少来，到底梦见了什么？

琳　琳　其实，我梦见的场景更恐怖。

家　明　真的？说呗。

琳　琳　我梦见，几十年过去了，我变得又老又丑，你找了别的女人，一定要跟我离婚。我哭着求你，但是一点用都没有。

家　明　……怎么都梦见这些？我们就没有什么美好的回忆吗？

琳　琳　我们生了一个儿子，很可爱，虽然不太乖，学习也不努力。

家　明　他叫什么名字？

琳　琳　他出车祸死了。我们就这样离了婚，再也没有见面。

家　明　天呐。

　　　　　　　[家明拥抱琳琳。

琳　琳　吓人吧？

家　明　确实，比恐怖片还吓人。

琳　琳　……然后我就醒了。

家　明　不会发生这种事的，我们的日子才不会那么……精彩，
　　　　我们会一起白头偕老，很无聊地成为老头老太太，一起
　　　　手拉手逛公园。你跳跳广场舞，我逛逛花鸟市场，也就
　　　　一辈子了。

琳　琳　真的吗？

家　明　真的，我这么丑，又没钱，我去哪里找小三去？

琳　琳　说不定有哪个小三有特殊爱好呢，就喜欢接济难民。

家　明　哈哈哈哈哈。真要那样的话，拿回来的钱正好用来装
　　　　修了。
　　　　　　　[两人都笑了。沉默片刻。

琳　琳　你说，如果再过十年，我们还会这么坐着看星星吗？

家　明　有点困难。
　　　　　　　[琳琳听了这话，情绪有点低落。

家　明　那会儿，估计肚子上的肥肉全出来了，要折叠到能坐在
　　　　地上的程度比较困难。

琳　琳　(笑)去你的。
　　　　　　　[两人抱在一起。

家　明　我爱你。

琳　琳　我爱你。
　　　　　　　[收光，转场。

第二场　尴　尬

[血液中心的等候区,背景声有轻微的嘈杂,魏寒正在一边打电话一边排队。

魏　寒　(上海话)我在血液中心呀。……就是说啊,献个血还要排队的一刚。……没有,先要排队验个血,然后等结果,然后再排队,才能献。这里人不要太多哦!……哎,旁友,钱很少的好哦?……酒店啊?酒店好像贴我2000元吧,每个公司都不一样的呀。这个要看老板的良心啦。不过我们好像有带薪假的。……我跟你说,公司里面女的太多就是这点不好,每次抽签抽到人家女孩子,你总归不好强迫人家哦啦?……(笑)是的呀,她们走过来,一脸作孽那种表情,跟你说"你帮我去献一下好哦啦?"我能说什么? 我么只好拼啦! ……前两年还好一点,这两年男人越来越少,女的越来越多,唉,我也只好亲自上阵了呀。

[强子走上来,排在了魏寒的后头。魏寒下意识地往前站了站。

魏　寒　(上海话)我后头来了个乡下人。……(打量了一下强子)民工,蛮吓人额。……哦晓得呀,现在到处都是满额呀。……是额,现在阿拉个的是被人家占领了,哦要去刚伊。……是蛮怪额,今朝大部分都是各支公司来额宁,哦晓得为撒会有民工额……(小声)我帮侬刚,最吓人额是,啥宁晓得这个血清不清爽啊? 对哦?

561

[强子用手拍了拍魏寒。

魏　寒　（很紧张）干吗？……（对电话）不是，先不跟你说了，等
　　　　会儿再打给你哦。（对强子）干……干吗？

强　子　（指了指地上）你东西掉了……

魏　寒　哦！谢谢哦。谢谢。（捡起来）

　　　　[两人继续排队。

魏　寒　你也是公司组织来献血的吗？

强　子　不是。

魏　寒　自己来献血的？

强　子　嗯。

魏　寒　有钱拿吗？

强　子　没有。

魏　寒　没钱的啊？

强　子　嗯。

魏　寒　今天人蛮多的哦？

强　子　嗯。前两年人要少一些。

魏　寒　啊？你怎么知道得那么清楚啊？

　　　　[强子腼腆地笑笑，并不接话。

　　　　[魏寒的电话响起。

魏　寒　喂？老婆！……嗯，我还在血液中心啊。这个队排得
　　　　不要太长哦。……是的呀，估计快过年了，他们想趁机
　　　　把事情都做完吧。

　　　　[《HIGH 歌》的声音响起，是强子的电话铃声。魏寒
　　　　赶紧捂住自己的电话，显然被铃声吓到了。

强　子　（家乡话）妈！欸。……嗯，我们过两天就回去了。……
　　　　放心吧，票早就买好了，排了一整宿的队。

　　　　[魏寒走开几步——

魏　寒　啊？我听不清楚啊！大声点！……哦！我身边是个外地人，民工。……是的呀，这年头民工也用手机了。……不是我酒店的人好哦！怎么可能，就算是其他公司派来的，也都是白领。……被你这么一说，是蛮奇怪的对哦？一个民工，快过年了，干吗跑来献血呢？

强　子　……今年给你带东西了哦，弟弟说了，他前段日子接了个保安的活儿，能拿不少钱呢。

魏　寒　（上海话，小声）……会不会是什么流窜作案的，来这里踩点的啊？

强　子　当然不是啊！钱的事情你就别老操心了，我们兄弟俩，攒够了钱就回去，安心种地。……家里的牛也太老了，这次回去我看看给弄头新的。……哎呀，吃啥喝啥都有我来张罗，你就歇着吧。……妈，都什么岁数的人了，你就别操这心了。

魏　寒　我瞎起劲？但是我看他真的很可疑的嘛。……这样吧，前段时间网上不是有通缉犯的照片放出来的吗？我拍张他的照片，你帮我找一下面孔好哦？……哎哟，老婆，你就配合我一下嘛！……老婆？老婆？……

　　　　〔魏寒回到原来的位置。

强　子　你们都一大把年纪了，别累着是真的。……（大声）我都说了！等我回去再动手！……还是我手上的活儿利落！……嗯。我在献血啊，嗯，这次应该能有一万多了。……嗯，好！挂了啊。

魏　寒　……这个……快过年了，准备回家乡过年？

强　子　嗯。

魏　寒　过年的火车票挺难买的啊？

强　子　嗯。

[魏寒掏出电话,装成在看手机的样子,找了好几个角度,想拍一张强子的照片。魏寒拍完照片,刚要转身,强子突然盯着镜头。魏寒吓得手机差点掉地。

强　子　你这个手机……

魏　寒　干吗?

强　子　是啥牌子的啊? 好使吗?

魏　寒　苹果的,挺好的。

强　子　哦! 贵吗? 我想给我弟也买一个。

魏　寒　这个? 这个不贵,这个是山寨货,也就……1000 来元钱吧。

强　子　哦! 好使吗?

魏　寒　很好! 我去打个电话,等下回来,麻烦你帮我看下位置,谢谢啊。

强　子　嗯。

[魏寒走到一边拨电话给朋友。

魏　寒　旁友啊!! 出大事体啦! 刚刚我边上那个外地人啊,好像是什么犯罪组织的啊!! ……好的,好的,我先淡定一下! ……首先,现在是快过年的时候,他一个人,又不是公司组织的,跑来献血,你说奇怪哦? ……对啊! 然后,他刚才不小心露出来的,对这里的情况很熟悉的样子。奇怪吧? ……最后,他还在电话里头说什么要等他动手,又说什么这次肯定超过一万了! ……是的呀! 你说是不是碰到赤佬了! ……还是兄弟你好! 我就怕,他不要好死不死,把我当犯罪对象么就麻烦了。……好的,好的,我拍了一张他的照片哦,现在就发给你,你帮我查一下! ……好的! 你放心吧,我肯定会当心的。

〔魏寒挂了电话,回到原位。

魏　寒　哎哟,已经快到我啦?

强　子　嗯。

　　　　〔强子坐下开始抽血检查。家明看到他,认了出来。

家　明　(对强子)咦,你来啦?

强　子　嗯。

家　明　我刚才还在想,不知道你今年会不会来。

强　子　今年我弟弟也来城里打工了,等下他也来献血。

家　明　太好了,替我们也谢谢他。

强　子　嗯。

家　明　(抽血完毕)好了。

　　　　〔强子站起来走到另一边,继续等叫号。魏寒坐下。

魏　寒　医生,你跟他很熟吗?

家　明　谁?

魏　寒　刚才排队的那个民工啊。

家　明　不熟,不过他每年都来献血。

魏　寒　啊?年年献血?不会有什么后遗症吗?

家　明　不会。男人定期献血,还可以减少血液黏稠度,对身体
　　　　有好处的。

魏　寒　真的吗?

家　明　嗯。

魏　寒　我听说有很多副作用啊。

家　明　人家都献了几年了,身体不是好好的吗?

魏　寒　哦,呵呵,也对。(转头看看强子)

家　明　其实在献血车上遇到的民工人数更多,只不过很少有
　　　　人做报道。

魏　寒　真的啊?不过我也是第一次听说这种事。

家　明　（抽血完毕）好了,去那边等叫号。

魏　寒　好的,谢谢。

　　　　〔抽血完毕,魏寒站起身,走到等候区,犹豫了一下,在
　　　　强子边上坐下了。

魏　寒　刚才听医生说,你每年都献血啊?

强　子　嗯。

魏　寒　都是无偿的吗?

强　子　嗯。

魏　寒　了不起!

强　子　这也没啥了不起的吧?

魏　寒　这你就别谦虚了。你献了几年了啊?

强　子　七八年了吧。

魏　寒　我去! 厉害! 真的没什么副作用吗?

强　子　什么副作用?

魏　寒　贫血啦,肥胖啦,心脏问题之类的。（小声）还有……男
　　　　人最重视的,那方面!

强　子　没有……吧。

魏　寒　哦,那我就放心了。

强　子　你是第一次献血?

魏　寒　可不是吗,我还是有点慌的。

强　子　放心,没事。

魏　寒　你是打哪方面的工啊?

强　子　油漆工,木工,都做一点。

魏　寒　哦! 我听说现在这样的待遇也不错了哦?

强　子　……嗯。但是……接近年底了,讨工钱是个问题。

魏　寒　啊? 最近这几年还有人敢拖欠工资?

强　子　嗯……工头每次都会拖一下。

魏　寒　这个太过分了吧？欺负老实人啊。

强　子　没事，只要有钱回家过年就行。

魏　寒　不行，不行。你工头叫啥？我来找他！

强　子　……啊？

魏　寒　（拿出手机）他电话多少？

强　子　呃……

魏　寒　放心，绝对不会让你为难。

　　　　［强子说出一串数字。

魏　寒　（拨出）他姓啥？

强　子　姓徐。

魏　寒　（电话通了）喂，徐总啊，都快过年了，给你拜个早年。……我是谁啊？我是谁你都想不起来了？上次建工集团的项目会议碰到过的呀。……欸，想起来了吧？……是这样的，今天我们公司门口聚了一群农民工，搞得我们上班都没法好好上了，听说是因为你拖了人家工资？……是啊，又不是什么大钱，影响不好啊。我们又是国企，媒体如果来了就麻烦啦。……哦，年前肯定给的是哦？现在还有三天就过年了，你确定哦？……你说的哦！明天就到位！明天不到怎么办？……好！

　　　　［魏寒挂了电话，得意地看着强子。

强　子　你是假冒的别人吧？

魏　寒　是啊，而且我也不知道我冒充的谁。哈哈哈哈。

强　子　那你怎么知道他们门口围了人了？

魏　寒　行业机密。

强　子　你真厉害！

魏　寒　一般，一般。

〔强子的手机铃声响起。

魏　寒　哎哟，不会是来跟你商量付工钱了吧？

强　子　真的是我们工头的电话……（接起）喂？……嗯，我们打算后天走，票都买好了。啊？为什么会——好的，我马上过去！

魏　寒　怎么样？让你去拿钱吧？

强　子　不是……我弟弟……被警察抓了。

第三场　离　婚

〔夜，家里的客厅。中年男人坐着抽烟，他的老婆站在房间的另一头，两人的形容都很憔悴，像是刚有过争执。

男　人　我知道是我对不起你，结婚这些年，也没让你怎么开心过，我是有责任的。（沉默）你没做错什么，家里，外头，能照顾的，你都照顾到了，真的是让我很省心。前些年，爸中风住院，也多亏有你，你天天跑医院，这些事情，我都记着。（沉默）家里的两套房子，我一定是留给你的，找个时间去把房产证改成你的名字，照现在的房价，也值一千多万呢。

女　人　（冷笑）看来……你还觉得我要谢谢你咯？这房子当年是我还贷买的，装修也是我一个人跟下来的，你管过什么？就靠你当初那点月薪，呵。现在有钱了？腰板硬了？说话也有底气了吧？

男　人　家里的房子、车子、现金，都可以给你。

女　人　是,你这几年收的红包应该都够你再买几套房子了,是吧? 就不怕被人举报吗?

男　人　你是疯了吧? 你这话是威胁我?

女　人　……你离婚,是要去跟她在一起?

男　人　我已经说了很多遍了,你怎么就是不明白呢,这和她没有关系。

女　人　是吗? 和她没关系? 不是她逼着你,你会跟我离婚?

男　人　随便你信不信吧,真的不是。

女　人　比你小十多岁呢,也真下得去手!

男　人　……你愿意怎么想就怎么想吧。

女　人　儿子怎么办?

男　人　有什么怎么办,这么大的孩子了,不会有问题的。他要有什么想法,我来跟他解释。反正,这件事情都是我不好。(沉默)再说,明年他就要去美国读大学了,不会常回家的。学费什么的,我也早就准备好了,你不用操心。

女　人　那……我呢?

男　人　一切照常呗。其实你自己的生意也挺忙的,这几年,我们在一起吃饭的次数都数得出来,各有各的圈子。你要实在想歇着,我也可以每个月再贴一点给你,你就当提前退休好了。

女　人　(笑)原来你都替我编排好了。真是谢谢你。

男　人　这话,其实我不应该说,不过到了这种时候,恐怕所有人都说过吧。你和我,毕竟都这么多年了,在一块儿,不在一块儿,我都是会照顾你的。

女　人　到明年,我们结婚就二十年了。二十年! 你就这么打发我? 你还真有良心啊!

[男人叹气，沉默。男人的手机铃声响起，他看了一眼，按掉了。

女　人　哎哟！看看，才分开多久啊，人家就舍不得你了，真是够爱你的。

男　人　你够了。

女　人　是吧？真是换了新的，怎么都好，摸下手都激动得不行。

男　人　你有病吧！

[男人把手机往边上一扔。

男　人　二十年了，就不能好聚好散吗？

女　人　你想怎么个好聚好散法儿啊？

男　人　上个月，老赵发心脏病，送到急诊室的时候，已经过去了，他只比我大两岁。有时候我在想，我是不是有一天也会跟他一样呢？我已经老了，真的老了。每天醒过来的时候，看到镜子里那个人，简直不敢相信。一转眼的工夫，我这几十年，有多少日子是为自己活的呢？小时候为了爸妈，拼死命读书，这个你是知道的，我们家出身不好，我连大学的学费还是家里亲戚七拼八凑拿出来的。工作了，就更不敢有什么闪失，十几年里，连病假都没超过三回。后来又有了你和儿子，我为了让你们过得舒服点，连烟都戒了。我这一辈子，从来都没有放肆过，我也已经老了。(沉默)我只想好好为了我自己活几天。

女　人　为自己活几天？这话说得可真好，口号喊得真响亮啊。你有没有为我考虑过呢？我这几十年是怎么过来的？我不想为自己活几天吗？我们刚结婚的时候，全靠我一个人的工资，生活费、装修、还贷，我挤公交车上下班都嫌贵啊！怀孕生孩子,儿子还是难产的,20个小时啊！我在病房里差点就过去了！你当时怎么说的？你跪在我床前说,做牛做马都要报答我！我、我辛苦这几十年啊,除了这个家,就什么都没有了,你现在连这个都不能留给我……(流泪)

男　人　这个家,没有了我,它也还是一个家啊。

女　人　(笑)我现在说什么,你都已经听不进去了,你满脑子都是那个女人！你巴不得我现在出去就死在外面,好少了麻烦！

男　人　(面露疲色)你一定要这么说,我也没有办法。

女　人　离婚我是不会同意的！除非我死了！不然我不会让你跟那个女人那么逍遥！这是什么世道！狐狸精反而比好人要猖狂！

男　人　你能不能不提她了？

女　人　怎么？许你做还不许我说啊？这几年里,你在家里住过多少天？啊？我一个人守着这个屋子,守着这个家,什么都是我自己来,白天你说忙工作,不让我给你打电话,晚上你要应酬,不方便,我为了不麻烦你,连开车都学会了！你在外头过夜,我什么时候过问过？人前人后,还说你好。我忍,我忍得都快把嘴咬出血了！这种日子我还逼着自己过下去呢,可你还是要离婚！你到底要我怎么样啊？啊？是不是我死了你才开心啊？

男　人　你说什么呢！这几年我虽然不着家,但是家里吃的用的,一样都没有少你。你自己想想,我们的日子越过越好,房子越换越大,而且只要是关系到家里的,哪件事情我都是先问你的意思,你也该想一想我的好处。

女　人　你的好处？是啊,你是对我好。你对我好得就像我是

571

你放在家里的一个摆设！养在家里的一条狗！有的时候我自己都觉得，要是我哪天死在外头了，不回来了，不知道会不会有人惦记。

男　人　你要是总这么说，我们就真的没啥好商量的了。

女　人　呵，要砍你的头，还说是跟你商量。

男　人　你！（强压下火气）儿子明年去美国，如果你想陪着过去，那么就早点作打算，我也可以陪你们过去几天，安排一下。

女　人　也好，就这样，把我和儿子都送远了，也就没人看到你这恶心的嘴脸了。

〔电话铃响，男人接起。

男　人　喂，哪位？……什么？……哪个医院？（挂了电话，对女人）快，走，去医院。

女　人　出什么事了？

男　人　儿子出车祸了。

〔两人下。

〔短换场——

〔医院，手术室外。男人和女人焦急地等待着。

〔家明上。

男　人　医生，怎么样了？

家　明　现在还没法确定，手术还有几个小时才能结束。不过，情况不是很乐观，你们要做好心理准备，就算手术成功了，如果 24 小时之内他醒不过来，就有成为植物人的可能。

〔女人哭，下跪，男人搂着她。

男　人　医生，到底是怎么回事？是怎么出的车祸？

家　明　酒后驾车。他的车撞到了电线杆，送过来的时候，他已经昏迷了。你们做家长的，怎么也不管管他？他还没有成年呢。

男　人　是，是，是我们不好。我们是要等手术结束才能看到他？

家　明　你们直接去特护等吧，手术还有几个小时，你们要注意保存体力。等下结束了，会有护士来通知你们。

男　人　谢谢医生啊。

　　　　　〔家明下。

　　　　　〔男人扶着女人坐下，女人小声抽泣着。

男　人　怎么会酒驾呢？他不是一直都很乖的吗？

女　人　自从去美国这个事情定下了，不用高考了，他就老是往外面跑，最近经常不回家睡觉，还偷家里的钱，我管都管不住。我说的话，他完全就像没听见。你又这么不着家，我想找你商量，你总是说忙。

男　人　就算我再忙，儿子的事情你也该跟我说一声。

女　人　告诉了你，你一定会发脾气骂他的。你们连这个臭脾气都是一样，谁也不让谁，万一闹翻了，问题不是更大吗？如今孩子也大了，有自尊心了，不能老是靠骂他来教育。

男　人　唉，你这个人啊！不让骂又不让打，这下可好，酒驾了。

女　人　我没想到会这么严重啊！（哭）……他……他今天要是真的有事——叫我怎么活啊！！

男　人　别说这种话，不会有事的。

　　　　　〔男人的手机响起，他看了看电话，犹豫了一下。女人转身，男人接听。

男　人　喂？……我家里现在有急事，我出不来。（挂机）

　　　　　〔男人的手机又响起。

男　人　（语气很差）喂？……我现在在医院里，我没空跟你说话。……什么？很好，那么以后都不用给我打电话了。

（男人挂机，随即把手机关了）

女　人　我在想，是不是要回去拿点他的换洗衣物什么的过来，刚才来得太急了，什么都没带。

男　人　先等他手术结束吧。

女　人　……嗯。……你要是忙，就先走吧。

男　人　（沉思了一下，坚决地）从明天开始，我跟公司请一个月的假，留在家里陪你和儿子。等他身体好起来了，我找他好好谈谈，去美国之前，我来管他。

女　人　好……

男　人　都是我不好，我太不关心你们了。

女　人　……不，这是我的问题，我太纵容他了。

男　人　不管怎么说，从现在开始，我们俩一起看着他，好吧？

女　人　……好。那……离婚的事情……

男　人　一切都等他好了再说吧。

女　人　嗯。

男　人　走吧，我们去特护病房。

女　人　嗯。

　　　　〔男人转身走，女人停在原地迟疑。

男　人　怎么啦？

女　人　（深吸一口气）你要是还想离婚，我同意。

第四场　红　白

〔七年后。

〔酒店大堂，琳琳和魏寒在核对餐单细节。

魏　寒　您看一下,现在的满月酒比较热门的是这个 2999 元的和这个 3999 元的两种。

琳　琳　(仔细研究)……3999 元的也就是多了龙虾吧?

魏　寒　还有两个热菜也不一样。

琳　琳　折扣呢?

魏　寒　今天确定的话,可以打 85 折。

琳　琳　你等一下哦。

　　　　[琳琳掏出手机打电话——

琳　琳　……

　　　　[电话没人接,琳琳又把电话挂了。

琳　琳　……就 2999 元的吧,我再加一个龙虾,你给我一个最终报价吧。

魏　寒　好的。时间是……下周四?

琳　琳　对,二号厅。

魏　寒　(皱眉)呃……不好意思,这天我们好像已经订出去了。

琳　琳　不会吧? 菜单都对到一半了,你现在跟我说这个话?

魏　寒　(看了一眼)实在抱歉,二号厅每年这个档期应该是空出来的,这是我们的责任。麻烦您稍等一下,我去查一下,看有没有别的场地可以给您。

琳　琳　好吧。

　　　　[魏寒下。

　　　　[琳琳走到一角,听到有个女人在打电话——

女　人　对啊,礼拜四,二号厅,老样子。……对啊! 7999 元的套餐! 儿子生日嘛,总要多花点……你回国啦,包买到了? ……哎呀,去什么折扣店,专柜直接买就行了,我是从来不相信那些折扣啊、优惠什么的,感觉就跟菜场一样……嗯,对,我挑了一台哑光的。……保时捷 911?

911不必了，我都一把年纪，开什么跑车啊。……当然，现在结婚第一点就是要门当户对，这身家背景、相貌品位……我儿子……（换了个手拿电话，慢慢走开）我们家儿子要求可高着呢……哎哟，那是人家女孩子倒追他，泛泛之辈他都看不上眼……（信号问题）喂？喂！

  〔女人走回来，首先认出琳琳。

女　人　哎哟……这不是楼上"搞装修"的那位吗？怎么，跑业务跑到酒店来了？难不成这个酒店就是你们负责装修的？啧啧啧啧，我说呢，怎么一走进来就觉得浑身不舒服，看什么都扎眼。

  〔琳琳忍了忍，没有理睬她。

  〔女人的电话又响了，她又走去另一边打电话——

女　人　……嗯，刚才不知道为什么断了。……哦，那是啊，他在美国念书，哪能动不动往家里跑的——

  〔魏寒走上来。

魏　寒　我给您找到了一个四号厅的，就是小了一点——

琳　琳　小了我这边有人坐不下的。经理，我手上的收据是订的二号厅，我不要换地方，就要这个场地了。

魏　寒　您这就太为难我了。

琳　琳　明明是你们先做错的事情啊。

  〔魏寒把琳琳拉到一边说话。

魏　寒　呃……不好意思，订重复了这个事情，确实是我们的疏忽。您看能不能克服一下，菜式我免费帮您升一级。

琳　琳　这不是换不换的问题，当初定金也付了，收据也开了，双方已经是有协议的。你们这么做，根本就是酒店诚信有问题。

魏　寒　……我！我再去协调一下，您稍等。

琳　琳　你要去哪里协调啊？你的客户不就在那里吗？

　　　　［魏寒跟着琳琳的目光看"女人"站的位置，她并不在
　　　　那里。

魏　寒　您稍等哈。

　　　　［魏寒下。琳琳走到女人站着的区域，发现这里已经空
　　　　无一人。

　　　　［琳琳的电话响起。

琳　琳　喂？……嗯，生日的事情，我们订 2999 元一桌的行
　　　　吗？……你刚才没接啊！没接我当然就定了。……这
　　　　都要跟我吵架吗?? ——喂!! 喂!

　　　　［琳琳对着垃圾桶踹了一脚——

　　　　［女人不知什么时候又回来了，站在琳琳身后。

女　人　哎哟! 消消气啊。

琳　琳　你……也是订了这家酒店下周四的二号厅？

女　人　对啊。

琳　琳　能……麻烦你改期吗？

女　人　什么？改期？看来除了噪声污染，你还擅长强人所
　　　　难啊。

琳　琳　我们两家的时间订重复了，这是我孩子的 1 岁生日宴，
　　　　我们早就把请柬发出去了。

女　人　订重复了啊？哦。……我觉得酒店不太可能会让你拿
　　　　这个时间，毕竟我订的是最贵的 7999 元套餐。

琳　琳　……我现在是在跟你商量啊。

女　人　这样吧，你付了多少定金？我赔给你好了，你去别家再
　　　　订不好吗？

琳　琳　这不是钱的问题。我提前一个月就来订的场地，怎么
　　　　能说换就换？凡事要有先来后到吧？

女　人　先来后到？如果说先来后到的话,我每年都是订这一天,订了二十五年了,谁先来的啊?

琳　琳　你以为我是被忽悠大的?这个酒店二十五年前还不存在呢!

女　人　(笑)很多事情,你不知情,不代表它没有发生过。

琳　琳　你到底能不能放过我??装修的事情就一直跟我闹,现在又来这个酒席的事!

女　人　哦哟,你可别激动,到时候动胎气可就糟了,弄不好还要赖在我的头上。

琳　琳　我、已、经、生、完、了!

女　人　哦!那就难怪呢,现在的年轻人就是经不起折腾,生个孩子动不动就内分泌失调、情绪失控。

琳　琳　你!我要不是看在你年长我几岁——你不要客气当福气啊!

女　人　这句话应该我来说才对,装修的时候天天从早到晚,简直是 7×24 小时啊,根本没有一点公德心。

琳　琳　这年头新房哪家不要装修的?你才是真的极品呢!晚上 6 点以后要睡觉不能装修,这个我们都接受,谁知你早上又要睡觉!你一天睡 24 小时啊?我们根本就没有违规啊,工作日大家上班上学,我早上 8 点开始施工很离谱吗?还有,要不是你向居委会投诉,害得我晚上 5 点以后不能装修,我用得着早上这么早施工吗?

女　人　你噪声扰民,我为什么不能投诉呢?我还没报警呢,很客气了!呵!不说装修的事情,装修完了,搬进来,整天就是拖桌子拖椅子,搞得家里每个房间都是噪声,这素质简直是差的!到底是不是受过教育的人啊!

琳　琳　我哪有整天拖桌子啊?你少冤枉人!我和我爱人都是

578

要上班的！白天都没人在家,怎么整天制造噪声啊?

女　人　你们家不是还有条狗吗? 光是它跑来跑去的,就够受的了。

琳　琳　哦! 我说怎么老有人来问狗证的事情,原来也是你啊!

女　人　我怎么了? 养狗不应该证件齐全吗? 这狗现在只是制造噪声,还不算什么大问题,要是咬了人,那就搞大了,我这还算是帮了你们呢。

琳　琳　你! 你这个人怎么这么过分啊? 我已经很客气地一退再退去迁就你了,我们装修你看不惯,住进来你看不惯,现在连养狗你都看不惯,你到底想怎么样啊?

女　人　不想怎么样,我们小区以前档次真的蛮高的,房子嘛都是精装修的,也不知道什么时候开始降低档次卖毛坯房了? 而且还是卖给你们这样的人?

琳　琳　你觉得档次低,拉低您身份,那您干吗还住在这儿,体验生活还是磨炼意志?

女　人　我愿意住你管得着? 唉,多说几句就原形毕露了吧? 这么没有素质! 不过我也有心理准备,遇到疯狗嘛,也是没办法的事情。

琳　琳　你! 我素质再差也没骂人啊! 我劝你积点口德吧阿姨,你自己也是来订酒席的,吵得满嘴晦气! (小声)哪个女孩子将来嫁给你儿子,认你这样的婆婆,那真是倒了八辈子的霉了!

女　人　你说什么?

琳　琳　我说——将来谁嫁给你儿子,认你这样的婆婆,真是倒了八辈子的霉了!

女　人　你都没见过我儿子,你凭什么这么说?

琳　琳　我还用得着见他吗? 再好的男孩子,有您这样的妈,那真是生不如死。

女　人　我儿子已经死了。

琳　琳　……对不起,我说错话了。

[女人转身要走,又停住。

女　人　我儿子是七年前走的。这是从小我们给他订生日宴的酒店,所以我坚持订到了现在……

琳　琳　你的儿子……和我的儿子同一天生日呢。

女　人　你的儿子,现在是刚一岁大?

琳　琳　是的。

女　人　那你是没时间睡觉了。

琳　琳　(又甜又苦地笑)那是啊,凌晨3点起来喂奶,有几次我都是在婴儿床边上的地板上睡到天亮的。

女　人　每天背着奶瓶、挤奶器、冰袋去上班,中午还要赶回家喂奶。

琳　琳　开会到中间,不小心打个瞌睡,还要被领导各种教育。

女　人　但是……真怀念啊。

琳　琳　其实……虽然我知道已经晚了,但是,可以努力再生一个孩子?

女　人　(转身看着琳琳)我的先生和我早已经分开,他的新老婆给他另外生了孩子。

琳　琳　……

女　人　这个房子,是我们家的老房子了,他的东西都留着,我不舍得搬,所以就一直住着。当年我们搬进来的时候,他还只有10岁,我一开始不放心他单独睡一间房间,半夜总是起来看看他。夏天的时候,他总是比我们早起,又喜欢不穿拖鞋在房间里跑来跑去,啪嗒啪嗒的……所以,麻烦你,能不能不要让你们家的狗……老是跑来跑去的……家里现在就我一个人,那个声音,我听着……有点……

琳　琳　好的! 我们一定拴着它。

女　人　谢谢。

　　　　　〔女人下。

第五场　兄　弟

　　　　　〔夜晚,一间装修到一半的屋子,地上到处是油漆桶和木材。一个民工打扮的人正在给墙面上漆,他看上去约 40 多岁的样子。

　　　　　〔另一个民工打扮的年轻人扛着刷墙的刷子,哼着歌上。他走到墙边,把随身的工具包放下,也开始刷漆。

　　　　　〔他们是两兄弟。

弟　弟　有钱人真是奇怪,竟然用黑色的墙面漆,怪吓人的。

强　子　上次那个用大红色的才吓人呢。

弟　弟　不过这家是真有钱,那电视,比我们家那炕头都大。

　　　　　〔两兄弟坐下,强子从怀里掏出两个馒头。

强　子　快,工头刚走,赶紧吃。

弟　弟　这活儿干得真累,饭都不让吃。

强　子　天黑前必须刷完的,嘿嘿,加工钱就行。

　　　　　〔两兄弟大口地吞下馒头。

弟　弟　我跟你说,我昨天碰到俩女的,被关在电梯里了。有一个穿的裙子,那叫一个短啊,我都不敢看。

强　子　哈哈,想媳妇儿了吧。对了,你媳妇儿来信了吧?

[弟弟走到自己的一个工具包边上，从里面掏出一封信。

弟　弟　（念）爸妈身体都挺好的，我也挺好的，你就放心吧。又
　　　　快到收成的时候了，记得回家。家里的猪生小崽儿了，
　　　　卖了几只，剩下的，养在家里。（笑）村头的张家，儿子
　　　　从城里带了大电视回来，现在大家都挤他们家看电视。
　　　　爸说，让你别带这些个太贵的东西，放家里用处不大，
　　　　还说上次你捎回来的那个毛衣挺好，让给咱妈也捎一
　　　　件。（笑）自己在外头当心身体。

强　子　嗯，得当心身体。

　　　　[弟弟把信小心地折好，放回信封里，又把信塞回包里。
　　　　他在包里掏了掏，掏出一个已经揉得皱皱巴巴的烟盒。
　　　　他把烟盒撑开，从里面掏出一支烟。他把烟点了，自己
　　　　抽了一口，把烟搁在屋里的茶几上。强子拿过烟也吸
　　　　了一口，又把烟放回去。两人就这样坐着，合抽一根
　　　　烟，显得挺享受的。

　　　　[静场。

强　子　你要是回去种田，其实也够吃了。这两年政策改革，已
　　　　经不用交税了，收成好的话，养得活家里。

弟　弟　我打算，今年过年回去，就让俺媳妇生个娃。

强　子　那就好啊，咱们家也有第三代了。

弟　弟　爹妈盼孙子盼了好久了。

强　子　生下娃，一定要供他念书，可别像咱们一样，一辈子只
　　　　能干这种活。

弟　弟　咳，读什么书啊。

强　子　活了这么大，只会写自己的名字，那还是第一次领工钱
　　　　签字的时候，才知道咋写的。

弟　弟　书不是给我们这种人读的，生的啥命就是啥。

强　子　是做哥哥的没用,要是能早点出来干活,也不会供不起你念书,害得你如今跟我一样,出来受苦受累。

弟　弟　是我自己决定辍学不念的。你省吃俭用,一天20个小时背水泥拉砖块,连个肉包子都舍不得买,一天两顿只吃白馒头,前年台风的时候加班,结果脚被水泥块砸中,还断了两根脚趾。你要我拿着你辛苦赚来的血汗钱一本正经地坐那儿念书,我怎么念得进去?

强　子　嗨,这以前的事还说它干啥,现在这不好好的吗?(停顿)就你瞎操心,脑门一热跑出来找我。

　　　　[弟弟沉默。

强　子　我这辈子就算这么过去了。你可不行,你的娃也是,一定要供他念书。

　　　　[弟弟笑笑。

弟　弟　供他念书,考到城里来,就能出人头地了? 这里,总也不是我们能待的地方。(停顿)再说了,我要真的回去,你咋办呢? 我不能留你一个人在这儿啊。

　　　　[沉默。

弟　弟　今天我找工头谈了,他让我加20天的工,从早上5点到晚上12点,工钱可以加到100元一天。我觉得值,就答应下来了。

强　子　我们刚来这儿的时候,才15元一天。

弟　弟　我们刚来这儿的时候,才15元一天。不过那个时候,馒头是4角钱一个,现在6角了。

强　子　刚来那会儿,你太不安分了。

弟　弟　那会儿,我老觉得这么挣钱不是个办法。你想啊,光是回村盖个房子,总也得有个两三万呢,这得十几年啊,还怎么娶媳妇儿。我们没出来的时候,原以为干个三四年就能攒够钱回去了,我这不是着急嘛。

强　子　你那会儿哪儿是着急啊,你是傻。

弟　弟　我那会儿是挺傻的。张顺忽悠我,说是帮他去当保镖,一个晚上给我 50 元。我哪儿知道啊,结果就被逮了。

强　子　唉,还好他们偷的数目不大。

　　　　　[沉默。

弟　弟　我说这话,你别不信,其实里头还挺好的。管吃管住,还有工钱。

强　子　(笑)出来你就老是这么几句,那你要不再进去关两年?

　　　　　[烟抽完了,弟弟站起来,走到阳台上。

弟　弟　哥,我还记得,我进去那天,你来看我,说是等我出来了,钱也就攒得差不多了,咱们就一起回去。

强　子　嗯。

弟　弟　一起回老家,种地生娃,孝敬爹娘。

弟　弟　你那时笑着说,可我总觉得你在哭。

弟　弟　哥,你啥时变得这么憔悴。

强　子　嗨,这不浑身邋遢着嘛,洗个澡,精神可抖擞呢。

弟　弟　(低头笑)隔着玻璃窗,你就坐在我对面,我突然发现我很久没有好好看看你。发黑的眼窝,眼睛里充满红血丝,浑浊又疲惫,灰蓬蓬的头发里有几丝银色,你才 25 岁,就有白头发了。我眼睛已经花了,(抬手抹了抹眼泪)不然怎么看你浑身白蒙蒙的呢? 我记得当年你离开家也是穿着这件 T 恤,不过,当时的白 T 恤现在变成了黄 T 恤,上面有灰、有土、有泥,还有血……

弟　弟　那天工头到牢里找我,说是你出事儿了,我还真不信,愣了好一会儿。

强　子　……

弟　弟	十五楼,高空作业,工头说,能多出 60 元,你就去了。
强　子	……
弟　弟	十五楼……我们一辈子都没上过那么高的地方,你怎么就去了呢?
强　子	……
弟　弟	我什么都没赶上,等我出来,你的骨灰已经让爹娘带回去了。(哭)

〔哥哥走到弟弟的身边,伸手想要拍他,又停住了。

强　子	……别难过了。谁还能逃得了死亡。

〔弟弟哭了一会儿,走回墙边,继续刷漆。

弟　弟	爹娘非让我用工地上赔的钱盖房,我实在是用不下去手,后来还是给爹娘盖了个平房。我娶媳妇的时候,住的是家里的老房子。
强　子	你这孩子,太倔了。
弟　弟	剩下的钱,我都让他们收着了,反正我不用。
强　子	回村里去吧,这里,总也不是我们能待的地方。
弟　弟	我跟家里说了,你是在这儿走的,我留下来,才好陪着你。
强　子	……
弟　弟	哥,有的时候我觉着,你还在我身边。

〔暗灯。

〔灯亮时,只有弟弟还在刷墙。

第六场　尾　声

〔"哐",类似于扳手砸落在地的响声。

585

〔舞台微微亮起，家明正在蹑手蹑脚地走，刚才显然是撞到了什么——

〔家里的座机突然响了起来，声音非常响。

〔家明迅速跑过客厅去接电话——

家　明　(很低声地)啊!!（接起电话，压低声音)喂，你好! ……对，我是。……哦，不好意思，我现在不能大声说话，有什么事吗? ……晚上有噪声? 工人晚上不装修的呀。……对不起，我明天跟工人强调一下，可能是他们在赶工。……好的，再见。

〔家明挂了电话，发现琳琳已经醒了。琳琳迷迷糊糊地走上来，搂着家明。

家　明　我还是把你吵醒啦?

琳　琳　刚才做了个很长的噩梦呢。

家　明　真的? 都梦见了什么?

(剧　终)

586

导师评语

荣广润

  王丹卿的话剧《路人》在 2017 年的青年编剧扶持项目资助作品中有较好的基础，评审专家给予了好评。经过半年多的酝酿加工，剧本又作了修改，可以结项。

  《路人》以上海大都市中人与人的关系为主旨，探讨陌生人的隔阂与沟通，以及亲人间心灵的疏远与弥合，这一内涵很有当代性，也具有永恒性，体现出了作品的人文价值。

  艺术上，剧本采用片段式结构，由多个短剧组成，较有特点。立项后，我与作者对作品的特点与可能提升的途径作了深入的讨论。此后，王丹卿主要作了两方面的修改，一是对第四场作了比较多的调整，使剧情的进展更紧凑干净，加强了剧情包含的情感力量。二是增加了尾声，实现了首尾呼应，提高了作品的整体性。王丹卿在此过程中态度诚恳，虚心好学。她在剧本创作上有灵气，有感觉，在影视公司中也担负重要工作，如有更多的时间打磨舞台剧，作品还可以有更大的提高。

  现有剧稿可以提供有意的剧团公开演出。

越　剧

鉴湖雨

田　园

田 园

女,上海戏剧学院戏曲导演专业硕士。入选教育部
国家留学基金委艺术类人才培养特别项目,公派至
英国伦敦艺术大学留学,获美术学硕士学位。现任
职于中国上海国际艺术节中心。

人　物：

秋　　瑾——清末革命家。

王　子　芳——秋瑾丈夫。

吴　芝　瑛——秋瑾终身挚友，京城的知识女性。

服部繁子——京师大学堂日籍教授服部宇之吉之妻，秋瑾好友。

徐　锡　麟——清末革命家，与秋瑾志同道合的革命战友。

周　树　人——近代著名革命斗士，文学家。

故事梗概

　　王子芳与秋瑾婚后在京城生活，为了消减秋瑾的革命意志，王子芳经常买些金石字画讨好她。秋瑾不为所动，并在好友吴芝瑛的带领下拜访师母——日籍教授之妻服部繁子，没想到王子芳也登门拜访，并且央求服部繁子带秋瑾去日本。秋瑾东渡日本求学，策划革命活动。皖浙起义前夕，秋瑾回家与王子芳重聚之后有所动摇，然而终于忍痛割爱，留下家书逃走，后被王子芳追赶上并被送至绍兴。途中，王子芳多次借景抒情表达挽留之意，秋瑾虽愧疚，但胸中仍满怀着热切革命理想。行至鉴湖，两人终于表明心迹，秋瑾策马扬鞭投身到轰轰烈烈的革命洪流中，留下一往情深的王子芳形单影只地伫立在斜阳之下。

第一场　失　和

［1901 年前后的北京,秋瑾与王子芳婚后三年。

［秋瑾正在内室更换男装,换装后的她,在旁人看来竟不知是男是女:修长的身材,稍朝前弯曲、浓密的黑发披着,帽子横戴着,一半遮着耳朵,蓝色的改良西装,似乎不太合身,袖子较长,袖口露出白皙的手,手中握着一根细细的手杖,肥大的裤腿下露出咖啡色的靴子,胸前系着领带。脸色青白,大眼,细鼻,薄嘴唇,看上去像一个潇洒的青年人。

［王子芳面容秀气,身穿旧式长袍,一手拎着鸟笼,另一手拿着古玩字画,满屋子地找寻秋瑾。乍一看他与秋瑾仿佛身份性别颠倒。

王子芳　秋瑾,秋瑾! 看看我又给你带了什么好东西!

　　　　［秋瑾在内室明明听见了,但并不理会,继续理装,理装完毕后信步踱出房门。

王子芳　(看见她的装扮略惊诧)怎么又换男装?

秋　瑾　好看吗? 待会儿芝瑛姐要来,我穿给她看看。

王子芳　先别忙啊,看我又给你带了什么好东西。前些日子你不是迷上了董其昌吗,我今天从京城最知名的书画藏家手里重金购得……

593

[秋瑾并不看书画，拿起鸟笼子问道。

秋　瑾　这金丝雀儿怎么回事？

王子芳　这是画眉鸟，我跟你说，这画眉鸟可珍贵了，多少京城老少寻它不得，我今天也算走运，刚好……

[秋瑾一边听着一边打开鸟笼，拿出鸟儿，至屋外，张开双手将它放飞了。

王子芳　你这是干什么？

[秋瑾并不回答，看着飞走的鸟儿露出微笑。王子芳无奈转身回屋，从桌上顺手拿起秋瑾的诗稿。

王子芳　(念)幽燕烽火几时收，闻道中洋战未休。

漆室空怀忧国恨，难将巾帼易兜鍪。(后两句清唱)

哎，我说你呀，诗倒是不错，只是不在其位，不谋其政，老惦记着这些国家大事又是何苦。你喜欢书画，我花大价钱买给你，又匀了只鸟儿来给你解闷，这些还不够，你到底想要什么，你告诉我。

[秋瑾不回答，王子芳叹了口气，顺手又拿起下一张诗稿，秋瑾赶紧夺回。

秋　瑾　这张不许你看。

王子芳　(警觉)你作反诗也不是一天两天了，为什么这篇就看不得？

秋　瑾　就不许你看。

王子芳　我偏要看。

[秋瑾摇头，将诗稿藏在身后。

王子芳　你写情诗给哪个？

秋　瑾　哎呀，不是的！

[王子芳趁秋瑾大意，一把将诗稿夺回。

王子芳　（念）多少贤才成底事,黄金便可广招徕?（神情渐渐
　　　　严肃）

王子芳　莫非你在讽刺我吗?

　　　　[秋瑾一脸无奈。

王子芳　好哇,看来连这尘俗之中的娱乐都已经满足不了你
　　　　了,不只是金石和字画,现在连我都编排上了。好,
　　　　好,我走,我走。

　　　　[秋瑾想解释些什么,却又百口莫辩,还没来得及说
　　　　些什么,王子芳已经愤而离开家门。

秋　瑾　（唱）（弦下调慢板）

　　　　　　记得当年鉴湖边,豆蔻年华芙蓉面。

　　　　　　年少不知轻狂言,自封女侠敢为先。

　　　　　　龙泉宝剑舞蹁跹,桃花马上身矫健。

　　　　　　常羡锡麟孙逸仙,万里河山心中悬。

　　　　　　却不料霎时间日月无光不见天,

　　　　　　占辽东,台湾陷,列强还要再图福建。

　　　　（白）我好恨呐!

　　　　（唱）丧权辱国把条约签,里通外国做汉奸。

　　　　　　身虽不在男儿列,心却要比男儿烈。

　　　　　　叹子芳温柔成性恋家眷,我恨不能亲手除贼奸。

　　　　　　岂肯让这国恨家仇都化作云烟,我只得把满腹
　　　　　　辛酸藏心间。

　　　　[吴芝瑛上。

吴芝瑛　秋瑾!

　　　　[秋瑾开门。

秋　瑾　原来是芝瑛姐。

吴芝瑛　妹妹,这身装束不错啊,最近可好? 又作了什么新

595

诗吗？

秋　瑾　诗倒是作了两首，只是文辞不通，不值一看。

吴芝瑛　妹妹又说笑了，且待我看来。(拿起桌上的诗稿)啊呀，妙哇。

　　　　(唱)好一个难将巾帼易兜鍪，更有那，湖海豪情家国愁。

　　　　愿与你共把山河失地收，到那时，笑看风云重铸神州。

秋　瑾　(戏谑)(接唱)诚惶诚恐不敢受，只求安分把儿夫守。

吴芝瑛　(调侃)咦？你平常不是最讨厌听这种话的吗？怎么自己也开始说起来了？

秋　瑾　(欲言又止)玩笑开开罢了。

　　　　[吴芝瑛有所察觉但不好多问，于是转移话题。

吴芝瑛　唉，罢了，罢了。妹妹，上次给你的那些文章，你看过了没有？

秋　瑾　我看过了！陈天华可真厉害！言之凿凿，论之深深，直击清廷腐败弊病之痛处，实在是令我佩服得很哪！还有谭嗣同，维新变法失败之后，别人都逃走了，只有他愿意以身殉国，"我自横刀向天笑，去留肝胆两昆仑"！这是怎样的胸襟与胆识！还有蔡元培、陶成章、锡麟兄，一个个也都是铁打的好汉！唉，我真想像他们一样横刀立马，为国事奔走——

吴芝瑛　倒也不是不可能。

秋　瑾　芝瑛姐，你说我要怎样做，才能像他们一样？

吴芝瑛　除非你也去日本，你说的这些好汉英雄们，现如今可在日本留学呢！

秋　瑾　在日本学些什么呢？

吴芝瑛　学救国之道！强国之方！日本原来也是个落后的国家，但是他们现在很快就强大起来了，不正是因为他们找对了救国之道、强国之方吗？

秋　瑾　对！救国之道，强国之方……（激动地来回踱步）芝瑛姐，我也要去。

吴芝瑛　真要去嘛，倒也不难，我可以给你介绍，只是……

秋　瑾　只是什么？

吴芝瑛　（迟疑）要只是去看看也就罢了，我怕你到了那边动了真格的，跟他们会党一起组织反清暗杀，这万一被……

秋　瑾　（开始进入狂热的冥想状态）那你说，我读书为的是什么？习武又为的是什么？

　　　　〔吴芝瑛一时语塞。

秋　瑾　女子为什么就不能革命！我秋瑾偏要做第一个！

　　　　（唱）（四工调快板）

　　　　　　女子平权当自强，岂能守株在闺房。

　　　　　　精忠报国英雄事，一样持枪上战场。

　　　　哈哈！好头颅，谁来断？（摸摸自己的脖颈）

吴芝瑛　我说你呀！你要成了逆贼乱党，你家王老爷该如何自处？

秋　瑾　（调侃）哼，情不投，意不合，管他作甚！

吴芝瑛　闺瑾！你千不念万不念，可是总要念念你那两个孩子吧！

　　　　〔秋瑾愣住，一下子泄了气。

秋　瑾　（不无遗憾）芝瑛姐，你说，子芳他为什么性格就这般软弱。若是他也是像陈天华、谭嗣同那样的革命志士，我们不就能一起并肩（拿起剑比画出杀伐决断的样子)作战了吗？再不然，他就是个纨绔子弟、暴虐狂徒，这样一来，他越是欺压于我，我就更有为我女辈反抗夫权的决心！只可惜，他偏偏是个知书达理、温柔体贴的情公子。

　　〔两人沉默。

吴芝瑛　唉，罢了，京师大学堂日本教授服部先生的夫人——服部繁子与我相识，待我将你介绍与她，能将你带入日本也未可知。只是，请你在她面前少讲些革命的"疯话"，不然我这个做大媒的也无能为力了。

秋　瑾　（狂喜）多谢姐姐！

第二场　巧　遇

　　〔服部繁子家中。

吴芝瑛　师母，这就是我的朋友。

　　〔吴芝瑛话音刚落，秋瑾便大声道。

秋　瑾　王秋瑾！

吴芝瑛　师母，您不要见怪，这是我的朋友王太太。

　　〔服部繁子一边与秋瑾握手，一边饶有兴趣地观察秋瑾的穿戴。

吴芝瑛　（对秋瑾）快给师母行礼。

　　〔秋瑾笑了笑，丢开手杖，行了个半跪礼。

服部繁子　请起，请起。（说着双手去搀起她）

　　〔大家落座。

服部繁子　妹妹家住什么地方？

秋　瑾　前门外。

吴芝瑛　妹妹,今天是谈话会,既然加入了,就得向师母请教。

　　　　〔秋瑾点点头,看着服部繁子。

秋　瑾　请问夫人,您是保守派还是革新派?

服部繁子　我是孔子的信徒。

秋　瑾　孔子的信徒!那便是"女子与小人难养"的信徒了?

　　　　〔吴芝瑛担心地看着秋瑾。

服部繁子　没错。我一向佩服中国妇女的勇气和好学,我们都
　　　　是妇女,要超越国境,相怜相爱。

　　　　〔吴芝瑛和秋瑾点头。

服部繁子　秋瑾,你为什么穿男式西装?

秋　瑾　夫人您可能知道,在中国,男子是强者,女子作为弱
　　　　者总是被压迫。我想有一颗像男子一样的强者之
　　　　心,所以首先外形要像男人,心也是男子的心。因
　　　　此,我穿上了西装。

　　　　(唱)吾辈爱自由,勉励自由一杯酒。

　　　　　　男女平权天赋就,岂甘居牛后?

　　　　　　一洗从前羞耻诟,恢复江山劳素手。

　　　　　　旧习最堪羞,女子竟同马牛。

　　　　　　君不见,剑气棱棱贯斗牛,胸中了了旧恩仇。

　　　　　　锋芒未露已惊世,养晦京华几度秋?

　　　　　　智识学问历练就,国民女杰占鳌头。

服部繁子　我的意见和你有点不同。女子绝不天生劣于男子,
　　　　男女是平等的,孔子在论孝道的时候,没有光说孝
　　　　父,而说孝父母。从外表上模仿男子,但不能改变性
　　　　别。女子就是女子,并不可耻,可以堂堂正正地让男
　　　　子敬慕。

秋　瑾　（认真）夫人说得在理,但是我保留我的意见。

　　　　　　[服部繁子起身倒茶,吴芝瑛上前帮忙。

秋　瑾　请问夫人,在日本国,对革命,您怎么看?

　　　　　　[吴芝瑛吓得失手打碎茶杯。

服部繁子　（大惊失色）革命? 秋瑾,我们日本是拥戴万世一系的天皇制国家,我们讨厌听到革命这种口号!

　　　　　　[院外忽起喧闹之声,吴芝瑛顾不得摔碎的茶杯,忙去观察情况。

吴芝瑛　哎呀,不好,王子芳来了。

服部繁子　王子芳是谁?

吴芝瑛　师母,就是这位太太的先生。

秋　瑾　他上这儿来干什么? 不好,肯定是来抓我回去的。

吴芝瑛　抱歉,师母,我们得赶紧躲一躲。

服部繁子　为什么,出什么事儿了?

吴芝瑛　一时半会儿解释不清楚,拜托师母千万别把我们供出来。（拉着秋瑾就往后院跑）

　　　　　　[服部繁子还没来得及回答,她们已经不见了踪影,无奈转身拾起地上的茶杯,刚刚站起来,王子芳就已经进来了。

王子芳　师母,打扰了,万分抱歉,冒昧登门。

服部繁子　你好。

王子芳　我是户部主事王子芳,区区小官不值一提。平日里多承您先生的教导,十分受益。

王子芳、服部繁子　其实我……（同时）

王子芳　您先说。

服部繁子　还是您请说吧。

王子芳　其实今天我是来专门拜访您的。

服部繁子 拜访我？

王子芳 是的。很失礼,但有件事要请求您。我知道秋瑾已经来过了。

服部繁子 想必您是想让我劝她放弃那些过激的想法？

王子芳 不,我是想来请求您带她一同到日本去！夫人,秋瑾她现在热切地想到日本去,我无法阻止,如果夫人一定不肯带她去,她不知该如何痛苦,尽管我们有两个孩子,但我还是请求您,请带她去吧！去留学,或是观光后就回来,随她自由。如果是到东京去留学,我有几个朋友,我会请他们照顾一下,决不给夫人添麻烦。她是一定要去的,但我想,拜托夫人,我最放心。服部先生是日本著名学者,夫人您为中国女子教育十分尽心,这些都使我十分钦佩。所以,我真诚地恳求您,请带她去吧！

〔此时,服部繁子和王子芳所在的舞台区域变暗,秋瑾所在的另一侧舞台亮。

秋　瑾 (唱)一番话听得我惊异非常,

不想他今日才吐衷肠。

我以为他纨绔少气性,

志趣低迷气颓唐。

却原来暗中观察我志向,

不加阻拦暗相帮,

胸怀宽广心明亮。

秋瑾我今日把心放,

子芳不愧为我夫郎。

〔(幕后伴唱)凤凰鸟,破樊笼,展翅翱翔。

满腔热血赴东洋。

601

第三场 东 渡

[从杭州湾出发去往日本的轮船上。

[(伴唱)漫云女子不英雄,万里乘风独向东。

[秋瑾独自在船头向远处眺望。

秋　瑾　(唱)漫云女子不英雄,万里乘风独向东。

　　　　　　锋芒未露已惊世,养晦京华几度秋。

　　　　　　驼铃已陷悲回首,汗马终惭未有功。

　　　　　　如许伤心家国恨,哪堪客里度春风。

[海面上开始风云突变。

秋　瑾　(唱)只见那,乌云滚滚,日月无光!

　　　　　　星光惨淡,烟涛渺茫。

　　　　　　乾坤倒颠,枭龙巨蟒,

　　　　　　海面上将掀起惊涛巨浪!

　　　　　　这乌云,好似那好似那尸鸿遍野哀恸山河奄奄
　　　　　　一息的旧中华。

　　　　　　这一边,国破家亡山河碎,八国铁骑辱华夏。

　　　　　　那一旁,蛇蝎妖妇甚荒唐,欺压黎民,横征暴敛,
　　　　　　丧心病狂!

　　　　　　可叹我华夏势将倾,怎把狂澜力挽回?

　　　　　　日月无光天地昏,沉沉女界有谁援?

　　　　　　祖国沉沦感不禁,闲来海外寻知音。(中慢板)

　　　　　　金瓯已缺终须补,为国牺牲敢惜身?

　　　　　　嗟险阻,叹飘零。万里关山作雄行。

休言女子非英物，夜夜龙泉壁上鸣。

[天空开始逐渐放晴。

[徐锡麟从船舱里匆匆走出。

徐锡麟　啊，竞雄，船舱里到处找你都没有找到，原来你在这
　　　　里呀！

秋　瑾　是啊，出来透透气。

徐锡麟　是不是有什么心事，说出来，大家一起想想办法。

秋　瑾　（望着远处、若有所思）我与各位同胞远赴东瀛，苦心
　　　　求学，终日探讨学术与革命真理，切实欢欣。不过，
　　　　却也常深感不安，孤立无援。

徐锡麟　此话怎讲？

秋　瑾　你我都是光复会成员，但时常漂泊海外，对于在国内
　　　　的革命活动时常不能参与。到了日本之后，更是别
　　　　人家的土地。要怎样才能更快地扩大影响，确实是
　　　　当务之急。

[周树人从船舱走出。

周树人　原来你们在这里啊，告诉你们一个好消息！

秋瑾、徐锡麟　什么好消息？

周树人　孙中山先生准备在日本东京正式成立同盟会了！

秋　瑾　（唱）虽是往日费辛勤，今朝得报也欢欣。

　　　　　　哎呀呀，你快去告诉众兄弟，

周树人　（唱）他们都已知情！

　　　　　　都说是添威风长志气，

　　　　　　待来年为我华夏统神兵！

徐锡麟　（唱）统神兵，统神兵，这个本领我最费心。

　　　　　　日思夜想意难平，只待那些卖国贼束手就擒！

秋　瑾　（唱）写诗撰文勤动笔，唤醒国民爱国情。

一片冰心在沸腾，不容洋奴座上宾！

周树人 （唱）前思后想非容易，封建根深不能急。

若是长远来考虑，

（白）依我看啊，

（接唱）戒骄戒躁，闹中求静，

才能够把救亡图存的真理寻。

徐锡麟 仁兄，你为何总是这样扫兴。

周树人 （唱）非是我独辟蹊径好扫兴，

实乃是良药苦口利于病。

秋 瑾 好了，好了，不管用什么样的方法，持有哪种观点，我们的共同目标是一致的那就对了！咦，不过话说回来，我该怎样才能加入同盟会呢？

徐锡麟 请他给你当介绍人呗。（指着周树人）

周树人 哎哎哎，客气，客气，我可不行，还是仁兄请。

徐锡麟 解铃还须系铃人，谁提出谁担保，还是仁兄请。

周树人 不，不，您请，光复会不就是您给介绍的吗？

徐锡麟 同盟会的事情我可不懂，还是先生请。

秋 瑾 二位别闹啦，该怎么办，谁才可以当我的介绍人。

周树人 听说还有黄兴先生和冯自由先生，要不，请冯先生当介绍人，他们一定都很欢迎你。

周树人 （唱）吾辈爱自由，勉励自由一杯酒。

前赴后继功成就，岂甘居牛后？

一洗从前尘埃诟，恢复江山劳素手。

徐锡麟 （唱）冰心窜北斗，胸中了了旧恩仇。

锋芒未露已惊世，养晦京华几度秋？

智识学问历练就，国民女杰占鳌头。

秋 瑾 （唱）同心携手东洋来，承蒙同乡好看待。

青灯下,尽心攻读相陪伴。

道场边,习剑饮酒抒胸怀。

可记得讲演会上我们同仇敌忾,

可记得,多少回我们共商大计彻夜长谈。

若能唤得国人醒,粉身碎骨心也甘。

待等功成身退日,愿与诸君携手共把山河看。

三 人 (合唱)展翅翱翔赴东洋,寻求真理以兴邦。

　　　　热血青年聚一堂,共寻救国良药方。

第四场 重 逢

〔秋瑾东渡日本两年后。

〔王子芳看着冷冷清清的屋子,深深地叹了口气。

王子芳 (唱)(尺调慢板)

思秋瑾,念妻房,此恨绵长。

想不到,你竟然,远走他乡。

金屋中,常空旷,难耐凄凉。

娇儿们,在梦里,常唤亲娘。(转身拿起秋瑾挂在墙上的剑)

想当初,鉴湖边,初识你。

知书又达理,真诚一颗心。

见人陷危困,拔剑显侠义。

好一派天真的江湖气,

令我不觉动了心。

动了心,动了情。

605

月桂树下姻缘系。

以为从此不分离，

谁知平地风波起。

恕我胆怯无心力，

愧对苍生与黎民。（拿起桌上秋瑾曾作的诗篇，

长叹一声）

斯人已去难再寻，悔不该当初激将你。

伊人书稿今尚在，笑我独自苦伶仃。

不知你如今在哪里？衣食寒暖可称心？

宏图可展志可抒？救国良药是否寻？

恨不能，并肩与你，

戎马倥偬，生死相依，

叹如今，茫茫人海，

若要相见，梦里难寻。

[王子芳坐在书桌前望着秋瑾的诗稿发愣。秋瑾

慢上。

秋　瑾　我回来了。

王子芳　秋瑾？

秋　瑾　正是为妻。

王子芳　（唱）日日盼，夜夜等，莫不是相见在梦里？

秋　瑾　（唱）眼前正是为妻在，相逢不必梦里寻。

王子芳　（唱）你可知，我为你，把心操碎。

　　　　茶不思，饭不想，夜不能寐。

　　　　你可知，我为你，弃官退位。

　　　　日抚琴，夜读书，不求显贵。

　　　　纵然是，有时会，不甘隐退。

　　　　一想起，遂尔愿，倒也欣慰。

　　　　　　　　总害怕,贤妻你,一去不回。

　　　　　　　　却未料,今日重相见,

　　　　　　　　我我我却珠泪暗垂。

秋　瑾　(唱)听他言,泪满腮,黯然神伤愧满怀。

　　　　　　　　想不到,两年来,他情比金坚志不改。

　　　　　　　　秋瑾我,东洋外,把大事安排。

　　　　　　　　兴女权,为国事,奔走徘徊。

　　　　　　　　主同盟,入光复,堪称豪杰。

　　　　　　　(白)却不想,有一位却为我,终日以泪洗面,

　　　　　　　(唱)弃官爵,守寒窑,哭向东瀛情更哀。

秋　瑾　好了,好了,看看你,这么多年了,还是这点出息。

王子芳　闺瑾,我来问你。到这里来。

秋　瑾　嗯?

王子芳　再过来些。

　　　　　〔秋瑾慢慢靠近,王子芳忽然抓住她。

王子芳　你回来了,就不会再走了吧?

　　　　　〔秋瑾挣脱。

王子芳　(惊疑)莫非你已经另有——

秋　瑾　不不不,不是那样的!

王子芳　那是怎样的? 你快说呀!

秋　瑾　哎呀,且慢! 他如此逼问,我又该怎样回答呢? 我若
　　　　　将起义之事告诉于他,看他这般深情的样子,又恐他
　　　　　承受不住。我若执意不肯言讲,他又疑我别有私情。
　　　　　唉,也罢,待我先想个法儿,瞒过去了再说!

　　　　　(白)子芳呀!

　　　　　(唱)为妻我,远渡重洋两年载。

　　　　　　　　家中事,多亏你,细安排。

两年来,我未尽,妻之职。

更未把,孩子们,来照看。

心中疚,十分愧,难以更改。

斩恩情,赴东洋,难以释怀。

如今我,风餐露宿披星戴月已归来。

你又何必费疑猜。

秋　瑾　(开玩笑地)为妻进得窑来,你也不问问饥寒二字。

王子芳　哦,呃,哎呀! 是呀! 你看我都高兴糊涂了! 来,来,
　　　　先给你把披风取下来。

　　　　[王子芳给秋瑾取下披风。

王子芳　待为夫先做些吃的,与你接风洗尘。贤妻稍待,我去
　　　　去就来。(想起什么,又转身)

王子芳　哦,不,贤妻身体劳顿,想必困倦,不如先到阁楼卧房
　　　　休息,待为夫做好了吃的,端上去送与你。

秋　瑾　有劳了!

　　　　[王子芳惊喜,觉得秋瑾从未对他如此温情过,下。

秋　瑾　想我秋瑾,从来都是为家国大事而哭,如今哭这儿女
　　　　情长——

　　　　(唱)倒是第一回。

　　　　[会党成员上。

会党成员　(屋外)秋协领,秋协领!

　　　　[秋瑾急忙起身。

会党成员　秋协领,有密信,对方说是事关重大,必须连夜送达,
　　　　亲自交与你手!

秋　瑾　知道了。有劳!

会党成员　告辞!

　　　　[秋瑾拆信看。

秋　瑾　（读信）皖浙起义危在旦夕，叛徒告密十分危急，原定
　　　　　　日期已被泄密，你我只能提前举义。望速速
　　　　　　奔赴绍兴，以图光复大计。此番大举，生死朝
　　　　　　夕。十万火急，十万火急！——徐锡麟

（白）哎呀！

（唱）恰似晴空响霹雷，震得我目瞪又口呆。

　　　原以为举义大计尚有期，谁知晓形势急转直下
　　　陷危急。

　　　我越思越想心似裂，恨不能插翅飞前线。（急走
　　　至家门口，停住）

（白）不，我是不可哇。

（唱）这一去，又将是，抛夫弃子。

　　　我岂能，将自身，轻饶恕。

　　　此一番，举大义，霎时生死。

　　　呀！岂不是，阴阳两隔，天涯咫尺！（转念一想）

（白）哎，秋瑾啊秋瑾，你实在是枉为革命党人，真真
忒软了！

（唱）既是急电命已下，理应该舍生忘死赴战场。

　　　此时间，已然是，千钧一发。

　　　怎能够，尽讲些，儿女情长。

　　　舍得家，保得家，家国两昌。

　　　意不坚，志不定，

　　　难道说，恋家眷，误国误家？（往另外一边走，
　　　停住）

　　　想起了房中熟睡我儿郎，

　　　只七岁离开娘。

　　　撕心裂肺哭断肠。

609

小女儿,也一样,

我是愧疚深深无计偿。

往事历历难回首,

倒不如母子们抱头痛哭诀别一场!

(白)对。**此番一去,再难聚首,趁今夜在此,我不免将他们唤醒,抱头痛哭一番便罢了!**

(唱)骨肉至亲总难割,

血脉情深抛不下。(欲往唤醒,又停住)

我若是将他们轻唤醒,

反只会愁上加愁泪更多。

想当初我东渡,

生离死别多惨痛。

如今他们若是见着我,

暂时温存还好说。

霎时又要轻离别,

当年的惨痛又要重来过。

心已碎,难再补,

这样的事情我怎忍再做……

(白)(猛然想起)啊呀,

(唱)还怕他们怨恨多,

心中不愿相认于我。

高不成,低不就,

我不愿,面对这,奇耻大辱。

(白)(搓手踱步)啊呀,这该如何是好,如何是好哇?

(唱)(摊手)左思右想难煞我……(看到桌上纸笔)

只得留下书一封。(磨墨展纸)

(快板)子芳谅我此番去,恩断义绝斩亲情。

无奈轻轻六尺躯，许国就难再许卿。

非我不愿疼儿女，家国存亡总关情。

愿儿年少立大志，光复汉室收失地。

愿女继承我衣钵，男女平权记在心。

如今牺牲儿母亲，换得万世永安宁。

(白)(边写边说)我此番离家而去，今后再难聚首，君可另择佳偶，以为内助。(放下纸笔，披上披风)

(唱)我若此番遭不幸，也免得累及家人。

[秋瑾渐渐步伐加快，转头下。

第五场　追　瑾

[阁楼上。

王子芳　(唱)耳听更鼓四声响，不知贤妻在哪厢。

阁楼久等心绪乱，我左思右想意彷徨。

莫不是，她大意竟将此事忘？

莫不是，她劳顿不堪卧倒床？

莫不是，孩儿对母思念深，耳鬓厮磨不肯放？

莫不是，她未能抛弃心中意，决心革命走他乡？

(慌张，随即又打消念头，接着又起疑惑)

想秋瑾，方才对我情意长，与她从前大不一样。

定是其中隐情藏，越思越想越慌张。

顾不得，月黑风高下楼闯，

顾不得，霜冷阶滑湿衣裳。

顾不得，夜幕森森银灯晃，

611

寻找秋瑾我妻房。（下楼，看到墙上二人的信物宝剑）

啊，宝剑依旧挂墙上。（稍微放心了些，略有些对往事的美好回忆，突然看见桌上的书信）

（白）咦，这里怎会有书信一封哇？（展信，看信，渐渐发抖）啊呀！

（唱）却原来，秋瑾她，她，她，她她她她她她
　　与我恩断义绝，赴战场！

〔幕急落，暗场，间奏。

〔幕起。

〔崇山峻岭。

王子芳　（导板）秋瑾出逃我心似浇，

（唱）（快板）月隐隐，风萧萧，青霜锁道。

　　　　雷闪闪，雾罩罩，人烟稀少。

　　　　秋瑾她，真要做，背主黄巢。

　　　　我岂能，眼看她，命殒魂消。

（散板）追妻心切，哪顾得月昏路遥，

（唱）呀，霎时间，昏惨惨，云迷雾罩，

　　　震山林声声虎啸，绕溪涧哀哀猿叫。

　　　吓得我心惊胆战魂魄消，

　　　忙走出面前这羊肠小道。（移步走出，呼一口气）

（接唱）回望家门去路遥，想孩儿将谁靠？

　　　我这里祸福未知，她那里生死难料。（拭泪）

（接唱）又只见乌鸦阵阵起松梢，

　　　残山剩水断渔樵。

　　　原以为夫妻团圆在今朝，

　　　又谁知空随风雨度良宵。（快步向前）

（白）呀，前面有个人影儿，好似我妻，好似我妻也！待我攒步向前，

（唱）管教你离笼狡兔再难逃！（王子芳急追下，秋瑾上）

秋　瑾　（唱）（散板）按龙泉血泪洒征袍，急走忙逃。

　　　　［王子芳上，两人迎头相撞。

秋　瑾　啊呀！

　　　　［暗场，幕急落。

第六场　送　秋

　　　　［次日清晨。

　　　　［秋瑾、王子芳同时上。

秋　瑾　（唱）秋风起兮百草黄，秋风之性劲且刚。

　　　　　　　能使群花皆缩首，助它秋菊傲秋霜。

王子芳　（唱）昨夜风风雨雨秋，秋露秋霜尽含愁。

　　　　　　　青青有叶畏摇落，胡鸟悲鸣绕枝头。

　　　　（白）你既主意已定，不可更改，好歹让为夫送你一程，也算尽了这夫妻情分了吧！

秋　瑾　如此，请。

王子芳　（悲丧地）请。

　　　　［二人缓步前行。

秋　瑾　（唱）一出江城百感生，

王子芳　（唱）只见那水天一色耸孤峦。

　　　　　　　佛堂似仙洞，

秋　瑾　（唱）落叶掩禅庵。

王子芳　（唱）舟似飞鸟渡，

秋　瑾　（唱）山似毒龙蟠。

王子芳　（唱）凤飞方翔翔，

秋　瑾　（唱）虎视已眈眈。

王子芳　（唱）银涛疑壁立，

秋　瑾　（唱）青海逼人寒。

王子芳　（唱）已叹冰兮寒过水，

秋　瑾　（唱）可知青者胜于蓝。

王子芳　（唱）从此相思相见难，沙江潭水恨漫漫。

秋　瑾　（唱）万里休歌行路难，桃花马上跨雕鞍。

　　　　　〔两人缓步前行。

秋　瑾　子芳，前面是什么地界了？

王子芳　乃是汨罗江畔！

秋　瑾　那不是屈原大夫投江之处吗？

王子芳　正是！

秋　瑾　哦！如此，我正要祭他一祭！

王子芳　如此，二人同祭。

　　　　　〔秋瑾下马。

秋　瑾　且把龙泉剑借我一用。

　　　　　〔王子芳从腰上卸下宝剑给她，两人边舞边唱。

秋　瑾　大夫啊！（对着河岸一拜）

　　　　　（唱）同胞苦，同胞苦如苦黄连。

王子芳　（唱）压力千钧难自保，鬼泣神号实堪怜。

　　　　　　　　厘卡遍地如林立，巡丁司事亿万千。

秋　瑾　（唱）我今必必必兴师，扫荡毒雾见青天。

　　　　　　　　手提白刃觅民贼，舍身救民是圣贤。

614

王子芳　(唱)同胞苦,同胞苦如苦黄连。

天日惨淡冤气塞,此罪此恶难洗涮。

秋　瑾　(唱)愿我同胞振精神,勿勿勿勿再醉眠。

我今必必必兴师,扫荡毒雾见青天。

愿效先生屈子原,舍身救民是圣贤。

〔两人再拜,秋瑾带马,子芳持剑继续上路。

王子芳　(唱)山不断,

秋　瑾　(唱)水无涯。

王子芳　(唱)只见那杏花树下丈夫煮酒妻烹茶。

秋　瑾　(四处观望)哪里呀? 在哪里呀? 我可没有看见呢。(装)

王子芳　(唱)有花有酒应自乐,一家团圆多快活。

千金少妇不去做,偏偏要去寻死活。

秋　瑾　你!

(唱)他话中有话将我讥,我偏不与他争高低。

(白)我们快走吧。

〔王子芳很泄气,两人继续走。

王子芳　(唱)云梦泽,

秋　瑾　(唱)洞庭湖,

王子芳　(唱)恰便似玉烛点冰壶。

(白)哎哎,你快看哪!

(接唱)你看那沙间白鹭声相应,恩爱夫妻立汀州。

秋　瑾　(打断,摇头)哎!

(唱)白鹭夫妻常相聚,镜里青鸾影不孤。

王子芳　(丧气)镜里青鸾有何用? 梦里恩情总是空。

〔两人继续前行。

〔(幕后伴唱)过洞庭,江流急,行至眼前是赤壁。

［两人上船。

王子芳　(唱)水势潼潼向江东，

秋　瑾　(唱)当年鏖战乘东风。

王子芳　(唱)我今放汝乘舟去，

秋　瑾　(唱)江山如旧还英雄。

　　　　　［(幕后伴唱)穿长江，过黄冈，行至九江浔阳楼。

　　　　　［行弦，两人下船。

王子芳　(唱)浔阳楼，浔阳楼，宋江反诗提墙头。

秋　瑾　(唱)草莽英雄何足论，敢笑黄巢不丈夫。

王子芳　(唱)宋江自幼攻经史，长成也亦有权谋。

　　　　　　不幸被刺双面颊，流落发配到江州。

　　　　　　多少男儿皆如此，女儿家又何必去出首？

秋　瑾　(唱)今古争传女状头，红颜谁说不封侯？

　　　　　　马家父共沈家女，曾有威名振九州。

王子芳　(无奈地笑)好了，好了，走吧。

　　　　　［(幕后伴唱)山一程，水一程，送君千里情谊厚。

　　　　　　　　　心中纵有千般苦，话到唇边哽在喉。

秋　瑾　子芳啊，

　　　　　(唱)蒙君千里来相送，深情厚谊记心中。

　　　　　　有道是送君千里总须别，还请就此转回程。

王子芳　送君至此，已是行程过半，既是今后再难聚首，还请
　　　　　贤妻允我一路送至绍兴，多叙些夫妻之情罢。(哭)

秋　瑾　如此，请。

王子芳　请。

　　　　　［两人前行，各怀心事。

王子芳　(唱)我是想煞她，念煞她，一朝相见却又难留她。

　　　　　　往事历历又重现，不由我珠泪难忍似雨下。

616

秋　瑾　前面是什么所在了？

王子芳　乃是义乌、金华。

秋　瑾　呀,路途崎岖,多有不便。

王子芳　如此,你我绕道杭州。

秋　瑾　也好。

　　　　　[两人继续前行。

王子芳　(唱)西泠桥,

秋　瑾　(唱)岳王墓,

王子芳　(唱)行至此处是西湖。

王子芳　(唱)白蛇许仙断桥逢,破镜重圆好羡慕。

秋　瑾　(唱)古来万事付东风,怎比得青山有幸埋忠骨。

王子芳　(唱)落日西沉晚霞红,

秋　瑾　(唱)一半青山是越中。

王子芳　(唱)只恨千里路途短,更怨离别太匆匆。

秋　瑾　(唱)莽红尘为天下奔走,看青山笑我壮志未酬。

王子芳　(唱)万里鹏程多珍重,切莫忘湘楚有人悬望中。

　　　　　[两人前行,到鉴湖。两人停下。

秋　瑾　(略感伤)行到此处,已是鉴湖了。

王子芳　(唱)你东渡扶桑两年载,时至今日才归来。

　　　　　　　以为夫妻重聚首,谁知你革命之心未更改。

秋　瑾　(唱)子芳啊,请容我倾尽肺腑表衷怀。

　　　　　　　结发夫妻恩情似海,我岂能宛若木石无情爱。

　　　　　　　几年来你含辛茹苦育婴孩,我怎忍抛弃骨肉心
　　　　　　　不哀。

　　　　　　　恕我弃子离君去,你可知自古家国两全难。

　　　　　　　只为保得山河在,并非我无情无义无恩爱。

　　　　　[两人拜别。

617

［（幕后伴唱）秋雨秋风愁煞人，愁煞人，

　　　　　　秋雨秋风愁煞人，愁煞人。

［秋瑾上马，扬鞭绝尘而去。

（剧　终）

注：剧本参考陶成章《浙案纪略》、秋宗章《六六私乘》、冯自由《革命逸史》、中国史学会《辛亥革命（三）》、〔日〕永田圭介《竞雄女侠传：秋瑾》。

导师评语

薛允璜

一、明显改进

修改稿有几点明显的改进。第一，删繁就简，人物、场次比初稿精炼很多。如开头就是结婚两年多后，直奔秋瑾与王子芳的夫妻关系，"失和"的矛盾展开很自然快捷。后面又删掉了多场戏和众多人物，因此戏文可一口气读完，十分顺畅。第二，修改稿增加了一个人物：日本教师服部繁子。这个人物有特色，通过这个角色的塑造，使秋瑾留日更加合理。可惜这个人物没有再出场发挥作用。第三，唱词不错，很有文采，也有戏曲特色。

二、存在问题

因为改动很大，新改稿也带来了一些明显的问题。第一，特色不明显。初稿引人注意、重视、喜欢的地方是：这个戏与众不同，重点放在秋瑾的夫妻关系上。但修改稿没能抓住这个特点，没能在夫妻关系上做足文章，写出别样光彩的鉴湖女侠。第二，缺少意料之外、情理之中的生动情节，难给观众留下令人难忘感动的戏剧场面，显得平淡了些。第三，没把戏剧冲突推向高潮。这在初稿中也存在，现在的最后一场仍难解决这个问题。奇峰突起的高潮戏不足，人物和思想都难深刻感人。

三、修改建议

这个剧本还是有修改价值的，可从以下几方面修改。第一，紧紧抓住秋瑾、子芳特殊的夫妻关系，组织好几场生动细致的好戏。秋瑾应该是爱子芳的，但又怨其守旧、恨其不争，爱、怨、恨交融在一起，要离家出走也不是那么轻松简单的。尤其是有一双子女，作为母亲，秋瑾怎么会说走就走？别家难舍小儿女，就是一段刻画别样秋瑾的好戏。第二，加强戏剧冲突。秋瑾要走，是因为军情有变，起义事大大于天，她必须舍家别夫别儿女。子芳留妻，更因为是爱妻，去者九死一生，不能让妻子去冒险送死。就在这去留之间，该有多少感情多少好戏可写?! 第三，组织好高潮戏。我觉得现在最后一场，抒情有余，矛盾不足，难承高潮之重责，不如放在江边码头，在留与走上做足文章，也许可把全剧推向高潮。第四，鲁迅只出一场戏也没多大作用，不如不出。初稿中陈天华蹈海自尽的情节倒是令人难忘，若把秋瑾与陈天华的戏组织好，或许能成一抹亮色。第五，夫妻关系和革命起义两条线是可以交叉进行的，也许有点难，但组织好了，也许又是好戏。比如，秋瑾到日本后，难道一点不想家，不想丈夫，不想儿女？真若不想，那这秋瑾也不是女人，绝不可爱。若写她人之常情，来到海边，想起海那边的家了，而同时，丈夫也在想她……接着便是陈天华蹈海，激起惊天大浪，这样的场景不是更加抒情感人吗？相信年轻有为的田园会把这个剧本越改越好！

儿童剧

臭臭城历险记

王晓怡

王晓怡

女,毕业于上海戏剧学院戏文系,现任职于静安区文化馆。主要作品有:小说《散落在上戏的爱情》,话剧《雨夜》,系列儿童剧《HELLO, LET'S GO》之《细菌争霸战》《数学岛小侦探》《臭臭城历险记》《字母王国运动会》,儿童剧《大卫不可以》,动画片《海宝来了》,情景剧《白领白话》,电影《爸爸的小笼包》《爱与恨的枷锁》等。

人　物：

哈喽姐姐——热情、善良、勇敢、冲动，马大哈，经常因为粗心犯错误。对人十分友善，口头禅是"哈喽"。

呼　呼　猪——与其他懒惰贪吃的小猪不同，它聪明、勤劳，但比较害羞，一紧张就会发出"呼呼"的声音。

喷　嚏　龙——朋友中的大力士。体格强壮，但实际上十分胆小，爱说大话，每次一吹牛的时候，就会打喷嚏，而这个喷嚏总会引起一阵小旋风。

小　王　子——香香城的王子，被臭臭国王抓住囚禁起来了。他拜托哈喽姐姐等人帮助自己的王国恢复往日的样子。

臭臭国王——臭臭城的国王。邋遢，粗鲁，不讲卫生，最喜欢臭的、脏的东西。他霸占了香香城，把它变成了臭臭城，并且把小王子抓了起来。最终被哈喽姐姐他们打败。

机器管家——臭臭国王的管家，十分忠诚，也是个十分不讲卫生的新型软体机器人。

臭臭厨师——臭臭国王的厨师，十分爱吃过期变质的食品，做出来的食物也十分不讲卫生。

序　幕　香香城

[香香城一片鸟语花香，干净整洁。舞台上充满了香气，令人沉醉。香香小王子上场。

小王子　（拿出七彩香水）我亲爱的香香城的子民们，今天是我们一年一度的七彩香水发射庆典。每年的这个时候，我们都要发射国宝七彩香水，保持我们国度的美丽和整洁。有了七彩香水的庇佑，相信我们的香香城能够永远充满香气。现在，我宣布，发射庆典即将开始。

[台边的子民们开始欢呼。此时，突然传来了一股奇怪的味道，人们不禁捂住了自己的鼻子。

市民甲　这是什么味道，怎么这么难闻？

市民乙　可不是吗，我在香香城可从来没闻过这么臭的味道。

[市民们开始骚动。

小王子　请大家保持安静，我会尽快查明这臭味的来源。

臭臭国王　（声音由远及近）哈哈哈哈哈，不用查了，这美妙的臭味就是我发出的。

[臭臭国王带着臭臭厨师和机器管家，雄赳赳地朝香香小王子走过来。

小王子　你们是谁？

臭臭国王　我们是谁？

624

臭臭厨师　这是我们臭名远扬的臭臭国王,你这个小不点竟然连他都不认识!大胆!(说完,朝地上吐了一口口水)

小王子　你随地吐口水是不对的,这会破坏环境卫生,造成不好的影响,我们香香城……

臭臭国王　(一把抢过小王子手上的香水)啰嗦。欸?这是什么玩意儿?

小王子　快把香水还给我!

臭臭国王　什么?香水?(说完就扔到了臭臭厨师手上)

　　　　〔臭臭厨师接过香水,像拿着个炸弹一样,又扔给了机器管家。

臭臭厨师　我是最讨厌香味的了。

臭臭国王　你们这个地方不错,可惜就是太干净太香了,我不喜欢。这样吧,从今天开始,这里就由我接管了,改名臭臭城怎么样?

小王子　你休想!我不会把香香城交给你的!

臭臭国王　那就要看你有没有这个本事了!哈哈哈哈哈!

　　　　〔臭臭国王一挥斗篷,一股臭味扑面而来,香香小王子顿时晕厥过去,倒在地上。

臭臭国王　把这小不点给我押下去!你们听着,我现在就是这里的国王,我要把这里变臭变脏!

　　　　〔香香城的市民们害怕地瑟瑟发抖。

臭臭厨师、机器管家　国王万岁!

第一场　臭臭城外

哈喽姐姐　(边唱边跳)Hello, hello, let's go!

带上我可爱的朋友！

一个左来一个右，

勇敢大步向前走！

哈喽,哈喽,小朋友们,还记得我吗？对了,我就是哈喽姐姐。啊？什么？今天要去哪里探险？哈哈,秘密,等下呀,你们就知道了。咦,呼呼猪和喷嚏龙呢？(向后)呼呼猪,喷嚏龙！你们快点儿！我们要迟到了！

喷嚏龙 (上场)哈喽姐姐,你不能怪我,都是呼呼猪不好,她非要再洗个澡,弄得我都来晚了。

呼呼猪 (跟上)我们可是受到了香香城小王子的邀请,要去那里跟他一起玩。他们那里可干净了,我要是弄得脏兮兮的,那就太不礼貌了。

哈喽姐姐 哈哈,其实我今天也用了香香的沐浴露洗澡呢。你们快闻闻,我香不香？

呼呼猪 哇！真香！

喷嚏龙 还有我,还有我！你们快来闻闻我身上的味道,是不是也很香？

呼呼猪 (凑上前,捏着鼻子)喷嚏龙,你什么时候洗的澡？

喷嚏龙 就上个星期洗的啊！怎么样,是不是很香？哈欠！

哈喽姐姐、呼呼猪 啊?!怪不得这么臭！

哈喽姐姐 现在小朋友们知道了吧,今天我们要去的地方就是香香城。我以前去过那里,那里呀,到处都是鲜花,一点垃圾都没有,闻上去香香的,可美了！你们看,我还给香香小王子带了一个香袋作为礼物呢！(从书包里拿出香袋)

呼呼猪 那哈喽姐姐,我们快走吧,可别让小王子等急了。

哈喽姐姐	你们快看，香香城堡就在前面了，我们马上就要到了！

〔哈喽姐姐他们往前走，突然，喷嚏龙不小心滑了一跤。

喷嚏龙	哎哟！
哈喽姐姐	（扶起喷嚏龙）你不要紧吧？
呼呼猪	喷嚏龙，你简直太粗心了，走路都摔跤。
喷嚏龙	这可不是我的错，你们看！（喷嚏龙指着路面）
呼呼猪	香蕉皮？！
喷嚏龙	就是这可恶的香蕉皮害我摔跤的！你们快帮我看看，我的尾巴有没有摔歪？
呼呼猪	哎呀，真的歪掉了！
喷嚏龙	（急得晕头转向，不断转身看自己的尾巴）我珍贵的尾巴，这可怎么办呀？
呼呼猪	（被逗得哈哈大笑）喷嚏龙，我是开玩笑的！哈哈哈！
喷嚏龙	呼呼猪！

〔喷嚏龙追着呼呼猪，两人打闹着。

哈喽姐姐	你们先等等！
呼呼猪	哈喽姐姐，怎么了？
哈喽姐姐	（歪着头）太奇怪了，怎么会这样呢？
喷嚏龙	哈喽姐姐，这香蕉皮肯定是哪个不讲卫生的家伙随地扔的。
哈喽姐姐	可是，这里可是香香城啊！香香城里可不会有到处乱扔的垃圾。

〔就在这时，突然不知道从哪里扔出来一只袜子，正好丢在喷嚏龙头上，遮住了他的眼睛。

喷嚏龙	（吓得原地转圈）坏蛋来了！坏蛋来了！救命啊！救

命啊！

　　　［呼呼猪把袜子拿了下来。

喷嚏龙　（闭着眼睛仍然在乱窜）太吓人了！救命啊！哈喽姐姐，呼呼猪，快来救我！

呼呼猪　（拿着袜子）哈喽姐姐，你看。

哈喽姐姐　（靠近，马上捏住鼻子）呀，臭死了！这袜子比喷嚏龙的还臭！

喷嚏龙　（反应过来）啊？什么？臭袜子?！哈喽姐姐，呼呼猪，你们没事吧，别怕，我来保护你们！哈欠！

呼呼猪　你呀，是被这只臭袜子袭击了！

喷嚏龙　啊？我，我刚才其实是想试探下，所以才装出很害怕的样子的。

　　　［这时，越来越多的臭袜子从天而降。

哈喽姐姐　（抱着头）怎么那么多臭烘烘的东西?！

喷嚏龙　下臭袜子雨了！下臭袜子雨了！

呼呼猪　哈喽姐姐，我们快点先躲起来吧！

　　　［哈喽姐姐和呼呼猪连忙找了个小树丛，躲在后面。喷嚏龙还在外面手舞足蹈，被哈喽姐姐拉进了小树丛。

　　　［就在这时，远处响起了声音，只见一群人抬着一个王座，上面坐了个大胖子，他还在啃鸡大腿，从另一侧上场了。

喷嚏龙　（蹿出来）你们快看！

哈喽姐姐　（把喷嚏龙拉下来）嘘！

众　人　（唱）星期天的早晨路茫茫，

　　　　　捡垃圾的老头排成行。

　　　　　国王一下令，臭袜子满天飞，

国王一高兴,放了个臭屁,

传到香香城,传到香香城,

把香香城占领,把香香城占领!

[一群人唱完之后,停了下来,把王座放了下来。大胖子啃完鸡大腿,把骨头随便一扔,然后舔了舔油叽叽的手,往身上擦了擦,然后把手一伸。

臭臭厨师 陛下,鸡大腿已经吃完了。

臭臭国王 什么?! 吃完了?! 我要罚你洗澡!

臭臭厨师 (吓得跪下来)陛下饶命,陛下饶命! 可是您已经吃了一百个鸡大腿了!

臭臭国王 我不管! 我还要! 快点给我做,否则罚你洗澡,每天洗!

臭臭厨师 是,是,陛下,我这就回去做!

臭臭国王 等等!

臭臭厨师 陛下有何吩咐?

臭臭国王 今天的鸡腿还不够臭,再加点料,否则我吃了要拉肚子的。

臭臭厨师 陛下放心,您想吃什么口味的?

臭臭国王 (想了想)这个嘛……就臭袜子味的吧,重臭!

臭臭厨师 遵命!

[臭臭厨师下。

[臭臭国王准备坐下,旁边的机器管家马上把王座移了过来。

臭臭国王 (看了眼地上的臭袜子,生气地)大管家!

机器管家 是,陛下!

臭臭国王 这是怎么回事! 怎么地上有臭袜子!?

机器管家 报告陛下,是您下令的,每次您出来巡视的时候,都要先扔臭袜子！

臭臭国王 我的意思是,怎么只有这些臭袜子！ 不够！ 不够！

机器管家 可是这里的市民根本没有什么臭袜子,这些臭袜子也是臭臭厨师把他们熏臭的。

臭臭国王 什么?! 岂有此理！ 给我去找！ 我要更多的臭袜子！ 找不到,就罚你洗澡！ 不对,你是机器人,就,就罚你擦新油漆！

机器管家 遵命,陛下！

臭臭国王 对了,那个什么香香小王子现在怎么样了?

机器管家 放心吧,陛下,他现在正关在城堡顶层的阁楼里呢。

臭臭国王 给我盯紧了！ 千万别给他跑了！ 他身上的味道香得要命,我闻到都要晕倒了！

机器管家 陛下,他现在已经整整三天没洗澡了,已经没有那么香了。

臭臭国王 干得漂亮！ 走,巡城去！

机器管家 起驾！

〔臭臭国王坐着王座离开。

〔哈喽姐姐三人从小树丛后面出来。

呼呼猪 哈喽姐姐,他们是什么人呀?

喷嚏龙 (捏着鼻子)就是,就是,臭死了,我都没办法呼吸了！

哈喽姐姐 这下可麻烦了,看来香香城被这个又脏又臭的臭臭国王占领了！ 现在变成臭臭城了！

呼呼猪 怪不得这里到处都是垃圾呢！

喷嚏龙 那我们现在该怎么办?

哈喽姐姐 刚才听那个机器人说,小王子被关在城堡的阁楼上,我们得先去救他！

喷嚏龙 那我们快走吧！

哈喽姐姐　等等，我们先戴上这个！

〔哈喽姐姐从书包里拿出三个口罩。

哈喽姐姐　这下，我们就不怕臭味了！好了，那我们就……

众　人　LET'S GO！

第二场　臭臭城堡阁楼

〔小王子被关在房间里，门口有两个守卫。哈喽姐姐三人小心翼翼地躲到一边。

哈喽姐姐　怎么办？门口有守卫。

呼呼猪　而且他们身上的味道好臭哦！

哈喽姐姐　那我们该怎么办呢？我们该怎么救小王子呢？

喷嚏龙　而且钥匙也在他们身上，我们必须要拿到钥匙才能打开门吧？

呼呼猪　我倒有个办法，不过不知道能不能行。

哈喽姐姐　什么办法？

喷嚏龙　对，对，呼呼猪，你那么聪明，快说来听听。

呼呼猪　我发现这里的人都很喜欢臭的东西。那个臭臭国王就喜欢臭袜子和臭鸡腿。

喷嚏龙　这和我们救小王子有什么关系呢？

呼呼猪　哎呀，你真笨。这说明这两个守卫也喜欢臭的东西啊，如果我们有臭的东西能够吸引他们的注意，我们就能趁机拿到钥匙，救出小王子了。

哈喽姐姐　臭的东西？可是我们怎么会有臭的东西呢？

呼呼猪　臭的东西，臭的东西……

哈喽姐姐　臭的东西……

　　　　　　[哈喽姐姐和呼呼猪一起看向了喷嚏龙。

喷嚏龙　你，你们干吗？

哈喽姐姐　喷嚏龙，我们这里唯一臭的东西就是你了。

呼呼猪　对，对，你好几天没有洗澡了，身上臭死了，他们呀，一定喜欢你身上的味道！

喷嚏龙　我才不臭呢！我这个是男子汉的味道！你们懂不懂！

哈喽姐姐　那你更要帮我们啦！是不是，男子汉喷嚏龙？

呼呼猪　对啊，喷嚏龙是个勇敢的男子汉呢！

喷嚏龙　(得意忘形)那是！快说，我该怎么做？

呼呼猪　(对着哈喽姐姐，两人偷笑)我跟你说，你只要大摇大摆地走到他们面前，跟他们聊天就行了。

喷嚏龙　这么简单？

呼呼猪　对啊，他们喜欢臭烘烘的味道，一定喜欢你身上的味道！

哈喽姐姐　到时候你就趁他们不注意，把钥匙拿过来，我们趁机进去救小王子就可以了。

喷嚏龙　好，就这么定了！看我的吧！

　　　　　　[哈喽姐姐三人合掌鼓气。

　　　　　　[喷嚏龙大摇大摆地走上前，走到一半又跑了回来。

哈喽姐姐　怎么了？

喷嚏龙　我，我……

呼呼猪　你该不会是害怕了吧？

喷嚏龙　(气得发抖)你，你胡说什么！我可是勇敢的喷嚏龙，哈欠！

守卫甲　谁？谁在那里？

喷嚏龙　啊？是，是我。(一边说一边走出来)

守卫甲 你是什么人？

守卫乙 一看你就不是什么好人，抓起来！

〔守卫甲和守卫乙上前，一人一边抓住了喷嚏龙。

喷嚏龙 你，你们抓错人了！我是臭臭国王专门奖励给你们的礼物！

守卫乙 礼物？

喷嚏龙 对，对，你们闻闻我身上的味道，是不是特别臭呀！

〔守卫甲和守卫乙闻着喷嚏龙身上的味道。

守卫甲 真的！这味道简直太迷人了！

守卫乙 我也沉醉了……

喷嚏龙 怎么样，怎么样？我这个礼物是不是特别棒？！

守卫甲 （抱住喷嚏龙）我简直太喜欢了！对了，你叫什么名字？

喷嚏龙 啊？我，我叫……（偷偷示意哈喽姐姐和呼呼猪去拿钥匙）我叫臭臭龙！

守卫乙 臭臭龙，臭臭龙……好名字！我喜欢！

〔哈喽姐姐偷偷去拿守卫甲腰上的钥匙，可是守卫甲的手放在腰间，哈喽姐姐示意喷嚏龙她拿不到。

喷嚏龙 （动脑筋）嘿嘿，我也特别喜欢你们，对了，你们在这里干吗呀？里面是不是关着什么人？

守卫甲 哦，里面呀，关着香香小王子，我们一闻到他身上的香味就要晕过去了！

喷嚏龙 对，对，我也特别讨厌香味。我们一起来为臭臭国王欢呼吧，臭臭国王万岁！（说完把手举起来）

守卫们 （也学着把手举起来）臭臭国王万岁！臭臭国王万岁！

〔哈喽姐姐趁守卫甲把手举起来的时候，取下了钥匙。她和呼呼猪朝喷嚏龙做了一个 OK 的手势。

喷嚏龙 （边说边往旁边移动，顺手拿起了一根竖在那里的棍子）臭臭国王万岁！臭臭国王万岁！（趁守卫两人大意，朝着他们头上打了一棍，守卫甲、守卫乙倒在了地上）

喷嚏龙 哎哟，我的天哪，他们简直臭死了！

哈喽姐姐 喷嚏龙，你真厉害！

呼呼猪 这下我可是对你刮目相看了！

喷嚏龙 哼哼，那当然，谁让我是大名鼎鼎的喷嚏龙呢！（对台下）小朋友们，你们说我厉害吗？

哈喽姐姐 好了，你也别得意忘形了，我们还是快去救小王子吧！

〔哈喽姐姐打开门，走了进去。此时，小王子正坐在里面，他的双手被绑住了。

小王子 哈喽姐姐，你们怎么来了？！

哈喽姐姐 我们到了这里之后，发现这里被臭臭国王占领了，我们听到你被关在这里，所以就来救你了。

喷嚏龙 刚才还多亏我，哈喽姐姐才能拿到钥匙进来呢！

小王子 多谢你们！

呼呼猪 可是这里为什么会被臭臭国王占领呢？

小王子 因为他把我们的七彩香水偷走了，我们一旦失去了七彩香水，就会变得很弱小。

哈喽姐姐 那我们现在该怎么办呢？

小王子 你们只有拿到七彩香水，才能拯救香香城。

喷嚏龙 那这个香水到底在什么地方？

小王子 应该就在臭臭国王的卧室里。

喷嚏龙 好，那我们现在就去拿！

小王子	等等,要去臭臭国王的卧室可没那么简单,你们会遇到很多困难的。
哈喽姐姐	遇到困难我们也不怕!
呼呼猪	对,对,我们三个团结一心,一定能打败臭臭国王的!(对台下)小朋友们,你们说对不对?
喷嚏龙	我们先帮你把绳子解开吧。
小王子	没用的,这是臭臭国王的魔咒,你们解不开的,只有拿到香水才能解开。
哈喽姐姐	那小王子,你在这里等着我们,我们一拿到香水就过来!
小王子	嗯,我相信你们一定能战胜臭臭国王的!
哈喽姐姐	小伙伴们,我们……
三人合声	LET'S GO!

第三场　臭臭城城堡厨房

〔哈喽姐姐三人来到了厨房门口,悄悄地走进了厨房。

喷嚏龙	咦,这里是什么地方呀?
呼呼猪	天哪! 这里竟然是厨房! 到处都是苍蝇,哎呀,还有蟑螂!
喷嚏龙	(一下子抱住了呼呼猪)蟑螂,哪里? 哪里有蟑螂?!
呼呼猪	喷嚏龙——
喷嚏龙	(发现自己的窘态)哦,我是说哪里有蟑螂,我来消灭!

哈喽姐姐	这里简直太脏了！像个垃圾场一样,做出来的东西怎么能吃呢?
喷嚏龙	我看呀,他们一定经常拉肚子。
呼呼猪	说到这个我要问一下小朋友们了。你们知道如果饮食不卫生,会引发哪些疾病呢?
	〔互动。
哈喽姐姐	哇,我们的小朋友都很聪明呢。都说病从口入,如果不讲究卫生,吃了过期或者被污染过的食物,就很容易生病。最常见的有肠胃炎,如果更严重一些的话,则会引发痢疾、脑膜炎,还有食物中毒,后果可是很严重的。所以小朋友们一定要注意饮食卫生,千万不能乱吃东西。吃东西之前也要勤洗手,保持干净,这样才能保持健康的身体哦!
呼呼猪	哈喽姐姐,那我们现在该怎么办呢? 我们要去臭臭国王的房间,到底该怎么走呢?
哈喽姐姐	城堡的路就这么一条,我们往里面走,肯定能找到臭臭国王的房间的!
喷嚏龙	那我们走吧。
	〔喷嚏龙说完朝前走,突然惊叫了一声。
哈喽姐姐	怎么了?
喷嚏龙	(颤抖着)我,我好像踩到什么东西了,软绵绵的……
臭臭厨师	(伸着懒腰从地上爬起来)我刚才好像听到有人说要从我这里经过,是你们吗?
哈喽姐姐	(捏着鼻子)臭死了,臭死了!
臭臭厨师	谢谢你如此赞美我,"臭死了"简直是这个世界上最动听的话了!
呼呼猪	(拉过哈喽姐姐)哈喽姐姐,这个人,不就是在臭臭国

王旁边的那个厨师吗？

哈喽姐姐　什么？是他？

臭臭厨师　你们要到什么地方去啊？

喷嚏龙　我们要去臭臭国王的房间！

哈喽姐姐、呼呼猪　（着急地）喷嚏龙！

喷嚏龙　（捂着嘴巴）我是不是又说错什么了？

臭臭厨师　你们去陛下的房间干什么？你们又是谁？

哈喽姐姐　我是哈喽姐姐，这两个是我的好朋友，呼呼猪和喷嚏龙。

臭臭厨师　喷嚏姐姐、呼呼龙和哈喽猪？

呼呼猪　是哈喽姐姐、呼呼猪和喷嚏龙！

臭臭厨师　呼呼姐姐、哈喽龙和喷嚏猪？哎呀，管你们是谁，反正你们要去陛下的房间就是不行！

喷嚏龙　你才拦不住我们呢！拜拜！

　　〔喷嚏龙刚想走，被臭臭厨师一把拉住。

臭臭厨师　想走？可没那么容易！

哈喽姐姐　你想干什么？

臭臭厨师　这里可是我们伟大的臭臭陛下的地盘，你们这些小东西竟然明目张胆闯进来！正好，陛下正怪我今天的鸡腿味道没烧好，这下好了，我抓住你们就是将功赎罪了！

　　〔臭臭厨师仰天长笑，喷嚏龙趁机踩了他一脚，臭臭厨师疼得松开了喷嚏龙。

喷嚏龙　大家快离开这里！

　　〔哈喽姐姐、呼呼猪和喷嚏龙三个人开始跑，但是地板上都是油渍，很滑，他们三个人生怕滑倒，只能手拉着手小心翼翼地前进。臭臭厨师在后面追。

臭臭厨师	看你们往哪里跑!

[臭臭厨师正准备追上来,却被地板上的油滑了一跤。

喷嚏龙	哈哈哈哈,看你自己摔了个狗啃泥!
哈喽姐姐	你呀,自己都不讲卫生,这下傻眼了吧?
臭臭厨师	(爬起来)嘿,你们这些小东西,看你们得意到几时!(开始追)
呼呼猪	呀,不好了!他又追上来了!这地板都是油渍,我们可怎么跑呀?
喷嚏龙	这下可怎么办呢?
哈喽姐姐	让我想想办法……有了!
呼呼猪	哈喽姐姐,你想到什么主意了?
哈喽姐姐	只要让臭臭厨师永远追不上我们,我们就能离开这里了!
喷嚏龙	永远追不上我们?什么意思?
呼呼猪	哦,我明白了!就是给臭臭厨师设置障碍,对不对?
哈喽姐姐	没错。那现在我们就要请小朋友们一起来帮忙了!哈喽姐姐这里有一些小圆球,我请五个小朋友上来,帮我们一起把这些小圆球滚到地板上,让臭臭厨师站不稳,一直摔跤,这样我们就能趁机离开这里了!

[互动。

[臭臭厨师踩到了小圆球,摔了一跤,刚站起来又摔了下去。

喷嚏龙	你们快看!臭臭厨师爬不起来了!哈哈哈哈!
呼呼猪	哼,叫你不讲卫生,地板那么脏那么油,都不知道要拖地!
哈喽姐姐	可不是嘛,我们小朋友可不能像臭臭厨师那样,一定

要把自己的房间弄干净哦！这下呀，我们终于可以
离开这里了！小朋友们，谢谢你们！

〔哈喽姐姐三人准备走。

臭臭厨师　（趴在地上）你们别走啊！我现在可怎么办呀？

喷嚏龙　你啊，那么不讲卫生，就一直趴在脏脏的地板上
好了！

臭臭厨师　谁快来救救我！我给陛下烧的臭鸡腿就要烧焦了！

第四场　臭臭国王房间

〔哈喽姐姐、呼呼猪和喷嚏龙气喘吁吁地跑上来，背
靠背坐在地上喘气。

哈喽姐姐　（对呼呼猪）臭臭厨师追上来没有？

呼呼猪　（对喷嚏龙）臭臭厨师追上来没有？

喷嚏龙　（对空气）臭臭厨师追上来没有？（意识到没人，对哈
喽姐姐和呼呼猪）没有！

哈喽姐姐　好险，差点就被他抓住了。

呼呼猪　那个臭臭厨师真是脏死了，我肯定不要吃他做的
东西。

哈喽姐姐　就是，就是，厨房那么脏，他手也好脏，做出来的东西
肯定不卫生，吃了要拉肚子的！小朋友们，你们在吃
饭前可要记得洗手哦！否则把病菌都吃进肚子里
了呢！

喷嚏龙　哈喽姐姐，我们现在在什么地方呀？

哈喽姐姐　（看了看四周）呀！这里会不会是国王的房间？！

喷嚏龙	（看到了宝座，跑了过去坐上去）我是喷嚏龙国王！哈哈！（装模作样对呼呼猪）喂，那头小猪，看到本大王还不行礼？
呼呼猪	你算哪门子大王呀！你呀，就是头会打喷嚏的龙而已！
喷嚏龙	嘿，你这头胆小的小猪！
呼呼猪	会打喷嚏的龙！
喷嚏龙	胆小的小猪！
哈喽姐姐	好了，好了，你们别吵了，我们快点找七彩香水吧，万一等下臭臭国王进来了就麻烦了！
呼呼猪	是啊，是啊，可他会把香水藏在哪里呢？
哈喽姐姐	我觉得说不定放在枕头下面！（去翻枕头）咦？没有。
喷嚏龙	我觉得藏在抽屉里！（去看抽屉）咦，奇怪，这里也没有。那会藏哪里呢？
呼呼猪	（四处观察了一下房间，突然在宝座下发现了保险箱）你们快看，宝座下面有东西！ ［三人将宝座下面的保险箱拖出来。
喷嚏龙	这个奇怪的箱子是什么呀？
呼呼猪	上面还有数字……我知道了！这是保险箱！
哈喽姐姐	保险箱？
呼呼猪	嗯，保险箱是用来放很重要的东西的。
哈喽姐姐	那七彩香水会不会就放在这里面？
呼呼猪	那么重要的东西，臭臭国王肯定不会乱放的，我也觉得应该在保险箱里。
喷嚏龙	看我的，我来打开这个箱子！（用力开）怎么打不开呢？我再用点力气。（再一次用力开，累得气喘吁吁

坐在地上)怎么回事,为什么会打不开呢?

呼呼猪 喷嚏龙,这是保险箱,是需要密码才能打开的!

哈喽姐姐 密码?是不是就是上面的数字呀?

呼呼猪 没错,只要按下正确的数字密码,就能打开了。

哈喽姐姐 可是密码是什么呢?

喷嚏龙 我来试试。1,2,3,4,5,6……不对,再来一次,6,5,4,3,2,1,也不对。哈喽姐姐,到底怎么打开呢?

哈喽姐姐 我也不知道,臭臭国王设置的密码到底是什么呢?

〔这时,臭臭国王走了上来,站在房间外面,后面跟着机器管家。

臭臭国王 你是说我这里有几个外来的入侵者?

机器管家 没错,刚才臭臭厨师汇报,是一个孩子、一头小猪,还有一头会打喷嚏的龙!

臭臭国王 一个孩子、一头小猪,还有一头会打喷嚏的龙?

机器管家 陛下放心,我会搞定他们的。

臭臭国王 (突然捂着肚子)哎哟,都怪这个臭臭厨师不好,厨房弄得一塌糊涂,没有给我烧臭鸡腿,我只能去外面吃饭。也不知道吃了什么干净的东西,害得我一直在拉肚子。我这个肚子啊,是跟一般人相反的,吃了干净的东西反而肚子疼!

哈喽姐姐 不好,臭臭国王好像回来了。

喷嚏龙 那怎么办?

呼呼猪 我有办法,我们这样。(三人商量对策,然后把保险箱放回原地)

〔臭臭国王推门而入,机器管家跟在后面。

机器管家 陛下,您没事吧?

臭臭国王 怎么可能没事！哎哟哟哟,不行了,我要先去厕所解决问题,你在这里等我!

机器管家 遵命,陛下!

〔臭臭国王急匆匆地去拉肚子了,机器管家左右环顾,看到了臭臭国王的宝座,见四下无人,便一屁股坐了下来。

机器管家 这就是当国王的感受呀!

〔突然,椅子后面发出了一声咳嗽声,机器管家吓了一跳,连忙从椅子上站起来。

机器管家 刚才这,这是什么声音?

〔机器管家看看四周,没有发现异常,又坐了下来。

喷嚏龙 大胆!

机器管家 (连忙跳起来)陛下饶命! 陛下饶命!

喷嚏龙 大胆管家,你竟然敢坐我的宝座,该当何罪?!

机器管家 陛下饶命,我,我只是看到了陛下的宝座上面有一只蟑螂,想把它抓住给您加餐!

喷嚏龙 你骗人! 你分明就想篡夺王位!

机器管家 小的不敢! 小的不敢!

喷嚏龙 那你还不快滚!

机器管家 是,是,我现在就滚!

〔机器管家刚要走,臭臭国王出现了。

臭臭国王 你要去哪儿?

机器管家 (吓得扑通一下跪在地上)陛下,您就饶了我吧! 我不是故意的! 下次我再也不敢随便坐您的宝座了!

臭臭国王 坐我的宝座?! 你什么意思?

机器管家 啊? 难道刚才不是您在说话吗?

臭臭国王 你到底在说什么? 我怎么一点也不明白?

机器管家　陛下息怒,我现在就去找那三个入侵者!

　　　　　［机器管家急忙退下,却不小心踩到了喷嚏龙的尾

　　　　　巴。喷嚏龙大叫一声,跳了出来。

喷嚏龙　哎哟喂! 疼死我了!

机器管家　是你!

　　　　　［机器管家绕到椅子后面,把哈喽姐姐和呼呼猪也揪

　　　　　了出来。

机器管家　陛下,您看,就是他们三个!

臭臭国王　你们是谁?!

三　人　伟大的臭臭国王陛下万岁!

臭臭国王　(吓了一跳)哎哟,我去! 你,你们是谁? 怎么会在我

　　　　　房间里?

喷嚏龙　报告国王陛下,我们是专门来伺候您的随从。我叫

　　　　　臭臭龙。

呼呼猪　我,我是臭臭猪。

哈喽姐姐　我是臭臭姐姐。

臭臭国王　臭臭龙,臭臭猪,臭臭姐姐……

机器管家　陛下,您不要被他们骗了,他们是入侵者!

哈喽姐姐　陛下,我们听闻您的大名,特地过来投奔您的,您可

　　　　　不要听机器管家的一派胡言,他是嫉妒我们,所以诬

　　　　　陷我们的。

呼呼猪　没错,刚才他趁您去拉肚子的时候,还偷偷地坐了您

　　　　　的宝座,要不是臭臭龙急中生智吓唬他,他现在还美

　　　　　滋滋的呢!

臭臭国王　哦? 还有这种事?

机器管家　(慌张)陛下,您要相信我,我说的都是真的!

哈喽姐姐　陛下,我们才是对您忠诚的手下!

机器管家　是我!

哈喽姐姐　是我们!

臭臭国王　好了,别吵了! 我们现在来做个游戏,就能分清楚你们谁对我忠心,谁是叛徒了! 我现在需要台下小朋友的帮助。

　　　　　〔互动。

臭臭国王　现在游戏已经做完了,机器管家,好你个叛徒,看我怎么收拾你! 来人,把他押下去,等待处置!

机器管家　你们竟然敢冤枉我! 我一定会抓住你们,显示我的忠心的!

　　　　　〔机器管家扑上去,哈喽姐姐三人拔腿就准备跑,可是喷嚏龙和呼呼猪却被机器管家捉住了。

喷嚏龙　(拼命甩动双手)我跑,我跑,你追不上我! (突然发现自己动不了,回头一看,机器管家已经抓住了自己,吓了一跳)妈妈! 救命!

哈喽姐姐　哎呀,这下怎么办才好,我怎么才能把呼呼猪和喷嚏龙救下来呢?

机器管家　我可是机器人,光凭你这个小姑娘,怎么可能打倒我呢?

臭臭国王　没错,我的机器管家有一个秘密,他其实是新一代的不用电的机器人,这可是新发明哦!

机器管家　陛下!

哈喽姐姐　不用电机器人?

呼呼猪　哦! 我知道了,我曾经在科学杂志上看到过关于新一代机器人的报道。他们的确是不用电的,而是通过气体! 他们的身体里需要注入氧化氢,这是一种化学物质,会分解成水蒸气和液氧,他们通过排放这些气体来活动。

喷嚏龙 那我们该怎么对付他呀？

呼呼猪 对了！他既然是通过气体排放来行动,那我们只要
找到气体排放口,阻止气体的排放,他就不会动啦！

喷嚏龙 排放口？

机器管家 陛下,您可千万别说排放口就在我的背后！

喷嚏龙 （走到机器管家背后）我看到排放口啦！

臭臭国王 这回可不是我的错哦。

哈喽姐姐 我们现在就要测试一下,这个到底是不是机器管家
的排放口。我们请几位小朋友上来,帮我们一起测
试好不好？

　　〔互动。喷嚏龙用手指堵住机器管家的排放口,机器
管家做出不同的舞蹈动作,小朋友们跟着模仿。

喷嚏龙 哈哈哈,真好玩！

机器管家 （断断续续说话）快住手……可恶……

哈喽姐姐 看来,这个小洞就是他的排放口。喷嚏龙,快想办法
一直堵住它！

喷嚏龙 可,可我用什么堵呀？

哈喽姐姐 我想到了！喷嚏龙,臭袜子！你的臭袜子！

喷嚏龙 我怎么没想到！（说完,脱下袜子堵住了机器管家的
排放口）

　　〔机器管家停止了运作。两个守卫上来把他拖走。

臭臭国王 看来你们比我的管家聪明。来,那个小猪,过来给我
捏捏肩膀！

呼呼猪 啊？我？

喷嚏龙 陛下,还是我来吧,那只小猪笨手笨脚的,我力气大,
捏得舒服。

645

［喷嚏龙走到国王身后捏肩膀,他捏捏鼻子,吐了吐舌头,因为国王身上实在太臭了。

哈喽姐姐 尊敬的国王陛下,我们早就听闻您的大名了! 您抓住了可恶的香香小王子,实在是太厉害了!

呼呼猪 没错,我们想知道您是怎么抓住小王子的。

臭臭国王 (得意地)哼,那个什么香香小王子根本不堪一击,我呀,只要抢了他的那个什么七彩香水,他就乖乖束手就擒了。

哈喽姐姐 七彩香水? 哎呀,听上去就很讨厌的样子。

臭臭国王 可不是嘛。那个七彩香水呀,(指了指自己另一个肩膀,对喷嚏龙)这里,这里,用力一点!

喷嚏龙 是,陛下!

臭臭国王 那个七彩香水呀,我可讨厌了,那个香味真是恶心死了,我一点都受不了。不过这个香水可不能被小王子拿走,否则的话,后果不堪设想。

哈喽姐姐 国王陛下,这个香水这么神奇,我们能不能看一下?

臭臭国王 嗯?

呼呼猪 陛下,臭臭姐姐的意思是,我们想看下这个香水,这样我们对您就更加崇敬了!

臭臭国王 哦,是这样啊! 好吧,既然你们这么说,我就让你们见识一下。

［臭臭国王站起身,从宝座下面拿出保险箱,输入密码,保险箱打开了。

臭臭国王 (拿出香水)你们看,这就是七彩香水。

喷嚏龙 哇! 真漂亮呀!

臭臭国王 你说什么?

喷嚏龙 我的意思是,是,哦,是陛下您干得真漂亮呀!

臭臭国王　嗯！好了,现在你们既然看过了,我就放起来了,我可受不了这个味道。哎哟,哎哟,我的肚子怎么又疼了?

哈喽姐姐　那陛下,我们帮您先拿着香水吧。

臭臭国王　(把香水给哈喽姐姐)那你帮我先拿着。哎哟,哎哟,不行了,我先去解决我的肚子。

　　　　　[臭臭国王跑下去。

哈喽姐姐　我都快被憋死了,这个国王肯定从来不洗手也不洗澡,臭死了!

喷嚏龙　怪不得是臭臭城国王呢! 可是,他怎么也拉肚子了?

哈喽姐姐　他那么脏,不生病才怪呢!

喷嚏龙　我上次也拉肚子,简直是太痛苦了,最好就一直抱着马桶睡觉!

呼呼猪　拉肚子就是吃了不洁的食物,这些食物在你的肠胃里产生了细菌和炎症!

喷嚏龙　那以后我再拉肚子怎么办?

哈喽姐姐　这我知道。首先要止泻,因为拉肚子会把你身体里的水分和盐分都排出去,就会脱水,这可是很危险的。然后要补充盐分和水分,最后就需要吃抗菌素来消炎了。而且在治疗期间,也不能吃油腻刺激的食物,要吃清淡的,让肠胃恢复健康。

呼呼猪　你呀,就多听听哈喽姐姐的,以后就不会拉肚子了! 好了,好了,我们趁臭臭国王还没回来,快走吧!

哈喽姐姐　嗯,我们快走!

臭臭国王　你们要去哪里?

喷嚏龙　国王? 你,你不是去拉肚子了吗?

臭臭国王　我是故意的! 刚才就觉得你们可疑,果然是小王子派来的。看我的臭臭魔咒！

[臭臭国王施咒，顿时臭气熏天。

呼呼猪 天呐，我要被熏晕了！

喷嚏龙 我已经晕了。（倒在地上）

臭臭国王 （拿出绳子捆住三人）我要把你们和小王子关在一起！

哈喽姐姐 我们现在该怎么办呢？

呼呼猪 （动脑筋）我想到一个办法！臭臭国王最害怕香的东西，哈喽姐姐，这样……（小声交流，哈喽姐姐点头）

臭臭国王 来人！

哈喽姐姐 等等！我这里有个神秘的礼物，这个东西可比七彩香水厉害多了，可以帮助你统治更多国家！

臭臭国王 我看你们想骗我吧。

哈喽姐姐 是真的，就在我的书包里，不信你自己看。

臭臭国王 如果你骗我，就完蛋了！（打开书包，拿出了香袋）这是什么？

呼呼猪 这是臭臭锦囊袋，可臭了，不信你闻闻？

臭臭国王 还有这种东西？（半信半疑闻了闻，顿时被香晕在地上）这，这是什么!？ 怎么这么香！

哈喽姐姐 哈哈，你上当了！ 这是我本来要送给小王子的香袋礼物。臭臭国王，这下看你怎么办！

[哈喽姐姐迅速挣脱了绳子，拿起了七彩香水，朝着臭臭国王。

臭臭国王 啊？别，别，我最讨厌香水的味道了！ 千万别朝我喷香水！

哈喽姐姐 这下要让你这个臭臭国王全身都香喷喷的！

[哈喽姐姐朝臭臭国王喷香水，臭臭国王在地上打

滚,十分痛苦的样子,臭臭魔咒消除。

哈喽姐姐 耶! 我们打败臭臭国王了!

喷嚏龙 (醒过来)嗯? 发生什么事了?

哈喽姐姐 我们现在要赶快把香香小王子救出来!

呼呼猪 嗯,快走吧,哈喽姐姐。

〔两人下。

喷嚏龙 哎,你们等等我!

第五场　臭臭城外

〔哈喽姐姐三人和小王子上。

小王子 哈喽姐姐,真是太感谢你们了!

哈喽姐姐 没关系,可是现在虽然臭臭国王被赶走了,但是香香城里还是臭烘烘的,这可怎么办呀?

小王子 有办法! 用这个七彩香水就可以了。你们看,我这里有一个发射器,只要把七彩香水放进去,然后发射到空中,香味就会飘散到城里的每个角落,这样的话,香香城就可以恢复原来的样子了!

呼呼猪 哇! 好厉害呀!

喷嚏龙 那快点开始吧,我都等不及想看香水发射了呢!

小王子 我们请台下的六位小朋友上来和我们一起发射香水,好不好?

〔互动。

〔小王子拿出一个发射器,把香水放了进去,与六位小朋友按照七彩的颜色顺序,依次按下按钮。七彩香水喷射到空中,变成了彩虹。

哈喽姐姐　哇!简直太漂亮了!

喷嚏龙　哇!有彩虹欤!

呼呼猪　香喷喷的,又漂亮,这样才是香香城嘛!

小王子　哈喽姐姐,呼呼猪,喷嚏龙,这次多亏你们,我们香香城才能得救。

哈喽姐姐　这个可恶的臭臭国王不讲卫生,又脏又臭,必须要赶走他才行!

小王子　没错,所以我们都要讲卫生,下次就再也不怕臭臭国王来了!

呼呼猪　喷嚏龙,你记住了吗?要讲个人卫生,爱整洁,爱干净!

喷嚏龙　我记住了,我今天回家就洗个香喷喷的澡,然后把自己的脏衣服臭袜子都洗干净!

哈喽姐姐　太好了!小朋友们也要记住哦,要讲个人卫生,勤洗手,每天换洗干净的衣服,还要吃干净卫生的食物哦!否则得了肠胃炎可是很难受的。那今天我们的冒险就结束了,我们下次再见吧!

　　〔唱歌。

(剧　终)

导师评语

洪靖慧

　　作为一部科普系列儿童剧,儿童剧《臭臭城历险记》在创作之初就定位明晰,具备一部儿童剧的可看性和艺术性,符合小观众的审美。就剧本的戏剧要素而言,它在人物和情节的设置上很有特点,是一部很适合剧场演出,会有很好观演效果的儿童剧文本。

　　首先,本剧的人物设置很有亮点,锁定了它的受众群,让小观众能够轻易代入。因为人物设置激发了小观众的共鸣,使该剧具有很好的教育引导作用。剧中的"哈喽姐姐"热情、善良、勇敢、冲动,经常会因为粗心犯错误,对人十分友善,口头禅是"哈喽",这样的人物设置很有亲和力,容易让小朋友接受。另一个主要人物"呼呼猪"的人物设置则显示了差异性,一反小观众心目中小猪懒惰贪吃的性格特性,作者没有给予其标签化的动物属性设置,相反,这只"呼呼猪"聪明、勤劳,但比较害羞,一紧张就会发出"呼呼"的声音。喷嚏龙则是这些小伙伴中的大力士。同样是差异化的设置,喷嚏龙体格强壮,但实际上十分胆小,爱说大话,每次一吹牛的时候,就会打喷嚏,而这个喷嚏总会引起一阵小旋风。这样具象富动感的设置充满趣味,很受儿童剧小观众喜欢。此外,还有剧中香香城王子和臭臭国王的设置,人如其名,香香城王子卫生干净,喜欢香和整洁的东西,而臭臭国王邋遢粗鲁,不讲卫生,最喜欢臭的脏的东西。香和臭的对立设置让小观众觉得有趣味又很能理解,也利于亲子观演时家长对小朋友的教育。除了主要人物,一些次要人物的设置也凸显了作者的用心。剧中臭臭国王的管家，是个不讲卫生的新型软体机器人，如果在舞台呈现上能加重人工智能的设计感，相信会给小观众非常独特的体验。而臭臭国王的厨师臭臭厨师，剧中设置他爱吃过期变质的食品，做出来的食物也不讲卫生，这样的设置使本剧引导小朋友养成卫生观念的主旨更具延展性，涉及了食品安全的领域。

就情节而言，本剧从初稿到后面几次修改稿，在指导老师的指点下，丰富了人物的出场亮相，增加了互动环节，加强了戏剧冲突。最终的修改稿节奏紧凑，戏剧矛盾推进合理，情节精彩富趣味，观赏性和教育性达到了统一。推荐进入排练环节，另建议作者以其中的主要人物作为贯穿人物，开始新题材的开发和创作，可以考虑系列剧的综合创作，每年有计划地推出一至两部哈喽小伙伴系列儿童剧。作者在儿童剧创作上有了几部优秀作品的积累，希望继续创作出优秀的作品，丰富上海的儿童剧市场。

儿童剧

棒棒糖惊魂夜

崔志颖

崔志颖

女,二级编剧,毕业于上海大学中文系汉语言文学专业,现任职于中国福利会儿童艺术剧院。2016年至2017年参加上海戏剧高级编剧研修班学习。作品《爱吃糖果的大老虎》《爱玩游戏的小白狗》获中国儿童戏剧节优秀展演剧目。作品儿童剧剧本《小伙伴奏鸣曲》(原名《小伙伴之歌》)、《棒棒糖惊魂夜》、《冲刺吧!小马达》分别获2016年、2017年和2018年上海文化发展基金会青年编剧扶持项目资助。作品《心门》《春天里的小雨点》获"上海之春"群文新人新作展评展演新作奖。在全国第五届中小学生艺术展演上海市活动艺术表演类戏剧专场小学组中,《春天里的小雨点》获一等奖,《马头琴不见了》获二等奖。

人　物：

优　优——小学四年级学生,性格软弱、害羞,不擅长与人沟通,
　　　　遇到困难就喜欢逃避、躲藏。

优优妈——优优的母亲。

大胡子——高大魁梧的男人,一脸的大胡子,穿着有些艺术家的
　　　　邋遢,个性直率、豁朗,爱沉醉在自己的快乐中。

彼　得——纯种牧羊犬,高大结实,一身漂亮的长毛,特别爱显
　　　　摆,喜欢靠近孩子玩乐。

黑　猫——小区里的流浪猫,饿了好几天,为了寻找食物费尽
　　　　心机。

花花虎——有点娘娘腔,是一根粉红色的老虎形棒棒糖。

笨笨猪——木头木脑,有点傻愣愣的,是一根蓝色的猪形棒
　　　　棒糖。

卡卡熊——棒棒糖们的带头大哥,是一根棕色的熊形棒棒糖。

康康兔——有点小聪明,穿一身白色的西服,是一根兔子造型的
　　　　棒棒糖。

序　幕

[舞台上出现一个奇幻的空间，其实是奇妙的糖果盒子的空间。四根卡通动物造型的棒棒糖出现在这个奇幻的空间里，他们分别是卡卡熊、花花虎、笨笨猪、康康兔。外面传来孩子们的声音。

男孩甲　优优，你一个人住在医院里肯定很孤单。这根棒棒糖就像一个威武有力的暴力熊，它叫卡卡，给你。

女孩乙　这根棒棒糖比卡卡熊好看多了，是粉红色的，特别嗲。有了它，吃药不苦，打针不疼。我叫它花花。

女孩丙　这是笨笨猪，别看它有点呆呆傻傻的，但你一看见它就会很开心。

男孩丁　（打断了女孩丙）还有我的！女孩子都喜欢小兔子，这是我挑的，它叫康康。送给你！我们等你回来哦。

男孩甲　早日康复，早点回学校呀。

女孩乙　我们等你。

众　人　等你，等你……

[音乐起，四根棒棒糖载歌载舞，跳起了抖音视频里最时尚的"海草舞"，引得优优"咯咯"地笑着，笑声清脆如银铃般回荡着。

[渐收。

第一场

[安静的居民小区。高层的居住楼房,小区绿化非常好,高大的绿色树木,还有一大片的樱花。远处,房子的间隙处,能看见小区中心的人造景观:喷水池、雕塑。

[一只黑猫忽然蹿了出来,四处寻找食物,可是什么都没有找到,最后伸了一个懒腰,躺在了马路中间打瞌睡。轿车的刹车声吵醒了黑猫,黑猫躲闪到了一边。

[一辆轿车停下,优优妈妈和优优一先一后地下车,优优妈妈还拿下了大包小包很多的东西。优优手里捧着一个漂亮的糖果盒。

[黑猫敏锐的嗅觉察觉到了优优手里捧着的是美味的食物,慢慢靠近,却又不敢完全靠近,躲到一边,虎视眈眈地动脑子。

优优妈　出院以后,还得在家休息半年。第一个月每周去换药,后面两个月每个月都要去复查。伤口绝对不能感染,在家里也不能乱动。

优　优　那我上学怎么办?

优优妈　妈妈已经跟学校说过了,休学半年。半年后就是暑假,你再休息两个月。九月份开学,咱们就不跟其他同学一起升入五年级,再复读一年四年级。

优　优　(脱口而出)我不要!

优优妈　这可由不得你。五年级是小升初的关键,四年级的基础一定要打好。你休学了半年,课程肯定跟不上,而且你本来就不是读书成绩拔尖的。

　　[优优紧紧地抱着糖果盒,一言不发。

优优妈　你现在的任务是把身体养好,半年后把学习捡起来,跟上同学。你一定要升入好的初中,这样才能进好的高中,进了好的高中,才能有把握考进一流的大学,以后找到一份好的工作。

　　[大狗彼得嘴里叼着一个布袋子,袋子里放着一个音乐播放器,所以袋子就在大声地唱着时下最流行最搞怪的歌曲。大胡子跟着音乐跳着奇怪的舞蹈,上。

　　[躲在一边的黑猫原本探出了半个脑袋,但却被大狗彼得发现了,彼得对着黑猫躲藏的方向一阵吠叫,袋子里的音乐播放器掉到了地上。没想到叫声吓到了优优,优优害怕地躲到了妈妈的身后。

优优妈　别怕,别怕。它不会咬你的。

优　优　呜,嗯,我们靠边上,好不好啊,妈妈? 好不好啦……

大胡子　彼得,安静。别吓到邻居家的小可爱,给她看看咱们萌萌哒的舞姿。

　　[有节奏的音乐声中,彼得抬头挺胸,迈着滑稽的模特台步扭动起来,大胡子也跟在后面,一人一狗跳着一点也不"萌萌哒"的舞蹈,倒有些有趣。可是这一点也没有减少优优的害怕,她胆战心惊地躲在妈妈身后。彼得走完台步后,嗅了嗅味道,再次冲着黑猫的方位叫了几声,走了过去。偏偏黑猫躲藏的位置就在优优身后,优优误以为大狗是冲着她过来了。

优　优　(把手里的糖果盒抱得更紧)妈妈,我们快走。

优优妈　它不会咬你的。跟在妈妈后面。

　　[优优拖着妈妈赶快走,黑猫也猫着脚步转换了位置,

彼得跟着她们一起往前走,还是冲着优优的位置叫。

大胡子 彼得,回来! 彼得!

〔彼得回到了主人的身边。大胡子蹲下身子,凑近优优。优优面前出现了一张放大的大胡子的男人的脸,不仅有点脏,还有点粗鲁。

大胡子 可爱的小朋友,是不是吓到你啦? 胆子这么小啊。哈哈,哈哈。

〔优优看见这个大胡子的男人凑近她,就往后躲闪。彼得走到另一边,想要去舔她的脚,优优紧紧抓着妈妈不肯放手。

优优妈 这是隔壁楼的叔叔啊,小区里经常看见的。你忘了?

优 优 妈妈,我们快走,快点走啊!

优优妈 真不好意思,这孩子就是胆小怕生,前阵子又生了场病,今天刚出院。

大胡子 出院就好。健康的小脸红扑扑,那才讨人喜欢。有空到我那里坐坐,熟悉熟悉就不怕生了,还可以做我的小模特,我可是一个有名的画家哦。(对彼得)彼得,咱们走吧。哈哈,哈哈。

优优妈 哎,等等,我把医生配的药落在车上了,我得回去拿。你帮我照看一下优优,还有我的这些东西。

〔优优妈妈把手里的东西都交给大胡子。

优优妈 优优,你跟叔叔在这里等妈妈,妈妈去车上拿药,马上就回来。

优 优 我跟你一起去。

优优妈 别跟着我走来走去,太辛苦。你就在这儿等妈妈。

〔优优妈妈转身下。优优抬起眼睛看了看大胡子。

大胡子 小可爱,叔叔口袋里刚好有水果糖,要不要吃呀?

659

⎡大胡子真的从口袋里掏出了水果糖,优优往后退了一步。而躲在暗处的黑猫看见有糖,再次探出脑袋,拱起身子,打算一蹿而上,直接抢夺糖果。彼得忽然叫了起来,优优抱着手里的糖果盒转身就跑。

大胡子 小可爱,别跑呀,你妈妈马上就回来了。当心啊。

优 优 不要,不要啊!(甩开大胡子的手,逃)

大胡子 哎,别跑那么快啊,当心啊⋯⋯

⎡黑猫藏在后面跟着优优移动,彼得一直盯的是黑猫,所以看起来就像在追着优优跑。大胡子跟在彼得后面追。

优 优 别追我,你们都别追我⋯⋯怎么办啊!

大胡子 啊呀,都跑什么呀!我只是看你可爱嘛⋯⋯彼得,你追着她干吗呀!

优 优 (边跑边回头看追她的人和狗)我往哪里躲呀?如果我可以变得像棒棒糖一样小,就可以躲进糖盒子里去了,还可以跟同学们送我的棒棒糖在一起。再也没有休学!再也没有复读!我要变小,变小,变小⋯⋯

⎡画外音(优优的声音变大):"我要变小,变小⋯⋯"

大胡子 (惊呼)当心,前面有台阶⋯⋯

⎡"砰——"巨响。彼得的叫声。灯光闪烁变幻。优优摔了个嘴啃泥,糖盒子飞了出去,躲在暗处的黑猫看见机会来了,冲着糖盒子扑了过去。优优"啊——"惊叫。

⎡切光。

第二场

⎡追光打在舞台上,照在优优身上。优优的服装已经变得非常卡通,俨然一根美少女形象的棒棒糖。

优　优　这是……哪里呀? 小区的街道和树木怎么都不见了?
　　　　这里好暗呀。难道是太阳忽然下山了吗?

康康兔　优优? 是优优啊!

花花虎　真的是优优吗? 骗人,我才不信呢!

笨笨猪　我来看看,我是不会认错人的。

卡卡熊　大家都安静!

　　　　[灯光亮起一个大光圈,光圈里出现康康兔、花花虎、笨
　　　　笨猪和卡卡熊,优优在舞台另一边的追光里。

优　优　你们……你们是谁啊? 看着又有点眼熟。

卡卡熊　我们是你的棒棒糖呀。

花花虎　你是我们的主人。

优　优　我是你们的主人?(恍然大悟)笨笨猪! 花花虎! 康康
　　　　兔! 卡卡熊! 真的是你们呀,这里不会是我的糖盒
　　　　子吧?

康康兔　没错,这里就是我们的家,优优的漂亮糖盒子!

优　优　我真的变小了?(看了看自己)变成棒棒糖了?(举起
　　　　右手,舔了一口自己的袖子)还是草莓口味的。我的身
　　　　体也痊愈了,不再是刚出院的优优。

花花虎　你现在是美少女造型棒棒糖!

笨笨猪　你以后都会跟我们生活在一起。

　　　　[喵——野猫嘶叫的声音打破了和谐的气氛。一只跟
　　　　棒棒糖一般大小的黑色野猫出现在大家面前。

优　优　救命啊——怎么会有一只黑猫在糖盒子里?

康康兔　躲在我身后,我会保护你的。

花花虎　奇怪呀,在你来之前,肯定是没有黑猫的!

黑　猫　我已经饿了三天了,这个小区里一点吃的都没有,直到

661

你的出现。如果不是那只大狗一直在乱叫，我早就把这些棒棒糖全吞了。

优　优　难道你也跟我一样变小了，还进了糖果盒子？

黑　猫　管它什么原因，反正现在就连你也是我的食物。你们都是糖果，而我还是猫。哈哈哈哈，喵——

〔黑猫向大家扑了过去，棒棒糖们四处逃散，但始终不忘护着优优。黑猫扑向优优的时候，笨笨猪把优优一把推开，优优跌入了卡卡熊的怀里，可是黑猫也一口咬住了笨笨猪的肩膀，还舔了起来。笨笨猪发出痛苦的呻吟。

笨笨猪　好痛啊，我的胳膊，我的胳膊开始融化了。

〔忽然灯光闪烁，响起几声像是打雷一样的狗叫声。

〔随着剧烈的狗叫声，两只巨大的狗爪子从天而降，灯光全亮。黑猫放弃了笨笨猪，一蹿而过，不知道躲到哪里去了，消失不见。受伤的笨笨猪晕倒在地。

花花虎　哎哟，好亮呀，我什么也看不清楚了。

卡卡熊　大家都别怕，黑猫已经跑了。先找到笨笨，他肯定受伤了。

〔大家找到了晕倒在地的笨笨猪。

优　优　还好，只是皮外伤。我住院那么多天，知道怎么包扎伤口。

花花虎　太可怕了！如果那只臭猫对着笨笨一口咬下去……

康康兔　你们看！糖盒子破了……一盏路灯正好出现在盒子上方。

〔随着又几声剧烈的狗叫，彼得巨大的毛茸茸的狗头出现在舞台上空。彼得有着灯笼一样的眼睛，黑洞一样张开的巨大嘴巴，它的嘴巴里还伸出一条巨大的舌头，舌头越来越长,眼看就要碰到优优的身体了。优优在包扎笨笨猪的肩膀,并没有注意。

花花虎　当心呀,优优!

[一只巨大的手掌忽然飞了过来,巨大的彼得的狗头缩了起来。"啪"一声巨响,灯光全暗。

大胡子　彼得,这可不是你的晚饭。让我们把这盒棒棒糖带回家,明天还给人家。

众糖果　(惊叫)啊! 不要啊——

[糖盒子开始摇晃和移动,因为盒子的晃动,棒棒糖们也跟着晃荡,他们一个个神色紧张,有的紧紧抱成一团。

第三场

[夜晚,大胡子的家。周围一片漆黑,看不清楚四周的环境。

[灯光慢慢亮起,有些昏暗的样子。有几道光漏在舞台上,有些斑驳的样子。舞台上出现优优和花花虎、笨笨猪、康康兔、卡卡熊。笨笨猪吊着胳膊,一副伤病员的样子。

卡卡熊　我们好像到了什么地方了。

花花虎　一股臭狗的味道。

优　优　笨笨,你的伤口还疼吗? 那时如果不是你把我推开,受伤的就是我了。

笨笨猪　优优,你不要这么温柔地跟我讲话,我会受不了的。咦? 那只黑猫呢?

康康兔 黑猫不知道躲哪里去了,我们肯定是被大胡子带回家了。

花花虎 前有狗,后有猫。早知道会这样,优优就不该进糖盒子。

优　优 虽然我怕大狗,也不喜欢黑猫,但我更不愿意与班级的同学们分开。我们已经做了四年同学了,四年级三班,就是我的青春啊!

卡卡熊 才多大的娃,还青春呢。那你为什么不直接跟你妈妈说清楚。

优　优 (沮丧)我……看见妈妈我就说不出来。我怕……

康康兔 怕什么?

优　优 怕妈妈不同意,怕妈妈不理解我。爸爸妈妈对我寄予了很大的希望:重点初中、高中、大学,体面的工作! 我怕自己会让他们失望。

　　〔优优哭了,棒棒糖们都不知道该怎么劝、怎么帮助她。

　　〔忽然响起重金属音乐的声音,非常震撼,棒棒糖们在铿锵的乐声中不禁摇摆起来。优优停止了哭泣,惊慌地站了起来,也跟着站立不稳。

花花虎 哎哟,怎么啦,怎么啦?

笨笨猪 就像是打雷、地震!

康康兔 什么呀,这叫重金属摇滚乐!

卡卡熊 优优,虽然我们也不知道怎么才能帮到你,但你也不能躲在这里呀。

康康兔 我们带着你离开糖盒子,去跟妈妈解释清楚。

优　优 可以吗? 她会同意吗?

康康兔 肯定会同意呀。只要你愿意为学习付出更大的努力,跟上同学们的进度,不就行了?

优　优　对呀,我怎么没有想到。

笨笨猪　(接着摆出冲锋的姿势)优优妈妈,我们来啦! 冲啊!

花花虎　这里的方向都没认清楚呢,想往哪儿冲? 再说了,你认识出去的路吗? 胳膊上的伤都没好呢,就想着瞎蹦跶。

卡卡熊　我们可以透过盒子的缝隙,看看外面究竟有些什么嘛! (指着斑驳的光影)1、2、3,有三条缝隙。

〔卡卡熊从一条缝隙往外看,花花虎也慢慢地凑过去看另一条缝隙。

〔追光先跟着卡卡熊的视线打到大胡子的一条长满腿毛的小腿上,大胡子的腿随着音乐抖动,甚至跳跃着。

卡卡熊　我看见一根很粗很粗的毛茸茸的柱子! 它还会扭来扭去。

花花虎　我看看……

〔追光跟着花花虎的视线打到大胡子光着脚穿着拖鞋的一只脚丫子上,大胡子的脚丫子在音乐声中摇来晃去的。

花花虎　哪有毛茸茸的柱子啊,是一条很脏很脏的大船!

优　优　(勾起了好奇心)怎么会有大柱子和船呢? 我来看看……

〔追光跟着优优的视线打到了大胡子的嘴上,传来"咔嚓,咔嚓"的巨声。半空中一只巨大的嘴巴在嚼动着,一把大胡子就像一大片原始森林,还有一口大牙在嘴巴里若隐若现地闪动。

优　优　怪物啊!

〔康康兔和笨笨猪一起挤到优优在看的第三条缝隙前,看着外面的大胡子。

〔一个巨大的酒瓶子正在往埋藏在胡子里的大嘴里倒,

665

传来喝酒的"咕嘟咕嘟"声。

大胡子　喝上几口酒,真是感觉像神仙一样。

优　优　这个声音? 是遛狗的大胡子叔叔。

卡卡熊　镇定,镇定,大家都镇定。让我们先看看这里到底是一个什么样的地方,然后再想办法——逃走! 咔咔咔……

〔大家聚集到缝隙边,探出了小半个脑袋仔细地看。

〔漆黑的周围亮起了一个角落,一道追光射出,可以看见一只巨大的酒柜,酒柜里放着各种品牌、各种瓶子式样的洋酒。

花花虎　好多漂亮瓶子呀!

优　优　这些是洋酒,有香槟、红葡萄酒、伏特加……

〔打在酒柜上的灯光暗了,另一个角落被追光照亮,可以看见一个巨大的画架,画架上还挂着一幅没有画完的画,依稀是一个小女孩的模样,但由于没有画完,所以看不清楚画的是谁。

康康兔　好高的一座电视塔呀。

优　优　这是画架,上面还有一幅没有画完的画。

〔打在画架上的灯光暗了,另一个角落被追光照亮,一排书架上放满了书,地上东倒西歪地放着几个啤酒瓶子。

〔打在书架上的灯光暗了,一个巨大的追光下可以看见一个巨大的背影卧在地上,边上还有半瓶酒、一个烟灰缸、香烟和打火机。巨大的背影发出响亮的呼噜声,他的身体随着呼噜声一起一伏。

花花虎、笨笨猪、康康兔、卡卡熊　就是他了! 大胡子、大嘴巴,恐怖大狗的主人!

〔追光收。看不见大胡子的巨大背影了。

卡卡熊 棒棒糖们,不管外面有多可怕,我们也要帮助优优回到妈妈身边!

优　优 我要去跟妈妈说,我不要复读四年级,我要在休学的时候自学课程,在暑假的时候补上作业,我要和同学们一起升入五年级!

卡卡熊 (一个一个指过来)1、2、3、4、5,分开的时候我们是五根手指,团结起来,我们就成了握紧的拳头!(交叉双手,等待大家的回应)

〔笨笨猪、花花虎也交叉双手与卡卡熊的手放在一起,康康兔跟了进来,优优看了看大家,慢慢地,也把自己的双手交叉起来,与其他棒棒糖的手放在了一起。

优　优 (对卡卡熊)大拇指。

优　优 (对笨笨猪)食指。

优　优 (对康康兔)中指。

优　优 (对花花虎)无名指。(指着自己)那我就是小拇指了。

卡卡熊 让我们紧紧地、紧紧地团结起来,握成一个有力的拳头!

众糖果 加油!加油!加油!我们一定逃出去,回到妈妈身边!

〔切光。

〔棒棒糖们分散在舞台上,摆出各种思考的姿势,正在一起努力动脑筋想办法。

〔黑猫出现了,它猫着脚步,一点点地前进,声音很轻,谁都没有发现它。它得意地看了看棒棒糖们,最后看向盒子边缘透出的一缕光。

黑　猫 一群傻瓜,还是猫哥哥我脑子灵活、动作轻盈。你们就慢慢想吧,我先出去了。

[黑猫拱起身子一跳,化作一道黑色的残影,向着盒子破裂的地方跳了出去。

笨笨猪 (半躺着,眼睛都眯了起来)如果我睡着了,一定能在梦里想到逃出去的办法的……呼噜噜……

优 优 (忽然跳了起来)我有办法了。棒棒糖们,我们一个踩一个,结成人桥,就能爬出这个糖盒子啦!

卡卡熊 对啊! 我是大拇指,我趴在最下面,你们踩着我往上爬! 我们一定可以出去的。

[舞台灯光剪影,可以看见五个棒棒糖一个接一个搭起了人桥。卡卡熊在最下面,然后是康康兔、花花虎、笨笨猪、优优。他们也从盒子边缘的破洞爬了出去。

第四场

[灯光渐渐亮起。

[一个半截的大盒子高高地矗立在舞台上。一边有只大躺椅,椅子上半躺着酒醉后睡着了的大胡子,但却只能看见椅子的四条腿和大胡子的下半身:两条毛茸茸的粗壮的腿,光着的脏兮兮的脚丫子穿着一双旧拖鞋。另一边有一个画架,架子上是一幅画了一半的画:一个小女孩。

[卡卡熊、康康兔、花花虎、笨笨猪、优优轻声轻脚地上。

[五个棒棒糖抱在一起,准备推门。忽然,两个巨大的黄色灯泡出现在他们面前。大家惊慌失措。

花花虎 我的妈妈呀。妖怪,有妖怪啊!

笨笨猪 门,门,他自己开了!

　　［忽然"汪——"的一声巨响,一只巨大的牧羊犬出现在舞台上。

康康兔 是大狗彼得!

花花虎 对的,对的。我记得这个狗头!

　　［彼得一直盯着棒棒糖们看,忽然又叫了一声,想要抓住离它最近的花花虎。

优　优 大家分散开跑,不要集中在一起。

　　［五个棒棒糖分散开来四处逃,彼得一会儿想抓康康兔,没抓到,一会儿又去抓卡卡熊,还是没抓到。彼得跟棒棒糖们一追一逃,跳起了传统的"狮子抢绣球"的舞蹈,紧张刺激,音乐也配合着。经过几次险境,终于,花花虎还是被彼得扑倒了,彼得把大爪子踩在花花虎的肩膀上。

花花虎 哎哟,我动不了了。哎哟,你们救救我呀!

　　［彼得得意地"汪汪"叫。

　　［灯光闪烁变幻。忽然,飞来一只打火机,砸在了彼得的身上,彼得惨叫连连下场,只剩打火机还留在舞台中间。

　　［棒棒糖们抖抖索索地抱作一团,吃惊地看着忽然发生的变故。

　　［黑猫从黑暗处蹿了出来,到了打火机跟前,抱着打火机,再次消失。

大胡子 彼得,我警告你哦,这些棒棒糖可不是你的,你不能碰,还得帮我好好守着这里。如果少掉一根,你明天一天就别想吃饭了!……

　　［传来彼得委屈的呜咽般的叫声。

第五场

[灯光亮起。

[优优、花花虎、笨笨猪、康康兔和卡卡熊又回到了盒子里。

花花虎 （哭）太可怕了，我们逃不出去了。

康康兔 （沮丧地）没希望了，没希望了……

优　优 （抬头看月亮）妈妈曾经跟我说过，新一天的太阳就是新一天的希望！

笨笨猪　我越来越热，想不出办法来，优优，我热得都快要融化了。

卡卡熊　我觉得我已经在融化了，一头的汗。还有烧焦的味道？

[优优四处看，发现糖盒子在冒烟。

优　优　不好了，糖盒子怎么烧起来了？棒棒糖最怕热了，这样下去，我们就要变成一颗颗水果糖了！

[糖盒子的顶上传来黑猫的声音。

黑　猫　我就是要让你们融化成圆圆的水果糖，这样你们就再也不会到处乱跑，只能乖乖地做我的美味佳肴了。喵，纸盒子烧得再旺一点，旺一点啊！

笨笨猪　完了，完了。胳膊上的伤还没好齐全，就要变成圆圆的水果糖了。

优　优　我会有办法的，一定会有办法的。

大胡子　嗯？我的酒呢？……在这儿呢！……咕咕咕——

[酒的香气飘进了盒子，优优扒开盒子的缝隙向外看

670

着。从大胡子的背影可以看见，他喝了几大口之后，身体慢慢软了下来，身体一起一伏，看样子又睡着了，手里还提着喝剩下的半瓶酒。彼得也在趴着打瞌睡。

优　优　时间不多了，空气越来越热，趁着他们都在打瞌睡，冲出去。

花花虎　怎么冲出去啊，我们已经失败过一次了。

优　优　我们就利用这场火。糖盒子很快就会真正烧起来，我来想办法，利用黑猫引开彼得的注意力！

卡卡熊　不行！这可是有生命危险的呀！

康康兔　妈妈还在家里等着你回家呢，我们都可以冲在前面，只有你不可以。

优　优　你们要相信我，我已经不是以前那个软弱、犹豫、害羞的优优了。现在有你们在我身边，我变得非常坚强和勇敢。

花花虎　(哭泣)是我没用，明明是只老虎，却害怕那只狗……

笨笨猪　优优，如果，我是说如果……你就不能回到妈妈身边了呀。

优　优　我一定会成功的，就像我战胜病魔，走出医院一样。

卡卡熊　优优，我们每个人都代表着你的一个好伙伴，给你勇气和力量。不管结果如何，我们都不会离开你的。

优　优　好！我先出去，你们都不要出来。如果我把黑猫引出来了，你们就兵分两路，马上冲出来！一队人冲回家，把我的心里话告诉妈妈，另一队人把大狗彼得和大胡子引来，只有他们才能赶走黑猫！这样我们才有可能抓住机会溜走。

[优优整理了一下头发和衣服，雄赳赳气昂昂地向着糖盒子的缝隙走去。优优刚走出糖盒子，黑猫一蹿而下，

671

挡在了优优的前面。

黑　猫　喵,往哪儿跑? 你的命运就是当我的食物,你无路可逃!

优　优　(回头对着糖盒子)记住,你们一定要冲出去,把我不敢开口说的话告诉妈妈,让她知道我的想法。

黑　猫　你们都会是我的食物,一个也跑不了!

　　　　[优优与黑猫打斗了起来,一边打一边还叫着"快走,快走啊"。其他四个棒棒糖在后面想帮忙却无从下手,最后一狠心,分两队按着优优的办法突围了出去。可他们一个个又紧张又慌乱,撞在了大胡子和彼得的身上,把他们吵醒了。

大胡子　糖盒子怎么会烧起来的?! 彼得,是不是你捣的鬼!

　　　　[大胡子抬起穿着拖鞋的大脚丫,赶紧把糖盒子上的火苗踩灭。优优的力气越来越小,眼看就要败给黑猫。这时,彼得发现了缩小的黑猫,扑了过去。优优看见扑过来的大狗彼得,赶紧一个闪身躲开。优优躲过了彼得,黑猫被彼得扑在了身下,看起来就像"狗拿耗子"一样。优优躲过一难,四个棒棒糖围了上来。优优的身体逐渐软了下来,倒在了花花虎的怀里。

众糖果　(惊呼)优优,优优——

　　　　[定格。

第六场

　　　　[灯光亮起。

　　　　[大胡子的房间。房间很凌乱,一边有一个酒柜,酒柜

里放着各种洋酒。另一边有一个画架，画架上的画马上就要画完了，依稀是一个小女孩的样子，似乎就是优优。

〔优优躺在大胡子的躺椅上，旁边站着一脸担心的大胡子，大胡子的脚边还蹲着彼得。

大胡子 （跟彼得交谈，其实是在自言自语）不知道这孩子是不是伤到哪儿了，睡了一个小时还没醒来。我们在后面追她，只是叫她不要跑，可她还是逃命一样地跑，一跤摔下去，怎么就会昏睡一个小时呢？

彼　得 汪汪——

大胡子 你知道她住哪儿吗？我们也许应该把她送回家。

彼　得 汪汪——

大胡子 优优妈妈拿好药回来，发现我和这孩子都不见了，肯定要急疯了，说不定已经拨 110 了。

彼　得 汪汪——

大胡子 我只知道她们住在隔壁楼，不知道是哪个房间。你有办法吗？

彼　得 汪汪——

大胡子 你这只笨狗，除了叫"汪汪"，都不会动脑子。

〔大胡子从地上捡起了糖盒子。

〔舞台一边出现四个棒棒糖：花花虎、笨笨猪、卡卡熊、康康兔。

大胡子 这个糖盒子是她一直捧在怀里的，对她一定很重要。

卡卡熊 我们是优优最好的朋友。

康康兔 是最重要的朋友。

笨笨猪 优优也是我们最好的朋友。

花花虎 是最重要的朋友。

〔大胡子放下糖盒子，走到画架前，拿起画笔在画板上画最后的收尾。

〔彼得走到优优身边，用舌头舔优优的鞋子。

卡卡熊　怪兽大狗，离我们的优优远一点。

〔彼得似乎听见了什么声音，扭头朝着糖盒子"汪汪"叫了两声，又去舔优优的鞋子。

康康兔　我们得把优优叫醒。

笨笨猪　我的嗓门大，我来叫，优优——

花花虎　没用的，哪怕我们四个一起叫，声音还是太小，怎么可能传出这个盒子呢？

卡卡熊　优优，你一定要醒过来。你忘了吗？你还有很多话要告诉你的妈妈。不要怕被妈妈拒绝，只要你把自己真实的心意说出来，妈妈肯定会理解，也会答应你的。

康康兔　会的，一定会的。优优，同学们都在等你呢。

众糖果　等你，等你⋯⋯

〔优优醒来了，一下子站了起来，把低着头舔她鞋子的彼得吓了一跳。

优　优　我的同学们呢？我听见他们在叫我。这是哪里？

〔大胡子正好画完最后一笔，用画架上的布盖住了画稿，走到优优身边。

大胡子　（低下身子，开心地用大胡子去亲优优）你终于醒了啊！

优　优　（用手推开大胡子，仔细地看他）你是⋯⋯遛狗的大胡子叔叔？

大胡子　没错，没错。（指指彼得）我就是彼得的爸爸。哈哈，哈哈。

〔彼得靠近优优，对着她摇尾巴，"汪汪"地叫。优优先是向后退了半步，但接着慢慢低下身子，小心地摸了摸彼得身上的长毛。

大胡子 小可爱,你不怕彼得了吗?(把优优拉起来,仔细地看了看她的头)没有摔坏脑袋吧?怎么睡了一个小时胆子就变大了?原先一看见我和彼得就往后躲。

优　优 (落落大方地)我叫优优,不叫小可爱。(比画着)你瞧瞧我……已经长大了,不是"小"人了呀。

大胡子 你不是一直这么点儿大吗?

〔"叮咚",门铃响了。大胡子打开门,优优妈妈站在门口。

优优妈 不好意思,我以为药在车上,其实是忘在了医院,我只能开车回医院拿。还好我问了物业保安,才知道你住在1302室。

大胡子 你来了就好,我就担心你找不到我家,当时也没留个手机号码。

优　优 妈妈,我们赶紧回家吧,我有很多话要跟你说。叔叔,我的糖盒子呢?

〔彼得跑到糖盒子前,把糖盒子叼到优优面前。

〔棒棒糖们害怕地抱在了一起。

〔优优拿起糖盒子,把它紧紧地抱在胸口。

优　优 (低着头,对糖盒子)康康兔、卡卡熊、花花虎、笨笨猪,你们都还好吗?

〔棒棒糖们很舒服地放松下来。

众糖果 优优……我的好朋友,好伙伴呀!

优　优 叔叔,我要回家了,谢谢你。

大胡子 等等,我还有样礼物要送给你。你看这儿——

〔大胡子一把扯掉了盖在画架上的布,显现出刚画完的画稿。画面上的优优在阳光下背着书包,冲着大家展现出自信、大方、勇敢的微笑，手里还抱着一个糖盒子。

[棒棒糖们也探过身子去看画，赞赏不已。

优　优　大胡子叔叔，我最后再跟你提个要求好吗？

大胡子　行，优优说什么我都答应。

优　优　你该洗洗脚，剪剪脚指甲，多注意个人卫生，少喝点酒。

大胡子　哈哈，哈哈。行，优优说什么我都答应。哈哈，哈哈。

彼　得　汪汪，汪汪。

[切光。

第七场

[清晨。

[安静的居民小区，高层的居住楼房，小区绿化非常好，
高大的绿色树木，还有一大片樱花。远处，房子的间隙
处，能看见小区中心的人造景观：喷水池、雕塑。

[优优妈妈牵着优优的手，优优背着自己的书包，活蹦
乱跳地走在上学的路上。大胡子遛着彼得从舞台另一
边上。彼得看见优优就快乐地摇尾巴。

大胡子　优优，早呀。

优　优　叔叔早上好，彼得早上好。

优优妈　上次真麻烦你照顾我们家优优了。

大胡子　没事，优优是个讨人喜欢的孩子。她的身体都恢复
了吗？

优优妈　恢复了。但她不愿意重新读四年级，要跟其他同学一
样升入五年级。这个暑假我帮她找了家教老师来补

课,她也很努力,还真就跟上了同学们的进度。

大胡子 这么厉害啊,进步很大啊。

优优妈 她长大了,也懂得怎么跟爸爸妈妈沟通,把自己的想法表达出来。

优　优 我一直都很厉害啊,这连彼得都知道。(冲彼得)对不对?

彼　得 汪汪——

〔树丛中,一只黑猫忽然探出了脑袋,但转而又缩了回去。

优　优 那只黑猫! 我好像见过。

〔彼得"汪汪"地叫着,冲着黑猫而去,黑猫只能显形。黑猫和彼得一逃一追地下。大胡子叔叔也只能跟着下,一边下一边回头与优优和优优妈妈道别。

优优妈 小区里有黑猫很正常啊,你们怎么都一惊一乍的。

优　优 以后我再慢慢告诉你,这是我和棒棒糖们的惊魂一夜。

〔音乐起,棒棒糖们出现了。优优与棒棒糖们再次欢聚在了一起,只是这时候,她是优优,不再是美少女棒棒糖优优了。

(剧　终)

677

导师评语

钟晓婷

　　童话剧《棒棒糖惊魂夜》的编剧崔志颖在听取了指导老师意见后,进行了认真的思考,梳理了剧本的头绪,对剧本进行了仔细修改,现将情况汇报如下:

　　故事线索更为清晰,情节更为凝练,主题在人物刻画中得以升华。编剧对故事发生的背景作了合理的调整,修改后的剧本,故事的开端是大病初愈的女孩优优面临两个选择:复读或是升学。当母亲为优优作出前者安排时,优优虽有千般不愿和无奈,却也不敢违抗。编剧在此强化了优优与母亲的冲突,以及胆小的优优内心的自我挣扎。之后,编剧巧妙地安排了优优在梦幻中误入"糖盒",与棒棒糖们在糖盒中"奇遇"。是那些性格迥异的棒棒糖们和优优相互给予对方的无私的帮助、不畏困难的勇气,让优优的心智和意志在各种困难中得到了考验和锻炼。人物故事背景得以调整之后,编剧写出了优优不仅走出了糖盒子狭小的空间,也写出了优优走出了青春的困境。在剧本的尾声部分,编剧刻画了主人翁自强不息的精神,凸显了当今少年儿童彰显个性、试图努力活出精彩的追求,剧本主题得到进一步升华。

　　人物更富有个性特色,全剧充满妙趣横生的童趣。剧本巧妙地用孩子的视角诠释了优优的奇遇,这是编剧崔志颖所擅长的。修改稿较之前的剧本,在描写优优与不同个性的棒棒糖的交集中,写出了孩子的那些事和语言,处处透出孩子的天真和童趣。还有一条狗和一只猫,均有机地融入了剧情的发展,就连小动物也都不再是场面的点缀,而是作为推动剧本冲突的关键所在。较之前稿,修改稿在人物情感的描写、个性化语言的安排中也有长足进步。

剧本不再停留在文本化的构想中,更注重舞台表演的可行性。修改后的剧本在场面的衔接、人物对话的接口上更注重舞台演出的可行性,大大加强了剧本排练的可操作性。

儿童剧

最美愿望

张　丹

张　丹

女,上海戏剧学院艺术学硕士,"1＋1亲子会"发起
人。曾参与由上海市教委主办的两届"我爱中华诗
词美",儿童剧《咏鹅》《塞下曲》和《题西林壁》分别获
奖;曾在上海市儿童医院为患病儿童表演原创英语
绘本剧《绿鸡蛋和火腿》;亲子成语剧《自相矛盾》曾
在中福会儿艺剧场演出。

时　间：

夏天傍晚至入夜

地　点：

上海市儿童医院急诊室

人　物：

车小小——40岁，上海市儿童医院急诊室主任，工作细致繁忙，
　　　　　在一线医务岗位工作近二十年。

倪　青——34岁，丈夫癌症晚期过世，跟儿子相依为命，因没有
　　　　　实现丈夫最后的愿望而自责，后慢慢走出阴影。

大　为——10岁，留着长发的小男孩，懂事，父亲癌症晚期过
　　　　　世，想用自己的头发给父亲做一顶假发。

小樱桃——10岁，大为的好朋友，父母曾和大为爸爸是病友，但
　　　　　都病逝了，现在和奶奶相依为命。

大暑,上海的夜像是浸了温水的黑色幕布,紧紧盖在头顶。

暑假来临,上海市儿童医院也迎来了就诊高峰。

二楼的输液厅里,输液的宝宝躺在大人的怀里入睡。

抢救室里,医生正在给一个误服了防腐剂的孩子洗胃。

门外,孩子的妈妈奶奶一脸落寞,瘫坐在地,一言不发……

而高烧昏迷的丁丁好像听到了爸爸的呼喊声,睫毛动了动,极力想睁开眼睛,最终还是差了点劲儿,又沉沉地睡了……

3岁的胖胖难得可以随便玩妈妈的手机,他的头上插着输液的针管,大眼睛里还挂着没有滚落的眼泪……

当晚,上海市儿童医院急诊室里,值班医生车小小主任在6个小时的值班中,几次拿起桌子上的水杯都没有喝。她说,没时间喝,也不敢喝,怕上厕所。值班期间,她诊室里的患者没有断过。

突然,急诊室内嘈杂声大作,有人高喊:"不好了,有个小孩拿了把剪刀要自杀!""快拉住她,拉住她!"

车小小拼命挤进人群!谢天谢地!只见一个长发小女孩已被医务人员和病患拉住,车小小提到嗓子眼的心才落下。

护士:"主任,刚才好危险!这个小女孩拿起一把剪刀!就差那么点儿,就剪下去了!"

车小小(愤怒地):"你要干什么!你不珍惜个人生命,还要让全急诊室停运,是不是!"

小女孩:"我,我……我的头发够长了,我要去剪……剪……我要捐头发!"

车小小(更加愤怒):"什么,你以为我们急诊室是胡闹的地方吗？你这个孩子怎么这么不懂事！你家长呢？"

小女孩"哇"的一声哭了出来。

一个中年女子冲进来，连声说："医生，对不起，给你们添麻烦了，真的对不起！"然后把孩子带走了。

小女孩："妈妈！都是我不好，老天为什么要这样惩罚我！为什么啊！"

中年女子："不是你的错，不是你的错！"

车小小："这里是急诊室，不是理发店啊。"

小女孩："医生阿姨，我们是来捐头发的，今晚一定要捐出去，我们没有时间了。"

车小小这才看清，这个长发"女孩"，其实是一个小男孩，看着大概10岁左右，问道："你们到底出了什么事？捐头发也不在急诊室啊！"

小男孩（哭泣着）："你不懂，你不懂的！它对我来说太重要了！妈妈，怎么办？怎么办？"

小男孩抱着妈妈痛哭……

望着这对母子瘦弱的背影，车小小觉得十分奇怪。心想自己在医院工作已经二十年了，当主任也快七年了，这里真是社会的大舞台，形形色色的人和事都会碰到，可今天的事仍让她觉得特别。为什么"她"半夜要来急诊室剪头发？为什么一定要今晚来？究竟有什么重要的事情？当然，这是个人隐私，车小小没必要知道，但对车小小来说，今天又不能正常下班了，说好值好夜班早点回家陪老公和孩子吃早饭的计划也只能泡汤了。

车小小（OS）："我怎么也忘不了，这对母子离去时，那两张几乎是绝望的苍白的脸。这个小男孩到底为什么留着长发？又为什么半夜来急诊室捐头发，且被制止会如此打击他？他们能够顶住打击吗？这些问号萦绕在脑中，我很想在医院里再看到他们，但是没有。"

到了第三天，车小小实在忍不住，按照孩子母亲留下的姓名和号码，打了个电话过去。

话筒里响起电话铃声。

话筒里的男声："你好，你找谁？"

车小小："请问倪青在吗？"

男声："倪青？她这两天没上班。"

车小小："没上班？为什么？"

男声沉默。

车小小："我能找到她吗？"

男声："你和她很熟吗？"

车小小："不熟，但是我很想知道她的情况。"

男声（犹豫少顷）："你去市肿瘤医院病房找她吧，她在那里。"

电话挂断声。

车小小（OS）："市肿瘤医院？这又是什么情况？和那天捐头发有关吗？"

车小小满腹狐疑。当了上海市儿童医院急诊室的主任后，为了做好病人工作，车小小专门去进修过心理学，这对母子实在让她放心不下。

车小小（OS）："其实这些事已经和我的工作无关，我给自己的理由是，医院和每一位病人都有缘。下班后我急忙赶往肿瘤医院，经过一番打听，找到了倪青所在的病房。我看到的一幕，完全出乎我的意外，让我终生无法忘记。"

圣洁的童声合唱如从天外飘来。

车小小踏进病房,看到雪白的病房被布置成了告别室,中间的病床上,白布覆盖着一具躯体,上面放着鲜花。陪车小小进去的护士轻声告诉她,那是倪青的丈夫、大为的爸爸,他于今天中午去世,生前希望把自己的眼角膜和有用的器官捐献给需要者。

车小小的啜泣声。

倪青被一位护士扶着站在墙边,她的泪水似乎哭干了,极度憔悴的脸上只剩下雕塑般凝固的悲痛。病床的一边,站着一排低头致敬的医护,他们将为捐献者摘除器官。

病床在硬木地板上被缓缓推动的声音。

病床在空旷的走廊里被推动的声音。

童声合唱渐响。

车小小:"我机械地跟在送行的人群后面。走廊一侧,站着七八个剃了光头的病友,他们唱着歌在为同伴送行。"

大为(爆发般地哭叫):"爸爸,爸爸,没有你我们怎么活啊,你不要离开我们呀,不要离开……"

大为的哭号声逐渐远去。

车小小(OS):"我不知道大为和妈妈经历过怎样的生活,但我也是一个母亲,完全能够体会他们失去至亲的心情,我不忍心再跟下去了……"

空旷走廊里单一的脚步声。

一个孩子的脚步声追上。

女孩子:"阿姨,阿姨,你是大为家的朋友吗?"

脚步声停止。

车小小:"噢,也算是吧。"

女孩子:"那我告诉你,大为爸爸最后的愿望没有实现。"

蹲下身。

车小小:"你是谁？几岁了？"

女孩子:"人家都叫我小樱桃,我爸爸和大为爸爸住一个病房,我 10 岁了。"

车小小:"噢,小樱桃,你怎么知道大为爸爸最后的愿望没有实现？"

小樱桃:"因为大为留的长发没有来得及给他爸爸做一顶假发。"

车小小(OS):"刹那间,我像被电击了一下！急诊室的那幕,大为爸爸没实现的最后愿望,怎么会连接在一起？"

车小小:"小樱桃,告诉阿姨,为什么大为留的长发没有捐掉,大为爸爸最后的愿望就实现不了？"

小樱桃:"因为,因为大为爸爸的愿望就在头发里。"

停顿少许。

车小小:"那么,你知道大为爸爸最后的愿望是什么吗？"

小樱桃:"不知道。大为说,这是他和爸爸的秘密。阿姨,我们这里的病人,都有自己最后的愿望的。"

车小小(感伤地):"小樱桃,让阿姨抱抱你。（少顷）快回病房去看你爸爸吧,阿姨以后会来看你的。"

小樱桃:"好。"

跑开的脚步声。

车小小(OS):"这一夜,我失眠了。"

酷暑青蛙的鸣叫声。

车小小(OS):"大为和倪青苍白的脸始终在我眼前晃动……真想不到,一幕捐发,会引出如此哀伤的故事！捐发里面,大为爸爸最后的愿望到底是什么呢？出于工作职责,也出于女性本能,这一念头,纠缠我直到天亮……"

医院急诊室的喧闹声,一如本剧开头时。

车小小(OS):"一星期后,我估计倪青将丈夫的后事都办完了,情绪也应该稳定了,就给她打了个电话,约她出来坐坐。本来我怕她不肯,但她没有推辞。"

玻璃杯轻碰的清脆声,倒水声。

车小小:"倪青姐,喝点柠檬水。"

倪青:"噢。"

倪青依然很憔悴,但是有一种历经沧桑后的平静。一时间,大家不知道说什么才好,倒是大为妈妈,挑起了令人心碎的话题。

倪青:"车主任,谢谢你来为他送行,那天我在病房里看到你了。"

车小小:"噢,其实事先我并不知道他……倪青姐,逝者已去,你自己千万要保重,还有大为需要你。"

倪青:"我知道。(在玻璃杯里搅拌冰块的清脆声)主任,你一定很奇怪,那天我们在急诊室里想捐头发,为什么那么着急、那么失态,现在我可以告诉你了,头发里有大为爸爸在最后时刻想要的东西。"

外滩过往船只的鸣叫声。

大为:"我爸爸生病已经两年了。三个月前,他的病情开始恶化。"

倪青:"作为妻子,看着他的生命一天天衰弱下去,我心都碎了。我唯一能做的,就是带着他到处走走,让他尽可能多看看这个世界的美好景物。那天,我们来到了外滩。"

倪青一家吹着外滩黄浦江的风，看着东方明珠和来来往往的船。

大为爸爸："这世界真美好，可惜我不能陪你们走下去，一起欣赏体验了。我想跟你们一起拍张照，帮我做顶假发吧。"

于是大为从那天起开始留长发，他说要跟爸爸永远在一起！

倪青："在弥留之际，大为爸爸提出明天跟我们一起拍照。我们当天赶到急诊室，想定制一顶假发，可惜……！"

车小小："那你第二天再去找相关部门呀！或者直接去假发店买一顶啊！先把照片拍好！"

倪青："当天半夜时分，大为爸爸的病情急转直下，到天亮时，大为爸爸就已经陷入昏迷状态，他再也看不到了！"

沉默。

倪青压抑的啜泣声响起。

车小小："倪青姐，不要哭……你尽到了最大的努力……"

倪青："不，不要推卸我的责任。我太疏忽了，我是一个不称职的妻子、母亲，连他最后的愿望都没帮他实现……我在所有方面都是失败者……现在能让我心理平衡的，就是谴责自己、诅咒自己，这样才能对得起大为爸爸……"

痛苦的啜泣声。

车小小（OS）："我不知道怎么安慰这个在极度痛苦中自责的妻子和母亲，我感到了自己的无能……"

医院里的喧闹声、哭泣声。

一支欢快的儿歌，孩子们跟着节奏拍手。

车小小（OS）："两个月过去了，我倒是和肿瘤医院病友的孩子们成了好朋友。我记得那个叫小樱桃的孩子，我说过会经常去看望她们。"

车小小："小朋友们，今天我们来说说自己的愿望，好不好？"

孩子们齐声："好！"

小樱桃（冷不防地）："是最后的愿望吗？"

冷场少顷。

车小小："小樱桃，不是的，是最大的愿望、最美的愿望。既然是愿望，就充满了希望，大家说对不对？"

孩子们："对！"

车小小："好吧，说说自己最大最美的愿望，谁先开始？"

一女孩："我的愿望是妈妈快点好起来！然后我们一起去坐磁悬浮。"

一男孩："我的愿望是爸爸快点好起来！然后我们一起天天看动画片！"

另一女孩："我想跟爸爸妈妈一起去迪士尼玩一天！"

另一男孩："我的愿望昨天已经实现了，妈妈给我送来好大一个蛋糕，真好吃！"

孩子们哄笑。

车小小（画外音）："这些天真无邪的孩子，让人心疼，他们的父母都是死神的阴影正在逼近的一群癌症晚期病人。这些孩子或许隐约知道，却不知意味着什么。现代医学在和死神赛跑，希望尽早研制出消灭癌症的药物，事实上，也有一些病人治愈了。所以，我要他们描画最美的愿望，而不是最后的愿望。"

车小小："小樱桃，你的最美愿望呢？"

小樱桃："我不说。"

车小小："为什么？"

小樱桃："因为实现不了。"

车小小："阿姨会帮你的。"

小樱桃："阿姨也实现不了。"

车小小:"为什么呢?"

小樱桃:"因为,因为大为爸爸也有过最后的最美的愿望,大为和大为妈妈都没有帮他实现。"

车小小:"小樱桃,那是有原因的!"

小樱桃(嘟哝):"反正,实现不了。"

孩子们七嘴八舌:"阿姨,我的愿望能实现吗?""我的呢?""阿姨,我好想好想实现愿望!""阿姨,阿姨!"

声音淡去。

小樱桃是一个比较特殊的孩子,她比病房里其他孩子大一点。听护士说,小樱桃父母相继被诊断出癌症,她母亲三年前去世了,父亲现在在医院跟病魔斗争,她和奶奶相依为命。小樱桃内心十分孤独,很需要爱。

车小小(OS):"这一刻,我恨不得变成神笔马良,把这些孩子的愿望一件一件画出来,立即把他们的愿望变为美好现实。突然,一个想法跳了出来,让我无比激动!"

手机拨号的按键声。

车小小(兴奋地):"倪青姐吗? 我要马上见到你! 我们一起来做一件非常有意义的事! ……哎呀,具体是什么事你见面就知道了!"

钢琴演奏的背景音乐。

车小小:"倪青姐,我们俩一起来建一个微信群好不好? 发动志同道合的朋友们,有力出力,有钱出钱,有门道出门道。首先在我们儿童医院成立一个捐头发的爱心组织,再专门帮助肿瘤医院里无人照顾的病人的孩子们,实现他们心中最美好的愿望!"

倪青："太突然了……你怎么会想到这个主意的?"

车小小："那还要从大为爸爸说起……对不起,我戳到你心里最疼的地方了。"

倪青："没关系,你说吧。"

车小小："大为没有帮爸爸实现最后的愿望,你非常内疚,我也很难过……今天我又去肿瘤医院看望那些孩子和病人了,其实,他们每个人心里都藏着一个美好的愿望,有的愿望并不是家长能够实现的……也许,我们可以借助社会力量来实现这些愿望。当一个孩子心中最美的愿望变成了现实,你想想,会发生什么? 他会非常快乐,这对战胜病魔很有好处,一定的!"

倪青："你说的确实有意义,我经历过大为爸爸的事情后,怎么会不懂……可是,我这人太微不足道,起不了什么作用……"

车小小(热烈地):"倪青姐,不要这么想。你知道吗,我提出做这件事,一半是为了孩子们,另一半是为了你和大为! 大为爸爸离开后,我看你万念俱灰,总是在自我折磨,很担心你……我好想帮帮你,可是想不出办法……现在好了,我们把朋友们发动起来,一起做一件有意义的事,你能将自己的母爱撒向所有的孩子,那就好像大为爸爸的愿望在其他孩子身上实现了,你会觉得他还在这个世界上,生活又充满了意义……来吧,倪青姐,走出阴影,走进阳光……"

沉默少顷。

倪青："我很感动,也很惊讶。你一直在注视着我,关心着我……失去大为爸爸后,我的生命也失去了方向,现在,好像又找回来了……"

车小小(欣喜地):"你答应了?"

倪青："我还能拒绝你吗?"

车小小:"倪青姐! 太棒了!"

以下在孩子们的各种欢笑声中,间续插入车小小的声音。

车小小(画外音):"最美愿望微信群,就这样建立起来了,真想不到,简直是一呼百应! 我在医院工作认识的许多病人,那些丢了东西被我们找回的、发生争吵被我们好言劝开的,还有被治愈的病人们,纷纷加入了微信群。我们的医院,真是一个既有人气又有人缘的地方。"

暑假过后的 9 月,石榴花开的季节,上海市儿童医院捐发项目成立。全市首批 58 位志愿捐发者献出了长长短短的"青丝爱心",这些爱心人士有 5 岁的幼儿园宝宝、十几岁的花季少女,还有 30 岁出头的白领、民警。"爱从'头'开始,百人捐发公益活动",全市的爱心志愿捐发者剪去她们悉心照顾的长发,为患病的病友们续上美好的希望。最好的假发是用真正的头发制作而成的,剪下的头发将被制作成"爱心发套",送到因病脱发的患者手上。

其中,捐赠者中不乏很多孩子和学生,公益捐发活动在他们心里埋下了一颗爱的种子,让他们学会承担一份特别的责任,给他们留下了一份温暖的记忆。

车小小(画外音):"我们也得到了病患家庭和儿童医院的支持。在大家的帮助下,我们为病人家属和孩子们实现了第一个愿望,游玩迪士尼乐园! 第二个愿望,参观自然博物馆! 孩子们的那个高兴劲儿啊,我都没法儿形容。"

倪青:"我的工作没有车主任忙,具体事务都由我来承担。"

车小小(画外音):"我第一次看见她那苍白的脸上有了红晕,有了笑容,真为她高兴,大为也有了更多的同龄人朋友。现在,我们的心事是小樱桃,她的爸爸于上个月过世,她现在封闭着自己,不肯说出心里最美的愿望。"

大为:"我来谈,小樱桃和我是好朋友。"

推门声。

倪青:"大为!你和小樱桃谈过了?"

大为:"谈过了。你猜她最美的愿望是什么?"

车小小:"一定很刁钻古怪!"

大为:"是的,想都想不出。她呀,想和奶奶一起指挥交响乐团!"

倪青:"啊呀,这怎么可能?"

车小小:"她说,她希望音乐能赶走病魔,长大后想做一个音乐指挥家!"

车小小:"这个愿望,难度太大了!"

沉默少顷。

倪青:"我想去做……我已经让大为爸爸失望了,不能让小樱桃也失望。我们来想想办法,想想办法……"

车小小(画外音):"万能的微信群啊,真是神奇!我们发出求助信息后,一位在文艺界工作的地铁乘客找到了一家交响乐团,没想到,对方听说这个特殊孩子的特别愿望后,居然一口答应了!"

交响乐团的试音声此起彼伏。

车小小(画外音):"这是一个阳光明媚的星期天早晨,大为牵着小樱桃的手,来到了交响乐团的排练厅。病房里的病患和孩子们都来了,整整齐齐地坐在下面。白发苍苍的老指挥家笑盈盈地把指挥棒交到小樱桃手中,鼓励她尽管大胆地指挥。"

鼓掌声。

小樱桃临阵却有点胆怯了,她回头去看大为,大为和其他孩子们及小樱桃的奶奶朝她做了个胜利的手势。她举起了指挥棒。

　　音乐轰然而起。

　　车小小(画外音):"这是一场特殊的音乐会,小樱桃像模像样地挥动着指挥棒,奶奶在舞台侧幕欣赏,其实,奶奶并不懂音乐。一切都是预先安排好的,训练有素的演奏家们认真地奏着乐器,帮助一个失去至亲的病患家庭实现她们最美的愿望。我看到大为和倪青姐边笑边擦着眼泪,她一定想起了大为爸爸那没实现的最后的愿望。"

　　音乐柔情地进行着。

　　车小小(画外音):"我也禁不住热泪盈眶。这是从我们医院急诊室开始的一个故事,请让我们相信,许许多多的人都在追求着完美人性。我还要告诉大家,在大家的帮助下,小樱桃考上了上海音乐学院指挥系。透露一个秘密,小樱桃和大为经常走动,还认了倪青作干妈呢。"

　　医院急诊室的喧闹声。

　　救护车由远而近的声音。

　　车小小(画外音):"又一个忙碌的值班开始了。生活就是这样,虽然有不少弯道,但终究会一往无前,奔向前方的目的地。"

　　救护车启动,驶向远方的声音。

(剧　终)

导师评语

姚扣根

张丹的剧本《最美愿望》，题材来自真实生活。张丹作为新闻记者，通过采访有所感悟，根据上海地铁女职工郑雪帮助白血病儿童的事迹，创作了《最美愿望》。该剧本获上海文化发展基金会支持立项之后，张丹继续深入生活，深入社区1+1亲子教育活动，深入上海市儿童医院急诊室等，通过亲身体验，有感于社会各界发扬爱心、帮助患病儿童实现最美愿望，创作了《最美愿望》的续集《长发公主》。数个小故事在一个主题下有机组合，变成了一部很有社会意义和时代气息的作品，充满正能量。

上海地铁职工郑雪，从一位乘客冒险捡跌落的手机这一偶然事件中接触到白血病儿童，了解到这些儿童的最后愿望。同样，上海市儿童医院的医生车小小，从一个儿童半夜要剪去长发的事件中，了解到病人的愿望。之后，她们各自义无反顾，尽自己所能，无私地帮助这些儿童患者实现最后的愿望。渐渐地，她们凝聚成了一个热心帮助儿童的集体，她们在医院和社会的支持下，建立了"最美愿望"微信群，聚集起一大批爱心志愿者。她们借助社会力量，使孩子心中一个个最美的愿望变成了现实。

第一个愿望，游玩迪士尼乐园！

第二个愿望，参观自然博物馆！

小樱桃的愿望是指挥交响乐团。

大为捐头发是为了完成爸爸最后的愿望。

这部剧给人温暖和阳光。帮助患病儿童实现小小的最后愿望，帮助患病儿童的家庭渡过难关，剧本正面歌颂了魔都那些不计名利默默奉献的志愿者,表现了一个文明的社会如何扶助弱者、给予爱心,情深意长。故事取材于现实生活,视角新颖,主题有一定的深刻性,这在目前儿童剧和现实题材剧作中是比较少见的。

目前剧本存在一些薄弱环节。第一,数个小故事,结构呈现不够完整。第二,人物的互动交往不够,志愿者、家长、患病儿童的感受表现得不够。编剧很努力,但对患病儿童和家庭的感同身受还不够。第三,志愿者的生活观念应该列入表现范围,现剧本有所忽略。上海有许多志愿者,散布各个领域,他们大多默默无闻,坚守着自己的信念。工作之外的无私奉献,会带给他们麻烦,但更多的是使他们感到生活的充实和幸福。

《最美愿望》的剧本,经过了数次较大的改动,其中一些片段曾以话剧形式在上海戏剧学院新空间舞台演出,演出受到观剧的群众和专家的好评。目前,剧本主题突出、故事通顺、叙述流畅、情节感人,基本达到了结项的要求。

上海文化发展基金会青年编剧扶持项目

青年编剧作品选 2017 年度

（下）

上海文化发展基金会　编

学林出版社

目　录

001

（注：2017年度青年编剧扶持项目资助的剧本共30个，有5个未收录本书。）

【影视类剧本】

电　影

久别重逢

蓝　淇

蓝 淇

女,本名王娉煜。蓝淇(上海)文化艺术工作室编剧、导演,独立电影人。制作拍摄短片、纪录片、电影等。主要作品有:《全乎人》《知海深》《流浪的小孩》等。

献给母辈

也献给
上海孤儿

　　"上海孤儿",尤指在中华人民共和国三年困难时期及1960 年至 1963 年间,被抛掷在常州、无锡、苏州和上海一带各大城市,之后经由上海儿童福利院转移至华北地区的大量弃婴。据说,上海孤儿是内蒙古牧民们给予北上弃婴的统称。由于档案材料的缺失,具体弃婴人数已无从得考,但是根据有限的材料来推断,总人数当在万人以上。

1. 外　梦境　上海弄堂　20世纪60年代　黄昏

　　［暖色的夕阳下,一条空荡荡的老弄堂,蜿蜒狭长。弄堂左侧的房屋大概一人多高,右侧的房屋略高过头,有几扇打开的窗户。

　　［一阵由远及近的叫卖声打破了原本的寂静。

小　贩　(方言,画外音)卖棒冰,卖棒冰,好吃的棒冰——

　　［一个头戴一顶黄白色草帽、看不清面孔的卖冰棍的小贩缓缓地走进幽深的弄堂。他右肩挎着一个涂上白漆的方形木头盒子,盒子上覆了一小块白色厚棉垫。

　　［一双小手从弄堂远处、一扇右侧房屋的窗户里伸了出来。小手在招呼卖冰棍的小贩过去。

小　妹　(上海方言,画外音)棒冰棒冰,快来呀,快来这边呀!

　　［卖冰棍的小贩入画,他走到远处的窗下,抬头对着窗口说了几句,拿出一根冰棍递进窗口,然后接过硬币揣进口袋。他走出几步,又回身朝窗口摆了摆手告别。夕阳下,他的身影被拉得很长,直到消失。

2. 外　继续

　　［镜头推近至那扇窗下,我们发现在这扇窗户外钉着很多竖木条,里面一个小女孩小妹(6岁左右)正静静地玩耍般地舔着刚买到手的冰棍。

　　［小妹梳着两条紧致的高马尾辫,一双乌溜溜的圆眼

睛都快要被提拉成丹凤眼了。我们只能看见她的上半身,她穿着一条小碎花连衣裙,样子惹人怜爱。从外面望进去,屋内一片昏暗,什么也看不见,和外面的世界形成"亮"与"暗"强烈的对比。

〔此时,远方传来两个小男孩儿打闹追逐的声音,他们在抢一本小人书。

3. 外　继续

〔只见两个放学回家的小学生(8 岁左右的小男孩)从弄堂的另一头互相追逐着跑了过来。他们经过小妹家的窗口,边跑边嚷。

小学生 A　(上海方言)今天轮到我看,把小人书给我!

小学生 B　(上海方言)小妹! 你看那里!

　　　　　　〔小学生 B 指向窗口里的小妹,故意分散小学生 A 的注意力。

小学生 B　(CONT'D)她就是小妹,她妈又把她关起来了!

　　　　　　〔待小学生 A 看向小妹时,小学生 B 赶紧跑远了。两人继续追逐离开。

4. 外　继续

〔小妹趴着窗户,竭力朝外面张望,视线却被窗上钉的那几根竖木条挡住。小妹伸出攥着冰棍的小手。

小　妹　(呼唤)你们回来呀! 来吃棒冰,你们来跟我玩呀!

　　　　　〔"啪",冰棍掉出窗外。小妹的大脑门儿顶着窗上的竖木条,目光顺着冰棍掉落的方位探寻着。她还不断地伸出手试着去够……

5. 内　上海弄堂木板屋　继续

[屋里隐约可见一些20世纪五六十年代的家具摆设。墙上贴着一张旧画报,五斗橱上立着一尊毛主席半身瓷像,饭桌上放着3只印花热水瓶,还有几块饼干和一杯牛奶。

[镜头转向窗口,可见小妹单薄的背影。有几束追光从窗缝中钻过,为她纤弱的身形打了一组轮廓光。小妹在低头哭泣,哭声压抑,带着一种与她年龄不符的压抑感。她两手紧紧握着挡住她视线的竖木条。

[这时,从窗外传来一个女人的声音。

女　人　(方言,画外音)(爱怜的口吻)小妹,小妹,不要哭,我陪你玩,好不好?

[一个女人的手从窗口下方出现,她的手里拿着一根新的冰棍。

[画面淡出。

6. 内　四海节目制作中心　录音棚　2015年　日

[吴小妹(58岁左右,中短发,穿戴虽朴素但精致,眼神透露一丝不安全感)此时坐在镜头前,被面前一束白晃晃的灯光照射得有些睁不开双眼。

[姗姗(女,29岁,长发,混血儿)从坐在主持人座位上的潇(女,31岁,短发,一身职业套装)手里接过相册,并迅速互换了录制设备。姗姗坐到了主持人的座位上,潇则神情焦虑地退后到后方的监控室,看向镜头里的吴小妹。

[录制继续,姗姗翻开相册,里面贴满了新生婴儿的

大头照片和基本信息,有些照片下面只有编号。

姗　姗　(画外音)吴女士,您能从这些照片里找出自己吗?

　　〔吴小妹接过相册,翻过一页又一页。这时,吴小妹的视线停在某处,在一张女童的大头照下指了指。姗姗凑过去,对着镜头补充说明。

姗　姗　照片下只有出生地——上海,还有一串编号。

　　〔姗姗收起相册。

姗　姗　(画外音)吴女士,现在您仍然对自己的身世一无所知吗?

　　〔吴小妹闭上眼睛,不知是灯光照的,还是自己的眼眶真的湿润了……

　　〔潇提示姗姗暂停,姗姗走回监控室。

姗　姗　(不耐烦地)又怎么了?

潇　　姗姗,我们应该保护采访对象的情绪。

姗　姗　(质问地)潇!你确定请吴女士来采访不是个错误吗?

　　〔监视器里,吴小妹看向了镜头。摄像机定格住吴小妹的脸,和另一边的潇隔空相望。

7. 外　上海　2013 年　日

　　〔城市上空大全景。

8. 便利店　继续

　　〔小双吉(本名陈婷,女,24 岁,中长发,一副奇怪的眼镜架在鼻梁上)穿梭在城市的街道上,在便利店门口停放下自行车。只见她迅速脱下正装,扔进车筐,把原本塞进裤子里的白衬衫的下半截全部拉扯出来,打了一个结。她双手叉腰望向天空,好似轻松了许多,在脖子上挂了一个相机,走进身后的便利店。

[冰柜前,小双吉随手拿起一块三明治就往嘴里塞,快吃完了才走去柜台结账。柜台营业员鄙视地嘟囔了一句,已经走到门口的小双吉,转身冲营业员摁动了胸前相机的快门,然后出门骑上自行车离开。

9. 外　大街B　继续

[年迈的英秀(79岁,满头白发但梳得服帖,衣着干净)拄着拐杖在街道上缓步而行,巡视沿街的商店,每路过一家小吃店或者便利店都会往里看看,然后继续往前走。

10. 外　大街A　继续

[小双吉随性地穿梭在上海的大街小巷,时不时停下车,拿起相机就拍上一张。她在看镜头拍照时会习惯性地摘下眼镜,用右眼去看。镜头拉近特写,小双吉的左眼是内斜视,她拍完一组照片后离去。

11. 外　大街B　继续

[英秀临近十字路口,左面,突然一个骑自行车的年轻人直冲冲地对着英秀撞了过去……"砰"的一声,老人家的拐杖落在了柏油路上。

[一些路人驻足围观。

12. 继续

[高空镜头。下方不远处,在马路当中,一个年轻小

伙子(20 岁出头,胸前垂着一副白色耳机)正蹲着和坐在地上的英秀说话。有辆轿车即将经过事发地,鸣了一声笛,英秀仍然坐在原地。小伙子站起来,把路中央的自行车拾起。轿车绕过英秀,驶离。

⌈小伙子跑回来,拾了拐杖,搀起英秀。英秀一只脚崴了,她对小伙子指了指自己走过来的方向,两人原路返回。围观的路人渐渐散去。

13. 外　小区　继续

⌈小双吉骑着自行车进入一个普通住宅小区。

14. 内　小双吉卧室　继续

⌈镜头在室内慢慢环绕。房间里陈设不多,但是井井有条,书架上有挺多书,还有一部分没有拆封的新书。角落里有一个微微打开的小提琴盒,有些灰尘。墙上横挂着数条 Z 形细线,上面挂着一些刚冲洗出来的照片。

⌈镜头继续环绕到了窗口,捕捉到楼下的吴小妹从不远处走过来。

⌈镜头继续移动,前方的小双吉跪在抽屉前整理自己拍摄的照片,其中有一张照片是一对中年夫妻在夕阳下的背影,他们依偎而行的画面十分温馨。

⌈小双吉没有听到吴小妹进了家门。

15. 内　吴小妹卧室　继续

⌈吴小妹捏着小挎包走进自己的房间,在窗台朝楼下不远处眺望。一个年轻的母亲和她幼小的女儿在沐浴阳光,小妹看着发呆。

[一阵物品翻倒的声音响起,吴小妹走出卧室去推小双吉的房门。

16. 内　小双吉卧室　继续

吴小妹　(上海方言)陈婷!?

[吴小妹生气时就会叫小双吉的本名。

吴小妹　(CONT'D)这么快就回来了,今天工作面试怎么样?

[小双吉正在慌乱地朝翻落在地上的盒子里放照片。

吴小妹　(CONT'D)又在看这些没用的照片! 你那个眼睛还要吗?

[吴小妹上前夺过照相机和一把照片。

吴小妹　(CONT'D)跟你说过多少遍,不要把时间浪费在这上面!

[吴小妹把抢过来的照片紧紧攥在手里,气冲冲地朝自己的卧室走去。

17. 内　吴小妹卧室　继续

[吴小妹正要关上房门,紧跟过来的小双吉硬挤了进来。吴小妹一屁股坐在床沿上,目光呆滞。

[小双吉本以为吴小妹会继续发作,不料竟是如此反应,不禁愣在原地。她试探性地去推了一下吴小妹。

[此时,吴小妹耳边仿佛听到屋里的那只大钟指针逐格转动的嘀嗒作响声,像是心跳。

[小双吉又推了推木讷的吴小妹。

小双吉　(上海方言)姆妈,姆妈! 你今天又去儿童福利院了?

[吴小妹抬头看眼前的小双吉,小双吉那只内斜视的

左眼十分明显。

吴小妹　把你的眼镜戴上！

　　　［小双吉低头把挂在胸前的矫正眼镜戴上。戴上后，
　　　小双吉的眼球略微放大，左眼的缺陷不再明显。

吴小妹　（CONT'D）你毕业那么长时间，打算什么时候去
　　　上班？

　　　［小双吉没有回答，而是在吴小妹身边坐下。她从吴
　　　小妹手里握着的一把照片里抽出一张——那对夫妻
　　　依偎而行的照片。

小双吉　（调皮地）姆妈看呀，这张还是我给你和爸爸照的呢。
　　　我觉得特别灵动……

　　　［吴小妹对着小双吉的耳朵大声喊道。

吴小妹　（生气地）我在问你话，工作，工作！

小双吉　哦哟，干吗嗓门那么大！

　　　［小双吉不耐烦地站了起来。

小双吉　（CONT'D）（委屈地）工作没有找到合适的呀……

　　　［吴小妹仔细看了看眼前的小双吉，只见她一身宽大
　　　的白色竖条衬衫，罩住了整个上半身，宽松的牛仔裤
　　　腿微微卷起，头发松散地盘在头顶。

吴小妹　你今天就穿成这样去面试的吗？！

　　　［小双吉低头看自己，吴小妹拿手指抵着小双吉的脑
　　　门，咬着牙说道。

吴小妹　（CONT'D）看看你自己！

　　　［吴小妹把小双吉推到衣橱前的镜子前。

吴小妹　（CONT'D）你自己看，合适吗？自身条件那么差，还
　　　不知道修边幅。

　　　［小双吉也提高了嗓门。

小双吉 （喊叫）你是不是怎么看我都不顺眼?! 我对那家公司不感兴趣,我就不去!

〔吴小妹一屁股坐下。

吴小妹 我真后悔把你生出来……

小双吉 （激烈地）拜托你这种话就别老放在嘴里说! 我知道我是个多余的! （踢翻脚边的凳子）你们当初要是把我也送了人该多好呀! （双脚跳）把照片还给我!

〔吴小妹胡乱地把面前的照片撕成两半。夫妻相依的那张照片也被她撕成了两半。

〔小双吉冲到吴小妹面前抢照片,吴小妹下意识地身体往回缩,做好自卫姿势。

〔小双吉把门重重地摔上。吴小妹听见自己的心跳声,继而大钟指针转动的声音,越发响亮……

18. 内　楼道　继续

〔小双吉在楼道里默默地流眼泪,她倚靠在墙上摘下眼镜,视线立刻变得模糊和抽象。小双吉回想上午面试的场景。

〔闪回。

19. 内　某公司前台　日

〔小双吉衣着得体地在等面试,前台姑娘的视线一直没有离开过她。更糟糕的是,在人事经理看完小双吉的资料后,再抬头看她问话时,小双吉结结巴巴,竟然一句话都说不出来……

〔闪回结束。

20. 内　小双吉卧室　继续

〔小双吉回到自己的卧室,抄起一只双肩包,往里面胡乱塞了些衣物。

〔小双吉隐约听见吴小妹在接电话。

吴小妹　(画外音)喂……侬寻撒宁啊?……我说你找谁?……谁摔倒了?……啊?!……陈婷!快过来!

〔小双吉赶紧扔下手中的衣物应声跑去。

21. 内　客厅　继续

〔吴小妹站在电话机旁,紧张地看向小双吉。

吴小妹　你外婆一个人跑出去了!被自行车撞倒了……

小双吉　她肯定又把护工给赶走了!她现在怎么样了?

吴小妹　不知道,你去看看她吧?

小双吉　正好我要去她那里安静两天,我现在就去!

吴小妹　(自言自语地)我也去看看!

小双吉　你别去!你俩见面就吵架。再说了,外婆还不一定想见你呢!

22. 外　住宅楼下　继续

〔吴小妹的丈夫好君(59岁,五官端正)正准备上楼,看见女儿和妻子两人一前一后行色匆匆,完全没有注意到自己。

好　君　(上海方言,喊)小妹!小双吉!你们去哪里?

〔吴小妹看见丈夫,小跑了几步,靠近跟前说了些什么。

〔镜头推进,好君拉住吴小妹的手。

好　君　小妹,还是让陈婷先去,情况不好我再陪你一起去。走,你现在跟我回家。

吴小妹　好君,我真的想去看看姆妈。无论她对我们做过什么,我心里一直对她放心不下……有什么需要,我电话里告诉你。

　　〔不等好君回答,吴小妹小跑着离开了。

23. 外　某石库门附近　继续

　　〔天色渐暗,吴小妹和小双吉从出租车里钻出来,火急火燎地朝石库门里跑去。

24. 外　石库门天井　继续

　　〔天井里端坐着一个文质彬彬的老人家——周公(75岁,脸上皱纹纵横,充满了忧愁和沧桑)。听见有人从门口进来,周公抬头眯着眼看,认出是吴小妹。

　　〔楼上传来榔头敲墙的声音,吴小妹听见每一声敲击声都不由自主地战栗,她闭上眼睛就能看见那把在半空中扬起的木棍正朝她打落下来。敲击声停止,吴小妹睁开惊魂未定的眼睛。

周　公　(上海方言)(意外地)是小妹啊?! 好久不见啊!

吴小妹　周老师,侬好!

周　公　(关切地)快上去看你姆妈,快上去!

25. 内　石库门过道　继续

　　〔吴小妹爬上楼梯,看着眼前熟悉的景象,脚下有些发软,继续顺着楼梯爬上二楼,来到一户人家门前。

〔吴小妹试着推了推门,门从里面反锁着。她和小双吉都没有房门钥匙。

吴小妹 (轻轻地)姆妈,我是小妹,开开门好吗?

〔一个邻居从她俩身后经过,嘴里发出"啧啧"的声音,掏出自己的钥匙,临关上自己房门前还略带嘲讽地看了一眼这对母女。

〔小双吉把吴小妹推向一边,开始喊。

小双吉 外婆,是我,开门!

〔"啪",门锁随即打开。

〔开门的是英秀,只见她面无表情,转身慢慢跛着脚挪回到自己的床上。

〔小双吉跟了进去,吴小妹小心翼翼。

26. 内　英秀家　继续

〔英秀的家里杂物很多,但都摆放得十分齐整。头顶上有几根晾衣服的竹竿,其中一根竹竿上吊着一把干菜和一块腊肉。还有一把琵琶放在房间的一角,与周边的环境有些格格不入。旁边的五斗橱上摆放着英秀过世丈夫老吴的遗像。

〔吴小妹和小双吉来到英秀的床边。英秀躺在褪了色的被单上依然面无表情。吴小妹俯下身,先看了看英秀的左脚,然后又看了看她的右脚。

〔小双吉先问道。

小双吉 外婆,还有其他什么地方受伤吗?

〔英秀摇摇头。

吴小妹 (小心翼翼地)姆妈,你不要乱跑,外面车子那么多……要是护工不好,我再给你找一个。

[吴小妹感觉自己的心都快要跳出来了,她很怕英秀,但是她看英秀的眼神又充满了关切和爱。

[英秀吃力地用手撑起身体,吴小妹伸手去扶,被英秀甩手拨开。吴小妹尴尬地坐回原地。

小双吉 外婆,刚才是谁帮忙打的电话呀?

英　秀 (略带扬州口音)是个小伙子。他扶我起来,把我带回家,还买了好多包子。

吴小妹 (感激地)碰到好心人了,真是谢谢!

英　秀 不是! 是他把我撞倒的!!

小双吉、吴小妹 (恍然大悟地)啊?! 那他人呢?

英　秀 一个陌生人在我家,我怎么能放心呢?! 他说要等家人来再走。我叫他走,走!

[英秀的情绪显得不太稳定,小双吉故意说话转移英秀的注意力。

小双吉 外婆,外婆,我肚子饿了,包子是在外面的橱柜里吗?

[英秀看小双吉的眼神温和一些,对她点点头。

[英秀和吴小妹两人,相对无语,各坐一边。吴小妹避开英秀正投来的冷冷的不一般的眼神,抬头装样看墙上挂着的一本日历,却发现日期不太对。吴小妹起身去撕下几页旧历来,又看了看眼前的日历——2013 年,一脸困惑。

27. 内　继续

[小双吉从外面探出头来说。

小双吉 外婆,我跟你说没说呀,橱柜不用上锁!

吴小妹 (对英秀)姆妈,钥匙给我,我去开锁。

[英秀从衣兜里摸出一大串钥匙,每一把钥匙上面都

缠绕着一种颜色的线头。她越过吴小妹伸出来的手,把一串钥匙抬手悬在半空,示意小双吉来拿。

〔镜头在屋子四周环绕。卧室里的五斗柜、衣橱也上了锁,甚至抽屉都上了锁。

28. 内　过道　继续

〔门口狭窄的过道里架着一个不大不小的橱柜,有一块帘子遮挡。小双吉掀开帘子,双手打开橱柜,从里面端出一盘包子。

〔小双吉的手特写。

29. 内　英秀家　继续

〔小双吉把包子端回屋里,已经凉透了的包子根本一点儿都引不起食欲,小双吉勉强吃了一口。

小双吉　外婆,我想吃你做的糖心疙瘩。

英　秀　我老了,糖心疙瘩做不动了。(伤心地)外婆靠不上你,快点死了算了。

小双吉　(睁大眼睛)我怎么靠不上了,每次该来的不来,还不都是我来看你的吗……(嘟囔)没良心,臭脾气,不把人全都吓跑才怪……

英　秀　你们不爱来就别来!!

吴小妹　(对小双吉)你怎么这样对外婆说话?!(对英秀)姆妈,我们都很关心你的,都想来看你……

英　秀　我不要你们来看我!(对吴小妹)你!你不是要和我断绝母女关系吗?谁养大的你?白眼狼!

〔英秀恨恨地朝地上啐了一口唾沫,直勾勾地看着吴小妹。

〔小双吉厌烦地站起身来,对吴小妹说道。

小双吉 （对吴小妹）见面就吵,都说了叫你别来。

〔吴小妹起身把小双吉的双肩包从地上拿起,把小双吉推向了门口的方向。

吴小妹 回去,回去! 不是让你来添乱的! 回去跟你爸爸说,今晚我在这里陪夜。

〔小双吉没好气地往门口走,眼里噙满了泪水,回头又扔下一句。

小双吉 神经病! 我才不跟你俩一般见识!

〔小双吉摔门离开。

30. 内　英秀家　继续

〔吴小妹坐回床边继续对英秀说。

吴小妹 姆妈,对不起,其实我真的很早就想来看你了。但是,你总发脾气,我也不知道我是哪里做错了呀……

英　秀 你是来看我会不会死。放心! 我不会拖累你。我的积蓄足够给自己办一个体面的后事了。

吴小妹 （难过地）姆妈,你不要说这些,我听着难过。

〔吴小妹看见英秀投来怀疑的目光。

吴小妹 （CONT'D）姆妈,我保证,我会照顾你。

〔还没说完,吴小妹就转过身去,不让英秀看见她的脸。背对英秀的吴小妹,眼泪涌了出来。

〔切至。

31. 内　上海弄堂木板屋　1964 年　清晨

〔年轻的英秀(29 岁,齐耳短发,相貌娟秀,体态有些圆润)在儿童福利院的食堂工作,起床很早。英秀把睡眼蒙眬的小妹(6岁)从薄毯里抱出来,给小妹穿上花裙子,梳好左右两条高过耳朵的马尾辫,带着小妹去上班。

32. 外　儿童福利院　继续

〔儿童福利院占地广大,分布的多是两层小楼,有的保留着暗红砖墙,有的则粉刷上淡绿色油漆。林阴道两旁,繁花似锦。

33. 内　儿童福利院厨房　继续

〔沿着长长的走廊进入食堂,几个穿着白色食堂工作服的女职工已经开始忙碌。

〔英秀把小妹安顿在里屋的小板凳上,便去了外屋。

〔小妹趴在桌子上看食堂职工们分装牛奶,雪白的牛奶被灌进一个个小瓶子里,小妹看得痴迷了。虽然她每天早上都能看到这一幕,但是她依旧百看不厌,且永远充满好奇。有人倒了半杯牛奶递到小妹面前,小妹低下头,手指扭着裙角,露出笑脸,喝掉了牛奶。

〔小妹听见外屋有些动静,轻手轻脚地走出去,看见几个职工按着一头正在竭力挣扎的猪,猪绝望地嘶嚎。小妹被这一幕吓坏了,哭出声来。

〔众人抬头,其中就有英秀。她朝小妹走过去,抱起小妹回到里屋。随即听见闷闷一声拍打响。

英　秀　(画外音)还敢不敢瞎跑!

〔再没听到小妹有任何动静。

34. 内　上海弄堂木板屋　黄昏

〔饭桌上英秀给小妹盛了一大碗饭,小妹低着头,有点胆怯。对面的老吴(35 岁,英秀的丈夫,中等个头,瘦削精干)在责怪英秀。

老　吴　(江浙某地口音)你怎么不看好小妹? 这以后要是说不出话来可怎么好……

〔老吴爱怜地看着小妹。

老　吴　嗓子这儿紧张吧? 过两天松了就会好。记住以后不要乱跑啊,孩子。

〔老吴示意小妹吃饭,小妹朝嘴里扒拉米饭,筷子有些长,她的小手握不住。英秀拿自己手里的筷子打小妹的手背,被老吴喝住了。

〔吃完饭,英秀起身收拾碗筷,丢下一句话。

英　秀　(冷冷地)从明天起,小妹一个人待在家里。我不带她了!

〔说完,英秀朝厨房走去。老吴看着小妹,小妹低头捏裙角,无意中打了一个饱嗝。

35. 内　上海弄堂木板屋　清晨

〔小妹蹲在角落里,看见英秀在桌上摆了一只碗、一瓶牛奶、六块饼干和三块糖。

〔英秀在身后关上房门,又在外面上了锁,上班去了。

〔房间黑乎乎的非常安静,不一会儿,小妹就被这黑暗的氛围给吓哭了。小妹爬到床上,不知哭了多久,直到疲惫地睡了过去。

36. 内　继续

〔一缕阳光慢慢从窗户照射进来,照在小妹熟睡的脸上。

〔弄堂偶尔有人经过,自行车铃声飘过。

37. 内　继续

〔小妹听见窗口下有人经过时,就探头趴在窗前盯着外面看。小妹在给自己找乐子,玩累了她就去拿桌上的饼干,一次拿一块,还剩三块。

38. 一组蒙太奇

〔日复一日,经过的人都会抬头看看窗口,有男有女有老有少,有老邻居也有小商贩,小妹不怕生,都报以微笑。

〔老吴照例每天早晨给小妹在桌上留下牛奶、饼干和糖,还偷偷塞给小妹5分钱,让小妹买冰棍吃。

39. 内　上海弄堂木板屋　日

〔这一天,英秀出门前给小妹留了个小孩儿的玩具,小妹觉着新奇,很喜欢,捧着跑到靠窗的地方琢磨起来。不知过了多久,有老鼠吱吱的叫声,小妹吓坏了,她趴在窗前,先是如鲠在喉,欲哭无声,然后不停流眼泪,直到大哭起来。

〔邻居沈阿姨(32 岁,干瘦,穿着极其朴素的蓝布衣衫)听见,来到窗口下。

沈阿姨　小妹,你为什么哭?

小　妹　（边哭边说）我听见有大老鼠在爬。

沈阿姨　不怕，不怕，阿姨抱你出来。跟我回去，等你姆妈回
　　　　来接你，好吗？

　　　　〔小妹点点头，伸出手让沈阿姨把她从窗口抱下去。
　　　　沈阿姨的手特写。

40. 内　沈阿姨家　继续

　　　　〔沈阿姨的家有些阴暗潮湿，只有门口的地方有些光
　　　　亮。即便如此，小妹也安心地在床上酣睡了过去。
　　　　小妹旁边躺着一个刚出生不久的婴儿。

41. 外　上海弄堂　黄昏

　　　　〔弄堂里出现英秀焦虑的身影，英秀每抓住一个邻居
　　　　就问道。

英　秀　看见我家小妹没有？

邻　居　没看见。

　　　　〔远处，安静的弄堂里，传来一声英秀尖锐的叫喊，打
　　　　破了原本的和谐与宁静。

英　秀　（画外音）小妹！

　　　　〔沈阿姨听见叫喊声被吓了一大跳，婴儿也啼哭起
　　　　来。小妹吓得赶紧爬起来，睡眼蒙眬躲到角落，额头
　　　　还撞在了床角。沈阿姨慌慌张张地跑到门口。

沈阿姨　（呼唤）小妹姆妈！这里，小妹在我这里。

　　　　〔英秀出现在门口，面色阴沉，一副令人背脊发凉的
　　　　表情，让人心有余悸。

　　　　〔英秀一进屋就找小妹，沈阿姨赶忙解释。

沈阿姨　（CONT'D）小妹姆妈，……小妹还小，你把她一个人

关在家里……

　　[英秀看见襁褓中的孩子,神情出现了异样,她伸手
　　去抚摸孩子,沈阿姨走到跟前。

沈阿姨　我已经养大两个孩子了,现在又添了一个。小妹姆
　　　　妈,我可以帮你照顾小妹的。

　　[沈阿姨看英秀没有吭声,继续说道。

沈阿姨　(CONT'D)带一个是带,带两个也是带,(试探地)我
　　　　帮你带小妹,你补贴我一些粮票好吗?

　　[英秀瞪了沈阿姨一眼,沈阿姨低下了头。

沈阿姨　(CONT'D)小妹姆妈,我们家吃饭的嘴巴多,可不比
　　　　你们。你们家双职工,就养小妹一个,你看……

　　[此时,英秀看见缩在床角的小妹,一把就把小妹拽
　　了过来,抬手扇了小妹一耳光。

沈阿姨　(CONT'D)(惊慌地)小妹姆妈! 你不要再打小妹
　　　　了呀!

　　[英秀气哼哼地抱起小妹就走。

42. 外　上海弄堂　继续

　　[英秀一路上都在狠掐小妹的大腿内侧,恶狠狠地
　　说道。

英　秀　让你跟别人跑……再让我找不着你……我掐死你!
　　　　[小妹疼痛难忍,想要挣脱,可是摆脱不了英秀的
　　　　控制。

43. 内　上海弄堂木板屋　继续

　　[等回到家,小妹的大腿内侧一大片淤青,有的地方
　　甚至已经破皮了。英秀不想听小妹哭,把毛巾胡乱

地卷成卷儿,塞进了小妹嘴里。

　　〔英秀走到五斗橱前,掏出一串钥匙,打开橱门,从里面拣出几张不同颜色的粮票。

44. 外　沈阿姨家　继续

　　〔英秀现身沈阿姨家门口,沈阿姨又被吓了一跳。英秀把粮票塞到沈阿姨手里。

英　秀　(神经质地)不许你再靠近我的孩子!

　　〔话音刚落,英秀转身就走,沈阿姨盯着手里的几张粮票不知所云。

45. 外　上海弄堂　继续

　　〔老吴回来,邻居街坊都和老吴打招呼。

邻居A　吴师傅回来啦,天热,今天老虎灶忙吗?

邻居B　吴师傅,你帮忙修的水管不漏了,谢谢哦。

　　〔老吴一一应答。

46. 内　弄堂房厨房　继续

　　〔英秀在厨房里准备晚饭,阵阵白腾腾的雾气升起,把英秀包裹其中。英秀嘴里神经质地嘀咕着什么,小妹在一旁罚站,惊魂不定,怯生生地看着英秀,浑身颤抖,继续抽泣。英秀抬手又给了小妹一记耳光,从远处走来的老吴看见了这一幕,小跑着过来。英秀没有看到老吴,还不待转身,就被老吴劈头盖脸地扇了一巴掌,猝不及防的英秀失去重心倒了下去,饭菜全被英秀张开的胳膊带到了地上。两人在厨房里扭打成一团,之后战场蔓延到屋外弄堂里。邻居们被惊动了,大部分都走上来劝架。小妹躲在角落里哭。

47. 外　上海弄堂　日

[新的一天,静谧如昔。镜头推进到我们熟悉的窗口,但是这次,窗口上多了好几根竖木条,看上去像间牢房,里面关着小妹。

48. 内　上海弄堂木板屋　日

[不知过了多久,小妹听见英秀回家了。她蜷缩在一角盯着门的方向,看英秀轻快地走进来。英秀看起来心情不错的样子。

英　秀　小妹,我的小妹呢。

[小妹怯生生地从角落里站起来走向英秀。

英　秀　(CONT'D)(满面笑容地)小妹,姆妈带你去拍照片!

49. 内　上海老式照相馆　日　继续

[摄影师站在老式照相机后准备按快门,小妹规规矩矩地坐在相机前。小妹扎着两条小辫子,辫梢绑了蝴蝶结,配着花裙子和小红鞋,非常可爱,左脚边摆着一个西瓜道具。

[摄像师让小妹对着镜头微笑,可是小妹怎么也笑不出来。

[英秀来到小妹面前,想把事情做好,但是她似乎无能为力。英秀促使小妹咧嘴笑时,小妹反倒被吓得快哭了。

[摄影师大拇指按动快门,"咔哒"一声,定格在小妹

抱着西瓜的画面,表情一副快要哭出来的样子。

50. 外　上海大街　继续

〔从照相馆出来,英秀拉着小妹走在大街上,后面跟着老吴。他们走进派出所。

51. 内　公安派出所　继续

〔民警(男,38岁,看着有些严肃,却是个实在人)见英秀正从门口走进来。

民　警　(江浙某地口音)哎哟喂,又来了!作孽啊!

英　秀　民警同志,我今天是过来问问看……

〔不胜其烦的民警无奈地摆摆手说道。

民　警　时间过去太久了,寻不到了!

〔英秀用手指着刚跟进来的丈夫。

英　秀　这是我男人。(开心地)他同意了!只要找到我的儿子,他同意帮我一起把孩子带回家去!

〔英秀表现出从未有过的开心。民警走到老吴旁边。

民　警　(对老吴,低声地)劝劝你家女人,不要再让她来了。你就这样告诉她,那个时候兵荒马乱的,儿子可能走丢了,也可能被她以前的男人带去其他地方了。真的别找了!有时候找不到,反而是好消息呀。

〔小妹正仰着头听大人说话,民警低头看小妹。

民　警　(CONT'D)(对英秀)这就是你从儿童福利院领回来的女儿啊?长得蛮好看的。(手指英秀)好好听组织安排,三口之家,称心如意咯。

〔民警摆摆手回到座位上,英秀的脸又深沉了下去。小妹继续仰着头,似懂非懂地看着几个大人。

52. 外　儿童福利院　日

〔20 世纪 60 年代的一首歌在儿童福利院的上空响起,远处的红砖房下,小妹正跟着收音机放出的音乐唱歌跳舞。

〔镜头从小妹的左侧移动至小妹身前,小妹看着镜头,不再跳了,只是看着镜头,仿佛镜头是个人,正从她面前经过。她不想别人看见她跳舞,换了一个立正的姿势一直看着镜头。镜头继续移动,后撤到隐蔽的一边。小妹从镜头中消失,我们又听见小妹开始跟着音乐唱起了歌。

〔隐蔽的镜头前,那条林阴道的光影色彩开始变换起来。英秀的背影走入画面。

英　秀　(画外音)小妹,走,回家。

〔镜头继续停留在原地,英秀牵着一个长高了的小妹入画。小妹和英秀背对着镜头朝大门走去,在长长的林阴道里渐行渐远。

53. 内　吴小妹卧室　2015 年　日

〔镜头摇过一组照片:一张是小妹抱西瓜的照片,一张是英秀和老吴年轻时的照片,然后是一张吴小妹、好君和陈婷一家三口的全家福,最后一张是一个短发、年轻女人的半身照,她是吴小妹的大女儿——潇。

〔吴小妹正躺在卧室的床上,在恍恍惚惚中醒了过来,一脸疲惫暴露无遗。

54. 继续

[眼前有个模糊的人影在吴小妹眼前晃动,渐渐转至清晰,好君走过来。

好　君　晚上又没睡好吧? 肚子饿了没有?

[吴小妹看见好君的鬓角又添了一些斑白。她没有回应,只是觉得好像哪里不太对劲。

55. 内　客厅　继续

[镜头移出卧室,我们发现客厅的陈设有了变化。正在迟疑的吴小妹抬头意外地看见英秀的遗像靠墙摆放在方桌上。

[吴小妹慢慢走到英秀的遗像前站住,已泪流满面。吴小妹低垂着头,不一会儿开始低声说道。

吴小妹　姆妈,我又梦到你了。(伤心地)嗯,今年忌日我一定去看你。

[说着话,吴小妹的手指在英秀的照片上轻轻摩挲。

好　君　(画外音)吃饭咯。

[好君从厨房出来,吴小妹出画,身后的日历显示2015 年。

56. 内　继续

[吴小妹和好君两人默默地吃着饭。

好　君　下午还去吗?

吴小妹　约好了,在人民公园相亲角碰头。

好　君　我看这件事还是先放一放吧。(伤心地)有时候,我觉得是我对不起你和女儿。我愿意照顾你们一辈子……

吴小妹　哎,我们总有老的一天,到时候谁来照顾我们的小双吉呢?

57. 外　人民广场相亲角

〔全景,人民广场。

58. 外　继续

〔镜头推进到一个区域,地上支撑着一把把阳伞,各种颜色,不太和谐。

〔每一把阳伞上都贴有一张 A4 大小的白纸,上面赫然写着人名、性别和工作,更注有"寻男友""觅女友"的字样。

〔镜头划过,我们看到的原来不只是一个角落,俨然是一个已成规模的集市,人来人往。其中,大多数人都是中年以上模样的家长。

〔吴小妹的背影出现在我们的镜头里,看样子她不是第一次来。她慢慢地引领着镜头往前走,时而停下脚步,看看放在伞上或挂在自家拉出的绳线上的"相亲简历"。

〔镜头原地不动,看着吴小妹走远,直到吴小妹被一个身材丰满的女人王阿姨(65 岁,中短发,穿戴有些鲜艳,但不俗气)拉住。两个人在交谈些什么,周围有些吵,观众听不见她俩在说什么。

59. 外　继续

〔镜头再次捕捉到吴小妹,这次是她和王阿姨两个人的背影,近景。

王阿姨 (上海方言)刚刚你看的那个,觉得怎么样?

吴小妹 其他都挺好的,就是……

王阿姨 小妹,我们认识蛮长时间了,我就有话实说。以陈婷的条件,不能太挑剔,也只有趁年轻,才有些余地。我看那个小伙子不错,我帮你约。

⌈吴小妹欲言又止,在附近的长凳上坐下,良久,掏出手机。

⌈声音淡出。

60. 外　咖啡厅　傍晚

⌈傍晚的上海。

⌈镜头前,街道对面的一个咖啡厅,坐了几桌人,靠窗坐着吴小妹和王阿姨,面对她俩坐着的是一个30岁出头的年轻男子。

61. 内　继续

⌈墙上的时钟指针嘀嗒作响,吴小妹时不时探头朝门口张望。

62. 外　继续

⌈天色完全黑了下来,街对面的咖啡厅里,年轻男子起身告别,他一跛一瘸地离开咖啡厅,王阿姨和他一起从咖啡厅大门离开,走出画面。

⌈吴小妹一个人坐在角落发了会儿呆。

⌈吴小妹推门走出咖啡厅,看看天色,看向街对面镜头的方向,发现了小双吉。原来小双吉一直站在马路对面目睹着这一切。

[与两年前相比,虽然小双吉衣着成熟了许多,但是她的眼镜还是一成不变地架在鼻梁上。

63. 外　大街　继续

[吴小妹和小双吉两人一前一后走在大街对面。镜头在车水马龙中捕捉她俩的身影,直到走出几条街道。吴小妹止了步,回头看向小双吉。

吴小妹　你跟着我干什么? 回去!

小双吉　你去哪里? 家在反方向。

吴小妹　你过来,我问你,头两年你不想工作,这两年你不想结婚,你想让我操心到什么时候?

小双吉　姆妈,我想陪在你和爸爸身边。

吴小妹　我们不可能永远陪在你身边!

小双吉　(叫喊)你那么着急想赶我走吗?!

吴小妹　你又瞎说什么? 这么不懂妈妈的心,还是你根本就是讨厌我呢?

[车水马龙,对面的小双吉在吼。

小双吉　你们当初送走姐姐,把我留在身边,不就是怕我被人欺负吗,可到头来是你在伤害我。(冲到小妹面前)对! 我讨厌你! 我讨厌死你了!

[小双吉撇下小妹,快步朝前方走去。

吴小妹　小双吉,回来! 你去哪里?

[小双吉已经消失在拐角处,留吴小妹一人在原地抹眼泪,她的样子像个受委屈的孩子。

64. 内　客厅　晚

［吴小妹拖着沉重的脚步走进屋里,好君见状说道。

好　君　(叹息)小双吉的事,我们应该从长计议啊。你猜,谁来电话了……大女儿来电话了,说小双吉去她那里了。

［吴小妹听说大女儿潇来过电话,脸上顿时有了不一样的神情。

吴小妹　女儿还说什么了?

［好君遗憾地摇了摇头。

65. 内　四海节目制作中心大楼

［远处,潇的剪影从大楼的一端走到另一端。

66. 内　办公区 A　继续

［潇一边朝大开间里走,一边往脖子上挂工作证。

［姗姗高高扬起她漂亮的混血儿的脸,看见潇。

姗　姗　(英语,愠怒地)你总算来了! 主任找我们谈话。

［潇从工位的一角拿起一罐苏打水,一声被打开的气泡声响后,随即喝下一大口。

［Steven(38 岁,美国人)从对面的办公位上探过头来,对潇使着眼色。

［姗姗再次不耐烦地示意潇一起去主任办公室。

［潇把剩余的苏打水扔进脚边的垃圾桶,起身跟在姗姗身后。

［Steven 看着她俩离去,看了眼墙上的时钟。

67. 内　继续

[墙上时钟的走针在变化，Steven 看向主任办公室，手中的笔敲打着办公桌。

[潇和姗姗一前一后走出办公室，回到工位，姗姗怒气冲冲。

姗　姗　（对潇）我们现在最缺的就是采访对象，所以你现在最好给我承认，刚才你在主任办公室是发疯说了胡话。

潇　　（英语）是的，姗姗，如果在接下来的几天，我们没有找到更合适的采访对象，你会陪我一起丢掉这份工作。

[姗姗生气地走了。

[Steven 不解地问潇。

Steven　（英语）潇，说实话，我也不明白你为什么一定要做"上海孤儿"这个节目。

[潇把一摞材料和一本相册摆在 Steven 面前，其中一本陈旧的相册非常醒目。翻开相册，里面整齐地贴满了几页新生婴儿的照片和基本信息，比如姓氏，在何年何月出生等，可是有些照片上面只有编号，无对照信息。

Steven　（惊讶地）这些照片和材料真难得……你从哪儿弄来的？

潇　　儿童福利院。我妈妈应该来自这里。

Steven　哪一个？亲生母亲还是领养你的那个？

潇　　抛弃我的那个！

[潇回到自己的工位，在一块贴满 A4 纸的白板上，

用红笔在"上海孤儿"的标题上画了一个红圈。

［镜头拉开，白板上密密麻麻贴着或写着很多东西，其中比较明显的有"我们仍然生活在过去的某种疑难杂症中"。

潇 如果过去并非就此结束，那它根本还没成为过去。

68. 内　会议室门口　继续

［同事们陆续走进会议室，潇和姗姗紧随其后。

［蒙太奇镜头，一番工作忙碌景象，调研材料铺满一大桌，同事们沟通，出门采访，潇打电话，潇和 Steven 的私下沟通等。

［夜幕降临。潇在座位上伸了一个懒腰，手机响起，来电显示对象是陈婷。潇一边接着电话一边抓起衣服和包走出办公室。

69. 外　落地 LED 显示屏前　晚　继续

［一个巨大的落地屏幕前，小双吉的剪影停留在其中。广告屏幕上各种灯光流光溢彩，各种颜色反射在小双吉的脸颊上。

［潇从身后走来。

潇　（上海方言）你今晚回家吗？

小双吉　（苦笑）那是我的家吗？

潇　你知道吗，我嫉妒你，因为你有我的妈妈陪在你身边。

小双吉　（讽刺地）你在国外潇洒怎么会想起我们？现在都生活在一个城市了，这大半年的也没见你回去看过爸妈一次啊？……拿去，你要的照片。

〔潇接过一打照片,都是吴小妹平时生活中不经意被
小双吉拍下的生活照,各种状态和真实写照非常难
得。潇看其中有很多照片是吴小妹在发呆的照片。

潇　妈妈在想什么?

〔潇接着翻到下一张照片,是吴小妹在看潇小时候的
照片,神情恍惚。潇的眼眶有些湿润,把照片放回
包里。

潇　(CONT'D)明天我陪你回家。

〔两姐妹在大屏幕霓虹灯的照射下渐渐走远。

70. 内　吴小妹家客厅　日

〔吴小妹临窗坐在阳光下,从一个信封里拿出一把旧
钞,在阳光下一张张地摆放开来。旁边的古董盒里
摆着一些小孩的玩意儿,还有一把琵琶斜靠在一边。

〔小双吉走进来,潇随后,正坐着看报纸的好君吓了
一跳,满满的激动和惊讶,一时不知所措。

好　君　(对小双吉)这孩子,你姐姐回来怎么也不提前告诉
我们一声。真不懂事! 走,走,跟我去买菜。(对着
里面喊)小妹,小妹,你看谁来了?

〔接着,好君拿外套把小双吉往外推,把门在身后关
上离开。

71. 内　吴小妹卧室　继续

〔潇走进里屋,看见吴小妹在阳光里,回头看向门口。

〔吴小妹看见是潇,停顿了好一会儿,然后声音有些
颤抖地说道。

吴小妹　来,来,过来坐。

〔潇走近吴小妹,看见眼前摊开的一切。

潇　这是什么呀?

吴小妹　这都是你外婆留下的。天太潮,我拿出来晒晒。

潇　我那时太小,不记得她的模样,外婆是不是和照片上的一样好看?

〔吴小妹的眼睛一直没有离开潇,潇看向吴小妹时,吴小妹避开了视线。

吴小妹　哦,外婆好看的,好看。扬州出美女的。

〔吴小妹感觉自己的心都快跳出来了,她起身来到五斗橱旁,开始在抽屉里乱翻东西,却不知找什么。

〔吴小妹从五斗橱上面的镜子里看潇,开始抽泣。

〔潇注意到了吴小妹的情绪变化。

潇　姆妈。

〔吴小妹哭出了声音。

吴小妹　谢谢你还来看我。

〔潇的心开始隐隐作痛。

吴小妹　我知道,你一定责怪我们。

潇　姆妈,也许你可以亲口告诉我,那时发生了什么。

吴小妹　当初我们把你送走,真是万不得已。

〔镜头来到一张照片前,这是吴小妹和好君新婚的照片,拍摄时间是 20 世纪 80 年代初。

〔画面闪回。

72. 内　上海厂房　20 世纪 80 年代　日

〔年轻的吴小妹(30 岁出头,着工作衫)正回到流水线的工位上,坐在她旁边的女同事是她的好朋友,叫娟(30 岁,着工作衫,一丝刘海稍微垂落出来)。

吴小妹　娟,这两天没看你去医务室拿卫生纸啊。

娟　去过了,估计用不上了。(轻声地)估计这趟又要买鸽子补养身体了。

吴小妹　啊? 你不准备上环吗?

娟　这种"金戒指"可不是随便戴的,要是出"工伤",谁负责呢?

　　〔吴小妹一脸严肃,娟看在眼里,忽然没心没肺地笑出声来。吴小妹对着娟,抬起右手食指抵在嘴唇上。

73. 内　上海厂房医务室　日

　　〔医务室,女医师(40多岁,齐肩短发,着白衣大褂,神情僵硬)低头做记录。

　　〔办公桌上摆着血压计和一个针灸铜人模型,女医师身后的墙上贴着一张宣传画,画面上一对满面春风的年轻夫妇开心地抱着一个可爱的宝宝,画面下端印着"只生一个好"。

　　〔吴小妹在排队拿卫生纸,她前面已经有几个女人。

女医师　日子核对一下。嗯,对了,拿去,签字……下一个,……你什么情况?

　　〔女同事跟着女医师转到一个帘子后面,很快两人出来。

女医师　下一个,……

　　〔在隔壁房间里,吴小妹透过稍微敞开的房门看过去,有一个年轻女子被几个女护士围在当中,护士口中重复说着年终奖扣除、工厂除名之类的话。

女医师　(CONT'D)下一个,叫什么名字?

　　〔没有人回答,女医师抬头时不见人影。

74. 内　上海老式住宅　日

　　［吴小妹满脸愁容,坐在对面的好君(35 岁左右,头
　　发短,显得脸有些长)也发愁似的坐在一边的高
　　凳上。

吴小妹　我们怎么办?

　　［吴小妹把已经 5 岁大的女儿抱在怀里。

好　君　(重重地一踩)那我就认了!! 再怎么说也是我的孩
　　子。(停顿)这里的邻居看到也不行,你回我妈那里
　　待产吧。(看着潇)宝宝喜欢外婆吗?

　　［潇似懂非懂,只是摇头,往吴小妹怀里贴。

吴小妹　(摇摇头)你为了我都和她吵翻了,她更不会管我们
　　的事了,跟她打声招呼就是了。(温柔地对潇)你嘛,
　　一定是要跟着妈妈的。

75. 内　产房　数月后

　　［伴随着婴儿清脆的啼哭声,吴小妹的头发已经被汗
　　水浸透,她费劲地撑起上半身,看着刚出生的孩子。

76. 内　老式住宅　日

　　［起初房间里很安静,慢慢地听见吴小妹低声抽泣的
　　声音。床脚处有个刚出生的女婴,好君背对着吴小
　　妹坐在床沿。

吴小妹　(掩面)好君,我对不起你,我没想到姆妈会写举报信
　　到你单位。那么多罚款,如果工作再没了,我们拿什
　　么养两个孩子呢?

好　君　我要赶快回单位去,处理接下来的事情。(停顿)这

个时候不能把两个孩子都抱回去,否则一点回旋的余地都没有了。(停顿)小妹,你觉得我那远亲阿凤怎么样?阿凤的先生是知识分子,公派去过美国,他们自己没有孩子。这些日子你应该看得出,他们是很喜欢我们女儿的吧?

〔说完,好君把身边的潇拉到跟前。吴小妹一下子从床上坐起来,转过身来。

吴小妹 你想做什么?你是要把我女儿送给别人吗?不可以!我是孤儿,不能让这种事也发生在自己的女儿身上!

好　君 阿凤会将我们的孩子视如己出的。(停顿)而且我们应该还能时常看到女儿的。

〔吴小妹看着脚边刚出生的女婴。

吴小妹 那要送也是送她!这孩子的眼睛是怎么回事……我生了个什么东西?!

〔吴小妹开始敲打自己的下半身,好君起身去抱脚边的婴儿。

好　君 小妹,老二刚刚生下来,离不开妈!再说,她这个样子,如果我们自己都不要,送给谁都会被欺负的呀!

〔吴小妹看着床边的潇正一脸无辜地看着自己,不禁掩面痛哭起来。

好　君 (画外音)别哭了小妹,这事不能拖,我们赶紧做决定吧。

〔闪回结束。

77. 内　吴小妹卧室　黄昏

吴小妹 此后,我们尝试把你从阿凤那里接回来。但是阿凤正准备陪她老公去美国工作一段时间,说也能带上你,在那里上个学什么的。我矛盾极了,那么远的美国,你还会回来吗? 会不会把我给忘了呀?(停顿)你还记得那时我们打过几次越洋电话吗,还没到和阿凤约定的时间,我就已经守在电话旁等你的声音了。好在阿凤待你如亲生女儿,我都还没来得及谢谢她,没想到她年纪轻轻就去世了。

[萧紧挨着吴小妹坐着,一时无语。

[里屋传来好君的声音。

好 君　吃饭咯!

[好君端着一锅热气腾腾的鱼汤从厨房出来,放到饭桌上。小双吉在帮忙摆碗筷。

[好君招呼萧跟他进厨房。

78. 内　厨房　继续

[好君继续在砧板上切葱花,听见萧进来,手不停,时而回头跟身后的萧说话。

好 君　最近工作还顺利吗?

[不等萧回答,好君继续说道。

好 君　我这阵天天锻炼身体,肌肉都出来了。看看,我不像快 60 岁的人吧?

[好君转过身,露出自己的胳膊,下意识地秀了秀自己的肌肉。

[好君转过身去切葱花,继续说道。

好 君　我让你妈妈别整天待在家里,也出去锻炼锻炼……你不用担心我们,我们都挺好。你妈特地交待我买些你小时候喜欢吃的东西。以后多回家,多尝尝我和你妈妈的手艺。

[好君感觉身后有一双手在给自己的围裙重新打上结。

[好君愣了一下,眼睛有些湿润,没有回头,继续快速地切葱花。

[潇走出厨房。

79. 内　客厅　继续

[饭桌上摆放着满满一桌子菜,除了潇,其他三个人已经坐下,潇最后入画坐定,四个人围坐一圈。

吴小妹　(对潇)吃这个,多吃点。(对小双吉)小双吉,你也多吃点。

[潇看向坐在对面一直低头吃饭的小双吉。

[小双吉放下碗筷,似乎在努力地把嘴里的话说出口,突然变得不是很自信。

小双吉　我想搬去和姐姐住。

好　君　(生气地)我们又没有赶你走!再说了,女儿家都还没结婚,不许离家!

吴小妹　小双吉,你小时候我们没钱,就错过了治疗你眼疾的最佳时期,我们心里一直很愧疚,你的婚姻大事,我一定要帮你把好这一关……

小双吉　这根本就是两回事!姐姐也没结婚,你怎么不帮她也把把关呢?(激动地)你们天生一副好眼睛,却都看不见我,你们知道我想要什么吗?(对吴小妹)你根本不懂如何来爱护我,因为你没有得到过母爱,所以我也得不到!

[全家陷入沉寂。

〔吴小妹回头看英秀的照片,眼睛红红的。

吴小妹 （CONT'D)现在我们一家人还有机会聚在一起,要珍惜。我的生活就是眼前的你们,错过了,就没了。小双吉,姆妈没有不喜欢你。姆妈希望你一辈子吉吉利利,有人疼爱。

〔小双吉开始抽泣,哭了一会儿后继续大口吃饭。

吴小妹 （对潇)过几天是外婆的忌日,我们一起去祭拜她吧?

〔潇低头继续吃饭。

80. 内　楼道　继续

〔吴小妹推门送潇走出家门,从掩着的门看去,小双吉正在帮好君收拾碗筷。

潇 有件事,我想问……

吴小妹 尽管问。

潇 我在做一个关于孤儿的专题片。我可以采访你吗?

吴小妹 哦,那都是很久以前的事了……

〔潇保持沉默,只是看着吴小妹。

吴小妹 （CONT'D)如果你需要的话……

〔潇随即点了头,匆匆离开。

81. 内　四海节目中心大楼大厅

〔约定的采访时间已到,但是大厅很安静,除了潇和姗姗,以及其他两个工作人员外,不见其他人。

〔大厅门被推开,紧接着是一个又一个、一个又一个的上海孤儿出现。

82. 内　STUDIO 录制现场

〔采访现场，同事调试各种拍摄设备，座位上切换几个人在接受采访。潇坐在采访对象对面，看着采访提纲问问题。

83. 内　继续

〔吴小妹被带到镜头前坐下，周围的灯光照射得她有些睁不开眼睛。

〔又一束灯光对准吴小妹打来，白晃晃一片，吴小妹的眼睛完全紧闭起来。

〔原本坐在对面的潇突然起身，对着耳机说了什么，姗姗随即出现。

潇　（对姗姗）这部分采访还是你来吧。

〔姗姗从潇手里接过一本陈旧的相册，互换了录制设备，坐到了吴小妹正对面的椅子上。潇走入后方的监控室。

〔录制测试开始。

姗　姗　吴女士，您试一下麦克风好吗？

吴小妹　喂，喂，……这样可以吗？

〔后方监控室里的潇对着耳麦说道。

潇　姗姗，我们可以开始了。

84. 内　继续

〔正式录制开始，镜头慢慢推近至吴小妹。

吴小妹　（低声地）……从哪里开始说起呢？

姗　姗　吴女士，请先说一下您的出生日期。

吴小妹　我在阴历吃粽子的时候出生的,具体日期不清楚。

姗　姗　是在哪一年?

吴小妹　1958 年左右。

姗　姗　您是在哪里被领养的?

吴小妹　育婴堂,现在的儿童福利院。

姗　姗　吴女士,您对当时的育婴堂有印象吗?

吴小妹　当然,我的养母在育婴堂工作。直到 6 岁那年,我几乎天天被带去那里。

姗　姗　您还记得当时育婴堂里有多少孩子吗?

吴小妹　太多了! 根本无法安身。后来开始往外送,院里的阿姨告诉我,我们是国家的孩子,我的小朋友们被送去北方了,那里有他们的新家。

姗　姗　您知道这些孩子是从哪里来的吗?

吴小妹　后来听说,小朋友是从上海周边地方来的,他们大多数是被遗弃在路上,或者福利院门口。

　　　　﹝姗姗翻开手里的相册。相册里面整齐地贴满了几页新生婴儿的照片和基本信息,比如姓氏,在何年何月出生等,可是有些照片上面只有编号,无对照信息。

姗　姗　吴女士,这里有你吗?

　　　　﹝吴小妹翻过一页又一页的照片,眼睛湿润了。

　　　　﹝潇在监控室对着耳麦提示姗姗。

潇　　　注意保护采访对象的情绪。

　　　　﹝吴小妹的视线在某个地方停住,她伸出手指了指相册的某个位置。姗姗凑过去,然后对着镜头补充说明道。

姗　姗　照片下只有出生地——上海,还有一串编号。

〔姗姗收起相册。

姗　姗　（画外音）吴女士,现在您仍然对自己的身世一无所知吗?

吴小妹　有两封信,我养母一直拒绝拿给我看。

姗　姗　她为什么这样做?

　　　　〔吴小妹摇摇头。

姗　姗　(CONT'D)你和你养母的关系怎么样?

　　　　〔录影棚远处角落里的小双吉看上去有些不安,当看见镜头里吴小妹的情绪变化时,她不由自主地揪起了自己的衣角。

　　　　〔潇对着耳麦说道。

潇　　姗姗,注意采访对象的情绪变化。

　　　　〔姗姗示意摄像组暂停,有些气恼地走出画面,来到后方的监控室,潇迎面上前。

姗　姗　潇,你确定把吴小妹带来参加这个采访不是一个错误吗?（摘下耳机）我们各司其职好吗?

　　　　〔姗姗重新回到座位,继续采访。

姗　姗　如刚才所说,在 1960 年左右,在儿童福利院收留的众多孤儿中,您是其中一位。不同的是,您出生在上海,最后在上海被领养。您有问过关于自己亲生父母的下落吗?

吴小妹　小时候我怕问了会被遗弃,长大后,我怕问了会让我的养父母伤心。

姗　姗　您想到自己的亲生父母时,会怀着什么样的感情?

吴小妹　我想我只是借由他们的身体来到这个世界,没有什么瓜葛。我的爸爸妈妈是养育我的人,可惜他们都去世了。我的养母两年前去世了……

[吴小妹眼眶湿润了。

姗　姗　我注意到这是您第三次提到您的养母,她有什么样的故事?

吴小妹　她很可怜的。她也是孤儿。

姗　姗　吴女士,您会觉得自己是受害者吗?

[录制现场的角落出现一阵骚动,是小双吉。只见她大步走到吴小妹的面前,把她从摄像机正对的座位上拉了起来,朝大门径直走去,留下一屋子的人在原地莫名地张望。姗姗没能挡住小双吉,她转而看向潇,潇正紧跟着跑出录影棚。

85. 内　录影棚外通道　继续

[远景,小双吉拉着吴小妹往前走,潇拦住了小双吉的去路。

[近景,小双吉愤怒极了,眼睛里噙满了泪水。

小双吉　(对潇)外婆已经死了,你倒没完没了了。刚才所有问题都在唤起姆妈的伤心事! 你在利用她吗? 太过分了!

吴小妹　陈婷!(用力推搡)别跟你姐姐这样说话!

[小双吉气恼地把头扭向一边,委屈极了。

[潇上前把小双吉拉回来,靠拢吴小妹的肩,低着头。

潇　姆妈,小双吉,今天有太多我第一次听见的事。多年以来,我都有一个心结和愿望,今天或许已经可以打开了。请原谅我的粗心大意,但是我不后悔。

吴小妹　(对潇)我还能回去录影棚吗? 我还有话没有说完。

[吴小妹拍拍潇的手背,再次走进录制现场。

86. 内　继续

[工作人员正在收拾设备和灯光。吴小妹穿过几个现场人员，重新坐回刚才的采访位置。姗姗坐回刚才的位置。

吴小妹　我想补充一下可以吗？

姗　姗　大家各就各位！Rolling！

[现场人员听着在灯光下正在说话的吴小妹，鸦雀无声。

[声音淡出。

87. 外　2013 年　某石库门附近

[吴小妹从远处走进石库门楼，去看英秀。

88. 内　英秀家　继续

[吴小妹走进敞开的房门，看见厨房炉灶上的蒸锅蒸汽袅袅升起。英秀背身站在厨房窗户下，被温暖的光线包裹着。英秀在发呆，吴小妹轻轻走过去，呼唤道。

吴小妹　姆妈。

[护工阿明（女，年轻，江浙口音重）从里屋探出头来。

阿　明　吴阿姨，你来了。阿婆说今天特别想吃白煮肉，我拦都拦不住。

[英秀回头，她看上去有些困惑，拐着受伤的那只脚往吴小妹面前挪了挪。英秀看到是吴小妹，脸上绽现了从未有过的笑容和温柔。

英　秀　小妹，小妹来了。我在烧白煮肉，你吃吗？

吴小妹 姆妈,你脚还没好,怎么就下床了呢?

　　　〔英秀没有回答,盯着蒸锅看。

英　秀 (开心地)好了,快好了,闻到味道了。

　　　〔英秀掀开锅盖,一团蒸汽在厨房里蔓延开来。吴小妹见到英秀伸手要去端蒸锅里的盘子,赶紧阻止。

吴小妹 (吃惊地)姆妈,这多烫啊!让我来拿。

　　　〔吴小妹找来蒸锅夹,把盘子从蒸锅里夹了出来,走出厨房,放在桌子上。

　　　〔吴小妹又过去把英秀扶出来,和护工一起把碗筷摆放妥当,准备吃饭。

89. 内　继续

　　　〔饭桌上摆了两碗饭和一盘白煮肉。

　　　〔吴小妹夹了一块肉放在英秀碗里,英秀胃口不错,两三口就吃完了。吴小妹又给她夹了一块,英秀看了一眼吴小妹。

英　秀 你吃,你也吃呀!

　　　〔英秀给吴小妹夹菜,筷子有些把持不住,放定到碗里,看着吴小妹说。

英　秀 (CONT'D)小妹,姆妈最欢喜你了。你小时候真可怜,我打你……我也控制不了我自己。

吴小妹 姆妈……

英　秀 小妹,我一直想告诉你,不是我举报的好君……是我多嘴,多问了人家几句……

　　　〔英秀说话的语速越来越慢。

英　秀 (CONT'D)小妹,你什么时候再来看我?

吴小妹 姆妈,我刚来,不走。

〔英秀放下碗,茫然地看着前方。她站起身走过去,站在光线充足的地方继续发呆。英秀抬起手,伸向远方,轻轻地晃动,好像在试探着什么。

〔吴小妹看到这一幕,眉头一蹙。

英　秀　怎么看不见了?

吴小妹　姆妈,你在说什么?

〔吴小妹走上前靠近英秀。

英　秀　没了,没了,看不见了。

吴小妹　姆妈,你不要吓我呀,你怎么了?!

英　秀　头疼,头疼!

〔吴小妹一把抱住英秀。

吴小妹　姆妈,你不要吓我啊……(停顿)姆妈,你不会有事的! 有我在,有我在。阿明,快打电话叫救护车,快!

〔阿明赶紧拿起话筒。

阿　明　(画外音)喂,是急救中心吗? ……

〔吴小妹把英秀扶好坐稳。

吴小妹　姆妈,我带你去一趟医院吧。

〔吴小妹心乱如麻,只能待在一旁看着英秀喃喃自语。

吴小妹　(CONT'D)没事的,没事的……做个检查就没事的……

阿　明　吴阿姨,救护车已经在路上了,他们提醒带好身份证和医保卡。

吴小妹　姆妈,你是不是把身份证和医保卡都放在抽屉里了?

〔英秀没有回答。吴小妹去拉抽屉,抽屉都上了锁。吴小妹又跑回来。

吴小妹　姆妈,钥匙给我,我带你去医院。钥匙呢?

〔吴小妹去翻英秀的口袋,英秀突然激动起来,把钥匙死死地攥在手里。

吴小妹 （CONT'D）（边流泪边哄）姆妈,钥匙给我好吗?救护车马上来了。

[英秀甩开吴小妹和护工的手,虽然站立不稳,可还是紧紧攥着手里的钥匙。

90. 外　英秀家楼下　继续

[英秀被抬进救护车,吴小妹紧跟着坐了进去。紧闭双眼的英秀已经安静下来,但是手里还攥着钥匙放在胸前。吴小妹再次尝试掰开英秀的手,把钥匙拿走,英秀摊开的手掌上满是钥匙的印痕。

91. 内　英秀家　继续

[吴小妹再次踏进英秀的家,手里拿着一大串钥匙挨个开抽屉,总算找到了英秀的身份证和医保卡。

92. 外　英秀家楼下　继续

[经过周老师的窗下,吴小妹抬头,果然看见周老师正在关切地注视着自己。周老师扬手示意赶快去医院,吴小妹点点头,离开。

[救护车驶离。

93. 内　医院　继续

[医院走廊,英秀被医护人员推过来,吴小妹焦急地紧跟着。英秀躺在移动病床上,双眼紧闭,双手在半空中挥舞着。

[吴小妹拨通了好君的电话。

吴小妹 好君,我现在在医院里……

94. 内 病房

〔病房医护人员为英秀移床换位,护士开始准备输液用品,医生扒开英秀的眼皮,用小手电筒检查英秀的瞳孔。

〔医生吩咐护士通知 CT 室准备脑部扫描。

95. 内 医院走廊 继续

〔医生走到门外,吴小妹跟了过来。

医 生 (上海方言)老人家年纪大了,离不开家里人的照顾。最近有什么异常吗?

吴小妹 上个星期被自行车撞了一下,还崴了脚,以为没什么大碍。最近我经常去看她,只是今天有些异常。医生,没事吧?

医 生 初步看来脑溢血的可能比较大。等会儿结果出来确诊的话,你们要换大一点儿的医院。大医院床位紧张,要抓紧。

96. 内 病房 继续

〔好君满脸焦虑地正赶过来,紧跟在一位护士身后。

护 士 (上海方言)(对吴小妹)家属跟我到前台来,带好病人的材料。

〔吴小妹和好君跟着走到前台,拿出身份证和医保卡。

〔护士在一张打出的单据上圈了两处。

护 士 这两项无法走医保。

吴小妹、好君　为什么?

护　　士　具体你们要去病人单位核实一下。可能和工龄有关系。

〔吴小妹的表情和手中的单据特写。

97. 外　儿童福利院　继续

〔儿童福利院,通向办公小楼的是一条长长的林阴大道。

〔吴小妹的身影出现在其中。

98. 内　院长办公室门外　继续

〔吴小妹在敲门,里面答应了一句,她便推门进去。

〔镜头停留在门外,只听见里面说。

吴小妹　(画外音)(上海方言)院长,侬好,……姆妈住医院了,但是医保报销时有些疑问,医院说可能是工龄不够,是不是搞错了?

〔镜头渐渐退出,移到外面,声音渐淡。

99. 外　儿童福利院　继续

〔镜头远处,吴小妹从大楼走出。她时而驻足回头凝望,这段路她走了很久,走得很费劲。吴小妹走近,她眼睛红红的,看上去像很伤心地哭过。

100. 内　病房走廊

〔好君坐在病房外,看见吴小妹从走廊的另一头走过来。

〔吴小妹神情恍惚,坐了下来。

好　君　小妹,你听我说,医生诊断结果出来了,是脑溢血。医生说如果坚持对症下药,我们要去大的医院,但是一路颠簸是在冒第二次风险。不如……

吴小妹　(转向好君定睛看)好君,不要说了,我不能让妈躺在这里等死! 哪怕还有一点希望,我都要试一试。否则我不会原谅自己。

好　君　好,好,听你的。你妈单位把材料都说清楚了吗?

吴小妹　(停顿)你先打电话通知小双吉,让她过来吧。

〔护士从病房出来,吴小妹起身去看躺在病床上的英秀。

101. 内　病房　继续

〔吴小妹的脸色一下就变了,她冲了过去,原来英秀的腿和手被绑了起来。

吴小妹　(歇斯底里地)护士! 护士! 医生!

〔吴小妹给英秀的手脚松绑,好君也过来帮忙。

吴小妹　(CONT'D)(叫喊)谁把我妈绑起来的?

〔护士闻声而至,见状也过来帮忙。

护　士　吴阿姨,别着急,刚才阿婆一直手舞足蹈,情绪很激动,需要这样处理才能确保她不会摔下床去。刚刚打了一针安定注射液,但是你们家属需要赶快做决定和签字。

〔吴小妹扑在英秀身上哭。

吴小妹　好君,快点带妈去大医院呀!

102. 内　市级医院　急诊室一角

〔英秀被推进急诊室,安置在一个角落。护士拉上隔帘,吴小妹和好君站在旁边,看着医生(女,中年,中等个头)检查英秀的身体状况。监测仪器的屏幕显示着变化不定的各种图形和数据,医生手指屏幕说道。

女医生　(上海方言)情况不好,和其他同类型病人的指标相比,(指着某处)这里,下降非常快。

〔医生和好君撩开帘子走了出去,吴小妹一个人在英秀身边坐下。吴小妹看着监测英秀体征的显示屏,眼泪不停地流。医生和好君在外面沟通,医生准备开病危通知书。

〔病床上,英秀平躺着,吴小妹在一旁低头跟她说话。

吴小妹　姆妈,我在这里陪你。(呜咽)坚持住,你再多给我点时间。我一定好好陪你,姆妈……

〔市级医院里,进进出出很多人。

〔吴小妹紧握着英秀的手,靠在英秀枕边睡着了。

103. 外　石库门英秀家楼下　1970 年　日

〔10 岁的小妹被英秀牵着手走在一条街道上。她们走进石库门楼房里。

〔路上有两个女邻居,她们看见英秀在她们背后指指点点说些什么。

104. 内　英秀家

〔老吴在打扫着新家,英秀一家被安排进了这栋小楼里的一间大厢房。

〔原整栋楼的房主被人称为周公、周老师,现在有人叫他臭老九。周公(30 岁左右,清瘦,戴一副眼镜)住在一个单间里。

[英秀下厨房做了一大锅红烧肉焖鸡蛋。她盛了三碗肉,一碗送去给新搬来的邻居,女邻居的眼睛笑成了一条缝,女邻居10岁左右的女儿金莲更是兴奋得欢叫起来。还有一碗,英秀拿去端给周公。周公婉言谢绝了英秀的善意,也没说什么更多寒暄应酬的话,随即轻轻带上了房门。

[英秀悻悻地回到自己家,随手把这碗红烧肉塞进了橱柜,顺手给橱柜上了一把锁。

[英秀的手特写。

105. 内　过道　日

[一早,隔壁金莲的歌声唤醒了小妹。

金　莲　(唱)太阳出来照四方。

[小妹打开窗静静地听优美的歌声。

[英秀在身后把房门一锁,在门口摆上了一个小板凳。

[橱柜上摆放了一只碗,那是小妹的中饭。

[英秀走了,小妹坐在小板凳上皱起了眉头来。

[周公从窗户里看见这一幕,叹气。

106. 内　周公家　日

[中饭时分,周公撩开窗帘看英秀家门口,小妹正坐在板凳上吃冷饭。周公叹气。

107. 内　继续

[下午时分,周公又看了看英秀家门口,不见了小妹

的踪影。

　　〔不过他发现眼皮底下有两根小辫子在窗口的左下角移动，听到有动静，小辫子不动了。周公把头探出窗子，看见小妹蹲在那里。

周　　公　（上海方言）（和善地）你叫小妹？你识字吗？

　　〔小妹点点头又摇摇头。周公离开一小会儿，又回到窗口，递过去两本小人书。

周　　公　（低声说）在你姆妈回来前，还过来。

　　〔小妹点点头。

108. 内　英秀家　晚

　　〔老吴下中班回到家已经快晚上10点了。他来到小妹的床前，在小妹枕头下塞了一包新买的橡皮筋。

老　　吴　（轻声地）小妹，阿爸给你新买了一包牛皮筋。明天你自己，像我之前教过你的那样串起来，就可以跳橡皮筋玩了。

小　　妹　阿爸，你天天下班那么晚，我害怕一个人和姆妈待在一起。

　　〔老吴叹了一口气，拍拍小妹的肩膀。

老　　吴　小妹听好，阿爸上班的地方……

　　〔老吴给小妹比画去找他的路线。

老　　吴　（CONT'D）记住了吗？我可怜的小妹。

109. 外　日

　　〔小妹坐在天井里串橡皮筋。渐渐地，一串长长的橡皮筋出现在小妹的手里，她笑得嘴角一翘一翘。小妹跑去门外，把橡皮筋拴在两棵相邻的小树之间。

[小妹一个人跳橡皮筋玩得正起劲,金莲跑来想和小妹一起玩耍,她俩开心极了。

[金莲的母亲(女邻居)从一扇石库门的大门里走出来,她一边朝小妹这边走,一边训斥自己的孩子。

女邻居 (上海方言)走,快跟我回家。等小妹姆妈回来一发神经病,连你一块儿打。

金　莲 (上海方言)(对小妹)你姆妈为什么老打你? 你不听话吗?

[小妹没有回答。

[女人拽起自己的女儿就走,小妹看着她们走远,隐隐约约听见女邻居向金莲说道。

女邻居 小妹是抱养来的……和你不一样……以后不许你跟她玩!

110. 内　周公家　日

[周公听见自己的窗户下角有轻微的敲打声,他把窗户推开一条窄窄的缝儿,看见小妹仰着头在看自己。小妹把两本小人书举过头顶,周公接过来。

周　公 等我再拿两本给你。(回来)这是最后两本了,你慢慢看。

[小妹接过小人书,站着一动不动,看着周公。

周　公 你怎么了小妹?

小　妹 抱养是什么意思?

[周公愣了一下,然后退出窗口。一会儿,周公手里拿着一只小板凳走出自家门口,把小妹拉到跟前坐下。

周　公 小妹,记住,抱养和生养都在一个“养”字。养,是养育之恩的养,是恩情。

　　〔小妹听完没有说话,而是把头藏进周公的手臂里,待了很久。周公以为小妹睡着了,直到看见小妹的肩膀轻微耸动,他抬起小妹的头,才发现此时小妹已经满脸泪水。

111. 内　英秀家　日

　　〔英秀的侄女(比小妹大两岁,穿着英秀新买给她的花衣裳,衣服紧紧地裹在身上,不太合身)被送到上海英秀家玩几天,她喜欢随手抓起什么就乱涂乱画。
　　〔英秀从外面带了好吃的回来,招呼起孩子们。

英　秀　(对侄女)来,吃包子,上海的肉包子可好吃了。多吃点儿,等你回去了就没有了。
　　〔英秀瞥见被丢在一旁的《毛主席语录》,打开的书页被画得乱七八糟。

英　秀　谁画的?
　　〔侄女看见英秀沉下了脸,被吓了一跳。她或许从来没有见过如此脸色的人,于是害怕而又愧疚地指向了坐在对面的小妹。
　　〔没等小妹辩解,英秀抬手,一巴掌就扇在小妹脸上。英秀让小妹脱下上衣,用鞋底抽得小妹上身全是红斑。

112. 外　英秀家附近　同时

　　〔周公从楼下经过,他在喂一只野猫吃食。几个小孩在门口对着周公的方向叫唤。

小　孩　(傻笑)臭老九,臭老九。

［周公没有回头,径直走进自己的石库门里上了楼。

113. 内　英秀家　日

　　　　［小妹被英秀追着打。小妹倒在地上,像是脱水的鱼在地上游移。

小　妹　不是我画的,不是我画的!(求饶地)妈,求求你,不要打,不要打!

　　　　［英秀怎会轻易罢休,继续追打。小妹的头发和衣服变得凌乱不堪,泪水和额头上因疼痛冒出来的汗水混在一起。

小　妹　(大叫)后妈,后妈!

　　　　［英秀一下愣住了,等回过神来,操起拖把追打小妹。击打像雨点一样落在小妹的身上,英秀侄女被吓得哇哇大哭。

　　　　［小妹挣扎着爬起来,跌跌撞撞跑出门,一头撞到正在上楼的周公。小妹可怜极了,在周公的面前抹着大颗大颗滴下的眼泪,朝楼下跑去。

114. 外　老虎灶　继续

　　　　［老虎灶里热火朝天,正烧着热水,老吴在里面干活出了一身汗。

周　公　(画外音)吴师傅,吴师傅!快回去,快回去看看,你家小妹,被打惨了!

　　　　［老吴从老虎灶里一脸惊愕地跑了出来。

老　吴　谁? 是谁在喊?

　　　　［老吴不见前来报信的人,心中觉得这次不妙,放下手里的活,一路朝家小跑。

[老吴看见邻居在自家楼下议论着什么，见他回来了，邻居都赶忙散开。老吴明白一定是小妹出事了，两步并作一步上楼去了。

115. 内　英秀家　继续

[英秀听见老吴的脚步声，吓了一跳，从椅子上站了起来。

[英秀的侄女躲到了墙角。

[老吴一进屋就找小妹，不见小妹，劈头盖脸一顿质问。

老　吴　（对英秀侄女）小妹呢？（对英秀）小妹呢?! 你！

[英秀在屋里到处躲避，老吴紧追不舍。眼看老吴一把揪住英秀的衣领，伸出巴掌悬在半空中，英秀下意识地手舞足蹈起来，样子像是中了邪一般，她嘴里骂骂咧咧，可是脸上又充满惊恐，眼里满含泪水。

英　秀　你打，你打啊，来啊，你们这些臭男人！

老　吴　英秀！英秀！看着我，看着我！看看我是谁！

[老吴抓住英秀挥舞的手，又掰过英秀的脸。英秀看着眼前的老吴，渐渐平静下来。老吴看见地上被打断的拖把，顺手抄起，对着英秀说道。

老　吴　英秀，你给我听好，你要是再这样打小妹，迟早会出人命的！我现在去找小妹，要是找不回她，我就告到你单位领导那里去，把你抓起来再劳改几年！你不好好养小妹，我养！我跟组织去说，我要跟你离婚！

[说完，老吴出门去找小妹。

116. 外　继续

〔满身伤痕的小妹迷路了,她没有找到老吴的老虎灶,不知不觉走到了黄浦江边。那时的江边没有墙,水由浅至深,江边有好多可以坐的石头,小妹坐在一块石头上望着江面,泪眼茫然,不知道该去哪里,江风把她的头发吹得十分凌乱。小妹试着接近江水,潜意识里这样做接近死亡,这是一个才过 10 岁的孩子。

〔远处隐约传来老吴呼唤小妹的声音。远远望去,老吴正朝小妹的方向奔过来。

老　吴　小妹!我的乖乖小妹啊!

〔小妹委屈地哭了,她伸出双手等待老吴的拥抱。

小　妹　阿爸!(放声大哭)我没做姆妈不喜欢的事,呜呜……

〔老吴把小妹拥入怀中。

117. 内　市级医院　急诊室一角　2013 年

〔吴小妹惊醒,小双吉和好君都在她身旁。

〔医生赶过来检查英秀的身体状况,掀开被子,分开英秀的腿,在英秀的脚心上划了一下,英秀没有任何反应。英秀手指甲的颜色渐渐褪去。

〔心电图从微弱的起跳线变成最终的直线。

吴小妹　(痛心疾首地)不许死!我不许你死!你不可以就这样离开我!

118. 内　医院走廊

〔镜头移出到走廊,哭声被走廊上来回穿梭的人和讲话声淹没了。

119. 内　英秀家　日

〔吴小妹和好君来到英秀家。吴小妹一进门就哭,看着老吴的照片念叨。

吴小妹　(伤心地)阿爸,姆妈没了!

〔好君拉开窗帘,阳光洒了进来,灰尘在光线里肆意飞舞。

〔吴小妹和好君在整理英秀的遗物。抽屉深处的一个古董盒引起了吴小妹的注意,她在一大串钥匙里选了一把古朴小巧的小钥匙,试着打开了盒子。盒子里有一张陈旧的红色信纸,上面有几行毛笔字,另外还有一个旧时小孩儿的玩具。

〔好君从柜子里捧出一床棉被时,告诉吴小妹里面好像有东西。吴小妹和好君各捏住一角,一床被子在半空中被抖落着。好君从摊开的被子里面掏出一沓沓钞票,有一部分是旧钞,有些旧钞都出现了霉变,钞票居然有8万元之多。

〔好君和吴小妹相对坐着,都无法直视这些钱。

吴小妹　好君,这是姆妈一辈子的积蓄吗?

〔画面闪回。

〔小妹被英秀推出家门。

〔英秀给不同的抽屉上锁。

〔英秀哀叹自己命苦,叮嘱吴小妹要给自己送终。

〔英秀死命把钥匙攥在手里。

120. 内　继续

〔吴小妹放声大哭,好君陪伴左右。

121. 外　住宅楼下　2015年　日

〔上海,街景。

〔吴小妹手里捧着古董盒,和好君从楼上下来,他俩相继走进附近停泊的车子里,小双吉给他们打开车门。坐在驾驶座的潇发动汽车,出发,车子驶离。

122. 外　墓园　继续

〔远景。吴小妹在一个卖花的摊贩前停留了一下,买了一捧花。

123. 外　墓前　继续

〔潇和小双吉把祭拜英秀的鲜花摆在墓前,好君在墓旁用小铲子挖了一个小坑。

〔吴小妹半蹲着仔细地擦拭墓碑。

吴小妹　(轻轻地)姆妈,今天我们都到齐了。

〔一家人在墓前磕了三个头。

〔小双吉凑近墓碑,对着英秀的遗像低语起来。

小双吉　外婆,你从来不来我的梦里看我,你还在生我的气吗?

〔吴小妹问站在自己身边的潇。

吴小妹　(对潇)你不想对外婆说些什么吗?

潇　姆妈,外婆以前那样对你,你恨过她吗?

〔吴小妹没有回答,捧着古董盒慢慢走出画面。

124. 外　继续

〔潇和小双吉紧随吴小妹身后，直到吴小妹在附近的长凳上坐下。

吴小妹　要说我没有恨过她，这不是真的。毕竟小时候太可怜了……但是，不是她先犯的错！

〔闪回开始。

125. 内　院长办公室　日　2013 年

〔吴小妹和院长正面对面坐着，院长面前摆着一本陈旧的、手写的卷宗，上面用细毛笔竖写着"一九五一"。

院　长　关于英秀工龄的问题，还要翻些当年的材料……当时人太多了，……很多人的资料都没有保留下来。这里有一份手写的资料，是根据当事人口述记录下来的。这里都有来龙去脉，我照着读给你听听……

院长、英秀　我，英秀，本家姓颜，是家里最小的一个……

126. 内　妇女管教所　1951 年　日

英　秀　我，英秀，本家姓颜，是家里最小的一个。

〔年轻的英秀(20 岁，凌乱的中短发，着旗袍，清秀，苍白)正坐在一张椅子上说道。

英　秀　(CONT'D)8 岁前爸爸妈妈都死了，说是日本人来过。亲哥哥把我带回家，刚刚结婚的嫂子不肯，说外面乱，我是拖油瓶。我被带进一个小屋里住下，有时里面会有赶进来的鸡和猪。那时有大姨娘来看我，她心疼我，给我带好吃的。这样，我给嫂嫂干活就有些力气。

过了些年,外面还在打仗,家里没什么吃食了,大姨娘也不再来,日子很苦。嫂嫂要赶我走,她把我长长的两根粗辫子吊绑在树上打我,我说我走可以,要见哥哥一面。那年我16岁,在家附近的小桥上发誓,再不回这个家。

[镜头拉开,英秀对面坐着的一个年轻的解放军(女,20岁,短发,军装)在做笔录,还有一个年长一些的妇联干部(女,30岁,短发)。在她们身后,还有十几个同英秀年纪相仿、着装神态相似的女人在围坐聆听。

妇联干部 说说你的男人。

英　秀 同志,我不知道他是坏人哎,他说他是跟接收大员的,也是部队的。他问我是不是扬州附近的人,问我多大,为什么一个人,他叫我别害怕。他说他愿意待我好,不打我。(停顿)我们生了两个儿子。我以为我们的好日子可以永远这样过下去。

[英秀侧过脸去看见倒映在窗玻璃上的自己,她看见年轻时的自己,一个穿着好看的英秀正在弹奏琵琶。
[幻影被琵琶的一根断弦打断。

英　秀 (CONT'D)有这么一天,他跑来跟我说,要我和孩子准备好东西,一起去上海,我们要跑路了。(停顿)为什么? 大姨娘怎么办呢! 我想跟姨娘磕头道个别呀,可是等我从大姨娘家再赶紧回来时,家里好多东西被抢走打碎了。我找不到大儿子! 也找不到我男人! 我怀里的小儿子一直不停地哭。来了几个男人扬手赶我走,他们说我是坏女人。我不走! 他们就来踢我。我抱着孩子跑了出来。(对妇联干部)我背着孩子一路走,遇到人就问在上海坐船的事。后来,后来,(呼吸急促)我以为我碰到了好人,这个人说他见我一个女人带着孩子太可怜,愿意帮我去上海,帮我找我的男人和孩子。可是……我……(跪倒)同志,你救救我,请你救救我,救救我们。(痛哭流涕)他把我卖了,我的孩子也死了,我也想死!

〔围坐在后面的女人有的开始抽泣。

127. 外　同时

〔大全景。一辆大卡车停在一个大铁门前,门口的标牌上写着"上海妇女教养所",车上运载着很多年轻女人,她们正从车上下来。

128. 内　继续

〔妇联干部站起来把英秀扶正,镜头再次全镜拉开,英秀身后的大黑板上写着"欢迎姐妹从这里开始新生"。

妇联干部　(对大家)姐妹们,在座的你们和英秀一样,后来都遭受了痛苦和摧残。这次政府的妓院取缔行动,把所有的姐妹带回到这个妇女教养所,是希望改造你们,帮助你们,使你们成为新社会的新人。

129. 内　继续

〔人们散去,英秀双手抱在胸前,待在一个角落里神情恍惚,妇联干部走过去说道。

妇联干部　英秀,在今天的诉苦大会上,你的表现非常好,我们深切地感受到了旧社会的万恶。对于你们的改造,我们会很有耐心,接下来,我们还会给你们提供医疗,最后给你们安家置业。英秀,一切都过去了,一切都会好起来的。

〔英秀转向妇联干部,伸出双手去握女干部的手,张嘴想说些什么,但身子一软,昏了过去。

130. 内　院长办公室　继续

〔院长拿下眼镜,看着吴小妹继续说。

院　长　经过再教育,由组织安排,英秀到了儿童福利院工作接受改造,因表现良好,在两年之后成为正式员工。这就是为什么有两年的工龄没算在内。(停顿)政府一直关心这些妇女的生活,又安排了英秀和吴姓男子结婚,收养了你。

〔坐在院长对面的吴小妹红了双眼,大特写。

〔闪回结束。

131. 外　继续

〔吴小妹对身旁的潇和小双吉继续说道。

吴小妹　我想你外婆一直情绪反复无常,可能是没有从过去的经历里恢复过来。临终前,我第一次看到她那样温柔看着我……我猜想那些痛苦,正在从她的大脑里消失吧……

〔吴小妹看着手里的古董盒,继续说道。

吴小妹　(CONT'D)这两封是被外婆藏起来的信,一封是我出生时家人留下的,还有一封是在我 10 岁那年写的,此后再没有来信,他们……可能出事了。(递信)我等你们看完,一起把信埋了。

⌈潇从吴小妹的手里接过信,看完非常意外,转而又递给了身后的小双吉。

⌈吴小妹把信收回来放进古董盒,把古董盒郑重地放进了好君挖好的小坑里,好君用小铲子填埋。

⌈远景。潇和小双吉站在吴小妹前后两边,镜头里三个女人的视线各自望向不同的方向。此时,时间仿佛静止了,只有耳边微微的风声。

132. 外　墓园外　继续

⌈一个农村女人收拾好卖花的摊位,迎面走来,她的腰背处捆扎着好几层布条,一个孩子的头调皮地在她背后左摇右摆。她走到一半停下来,紧了紧布条,反手在孩子的屁股上不轻不重地拍了一下。

⌈她从吴小妹、小双吉和潇身边经过,手里的玩具掉了下来,潇捡起来递给她,女人从潇的手里接过玩具,道谢后继续走。

⌈潇目送她的背影,眼泪充满整个眼眶。

133. 外　继续

⌈母女三人并肩走,吴小妹看上去轻松了不少,她从包里掏出一张照片,原本撕成两半的照片被拼接到了一起,画面是吴小妹和好君依偎而行的背影。

吴小妹　(对潇)背面,小双吉写的一首诗。

⌈潇拿过照片看了看,又翻过背面看到几行字。

⌈此时响起小双吉的画外音。

小双吉　(画外音)你托着她的腰

　　　　　　你推着他的背

共同目睹彼此面对生活的卑微

没想到

你们已羸弱到需要接受儿女的怨怼

很多年后

我们也会别无选择地衰颓

会不会忘记你们是自己挚爱的宝贝

慢慢走

莫要慌

我在你身后

看着你前行

我不托你的腰

我不推你的背

看着你

一步一步

或颤颤巍巍

踏入人生的轨

[母女三人继续并肩走着，一直走在她们身后的好君，看着眼前的景象，感慨万千，热泪盈眶。

134. 内　客厅　数日后　日

[稀松平常的一天，吴小妹在厨房帮着好君准备午饭，潇和小双吉坐在客厅前看电视。潇的电话响起，是 Steven 打来的。

Steven　潇，节目正在播出。你在看吗？（停顿）接下来有什么打算？

潇　Steven，我已经上交辞职信了。

[小双吉凑过来。

潇　我先挂了,晚些回给你。

　　[潇挂上电话,小双吉站在她身后。

小双吉　你辞职了?

潇　我辞职了。

小双吉　你是摸到"玻璃天花板"了?

　　[潇不太确定地问道。

潇　你指美国人说的那个"玻璃天花板"吗?(笑)也许不是。

小双吉　那你太差劲了,爸爸妈妈应该把我当宝才对。

潇　(笑)是的,你一直是他们的宝。

小双吉　(叫喊)爸爸,妈妈,姐姐失业咯!

　　[潇抓起一个靠枕轻打了小双吉脑袋一下,小双吉立刻把怀里的靠枕抢了过去,两姐妹嬉笑打闹着。

　　[此时,电视声音传来。

吴小妹　我想补充一下,我和我的养母经历了一个特殊的年代,但即使我的儿时非常不幸,我也认为自己更像见证者而非受害者。我感谢养育我的养父母。(停顿)我也有自己的家庭,我想试着与过去和现有的一切和解。原谅得到解脱,和解得到拥抱,这是我女儿教会我的。继续往前走吧。嗯,大概就这些。

　　[好君和吴小妹走进客厅,招呼两个正在打闹的女儿。

好　君　你看你俩,两个人加起来50多岁了,还没有正形。

　　[吴小妹笑盈盈地看着两个女儿,她仿佛看见10岁不到的潇和5岁的小双吉在打闹。

　　[镜头再次推近吴小妹,耳边渐渐响起"卖棒冰""快来呀""来跟我玩呀"。镜头推向吴小妹身后的窗户。

135. 内　上海木板屋　20 世纪 60 年代　黄昏

⸢窗外传来一个女人的声音。

女　人　（上海方言,画外音）(爱怜的口吻)小妹,小妹,不要哭,我陪你玩,好不好?

⸢一个女人的手从窗口下方出现,她的手里拿着一根新的冰棍儿。

⸢小妹接过冰棍儿,原本照在她脸上的木条阴影不见了。

136. 外　上海弄堂　继续

⸢小妹被一个女人抱出窗口。夕阳的光线打在小妹的侧脸上,小妹的脸上微微泛着红光。

⸢从镜头里可以看见这个女人的剪影,但总不见她的脸。手特写。

⸢夕阳下,远处一个年轻女人和小女孩的剪影,额头对额头,很温暖,很快乐。

(剧　终)

导师评语

汪天云

　　电影《久别重逢》是一部意味深长的剧作。作者蓝淇虽然很年轻,但她敢于去触碰这样的一个选题。这个命题实际上是当下非常有社会意义的选题。她写了三代人的恩仇、和解和融合。

　　这个作品的女主人公叫吴小妹,她是一个弃婴,是被养父母从儿童福利院领养来的,而领养她的母亲英秀是一个非常苦难的、从扬州来到上海并沦落为妓女的女性,也就是这三代人当中的第一代。第三代小双吉,也就是陈婷,和从美国回来的姐姐"潇",实际上代表了现代的女性,代表了现代年轻一代对历史的一种价值观。正因为这三代人生活在不同的年代,所以她们的命运、她们的悲欢离合、她们的家国恩仇实际上折射出了我们当下对历史的理解、和解、融合和拥抱。

　　这个作品非常朴实,写了20世纪50—70年代和21世纪初的故事,有非常生动的细节、非常浓郁的市井风情、非常鲜明的时代特征。这里面也有很多吴侬软语,如上海话、扬州话、苏州话。同时,作者非常精心地刻画了一个老知识分子"周公"的形象。这个周公虽然在邻里之间没有太高的尊严和地位,但在那个动荡的年代,他讲了一段非常重要的话,也即这个戏的主题:不管什么时候,领养和生养都是一个"养"字,养育之恩就是恩情,我们不能忘。

　　这个电影剧本通过以德报怨刻画了新一代人,因为这一代人走进了阳光,走进了一个温饱的、小康的年代,所以他们有资格也有能力对历史进行反思。特别是作者敢于用非常真切朴实的情节和细节来刻画这三代完全不一样的女性。以英秀和老吴为代表的这一代,是一个临时组建的家庭,老吴是一个非常善良的人,当他知道自己的女儿受不了妻子的折磨、打骂而出走的时候,突然就变得非常愤怒,这个情节会给观众留下很深刻的印象。第二代吴小妹是一个受尽了家暴的孩子,但这个孩子长大以后没有怨恨,没有仇视,而是对上一代以德报怨,这是一个时代的进步,是人类文明的体现。第三代对于历史不是很理解,作者通过英秀的痴呆、英秀的去世、小妹在坟前的回忆和小妹对自身历史的追究,揭示了很多真实的历史。

改革开放以后,现在的孩子用历史的眼光再去看过去的很多历史,就会发现社会的苦难、国家的命运是跟每一个人的命运联系在一起的。因为1949年上海解放,所以像英秀这样的妇女能够重建家庭,否则她将一辈子活在深渊之中;因为社会的进步,所以吴小妹这样的孩子能够存活下来,而且最后能组建自己幸福的家庭;也因为改革开放和社会的文明进步,才有了陈婷这一代人光明的未来。

综上,这个戏已经比较成熟了,人物刻画比较鲜明,语言非常朴实,细节抓得很准,建议出版并投拍。

电　影

五把椅子

刘　东

刘　东

男,上海大学电影学专业硕士。曾担任广告片《奥迪:引燃改变者》导演,网络剧《无处不在》《汉语字典》导演、编剧。2016 年,创作短片《气球》,入围 2013 年夏威夷电影节展映。

人　物：

王文斌——男，50 岁左右，在上海某基层街道从事社区戒毒康复工作，是一名经验丰富、古道热肠的社工，善于化解各种千钧一发的社区危机，在行动中改变了一个又一个家庭的命运轨迹。他组织社区戒毒康复对象搞了一个心理互助会，希望通过小组工作进行团体治疗，鼓励大家勇敢地讲出自己的怕和爱，帮助戒毒对象顺利度过三年的社区戒毒生活，走出毒品的阴影，重建生活。在戒毒对象眼中，他是一名值得交付信任的灵魂使者。然而，他内心深处却藏着一个没有告诉大家的秘密：他儿子也是一名瘾君子。这是他决定来到社区从事戒毒工作的缘由。然而，他又竭力维持这个秘密，无法坦然面对毒品对他家庭的伤害。在日复一日的戒毒工作中，他深知这项工作的反复性和低成功率。在保持高昂斗志的同时，不断有人半途而废的现实让他面对毒品越来越有宿命般的无常感。尤其不相信，人可以简单地通过自己的意志力戒毒。因此，他把儿子送到戒毒医院，希望儿子在封闭的环境中彻底与毒品隔绝。然而事与愿违，儿子在母亲的支持下回到家中，他和儿子的不和由此开始。他一方面以开放的心态疏导戒毒对象的家属放下偏见，另一方面，又带着阴郁的怀疑审视儿子，最后导致父子关系破裂，儿子走上复吸的道路。这时，他才明白，原来自己的高高在上，不过是另一种我执。这也让他更加认识到,想要祛除毒品造成的心魔,祛除社会的偏见,还长路漫漫,也让他更加体会到作为一名社会工作者的价值感。

唐艳玉——女,25岁,口头禅是"让人上瘾的除了毒品,还有'艳遇'"。表面放荡不羁,内里却单纯柔软,心理互助会的那把白色椅子专属于她。曾经是一名叛逆少女,初中辍学后,只身一人从四川来到上海打工,结识上海不良少年王迅,与其恋爱后,沾染毒品。这对毒鸳鸯不但吸毒,而且从事贩毒。为了逃避惩罚,唐艳玉二十出头就未婚怀孕三次。头胎以8克海洛因的价格卖给了一对乡下夫妇;二胎纯粹是为了逃避获刑而怀,免于入监后就流产了;唯一幸存的女孩没有出生证,没有户口,甚至都不用给起名字。如今女儿到了上学的年龄,却因为是黑户,无法办理入学。唐艳玉无法面对女儿渴望上学的眼神,冒险设计,以举报王迅社戒期间依然吸毒为威胁,逼迫王迅到社区为女儿办理户口。非婚生子随父落户,需要提供亲子鉴定才能办理相关手续。然而,医院出示的亲子鉴定对于唐艳玉却是晴天霹雳:只有肚子里怀着的是王迅的亲生子,大女儿并不是。唐艳玉自己也搞不清楚大女儿的父亲到底是谁,她扎身在王迅混乱的毒友圈,常常聚众吸食冰毒,不知在"散冰"时被哪个朋友占了便宜。一一排查,非搞得满城风雨,成为笑柄不可。无奈,她只能做牛做马,请求王迅跟她结婚。王迅提出的条件是,结婚没问题,但必须先和他一起注射一次海洛因。唐艳玉在女儿落户和再次跳入毒品深渊的选择中挣扎。幸而,她在互助会期间,

"艳遇"了另一名社戒对象高达。两人在相互扶持中,渐生情愫。在高达的帮助下,她终于渡过难关。最后,有情人终成眷属。她和高达喜结连理,大女儿的入学问题也随之得以解决。

肖仕明——男,36岁,一个事业蒸蒸日上的国有银行业务经理,敏感而忧郁,互助会蓝色的椅子专属于他。儿子机灵可爱,妻子漂亮能干,拥有一个体面幸福的家庭。在即将升职成为网点主任时,在社交聚会中,为了取悦拉拢客户,吸食冰毒,被警方抓个正着,被责令社区戒毒。为避免升职政审时泄露社区戒毒的秘密,他以跳槽为由辞职。不慎吸毒失去工作的他,为了隐瞒家人,每天依然西装革履、"精神抖擞"出门,假装到新公司上班,实际却终日像行尸走肉般在荒郊公园、电影院、咖啡厅打发时间。这个不能说的秘密,让他承受着巨大的心理压力,是那根压死骆驼的最后一根稻草。在加入互助会后,他一开始依然冰封内心,不够坦诚,自恃精英,带着些许傲慢,看不起和他一起入会的戒毒成员。然而,就在他的秘密被妻子发觉,游荡的日子又变得度秒如年时,他终于在互助会上向大家说出"我需要帮助"。在王文斌的帮助下,他获得勇气,向家人打开心扉,并获得了妻子谅解。在大家的支持和鼓励下,他重新思考人生方向,走上创业的道路,浴火重生。

张志疆——男,42岁上下,小名阿克苏,右眼近乎失明,人高马大,性格内向孤僻,人到急处易冲动,自嘲是新疆在沪流浪人员,互助会红色的椅子专属于他。父母是支援新疆建设的知青,他出生在新疆,在新疆度过童年,对新疆拥有美好的回忆。20世纪80年代末期,他十四五岁,随父母一起返回上海生活。在新疆长大的他,开始难以融入上海的生活,又正值青春叛逆期,因无法忍受学校同学对他来自新疆、称他野蛮人的歧视,和同学发生激烈冲突,打架的时候右眼受伤失明。从此,他无法放下对父母的怨恨。他不明白父母为什么要返回上海,把自己的不幸遭遇归罪于父母。怨恨把他留在了青春期,他像个永远长不大的小男孩,长大后成为一个社会无业盲流。沾染毒品后,更是偷了父母的房产证,卖了他们的房子,且毫无歉疚。父母彻底心灰意冷,租房隐居在上海,和他断绝了联系。他终日骑着一辆电动滑板车,在社区游荡。无家可归后,便霸占了社区的停车棚,搭建临时住处,过着流浪者的生活。他的日常行为也引起了周围居民对于治安环境的隐忧。居民们不断给街道施加压力,要求街道把他这个毒患清除出社区。他和小区居民的关系剑拔弩张,像一颗随时可能爆炸的定时炸弹。他加入互助会后,在倾诉中逐渐放下怨恨,并积极尝试找工作。然而两份工作皆因身份问题,遭受歧视,均被辞退,这让他心灰意冷。再加上他没有按照拆违办的要求拆除自己的违章搭建,又遭到强拆。他的精神终于崩溃,和社区展开暴力对抗。幸而,王文斌已经走进他的内心。王文斌慢慢发觉,张志疆并非不知道父母住所,他时常偷偷去看望父母。与父母断交,与其说是怨恨,不如说更多来自他对父母的愧疚。在王文斌的帮助下,他得以和父亲重建亲情,并在一家新疆商人开设的连锁餐厅找到了一份谋生的工作,踏上回归社会的道路。拿到薪水后,他为自己和父母买了去往新疆的火车票,在旅途中,一个家庭破镜重圆。

高　达——男,31岁,长相英俊,自尊心强烈,具有强烈的战斗意志,被王文斌戏称为机动战士,互助会的绿椅子专属于他。一次意外染毒,被送入强制戒毒隔离所,这被他看作是点背。尤其是感情要好的妻子在他入所期间劈腿一个在上海做生意的东北壮汉后,他受到极大打击。他将霉运都归罪于收治戒毒所,反而认识不到毒品的真正危害。强戒两年期满,妻子和东北男友前来接他出所。他一路寻衅滋事,结果被妻子男友痛打,幸而被王文斌捡回社区。挨打后,更加重了他的戾气,他扬言要杀死妻子。这件事先张扬的杀人事件令人毛骨悚然。他在强戒所内养成了健身的习惯,却被周围人误解为他天天锻炼身体,准备寻机杀人,事情逐渐向着无中生有的方向发展。他在互助会结识了唐艳玉,这位年轻的孕妇以柔情感动他,化开了他心中的冷血。在他带着刀计划在离婚当天手刃妻子的关键时刻,唐艳玉也出事了。他做的选择是,放下屠刀,放下心中的执念,来一场轰轰烈烈的英雄救美。最后,水到渠成,他与唐艳玉喜结姻缘。

王国金——男,60岁,健谈开朗,为人仗义,言语间一副老干部作派,热衷把自己作为反面典型,四处宣传戒毒知识,喜欢以当年报纸上关于他的报道"从菜市场走出的水产大王"自称,互助会的黄椅子专属于他。他丝毫不避讳自己吸食海洛因的往事。他戏称海洛因为

"绿色毒品"，当下化学合成毒品冰毒的流行，经常让他滋生世风日下的沧桑感。老王曾经是一名水产大亨，改革开放初期，吸食海洛因成为一些有钱人圈子里的奢侈消闲，先富起来的老王就赶上了这种"时髦"。随后而来的便是妻离子散，人生潦倒。如今，他人过花甲，却孑然一身，无所依傍。遥想辉煌的过往，成为他的精神给养。他经常接受各种邀请，去做戒毒宣传。这种公益行为，却反衬出他是一个永远活在过去的人，喧闹过后，依然是一颗孤独的心灵。互助会的活动上，他总是不顾大家的厌烦，抢着表态，积极发言。然而，他并不符合王文斌挑选对象的标准。王文斌希望参加活动的是一些正在戒毒的对象，而老王已经保持"贞操"长达十几年。在互助活动中，他冗长的发言总是被大家各种打断，主持会议的王文斌也总是委婉要求他少说多听。他并没有因此就讨厌这个集体，依然乐观，依然抢着说话。然而，就是这么一个话痨老头，在互助会上，却愣是没有告诉大家他已经罹患癌症，不久于人世的秘密。原来，他还埋着一个更大的梗。他和医院签署了遗体捐赠协议，再一次如愿以偿地享受闪光灯和头条的待遇，至死是一颗明亮耀眼的戒毒大明星。

小　王——男，19岁左右，敏感叛逆，社工王文斌的儿子。少年时好奇，沾染上毒品。父亲虽说是一名禁毒社工，但仍然把他视为家丑，将其偷偷送往远郊一家戒毒医院接受戒毒治疗。他因无法忍受戒毒医院的枯燥，在母亲的默许下，悄悄返家。这引起了父亲的极大不满，父子俩的关系如履薄冰。父亲的一次误解，给他以致命的伤害,意气用事后,他将坚持戒毒的成果一夜葬送。他是父亲心魔的倒影,在父亲认识到自己深藏的成见后,父子关系重归于好。

小　周——29 岁左右,高达的妻子。与高达完婚不久,尚未生育,高达即贪玩尝新,染毒入所。后结识一名体型健硕的东北商人,于高达出所后,提出离婚请求。

肖仕明妻子——40 岁左右,漂亮能干,但为人略显霸道,心心念念买房子,无形中给肖仕明巨大的生活压力而不自知。丈夫吸毒后,引起其反思,后将卖房款用于资助丈夫创业,夫妻重修于好。

王文斌妻子——50 岁左右,善良,心肠柔软。儿子虽走上吸毒之路,但仍然对儿子慈爱有加。在教育儿子的问题上,和丈夫意见相左。她主张给予儿子足够的信任、无条件的爱,展示了一位母亲宽厚的爱意。

张志疆父母——一对年过六旬的老夫妻,支援新疆的上海知青,20 世纪 80 年代返回上海。儿子吸毒后,老两口相依为命,却依然挂念着自己的儿子,希望他能够重获新生。

故事梗概

　　社区，另一个与毒品较量的战场。在这里，战士不是主角光环大开、武艺高强的缉毒英雄，而是于无声处听惊雷的灵魂捕手。他们的故事没有血雨腥风，但同样惊心动魄。

　　王文斌，一名经验老辣的社区禁毒工作者。在他的组织下，社区成立了一个戒毒心理互助小组。他期冀通过团体心理治疗的"十二步骤法"，帮助在社区参加戒毒康复的对象早日挣脱毒品的泥淖。

　　正因为有着丰富的经验，他深知毒品和人类较量时的反复性。在一堂新人课上，王文斌带来一位好不容易即将完成三年社区戒毒的对象。他本想以此为榜样鼓励新人，但就在他把庆祝蛋糕准备好时，警察再次闯入，他被告知这名对象有复吸嫌疑，所有汗水瞬间化为泡沫。第一堂课就让新人们对前途充满不确定感。

　　在王文斌的课堂上，有红黄蓝绿白五把颜色各异的椅子。这五把椅子分属于五名性格不同、遭遇各异的戒毒对象。白椅子——唐艳玉，一名外地来沪人员，因无法解决女儿的入学问题，始终徘徊在前男友所经营的毒品圈周围。红椅子——张志疆，支援新疆建设知青的后代，因性格孤僻，难以融入新的生活环境，小时候被父母从新疆带到上海后，非常不适应，且因一次意外失去右眼，这让他对父母怀恨在心。吸毒后，更是变本加厉，卖掉了父母的房子，让老两口年过花甲还要出去当租客。无家可归的他，霸占小区的自行车棚违章搭建住所，再加之平时生活习性的冒失，引起小区居民反感，成为小区的众矢之的、人民公敌。蓝椅子——肖仕明,原本是一名国有银行的部门经理,拥有典型的中产阶级生活。然而,在生意场上染上毒品。恰逢公司升职,他本来在提拔之列,但由于要接受政审,他不得不变升职为辞职。为躲避家人的耳目,他每天西装革履出门,假装去上班,实则行尸走肉般浪迹街头。绿椅子——高达,一个帅气小伙,却在强戒所强戒期间,被新婚不久的妻子戴了绿帽子。这顶绿帽子戴得他窝火,他计划对妻子进行报复。出狱后,便四处扬言要杀死妻子。这件事先张扬的杀人事件,令社区上下提心吊胆。黄椅子——王国金,一位60多岁的老大爷,是社区的戒毒明星。他喜欢分享自己的故事,但说来说去无非是好汉吹嘘当年勇,引起大家反感。但他并没有因此就讨厌这个集体,依然乐观,依然抢着说话。然而,就是这么一个话痨老头,在互助会上,愣是没有告诉大家他已经罹患癌症,不久于人世的秘密。他悄悄和医院签署了遗体捐赠协议,再一次享受闪光灯和头条的待遇,至死是一颗明亮耀眼的戒毒大明星。而王文斌本人内心深处也藏着一个不可告人的秘密。原来,他自己的儿子也是一名瘾君子。表面上,他时刻在教导别人以开明的心态对待戒毒人员,实际上他也背负毒品家庭的心理重负。

最后,"五把椅子"在经历各自的酸甜苦辣后扭转人生。王文斌和"五把椅子"一样,也在这一过程中得以重新审视自己,重新认知社工这一职业不凡的使命。

序　幕

1. 日　内　浦东金杨社区活动室

王国金穿过昏暗的楼道,掏钥匙,开门。随着他的脚步,一间装饰简洁,但温馨感迎面扑来的小活动室展现在我们面前。红、黄、蓝、绿、白,五把颜色各异的塑料椅子和一面醒目的小黑板靠在墙面上,沐浴在金色的晨光中。

王国金如日常般第一个到来,把印有"珍爱生命、拒绝毒品"文字的绿色卡其布袋随手放下。"毒"字近乎斑驳脱落。他开始整理房间,摆放椅子和黑板。

这时,社工王文斌抱着一个蛋糕盒子走入活动室内。他悄悄地把蛋糕藏进墙角的一面桌柜里,藏好后才走过去和王国金打招呼。

王文斌:"老王,来这么早啊。"

王国金:"我这不管着钥匙嘛,早点来开门。"

王文斌寒暄完毕,走到小白板前,用马克笔在小白板上书写"规划未来",写毕看了一眼手表,差一刻钟不到9点。

2. 日　内　地铁

地铁报站。小腹隆起的唐艳玉从人堆里钻出来,焦躁地打着电话。

唐艳玉:"一年三万? 这是要抢钱啊!"

3. 日　外　某老式小区

张志疆骑着一辆电动滑板车,飞快穿梭着。

两位出来遛狗的老太太急忙躲闪。

某老太:"着急去投胎呀。"

张志疆不忘扭头还击:"吃低保,还养条狗。"

老太太气得发抖,意欲还击。另一位老太把她拉走,说道:"别跟这种人一般见识。"

4. 日　外　停车场

一辆中级家用轿车停在停车场内,肖仕明在车内更衣。他脱下西服套装,换上一件带帽子的休闲卫衣,并戴上一副黑色墨镜。

他下车后,把车牌摘了下来,放进车内,观察了一下周围,然后才神色匆匆地离开。

5. 日　内　浦东金杨社区活动室

人都到齐了。红、黄、白、蓝、绿五把椅子上,分别坐着张志疆、王国金、唐艳玉、肖仕明和赵鹏。

王文斌看了一眼手表:"我们开始吧。每个人两分钟,介绍一下近况。"

说着,王文斌做了一个逆时针的手势,示意大家开始。

唐艳玉首先站了起来,故意以一种玩笑式的魅惑眼神环视大家,音色娇娆:"让人上瘾的除了毒品,还有'艳遇'。大家好,我是唐艳玉。"

众人异口同声:"早上好,艳玉。"

唐艳玉："这是我拒绝毒品的第六个月。（摸了摸肚子）我又要当妈妈了。我的大女儿也快要入学了，最近我在给她找学校。我想成为一个合格的妈妈，所以我会坚持下去，为了我的孩子。"

王文斌带头鼓掌。

王国金："从菜场里走出来的'水产大王'，好汉不提当年勇。大家好，我是王国金。"

众人同声："早上好，国金。"

王国金一副老干部的神态："这是我离开海洛因的第十一个年头。我常常被大家看作是社区的戒毒'寿星'，甚至可以说是区一级层面的戒毒明星。但一朝吸毒，终生戒毒。我始终没有放松过对自己的警惕，我也希望自己多年来的戒毒经验能给大家带来帮助。（语气转变，无可奈何）最近看报纸，说吸食冰毒的人的比例越来越多。我们那个年代吸的都是海洛因，好歹也是个'绿色产品'。冰毒这种化学合成物，对人体的危害更大，它对脑神经的损害……"

王文斌举手："老寿星，打断一下，你的时间到了。"

王国金："好吧，谢谢大家听我的分享。"

大家鼓掌。

张志疆："新疆在沪流浪人员，张志疆。"

众人同声："早上好，志疆。"

张志疆一脸蛮横的神色："这是我从所里出来的第 62 天。以前，我认识了一些狐朋狗友，被带上歪路。现在，我一个做正经事的朋友请我过去做经理。在社会上生活，总归要赚点钱，自力更生。"

众人鼓掌。

肖仕明表情冷漠："珍爱生命，远离毒品。我是李明。"

众人同声："早上好，李明。"

王文斌举手："可以摘掉你的墨镜吗？李明！"

肖仕明不情愿地摘掉墨镜，以示配合："这是我参加社区戒毒的第 26 天。上周按时进行尿检，阴性。最近很好。"

肖仕明说完，径直坐下。瞬间冷场，王文斌带头鼓掌，化解尴尬。

赵鹏站起来准备发言。

王文斌立马举手，一边说话一边走向桌柜："早上好，赵鹏。这是你参加社区戒毒的第 1095 天。明天，你三年社区戒毒期将满。你依靠自己的毅力战胜了毒品，这种毅力也会帮助你开启崭新的生活。我为你感到骄傲，并且我以身为你的辅导员感到自豪。"

说着，王文斌把蛋糕端到赵鹏面前，点燃了插在上面的数字"3"蜡烛，邀请他吹灭。

突如其来的庆祝令赵鹏热泪盈眶，他吹灭蜡烛，大家掌声响起。

赵鹏："谢谢你，王老师。如果没有你，我不会戒瘾成功。我每天一睁开眼就提醒自己，不能松懈，不能给咱们小组丢脸。在坚持不下去的时候，我第一个想到的就是王老师，想到的就是我们的小组。今天，王老师特意安排很多刚来的同伴，来见证我的回归。我请大家相信王老师，你们会成功的。"

王文斌："我来切蛋糕。我们来分享一下赵鹏的胜利果实。"

这时，敲门声响起。一名警察探头进来。

警察甲："王老师，您可以出来一下吗？"

王文斌放下蛋糕，示意赵鹏来切，走出活动室。

赵鹏神色慌张，在切蛋糕的同时，时不时朝窗外打量着。

6. 日　内　浦东金杨社区活动室走廊

走廊内站着三名全副武装的警察，王文斌面有不悦，与警察甲攀谈。

王文斌（面色不悦,略有责备）:"我跟你们张所长打过招呼,希望你们以后来我这里不要穿警服,这会妨碍我工作的。他们看见警服就会紧张,你们这,还全副武装。"

警察甲:"王老师,我们跟踪赵鹏已经有一段时间了,发现他有复吸的嫌疑。我们从他家搜出了冰毒。"

王文斌一脸错愕。

警察乙:"我们要带他走。"

王文斌镇静片刻,抓住警察甲的手,哀求:"能不能再给他一次机会。他能坚持三年已经很不容易了,我很了解他的。这次,一定有什么意外。他现在有工作,有家庭,要是再进去一次,就都毁了。他这个人,那就彻底没希望了。"

警察甲:"王老师,我们有证据在手,也请您配合我们的工作。"

王文斌:"稍等片刻,请你们不要进去。我把他叫出来,先了解一下情况。"

7. 日　内　浦东金杨社区活动室及窗外马路

王文斌一推门,赵鹏便拿起椅子冲向窗户,敲碎玻璃,跳窗逃跑。

门外的警察瞬间冲了进来,王文斌被挤开。其他人慌忙躲闪,活动室顿时狼藉一片。警察们高声叱喝,破窗而出,追逐赵鹏。

大家目瞪口呆,眼皮底下看着赵鹏在窗外的马路上被警察摁倒在地。

王文斌一脸失望,望向地面。蛋糕被踩得稀巴烂,五把椅子横七竖八倒在地上。

出片名:《五把椅子》。

片头字幕介绍社区戒毒:

2008 年 6 月 1 日开始实施的《中华人民共和国禁毒法》指出,首次吸毒的人员,需在相关部门工作人员及禁毒社工的监督下,参加为期三年的戒毒计划,不收押,不限制人身自由。社区戒毒成为戒毒战线的主阵地。若在社区戒毒期间,违反规定,重新吸食注射毒品,公安机关将依法作出强制隔离戒毒决定,将其送往戒毒所进行为期两年的强制隔离戒毒。

8. 日　外　强制隔离戒毒所外

戒毒所自动栅栏门外停着一辆越野车、一辆轿车。王文斌和小周聊天。一个大胖子,满脸胡茬的男人在一旁自顾抽烟。

王文斌:"出来后还有三年的社区戒毒,要督促他按照规定来进行尿检。我是他所辖社区的社工,有什么情况可以随时跟我联系。"

说着,王文斌把自己的名片递给小周。

小周应付道:"谢谢啊。"

这时,自动栅栏门打开,在两名警察的押送下,高达从戒毒所深处走来。王文斌和小周一起迎了过去。

王文斌伸出手:"欢迎回归。我是街道的社工王文斌。"

高达和王文斌握手,注意力却始终放在门外那个胖子身上。高达上下打量,并不时看看小周。小周神态略显尴尬。

警察开玩笑地拍拍高达肩膀:"怎么样,舍不得走了吧。希望下次再来?"

高达勉强露出笑容。

警察继续说:"笑一笑嘛,迎接新生活。我们的任务完成了,王老师,就转交给你们了。"

说罢，两名警察敬礼，转身返回。

三人走出栅栏门。胖子扔掉烟头，走到越野车跟前。

高达挑衅似的："胖子，给我根烟抽。"

胖子从身上摸出一盒烟扔给他。

王文斌："那我们走吧，先到社区办理手续。"

高达径直拉开越野车后门，钻进车里，以为小周也会跟着坐进后排。小周走过去后，合上门，坐到了前排副驾驶位置。

9. 日　外　郊外公路

两辆车行驶在郊外公路上。越野车在前，王文斌的小轿车跟在后面。

越野车车内，气氛压抑，三个人像是坐在随时可以引爆的汽油罐里。

高达嘴上叼着烟："胖子，借个火。"

胖子拿出一个打火机，准备扔到后排，却被小周截住。

小周："别一口一个胖子，会不会说话，我不跟你介绍过吗？你叫他小伟就行。"

高达不爽地抗议道："火！"

小周："不要在车里抽烟。"

高达："给我。"

说着，高达就要去夺小周手中的打火机。他愤恨地扯拽小周的衣领。

胖子一脚刹车，停在路边，把高达揪出车外，摁在引擎盖上，一顿痛打，根本没给高达一点反应的时间。

小周在车里骂骂咧咧："毒瘤，人渣。"

王文斌驱车从后面跟了上来，见前面打起来了，急忙下车。他下车的工夫，胖子一脚把高达踹到路边的绿化带里，一溜烟开车走人。小周随即把王文斌的名片抛出车外。

高达爬起来,鼻青脸肿,鼻子汩汩冒血。

王文斌:"怎么回事?"

高达顺着公路往前走:"没事儿。"

王文斌:"要不要报警啊?"

高达:"我从来不报警,怂蛋才报警。我要杀了这个婊子。"

王文斌:"别冲动啊,你可刚出来。"

高达逐渐走远,王文斌只好返回开车,顺带捡起了自己的名片。他低速行驶,跟着高达。

王文斌:"远着呢,快上车。"

高达摸出一根烟,叼在嘴里。

王文斌:"我看看车里有没有打火机啊。"

10. 天色渐晚　郊外到城市外景　不同的马路

王文斌驱车与高达并行。

王文斌:"你这个人怎么这么犟呢,别干傻事啊。"

高达并没有什么反应。

王文斌:"那我先回去了啊。"

高达独行,走了一段距离后,发现王文斌在前面等着他。

王文斌:"还有二十多公里呢。"

高达独自走着,王文斌驱车从后面追上来。

王文斌:"这么走下去,我再加一箱油都不够用。我跟你耗不起了,我得回去了,别忘了回去到社区报到。"

说着,王文斌踩油门超过高达。

11. 夜　外　高达住所小区

王文斌驱车驶入小区,高达坐在车内,他最终还是上了王文斌的车。

高达:"就送到这儿吧,我就不邀请你到家里了。以后我的事情,你们少掺和。"

王文斌把名片塞到他手里:"明天早上 9 点准时到社区报到。不然,我不掺和,派出所也要来掺和。"

说罢,高达下车,走向小区深处。

王文斌目送高达消失,驱车离开。

12. 日　内　社区中心宣告室

国徽正悬。

民警、司法所干部等人两排坐列。这里马上要举办一场签订社区禁毒协议的宣告仪式。

王文斌在门口焦急地看了一眼手表,已经 9 点。他的戒毒对象——高达还没有来。

这时,王文斌的电话响了。

电话音:"您好,是金杨街道的王文斌老师吗? 我们是三林派出所的……"

13. 日　内/外　三林派出所

王文斌匆匆走入派出所。

办公室内,高达蜷缩在一个角落的椅子上,佯装睡觉。

民警甲:"昨天晚上,我们突击检查街道内的公共浴室,把他带过来进行尿检。"

王文斌:"他昨天才出来的。"

民警甲:"这还过了一夜呢! 上次我们有个对象,上午出来,下午就复吸,在外面待了三四个小时,就又进去了。"

王文斌提心吊胆:"尿检结果出来了?"

民警甲指了指桌面上放着的十几只空的矿泉水瓶子："这个家伙,蛮厉害的,喝了这么多水,硬是憋着不尿。"

王文斌走到高达跟前,推了推他,把一份法院的传票塞到他手里："昨天不想刺激你,你自己看。"

高达接过传票："这个婊子,够狠,出来就要送老子上法庭。她想离,没那么容易,我搞死她。"

说着,高达激愤地就要站起来,但尿憋得太久,他又猫下了腰。

高达这么猛地一站,憋不住:"快,快,厕所在哪里? 要尿裤子了。"

民警甲赶紧拿起一只采样杯带他去上厕所。

14. 日　内　三林派出所走廊

高达猫着腰,脸上挂着憋尿的表情,走也走不快,慢慢朝卫生间的方向挪动,姿态搞笑滑稽。

王文斌和警察甲跟在他后面。

王文斌："你还搞死人家,下午你就又进去了。"

高达："我又没吸,怕什么!"

王文斌："那你干吗不配合尿检。"

高达："好玩。"

15. 日　外　张志疆住处

小区内简易自行车棚。一些居民在车棚里开锁取车。突然,车棚旁边的铁皮房里,一盆脏水泼了出来,其中一位阿姨避之不及,几滴脏水溅到了她的裤脚上。

阿姨埋怨道："太不像话了。"

其他居民纷纷附和："也没人管管,我们联名找居委去……"

阿姨临走时,踹了一脚铁皮房子,大骂:"独眼龙。"

16. 日　内　张志疆住处

铁皮屋内，残缺不全的镜面中倒映着一张狰狞的脸。张志疆把刚刚清洗干净的假眼珠吃力地塞进右眼。他干净整洁的衣着和屋内局促杂乱的景象形成鲜明对比。

收拾完毕后，张志疆骑着电动滑板车出门。

17. 日　外　不同城市街景

张志疆骑着滑板车，飞快行驶。

最后，张志疆走入一家饭店。

18. 日　内　餐厅后厨

紧张忙碌的餐厅后厨，张志疆挤在角落里切肉。餐厅经理带着两名警察走了进来。

餐厅经理："先停一下，收一下身份证。"

厨师长："正忙着呢！"

餐厅经理："那就赶快。"

一群人哄哄着到更衣橱取出身份证交给警察。

警察："外来人口例行检查，请大家配合一下。"

张志疆："那本地人不用检查了吧？"

警察："也拿过来看看。"

警察检查完后，把身份证都还给大家，唯独留下张志疆的。

警察把张志疆叫到一边。

警察关心地叮嘱："要按时尿检。"

餐厅经理在旁边密切关注着。张志疆回来后，大家也都好奇地瞟了他几眼。

19. 日　内　餐厅前台

过了中午的营业高峰,餐厅经理把张志疆叫了过去。

餐厅经理:"你看,你来的时候也不告诉我。"

张志疆:"告诉你,我还能来吗?"

餐厅经理:"我是吃过这亏。去年,我店里两个四川的厨子在员工宿舍被抓个正着,店里都被罚钱了。"

张志疆:"给钱吧。"

餐厅经理拿出三百元递过去:"一天一百。"

20. 日　内　银行总部大楼办公室

肖仕明和领导正在谈话。

肖仕明:"还要政审?"

领导:"怎么有亲戚在外面有公司啊? 这你可得实话跟我说,不能含糊。现在上面查得非常紧。"

肖仕明掩饰地笑:"没有,没有。就是十年没有升过职,忘了还有这回事。"

领导:"政审就是走个程序嘛。领导都很欣赏你,回去按照要求准备一下材料。"

肖仕明走出领导办公室。

21. 日　内　银行总部大楼走廊

肖仕明心事重重地走着,碰到之前的同事。

同事甲:"仕明,恭喜。听说你要成我们部门老大了。"

肖仕明:"这么快就都知道了啊。"

同事乙:"以后应该叫肖总了。"

肖仕明应付地笑笑:"至于吗。"

同事丙:"回头请客啊,放不了你。我们去抽个烟。"

说着,三个同事走开,肖仕明向自己的办公室走去。

22. 日　内　肖仕明办公室

肖仕明瘫坐在办公椅上,失魂落魄,似乎升职对他来说是一场灾难。

23. 日　内　社区事务中心

唐艳玉在向一名工作人员咨询。

工作人员:"本人身份证、户口本、结婚证、出生证明。"

唐艳玉:"没有结婚证。"

工作人员:"随父落户,随母落户?"

唐艳玉:"没听明白。"

工作人员:"是落在她爸爸那里,还是你这里。"

唐艳玉:"她爸爸那里,我没有上海户口。"

工作人员:"那你需要先去做亲子鉴定,然后才能申请落户。"

唐艳玉:"肯定是亲生的。"

工作人员:"跟我说没用,这是程序。听明白没有?"

唐艳玉点点头,面露难色。

24. 日　内　图书馆报告厅

王国金坐在演讲台上,旁边撑着一个易拉宝——"珍爱生命,远离毒品"禁毒知识讲座。

王国金:"讲得不好,还请大家多多包涵。"

台下,只有三四个老年听众,他们从座位上起身,缓缓移动。

老大爷甲:"国金,你讲得很好啊。"

王国金把讲台上的材料收拾进自己的卡其布袋。

25. 傍晚　外　公交车站台

夕阳余晖,王国金拎着自己的卡其布袋在风中站立。突然一阵剧烈的咳嗽,他手一松,布袋掉落,包里各种宣传禁毒的资料随风乱走。他跑到马路上,一张一张捡着。

26. 夜　内　社区活动室

社区活动室,昏暗的灯光,绵绸的心事,氤氲在一片忧郁的气氛中。五把椅子上坐着王国金、肖仕明、张志疆、唐艳玉和刚刚归来的高达。黑板上的标题正是此刻的写照:"承认我们的生活无法掌控。"王文斌带着一以贯之的微笑看着大家。唐艳玉第一个举手。

唐艳玉神态沮丧:"让人上瘾的除了毒品,还有'艳遇'。我是唐艳玉。"

众人:"晚上好,艳玉。"

唐艳玉:"我今年28岁,曾经做过四个孩子的妈妈。"

插入一组梦魇般的闪回画面。

27. 日　内　破败不堪的出租屋

一对农民打扮的夫妇抱着婴儿走出出租屋。

唐艳玉躺在床上,被子上散落一沓钞票。这对夫妻刚出门,她焦急地拿起手机打电话:"我有钱。"

唐艳玉(VO):"一个孩子卖掉了,换了8克海洛因。"

28. 夜　外　繁华的商业区

唐艳玉挽着王迅,大包小包拎着,刚购物出来。两名警察上前,要求他们出示身份证。两人不耐烦地掏出身份证。警察过目后,面有犹疑之色,打量了一下已经肚子隆起的唐艳玉。

警察:"你们是社区戒毒人员吧。我们在进行突击尿检,请予以配合。"

说罢,警察只带走了王迅。

唐艳玉(VO):"另一个孩子,我为了逃避进强戒所,怀了他,没等他出生,我就做了流产。"

29. 日　外　学校门口

唐艳玉拉着女儿路过学校。正值课外活动时间,透过栅栏外墙,女儿对在里面嬉闹玩耍的小朋友投以羡慕的眼神。

唐艳玉(VO):"还有一个命大的,8岁了,没有出生证明,没有户口,我都不用给她起名字。"

30. 夜　内　社区活动室

唐艳玉苦涩地冷笑。高达用同情的目光看着唐艳玉,插话。
高达:"那孩子们的爸爸都是一个人吗?"
王文斌举起手:"高达,打断别人说话,要举手。"
唐艳玉接着说:"我承认我的生活无法掌控。我是一个失败的母亲。"
王国金举手:"失败是成功的母亲,你是成功的外婆。"
说罢,王国金自顾自笑着,并没有人理会他的笑话,反引来高达一眼蔑视。
王国金正欲举手,结果被张志疆抢先一步。
张志疆:"新疆在沪流浪人员,张志疆。"
众人:"晚上好,志疆。"
张志疆:"我父母是援藏知青,我10岁之前都生活在新疆。"
插入梦魇般的画面。

31. 夜　内　老弄堂房子马桶间

　　父母激烈的吵架声中,少年张志疆趴在老房子的马桶间写作业,他烦躁地堵住耳朵。

　　张志疆(VO):"王老师说我,是个走不出童年的人。"

32. 日　外　老弄堂

　　阳光刺眼,少年张志疆被几个同龄人围殴。

　　打人少年A边喊边打:"野蛮人!"

　　少年们打完散开后,张志疆捂着右眼,血肉模糊。

　　张志疆(VO):"这是上海送给我的第一份礼物。为什么要回上海?我恨我自己的父母。"

33. 日　内　小区楼道

　　张志疆父母在一群社会盲流的叱喝下,吃力地抬着一张桌子下楼。

　　张志疆(VO):"他们四处上访,终于在上海争取到了一套房子。我寻开心,染了毒,欠了高利贷,就偷偷地把房子给他们卖了。我们一家成了真正的新疆在沪流浪人员。"

34. 夜　内　社区活动室

　　张志疆继续:"我爸说,终于和我扯平了。我承认我无法掌控自己的生活。谢谢大家听我的分享。"

　　肖仕明听着两位敞开心扉的分享,被他们的坦诚打动,有所动容。

　　王国金立马举手。

　　王国金:"水产大王,王国金。"

众人有气无力："晚上好，国金。"

王国金笑嘻嘻："大家晚上好。首先，欢迎我们的组织又来了一位新成员。"

高达随手从旁边报纸架上抽出一份报纸。

王国金朝他点头示意，他略显不自在地点头回应。

王国金继续："我 20 世纪 80 年代下海做水产生意，属于咱们国家最先富起来的那批人。那时候，海洛因就进来了。当时谁知道那是什么玩意儿，反正身边有钱的就玩，这在当时是一种时髦，是有钱人才能有的消闲。不像现在你们年轻人玩的'冰'，三五十元一次，比包烟都便宜，什么人都能玩。那个时候是好呀，赚钱容易，我出去几天，回来就是个万元户。不过当时也是交际需要，身边朋友都在玩嘛，你不玩，显得不合群，生意也没办法做了……"

王国金东拉西扯，没完没了，大家脸上都露出不耐烦的表情。

王国金："我就说这么多。最后，我还是想跟新来的那位朋友说一下，你看我走的路，我现在的状态，所以你要有信心。"

高达收起报纸。这是一份《中国禁毒报》，头版位置的文章标题：《"水产大王"王国金的救赎之路》。

高达举手："机动战士，高达。"

众人："晚上好，高达。"

唐艳玉对这个新来的小伙显现出好奇。

唐艳玉补了一句："晚上好，机动战士。"

大家纷纷笑起来，活动室的氛围有了些许轻松。

高达继续："这个名字是王老师取的。他昨天刚把我从所里接回来。"

王文斌："这绝对能成为我印象最深刻的接所。"

高达:"你没有举手。"

王文斌示意他接着说:"看来你很快就会适应社会。"

高达:"那我直接说吧,反正我们是来比惨的。我不喜欢这把椅子的颜色。(高达坐的是五把椅子中的绿椅子)我老婆给我戴了同样颜色的帽子。我不害怕毒品,沾染毒品后,我仍然可以掌控我的生活。但被抓进强戒所,一切就都变了。里面的警察说,我们是受害者,是病人,需要接受治疗。但外面的人,并不这么看,他们认为我们就是骗子,就是囚徒,接受惩罚罪有应得。所以,这才是欺骗。"

大家纷纷鼓掌,王文斌略显尴尬。

王文斌以一种以正视听的口吻:"我能够理解高达的愤怒,但我们究竟是受害者还是罪犯,这不取决于任何人,而取决于我们自己。"

王文斌讲完静待大家鼓掌,略显冷场后,王国金带头鼓掌,化解凝固的氛围。

王文斌接着:"我制作了一些奖章,有谁需要鼓励一下自己吗?"

肖仕明终于举手了。

王文斌:"这是一枚月度奖章,社区戒毒满 30 天。加油!"

肖仕明接过奖章,掌声再次响起。

35. 夜　内　王文斌家

家中漆黑,唯有卫生间的灯亮着。王文斌回到家,已是深夜。他脱掉外套,走进卫生间洗漱。突然,门有异响,他警觉地关掉水龙头。

一个把卫衣帽子套在头上的男子蹑手蹑脚走进客厅,来到冰箱前,打开冰箱拿出了一瓶可乐。王文斌抄着拖把来到他跟前,正准备击打。

男子大叫:"喔,爸,是我。"

王文斌这才看清,面前的这个男孩是自己的儿子。

王文斌:"你怎么进来的?"

没等儿子回答,灯亮了。王文斌妻子穿着睡袍从卧室走出。

王文斌妻子:"他就不能有家里的钥匙吗,我给他的。"

王文斌疑惑地看着儿子:"你大半夜跑回来干吗?!"

儿子:"我想回来看看你们。"

王文斌:"乔医生知道吗?"

妻子不耐烦地打断他:"我给你们俩准备了夜宵。"

王文斌质问:"你知道,他要回来?"

妻子更加不耐烦:"儿子,我们先吃东西。"

36. 夜　内　王文斌家

一家三口坐在客厅餐桌上。儿子闷头吃东西。

王文斌:"你让他出院,还给他钱,让他一个人出去旅行,你知道这有多危险?"

妻子:"你就不能给他一点信任?"

王文斌:"离开医院这段时间,你都没有碰过?"

儿子肯定:"对。我已经八个月没碰过了。"

王文斌做咬牙状:"咬住牙就可以忍住?"

儿子对父亲的讥讽有点不耐烦:"对的。不是所有人都得依靠戒毒医院和你的互助会,有些人可以靠自己完成戒毒。"

王文斌:"是吗?我的经验告诉我,实际情况不是这样。(对着妻子)他肯定在撒谎。我太了解你们这样的人了。"

儿子生气:"那你现在就送我去尿检,把我送进强戒所吧。"

妻子:"你行行好,非得把他赶走吗?"

儿子冷静地站起来,拿走父亲的碗。

王文斌警惕:"你要干吗?!"

儿子:"你还要粥吗?"

王文斌盯着儿子,摇摇头,若有所思。

37. 日　内　王文斌车内

路上堵车,王文斌开车,儿子坐在副驾位置,车子缓慢行驶。

儿子:"爸,对不起。"

王文斌有点紧张,一脚刹车,差点追尾前车,担心地看着儿子。

儿子顿了许久,认真地看着父亲:"我做的事,让你们担心,抬不起头。但我不会再让你们失望了,请相信我。"

车流开始前进,王文斌踩油门,开到一个路口时,突然打转向灯掉头。

导航仪上显示,目的地为某戒毒医院。

导航提示:"您已偏离路线,已经重新规划路线。前方路口100米,请掉头。"

王文斌关闭导航。

38. 日　内　银行总部大楼肖仕明办公室

打印机缓缓出纸,是一张辞职信。

肖仕明将这封信装进信封,走出办公室。

39. 日　内　银行总部大楼领导办公室

肖仕明来到领导办公室门口,领导不在里面。他径自进去,把信封规规整整摆在办公桌的中央位置。

40. 日　内　银行总部肖仕明办公室

肖仕明拿着两只黑色塑料袋,安静地收拾自己办公室需要带走的东西。肖仕明悄悄地乘电梯走出公司。

41. 日　外　荒郊公园

肖仕明驱车来到一处荒郊公园。他从黑色塑料袋中,掏出一个镶有全家福照片的相框,把相框留在车内,又把王文斌发给他的奖章放进衣服口袋,提着塑料袋下车。

下车后,他找到一块空地,点燃了塑料袋中的杂物。

随后,他从后备箱拿出鱼竿,到旁边的池塘里钓鱼,一脸木然。

42. 日　内　商场物业部办公室

物业经理拿着张志疆的简历。

物业经理:"右眼失明。"

张志疆:"小时候出过事故。左眼视力很好。"

物业经理:"做保洁工作,应该没啥问题吧。工资呢,给你一千五,能接受不?"

张志疆:"可以。"

物业经理:"2010 年后的经历怎么都是空白啊?"

张志疆:"我觉得那些经历没什么用。"

物业经理怀疑:"我们觉得什么经历都有用。这样吧,你去开一张无犯罪记录证明,再过来吧。"

张志疆没等经理说完,拽过自己的简历,扭头就走。

43. 日　外　张志疆住处

张志疆骑着滑板车回到住处。他发现自己在车棚搭建的房子上,贴了一张通告。他走近看,是拆违办给他下达的违章建筑限时拆迁通知。他顿时气愤地冲进自行车棚,飞踹停在里面的自行车。

张志疆愤愤地:"叫你们举报老子,叫你们举报老子!"

44. 日　外　虬江路杂货市场

高达溜达着到了一家五金店门口,他在店铺里拿起一把又一把各式各样的刀,挑选着。最后,他买了一把短柄户外刀,刀锋夺目,尝试着往靴子和裤腰里藏。

45. 日　外　小旅馆门口

三男两女,勾肩搭背走进酒店。

46. 日　内　小旅馆对面电话亭

唐艳玉和女儿在电话亭内警觉地观察对面的酒店。她把手表摘下来放在女儿手中。

唐艳玉:"宝贝,一个小时以后,妈妈还不出来,你就报警。电话是多少?"

女儿:"110。"

唐艳玉:"真聪明。"

唐艳玉亲了女儿一口,走出电话亭,快速向对面旅馆走去。

47. 日　内　小旅馆酒店

唐艳玉拿着手机假装打电话,走到前台。

唐艳玉:"你帮我查一下王迅在哪个房间。我们一起的,来迟了,电话没打通。"

前台服务员:"你们这么多人住一间呐。"

唐艳玉："怎么,不行啊。有钱还来住你们这种破旅馆啊。"

前台服务员(恶狠狠地):"503。"

48. 日　内　小旅馆五层

唐艳玉来到 503 房间门口。她趴在门上,听声音确认,确实是王迅这帮人。

旋即,她走楼梯到四楼,寻找正在打扫的客房。

一间客房门开着,保洁正在里面铺床。唐艳玉趁保洁不备,悄悄取走保洁的万能房卡。

49. 日　内　旅馆 503 房间

唐艳玉将手机调为摄像模式,用房卡开门,冲入房间。

王迅等人正在房间内"溜冰",衣不蔽体,情绪亢奋,被唐艳玉拍个正着。

王迅警觉到有人进来,立马放下手中的吸毒工具,站了起来,定睛发现是唐艳玉。

王迅:"唐艳玉,你什么意思?"

其他人见王迅认识她,这才镇静下来。

溜冰女甲:"我去,还以为是警察呢。"

溜冰男乙:"你用手机拍什么呢?"

说着,溜冰男乙就要过去夺唐艳玉的手机。

唐艳玉立马拽开手机后壳,取出内存卡,一口吞下。

溜冰男乙愣住:"迅哥,这什么情况呀?"

唐艳玉:"王迅,你要不配合我,我就举报你。"

王迅:"配合你什么呀?"

唐艳玉:"我跟你说过的,我要给孩子落户。我问过了,还要一份亲子鉴定,就能落在你名下。"

王迅无奈："说吧,需要我怎么做。要抽血吗?"

说着,王迅拿出一只注射器,向唐艳玉走去。

唐艳玉略显胆颤："不用,给我你的头发就行。"

王迅神经质地大笑,猛地从头上拽了一把头发,递给唐艳玉。

王迅："滚吧。"

唐艳玉伸开刚才紧紧攥着的拳头,那张内存卡还在手心里。她扔给王迅,拿起桌子上的一瓶矿泉水走出房间。

50. 日　内　旅馆走廊

唐艳玉大口喝着水,喜极而泣。她走到四楼,把房卡悄悄扔到楼道里,乘电梯下楼。

51. 日　内　小旅馆对面电话亭

唐艳玉女儿一直攥着电话,看到妈妈从旅馆出来,才踮起脚尖,把电话挂在座机上。

52. 日　外　小学门口

唐艳玉拉着女儿,路过小学门口,正赶上放学高峰,热闹非凡。

唐艳玉："宝贝,喜欢学校吗?"

接着,唐艳玉掏出手机拨通一个电话："我成功了。你的方法挺灵的,哪天我请你吃饭,感谢感谢你呗。"

53. 夜　外　肖仕明小区

肖仕明将车驶入停车位,下车前,他拿卫生纸擦了一下沾了泥巴的皮鞋。

54. 夜　内　肖仕明家客厅

肖仕明进门换鞋。

妻子自顾自坐在沙发上打电话。儿子在电视机前兴奋地打游戏。

妻子："现在能看吗？就现在吧。"

肖仕明刚换上脱鞋。

妻子："别脱鞋，别脱鞋。我们马上出去一趟。"

妻子说着拎包，穿外套："我跟你说啊，有套很合适的房子，距离实验中学不到一公里，终于让我给找着了。这半年快要烦死了，我们现在就过去看看，要是合适，我就不继续看了，直接定了。"

肖仕明："我可以不去吗？有点累。"

妻子："你说什么呢？孩子是我一个人的啊，我不累啊。"

肖仕明对着儿子："别玩了，去写作业，回来检查。"

肖仕明无奈，再次换鞋。

55. 夜　内　肖仕明车内

肖仕明开车，妻子坐在副驾驶位置继续打电话。

妻子："你等着啊，我们马上到。"

妻子挂上电话："我算了一下啊，用上咱俩的公积金，每月还得还一万元。压力嘛，也是有的。不过那一片区域，升值空间蛮大的。对了，你升职，工资总归要涨一点的吧。"

肖仕明面色沉重："看着儿子天天在家玩游戏不管，买个学区房管什么屁用！"

妻子："你吃屎了啊，今天。"

前车挡道，肖仕明狂摁喇叭，猛然提速，以一个危险动作超越前车。

妻子见肖仕明反应如此激烈，更加上火。

妻子："你停车。我一个人去。"

肖仕明将车停在马路中央。

肖仕明："下车。"

妻子摔门下车："神经病，脑子坏掉了吧。"

后面的车纷纷鸣喇叭。肖仕明坐在车内，狠狠抽了自己几个耳光，趴在方向盘上压抑地抽泣。

56. 夜　内　餐厅

气氛温馨，唐艳玉和高达共进晚餐。

高达："怎么没带你女儿?"

唐艳玉："一看就没带过孩子，不知道带孩子有多烦。"

高达："放朋友那了啊?"

唐艳玉："我一个外地人，在上海哪有什么朋友。在家呢。"

高达："一个人在家啊。能放心吗?"

唐艳玉："习惯了。我家女儿可听话了。"

高达："刚才不是说带孩子挺烦的吗?"

唐艳玉："你这个人会不会聊天?"

高达："啥时候去做。"

唐艳玉："已经做了，一周后就能拿到鉴定书了。"

高达："幸亏我没生孩子，不然去鉴定一下，肯定不是我的。"

唐艳玉大笑："我看你倒是挺看得开的啊。"

高达："没到时候呢。"

唐艳玉："啥意思?"

高达："婚肯定是要离了，但这口气我得出。"

唐艳玉："你可别干傻事。"

57. 夜　外　中档餐厅门口

高达拦了一辆出租车,唐艳玉上车。

高达把手里的打包盒递过去:"失败之母。孩子都快饿死了。"

唐艳玉笑着关上车门,脸上有一种依依不舍的羞涩。

58. 夜　外　马路

高达独自一人在马路上夜跑。他空手挥拳,做刺刀的动作,眼中充满杀气。

59. 日　内　社区活动室

又一次心理互助会。小黑板上写着:"消除我们所有的性格缺陷。"大家依次发言。

唐艳玉举手,开心地说:"让人上瘾的除了毒品,还有'艳遇'。我是唐艳玉。"

众人:"你好,艳玉。"

唐艳玉:"我的缺陷是懦弱。曾经因为懦弱,我离不开男人。也因为懦弱,逃避处罚,不敢承担责任。现在,我发现,只有勇敢才能掌握自己的命运。"

大家鼓掌。

肖仕明举手:"珍爱生命,远离毒品。我是肖仕明。"

大家哗然。

王国金举着手:"你不是李明吗?"

肖仕明:"我的缺陷是虚荣。对不起,我欺骗了大家。"

插入画面。

60. 日　内　停车场

肖仕明和同事一起走出停车场电梯。

同事:"你的车呢?"

肖仕明:"在那边停着呢。"

说着,肖仕明向远处走去。朋友开着一辆奔驰的豪华越野车驶过。

朋友的车走远后,他又折回,在朋友相邻的车位,坐进自己的国产两厢小破车。

肖仕明(VO):"因为虚荣,我逐渐变得利欲熏心。"

61. 夜　内　KTV

肖仕明陪客户在 KTV 消遣,纸醉金迷,莺歌燕舞。

他悄悄走到服务员跟前,嘀咕了几句。

一会儿,服务员拿着托盘出现,里面是两套"溜冰"的工具。

肖仕明趁着客户酒醉:"李总,来点,醒醒酒!"

肖仕明(VO):"为了让客户和我穿上一条裤子,为了钱,我铤而走险。屡试不爽后,我开始变得麻木。"

62. 日　内　社区活动室

肖仕明:"上个月的一次偶然,被警察抓住了。责令社区戒毒后,我不敢告诉任何人。到现在,我的家人都不知道。本来要升职,结果因为要政审,就变成了辞职。"

插入一组镜头。

63. 日　内　肖仕明家

肖仕明系好领带,西装革履出门。

64. 日　外　公园

肖仕明百无聊赖地躺在公园长椅上。

65. 日　内　咖啡厅

肖仕明趴在桌子上睡觉。

66. 日　内　电影院

肖仕明一个人在电影院看早场电影。

清洁工:"还不走吗?"

肖仕明:"我买了下一场的票。"

清洁工走出影厅:"山炮,每场都是一部电影。"

肖仕明(VO):"这一个月,我像一具行尸走肉,不知道能撑到什么时候。"

67. 日　内　社区活动室

肖仕明:"我需要帮助。"

68. 日　内　肖仕明家

肖仕明妻子从洗衣机中拿出衣服。她听到一声脆响,下意识以为是一枚硬币,没有特别在意,去晾衣服。晾到一半时,又感觉有什么不对,折回去打开洗衣机,捞出一枚奖章。她端详着这枚庆祝丈夫戒毒满一个月的奖章,脸色逐渐变得难看。

69. 日　内　医院

窗口,唐艳玉拿到了两张亲子鉴定证明,兴奋无比,转身去找在不远处等她的王迅。

王迅接过亲子鉴定,却发出一阵冷笑。唐艳玉感到莫名其妙。

王迅:"你自己看。"

唐艳玉攥着亲子鉴定看了一遍又一遍,神色慌张。

王迅:"婊子,你肚子里的是我的,大的是哪个野种的,你去找哪个野种吧。"

说罢,王迅走人。唐艳玉给大女儿办户口的希望再次落空。唯有和这个男人结婚,才能给女儿上户口。她回身追上王迅,死死拉住他的胳膊,发狂似的喊叫,引来大家侧目。

唐艳玉疯狂:"你跟我结婚吧,求求你了,跟我结婚吧。"

70. 日　外　肖仕明家小区

肖仕明驾车驶入小区,副驾驶位置坐着王文斌。

71. 日　内　肖仕明家

肖仕明带着王文斌走进家门。妻子攥着那只奖章,坐在沙发上。

肖仕明走近,发现妻子正拿着那枚奖章。王文斌像是自己闯了祸一样,面带愧疚。

肖仕明:"看来你已经知道了。"

妻子:"我知道什么? 我还能知道什么?"

王文斌招呼肖仕明:"坐,我们坐下聊。"

肖仕明勉强坐下。

王文斌:"弟妹,你看这个事情,确实瞒了你好久,这主要是我们的责任。仕明怕你一时接受不了,我就劝他先瞒一阵再说。他现在参加社区戒毒,效果良好。"

肖仕明妻子根本不理会王文斌。

妻子:"你们公司知道了吗?"

肖仕明:"他们都不知道,我一个月前就辞职了。"

妻子:"那你是不是没有公积金了,是不是失业了? 你怎么这么不负责任! 孩子的学区房呢?(音量骤然提高)我们要买房的,你不知道吗?"

肖仕明噌地站了起来:"我都成这样了,你还关心买房?"

妻子:"你还有理了? 我和孩子需要一个正常的家庭。"

肖仕明:"你正常吗? 脑子里除了装着房子,还有什么?"

这时,王文斌的电话响了。

王文斌:"不好意思,我接个电话。"

然而,他发现两口子根本视若无人,仍然在吵架。

王文斌接电话:"什么? 在哪儿? 你别走啊,我这就过去。"

王文斌本来计划跟他们道别,但两口子越吵越厉害。他急匆匆扭头走人。

72. 日　外　肖仕明家小区外马路

王文斌焦急地给儿子打电话。

王文斌:"叫不到车。你赶紧开车来接我。"

73. 日　外　张志疆住处

拆违办的皮卡停在外围,里面围了一圈居民,最里层是五六个头戴安全帽,扛着大锤的工人。车棚内有几辆自行车的车胎被点燃。张志疆搭建的房子已经大面积凹塌,随时可能倒掉。

现场有群众气愤地喊叫:"拆了它。"

张志疆抓着一辆轮胎在燃烧的自行车发狂地挥舞,场面一片混乱。

74. 日　外　张志疆住处

一名居委干部带着王文斌和他的儿子赶到现场。

居委干部："我感觉，他应该是精神崩溃了。"

王文斌拨开人群，迅速靠近张志疆，从后面环抱住他，展现出熟稔的经验。

王文斌："志疆，志疆，把自行车放下，把自行车放下。"

张志疆："他妈的，一群畜生，人渣！"

王文斌朝拿着锤子的工人吼道："放下你们的锤子，（又指着看热闹的人群）散开，散开。"

人群逐渐散开后，张志疆的情绪有所松动。

王文斌对着儿子："来帮忙啊！"

王文斌儿子上前和他一起夺下张志疆手中的自行车。

王文斌把脸凑近张志疆，大声呵斥："够了，冷静。嘿，看着我。我们现在要离开这里。你可以走了吗？"

张志疆试图挣扎。

王文斌和儿子合力把他牢牢束缚。

王文斌再次强调："你可以走了吗？"

张志疆大口喘着气，情绪回落。

张志疆点点头。

王文斌和儿子搀扶着张志疆离开现场。

75. 日　内　社区活动室

王文斌和儿子、居委干部带着张志疆来到社区活动室。

王文斌对居委干部说："黄老师，没事了，您可以回去了。"

居委干部转身出门。

王文斌对儿子说："你留下。（指着张志疆）你嗑药了吗？"

张志疆："没有。"

王文斌："好，我相信你，我不会送你去尿检的。你以后住哪里？"

张志疆："我不知道。"

王文斌："那我试着联系一下你的父母吧。"

张志疆："你找不到他们的。"

王文斌："你是怕连累他们？我觉得这是个机会，你父母会接纳你的。"

张志疆："我都找不到他们。"

王文斌："这样，你这几天先住在这里。我去跟街道说一下，我们再从长计议。"

张志疆："对不起，刚才我失控了。"

王文斌把儿子拉到一边："你出去买点脸盆、毛巾啥的，喔，再买一个毯子。"

王文斌儿子："还需要什么，你就打我电话。"

王文斌："这就是我的工作环境。当初也是为了你，才选择做这份工作。"

儿子被父亲打动。

76. 夜　内　高达家中

高达叼着烟，偷偷地在自己房间磨刀，磨完后，他在自己手背上轻轻割了一刀，瞬间拉出一道血口子。

他走到日历跟前，往前翻一天，撕掉了那一页。

随后，他又掏出电话，拨打一个号码，名字显示为"艳遇"："您拨打的电话暂时无法接通。"

他失望地挂掉电话，整个人显得焦躁无比。

77. 日　外　浦东金杨社区门口

王文斌正在停车场泊车。

这时,张志疆骑着他的电动滑板车驶出。

王文斌正欲跟张志疆打招呼,张志疆一溜烟跑远,并没有注意到他。

王文斌略感好奇,不知道张志疆这么一大早出去干吗,遂驱车跟踪张志疆。

78. 日　外　城市不同街道

王文斌驱车跟踪张志疆。

79. 日　外　某老式小区

王文斌跟踪张志疆至某老式小区。

王文斌发现张志疆鬼鬼祟祟来到一个单元楼后躲了起来。

这时,一个老头子推着一辆自行车停在楼下,自行车车把上挂着大包的蔬菜和油,车后座上捆着两袋大米。

老头子先拎着蔬菜和油上楼。

隔一会儿,张志疆冒头出来,他把两袋大米麻利地从车上卸下来,扛着进楼。

80. 日　内　楼道

张志疆扛着大米悄悄放到四楼的转角处,听到六楼的关门声后,迅速下楼。

81. 日　外　某老式小区

王文斌好奇地看着张志疆跑出来。王文斌留在原地想观察个究竟。过了一刻钟，老大爷下楼了，他下来摆放自行车，摆好后进楼。王文斌趁机跟了进去。

82. 日　内　楼道

王文斌跟着老大爷上楼。老大爷前脚进门，他后脚过去敲门。老大爷开了门。

老大爷好奇地看着王文斌："你是?"

83. 日　内　老大爷家中

老奶奶拿着一个削好的苹果，递给王文斌。

老奶奶："阿克苏苹果，新疆的旧好给寄过来的。"

王文斌接过苹果："你们知道是他?"

老大爷点点头："知道，除了他还能有谁。"

王文斌："那为啥不见他?"

老大爷："是他躲着不见我们。"

王文斌若有所思："喔，我算是明白了。"

84. 日　外　法院门口打印店

高达看着小周和她粗壮高大的男友走进打印店，自己也跟了过去。高达目露凶光，手摸着腰。

这时，高达的电话响了。他烦躁地拿出电话，发现是唐艳玉，接听电话。

唐艳玉（VO）："你昨晚打我电话了?"

高达："对啊。"

唐艳玉（VO）："你现在忙什么呢?"

高达："我在法院，今天开庭。有什么事，你说吧。"

唐艳玉（VO）："方便说话吗?"

高达:"方便。说吧。"

唐艳玉(VO):"王迅同意和我结婚了。"

高达脸色骤变,似乎能听到心碎的声音。

唐艳玉(VO):"你怎么不说话了呢?"

高达:"恭喜,孩子户口有着落了。"

唐艳玉(VO):"但他有个条件。他让我给他带8克海洛因,和他一起注射。"

高达:"会死人的吧。"

唐艳玉(VO):"应该没有问题吧。我没有戒毒的时候,也注射过。"

高达:"你考虑过后果吗? 你会再回去的。"

唐艳玉(VO):"我没有办法了,我该怎么办?"

高达:"你现在在哪里?"

85. 日　外　王迅家楼下

唐艳玉:"我……在他楼下。"

高达(VO):"听着,你现在立刻转身,马上到一个安静的地方,冷静一下,我现在就过去。"

唐艳玉往楼上望了望。

86. 日　外　法院外街道

高达打到一辆出租车,飞快坐进车内,催促司机快走。

87. 日　外　高架

上班早高峰,出租车在高架上堵车。高达焦急万分,掏出身上的零钱塞给司机。

高达:"让我下车。"

司机:"这里不能下车。"

说话间,高达就跳出了车子。

88. 日　外　高架

高达在拥堵的汽车空隙间穿梭奔跑。

89. 日　外　不同马路

高达跑过不同的道路。

90. 日　外　王迅家小区外

高达跑到了唐艳玉面前,刚停下脚步,就可劲儿开始吐。

唐艳玉:"就这体力?"

高达从腰间抽出刀子:"我带了这个。"

91. 夜　内　王文斌卧室

王文斌半躺在床上看《团体治疗的十二步骤法》,妻子探头进来。

妻子:"你看到我的止痛药了吗?"

王文斌立马面带警觉:"没有在柜子里吗?"

妻子:"没有。"

王文斌:"我就知道会出事的。"

妻子一脸惊慌。

92. 夜　内　客厅

王文斌和妻子坐在沙发上,神色沉重。

儿子回来了,看着气氛不对。

儿子:"怎么了?"

妻子："你坐下吧。"

儿子："发生什么事情了？"

王文斌："你拿了你妈的止痛药？"

儿子疑惑状。

王文斌："简单的问题。我再问你，你有没有进卫生间偷你妈的止痛药？"

儿子："没有。我跟你说过了，我戒毒了。"

王文斌："喔，那是怎么一回事，它长翅膀飞了吗？"

妻子："你别这样说话。"

儿子："在你眼中，我永远是你收拾的那些垃圾，是不是？"

妻子："你们都冷静一下。"

王文斌站了起来，走到儿子跟前："把你妈的药拿出来。"

儿子针锋相对："我要你跟我道歉。"

王文斌："道什么歉！"

儿子："为指控我做了他妈的没做的事情道歉！"

王文斌："注意你的口气！"

儿子："你永远没错。你可以在那些戒毒对象面前假装你是个灵魂导师。那些人还真的以为你是无私奉献呢！你告诉过他们你家里有个瘾君子吗？你还教导他们面对自我。你个伪君子，你个懦夫！"

王文斌气急之下，一巴掌打了过去。儿子立马挥拳还击。两人扭打在一起。

妻子大惊失色："求求你俩别打了。"

儿子在和父亲的较量中占了上风。他把父亲摁在地上，挥拳痛打。母亲上去拉架，他不小心推了母亲一把。母亲磕到了旁边的桌子，整个人倒地。儿子看着父母都被自己打倒在地，一时无法接受自己，惊恐万分，跑出家门。

93. 夜　外　江边

高达和唐艳玉来到江边。唐艳玉将高达的刀子扔进河里。唐艳玉依偎在高达怀里。

94. 日　内　王文斌家中

王文斌在卫生间柜子里众多化妆瓶中间找到了止痛药。

他拿着药瓶,心情格外凝重地走进卧室。妻子还躺在床上休息,他把药瓶轻轻扔在被子上。

王文斌:"我搞砸了。"

妻子:"你非得当对的一方才行,是吧?"

王文斌欲辩解。

妻子:"你滚出去!"

王文斌沉默片刻:"好啊,我这就走。"

说着,王文斌出门。

95. 日　内　王文斌车内

王文斌在车内给儿子打电话,没人接。他打开微信,语音留言:"爸搞错了。你回电话给我们,你妈很担心。"

王文斌继续开车,懊悔不已,高达此前的话不断在他脑中盘旋。

高达(VO):"这是欺骗,这是欺骗!"

96. 日　外　派出所

王文斌拉着妻子跑进派出所。

97. 日　内　派出所办公室

警官把尿检报告递给王文斌。

警官:"阳性。凌晨3点,我们在一家酒吧碰到的他。"

儿子冷笑,目光中充满愤怒之色:"真他妈搞笑。八个月来,这是我第一次喝酒和'溜冰',我可以去参加你的互助会了,你高兴死了吧。"

王文斌沉默不语。

儿子:"老爸,你心里在想什么? 你说出来啊。(冷笑)这就是我戒毒的成果。你是不是又猜到了?"

王文斌走过去,一把抱住儿子,眼泪纵横。

王文斌:"对不起。爸,对不起你。爸,错了……"

儿子也抱住了父亲,眼泪夺眶而出。

98. 日　内　社区活动室

小王(王文斌的儿子)掏出钥匙打开了社区活动室的门。他像王国金一样,摆椅子,擦黑板,打扫屋子。

小王挪动红椅子。

插入画面。

99. 日　外　新疆广袤的果园

张志疆和父母在果园里一起摘葡萄,一家人沉浸在和煦的阳光中。

小王(VO):"上海的新疆知青志愿者协会组织旅行,张志疆陪着父母再次踏上那片土地。但他说,没待几天,就想回上海。"

小王挪动白椅子和绿椅子。

插入画面。

100. 日　内　学校报名处

高达和唐艳玉带着女儿到学校报名,在表格上填写女儿的名字。

小王(VO)："高达和唐艳玉在互助会艳遇了。唐艳玉的女儿有了户口,也第一次有了自己的名字。但唐艳玉还是想不起女儿的爸爸到底是谁。"

小王挪动蓝椅子。

插入画面。

101. 日　内　某小型办公室

肖仕明靠在椅子上打电话,办公桌上同时摆着全家福和那枚戒毒奖章。

小王(VO)："肖仕明创业了,还挺不错的。钱嘛,上海房价暂时停滞了,老婆便忍痛割爱了。"

小王把黄椅子摆好。

插入画面。

102. 日　内　病房

王国金的病床前,围满记者,闪光灯咔嚓咔嚓。王国金开心地捧着捐赠遗体的证书,和几个领导合影。

小王(VO)："特别能说话的王国金,开了那么多回互助会,愣是没说自己得了癌症。他确实是想留着放大招,很快又上了头条。"

小王把小黑板推出来,在上面写:"STEP12。"

小王(VO)："至于我爸……"

插入画面。

103. 日　内　居委会会议室

会议室的长桌上躺着一个中年男人,赖皮似的大吼大叫。居委干部挤在门外不敢靠近他。

泼皮男："人都快死了,还戒什么毒。我今天是来要钱的,告诉你们,我有乙肝、胸积水,会传染的。别人都避着我走,你们不怕啊!"

说着,王文斌一头汗水栽进会议室。

画面定格。

导师评语

石　川

　　刘东的电影剧本《五把椅子》，选取社区戒毒辅导工作站一位义工和五位瘾君子互相陈述自己戒毒感受的角度，表现上海当下城市社区生活以及戒毒者这类人群不为人知的幕后故事。

　　该剧选题新颖，角度独特，反映现实生活的态度正面积极，较有现实意义。特别是，作者用五把不同颜色的椅子，对应五位性格经历迥异的戒毒者，以鲜明的视觉符号呈现人物不同的心理和性格状态。他们中有的人性格封闭，拒绝交流；有的玩世不恭，得过且过；还有的对社会充满敌意，容易与他人暴力相向；等等。这种描写比较巧妙，有直接的视觉感，将来处理得好，容易形成新颖独特的叙事风格。

　　看得出来，作者为创作剧本，曾经对戒毒人员和社区戒毒辅导站做过大量实地考察和前期调研，里面几个主要人物的描写都非常生动具体、接地气，显得真实可信。特别是配角王国金，这是一个性格独特鲜明的典型人物。女主人公唐艳玉的角色塑造也比较立体。相比较，男主人公王文斌、肖仕明的性格塑造，却显得线条粗糙，过于简单化了一些，需要进一步丰富和修改。

　　目前，剧作上还有一些不足之处，主要表现在以下四个方面：

　　第一，五位戒毒者的性格塑造与五把椅子的颜色对应关系还应进一步强化，特别是要凸显不同颜色与人物性格的有机关联。椅子颜色不能作为角色的外部标签，而应该与之形成水乳交融、不可剥离的共生关系。

第二，角色人数偏多，平均分配力量虽然容易面面俱到，但对角色性格和人物关系缺乏深入开掘。比如王文斌和儿子的关系，目前的描写还不够细致，两人关系的转化还缺乏起承转合的层次感。唐艳玉和她未婚夫的关系，以及张志疆与邻里的紧张关系也都还未有效展开，需要进一步细化和挖掘。

第三，剧作结构总体有些平铺直叙，上来就是五位戒毒者的自我陈述，并在后面的剧情中重复了数次。这种结构和剧情展开方式，有些费力不讨好，容易给观众带来乏味感和审美疲劳，应该再琢磨一下有无更为巧妙的叙事结构和方式。这样的话，在美学品质上可以对剧作有一个比较大的提升。

第四，目前几个主要角色中，高达的描写无太多特点，建议将他删去，把他的故事合并到张志疆身上。张志疆因童年经历坎坷，具有一定的反社会人格，与社区邻里关系紧张。建议把高达与小周、小伟的关系移植到张志疆身上，用爱情融化他心里的坚冰，最终完成与环境和邻居的和解。

希望作者根据以上意见，对剧本继续进行深化和修改，把剧本打造成一部描写上海城市社区生活的现实主义精品。

电 影

茉莉旅馆

俞 翔 廉 欣

俞 翔

男,毕业于上海师范大学谢晋影视艺术学院话剧导演专业,现任职于上海鹰狮影业投资有限公司。曾获 2003 年大学生戏剧节最佳导演及最佳编剧奖,2005 年全国小剧场戏剧节最佳导演、最佳男演员;2006—2010 年,连续五年获"上海之春"新人新作大赛金奖;2007 年获中国群星奖戏剧类金奖。

廉 欣

男,毕业于上海大学影视编导专业,现任职于上海鹰狮影业投资有限公司。曾获 2012 年金鸡百花电影节微电影单元优秀微电影奖、第十三届上海国际电影节 GIVE ME FIVE 短片单元风格大奖、第七届"科讯杯"全国影视大赛最佳艺术片奖、第二届中国国际微电影节"金羽翼奖"优秀作品奖等。

1. 外　上海（航空拍摄）　日

　　　　[在上海的风景中,渐渐听到莫莉的声音。

　莫　莉　我叫莫莉,7岁的时候来到了这座城市,我热爱这里
　　　　的生活,习惯这里的节奏。但是在今年夏天,发生了
　　　　一个令我意想不到的故事。
　　　　[能逐渐看到大都会的风景,慢慢听到大城市特有的
　　　　节奏。

2. 外　上海　办公街　日

　　　　[有很多写字楼的街道,群众之中,出现从地铁中走
　　　　出的白领们,他们昂首阔步。
　　　　[焦点给人群中的莫莉。
　　　　[莫莉展示那本写满自己梦想的幸福笔记。
　　　　[歌曲开始播放"上海女孩☆幸福笔记 ABC……"

3. 外　写字楼　入口前（改成动画）　日

　　　　[笔记上写着"A.考上上海的大学"。
　　　　[在写字楼前跳舞的莫莉。
　　　　[(歌词)上海女孩

　　　　　　幸福笔记 ABC
　　　　　　幸福笔记 ABC
　　　　[在写字楼前的莫莉。

4. 外　大学　校园内　日

[镜头推近有名的大学。

[莫莉跟她的伙伴们将学士服和帽子高高地向上抛起！（毕业典礼的感觉）

5. 外　游泳池　日

[漂浮在水上的人们。莫莉坐在泳圈上,忧愁地漂在水面上。

　莫　莉　这里是,上海。

6. 内/外　金融公司　日

[笔记本上写着"B.找到稳定的工作"。

[电梯门打开,跟许多精英一起走出来的莫莉。

[在走廊上阔步行走的莫莉,在办公室里忙碌的莫莉。（附近有友人 A）

[（歌词）B!!　首先有稳定的工作很重要

　　　　　　　平静的心灵可以帮助美容

[女生厕所里,镜子前面拼命补妆的女孩们。

[虽然不断会有其他女生来打扰,但女孩们还是拼命补妆。

[莫莉完全不在意撞她的人,露出假笑。

[（歌词）B!!　刷存在感

　　　　　B!!　领导就是绝对

　　　　　B!!　关键时候要楚楚可怜地抬眼！

[（歌词）精致的妆容,说不定就有谁会注意到你！

　　　　　亏了这些,我抓住了幸福！

[在很大的会议室里,莫莉一边听着上司讲话,一边假笑。

[莫莉不断点头应和,旁边的女孩也拼命地点头应和。(附近也有友人 A)

[屋顶上的角落和长凳上有许多白领脱下的高跟鞋。

[看起来非常狼狈且疲惫不堪的女孩子当中,有莫莉的身影。(附近也有友人 A)

[(歌词)上海女孩

　　　幸福笔记 ABC

　　　幸福笔记 ABC

[大家一起打呵欠。

7. 外　游泳池　日

[躺在泳池旁,透过太阳镜凝视着太阳的莫莉。莫莉肌肤上的水滴闪闪发亮。

莫　莉　这里是,上海。

8. 内/外　街道　日

[笔记本上写着"C.找到一个好老公"。

[音乐串场。

[写字楼前,莫莉站在画面中央。道路左边停着一辆宝马敞篷跑车,一个气质儒雅的中年男子正微笑着望着莫莉,莫莉微笑转头。

[(歌词)C!!　什么时候找到一个好老公

　　　　　是为了将来,人不能只活在当下

[车里,莫莉幸福地靠在中年男子的肩上。

莫　莉　(Rap)哦,对了,这是 Steven, MIT 毕业

183 公分,76 公斤,热爱运动,有着良好的家境

兄弟是公务员,从事金融工作

新房一定会是最棒的公寓(站在新房前亲热的两人)

[像 bilibili 网站一样,出现弹幕。

[Steven 想要亲莫莉,没发现信号灯已经转为红灯。

[(歌词)上海女孩

　　　幸福笔记 ABC

　　　幸福笔记 ABC

[Steven 来不及踩刹车,撞到了前面的出租车。

[出租车上下来一个看起来凶神恶煞的司机。

司　机　你干什么啊! 会不会开车啊?

莫　莉　你没事吧? 有没有受伤?

[Steven 露出笑容。

Steven　没事。

[接着从出租车上下来一个一手抱着婴儿,一手牵着一个小孩的疲倦中年女人。

[Steven 瞠目结舌。

[Steven 发出没听过的怪声,慌张地从车上下来,赶往那个女人身旁。

Steven　哦,这么巧! 你们没事吧?

[女士看着莫莉。

Steven　我正好跟下属去开个会。这是莫莉,(对莫莉指着中年女人)这是我太太。你们第一次见吧?

[Steven 转头对着莫莉,莫莉呆若木鸡。

Steven　(对中年女人)你看,公司最近刚入职的新人都傻乎

乎的!

小　孩　哇,爸爸! 爸爸!(天真无邪,看起来很开心的样子)

　　　　　[Steven 抱住小孩。

Steven　桐桐,没事哦,刚刚是不是吓了一跳? 别怕啊,爸爸在!

　　　　　[莫莉愕然。

　　　　　[Steven 妻子温柔地看着莫莉。

妻　子　你没事吧!

　　　　　[呆呆地睁着眼睛,僵住的莫莉。

　　　　　[现场一片混乱,众人围向出租车。

司　机　(发现莫莉的情况不对)喂,你怎么了? 欸,姑娘。她什么情况,怎么晕了? 喂,姑娘。叫救护车!

　　　　　[配合着莫莉定格的表情,跟开始歌唱的主唱重叠。

　　　　　[(歌词)托你的福,我抓住了最棒的幸福!!!

9. 内　莫莉的家　莫莉的房间　夜

　　　　　[莫莉打开一张永山健的 CD,放大音量,接着就倒在乱七八糟的床上。散乱的房间,可以看到各种拆开后被随便放置下来的快递包裹。

　　　　　[莫莉抱起枕边的毛绒玩具,拉开毛绒玩具背后的拉链,里面有许多钞票。

　　　　　[莫莉从最里面拿出那本成为歌曲的"幸福笔记",打开翻阅。

　　　　　　A. 考上上海的大学(✓)

　　　　　　B. 找到稳定的工作(✓)

　　　　　　C. 找到一个好老公

　　　　　[莫莉把记事本上 Steven 的照片撕下,露出之前从

杂志上剪下的永山健的笑容。

〔莫莉把 Steven 的照片撕碎,流下眼泪。

〔永山健的歌曲变得相当激昂。莫莉站起身,一边摆动着身体,像是要鼓舞自己一般地唱起歌来。

〔这时,传来"咚咚咚"拍打墙壁的激烈声音,并有年轻女孩的声音。

女　孩　小声一点!!

〔音乐的声音似乎连房间外面都听得到。莫莉不悦地将音量转小之后,忽然听到拍打门的声音。

莫　莉　会是谁呢?!

〔莫莉打开门,是达叔站在门外。

莫　莉　你找谁啊?

达　叔　你是莫莉吧!

莫　莉　是啊,怎么了?

〔达叔看起来一脸歉意。

达　叔　你还记得我吧? 我是你爸爸!

莫　莉　我是你奶奶。

〔莫莉"砰"的一声关上门。

10. 内　莫莉家　莫莉的房间　夜

〔莫莉拿着达叔的身份证,上面写着"莫墨达"。莫莉有点吃惊。

莫　莉　我妈说过爸爸已经死了。

达　叔　我其实不该来的。不过,不过我现在已经把赌戒了。

〔达叔将一袋红薯放到门口。

达　叔　给你带点特产。我们老家的红薯,不是拿化肥浇的,全是用猪粪,有机食品!

138

〔莫莉不发一语,达叔急忙地问。

达　叔　欸,你妈呢? 这么多年了,她有没有再找一个?

莫　莉　没有。

达　叔　那就好!

莫　莉　她五年前去世了。

　　　　〔莫莉指着书架上的佛坛,那里有妈妈的黑白照片。

　　　　〔达叔流下了眼泪。

达　叔　阿娟!

　　　　〔莫莉看着流泪的达叔。

11. 内　莫莉家　房间门口　夜

　　　　〔达叔望着莫莉。

达　叔　莫莉啊,这么些年没见,你也像茉莉花一样漂亮
　　　　了呀。

　　　　〔达叔眼中满溢着悲伤。

达　叔　你放心,我以后不会打搅你的生活。我走了……

　　　　〔莫莉看着达叔落魄的样子,一身旧衣,衣角开线,心
　　　　里不忍。

莫　莉　等一下。

　　　　〔莫莉走向卧室,从毛绒玩具里拿起一沓钞票,犹豫
　　　　了半天,最后只抽出几张 100 元。莫莉不让达叔看
　　　　见,把钱递了过去。

莫　莉　你拿着。

达　叔　不要。

莫　莉　拿着,买点东西带回去。

达　叔　我不能要。

　　　　〔两人来回推搡,动作太大,莫莉不小心把达叔推

139

倒了。

　　　[一旁堆得很高的纸盒子倒下来,盖在达叔身上。

　　　[莫莉抱有歉意地把达叔扶起来。

莫　莉　那个,你就在这里过一夜吧。

　　　[达叔听了莫莉这番话红了眼眶。

达　叔　好! 好!

12. 内　莫莉家　莫莉卧室　清晨

　　　[爽朗的早晨。

　　　[莫莉醒过来,摸摸怀里的毛绒玩具,突然发觉手感
不对。

莫　莉　!!

　　　[莫莉打开毛绒玩具,往外倒,掉出一堆红薯。

　　　[莫莉急忙跑出房间,看到外面沙发上的达叔已经
走了。

　　　[莫莉愤怒地大叫。

莫　莉　啊……

13. 外　警察局　日

　　　[人们进进出出。

14. 内　警察局　审讯室　日

　　　[警察拿出一张达叔的身份证复印件。

警　察　是这个人吗?

莫　莉　对对对,他把我所有的钱都偷了!

警　察　我们调查了一下,他是你爸爸吧?

莫　莉　错了,他是个骗子,你们快把他抓回来。

⌈警察拿起茶杯，一边喝茶一边说。

警　察　我查了查，他开了家旅馆，叫茉莉旅馆。

莫　莉　无耻！

⌈警察准备从桌子底下抽出已经填好的文件表格。

警　察　你们父女俩，有什么事不能好好商量……

⌈警察抬起头，发现莫莉连同身份证复印件都不见了。

15.　内/外　高速公路　夜

⌈一辆大巴行驶在高速公路上。

⌈大巴里的电视上放着一部武侠片，正在播放打斗场面。

⌈莫莉正在跟友人讲电话。（友人 A 出现在分割画面里）

友人 A　你为什么要辞职？

莫　莉　我再也不想看见 Steven 了。

⌈莫莉脑中浮现 Steven 的脸。莫莉一拳打在前面的椅背上。

友人 A　他也就是个客户，又不会每天都来，你无视他就好啦。

莫　莉　我就是不要！

⌈莫莉又一拳打在前面的椅背上。

友人 A　现在你有什么打算？

⌈莫莉脑中浮现达叔的脸。莫莉又一拳打在前面的椅背上。

⌈莫莉每打一次，前面的人就惊吓地跳起来一次。

莫　莉　我要去杀一个人！

〔友人不当回事。

友人 A 对了,天气预报说今天要下大雨,路上小心哦。

〔莫莉已经挂断了电话。

16. 外　高速公路　交流道　清晨

〔巴士下交流道,周遭的景色都改变了。

17. 内/外　汽车站　日

〔一辆破旧的小巴停在车站,车门打开,蹦下来一群鸡鸭,随后一群衣着朴素的人走下来,最后下来的是莫莉。

〔小巴开走。

〔莫莉抬头看见一块巨大的广告牌,上面写着"孙悟空诞生之地"。

〔莫莉再往远处望,看到一个乱七八糟的小镇。

18. 外　小镇　日

〔镇上熙熙攘攘,一副欣欣向荣的市井生态。

〔可以听到镇上的广播非常嘈杂。

〔莫莉拿着达叔的身份证复印件,在街上询问身份证上的地址。

〔后面有一台宣传车驶近,人们纷纷让开,让车子开过。

〔莫莉看到许多外国人在买各种孙悟空的纪念品。

〔屋檐的对面是一栋高大的建筑物,那是豪华的大宝船酒店。

19. 外　古老的村落　日

　　　〔路边摊开始出来摆摊。

　　　〔一面墙壁上贴着许多性病传单。

　　　〔莫莉走到了这面墙壁前,住址上写着茉莉旅馆。

20. 外　茉莉旅馆　入口　日

　　　〔门上有写着"茉莉旅馆"的匾额。

　　　〔由四合院改装的建筑物现在已经破破烂烂,门上挂
　　　着"茉莉旅馆"的门匾。

　　　〔莫莉站在旅馆门口,看了看手中的地址。

　　　〔莫莉感受到有人从二楼的窗户往外看,抬头往上
　　　看,看到一个男人的身影在拉窗帘。(之后会知道这
　　　个男人是永山健)

21. 内　茉莉旅馆　一楼大厅　黄昏

　　　〔莫莉一进去就看见一个女人像尸体一样躺在楼
　　　梯口。

　　莫　莉　啊!

　　　〔莫莉吓了一跳,谨慎地凑过去,用手指试探女人的
　　　鼻息。

　　　〔女人发出一阵鼾声,原来只是烂醉如泥。

　　　〔女人是酒吧小姐思思。

　　　〔莫莉听到二楼有些声音,跨过思思,走向传来声音
　　　的方向。

22. 内　茉莉旅馆　老王的房间　黄昏

莫　莉　有人吗？

〔莫莉一把拉开一个房间的门。

〔房间里一个男人光着屁股，背对着莫莉。

莫　莉　啊！

〔光屁股男听到莫莉的声音，吓了一跳。光屁股男前面蹲了一个人，这个人从光屁股男身前探出脸，穿着一件脏兮兮的白大褂，他是老王。

老　王　住宿啊？哟，来旅游啊？

莫　莉　开个房。

〔老王站起来。

老　王　老板还没回来，你先登个记。哦，有什么问题可以来找我，我在这里做点小生意。

男　人　大夫，我这边是不是……

老　王　你先等一下。

〔老王递给莫莉一张名片。莫莉接过名片，上面写着"逆天改命　一针就好"，印着华佗画像。

老　王　逆天改命，一针就好。

〔莫莉翻过来，背面写着"算命测字、美容美发、正骨推拿、水产批发"。

〔达叔两手提着鸡鸭从旅馆门外笑嘻嘻地走进来。

达　叔　老王啊，你想吃哪只？

〔达叔猛然看到莫莉，两人面面相觑。

〔达叔一开始还挤出笑容，但猛然发觉大事不妙，扔了鸡鸭，拔腿就跑。

23. 内　茉莉旅馆　一楼大堂　黄昏

[在翻飞的羽毛中,莫莉拿起手边的拖把,"嗖"地追出去,不小心从思思身上踩过。思思喊了一声,惊醒。

[在各种地方到处逃窜的达叔,追赶的莫莉。

24. 内/外　茉莉旅馆　厨房　黄昏

[达叔拼命地逃,莫莉在后面追。

[达叔逃向后面的庭院。

25. 外　茉莉旅馆　后面的庭院　黄昏

[达叔在一阵鸡飞狗跳中把东西踢倒,绕着庭院逃窜。

[莫莉紧追不舍。

26. 外　茉莉旅馆　院子　黄昏

[达叔想要往外跑,恰巧和从外面回来的冷葬、傲葬、智葬碰个正着,没办法逃。达叔还是拼命地想跑,莫莉抓住并摁倒达叔。

[达叔猛烈地倒下。莫莉忽然用膝盖把她手上的拖把折断,用尖尖的断掉的地方抵住达叔的脖子。

莫　莉　我的钱呢?

达　叔　用来还赌债了。

莫　莉　你不是已经戒赌了吗?

达　叔　是啊!要不是欠了这么大一笔钱,我哪儿来的决心戒掉?现在想想,其实也是好事。你也不想看到黑发人送白发人吧!

莫　莉　原来你一开始就没安好心。

达　叔　莫莉,你冷静一下,听爸爸解释……

莫　莉　你不是我爸,你是个老骗子。

〔一股水突然喷到莫莉的屁股上。

〔一个 10 岁左右的小男孩举着一把水枪站在旅馆门口,这个小胖子就是霸哥的儿子洪天虎。

〔这时,达叔一溜烟儿跑了。

莫　莉　你别跑!

〔莫莉正准备追出去,脸上又被那个小孩喷了一枪。

莫　莉　你谁啊?

〔洪天虎继续攻击。

洪天虎　多管闲事。

莫　莉　这谁家熊孩子啊?! 有没有家长管啊?!

洪天虎　你说谁是熊孩子!

〔洪天虎完全没有停下,一直往莫莉的脸上喷水。莫莉暴怒,追上洪天虎,一把抓住他。

莫　莉　家长呢? 给我出来啊!

洪天虎　你凶什么! 我家长出来吓死你!

〔这时,一行刺满文身的凶悍壮汉整齐划一地进入旅馆。

莫　莉　你们这群乡下人是怎么教育小孩的?

〔有的人腰后还露出一小节刀柄。

〔有两人架着达叔回来。莫莉僵住,表情突变。

〔人群中一个中年男人走出来,穿着一身名牌,浑身上下都是 Logo,这是霸哥。

霸　哥　小虎,怎么了?

洪天虎 这个阿姨找你。

　　〔洪天虎离开他们。

　　〔霸哥靠近莫莉,打量扫视莫莉。

达　叔 莫莉! 快过来见见霸哥!

　　〔思思、老王、杀马特三人组从二楼看着他们。

　　〔霸哥展颜大笑,主动跟莫莉握手。

霸　哥 我叫霸哥。你就是莫莉吧,你爸跟我说了,上次的债就是你替他还的,(朝向达叔说)真是自古英雄出少年,后继有人呐!

　　〔莫莉笑了笑。

莫　莉 你就是债主是吧! 我正想找你商量呢,那笔钱是这个老骗子从我这儿偷走的。俗话说冤有头债有主嘛! 大哥,一看你就是仗义的人,你能不能把钱还给我?

　　〔霸哥笑得很开心。

霸　哥 我这次来呢,主要是想问问,利息还完了,本金什么时候还?

　　〔莫莉大吃一惊。

莫　莉 啊?(对达叔)你到底欠了人家多少钱?

达　叔 别激动,别激动,也就五六十万。

莫　莉 你这个老王八蛋,你怎么不去死啊!

　　〔莫莉迅速起身,欲走。

莫　莉 还是你们乡下人套路深,我玩不过你们,我走了。

　　〔莫莉打算离开。

霸　哥 哎,那钱到底谁还?

　　〔莫莉被霸哥手下挡住眼前的路。莫莉转身。

莫　莉 反正不是我。

147

霸　哥　那好吧,就按照规矩来吧!

　　　　[两个小弟将达叔按到院子里的石桌上,将他的手掌
　　　　摊开。

莫　莉　你们这是干什么?

　　　　[旁边一个愣头愣脑的小弟忍不住说。

小　弟　你知道机器猫吗?

　　　　[小弟抽出身上别着的刀。

小　弟　你知道机器猫为什么没有手指吗?因为他还不起
　　　　钱啊。

　　　　[我们这儿的规矩,一根手指五万,你这五十万,正好
　　　　能当个机器猫了,也挺可爱的。

　　　　[小弟忽然把刀子往下插。

达　叔　啊——

　　　　[刀子在达叔的手指之间刺下来。

　　　　[莫莉下意识把手藏在身后。

　　　　[小弟用非常快的速度玩起了手指游戏。(刀子在手
　　　　指间游走)

　　　　[达叔铁青着脸。

达　叔　啊啊啊,霸哥,你再给我点时间,我会把旅馆经营好,
　　　　挣了钱就还给你!

霸　哥　哎呀,不要勉强自己了,你有多少本事我不知道吗?

　　　　[手指游戏的速度更快了。

莫　莉　住手!我知道了,我来经营这个旅馆,我就是学管理
　　　　的。还有,别说你把他砍成机器猫,就算砍成皮球,
　　　　钱也回不来。

　　　　[霸哥跟周围的小弟们交换了一下眼神。

霸　哥　啊,学管理的?那就是大学生喽!好像有点意思。

你还钱,要多久?

莫　莉　如果好好做的话,要两年。

霸　哥　啊? 多久?

莫　莉　一年。

霸　哥　啊?

莫　莉　半年。

霸　哥　啊,好,那就三个月吧!

莫　莉　什么?! 三个月?!

〔莫莉别无他法。

〔洪天虎在霸哥后面露出头来,露出笑容,送出爱心符号。

〔莫莉露出生无可恋的表情。

27. 内　茉莉旅馆　一楼大堂　夜

〔莫莉在大堂看着账本。达叔在旁边一边指着账本,一边给莫莉介绍房客的信息。

莫　莉　(边看着账本)说到住宿费,我看看。不是吧? 最近谁也没有交啊,这样下去……

达　叔　没有啦。你看,今天的菜都是老王买的,上个月的电费是思思付的,我们旅馆用的所有洗漱用品都是那三个人从理发店拿来的。(配合达叔的话,分别插入在楼梯睡觉的思思,从屁股后面露脸的老王,在院子入口惊讶的杀马特三人组)

〔莫莉把账本摔在桌子上。

莫　莉　这不对啊! 这样怎么做生意啊? 你这里就没有其他客人来了吗?

达　叔　哦哦,对了,有一个人提前交了一个月的房租。他住在 204 号房里,但平时很少能见到他,估计是个逃犯吧,哈哈哈。

[二楼出现一个"刷"地拉上窗帘的男人剪影。

[此时,后面传来声音。

男高中生 开房!

[一个十六七岁的男高中生探出了脑袋,故作镇静地走到前台。

[旅馆门口站着个穿着同样校服的女高中生,背对着莫莉,不好意思地向里面张望。达叔见状连忙迎了上去。

达　叔 (对莫莉)你看生意不是来了吗?(对男高中生)钟点房是吧? 四个小时退房,里面的东西用了要另算的……

莫　莉 等等! 你们成年了吗? 身份证给我看看。

达　叔 莫莉,这里不管这些的……

莫　莉 你说了算还是我说了算?

[达叔默默退到一旁,男高中生沉默不语。

莫　莉 你到底多大啦?

男高中生 十八。

莫　莉 身份证呢?

[男高中生沉默不语。

莫　莉 你到底多大啦?

男高中生 十八。

莫　莉 身份证呢?

[门口的女高中生再也忍不下去了,拔腿就走。

女高中生 你没能力带我开个屁房?!

男高中生 宝宝!

〔男高中生连忙追出去。

达　叔　(看着很可惜)好不容易来了个客人……

28. 内　茉莉旅馆　莫莉房间　夜

〔莫莉拿着行李进房。

〔莫莉环视了狭窄穷酸的房间,天花板上甚至还有蜘蛛网,她倒在床上。墙壁上还贴着时代久远的广告海报,里头的模特儿带着笑容看着莫莉。

莫　莉　就尽管笑吧。

〔莫莉的梦。(回想)

〔莫莉的妈妈牵着小莫莉的手慢慢走远,而达叔在远处低着头,没有一丝挽留的意思。莫莉不停地回头,哭着喊着爸爸。

〔一楼传来嘈杂的音乐,莫莉从床上惊醒。

29. 内　茉莉旅馆　一楼大堂　夜

〔莫莉从楼上走下来。

〔杀马特三人组正对着电脑屏幕做直播。

〔冷葬手里拿着一只癞蛤蟆。

傲　葬　活的啊,活的啊,各位观众老爷们。立刻吃下去,不要998,只要5辆"跑车",集齐就吃,要看的抓紧时间啊。

莫　莉　?!

〔食堂里有一个神秘男子正在吃着泡面。

〔从莫莉的角度虽然看不到神秘男子的脸,但是观众能看到这是日本歌手永山健,即 Ken。

〔屏幕上飞过一串跑车图标,还有一个游艇的图标

151

弹出。

[莫莉看着这一幕陷入思考。

冷　葬　谢谢"爸爸"送的游艇,那我们开始了啊,大家睁大眼睛。

[冷葬和傲葬两人同时转过头,看向坐在中间的胖子智葬。智葬一脸惊恐,反应过来,一边拼命抵抗一边怒吼。

智　葬　刚才那个牛鞭也是我吃的! 为什么又是我! ……

[正在三人闹成一团的时候,莫莉突兀地出现在了三人眼前。

莫　莉　大半夜吵什么吵!

[三个杀马特吓得不敢出声。

[此时,莫莉发现餐厅当中那个男人的背影,吓了一跳。

莫　莉　你谁啊?

[谜一样的男人瞄了一眼莫莉,背对着她上了二楼。

莫　莉　大半夜的戴什么墨镜啊,以为自己是明星啊?!

[莫莉转头对着三人说话。

莫　莉　你们叫什么名字?

傲　葬　傲葬。

冷　葬　冷葬。

智　葬　智葬。

[莫莉笑笑。

莫　莉　人如其名。你们想不想把这个月的房租免了?

30. 内　茉莉旅馆　一楼大堂　清晨

[隔天早上。

152

[达叔看着电视剧正起劲,忽然看见老王穿着道袍,
在大堂里翻来翻去找东西。

达　叔　欸,干吗呢?

老　王　我的杆儿呢?

31. 外　孙悟空遗毛的寺庙　日

[在大水池当中有一个孙悟空的巨大铜像,感觉它像
是要从水中飞起来一样。中国跟外国的观光客围在
水池周围。告示看板上有孙悟空的插图、绘画历史
故事和孙悟空的毛发照片。

[孙导游使用扩音器跟观光客们解说。

孙导游　这个地方呢,来头大了! 齐天大圣孙悟空你们知道
吧,就在你们头顶的上方与十万天兵天将展开过英
勇博斗呢! 我们的大圣啊,灵机一动,拔了几撮猴
毛,就像我这么一吹,化作了千千万万的猴子猴孙,
跟那些天兵天将大战。当时天上密密麻麻的,简直
就像春运时的火车站。大战过后,十万天兵天将灰
飞烟灭,那些猴子猴孙也完成了他们的任务,重新变
回了毛,掉落到了此地。几根粗的毛呢,现在在庙里
供着。我这里还有几根细的,你们要不要看看……
[孙导游向众人展示着装有毛发的扭蛋土特产,聚集
了一群游客。

孙导游　数量有限!

[就在这时,观光客纷纷惊讶地抬起了头。莫莉带着
杀马特三人组出现,在广场上,其中两个人把一袋黄
沙撒在地上,还有人扛着音响设备。

[蓄势待发的四人。杀马特分别摆出他们独有的姿

势。莫莉一开始虽然搞不清楚他们在干吗,但也顺势跟着一起摆了姿势。

[傲葬戴着墨镜,很酷地对围观的人群喊道。

傲　葬　Are you ready?

[富有节奏感的音乐响起,傲葬开始喊麦,冷葬和智葬开始尬舞。

[围观人群越来越多,人头攒动。围观群众受到感染,忍不住一起加入,开始摇头晃脑。

[莫莉跟伙伴们一起笑着发传单。

莫　莉　茉莉旅馆,五折优惠。茉莉旅馆,五折优惠——

[莫莉发着发着,突然发到一个穿着城管制服的男人面前,她笑容凝固,抬头。这个城管叫宽哥。宽哥抓住传单,莫莉稳稳拽住传单不放。两人都抓着传单,呈僵持状。

[莫莉一拳挥出,宽哥倒下。

小　贩　城管来啦——

[在莫莉和宽哥背后,一群城管正冲入人群,追得非主流青年们四处逃窜。人群一片混乱,周围小贩们也纷纷作鸟兽散。

32. 内　高级餐厅　一楼大堂　日

[宽哥表情严肃,脸肿起来了。

[桌上是堆成小山的刚才在摊贩那儿缴获的战利品。

[宽哥和城管围着桌子坐了一圈。莫莉沉着脸坐在宽哥身边,另一边坐着达叔。

达　叔　宽哥说了,这事儿一笔勾销。

莫　莉　(小声地)谢谢宽哥。

〔宽哥吃着刚炸好的牛蛙。

宽　哥　我以前学过功夫的,随随便便两个人是打不过我的。不过今天你这一拳啊,有点意思。

〔宽哥边说边握住了莫莉的右手。

〔莫莉的脸都歪斜了,达叔闭上了眼睛。

〔手下们都笑着看着他们。

宽　哥　像你今天这种情况,换在以前,你就死定了。不过看在你是阿达女儿的分上,算了。哎,这样算来我们还是亲戚啊,我是阿达小姨的大表哥的外甥,也就是你的,你的你的……算了。来来来,喝酒,喝酒,喝酒——

〔手下们一边碰杯一边喝酒。

达　叔　啊,宽哥,你大人不跟小孩一般见识啊,来来来——莫莉?

〔莫莉瞪着达叔,然后拿起面前的酒杯一口干掉,"啪"地把杯子放在桌上。

33.　外　桥上　黄昏

〔两人站在桥上,达叔看着莫莉一直狂吐,路过的人露出嫌弃的表情。

〔莫莉悠悠一笑。

莫　莉　我从小没有爸爸,我本来以为没有爸爸是这个世界上最惨的事。

〔达叔一脸歉意地把手轻轻搭在莫莉肩上。

达　叔　……

〔莫莉甩开达叔的手。

莫　莉　但是今天,我觉得有爸爸才是最惨的事情!

　　　　　　〔莫莉情不自禁地放声大哭。

　　　　　　〔莫莉突然爆发,对着远方大喊。

　莫　莉　要是来个原子弹,把这个鬼地方给轰了就好了。

　　　　　　〔莫莉蹲下,小声地说。

　莫　莉　我讨厌这里!

34. 内　茉莉旅馆　老王房间　夜

　　　　　　〔坐在椅子上,露出肩膀的莫莉。

　　　　　　〔老王将针插在胳膊上喃喃自语。

　老　王　一生二,二生三,三生万物,逆天改命,一针就好。

　　　　　　〔直接扎下去。

　莫　莉　啊——(叹气)

　　　　　　〔一针接着一针扎下去。

　莫　莉　啊——

　老　王　莫莉啊,你不要只看你爸不好的地方,你也应该看看
　　　　　　他好的地方。

　莫　莉　你说,他有什么好的地方?

　老　王　呃……不说这个了,我们换一种说法吧! 毕竟他是
　　　　　　你亲爹,血浓于水啊,父女之间哪有过不去的坎。

　莫　莉　你收了他多少钱?

　老　王　哎,你这个小孩怎么说话的,我是那样的人吗?

　莫　莉　他是不是答应你这个月不用付房租了?

　老　王　呃……哎! 他很善良嘛。你看,我们找到他的优点
　　　　　　了。(回想)

　老　王　莫莉啊……还有,他做的饭也很好吃啊!

35. 内　茉莉旅馆　厨房　日

　　　　　[达叔开心地包着饺子。

　　　　　[看得出来,他的手艺很好。莫莉坐着看达叔工作。

　莫　莉　我也是服了你了。

　　　　　[达叔继续默默干活。

　莫　莉　是不是明天天塌了,你照样会开开心心地在这里包
　　　　　饺子?

　　　　　[达叔把煮好的饺子盛到盘子里。

　莫　莉　我妈说得没错,你就是个极度自私的人。我有的时
　　　　　候真的怀疑,我是不是你亲生的? 怎么会有你这样
　　　　　的男人,不照顾老婆也就算了,还把女儿往火坑
　　　　　里推!

　达　叔　(端起一盘饺子)来,这盘饺子,送到 204 室去。

　　　　　[莫莉愤怒地接过饺子。

　　　　　[走向外面的莫莉。达叔一直看着她的背影。

　　　　　[达叔注视着水槽,里头有鱼。

　　　　　[达叔跟鱼"悠悠"说话。

　达　叔　悠悠啊,你说该怎么办呢?

　　　　　[我可以为我女儿做点什么啊?

36. 内　茉莉旅馆　二楼走廊　日

　　　　　[莫莉拿着饺子去敲 204 室的门。

　莫　莉　开门,早餐!

　　　　　[门开了一条细缝,一只手伸出来拿饺子,另一只手
　　　　　伸出来,递给莫莉 5 元。莫莉看了一眼,但不打算收
　　　　　下钱。那只拿着 5 元的手开始摇晃。

莫　莉　我们涨价了,送餐50元。

男　人　这也太贵了吧!

莫　莉　嫌贵就自己去外面吃。

　　　　〔这时,门被打开了,是愤怒的永山健。

　　　　〔他似乎刚淋浴完,头发湿湿的,裸着上半身。

永山健　你这什么态度啊!

　　　　〔莫莉看着永山健的脸,呆住了。

莫　莉　啊——Ken!

　　　　〔莫莉把盘子交给永山健后,落荒而逃,途中还打翻
　　　　了水桶,传来很大的声响,甚至还踩空楼梯。

永山健　?!

37. 内　茉莉旅馆　一楼大堂　中午过后

　　　　〔莫莉手机里播放着新闻,正播放到永山健的演唱会
　　　　视频。视频中他演出到一半,突然离场,观众发出叹
　　　　息声。

　　　　〔手机新闻:"著名歌手Ken在演唱会中突然离场,
　　　　目前已经失踪近一个星期。据有关人士推测,永山
　　　　健的失踪可能与他的新歌抄袭丑闻有关。"(插入报
　　　　道抄袭的八卦杂志,背景音乐是那首抄袭的新曲)

　　　　〔莫莉放下手机,不可置信地看着永山健的视频。

　　　　〔莫莉抬起头之后,眼前是提着吉他盒的永山健。

莫　莉　哇!

　　　　〔惊慌的莫莉。

莫　莉　啊,那个,刚刚不好意思啊!

永山健　我有件事想麻烦你。

莫　莉　什,什么事……

永山健	我本来以为这种乡下的地方不会有人认出我。我住在这里的事,请不要告诉任何人。
莫　莉	当然。谁会想到你这种大明星会住在这种地方。

　　［永山健身后突然冒出众人,将他围住。

　　［杀马特三人组激动得热泪盈眶。

冷　葬	德华! 我好喜欢你啊!
傲　葬	你错了,他不是。
莫　莉	你们吵死了,他是日本人。

　　［后面传来达叔的声音。

　　［达叔从厨房露出头来,手上抓着正在料理的鸡。

达　叔	啊? 日本人? 请你出去,我的旅馆不能让日本人住。
莫　莉	你让他走,我就先让你走。

　　［永山健急急忙忙往外走,被思思和老王围住。

老　王	要按摩吗?
思　思	要喝酒吗?

　　［永山健无视老王递过来的名片,继续往外走。

莫　莉	都给我安静点!(一边脱下围裙)你们谁敢说出去,房租就涨三倍。

38. 外　街上　中午过后

　　［莫莉跑出来找永山健。

　　［莫莉看到永山健在一个早餐摊坐下。

　　［一辆豪车在莫莉身边缓缓停下,露出霸哥的脸。

　　［莫莉被吓了一跳,尴尬一笑。

霸　哥	莫莉,听说有明星住在你们旅馆啊?
莫　莉	没有啊。
霸　哥	我懂的,不能说出去是吧,我听大家说了。

　　　　　　〔莫莉表现出厌烦的样子。

霸　哥　我只是想请你帮个忙。

莫　莉　什么？

霸　哥　我儿子要考市里的重点小学,本来呢,关系都打点好
　　　　　了,结果校长被抓了。所以呢,现在只能自己考。你
　　　　　不是大学生吗,帮他补补课。

　　　　　　〔后窗摇下,洪天虎在后座上做了一个挑逗的手势。

莫　莉　啊？可是霸哥,我这两天真的有很重要的事情……

霸　哥　好,就这么决定了。

莫　莉　啊？

霸　哥　谢谢。那小虎就交给你了。

莫　莉　没事。

39. 内　肯德基店　中午过后

　　　　　　〔莫莉傻傻地盯着在对面喝咖啡的永山健。

　　　　　　〔洪天虎痴迷地盯着莫莉。

　　　　　　〔莫莉表现出很嫌弃的眼神。

莫　莉　看什么看,你该看的是这里！

　　　　　　〔莫莉把洪天虎的脸硬是转向教科书。

莫　莉　你认真点儿,考上了让你爸爸高兴高兴。这么一来,
　　　　　说不定我还可以少还点钱。

洪天虎　如果我考上了你要给我奖励。

莫　莉　什么？

洪天虎　我们隔壁学校有一个特别优秀的老师,如果学生努
　　　　　力考出好成绩的话,就带学生去游戏机房。

莫　莉　你觉得我会相信吗？

洪天虎　不管你信不信,反正我是信了。

　　　　　　　　　　⌈对面的永山健已经站起来开始结账。

　　　　　　　　　　⌈莫莉也急忙站起来。

　洪天虎　如果我考上了,你会给我奖励吗?

　　　　　　　　　　⌈莫莉一心想要追上永山健,有点心不在焉。

　莫　莉　我知道了,走吧。

　　　　　　　　　　⌈洪天虎做出胜利(叫好)的手势。

　莫　莉　快点。

40. 外　街边　中午过后

　　　　　　　　　　⌈莫莉和洪天虎追赶永山健。

　莫　莉　人呢?

　洪天虎　我们去学习吧!

　莫　莉　别烦。

　　　　　　　　　　⌈莫莉发现了远处正在转弯进小路的永山健。

41. 外　郊外的桥上　中午过后

　　　　　　　　　　⌈永山健走向桥边。莫莉和洪天虎跟在后面,洪天虎
　　　　　　　　　　认真地背着英文单词。

　洪天虎　我一定会考上。

　莫　莉　什么?

　洪天虎　"莫莉好漂亮"用英语怎么说啊?

　莫　莉　Molly, you are so beautiful.

　洪天虎　Molly, you are so beautiful.

　莫　莉　从今天开始,你不准讲这句话。

　　　　　　　　　　⌈莫莉跟丢了永山健,走向小路,发现永山健不见了。

　莫　莉　人呢?

42. 外　美丽的景色　芦苇沼地　中午过后

〔莫莉拼命地到处寻找永山健。

〔远处传来孩子们的歌声。

〔莫莉好奇,闻声赶去。

〔洪天虎不情愿地跟在后面。

43. 外　美丽的景色　孩子们玩耍的地方　中午过后

〔莫莉跟洪天虎偷偷地往里面看,发现永山健在弹吉他,并且跟孩子们一起唱着歌。他对着孩子们唱中国的儿童歌曲《春天在哪里》,孩子们一听是听过的曲子,都眼前一亮。永山健刚开始唱起歌之后,孩子们都很害羞,后来也开始跟着一起唱歌,其乐融融。在稍微远一点的地方,当地的老婆婆们也很开心地听着他们唱歌。莫莉也同样听得入神,旁边是死命在背英文单词的洪天虎。莫莉忽然感觉到人影,往那边一看,发现达叔鬼鬼祟祟地往罕无人烟的地方走去,相当可疑。莫莉来回看着永山健跟达叔,相当犹豫,她握起洪天虎的手,一口气跑到永山健的身旁。

莫　莉　抱歉,真的很不好意思,看你挺会带孩子的,也不差这一个。如果我没回来,那就麻烦你带他回旅馆。

永山健　啊?

〔莫莉往达叔的方向跑。

洪天虎　我要告诉我爸!

162

44. 内/外　稻田中的小屋　下午

　　　　　　　〔莫莉来到这里,看到远离人群的小屋。

　　　　　　　〔莫莉走近茅屋,透过木板上的缝隙,看向屋内。没想到破旧的茅屋内别有洞天,里面竟是一个热火朝天的赌场。

　　　　　　　〔达叔从怀中掏出钞票,莫莉气得咬牙切齿。

莫　莉　他哪来的这么多钱?

　　　　　　　〔达叔饱含希望,将他买的筹码全都赌上了。

莫　莉　这个老王八蛋。

　　　　　　　〔莫莉不禁怒火中烧,把门踢破。

莫　莉　莫墨达,你给我滚出来!

　　　　　　　〔在场的众人紧张地看向门口,看到是个小姑娘,不屑地回过头,继续手里的赌局。达叔一路小跑过来。

达　叔　哎哟,莫莉,你怎么到这儿来了?

莫　莉　你不是说好不赌了吗? 你的钱从哪里来的?

达　叔　我的一点私房钱。

莫　莉　你有私房钱不拿去还钱,竟然还来赌?

达　叔　莫莉! 你以为我没有好好想过吗,我每天都在琢磨我能为我女儿做点什么,我能干什么,我最擅长的是什么,就是赌博!

莫　莉　你脑子是不是有病啊?

　　　　　　　〔这时,不远处一个赌徒呼唤着阿达。

赌　徒　阿达! 你赢了!

　　　　　　　〔达叔突然冲到赌桌旁。

达　叔　哪个,哪个? 我赢了! 哈哈哈!

　　　　　　　〔这时,庄家把大把筹码推到达叔面前。

〔兴奋的达叔看着惊讶的莫莉，莫莉也呆了。

〔莫莉冲过来。

莫　莉　这是你刚才一把赢的？这么多？

达　叔　莫莉，我要收手了。我听你的，走吧。

〔莫莉拼命地计算着。

莫　莉　等一下。等等，把所有的钱都押上！只要再赢两把！就可以把债都还了！

达　叔　莫莉，你说什么呢，悬崖勒马啊。

〔达叔话还没讲完，莫莉把所有的筹码抢过去，打算赌一把。

莫　莉　这是大好机会啊！这把如果赢了，我们所有的钱就回来了……

达　叔　啊？

〔这时，身旁的赌友纷纷向达叔道贺！

赌友A　有魄力！阿达，你真是生了个好女儿啊！

赌友B　这一看就是继承了你的基因啊！

〔达叔变得有点开心。

达　叔　过奖，过奖，哈哈哈。

〔荷官这时准备开牌。

荷　官　买定离手！准备开牌！3！2！1！

〔这时，莫莉紧紧地抓住达叔的手！

〔结果莫莉竟然又赢了。

莫莉、达叔　喔喔喔喔喔喔——

〔眼前是大量的筹码。

莫　莉　爸爸，我果然是你的女儿！

达　叔　莫莉，你是我值得骄傲的好女儿啊！

〔这时，突然门外有人大喊。

164

小　弟　警察来啦!

　　　　[赌场里顿时鸡飞狗跳,人们纷纷慌不择路地逃跑。

　　　　[逃跑的人将眼前的大量筹码踢倒。

莫　莉　啊啊啊啊啊——

　　　　[达叔一把拉起莫莉,从窗户逃出来。

45. 外　田间小道　广阔的稻田　中午过后

　　　　[一群赌徒从小屋里跑出来,四处逃窜。

　　　　[四周充斥着警察的怒吼和赌徒们的呼喊声。

　　　　[莫莉和达叔从稻田小路逃走。

达　叔　平时输的时候不来! 好不容易赢了钱……

　　　　[两人躲在一个及膝的水洼里,远处警察正在追赶赌
　　　　场老板。

莫　莉　怎么会这样啊?

达　叔　不要出声!

　　　　[街灯亮起。

　　　　[莫莉和达叔浑身湿漉漉地爬到马路上。

　　　　[湿漉漉的鞋子发出吧唧吧唧的声响,两人不停
　　　　喘气。

　　　　[莫莉看了看达叔,达叔也看了看莫莉,两人想说什
　　　　么又什么也没有说。

莫　莉　你应该在第一次的时候就阻止我了!

达　叔　我跟你说了多少遍了! 你不肯走啊。

莫　莉　你应该拖我走啊!

达　叔　啊?! 我拖了呀!

莫　莉　好了,好了,我知道了。给我根烟。

　　　　[达叔拿出了烟。

165

达　叔　都湿了,没法儿抽了。

　　　　[莫莉打了个喷嚏。达叔笑了笑,没想到自己也打了
个喷嚏。

　　　　[狼狈回家的两人。家里传来吉他声。

46. 内/外　茉莉旅馆　露台　夜

　　　　[永山健正在作曲,一开始虽然有抓到感觉,但最后
还是徒劳无功。他暴躁地拨着弦。

　　　　[永山健陷入想象。

　　　　[在 Live House 里,唱到一半停住,木然地呆站在台
上的永山健,突然走下舞台。

　　　　[从走廊上可以听到男女的争执声。

孙导游　思思,思思!你听我解释!我和别的女孩子在一起,
那纯粹是逢场作戏,玩玩而已的。

思　思　你要和谁在一起那是你的事情,与我无关,我压根儿
不在乎。

永山健　(日文)真是够了!

　　　　[永山健烦躁地看着声音传来的方向。

47. 内　茉莉旅馆　一楼大堂　夜

　　　　[思思被孙导游一边纠缠着一边下楼梯。

　　　　[孙导游一副喝多了醉醺醺的样子。

孙导游　思思,我求你别说这么伤人的话好吗?啊!

　　　　[孙导游踩空了一级台阶,从楼梯上摔了下去。思思
开始慌张。

思　思　搞什么啊?

　　　　[孙导游把过来想要搀扶他站起来的思思紧紧抱在

怀中。

孙导游　思思,我真的好爱你啊。真的,我不是在骗你。

思　思　你是不是有病啊! 你弄疼我了,你要再敢碰我一下,我就立刻报警。

　　　　〔正好从外面回来的莫莉和达叔看到这一幕。

思　思　达叔,你快来救救我!

　　　　〔一时半会儿还搞不清楚状况,莫莉拿起正好在旁边的扫把,抽打驱赶着孙导游,达叔也准备上去帮忙。

孙导游　啊,好痛。痛死啦,不要打了。住手! 你谁啊你! 思思,我是真的真心爱你的啊!

莫　莉　你有完没完,死变态,滚。

思　思　够了! 你放开我!

　　　　〔思思突然挣脱了孙导游。孙导游倒地,"砰"的一声,后脑勺重重地砸在了地上。

莫莉、达叔　啊!

　　　　〔孙导游开始迷迷糊糊地发昏。

孙导游　啊,啊,菩萨,你是来接我的吧。

　　　　〔孙导游忽然醒了。

孙导游　欸,欸! 这个画!

　　　　〔孙导游突然缓过神来,扫视了一遍房间的天花板。

孙导游　这是?! 牛逼啊! 这可是真迹啊! 不得了,不得了!

　　　　〔孙导游来回看着天花板。

　　　　〔周围的人百思不得其解,不知道他在干吗。

达　叔　他是不是疯了?

　　　　〔孙导游又接近了思思。

孙导游　思思,我把你抱上去,你把画擦擦干净! 这个画绝对不简单! 我得好好看看!

莫　莉　你是不是有病啊!

　　　　[莫莉追打着孙导游,把他赶出去。

孙导游　哎呀,疼,疼。哎哟。

　　　　[孙导游好像又发现了什么。

孙导游　哎哟我去,这里还有清朝的大梁欸,这个是屋脊瓦,
　　　　你……这里……多……少年啦?

　　　　[孙导游从旅馆里被一直驱赶到了院子里。

达　叔　思思,你别再随便带男人进来了。

思　思　是那人自己自说自话进来的,我没让他进来。虽说
　　　　他是老客人,不过我不会再让他来这里了。

48. 外　茉莉旅馆　前夜

　　　　[孙导游走出去。

　　　　[莫莉气势汹汹地伫立在旅馆门口,不让孙导游
　　　　进来。

　　　　[孙导游摇摇晃晃地离去了。

孙导游　思思,无论你怎么对我,我都会回来的。

　　　　[思思跟达叔走出玄关外,莫莉走回来。

莫　莉　唉,你也挺不容易的。

思　思　欸? 你们怎么了? 怎么都湿了?

莫　莉　嗯,说来话长,等我去换件衣服再说可以吗?

49. 外　茉莉旅馆　旅馆前　日

　　　　[来来往往的行人。

50. 内　茉莉旅馆　一楼大堂　日

　　　　[莫莉拿用胶布修理好的拖把拖地,打着喷嚏。累了

之后,疲倦地瘫坐在椅子上,打开账本,看着空无一人的大厅、食堂。

莫　莉　完了,怎么办啊?

　　　　〔莫莉再一次打了一个喷嚏,外面也传来了喷嚏声。

　　　　〔达叔得意洋洋地抱着袋子跑进来。

达　叔　莫莉,你猜晚饭是什么?

　　　　〔蛇在袋子里面蠕动着。

达　叔　你看,爸爸在田里抓到的蛇!

　　　　〔莫莉急忙躲开,很恶心的样子。

莫　莉　不要闹了!

达　叔　这个对治疗感冒很有效果的。

　　　　〔莫莉感觉到了人的动静,看了一下入口,看到了吵吵闹闹的霸哥领着手下从门厅进来。莫莉很紧张。

　　　　〔达叔跑到跟前,装着很殷勤的样子。

达　叔　哎哟,霸哥来啦。今天正好客人还没来呢,清净得很。对了,对了,我刚抓的蛇,给您带回去补补。

　　　　〔达叔把蛇给了霸哥手下。手下"啊啊啊"地叫着,把蛇给扔了出去。霸哥无视这一切。

霸　哥　我这两天啊,苦思冥想,给你们想了个好主意。

莫　莉　嗯?

霸　哥　欸?你上次说你大学已经毕业了是吧?

莫　莉　是啊。

霸　哥　莫莉啊,你觉得你的大学文凭跟你的收入是不是不成正比?

　　　　〔莫莉仔细思考但想不出答案。

霸　哥　其实我吧,我这儿有个能让女大学生充分发挥自己能力的工作,想知道吗?

［莫莉狠狠点头。

霸　哥　你听听我的想法。你晚上到我这里上班,我那个
　　　　KTV啊,没有大学生! 你给我那些土包子客人尝
　　　　尝鲜,保证你忙不过来,还能赚大钱! 还钱就不
　　　　难了!

［一群小弟涌上,莫莉跟达叔哑口无言。

霸　哥　给我带走!

［小弟们七手八脚地要把莫莉拉走。莫莉张牙舞爪,
张嘴就咬,抡圆了手臂拼命挥开小弟们,想从他们的
包围中逃开。

莫　莉　住手! 住手!

［达叔突然抢起一把菜刀,大义凛然。

达　叔　你们都不许动!

［小弟们停下了动作,僵住。

达　叔　有什么冲我来,这些事本来就是我搞出来的。(对莫
　　　　莉)莫莉啊,把你牵扯进来,爸爸对不起你。

［莫莉此时不可置信地看着达叔,眼睛开始湿润,很
感动。

莫　莉　你⋯⋯

达　叔　(对霸哥)霸哥,我用我的手还你钱!

莫　莉　欸?

［霸哥似笑非笑,动也不动。

霸　哥　请。你可以开始你的表演了。

［达叔颤抖着拿起菜刀,走到桌子前,将手放在桌上,
闭上眼睛,"啊"一声喊了很久,但刀迟迟未落下来。
抽着烟的霸哥笑着。达叔下定决心,气势十足地把
手抬高。

达　叔　哎哎哎哎。

〔达叔滑了手，手中的刀瞬间飞了出去，砸到墙壁。

〔刀飞过来的距离与霸哥的脸很近，在空中划了一道优美的弧线后落在供桌上，将一根蜡烛从中间竖着劈成了两半。

〔突然身后响起一阵赞叹。

老外A　Amazing!

达　叔　哎哟，什么情况？

〔达叔惊讶地回头。

老外A　Chinese Kungfu.

〔掌声响起。

〔旅馆门口陆陆续续地涌入一群各色人种的外国游客。

〔背包客们不断涌入。

〔身后的霸哥和莫莉也蒙了。

〔孙导游手里拿着旅行社的小旗，吆喝着带领外国游客走进旅馆。孙导游操着一口中式英语讲解道。

孙导游　Here! Here!（这里，这里）China family hotel! Come!（中国的家庭旅馆）Camera! Your camera! Quickly!（照相机，照相机快拍）〔Ka-ka-ka!（咔咔咔）〕This building! 300 years old!（这是300年历史的房子呢）Good, good, good!

〔莫莉一脸茫然，呆呆地看着这一切。莫莉想对孙导游说些什么，被达叔拦住。

达　叔　你愣着干吗呢! 赶紧迎客去啊!

〔莫莉精神一振。

达　叔　霸哥，这几天没客人是因为客人都还在坐飞机来的路上呢!

[达叔得意地把插在桌上的菜刀拔下,霸哥目瞪口呆。

[霸哥的小弟们往外走,正巧和从外面回来的杀马特三人组擦肩而过,杀马特三人组看到这一场景也惊呆了。

孙导游　欸! 你们三个别走,快来帮忙!

[杀马特三人组拿着抹布把天花板的脏污擦掉之后,显现出了非常精致的西藏壁画。

孙导游　(用英语)相传两百多年前,有一位藏传佛教的高僧不远万里来到坳来镇! 只为探寻孙悟空留下的踪迹! 据说他隐居民间,没有留下任何线索! 但是你们看这幅壁画! 看来传说并不是虚构的! 是真的!

[从外国来的游客对古色古香的茉莉旅馆产生了浓厚的兴趣。

[孙导游转身走向莫莉,露出一抹骄傲的笑容。

孙导游　昨天对不住了。

莫　莉　哪里来的这么多老外?

孙导游　我今天在店里正好遇到这帮外国背包客,就跟他们胡扯了一会儿。我告诉他们,你们这里很有历史价值,还说这天花板上的壁画是刚刚出土的遗迹,外面看不着的。他们一听就非拉着我过来了呗,哈哈哈。

莫　莉　真的假的?

51. 外　夜总会　入口　夜

[孙导游在前带着莫莉、思思、杀马特三人组、达叔走了进去。

〔思思不再抗拒孙导游。

52. 内　夜总会　包间　夜

〔伴随着拍手声,孙导游开始打招呼。

孙导游　为什么外国人喜欢你们旅馆呢? 我给你举个例子。大酒店就好像我们每天听的岳飞的《满江红》一样,"怒发冲冠,凭阑处,潇潇雨歇"。多么富丽堂皇啊! 但是,有一天你突然听到了婉约派的李清照的词,这个感觉就好像这个旅馆一样,"寻寻觅觅,冷冷清清,凄凄惨惨戚戚……"

〔思思察觉到孙导游会说很久的样子。

思　思　孙大哥,今天大家开心! 来,来,大家干杯!

〔大家一起举酒干杯。

孙导游　思思,你能原谅我真是太好了。

〔夜总会里的妈妈桑走过来。

妈妈桑　美女们来了哦。

〔开心的杀马特三人组。

孙导游　思思,我只要你。

〔孙导游握着思思的手。

思　思　孙导游,来,先唱歌。

〔思思带着孙导游去拿麦克风。

〔唱着歌的孙导游。

〔大家都喝醉了,智葬软弱无力地唱着动漫歌曲。

〔孙导游又在纠缠思思。莫莉看着装着笑脸的思思。

莫　莉　(对达叔)我听说做思思这行的,收入不低呀! 为什么还老是逃房租呢?

达　叔　钱都给家里了呗。

莫　莉　嗯？

达　叔　思思是从山村里出来的。她大哥没本事，要结婚，要盖房子，这不都得靠她？

莫　莉　我去！

达　叔　哎，思思也命苦。

　　　　〔莫莉一直看着思思，欲言又止，突然站了起来，走到思思旁边。

莫　莉　来，思思，我们一起唱首歌。

　　　　〔莫莉将思思从孙导游身旁拉走，两个人走到舞台上。

　　　　〔思思露出笑容。

53. 外　某个路边摊　夜

　　　　〔喝醉了的莫莉和思思在对话，又哭又笑。

54. 外　坳来镇全景　清晨

　　　　〔天色渐渐开始亮了，可以听见鸟叫声。

55. 内　茉莉旅馆　一楼大堂

　　　　〔莫莉睡眼惺忪，一边强忍睡意一边拼命拖地。

　　　　〔莫莉打了个哈欠。此时，杀马特三人组出现。

　　　　〔莫莉瞥了一眼，没有发现他们。

杀马特　莫莉姐，我们来帮你了。

　　　　〔莫莉转身一看，发现是杀马特三人组。为了工作而改变化妆跟发型的三人组站在那儿，面带笑容。

　　　　〔莫莉吓了一跳，被三人的造型震惊。

莫　莉　欸？傲葬？冷葬？智葬？

〔三人点头。三人做出固定的姿势，莫莉也跟着比画。

大　家　耶！

〔正在厨房准备的达叔从门里看着他们，露出笑容，继续工作。

56. 内/外　茉莉旅馆　入口

〔迷你小巴一台又一台停在茉莉旅馆前，被孙导游带来的游客陆续下车。

傲　葬　欢迎大家来到这里。我现在要为大家介绍中国的传统文化，茉莉旅馆请往这边走！往里面走就可以看到我们的藏传佛教高僧图！

〔为外国观光客带路的杀马特三人组。

〔旅馆里人声鼎沸。

〔一台黑头车驶近。大宝船酒店的贾总从车子里往外看，手上拿着一本给外国人看的旅游书，旁边是赵经理。

贾　总　(对着赵经理)这是怎么回事？

〔贾总打开旅游手册，上面有茉莉旅馆的介绍，还有一些古董的照片，以及在院子里莫莉跟大伙儿拍下的照片。

贾　总　你打电话去问，为什么给外国人看的旅游手册会介绍这种破烂旅馆！

〔达叔走出大门，对孙导游笑眯眯地讲话。贾总看着就发火。

贾　总　我是不会放过你的！莫墨达！

57. 外　茉莉旅馆　院子

〔杀马特三人组跟莫莉围在一起看观光手册。

傲　葬　从今以后，我们就要跟全世界的人打交道了。

智　葬　Exactly！（没错！）

冷　葬　你看，莫莉姐的照片好大啊！（念着旅游手册）美女
　　　　老板娘欢迎您！你看！

〔莫莉很高兴地合上了宣传册。

莫　莉　我是不是要去做一下脸啊？

〔永山健拿着吉他箱走了进来，莫莉笑脸迎接。

莫　莉　（日文）晚上好！

〔永山健朝她笑了笑。

莫　莉　哦耶！

58. 内　茉莉旅馆　一楼餐厅　日

〔莫莉把改装好的蒸饺端上桌。

〔外国游客看了一眼就一脸狂喜。

外国游客　Wow！Dumplings！

傲　葬　No……这不仅是饺子，（莫莉指向一幅画像，上面的
　　　　老子被画成手托了一盘饺子）这是有着三千年历史
　　　　的饺子王。

冷　葬　来——新鲜出炉、热乎乎的蒸饺——Very good！请
　　　　慢用，大叔！

智　葬　4号桌蒸饺一笼，5号桌鱼香肉丝一份——

〔莫莉高兴地看着他们卖力工作的样子。

莫　莉　太白粉快没了，我去买。

59. 外　商店街　日

〔莫莉出去买东西。一辆车从一旁经过,车窗摇下,突然有人站到莫莉身边来,是赵经理。

莫　莉　干什么,你们干什么?!

〔车子就这样开走了。

〔车子开远之后,莫莉也消失了。

60. 外　大宝船酒店　日

〔异常巨大的饭店全景。

61. 内　大宝船酒店　贾总办公室　日

〔莫莉被推进巨大而豪华的老板办公室里,关门的时候,门的另一边,赵经理在向她招手。巨大豪华的会客室里,没有半个人影。上面传来猫叫声,往上一看,抱着猫的贾总正在走下来。

贾　总　初次见面。我是大宝船酒店的老板,你可以叫我贾姐姐。

〔贾总亲切地拉住莫莉的手,将莫莉拉到旁边的沙发上。

莫　莉　这是怎么回事?

贾　总　我一直听说茉莉旅馆换了一个老板,没想到竟然是个娇滴滴的小妹妹,还这么能干。

〔莫莉一脸迷茫。

贾　总　(恨恨地)没想到那个王八蛋还有这样优秀的女儿!

莫　莉　啊?

贾　总　你爸爸是我同学,他以前暗恋过我。

莫　莉　啊?!

贾　总　差点就没有你了。

莫　莉　啊? 您找我什么事? 我旅馆里还挺忙的。

贾　总　那我就开门见山了。你,想不想把旅馆卖给我?

62. 内　茉莉旅馆　一楼大堂　夜

〔餐桌上摆满丰盛的饭菜。

〔餐桌上围坐着达叔、冷葬、傲葬、智葬、老王、思思。莫莉开心地告诉大家贾总的想法。

莫　莉　贾总她提出的一些共同经营的想法,我觉得不错! 以后这里算是大宝船的分店了! 她也会帮我们还债。

〔没有人动筷,大家都满脸忧虑。

老　王　莫莉啊,你要知道,我暂时还没有能力自己去盘个店面⋯⋯

莫　莉　我知道你们在担心什么。大宝船老板娘答应我了——(对思思和老王)你们两个的房租,三年内不变。

〔思思和老王欣喜起来。

莫　莉　(对冷葬、傲葬、智葬)你们三个如果觉得这里太破,可以去大宝船打工。因为以后啊,我们和大宝船就是一家人了!

〔冷葬、傲葬、智葬也开心起来。

莫　莉　那,干杯!

〔只有达叔一脸担忧。

63. 外　茉莉旅馆　露台　夜

　　　［莫莉走向院子,达叔追上她。

达　叔　莫莉啊,你不了解那个贾总,我担心这事儿有诈。

莫　莉　你瞎说什么,不把旅馆卖了还债,你让我怎么回家?

达　叔　你不觉得这里就是你的家吗?

莫　莉　找遍整个镇上都没有一件我想买的衣服,晚上 8 点
　　　以后街上连个人影都没有,没有 24 小时便利店,没
　　　有购物中心,我的电影清单都已经列得这么长了,没
　　　有一个地方能看。我不适合在乡下生活,你懂吗?

　　　［永山健在二楼目睹一切。

永山健　我看你就是乡下人啊。

莫　莉　欸?

　　　［连忙将烟熄灭的莫莉。

永山健　我本来还想明年再来这里的。

莫　莉　啊? 你刚才说什么?

永山健　你觉得不好,我倒是觉得这里挺好的,已经很难找到
　　　这样的地方了。

　　　［莫莉听了有点不可置信。

莫　莉　你明年真的还会再来吗?

永山健　当然了。睡觉了,希望新老板不要卖 50 元的饺子。

　　　［永山健走向房间。

　　　［莫莉陷入思考。

64. 内　大宝船酒店　贾总办公室　夜

　　　［大宝船老板娘站在一个模型面前,旁边的赵经理在
　　　向她解说。

赵经理　这个旧旅馆拆了,改造成停车场,这样子可以吗?

[贾总笑着点头。

贾　总　等莫莉签了合同以后,立刻把茉莉旅馆的那些垃圾都赶走。要到我们这里工作的,一个月实习完就把他们炒了!

[手下们包括建筑师都在点头。

[宽哥也在场,他一个人吃着桌子上的零食。

贾　总　你的好日子到头了,莫墨达。

[赵经理接电话。

赵经理　贾总,莫莉打电话来了。

贾　总　(微笑着接电话)哎哟,怎么啦? 莫莉,合约的话,再……嗯? 明年再卖?

[说着说着,贾总表情就变了。

[贾总突然把手机扔在地上。

65. 内　茉莉旅馆　一楼大堂　日

[客人们正在吃东西,开心地享用零食跟喝茶。

[傲萘在前台里,旁边坐着洪天虎,洪天虎正在写练习题。

[傲萘和洪天虎正在吃红薯。

[莫莉买好东西从外面回来。

莫　莉　小虎,练习做完了吗?

洪天虎　我好累啊。

莫　莉　别装死! 我不会忘了答应你的事情的!

[洪天虎开始认真做练习题。

洪天虎　好!

[傲萘一副局促的样子看着两人。

傲　葬　莫莉姐,那个,永山健先生那儿有个女的。

莫　莉　欸?

　　　　[这时,永山健抱着吉他包快速地下楼来。

莫　莉　啊,早上好。

　　　　[永山健看都不看莫莉,朝着楼上说。

永山健　(日语)对现在的我来说,这是不可能的,给我回去!

　　　　[永山健准备往外走,但被从楼上下来的一个女人用
　　　　力拦住。

莫　莉　怎么了?!

女　子　(日语)你先听我说啊,不然这样什么也解决不了。

　　　　[永山健置之不理,走开了,周围的客人都起哄着。

　　　　[莫莉和女人对上了视线。

66. 外　湿地　黄昏

　　　　[美丽的夕阳下,永山健坐着,抱着吉他想创作。

　　　　[突然,永山健察觉有人在附近。

永山健　出来!

　　　　[莫莉从芦苇荡里钻出来。

莫　莉　你怎么知道我在啊?

永山健　你风油精的味道飘过来了。

莫　莉　(尴尬地笑)这里蚊子好多啊!

　　　　[莫莉坐在永山健的旁边。

莫　莉　我拿了红薯过来。我刚吃过,超好吃的,要不要
　　　　尝尝?

　　　　[永山健收下。

永山健　这里的蔬菜都很好吃。

　　　　[永山健开始吃红薯。

莫　莉　那个,那个女的一直在店里,你最好联系她一下?

永山健　她想让我跟她回上海。但是在没有写出满意的歌之前,我是不会回去的。

莫　莉　你女朋友?

永山健　在这边念大学的时候交往过,但现在就是纯粹的工作关系。

［两人静而不语。芦苇在风中摇摆。

莫　莉　这草有什么好看的?

永山健　啊,很有趣啊。

［莫莉感受到眼前风景的美好。

莫　莉　我怎么没看出来呢,你们艺术家我搞不懂。

永山健　其实我原本以为自己是一棵大树,招人喜欢,人们都会聚到我身边,运气也好。可后来我才明白自己就是根小草,草是无论如何都不会变成大树的。

莫　莉　你怎么会是根草呢,你以前还写过《依然前行》那么好的歌。

永山健　我的歌早就没人听了。

莫　莉　我在听啊,我一直在听啊。你知道有多少人跟我一样,是因为你,因为你的歌,才度过了自己最艰难的那些日子。所以你别去多想了。

67. 外　大街　人行道　夜

［夜晚的小镇,人们纷纷穿上纳凉的衣服。

［在民俗活动的夜晚,可以看到游行队伍。

［莫莉和永山健走过来。

永山健　好多人。

莫　莉　听说今天镇上有节目表演。

〔远处传来唱歌的声音。

68. **外　大街　广场　夜**

　　　　〔主舞台上正在举行镇上举办的卡拉 OK 大赛。主
　　　　持人上台。

主持人　接下来是自由发挥时间,有没有会唱歌的朋友,上来
　　　　唱一曲,让乡亲们热闹热闹。

　　　　〔莫莉看到永山健好像不是很有兴趣,于是自告
　　　　奋勇。

莫　莉　我来!

　　　　〔莫莉越过要走上阶梯的大叔,登上了舞台。

主持人　你想唱什么歌?

莫　莉　我想把这首歌送给一个人,这首歌陪我度过了最孤
　　　　独的日子。一首来自永山健的《依然前行》,这是一
　　　　首关于在困难中依然坚持追逐梦想的歌。

　　　　〔莫莉在舞台上深情地唱着这首歌,但一直在跑调。
　　　　台下观众哄笑,莫莉红着脸坚持唱下去。

　　　　〔永山健在台下一边笑着一边注视着不放弃的莫莉。
　　　　渐渐地,观众也跟着一起哼起了这首歌。发现大家
　　　　都知道这首歌,永山健觉得很感动。

69. **内　茉莉旅馆　一楼大堂　清晨**

　　　　〔客人在取早餐。莫莉独自站在前台,不断地注意着
　　　　二楼。

莫　莉　(叹气)Ken。

　　　　〔达叔看着发呆的莫莉,怒不可遏。

达　叔　这个日本人!

183

〔这时，达叔发现门口有人。

〔伴着喧闹声，宽哥带着两个物价局的工作人员和两个外国游客来到茉莉旅馆。达叔迎了上去。

达　叔　宽哥，你怎么来了？来，正好进来吃饭。

宽　哥　有人举报你们这边价格虚高！我带两位物价局的同志过来看一下。

外国游客　（一口标准的京片子）你这里价格这么高，你当我们外国人是傻子吗？

〔达叔跑到宽哥身边。

达　叔　大家都是亲戚……

宽　哥　谁跟你是亲戚？你这么做是给我们中国人丢脸！

〔宽哥拿着一张处罚意见单。

宽　哥　处罚意见单！罚金2万元！

〔茉莉旅馆的人们非常震惊。

莫　莉　怎么这个样子啊？

〔两个卫生局的工作人员来到茉莉旅馆。

工作人员　你好。不好意思，我们是卫生局的，有人举报你们这里的食物不干净。

〔客人们傻眼。

〔锅碗瓢盆等被一个接一个地从厨房运出来。

工作人员　等我们化验好以后再送回来。

〔达叔呆坐了下来。

〔莫莉一行人一脸不解地看着工作人员离开。

〔门外有一群警察进来。

〔一个猥琐的小老头被警察铐着，非常丢人地低着头。

猥琐老头　啊，就是她。

[老头指着莫莉。

莫　莉　什么?!

警　察　你好,这上面的人是不是你?

　　　　[警察拿出一张色情小卡片,卡片上写着"一卡在手　新人常有",上面有一个暴露的女人,头被 P 成了莫莉的脸。

　　　　[莫莉被警察带走。

莫　莉　搞错了! 不是我!

70. 外　茉莉旅馆　日

　　　　[在围观群众中,莫莉被警察带走。

莫　莉　别碰我,放开!

　　　　[被迫坐上警车的莫莉。

达　叔　喂,放开!

　　　　[想阻止这一切的达叔被打飞了。

71. 内　茉莉旅馆　食堂　日

　　　　[没有一个客人。茉莉旅馆的所有人都聚在一起,头发散乱,妆也花了,衣服乱糟糟的。莫莉一巴掌拍在桌子上。

莫　莉　到底是怎么回事? 到底为什么?

　　　　[达叔欲言又止。

达　叔　是小花,她还在恨我。

莫　莉　啊?

永山健　小花?

达　叔　就是大宝船酒店的老板娘。这个事情啊,要从四十年前说起,那时我正处于颜值巅峰,能歌善舞。

185

[想象场景。

[激昂的革命歌曲响起。年轻时的达叔（后面用达叔表示）跳起了舞，神采飞扬。大宝船酒店的老板娘贾总跟他一起跳，贾总陶醉地看着达叔。一起跳舞的思思、傲莽、冷莽、智莽在后面拿着旗子。老王扮演的指导员带着莫莉扮演的阿娟（后面用阿娟表示）进来。

指导员 这位是新来的阿娟同志。

[达叔看到阿娟，瞬间被吸引，一把推开了大宝船酒店的老板娘，上去抓住阿娟的手。

达　叔 阿娟同志，希望我们能建立革命的友谊。

[贾总看着达叔和阿娟愉快地交谈，露出了难以置信的表情。

[贾总一把上前推开达叔，神情庄重地怒视着阿娟，开口向她怒斥。

贾　总 四海翻腾云水怒！

[没想到阿娟立刻摆出一个更加咄咄逼人的姿势，予以还击。

阿　娟 五洲震荡风雷激！

[贾总愣了片刻，又切换了一个姿势，喊道。

贾　总 要扫除一切害人虫！

[阿娟正气勃发，配合一个威武的姿势大喝一声。

阿　娟 全无敌！

[贾总被这一股气势重创，顿时失去战意，崩溃地瘫倒在了地上。

[回到现实世界。

莫　莉 等一下，四十年前？大宝船酒店的老板娘多大了？

达　叔　跟我差不多大。

莫　莉　啊,那她为什么看上去那么年轻?

达　叔　(无语的样子)因为她保养得好。

　　　　［想象场景(翻拍电影风格)。

贾　总　莫墨达同志,我可以负责任地告诉你,阿娟同志有小
　　　　资产阶级倾向,她竟然在听洋音乐。

达　叔　贾花同志,其实我跟阿娟同志已经产生了无产阶级
　　　　的革命友情。

贾　总　我恨你,你会后悔的。

　　　　［贾花一边用仇恨的眼神瞪着达叔,一边走出房间,
　　　　摔门而去。

　　　　［回到现实世界。

永山健　原来你才是罪魁祸首啊!

莫　莉　但是这都这么久以前的事情了,她还不放过你吗?
　　　　这也太过分了。

冷　葬　走! 找他们去!

莫　莉　走!

　　　　［众人抄起拖把、扫帚等。

　　　　［智葬拿着椅子。

72. 外　茉莉旅馆　院子　日

　　　　［大家都来到了院子里。

莫　莉　反正钱也还不上了,我要砸了大宝船! 我要和他们
　　　　同归于尽。

　　　　［达叔挡在前面。

达　叔　不要冲动啊!

冷　葬　莫莉姐,别去啊! 你这是螳臂当车啊!

187

傲　葬	斗不过他们的！这是自掘坟墓啊！
智　葬	你这是蚂蚁上树啊！

　　［大家都看着智葬。

智　葬	当我没说。

　　［永山健也站在达叔这边。

永山健	莫莉，你这样冲动又有什么好处？还想被抓起来吗？
莫　莉	我要在他们酒店门口闹事，让他们做不成生意！
永山健	别这样，莫莉！
莫　莉	我做鬼也不会放过他们！

　　［永山健灵机一动。

永山健	这个可以。
莫　莉	啊？

　　［大家好奇地望着永山健。

永山健	知道吗？日本有一个说法叫作"百鬼夜行"。

73. 外　前往大宝船酒店的路上　夜

　　［在通向大宝船酒店的漆黑的路上，人影攒动。男女高中生走在前面，莫莉、永山健、达叔、老王、冷葬、傲葬、智葬、思思跟在后面。

莫　莉	（对着情侣高中生）等你们俩满 18 岁了，可以随时随地来我们旅馆喔！

　　［两个高中生笑容满面。

　　［渐渐地，可以看到大宝船酒店。

74. 内　大宝船酒店　大堂　夜

　　［男高中生和女高中生携手走进大宝船酒店，他们打扮得很成熟，一副熟门熟路的样子走到了前台。

75. 内　大宝船酒店　监控室　夜

　　　〔监控室里坐着一个保安,思思打开监控室门。

思　思　最近怎么不去店里看我了呢? 你不来我觉得好没意
　　　思哦! 来,陪我喝喝酒吧。

　　　〔思思手里拿着酒瓶。

保　安　思思,不行啊,我这会儿工作呢。

　　　〔监控室里的保安咽了咽口水,猛地点头,起身。

　　　〔身后的监视器里能看到天台上有人闯入。大家都
　　　戴着头套。

76. 内　大宝船酒店　客房　夜

　　　〔男高中生和女高中生走进房间,关上房门,相视一
　　　眼,打开窗户。莫莉从窗户爬进来,其他人也陆续跟
　　　着爬了进来。

　　　〔两个高中生在房间里目送着莫莉一行人从房门离去。

莫　莉　(看着房间里只剩下他们两人)你们怎么不出去?

　　　〔男高中生拿出了身份证,女高中生也拿出了身
　　　份证。

　　　〔莫莉对着两人会心一笑。

77. 外　大宝船酒店　屋顶　夜

　　　〔天台上,老王打开水箱,往里面倒了一桶食用红色
　　　色素。

78. 内　大宝船酒店　贾总办公室　夜

　　　〔贾总躺在按摩椅上,脸上敷着面膜正在打电话。

贾　总　你明天,准备个垃圾车。把垃圾倒在他们家门口,臭到没有客人敢进。对! 那帮家伙就是苍蝇! 就应该和垃圾待在一起! 就这么办,知道了吧!

　　〔贾总挂了电话,走向洗手间,撕掉面膜,开始洗脸。水的颜色慢慢变红,她抬起头,发现自己满脸是血。

贾　总　啊!!!

　　〔突然,灯灭了。

79. 内　大宝船酒店　变电室　夜

　　〔老王在大宝船的变电室里,拉下了电闸。

80. 外　大宝船酒店　全景　夜

　　〔酒店窗户的灯逐渐熄灭。

81. 内　大宝船酒店　贾总办公室所在楼层的走廊　夜

　　〔贾总摸黑打开了门。

贾　总　怎么回事啊?! 又停电啦?! 有人吗?!

　　〔走廊里空无一人。赵经理突然拿着手电筒照向贾总的脸。

赵经理　哇哦哦哦哦——

　　〔贾总也吃了一惊。

贾　总　啊啊啊啊啊——停!

赵经理　老板,你的脸上!

贾　总　怎么回事啊?!

赵经理　可能跳电了! 我已叫人去查了!

贾　总　送我下去!

82. 内　大宝船酒店　客房走廊　夜

　　　　　［贾总和赵经理刚转了一个弯,应急灯突然亮了。他
　　　　　们发现很多客人站在走廊上,万分惊恐,才发现自己
　　　　　满脸都是血。

　　　　　［莫莉和永山健戴了旅行团的同款帽子,混杂在旅客
　　　　　中。两人惊恐地指着走廊的尽头。

莫　莉　那边……那边……

　　　　　［冷葬在走廊另一头慢慢出现。

冷　葬　这么多人来我家,我好高兴啊。

　　　　　［躲着的达叔拼命地拿灯照着冷葬。

　　　　　［冷葬的头突然往下掉。

　　　　　［随着达叔设置好的把戏,蒸气喷出。

莫莉、永山健　有鬼啊——

客人们　啊啊啊啊啊啊啊——

　　　　　［贾总被吓得半死,拔腿就往电梯口跑。

　　　　　［永山健和达叔互相用拇指比了个赞。

　　　　　［住客们一起涌向电梯。

　　　　　［客人们连忙狂按电梯按钮。

　　　　　［电梯打开,向外喷出烟雾,智葬拼命地制造烟雾。
　　　　　开灯之后,应急灯闪烁,老王穿着一身医生的白大褂
　　　　　变身小丑,在电梯间里用刀连续插一个人体模型。

　　　　　［人体模型里的傲葬不停地抽搐。

　　　　　［老王转过头看向他们,眼睛闪着光,神情恐怖。

客人们　啊啊啊啊啊啊啊——

　　　　　［贾总当场吓晕了过去。

191

83. 外　大宝船酒店　夜

　　　　　〔众人抱头鼠窜。

　　　　　〔众人里，永山健和莫莉一起牵手出来。

84. 外　茉莉旅馆　院子　夜

　　　　　〔整个茉莉旅馆只有院子里还亮着灯，摆了张桌子。

　　　　　〔莫莉、永山健、达叔、冷葬、傲葬、智葬、老王、思思一
　　　　　　群人在喝酒。

　莫　莉　我有重要的事要跟大家宣布。

　　　　　〔大家默默地看着莫莉。

　莫　莉　我宣布，从明天开始，茉莉旅馆正式关门。来，大家
　　　　　　庆祝一下！

　　　　　〔众人神色黯然。

　莫　莉　不要难过嘛！我想过了，实在不行啊，我先去霸哥的
　　　　　　场子上几天班，先把钱还上。

　傲　葬　如果莫莉姐去，我也去！我去做 DJ！

　智　葬　我去做打手！

　冷　葬　我去做酒保！

　达　叔　那我就去做老鸨……哦不，我做爸爸桑！

　思　思　这主意不错，那以后大家都是同事了。

　　　　　〔一阵风吹过，大家故作开心的气氛。

　　　　　〔突然，霸哥和他的小弟们出现。

　霸　哥　莫莉在吗？——

　霸　哥　莫莉啊，有件事我要告诉你！

　莫　莉　霸哥，钱的事……

　　　　　〔霸哥挥了挥手。

192

霸　哥　刚来通知！考上了！小虎考上了！

　　　　　［小弟们拍手，热烈拍手。

　　　　　［小弟们分成两列，小虎得意地穿着燕尾服跳着步伐
　　　　　登场。

莫　莉　小虎真棒！你好厉害啊！

霸　哥　莫莉啊，这事多亏了你，所以你们欠我的钱，就当是
　　　　我对旅馆的投资了。

　　　　　［茉莉旅馆的所有人屏住气息，突然爆发出欢呼声。

莫　莉　太棒了！

　　　　　［达叔想要说些什么，但因为过于兴奋，以至于词不
　　　　　达意。

　　　　　［杀马特三人组跳起了奇妙的舞蹈。

　　　　　［思思也加入，一旁是笑着看着他们的老王和永
　　　　　山健。

　　　　　［莫莉看着大家开心的表情。

　　　　　［达叔来到莫莉旁边，一边看着永山健一边说。

达　叔　没想到，那个日本人也算是个好人。

莫　莉　(内心复杂)本来就是啊，都是你自己乱想。

达　叔　债还了，你应该要回去了吧！

莫　莉　是啊，该回去了。

　　　　　［达叔很开心，但也有些落寞。

　　　　　［陷入思考的莫莉。

　　　　　［永山健跟莫莉视线交会。

85. 内　茉莉旅馆　永山健的房间　夜

　　　　　［莫莉和永山健走进房间的瞬间，突然拥吻在一起。

　　　　　［激情过后，莫莉穿上衣服要走。

永山健 你要去哪里啊？

莫　莉 我明天还有很多事呢。

永山健 明天跟我一起去上海吧！我可以照顾你。

莫　莉 我曾经确实希望有个男人能帮我摆平一切。但后来我明白了，如果这样做的话，有一天他走了，我就什么都没有了。所以人还是要靠自己，不是吗？

〔永山健哑口无言。

莫　莉 我想我应该会留在这里。在城里的时候，我总是非常害怕作出错误的决定，每天都活得小心翼翼。但是在这里，跟大家相处，我一点负担都没有。也许你说得对，我觉得我也是根小草，但小草，也会有适合它的土壤。

〔永山健若有所思。

莫　莉 好啦，开玩笑的啦！走啦！

〔永山健只能眼睁睁看着莫莉离开房间。

86. 内　茉莉旅馆　莫莉的房间　夜

〔莫莉静静地回到了自己的房间，靠在门上。

〔她突然痛哭，慢慢蹲下来。

〔字幕：三个月后。

87. 内　茉莉旅馆　老王房间　日

〔老王右手的针发着光。

〔光着屁股的男人。

老　王 一生二，二生三，三生万物，逆天改命，一针就好。

〔老王一下子扎下去。

光屁股男 好痛啊！

194

〔男人的声音传到屋外。

88. 内　茉莉旅馆　永山健的房间　日

〔莫莉拿着拖把在打扫,一边回想三个月前发生的事情,停了动作,怀想 Ken。

思　思　莫莉。

〔莫莉转头看到思思站在走廊上。(还没有变成旅馆的员工)

思　思　你怎么了?

〔莫莉摇头表示没事。

思　思　你还在想他啊?

莫　莉　怎么会。

思　思　想开点啦,总有一天你会笑着回想和他在一起的日子,至少他留在你心中的都是美好的回忆。

〔莫莉笑了一下。(对思思表示无力的微笑)听到智葬的声音。

智　葬　莫莉,莫莉,来了一个你的快递。

〔莫莉和思思走出房间,从走廊往一楼大厅看,快递员和智葬在那里。

〔智葬手中有一个小小的快递。

智　葬　是 Ken 寄过来的。

莫　莉　啊?!

89. 内　茉莉旅馆　一楼大堂　日

〔茉莉旅馆内,众人纷纷坐在电视机旁,拿着瓜子聚集在一起。思思和孙导游坐在一起,霸哥和洪天虎也在。

〔莫莉手中拿着DVD,心里有些七上八下,显得十分紧张。

老　王　放啊! 莫莉你怕什么,放啊!

〔众人纷纷附和。

众　人　是啊! 放啊!

〔DVD进入影碟机。

〔画面中出现了舞者,舞者将扇子摆成茉莉花的形状,在《茉莉花》的音乐前奏中翩翩起舞。永山健在舞者中开始唱《茉莉》这首歌。(开始上工作人员名单)

〔莫莉在电视机前发现这是永山健为自己写的歌,非常感动,眼前浮现出与永山健的点点滴滴。

〔间奏部分,一位形似达叔的老者拉着二胡。

达　叔　快看! 快看! 这不是我吗? 哈哈!

〔大家都满面笑容。

〔视频中出现和思思、老王长得很像的人,他们在跳舞,然后洪天虎出现了。(延长《茉莉花》的歌唱部分)

〔大家都在为自己的登场而高兴。

〔永山健在画面中一边注视着莫莉一边唱歌。

〔突然,声音越来越远。然后,画面中的正是大家本人。

〔当莫莉回过神来的时候,大厅里没有人了。

90. 内　病房　日

〔莫莉醒来了,眼中充满泪水。

〔莫莉身上插着很多管子。

196

　　　　　　⌈光从窗户里射进来。

　　　　　　⌈莫莉身边的护士突然转过头。

莫　莉　思思?!

　　　　　　⌈护士将脸转过来,原来是思思。

护　士　啊?

　　　　　　⌈走近病床,护士发出声音。

　　　　　　⌈慌忙赶过来的是医生和新的护士,医生是霸哥。

　　　　　　⌈周围的人围着莫莉。

　　　　　　⌈莫莉冷静下来以后起身了。

　　　　　　⌈莫莉面前是温暖的茶。莫莉一直盯着茶杯上的
　　　　　　热气。

　　　　　　⌈病房里,医生和护士都在。

医　生　你出了车祸,已经昏迷两个月了。这段时间是我在
　　　　负责治疗你。

　　　　　　⌈莫莉十分惊讶,努力回忆。

　　　　　　⌈出租车发生事故的瞬间,Steven 和莫莉。

　　　　　　⌈莫莉惊讶了一下。

莫　莉　Steven 呢?

医　生　啊?

　　　　　　⌈医生和长得像思思的护士互相看了一眼对方。

护　士　可能是你昏迷了太久,记忆混乱了。

医　生　你乘坐的从上海出发的大巴出了事故,你看看。

　　　　　　⌈医生递过来一个智能手机,上面有关于大巴的
　　　　　　报道。

　　　　　　⌈莫莉看着过去的报道和视频。

医　生　司机疲劳驾驶,再加上那天突然下起了暴雨,所以出
　　　　了车祸。

莫　莉　啊啊。

〔莫莉好像受到了惊吓。

〔这时,莫莉看到门口坐着轮椅的少年,是洪天虎,他手上拿着英语单词本。

莫　莉　天虎?

护　士　这个孩子是隔壁病房的,每天都来这个病房看你。

〔少年招了招手。

少　年　Hello.

莫　莉　Hello, thank you for coming.

少　年　You are welcome.

〔少年挥了挥手。

91. 内　医院大厅　日

护　士　那个孩子的病情又加重了,不知道什么时候才能出院。

莫　莉　他一定会康复的。

〔莫莉和护士以及朋友一起领着行李朝出口走。

92. 外　医院门口　日

护　士　我们一直在一起,可是都没有什么机会说话,真是遗憾啊。

莫　莉　我也觉得。

〔离别的护士和莫莉。

93. 内　咖啡厅　日

〔安静又舒适的好地方。

〔与朋友交谈的莫莉。

友人A 你出事那天差点把我吓死了！

莫　莉 你看我现在不是好好的吗？

[莫莉喝了一口冰咖啡，很感慨的样子。

莫　莉 总觉得离开这里好久了，这里也好像比以前更漂亮了。

友人A 对了，我在病房里一直放永山健的歌，你听到了吗？

[莫莉一边看着朋友一边微笑。

莫　莉 哈哈，我要谢谢你，多亏了你，我梦到和永山健在一起啦！

友人A 嗯？说给我听听！

莫　莉 啊！这个……不能说……

友人A 别吊我胃口了！你不是要感谢我吗？快说！

莫　莉 哦……这个梦啊……一开始是这个样子的……

[友人靠过来听。

莫　莉 我还是说不出口啊。

[两人微笑。

94. 外　回公寓的路上　傍晚

[暮色降临了。

[当莫莉到了的时候，对面的唱片店里突然传来女孩儿的尖叫声。闪光灯中，一个男人走出来，莫莉不经意地回头看那边。

莫　莉 不会吧！！

[永山健从粉丝见面会的会场出来。

[莫莉突然呆住，死死地盯着。

[永山健好像也注意到莫莉的视线，停住脚步看着莫莉。

[永山健好像感觉到了什么。莫莉看着他,好像想着什么。

[莫莉感到他们好像是心连心一样。

[莫莉也祈祷般地望着。

[但是,永山健又回到了粉丝的尖叫声和闪光灯的日常中。

[永山健微笑着看着莫莉,进入车子里。

[车开走了。

[莫莉看着开走了的车子,然后微笑,继续前行。

莫　莉　(OS)今年的夏天,有些漫长。对了,对了,好久没回家了,房东把收到的邮件全都放到房间里来了。

95. 内　莫莉的公寓楼走廊　夜

[有人在莫莉背后叫面对着电梯的莫莉。

赵经理　莫莉!

[莫莉回头看,发现公寓前台站着贾老板和赵经理。

[长得像贾总和赵经理的夫妇。

[很朴素的风格,这是房东夫妇。

赵经理　恭喜你出院了啊! 我把你的那些快递啊什么的,都放到你房间里了。

莫　莉　啊,谢谢赵哥!

贾老板　这两个月的房租你可别忘了哦!

赵经理　你说什么呢……这些天人家小姑娘都在住院,你怎么好意思呀……

贾老板　这有什么不好意思的!

赵经理　莫莉,你别理她!

莫　莉　啊……

200

[两人一边争吵着一边离开,他们的背后是豪华游轮行的海报。

[莫莉一愣。

96. 内　莫莉的公寓　夜

[莫莉回到家,房间的桌子上有邮寄来的包裹。她看到其中一个小包,地址来自茉莉旅馆的达叔。

[莫莉打开小包后,看见里面有一沓钞票,还有一封信。

[莫莉读着信。

达　叔　(OS)莫莉啊……爸爸真的对不起你……我不是故意要拿你钱的,实在是因为爸爸太没用。我现在把钱还给你,不过还差4万元,我下个月凑齐一定还你。这次好在我身边的那些朋友在经济方面援助了一些。大家都还记得你小的时候,都很想见你。对了,最近坳来镇的天气很凉快,你要是在上海嫌热啊,就回来玩两天,爸爸给你做好吃的。

　　　　　　　　　　　　——来自你失败的父亲

[莫莉看着她和伙伴们一起拍的照片,照片中达叔和伙伴们在酒店的食堂办宴会,里面有冷葬、傲葬、智葬,以及孙导游。大家都穿得和梦里的不一样,是很朴素的当地人的样子。

[食堂里,达叔和像杀马特的三人以及像孙导游的人在边吃边聊边笑。他们都在微笑。

[莫莉笑了笑。

[莫莉放下信,从桌子里找了个什么东西,拿出来坐到椅子上,然后开始写信。

莫　莉　(OS)不知道为什么,从未亲历过却又很熟悉的情感洋溢在我心里。

⌈莫莉微笑着写信。

莫　莉　(OS)这是我第一次,打从心底里想回到生我的故乡看一看。

⌈从公寓外面看到莫莉的身影。

⌈从窗户里可以看到一个年轻女孩。

⌈音乐响起。

(剧　终)

导师评语

傅 星

　　女孩莫莉在上海的生活原本就不顺,父亲又突然出现,还拿走了她的钱。莫莉向父讨钱,不得已回了老家,可是在老家,莫莉有了一番作为:既替父亲解决了高额的债务问题,又将家庭旅馆经营得风生水起。

　　故事很励志。旅馆作为规定场景不错,既有空间,又有限制,考验作者构造情节的能力。

　　人物关系上也有亮点,比如莫莉是单亲家庭,和父亲多年不见,父亲因为生意陷入困境拖女儿下水;心灰意懒的歌手永山健躲在旅馆自闭沉沦,后与莫莉有了感情,并从中获得动能,再度成功,而莫莉也完成了情感上的圆梦;霸哥是债主,强势霸道的一方,可是儿子洪天虎又需要让莫莉补课,莫莉正是通过洪天虎感化了债主,达成了和解。

　　剧情以及人物命运的转折通过几场重头戏完成,孙导游的突发奇想、众人的装神弄鬼等,都别出心裁,有新意。剧本整体上是夸张的轻喜剧风格,几处无厘头的桥段很有趣;叙事节奏把控得当,流畅并富有弹性;对话生动,有表现力。只是结尾有续貂之感,为什么是个梦境,就是现实又怎么样?

电 影

非常撤离

陈 杰

陈　杰

男,复旦大学法国语言文学专业毕业。2013 年起,
从事影视剧的策划,并开始剧本创作。曾参与电视
剧《迫在眉睫》《遥远的距离》的策划工作。电影剧本
《失独》获得 2015 年国家新闻出版广电总局"夏衍
杯"优秀电影剧本奖,中篇小说《特务》获得《攀枝花
文学》2016 年度"优秀小说作品"。

梦境。

一片柔和的光线笼罩下,是两个隐隐约约、看不真切的身影和脸庞——一个男人正带着一个孩子看地球仪。男人的大手停住了,从镜头里可以真切地看到地球仪上雄鸡状的中国版图,他的大手慢慢转动着地球仪,整个非洲的轮廓呈现了出来……

这个非洲的轮廓忽然间变幻成了太空中俯瞰到的非洲。

视角从太空对着这片大陆俯冲下去,忽然穿过一道云层,停留在陆地之上——

越过热带雨林红土上满目的郁郁葱葱,远处的天际是一脉远山;越过天际的远山,植被渐渐稀疏了下来,眼前出现了一大片望不到头的稀树草原,一株株金合欢零星地点缀其间,大自然的宁静扑面而来……

在一棵金合欢后面,悄无声息地伸出了一支 AK47,黑洞洞的枪口忽然间"砰"的一声单击,之前的宁静瞬间被击碎了……

上海。

1. 华波家主卧　晨　内

华波从 AK47 的枪声中惊醒,坐了起来。床一侧的小书架上,正放着一个地球仪。

很显然,外面已经天亮了,光线透过窗帘的缝隙照了进来。

华波发了会儿呆,伸手把床头柜上的手机够过来看了下时间。然后,他用双手在自己脸上搓了两下,一骨碌下了床,开门走出了卧室。

2. 华波家次卧　晨　内

华波推门走进次卧,嘴里喊着——

华波:"兔灯,起床了!"

兔灯睡在床上应了一声,但是没起身。

华波走到窗边,拉开次卧的窗帘,再次催促——

华波:"小懒虫,起吧,起吧! 一会儿车子要来接我们去机场呢。"

窗帘拉开,房间一下子亮堂了。

兔灯(躲在被子里嘟囔):"爸爸,我刚刚还在做梦呢,就被你叫醒了。"

兔灯掀开被子爬了起来。原来这竟是一个精灵古怪的黑人小女孩——小巧的鼻头,一双明亮的眸子。

华波(画外音):"我已经不知道被问过多少次,'你一个奔四的单身小伙,怎么突然冒出来一个中文说得这么利索的外国女儿?'对于这个好奇心引出的问题,我其实心里有数,超过一半的吃瓜群众其实是想问,'这女儿是不是你亲生的?'因此,我的回答通常是这样,'第一,兔灯不是我的亲生女儿;第二,两年前,我从非洲撤回来的时候,把她带到了上海……'"

3. 华波家楼下　日　外

华波拖着大行李箱,带着兔灯在路边等着。

一辆轿车开过来。司机下车,帮着华波把行李箱放进了后备厢。

4. 上海南浦大桥　日　外

轿车行驶在大桥上。远处的浦江东岸,是东方明珠、金茂大厦、环球金融中心等摩天大楼。

5. 上海浦东机场国际出发门外　日　外

　　轿车沿车道靠边停在了机场国际出发的某一个门外，门上写着醒目的"国际出发"字样。

　　华波和兔灯下了车。华波绕到车的后面，打开后备厢，把行李箱拿出来往地上一放，然后"嘭"的一声关上了后备厢。

　　华波画外音止。

　　三年前，非洲 M 国北部。

6. 中国某非洲项目驻地　傍晚　外

　　一条土路的尽头。华波"嘭"的一声关上了 SUV 的后备厢，把行李箱放在一边的地上。

　　华波身着一身得体的正装，站着打量眼前的一排板房。板房不远处是一些正在施工的重型机械，除此之外，四周一片荒凉，植被稀疏。

　　华波掏出一块丝质手帕擦汗，从板房那头，跑来两个穿着工作服的人——一位 50 岁上下的中年男性和一位年轻女性。他们一边热情地和华波握手，一边寒暄着——

　　中年男性："华总，欢迎欢迎！一路辛苦了。"

　　华波礼节性地和两人握了握手，没说话。中年男性又继续说道——

　　老解："做个自我介绍，我是老解，这个项目的总工。（又介绍身边的年轻女性）这位是你今后的直接下属，总经理助理健男，刚出大学校门没两年，法语高材生。"

　　健男："华总您好，我还是新人，要多跟你们学习。"

　　华波（对着健男用法语打了个招呼）："Enchanté Mademoi-

209

selle."

健男（不卑不亢地微笑着）："Enchanté. C'est fatiguant le voyage?"

华波："Un peu."

老解（笑起来）："你们要这么聊，就没我什么事儿了……走，先去房间吧，都收拾好了。"

老解帮华波提起箱子，往板房走去，一边走，他一边问华波——

老解："今天接机顺利吧？"

华波："接机挺顺利，一到出口就看到了咱们的司机举着牌子。（语气淡淡地，带着揶揄）集团人事老周告诉我，这个项目离这里的首都也就三百公里不到，可倒好，从机场过来竟然用了快一整天。"

老解："没办法，这里的基础设施确实比较落后……所以我们才有机会中标这个公路项目嘛。"

华波："房间有空调吗？"

健男："有，不过这里电力短缺，有时候晚上会停电。"

华波没吱声，难掩失落的神色。

7. 项目驻地华波房间　傍晚　内

华波的行李箱放在地上，已经打开了。很明显，他已经理出了一些个人物品：桌子上堆起了一些书籍，还摆放了一个地球仪。

华波看着窗外，太阳已经落山，天空中大片的彤云，衬着地上几株树木的剪影，很是壮丽。华波掏出手机，拨号，手机通了——

华波："喂，老周！没睡吧？"

老周:"没睡呢,这边是晚上11点多。你到非洲了?"

华波(有点情绪):"到了……我问你,我们还是兄弟不?"

老周:"必须是啊!"

华波:"得了! 就知道你说这话的时候脸都不会红。你这回给兄弟派的差事,等于把我一夜送回了解放前……"

老周(嘿嘿地笑了):"哎呀……这不是没办法了才让你应急嘛,谁叫你常驻法国,离非洲最近呢。"

华波(叹息):"你是人事部门老大,让集团赶紧物色继任者,我在这种环境里应急,撑死也就半年。"

老周:"最长不超过一年,行吧?"

华波(叹息):"一会儿我就召集开会,早完工早撤退。……上周你打电话宣布调令的时候,我刚在一个酒会上教会几个法国姑娘用微信——可惜,这网都白撒了。"

老周(又嘿嘿地笑了):"怪不得你这厮死活舍不得离开法国……"

华波(乐了):"看你想得多猥琐。我这是推广中国自己的移动互联网产品好吗?"

老周:"行,行,你留着这些说辞忽悠你们家老太太去。"

华波(很认真地):"对了,再次郑重提醒啊,我调到非洲项目的事,知道的人越少越好,千万别传到我老娘耳朵里。我接下去每周末给她打电话,会照样说自己在法国。她要是知道我到了这儿,非跑过去跟你们拼命不可。"

老周:"明白!"

华波:"行了,不扯了,你早点休息吧。"

老周:"嗯,随时联系,拜拜!"

华波挂了电话,用手拨了一下桌上的地球仪,静静地看着"地球"转动着。

8. 项目驻地会议室　夜　内

华波、老解和健男在板房会议室内,三人显然已经聊了有一会儿了。

老解:"……项目总的情况就是这样。上一任总经理感染脑疟实在是太突然,不然集团也不至于这么急着把你调过来……"

华波:"希望他能尽快脱离危险。还有,大家的防蚊措施可不能松懈啊!"

健男:"再三提醒过了,晚上睡觉要放蚊帐,平时皮肤裸露的部分要抹驱蚊水。"

华波:"好! 老解,项目刚刚处于初始阶段,刚才你怎么说这两天工程全停下来了?"

老解:"离咱们工地不远有个村子,就在你来之前,工程上放炮,说是吓死了村里好多鸡。这几天他们的长老天天派人过来交涉呢……"

华波(有些不解地):"长老?"

健男:"这一带的老百姓还是自然崇拜,万物有灵。一个村子里,长老最有话语权。"

华波(翻看手机上的日历):"明天是周末……健男,明早你带我去村里,见见这位长老。"

健男:"好的。"

华波又想起什么,问道——

华波:"涉及炸药之类的,不是应该有监理管吗?"

老解:"我们这个外国监理不愿意天天住工地,他的办公室在首都。"

华波(冷冷地):"这哥们儿,倒是会享福。"

9. 项目驻地板房走廊　日　外

次日。

华波关上门,来到走廊上。他穿着短袖衬衫。

健男从另一头朝他走过来,嘴里提醒着——

健男:"华总,抹驱蚊水了吗?"

华波(不好意思地):"忘了!第一次来非洲,总想不起来。"

健男递过来一瓶驱蚊水,华波感谢地冲健男笑笑,在自己的胳膊等部位抹了起来。

10. 驻地附近当地村子　日　外

天高云低,阳光从云朵的间隙里照射下来,依然充满热量。

健男带着华波走进了公司附近的村子。所谓村子,房屋都是用木板、旧铁皮搭建起来的棚户,条件稍好一点的村民,屋顶用的是新彩钢板。

11. 当地村子大树下　日　外

村子里有一片空地,空地上紧挨着长了两棵大树。华波、健男和村里的长老坐在大树下,讨论放炮吓死了鸡应该如何处理。

华波:"我昨天刚刚到这里,听说因为放炮,村里的鸡被吓死了。现在这个问题由我来负责,我想其实这不难解决,您请各家报上具体损失的数目,我们按市价赔偿。另外,考虑到施工对村民的生活多少有些影响,所以,在这个项目上我给村里提供五个工作机会。您觉得如何?"

长老:"华先生,您真是非常痛快。如果能再多提供几个工作机会就更好了。"

华波(思忖了一下):"那就八个!八是我们中国人的吉利

数字。"

长老:"行！八个。"

华波:"好！那下周我们继续开工。村里来的八个工人，具体工作合同可以和我的助理去谈。"

健男微笑着冲长老点点头。

长老（冲华波竖起大拇指）:"Pas de problème, patron!"

华波（微笑着）:"非常感谢，我的朋友。"

长老很高兴地伸出手，一边和华波握手，一边说道——

长老:"今天我就让村里准备十只鸡，送到工地来。这是我们给中国朋友的一点儿心意。"

华波（握着长老的手）:"谢谢，谢谢！"

这时，一个村民端来了切好的芒果，长老给华波、健男都递了一块。华波刚准备吃，抬眼正好看到一男一女两个孩子从空地上走过，就伸手招呼他们。

华波:"你们好！来，吃块巧克力！"

两个孩子稍有点怯生生地走过来，华波从兜里掏出巧克力递给他们。两个孩子剥开纸把巧克力塞进嘴里。

华波:"上学了吗?"

小男孩（年龄大一些，比较大方）:"我们没上学，先生。"

长老:"学校离村子太远了。"

华波（想了想）:"那……下周一来工地找我吧，我雇你们为我干活。（回头征询长老的意见）可以吗?"

长老:"当然可以。"

健男有些不解地看着华波，低声问——

健男:"两个小孩，能干什么?"

华波矜持着微笑不语，开始低头吃芒果。

12. 项目驻地厨房　日　内

项目驻地厨房的地上,捆着若干只活鸡。

厨师正高兴地跟健男说着话。

厨师:"咱这新来的总经理行啊! 跑了一趟村里,福利不错。村里要是没送来这些鸡啊,我都打算另外给你们改善伙食了。"

健男:"怎么改善啊?"

厨师:"本来——想去给你们弄点鱼呢。"

健男:"这地方,哪儿来的鱼?"

厨师(神秘地):"听当地人说,离这里不远有个沙湖……"

健男(乐了):"你是饕餮投的胎,鉴定完毕!"

厨师:"饕什么? 你们这些文化人,老说我听不懂的词儿。"

健男(颇为期待地):"鸡是不是今天就吃啊?"

厨师(幽默地):"好日子先过,今晚就吃! ……做辣子鸡,怎么样?"

健男:"好啊! 说得我都馋了。"

厨师得意地从案板上拿起菜刀。

厨师:"说干就干,先杀鸡!"

13. 项目驻地华波房间　日　内

华波坐在椅子上,刚刚拨通了一个电话。

华波:"妈妈……"

华波母亲:"儿子! 今天休息吧?"

华波:"周六,当然休息。"

华波母亲:"午饭吃了吗?"

华波:"(拖上语调)吃——了。今天上午出去转了转,顺便就在外面把午饭解决了。"

华波母亲："哦……有时双休在家,自己做两个想吃的菜不也挺好的吗? 我跟你说啊,我天天看新闻,好像现在法国的治安不好,你没事也少往外跑……"

华波(有点不耐烦了):"知道了,妈妈。"

华波母亲:"这才说了几句,就不耐烦了? 你一到周末给我打电话,就是点个卯。"

华波(给母亲赔着笑):"这可是冤枉我了……最近工作上的事有点烦,下周末我多跟你聊会儿,行不?"

华波母亲(不放心地):"哟! 工作上怎么了?"

华波:"没什么! 都搞定了! ……妈妈,没事那我先挂了,一会儿准备出去看场电影呢。"

华波母亲:"行吧。哎! 我提醒你啊,看电影记得约女孩子一起去,给自己机会也是给别人机会……"

华波:"(再次拖上语调)知——道——了。挂了。"

华波挂了电话,嘴角露出一丝苦笑。

14. 项目驻地厨房水池边　日　内

厨师在水池边杀鸡。他新抓起一只,回头逗健男——

厨师:"你不是老说要跟我学厨艺吗? 今天想不想先学学怎么杀鸡?"

健男愣了愣,没好意思拒绝。

健男:"小时候见我妈杀过,我——试试。"

厨师笑嘻嘻地先把双脚捆着的鸡交在她左手上,然后给她的右手递去菜刀。健男拿着刀,在鸡脖子上比画了好几下,就是下不去手。那只鸡扑腾着、叫唤着。

健男(很泄气地):"不行! 太残忍了。"

厨师(哈哈一乐):"女娃儿就是胆小。还是我来吧!"

216

15. 项目工地上　日　外

新的一周。项目已经重新开工。

华波在工地各处巡视,村里的小男孩拿着一把大伞跟在他后面,华波停下来,小男孩就撑起伞,吃力地高高举起,为华波遮阳。

16. 工地另一处　日　外

老解远远地看着华波和形影不离地举着伞的小男孩,若有所思。

17. 板房走廊　傍晚　外

满天的晚霞。

一天的工作已经结束,板房内外都是项目人员的身影。

此时,华波坐在板房走廊上的一把椅子里,正在翻着一本书,村里的小男孩在给他擦脚上的皮鞋,小女孩则拿着扇子在给他扇风。

18. 项目驻地会议室　傍晚　内/外

老解和健男透过会议室的窗户,看着外面的华波和两个孩子。

老解(向健男求证):"这两个孩子是他从村里叫来的?"

健男:"嗯。"

老解(叹息):"咱这个华总,少爷派头不小啊……"

健男:"可能是在法国待得太久了吧。"

老解的视线里,窗户外面,华波正掏出零钱给两个孩子——

华波:"今天的工作结束了,回家吧!"

217

两个孩子接了钱,躬身感谢,然后走了。

19. 项目驻地华波房间　夜　内

华波在房间里,正在用一套简单的茶具泡茶。这时,有人敲门。

华波:"请进!"

推门进来的是老解和健男。

华波:"你们呀。来!坐!一起喝会儿茶。"

老解和健男在椅子上坐下。华波洗了两只茶盅,然后倒上茶,递给了他们。老解和健男接过茶盅,都喝了一口,但两人始终迟疑着没开口说话。华波见他们不吱声,便主动问——

华波:"你们过来,是有什么事吧?"

老解(斟酌着语气):"华总……你这回跟村里长老谈得真利索,我们都以为去一趟可能搞不定呢。"

华波:"我这人是 result oriented,只要能够尽早恢复开工,具体的条件都好商量。"

老解:"嗯……我们来,还想跟你谈谈村里那两个小孩。"

华波:"怎么了?"

老解:"我是六几年生人,在非洲前前后后二十多年了,但我们中国人像你这样使唤当地人的,我还从来没见过……"

华波(不以为意):"你说这个呀。我这是自己掏钱,问他们买服务。"

老解:"话虽这么说,但是中国人在非洲,从来都是和当地老百姓平等相处,你现在花钱对两个孩子吆来喝去的,我怕影响不太好。"

华波(喝了一口茶,扫了一眼老解):"你们'老非洲'原则性强,这个我理解。不过,对于我们几个人来说,最重要的是什么?

无非是早点完成这个项目,然后早点离开这儿,是不是? ——至于我找不找这两个孩子,说到底纯属我个人的事……"

老解(很较真):"还真不是你个人的事! 我们每个人到了这儿,都代表着中国。你现在这做派,有点像西方殖民主义的那一套。"

华波(很不痛快地把茶盅搁在桌上):"哟! 这帽子戴得够大的。"

老解:"华总,你是初来乍到,对非洲不太了解,我觉得有必要提醒你一下。"

华波:"谢谢! 如果我继续让他们来呢?"

老解(也把茶盅搁桌上了):"我这人心直口快,你要是听不进我的意见,我会继续向集团反映。"

华波(不冷不热地):"那好! 索性再换个新的总经理来,我也可以早点解脱。"

健男一直不安地看着两人谈话,见两人顶上了,她连忙插话。

健男(劝慰的口气):"这里的条件确实艰苦,没法儿跟法国比。不过华总,以我的经验,最开始这段时间熬过去之后,你慢慢会适应的。"

华波(嘲讽地):"怎么适应? ……像你一样,套在工作服里连是男是女都分不清就算适应了?"

健男愣了一下,然后不吱声了。她的手紧紧攥着茶盅,眼里闪烁着泪光。

老解(打抱不平):"华总! 你这么说健男有点过了啊!"

华波:"我提醒女同事注意保持自己的性别特征,不可以吗?"

老解(生气了):"……您是总经理,您爱怎么着就怎么着!

明天,我带上翻译去首都找监理,谈后续的爆破问题去。眼不见为净!"

健男:"我跟你去,让翻译留在项目现场吧。"

老解:"好。没啥可谈了,走吧!"

两人当即起身走了,华波坐着没动,端起茶盅又喝了一口。房间陷入了沉默。

20. 项目驻地餐厅　晨　内

早晨,项目人员陆陆续续来到餐厅吃早饭。

华波坐在一张桌子上吃饭。老解、健男先后端着餐盘从华波旁边走过,没有打招呼,径自坐到了另一张桌子上。

没多久,老解吃完了,站起身招呼健男——

老解:"走吧,早点出发。"

健男应了一声,也站起来。两人再次从华波旁边经过,华波坐在那儿没动,但开口问健男——

华波:"健男,你是总经理助理,请问你哪天可以回自己的岗位?"

老解头也没回,代替健男回答——

老解:"后天一早往回返,华总。不管谁想撂挑子,总之我们不会。"

21. 项目驻地华波房间　晨　内/外

华波从窗户往外看,载着老解、健男的皮卡正在驶离。

这时,响起敲门声——

小男孩(OS):"先生,我们来了。"

华波开门,两个孩子站在外面。

华波(对着小女孩):"你今天帮我打扫房间。(又对着男孩)你,还是跟着我。"

第三天,M 国首都。

22. 外国监理办公室外　日　外

外国监理的办公场所是个带花园的别墅。别墅大门口挂着公司的铭牌,大门两边的围墙上花团锦簇,很漂亮。

老解和健男从大门里走出来,外国监理和他们握手告别。

监理:"再见,解! 回去替我向你们新任总经理问好。"

健男先坐上驾驶位发动了车子,老解这才点头致意,转身上车。

23. 半路上皮卡里　日　内

健男开着车,她冷不丁看了一眼仪表盘——一个指示灯在闪着。

健男:"完了,快没油了!"

老解:"昨天晚上我不是还提醒你把油箱加满吗?"

健男(郁闷地):"今天早上满脑子想着跟监理约好的时间,怕迟到,结果把加油给忘了。"

老解:"唉! 这一段路没有加油站,肯定撑不到驻地了。"

24. 半路上公路之外的某处　日　外

皮卡停在了一个高高的沙坡下面。老解、健男费劲地拉起一张油布,然后又弄了些灌木简单遮了遮。

老解:"先这样吧,明天带上汽油再过来。"

健男:"我再试一下给驻地打电话。"

健男拨号,等了一会儿,不通。

老解:"在非洲的野外,手机有信号那得撞大运。(对着健男)去看看车里还有没有矿泉水。"

健男打开车门翻了一通,然后抱着三瓶水下来了。

健男:"就这么多。"

老解拿了一瓶水揣进裤兜里。

老解(很无奈地看看远方):"离驻地估计还有小三十公里。愣着干吗? 走吧!"

说完,老解径自往前走着,健男只好跟了上去。

25. 项目驻地餐厅　傍晚　内

华波带着村里两个孩子在吃晚饭,不过已经是饭点的尾声阶段,没多少人了。餐厅和厨房是相通的,厨师从厨房里走了出来。

厨师:"华总,菜的口味怎么样?"

华波:"相当不错,大厨! 只有在吃饭的时候,我才意识不到自己是在异国他乡。"

听到这样的评价,厨师很满足地笑了。华波看了看腕上的手表,轻描淡写地问厨师——

华波:"如果早上从首都出发,现在应该回到驻地了吧?"

厨师(滔滔不绝地):"早上从那头出来,赶到这头吃晚饭绰绰有余。大家惦记我的手艺,每回往驻地赶,只会早不会晚!"

华波听厨师说完,思忖着,然后拿出了手机拨号。电话通了。

华波:"你好,监理先生,我是北方公路项目的新任总经理华波。……是啊,第一次通电话,希望能早日和你碰面。对了,我想问一下,我们的总工解先生早上从首都返回了吗? ……哦,你们一起用过早餐之后他们离开的啊,好的,好的。谢谢!"

华波挂了电话,立马对站在一旁的厨师说道——

222

华波:"有点不对头! 大厨,你赶紧准备点水和吃的,我去叫几个人,出发找老解他们去!"

厨师一听,应了一声赶紧跑向厨房。

这时,华波边上的小男孩说话了——

小男孩:"先生,我们可以跟你一起去。"

华波(掏出零钱塞到他们手里):"今天不早了,你们回家吧。"

小男孩:"荒漠里有流沙,很危险。我和妹妹了解这里,带上我们吧。"

小女孩(认真地):"带上我们吧,先生。跟你去找人,我们不要钱。"

华波(被逗笑了):"好吧!"

26. 半路上　夜　外

天已经完全黑了。老解、健男在野外休息。

健男(嘴唇干裂,极度疲惫):"还有多远啊……"

老解:"今天脚上没走出泡来算你命好。你们'90后'啊,工作上光有热情不行,关键在于注重细节——细节决定一切……"

健男(近乎崩溃的状态,情绪有点激动):"解工,能不给别人贴标签吗?"

老解:"你说什么?"

健男:"'90后'怎么了? 我是'90后',但是再过个二三十年,'90后'不也照样混成'老非洲'吗?"

老解被健男这么一说,看了看她但没吱声。

健男:"还有,华总指使那俩孩子我也挺反感,但你说他'西方殖民主义',这也是贴标签……"

老解(有点赌气):"行,行! 我搞工科的,不会说话,行了吧……"

气氛有点尴尬,两人沉默了。这时,远远有汽车的大灯照过来,两人抬头眯起眼睛看。不一会儿,一辆皮卡停在了他们跟前。华波从车上跳下来,从后车厢的厨师那里接过水和吃的,无声地递给了老解和健男。

老解和健男顾不上说话,接过水瓶,拧开瓶盖就是一通喝。

27. 路上　夜　外

繁星满天,皮卡向着驻地行驶。

28. 皮卡里　夜　内

后车厢里是厨师等人,前轿厢里,华波开着车,老解坐在副驾驶,健男和两个孩子在后一排。大家保持着沉默,老解几度欲言又止,最终开口了。

老解:"……华总,谢谢。"

华波(冷冷地):"客气。"

老解:"那天……有的话我也说得过了,不好意思。"

华波:"没什么。我还是那句话,result oriented,大家一起努力,早点把项目做好吧。"

老解"嗯"了一声,大家又不说话了。车里安静得有点不自然,健男有意无意地跟两个孩子开始搭茬。

健男:"今天回去晚了,家里人着急了吧?"

小男孩:"妈妈会一直等我们的。不过只要告诉她,我们是帮中国朋友做事所以晚了,她就不会怪我们。"

健男:"哦。家里都有谁啊?"

小女孩:"就妈妈和我们。"

健男(感到有些歉意):"哦,对不起。……嗨,我给你们俩起个中国名字吧,这样大家以后叫你们就方便了。"

两个孩子:"好!"

健男:"知道中国人的春节吗? 在我的家乡,春节过完以后就是元宵灯会。"

两个孩子看看健男,显然不知道她在说什么。

健男(突然灵机一动):"……不如这样,你是哥哥,就叫龙灯,你是妹妹,就叫兔灯。来,跟我重复,龙灯,兔灯……龙灯,兔灯。"

小男孩低声地跟着重复了好几次,然后尝试着把声音放大了——

小男孩:"龙——灯。"

小女孩(听哥哥说完忍不住笑了):"龙——灯,你;兔——灯,我。"

健男(鼓掌表示鼓励):"对! 我们再重复一遍……"

华波和老解听着两个孩子重复自己的中文名,脸上也露出了笑容。

华波:"龙灯,兔灯,好好跟着我干活,以后有机会我带你们去上海看灯会。"

29. 项目驻地　夜　外

一排板房外面,龙灯、兔灯下了车,挥手跟大家道别,准备回家。

健男(从车窗冲着外面喊着):"再见,龙灯! 再见,兔灯!"

看着两个孩子消失在夜色中,华波向老解、健男提议——

华波:"去会议室坐会儿吧。"

30. 项目驻地会议室　夜　内

华波和老解、健男坐在会议室里。

华波："……晚饭那会儿我跟监理通了个电话，这才确定你们肯定是半路出了状况。"

健男（很不安地）："对不起，是我忘了加油，弄得大家都跟着折腾。"

华波："……健男，那天我说的话确实很失礼，我向你道歉。突然被集团调到这地方我是有牢骚，不过我答应了人事在这里待一年，这点儿契约精神我还是有的。"

老解："谁都不会在这里待一辈子。我只是想，既然来了，就面对现实，和当地人好好地相处。"

华波和健男都没说话，老解于是继续说道——

老解："在非洲我比你们待得久。……要说非洲连一个坏人、一个滑头都没有，那不真实。但大多数非洲老百姓对中国人的感情特别真，这是靠一代又一代的援非前辈们攒下来的。"

健男："我觉得，我们中国人最有魅力地方在于——己所不欲，勿施于人。"

老解："这些文绉绉的我说不好，不过可以跟你们讲个发生在我身上的真事。八几年我第一次来非洲——当时在东非的一个国家。一次，我患了疟疾，等我疟疾好了以后，当地人问我想吃点什么，我就说想吃肉，但我哪里知道，他们的村子特别穷，没有猪没有鸡。结果，我随口一说，他们就到村外找蟒蛇洞给我弄蛇肉。为了抓到蛇，他们一个人把自己的腿先伸到洞里，让蛇咬住，然后大家再把他和蟒蛇一起拽出来。等我吃上了他们给我炖的蛇肉，才知道蟒蛇是这么抓来的，我当场就吃不下去了，热泪——盈眶，知道吗？根本止不住……"

说起往事,老解动情了,微微地哽咽着。华波和健男的眼睛都直勾勾盯着老解,显然被他说的故事给惊呆了。会议室里又是一片安静,好一会儿,华波才说道——

华波:"那两个孩子,我会重新安顿的。"

老解(让自己的情绪慢慢平静下来,换了个话题):"昨天我们还去了趟使馆。"

华波:"哦。"

健男:"使馆的同志提醒我们,近来这片地区不怎么太平,利比亚卡扎菲政权倒了以后,恐怖势力不断地往这边渗透。这一年多,光酒店劫持人质事件就发生了两起。"

华波:"早就不太平了,达喀尔拉力赛搬到南美洲都已经好几年了。"

老解:"唉,听天由命吧。"

华波(看了看手表):"不早了,你们去休息吧,跑了一整天了。"

三人起身,走出会议室。

31. 项目驻地华波房间　夜　内

华波进了房间,从桌上抽出一本书,刚坐下翻了没两页,就听到外面远远地传来一阵枪声。他立即跳起来,冲向房门。

32. 项目驻地板房走廊　夜　外

华波站在走廊上,老解、健男,还有其他人都出来了。

华波(问众人):"哪儿的枪声?"

健男(指着村子的方向):"村里!"

枪声又响了,大家看向村子的方向,看见远远地燃起了火光。

华波(神色严峻):"不对劲！大家赶快收拾一下,先上车,我们开出去,这样灵活机动一些。"

健男(很惭愧):"现在只有一辆 SUV、一辆皮卡和一辆卡车,另一辆皮卡——被抛在半路上呢。"

华波:"足够用了！"

一些人开始奔进房间收拾。这时,龙灯和兔灯一脸惊恐地跑过来了。兔灯一看到华波等人,忍不住大声哭了起来。

健男(给兔灯擦眼泪):"怎么了？村里怎么了？"

龙灯:"来了一群坏人,他们见人就开枪。"

华波:"长老呢？妈妈呢？"

龙灯(呜咽着):"我们没敢进村,又偷偷跑回来了。长老、妈妈,还有好多人,都被开枪打死了……"

33. 村里　夜　外

龙灯的回忆画面:恐怖分子屠村,火光中,人们四处奔逃,纷纷中枪倒地。

34. 项目驻地板房走廊　夜　外

老解蹲下来,安抚着两个孩子——

老解:"别怕,别怕,跟我们走！"

华波(意识到事态严重,大声喊着):"赶快上车！老解、健男,把所有人都叫出来,别收拾了！！"

35. 项目驻地　夜　外

SUV、皮卡和卡车各一辆停在板房前面。华波看着最后两三个人大包小包地上了卡车。

厨师背着个背包,在卡车车厢里还在兀自惋惜——

厨师："这都怎么了？深更半夜的。我的那些调料、佐料，上个星期才想办法从国内弄过来的，收都来不及收……"

华波跳上皮卡，拍着前轿厢的车顶喊着——

华波："开车！"

但是已经晚了。三辆车刚一发动，响起轰鸣声，外围便突然亮起了一圈车灯，灯光直照着驻地的这些车。

华波意识到被包围了，懊恼地用拳头砸了一下车顶。

包围驻地的全是武装皮卡——每辆车上都是挎着 AK47 的恐怖分子，他们的枪口冷冰冰地对着中方项目人员。

36. 项目驻地会议室门口　夜　外

华波等项目的所有人员，以及龙灯、兔灯被一个一个地押进会议室里。两名持枪的恐怖分子拿着一个塑料袋，虎视眈眈地盯着他们，要求他们掏出随身带的手机，丢进塑料袋里。

37. 项目驻地会议室门口　凌晨　外

会议室门口守着两个持枪的恐怖分子。

这时，这伙人的头目——一个络腮胡子——带着一名手下恐怖分子甲来到会议室门口，看着里面的人。华波等人都被要求蹲在地上。

恐怖分子甲："附近已经全搜过了，没人了。（看着里面的人质，一边说一边做出枪击的手势）他们怎么处理？"

头目："不，不。这些中国人比那些村民有价值。"

这时，匆匆走来另一名恐怖分子。

恐怖分子："大家长让我们去跟他会合。"

头目："……他就是见不得我单独行动，怕我超越他。（傲慢地）告诉他，我这就去。（然后命令恐怖分子甲）你带几个人，在这儿看着他们。两小时之后,处死他们中的一个人,然后把图片发给我。我要让全世界知道,我手里有人质。"

38. 项目驻地　晨　外

络腮胡子头目带着大多数恐怖分子准备离开。

皮卡上,络腮胡子的脚边是那个装满了手机的塑料袋。他忽然心血来潮,神经质地从手下那里夺过一个火箭筒,瞄向驻地的卡车,一下子把它轰成了一片火海,火苗几乎把紧挨着的SUV也吞进去了。

39. 项目驻地会议室　晨　内

华波挨着窗,抬眼看到了外面卡车燃起的火光,并听到了恐怖分子的车辆正陆续发动、开走。

华波扫了一眼大家,所有人都跟他一样,害怕、紧张。他又特地看了一眼健男,健男蹲在那里,脸色煞白,左右两边各搂着一个孩子,自己也在不住地哆嗦。

华波看了看门口,恐怖分子甲和另一个恐怖分子正把着门。

蹲在地上的老解在华波斜对面。老解转动着脚,鞋和地面摩擦发出了声音。华波听到声响看了他一下。两人一对视,老解立马指指自己的上衣内兜,然后压低了声音说——

老解:"还有一个手机。"

华波(点头表示明白,也压低声音):"发消息!"

老解(捅捅边上的厨师,低声地):"侧过来,帮我挡一下。"

厨师蹲着悄悄地侧身,老解悄悄地掏出手机。老解看了看门口,恐怖分子没注意看里面,于是埋头开始发求助短信。

当老解正在输入的时候,门口的恐怖分子甲注意到了他的异样,冲进来直接对着老解的脑袋就是一枪托。手机"吧嗒"掉在了地上,恐怖分子甲捡起来,一把甩到了窗户外面。

老解一手捂着出血的头,死死地盯着恐怖分子甲。恐怖分子甲感觉气氛不对,"咔哒"一声拉了枪栓。华波见状,赶紧过来把老解昂起的头往下摁,然后对着恐怖分子甲说——

华波:"Take it easy! Take it easy!"

恐怖分子甲慢慢退到门口,指着老解说道——

恐怖分子甲:"你,过会儿第一个处决!"

40. 中国驻非洲 M 国大使馆　晨　内

大使、政务参赞等使馆人员正和国内进行电话会议。

大使:"……据我们目前掌握的情况,这伙极端组织武装是昨天夜里从邻国入境的。他们洗劫了北部的几个村庄,目前正沿着南北之间唯一的公路往首都方向移动。该国政府正在调动军力,准备往北去剿灭这伙武装……"

外交部长:"那就是说,政府军和他们还没有遭遇?"

大使:"还没有。……一个政府官员向我们透露,这伙极端组织武装的规模未知,目的不明,这是现在最大的两个不确定因素。"

政务参赞:"首都的气氛很紧张,一大早消息传来,商店里的食品、饮用水就被抢购一空了。"

外交部长:"看来——我们要做好最坏的打算啊。事态如果进一步恶化,必须考虑撤侨的问题! 人是第一位的。我建议现在就成立一个应急指挥小组,我这个当部长的,来进行总的协调,应急办来具体负责和你们馆以及和周边各馆的即时沟通——一有新情况,我们随时进行判断和应对。"

大使:"首都和周边的中资机构、公司,各个同乡会还有做批零售贸易的中方商人,一早就都通知到了,让他们保持联络畅

231

通，做好集中撤退的准备。"

外交部长（视频画面里）："很好！一旦撤侨，什么情况下采用何种交通工具，我们也要有预案。"

大使："近一年多来，这一地区反恐形势严峻，我们早就做过相应的预案。现在最紧要的问题是，我们在北部的一批公路项目人员始终没联系上……"

政务参赞："通往北部的公路被极端组织切断了，否则我们可以派人过去。"

外交部长（坚毅地）："继续联系他们！同时保证领事热线畅通。只要是我国公民，无论他们在哪儿，都要想尽一切办法让他们安全撤离。"

41. 项目驻地会议室　日　内

时间一分一秒在流逝。华波看到门口的恐怖分子甲在看手表，他紧张得额头上渗出了汗珠。

气氛非常压抑。兔灯只是个孩子，她虽然被健男搂着，但一直在发抖，突然她憋不住了，站起来说——

兔灯："我要尿尿！"

恐怖分子甲回头看着小女孩。

健男（请求地看着恐怖分子甲）："让我陪她去下厕所吧。"

恐怖分子甲（断然拒绝）："不行！蹲下！"

兔灯被吓得又蹲了下来，但再也绷不住了，开始抽泣起来。健男抚摸着她的头，安慰她。

恐怖分子甲烦躁了，喝了一声——

恐怖分子甲："闭嘴！！"

健男被喝得一激灵，用手擦了擦兔灯的眼泪，然后悄悄地做了个"嘘"的动作，轻轻向小女孩摇了摇头。兔灯瞪着两只惊恐的大眼睛,抽泣声慢慢小了一点。恐怖分子甲盯着兔灯,过了好一会儿他才厌烦了,背过身去。

　　此时,华波一边观察,一边趁着兔灯的抽泣,低声对老解说——

　　华波:"他第一个就要杀你!"

　　老解:"看出来了。"

　　华波(焦虑地):"时间不多了。"

　　老解:"愿意搏一把吗?"

　　华波(迟疑了一下):"怎么搏?"

　　厨师:"我们人多。"

　　健男(依然恐惧):"可他们有枪!"

　　老解(看着华波):"你想想招儿。不能任人宰割……"

　　恐怖分子甲听到窸窸窣窣的说话声,扭过头盯着众人。大家安静了,恐怖分子甲又回过头去。

　　良久,老解才又悄悄说话——

　　老解:"以妥协求和平则和平亡。想保命,只有拼!"

　　厨师:"门口两个,外面不知道有几个。"

　　老解:"不会多的。"

　　华波(下定决心,扫了一眼大家):"统一意见吧,干不干?"

　　老解(眉毛一挑):"干!"

　　厨师:"干!"

　　大家都用坚定的眼神回应着华波。华波最后看着健男,健男和他对视了漫长的好几秒,才鼓足勇气,冲他点了点头。

42. 项目驻地　日　外

　　项目驻地板房外面。太阳已经高高挂在天上,几头瘦得肚子下的皮都垂着的牛悠闲地走了过去。

延伸进来的土路尽头,停着项目上的皮卡,皮卡旁边的SUV已经焦了,而SUV旁边的卡车已经被火箭弹彻底炸毁。两个恐怖分子正往皮卡上搬厨房里储存的食品。

43. 项目驻地会议室门口　日　外

恐怖分子甲对另一个同伙说——

恐怖分子甲:"我去看看他们东西搬完没有。(看了看手表)等我回来,差不多可以处死一个了。"

持枪的同伙点点头,恐怖分子甲朝板房外面走去。

44. 项目驻地会议室　日　内

华波看到门口只剩一个人,迅速和老解等人交换了一下眼神。

华波蹲着,手却悄悄地解开了自己的皮带扣,等抽出皮带,他冲老解等人做了个勒的动作。

这时,老解突然痛苦地叫了一声,倒在地上。厨师等好几个人围上去,七嘴八舌地问怎么了。门口的恐怖分子冲过来,挥着枪让大家蹲下。

围着的人散开了,恐怖分子见老解痛苦地在地上捂着肚子,踢了两脚也不起来,于是俯身用枪托去砸他。就在恐怖分子俯身之际,华波突然用皮带从后面一下勒住了他的脖子,由不得他多挣扎,老解、厨师等好几个人把他扑在了地上,"扑通"发出一声响。

过了片刻,大家喘着气,纷纷从这场博杀中站了起来。恐怖分子已经被勒得气绝身亡。

健男一手一边,捂着两个孩子的眼睛,惊恐地看着这一切。

厨师(惊魂未定地嗫嚅):"日你仙人板板!我宁可杀一百

234

只鸡。"

华波（保持着清醒，催促着）："快！快！下他的枪！"

45. 项目驻地　　日　　外

恐怖分子甲正和外面的同伙说着话，隐隐地听到板房里有声响，他定住往板房那边看了看，然后快步向板房走去。

46. 项目驻地会议室门口　　日　　外

恐怖分子甲朝会议室门口走来。他看见自己的同伙倚着门，背对着自己，脸朝向会议室里的人质。

走到门口，恐怖分子甲伸手去掰同伙的肩，嘴里问着——

恐怖分子甲："怎么回事？"

他的同伙一碰就立刻歪倒在一边，后面出现的是老解喷着火的枪口。

47. 项目驻地　　日　　外

板房里枪声一响，外面的两个恐怖分子一愣神，立马冲向板房。

48. 项目驻地会议室　　日　　内/外

老解匆匆取了恐怖分子甲的枪，问大家——

老解："谁会打枪？"

厨师："我在部队当过伙头兵！"

老解一边把AK47丢给厨师，一边说道——

老解："把着门口，他们靠近了就打！我从窗户抄后面。"

老解穿过众人，奔向会议室后窗。

厨师端起枪冲到会议室门口，一看没什么可隐蔽的东西，索性直接趴在了地上,他对身后门里的众人挥手,嚷嚷着——

厨师:"都往里靠! 蹲下来!"

这时,那两个恐怖分子远远地奔过来了,厨师咬着牙一通射击,尽管没什么准头,却也压得他们趴了下去,没法再前进。

双方僵持着,对射。

49. 项目驻地会议室后窗外　日　外

老解带着枪,从窗口跳了出来。他放低重心,小心翼翼地快步沿着板房的墙根移动着。

50. 项目驻地板房走廊一头　日　外

老解悄悄迂回到了两个恐怖分子的侧后方。这两人被厨师从正面吸引,对身后毫无觉察。老解一点点接近,然后突然开火。第一个恐怖分子当场被击毙,另一个恐怖分子意识到后面有人,转身想射击时已经晚了,中了枪,受伤倒地。

老解不给受伤者任何第二反应的时间,几步冲上去,用枪口对着他的脑袋。老解自己也满头全是汗,发出很粗的喘息声。

几乎是前后脚,厨师也跑过来了,他端着枪紧张地观察着周围,过了好一会儿,才喘着气确认说——

厨师:"没人了。"

几个胆子较大的听到厨师的声音,从会议室走了出来,看着眼前这一幕。华波冷峻地提醒老解——

华波:"老解,除恶务尽!!"

老解听罢,手搭着扳机,慢慢地扣紧。这时,受伤的恐怖分子的眼神里流露出了恐惧,求饶道——

受伤者:"别杀我! 别杀我!"

老解(鄙夷地):"我以为你们个个不怕死呢。"

健男站在会议室门口,看不下去,心软求情——

健男:"等等!这么打死他太残忍了。"

华波(问健男):"你想做被蛇咬的农夫?"

健男(语调平静,但有争辩的意味):"他已经没反抗能力了!……交给我吧,我来处理。"

51. 项目驻地杂物间　日　内/外

受伤的恐怖分子手脚都被封箱带捆着,被两个项目人员拖进了杂物间。健男拿着封箱带,让他们封上了恐怖分子的嘴,然后她用药棉、纱布帮受伤者简单包扎了伤口。

从杂物间出来,健男从外面上了锁。

52. 项目驻地会议室窗外　日　外

老解在地上搜寻着,捡起了被恐怖分子甲扔出去的手机,很呵护地用衣角擦着手机上的尘土。华波走过来,问他——

华波:"还能用吗?试试联系一下使馆。"

老解(把手机展示给华波看):"没摔成黑屏,应该可以。"

华波看到手机屏保是老解一家三口的照片。

华波:"全家福。"

老解(眼神变得柔和起来):"是啊,姑娘上大学的时候拍的。一晃快得很,今年她都领证结婚了,等着我回国摆酒席呢。"

华波:"到时候可得请我喝一杯。"

老解(爽气地):"这个必须有。(接着开始拨号)我来打领事保护热线。"

老解(手机没通):"不行,可能摔坏了。"

华波:"一会儿再试试。(灵机一动)等等!(提高嗓音喊着)大厨,从这几个家伙身上找找,看看有没有手机!"

厨师（OS）："好嘞！"

华波（商量的语气）："不管电话通不通，这里不能久留，我们得赶紧走。"

老解："你拿主意，我执行。"

华波（真诚地）："别这么说。真是多亏了你的好身手……"

老解："部队可不是白待的。但实际上我也怕，一丁点儿差错，关系到的都是大家的命。"

厨师跑了过来，手里拿着一部手机。

厨师："第二个被我们干掉的混蛋身上有手机。"

老解把手机接了过来，摆弄了一小会儿，烦躁地往地上一摔。

老解（眉头紧锁）："锁屏了，需要密码。"

华波（稍微顿了顿）："先组织大家离开！我看了，外面这辆皮卡还能跑，库房里有手台、汽油，把你们昨天抛在路上的皮卡算上，拉上我们所有人没问题……"

53. 南北间公路某处　日　外

若干极端组织的武装皮卡一辆接一辆从崎岖不平的公路上驶过。

54. 一辆武装皮卡里　日　内

恐怖分子大家长坐在车里，命令旁边的手下——

大家长："问问胡子，跟上来了吗？"

手下拨通了电话。

手下："你们从那个工地过来了吗？……哦，是吗？好的！（挂断电话，回复大家长）胡子已经追上我们了，在车队的最后面。"

大家长默然,但示意知道了。

55. 车队后面的一辆皮卡里　日　内

络腮胡子头目看了看表,掏出手机拨号。

56. 项目驻地会议室窗外　日　外

地上,恐怖分子甲那部被老解摔在地上的手机振动着,屏上出现来电提醒。

57. 车队后面的一辆皮卡里　日　内

络腮胡子摁掉,重拨,还是没接通。他沉默了一会儿,眼神阴鸷,然后骂骂咧咧了一声,命令开车的——

络腮胡子:"掉头,回中国人的工地!(停顿了一下,命令边上的人)再叫上我们另一辆车。"

58. 公路上　日　外

武装皮卡车队的最后面,两辆车突然掉转了头,往项目驻地方向驶去。

59. 公路之外某处　日　外

华波、老解带着所有人,开着皮卡到了昨天停车的地方。

因为人多,这辆车里被塞得满满当当的。车子一停,大家纷纷跳下车,舒展了一下身体,紧接着老解挥手一招呼,大家又七手八脚地将另一辆皮卡上遮着的灌木、油布拿开。

60. 远处公路上　日　外

络腮胡子的两辆武装皮卡奔驰而过。实际上,这段路面和抛车地点之间的直线距离并不远。

61. 公路之外某处　日　外

厨师等几人正在用塑料汽油桶给抛在这里的那辆车加油。健男带着两个孩子还有其他人,喝水的喝水,吃干粮的吃干粮。

华波走到老解身边。

华波(跟老解商量):"加完油,就上车出发吧……"

老解(看着众人):"折腾了一宿,要不再让大家多歇 10 分钟,你说呢?"

华波:"也好。趁着这会儿,你分头教教大家怎么使枪,临时抱抱佛脚。"

老解:"嗯,你提醒得对!(从肩上卸下枪)这就先教你和健男!"

62. 项目驻地杂物间外　日　外

项目驻地空空如也,只有杂物间里传出隐约的声响。络腮胡子头目一脚踹开了杂物间的门,看到了被绑着的同伙。他气急败坏地朝天开了数枪。

63. 公路之外某处　日　外

阳光照耀着沙坡,产生了一道明与暗的分界线。

华波看了看表,提高了音量提醒众人——

华波:"该走啦! 我们不走公路,从荒漠里兜,先回首都。"

老解:"等等! 我把手机关机之后又重新开机了,我再试试联系一下使馆。"

厨师(乐观地):"在非洲,要说手机,就是咱们国货精品好用。解工,这回肯定能打通。"

健男："不是说野外没信号吗？"

老解："当地人说，偶尔跑到高处会有。我到坡上撞撞运气去，等我会儿！"

说完，老解拔腿就往沙坡上跑。

64. 沙坡半腰　日　外

老解看了看手机，然后高兴得如孩子一般，远远地挥着手机冲着下面的华波喊着——

老解："有信号了！"

老解在手机上拨完号，随即把手机紧贴着耳朵，继续往沙坡顶上跑。

65. 公路之外某处　日　外

华波、健男注视着沙坡上老解的身影。

某项目人员（看着厨师的背包）："大厨，你不会真舍不得，把调料全塞背包里了吧？"

厨师："那倒不至于。我就往包里装了一袋胡椒粉、一袋辣椒面儿，都是刚到的，还没怎么用过。另外还装了点儿昨天捏的包子，本来准备今天给你们当早饭的。老子想好了，就算走投无路，也得做个饱死鬼。"

某项目人员（被逗乐了）："别别别！乌鸦嘴！"

厨师："你们说，这帮恐怖分子是不是脑壳被门挤过了，好好的日子不过，他们图什么？"

华波："图什么？因为他们觉得，这个世界上只应该过一种日子，所以不让别人过另外的日子。"

厨师（很佩服地竖起大拇指）："华总，你把我绕晕了。"

66. 项目驻地和抛车地点之间　日　外

　　恐怖分子的皮卡以不是很快的速度开着。络腮胡子头目站在后车厢上,拿着望远镜,四处观察。

67. 特写　望远镜里

　　沙坡顶上,是老解打电话的身影。

68. 项目驻地和抛车地点之间　日　外

　　恐怖分子的皮卡直奔沙坡方向而去。

69. 沙坡顶上　日　外

　　老解终于跟使馆通上了电话。
　　老解:"……好的,好的! 我知道了! ……"

70. 距离沙坡一定距离的某处　日　外

　　皮卡停下了,络腮胡子头目端着一支狙击步枪,正瞄向老解所在的沙坡顶。

71. 特写　狙击步枪的瞄准镜里

　　瞄准镜里,出现了正在通电话的老解。
　　瞄准镜里的十字星慢慢对准了老解的身体。
　　随着扳机的扣动,老解一头倒了下去。

72. 沙坡下面　日　外

　　华波靠着皮卡,远远地看着老解在沙坡顶通话。突然,老解从坡顶翻滚了下来。

华波一惊,赶紧奔了过去。健男、厨师等众人见状,也跟着冲了出去。

73. 沙坡半腰　日　外

华波狂奔到沙坡半腰,一把兜住了老解。老解的胸口不断地往外冒血。华波徒劳地想用手帮他按住,但根本没用。

老解直往外出气,但他看着华波还是费劲地说——

老解:"不能去……首都! ……使馆说……去 B 国! ……边界——有人接我们。"

华波:"我们走!"

华波吃力地把老解扶起来一点点,这时其他人也到了,一起帮着华波把老解背了起来。

74. 距离沙坡更近的某处　日　外

恐怖分子的皮卡颠簸着驶向抛车地点。

被老解打伤、刚刚被救出来的恐怖分子看到了中方人员的车,扛起手边的火箭筒,对着一辆皮卡就是一发。中方一辆皮卡被击中,燃起熊熊大火。

络腮胡子很不满地对着受伤的恐怖分子的脑袋连抽了几下,吼道——

络腮胡子:"蠢货,我要活的! 活的,懂吗?"

受伤的恐怖分子不敢吱声,连连点头。

络腮胡子(眼露凶光):"没人从我手里逃走过……活捉他们!"

75. 沙坡和皮卡之间　日　外

爆炸的火光中,华波、老解、健男、厨师等人都被热浪冲倒在地上。老解趴在华波身上,说了一句——

老解(竭尽全力):"这批——人,都是——骨——干……带他们回去。"

华波:"我们都得回去!"

健男吓得趴在地上,但还是不放心地大声喊着——

健男:"……龙灯,兔灯?!"

两个孩子在不远处应着。

华波(大声问着):"车上有人吗?"

厨师:"刚才都下车休息了,车上应该没人。"

某项目人员:"华总,那边有车过来了!"

华波抬头,看到恐怖分子的两辆皮卡正往这边冲过来,后面是掀起的滚滚尘土。

华波(断然地催促着):"快!所有人,上剩下的那辆车!"

76. 公路外抛车地点　日　外

众人把老解扛上了后车厢,然后大家纷纷上车,厨师背着背包、挎着枪也上了后车厢。

华波站在驾驶室外面,焦急地看着恐怖分子来的方向,提醒大家——

华波:"一个个来反而快,都能挤上来!(又冲着驾驶室问)能发动吗?"

司机:"可以!"

华波:"打开车载地图,去 B 国!!"

这时,其他人已经上了车,前轿厢、后车厢挤得满满当当。

华波(对着司机下令):"开车!(又对着后车厢吼着)后面拿枪的,打呀!别让他们靠近!"

厨师率先开火。枪声中,中方的皮卡冲了出去,华波一把攀着后车厢的挡板往上爬,大家拼命把他拉了上来。

77. 荒漠里　日　外

荒漠中,中方的皮卡在前面疾驰。后面数百米,恐怖分子的两辆皮卡在紧追不舍。

78. 中方皮卡后车厢　日　外

华波看见老解眼睛闭着,连忙拍他的脸——

华波(着急地):"老解!醒醒!"

怎奈老解已经牺牲,再也无法回应。华波安静了下来,泪流满面。有人忍不住失声痛哭,气氛很悲痛。

这时,华波的手台里传来前轿厢健男的声音——

健男:"老解怎么了?"

华波(拿着手台回复):"他——走了。非洲,这是你从我身边夺走的第二条命……"

手台里健男没再回复,瞬间陷入了沉默。厨师愤然举起枪,对着后面的车一通没有瞄准地连击,倾泻着自己的情绪。

华波擦了擦眼泪,看着老解,毅然决然地说——

华波:"老解,我带你回家。"

中国北方某地。

79. 老解家　傍晚　内

老解的爱人坐在沙发上,在绣十字绣。客厅里的电视机正在播放晚间新闻——

当地时间 15 日晨,非洲 M 国突发重大恐怖袭击事件。从邻国 N 国入境的一股极端组织切断了唯一一条贯通 M 国南北的公路,目前正向 M 国首都迫近。

245

M国政府军正在距离首都 100 多公里的地点追剿这股极端组织。据媒体此前报道,这伙恐怖主义分子入境后,至少袭击了四五个村庄,但袭击所造成的伤亡人数具体还不清楚。

经我国驻 M 国使馆核实,截至目前,没有中国公民在此次事件中伤亡的报告。

……

老解的爱人听着听着,猛一抬头看了眼电视,然后掏出手机来拨号。

老解爱人(有些不安地):"喂! 闺女,干吗呢? 看新闻了吗? ……非洲发生了恐怖袭击! 就是你爸爸去的那个国家。"

80. 中国驻 M 国大使馆　日　内

大使盯着桌上摊开的地图,政务参赞和领事部主任过来了。

政务参赞:"北部的项目人员来电话了!"

领事部主任(很激动但尽量简洁地介绍着情况):"对! 他们一开始被恐怖分子控制了,但现在已成功摆脱,跟我说准备往首都撤离。我赶紧按确定下来的预案,让他们尽快前往B国……"

大使:"太好了! (手指着地图)我们在北部的项目驻地距离 B 国不远,这是一条最快捷也相对安全的撤退路线。"

政务参赞:"往首都走确实不行,等于又去撞前面那些恐怖分子的枪口……"

大使:"看来我们需要分头行动了。(对着政务参赞)老王,你立即动身去 B 国,和我们驻那里的使馆同事一道,跟 B 国政府尽快协调好,到边界等候这批撤退人员。我在这里继续守着,负责首都及周边这一摊,我们的飞机今晚就能到,局势如果依然不明朗,届时就安排先走一批……"

政务参赞:"B 国有我们的援非医疗队,我也请他们安排人一起到边界去。"

大使:"好!"

领事部主任(有点担忧):"不过,项目上的解工电话打进来以后,话没说完电话就断了。"

大使(静默了片刻):"嗯。老解我见过,'老非洲'了……(安慰的口气)或许是信号的问题吧。(提高音量喊了一声)张秘!"

张秘书匆匆走了过来。

大使(冲着张秘):"政府军找到极端组织的行踪了吗?"

张秘:"刚刚收到的消息,已经遭遇了。但交火情况如何,现在还不清楚。"

81. 南北间公路某处　日　外

一片激烈的枪声中,恐怖分子的武装皮卡车队停了下来。

82. 一辆武装皮卡旁　日　外

大家长从车上下来,看着远处。一个瘦瘦的恐怖分子走来,向大家长通报。

瘦子:"最前面的车和政府军碰上了。"

大家长:"让前面的四五辆车全力开火,假装想沿着公路继续前进,拖一拖他们。通知其余的车,离开公路,准备出境前往尼日尔河三角洲。"

瘦子:"是!(迟疑了一下又问)我们打一打就跑?"

大家长:"我只是过境,吸收一些青年补充兵源,再补充点儿物资……等一下!把胡子从后面调上来,让他去顶会儿。"

瘦子(尴尬地):"他们说胡子又回那个工地去了。"

大家长(阴沉着脸):"他干吗?"

瘦子:"据说,他押的那批人质溜了。"

大家长（冷哼一声）："越来越会自作主张了……光想着处死人质出风头，从昨天到现在，汽油什么的全都没补充，我看他能扑腾多久。（下了决心）大部队不等他了，走！（又对着通报者）瘦子，你到最前面去，传达我的命令，只留四五辆有机枪的车，顶住 M 国的军队，然后你再到后面去接应一下胡子！"

瘦子应声走了。

大家长上了车，然后他的这辆皮卡转了个方向，慢慢驶下了公路。

83. 一辆武装皮卡里　日　内

大家长沉默片刻，对身边的手下吩咐道——

大家长："通知首都的内线，按计划制造混乱，有利于我们离开。"

84. 非洲 M 国首都机场候机楼外　日　外

一辆军车停在候机楼外，两个荷枪实弹的政府军士兵站在距离车子不远处警戒。

此时，一辆轿车以正常速度向候机楼驶来，在距离军车还有不到十米的时候，情况突变——这辆轿车突然加速，一头冲向了军车。

两车相撞的一刹那，爆炸声响起，两辆车陷入一片火海。两名士兵根本来不及逃走，被炸身亡。

紧接着，候机楼的门里面又是一声爆炸。几秒钟之后，惊慌失措的人们从楼里跑出来，很多人的脸上、身上全是血。

85. 中国驻 M 国大使馆　日　内

张秘书匆匆来向大使汇报。

张秘："刚刚接到消息，机场发生了自杀式爆炸！"

大使（关切地）："中方有人员伤亡吗？"

张秘："目前还没有，但机场已经紧急关闭了。"

大使（神色很凝重）："我们的飞机下不来了……立即向部里的应急指挥小组汇报，我们准备启动第二套方案，用大巴将首都地区的中方人员撤往邻国。"

86. 中方皮卡后车厢　日　外

华波、厨师几个人在后车厢的最后面，全部端着枪，紧盯着后面恐怖分子的车。一旦他们接近，华波等人就一起开火。恐怖分子的两辆车一边躲避子弹，一边开枪反击，速度慢了下来，于是跟中方的车辆又拉开了距离。

后车厢里其他的人都猫着腰挤着，避免被击中。

突然，厨师郁闷地嚷嚷道——

厨师："没子弹了！（将自己的枪扔在一边，从另一个项目人员手里夺过一把）你的先给我用！"

华波（提醒持枪的人）："大家记住，每次开枪只能单击！"

87. 中方皮卡前轿厢　日　内

皮卡前轿厢里，挤着健男、两个孩子还有其他人。

健男（探着身子看车载地图，同时问司机）："我们离 B 国还有多远？"

司机："直接切过去，到卡图口岸五十多公里吧。"

健男（忧虑地用手台呼叫）："华总，我们人多、车重，怎么甩掉他们啊……"

华波："我现在也不知道，让我想想。眼下的问题是，我们总共就四支枪，厨师的那一支子弹已经打光，等于废了……"

健男听到华波说的，不作声了。

一直沉默的龙灯看着健男,突然说话了——

龙灯:"小姐,我有个办法。"

88. 中方皮卡后车厢　日　外

手台里突然传来健男急促的声音——

健男:"华总,龙灯有个好主意,我让他跟你说!"

华波:"嗯?"

龙灯:"先生,可以把他们带到流沙里去。"

华波:"流沙?"

龙灯:"我昨天说过的,这一带有流沙。"

华波眼睛一亮。

89. 荒漠里　日　外

全景:中方的皮卡突然拐了一个大弯,后面恐怖分子的车辆也跟着拐了过去,继续紧追。

90. 中方皮卡前轿厢　日　内

龙灯在告诉司机怎么走——

龙灯:"往右,对! 一会儿会有一片灌木丛。"

91. 流沙区边缘　日　外

中方皮卡从一大片灌木丛旁边一闪而过。

车辆的速度慢了。华波挎了一支枪,从后车厢跳了下来,紧接着前面一侧的车门打开了一点儿,他冲上去伸手把龙灯抱了过来。两人被车带着倒在地上,随即又爬了起来。

健男既不安又关切地从车窗里冲着华波提醒——

健男:"搞定了用手台通知我们。"

华波点点头。

这时,兔灯轻轻地但是脆生生地叫了一声龙灯——

兔灯:"哥哥!"

龙灯看了一眼妹妹,轻松地冲她眨了眨眼。

92. 络腮胡子所在皮卡后车厢　日　外

络腮胡子头目注意到,华波和龙灯下了车朝一个方向狂奔而去,而中方车辆却往另一个方向开走了。

络腮胡子拿起手台——

头目:"我继续跟前面的车,你们去追那两个人。"

93. 荒漠里　日　外

恐怖分子的两辆车一左一右分开了。

94. 流沙区　日　外

华波跟着龙灯在沙漠上猛跑。龙灯一边跑一边气喘吁吁地说——

龙灯:"地面比以前变硬了,再往里一点! 里面更容易陷进去。"

华波不说话,信任地跟着这个男孩跑着。虽然他们都很奋力往前跑着,但实际上在沙子里面他们的速度并不快。

95. 特写　流沙表面

随着华波的奔跑,流沙表面本来硬硬的沙壳开始变松了。

接着,华波一脚下去,再费力地抬起来,沙里留下一个深深的脚印。

最后,华波的脚踩到沙里,鞋面瞬间就没入了沙子,很快,整个鞋就看不见了,只剩鞋帮还在沙子上面。

96. 流沙区　日　外

华波惊慌地使足了劲才把脚拔了出来,但另一只脚又没入了沙子。

华波不敢再跑了,冲前面的龙灯喊着——

华波:"别跑了!趴下来!"

他一边喊,一边自己整个人趴了下来,这样沙子的受力面积大了,人暂时不再有陷进去的危险。华波手脚并用,就近爬到了一道微微隆起的沙丘后面,手里握着枪,紧盯着恐怖分子开过来的皮卡。

冲在前面的龙灯听见了华波的呼喊,在距离华波五六米的地方趴了下去。

华波(自言自语):"来吧!我就不信了,我人能过的地方,你车也能过。"

恐怖分子的皮卡已经追得相当近了,华波在沙丘后面用不太熟练的动作朝着皮卡开枪。对方一边往前推进一边扫射,密集的子弹打在沙丘前面不远处,溅起了很多沙子。

恐怖分子的皮卡离华波和龙灯越来越近,他们的火力完全压住华波这一杆枪,令他已经无法再开枪还击。

华波主观视角:恐怖分子的皮卡正一米一米地碾压过来,车子笨重的身影已经逼近到仅仅十米开外。这么一点点距离,微微隆起的沙丘已经根本起不了遮蔽的作用了,恐怖分子的面孔清晰可见,他们手里的枪正对着华波,随时可能击发。千钧一发之际,皮卡的车身一震,沙子下面仿佛出现了一股巨大的吸力,整个皮卡的前后轮瞬间全陷进了沙子里。

97. 荒漠里中方皮卡后车厢　日　外

厨师端着 AK47,目不转睛地盯着后面络腮胡子头目的车,随时准备等他们挨近了扣动扳机。

他嘴里念叨着——

厨师:"想搞我们中国人,做你的大梦! 老子就是子弹拼光了,最后也要撒你们一脸胡椒面。"

98. 流沙区　日　外

恐怖分子的皮卡在不断下陷。驾驶车辆的家伙拼命轰油门,车子发出一阵阵轰鸣,但无济于事。

车上的人见势不妙,纷纷从车上跳了下来。但是,当他们一下车,脚踏进沙子里,根本容不得他们抬腿,沙子就像猛涨的洪水一样,迅速地淹到了他们的脚踝、膝盖。

恐怖分子在沙子里挣扎着,但越是挣扎,越是加速下陷。

一个恐怖分子手里拿着手台,他绝望地呼喊着——

某恐怖分子:"流沙,救命!"

他已经来不及再喊第二声了,因为他的脑袋已经陷入了沙子,只剩下双手还在外面。

99. 荒漠里头目所在皮卡后车厢　日　外

络腮胡子头目等人在手台里听到了同伙的呼叫——

某恐怖分子(OS):"流沙,救命!"

络腮胡子盯着前面中方的车,没有任何反应。恐怖分子乙试探着问——

恐怖分子乙:"要不要回去救他们?"

头目(神经质地扇了恐怖分子乙一个耳光):"能为了我们的

事业而献身,那是无上的光荣。现在,我们的任务只有一个,抓住这些中国人质!"

恐怖分子乙不敢吱声了。

头目端起枪,对着前面中方的车一阵扫射,以此来泄愤。其他人也跟着扫射,又是一轮密集的枪声。

100. 中方皮卡后车厢　日　外

厨师等人正全神贯注地观察后面紧追不舍的皮卡。这时,后面的枪声响起,大家都尽量蹲下躲避。

子弹打在皮卡的后挡板上,"当当"地响。车子颠了一下,一颗子弹击中了厨师的右肩。

101. 特写　厨师的手

厨师握着枪的手无力地一松,枪滑落了下来,他整个人也软了下去。

102. 中方皮卡后车厢　日　外

某项目人员(紧张地抱住厨师):"大厨,大厨!"

厨师(左手捂着右肩,安抚大家):"没事,死不了。老子以后不会炒不了菜了吧……"

103. B国卡图口岸　日　外

中国驻B国大使、驻M国政务参赞等人已经等在了卡图口岸。现场还有全副武装的军警,以及穿着白大褂的一队医疗救护人员。

政务参赞焦虑地看着手表,跟身边的工作人员说——

政务参赞:"再打打解工的电话。"

工作人员:"联系了很多次,都无法接通。"

政务参赞(眉头紧锁):"失联了。刚刚部里的应急办还转来消息,解工的家属打过电话到他们集团总部……"

工作人员:"等他们到了口岸,家属们就能定心了。"

驻 B 国大使(轻叹,然后坚定地):"继续等,他们会来的。"

104. 流沙区　日　外

华波、龙灯趴在沙丘上,瞪大了眼睛看着眼前这不可思议的场景:恐怖分子的皮卡只剩下一个车顶还露在外面;刚才挣扎、呼号的好多人已经消失大半,只剩两个人的脑袋还在沙子上。

这两人还在徒劳地挣扎喊着,但突然间,沙子涌进了他们的嘴巴。沙漠刹那便恢复了死一样的寂静,仿佛什么都没有发生过。

大自然的伟力让华波和龙灯半天没回过神来。良久,华波才喃喃自语道——

华波:"感谢上苍!"

龙灯(依然趴着,冲着华波喊):"先生,我们成功了!"

华波笑着对龙灯竖起大拇指。

看到华波夸奖自己,龙灯也咧嘴笑了,他兴冲冲地爬起来,冲着华波这边走过来,说道——

龙灯:"我带你离开这里,先生。"

龙灯刚一站起身,华波便发现他脚下的沙开始流动,立马大叫——

华波:"别起来,趴下!"

但已经晚了,站起来的龙灯一个趔趄,似乎像摔了一跤跌进一个坑里一样,小半个身体一下子落入了沙子里。

龙灯毕竟是个孩子,这突如其来的变故令他两眼充满了惊恐,他的双手不断地扒着,试图爬出来。但这样做适得其反,他反而在沙子里越陷越深。

华波(几乎是声嘶力竭地):"别动! 千万别动!"

华波像蜥蜴一样奋力地爬过去,虽然他们相距仅仅五六米,但就这么一小会儿,龙灯大半的身体已经没入沙中。情急之下,华波把手里的枪往前一送。

华波:"抓住! 我拉你出来。"

龙灯的手尽力地不断往前够着,终于勉强用食指、中指两根手指头勾住了枪带。小男孩的手指紧紧地圈着,拽住了枪带。

华波死死握住枪托,拼了命地往回拖,同时他嘴里喊着——

华波:"坚持住! 坚持住!"

无奈,来自地下的力量似乎不可阻挡,龙灯尽管拽着枪带,但人还是在往下坠。慢慢地,龙灯已经无力挣扎了,他眼里的惊恐不见了。

龙灯:"先生,别拉了。"

华波(不甘心):"不,我要带你离开这里。"

龙灯(只剩脑袋在外面):"先生,你是好人。要是这帮混蛋不来,我愿意天天给你打伞。"

华波(无比内疚,痛哭流涕):"对不起,对不起,龙灯。以后你不用给我打伞,我可以天天教你识字。"

龙灯:"我要去见我的爸爸了。……请记得带我妹妹去上海看灯会。"

华波:"今后,她就是我的女儿。"

龙灯(沙子已经到了下巴,微笑着):"谢谢。"

华波主观视角:华波被泪水模糊的视线里,龙灯整个人已经被流沙吞没,露在外面拽着枪带的手指头最终也没劲了,仅仅就一瞬,他的两根手指松开了,然后,一切消失在了流沙里。

105. 荒漠里中方皮卡前轿厢　日　内

健男满脸焦灼,叮嘱司机——

健男:"跟这帮混蛋兜圈子,华总一给信儿我们就转回去。"

司机点头。健男安静了片刻,终于忍不住拿起了手台——

健男:"华总——华波,怎么样了?"

106. 流沙区　日　外

趴在沙丘上陷入悲痛中的华波听到了手台里健男焦急的声音,拿起手台回话——

华波:"追我们的车完蛋了。但是龙灯,龙灯他……"

健男:"龙灯怎么了?"

华波(憋了好一会儿):"龙灯——牺牲了。"

手台里一度安静了,但俄顷,一下子爆发兔灯的哭声,并伴随着健男的啜泣。

华波:"你们快去口岸,别管我。"

健男(断然地):"不行……我们回来接你!"

107. 荒漠里　日　外

全景:中方皮卡兜了一个大圈,掉头又往来的方向驶去,恐怖分子的车依然紧跟在后面。

108. 荒漠里恐怖分子后车厢　日　外

络腮胡子头目阴阴地拿着手台跟前面的人通话——

头目:"对,继续盯紧,他们想去接刚才下车的两个人。"

这时,手台里传来前面开车的恐怖分子的声音——

开车恐怖分子:"头儿,车子的油不够了,报警了!"

络腮胡子懊恼地骂了一声。

恐怖分子乙:"中国人的工地上有汽油,但我没来得及跟你说,大家长就催我们过去了……"

络腮胡子阴恻恻地盯着恐怖分子乙,恐怖分子乙没敢继续说下去。头目思索了片刻,拿起手台命令道——

头目:"别追了! 对付中国人,得动脑子。他们接到那两个人,我想一定会往 B 国走。我们在半路找个地方等着。"

109. 荒漠里中方皮卡后车厢　日　外

厨师的右肩简单包扎了一下,他蔫巴巴地倚在后车厢一侧挡板上,一直观察着后方恐怖分子的皮卡,忽然精神振作地喊道——

厨师:"看! 他们被我们甩掉了!"

确实,恐怖分子的车速慢了下来,距离渐渐拉开了。大家都很兴奋地一阵欢呼。

110. 流沙区边缘　日　外

华波一脸憔悴,走到了流沙区边缘,不远处就是来时的灌木丛。

这时,健男他们的皮卡来了。皮卡停了下来,健男匆匆跳下车,如同久别重逢一样跑向华波。但是,等她跑到华波面前时,女生的矜持又占了上风,她站定了,心疼地打量着华波,嘴里却只是说——

健男:"上车吧。"

华波:"追你们的那辆车呢?"

健男:"被甩掉了。"

华波"哦"了一声,有点意外。

兔灯从车上下来了，一声不吭地朝前走过来，安静得让人心痛。

华波（看着兔灯愧疚得几乎无言）：“兔灯……”

兔灯（指着前方的流沙区）：“先生，我哥哥就是在这里死的吗？”

华波（难过地点头）：“……我和你哥哥说好了，以后我是你的中国爸爸。”

兔灯又往前走了几步，对着面前的沙漠开始唱起歌来。她的声音哀而不伤、清澈透亮，刺穿了茫茫荒漠。

众人被兔灯的歌声笼罩着，一句话都没有，都默默地看着兔灯瘦小的身影。

健男站在华波身边，等兔灯的歌声结束才悄声地跟华波说——

健男（带着泪痕）：“这里的风俗，人死了要唱歌。”

华波（沉浸在哀思中）：“嗯。她让我看到了活生生的《诗经》。”

一阵风袭来，吹得地面上扬起了一层沙尘。华波对大家发话了——

华波：“走吧！”

说完，华波率先往车子那边走，健男跟着他，鼓足勇气问道——

健男：“华总——问你个问题。”

华波：“问吧。”

健男：“你刚才为什么说老解是非洲从你身边夺走的第二条命？”

华波（迎着风眯着眼睛，停下脚步好一会儿才回答）：“小时候，我爸爸参与了一个援非项目，但——他没能——活着回来。”

回忆。

259

111. 华波小时候的家　日　内

一片柔和的光线笼罩下,父亲带华波看着地球仪。父亲的大手停住了,可以真切地看到地球仪上雄鸡状的中国版图,他的大手慢慢转动着地球仪,整个非洲的轮廓呈现了出来⋯⋯

112. 华波小时候的家门外　日　外

父亲提着行李,微笑着对妻儿挥手道别。

113. 华波小时候的家　日　内

一个穿中山装的人把一个骨灰盒递给站在屋里的华波母亲和华波。华波母亲木然地接过骨灰盒,然后突然痛哭失声——

华波母亲:"出去的时候是个有说有笑的大活人,怎么回来就是个冷冰冰的盒子了⋯⋯"

回忆结束。

114. 中方皮卡旁边　日　外

华波:"⋯⋯毕业之后,我准备到集团入职,我妈妈听说这是个做海外工程的企业,死活不同意。最后没办法,我向她保证,宁可辞职不干,也绝不踏上非洲一步,去非洲做项目。——食言了,呵呵。"

听着华波说完这一切之后带着自嘲的笑声,健男还有车上的人都默不作声。站在华波身边的健男忽然鼻子一阵发酸,眼眶红了起来,泪水簌簌地往下掉,她把自己的额头顶住华波的肩,做着深呼吸调整着。

115. 稀树草原某地点　日　外

通往 B 国卡图口岸的稀树草原上,几棵金合欢后面,停着络腮胡子所乘的皮卡。

一车人保持着静默。头目本人半眯着眼睛,但目光始终盯着距此不远的土路。

116. 中方皮卡后车厢　日　外

皮卡在荒漠上往 B 国驶去。

华波拿着手台在问——

华波:"离口岸还有多远?"

健男(OS):"三十公里。"

众人听了,都有些面露喜色。厨师虽然因为中枪而脸色不好看,但也忍不住兴奋地说话了——

厨师:"胜利在望! 这路再怎么破,两小时总到了吧。"

华波没言语,在琢磨着。半晌,他说话了——

华波(冷静地):"追我们的那辆车怎么就被甩掉了呢?"

厨师:"我亲眼看到的,他们追着追着就慢下来了,肯定出了问题——坏了或者没油了。"

华波(继续质疑):"真要是坏了或没油了,怎么一路上连他们的影子都看不到了?"

华波拿起手台,既是通知前轿厢,又是对后车厢的同事进行提醒——

华波:"大家都听好了,还没到放松的时候。在没有到达口岸之前,必须继续保持警惕,以防有任何意外。"

健男(OS):"收到!"

后车厢众人纷纷点头。华波拿起枪,"咔哒"一声拉枪栓,同时对着另两位持枪的项目人员发出指令——

华波:"打起精神来! 感觉不对……"

117. 稀树草原　日　外

　　中方的皮卡已经进入稀树草原。车子行进在非常漂亮的自然景观之中。

118. 稀树草原某地点　日　外

　　恐怖分子乙指着土路的方向,叫了起来——
　　恐怖分子乙:"头儿,你说得没错。他们来了!"
　　头目拿起望远镜。

119. 特写　望远镜里

　　中方皮卡的后车厢,载着满满的人。

120. 稀树草原土路上　日　外

　　中方皮卡正往前行驶。后车厢里,众人安静地随着车子颠簸晃荡着。华波等三个持枪的,依然警惕地观察着四周。

　　突然,从土路一侧的金合欢后面,斜刺里冲出了恐怖分子的车,迎头对着中方皮卡驾驶室就是一阵扫射。

　　华波等人迅速作出反应,开枪还击,但还是慢了半拍。

121. 中方皮卡前轿厢　日　内

　　仿佛就是一瞬间,在 AK47 的枪声中,车的挡风玻璃被打穿了,司机中枪,一头趴在了方向盘上。

　　车子立马失控,直奔着恐怖分子的皮卡而去。

　　健男急了,从后排蹿起来,一把握住方向盘,往一侧猛地打了一把轮儿。

122. 稀树草原土路上　日　外

中方的皮卡惊险地走出一道弧线,绕开了斜着从前方冲来的恐怖分子的车,往另一边冲去。

恐怖分子的皮卡随即刹车、转向,又一次从后面紧咬着中方的皮卡。

两车在错开避免相撞的同时,都在颠簸中向对方开火。乱战中,恐怖分子的子弹击中了中方皮卡的后轮。

123. 特写

一颗子弹的弹头,高速钻进了行驶中的轮胎的侧面。

124. 中方皮卡前轿厢　日　内

健男(对着前排副驾驶同事高喊):"让我到前面来!"

前排副驾驶的同事赶紧配合她,奋力地把中枪的司机往旁边拽,给健男腾出空间。

健男一边探着身子把着方向盘,一边挤着从后面挪到了驾驶位置上。

健男刚刚坐定,便发现车辆的仪表盘上发出警告——左后轮胎压异常。健男一时想不了那么多,继续保持车速往前开着,但很快她就看到仪表盘上开始一闪一闪地不断示警。

健男一手费力地控制着车辆的行驶,一手拿起手台喊着——

健男:"左后轮有问题!你感觉到了吗?一跳一跳的,而且方向老往左跑偏。"

华波(OS)(语速不快,声音尽可能地稳住):"别慌!听着,不要急刹车,先按这个速度继续往前跑,实在不行就把速度慢慢降下来。"

健男低低地应了一声,没再回话。她额头上渗着汗珠,竭尽全力地掌握着方向,让车子继续沿着土路向前行驶。

125. 中方皮卡后车厢　日　外

华波放下手台,做了个深呼吸——又像是一声叹息。

厨师:"爆胎了?"

华波点头默认,然后,他叮嘱拿着枪的两位同事——

华波:"靠近了就打! 现在最理想的情况就是,能够一直把他们压在后面,而且保持足够的距离……"

126. 恐怖分子皮卡后车厢　日　外

一个恐怖分子看到前面中方的车辆速度慢了,而且有点发飘,兴奋地嚷嚷起来——

恐怖分子丙:"他们的车不行了!"

恐怖分子乙(有点胜券在握的样子):"没想到这群中国人这么难缠。"

头目(难得一见地笑了):"一会儿就地斩首,我还要把视频上传到网络上。"

127. 中方皮卡后车厢　日　外

华波发现,自己的这辆皮卡的速度显然已经维持不住,渐渐慢下来了。

华波(招呼同伴):"打! 顶住他们!"

双方距离拉近,一阵对射,但恐怖分子的火力还是占着上风,压住了华波这边的三杆枪。后面恐怖分子的射击频率明显高出很多,华波这边只能趁对方停下来的间隙还击一下。

双方皮卡的距离在逐步拉近。

中方后车厢的人都尽可能猫着,没人说话。华波思忖一番,拿起了手台,跟前面、后面的同事们说话——

华波(冷静地):"跟大家交代几句。现在最糟糕的情况出现了,我们可能赶不到卡图口岸就会被他们追上。这些恐怖分子是毫无人性可言的,我们要做好最坏的打算。很惭愧,没能把大家带回去……"

每个人都悲怆地看着华波,他又继续说了下去——

华波:"我想过了,如果我这条命注定也要留在非洲,那索性就拼到底,我要让他们以后看到中国人绕着走……"

128. 对切　前轿厢　日　内

健男稳住方向开着车,静静地听着手台里华波的话,静静地流着泪。

129. 中方皮卡后车厢　日　外

华波话没说完,两位同事的枪声又响起了,因为恐怖分子的车又往前拉近了一点。两位同事拼命开火,阻止恐怖分子贴近,华波也随即一起开火。

交火中,一个同事中弹倒下,恐怖分子皮卡的挡风玻璃也被打碎了。

但两车的距离还在逐渐拉近!

看着同事们忙乱地处理刚刚中枪的同事,厨师忍着肩伤大声喊道——

厨师:"跟他们拼,算我一个! 老子从没像今天这么过瘾过!"

厨师话说完,开始翻自己的背包,自言自语——

265

厨师："最后再吃口包子。待会儿掐也得掐死一个。"

翻着背包的厨师突然大叫起来——

厨师："华总！我这儿有炸药！"

华波（很意外，很激动）："怎么不早说?! 拿出来，快！快！"

厨师三下五除二地从包里把炸药递给华波，解释道——

厨师（有点理亏）："前些天偷偷弄出来准备炸鱼的，后来给忘了。"

华波："你不是大厨，你是大神一般的存在！……雷管，雷管呢？"

厨师（赶紧递过来）："这儿呢！这儿呢！"

华波（招呼边上的同事）："帮我一下！"

130. 恐怖分子皮卡后车厢　日　外

络腮胡子头目看着前面的车，华波等所有人都蹲着、猫着，看不清底下在干什么。

头目（狐疑地）："他们怎么不开枪了？"

恐怖分子乙："枪拿的是我们的，他们没弹夹可换。"

头目："慢慢靠上去！保持警戒！"

131. 中方皮卡后车厢　日　外

炸药已经准备好了，雷管已经安在上面。

华波握着手台，吩咐大家——

华波："健男，你把车子速度继续放慢，让他们上来。我赌他们想抓活的，不一定开枪扫射。……炸药爆炸之后，我们几个有枪的下来断后，其他人不管发生什么情况，能开车开车，不能开车就步行，一定不要停，尽早赶到卡图口岸。"

132. 稀树草原土路上　日　外

全景：炽热的阳光下，两辆车正迅速接近，从一百米到五十米、三十米、二十米……

133. 中方皮卡后车厢　日　外

空气像凝滞了一般，大家都盯着迫近的恐怖分子。

华波最后跟同事确认炸药的细节。

华波："三秒延时是吗？"

同事点头。

恐怖分子的皮卡已经贴近到十来米左右了，华波拉了导火索，数着"一、二、三"，然后猛地蹿起来，把炸药往恐怖分子的车上甩过去。

与此同时，很警觉的络腮胡子头目感觉不对，对着直起身的华波就是一枪。华波当即从车上栽了下来。

134. 稀树草原土路上　日　外

一声爆炸的巨响。

爆炸巨大的威力把恐怖分子的皮卡震飞了起来，然后翻倒在一边。熊熊的火光中，隐约有恐怖分子挣扎、扑倒的身影。

135. 距爆炸地点不远处　日　外

距离爆炸不远的地方，华波中枪重重地摔在地上，一时动弹不得。他看着恐怖分子被炸翻的皮卡，欣慰地笑着。过了一会儿，华波艰难地试图爬起来却不能，而他的枪被甩在了一边。

华波身后十来米开外，中方的皮卡停了下来。健男急匆匆下了车，冲刺一般往华波这里奔来。

后车厢里,两位拿枪的同事也跳下了车,往华波这边跑了过来。厨师坐在车上,手上拿着一把水果刀,准备最后一搏。

华波再次吃力地用手撑着地面,想站起来。这时,从翻倒的恐怖分子皮卡后面,络腮胡子头目跟跟跄跄地走出来,他一脸的血污,端着一支 AK47 摇摇晃晃向华波走来,他眼里满是仇恨,费力地扣动着扳机。

子弹"嗖嗖"地打在离华波不远的地面上。如果络腮胡子继续打下去,华波肯定不能幸免。

健男冲在最前面,看见华波毫无防备地面对着络腮胡子的射击,不知道哪儿来的勇气,捡起华波甩在地上的 AK47,大叫着,冲锋一样地奔着络腮胡子而去,手里的枪"哒哒哒"地喷着火。健男手里的 AK47 随着击发不住地抖动着,络腮胡子近距离连中数枪,终于倒地身亡。

看着死去的络腮胡子,健男跟虚脱了一样,丢了手里的枪,呆呆地僵在了那里。

136. 中方皮卡后车厢　日　外

健男和众人把中了枪的华波抬上后车厢。

华波被放在了后车厢,但依然不忘吃力地"责备"健男——

华波(虚弱地):"刚才你下车干吗?！ 不是说了吗,爆炸之后不要停,直接去口岸,怎么不听呢?"

健男(侧过头去,眼里噙着泪水):"你以为我能丢下你不管吗?"

137. 稀树草原　傍晚　外

日头偏西,中方的皮卡用拖拉机一般的速度穿行在如画的稀树草原。

138. 中方皮卡前轿厢　傍晚　内

驾驶座上,已经换了另一个项目人员开车。车子的左后轮已经瘪了,车里一颠一颠的。

健男和兔灯坐在后排。健男双手十指相扣,搁在自己的腿上,不住地颤抖着。实际上她整个人都在抖。

健男(无助地):"我杀人了,我杀人了。"

兔灯默默地拉过健男的一只手,握在她的两只小手中,用她那双透明纯净的眼睛看着健男。想了很久,小女孩安慰健男说——

兔灯:"姐姐,别怕。你杀死的是魔鬼。"

139. 稀树草原土路上　傍晚　外

瘦子站在路上,静静地看着依然腾着火苗的皮卡,以及络腮胡子等恐怖分子的尸体。他转身走向身后的皮卡,拉开车门说道——

瘦子:"追!"

140. B国卡图口岸　傍晚　外

晚霞满天,中国驻B国大使、中国驻M国政务参赞等所有人依然在口岸等着。

驻B国大使(焦虑不安地):"等待是最折磨人的……"

政务参赞:"M国首都周边的中国公民都已经用大巴撤到邻国了,部里就在等我们这边的消息。——等到天黑,如果还不来,你就先回使馆向部里汇报,申请启动备用方案……"

一个工作人员(抬头看看天空):"天就快黑了。"

这时,不知道谁喊了一声"好像是他们",政务参赞连忙朝来路的尽头看去——远远的一个黑点,缓慢地朝着口岸移动过来。政务参赞拿起望远镜仔细看着。

政务参赞(激动地):"是我们的车! 是他们!"

141. 稀树草原土路上　傍晚　外

通往卡图口岸的土路呈一道弧线。当华波他们的皮卡缓慢艰难地移动时,瘦子的皮卡正全速抄直线直奔中方皮卡而去。

142. 瘦子皮卡前轿厢　傍晚　外

瘦子紧紧盯着前面中方的皮卡。

司机:"他们的车坏了。"

瘦子:"嗯,再晚一步就让他们跑到 B 国去了。(对着手台)所有人,开火!"

143. B 国卡图口岸　傍晚　外

大家正满怀期待,突然爆发了激烈的枪声。又一辆疾速行驶的车进入了大家的视野。

驻 B 国大使:"不好,恐怖分子还在追他们!"

政务参赞:"我们的车明显坏了! 能不能请 B 国的军队去接应一下?"

驻 B 国大使:"不行啊! 第一我们没有指挥权,第二他们不能越境行动……"

政务参赞二话不说,直接上了路边停着的一辆 SUV。车子发动了,政务参赞探出头来。

政务参赞:"马大使,求你一件事,让他们把杆儿抬起来。从这一刻开始,我所做的一切都是个人行为,我个人来承担责任!"

驻 B 国大使深切地点点头,径自走到了口岸守卫军警那里去交涉。

杆儿抬起来了，SUV 冲了出去。

144. 中方皮卡后车厢　傍晚　外

后车厢里开枪的两个同事先后停止了扣动扳机。

厨师："继续打呀！"

同事甲："我们都没子弹了。"

一阵短暂的沉默之后，瘦子的皮卡上，枪声再度响起。

华波："没关系。尽人事，听天命。"

厨师："真是想家啊。我家旁边就是一条河，鱼可多了……"

华波轻轻哼起了歌："一条大河波浪宽，风吹稻花香两岸……"

后车厢的所有人都跟着唱了起来，《我的祖国》的歌声掠过了非洲的稀树草原。

145. B 国卡图口岸　傍晚　外

驻 B 国大使正在和 B 国的一个军官沟通。

驻 B 国大使："少尉，我只能以我个人的名义恳求你。这一车的生命，离我们这么近，如果不施以援手，他们很可能下一分钟就会死在恐怖分子的枪下。"

少尉颔首，未置可否。

146. 中方皮卡后车厢　傍晚　外

枪声中，车突然停了，后车厢里唱着歌的所有人一脸疑惑。

政务参赞和健男小心地扒着后车厢的挡板跟大家打招呼。

健男："大家快下来，转到王参赞车上去！"

政务参赞："哪位是解工？"

华波（勉强探起身）：“我是项目的新任总经理。解工……他牺牲了。”

政务参赞愣了一下，然后赶紧说道——

政务参赞：“快换车！当心子弹！”

正说着，瘦子皮卡上的子弹“当当当”打在了另一侧的挡板上。

147. 稀树草原土路上　傍晚　外

车子疾驰带起的尘土中，瘦子的车已经离中方皮卡越来越近。

148. 瘦子皮卡前轿厢　傍晚　外

瘦子催促着：“快，快！他们想换车逃跑！”

瘦子车上的枪声“突突突”地响着。

这时，瘦子皮卡前不远，突然炸响。车子一个急刹，停了下来。

紧跟着，若干炮弹接二连三地在瘦子的皮卡周围爆炸。

司机：“迫击炮！我们可没带重武器。”

瘦子恨恨地看着口岸的方向，下令——

瘦子：“撤！”

149. B国卡图口岸　傍晚　外

驻B国大使看到瘦子的皮卡掉转头开走了。

驻B国大使对B国军官说道——

驻B国大使：“少尉，非常感谢！太感谢了！”

少尉：“大使先生，至少我并没有越界。实际上，我这是替我母亲谢谢你们，她的病是中国医疗队的医生治好的。”

150. 老解家　凌晨　内

因为时差的关系,非洲的傍晚已是北京的凌晨。

老解的爱人还没睡,她和女儿在手机上聊天。女儿给妈妈发了一条新闻的链接,标题是:"非洲 M 国恐袭最新消息——第一批中国公民已经在中国驻 M 国大使馆安排下撤往邻国,预计从明天中午开始全体撤离人员将陆续乘民航包机返回祖国。"

点开看完了这条新闻之后,女儿又在微信发语音——

女儿:"妈,政府很给力的,已经在撤侨了,没准爸爸过两天就回来了。您别太担心。"

老解的爱人给女儿发了个笑脸,又叮嘱女儿早点休息。然后她拿起桌上的一个相框,端详着。相框里面,是老解的笑脸……

151. B 国卡图口岸　傍晚　外

SUV 进了卡图口岸。

守候在这里的人们立即迎了上去。车子刚停,政务参赞飞快地下了车,大声招呼——

政务参赞:"医疗队! 有人受伤。"

医疗人员过来了,把华波、厨师等负伤的人从车上搬到担架上。

驻 B 国大使上去紧紧地和政务参赞握手,然后两个人分别和每一个下车的人握手。驻 B 国大使嘴里不停地说着——

驻 B 国大使:"回家了! 回家了!"

当担架上的厨师听到"回家了"的时候,他紧紧地握着大使的手,不肯松开,突然激动得抽泣了起来。

被厨师的情绪感染着,好多项目人员都相拥而泣。健男搂着兔灯,站在华波的担架旁,看着医护人员给华波处理伤口,也禁不住热泪盈眶。

政务参赞看着大家,也很激动,摘了自己的眼镜擦着抑制不住的泪水。

152. 中国驻 M 国大使馆　傍晚　内

大使正在跟国内通话。

大使:"刚刚得到的消息,我国在北部的项目人员已经抵达了 B 国卡图口岸。"

外交部长:"太好了!!大家都辛苦了。……先让他们安顿下来好好休息,下一步,尽快安排他们回国。"

大使:"好的!(顿了一顿)另外,他们这次撤离,牺牲了两位项目人员。"

外交部长深叹一声,通话陷入了一阵悲痛的沉默。

153. 医院病房　日　内

华波躺在病床上,让健男帮他个忙。

华波:"健男,把我的手机拿出来,到通讯录里找一下'妈妈',然后帮我拨下号。今天又是周六了,该给她打电话了。"

健男按他的嘱咐照做了,并且摁了免提,把手机放在华波枕头旁。电话通了。

华波(语调一下子变得轻松欢快):"妈妈!"

华波母亲:"儿子!在干吗呢?"

华波:"这两天国内来人,今天我带他们转转,这会儿在巴黎圣母院呢。"

华波母亲:"哦,在外面玩啊……大家要是在一块儿吃饭,记得少喝点酒。"

华波："知——道——了。"

华波母亲："那你踏实玩,先不说了。"

华波："咦!上个星期你不是还嫌我电话打得太短吗?今天你怎么先想着挂电话了?"

华波母亲："不是……今天——我们几个老同事约了聚餐,我要早点出门。"

华波："哦,好吧!那我下周再给你打,挂了!!"

电话挂断了。华波冲健男狡黠地一笑。

华波："每周末要通个电话,雷打不动。"

154. 华波母亲家　日　内

华波母亲挂了电话,眼泪无声地流了出来,她的眼睛紧紧地盯着面前的电视。

电视里的新闻画面,正是华波在 B 国口岸被医疗队从皮卡上挪到担架上的场景,周围的项目人员正在相拥而泣。

数天后……

155. 上海浦东国际机场　日　外

一架民航客机缓缓地在停机坪上停妥。

几辆考斯特等在不远处,车子旁边站着一群人——里面就有老解的爱人和华波的母亲,明显他们是来接机的。

舱门打开了。华波、健男、兔灯和撤离的项目人员陆续走下舷梯。

最后下来的,是两个穿着黑色西服的工作人员。他们的手上,各自捧着一个骨灰盒,每一个骨灰盒上都覆盖着一面叠得整整齐齐的五星红旗。当看着华波、健男等人和两个黑色西服工作人员走过时,老解的爱人捂着嘴,低声痛哭着,虽然她的女儿流泪在旁边搀着,但她依然悲伤得整个人都站不住了,瘫软了下去……

黑场。

156. 浦东机场办票大厅　日　内

华波拖着箱子,和兔灯走向办票柜台。

这时,不远处一位正式着装的男性一看到华波和兔灯,快步向他们走去。华波也看到了此人,于是也快走几步,上去冲着他的肩头就捶了一拳,然后两人才笑着握手。

华波:"老周,你怎么来了?"

老周:"虽说已经开了欢送会,喝了饯行酒,但我还是想亲自来送送你们。"

华波:"你这人事老大一出马,吓得我瞬间以为,集团不打算让我重返 M 国了。"

老周:"要不是你和健男一再坚持,要不是我理解你心里有放不下的情结,M 国这个项目的重启,真没你们去的份儿。"

老周话刚说完,健男拖着箱子匆匆跑了过来——她的母亲跟在后面。

健男:"不好意思,不好意思,来晚了! ——老周也来了!"

健男走到华波身边,深情地看了他一眼,然后弯下腰亲了亲兔灯的脸。兔灯很自然地用小手牵着健男的手。健男的母亲安静地站在女儿身后一点儿,礼貌地微笑着。

老周(问健男):"这位是你母亲吧?"

健男:"嗯! 我妈。我们这一走,兔灯让我妈来带。"

老周弯下腰,怜爱地摸着兔灯的头,看着她说——

老周:"我们兔灯会想爸爸的。"

兔灯:"其实我想跟爸爸一起去。"

老周(打趣地看着华波和健男)："你俩听见没,兔灯想和爸爸妈妈一起去呢。"

健男脸上闪过一丝羞涩。华波则顾左右而言他,对着兔灯说——

华波："不着急,等你长大了,爸爸会带你回去的……"

兔灯的眼睛里充满了憧憬。

老周(意味深长地)："华波啊,这个项目结束回来,大伙儿可都等着喝顿喜酒呢……"

健男和华波含笑对视了一眼。健男有点不好意思地把头低了下去。

157. 机场大厅海关进口　日　内

华波、健男拖着箱子,在国际航班海关进口处和老周、兔灯、健男母亲挥手告别。华波转身进去的一刹那,兔灯最后提醒他——

兔灯："爸爸,有网络的话,你要跟我微信视频啊! 你和健男姐姐一起跟我视频。"

华波："没问题!"

158. 登机口　日　内

华波和健男在登机口排队,准备登机。

华波(故弄玄虚地)："郁闷死了。"

健男(关切地)："干吗?"

华波："兔灯竟然叫我爸爸,叫你姐姐。"

健男(假装打华波)："德性!"

华波："我这会儿刚想到,这次重启这个项目吧,我们团队还缺了个人……"

健男:"谁啊?"

华波:"大厨啊!"

健男:"对呀,你怎么没早点提出来呢?!必须申请调他来,必须!"

159. 浦东机场跑道　日　外

华波和健男所乘的航班,在跑道上滑翔,飞向了天空……

尾声。

1956年,中华人民共和国和第一个非洲国家建立外交关系,中国对非洲国家的经济技术援助由此开启……

1964年,周恩来总理首访非洲,宣布中国对外经济技术援助八项原则,受到非洲国家的普遍欢迎……

2000年,中非合作论坛第一届部长级会议在北京召开,开启了面向21世纪新形势下中非合作的整体规划……

截至2012年底,中华人民共和国共向50多个非洲国家提供了经济援助,援建了包括基建项目在内的1000多个与当地民众生活和生产息息相关的各类成套项目,其中最著名的有坦赞铁路、非盟会议中心……

截至2014年,中国对非洲援助的过程中,牺牲者达到了700多人……

(剧　终)

导师评语

徐春萍

电影剧本《非常撤离》讲述了一个海外工程项目团队在遭遇突发恐怖势力暴力危机时，团结一致、勇敢抗击，最终在国家力量的帮助下安全撤离的故事。

故事结构完整，情节设计合理，主要人物塑造较生动。故事切入口小，但立意高，显示了国家力量对海外公民的保护，反映了中国援助非洲人员的牺牲和付出。题材是有难度的，作为编剧新人，作者作出了可贵的努力并显示了一定的功力。

从项目的综合研判来说，存在一些薄弱点：一是整个故事还比较简单，不足以支撑 90 分钟以上大电影的容量；二是主要人物关系还不够有张力，情感力量略显单薄，部分重要行为缺乏清晰的逻辑铺垫和交代，这使得相关情节设计缺乏一定的说服力；三是剧本初稿中国家力量表现得不够。

针对上述分析，经过讨论之后，作者进行了三次修改。特别值得提出的是，为更好地反映故事背景国当地的民情民俗，作者自行前往非洲某地进行了实地采风，积累了第一手的直观感受。修改后的剧本，故事内容得到了充实，国家力量得到了加强，某些情节也更为合理。

从拍摄的实际要求来讲，由于剧本题材确有难度，涉及海外救援，整个流程相对复杂。特别是海外场景的拍摄，存在较大困难，拍摄成本也较高，要转化为实际操作有困难。可以考虑转为其他艺术样式，譬如广播剧，作者也对此进行了初步的思考和尝试。

电 影

废柴少女拳拳心

陈 勇

陈 勇

男,毕业于北京电影学院表演系1995级本科班。上海电影(集团)有限公司演员、导演、制片人;上海龙幕文化传播有限公司总经理;同济大学电影学院表演专业特聘讲师;上海电影家协会会员、上海电影表演艺术家协会会员。主要表演作品有:电影《花生仔与太阳舞小子》《关机饭》等;电视剧《风声鹤唳》《新霍元甲》《风云2》等;话剧《非爱情游戏规则》等。主要导演及制作作品有:电影《青花》《童》《我的播音系女友》等;电视剧《我的生命曾为你燃烧》《哎哟,表演系》等;微电影及广告有:《十年》《信》等。

为了别人无法理解的梦想，赌上一切！

——题记

人　物：

楚　清——女,32 岁,相貌平凡的普通蓝领。性格善良,但也有非常执拗的一面。表面麻木不仁,实则内心渴望改变。母亲早逝,父亲离家出走不知所终,和爷爷相依为命。由于爷爷曾是拳击教练,因此从小喜欢拳击,不顾周围人的冷嘲热讽而一直坚持自己训练。在经历一系列的生活遭遇后,变得更加独立坚强。

谢英明——男,36 岁,穷困潦倒的退役拳手,曾入选过国家青年队。脾气暴躁,但本性善良,乐于助人,有时会苦中作乐地自我解嘲或开个玩笑。和妻子离婚后,女儿被判给前妻抚养。在训练楚清的过程中,两人逐渐产生感情。

Lisa——女,30 岁左右,女子拳击大赛的编导。原名周秋丽,因嫌中文名土气,而坚持让所有人都叫自己的英文名。立志做女强人的 D 罩杯冷艳"魔女",为达到目的会不近人情,牺牲别人也在所不惜。

秦美香——女,32 岁,楚清的闺蜜。碎嘴,热心肠,自带八卦属性,但也有自己的心计和果决的时刻,在楚清遇到困难时慷慨解囊。

楚　明——男,70 岁,楚清的爷爷。曾是拳击教练,后患有轻度老年痴呆,时而清醒,时而糊涂,有时会表现出老顽童般的调皮。

Sally——女,31 岁左右,谢英明的前妻,刁毒蛮横,脾气古怪。

谢锦馨——女,9 岁,谢英明的女儿,聪明懂事。

1. "粉拳出击"女子拳击大赛海选现场　夜　内

打扮得各具特色的选手们在缤纷的灯光、焰火陪衬下闪耀登场,现场主持人进行着激情四溢的解说。导播台后的 Lisa 冷静地指挥着各部门工作。出场结束后,选手们开始在镜头前自我介绍。

选手 A:"哈喽,大家好,我是 Ava,2016 年全球小姐亚洲中国区第一名。第一次接触拳击,请大家多关照。我希望在这次节目中能让大家看到女性柔弱之下的韧度和力量……"

随后,全球小姐走了个台步,却在转身时打了个趔趄,同时还笑场了。其他学员捂嘴偷笑。

导播台后的 Lisa 大声喊:"卡!"

Lisa 冲到台口:"这位选手,您是在向某超模致敬吗?还是要借此炒作?我们不欢迎专业态度不正确的选手,更不欢迎失误! OK? 重来!"

工作组成员和选手们都紧张地赶紧做准备,现场只剩下选手 A 在台上蒙圈,旁边的工作人员赶紧上去劝慰。

回到导播台后的 Lisa 叫来负责寻找选手的人员,开始训斥他们。

Lisa:"我说了多少遍了?找选手的时候不要只盯着胸前看,没有硬实力、戏剧性、强情节,谁会来看我们的节目?!我们不是网红大赛!"

手下人员面面相觑。此时,Lisa 耳机里传来询问声:"导演,可以开始了吗?"

Lisa 余怒未消，大声喊道："Action!"

出片名：《废柴少女拳拳心》。

2. 秦美香婚礼现场　日　内/外

秦美香和新郎在音乐声中步入婚礼现场，主持人的旁白夹杂着亲朋好友的起哄声。秦美香脸上挂着神秘的微笑，而做伴娘的楚清对这样的场合明显不适应，略带无奈地在主舞台一侧等待着，还因为困倦打了个哈欠。

主持人开始为走上舞台的新人宣读誓词："新郎，你是否愿意与你面前的这位女士结为合法夫妻，无论是健康或疾病、贫穷或富有，无论是年轻漂亮还是容颜老去，你都始终愿意与她，相亲相爱，相依相伴，相濡以沫，一生一世，不离不弃，你愿意吗？"

新郎："我愿意。"

秦美香突然说道："我不愿意！"

众人惊诧地看着她，楚清刚打出一半的哈欠也顿时收住。

秦美香对着音控台说："放吧。"

主持人背后的大屏幕上出现了证明新郎出轨的聊天记录，全场哗然，各种声音四起，有好事者还吹起口哨，还有人拿出手机拍摄。

新郎："你这是干吗？"

秦美香："我早就说过不要骗我，否则就玉石俱焚！"

新郎恼羞成怒，欲打秦美香，却被已冲上台的楚清出拳击倒。秦美香父母冲向新郎，被新郎父母拦住……

秦美香趁着现场一片混乱，拉起楚清往门外跑去。

3. 民政局婚姻登记处　日　内

两本离婚证被工作人员推到谢英明和 Sally 面前。

286

工作人员："办好了。"

谢英明："谢谢。"

工作人员："不客气。"

谢英明和 Sally 面无表情地转身离开。

4. 民政局大堂　日　内

谢英明和等在大堂里神情晦暗的女儿谢锦馨告别。

谢英明把自己珍爱的铜牌挂在女儿脖子上,并嘱咐她："馨馨,别的爸爸也不多说什么,你就记住凡事尽了全力就好,不要刻意去争第一……"

Sally 冲上去摘掉铜牌,扔给谢英明："馨馨,别听他胡说八道! 现在的一切,都是因为他这样没出息的想法造成的!"

谢英明："又想吵架是不是?"

Sally："我已经懒得跟你这种脑子拎不清的人吵了! 十年前咱们刚结婚时,你怎么答应我的? 拿冠军,赚大钱,让我过上好日子! 可是现在呢? 做啥啥不成,就知道拿个破铜牌来糊弄人!"

谢英明："你懂个屁!"

Sally："我是不懂! 我不懂你这个男人怎么这么没用! 所以我一定要找个有用的男人!"

谢英明："出轨还这么理直气壮?!"

Sally："我对你早就没感情了,何必束缚彼此呢? 我们女人就是要自主独立,何况现在是我在赚钱帮你还债! 你都不知道,你能当上那个保安也是我的……"

谢英明刚要询问,谢锦馨哭着冲出民政局,两人才停止争吵去追女儿。

287

5. 大型超市门口　日　内/外

　　楚清和秦美香沉默地坐在车里。楚清的手机不断响起,秦美香告诉她不许接。

　　楚清:"那你准备怎么办?"

　　秦美香:"凉拌! 你甭管我,我没事的!"

　　楚清:"那我去上班了?"

　　秦美香:"去吧! 记住,女人就是要狠一点,这样就没人敢欺负你了!"

　　楚清:"不敢苟同!"

　　秦美香:"你心里明白的,别装了!"

　　楚清吐了下舌头,下车走向超市。背后传来秦美香的声音。

　　秦美香:"楚清,(摆出个拳击姿势)那一拳打得漂亮!"

　　楚清露出无奈的表情。

6. 超市员工更衣室　日　内

　　楚清在员工更衣室换工作服时,回想起打倒新郎的那一拳,不禁莞尔一笑。

7. 超市　日　内

　　一个衣冠楚楚的白领无理取闹,引得众人围观。

8. 超市工作通道　日　内

　　换班的同事奚落秦美香的婚礼。楚清替秦美香说话,招致同事们的讥讽。

9. 超市　日　内

楚清替秦美香解围,却被小心眼的经理记恨。此时,对讲机里传来顾客孩子走失的消息,大家分头去找,最后楚清在床上用品区把故意躲在窗帘后面的孩子找到了。就在顾客对楚清表示感谢时,楚清的手机响起,楚清患有老年痴呆症的爷爷又走丢了。

10. "粉拳出击"女子拳击大赛办公室　日　内

网站视频部总管对着电脑上的收视数据暗示 Lisa,高薪把她挖过来是要做出爆款节目的,否则她只能辞职。

11. 某公司楼下　日　外

穿着保安服的谢英明发现公司的老板居然是 Sally 的婚外情对象,一怒之下把老板揍了一顿,因此丢掉了工作。

12. "粉拳出击"女子拳击大赛会议室　日　内

气急败坏的 Lisa 召集团队开会。大发雷霆之后,一位实习生怯怯地把楚清在婚礼上打倒新郎的视频放给 Lisa 看,Lisa 眼前一亮。

13. 楚清家　黄昏　内

回到家里的楚清被二姑、小叔围住指责。就在大家争执时,爷爷拿着一个破旧的拳套走了进来。

14. 合租房　黄昏　内

洗手间被其他房客占据,谢英明憋得难受。此时,他又接到

289

Sally催问抚养费的电话,本想怒骂Sally,却被她反唇相讥不会赚钱,还把她的男朋友打跑了。郁闷的谢英明把占据厕所的房客揍了一顿,房东报警并把他赶了出去。

15. 楚清家　黄昏　内

　　二姑、小叔拿出养老院的介绍材料诱惑楚清爷爷,刚开始楚清爷爷还感兴趣,后来却突然清醒过来,以楚清爸爸回来时找不到自己怎么办为理由拒绝了两人的提议。虽然二姑、小叔一再跟他说楚清爸爸已经死了,可是楚清爷爷反骂他们是放屁,并且质问两人,楚清奶奶的首饰哪儿去了?曾经偷拿楚清奶奶首饰当掉的二姑、小叔顿时无语。楚清爷爷调皮地偷偷冲楚清眨眼睛,楚清扑哧一笑。

16. 楚清家　晨　内

　　电视里播放着"粉拳出击"女子拳击大赛选手征集的宣传片,爷爷看到后摇头说太假。做好早饭的楚清嘱咐爷爷吃饭,然后把自己的午餐带好,出门跑步上班。

17. 路上　晨　外

　　尽管一路上有各种眼光望向楚清,但是她依旧坚定地跑着⋯⋯

18. 秦美香公司　日　内

　　同事们在议论如何通过参加"粉拳出击"女子拳击大赛钓到金龟婿,被秦美香嘲讽一番,但也让秦美香想到楚清。

290

19. **超市员工更衣室　日　内**

楚清接到 Lisa 手下实习生的电话,拒绝了参赛的邀请。

20. **劳务公司　日　内**

由于谢英明开不出无犯罪记录证明,所以找不到工作。他在劳务公司工作人员的讽刺声中,却意外想到一个赚钱的办法。

21. **超市工作通道　日　内**

楚清身上的汗臭味让女同事们嫌弃。女同事们暗中使坏让她得罪超市经理,经理正好借故诬陷楚清,使得她丢掉工作。

22. **闹市路口　黄昏　外**

郁闷的楚清路遇谢英明的"人肉沙包"摊,掏了20元钱对着谢英明一顿痛打。谢英明快要告饶时,城管来到。匆忙逃掉的谢英明临走时丢下一句话:"打得不错。"

23. **楚清家　夜　内**

二姑、小叔、小婶再次上门吵闹,各自哭诉自家的难处,导致楚清爷爷着急上火而中风。

24. **医院　夜　内**

没有医保的楚清爷爷的治疗费用昂贵,需要钱时,二姑、小叔等人借故离开,顺便还埋怨楚清不懂事,把爷爷气病了。

25. 秦美香家　夜　内

正在比较几个相亲对象的秦美香接到楚清的求助电话。

26. 医院　夜　内

秦美香带着些钱来给楚清,并劝她参加"粉拳出击"比赛。楚清本想拒绝,继续找工作,却被秦美香对现实情况的分析说服,决定参赛。

27. 包子铺/保安公司/物流公司　日　内/外

楚清找爷爷以前的徒弟训练自己,却发现众人要么雄心不再,要么穷困潦倒。无奈的楚清想到了谢英明。

28. 闹市路口　黄昏　外

谢英明答应训练楚清,但是提出两人组成"雌雄人肉沙包"赚钱的条件,还吹嘘说这是训练楚清临场反应的绝好机会,楚清一脸蒙逼地答应了。

29. 闹市路口/道路/公园角落　黄昏/夜　外

两人摆摊遇到不少奇葩的人,看他们洋相百出的同时,两人也感慨现代人的压力之大。为了躲避城管,两人还钻入广场舞人群中打掩护。

30. 高架桥下/道路/小山台阶/小区健身角/医院　晨/夜　外

谢英明带着楚清开始各种方式的训练。楚清除了要训练,还要照顾爷爷,生活虽然艰苦,但她一直咬牙坚持着……

31. "粉拳出击"女子拳击大赛现场　夜　内

前几场比赛的选手都是来蹭热度的妖艳网红和没经过什么训练的白领,楚清在谢英明的指导下不费吹灰之力就击败了她们,进入月度决赛,并获得5万元奖金。看着网红嚷嚷着要赶紧去医院检查自己的脸,众人哈哈大笑。Lisa过来警告他们后面的对手会越来越强,谢英明嗤之以鼻。

32. 闹市路口　黄昏　外

Lisa决定把楚清塑造成平民英雄,派出摄影组采访楚清做宣传片。谢英明一时心血来潮,借机出风头。

33. 某快消品公司　日　内

广告部主任给老总看楚清的宣传片,老总眼睛一亮。

34. 某快消品广告拍摄现场　夜　内

楚清和谢英明在为某快消品拍摄广告。从最开始的懵懂茫然,到经过工作人员的指导,两人逐渐进入状态,完成了导演的要求。

35. 某大排档　夜　外

谢英明给Sally转账抚养费后,和楚清拿着剩余的广告费开心地美餐了一顿。

36. 某迪厅外道路　夜　外

楚清和谢英明被迪厅的音乐吸引,交谈时发现都好久没蹦迪了,两人不由自主地走了进去。

37. 某迪厅　夜　内

　　情绪高涨的楚清和谢英明配合默契,用自创的拳击舞步征服了全场,同时感觉到了彼此心灵的靠近。

38. 某 KTV 走廊　夜　内

　　秦美香发现心仪的相亲对象脚踏两只船,上前质问时,相亲对象居然理直气壮,秦美香忍不住打了他一拳。

39.“粉拳出击”女子拳击大赛办公室　日　内

　　网站视频部总管对着电脑上走高的收视数据表扬 Lisa,顺势加以挑逗。Lisa 偷偷用手机拍下证据,反过来暗示总裁不要随便惹火上身,总裁的脸黯淡下来。

40. 末班地铁　夜　内

　　空镜:地铁上白领们的众生态。
　　一对情侣在秀恩爱,楚清和谢英明看到后尴尬对视。

41. 医院　夜　内

　　谢英明发现自己的启蒙教练居然是楚清的爷爷,不禁感叹命运的有趣。他帮楚清安顿好爷爷后离开,楚清望着谢英明的背影,一丝温暖涌上心头。随后,楚清在病房阳台上继续练习⋯⋯

42. 空镜　夜转日

43. 谢锦馨学校艺术团排练场　日　内

　　美国某音乐学院来面试学生,陪同的 Sally 和新男友鼓励谢锦馨一定要争取考第一,男友还拍胸脯保证学费没问题,Sally 开心地和他亲昵,谢锦馨难过地低头。谢锦馨质问 Sally 为什么没告诉爸爸,Sally 让她别管。

44. 某拳馆　黄昏　内

谢英明带着楚清去找昔日队友的学生实战练习。楚清顽强撑到最后,在得到大家鼓励的同时,也让谢英明发现了她左勾拳的威力。昔日队友表示一张一弛,按照老规矩去放松一下,楚清不太懂,加之要照顾爷爷,就拒绝了。

45. 某 KTV 包房　夜　内

谢英明和队员们聚会畅饮,妈妈桑带着一些小姐进来,几人哈哈大笑……

46. 医院门口　夜　内/外

楚清疲惫地走出医院,活动一下后开始跑回家。

47. 某 KTV 包房　夜　内

众人起哄谢英明和小姐喝交杯酒,谢英明一饮而尽……

48. 道路　夜　外

楚清边跑步边挥拳。

49. 某 KTV 大堂　夜　内/外

喝醉的谢英明搂着小姐出来时,被夜跑的楚清碰到。谢英明借酒吹嘘并强吻楚清,众人趁机起哄。楚清感觉受到了侮辱,推开谢英明,伤心地跑走。

50. Sally 家　夜　内

　　谢锦馨目睹 Sally 和新男友调情,默默回到房间给谢英明打电话。

51. 某天桥上　夜　外

　　楚清看着自己的拳头泪奔。

52. 某旅馆　夜　内

　　房间里散落着衣物,谢英明和 KTV 小姐在床上酣睡,没听到手机铃声。

53. Sally 家　夜　内

　　谢锦馨默默把被子蒙住头,在抽泣中睡去。

54. 医院病房　夜　内

　　楚清服侍爷爷,趴在病床边睡去。

55. 街道　日　外

　　空镜。

56. 某旅馆　日　内

　　谢英明看到未接电话,赶紧给谢锦馨回电。

57. "粉拳出击"女子拳击大赛现场更衣室　日　内

　　楚清看到谢英明有事不能来的微信,回了句:"随便。"

58. 谢锦馨学校　日　内/外

谢英明找到谢锦馨问明情况,安慰她先去上课后,生气地打电话给 Sally。谢英明被 Sally 先是拿钱的事嘲讽了一通,后来又被指身边也找了新女友,更没资格对 Sally 说三道四。谢英明竟无言以对,只能郁闷地对天怒吼,被学校保安赶走。

59. "粉拳出击"女子拳击大赛现场　日　内

Lisa 接到父母电话,责怪他们不该打扰自己工作。此时,台上楚清和对手也陷入苦战,由于对手是个曾经入选国字号队伍的退役选手,再加上没有了谢英明的指导,楚清的拳法渐乱。

60. 十字路口　日　外

谢英明茫然地走着,脑海里回想着 Sally 的话。

61. "粉拳出击"女子拳击大赛现场　日　内

楚清以点数失利。

62. 十字路口　日　外

谢英明救下一个推婴儿车的妇女,却被超速的车撞倒在地。

63. "粉拳出击"女子拳击大赛现场更衣室　日　内

楚清脸上挂着伤痕,在默默流泪。

64. 空镜

65. 骨科门诊　日　内

谢英明复查受伤的部位,遇到谢锦馨拉着 Sally 来看他。

66. 某饮料厂　日　外

楚清在搬运饮料箱,众人在揶揄她参加"粉拳出击"女子拳击大赛的事情时,货车司机出面解围,并邀请楚清跟他送货。

67. 医院草坪　日　外

谢锦馨在草坪上表演给谢英明和 Sally 看,意图让两人和好。谁知谢英明和 Sally 又争吵起来,Sally 痛骂谢英明是个不挣钱的窝囊废,这么多年依旧不改陋习等,还说自己找新男友并要带女儿出国也是为了女儿好。谢英明愤怒不已,警告 Sally 不许带走女儿。Sally 冷哼一声,丢下一句"由不得你!"后,带着谢锦馨扬长而去。

68. 公路上　黄昏　外

送完货回程的路上,楚清享受着难得的宁静和路边的风光。货车司机拿钱给她,她迟疑了一下还是接受了。

69. "粉拳出击"女子拳击大赛办公室　夜　内

网站视频部总管责怪 Lisa 大赛中胜出的选手在观众中没什么反响,Lisa 拿出复活赛及八强终极之战的方案给他看。网站视频部总管眼前一亮,对方案的奖金、赞助等细节进行了补充,两人洋洋得意。网站视频部总管暧昧地邀请 Lisa 喝一杯,Lisa 媚笑着答应。

70. 秦美香家　夜　内

秦美香把电脑里的几个相亲对象都删除了,对着一个经济条件普通的眼镜男默默发呆。

71. 大排档　夜　外

货车司机请楚清吃东西,并诱导她喝酒。

72. 道路　夜　外

郁闷的谢英明喝得酩酊大醉,摇摇晃晃地走在路上。

73. 汽车旅馆外　夜　外

货车司机欲强行带楚清开房,被楚清狠揍一顿。

74. 某处废墟　夜　外

接到谢英明电话的楚清,在一处废墟前找到了情绪崩溃的谢英明。这里是谢英明原来训练的地方,谢英明看着女儿的照片,再对着昔日拳馆的旧址念叨着"没有根了"这句话,楚清感同身受。楚清跟谢英明说自从父母出车祸离开后,爷爷和自己相依为命,爷爷至今不愿相信儿子儿媳已离世,且爷爷不愿卖掉老房子也是为了守住心里的根。

谢英明哂然一笑,突然就醉倒在地。楚清以为他出事了,直到听见他的呼噜声,才放下心来。

她把外套披在谢英明身上,开始边挥拳边大喊:"我爷爷说过,拳击就是人生!只能偶尔躲避,不想挨打,就没有胜利!"

她的呐喊伴着谢英明的呼噜声,一起回荡在空中……

75. 某亲子农场　日　外

眼镜男邀请秦美香参与公益活动,起初秦美香有些不屑,但逐渐被大家的真诚打动,开始融入。

76. 闹市路口　日　外

由于谢英明伤势没有痊愈，楚清克服初始的羞涩，独自撑起"人肉沙包"摊。但随着奇葩客人的表现实在过分，楚清忍无可忍准备收摊，却被 Lisa 制止。原来这一切都是 Lisa 的安排，奇葩客人也是 Lisa 找来的群众演员。Lisa 告诉楚清，任何比赛或是综艺秀，都是追求选手背后的"戏剧性"，只要按照自己的做法，楚清就会走红，也能挣到更多的钱，并劝说她参加复活赛。楚清怒斥 Lisa 后，愤然离开。

77. 医院　夜　内

二姑、小叔、小婶围在楚清爷爷病床前，逼迫他交出房产证。爷爷只是呆呆地呼唤着楚清的名字，医生过来也劝阻不了他们。楚清赶到后对着他们大吼，加之谢英明和医院保安的出现，几个人才悻悻离去。医生随后告知楚清该交医疗费了，楚清和谢英明翻遍全身也没有凑足，无奈之下，楚清再次求助了秦美香。

78. 楚清家　夜　内

回到老房子的楚清痛哭起来，埋怨自己就是个什么都没有，做什么都不行的废柴。谢英明和秦美香也不知该怎么安慰她。突然，谢英明拿起楚清爷爷的旧拳套，滑稽地模仿起那晚的楚清："我爷爷说过，拳击就是人生！只能偶尔躲避，不想挨打，就没有胜利！"

楚清诧异地看着他，问道："你装睡？"谢英明哈哈一笑，说自己跟着楚清爷爷拳击启蒙时，楚清爷爷就是这样教育徒弟们的。秦美香在旁边起哄两人的关系，暂时缓解了楚清的心情。楚清决定带着爷爷的旧拳套出战。

79. 谢锦馨学校剧场　日　内

　　谢英明观看女儿所在学校艺术团的汇报演出,教导主任告诉他谢锦馨很有天赋,如果不出国深造会很可惜,谢英明沉默点头。散场时,谢英明被 Sally 的男友奚落,他忍住没有动手,谢锦馨却冲上去给了 Sally 男友一巴掌。谢英明理智地劝慰女儿,内心却痛苦无比。

80. 某五星级酒店　夜　内

　　赛事主办方邀请所有选手参加新闻发布晚宴。Lisa 左右逢源,搭上网站总裁,而楚清在这种场合却显得手足无措,被别人讪笑。

81. 大排档　夜　外

　　谢英明喝着闷酒,往事痛上心头。此时,楚清打来电话。

82. 某五星级酒店　夜　内/外

　　谢英明赶来带走了楚清。

83. 道路/步行街/广场舞群/天桥　夜　外

　　楚清撕掉晚礼服,和谢英明发泄般地开始奔跑,并最终在璀璨灯光照映下的天桥上放肆狂舞。

84. "粉拳出击"女子拳击大赛现场　日　内

　　主持人开场白后,参加复活赛的选手进场开始比赛。楚清因为紧张,在第一回合落于下风,谢英明的指导和鼓励让她稳住了心神。楚清开始按照谢英明布置的战术进行反击,最终赢下复活赛。在导播台指挥的 Lisa 看着升高的收视率,嘴角也露出笑容。

85. 演唱会安检处　黄昏　外

Sally 和男友看演唱会,男友被警察发现是通缉犯并抓走。

86. 某家饭店　夜　内

秦美香等人庆祝楚清胜利,楚清感谢谢英明。此时,谢英明接到谢锦馨电话。

87. Sally 家　夜　内

谢英明照顾喝醉的 Sally,安抚哭泣的谢锦馨。中途醒来的 Sally 向谢英明倾诉衷肠,谢英明虽然心疼她,却明白自己心里想的是楚清。他等母女俩睡着后,静静地走到阳台上抽烟。

88. 医院病房　夜　内

楚清静静地看着熟睡的爷爷,心里思潮涌动。爷爷醒来时,她跟爷爷说了参加终极之战的事情,爷爷告诉她记住那句话:"只能偶尔躲避,不想挨打,就没有胜利!"楚清拿起爷爷的手放在脸上,笑了……

89. 空镜

90. Sally 家　日　内

Sally 看着谢英明做好的早饭和留下的字条,颓然坐到椅子上。

91. 医院病房　日　内

谢英明看着趴在病床上睡着的楚清,把身上的外套披在她的身上。

92. 闹市路口　日　外

谢英明摆起"人肉沙包"摊,他振奋精神地招呼顾客,被Sally 和谢锦馨看到。三人在街边促膝长谈,最后决定谢锦馨还是跟着 Sally 去国外深造,谢英明和 Sally 努力赚钱,再加上奖学金,能够支付谢锦馨的学费和生活费。临别时,Sally 问谢英明两人还能回到从前吗？谢英明长叹一口气。

远处的楚清默默地望着这一切。

Sally 和谢锦馨走后,谢英明继续招徕顾客,却发现身边多了一个人。

93. 公交车/地铁/商场大屏幕/健身房屏幕/体育馆外屏幕
日/夜　内/外

各个地方不断播放着"粉拳出击"女子拳击大赛八强终极之战的宣传片,人们争相讨论。

94. "粉拳出击"女子拳击大赛场馆　黄昏　外

八位选手的大幅海报竖立着,观众排队进场。

95. 赛场　夜　内

观众席上熙熙攘攘,主持人、裁判员、保安、礼仪小姐、媒体记者等在紧张地忙碌。秦美香、眼镜男、Sally 和谢锦馨等人陆续入座。

96. 赛场　夜　内

主持人宣布比赛开始,介绍参赛选手和对阵表。

解说员热情地解说。

97. 病房　夜　内

爷爷用病友的手机偷偷地看比赛。

98. 赛场　夜　内

绚丽的出场式后，比赛开始。楚清的第一个对手实力一般，她在谢英明的指导下顺利赢得比赛。观众席上的众人开心欢呼。

99. 病房　夜　内

爷爷本想大笑，却忍住了。

100. 赛场更衣室/赛场/导播台/观众席/解说席　夜　内

谢英明抓紧时间给楚清按摩肌肉。

拳台上其他选手在进行较量。

导播台 Lisa 冷静地指挥。

观众席的呐喊声此起彼伏。

解说员兴奋地解说。

举牌帅哥绕场举牌。

谢英明对着更衣室屏幕，给楚清分析下一个对手的特点。

楚清抖擞精神，走上拳台。

观众席上，秦美香、眼镜男、Sally 和谢锦馨等人给楚清助威。

101. 赛场　夜　内

楚清的对手是曾入选过国家青年队的退役选手，经过苦斗，楚清终于战胜了对手。旁边指挥和观战的谢英明、秦美香等人也兴奋大叫。

102. 病房 夜 内

爷爷在观战过程中过于激动,导致胃内大出血,被送进手术室。

103. 赛场更衣室 夜 内

进入更衣室的楚清接到医院电话,听说爷爷胃内大出血需要手术,她想赶往医院时,却被工作人员以不符合赛事规则而阻拦。此时,Lisa出现,得知原因后让楚清赶紧去医院。楚清走后,面对工作人员疑惑的眼神,Lisa胸有成竹地一笑。

104. 医院 夜 内

刚为爷爷输完血的楚清看到旁边病人手机上的比赛直播,Lisa让主持人临时宣布将会为楚清爷爷众筹医疗费,体现赛事善举。

105. 赛场 夜 内

愤怒的楚清赶回赛场,质问Lisa为什么要过度消费自己,说自己不需要这样的同情!而Lisa非常冷酷地说,在商业社会这是一举两得的事情,没什么大不了。

106. 赛场更衣室 夜 内

本想罢赛的楚清看着爷爷的拳套,还是决定走上决赛赛场,她嘱咐谢英明随时和留在医院的秦美香保持联系。谢英明则担心她的身体是否能撑得住。两人突然同时沉默,瞬间默契地对视后,楚清毅然走上拳台。

107. 拳台上　夜　内

虽然有谢英明大声指导,但面对曾经击败过自己的强劲对手,加之心神不宁,楚清吃了很多亏。

108. 拳台一角　夜　内

第一回合结束,谢英明抓紧时间布置战术,可是楚清眼神迷茫,根本听不进去。

109. 拳台另一角　夜　内

对方教练也在给自己的选手加油打气。

110. 拳台上　夜　内

楚清苦苦支撑,伺机反击,并利用合理规则偶尔喘息一下。观众席上的加油声、解说员声音在四周环绕。

111. 二姑饭店　夜　内

二姑和小叔等人聚会,发现客人们在看直播并加油叫好,他们也忍不住凑上去观看。

112. 拳台下　夜　内

谢英明指点着楚清,嗓子都快喊破了。
对方教练也着急得大声呼喊。

113. 医院手术室　夜　内

医生尽力地抢救楚清爷爷。

114. 拳台上　夜　内

楚清一时疏忽,被对手的右直拳击中鼻梁,血流了出来,但仍坚持着。

115. 拳台一角　夜　内

第二回合结束的铃声响起,楚清回到角落。谢英明安慰楚清。

116. 医院手术室外　夜　内

秦美香和眼镜男焦急地注视着手术室的情况。

117. 拳台上　夜　内

楚清奋力地挥拳,对手瞅准一个空当将楚清击倒。楚清嘴角的鲜血喷在台面上。裁判开始读秒。

118. 医院手术室　夜　内

医生边抢救边观察心电监护仪上的数据。

119. 拳台上　夜　内

裁判的读秒在继续。

120. 医院手术室　夜　内

心电监护仪上的数据微弱地跳动着。

121. 拳台上　夜　内

全场的加油呐喊声掩盖了裁判的读秒声。楚清摇摇晃晃地站了起来,对手的眼神有些变了,忍不住看了眼教练。

122. 医院手术室　夜　内

心电监护仪上的数据逐渐转好。

123. 拳台上　夜　内

对手全力出拳,又将楚清击倒。
全场惊呼。

124. 拳馆　夜　内

时间仿佛停止,全场安静。
众人愣住的脸。

125. 拳台上　夜　内

楚清的脸颊上也流出了鲜血,她还是在努力硬撑着站起,却再次倒下。

126. 拳台一角　夜　内

看不下去的谢英明刚想扔毛巾认输,却忍住了。

127. 拳台上　夜　内

楚清模糊的眼睛里出现了爷爷小时候教自己打拳的情形以及爷爷的脸,耳边响起爷爷的声音:"不想挨打,就没有胜利!"
楚清笑了……
再次爬起的楚清嘶哑地吼着:"我不是废物,我不是废物!接着打,接着打啊……"
对手冷笑一声,冲上来猛击。

此时,第三回合结束的铃声响了。

128. 医院手术室　夜　内

心电监护仪上的数据终于正常。

129. 拳台一角　夜　内

谢英明和助手一边处理楚清的伤口,一边说道:"这样打下去还有什么意义呢?"

楚清:"别说废话了! 还是告诉我怎么打倒她实际点儿!"

谢英明(无奈):"那好吧,咱们就冒一次险! 听着,先用你的右半边身体硬接她的攻击,当她拳速衔接出现迟滞时,就用你的左勾拳打倒她。记住,机会只有一次! 但愿你的拳头还是那么神奇!"

楚清点头。

130. 医院手术室外　夜　内

秦美香着急地给楚清打电话,却没人接。她赶紧让眼镜男赶往比赛现场。

131. 拳台上　夜　内

楚清疯狂的状态让对手有些害怕。按照谢英明的战术,楚清的左拳击中了对手的脸,对手倒下了。

132. 赛场　夜　内

全场再次陷入安静。

133. 二姑饭店　夜　内

二姑、小叔和客人们也沉默。

134. 拳台上　夜　内

　　楚清气喘吁吁地靠在围绳上,听着裁判的读秒声。

135. 观众席　夜　内

　　有人跟着读秒,有人喊"站起来"。
　　Lisa 依然冷静地指挥着拍摄。

136. 拳台另一角　夜　内

　　对手教练疯狂地喊叫着,让对手起来。

137. 拳台上　夜　内

　　在裁判的读秒声中,对手最终还是站了起来。

138. 赛场　夜　内

　　全场惊呼声不断,解说员也激动得有点语无伦次。
　　谢英明失望了一下,还是鼓励楚清。
　　对方教练更是疯狂地催促进攻。

139. 医院手术室外　夜　内

　　秦美香跟医生再次确认爷爷没事了,然后再给楚清打电话,还是没人接。

140. 出租车　夜　车

　　眼镜男不断催促司机快点。

141. 拳台上　夜　内

在观众的呐喊声中,双方继续战斗,最后同时击中对方,双双倒下。

142. 赛场　夜　内

谢锦馨突然高声大喊:"清姐姐,站起来!"Sally 也跟着大声呼喊起来。随后全场响起此起彼伏的声音:"站起来……"

143. 二姑饭店　夜　内

二姑、小叔和客人们也高呼:"站起来。"

144. 拳台上　夜　内

楚清和对手都在用尽全力试图站起来,最终在结束的铃声敲响时,楚清跟跟跄跄地站了起来,而对手攀着围绳只站到一半。

145. 赛场　夜　内

全场沸腾,众人冲到台上举起楚清。眼镜男正好跑了进来,大声跟楚清说:"爷爷没事了!"

146. 二姑饭店　夜　内

二姑、小叔和客人们也欢呼雀跃。

147. 拳台上/手术室外　夜　内

激动的楚清喜极而泣。在媒体蜂拥而上采访她时,她揭发赛事所谓"众筹善举"的真实目的,并且大声说,相信凭着自己和爱人的共同努力,以及好友的帮助,自己一定能渡过难关等

311

话语！

台下的谢英明、眼镜男，手术室外的秦美香等人都会心地笑了……

Lisa看着爆棚的收视率，自言自语道："终于能睡个好觉了……"

举着冠军奖金KT板振臂欢呼的楚清。（定格）

148. 医院草坪　日　外

爷爷从旧拳套里摸出房产证交给楚清，楚清惊诧不已，爷爷调皮地一笑。

149. 机场　日　内

谢英明送别女儿和Sally，他劝告女儿出国好好学习。谢锦馨抱着他悄悄地说："你要好好的，因为你永远是我的爸爸。"谢英明努力让眼泪不流下来。

150. Lisa办公室　日　内

Lisa接到父母的逼婚电话，忍不住说起家乡话，正好被来送新员工卡的下属听到。而Lisa看到员工卡上印着自己的中文名字"周秋丽"，十分不满并斥责下属。听到骂声的父母在电话里对她说："你怎么能忘本呢？"Lisa愣住了……

151. 新拳馆　日　内/外

秦美香和眼镜男在拳馆内的拳台上对打，谢英明和楚清分别指挥着两人。而拳馆外，楚清的大幅海报迎风飘扬……

（剧　终）

导师评语

许朋乐

　　该剧本获得上海文化发展基金会资助后,根据评审意见,我和编剧陈勇及时沟通,经过反复斟酌、认真梳理,在主题的提炼、人物的契合、故事的走向等方面的进一步完善上达成共识。陈勇据此进行了再次创作。

　　从目前完成的剧本来看,基本达到修改要求,不仅磨掉了许多硬伤,也调整了一些不合理的枝节,完善了一些缺陷和不足。主要表现在以下几个方面。

　　一是主题更鲜明。通过废柴少女楚清在贫穷和磨难中奋起,自强不息,经受精神和肉体的磨炼后成为一位优秀女拳击手的励志故事,鲜活地展示了"奋斗改变命运,奋斗创造幸福"的道理。二是主要人物的关系做了合理调整,使他们的命运、行为的关联和呼应更紧凑,更有力度,尤其在情感的交融上避免了唐突和做作。譬如将楚清的拳击教练谢英明设计为楚清爷爷的徒弟,而且开始让他们彼此都不认识,随着剧情的发展逐步解开谜底,这种潜在的铺垫,为推动人物关系的变化提供了合理的依据。三是"粉拳出击"作为娱乐秀,是本剧的一个重要章节,具有较强的可看性,在如何将其融合在整个故事中,为影片和人物增添亮色上,新作也做了可行的调整,既扩大了信息量,也助推了人物的塑造,多角度地表现了现实生活,尤其对婚恋家庭存在的困惑和危机作了清晰的点击。

　　作为青年编剧,陈勇对电影的认知和把握有较好的基础,这得益于他在北京电影学院四年的学习生涯,也得助于他在上影近二十年的创作实践。目前的剧本在结构、人物、故事等方面基本成型,可以在细节的挖掘、人物对白的设计、生活场景的选择、社会氛围的渲染上再下工夫,深入细化以突出人物的个性特征,力求思想性、艺术性和观赏性的结合,尝试将其制作成电影作品。希望上海文化发展基金会能配以该剧本一定的资助,继续聚焦关注,辅以老师指点,成就这部作品。

电　影

桃子天天

倪影文

倪影文

女,上海大学电影学专业硕士。2016 年参加北京电
影学院文学系编剧进修班和全国青年编剧培训班。
曾参与电影《珙桐谣》剧本改编,担任纪录片《愚园
路》执行导演。主要作品有:《桃子夭夭》《筱尔》《表
演课童话》《长命百岁》《朱善英与沈修姆》等。

1. 人民广场地铁站 日 内

一个穿着制服的矮胖中年男子在空无一人的站台上奔跑着,吹着警哨。地铁停在一边,地铁门开着,门灯闪烁,发出鸣叫声。

车厢里的乘客围成一圈,伸长脖子往地上看,神情惊恐。一个外来青年僵直着身子躺在地上,一名瘦高个的执勤人员抓住了男子的双脚,矮胖中年男子跑来抱住男子的腰,两人一前一后将男子抬出了地铁。

男子平躺在地上,双目紧闭,神情痛苦。边上一个 20 来岁的女孩桃子放下行李,拿出一颗糖,剥开糖纸,塞到男子嘴边。男子醒来。

桃子笑了,她戴起挂在脖子上的耳机,继续听《流浪的红舞鞋》:"旋转的车轮来为我献欢,我怎会疲倦……"她身着修身背带牛仔喇叭裤,头上编着考究的辫子。娇小的她背起大旅行袋,拎起一个大行李箱,四处张望了会儿,向自动扶梯快步走去。

桃子站在上行的自动扶梯上,与拿着一株桃树的夫妇擦肩而过,桃花映红了桃子的脸颊。

出片名:《桃子夭夭》。

2. 926 路公交车上 夜 雨 内

926 路公交车经过外白渡桥、外滩驶到淮海路,桃子坐在最后排看着窗外。一家巴黎婚纱店的橱窗跳入桃子眼帘,桃子扭头看。

车子驶远,桃子转身坐定,从包里拿出一个男生拉小提琴的布娃娃,高举在窗边看。

出片头字幕:暗恋。

3. 林美美住处楼下门口　夜　雨　外

梦境。

桃子的一只手被一双男人的手搓着,然后被放到男人的口袋里。

桃子背着旅行袋,一个男人拉着桃子的行李箱,两人依偎着前行。

现实。

风雨大作,蜷缩在旅行袋上的桃子醒来,腿上摊着的《瑞丽》杂志已被雨打了个半湿,墙上有飘摇的树影。桃子瑟瑟发抖地揉搓着胳膊。

老头:"小姑娘,你找谁?"

一个保安老头出现,打着伞,举着手电筒望着桃子。

桃子:"我老乡。"

老头:"几楼的?"

桃子:"604。"

老头:"出小区大门,左拐 200 米,有个小旅馆,一晚上 30 元。"

桃子:"我老乡马上回来了。"

老头:"都快 11 点了! 你什么老乡啊?!"

桃子继续倚在墙角边打盹,老头离去。

雨越下越大。

林美美的声音:"桃子! 王小桃!"

桃子睁开眼睛,看到伞下染着一头金色长发,穿着紫红色吊带裙,露出修长大腿的林美美。

桃子:"林美美!"

林美美:"叫我 Linda 吧。"

桃子:"你脸上的痣呢?"

林美美:"点了!"

4. 林美美住处　夜　雨　内

约 6 平方米的房间里只有一张单人床和一个小桌子。

林美美裹着浴巾坐在床上敷着面膜,桃子帮她吹头发、编辫子。

桃子:"这样保持一个晚上,明天解开的时候头发就很蓬松,像烫过的一样。"

林美美:"你出来奶奶知道吗?"

桃子:"知道。我和她说你帮我找了个美发店的工作,月薪上千。"

林美美:"什么时候学会骗人了? 你这么好的功课不参加高考真可惜。"

桃子:"我不能让奶奶这么大年纪还赚钱供我读书。"

桃子坐在床尾,用外套当枕头放在背后,打开一本桃红色的日记本写日记,这时,一张照片掉了出来。林美美捡起照片看,照片上前景是窗户,后景是一个男人在自行车棚前。

林美美:"拍的什么啊? 这人谁啊?"

桃子:"杨俊。你也认识的。"

林美美:"那个小提琴王子啊?"

桃子:"我高一时,他每天都经过我们班窗前去停自行车。他毕业那天,我借了台相机,等在老地方给他拍了照片,没想到印出来就是这样。"

林美美："搞笑。你暗恋他啊?"

桃子："我来上海就是来找他的。"

林美美："他知道你是谁吗?"

桃子摇头。

林美美："你知道他在哪儿吗?"

桃子："不知道,一定在哪个角落漂着吧。"

林美美："也许他现在正和人亲热呢!"

桃子："呸呸呸,不许你乌鸦嘴!"

桃子的肚子发出咕噜声,桃子起身从行李箱里翻找出广西螺蛳粉。

林美美："土包子! 来了上海就要吃西餐喝洋酒,我带你去我们迪厅吧,今晚的舞会,女士免费入场。"

桃子："我已经60个小时没好好睡过觉了。"

林美美："今晚还有李泉来演出。"

桃子："李泉? 唱《走钢索的人》的那个李泉吗?"

林美美："就是他。"

桃子："真的啊?"

林美美："这里是上海,你想见哪个歌星都能见到。"

5. ROJAM 迪斯科　夜　内

大屏幕上放着李泉的MV《为谁》:"晨雾中的花蕾吻着第一颗露水,沉醉,很美。花开后的日子,装着太多的心思,想谁⋯⋯"

观众席中传来尖叫声。

桃子满怀期待地看着,也开唱起来:"我要跟着白云一起去放纵,眼睛眨着,天空,手里牵着风,我要跟着黑夜一起去做梦。"

男主持人上台:"各位久等了。李泉先生今天从台北飞回上

320

海,航班晚点,无法赶来,他派人给大家送来了签名海报,只有20份,喜欢的观众速度啦!"

林美美:"没劲。走,跳舞去。"

桃子:"我要去领海报。"

一个戴眼镜的中年男人老张邀请林美美跳舞,林美美很快妖娆地扭动起来。

桃子挤在人群中领海报。

桃子坐在一边,满心欢喜地看着签名海报。一个男人过来请桃子跳舞,桃子丝毫没有注意到。

6. 林美美家楼下　夜　风雪　外

桃子和林美美已半醉,两人手挽手走着S形路线,手里甩着雨伞。

桃子哼着歌:"哎哟哎哟哎哟哎哟哎哟,我说我说我要我们要在一起。"

林美美:"你觉得今晚请我跳舞的那个男人怎么样?"

桃子:"今晚有不下五个男人请你跳舞,你说的是哪个?"

林美美:"就是那个戴着眼镜,看起来风度翩翩、彬彬有礼的。"

桃子:"那人有将军肚,看起来至少40岁了,肯定结婚了,没戏。"

林美美:"那有什么关系。"

林美美从包里掏了半天钥匙。

林美美:"死哪儿去了,快出来。"

桃子:"是不是没带出来?给你室友打电话吧!"

林美美打电话,没人接。

林美美:"这是我这个月第三次被关在门外了……"

桃子:"要不给房东打个电话?"

林美美:"别提那个老太婆,除了收房租那天,平常都不接电话。"

桃子:"那……出门左拐 200 米,有个小旅馆,一晚上30 元。"

林美美:"别恶心我,那是人住的地方吗? 要不这样,跟我走。"

林美美折返,桃子跟在林美美后面。

7. ROJAM 迪斯科包间　夜　内

舞曲震天响。两人溜进一个没人的包间,林美美将门反锁。

林美美:"现在到天亮也就两个小时,将就一下吧。"

两人各自找了个长凳躺下,关了灯。

林美美发出鼾声,桃子辗转反侧。

林美美:"桃子,今天是你生日吗?"

桃子:"是啊,20 岁生日。"

林美美:"生日快乐! 工作的事情我一定帮你。"

桃子将李泉签名海报蒙在脸上:"谢谢你让我见到了李泉。李泉是杨俊的最爱。"

林美美:"花痴,吃不消你。"

桃子:"美美,你去年为什么来上海?"

林美美:"我啊,我来吃最好的牛排,买最贵的珠宝,哈哈。"

急促的敲门声骤起。

保安(画外音):"有人吗? 开门!"

8. 集体宿舍连楼梯　晨　内

墙上贴着李泉的签名海报,一缕阳光射在嫩绿色的床帘上,一只老鼠在花被子上爬着。闹钟响起,桃子掀开被子,老鼠逃走。

桃子趴在床底,抓着一只拖鞋拍打老鼠,老鼠溜走。床底下散落着若干个大大小小的老鼠贴。桃子撕开一张粘鼠胶,熟练地将其放到床底。

桃子换上衣服,走出用八种花纹布帘将八张床隔开的集体宿舍,走下狭窄的楼梯。

桃子(桂林话,画外音):"奶奶,我一切都好。现在住在林美美家,房子很大,很舒适。"

9. 北京西路黄河路早点摊及附近小巷　晨　外

桃子坐在桃色的二手自行车上,从店主手里接过豆浆和馒头。

桃子骑车经过狭窄的小巷,来到菜场里的一家小美发店,停好车进去。

桃子(桂林话,画外音):"我工作的美容院在上海最热闹繁华的南京东路,有三层楼呢。我过年回来,你保重身体。再会!这是上海话,就是再见的意思。"

10. 发廊　日/夜　内

整个房间只有桃子一人在忙碌,四周坐满了60岁以上的老头,还有一个妈妈和她举着迎春花枝条的自闭症儿子。

小男孩坐在那里洗头,手里拿着迎春花枝条不肯放。桃子一手泡沫地接过迎春花,把它插进花瓶里,指尖有阳光穿过。

桃子挥汗如雨。各色客人的各种表情。

桃子在房间里忙得团团转。墙上时钟从早上9点飞快转到晚上11点。

11. 锦江乐园/外滩　一组蒙太奇段落

锦江乐园里,桃子、林美美和老张坐过山车、摩天轮。

外滩边,桃子、林美美在江边玩,老张给两人拍照。

老张带林美美和桃子坐游轮。

老张:"Linda,我给你取个新英文名怎么样?"

林美美:"说来听听。"

老张:"不如叫……Darling?"

林美美:"讨厌。"

林美美打老张,老张趁机抱住林美美。

桃子看着江水发呆,转头看到美美和老张亲吻,想到了杨俊。

林美美咳嗽,桃子转过头去。

12. 高级餐馆　日　内

钢琴师弹奏着《玫瑰人生》的曲子。落地窗旁的一桌前,林美美优雅地吃着,桃子看着眼前的餐具和一桌法式大餐,有点困惑。

老张:"左手叉,右手刀,这样。"

桃子跟着拿起叉和刀。

林美美笑笑:"给她倒点香槟。"

老张给桃子倒香槟,桃子一失手,香槟溅在白 T 恤上。

桃子:"我去洗一下。"

林美美和老张继续吃着。

老张:"如果不是我请客,她一辈子都不可能来这种高档地方。"

林美美:"不许你这么说她。"

桃子走过来听到了,低着头,尴尬落座。

林美美放下筷子,站起身。

林美美:"不吃了! 桃子,我们走。"

老张:"Darling,牛排还没上呢!"

林美美拉着桃子离去。

13. 发廊 日 内

一个满头泡沫、50 岁左右的男人在后面追打着桃子,桃子逃开。泡沫挡住了男子的视线,他被地上的垃圾桶绊倒。

男子擦着脸咆哮着站起来,边跑边骂:"侬要烫死吾啊! 侬以为侬是啥宁? 手都不让吾摸,吾去告诉侬老板,让伊叫侬卷铺盖走人!"

桃子跑到老板办公室门前,推门而入,只见老板坐在椅子上,腿上坐着洗头妹罗萍。

桃子:"老板……对不起……"

桃子退到门后。

罗萍站起身,袅袅婷婷、若无其事地走开了。

吴老板抓起桌上的一本黄色杂志看,发现不对塞到抽屉里,然后拿出一把指甲刀剪起指甲来。

吴老板(苏北口音上海话):"啥事体啊?"

桃子进屋:"那个大叔,罗萍姐的客人,对我动手动脚……"

罗萍回屋拿走杯子(扬州口音上海话):"吾忘记告诉侬了,伊是老板的小舅子。"

吴老板(苏北口音上海话):"这样,侬明天上午来结工资吧。"

桃子:"罗萍姐,不能让老板开除我! 你给我说说情,你还有客人吗,我去做!"

罗萍（扬州口音上海话）："有倒是有的,差不多还有三四个!"

老板："厕所间打扫过了哦?"

桃子："我去,我去,马上去,统统交给我吧。罗萍姐,你去休息吧,我先忙去了。谢谢老板,谢谢萍姐。"

桃子转身,眼睛里有泪光。

门口,林美美拎着打包的几个饭盒走了进来。

林美美："桃子,你单位管饭吗?"

桃子："不管。"

林美美："给,你带回去放冰箱,明天中午吃。别嫌弃,省点钱多好啊。"

桃子："谢谢。"

桃子擦擦眼睛,强忍眼泪。

林美美把桃子拉到一旁,小声说:"上午遇到你的白马王子了,他来我们迪厅玩!"

桃子："真的? 他还在吗?"

林妹妹："走啦。这是他的名片。"

桃子接过名片看:"当经理了啊。北京西路 214 号 520 室,离这不远呢!"

14. 人民广场/七浦路商店/发廊　日　外

人民广场上,桃子脸上挂着幸福的笑容骑着车,广场上的鸽子纷纷飞起。

七浦路商店里,桃子试穿白裙子,买丝巾,买耳环,耳环夹得她耳朵很疼。

发廊里,桃子的头罩在一个仪器里,在做头发护理。

15. 北京西路 214 号　日　内/外

桃子骑车驶来,停下车,抬头看到 214 号的门牌,停好车,进入大楼。

520 室门半开着,桃子在门外躲闪着往里面看,四五个员工坐在电脑前面。

一个中年胖女人突然站在桃子身后:"你找谁?"

桃子:"杨俊,杨经理在吗?"

中年胖女人上下仔细打量桃子。

中年胖女人拉开嗓门:"杨俊,有人找。"

杨俊:"来啦。"

桃子听到声音,一溜烟地逃走了。

16. 发廊　日　内/外

一辆大众出租车停在发廊外面。

桃子给陈波剪头发,她的神情愣愣的,一刀下去把陈波剪成了瘌痢头。

桃子的手机振动,上面显示林美美发来的短信:"快来! 你的白马王子出现了。"

桃子快速给陈波吹头发,脚上变戏法一样地从某个角落拿出一双红皮鞋换上。

吴老板:"这个头谁剪的?"

陈波戴上帽子:"一回生二回熟,三回就好了,没事。"

桃子:"老板,我老乡生病了,我去看看她,马上就回来。"

陈波:"要不要我载你一段路?"

桃子:"好啊! 太感谢了!"

17. 出租车上　日　内

陈波:"桃子,你是哪里人啊?"

桃子:"桂林。"

陈波:"桂林哪儿?"

桃子:"你去过桂林吗?"

陈波:我在柳州小学读完一年级跟我爸妈回的上海。还好有个上海户口,不然出租车都开不成。

桃子:"你的班主任是谁?"

陈波:"吕英,吕老师,很好的一个女老师。"

桃子:"吕老师也是我的班主任。你叫什么名字?"

陈波:"我叫陈波。"

桃子:"你是陈涛的堂哥,陈……陈三皮?"

陈波:"正是本人。"

桃子:"陈涛是我好朋友林美美的同桌,我坐林美美后面一排。我现在去见林美美。"

陈波:"我记得她,脸上有颗痣。等我哪天不出车,请你俩吃饭!"

18. ROJAM 迪斯科　日　内

桃子穿过人群。

23 岁的俊秀魁梧男人杨俊和一个 30 岁左右的中年胖女人随着劲爆音乐热舞。

杨俊穿着白衬衫,胸口敞开着,露出健美的肌肉,下面穿着紧身牛仔裤。

胖女人穿着黑色低胸连衣短裙,挂着白色珍珠项链,肚子上仿佛有三个救生圈,脚踩近十公分的高跟鞋。

林美美走了过来："是他吧？"

桃子："没想到他舞也跳得这么好。"

林美美："那大妈是谁？他舞伴吗？肚子上三个救生圈还跳得这么自信。"

林美美给桃子一杯饮料："你坐下来慢慢看，我忙去啦。"

桃子睁大眼睛，一眨不眨地看着杨俊和女人。

女人充满欲望的手在杨俊身上游走，眼神火辣。杨俊向女人投去火热的眼神。

桃子几乎看傻，眼神中略带醋意。

女人勾住杨俊脖子，两人几乎在跳贴面舞。

桃子紧张得站了起来，后边的人示意她坐下，别挡视线。

19. ROJAM 洗手间　日　内

桃子来到洗手间整理妆容，看到镜子中土里土气的自己和周围打扮时髦的女子。

女子们站在一面大镜子前，手中的小镜子放大镜般地对着局部，往脸上涂抹着，擦完左脸擦右脸。粉扑轻轻拍打发出的清脆柔和的响声，夹杂着高跟鞋的走动声，涂唇膏后的啵声，刷睫毛、涂眼影、画眉毛的唰唰声，梳头发的声音，喷摩丝的声音，耳环首饰的环佩叮当声，喷香水声，组成一曲欢快热烈的交响曲。

桃子看着眼前缤纷缭乱的场景出神。一个女人喷完香水，看着镜子转了个圈，然后离开，香水的味道在空中飘散开来，香气扑鼻，桃子连打了一串喷嚏。

林美美进来补妆，看到愣在原地的桃子。她马上给桃子化妆，用口红给桃子涂嘴唇画腮红，摘下项链耳环给桃子戴上，镜中的桃子笑了起来。林美美将桃子推出洗手间。

20. **ROJAM 迪斯科连门口　日　雨　内**

桃子回到舞厅,不见跳舞的杨俊。

桃子追到门口时,门外已经下起了雨。林美美正要从一个客人手中接过一把红雨伞,桃子抢先接过红雨伞冲了出去。

21. **淮海中路近黄陂南路口　日　雨　外**

春雷轰响,春雨绵绵。桃子打着红雨伞走在人行道上,四处张望着,突然看见杨俊开着宝马车经过,副驾驶上坐着他的舞伴,胖女人衣着华贵,抱着宠物狗。

桃子一路追车,绿灯转红,车子停下。

桃子追了上来,看到两人在车内热吻。

红雨伞被风刮到了马路中央,桃子冒雨在宝马车前的十字路口奔跑着捡伞。

红灯转绿灯,车里人摁着喇叭。桃子将伞捡起,发现红雨伞折断了。

桃子打着折断的红雨伞退回人行道。杨俊直视前方开车,狗冲着桃子汪汪叫,女人扭头朝桃子扔下句上海话:"寻死啊!"

车子开过,桃子的白裙子被溅上了脏水。桃子哭得梨花带雨,打着折断的红雨伞站在雨中,看着车子驶远。

22. **发廊　日　外**

烫了卷发的林美美头戴墨镜,手里拎着红宝石点心,穿着紧身裙,踩着高跟鞋,扭着腰肢走来。

发廊外停着几辆警车,警灯开着。罗萍和吴老板被警察双手铐着出来,他们身后跟着七个衣衫不整的洗头妹和四五个光着膀子只穿短裤的男人。

罗萍一行人被押上警车,警车驶远。

林美美赶紧奔到发廊门口,只见门上贴上了封条。

一群老阿姨在周围叽叽喳喳。

老阿姨甲:"一帮婊子,骚货。"

老阿姨乙:"作孽啊。好端端的姑娘,啥生活不好做呢?"

林美美:"阿姨,出啥事体啦?"

老阿姨甲:"这个发廊搞色情服务,被举报了!"

23. 集体宿舍　午后　内

窗外传来叫卖声:"修洋伞——洋伞修哦——"

下午的阳光斜照在床上,桃子病恹恹地斜躺在床上。脏裙子在椅背上放着,折断的红雨伞被撑开放在地上。

桃子:"色情服务?怎么可能?"

林美美:"你傻呀!"

林美美从袋子里掏出红宝石的招牌点心奶油小方:"吃这个吧。"

桃子:"那他上个月工钱还没付我呢,我得去领钱。"

林美美:"工钱就别想了,快收拾收拾准备搬家吧,这集体宿舍估计你没法继续住了。"

桃子:"她们呢,都被抓走了吗?这宿舍,也要被查封吗?我又没干坏事,我不搬,工钱还没拿到呢。"

林美美:"工什么钱,你是想等到警察来赶你走,还是自己先搬。"

林美美掏出几百元钱给桃子:"我知道你缺钱,这点钱你先拿去用。"

桃子不接。

林美美将钱扔到桃子床上,桃子拿起钱还给林美美。

桃子:"你的钱我要,老张的钱我不要。"

林美美一愣,楼下传来轿车按喇叭的声音。林美美跑到窗边往下看。

林美美:"哎,马上来。"

林美美转回身子:"我得走了,去杭州考察。金老板要请我做董事长助理。"

桃子:"什么时候又来了个金老板?你真能勾搭。"

林美美:"这是社交,你懂哦?不然像你这么老实巴交后知后觉的,累死累活只能做个洗头妹、穷癟三!"

桃子:"我至少自食其力,不靠男人。"

林美美:"我为什么要自食其力,一个人多可怜。刚才我还在想,如果你需要的话,可以暂时住我那儿去,现在看来没必要了。你自食其力,不,你自生自灭吧。"

桃子:"自生自灭也不需要你可怜。"

桃子将红宝石的奶油小方扔在地上。

林美美离开:"拎不清!"

桃子倒头趴在床上,又起身将李泉签名海报撕下来扔在地上。

烧水壶里的水开了,发出鸣叫声……

24. 外滩　昏　外

桃子穿过依偎的情侣们,在外滩走着。

桃子倚在栏杆上,凝视着滔滔江水。

桃子从口袋里掏出男生拉小提琴的布娃娃,看了看,将它扔进了江水中。

桃子(桂林话,画外音):"奶奶,上海不是我待的地方,我想赚点钱,到年底就回去。"

出字幕:骗子。

25. 服装市场   日   雨后   外

潮湿的地面。桃子拎着大被子、枕头来到自行车停放处,将被子、枕头挂在车龙头上,骑车离开。

阴云密布。桃子骑着车歪歪扭扭地滑倒了,拍拍屁股爬起来,挂好被子、枕头,好像什么都没发生一样。旁人视若无睹,匆匆走过。

26. 恒丰北路汉中路高架   日   雨   外

大被子、枕头挂在车龙头前,桃子艰难地骑着车爬坡,身边是呼啸而过的车流。桃子骑在高架上,显得无助而渺小。

天下起雨来,桃子骑着骑着迷路了,停下来环顾四周,满头汗水、雨水、神色慌张。

27. 亭子间   日   内/外

桃子拿着行李来到新租的房子,房东正指挥两个工人将一张沙发往外搬。

桃子和房东签合同,交钱。

桃子开灯,灯闪了下不亮了;按电视机,遥控器失灵,拆开发现里面没电池了;水龙头漏水,怎么也关不上,便用水壶盛水;开窗透气,发现窗只能开一半。

桃子在墙上用拖线板敲打着钉了根钉子,在房间里拉起一根绳子将衣服挂上。

桃子将床铺好,坐在床上把电池装进遥控器,打开电视机看电视,不一会儿床倒了,原来床板是断的。

333

吊扇缓缓转动着,发出嘎吱嘎吱粗重的声音。

门外一个外地女和一个老太太在炒菜。

外地女尖叫起来:"蟑螂!这么多蟑螂!"

老太太:"老头子,'雷达''雷达'!快点拿来!"

28. SPA 店门口　夜　外

霓虹灯闪烁,店里的灯逐一暗去,两三个女美容师推门离开,与里面的人告别。

桃子穿着裙子推门出来,手里抱着一袋米,将米放到车篮里。桃子将门锁上,骑车离开。

29. 亭子间楼下门口连走道　夜　内/外

邻居家的电视里播放着夜间新闻。

桃子停好自行车,拿起米,开门上楼。底楼有一个男人光着膀子满头泡沫地在冲澡。

桃子走在狭窄幽暗的楼道,摁电灯按钮,灯不亮。

桃子摸黑上楼梯,约走了十五级台阶后,一脚踩空,从楼梯上滚下,米簌簌滑落。桃子在半空中被人接住。

借着底楼微弱的光,惊慌失措的桃子看到一张瘦削秀气的脸庞。

冲澡男子:"侬没事体吧?"

桃子有点眩晕。

桃子:"没事,谢谢你。"

冲澡男子:"侬住几楼?我扶侬上去。"

桃子忍住疼痛,站了起来,揉揉胳膊。

桃子:"我就在二楼。"

冲澡男子:"侬等等。"

男子转身回屋,拿了件 T 恤套头上,拿着手电扶桃子上楼。

男子:"我老早哪能没看到侬?"

桃子:"我平常不大在家,工作比较忙。我叫桃子,你呢?"

男子:"庄逍,莘庄的庄,逍遥的逍,叫我逍逍就可以了。"

30. 庄逍的彩票摊　阴/雨　外

庄逍在忙碌。他看到桃子过来,放下手头的活,递给桃子一根雪糕,自己也拿起一根吃起来。

桃子:"好几天没看到你了。"

庄逍:"我老婆生了,我这两天天天回莘庄。"

桃子:"哦。那恭喜你当爸爸了。"

庄逍:"明朝请侬吃喜蛋。"

突然下起雨来。

桃子:"我得走了,回去收衣服。"

庄逍收起摊头准备撤。

庄逍:"再会! 这个黄梅天,真要命!"

桃子奔跑在雨中。

庄逍在后面叫:"哎,桃桃,拿把伞!"

桃子奔回去拿伞。

31. 亭子间　雨　内/外

几件衣服在雨中摇曳。

桃子将衣服收进屋内,拧干,挂在屋内的绳子上,小屋内几乎挂满了湿衣服。

桃子用吹风机吹淋湿的头发,头发突然被卷进吹风机,整个人浑身颤抖。几秒后,桃子用力把吹风机甩到地上,吹风机冒出一阵火星,继而冒出一股黑烟。桃子赶忙开窗透气。

桃子瘫坐在床上,看着吹风机浑身打冷战。

桃子拿起伞奔了出去。

32. 庄逍彩票摊　雨　内

桃子冲进庄逍避雨的地方,趴在庄逍肩头不停抽泣。

庄逍:"哪能了哪能了?"

桃子:"我刚才差点死了! 吹风机漏电了!"

庄逍:"当心点!"

桃子:"上海这黄梅季要到什么时候才能结束? 我真想回家了!"

庄逍:"哪能说回去就回去? 有啥困难跟阿哥讲,阿哥帮侬想办法。"

桃子:"这一连好几天下雨,洗的衣服干不了,我都没衣服穿了,只能每天用吹风机吹干了再穿。"

庄逍:"噶小的事体,侬把衣服给我妈,让伊用洗衣机甩干不就好了吗? 回头吾和阿拉妈讲一声。"

桃子:"谢谢侬。"

庄逍让桃子坐会儿。两人看着濛濛细雨。

33. 24 小时自助银行　晨　内/外

桃子查账,很得意,然后取了 3000 元。

桃子走出 ATM 机门外,只见一个头上包着纱布的男人站在马路边,手撑在一棵树上用桂林话打电话:"能不能借点儿钱给我,我的车子都发动不了了! 对,打我卡上就好,我在银行等着。"

桃子定睛一看:"陈波?"

34. 麦当劳门店　　晨　　内

桃子端着早餐过来,见陈波将邻桌吃剩的汉堡薯条拿起来大口吃。

陈波递过薯条:"吃不吃?"

桃子:"你吃这个吧,这个是热的。你头上的伤怎么回事?"

陈波:"上个月开车把人撞伤了,赔了好几千。这不,从上周一到现在,我每顿饭就喝自来水,现在能吃下十斤肉。"

桃子掏出钱:"这是我打算寄回家的钱,3000 元,你先拿去用吧!"

陈波接过钱:"谢谢! 我下个月就还你!"

桃子:"不用这么急。"

陈波:"我很快就能挺过去的,没事!"

35. 亭子间顶楼　　雪　　外

桃子爬上亭子间的最高一层,看着这片被白雪覆盖的隔成笼子般的社区。街上几乎空无一人。

36. 24 小时自助银行　　日　　内

桃子在 ATM 机前查账,屏幕显示:10600 元。

桃子取钱,塞进大信封里。

屏幕显示余额:600 元。

37. ROJAM 迪斯科　　夜　　内

迪厅里放着欢快的圣诞音乐,桃子来到吧台。

桃子:"Linda 在吗?"

女服务生:"她啊,辞职去当董事长助理了!"

337

男服务生:"是当生活助理吧!"

桃子拨打电话,显示电话号码不存在。

桃子:"你们有她新的电话号码吗?"

男服务生:"我们又不是大款,她怎么会把电话给我们呢?呵呵。"

桃子打电话:"逍哥,晚上有空吗? 请你喝酒。"

庄逍的声音:"儿子发烧,不能出来,你好好玩吧。"

桃子打电话:"水晶,出来跳舞吗? 我在淮海路。"

水晶的声音:"天太冷,我已经钻被窝了。"

酒吧旁边一个醉鬼边喝酒边看着桃子。

醉鬼:"姑娘,和我聊个天,我请你喝酒。"

桃子:"先生,给我一瓶威士忌。"

醉鬼:"你知道李泉吗?"

桃子:"当然知道啊。"

醉鬼:"我想把他绑架,你说他值多少?"

桃子:"你想坐牢啊。"

醉鬼:"我的股票栽了,一个哥们趁火打劫,把我女朋友抢了。你说是不是我把李泉绑了,我女朋友就会回来了?"

桃子:"她有良心的话,有可能会去牢里看你。"

醉鬼:"你怎么也一个人?"

桃子:"来找个朋友。我两年前来上海的时候,她挺照顾我的,后来和她闹得不开心,没联系了。我马上要回老家了,想和她告个别,却找不到她了。"

醉鬼:"看来上海不仅没有爱情,也没有友情。"

桃子:"小姐,给我两块巧克力慕斯蛋糕。"

服务员将蛋糕送来。

桃子递给醉鬼一个蛋糕:"我请你。"

338

38. SPA 店　傍晚　内/外

店里放着 *Hotel California* 的音乐,桃子在打扫卫生,擦擦弄弄。

同事甲离开:"新年快乐! 明年见!"

桃子:"明年见!"

同事乙:"铁甲劳模,你今年又要留下来赚三倍工资吗?"

桃子:"不留,不留! 劳模也想家啊!"

环佩叮当、盘着头发的上海小姐袅袅婷婷从里面走出来,在落地镜前照镜子。水晶马上递给她包和帽子,还为她披上白色裘皮披肩。

上海小姐:"谢谢侬,再会。"

上海小姐款款走出。

水晶和桃子目送她离去。

水晶:"这位叶小姐真是太美了,有种说不出来的魅力,每次看到她我就觉得十分开心。"

桃子也看得出神:"假如我明年还在上海,一定会向她请教美容经。可惜……"

水晶正在拖地:"可惜什么啊?"

桃子:"水晶,我年后不回来了,你多保重。"

水晶:"啊? 为什么?"

桃子:"想见的人见了,想赚的钱也赚了,该回去老老实实和家人待在一起了。对了,你要提防那个新来的经理,她很会打小报告。如果实在不想做下去,就赶紧找下家。回老家也可以,不要硬撑,不要让自己太辛苦。"

水晶:"天下乌鸦一般黑。我出来前和我爸发过誓,如果在上海混不出名堂来,就不回家。"

桃子："好样的,加油!"

桃子看到门外和她挥手的庄逍,连忙跑了出来。

庄逍拿着礼物："打开看看。"

桃子打开,是"上海人家"的宝蓝色围巾。

桃子拿出围巾系上。

庄逍："好看,真好看。"

桃子："谢谢。真难得上海还有你这么个朋友。"

庄逍："桃桃,晚上有空的话,我请你去衡山路新开的酒吧喝酒,给你践行。"

桃子："你不和家人过年吗?"

庄逍："我老婆带着孩子回老家去了。"

39. 酒吧　夜　内

庄逍牵起桃子的手,桃子有点害羞地跟着庄逍跳舞。

庄逍："桃桃,吾哪能没有早点认识侬?"

桃子："嗯?"

庄逍："那样的话,吾肯定不会让侬离开上海。"

桃子："留下来有什么意思呢?"

庄逍："让吾照顾侬,不让侬受委屈。"

桃子感到脸颊发烫。

40. 亭子间　夜　内

两人边喝酒边跳舞,庄逍的手机里放着梅艳芳的歌《是这样的》。

隔着窗户望去,两人挨得越来越近,跳得越来越慢,直到桃子把头靠在庄逍的肩头跳舞。

窗台上的酒瓶越来越多。

41. 亭子间　晨　内

此起彼伏的鞭炮声中,桃子醒来,庄逍已不在。

桃子掏出包里的火车票看了下时间,然后赶紧将东西塞进行李箱出门,又马上折回把行李打开摊了一地。

她心急火燎地翻找着,找到一个袋子,取出一个大信封,里面空空如也。

桃子惊恐的眼神。

桃子用手机拨通庄逍的电话,电话里传来一岁婴儿的哭声。

桃子很快挂上电话,使劲拧自己的胳膊,泪流满面。

桃子拿起宝蓝色的围巾,把它挂在摇摇欲坠的吊扇上。

戴着金丝眼镜,文着青眉毛,嘴角一颗痣上长着毛,染过头发,皮肤蜡黄,面露凶相的房东带着一对拿着行李的男女推门而入,看到桃子抱着吊扇,脖子上系着围巾坐在地上。

房东:"桃子,新年好啊! 怎么了这是?"

桃子拍拍屁股起身:"收拾得热了,开电扇吹吹。别担心,修理费我出。"

房东:"没事,没事,这电扇我今年要换新的。你怎么还不回家?"

桃子:"我……我的票换成后天的了,能不能让我再住一两天?"

房东:"今天是正月初一,房租得按新标准算。短租的话,就算 200 元一天吧。不过先得问问这两位住不住?"

男房客:"住!"

女房客:"今晚就住! 马上签合同! 我们长租。"

房东:"那就不好意思了。"

桃子拿着行李离开。

房东:"钥匙。"

桃子从钥匙串上摘下钥匙递给房东。

女房客:"这能放双人床吗?"

房东:"能。"

男房客:"不是说有沙发吗?"

房东:"可以马上配一个。"

女房客:"这房间一天里什么时候能照到太阳?"

男房客:"最近的公厕离这多远?"

桃子两手拿着被子和行李箱从狭窄的楼梯往下走,两腿发软,六神无主,迎面走来一个端着痰盂的中年女人,两人躲闪着。

两人连同行李、被子、痰盂滚下了楼梯。

42. 巴比馒头摊　夜　外

桃子拖着被子和半开口的行李箱,用一元硬币买了两只馒头。

新年的欢乐气氛下,桃子拖着行李踽踽独行在街上。

43. 24 小时自助银行　夜　内

桃子推门进来,墙角边一个流浪汉坐在地上,啃着一只地瓜。

桃子离他远远的,坐在被子上拿出馒头啃。

桃子发短信四处求助,收到的都是垃圾短信。

偶尔有人进来取款,桃子的大行李引来侧目。

流浪汉躺下睡着了,发出如雷的鼾声,与桃子肚中的咕噜声交相起伏。

外边路人的欢笑声不时飘过。

桃子瑟瑟发抖地蜷缩在一角。

出字幕:大师。

44. 24 小时自助银行　晨　内/外

一个男人跑进来唰唰取了 5 万元钱,转身用桂林话接电话。

一夜未合上眼的桃子听到熟悉的方言,顿时觉得他很面熟。

男子离开,桃子夺门追出。

男子发动车子,桃子拍打车窗。

男子摇下车窗:"桃子?"

45. 麦当劳门店　晨　内

桃子看着满满一桌早餐开始狼吞虎咽。

陈波:"真不是东西! 我帮你报警!"

陈波用手机拨通 110 电话,递给桃子。

电话声(画外音):"你好,这里是 110 服务热线,有什么可以帮你的吗?"

桃子按掉电话:"算了。"

陈波:"不能便宜了那小子。不能让你辛苦两年的积蓄就这么打了水漂。"

桃子:"他这两年对我挺照顾的。再说,我也不忍心把一个 1 岁小孩的父亲送去坐牢。这 1 万元钱就当我买个教训。"

陈波:"你以为你是天使吗? 你是农夫,他是蛇。"

桃子:"就这么决定了。"

陈波:"你就是太傻太善良。那你接下来怎么办?"

桃子:"不知道。我想先好好睡一觉。"

陈波:"那我先把你送到我家,你睡醒后和我老婆好好聊聊。"

桃子："谢谢,你是我的救星。"

陈波："这叫好人有好报。年后如果不嫌弃,就在我的物流公司干吧!"

桃子："行啊! 等等,你什么时候开了公司?"

陈波："嘿嘿,事在人为,人定胜天!"

46. 陈波物流工厂　晨/日/昏/夜　内/外

桃子穿着工作服在推车、卸货。

桃子在食堂吃饭,看着报纸上"上戏化妆进修班招收学员"的广告。

桃子(桂林话,画外音):"奶奶,老板看我手艺好,让我过年加班,工资翻三倍,我暂时不回去了。"

47. 陈波家　夜　内

桃子坐在过道的沙发上翻看《瑞丽》杂志。

陈波和老婆陈娟从盥洗室出来,穿着睡衣回到过道头上的卧室。

陈娟笑眯眯地抱出被子给桃子,陈波拿了一瓶酸奶放桌上,两人回卧室关门。

桃子躺在沙发上,裹在被子里,喝着酸奶看着报纸上"上戏化妆进修班招收学员"的广告,用笔在上面"学费15000元"上画红线。

陈娟的笑声从卧室传来,桃子用报纸蒙住脸,关灯。

48. 宾馆小舞台　日　内

舞台上挂着横幅"陈氏物流公司2005年春季员工培训大会",励志标语如"只要你有信心,你就是!""我相信! 我可以!"

也四处悬挂着。

桃子在舞台下给多位中年妇女和少数几个年轻女工化妆、卷头发,她们个个漂亮地上台。

女工有的扮演草籽,有的扮演岩缝,有的扮演泥土,演绎"草籽宣言":只要有一块卧牛之地,就织出春的一角;只要不拒绝岩缝中的一撮泥土,便扎下生命的根,于是绿满天涯……

桃子和陈娟坐在观众席中观看,笑声朗朗。演出完毕,桃子不停地鼓掌。

陈波上台发言:"大家知道,今天把我们的女同事打扮得个个美若天仙的是谁吗?"

台下观众:"不知道!"

陈波:"下面隆重介绍我的小学同学,著名的化妆界新秀、未来的大化妆师桃子小姐。请桃子小姐上台给大家讲几句话!"

桃子不好意思,陈娟鼓励她。

桃子走到台上:"我,我马上要离开大家了。"

台下静默,有的窃窃私语,陈娟惊呆。

桃子:"我刚刚决定,我要去学化妆,做一名专业化妆师。"

台下有人吹起口号。

陈波从惊讶到兴奋,带头鼓掌:"支持桃子,支持你。"

陈波举起拳头:"只要你有信心,你就是!"

观众举起拳头齐声:"只要你有信心,你就是!"

49. 陈波家楼下门口   日   外

陈波和陈娟将桃子的行李放到出租车后座,桃子上车。

桃子:"谢谢,如果不是你们,我现在肯定已经回老家了。"

陈娟拿出一袋桃子:"这些桃子你带着。"

桃子:"我一定会过得比伤害过我的人都要好。"

陈波:"事在人为,人定胜天。记住这八个字!"

桃子将一个信封交给陈娟,上车。

陈娟:"一个人要照顾好自己,寂寞了给我们打电话,有困难随时找我们。"

桃子:"谢谢! 再见!"

陈波和陈娟:"再见!"

车子驶远,桃子离两人越来越远。

陈娟拆开信封,看到 5000 元钱。

桃子隔着玻璃看到陈娟往前追,陈波还在原地。

桃子挥手让陈娟回去。

桃子望着前方,眼睛里噙着泪花。

50. 广告公司化妆间　日　内

一个老头戴着金丝边眼镜在给一个演员化妆,桃子局促地弯着腰站在一旁。

老头:"多大了?"

桃子:"25 岁。"

老头:"年纪大了些。以前学过画画吗?"

桃子:"我从小画画好,家里没条件给我学,我就平常自己画着玩。"

老头:"老家哪儿的?"

桃子:"桂林。"

老头:"家里做什么的?"

桃子:"种地。"

老头:"姑娘,你不适合做这行。"

桃子离开。

老头：“明明是蛆还想飞。”

演员也跟着笑。

51. 摄影棚　日　内

桃子踮着脚给眼前看着190公分的男演员卸胡子。

男演员尖叫起来：“哇哇！能不能轻点！”

一个蓄着短须、发型时髦、扎着耳钉的矮个中年男人快速跑了过来。

矮个男：“滚开！”

桃子拿着工具悻悻然离开。

矮个男：“对不起，毛哥，她是新来的。”

男演员：“这么二的人，怎么混进这行的？”

52. 上戏教室　日　内

桃子在后排坐着。教室里坐满了学生，走廊上都站满了人，里面有年纪大点的中年教师，有的甚至坐在地上。有的学生在自拍，拿自己当前景，对着教室黑板拍。

女同学甲：“不是说她身体不好，不出来了吗？”

男同学乙：“赚钱呀！不知道班主任花了多少钱请她来！”

女同学丙：“我真希望我年老的时候能像龚大师那样优雅！”

有人的手机响起。

班长：“关掉呀！”

前排一女生突然从座位上站起来，对着后排的男生扔书：“不要脸！没有听课证为什么来蹭课？”

男生坐在那里低着头，一言不发。

班长站到过道里，大声说：“请大家出示一下听课证，不是我们班级的同学请自觉离开教室，谢谢！虽然这是这学期最后一

347

节课,但不能破坏了规矩。老师们除外。"

有四五个人几乎同时从座位上站了起来,走出了教室。走廊上站着的人也陆续走了出去。

桃子前排的男女分别回头看了桃子一眼,又回过头去。

桃子站起身离开。

53. 教室外走道　日　内

桃子坐在门外的椅子上,听到隔壁教室里传来热烈的鼓掌声。教室门被推开,十来个学生围着一个风度翩翩的女老师龚大师出来。

桃子挤过去看。一帮人将大师团团围住,大师被堵在墙角,局促地在大家递来的本子上签名! 老师穿着黑色一步裙,留着齐肩卷发,披着金黄色的披肩,光彩照人,看上去只有 50 岁出头。

女生甲:"老师,可以和您合个影吗?"

龚大师:"可以啊!"

一帮人一哄而上,争相和龚大师合影。

男生甲:"老师,可不可以给我留个电话号码?"

龚大师接过纸笔写。

旁边几个人伸长脖子,踮起脚尖,开始记老师的电话号码。

女生乙:"老师,您觉得做化妆师最重要的品质是什么?"

龚大师:"Taste,品位。"

女生乙:"老师,您还收徒弟吗?"

龚大师:"收啊。不过我很严格,我要先考试的。"

女生乙:"没问题,能拜您为师是我最大的梦想啊!"

男生小洁:"老师,我开车送您回家吧。"

一群人跟在龚大师后面。

桃子挤在学生中,追到大师身边,结结巴巴地说出准备了一肚子的腹稿:"怎么才能自学成为一名好的化妆师呢?"

龚大师径直向前走路,头也不转地说:"这个问题一时很难回答。抱歉,我还有急事,先走了。"

龚大师打了个喷嚏。桃子上前递纸巾。

大师擤了鼻涕,然后把纸巾塞给桃子。

龚大师:"麻烦你帮忙扔一下。谢谢。"

54. 医院眼科手术室外　傍晚　阴　内

门上指示灯显示"手术中",桃子坐在长椅里等着,旁边放着一袋水果和一袋补品。

手术灯亮,戴着墨镜、衣着光鲜、神情孤苦的龚大师坐在轮椅上被护士推了出来。

桃子赶忙从座位上跳起来,拎着一袋水果和补品上前,帮忙推轮椅。

桃子:"龚大师!您好!久仰大名!我在上戏听过您的课,听说您最近要动手术,特意来看看您。这是我给您买的水果。"

大师:"你是谁?"

桃子:"我叫桃子,我想跟您学化妆。"

大师:"护士,我不认识她。"

护士将水果还给桃子:"对不起,请你走开。"

桃子抱着水果补品,怅然站在走道中央。

55. 医院单人病房　晨　内

阳光灿烂的日子。桃子将一束康乃馨插在桌上的瓶子里,然后按动一个 MP3 播放键的按钮,音箱里面传出《我的太阳》的歌声。

龚大师从床上坐起来："谁在放音乐？"

桃子："龚大师早上好，还是我，桃子。我知道您喜欢帕瓦罗蒂，就拷贝了一些他的歌过来给您听，这里面还有他的另外几首歌。"

龚大师："你怎么会知道？"

桃子："我还知道您喜欢吃螃蟹，您最喜欢黄颜色，您是 AB 型血、金牛座，我还知道您家的猫咪叫赫本。"

龚大师："你调查我？"

桃子："我看过您的文章。"

龚大师："说吧！你对我有什么企图？"

桃子："我想跟您学化妆。"

龚大师："我现在身体状况欠佳，已经不教学了，请你另找高明吧。"

护士来了："龚大师，你的家人还没来吗？"

龚大师一时语塞。

桃子："来了，来了，我是她乡下的侄女，有什么需要我做的吗？"

护士："龚大师的药已经开出来了，可以去取了。"

桃子："好的，好的，马上。姑姑，我去一下马上就回来。"

护士："咦，她不是昨天那位吗？"

龚大师："请你帮我把音乐调响一点。"

56. 路边摊　日　外

一辆三轮车上装满了鞋子，鞋子边上竖着"凉鞋 15 元一双"的牌子。桃子和一帮老年妇女挤在一起选鞋，她挑了双装饰着小绒球的鞋。

57. 超市　日　内

桃子在一排黄酒中拿了一瓶标价最高的。

350

58. 街道上　日　外

车龙头上挂着保温桶和一瓶黄酒,桃子飞快地骑车,看看手表,然后加速骑车,右脚上的装饰小球儿飞了。

桃子的车速引来一个骑车男人的侧目,他吹起口哨追桃子。两人开始飙车,最后桃子被他逼到角落里。

桃子紧急刹车,男人来不及刹车摔了一个大跟头。桃子扑哧一笑,骑车离开。

59. 医院病房　日/夜　内

龚大师津津有味地吃着大闸蟹。桃子站在龚大师面前,一手端着一碟醋,一手端着一杯黄酒,腰间系着化妆包,化妆包里放着纸巾。

桃子蹲着给大师捏腿。

桃子给大师洗头,吹头发,涂指甲油,敷面膜。

桃子坐在床上给大师做全身按摩。

桃子在盥洗室卖力地给龚大师搓洗衣服。

时钟指向凌晨3点,桃子放下《我要变美丽:芭比波朗日常彩妆书》,从地铺上起来,给大师端水,喂药,盖被子,倒便壶。

60. 医院草地　日　外

桃子推着大师在草地上散步。

大师摘掉纱布,看到了桃子。

桃子的眼神是天真善良、真诚热情的,又是爱做梦的。

大师上下打量桃子,眼中掠过一丝轻蔑与隐忧。

351

61. 医院门口出租车上　傍晚　外

桃子将大师的行李放到后备厢,准备坐上车。

大师拿出一叠钱。

大师:"我很想教你,但是我不能。这里是 1000 元,你拿着,谢谢你的照顾!"

桃子:"为什么? 我不是来当你的护工的! 我不要。"

桃子把钱塞回。

大师:"化妆要有美术基础,你显然没有,你连衣服都不会穿。"

桃子:"基础差可以补。"

大师:"太晚了,你不是 16 岁。"

桃子:"我喜欢这行,25 岁比 16 岁没大多少,就算我现在 60 岁,我也要学。"

桃子坐上车。

62. 龚大师家　昏/夜　内

龚大师和桃子进门。

美丽的白猫赫本跳到龚大师身上,龚大师抱着它:"想死妈妈了! 这几天乖吗?"

龚大师家的客厅很大,四周墙上挂着龚大师年轻时候的照片,桃子驻足欣赏。

龚大师带桃子来到两个书橱和一橱子的化妆品、化妆工具前。

龚大师:"随便看。"

桃子惊讶而兴奋地看着,取出几本来翻翻。

龚大师给猫喂猫粮。

桃子:"我可不可以借几本书回去看看?"

龚大师:"你得登记一下。旁边有便笺,你在上面写上你的名字'桃子',借了什么书,以及日期。要不然时间久我会忘记的。"

桃子拿了三本书:"好的。"

桃子登记完,然后把便笺给龚大师。

龚大师在客厅沙发上坐着吸猫、看电视,桃子在后面的厨房炒菜,油溅到脸上,她疼却不敢发出声音。

龚大师坐在沙发里,看着凤凰卫视的美容时尚节目睡着了。

桃子坐在边上的小椅子里,蹑手蹑脚起身,示意赫本不要发出声音,赫本跟着桃子走。

龚大师醒来:"现在几点了?"

桃子:"10 点半。我得回去了。"

赫本缠着桃子,不让桃子走。

龚大师:"看来赫本挺喜欢你的。赫本,来,来妈妈这儿。"

桃子:"有需要叫我,我随叫随到。"

桃子从包里掏出东西给龚大师:"这是我给你买的黄水晶手链,送给姑姑。祝你永远快乐健康。"

龚大师笑嘻嘻:"谢谢。"

桃子离开。

龚大师送桃子到门口:"欢迎常来。"

龚大师回屋,只见偌大的房间空无一人,只有白窗帘在舞动。楼下传来鞭炮声。

龚大师站在窗前,起风了,大风让她感到无限的凉意。隔壁屋子传来电视里中秋文艺晚会的声音。

龚大师抱着赫本坐回沙发上,然后放下赫本,拿起桃子送的手链戴上。

63. 某饭店大厅化妆品发布会　雨　内

龚大师和桃子一前一后进入大厅,桃子收伞,给长伞套上白色塑料袋。

桃子身上几乎都湿了,龚大师没有淋到一滴雨。

一旁竖着某化妆品新品发布会的牌子,小洁站在一旁。

小洁:"龚老师! 您来了!"

龚大师挥手:"小洁! 你好!"

小洁:"这是给您的新品试用装。"

龚大师:"谢谢。"

龚大师将试用装的纸袋交给桃子拿着。

龚大师和小洁一前一后,边走边聊走开了。桃子在后面走着,背着自己的双肩包,一手拿着化妆品纸袋,一手拿着长柄伞,乐呵呵的。

龚大师跑去和熟人聊天,桃子在一旁看着。桃子注意到龚大师的胸罩肩带露在了衣领外面,趁人不注意,她跑上去帮龚大师理了理衣领,但龚大师的胸罩肩带很快又露了出来。

熟人走开了。

桃子:"又出来了。"

桃子又上去帮龚大师理衣领,藏好露在外面的胸罩肩带。

龚大师:"不要紧,这样也蛮好,像很多小女生一样。"

桃子笑,帮龚大师把领子拉在一角,露出肩膀:"是这样吗? 小美女!"

龚大师:"可以尝试一下,我还有一颗少女心!"

两人笑。

龚大师看到一个风度翩翩的老男人经过面前,便立刻上前。

龚大师:"李教授! 您好! 好久不见!"

李教授："龚老师,您好! 最近好吗?"

龚大师："前阵子做了白内障手术,现在好了。我们合个影吧!"

龚大师把手机给桃子。

小洁："李教授,李教授,这边请!"

李教授："抱歉,失陪一下。"

桃子还没把照片拍好,李教授已经离开了。

64. 龚大师家门口　夜　外

龚大师开门进屋,桃子站在门外。

桃子把长柄伞和化妆品纸袋递给龚大师。

桃子："我不进去了,太晚了,您早点休息。"

龚大师："好的,拜拜。"

65. 龚大师家楼下小区　夜　外

桃子快步走在夜色中的小区里,手机铃声响起。

龚大师的声音："桃子,你不是想学化妆吗? 要不你现在上来? 我今晚先给你上一课。"

桃子："好的!"

桃子兴冲冲地往回奔。

66. 龚大师家　夜　内

龚大师播放 CD 音乐《我的太阳》,倒了两杯红酒,递了一杯给桃子。墙上的挂钟指向晚上 11 点半。

龚大师坐在沙发上,脱下鞋子,将脚搁在沙发上。

桃子坐在龚大师对面的沙发里。

龚大师从烟盒里拿了根女士烟。

龚大师:"你要不要?来一根吧?"

桃子拿了根烟。

龚大师先给桃子点上,再给自己点上:"告诉你一个秘密,不许跟别人说。你是第一个知道的。"

桃子一边抽着烟咳嗽着一边说:"好,放心。谁也不说。"

龚大师:"两年前的今天,我和李教授办了离婚手续。"

桃子的眼睛瞪得大大的。

龚大师:"做了二十年的夫妻,没想到,在我住院期间,他一次都没来看我。"

桃子:"无情无义。"

龚大师:"你知道谁是第三者吗?"

桃子摇头。

龚大师:"是楼下馄饨店的老板娘。她是福建乡下人,没文化,但是极聪明……"

桃子的手机不住地振动。

龚大师停住了,不说话,看看桃子的手机,再看看桃子。

桃子按掉手机:"没事。"

龚大师继续:"那年她儿子考大学,李教授为了给她儿子辅导功课,一个礼拜没回家,在馄饨店打起地铺,吃住在那里。这还是我楼上的邻居看到后告诉我的,但李教授告诉我他是出差去了。"

桃子:"太过分了,怎么会这样呢?"

桃子的手机传来短信。

龚大师:"或许男人都不喜欢强势的女人。可他不知道,我是那么爱他!"

桃子缓缓打开手机短信,上面显示:"你奶奶中风去世了,快回家一次吧。表姐。"

桃子呆若木鸡。

龚大师抹泪:"昨天碰到居委会干部,我满脸堆笑地和他们说,让他们多关心关心我,我现在是一个人。"

桃子给她递去纸巾,自己强忍住眼泪。

67. 龚大师家楼下　夜　外

龚大师:"谢谢你做我的听众。"

桃子:"谢谢你的信任。"

龚大师:"下回把你的素描或雕塑作品给我看看,我给你讲讲。"

桃子:"好的。"

龚大师:"路上小心,到住处了给我发个短信!"

桃子:"好的,晚安! 睡前记得喝牛奶。"

68. 街头　夜　外

纷乱、喧嚣、躁动的大街。

桃子叫了辆出租车,浑身散架般地躺在车里。

车开了一会儿,桃子突然坐起身,满脸泪花。

桃子:"师傅,麻烦你掉头上高架,去火车站。如果你在30分钟内赶到,我就付你100元钱。"

69. 龚大师家　日　内

桃子手臂上戴着黑臂章,拎着土特产和书上门。

龚大师红着脸和小洁紧挨着坐在沙发上,小洁给龚大师捶背。

龚大师:"(对桃子)介绍一下,这是小洁,我的学生。(对小洁)这是我的新朋友桃子。"

桃子:"你好。我们见过。"

小洁:"你好。是吗?"

桃子:"上次的化妆品发布会。"

龚大师:"桃子,你这次还想借什么书,自己挑。"

桃子:"哦,好的。"

桃子开始挑书。

小洁:"您动手术怎么不告诉我们一声,我们可以来照顾您。"

龚大师:"不碍事,有桃子呢!"

小洁:"莲姐知道您动手术吗?"

龚大师:"知道。她在美国呢,正在申请绿卡,暂时回不来。"

小洁电话响起,接电话:"在龚老师家。你们到了? 好,我马上到。"

小洁挂掉电话:"我媳妇今天生日,我要给她庆生,礼物还没买,我得先走了。再见,龚大师。再见,桃子姐姐,龚老师就拜托你照顾了,辛苦了。"

桃子:"没事儿。"

小洁离开。

龚大师拿出一些化妆书、学习笔记、化妆工具和化妆品样品:"看看有没有你喜欢的,你自己选。"

桃子:"太好了! 谢谢。"

桃子挑了不少。

龚大师:"钱你看着给吧!"

桃子一怔。

桃子:"1000 元?"

龚大师:"4000 元,这些都是外面买不到的好东西,一般人我还不舍得卖。"

桃子:"我身边没那么多钱,先给你 500 元,剩下的明天过来给你。"

龚大师接过钱:"不急。"

龚大师拿着钱,眼前一片漆黑,突然栽倒在地上,茶几上的杯子也打碎在地。

桃子立刻将龚大师扶至沙发上躺下。

桃子在房间里不停穿梭,倒水,翻找药,取出眼药水。

桃子给龚大师滴眼药水。

龚大师眨了眨眼睛,若无其事地坐起来,仿佛什么也没发生过。

桃子:"要不要问问医生怎么回事?"

龚大师:"不要! 我给你找两个袋子。"

龚大师起身跨过地面的碎玻璃,找来两个袋子,将化妆品一一装进去。

70. 电梯中　日　内

桃子拎着两袋化妆品坐电梯下楼,看了化妆品一眼。

71. 龚大师家楼下连电梯　日　外

桃子拿着自己的雕塑作品来到龚大师家楼下,看到楼下停着一辆救护车。

穿着白大褂的医生将担架上的病人抬上车,旁边跟着赫本,病人已被盖住白布。

警察也来了,一辆警车停在一旁。

桃子看了看,继续往前走,来到电梯门口等电梯。

电梯门开,一对老头老太出来,桃子进电梯。

老头:"可怜,这才出院几天,怎么就想不开呢。"

电梯门合上的刹那,桃子冲出电梯。

桃子挤进人群,隔着救护车车窗,看到担架上龚大师的手伸在外面,手上的黄水晶手链在晃动。

桃子的表情由震惊、失落直至悲伤。

桃子抱起赫本,把它紧紧抱在胸前。

72. ATM 取款机　日　内

桃子取出 15000 元钱,余额显示:300 元。

73. 进修班报名处　日　内/外

桃子停下自行车,走进进修班报名处。

桃子填写报名表:26 岁,未婚,自由职业,月收入 500—1000元。

桃子缓缓交上 15000 元:"老师,你们这里能不能分期付款?"

戴着老花镜的老教师把钱退回:"没钱就别学,把自己搞得这么辛苦干吗?"

桃子把钱推回:"不,不,我有钱。"

老教师将钱放在点钞机内。

老教师:"让你插班学已经不错了,还想怎样?"

桃子:"是,是,谢谢。"

点钞机点着钱,桃子失神地看着。

桃子出来,发现自行车不见了。

74. 桃子的新家　晨　内

狭小的屋子一角,开着高亢的音乐。

桃子拿着头套练习剪头发。

桃子拆开一袋速溶咖啡,装进矿泉水瓶,摇一摇变成咖啡。

75. 教室　晨　内

空无一人的教室,朝阳从窗户射入一缕光线。

桃子背着书包推门而入。

桃子开窗,然后上讲台擦黑板。

教师在台上讲课。

桃子坐在第一排认真听讲,不时地快速做笔记,写完一支笔芯再换一支。

一个毁了容,但穿着考究、打扮时髦的女孩站起来,笑容灿烂地回答问题。

桃子目光炯炯地看着毁容女孩,眼中放出强烈的光芒。

76. 图书城/克莉丝汀饼屋/人民广场地铁口/上图/网吧/出租屋　日/昏/夜　内

白天,上海书城,桃子坐在地板上翻看画册,边做笔记边啃面包,不时喝点咖啡。

傍晚,克莉丝汀饼屋外,桃子排在长队中,变着法儿插队买打折面包。

入夜,人民广场站地铁口,倾盆大雨,桃子在卖伞。

夜晚,上海图书馆走道,桃子穿着鞋套拿着湿漉漉的雨伞疾步走在人群中,旁边有坐在轮椅里由人推着的戴眼镜的学者,也有一瘸一拐努力走路的男人。

上图多功能教室。伞放在边上,桃子坐在观众席中认真听讲,讲台上方的屏幕上放着 PPT,上面写着"中外美术史"。

半夜,网吧里,别人在打着游戏,激战方酣,桃子瞪大眼睛在电脑前看伊夫·圣·洛朗(Yves Saint Laurent)的传记片。

深夜,出租屋里,桃子对着镜子把自己当模特儿练习化妆,眼神坚毅专注。

教室里在上课,黑板一角写着"本周化妆作业第一名　桃子",下方写着购买化妆品后还没交钱的名单,桃子是第二个。

出字幕:郝远。

77. 南京路步行街　夜　外

桃子摆地摊卖白兰花,旁边的人在卖玩具、溜冰鞋、杨梅、枇杷等,一群城管吹着口哨冲了过来。

小贩开始逃,桃子也开始逃。

眼看城管马上要追到小贩。

一个戴着帽子的男人一把拉住桃子,并用外套遮住了她卖花的篮子。

男人的手机彩铃响起,是 *Wild Is the Wind*。

三个警察跑过他们身边。

男人松开桃子,转身接电话。

桃子看着他。

男人接完电话回头,眼神深邃,笑容温暖,头戴帽子显得尤为帅气。

桃子将衣服递给男子。男子接过衣服,拍拍桃子的肩,转身离开。

桃子追上去,递过一枝白兰花。男子接过,闻了闻,把花别在胸前。

桃子:"你叫什么名字?"

男人:"郝远。你呢?"

桃子:"王小桃。"

男人与桃子挥手告别。美术馆的钟报时,此刻是晚上

362

10 点。

桃子拎着花篮缓缓行走着,她低头闻闻白兰花,花清香扑鼻。桃子步子轻盈起来,模仿着哼起郝远的彩铃声。

78. 教室　日　内

桃子在教室里画素描,画的是郝远手持白兰花的样子。

79. 北京西路 SPA 店　夜　内

桃子在给一个男人用精油开背,手中眼中充满了柔情蜜意。

一个猪头般的男人转过脸来,露出花痴般猥琐的神情。

猪头男:"小姐,晚上一起吃夜宵吗?"

出神的桃子清醒过来,用力按摩着。

桃子:"不,不,我没空。"

Wild Is the Wind 的彩铃声传来,桃子放下手中的活追出去。

猪头男在后面叫:"喂! 干吗去! 别跑呀!"

一个老外在接电话:"OK, see you then."(好的,到时见。)

桃子不知道该怎么问:"Song name music?"(歌,名字,音乐。)

老外:"Pardon? What?"(抱歉,你说什么?)

桃子把满手油擦在身上,拿老外的手机给自己拨了个电话,然后用自己的电话拨了过去。

桃子兴奋起来:"Song(歌曲)名字?"

老外:"Ah ... you want to know the name of this song. Do you like David Bowie?"(啊,原来你想知道这首歌的名字。你喜欢大卫·鲍伊吗?)

桃子胡乱摇头,然后又点头。

老外："*Wild Is the Wind.*"（《野性如风》）

桃子听不懂。

桃子摊开手，让老外写。

老外："I send it to you."（我发给你。）

老外将歌名发给桃子。

桃子收到老外发的信息。

桃子："Thank you！下次你来，我给你打折。"

80. SPA 店门口及房间　夜　内

电脑前，收银员站在一边白着眼。

桃子上网急切搜索 *Wild Is the Wind* 试听，戴上耳机如痴如醉。

桃子赶紧摘下耳机，点下载，将音乐下载到自己的手机中。

81. 外滩　夜　外

明月高悬，清风徐徐，一条游船缓缓行驶在外滩。

桃子给七八个人倒茶，分发月饼。

男甲："陈总的公司什么时候上市啊？到时候第一时间通知我们买股票啊。"

陈波："我们是个小公司，能勉强经营下去就不错了。"

陈娟抱着刚出生 100 天的孩子出来。

女乙："真漂亮。叫什么名字？"

陈娟："陈勤勤。勤奋的勤。"

桃子："我抱抱。"

桃子从陈娟手里接过小孩，坐在一边逗小孩玩。

男甲："陈波，你这位贤内助真谦虚啊！一点不像上海宁。"

女丙："老公，你晓得哦？嫂子还是名牌大学毕业的。"

陈娟："什么名牌不名牌的,都一样。出来一样要靠一双手两条腿。"

关健："陈波,你老实交代,怎么把嫂子泡到手的? 听说嫂子是坐你出租车认识你的。"

陈波："嘿嘿,这个问题得请我喝茶私聊了。总之一句话,我得感谢老婆大人的培养,没有老婆大人,就没有我的今天,军功章都归我老婆。"

众人起哄。

桃子抱着孩子坐在船头看着,有点黯然。桃子望着江面上月亮的倒影出神,仿佛看见郝远出现在她身边,给她披了件披肩。

桃子定睛看,郝远消失了,关健站在她身边,手里拿了杯酒。

关健："喝红酒吗?"

桃子摇头。

关健在桃子身边坐下,看着桃子,吹起口哨。

关健："我们是不是在哪里见过? 你骑车是不是很快?"

桃子："还行吧,怎么了?"

关健："哈哈,没什么。我姓关,叫关健。"

桃子："关机?"

关健："关心的关,健康的健,关健。我从事医疗销售,请多关照。"

小孩哭闹起来。

桃子起身："不好意思,离开一下。"

陈娟过来接过小孩,把小孩放到婴儿车里。桃子摇晃着婴儿车。

陈娟："关健还单身,收入不错,已经买房了。"

桃子神思飘忽："我在等一个人,他会回来的。"

陈娟："一个女人最好的时光没几年,也许你一辈子都等不到,你还愿意等吗?"

桃子："一辈子我不能保证,但至少现在我愿意等。再说我等了那么久,不差一年两年。"

82. 南京路步行街　日　外

春天,熙攘人群中,桃子扎着高高的马尾辫,踩着溜冰鞋卖白兰花,左顾右盼。

夏天,熙攘人群中,桃子戴着酷似郝远的帽子,踩着溜冰鞋卖白兰花,左顾右盼。

秋天,熙攘人群中,桃子戴着酷似郝远的帽子,踩着溜冰鞋卖白兰花,左顾右盼。她看到了一个熟悉的影子,追了半条街去看,但不是郝远。

83. 酒吧　夜　内

桃子化了个很古怪的实验妆,一头乱发披在肩头。

桃子："不好意思,我在学化妆,为了赶过来,还没来得及卸妆。"

关健："没关系,这样挺特别的,让人记得住。"

一个小乞丐跑进来乞讨,桃子给了乞丐 3 元零钱。

关健："现在骗子很多的。"

桃子："我觉得这个小孩不是骗子。"

关健："等你结了婚就不会这么大方了。"

桃子："我结婚还早呢。我现在没钱,没好工作,没有男人会看上我。"

关健："女人有钱没钱无所谓,关键是贤惠。我觉得你就挺贤惠的。"

桃子:"那你知道我喜欢什么样的男人吗?"

关健:"当然是踏实、稳重,能照顾你的男人。"

桃子摇头。

关健:"那你喜欢什么样的,能说来听听吗?"

桃子:"我喜欢性感的。"

关健:"像施瓦辛格、史泰龙那样的,还是像布拉德·皮特那样的?"

桃子:"性感就是有深邃的眼神,再懂点音乐。"

关健:"这样的男人不靠谱,很容易把女孩勾走的。"

此时,酒吧里有人弹起吉他,唱起 *Wild Is the Wind*。

桃子一下子从座位上跳了下来,循声跑去。

桃子望去,眼中充满无限的惊喜。

关健走到她身边。

关健:"怎么了? 谁啊?"

桃子雀跃着,对着舞台中央大叫:"郝远!"

四座的观众都转头看着她。

郝远停止弹唱,转过头来。

郝远和桃子四目相对。

桃子慌忙理了理蓬松的头发,把头发扎成高高的马尾,快速把妆擦干净。

郝远:"王——小——桃?"

郝远放下吉他,走向前去。

桃子跨过栏杆冲到郝远面前。

桃子:"我一直在等着再见到你。"

郝远张开双臂。

桃子扑入郝远怀中。

四周掌声四起,甚至有人吹起口哨,用酒杯敲桌子。

关健傻傻地看着。

84. 酒吧门口　夜　外

郝远背着军绿色的帆布包,推着一辆摩托车。

桃子走在郝远边上。

关健拦住一辆出租车,坐上去。

关健:"我先走了。"

桃子上前,轻声:"如果不是今天你请我吃饭,我不会遇到他。谢谢你,你真的很关键。"

关健笑着点点头,朝桃子挥手,转头流着泪,和司机对话。

关健:"我和一个女孩约会,结果她找到了她的白马王子……我都被我感动了……"

司机:"好人有好报,你一定会找个白富美做老婆。"

车子驶远。

郝远和桃子几乎异口同声:"你去哪儿?"

85. 红宝石蛋糕店　夜　内

桃子和郝远面对面坐着,吃着蛋糕。

郝远盯着桃子看。

桃子抬头看郝远。

郝远:"我没有过生日的习惯,但有人陪我吃生日蛋糕,还是很开心的。"

桃子:"真的? 生日快乐!"

美术馆传来晚上 10 点的钟声。

桃子:"去年我们遇到的时候,也是晚上 10 点。"

郝远看着桃子,眼神闪烁。

桃子:"我找了你一年零四个月,从去年 5 月 10 日到今天。"

郝远:"为什么?"

桃子:"谢谢你那天救了我。我每天都在期待着再见到你,哪怕只有一分钟一秒钟,都会让我开心很多天。"

郝远:"我是个水手,四海为家,随时都会离开。"

桃子:"那就让我做你的港湾。"

86. 出租屋 夜 内

桃子和郝远在热吻。

郝远脖子上挂着一根钥匙状的项链,上面写着"天涯海角",他把钥匙摘下。

两人紧紧抱在一起。

87. 出租屋 晨 内

桃子醒来,幸福地看着枕边的郝远,捏他的鼻子,挠他痒痒。

郝远闭着眼睛挠桃子痒痒,两人闹作一团。

88. 马路 晨 外

郝远胸前背着桃子的包,开着摩托,桃子坐在他身后,搂着他的腰。桃子唱着 *Wild Is The Wind*:"Love me, love me, love me, say you do.(爱我吧,爱我吧,爱我吧,说你真的爱我)Let me fly away with you.(让我和你一起高飞)For my love is like the wind.(我的爱就像风一样)……"

89. 校门口 晨 外

桃子接过书包背上,郝远不知从哪里变出来一枝玫瑰花,桃子接过,转身离开。

桃子回头,见郝远还站在那里笑着,郝远眼中充满光彩地看着桃子,桃子又穿过马路回来和郝远吻别。

90. 宜家/出租屋/菜场/花店　日　内　外

宜家,郝远、桃子挑选台灯、碗筷、情侣拖鞋。

出租屋,桃子、郝远一起把墙刷成柠檬黄色。郝远安装台灯。桃子帮郝远剪头发、刮胡子。

菜场,郝远和桃子一起挑选鱼,买菜。

郝远和桃子拎着菜路过花店,郝远折回花店,买了一枝玫瑰。

91. 出租屋　昏/夜　内

郝远系着围裙炒菜,桃子洗葡萄,不时喂郝远几个,旁边的电饭煲冒着热气。

矮小桌子上摆着番茄炒蛋、青岛啤酒等,还有一束玫瑰花插在酸奶瓶里。

两人紧挨着吃饭。

桃子:"我今年进修完,明年就能多接点广告的活。到时候我们换大房子住,你就在家里当厨男吧!"

郝远:"你要养我啊?"

桃子:"没问题,只要你天天给我做你们青岛菜吃。"

郝远:"你几时做桂林米粉给我尝尝?"

桃子:"星期天我不上课,到时候给你露一手。你教我几句青岛话呗!"

郝远:"你想学什么?"

桃子:"宠,宠爱,怎么说?"

郝远去吻桃子。

郝远:"就是这个,没有声音的。"

此时停电了。

桃子："讨厌，也不通知一声。"

郝远："你别动。"

郝远点起粉色、绿色、蓝色的香熏蜡烛。

郝远："这个香熏香料是尼泊尔的。"

桃子："真漂亮。"

桃子："你都去过哪些地方啊?"

郝远："我去过很多地方，最喜欢法国，那里有碧绿的大海。"

桃子："要不什么时候我和你一起出海吧，我给你洗衣做饭刮胡子。"

郝远拿出相机。镜头中两人在香熏蜡烛前合影，咔嚓，定格。

92. 人民广场地铁口下面通道地摊处　昏　内

地上摊开一排口琴，郝远拿起一个口琴吹，桃子在一边看着。

郝远教桃子吹口琴，吹的是 *Wild Is the Wind*。

93. 路口便利店　夜　外

郝远和桃子拎着塑料袋走出便利店，迎面一对老夫妇依偎着走过。夫妇俩都穿着白色汗衫，老太太少女般小鸟依人地挽着老伴的胳膊，头靠在老伴的胸前，老伯伯则挺着胸膛，如意气风发的年轻小伙，手里拎着装有白兰花的篮子。

老夫妇俩步履轻盈地走在夜色中。桃子停下脚步，一眼不眨地看着他们。

桃子抓住郝远的手："你有看到刚才那对老夫妇吗?"

郝远："没注意，怎么了?"

桃子在郝远手上挂上塑料袋,然后模仿刚才看到的老太太,双手勾住郝远的胳膊,小鸟依人地靠在他胸前,两人一起走着。

桃子:"对,就这样,刚才他们就是这样,70多岁了还像初恋般依偎在一起。我们以后也能像他们一样吗?"

郝远把桃子紧紧抱住,眼神闪烁。

94. 出租屋　昏/夜　内

两人面对面坐在床边,桃子脸上涂着面膜,桃子给郝远涂自制的蜂蜜鸡蛋面膜。

桃子:"行了,好了。别说话,会长皱纹。"

郝远:"好,好,遵命。"

四只脚在一只脚盆里洗脚。两人坐在床上看着电视,桃子手里抓着遥控器。

电视屏幕上播放:"相约星期六,有情就牵手。大家好,我是倪琳。我是崔杰";东方购物"婷美"文胸广告;梁朝伟、刘嘉玲今日结婚;巴西和意大利的足球赛。

桃子挽住郝远的胳膊,把头靠在郝远肩上看球赛。

桃子在郝远肩头睡着了。郝远关掉电视,将桃子抱到床上,关灯。

95. 出租屋　晨　内

桃子醒来,见桌上摆着早餐、口琴、郝远的项链和一张纸条。

郝远的声音:"桃,我又出发了,为了不让你难过,就没事先告诉你。我答应你,这是我最后一次航行,结束我就回来。照顾好自己,想你。远。"

96. 街头　晨　雨　外

桃子骑着郝远的摩托车在大街上冒雨全速飞驰,眼泪狂飙。

97. 出租屋　夜　内

寂静的深夜,窗台上横七竖八地放着四五个青岛啤酒瓶。

窗台上一只叫春的野猫走过,打碎了啤酒瓶。

悠悠传来桃子吹口琴的声音,是 *Wild Is the Wind* 的旋律。

出字幕:宝贝。

98. 南京路步行街

黄叶飘零的南京路,桃子在卖白兰花,挺着大肚子。

99. 公厕　深夜　外

北风呼啸,一辆出租车开到路边停下,陈波关门下车,冒着寒风冲进厕所间。

桃子挺着大肚子从公厕出来,陈波也从后面出来。

陈波开车路过桃子,摇下车窗:"小姐,要车子送一送吗?"

桃子转身:"陈波?"

陈波看着桃子的大肚子:"桃子?快上来。"

桃子上车。

陈波:"你住哪儿?我送你。"

桃子:"很近,就在前面路口左拐第一个路口。你怎么……"

陈波:"炒股失败,一夜回到解放前。"

桃子:"不要担心,我相信你很快就能东山再起的。"

陈波:"你怎么样?还在学化妆吗?"

桃子:"对。明年春天就毕业了。"

陈波："你什么时候结的婚,也不告诉我们,老公是谁呢?"

桃子："他这两天出海去了,是个水手。"

陈波："那你一个人要照顾好自己啊!我和你嫂子虽然现在日子艰难,但毕竟是两个人,有什么事咬咬牙就挺过去了。你有什么需要,随时给我们打电话。"

桃子："谢谢,嫂子还好吧?"

陈波："她不仅没和我离婚,还瞒着我蹬黑三轮车贴补家用。我欠她太多了。"

桃子："我到了。替我问嫂子好,改天我去看她!"

100. 普陀偏僻小区附近的路口　日　外

二十辆黑三轮车和车主等着,不时有路人过来,上车而去。

桃子过来寻找。

穿着朴素、扎着马尾、手里拿着扳手等修车工具的陈娟从车轮旁站起身:"桃子!"

桃子："娟姐,午饭吃了吗?没吃的话要不我们一起去麦当劳坐会儿?"

陈娟："好啊,不过等我把车修好,马上就好,你先上车坐会儿。"

陈娟拉开车帘,桃子坐上车。

桃子看着陈娟继续修车。

桃子："娟姐,你这里生意好吗?"

陈娟："还不错,一天能挣个几百。"

桃子："白天生意好还是晚上生意好?"

陈娟："晚上坐车的人多,天黑的话,大家都不愿意走路了,再说,这地段没什么公交车。"

桃子："买一辆车要多少钱?"

陈娟掀开帘子,沉着脸:"怎么?"

101. 麦当劳门店　日　内

桃子和陈娟面对面靠窗坐着。

陈娟要了杯咖啡,吃汉堡。桃子喝着豆浆,妊娠反应严重。

陈娟:"关健老婆也怀上了,关健现在就在家办公,一边照顾老婆。"

桃子:"他老婆真有福气。"

陈娟:"是你当初看不上人家的啊!你怎么样,你那位呢?"

桃子:"走了,不知道什么时候回来。"

陈娟:"他去哪儿了?他知道你怀孕了吗?"

桃子:"不知道。"

陈娟:"为什么不告诉给他?"

桃子:"联系不上了。"

陈娟:"那你还给他生小孩?"

桃子:"他会回来的,我和孩子一起等他回来。"

陈娟:"你,你太让我生气了。你脑子里到底怎么想的?放着好好的关健不要,去找这么个人,一个浪子?"

桃子:"我喜欢他,这就够了。再说,我就要当妈妈了。"

两人看到窗外的垃圾桶旁,落叶飘零的树下站着一个捡垃圾的老太太,她左手臂上套着个黑色垃圾袋,在垃圾筒上吃盒饭。

陈娟:"你现在没有稳定收入,怎么养孩子?"

桃子:"努力赚钱咯。要不你不开工的时候把这车借给我骑?我就当健身?"

102. 马路　日　外

拥挤的车流中,桃子穿着红色运动鞋,骑车载着客人停在十

375

字路口,绿灯亮,车子驶过路口。

桃子在路边停下车。桃子下车去问路,再上车继续骑。

她伸出戴红手套的左手示意拐弯,然后拐弯。

103. 教室 日 内

桃子挺着大肚子在听课做笔记,桌上放着保温桶。桃子突然出现妊娠反应,在同学们异样的眼光中起身离席,挤出课桌,奔出教室。

104. 闹市区车站 夜 雪 外

桃子正在看关于孕妇指南的书,这时,一个穿着华贵的孕妇上了桃子的车。

孕妇:"古北小区。"

桃子开骑。

105. 高档小区门口 夜 雪 外

桃子骑车驶入高档小区。

106. 小区楼下 夜 雪 外

贵妇下车:"给你100元吧,你也挺不容易的,不用找了。"

桃子:"谢谢!"

贵妇走开了又回来。

桃子:"你是?"

贵妇:"我是林美美。"

107. 林美美家豪宅一楼 夜 内

这几乎是座宫殿,充满了异国风情,金碧辉煌,气派非凡,桃子大开眼界。

林美美:"上楼换上干净衣服吧。"

108. 林美美家豪宅二楼某间　夜　内

房间内,床头挂着名画。林美美打开衣橱,递给桃子一件睡袍,自己也挑了一件穿上。

林美美:"你现在穿的睡衣值人民币1万元,法国进口的。"

桃子:"啊,你找便宜点的给我。"

林美美:"这已经是最便宜的啦。"

桃子:"你现在做什么行业啊?"

林美美:"你没听说过女人可以通过征服男人征服全世界吗?"

桃子:"你征服的那位男人呢?"

林美美:"回乡下看女儿去了。"

桃子吃惊。

林美美:"你怎么还是那么缺心眼呢? 女人挣什么钱呢,让男人去挣好了。什么爱情、婚姻都是假的,有钱花才是真的。"

桃子:"那你一个人生活吗? 没找个保姆?"

林美美:"正要问你,你有熟悉的保姆吗,只要活好,1万元保底,包吃包住。"

桃子:"不如这几天暂时由我来照顾你吧,等找到保姆再说。"

109. 客厅　夜　内

林美美坐在沙发上,桃子拿了杯牛奶给林美美,自己也拿了一杯,坐下。

林美美抓着遥控器看着电视。

林美美："你老公呢？干什么的？"

桃子："水手。"

林美美："赚得多吗，每个月给你多少零花钱？"

桃子："还可以吧。"

林美美："人呢？"

桃子："出海去了。"

林美美："多久回来一次？"

桃子哽咽，抹泪。

林美美："怎么了？"

桃子："他不会回来了。"

林美美关掉电视："什么情况？"

桃子拿出信："我今天刚收到的。"

林美美看信。

郝远的声音："我唯一亲爱的桃子，当你看到这封信的时候，我已经去了真正的大海。谢谢你给我热烈的爱，期待来生再见。来生我只做你的厨男，守着你，哪里都不去。"

桃子拿起桌上的零食，拼命往嘴里塞。

110. 林美美家楼下　日　外

林美美走在前面，桃子拎着一大包购物袋走在后面。两人回到小区楼下，看见一个乡下女人在一旁等着。

桃子："是陈娟介绍来的周姐吧？"

乡下女人："是的。"

林美美递给桃子一个洋娃娃："有空过来吃饭，别再骑黑车了。"

桃子："好的，知道了。"

111. 街上　日　外

桃子把洋娃娃挂在车上,蹬着三轮车,一路哼着小曲。

112. 马路　夜　外

天空下起滂沱大雨,桃子和其他黑车司机停在路边,等待客人。

口哨响起,数十名警察带着警犬来到。

桃子上车开骑。众司机纷纷开骑。

警察将众人逼近河边。

桃子和众人纷纷携车跳入黑色的河里。

桃子在恶臭不堪的河里挣扎。

幻觉中,桃子感觉郝远一把抱住她,拉着她游出水面。

113. 看守所卫生间　日　内

桃子小腹平坦,用刀片割手腕。

有人在外面喊:"王小桃,有人来看你!"

桃子昏倒在地上,血从手腕流出。

门被撞开,门内传出:"王小桃自杀了！快叫救护车!"

一群人围上来。陈波挤过人群冲了进来,将桃子抱起,冲了出去。

114. 看守所门口　日　外

树叶飘零,桃子和陈波一前一后走着,桃子手腕上绑着纱布。

桃子:"干吗救我,活着太难了。"

陈波:"你死了你的父母怎么办？他们白养你了。"

379

桃子:"我没有父母。"

陈波:"胡说什么?"

桃子:"我只有奶奶。我现在好想她,你为什么不让我去找她!"

桃子号啕大哭起来。

出字幕:桃夭。

115. 化妆间　日　内

电视里播放着深圳三十对结婚三十年以上的老人披婚纱欢聚一堂,喜度重阳的画面。桃子一边叼着烟,眼神空洞地看着电视,一边给穿着红军服的演员化伤员妆。

116. 地铁里　日　内

一个外来的年轻姑娘阳光灿烂地坐在桃子面前,用家乡话和家里打电话。

桃子看着她。

年轻姑娘头顶突然盛开了很多白头发。

时光飞逝,年轻姑娘变成了中年妇女,她弓着腰,蜷缩在靠地铁门口的长椅的角落里。

衣着光鲜、化着浓妆的桃子露出惊恐的表情。

117. 盥洗室　晨　内

桃子冲进盥洗室,对着镜子一遍遍地翻动头发,看到很多白头发。桃子开始拔白头发。

盥洗室里,女人进进出出,有白发苍苍的老太太,有长发飘飘的女郎,有光头的艺术女青年。她们有的看看桃子,有的瞧也不瞧一眼桃子。一个背着书包、穿着校服的小女生过来洗手。

桃子突然惊恐地拨开妇女和背着书包上学的小女生,向外冲。

118. 高档美发店　晨　内

美发师手里抓着桃子头顶的白头发:"大姐,怎么才想起来染啊? 想染什么颜色啊?"

店里放着音乐:"青春小鸟一去不回来。"

桃子望着镜中的自己。

119. 桃子家　夜　内

桃子梦中情景——凤冠霞帔的新娘转过头来,揭开盖头,是白发苍苍的老年桃子。

闹钟秒针沙沙走着,桃子惊醒,看见闹钟指向凌晨两点半,日历上写着 2010 年 4 月 2 日。

120. 化妆间　日　内

摄像机屏幕上,林美美的嘴唇由一只手抹上红色唇膏,紧接着,这只手帮林美美涂抹睫毛膏。镜头一转,可以看到桃子正在认真地给林美美化妆。镜头推近,桃子微笑着继续给林美美化妆。镜头微晃,然后紧紧盯住桃子不放。

桃子:"恭喜啊,终于修得正果!"

林美美:"早晚的事,谁让我和老金是真爱呢。"

桃子:"听说陈波在你老公那儿上班。"

林美美:"是啊,他和他老婆都在。如果不是我家老金,我还不会和这位小学同学碰上呢。再浓一点吧。"

桃子:"这样可以了。缘分可真奇妙!"

林美美:"忘记介绍了,这是老金的朋友,Jack,美国来的摄影师。"

桃子抬头，发现此人和郝远长得很像，她的手僵住了，化妆刷掉在地上。

Jack 也看着桃子，帮忙捡起化妆刷。

桃子伸出手："你好，我叫王小桃。"

Jack 放下手中的摄像机，伸出手："你好。"

121. 高尔夫球场草坪　日　外

春光明媚，绿草如茵，婚礼布置得气派非凡。林美美挽着老金的胳膊走过来，他们的一个小儿子在后面拉着婚纱，桃子站在一旁当伴娘。这些一一被收入 Jack 的镜头中。

Jack 拿着摄影机跟拍着婚礼场面。

桃子和陈娟、陈波，还有林美美夫妇合影。Jack 在一边记录着。

桃子和陈娟站在一边看着热闹的人群。人群中，林美美正准备扔出彩球。

陈娟："金哥愿意为她和前妻离婚，并且净身出户，是我没料到的。"

桃子："真为林美美高兴。"

陈波："是啊，生活总是充满希望的。事在人为，人定胜天！"

陈娟："接下来就该轮到桃子了。"

林美美的彩球抛到桃子跟前，Jack 和桃子几乎同时捡起。

Jack 的手机铃声响起，是 *Wild Is the Wind* 的曲子。

Jack 把鲜花组成的彩球给桃子，转身接电话。

桃子看着 Jack 的背影，手中捧着鲜花愣愣地站着。桃子左手中的酒洒在了裙子上，她才缓过神来。

桃子和陈娟坐在一旁，Jack 过来，双手捧着个东西。

Jack:"桃子,给你一个礼物。"

桃子摊开双手,Jack 将一条毛毛虫放到桃子手心里,桃子惊慌地尖叫了一声,站了起来。

Jack 远远地笑着,桃子看着他也笑了。

天打雷后,突然下起雨来,众人纷纷跑到帐篷内躲雨,唯有 Jack 还在雨中拍着。桃子打了把伞去给 Jack 挡雨。

桃子:"你很像我以前的一个朋友。"

Jack:"哦? 什么关系的朋友?"

桃子:"最亲爱的一个朋友。可惜他已不在人间了。"

Jack:"你确定吗? 也许他有什么难言之隐?"

桃子:"你怎么会这么说? 他没必要骗我的!"

老金拉着林美美过来:"Jack! 郝远!"

Jack:"哎! 来啦!"

桃子瞪大了眼睛,很快跑开了。

122. 马路上　雨　外

桃子边走边大笑着,然后大哭起来。

123. 桃子工作室　日　内

电视里播放有关全球金融危机的新闻。

桃子在忙着给一帮女演员化妆。

前台小姐水晶走过来:"桃姐,外面有人找。"

桃子抬头看到门口站着郝远,郝远手里捧着一束鲜花。

桃子马上过去关门。郝远上前堵在门口。

郝远:"我去黄河路的小屋找过你,你搬走了,手机号码也换了。我找不到你。"

桃子:"你为什么要骗我?"

郝远:"我对不起你。"

桃子:"你知道我这些年是怎么过来的吗?"

走道里四五个民工在搬电脑、桌子、椅子、打印机、整理箱等,后面一个男人将门锁上,提着个化妆箱走出来。

桃子:"他们怎么把东西都搬走了?"

男人:"这栋楼被卖掉了,温州老板逃到国外去了。"

桃子:"谣传吧?"

男人:"一个月后新东家来收楼,你就知道是不是谣传了。"

桃子:"我他妈刚交了一年房租!"

郝远:"别担心,有我在。"

桃子:"你谁啊你! 你走开!"

郝远把鲜花放在门口,默默离开。

桃子将鲜花重重地扔在地上。

124. 咖啡店　日　内

桌上,律师张翔推过来一根黄色水晶手链。

律师:"桃子,你还认得它吗?"

桃子:"怎么会在你这里?"

律师:"我负责执行龚大师的遗嘱,来寻找这个手链的主人。"

桃子:"是我送给龚大师的,没错。"

律师:"那恭喜你,你将有望获得龚大师的遗产,折合人民币200万元。"

桃子:"怎么可能?"

律师:"如果你能拿到今年全国化妆大赛的冠军,这遗产就是你的了。"

桃子:"我不明白。"

律师掏出一封信,交给桃子。

律师:"这是龚大师自杀前写给你的信。"

龚大师的声音:"感谢善良的桃子两个月来的陪伴,你的出现给了我生命中最温暖的时光。从你身上我仿佛看到年轻时的我,倔强,不相信命运。我曾一度利用你,请你一定原谅我。在我失明前能遇到你,是老天对我的厚爱。我没有在人生中找到真正的美,希望你能找到它,我愿意尽我所能帮助你!"

桃子热泪盈眶,呆坐着。

律师:"好好准备比赛吧! 只有一周时间了!"

郝远坐在一旁听到了。

125. 马路十字路口　日　外

烈日灼人,尘土飞扬的马路上,三四辆汽车开过。红灯变绿,瘦弱的桃子出现,桃子和水晶一起拎着巨大的袋子,拖着化妆箱过马路。郝远开着车过来按喇叭,桃子不理会,继续向前。水晶把化妆箱放到了郝远车上,坐上了车,郝远载着水晶继续向前。

水晶:"桃姐,上来吧。"

桃子:"你回去吧,我自己打车回去。"

郝远沉着脸开车。

水晶:"你们之间到底发生过什么? 我从没见过你,你什么时候来的,什么时候走的,又是什么时候突然冒出来的?"

郝远:"说来话长,都是缘分。我当时在法国潜水受伤,以为再也见不到她了,就寄了一封诀别信给她。没想到我活了下来,我回国后找她,却再也找不到她了。后来我在美国学了摄影。"

水晶:"她肯定以为你在骗她。我知道她前几年不知道怀了谁的孩子,后来孩子没了,她还为此想不开过。"

385

郝远:"你知道是谁的孩子吗?"

水晶:"谁知道啊? 难道是你的?!"

126. 桃子工作室　日/昏/夜　内

清晨,桃子往白色婚纱上镶嵌桃色的花瓣,一朵又一朵。桌上闹钟显示早上 5 点。

水晶:"桃子姐!"

水晶拿着莉莲蛋挞:"姐,今天我可以给你做一天的模特。快吃早饭吧。"

桃子手持化妆笔,快速地在水晶的脸上画着、刷着。

水晶从包里拿出几本时尚杂志。

水晶:"郝远哥送来的杂志,给你参考。他让你好好备战,别分心。"

桃子将杂志扔在一旁。

桃子在水晶的脸上刷着,水晶的脸灿若桃花,桃子的眼角泛着泪光。

中午,郝远送来午餐和玫瑰花,交给水晶。水晶拿来午餐和玫瑰花给桃子,桃子看了看门口的郝远,不予理睬,继续忙碌。

工作室门口,郝远在和水晶对话。

水晶:"我姐就是比较犟,但不是铁石心肠。等她忙完这阵儿,你和她好好解释一下。"

郝远:"我明天要回美国了。"

水晶:"美国? 你现在定居美国了吗? 你结婚了?"

郝远:"我走了,你代我好好照顾她。新工作室我帮她找好了,一年的租金已经付掉了,你们随时可以搬过去。这是对方的名片。"

水晶:"你对桃子姐这么好,为什么还要离开!?"

深夜,灯下,桃子端详着贴有桃色花瓣的白色婚纱,桌上闹钟显示晚上 11 点。

她拿起时尚杂志刊翻看,眼泪滴在杂志上。

半夜,桃子抱着杂志在沙发上睡着了,桌上闹钟显示凌晨 3 点。

127. 化妆比赛现场　日　内

十位参赛化妆师对着模特忙碌装扮着。

桃子别着"十号选手桃子"的胸牌对着模特的脸涂抹,她将婚纱给模特穿上,整理婚纱,婚纱上缀着桃色的花瓣。

八位穿着打扮考究的中老年评委坐在一旁,神情严肃地打着分。

水晶坐在观众席上。

主持人摇铃:"时间到。"

主持人上台:"女士们先生们,一年一度的化妆师大赛结果即将揭晓,有请著名化妆师李东田先生为我们宣布获奖名单。"

李东田:"三等奖得主是八号造型师范小青,他的作品是《春》。二等奖得主是二号造型师张小云,她的作品是《白云之歌》。"

桃子和水晶坐在观众席中。

李东田:"下面宣布一等奖,就是六号造型师,陈菲菲,她的作品是《如沐爱河》。"

掌声雷动,三位造型师上台领奖。

桃子离开。

评委会主席跑上台去,递了张纸条给主持人,并和主持人耳语。主持人将纸条递给李东田。

李东田:"本届比赛临时增设了一个评委会大奖,得奖作品是《桃子夭夭》，由十号选手桃子给我们带来。"

水晶激动地站起来鼓掌！

大屏幕放出桃子和作品的图片。

主持人："下面有请桃子小姐！"

灯光扫射在观众席中，只见水晶旁边有一个空座。

水晶掏出手机拨桃子电话："得奖了还不接电话。"

水晶离席去找。

舞台上评委："下面有请桃子小姐！桃子小姐在吗？"

128. 比赛后台的洗手间　日　内

桃子淡定地洗手，补妆，旁边一个小女孩盯着桃子一直看，桃子难为情起来。

小女孩："姐姐，你真好看。"

桃子弯腰："你也很好看！"

电话声响起，桃子接电话。

郝远："是我，郝远。我现在在机场，我马上登机了，回美国。你的比赛还顺利吗？"

桃子："你妈的，又要走？你走了就不要再回来，我就当你真的死了。"

郝远："你现在来机场，你来我就先不走了。"

水晶来到化妆间。

水晶："桃姐，你得大奖了。"

桃子："你帮我去领吧，顺便告诉评委会，这奖金我不要。"

水晶："你傻啊？为什么？"

桃子："我要离开一下。"

水晶："你去哪儿？"

桃子冲了出去。

388

129. 马路　日　外

桃子在路上打车。

车驶来,桃子上车。

桃子:"去机场。"

130. 化妆比赛现场　日　内

观众鸦雀无声。

水晶从边门回到现场,和主持人耳语。主持人把水晶请上舞台。

水晶:"今天我代替桃子领奖。刚才桃子给我发来了短信,她让我转达三句话。"

主持人:"是哪三句呢?"

水晶:"第一句是,桃之夭夭,灼灼其华,之子于归,宜其室家。愿每个女同胞都能在最美的时光里找到自己的归宿。"

观众鼓掌,众评委也鼓掌。

主持人:"你觉得桃子找到了吗?"

水晶:"是的,我相信她找到了。"

主持人:"第二句呢?"

台下一片静默。

水晶:"第二句是,作为龚大师遗产的继承人,我决定把200万元遗产以龚大师化妆基金会的名义捐给大赛组委会。"

众人屏息凝神,评委愣住了。

水晶:"第三句是,从来没有不劳而获的美事,今年是我来上海的第十年,我愿意继续踮起脚尖去追求未知的胜利。"

观众一片哗然,之后是一阵掌声。

131. 机场　日　内

桃子飞奔在机场大厅。

桃子四处寻找。

郝远在她身后出现,用手蒙住她的眼睛。

桃子握住郝远的双手,慢慢放下,回头,扑入郝远怀中。

两人紧紧拥抱,热吻。

字幕:一周后。

132. 静安寺华尔街英语培训中心　日　内

高大上的培训中心。

桃子填写报名表,表格上学习原因一栏分别是:考试;工作需要;出国进修;其他。

桃子勾选其他。

老师:"王小姐,你现在的英文基础是初中水平,你准备读几级?"

桃子:"可有一周速成班?"

老师:"开玩笑!"

桃子:"那我报名半个月吧,能学多少就学多少。"

老师:"小姐,你是去移民还是?"

桃子:"我今天可以开始学了吗?"

老师:"当然。"

133. 华尔街英语培训中心　日/夜　内

偌大一个房间,学员纷纷离去,最后剩下桃子一个人戴着耳机学习。

看门人过来关灯,拍拍桃子的肩。桃子起身收拾,离开。

134. 桃子住处　夜　内

电视里央视国际频道播放着英语新闻。

桃子用遥控关掉电视,打开床头的小灯。

桃子打开收音机收听 BBC 广播。

桃子躺下,关灯。

不久,她又打开灯,从床头掏出一本泰戈尔的《吉檀迦利》英汉双语诗集,捧着读:"This frail vessel thou emptiest again and again, and fillest it ever with fresh life."(这脆薄的杯儿,你不断地把它倒空,又不断地以新生命来充满。)

135. 自动取款机　雪　外

桃子从 4 万元积蓄中取了 3 万元出来,然后又取了 5000 元出来。

136. 梅陇镇广场对面小店　日　外

桃子:"我想办最快去美国的签证,要几天?"

店主抓住电话问桃子:"三天或四天,你想几天办好?"

桃子:"三天,多少钱?"

137. 人民广场地铁站　夜　内/外

人群熙攘,桃子和水晶、陈波夫妇、林美美告别。

水晶:"非去不可吗? 工作室你就不管了?"

桃子:"如果不嫁人,行万里路也不过是个流浪者。"

林美美:"还回上海吗?"

桃子:"当然回啊。我用了十年时间才搞定它,我一定会笑着回来的。"

陈波："事在人为,人定胜天。"

地铁门合上,地铁行驶。

地铁在黑暗中隆隆穿行,突然一声巨响。

水晶、陈波夫妇、林美美一齐惊诧地回头。

黑场。

桃子(画外音)："生活在继续,每天都会有痛苦或不幸袭来,只要心中有爱,希望就不会走远。"

出字幕:2015 年 1 月 1 日。

138. 人民广场地铁站　夜　内　幻想段落

黑暗中,地铁迎面呼啸而至。

矮胖的中年男子穿着制服执着勤:"先下后上,有序乘车。"

广播里放着:"人民广场站到了,换乘 2 号线和 8 号线的乘客请下车……We are now at People's Square …"

地铁门打开,桃子从人群中走来,她穿着打扮十分优雅高贵,旁边站着的郝远前后背着一对儿女。

桃子从郝远怀中接过女儿抱起。女儿叫妈妈的声音逐渐变清晰。

桃子:"Baby, here we are, this is Shanghai."(宝贝,我们到了,这里是上海)。

郝远和桃子并肩向前走。

郝远:"今晚先好好睡一觉,明天带你们去吃好吃的。"

桃子:"好,听你的。"

(剧　终)

导师评语

石　川

　　电影剧本《桃子夭夭》讲述了广西少女桃子为追慕爱情和理想来到上海打拼,在整整十年的时间里,她历经挫折和幻灭,从一个天真少女成长为一个坚韧成熟的职业女性,不管遇到何种困难,她都不忘初心,不放弃对理想人生的追求,可以说,这是一部清新、励志、充满正能量的现实主义剧作。

　　作者对上海市井生活有比较好的把握和塑造,不论是对主人公生活、工作场景的选择,还是对上海特定城市空间的运用,都比较好地体现出了上海的城市氛围和城市特征,并且与主人公生活境遇的改变有比较准确的对应关系。在人物关系的设置上,也有巧妙的构思,通过对桃子一男一女两个同乡的描写,凸显出不同角色对不同人生价值和生活道路的选择。龚大师这个角色也有一定的典型性,她一方面不相信桃子能够达成人生理想,一方面又被桃子的真诚和单纯所感动,愿意对她出手相助。这样的描写,既展现了人物性格上的多面性,又比较符合上海中上社会阶层对待外来打工者的普遍想象和态度。

　　目前剧作上还有一些不足之处,主要表现为以下四点:

　　第一,主人公桃子的性格还需要继续深入挖掘。桃子在上海打拼十年,其生活诉求和人生目标应该有阶段性的变化。开始是为了追求虚幻的爱情,误打误撞来到上海,但经过生活的艰苦历练后,桃子对爱情、对职业、对自己的人生道路,应该会产生不同的想象和追求。目前剧本在主人公性格、成长线索上的描写还不是很清晰,需要继续提炼和挖掘。

第二,桃子的性格魅力应该更鲜明更具体。桃子之所以能坚持不懈、百折不挠,其最根本的心理依据是什么? 是什么支撑着她在举目无亲的陌生都市忍受生活的重压? 是性格使然,还是有某种外部动机? 目前写得还不具体。如果这方面没有清晰的交代,角色就有可能被误认为是祥林嫂式的逆来顺受,这显然有违作者的初衷。

第三,某些角色命运、际遇的变化、遭遇,有些过于突兀,既不符合角色性格发展的逻辑,也有违生活真实。比如大师因失明而自杀,并赠送给桃子百万之巨的遗产;郝远的出走和回归;陈娟靠蹬三轮车重新创业;突发性的地铁事故;等等。应该按照角色性格发展的自然逻辑来设置剧情,而不应该依靠偶然性外力的介入来干扰甚至改变剧情的走向。

第四,角色的某些生活态度和价值阐述还应该进一步斟酌和思考。例如第137场,主人公讲"如果不嫁人,行万里路也不过是个流浪者",这等于把婚姻看成女性唯一的归宿,显然不符合当代都市女性追求个性和主体性的价值走向。

希望作者根据以上意见,对剧本继续进行深化和修改,把剧本打造成一部描写上海城市心灵史的精品力作。

电 影

恋 衣

羊含芝

羊含芝

女,上海戏剧学院电影学专业硕士,南京传媒学院客聘剧作教师。曾担任华策影业文学策划。曾获新概念作文大赛二等奖、中美国际电影节"金天使奖"、常州市戏剧文学奖,获上海文化发展基金会青年编剧扶持项目资助。曾担任都市情感剧《匆匆的青春》责编,古装偶像剧《且试天下》责编,历史古装沉浸剧《王者的独白》总编剧,小剧场话剧《下一站等风来》编剧,青春电影《恋衣》编剧,情景剧《哈哈笑餐厅》联合编剧。

1. 外　森林公园公路上　日

夏天和琳达穿着一样的白衣服,在公路上骑自行车,相互追赶。

琳达张开双手:"夏天! 我们自——由——啦!"

夏天故意骑快,碰着琳达的后轮,发出响声。

琳达:"你要死啦,敢撞我!"

琳达和夏天在公路上疯狂地笑着。

2. 外　公交车站　傍晚

夏天和琳达的自行车停靠在车站,两人坐着看夕阳。

夏天搓着手哈气:"好冷哦!"

琳达突然用冰冷的双手捂住夏天的耳朵,夏天吓得往后躲。

琳达:"我这儿还有更冷的! 哈哈。"

夏天拍了下琳达的刘海,拿出手机,给琳达拨弄了下刘海,拉着她合影。

夏天:"我要和这个大大美女合照,但是等等! 我要摘了牙套,不能输!"

夏天要摘掉自己的牙套,琳达阻止了她,打闹中按下了自拍键,照片定格。

3. 外　花坛　日

24 岁的夏天穿着有设计感的套装,在一片风信子花坛前放下水壶,拍拍身上的水渍,走到自己的车前开车门,动作熟练。

4. 内　采访室　夜

某个网络采访活动中,夏天在一片镜头前微笑地倾听记者们的问题。

记者:"请问林夏天小姐,这次发布的服装系列灵感来自哪里? 是什么时候开始的?"

画外音:"我叫林夏天,夏天的夏天,是一名服装设计师。你们应该都认识我的朋友于琳达,那时你们还常常拜托我要她的签名。六年前,我们形影不离。"

高中上课铃声响起。

5. 内　教室　稍后

夏天抱着课本匆匆跑进教室,坐在最后一排的小池嚼着口香糖。

夏天皱着眉,指了指他的腮帮子,示意他吐掉。小池对夏天吹了个泡泡,吐在纸巾上,对夏天做了个鬼脸。夏天拿出记名册准备写下小池的名字,小池赶紧吐了口香糖并坐端正。

一个男老师走进教室,环视了一圈。看到小池吹着泡泡,张老师咳嗽了两声。

张老师:"好,现在我们上课。没有准备好的人我先不点名,给你两秒钟处理。"

张老师转向身后黑板,倒计时牌上写着:距高考还剩下91 天。

张老师:"还剩91 天了,时间不多了,同学们。上一次的模拟高考作文题,我和年级的几个语文老师一起讨论了一下,决定还是用夏天的范文。夏天来读一下吧。"

夏天坐得很端正,微微抬了一下下巴,嘴角动了一下。小池看着夏天,向她竖起大拇指。

夏天:"张老师,既然时间紧张,那我就读一段最满意的吧!"

张老师:"好。"

小池又一次看向夏天,向她比了一个"耶"的手势。夏天向小池翻了一个白眼,然后把嘴里的牙套取出来,拿出一张纸巾叠好,将牙套放在纸巾上。

夏天:"幸福是什么? 读完普希金的《我曾经爱过你》,我在想,曾经爱过是一种幸福,我们每个人都是一颗行星,拥有独立的星体,来自不同的轨道,我因为欣赏他人的轨道产生了喜悦⋯⋯"

夏天声情并茂,读到激动的时候单手放在胸口,整个教室都回响着夏天的朗读声⋯⋯

6. 内　教室　课后

张老师在收拾教案。

夏天喜悦地翻着自己的作文本。

张老师:"哦,夏天,这次省里的演艺大赛,校长的意思是还是由你带几个同学排一个小话剧。虽然要占用到复习时间,但这个比赛的冠军组成员在高考的时候可以获得相应的加分。你可以去请教孙回,他就在隔壁班,是上一届比赛的冠军。"

夏天:"张老师,(看了一眼窗外的风信子花坛)那走廊外面这么多风信子花,是不是还要我来管理啊?"

张老师向夏天招手,示意夏天靠近。

张老师:"这是我们1988届校友捐赠的哦! 你,便是我重点关照的对象,这重点保护当然要交给你才放心啊! 夏天,老师对你可是充满信任啊!"

夏天:"可是,张老师,那个孙回我实在是⋯⋯不熟悉。"

张老师:"夏天同学,这可是你加分的好机会,也是咱们班冲出突围的好机会!最近校长盯咱们班很厉害,高考最后的水平都是从现在就开始分化的……"

画外音:"我统计过,高考,这个字眼在我的生活里出现的概率大概是百分之二百零一点五。这么跟你说吧,几乎所有人都是生来为高考奋斗的。"

7. 内　教室　课后

爱林、小池拉着夏天,按着她坐下。

夏天:"你们到底要干什么?"

小池:"夏天同学,鉴于你之前对我们的照顾,我们决定送你一本非常实用的独家秘籍。"

爱林点点头。

爱林模仿夏天读作文,语调阴阳怪气:"我们因为欣赏他人产生了喜悦,你欣赏谁呀?"

爱林从包里拿出一本泛黄的小书,书名是《如何快速得到你的心上人》,书封上有两个穿着健美操服装的女生,在做健美操动作。

夏天冷笑一下,打开书桌上的真题卷。

夏天模仿张老师:"还不去消化考试卷上的错题,保证能全对吗?还有心思搞这一套?"

爱林拿出一套化妆工具,往夏天面前凑。

爱林:"不要乱动,乖乖听我们的!那次孙回来我们班,直接点名找你欸,快教教我怎么做到的!"

小池模仿张老师:"夏天同学,别忘了你的光荣任务,这次可是要向孙回请教大赛的事,这关乎我们班级的荣誉。"

爱林:"对呀,你可别小看了外貌啊化妆啊这些事情,它可能帮你实现好多梦想！你看,就我长这样,只有看上男神的份儿,没有男神看上我的份儿!"

夏天:"真的只看外貌吗?"

爱林:"嘿,不然咱们打个赌,看看人和人一直交往是不是先从外表来判断?"

出片名:《恋衣》。

8. 外　手机维修店门口　日

一个男生骑得飞快,迎着夏天的面把夏天的手机撞在地上。

夏天:"喂,你给我停下来,跟我道歉!"

夏天捡起来检查,手机屏幕碎了。

孙回过来掏出笔记本,撕下一张纸条写下手机号码。

孙回:"同学,我还有事,你打这个号码跟我算维修费。"

夏天:"喂,你不许走,听见了吗?"

孙回把纸条塞进夏天的口袋,向她招了招手,骑车风一样地离开。

夏天对着离开的背影咬牙切齿。

夏天:"哼! 等着瞧,我把这个账好好跟你算一算!"

9. 外　手机店门口　日

夏天走出手机店,自言自语:"可恶极了,本来只有一点小问题,浪费我的复习时间!"

夏天发短信给孙回:"手机修好了,我在宁南高中高三九班,维修费面交!"

10. 内　教室　日

刚结束早自习,小池有点疲倦,第一个冲出来倒水。

孙回在教室附近走来走去。小池看见孙回吓了一跳,往回看了一下教室,停住,掏出手机又放回去。

小池:"孙回?"

孙回(很腼腆):"你认识我?"

小池:"你真的是孙回?妈呀!"

孙回(降低声音):"别……"

小池:"那自然啊,你成绩从来没下过年级前两名,又是篮球队队长,校长讲话都拿你当典范,(小声嘟囔)让我们怎么活?你这样出现在我们班门口,会遭到女生的围观哦!为了你的安全考虑,我建议借一步说话。"

孙回(高冷):"我来找人,找完就走。"

小池:"你找……谁?"

孙回翻出夏天的短信给小池看,停在"我是林夏天"上面。

小池往肚子里咽了一口口水。

小池:"夏……夏天……!那个……夏天早自习……出去了。"

小池(自言自语):"这个衰人跑哪儿去了,这么千载难逢的一面,这怎么办哦!"

孙回:"你们的这个衰人,手机倒是修好了。"

这时,教室里的女生在门口看着看着,一窝蜂涌出来。

爱林(星星眼):"孙回!孙回,有空跟我们拍一张合影吗?(回头对其他女生说)孙回今天来我们班了,妈呀,等等,你等我拿一下手机,我要记录下这个历史性的场面!"

11. 外 教室走廊 日

夏天赶到教室,看到小池。

夏天:"我手机摔坏了,早上又遇到一个衰人,他就这样(夏天做动作,模仿早上撞车的现场),我就这样一下,结果⋯⋯"

小池急忙伸手要捂住夏天的嘴。

小池:"夏天,夏天,这是孙回。"

夏天抬头,惊讶地看见孙回,两个人认出对方。

夏天扶了扶眼镜,向孙回伸出手。

夏天:"那正好都来了,一共 385 元。"

爱林:"夏天,你太没礼貌了,我们一起合个影吧!"

夏天没有理会,鄙视地看着爱林。爱林凑到他们中间,拿出手机自拍。夏天要躲开,孙回用力揽住她。

爱林:"过来,夏天,别害羞。哎呀,你干什么!"

爱林按下拍照按键,照片定格,镜头中夏天一副要逃走的表情,孙回一脸冷酷的表情。

12. 内　教室　日

小池端着镜子,爱林拿出两把化妆刷,要给夏天化妆。夏天推开爱林,抓着试卷和笔。

夏天:"别浪费时间搞这些东西了,你们一个个没复习完,张老师要连带我一起骂的,知道吗?"

爱林:"放心了,大课代表,我们不会把你拖下水的,反而要让你做我们班的大大 QUEEN!"

夏天(很无语):"你们哪只眼睛看到我要做 QUEEN 了?"

爱林:"哎呀,别嚷嚷,要你做你就做。你还能把孙回往咱们班里带,他可是我的最爱,想想就兴奋。"

崇美:"谁告诉你孙回是你的? 他可是我们全班的、全年级的!"

爱林翻着白眼,崇美对她不屑一顾。

小池:"夏天,你可瞒不过我们,模拟考试、艺术节比赛,张老

403

师哪一个把你落下了？咱们班啊，目测在未来一年里就会把你捧红的！"

小池比出一个"二"，指指自己的眼睛，再把"二"指向夏天，做"I'm watching you"的手势。

13. 外　篮球场　日

篮球队中孙回投出三分球，全场欢呼。夏天拿着饭盒打饭，穿过篮球场。

爱林和崇美等人，以及孙回的粉丝尖叫着。夏天回头看向孙回。

爱林："夏天，你快过来，孙回真的好帅……你快看！"

夏天翻着白眼："莽撞粗野的人，就留给你们好好看吧！"

爱林："那你快走过去，不要影响我们！"

夏天扯着爱林的耳朵大喊："放学留下！跟我去操房排练！"

14. 内　操房　日

夏天和爱林坐在操房地板上，小池在窗边走来走去，两个演员在旁边说笑。

小池："这可怎么办呢？我们现在一点思路都没有，还是要找有经验的人带一下的。夏天，我看我们要不搬个救兵。欸，夏天，张老师在课上说什么来着，孙回就是上一届冠军。爱林，你的机会来了！"

夏天："等会儿！你要叫那个'冰柜'吗？还是算了吧。"

小池："你就是嘴硬，你们那次相撞只是意外，孙回有对比赛的独特经验。"

爱林："好耶，这件事就包在我身上了，我就是喜欢联系孙回。孙回一回头，我的小心脏就怦怦跳。"

爱林拿起夏天的手放在胸前。

爱林:"现在成了听见他的名字就开始突突了。"

夏天甩开她,非常嫌弃。

小池:"就这么说定了,爱林去请孙回过来。下个礼拜张老师好像就要请领导看彩排了,夏天我警告你,你一个人不行的话,就不要逞能好吗?"

夏天:"再试最后一次。"

15. 内 操房 日

夏天和男演员在操房对白念到一半,男演员挠头停下,夏天打断。

夏天:"继续……继续啊。"

夏天张开弓步,做着手势,男生停下之后跺着脚。

男演员不好意思地挠着头。

夏天:"这怎么回事呢,昨晚跟我视频的时候不是还挺熟练的吗?"

男演员:"夏天导演,我突然觉得前面念的都是错的。"

夏天:"这怎么可能呢? 这里并没有改得很离谱啊,我只节选了原小说的一小段。"

16. 外 篮球场 日

裁判吹哨,决定把孙回罚下场,孙回不服,跟裁判理论。

孙回在场外坐着大口大口喝水,打开手机跟父亲视频。

孙回父亲:"儿子! 老爸在美国等你哦! 上周老爸采访了NBA明星球员,你猜是谁?!(展开一幅海报指着签名)儿子加油!"

孙回沮丧地看着视频。

场外有人大喊:"孙回! 啊! 你真的在这里。我们需要你!"

孙回匆匆关上视频。

爱林喘着气,跑到孙回面前,说不出话来。

爱林:"孙回……孙回……"

孙回:"你怎么了,什么事?"

爱林:"急事,急事,孙回,你一定要帮我们呀! 今天都星期四了,下个星期我们就要彩排验收了,这几天,我们的话剧排不下去……"

孙回:"你慢点说,是每年度市里的演出吗?"

爱林:"不说了,快跟我走吧。"

爱林拉起孙回就跑起来。

17. 内　操房　日

夏天费劲地在给两个演员解释,孙回拿着剧本看了一会儿。

孙回:"这句'山河有好几个春节没有在家里过了,但是让他直接和父亲沟通太困难了',夏天,你有没有想过换一个方式可能会好一些?"

男演员一直点头:"从前面演到这里,我就没法说这样的话啊!"

孙回:"你试试看这样的处理啊。你走到阳台,看到夜空中有烟火绽放,抬头才意识到到春节了,这时你想点根烟,拿出来又没点,父亲的视频通话突然响起。你现在什么都不用说。"

夏天:"按照孙回的处理,来一遍吧!"

两个演员越演越生动,操房的气氛开始活跃。夏天和孙回的眼神不经意碰撞,夏天立刻收回视线。

18. 外　篮球场　夜

星空下,孙回在篮球场一个人练习着走步、投篮。

孙回朝着星星:"嗨！你们说我什么时候能顺利去美国！向我老爸看齐!"

篮球落地的声音。

19. 内　夏天家　夜

夏天在电脑上点开上一届大赛冠军的现场视频,不断地回放。

孙回:"如果我们生来就带着和这个世界缠绕的任务走向死亡,希望最后能记住自己一开始的模样。"

夏天关了电脑,躺在床上,重复这句话。

20. 外　校园外停车场　日

孙回骑着电动车在停车场找车位。

夏天看见了,装作找不到车位,推着自行车一点点靠近孙回。

孙回回头,夏天假装不看他。

21. 外　校园开水房　日

夏天算好了时间,盯着手表,在楼梯转角处等孙回下楼接水。

孙回走过来,背后有一群女生在议论。

夏天不满地皱着眉。

22. 内　校内超市　日

夏天和爱林、崇美买东西,夏天选了几包虾条坐在窗台前。

夏天远远看见孙回经过超市,手中的虾条撒了一桌。

23. 内　夏天房间　夜

夏天在房间里翻出塔罗牌,点蜡烛。

夏天洗牌,口中念念有词:"神奇的塔罗啊,孙回知道我的心意吗? 想知道我们接下来的发展是什么?"

夏天抽出三张塔罗牌,是圣杯皇后、宝剑五、魔术师。

夏天自言自语:"完了,之后要经过一段曲折的过程……"

妈妈开门,夏天慌忙收拾,蜡烛倒了,塔罗牌散落一地。

妈妈:"又在搞什么? 还点蜡烛! 快开灯,灯泡坏了吗? 我跟你说,你不要再画你那些图了,设计专业可是要很高的文化分的!"

夏天:"妈妈,跟你说了很多遍啦,进我房间要敲门的!"

24. 外　公路上　日

夏天、小池骑车,爱林、孙回骑车在前面。

小池:"明明自己想约孙回,非要拉着我们一起,这么远,还要骑多久才到你说的那个公园啊?"

夏天紧张地做出"嘘"的动作。

夏天:"你能不能小声一点,孙回就在前面好不好? 还不是因为张老师不想丢脸,不想让咱们班输,否则我才不会找他,当这么多女生的敌人。"

小池:"送你四个字,口是心非。"

小池表演脱手骑车,挡在夏天前面。夏天叫了起来,两人打闹。

孙回转过身骑到夏天和小池身边。夏天在打闹时,口袋里掉出了魔术师牌,孙回捡起来放进自己兜里。夏天和小池一路骑过去。

25. 外　森林公园吊桥上　日

小池、夏天、孙回走在吊桥上,孙回拿着一堆野炊的食物。夏天走到吊桥中间,看了一眼桥下。

小池在吊桥上晃来晃去,吓唬她。

小池:"哇,夏天! 要掉了,要掉了!"

溪水哗哗作响,夏天捂住耳朵,感到一阵晕眩。

孙回伸手扶住夏天。

26. 动画

夏天一个人在吊桥上,四周都是绿色植物。夏天突然踩空了,挥着翅膀飞了起来,一根粉色的箭射中她。

夏天捂着胸口飞起来,周围都是粉色的泡泡。

27. 外　植物园　日

爱林拉着小池,要给小池在花丛中拍照,夏天渐渐和孙回并排。

夏天:"那个,孙回,谢谢啦。"

孙回:"谢什么?"

夏天:"刚才在吊桥你救我的命,还有那天你帮忙我们排练的事情,之后还真的要好好跟你请教。"

孙回淡淡地:"没这么夸张,没事。"

夏天:"你好像有什么不开心的事,可以拿出来分享一下。"

孙回:"然后让你开心一下是吗?"

夏天慌张:"我说错了,是分担一下!"

夏天自言自语,拍着自己的胸口:"不要紧张。"

孙回拨弄着身边的矮植物。

孙回:"你想做什么样的人,你想过吗? 我是说上完大学之后。"

夏天:"有啊,就是选择自己喜欢的设计专业,做喜欢的设计工作呗。不过好的设计学院都要很高的分数,我妈逼着我一定要在家里出人头地,所以这个比赛对我,对张老师,对我们班来说都有着非同寻常的意义! 简单来说,谁都想做一个闪闪发光、被别人羡慕,而不是羡慕别人的人吧!"

孙回重复着:"闪闪发光的人……但是为什么要让别人羡慕呢?"

夏天:"孙回,你在别人眼里可是让人羡慕的呢!"

孙回:"我根本不是。"

夏天:"怎么可能呢? 你的一切在别人眼里,都是妥妥的神一样的存在。"

孙回:"很难的,我的成绩没达标,没资格去美国,到我父亲身边。"

夏天指着身后的一片风信子。

夏天:"孙回,我理解。这片风信子花就当是大自然送给你的吧,它的花语是燃起生命之火,享受丰富人生。"

风信子在风中摇动。

28. 内　夏天房间　夜

夏天抽出塔罗牌,开始洗牌,发现少了一张牌,四处翻抽屉。

她翻到一张书页,夹着一朵风信子花。

她打开手机,联系孙回。

夏天:"孙回,明天想要占用你半小时,看我新改的词,你有空吗?"

孙回很快回复:"没问题。"

29. 内　麦当劳门店　夜

夏天站着念词,孙回仔细听。孙回在说着什么,夏天崇拜地看着他,仔细地做着笔记。

30. 外　街道　夜

夏天和孙回推着自行车在路边走,夏天看到天上有一颗很亮的星星。

夏天:"今天天象是海王星逆行,你知道每个人都有自己的星图吗?"

孙回:"你是在说星座?"

夏天:"如果每个人都只用星座来区别,世界上就只有十二种类型,其实不是这么简单。每个人自身都是一张星图,有属于自己的运行规律,有自己的特质。每颗星星运行到不同的位置,在不同的时刻都会产生不同的影响啊! 世人理解得太简单了。"

孙回:"男生习惯于逻辑,女生习惯于直觉,所以星座这些事情,我也不是很懂。"

夏天:"那你会不会觉得,每个喜欢你的女生,都是一样的?"

孙回看了一眼夏天:"当然不是了。那个,之后你们是不是就要彩排汇演了?"

夏天:"对啊,还请你多来指导呀!"

孙回拿出一张塔罗牌,递给夏天。夏天很惊讶。

孙回:"那天我还在找这是谁掉的,看来是你掉的吧?"

夏天:"居然在你这儿? 还有,你怎么知道是我的?"

孙回:"对星体感兴趣的人共有的直觉。"

夏天害羞地拿着牌,收进自己的文具盒里。

31. 内　夏天房间　夜

夏天拿出这张牌反复看着,塔罗牌背面贴着一张透明的便利贴,夏天取下,对着台灯看到便利贴上写着三个字:"燃烧吧!"夏天心满意足地摸着这张牌,贴在胸口笑了。

32. 内　夏天房间　日

夏天妈妈帮夏天收拾房间,看到夏天桌上多了一个粉色的盒子。她把盒子盖挪开,发现夏天把原来相框里的照片换成了塔罗牌中的那张魔术师牌,还贴了一张纸条:请勿挪动。

夏天妈妈(自言自语,不解):"这好好的牌还单独放在相框里干什么? 还不能挪动?"

33. 内　教师办公室　日

金老师拿着一堆学生资料走进办公室。

金老师:"打扰两位一下,领导之前跟我说了一下班里的人数情况,好像张老师的班里要多几个人了。不过这几个学生都是有特长的,才能到你班上。"

金老师递给张老师一些资料,几个老师都很好奇,盯着他拿出资料。张老师翻开第一页,(镜头特写)简历上是一张外形出众的女生的照片,几个女老师凑近仔细看。金老师神秘地拉着张老师。

金老师:"老张! 你知不知道她是谁?"

张老师指着资料上的名字。

张老师:"这不是写着吗? 你啥意思?"

金老师:"你看看你! 当年咱俩一起看的那部电影你还记得哦?"

张老师:"咱俩看过那么多部,你说哪一部!"

金老师锤了张老师一拳。

金老师:"说得像谈朋友似的。我来告诉你。"

金老师唱起电影主题曲,张老师跟着哼了起来。

金老师:"想起来了哦?!那个女主角,当时她可是我们全班男生的梦中情人!这个小姑娘就是她女儿。"

张老师做了一个晕厥状。

张老师:"这个小琳达转到我的班上,校长有何用意?"

金老师拍着张老师肩膀。

金老师:"重点班啊,文艺尖子和学习标兵一个都不能少。老张,这次你的压力更大了!"

34. 外 走廊 日

夏天绕着花坛一边观察风信子,一边做记录。琳达站在花坛另一边,蹲下看风信子,用手擦花瓣上的泥。夏天拿笔指着琳达。

夏天:"哎,那位同学,你没看到这里写着禁止触碰吗?"

琳达好像没听见,绕着花坛走了一圈。夏天迎面看到这个美丽的女孩走来,愣住了。

琳达:"同学,谢谢你啊。"

夏天:"谢我什么啊,你是哪个班的,把名字报上来,我要计分。"

琳达笑了笑:"同学,我是新转来的于琳达。你帮我妈妈照看这片风信子照看得很好啊,谢谢哦。"

琳达走了,留下夏天在原地。

35. 内 教室 日

张老师:"同学们,这是于琳达,以后她就是你们的新同学了。还有,咱们班一直缺一个文艺带头人,琳达最适合了。"

讲台下一片议论。

爱林:"妈呀,长得可真好看,像个仙女儿……夏天,以后你这里就是仙境。"

夏天:"你呀,妥妥的颜控,还说自己有内涵?"

爱林:"不是,你不觉得她的气场跟电影明星很像吗?"

小池用纸巾左一遍右一遍,擦了擦琳达的座位,做了个请坐的手势。琳达大方地和大家打了招呼,坐在夏天旁边的位子上。

琳达:"你好,还记得我吗? 我是于琳达,很高兴和你成为同学。"

夏天对这个美丽的女孩不好意思地笑了一下,琳达看了一眼夏天书本封面的名字。

琳达自言自语:"林夏天,这个名字真好听。"

张老师:"昨晚大家都复习完了吗? 今天我们要来一个全科的摸底,月考就要到了,我们班不! 能! 输! 所以今天的摸底特别重要。最后! 要根据这次的摸底成绩重新排位子。"

夏天慌张地碰了碰前面的小池。

夏天:"周一的时候张老师说要摸底考试了吗?"

小池:"说啦,你不在吗?"

夏天:"糟了,我完全不知道。那天我肯定是去找孙回请教戏了,他还答应今天这节课结束要再过一遍呢!"

小池:"你啊,就是嘴上不承认,成天左一个孙回右一个孙回的。唉,你自求多福吧!"

36. 内　教室　日

夏天皱眉苦想,瞪着卷子发呆。琳达顺利写完最后一道题。

37. 外　小花坛　日

　　孙回匆匆赶到花坛边, 走来走去。那层楼好几个班都放学了, 孙回没看到夏天。孙回拿着手机看了又看, 最后失望地推着车走了。

38. 内　教室　日

　　小池交卷了, 诧异地看着夏天。大家陆续交卷了, 教室里只剩下夏天一个人。

39. 内　小超市　日

　　爱林和夏天在超市玻璃窗前坐着, 爱林在帮夏天看塔罗牌。

　　爱林: "现在想着这个问题, 看看孙回现在对你的想法是什么?"

　　夏天抽出一张牌, 爱林看了看, 是一张恶魔牌。

　　爱林: "吼, 恶魔牌, 还是逆位欸, 你看这怎么办吧。"

　　夏天: "有什么关系啊, 没有孙回我也能排出好戏。"

　　爱林: "你还要嘴硬到什么时候啊, 明明在意得要死, 走了, 走了。"

　　夏天: "什么嘛, 根本就不存在什么星宿关系! 这些都是骗人的!"

　　夏天看爱林走了, 自己又掏出塔罗牌, 抽出三张。

　　夏天自言自语: "死神正, 圣杯逆位, 完了, 孙回再也不会和我说话了。"

40. 内　自行车库　日

　　夏天和小池、崇美一起推自行车, 夏天怅然若失地绊了一下。

　　小池:"你没事吧?"

　　夏天:"啊,没事。"

　　小池:"我看,脚下没事,心里有事吧。"

　　崇美:"孙回一定有很多女生送他礼物,夏天,我们帮你策划了一个送礼物的最佳方案,当作道歉,怎么样?"

　　崇美拿出一盒瑞士巧克力,恶作剧一样地笑了笑。

　　夏天:"我的天,谁说要送礼物了啊?"

　　小池:"还说没有,你的眼睛出卖了你的心。"

　　夏天把自行车停下来放在一边,速写了两幅漫画,一幅是吊桥上,一只兔子用力把身上的乌龟壳脱掉,一只没壳的乌龟跟在后面。另一幅是兔子帮乌龟装好乌龟壳,乌龟说谢谢! 她们将这两幅画塞在巧克力盒里,悄悄把巧克力放在孙回的车篓里,在大树后面等孙回。

　　夏天:"这下他肯定知道是谁给的了。"

　　崇美:"来了! 嘘!"

　　孙回过来推车,看到巧克力,疑惑地拿起来看了下,四处回望了望,拿着它跑到了校门保卫处。夏天拍着脑袋很沮丧,一群人都很沮丧。

　　崇美:"算了,另想办法。"

41. 内　教师办公室　日

　　张老师抱着一堆试卷,金老师扭扭捏捏地走到张老师桌边。

　　金老师:"老张,老张,这次的摸底有没有什么惊喜啊?"

　　张老师:"这不是刚结束吗,你想要什么惊喜?"

　　金老师:"比如看看我们的重点班会不会群雄逐鹿,重新洗个牌?"

416

张老师:"我瞄了一眼琳达的卷子,前面基本没什么差错,不过后面的论述还没来得及看。"

金老师:"我都说了,校长很重视你们班,才把琳达转进来的。你这次艺术节选送的节目准备好了吗?我倒是建议你把琳达送上去。"

张老师:"可林夏天同学准备了很久了呀!"

金老师:"你啊,就是个书呆子! 你也不了解一下,琳达是要靠才艺吃饭的小孩,校长的意思可就是乘着艺术大赛,希望你们班花开两朵呀!"

张老师:"我不跟你说了,我没法儿跟学生这么说,要不我邀请你做我们的督导顾问。"

金老师:"你这算盘打得如意,红脸让我去做,你去做白脸。"

张老师跟金老师做了个鬼脸,吐了吐舌头。

42. 内 教室 内

上课铃响了,同学们走到教室,课桌椅上有各人的名字。夏天找不到自己的座位。

爱林:"夏天,你干吗呢,你肯定在第一排呀!"

小池嘘了一声,示意爱林不要说话。夏天在倒数第三排找到了自己的位子,坐下后很失落。琳达找到自己的座位坐下。

爱林:"天哪,从这个角度看,琳达的侧脸真是惊艳。琳达以后学习也要多多关照我哦!"

夏天在一边愁眉苦脸。金老师走进教室,大家议论纷纷。

金老师:"你们都看到了吧,这次摸底考试,都知道自己的水平了吧? 现在重新委任划分班干部,有人毛遂自荐吗? 没有我就委任了。琳达是学习委兼文艺委。"

小池:"金老师! 咱们班夏天是学习委员。还有,为什么要

417

按照摸底的成绩来分座位?"

金老师:"这是跟你们张老师商量出来的规矩!"

小池:"同学们呢,你们觉得呢? 要不要去问个究竟? 你们认可现在的座位安排吗?"

教室里一片纷纷扰扰。金老师拿着试卷拍打着桌子。

金老师:"安静! 你们都给我安静。"

43. 内　教师办公室　日

金老师愤怒地冲进办公室。张老师拿纸巾擦鼻涕。

金老师:"老张,你们重点班的这帮人可真有自己的想法啊,我搞不定。"

张老师:"发生什么事了?"

金老师:"你自己去问问他们吧!"

44. 内　教室　日

张老师擦着鼻涕来到教室,同学们还在争吵换位子的事情。

小池:"张老师,咱们班是要按照这次摸底的成绩排座位吗? 还有啊,金老师说咱们班得换学习委?"

张老师:"这是传统的制度,你们不能破坏了这个规矩。"

小池:"张老师,你看这样行不行,我们来一个教师和学生的问答 PK,最后按照分数最高的那组说的去做。"

张老师:"你们这帮孩子,这个事情我们自己班里弄了就行了,别把其他的任课老师扯进来。"

张老师开始排桌椅,小池在黑板前计分。

小池:"从巴黎到巴厘岛有多少距离? 要多少钱?"

张老师:"隔一个岛的距离! 要 10 万元钱?"

小池:"前半段对,后一个想想就好了,不! 要! 钱! 学生组一分。"

学生们惊呼起来。

张老师:"化学题目,如何分离 $NaCl$ 和 KNO_3 的混合物?"

爱林:"张老师,这根本不是这学期的题目,你耍赖!"

张老师:"你们没有说过要出什么范围的题目呀!"

小池推了推夏天:"夏天,我上次看到你化学考得特别高,这道题怎么解?"

夏天紧锁眉头,咬着嘴唇。

夏天:"我也在想这个事情,可是上次我看到这里就没懂,而且我本来就很讨厌化学嘛……"

张老师得意地笑了。

张老师:"如果没有的话,我这边要加一分了。"

琳达走到黑板前,写下这道题的实验方法,大家都看得目瞪口呆。

琳达:"张老师,我们这边要加一分了。"

爱林带头鼓掌,大家都在给琳达鼓掌。

琳达:"然后请张老师遵守规定,把座位恢复到原来的样子吧!"

爱林:"琳达好美,琳达,你真是我们心中的……女神!"

琳达转身背着老师,对大家做了一个胜利的手势。夏天在一边失落地看着窗外,张老师理清思绪,敲了敲讲台。

张老师:"安静!我现在遵守之前的约定,你们按照原来的位置排座位。但是,艺术节一定要拿出高质量的参选作品来,琳达,你是不是可以跟夏天一起拿出个节目?"

夏天:"张老师,我的话剧已经第三次彩排了,现在加入恐怕不合适吧?"

张老师:"没什么不合适。校长另外给了个硬性指标,要咱们班拿出两个节目来,你一个人忙不过来的,我就让琳达也加入吧。"

夏天还想说些什么,又没说。

45. 内　教室　日

琳达剪了一个新刘海,走进教室。这个发型显然不太符合琳达一直以来的仙女风格,额头上的刘海遮住了她五官中最闪耀的双眼,她不得不用手一直拨弄着刘海。但是爱林看见后,喜出望外一样上去就是一番查看。

爱林(谄媚地):"天哪! 琳达,你在哪儿剪的? 太适合你了!"

琳达(用手拨着自己的刘海,瞪大了眼睛):"是吗,我很不习惯,想过去找他们重剪。其实也没怎么动它。"

爱林:"这么好看,在哪里做的? 待会儿放学我也去弄一个一模一样的。"

琳达(有点尴尬):"你确定吗?"

爱林:"确定,肯定,一定。"

琳达:"下周我要去选角了,这个新造型看来不是我的风格。"

爱林:"我们琳达长得美,什么造型都适合。还有这个颜色⋯⋯"

琳达紧张地用手指嘘了一声。

琳达拿出小镜子,左照右照,用小梳子理了下刘海,走到夏天面前,坐在她前面。

琳达:"在上次我们一起路过的那家理发店弄的,你觉得好看吗?"

夏天在看一本小说,没有注意到琳达,听到她说话,才慢慢抬起头来看看她,看了一眼她的刘海。

夏天:"嗯,这个颜色挺适合你,你很白,再亮一点就更好了。要是我的话,我会让美发师把这里(用手比画自己的前额)抬高一些。他没把你的刘海剪蓬,到这里会更好。"

琳达:"有道理,这就听你的。"

琳达把包里的小镜子、梳子、剪刀拿出来,开始剪刘海,碎头发稀稀落落地掉在参考书上。

爱林瞪大眼睛,张大了嘴,看着她俩,她没想到琳达这么信任夏天。

琳达满意地对着镜子微笑,看着夏天。

琳达:"这样是不是好很多?"

夏天:"嗯。"

琳达终于满意地笑了笑。

琳达:"夏天,你真的懂我,要不之后我的造型都你包了呗,我回去说服我妈。"

46. 内　夏天家淋浴室　夜

夏天正在淋浴间的镜子前,拨弄自己的头发,用水沾湿了前额,闭着眼睛,凑近把湿的刘海一根根分开。睁开眼睛眨了眨,又把前面的头发揉成一团,拼命摇头。咧开嘴巴笑了下,露出戴着牙套的笑容。夏天把自己的牙套摘下,恶狠狠地甩到水池里。

夏天:"妈——"

夏天妈妈:"什么东西忘拿了?"

夏天:"我长得像谁?(提高了声音)妈!我到底长得像谁啊?我爸还是你?"

夏天妈妈:"快点洗了,怎么莫名其妙冒出来这一句?"

夏天不耐烦地解开头发,打开莲蓬头开关,水柱哗啦冲在瓷

421

砖上。

47. 内　夏天卧室　夜

夏天把头发都散开，打开吹风机吹头发。她闭着眼睛，吹风机靠得太近，不小心卷进了几根头发。夏天闻到一股烧焦的味道。

特效。

黑色烧焦的发丝冒着烟，变成一个伸着长长指甲的巫婆，向夏天的脸抓去。

"啊——！"夏天掉进了一个黑洞。她发现自己身着华丽的花苞裙，掉入了一个房间，手里抓着一大堆服装的设计稿，坐在一个金光闪闪的类似大丽花的座椅上。

夏天的四周围着同学、张老师、校长、妈妈，他们穿着夸张的服装对夏天评论。

校长："老张啊，年中要开年级大会了啊，还是叫你们班林夏天准备准备，代表发言。"

张老师（眯着眼睛）："这次夏天的文章还是范文，你们好好听一听。"

小池："课代表，快来教教我呗，我们这个怎么解答啊？"

夏天妈妈："快来把桌上的核桃吃了，你这一天的能量才够用，你快收起来这些稿子，把文化课补上去。夏天！你听见我说话了吗？"

夏天给一群人搞得颠来倒去，手上的设计图撒了一地。她神经衰弱地捂着脑袋。

夏天："啊！你们让我一个人安静一会儿！"

夏天挣脱周围人的拉扯，跑下金光闪闪的座椅，脱掉套在身上的裙子，打开房间门，把这群人锁在了里面。不远处有一间亮着灯的房间,夏天透过窗户看到一个和自己穿着一模一样裙子、长得也很像的女孩在倒茶。

夏天吓呆了,打开房门走近她,原来是漂亮的琳达。琳达与她相视一笑,校长、张老师、同学们突然冒出来簇拥在琳达旁边赞美琳达,琳达不动声色地继续喝茶。

夏天不满地大叫一声:"我在这儿!我才是公主好吗?"

那个发丝变成的女巫带着一股煳味儿出现,靠近夏天,伸出长长的指甲,托起夏天的下巴。

女巫:"你,刚才说什么?"

夏天睁大惊恐的双眼,立刻推开女巫的手。

夏天一字一顿地:"我,才是公主。(用手指着他们)他们,搞错了。"

女巫狂笑不已,整个房间都被她笑得震颤起来。

女巫:"你在搞笑吗?哈哈,你去看看琳达的脸,再看看你的脸,再说话好吗?牙套妹妹。"

画面回到夏天的房间,夏天打了个哆嗦,桌上的吹风机还开着,发出巨大的声音。夏天打开了书桌抽屉,里面放着乱七八糟的设计图,她拿起吹风机,向房门外大喊。

夏天:"妈!能不能换个好点儿的吹风机啊?再给我换一个隐形牙套!还有,求你别再翻我的抽屉了好吗!"

48. 外　牙科诊所门外　日

夏天妈妈跟夏天走出诊所,妈妈扶起夏天的脸,夏天仰起头。

夏天妈妈:"张开嘴给妈妈再看一下,这个牙套是这边顶级昂贵的了,知道吗,你不要再挑了。单词发音现在可以发准了吧?"

423

夏天:"好的,知道了。"

49. 内　体操房　夜

夏天和演员在排练。夏天在指导演员表演动作。夏天在剧本的每个表演动作后做批注,打钩。

50. 内　体操房　夜

夏天收拾东西,经过体操房隔壁,听到一阵音乐,好奇地看了看室内。琳达在体操教室里起舞,姿态曼妙。夏天看呆了。

51. 内　更衣室　夜

琳达对着镜子吹头发,她的嘴唇因刚沐浴过很粉嫩,气色也很好,更漂亮了。夏天在她后面看得出神。琳达拿出一只唇膏涂着。

夏天:"琳达,你是从小学习的芭蕾吗?"

琳达:"嗨,会跳一点,主要是我妈选的,也是我妈教我的。"

夏天:"你妈妈是不是个演员? 虽然我没看过你妈妈的电影,但是听他们说,你妈妈后来不演了。"

琳达:"妈妈演着演着,有一天爸爸就消失了,再也没回过家。"

夏天睁大了眼睛,镇定了一下。

夏天:"消失了?"

琳达点点头,抿了抿刚涂好的嘴唇。

琳达:"我们谁也不知道他去了哪里。后来妈妈就没心思演戏了,最后退出了演艺圈。你们看到的新闻,说我妈嫁给那谁,还说她后来疯了,都是假的。"

夏天:"其实,我爸在我初一的时候也和我妈分开了。不过我知道他在哪里,我也知道他过得好不好,他有时候还来看我。"

琳达:"你比我强多了,我都记不清我爸长什么样了。"

夏天:"没事,咱们现在不都好好的吗,等高考一过就更好啦!"

琳达:"其实,我能待在学校的时间不多了,我妈说我一周有三天要集训才艺。"

夏天:"哇,好棒,那你可以躲过大大小小的摸底考试了!"

琳达:"哈哈,最后高考还是要考的呀,不过这些题目我看来是不要做了。昨晚我还梦见《5年高考3年模拟》上的公式都站起来了,各个拿着武器围着我,我跑啊跑啊,它们就不停追,绕着我跑了好几圈的北外滩,妈呀,跑得我累死了!"

夏天:"神了,琳达,我也做过这样的梦欸! 这哪叫睡觉,简直跟拍惊悚剧一样。"

琳达帮夏天涂着唇膏。

琳达:"试试看这个,这是会变色的哦! 唇膏是女孩的护身符,我喜欢这只变色唇膏的理由超级简单,它提醒我要适应不同的环境。夏天,你也买一只吧,顺便再买件漂亮衣服压压惊。"

夏天小心翼翼地配合琳达涂上唇膏,害羞地看着镜子,扯着毛巾在身上比画。

夏天:"那走吧,女神。这毛巾是你的翅膀,戴上它去自由飞翔吧!"

52. 内　奢侈品商场　日

琳达拿着一件破洞的牛仔裤在身上比画。

琳达:"夏天,我喜欢这件! 不过我妈说以后不让我穿成这样,家里的衣柜里都是我妈年轻时的裙子,每个女生都应该拥有一件自己的礼服,那样才是长大。"

425

夏天拿起白色礼服裙跟牛仔裤交换。

夏天："这件适合你,配合新发型,可以把你身上优雅清新的一面展现出来。"

琳达："好,我试试!"

53. 内　试衣间　日

夏天在试衣间套上裙子,手够不到后背的装饰,背后的拉链敞开了一半。

琳达穿着这件礼服裙很合身,她看着镜子微微扬起下巴,像一只美丽的天鹅。夏天狼狈地走出来,看到琳达后目不转睛。

夏天："这件衣服就像给你量身定制的一样。"

琳达："你也拿一件试试。咱们俩一人一件,双胞胎。"

夏天："哈哈,女神我可当不了哇。"

琳达："我打算第一条广告就穿这个拍,怎么样?"

夏天："风格优雅清新,白裙子加上瓷娃娃微笑,标配。"

琳达露出一个标准的微笑,让夏天转过身,为她打理裙子。

夏天："你看看呀,这种设计其实能突出女孩子的曲线,我翻过好多国外大牌杂志,这裙子做得天衣无缝。"

琳达："夏天小姐,我现在认真邀请你做我以后的造型师哦,你觉得好吗?"

夏天："哦,我试试看?"

琳达："那就默认了! 艺术节表演的时候,我们都穿这条裙子演出!"

夏天："饶了我吧,谁敢跟女神撞衫啊?"

琳达："你不懂,舞台上灯光那么亮,谁都分不清咱俩。得奖了要请客哦,我等着吃你的大餐!"

夏天："我这次真的像是在找死,跟你同台,我只能祝自己好运了。"

琳达:"不是运气可以办到的!你不是准备了很久的排练吗?只要你想得奖,就能得。你不是去参加的,你是去赢的,第一名高考可是有机会加二十分!"

夏天看着琳达点点头,琳达也真诚地看着夏天,拍着她。

夏天:"我怕我妈妈看到了又麻烦,我先把衣服放在你家,演出时你再给我带来呗。"

琳达:"当然没问题啦!"

琳达伸出小拇指,和夏天勾手指。

54. 外 街道 夜

街上已经有圣诞气氛了,路边的树上挂着雪花、麋鹿形状的霓虹串灯。

两个女孩牵着手,拎着购物袋在路上走。街旁商场橱窗的展示完全是圣诞的派头,橱窗里放着一个定时撒烟花状碎纸片的电子装置,夏天被吸引住了,脸贴近橱窗。

夏天:"好快呀,马上就要新年了呢。这个真漂亮啊,好像在放烟火,还记得小时候我爸妈老带我放小烟火。"

琳达伸出冻红的双手摸了一把夏天的脸,夏天打了个哆嗦,回击琳达。

夏天:"你偷袭我,看我不逆袭你!"

夏天要回捏琳达,琳达立即护住自己的脸。

琳达:"投降,投降!夏天,你有什么新年愿望吗?"

夏天:"要是能看到烟花……(看了一眼琳达)我不说了,说了愿望就不准了。"

琳达:"可是你已经说啦!"

夏天:"听说新年的时候在烟花下许愿,来年会有惊喜!"

琳达:"放烟花给你看是吗? 简单。来,我给你原地放。"

琳达两手握拳,然后用力张开,一开一合地吓唬夏天。两个女孩打闹了几回,路上的人看着这两个疯狂尖叫的少女。

55. 内　琳达家　夜

琳达家里的练功房四处贴着琳达母亲年轻时跳舞的照片,以及琳达小时候跳舞的照片。琳达带着夏天参观家里。

56. 内　洗手间　夜

琳达躺在浴缸里,吹着肥皂泡,开始唱歌。这时,放在凳子上的手机响起来。

琳达:"夏天! 帮我个忙,浴室没锁,帮我接个电话。"

夏天从门后探出头,嬉皮笑脸。

夏天:"连洗澡都不喘气,这是哪儿的追求者要等待处理?"

夏天看到琳达,瞪大了眼睛。

夏天:"我说女神,就你这样的身体,连女的看了都惊奇,快给我再看一眼。"

琳达:"好你个夏天,留你一宿,惯出毛病来了。"

琳达拢住浴缸里的泡沫,淋了夏天一身。

夏天:"放了我,女神,别浇坏了手机。"

57. 内　琳达房间　夜

夏天躺着翻看电子书,琳达啪地把电子书关上,伸手问她要手机。

夏天:"瞧给你紧张的,妥妥地给你放在化妆台上了。"

琳达躺着回复信息:"孙回,刚才人机分离,不好意思。"

琳达回复完了把手机放在一边。夏天靠近琳达身体闻了闻。

夏天："真香,女神,你用的那个润肤乳牌子发我一下吧。"

琳达："好了,别闹!"

夏天："欸,刚才谁给你打电话? 我拿出去就不响了,是不是追求对象?"

琳达："什么东西? 夏天,我想到一个好玩的,我们来交换一个秘密。"

夏天："我哪有什么秘密嘛,女神你先说吧。"

琳达："我特别特别想……想消失个三天,让所有人都找不到! 怎么样,夏天,陪不陪我一起?"

夏天："你疯啦,消失三天,我们不用上课复习了吗? 妈妈也会急疯的。"

琳达："三天太久,三个小时也行!"

夏天摸了摸琳达的额头,又摸了摸自己的。

夏天："女神是不是洗澡给冻发烧了……"

琳达甩开她的手,捂住眼睛。

琳达："我要在离开学校前彻底消失一次! 张老师出在黑板上的化学题,都是我妈逼我在集训前一定要啃掉的,转到这个班前,我没有休息一天……呼,想想都可怕。"

夏天点点头,叹了一口气。

琳达："轮到你说了。"

夏天："好吧,你记得你第一天来班里的那个摸底考试吗? 我那阵子排话剧太忙了,记错了科目,挨到最后才交卷。"

琳达："那有什么,还耿耿于怀呢?"

夏天赶紧解释："不是,那次我爽了一个人的约。"

琳达："去解释一下,再约一次。"

夏天："他太忙了,前面能抽出空隙的时间帮我们做这些,已经是他的极限了吧。"

琳达："给我看看照片,这是什么样的人把小夏天迷得茶不思饭不想的呀?"

琳达伸手去挠夏天痒痒,夏天求饶。

夏天："没有照片! 但是大家都认识。他叫孙回。"

琳达听见这个名字愣住了,随即打了个呵欠。

琳达："不跟你闹了,好困,咱们睡觉吧!"

夏天："好,好,我突然想到我妈周六要出差,不过她坐的是夜航。周六不是要补习吗,我陪你一起消失……"

夏天说着说着就睡着了,没声音了。琳达背过身,拿出手机把信息"晚安"发送给收件人"孙回"。

58. 内　便利店　日

夏天坐在超市玻璃窗前,在低着头做试卷。她长舒了一口气,放下笔,看到窗前一个穿着黑色皮鞋的中年男子在向她招手。

夏天父亲:"天天!"

59. 外　社区娱乐设施处　日

夏天坐在跷跷板上,一个人玩了起来。男人站在夏天旁边,地上放着一堆礼物。

夏天父亲:"天天,我明天就出发了。你在学校一切还顺利吗?"

夏天:"顺利。"

夏天父亲:"那太好了。我给你准备了你爱吃的零食,过来看看你。"

夏天坐着跷跷板上升,俯看了父亲一眼。

夏天父亲:"艺术考试前,爸爸就回来陪你考试。"

夏天:"不考了,张老师叫我去拿艺术节奖,那个能加分。"

夏天父亲:"那个奖你能稳拿吗?"

跷跷板落下,夏天平视着父亲。

夏天:"当然。"

夏天父亲打开地上的一堆零食。

夏天父亲:"天天,你小时候喜欢吃的,还记得吗?"

夏天从口袋里掏出一袋牛轧糖。

夏天:"爸爸,我早就不吃这个了,上次就跟你说了。你不记得了吗?"

夏天父亲很尴尬地把零食塞回了袋子,搓着手。

60. 内　地铁站内　日

夏天父亲和夏天在地铁站内一前一后地走。

夏天父亲:"天天,你马上要考的设计专业,爸爸认识个叔叔是设计行业的精英,实习的时候你可以去试试。"

夏天:"上了大学再说吧。"

夏天拿了一块糖,剥开糖纸。夏天父亲看到,就把她的糖纸拿过来塞进口袋。

夏天父亲:"爸爸下次就能给你带这种糖了。"

夏天笑了,夏天父亲看到夏天露出牙齿。

夏天父亲:"天天,你的牙套怎么不戴了? 矫正疗程还没结束吧?"

夏天:"我戴着那个牙套单词发音不准,叫我妈给我换了隐形牙套了,我不要戴原来那个了! 太丑。"

夏天父亲笑了:"怎么会呢,我的天天可是世界上最漂亮的小姑娘了。"

61. 内　地铁车厢处　日

夏天钻进了地铁车厢。夏天父亲站在门外,递给夏天一个生锈的铁盒。夏天惊讶了一下。

夏天父亲:"天天,爸爸收拾出来了这个塔罗牌盒子,我教你玩过。听你妈说你现在还是喜欢玩,都把它们供在桌上?"

夏天父亲用手比画了一下夏天的个头。夏天看着父亲,跟他摆了摆手。

夏天父亲:"加油啊,天天!"

夏天父亲摆动双臂,做了一个往前奔跑的动作。夏天父亲在原地挥手,夏天对着地铁门要跟父亲说话,此时地铁门已经关上了。

62. 内　地铁座位上　日

夏天靠在地铁座位的栏杆边,头歪着打开了铁盒,第一张牌就是命运之轮。

夏天(自言自语):"爸爸,艺术节你不来吗?!"

夏天摸着这张牌,盯着它出了神。

63. 内　夏天家　夜

客厅摊着行李箱,夏天妈妈在收拾东西。

夏天:"妈,你什么时候回来啊?"

夏天妈妈:"后天妈妈就回来,买的最早的一班飞机。这几天你就按照妈妈告诉你的顺序去做,我都编辑好发给你了。现在 11 点了,快去睡吧。"

夏天妈妈起身,摸着夏天的脸。

夏天妈妈:"就算全给你写好了,妈妈也不能完全放心。"

夏天:"我都 18 岁了,妈妈!"

夏天妈妈:"那怎么了? 你就算 60 岁,在我眼里也是个孩子……夏天,你的摸底成绩还没出结果吗?"

夏天捂着耳朵,假装已经听不见声音。

64. 内　夏天卧室　夜

睡在床上的夏天听到门"啪嗒"关上后,睁开眼爬了起来,开始收拾东西。她在妈妈的化妆台抽屉里发现了唇膏,小心地打开台灯对着镜子涂唇膏,对着镜子咧开嘴笑了笑,又拿起纸巾拼命擦掉。

65. 外　便利店门口　夜

夏天看到琳达在 24 小时营业的便利店里坐着看书等她,在便利店门外停好了车。

66. 内　便利店　夜

夏天小心翼翼地走到琳达身边,用右手拍了她的左肩一下,琳达吓了一跳。

夏天:"这位女神,在看什么?"

琳达:"吓死我了! 来,吃夜宵。"

琳达拿出两盒方便面,泡好后推给夏天。

夏天:"为了陪你玩消失,我牺牲可大了。你知道我妈这人有多仔细,她把我所有的时间都安排满了,写在一张表上,让我完成一项就跟她发微信说一声。"

琳达:"大人们什么时候才能把我们当成大人来看待。"

夏天:"别说已经是成年人了,60 岁也不会。"

琳达:"但是,夏天同学,这些都不重要了。我,于琳达,马上

433

就要在所有人面前,消失了,哈哈。"

夏天:"也不过就是几个小时而已。"

琳达:"走不走?"

67. 外　城墙　夜

夏天和琳达推着自行车,吃力地在城墙上走着。

夏天(气喘吁吁):"还有多久才能到啊?"

琳达:"快了,快了! 夏天同学,平时要训练体能。"

夏天(又着腰停下):"别说我了,说好了不提这些事情的。什么考题,什么加分,什么体能,这还能不能消失了? 你倒好了,马上就解脱了,我们呢,还要苦逼地做习题呢!"

琳达:"哈哈,说到痛点了。夏天,快点跟上我啊!"

琳达夺过夏天的自行车把,推着往前冲。

68. 外　城墙　日出

天亮了,夏天和琳达背靠背坐在城墙上,夏天已经睡着了。琳达发现刚升起的太阳,赶紧拍夏天。

琳达:"喂,醒来啦,你看你前面是什么?"

夏天迷迷糊糊地睁开眼睛,揉着脑袋爬起来。

夏天:"哇……"

琳达对着天空张开双臂,大口地呼吸空气。

琳达:"好美的日出! 夏天,你知道吗,我的人生愿望就是,在世界每个不同的地方看日出!"

琳达开心地在城墙上骑车,夏天故意在后座摇摇晃晃。

琳达:"你要死啦,敢晃我!"

夏天:"这叫舍命陪君子! 我都陪着你消失了,现在轮到你了哦!"

琳达："遵命,我保证帮你把孙回追到手。"

夏天："胡说!我才不要这个呢!"

琳达对着城墙外不顾形象地大叫。

琳达："喂——我要去不同的地方看日出!我要去流浪!"

69. 内　教室　夜

晚自习的课间休息,夏天和琳达都不在,爱林和小池在商量节目帮忙的事。

爱林："小池大爷,后天的彩排准备得怎么样了?"

小池(头也不抬,玩手掌游戏):"夏天一直在准备。"

爱林："我说的不是这个,你想,原来都是张老师交代我们全力以赴帮助夏天的,现在琳达也要准备节目呀,夏天就交给你了。"

小池："好好好,大姐,你先把游戏还给我,通关就快成了。"

爱林："我可真为你担忧呀。都说好结果不如先期待别踩到猪队友……"

小池："你说谁是猪?"

爱林："就是你,准确无疑了。"

小池："反正不管琳达赢还是夏天赢,都是咱们班的,你可真爱操心。"

70. 内　食堂　日

琳达独自端着饭盒排队打饭,旁边的一个男生上来搭讪。

男生："同学,你是我们学校同学吗?"

琳达看了他一眼,笑了一下:"你好,当然。"

男生："我怎么从来没见过你?你是哪个班的?"

食堂阿姨(对着琳达):"姑娘,要打什么?"

琳达："阿姨,我要糖醋小排、干煸花菜、炸虾。"

男生："阿姨,我要一份一样的,拿我的卡打。"

男生把卡放到读卡器上,机器发出"哔"的声音,显示金额不足。

琳达笑了一下,拿出自己的卡放在读卡器上。

琳达："阿姨,要两份一样的。"

阿姨："好的。你这个是教师卡,今天教师卡买一送一。"

琳达："谢了,阿姨。"

琳达端着饭菜坐下,男生窘迫地端着打好的饭菜,想坐在琳达旁边又不敢。

琳达看了他一眼。

琳达："坐吧,这儿又没炸弹。"

男生："同学,不好意思啊。我能加你微信吗? 我把刚才的饭钱转你。"

琳达："不必了,你没听到今天是买一送一吗?"

男生："那可不行啊,那,那我下次请你吃。你是哪个班的? 我去哪里找你?"

小池打饭走过来。

小池："嘿,你这小子! 咱们班琳达是你能说话的吗?!"

男生："嘿,是你们班的! 同学,你叫琳达? 名字真好听。谢了,小池!"

琳达不动声色地吃饭。

小池："不好意思啊,琳达,我不小心。"

琳达看了小池一眼,笑了一下。

小池："不过琳达,你一定经常遇到这些事吧,不会觉得麻烦吗?"

琳达："这些不用放在心上。"

琳达看了看表。

琳达:"小池,我先走了,7点要准备训练。"

71. 外　跑道　夜

琳达走上跑道,蹲下身紧了紧鞋带,看到一双荧光色的运动鞋经过又回到自己身边。琳达直起身,原来是孙回。

孙回:"嘿!你也在这儿。"

琳达:"是你啊,孙回。"

孙回用手指了指,跑到前方。

孙回:"边跑边聊?"

琳达边扎头发边和孙回一起跑。

孙回:"那天怎么晚安后就没声音了?"

琳达暗自笑了一下,故意漫不经心。

琳达:"我也没有节目的问题,找你做什么?"

孙回:"你都要做大明星了,当然不会问我这些事情。在你面前谈艺术,班门弄斧。"

琳达:"据说你跟人回复从没超过二十个字。我算一下啊,刚才多少了。"

孙回:"据说你来到宁南成功 diss 了老张还有老金,去哪儿都有一堆人围着。"

琳达一个转头:"你也关注这些?"

孙回看了琳达一眼:"不得不关注,也没法儿不关注。"

琳达有点不好意思。

琳达:"对了,我们班的那个话剧一直是你做的顾问,下周就要汇报了,那天确实是夏天有事耽误了。所以,还是要请你负责到底!"

孙回:"哟呵,看来他们说得一点儿没错。"

琳达:"说什么?"

孙回:"说你……是个……你前世在'紫微斗数'里一定是个女侠。"

琳达扑哧笑了出来。

琳达:"大才子啊大才子,没想到,这未来的理科精英居然会相信命理?"

孙回:"谁说理科生不能懂命理了? 每个人都有自己的星图,二十八星宿分别分布在十二宫的每一个宫里,可复杂了。"

琳达:"对呢,如果我的福德宫说我前世是个侠客,那今生不管在校园,还是在演艺圈,都会为人打抱不平,是这个理儿吧?"

孙回:"你居然知道福德宫?"

琳达神秘地一笑,孙回停下来,气喘吁吁地看着这个美丽又充满魅力的女孩。

琳达继续往前跑。

72. 外　篮球场　夜

琳达在快走排酸,绕过篮球场,孙回跟着她。

孙回:"你现在不累吗?"

琳达:"今天的目标才完成了二分之一,体力跟不上,怎么顺利完成第一次拍摄?"

孙回:"要不,我陪你完成这段训练,结束了再带你去看个奇怪的展览?"

琳达头也不回地只顾着往前跑,偏着头抿着嘴笑,和孙回拉开了很长的距离。

琳达跑了几十米后跑回孙回身边绕了一圈。

孙回:"答应了?"

琳达:"跟上再说。"

孙回追上琳达,和琳达并排跑,琳达加快速度往前奔跑,两人前前后后跑了几个来回后,琳达到了一棵树下停下,孙回也停下。琳达擦着汗,整理着散开的头发。

孙回:"答应了?"

微风吹来,发丝过耳,琳达看着孙回笑了一下。

琳达:"说吧,什么时候?"

孙回笑着摇了摇手机。

孙回:"我把地址和时间发给你!"

琳达回头对孙回做了个 OK 的手势,继续往前跑。

琳达(一边跑一边头也不回地喊着):"你先过来看我俩的演出吧! 夏天的节目是第一个,千万别迟到!"

孙回(对着前面的琳达):"我听到了! 我一定会去的!"

73. 内　操房　日

校园广播里播报着:"第四十九期《今日少年》节目在午休时分向大家问好,让我们进入今日的校园新闻快讯。备受校方领导和同学们瞩目的两年一度的艺术节即将在下周开幕,本周五,学校决定开展节目预选的彩排活动。候选名单是:林夏天编导并主演的小剧《寂静的无人岭》,于琳达的歌舞。于琳达歌舞的名字待定……"

夏天正在纠正男演员的台词,听到这里,紧张地一步步走向男演员,男演员很担心。夏天实际是要打开他身后的窗户,男演员长舒一口气。

夏天:"咦? 琳达怎么还没确定送审的节目呢?"

琳达在操房门外跟夏天挥手,夏天看到后把剧本塞给演员。

夏天:"你们先对一下台词。"

74. 内　操房门口　日

　　琳达站在操房门口热情地招呼夏天,夏天拉着琳达进了操房,把琳达介绍给演员,演员们热情地鼓掌。

　　夏天:"著名的于琳达小姐,未来的大明星来探班啦。"

　　琳达:"呵! 什么大明星啊。你们准备得还好吗?"

　　夏天:"还……"

　　男演员(插话):"琳达,来给我们做演员吧! 或者来指导我们!"

　　女演员:"还指导啥,我想琳达一站台上,啥话都不用说,就技压群芳了。"

　　琳达:"你们不要这么说呀,这是夏天帮你们排演的呢。我没转来之前,她就一直负责话剧社,我又不熟悉戏,根本 hold 不住。"

　　琳达转身看了夏天一眼,夏天的尴尬稍微好了一些,琳达做了一个请的手势。

　　琳达:"所以林夏天导演,我不打扰啦。正式排演的那天,还有惊喜等着你哟!"

　　琳达跟大家告别。夏天舒了一口气,拍了几次手。

　　夏天:"来吧,我们继续。"

75. 内　夏天房间　夜

　　夏天拿出自己的新牙套,放在桌上,叹了一口气。

　　夏天:"你啊,你啊,你啊,什么时候才能彻底把你丢了。你说,我是不是摘了你,就能和琳达一样漂亮? 就能跟她一样受欢迎?"长得好看真是好啊,只要琳达在我旁边,孙回就注意不到我,大家的目光也都在琳达身上。

夏天用手机编辑短信,发送给孙回:"孙回,明天就正式演出啦,你有空来看我的戏吗? 晚上 7 点音乐厅……"

夏天编辑好,又一个字一个字地删除,最后把手机往桌上一丢。

夏天:"算了吧,摘了牙套也不是琳达。"

76. 内　后台化妆间　夜

爱林带着一个大背包到后台化妆间,摊开化妆包里的工具,小心翼翼放好。

夏天穿着演出服急匆匆地推门。

夏天:"太好了,爱林你都来了,路上实在太堵了,我还担心化妆的时间不够了! 快,我们快开始吧!"

爱林收拾到一半,把刚拿出来的眼影刷下意识放回包里,露出为难之色。

爱林:"夏,夏天,我是在等琳达呢,说好了要给她化妆。"

夏天一字一顿地说:"这样好了,我也没带工具,我先跟你借,等琳达来了就还给你,好吗?"

爱林:"夏天,我不是这个意思……"

夏天:"没关系,你不是说过吗,外貌可是叩开梦想的敲门砖。这两个工具够了吗? 爱林老师。"

夏天挑出爱林化妆包里的粉底、唇膏,对着镜子涂唇膏。琳达穿着和夏天一起买的白色礼服裙,手上拿着那件一模一样的裙子,走进了化妆间。

爱林抢了夏天桌上的粉底液,收进包里。

爱林:"哇,琳达,你今天好美……女神范儿十足。我帮你化个漂亮妆,锦上添花!"

琳达:"夏天,给你,快换上衣服呗!"

441

夏天："好,我一会儿就上场啦。"

爱林看了看琳达身上的白裙子,又看看夏天。

爱林："欸?你们两个的衣服……一样的?"

琳达："对呀,我们一起买的,早就约好了。"

爱林："夏天,你怎么想也不想就跟琳达穿一样的衣服,这样一对比会输得更惨欸。你不知道吗,没有对比就没有伤害……"

琳达打断了她："爱林,你不是说要给我化妆吗? 我们开始吧!"

77. 内　卫生间　夜

夏天和琳达在相互整理衣服,夏天无精打采的。

琳达："马上要上场了,快打起精神来。"

夏天："你非要我跟你穿一样的衣服比赛,我就猜到会有什么后果。"

琳达："打起精神来,这个比赛对你来说是接近设计的第一步。如果你不拿出十二万分的精神来演出,你是赢不了我的。如果你现在要故意让步,那就更不行了,会让我觉得自己很丢脸。"

夏天愣了,想了想点点头,看着镜子里琳达严肃的表情。

78. 外　出租车内　夜

街道上堵得水泄不通,坐在出租车里的孙回看了看手表,望着窗外,叹了口气。

孙回(对着司机)："师傅,咱们能不能掉个头抄个近道啊?"

司机："你看看,刚才吧,我问你走高架还是走地下,活生生被你给怼了回去!"

孙回："嗨,快别说了,动一动!"

79. 内　音乐厅礼堂　夜

音乐厅内演出前的音乐奏响，观众们找着座位坐下。

80. 内　音乐厅门口　夜

门口的礼仪同学招呼着同学们。

礼仪同学："欢迎大家来我们一年一度的艺术节展演，到里面坐。"

穿着戏服的夏天在门口来回走了好几步，往门外看。

夏天（对着礼仪）："你们看见孙回了吗，他进来过吗？"

礼仪同学摇了摇头，小池过来拍了拍夏天的肩膀。

小池："夏天，我们正在到处找你呢，快点进去吧，我们要候场了！"

夏天吓得吐吐舌头，跟小池走进后台。

81. 内　舞台　夜

夏天和男演员拉着手走到舞台的阳台前景，他们的头上出现烟花的灯效，放鞭炮的音效也响起，台下一片掌声。舞台上，男演员的手机铃声响起。

男演员接电话："爸，过年了，你还好吗？"

82. 内　音乐厅外　夜

孙回的电话响起，是琳达的电话。

孙回："我已经到了，你的节目还没开始吧？"

琳达（画外音）："夏天快演完了，你快趁着她谢幕的时候去吧。"

83. 内　舞台　夜

演员们集体谢幕,夏天一个劲儿地扫视观众席,踮起脚看来看去。

演员集体向左边观众席谢幕的时候,夏天还在朝中间看,左边的演员拉着她向左边谢幕示意,转到右边的时候,右边的演员拉着夏天向右边鞠躬谢幕。还是没看到孙回,夏天一脸无奈。

84. 内　化妆间　夜

夏天失落地坐在化妆镜前,手上拿出那张魔术师的塔罗牌反复摆弄。

夏天:"塔罗,你这次错了,完全不会发生什么奇迹。为什么不来看演出啊,完全不记得日子吗?! 可恶。"

夏天把这张牌弹了出去,牌掉落在地上。塔罗牌在地上突然发光,夏天吓了一跳,伸手捡起,轻轻拂着牌面。

夏天:"对不起,塔罗,不能怪你。"

舞台报幕员同时报幕的声音:"最后一位是你们期待的,于琳达同学的表演。"

85. 内　舞台　夜

琳达穿着和夏天一样的礼服裙在舞台中间的一束追光灯下坐着。她低头唱完最后一句,站起来鞠躬。

舞台下掌声阵阵,上台送花的人很多,琳达只能不断接住,把花放在地上,然后继续接着观众递来的新花束。

观众在狂叫:"琳达最棒! 好看死了,琳达!"

86. 内　化妆间　夜

琳达坐在化妆间的镜子前卸妆,手边是一束红蓝相间的风信子,上面插着祝福卡,她四周的桌椅上都是演出的献花。

夏天走进来,看到琳达演出结束了,擦擦脸上的泪痕,坐到背对着琳达的化妆镜前。

琳达和夏天的眼睛在镜中对视,琳达笑了出来,对着夏天做口型:"解——放——啦!"夏天苦笑了一下,点点头。

琳达:"怎么啦,小宝贝!"

琳达把手边的风信子花束藏在身后,走到夏天旁边,递给她。

琳达:"有一个神秘人士委托我来慰问一下辛苦的小宝贝。"

夏天:"啊,这不是你刚收到的吗?"

琳达:"你看这上面写了是给谁的? 我哪敢动呢?"

夏天翻开卡片,上面赫然写着:"夏天小姐,戏很好,再接再厉!"

闪回。

夏天和孙回在植物园,夏天指着身后的一片风信子。

夏天:"孙回,我理解活在他人的期待里是多么不自由。这片风信子花送给你,风信子的花语是燃起生命之火,享受丰富人生。"

风信子在风中摇动,孙回回望着这片花丛,微微点头。

闪回结束。

夏天:"他来了!"

夏天看着这束风信子开心地笑了,将花小心翼翼地抱在怀里。

87. 内　美术展览馆　日

琳达在一幅幅作品前观看,最后在一幅看似是鸟的现代画前停下。孙回站在她身后,看着她和这幅画。

88. 外　火车道　日　雨

琳达撑起伞,在一段废弃的火车道上走,孙回跟在后面小心地护着。琳达差点摔了,孙回扶住她。

琳达:"不用扶啊,我要走完这个。"

孙回:"刚才那个展览,你是不是最喜欢那幅叫作《鸟》的作品?"

琳达:"整个展厅里,就那幅最耐看。"

孙回翻开手机相册给琳达看。

孙回:"你在这幅画前足足站了五分钟,那不就是很普通的一只鸟吗?"

琳达:"才不是。那个作者的意思是,这只鸟张开翅膀的样子叫自在。"

孙回:"就像演出那天唱的那句歌词一样?"

琳达回头,眨着眼睛看向孙回。

琳达:"我可把你的卡片给换下来了,我给夏天了。说好的事不遵守,你的光辉形象就会毁于瞬间哦!"

孙回:"那天太匆忙,我急得给忘了。"

琳达:"没关系,这次就记住了。"

孙回:"其实,我只是想你在学校的日子里,开心就好!"

琳达:"谢谢你的好意,不过,我还是觉得夏天开心比较重要,所以你最好遵守我们的诺言。"

孙回:"那么,未来你也不会多靠近我一点点吗?"

琳达："我的轨迹已经写好了,马上我就去开启职业表演生涯了,我也不会和大家一起度过。况且……经纪公司也会严禁我跟异性来往。未来……就交给未来吧。"

89. 内　校园超市　日

爱林和崇美坐在超市门口一边喝奶茶,一边讨论艺术节表演和琳达的生日。

爱林:"琳达要过生日了,我们提前给她订个蛋糕吧!"

崇美:"什么口味的? 我们等会儿问问夏天吧,她一定知道!"

爱林:"艺术节的名次都出来了,不知道夏天知道了没有……"

夏天走到超市门口,往后走了几步,敲了敲玻璃窗。爱林和崇美尴尬地和夏天招手。

爱林:"你的专属零食还有两包了,快去吧!"

夏天买完零食,坐到她俩身边,拆开来吃。

崇美:"我们正要找你商量呢,琳达爱吃什么口味的蛋糕?"

夏天:"哦,应该是抹茶的。"

爱林:"好啊,正好,咱们买个抹茶蛋糕给琳达庆祝生日和比赛获奖吧! 两件喜事呢,夏天,你说我们去哪儿……庆祝?"

夏天:"结果出来了吗,张老师为什么没有通知我? 你们都知道了是不是?"

爱林和崇美支支吾吾,崇美使劲捏了一下爱林,爱林尖叫了一声。夏天看了一眼她俩,匆忙离开。

90. 内　办公室　日

金老师在办公室眉飞色舞,烧开水,拿茶具。

金老师："太赞了，老张，今晚你是不是要请大家吃饭，庆祝一下你们班的花开了！"

张老师："我们班素来就繁花朵朵，不需要特别庆祝。"

金老师："这次可不一样，第一名和第二名全是你们班的，花开两朵，各自代表的都是你们班，这还不是喜事儿？老张，年终奖金肯定要加倍的，还不请客？再说，要不是我说通了你这个榆木脑袋，你还想不到把琳达安排上去……"

张老师打开自己的抽屉拿茶叶罐，金老师抢先抓了一把茶叶到自己的杯子里，张老师闭上眼睛捏着太阳穴。

张老师："真比我还要操心这帮孩子，不然给你带，他们都是你的！"

91. 内　摄影棚　日

演播厅内，一片绿色的背景墙，几把粉色的气球，琳达穿着白裙子，坐在摄影机前。

琳达（拿着镜子自言自语念词）："想和我一样拥有这样的笑容吗？记得用……"

导演比画着和摄影师沟通镜头，琳达的妈妈静静地看着琳达。

导演："琳达，我们再来最后一个镜头。来，预备……"

琳达立刻绷紧了脚背，挺起腰，努力找摄影机镜头。

92. 内　化妆间　日

琳达坐在化妆镜前，她的妈妈在帮她卸妆，沙发上坐着一个助理。

琳达妈妈："囡囡，这是你的助理邱老师，妈妈托了以前的好友找到的。"

琳达："邱老师,你好,请多多指教。"

邱老师笑了笑,打开电脑查看时间安排表。

邱老师："好呀。这是你下面的课程安排表,我看了一下,基本一周三天形体加舞蹈,三天声乐加播音,剩下的一天需要专门台词训练。每一天以这些课程为主,零碎的时间我们需要加上身体机能锻炼、乐器训练,还有观摩作品和拜访优秀的前辈。"

琳达："安排这么紧张? 妈妈,你不是说……"

琳达妈妈(打断了琳达的话):"妈妈是说学校那边我明天去打招呼,下周就不用去了。"

琳达:"从现在开始就不用去学校了吗? 好像还有点舍不得。"

琳达妈妈:"乖,妈妈会保证你顺利毕业的,老师还会来片场帮你复习,毕竟需要过线。"

邱老师:"琳达,这是我们根据最新的艺人培训课程给你量身定制的课程,我们公司都研究了几天。不说短期内会大红吧,放长远看,你一定会比同期出道的人多跑好几圈。"

琳达:"妈妈,给我几天时间吧,学校还有点事要处理。"

琳达妈妈开心地扶着琳达的肩膀,邱老师也看着镜子里卸妆后的琳达。

邱老师:"哎,琳达,你看呀,你素颜还这么漂亮,真是老天赏饭吃,不走这条路天理不容!"

琳达盯着镜子中的自己,睫毛膏还残留了一半在眼睛上。

93. 外　办公室　日

琳达在教师办公室大门外徘徊,探头寻找张老师,听到金老师在敲张老师竹杠,最后敲了敲门。

金老师:"哟,'曹操'到了! 小琳达来了。"

琳达："金老师好。张老师,我要跟您商量一件事。"

······

94. 外　花坛　日

夏天急匆匆去宣传栏看比赛结果,经过风信子花坛,看到几盆特别干,拿着浇水器给干涸的几盆浇水。一阵风吹过,花丛一片摇摆。

95. 外　宣传栏　日

宣传栏前的同学都在议论结果,第一名上面有改过的痕迹,盖着两层红色纸片,写的是夏天的名字,最下面是附注高考加分的细则和奖励。

同学甲:"怎么会这样,第一明明是琳达,她那么出色。"

同学乙:"谁知道呢,搞不懂。你们看哪,这肯定是改了。"

夏天挤到宣传栏前看到名次结果,听到了大家的议论。爱林追来,拍了拍夏天。

爱林:"恭喜了,夏天! 我们搞错了!"

夏天:"这都怎么回事,你们是不是知道什么?!"

爱林:"别管了,不如我们就趁着琳达生日也给你好好庆祝一番!"

96. 内　餐厅包间　夜

大家开心地举杯庆祝,气氛很热烈。

小池:"今天呢,两件事儿······"

爱林:"行了,别使你那劲儿。来,恭喜夏天! 恭喜琳达!"

琳达:"祝贺夏天实现了自己的第一个小心愿!"

琳达向夏天眨眨眼,举杯示意要跟她碰杯。

夏天:"谢谢琳达老师的指导。"

小池:"当初指导你的人,还有你们的男神孙回我也叫了哦!他说马上就到。"

爱林听了大叫:"妈呀,我的女神男神聚集一桌？心跳又加速了!"

小池:"你小声点儿,怎么会有你这样的生物?"

夏天有点不好意思:"孙回也来了?"

窗外出现一道道璀璨的烟花,大家都被吸引住了,在窗口赞美烟花。

琳达兴奋地:"夏天你看! 这是你新年第二个愿望欸,天哪。"

97. 外　餐厅外花园　夜

孙回在楼下不远处站着,向她们招手,他脚边放着一束风信子花。琳达拉着夏天往前走,夏天害羞地慢吞吞挪动。

孙回:"琳达,刚才的烟花,你喜欢吗?生日快乐!"

琳达:"谢谢,你来得正好,我跟夏天带你上去。"

孙回:"哦,还有这个也是给你的,是你最喜欢的风信子!"

孙回拿起花束递给琳达,琳达转手给了夏天。

琳达:"守护风信子的工作,我们夏天最在行了。"

夏天没接住,反而绊了一下。

孙回:"你还好吧?"

夏天(结结巴巴):"好……好得很,好得很! 这个最适合琳达了,送风信子真的很合适,很配,很配。"

夏天不看孙回,拍了拍孙回的肩膀,转身走上楼,结果在楼梯上摔了一跤,把牙套摔掉了。

孙回:"夏天! 没事吧?"

451

孙回要过去搀扶,夏天对他做了个 OK 的手势。

夏天:"我没事,你们很般配。"

98. 内　餐厅　夜

大家都因孙回的到来而高兴,举杯庆祝。

小池:"多亏了孙回的指导,我们班的节目才这么精彩。哦?夏天。"

夏天没有听见,正看着风信子花束发呆。

夏天:"什么? 哦,是的,多亏了孙回。"

爱林:"孙回,我要跟你和琳达合影呢!"

崇美:"快,快,过几天我们就很难看到琳达了。孙回和琳达都在的场面简直难得一见!"

孙回(对琳达):"你要走了?"

琳达:"这几天回来跟大家聚聚。第一个广告拍好了,下周要按课程密集训练。"

孙回:"这么紧张,那学校还来吗?"

琳达:"会的。没事啦,我邀请夏天做我的造型设计。夏天,我们约好的,还记得吧?"

琳达张开双臂抱了一下夏天,然后搭着爱林的肩膀。

琳达:"我们来合影吧!"

孙回站在琳达旁边,爱林挤到孙回旁边把夏天挤了出去,夏天一脸呆滞。小池摆好了相机位置,照片定格。

99. 外　饭店门口　夜

大家在门口准备分开,琳达拎着大包的礼物跟大家道别,夏天很沮丧,急着走,琳达叫住了她。

琳达:"夏天,还好吗? 再陪我一起走走吧?"

夏天看着琳达哭了,点点头。

夏天(哭):"怎么会这样?"

琳达抱着夏天,摸着她的头,孙回在后面喊着。

孙回:"琳达,你忘记拿花了!"

夏天听见,擦擦眼泪,挣开琳达的怀抱,一个人往前走了。

孙回在原地很惊讶,琳达有点尴尬。

100. 内　夏天房间　夜

夏天躺在床上,捏着那张被她供起来的命运之轮牌。

夏天:"命运啊命运,你怎么把我们的风信子花给琳达呢? 还有,明明是我想看烟火啊,不过也看到了,当作是愿望实现了吧……还有比赛结果到底是怎么样的? 我再也不信塔罗了。"

夏天把塔罗牌扔在桌上,翻了个身,关灯睡了。

101. 外　街道　夜

商场前的 LED 大屏上播放着琳达拍摄的漱口水广告:"想和我一样拥有这样的笑容吗? 先拥有它!"琳达展露笑容。

102. 外　报亭　日

报亭老板正在把封面是琳达的时尚杂志挂出来,骑车路过的夏天看到,停在路边。

夏天:"老板,我看一下这个。"

报亭老板:"小姑娘,这是新来的《佳人》,啧啧,看,这封面又换新秀了。"

夏天买了一本杂志。

报亭老板看看夏天,又看看封面。

报亭老板:"欸? 这新秀琳达跟你也差不多大吧。一个是大

453

明星,一个忙学业,年轻就是好啊,你看看,想怎样都可以! 不像我们老咯,折腾不动咯!"

夏天不好意思地小声说:"我们是好朋友。老板,你快给我吧。"

报亭老板:"哟,不好意思,不好意思。什么? 好朋友?"

夏天:"嗯。"

夏天把杂志装进书包,骑上自行车,迅速踩着踏板离开。

103. 内　教室　日

夏天张望了下周围,看没人注意她,小心拿出《佳人》,翻开琳达专访的内页。琳达的专访一共四页,夏天摸着杂志照片,很羡慕。

104. 内　操场　日

宁南毕业学期总结晨会,校长在升旗台下讲话。

校长:"同学们,学期就要结束,我们在学期结束之前呢,总结一下这学期的成绩。前阵子学校里的艺术节比赛,你们作出了良好的表率,夏天同学凭借出色的表现获得了优秀的名次,现在结果下来了,高考加分她也名列其中,祝贺她!"

台下响起了热烈的掌声。几个班的阵营在小声地议论。

校长:"还有于琳达同学,作为我校的明星学生,最近也是战果累累,有机会请她来发言。"

105. 内　小礼堂　日

小礼堂横幅上挂着"宁南期末汇报",夏天站在讲台中间汇报和主持。

夏天:"时间飞逝,我们离高考的日子还剩下十多天,也就意味着我们在学校只剩下这点时间了。我代表全体同学向全校的同学保证,我们作为重点班,从现在开始,每一刻绝不松懈,争取期末全市的摸底成绩拿第一!接下来,我们有请于……"

夏天读着手上的稿子,看到了于琳达的名字。

夏天:"于琳达同学回学校给我们演讲。"

琳达上台时经过夏天身边,一直看着夏天。

106. 内 教室 夜

黑板上的倒计时还剩下 2 天,高三九班的同学在上晚自习,夏天正在埋头默写英文。

夏天默写的英语课文内容是:"Do you want a friend whom you could tell everything to, like your deepest feelings and thoughts? Or are you afraid that your friend would not understand what you are going through? ..."(你是不是想要一位推心置腹的朋友呢?或者你担心你的朋友一直不理解你的处境而嘲笑你吗?……)

三个月后,夏天顺利进入大学读了服装设计专业,琳达在争取最佳新人奖。

107. 外 商圈广场 夜

一个硕大无比的 LED 大屏幕上突然出现了一段 Vlog:琳达在舞台上表演的片段。

108. 内 粉丝活动室 夜

一个名为"万年爱林饭团"的微信群突然闪烁。

一条条微信跳出来。

"昨天我在机场看见琳达了!真人比电视上还要好看!"

109. **内　公司会议室　夜**

　　琳达和妈妈、经纪人邱老师、艺人宣传执行、郑总在会议室开会商讨通告的整体方案。

　　宣传执行打开琳达的官方微博,滑动鼠标。

　　郑总:"今天呢,是想跟琳达还有于姐谈一下下面的工作安排,主要是根据最佳新人奖的事情制订一个全面升级的计划。(对宣传执行)琳达的官微最近运行得怎么样?"

　　宣传执行:"这是琳达的粉丝官微,基本上都是在点评琳达现在的整体风格。我们是不是有必要调整一下,正好借着选举的造型,加入和以往不同的概念?"

　　郑总:"有必要。琳达的概念定位模糊,我们特别需要借助一个平台,给她升级。这个平台表达的内容和说话方式我们还要具体研究,一会儿出个方案。"

　　邱老师:"从这次晋级投票率来看,我们这个月的上升率为百分之十二点零八,比上个月增长了一点点。而从琳达的综合状态来看,这次五个导师给她的打分,潜能特质准则的企图心、抗压力、忍耐力都下降了。这个评分是我好不容易搞到的。"

　　邱老师拿自己的手机翻开琳达粉丝的微信群。

　　邱老师:"对了,郑总,我觉得琳达需要十四套造型设计图,我们先出初步草图,后面会进行修改,以求琳达在评选中保持最好的状态。"

　　琳达:"我有个合适的设计人选,她最了解我!"

　　邱老师:"哦? 既然是你自己推荐的,可以让她试试。你说呢,郑总?"

　　郑总点头表示同意。

　　琳达:"不过,十四套,这么短时间是不是太多了,握手会和见面会能不能合并?"

宣传执行:"握手会和见面会要不同的造型。握手会是为了加强粉丝黏性,见面会则是为最佳新人奖的投票助力。这是宣传战略步骤,我们安排的时间节点也不一样。"

邱老师:"现在不比从前了,粉丝的眼睛很毒,你的好、你的坏、你的细微改变,他们都看在眼里,他们不允许自己的偶像有技术划水、身材走样的事情和造型设计不走心的现象出现。你还小,慢慢才会熟悉。"

此时,微信群里不断出现"哇,我要跟琳达拍合影"的粉丝评论。

郑总眼前一亮,指着电脑,对宣传执行吩咐。

郑总:"把这条评论截图下来,再去在琳达的照片上加个王冠,在她身边画个空格,发条微博'听说有小可爱想跟我合影',三分钟以内打赏价格最高的粉丝才能解锁看到照片。然后接着一张张发,这个活动一小时以内结束,现在带着她去自拍储备照片。"

郑总正要出门,转身提醒琳达和邱老师。

郑总:"哦,对了,琳达,在最佳新人奖评选前,不可以跟异性单独说话,这点我还是要提醒你。邱老师,你们都辛苦了。"

邱老师:"放心吧,郑总,我们家琳达这么小就有公司全方位的服务了,我跟你保证,你不会白疼她的。"

110. 内　化妆室　夜

窗外漆黑一片,化妆室的灯全开着,摄影师、邱老师在为琳达拍照。琳达在各种角度摆着各种姿势,熟练又僵硬。

111. 内　饭圈活动室　日

一名中年男子举着琳达的彩色照片,围着活动室的桌椅跑,

457

吹了吹手中的照片。一些粉丝穿着印有"Linda"英文字母的 T 恤,有节奏地抖动手上的荧光棒。另一些粉丝围着几台电脑,上面显示着琳达发自拍的那条微博。

中年男子:"明早 6 点半,显福寺! 大家都给琳达投票助助力哈,我们不见不散!"

112. 外　显福寺庭院　日

寺院中庭大树上挂着很多条签文,都是祈祷祝愿的话语。中年男子拿着自己写的签文,寻找空处悬挂。

签文上写着:"祈福我们的琳达在最佳新人奖的评选中勇胜!"

一只白猫跑过来,在中年男子脚下蹭来蹭去,中年男子蹲下,掏出猫粮丢给它。

中年男子:"饿了吗,小白。今天带的不多,你将就着吃吧。"

中年男子蹲得太厉害,胸部口袋里掉出两张照片,一张是琳达的,一张是自己年轻时在舞台上唱歌的。照片里的他手握电吉他,英气逼人。他捡起来,掸了掸灰尘,重新放回口袋。

113. 外　街道　夜

琳达戴着口罩,缓缓往前走到地铁站。

114. 内　地铁站内　夜

琳达在地铁扶梯上,看到楼下放着一排夹娃娃机。

她走到夹娃娃机前,掏出兜里的硬币,投进去,开始夹娃娃。她使劲晃动遥控杆,每个娃娃都是快夹到就掉了。

琳达拍着机器的玻璃,里面的玩具抖动了几下。

115. 外　街道商场橱窗　夜

琳达在商场橱窗前停下,橱窗里摆设的是桃花、柳树,各种小动物家庭出门踏青,一派欣欣向荣。

闪回。

夏天:"好快呀,马上就要新年了呢。这个真漂亮啊,好像在放烟火,还记得小时候我爸妈老带我放小烟火。"

琳达伸出冻红的双手摸了一把夏天的脸,夏天打了个哆嗦,回击琳达。

夏天:"你偷袭我,看我不逆袭你!"

夏天要回捏琳达,琳达立即护住自己的脸。

琳达:"投降,投降!夏天,你有什么新年愿望吗?"

闪回结束。

琳达给夏天发了条短信:"夏天,我在准备最佳新人奖的评选。我经过了那个商场,里面的摆设都换了,想到一起逛街还是去年。你现在大一课很多吧?"

橱窗里的电视屏幕里放了一段少年团体的舞蹈,领舞的少年有种致命的魅力。琳达抬头看到了,目不转睛地盯着这个视频。

116. 内　教室　夜

夏天的手机传来琳达的短信,夏天看了一眼,继续埋头复习。

手机上又传来一条:"为什么不回啊,在忙吗?"

夏天继续自习。

琳达拨通夏天的电话,夏天走出教室接听电话。

琳达:"我还以为你永远不理我了呢!你还在生气吗?"

夏天："生什么气？我也知道那都不怪你。"

琳达："夏天，我们还能继续做好朋友吗？"

夏天："现在我们见面机会太少啦。"

琳达："夏天，你一直希望做设计师对不对？设计专业有实践作品的话，毕业找到好工作的概率会更大，我马上要参加最佳新人奖的评选了，正好缺十四套造型，你有兴趣吗？"

夏天两眼发光，又犹豫了。

夏天："我行吗？可我专业课也刚开始上呀。"

琳达："你怎么不行？相信自己呀，小夏天！我的第一套造型就是你设计的呀，白色礼服裙你还记得吧，因为那个我赢得了第一支广告的机会啊！过几天有个服装造型的短期培训，都是周末上课，不影响课业的。"

夏天："好。"

117. 内　设计教室　夜

教室黑板上的投影仪放映着服装图片，夏天在培训教室认真地做着笔记。

118. 内　夏天房间　夜

夏天电脑上贴着琳达的全身照片，她比对着照片一点点画草图。草图最后一点完工了，夏天对着电脑笑。

夏天趴在桌子上，拿着打印好的服装草图，把草图贴在电脑屏幕上，对着琳达的照片比画着。然后在镜子里，跟自己比对，左看右看，最后放下了，有点失望。

119. 内　试衣间　夜

琳达试穿夏天设计好的裙子，拉不上背后的带子。琳达探出脑袋找夏天,招呼她进来帮忙。

琳达:"夏——天! 快来救命!"

夏天进了试衣间,故意用手挡住双眼,咽了咽口水。

夏天:"啊! 女神,好久不见,你的光芒太耀眼。"

琳达扒开夏天的手,捧着她的脸。

琳达:"别闹了,快给我弄好,大姐。"

夏天:"我跟你说,我就给你示范一遍啊,下次我可不在你边上。这个可是特别为你设计的搭扣,别事事都指望经纪人老师,一般人还真不会弄。"

琳达:"行了,我妈和邱老师都够啰嗦了,又来了一个!"

夏天绕到琳达背后,帮她整理搭扣和拉绳,怎么都系不紧。夏天用手指量了量尺寸。

夏天:"你怎么瘦这么多?"

琳达:"当然啦。不瘦难道等死?"

夏天:"可你原来就很标准啊。现在连衣服尺寸都要给你重新定,真麻烦!"

琳达:"你都不知道我一日三餐吃什么,早上一个水煮鸡蛋,几根芦笋,一杯咖啡,没了。中午半颗苹果,一小块牛肉。晚上一根玉米,几颗葡萄干。"

夏天:"……你……不饿吗?"

琳达摇摇头,指着自己的胃。

琳达:"它已经没有感觉了。"

夏天听了,勒紧了裙子的拉绳,琳达倒吸了一口气。

琳达:"嘶——"

夏天:"你别怕,这里有个搭扣,没有这个的话,你的颈部线条根本凸显不出来,而且衣服上面都会塌下来,都是褶子很难看。之前试验过好几次,做出来一个失败的,样品我都放在家

461

里了。"

夏天拉上搭扣,满意地笑了。

夏天:"这样感觉比较好。"

琳达:"夏天,你这么辛苦,我要给你补补。不如这样吧,今晚我们吃个好的!"

夏天:"你能吃吗?"

琳达:"我不吃,我请你吃。"

夏天帮琳达解开裙子,发现琳达的胳膊上有一大块乌青。

夏天:"这是什么?"

琳达:"摔的。"

夏天掀开裙子边,腿上有很多这样的乌青,有的快消了,有的是新的。

夏天:"你这都怎么了?"

琳达:"哎呀,习惯了,训练不得摔啊。现在的粉丝啊,眼睛特别尖的,你一个动作不到位,或者哪里多了一丢丢肉,键盘侠微博上一写,记者全给你挖出来。唉,你别管了! 快走吧,都快没座位了。"

夏天:"还是算了吧,太麻烦!"

琳达:"吃个饭而已嘛。"

120. 内　餐厅　夜

服务员端上牛排。夏天手拿刀叉,开始切牛排。琳达一直盯着她看,咽了下口水,夏天吃了一块才想起来。

夏天:"琳达,这样对你是不是太残忍了? 要不这块给你,我都帮你切好了。"

琳达:"不了,我不饿的。"

夏天:"那我吃了,不客气啦!"

462

夏天又埋头吃了起来。

121. 外 街道 夜

夏天和琳达经过上次的那个商场,橱窗的电视屏幕里播放的还是那个少年团体的舞蹈视频,他们唱着另一首歌。琳达拉着夏天靠近商场橱窗。琳达贴在玻璃上。

夏天:"小姐,别靠那么近啊。你认识啊?"

琳达没听见夏天的话,身体模仿着少年团体动起来。路过的一个粉丝看见了琳达,喜出望外,小跑到琳达身边。

粉丝:"你是不是琳达? 天哪……你真的是琳达?"

琳达尴尬地笑笑。

粉丝:"琳达,我周日刚刚给你加了好多选票! 你,你……帮我签个名好吗?"

粉丝掏出自己的口红,琳达在她指定的袖子上签了名。

粉丝:"能不能借我五分钟时间? 我妹妹在另一家店,我们都是你的粉丝,等我一会儿,我去叫她过来。"

琳达拉着夏天就走,粉丝还在后面追着琳达,拿着手机拍。

粉丝:"琳达! 不要走啊!"

琳达:"夏天,快跑!"

琳达边跑边戴上口罩。

122. 外 路口 夜

两个人跑得气喘吁吁,夏天弯下腰要休息,琳达拉着她要继续跑。

琳达:"快,小姐,她要借我五分钟。"

两个人哈哈大笑起来,恢复走路的正常速度。

琳达:"刚才舍命陪吃饭,你这次能答应我个事吗?"

夏天:"仙女,快回家吧! 可别出什么事儿,要是有什么闪失,不光你妈、邱老师,甚至你老板都要找我的。"

琳达:"嗨,真的别再跟我提这些人了。你刚才都看到了吧,粉丝对我过度追求只会给我带来烦恼。这是一个正常人的生活吗? 我其实特别理解我妈,她就是想要弥补年轻时的遗憾,才把希望全都寄托在我身上。真的不懂这样的生活有什么值得追求的,我只想做一个普通人。夏天,我们是不是好朋友? 现在我得跟你借一个东西。"

琳达伸出五个手指,示意是五。

夏天:"5元钱?"

琳达:"粉丝要借我五分钟,我向你借五个小时。还记不记得你陪我消失三个小时的那次?"

夏天:"还五小时,你现在五十分钟都不能消失。"

琳达甩开了夏天,一个人大步往前走,故意不回头。

琳达扯开嗓子:"那——我——自己——去!"

夏天:"不行,不能一个人! 算了,走吧,我们去哪儿?!"

琳达:"老地方!"

123. 外 城墙 夜

琳达靠在夏天的身上,身边堆着几个酒瓶。

琳达:"夏天,我昨天又梦见我在不停地往前跑,后面有人在追我,吓死我了。"

夏天:"后来呢?"

琳达:"后来,就一下醒来了,开着灯不敢睡了。"

夏天:"你的体能那么好,没人会追得上你。"

琳达挠夏天,拍着她的腿。

夏天:"疼啊,大姐,你想我的腿跟你一样啊!"

琳达:"不说了。"

夏天:"我错了,你继续。琳达,做明星是多少人都做不到的事啊,你做到了,就开开心心地做呗!"

琳达:"是我太幼稚,我还想呢,当时我妈赶着我超前学习,学就学吧,学完了来拍拍照就行……你也不要认为我现在跟别的团体啊艺人啊都一样,天天想着最佳新人奖这种东西……我跟他们都不一样!"

琳达挥着酒瓶大喊,夏天要捂住她的嘴巴。

琳达:"我跟你们都不一样!"

琳达叫着叫着就睡着了。天快亮了,夏天看着远方城墙外的景色,微风吹过。

124. 内　舞房　夜

舞房里有六七个少年正在练舞,阿武跳得很洒脱。琳达在门外偷看。

125. 外　吸烟处　夜

阿武和几个少年在吸烟,琳达在旁边咳嗽。

琳达:"你好,我看过你的表演。"

阿武没听见,仍然和他们谈笑。

琳达:"哈喽!"

阿武吓了一大跳,烟头差点烫到自己。

阿武:"看不出来你这么瘦,气还挺足。"

琳达:"我看过你的表演。"

阿武:"所以呢?"

琳达:"你在屏幕前表演还不错,舞步也是我没见过的。"

阿武:"那就投个票呗。我们继续练习了,抱歉。"

阿武说完就把烟头捻灭,跟几个少年回到舞房。

阿武:"小姐,以后说话不要那么大声,会吓死人的! 不吓死也被烫死了!"

琳达微微笑了一下,跟在他后面。

琳达:"要投票是吗? 我叫我粉丝帮你一起投。"

阿武:"哈哈,谁在乎那些! 小姐,你是打算一直跟着我们吗? 我们一会儿还要出去排练哦!"

126. 内 广场 夜

广场上空无一人,阿武和几个少年在广场上一遍遍地练习。琳达在旁边学习他的舞步。

阿武掐了音乐,走到琳达身边坐下,拿起地上的饮料"咕咚咕咚"喝了起来。

阿武:"怎么样?"

琳达看了一眼阿武,笑了笑。

琳达:"这么快就能让我学会,没意思。"

阿武:"你平时跳的都是什么?"

琳达:"网上搜'于琳达'试试。"

琳达用手机搜了自己的表演视频,叫阿武看,阿武看了几分钟后按了暂停。

阿武:"改一下。"

阿武即刻起身,自己打节拍,跳了起来。琳达双手托腮,盯着阿武的动作。

琳达拿着手机给阿武录视频。阿武把手伸给琳达,向琳达发出邀请,琳达跟着他一起跳起来。

阿武:"还挺有模有样。"

琳达:"那我今天就——拜你为师?"

阿武转了个大圈。

阿武："舞蹈是你的身体在代表你的灵魂说话,你先跳一段拜师舞,我再考虑考虑收不收你。"

琳达："要不这样吧,最佳新人奖评选时,我当着那么多人的面,正式向你挑战。"

阿武："成!"

127. 内　公司会议室　夜

夏天和邱老师、郑总在会议室商量最佳新人奖的评选事宜。

邱老师："郑总,夏天今天是来提交造型初稿的,您看了之后提提意见,我请 AMY 姐带她修改。"

夏天把设计画稿递交给郑总,有点紧张。

郑总："小姑娘,你的灵感都是哪儿来的?"

夏天："我跟琳达是好朋友,我们俩聊天时,我会灵光乍现。我觉得琳达适合白色、大花色,她的外形给人靓丽的感觉,好像心情不好的人看到她就会舒畅,所以服装上就选择了纯净、饱和度相对低一些的颜色来平衡整体。这个白色的礼服是我和琳达一起逛街时我给她挑选的成品,但是我做了修改。琳达的颈部线条柔和,所以我在这里用了一字肩,这里的小搭扣是为了使这套衣服能和人体贴合。"

夏天指着画稿介绍,郑总很满意。

郑总："这套 AMY 就不用修改了,其他的我没时间听了。邱老师,琳达的这个小造型师,找得很准确啊。这次你们要配合琳达在演出中胜出,一点差错都不能有!"

128. 外　小花坛　日

周末,孙回绕着学校跑步。孙回经过风信子花坛,看到夏天

467

在浇水，停了下来。

孙回："夏天！"

夏天不知所措，水壶洒了很多水，有点紧张。

孙回："没事吧！？"

夏天："就，还好。还好，没事啊！"

孙回："刚好碰到你了，跟你道个别，我跟家里都商量好了，之后就会去我爸那边训练。"

夏天："孙回，那以后就……"

孙回打断夏天的话："以后你大学毕业了，和琳达来美国，我带你们去玩。"

孙回伸出手，要跟夏天握手。夏天手上都是水渍，她拿纸巾擦了擦。

夏天："有句话我还想问你，总觉得当面说出来比较好。你真的觉得琳达比我还要可爱吗？"

孙回："夏天，我也试图了解你，可是，这没法回答。"

夏天："我的戏你来看了吗？"

孙回："那天琳达嘱咐我一定要准时到，但是你的节目是第一个，我没赶上。"

夏天："那……那束风信子不是你给的吗？！"

孙回："什么风信子？你说演出那束？"

夏天："对呀，卡片上还写了：夏天小姐，戏很好，再接再厉！"

孙回不回答，在风信子花坛前走来走去。

夏天："这都是琳达妈妈种的，琳达一定很爱这个花。我也是。"

夏天摸着花丛，孙回很尴尬地看着她。

夏天："我知道了，那天是琳达换了名字。两束风信子，都是你送琳达的。"

孙回:"夏天,琳达真的很珍惜你,别多想了。我要走了,你多保重!"

129. 内　训练室　夜

公司助理坐在琳达旁边,培训老师在给琳达上一对一表情管理课。助理开始计时琳达笑容的时间。

马老师:"以前的标准是不能大笑,但是现在粉丝聪明了,如果笑得不真诚,他们一点开动图就容易发现。所以这三节课的内容是推翻去年的课案,你记住,按照上面的内容,课余要练习一万遍以上,肌肉才能记住。"

琳达笑了一下,然后恢复五官。

马老师:"停!停!我说开始才行。预备,开始——"

琳达咧开嘴笑,露出牙齿。

马老师:"对,对,到这个位置就停止,然后眼睛也要弯,控制住别动。"

助理的秒表时间到了,发出"滴滴"的提示。

琳达:"我说马老师,我们连笑都要作假?"

马老师:"这叫作微表情的管理控制,你的每个微表情,都会被放大几千倍几万倍,稍微失控就给公司带来很大的损失。"

琳达:"啊?那现在是不是我连喝水放屁都要管理?万一下一秒钟我没按照管理的要求放屁……"

马老师露出不自然的表情,眼睛看向别处。

马老师:"要么你跟郑总和邱老师说去吧,想要再上一层楼,就得刻苦练,你马上就要去参加最佳新人奖的评选了,业务能力上不能只关注才艺这一块。"

琳达打了个呵欠。

130. 外　街道　夜

　　琳达戴着口罩坐在车内反复盯着阿武的舞蹈视频看,过了一会儿,按下暂停键,摇下车窗看向外面,神情疲惫。

131. 内　琳达家　夜

　　琳达妈妈背对着大门,坐在客厅等琳达。琳达进门,打开客厅的灯看见妈妈。

　　琳达妈妈:"课上完了?"

　　琳达:"上完了。妈妈,你怎么还没睡啊?"

　　琳达妈妈:"今天的新课上得感觉好吗?"

　　琳达把身上背的包丢在沙发上,拖鞋故意发出很大声,朝洗手间走去。

　　琳达:"我要睡了,妈妈,明天再谈。"

　　琳达妈妈:"嘿,你现在不敢对粉丝耍大牌,在家里耍起来了?"

132. 内　洗手间　夜

　　琳达重重地关上门,拧开水龙头。

　　琳达大声:"妈妈,你说什么?!"

　　琳达坐在马桶上,在通讯录里找到阿武的名字,给阿武发信息。

　　琳达:"有个好地方,你去吗?"

　　阿武回复:"练舞呢! 你在哪儿?"

　　琳达:"半小时能否结束? 舞房门口见。"

133. 外　舞房门口　夜

　　琳达拿着手机对刚练完舞的阿武挥手。

琳达:"你的演出,我可看了好多遍。"

阿武:"会了吗?"

琳达:"你要检查一下吗?"

134. 外　城墙　夜

在城墙上看星空很清楚,下面整个城市星星点点。琳达跑在阿武的前面。

琳达:"你看这是不是一个好地方?!"

阿武对着城墙下面大喊。

阿武:"哈喽! 我是阿武——! 你们听得见吗?!"

琳达:"我是——(声音变小)琳达。"

阿武:"怎么了,放心喊出来啊。"

琳达:"我不想让别人知道我在这里。"

阿武:"你还真当城墙下的古人都知道你,要爬起来给你助兴啊? 这里这么高,没人会听见,放心吧! 练舞吗?"

琳达打开手机视频,点开音乐,跳了一段阿武风格的街舞。阿武拍着手,接着上去跟她对舞。

阿武跳了一会儿躺在地上,用双手枕着脑袋,琳达和他并排躺下。

阿武:"没看出来,你还能学我们这个,你不应该都跳你们那一类的吗? 小孩子那种。"

琳达:"跳舞还分什么应不应该吗?"

阿武:"我错了。喂,你觉得你自己喜欢这行吗?"

琳达:"我也不知道。以前在学校上课那会儿,一直在等待走到这里,现在没那么期待了,就好像现在我只想待在现在的时空里,不期待天亮。"

阿武笑了起来,指着天上的星星。

阿武："你看,这么多颗星星,每颗都有自己的轨道,它们都只能绕着自己的轨道运行,所以呢,你是很幸福的。"

琳达："为什么?"

阿武："不管喜欢不喜欢,你都是按照自己的方式生活的一个人,多好啊。"

琳达："你真的觉得好?"

阿武："真的啊,我骗你干吗?"

琳达："我是喜欢跳舞,但是不喜欢被绑架,现在我一上台跳舞,这个事好像就变了。被太多的人关注,生活的方方面面都暴露在公众面前,我不能做这也不能做那,没有一点自由。"

阿武："喜欢,跳出来就行了啊,管那么多干吗?"

琳达："我真羡慕你这样无拘无束。"

阿武："对啊,因为我就是我,不被人定义,也没有你那么大的名气,从小到大,我喜欢就会去做了,从不需要隐藏自己。"

琳达亲了阿武额头一下,两个人一起看着星星。而一边的视频还在录着,没有关闭。

135. 内　公司服装部　夜

夏天参观公司的服装,看见自己设计的几套挂在一排,有点欣喜。

夏天："邱老师,这几件,我能全都拿下来一下吗?"

邱老师："没有问题。"

邱老师把衣服摊开在桌上,拿着原来的设计稿对比。

超现实画面。

夏天手上拿着铅笔,大叫"啊——",掉进一个黑洞里,最后坐在一个华丽的椅子上。

一套套漂亮的衣服从夏天的脑袋里抽出来,周围出现了十四架镜子,每个镜子里的人,都是穿着这些衣服的夏天。夏天看看这个看看那个。

"你怎么穿着和琳达一样的衣服,真是自讨没趣。"

"快点画完,琳达等着穿呢!"

"夏天,拜托你了,我的身形你最了解了。"

最后镜子全都碎了。

夏天摊开琳达的每一套裙子,比对样稿进行检查。

夏天:"邱老师,有条裙子我答应琳达加暗扣,到时我给她送来。"

136. 内　夏天房间　夜

夏天拿设计的新裙子在自己身上比画,关上门,套在衣服外面试了试,然后对着镜子拿话筒唱歌。

夏天:"我是琳达,希望你们喜欢我。"

夏天撇撇嘴,把新裙子换下来,放在了袋子里。

137. 外　街道　夜

夏天骑车赶去最佳新人奖评选的现场,车篓里装着裙子。

138. 内　化妆间　夜

夏天拿出那条裙子抖动了几下,准备给琳达换上。裙子上身奎拉下来,夏天发现拿错了。

夏天:"完了,琳达,拿错了。琳达,对不起,我明明想着给你带上后来的那件,怎么会这样,对不起,琳达。"

琳达叹了口气,东看西看,在桌上找到了几个大头针交给夏天,示意她别上。夏天别上后,琳达看了一眼镜子里的全身效果。

琳达:"不用担心我。没问题的,必胜!"

139. 内　舞台　夜

　　音乐开始,观众席上的粉丝们尖叫如潮。琳达跟着音乐跳着,大头针掉了一根,衣服滑了一点,琳达急忙用手捂住,继续跳。

　　大头针又掉了,琳达两只手都没法兜住上身了。

　　下面观众席响起一阵口哨声,琳达在一片混乱和安慰中,有点狼狈,谢了幕离开舞台。

　　主持人出来:"好了,现在拿起手中的投票器,按下投票键,给你支持的偶像投上宝贵的一票,结果今晚就会公布!"

140. 内　化妆间　夜

　　琳达一脸尴尬,捂着衣服走进化妆间,看到夏天,很委屈。夏天躲着琳达的目光。

141. 外　音乐厅大门外　夜

　　琳达的粉丝、阿武的粉丝自动分成两队,守在门口等待自己的偶像。

　　阿武粉丝:"多大年纪了,跟我们竞争?"

　　中年男子:"追星又不分年龄,只跟 DNA 有关!"

　　琳达粉丝中的小妹拿着手机,要给中年男子看。

　　中年男子瞄了一眼手机屏幕。网友上传了一段剪辑过的视频,视频中琳达和阿武在城墙上跳舞,还亲了阿武一下。

　　中年男子自言自语:"她欺骗了我们。"

142. 外　音乐厅门外　夜

　　邱老师和琳达妈妈陪着琳达走出音乐厅,琳达神情沮丧。

中年男子:"琳——达! 等等!"

琳达在人群中东看西看,保安拦住中年男子。

中年男子:"琳达,我们还以为你是一个为了舞蹈音乐心无旁骛的偶像,音乐和现实明明只能选一个,可你为什么非要选择阿武呢?!"

中年男子把琳达的海报撕碎。琳达很委屈,扭头跑了。

琳达妈妈:"琳达——你要去哪里?"

143. 外　江边的街道　夜

琳达一边在街上狂奔,一边掉着眼泪,风很大。

144. 内　公司办公室　夜

郑总暴跳如雷,地上扔满了杂志,他用力把杂志往地上砸。

郑总:"琳达人呢? 这是什么意思?"

邱老师:"从刚才谢幕后就没看到她了,该问的人都问了,现在不知道和谁在一起。"

郑总:"我怎么嘱咐你的? 你怎么做的经纪人?"

邱老师:"我连她什么时候跟阿武出去的都不知道啊。"

郑总:"我在你们琳达身上投了这么多钱,最佳新人奖砸了,还能救,但签合约的时候说好了最佳新人奖评选这年不能传出什么交往的新闻,现在呢,这种视频传得满天飞呀,这就毁了呀!"

邱老师:"郑总,我们先找到琳达再说。"

郑总叹了口气,两手叉腰背对窗户。

145. 内　学校食堂　日

电视屏幕的新闻:"预选最佳新人琳达,被取消了评选资格。

据说该公司的负责人正在决议,经纪人邱老师也表示,在正式确定之前,不会向外多说一个字。琳达的未来会如何呢?"

146. 外　街道　日

广场上的 LED 屏幕上写着"琳达,我们永远爱你",一辆印着"琳达,我们的最佳新人"宣传语的海报车开过来。LED 大屏全碎了,车身上的海报也全都掉了下来。

147. 外　报亭　日

夏天骑车在报亭前停下,报亭老板认出了她,丢给了她一份《娱乐新周刊》。

报亭老板:"来啦,小姑娘,呐,你好朋友又上了头条。"

夏天付了钱,翻了翻杂志,头条的标题是《琳达无视大家的厚望,粉丝要求道歉》。

夏天:"老板,这次你进了多少本?"

报亭老板:"怎么了? 你要全包了吗?"

夏天看了内容很生气,翻了翻自己的钱包。

夏天:"能不能拜托你一件事?"

报亭老板:"什么啊?"

夏天:"这个杂志能不能先别卖,也别进了?"

报亭老板:"小姑娘,这我可不能答应你啊!"

夏天:"老板,我先给你这么多,其他的都算我的,好吗?"

报亭老板:"小姑娘,没用的,你就算买了这类杂志,那这些怎么办呢?"

报亭老板把新的娱乐期刊丢在夏天面前。

报亭老板:"除了我这一家,这条街上还有三个报刊点,全市接近上百家,除非你把进货源头堵死,否则市面上到处都是这类

476

杂志。小姑娘,你这好朋友入行前是有心理准备的吧? 一入此行深似海,曾经坐拥那么多粉丝,说翻脸就翻脸,这落差还不大啊?"

夏天:"好了老板,你就别再说了!"

报亭老板:"哎呀,凡事都有两面性,从另一个角度来说,估计有很多所谓的脑残粉,失去理智,成天追在别人后面瞎折腾、'神化'艺人,结果呢,把人家正常生活搞得一团乱。不羡慕,我一点都不羡慕! 看你多好,简简单单,每天面对的就是学习的压力,而你这个同学呢,承受的压力实在太大了! (唱)眼见她平地起,眼见她楼塌了……还不如我们普通人卖卖报刊,过过小日子咧!"

夏天不睬报亭老板,拿起报摊上的娱乐杂志塞进车篓。

夏天:"这些我全要了! 老板,这是我好朋友,很好的那种,能不能再次拜托你,别再进这期杂志了!"

报亭老板:"哦哟,小姑娘,真讲义气! 好,这期内容,我也不提倡。这样吧,我有个微信群,可以动员动员认识的同行,让他们也尽量别进这期杂志了,这样还会减少源头生产呢。"

夏天:"好嘞,谢谢老板!"

报亭老板:"小姑娘,珍惜学习机会,好好加油!"

夏天:"知道了,我会的!"

夏天蹬上自行车脚蹬子,离开报亭。

148. 外　自行车库　日

夏天停好车,拨着琳达的号码,一直无人接听。

149. 内　咖啡店　日

爱林手上拿着一杯奶茶,提着抹茶蛋糕走进咖啡店,她把蛋糕放在桌上。

爱林："我们还用等琳达吗?"

小池："别了吧就。"

爱林："怎么不等?! 一个星期前我们不是约好今天庆祝吗?琳达不是说好了要来吗?"

爱林拉着夏天,把蛋糕往夏天手上塞。

爱林："夏天,你跟琳达最好,你懂怎么办。"

夏天："我不知道,琳达的失误有一半责任在我。她现在不愿意接我电话,我现在也根本不敢见她。"

爱林："上次的演出,是琳达跟张老师说要放弃自己的比赛名次,而把第一的位置让给了你,你知道吗?"

夏天："你是说艺术节那次是琳达让给了我?"

爱林："你现在敢不敢见她了?"

夏天："爱林,我刚刚去报刊亭收琳达的负面期刊,但是也只有一家报刊亭的老板愿意帮助我。爱林,琳达是我们的同学,也对我无比信任,现在她的演艺事业出了点问题,我们不应该坐视不管的对不对?"

爱林："那肯定啊,自从她转到我们班,我们更多关注的是她的表面成绩,背后的辛酸只有她自己知道。"

夏天："是,我想她承受了很多。我现在就去找她,我大概能猜到她在哪儿!"

夏天连忙跑出咖啡店。

150. 外 城墙一头 日

夏天登上城墙,很多游人在走来走去,夏天绕过游人。

夏天："琳——达! 你在哪儿?"

151. 外　城墙另一头　日

琳达爬上了一段破旧废弃的城墙,这边的城头很少人知道。

城墙上很开阔,琳达登上后,大口呼吸着空气,转起了圈。

琳达:"我是于——琳——达! 不是什么偶像! 我在——这——里!"

城墙的回音很大,琳达的声音拖得很长。

夏天听见隐隐的回音,顺着声音找到了琳达。她爬上这段墙头,看到琳达在转圈。琳达看到夏天停了下来,同时叫了对方的名字。

夏天:"琳达。"

琳达:"夏天。"

夏天:"琳达,对不起。"

琳达:"对不起什么啊,你怎么在这里?"

夏天:"琳达,你果然在这儿! 是我不对,我不应该只想着自己的事情。是我疏忽了,给你拿错衣服;是我小心眼,一直嫉妒你;是我不好,为了孙回的态度一直在责怪你,现在这样都有我的问题,你能原谅我吗?"

琳达:"不怪你,不是你的原因啦! 小夏天,你想太多了。你不觉得现在的我反而轻松许多吗?"

夏天:"你真的不怪我吗?"

琳达:"那当然,我说不怪就不怪。就算没有你,这一切都会发生。"

夏天:"谢谢你。"

琳达:"谢我什么呢?"

夏天:"谢谢你认识我,谢谢你为我做的一切。"

琳达:"傻夏天! 不过我还是要提醒你啊,这十几套实践作品你要好好留着,保准你,心——想——事——成!"

夏天:"那你呢?"

琳达:"我怎么了? 我好好的。我还是于琳达呀! 我一直都没有变呀!"

夏天:"公司那边怎么办,你想好了吗? 外面那些话题你想过怎么回复吗?"

琳达:"爱谁谁,我反正也进不去了。这些声音都是浮云,我会发布一个声明,好好给大家一个交代的。等过上一阵儿,新人出来了,他们就会把我忘记,更不会想起这件事了。"

夏天:"你真的这么想的吗,琳达? 之前我们有多羡慕你,你知道吗? 那你妈妈能接受吗?"

琳达:"每个人都应该有自己的人生,而不是活成别人期待的样子。我之前是因为不想让我妈失望,才答应那些训练的,这样的生活本来就不是我的初心。我会特别在乎身边人的看法、外界的评论,还有妈妈的期许,当我坐拥大量粉丝的时候,我紧张,我拘束,我的生活复刻了《楚门的世界》,在众目睽睽之下,我和外人没有边界。你以为这是明星才可以拥有的资源和权力,普通人都羡慕,现在我告诉你,他们真的错了。任何一个正常的人,处在这种不适的环境里,都会变得不正常。你知道吗夏天,每天早上我一睁眼,就会担心粉丝流量降低,担心自己的容貌身材和昨天不一样了,担心自己的唱跳水平下滑,这种生活真的是我想要的吗?"

夏天:"琳达,我觉得你现在已经拥有做回自己的勇气了。在你跟我说之前,我隐隐感觉到了你的不适,不过大部分人只是看到了你生活的表面,根本不了解你背后的样子。"

琳达:"夏天,你再借我一个东西行吗?"

夏天:"好呀,又是这个吗?"

夏天用手指比画出数字"五"。

琳达："哈哈,默契! 陪我再逛一次街吧,我们穿一样的裙子,还要再买一样的衣服。"

夏天："好,别说五分钟,五十分钟,五百分钟也可以,在我这里你还可以分期支付! 任何时间,只要你愿意,只要我想,你还是我认识的那个于琳达,一点没变!"

琳达："但是你已经不是我认识的那个小夏天了。"

夏天："怎么了啊,我都给你承认错误了。"

琳达："哼。"

琳达故意瞄了一眼夏天,夏天很疑惑。

琳达："你,变胖了。"

夏天："你真是一点没变,老这样逗我!"

夏天和琳达哈哈大笑,相互搭着对方的肩膀,一起走下了城墙。

夕阳西下,两人的背影逐渐消失。

(剧　终)

导师评语

姚扣根

羊含芝的剧本《恋衣》主要讲述现代魔都的两个高中生,夏天与琳达 18 岁时的一段经历。她们相互欣赏,惺惺相惜,仿佛在一个温暖舒适的玻璃房里看外界的风风雨雨。

该剧采用剧中人物夏天作为叙述人。

第一情节,24 岁的夏天成为一个成功的服装设计师,作为对记者采访的答复,她回顾了六年前,18 岁的自己走向理想目标的最初实践,回答了系列服装设计的构思来源。高中时,她为琳达设计发型、选择裙子,逐渐提高了自己的设计水平;进入大学后,她又受托为琳达设计系列服装造型。

第二情节,夏天追忆了对自己设计生涯产生很大影响的闺蜜琳达——一个充满幻想的少女明星,叙述了自己看着她如何"平地起"、如何"大楼塌"的"昙花一现"的过程。

琳达出身艺术之家,有着艺术发展潜质,她单纯善良,乐于助人。她进入娱乐圈,本身没有多少内在的强烈欲望,完全是母亲、亲友圈、粉丝等外在推动力作用的结果。琳达除了在严密管束之中偶然的"消失"之外,无论处在何种处境,都没有表现出任何一丝的挣扎抗拒和自豪傲娇,但由于一次瞬间"消失"时的真心流露,意外地遭遇了顶峰后的滑坡,跌落到平常生活。

该剧表现的 18 岁时光有着青春感和现实感,淡淡的叙述,投射了剧中主人公的理想和希望,以及诚实的生活态度。夏天通过自己的所见所闻,观察、讲述和挖掘琳达故事的背后意义。

结局并不悲伤,而是快乐的。这种处理不禁令人思考,到底该羡慕嫉妒谁？该羡慕什么？青春的价值究竟是什么？

"恋衣"，作为命题，有夏天实现服装设计师的理想之点题，也隐喻了很多人身处追求外表虚荣的商业时代。

目前剧本还存在一些薄弱环节。第一，受话剧的影响，台词过多；夏天作为叙事人，有开端，没有结尾，剧本呈现不够完整。第二，人物心路历程走向不够明晰。如剧中精心设计了有关琳达的人生转折，但这个事件，没有表达出夏天内心的激情，没有引起夏天的重大抉择。第三，背景描写淡薄，魔都的繁华，高考的紧张，具体年代的话题和梦想，有所淡薄，影响了主体人物的正面表达。

剧本经过三次较大的改动，目前故事理顺，叙述流畅，结构做到了自然严谨而不突兀，主题立意有所深化，基本达到了结项的要求。

电　影

婚爱保险

（原名《并不存在的爱情保险》）

刘　思

刘　思

女,二级编剧,上海戏剧学院戏剧戏曲学专业博士。现任上海大学上海电影学院戏剧影视文学专业教师、硕士生导师。曾作为国家公派联合培养博士,赴加拿大维多利亚大学进行交流访学。作品曾获中国校园戏剧奖、紫金戏剧文学奖、老舍青年戏剧文学奖;获国家艺术基金、上海文化发展基金会专项扶持,入选中国国家话剧院青年戏剧扶持计划。话剧《雷经天》《旋涡》《爆炒一家亲》《望》《青春之歌》《万点来了》《当一女遇见男男男男男男》、儿童剧《嗨,我是汤姆》、微戏剧《拾叁·创始季》等作品在全国公演。曾担任电视真人秀《我爱二次元》《我是水手》、纪录片《北欧环保之旅》、电视栏目《游戏玩家》《数字地球》等相关节目的编导。

人　物:

秦　风——男,40 岁,身份不明,自称骗子。

江雪燕——女,35 岁,秦风的前妻。

金　娴——女,33 岁,保险销售经理。

安　华——男,35 岁,金娴的前男友。

周　宁——女,27 岁,安华的妻子,房地产集团第二代掌门人。

陈兴泽——男,23 岁,白小冰的丈夫。

白　林——男,白小冰的父亲。

白小冰——女,21 岁,陈兴泽的妻子。

曹传贵——男,40 岁,农民炒股暴发户。

徐金花——女,43 岁,曹传贵的妻子,农民。

丽　丽——女,28 岁,曹传贵的女友。

朱建华——男,75 岁,秦风大学时期的班主任,退休金融学
　　　　　教授。

赵秀芝——女,74 岁,退休护士,朱建华的初恋情人。

毕博海——男,35 岁,保险客户。

龚先生——男,65 岁,保险客户,商人。

韩　波——男,42 岁,保险客户,闫艳的情人。

闫　艳——女,28 岁,公司财务,好抢人老公。

1. 街头 外 夜

[雨夜的街头,行人寥寥。往来的车影匆匆,在水汽弥漫的黑幕上划过淡淡的忧伤。地面上折射出城市五彩斑斓的光影,既清晰,又浑浊。

[一辆白色的本田轿车驶过。

[白色本田轿车侧身转进了一条两车道的窄巷。街道上的车并不多,它很快跟近了一辆小货车。它下意识地拉开了和小货车之间的距离,然后又很自然地贴得更近,为了表示对小货车磨磨蹭蹭的不满,它还闪了两次大灯。本田轿车最终决定打破规则,从逆行道上超车。白色本田轿车果断驶入了逆行的车道,当它加速超过小货车,打着右转向灯准备驶回自己的那条车道上时,从右前方突然转入一辆左转的小轿车。小轿车朝着白色本田轿车狂闪大灯,可一切为时已晚。刹那间,三车相撞。

2. 飞机经济舱 内 日

[秦风从梦中醒来,发现自己仍坐在飞机的经济舱内,飞机还没有起飞。

[秦风屏了一口气,突然开始急促地咳嗽,脑门冒汗,面颊通红。他难受地按响了服务铃。

空　姐　先生,您有什么需要吗?

秦　风　我要下飞机!

空　姐　我们的机舱门已经关闭,不能下飞机了! 您稍等,我们马上就要起飞了。

秦　风　我特别……特别难受! 我感觉我快要死了!

空　姐　先生,您哪里不舒服吗?

　　　　[秦风喘不过气来。周围的人露出惊恐的神色。

　　　　[另外几名空姐闻声赶来。两名空姐小声嘀咕了一下。一名空姐离开后,另一名空姐做着紧急抢救处理。

广　播　请问飞机上有没有医生,我们有一名乘客身体不适,需要您的帮助,请到商务舱。

空　姐　先生,我们现在先把您转移到前排商务舱,让您能平躺着,再看看有没有医生能帮您,好吗?

　　　　[秦风虚弱地点点头。

　　　　[秦风被转移到商务舱,平躺在椅子上。他有了明显的好转,空姐们松了一口气。

空　姐　先生,您感觉好点了吗? 您有没有随身携带的药品?

秦　风　这么躺着还行。飞机上有医生吗?

空　姐　不好意思,这班飞机上没有医生。

秦　风　(小声嘀咕)那就好。

空　姐　您说什么?

秦　风　我说,那好,就给我一杯水吧!

空　姐　您稍等,马上为您取来。

　　　　[秦风刚躺下,就听见微微的抽泣声。随即传来身边女人斩钉截铁的咒骂。

咒骂女　还好你们还没孩子,这样的男人,就应该让他断子绝孙。

　　　　[秦风侧头,看见说这话的是一位颇有几分姿色的姑

489

娘。她身着笔挺的西装,梳着干净帅气的马尾,衣服的袖管捋到了手臂处,露出了几分中性的帅气。她隔着走道跟一位抽泣的女人说话。这位抽泣的女人大概35岁上下,一身名牌,厚厚的粉底遮住了皮肤上泛起的细纹,却遮不住整个人无法掩饰的焦虑和疲惫。

〔秦风皱了皱眉,小声嘀咕了一句"最毒妇人心啊"。

抽泣女 跟我离婚也就算了,还闹个"假离婚"! 真当我傻子啊? 是,我是挺傻的。我要不真傻,我能跟他结婚吗? 你说他凭什么不跟我复婚? 那个女人哪里比我强?

〔秦风叹了一口气。

咒骂女 找律师去告他,总不能吃这哑巴亏吧!

抽泣女 告,怎么告? 所有的离婚手续都是真的。你知道吗? 他就是一富二代,地地道道的啃老族,房子、公司都写的他爸的名字。根据法律,这都是婚前财产! 我们离婚,我什么都拿不到。我当时没多想,不就假离吗?

咒骂女 真的假不了,假的真不了。

抽泣女 我和他一起生活了十年啊! 这十年是真的啊! 到头来我就只拿了500多万,叫我怎么活啊!

〔秦风假装静养,忍住不去搭话,静静地听着两位女性的对话。

咒骂女 说白了,不就是欺负咱们女人劳动力低吗? 姐,我跟你说,天下乌鸦一般黑,男人都是不可靠的。你以后可千万别再上男人的当了! 最重要的是,从今往后,你得替自己好好打算打算了,别再想着依靠男人了。

抽泣女　可是,我一个人,活得了吗?

咒骂女　你看我现在这个样子,我跟你说,我离过婚,你信吗?

　　　　〔抽泣的女人摇摇头。

咒骂女　三年前。

抽泣女　为什么?

咒骂女　结婚几年,我的事业越来越好,他吃喝玩乐越来越
　　　　闲。他不平衡,我也不平衡。两个人都不开心,就离
　　　　了呗!

抽泣女　谁提出的?

咒骂女　我!

抽泣女　你胆子也太大了! 他同意了?

咒骂女　当然不同意,一通撕扯! 官司就打了半年多。

抽泣女　现在一些男人,就是吃里爬外的白眼狼!

　　　　〔秦风听不下去了,假装嗓子不舒服,咳嗽了两声。

　　　　〔咒骂的女人回头看了秦风两眼。

咒骂女　你知道现在这些男人最怕什么吗?

抽泣女　怕什么?

咒骂女　怕女人比他们能干,怕女人不听他们的话,怕女人过
　　　　得比他们自在。

抽泣女　(摸摸手上的大钻戒)唉,(叹了一口气)你比我能干
　　　　多了!

咒骂女　能力,都是被逼出来的。

抽泣女　那你离婚后,还找得到男朋友吗?

咒骂女　(微微地叹了一口气)唉,烦。

抽泣女　一个都没有?

咒骂女　选择太多了,不知道该选谁。你越优秀,来找你的男
　　　　人就越优秀,拦都拦不住。早知道有那么多男朋友,

491

真应该早点离婚。

抽泣女 我该怎么重新开始？是不是要去美容院做个换肤、提拉？

咒骂女 这些你都不需要，你看上去顶多就高中毕业。我倒是觉得，你需要对自己的财务状况做一个梳理，保证自己在未来的生活里有个基本的生活保障，包括医疗和养老。（顺势从口袋里掏出一张名片）我叫金娴，是沪安保险公司的副总。

抽泣女 哇，你好厉害啊！

咒骂女 等到了上海，你给我打电话。我们可以一起喝咖啡，我帮你出出主意。

〔抽泣的女人拿起名片，如获至宝地点点头。

〔等金娴回过头，平坐在椅子上后，秦风开始搭讪。

秦　风 卖保险都卖到飞机上了？够拼的啊！

金　娴 瞎聊。不好意思，打扰您休息了吧！

秦　风 躺着也挺无聊的，就当听相声了，就是段子老了点。

金　娴 是不是有些人就喜欢把别人的痛苦当消遣，显得自己特别看得开？

秦　风 都是套路，这个我懂。

金　娴 你这人有病吧！

秦　风 才看出来啊？

〔金娴按下服务铃。空姐上。

金　娴 这个椅子可能坏了！有没有别的位置能让我换一下？

空　姐 不好意思，小姐，我们商务舱满员，没有空位了，只有经济舱还有一个空位。

秦　风 （压低了声音）我对我刚才的言语表示道歉！

金　娴 （极不情愿地）好吧，那算了！

492

〔空姐离开。

秦　风　其实你比她更需要一份保险。

金　娴　你有完没完？

　　　　〔秦风扶正了椅子，从包里拿出来一套资料，放到金娴手中。

金　娴　搞了半天，同行啊。婚爱保险，挺能忽悠的嘛！

秦　风　我不是卖保险的，我是卖保险概念的。

金　娴　为了卖保险，装病升到商务舱，算你狠！

秦　风　我的客户，只可能是坐商务舱的职业经理人。

金　娴　你是证券分析师？理财规划师？机构研究员？

秦　风　我其实就是一骗子。

金　娴　十个销售九个骗，还有一个卖保险。

秦　风　你倒是把自己的职业看得挺高尚啊！

金　娴　现在的生活风险系数这么高，哪一行离得开保险？
　　　　（翻看着资料）婚爱保险，能保什么？保婚姻，保爱情？

秦　风　你们公司有契约保险吗？

金　娴　有啊！

秦　风　保什么？

金　娴　保契约关系啊！就是合作双方中有一方不按合约履行义务，造成了另一方的损失，我们就赔偿损失方，为他们止损。

秦　风　就说，怎么赔吧。

金　娴　赔钱啊！

秦　风　说到底，都是钱的事！

金　娴　婚姻是个感情问题，怎么可能用钱来衡量个人的损失呢？

〔空姐走过来。

空　姐　您现在好点了吗？我们的飞机马上就要起飞了，您要不还是回自己的座位上吧？

〔金娴突然抓住秦风的手，看着表对着脉搏。

金　娴　这位先生的心率不齐，可能还是留在这边比较好。

空　姐　不打搅您吧？

秦　风　我只睡觉，绝不给你们添麻烦。

〔空姐微笑着点头离开。

秦　风　你说，那女的为什么哭？

〔金娴回头看，抽泣的女人已经倒头酣睡过去了。

金　娴　她被人骗了，"假离婚"啊！

秦　风　如果那男的把钱全部给了她，自己净身出户，她还哭吗？还不立马把自己收拾干净了，赶紧找下家？还有，你那前夫……

金　娴　你这人怎么那么爱偷听别人说话？

秦　风　不好意思，职业病！你那前夫，死乞白赖地跟你打官司，为了什么？为了挽回你们破碎的感情？还不是为了钱吗？

金　娴　（摇摇头）荒唐，这也太可笑了。

秦　风　我也觉得你那前夫挺荒唐的，而且混蛋。

金　娴　我是说你这婚爱保险荒唐，不过我倒想听听究竟能有多荒唐。

秦　风　首先你得在上海最繁华的闹市区开一家格调高雅、独具风格的保险会所，可以豪华，但千万别媚俗。到时候设计公司我给你找一家，我怕你找不准风格。

〔秦风打了一个响指，环境从飞机舱变成了一栋高档的商务楼内景。秦风和金娴走到了保险会所的

494

门口。

[两组保险业务专员八字排开。

众专员 欢迎光临沪安保险公司。

秦　风 我们的口号是，

众专员 宁拆十座庙，不拆一桩婚。

秦　风 您的婚姻出现了问题，

众专员 我们来修补。

秦　风 你的婚姻出现了小三，

众专员 我们来抓捕。

秦　风 你的爱人"累觉不爱"了，

众专员 我们来呵护。

秦　风 总之，您的婚姻大计，

众专员 我们的衣食父母。

金　娴 这都是你设计的？

秦　风 套路！都是套路！

[金娴和秦风走进婚爱保险会所。从正门走进，一块粉色的背景板上印着"沪安保险公司婚爱保险事务所"字样。右边是销售中心，左边是理赔中心。销售中心略大一些，布置较为精致，装修以粉色和白色为主色调，墙上挂着些情人之间的浪漫瞬间，还贴了些"死生契阔，与子成说。执子之手，与子偕老"的名言警句。

秦　风 以前台为界，右边是销售中心，左边是理赔中心。所有的会议室全部是独立 VIP 办公，免费提供咖啡、茶和可乐。销售中心进门就送两杯香槟。这些全部是赞助的。

[保险专员为金娴和秦风端上两杯香槟。金娴和秦

风找了一个舒服的地方坐下。

金　娴　地方是不错,客人呢?

秦　风　急什么,我的经验是,越是好东西,越不能求别人来
买。得让客户自己来找你,你还得装出一副爱买不
买的样子。

〔秦风又打了一下响指,环境变成了广播电台夜间节
目直播间。

3.广播电台　内　夜

〔主持人正在吃泡面,喝了口泡面汤。

主持人　每个人都会期待爱情,每个人都在等待真爱。也许
有一天,幸福突然降临,转角遇到真爱。上海的离婚
率已经高达 40%,漫长的厮守已经成为比找到真爱
更不可能实现的童话。

4.马路　外　夜

〔汽车开过繁华的市中心,上海的夜晚,霓虹灯闪耀。

〔街头的情人们时而相拥而吻,时而嬉戏打闹。

主持人　(OS)你的婚姻需要什么? 不是爱情,而是一份
保险。

5.广场　外　夜

〔广场的大屏幕下,男孩单膝下跪,向女孩亮出闪亮
的戒指,引来路人尖叫。

主持人　(OS)婚爱保险,是沪安保险公司针对高端净值客户
推出的一款新型保险。

6. 商场　外　夜

〔商店门口,女人给了男人一个耳光,转身蹲在地上,痛哭不止。

主持人　(OS)它是一款集财产险和人寿险于一体的综合类保险,保险的内容就是:你的婚姻。

7. 广播电台　内　夜

主持人　不得不说,这是一款实用又奇葩的保险产品。所以,我们今天特地请来了婚爱保险的创办者。请问你们为什么要推出这款产品?

秦　风　主持人,你认为破坏婚姻的最大元凶是什么?

主持人　贫贱夫妻百事哀。那当然是钱咯。

秦　风　你说得太对了。恩格斯认为,一夫一妻制家庭产生的唯一目的是为了保护私有财产的社会延续。这就意味着,在感情的基础之上,人们会不自觉地考虑到经济利益关系。

主持人　也就是有的人会为了钱结婚。

秦　风　这样的人还少吗?

主持人　那我们应该提倡在夫妻之间多看重感情,不要太计较利益得失吧?

秦　风　在这个问题上,有位先人教导我们,以子之矛,攻子之盾。

主持人　怎么说?

秦　风　说白了,就是用分家产来阻止大家破坏婚姻关系。尤其是不被法律保护的婚前财产,也得分。

金　娴　我们同时也可以使客户避免离婚时所产生的财产

纠纷。

主持人　（一边吃泡面）哦,如何避免呢?

秦　风　首先要公证一个夫妻投保的财产。

　　　　〔婚爱保险销售会议室内,夫妻双方喜笑颜开地签订合同。

秦　风　（OS)当然,投保的数额由你们双方来决定。然后用这个财产来折算保费,分期交清。夫妻双方确认一个离婚时的财产分配方法,这就好比创业合伙团队预设的退出机制。

　　　　〔婚爱保险销售会议室内,夫妻双方心平气和地在履行合同。多个场景。

秦　风　（OS)离婚时,保险公司会根据事先设好的退出机制和当时明确的契约分配关系,要求夫妻把当时共同存放的财产按照比例分配。再把当时存放的保费,按照比例赔偿给婚姻中的受害单方,或者双方。

　　　　〔场景回到直播间。

金　娴　结婚如果不满三年或五年就离婚,保险公司会收取一定的罚金。结婚超过十五年以上,缴纳的保费加上分红会逐步返还,投资回报高过一般的理财产品。

秦　风　这就好像在夫妻的头顶上悬挂了一把达摩克利斯之剑,提醒夫妻双方别折腾,老实点。

主持人　有位听众打来电话,我们来接听一下听众的电话。

　　　　〔秦风朝金娴比了一个大拇指。

　　　　〔主持人接听电话,电话中传来相互咒骂的声音。

　　　　〔旁边有一组演员在对着台本表演。

男演员　丢人丢得还不够吗,还要丢到广播里去?

女演员　你嫌丢人,你嫌丢人你还搞破鞋?!

男演员 你胡说八道什么？我跟你说了多少次了,我跟张慧娟什么关系也没有!

女演员 罗玉凯,我今天就是要告诉所有人,罗玉凯和张慧娟狼狈为奸,还偷偷转走了我的钱! 我告诉你,我不会让你们得逞的! 我要让大家都知道,你们是什么东西! 狗男女!

〔主持人看到收听率上去了,赶紧关掉了电话部分。

秦　风 就拿刚才这对夫妻来说,这位女士就特别需要婚爱保险。

主持人 我们今天的话题是,如何在离婚时,不至于"人财两空"。欢迎加入我们的微信互动环节。广告之后,马上回来!

8. 飞机商务舱　内　日

金　娴 我不相信婚姻已经沦落到要靠利益驱动了。

秦　风 你是个生意人,不要站在道德审判的制高点来看这个问题。可行不可行的关键,是看有没有销售业绩,能不能带来盈利。Please turn to Page 5,这是商业模式和营收预测,按照去年的离婚率来算,暴利啊!

金　娴 (一边看资料,一边说)你到底是不是个骗子? 不会这也是假的吧?

秦　风 我说婚爱保险你不信,我说我是个骗子你怎么就相信了呢? 你看我刚才跟你说的话,哪一句像在骗你呢?

金　娴 每一句!

秦　风 大家都喜欢相信骗子说谎话,不喜欢相信老实人说实话。所以,你还是选择相信我了!

9. 婚爱保险销售 VIP 会议室　内　日

　　　　　　〔广告在电台播出后，产生了意外强烈的反馈效果。
　　　　　　前来咨询购买的客户络绎不绝。其中也穿插着求助
　　　　　　的、理赔的老客人。

客人甲　你们这婚爱保险都包括一些什么内容呢？

秦　风　我们有家庭暴力险，(娇弱的男客人露出感恩的神
　　　　　　色，旁边的女客人体格魁梧、气场强大)横刀夺爱险。
　　　　　　(80 岁的老客人搂住身边的小娇妻)

　　　　　　〔另一空间。

金　娴　累觉不爱险。

秦　风　性取向改变险。(男同性恋夫妻露出了满意的笑容)

　　　　　　〔另一空间。

金　娴　以及最为全面、最为周到、我们最为知名的险种，婚
　　　　　　爱保险。

　　　　　　〔另一空间。

客人甲　这险我们能买吗？

秦　风　我们需要对您二位的婚姻状态做一个评估，由风险
　　　　　　预测等级来决定是否能把保险卖给您。所有的保险
　　　　　　都是建立在诚信的基础上的。

　　　　　　〔另一空间。

客人乙　这生意你们稳赚不赔嘛，分来分去都是我们的钱。

秦　风　既然这是一种保险，我们就会有一个非常合理的赔
　　　　　　偿制度。我们会根据您在婚姻中的受伤害程度给您
　　　　　　一个赔款等级。当然，这点赔偿和您在婚姻终结时
　　　　　　所受的伤害是不能比的。所以，我们专门定制了一
　　　　　　些无法用金钱来衡量的帮助。

[另一空间。

金　娴　这就像买人寿送体检,买车保送车检,我们会为每一
　　　　位客户配备专属的婚恋专员,提供一对一的个人服
　　　　务。不仅定期和您面谈,检查您的婚姻,还会帮您解
　　　　决婚姻中的难言之隐。

金　娴　(凑近了女客户)我们有专门和小三谈判的服务,可
　　　　以陪您一起去面对小三。您知道,这个社会上,有些
　　　　小三是专业的。专业的事,应该交给专业的人来
　　　　处理。

[女客户意味深长地看了男客户一眼。

10. 飞机商务舱　内　日

秦　风　保费别定得太低,这些花了钱的人,可真舍得给你找
　　　　麻烦啊!

金　娴　好吧,我愿意试试,说说你的价格。

秦　风　一次性,一口价,100万。

金　娴　你也太狠了吧!你凭什么觉得这个创意能值这么高
　　　　的价?

秦　风　因为我保证你能用这个赚到更多的钱!

[飞机起飞了。

11. 婚爱保险销售 VIP 会议室　内　日

[陈爸爸身着高档夹克,一看就知道是有身份有地位
的成功人士。他身边坐着一个男孩子,名叫陈兴泽,
是他的儿子。旁边的女孩是他儿子带回来的未婚
妻,白小冰。白小冰身边是她的爸爸和妈妈。

陈爸爸　这婚爱保险怎么保?

白妈妈　你们认识还不到两周,婚姻大事怎么能这么草率?

白小冰　你和爸谈了几年恋爱,在一起生活了十几年,最后还
　　　　不是离了吗?(拍拍正在打游戏的陈兴泽)快把你那
　　　　件装备给我。

白爸爸　女大不中留啊!难得有她看得上的男孩子,就随她
　　　　去吧!

　　　　[陈妈妈听了这句话颇有些不高兴。

陈爸爸　儿孙自有儿孙福,别弄得好像我们很不开明。关键
　　　　是我们做父母的,如何帮孩子们管理和经营好他们
　　　　的婚姻,教育他们对家庭要负责任。(看看白爸爸)

　　　　[陈兴泽和白小冰一直沉浸在自己的手游世界里,对
　　　　父母操办的一切毫不关心。

白爸爸　说得是啊,离婚这事,说得清谁对谁错吗?如果婚姻
　　　　中两个人都自认是受害者呢?

金　娴　我们会有一套专门的系统来评估你们的受害程度。
　　　　如果发现你们有恶性骗保的行为,我们会在社会信
　　　　用体系中增加不良信用记录。

陈妈妈　离婚时财产怎么分?

　　　　[金娴递上一份材料。

秦　风　您看,这是我们的精算师给客户预设的财产分配机
　　　　制。一般来说,正常离婚对半开,有人出轨的话基本
　　　　净身出户。

金　娴　一些特殊问题还是会特殊处理。譬如家庭暴力、生
　　　　育问题,总体上偏向女性弱者。

秦　风　只要事先签好合同,大家明确了退出机制,后面的事
　　　　就好说了。

陈爸爸　行,行,那就买吧!

白妈妈　买多少？我们给小冰准备的嫁妆是……1500万。

〔秦风看见金娴的眼睛中放出了光,轻轻地拍了拍金娴的手背。

〔白妈妈看了看白爸爸,白爸爸低头喝茶,不置可否。

白妈妈　(凑到白爸爸身边)怎么,你嫌多？小冰可是你亲生的。这么多年,我跟那个狐狸精争过什么吗？

陈爸爸　哦,1500万啊。把女儿养这么大不容易啊！(点电子烟)我们出3000万,保4500万吧！

白爸爸　哎呀,都是当爸爸的,你把儿子养这么大也不容易啊。婚姻这种事,本来就是双方共同的责任,咱们一人一半,你出3000万,我也出3000万。咱们就保6000万吧！

金　娴　您二位要提供等同于3000万的资产证明,其中固定资产不得低于30％。

陈爸爸　这不就是合伙投资吗！又不占用你的现金流,又没有风险。投资什么能比投资家庭更一本万利呢？

金　娴　到时候分起来……

陈爸爸　(面露凶色)我看他敢让我损失这么多的钱……

〔所有人望向正在打游戏的陈兴泽和白小冰。两人打游戏愈加疯狂,突然振臂欢呼,我们赢了。

12. 飞机商务舱　内　日

〔金娴和秦风在飞机上干杯。

两　人　Cheers！

金　娴　我不明白,怎么会有人花这么多钱来买保险？

秦　风　不理解吧？

秦　风　越是有钱的人,越是在乎婚姻关系中的经济问题。

穷人哪讲这个啊,一个馒头还掰成两半吃呢!

金　娴　这钱也太好赚了,按照咱们定的保费比例,这一下子就是好几百万!我的职业经验告诉我,赚钱越是容易,赔本越是快。现在"假离婚"这么多,骗个保还不容易?

秦　风　你真以为,就咱们赔偿的那些钱,值得人家来骗保?人家不稀罕!他们更看重的是退出机制。我们就是打着婚爱保险的幌子,让夫妻明确了退出机制,绝不明说,大家都心知肚明。

金　娴　我差点忘了,你就是个骗子!

秦　风　在这个问题上,你必须相信我的专业性。

　　　　〔空姐拿来一杯红酒,飞机一个颠簸,红酒不小心洒在秦风的衬衣上。空姐紧张地帮秦风擦拭。秦风抖了抖衬衣,结果红酒一滴也没有留在衬衣上。

空　姐　太神奇了!

秦　风　魔术材质……

空　姐　先生,您这衬衣哪儿买的,回头我也去买几件。

秦　风　(给了空姐一张微信卡片)扫码加微信哈!

　　　　〔空姐走了后,金娴偷偷问秦风。

金　娴　难怪会胸闷气短,穿着雨衣能不闷吗?

秦　风　其实特别闷!这就是一个骗子的职业精神。

金　娴　说说有职业精神的骗子如何规避保险行业中的道德风险?

秦　风　你等等,(起身从箱子里拿出一个 iPad,打开 iPad 给金娴看)在这里,有一套完整的婚姻关系风险测评系统,能对目前两个人的婚姻风险做一个预估。高风险者,一律不予受理。

13. 婚爱保险销售中心　内　日

〔VIP会议室外挤满了围观的群众。看似里面坐着一个名人。

〔曹传贵,财经频道新晋的股票嘉宾,穿着某意大利品牌春夏新款,戴着鸭舌帽和墨镜,浑身散发着浓郁而浮夸的暴发户气息。他身边的农村妇女徐金花,是他的结发妻子,除了养猪和伺候公婆,对别的事情无一在行。

〔保险专员按照购买保险的流程,在卖保险给曹传贵之前,要给他和徐金花做一个婚姻风险等级测试。等级分为五等:甜甜蜜蜜,相敬如宾,和平共室,貌合神离,分崩离析。

专　员　请问你们结婚几年了?

曹传贵　快十年了吧?

徐金花　十二年零四个月。

专　员　麻烦提供一下您二位的结婚证……(拿过徐金花捂在胸前的结婚证)对,是十二年零四个月,(对徐金花)您的记忆力真好。

徐金花　我娘跟我说,女人一生中最重要的两件事是:结婚,生孩子。我还记得我结婚的时候,传贵给我做了一身新衣服。

曹传贵　说这个干啥?

专　员　你们是否有孩子?

〔两人都沉默了。

专　员　这么多年了,怎么会没有孩子呢? 你们是不想要,还是?

曹传贵　你这么问啥意思？

专　员　我只是想确认一下，你们没有要孩子是否和你们的婚姻状态有关？

曹传贵　我们是那个什么，丁，丁……

专　员　丁克家庭。想不到您还挺前卫的。请问您二位最后在一起吃饭是什么时候？

曹传贵　半年前？

专　员　请问你们最后一次行使夫妻关系是？

徐金花　(一脸茫然)啥是行使夫妻关系？

专　员　就是那个，那个……

曹传贵　半年前？一年前？

　　　　〔徐金花默默地伸出两只手指。

曹传贵　两年前？

专　员　先生是不是经常出差，不太回家啊？

徐金花　(羞涩地一笑)他忙！

专　员　经过初步评估，你们婚姻关系的等级为最危险的等级——分崩离析。你们随时都可能会离婚，按照公司的标准，我不能为你们二位办理保险业务，请谅解。

曹传贵　(一把摘下墨镜)凭什么不办，凭什么不办？你认识我吗？知道我是谁吗？叫你们领导过来！

　　　　〔金娴和秦风推门而入，只见 VIP 室里，一位穿着花衬衫、戴着金戒指的男士对着保险专员吼叫着。

曹传贵　今天你们卖也得卖，不卖也得卖！我就不相信，还有钱办不了的事！

　　　　〔保险专员把手上的资料给秦风看，金娴瞥了一眼便心知肚明。

506

[秦风刚要张嘴,金娴伸手拦了一下,把马尾放了下来,把胸口衬衣的扣子往下解了一颗,还伸手掐掉了曹传贵手上的半截烟头。

金　娴　(矫情地)曹总,您好,我是婚爱保险会所的总经理,金娴。

曹传贵　看来是个女干部。

金　娴　我有什么可以帮您的吗?

曹传贵　我就是想买你们这个婚爱保险!怎么还不卖呢?

金　娴　这位先生,一看您就是有身份有实力的人,非常适合我们这款为高净值客户定制的婚爱保险。

徐金花　啥叫高净值?

秦　风　说白了,就是有钱人。

曹传贵　我就是有钱人啊!

金　娴　这款婚爱保险啊,既是理财增值的有效方式,又是美满婚姻的最佳证明。

曹传贵　行了,行了,你就跟我说说,如果我媳妇要跟我离婚,我能得到啥?

徐金花　我干吗要跟你离婚?

秦　风　您看您怎么一上来就想着离婚呢? 如果您太太跟您离婚,您不仅可以拿到你们投保的所有财产,还能额外得到 5%—10% 的精神损失费。

曹传贵　太好了!

徐金花　我不会跟你离婚的,别浪费这个钱了,走吧,走吧!

曹传贵　走啥! 来就是买保险的!

金　娴　可是您的婚姻已经非常危险了呢! 就好像有人生了病,马上要死了,却一定要买人寿保险!

曹传贵　你说谁有病? 你再说一次!

〔曹传贵扬起拳头就要打金娴，秦风突然抓住曹传贵的手。

秦　风　曹总，曹总，她刚接待客户，没什么经验。（被金娴踢了一脚）哎哟！曹总，我要代表全体公司同仁对您表示歉意。像您这么尊贵的客人，我们应该提供 VIP 上门服务。请您一定给我一个机会，让我能有一次上门为您服务的机会。

曹传贵　你是董事长吧，你看着就比他们懂事。这还差不多！我告诉你啊，我要是买不着这个保险，我就去电视台曝光你们，说你们就是个诈骗团伙！你们都是骗子！
　　　〔在秦风的哄骗下，曹传贵总算离开了。

秦　风　没事吧？

金　娴　没事！

专　员　这个曹总婚姻安全系数评估么低，干吗非要买婚爱保险啊？

秦　风　做保险就跟看中医一样，讲究望闻问切。
　　　〔曹传贵的各种仪态。

秦　风　（OS）望，这个人穿金戴银，一看就是暴发户。闻，这个人说话言辞激烈，不是为别人考虑的人，他那么急切地想买保险，一定是为了自己。问，你看他俩的评估问卷，他连他太太的生日都忘记了，整个过程中都没有看过他太太的眼睛，心里已经彻底没有他太太了。以他看金娴的眼神，这人在外面一定有别的女人。

金　娴　婚爱保险保了他的婚后财产，他就可以继续在外面花天酒地了。如果他老婆受不了提出离婚，他可以把自己伪装成受害者，钱还是他的。这就是婚爱保

508

险最典型的一种骗保类型。

专　员　天啊,这保骗得也太不道德了吧?

金　娴　你永远不知道现在爱上的人以后会变成什么样,这才是婚姻中最大的风险。

〔一声雷响。

〔金娴转身,看见窗外下起了雨,安华站在门口,打着伞在等她。

秦　风　你男朋友吧?

金　娴　嗯。

秦　风　不是意大利人啊?

〔金娴白了秦风一眼。

秦　风　雨下得这么大,怎么不让他进来等呢,淋得像落汤鸡似的,多招人心疼啊!

〔秦风说着就拿了把雨伞走了出去,金娴想拉没拉住他。还没走到安华面前,一辆白色本田轿车突然朝秦风和金娴冲了过来。就在一步之遥的地方,汽车刹住了,退了回去,掉头开走了。

14. 飞机商务舱　内　日

〔秦风气喘吁吁,一头冷汗。

金　娴　嘿,嘿,你没事吧? 一副失魂落魄的样子。

秦　风　我看到一辆车朝我开过来。

金　娴　你是真不舒服,还是假不舒服啊? (递给秦风一张纸巾)

〔秦风接过纸巾,从口袋中拿出一瓶药。

金　娴　真有病啊?

秦　风　头疼!

金　娴　多长时间了？

秦　风　三年了，断断续续的！

金　娴　你不能总这么吃药，下了飞机我给你介绍一个医生。

秦　风　看医生为了什么？开药！

金　娴　既然设计了一个那么好的模式，为什么不自己运营呢？

秦　风　我从不参与我设计的任何项目，我只是个骗子。

　　　　[飞机外层层叠叠的云，秦风失神地望着远方。

　　　　[空姐来为他们服务，放好小桌板，设置好餐食。

秦　风　项目发展过程中可能会出现各种各样的问题，有一些会超出我的预设。我特别讨厌麻烦。

金　娴　你是不是太自信了，平时总希望把所有的事情都掌控在自己手中。生活怎么可能都如你所愿？

秦　风　表现出异端自信的人，往往特别不自信。

15. 婚爱保险会所　内　日

　　　　[秦风和金娴刚走进婚爱保险会所，一名男人就迎了过来。

毕博海　金娴，你怎么才来啊？我等你半天了。

秦　风　他是谁啊？

金　娴　我妹妹的同事，二婚，又离了。

　　　　[三人坐下。

秦　风　怎么又离了？

毕博海　生命诚可贵，爱情价更高。若为自由故，两者皆可抛！我现在算是真正领略了这句话的道理！

金　娴　你们协议离婚，又是净身出户，手续就特别简单。签个字吧！

[毕博海接过金娴递过来的笔。

金　娴　还没到两年,得赔钱啊! 赔款就直接从你信用卡上
　　　　扣了!

　　　　[毕博海无奈地点点头。

毕博海　我可真是赔了夫人又折兵啊!

金　娴　我觉得你特别不适合结婚。我代表全世界的女性同
　　　　胞向你呼吁,请你别再结婚了!

毕博海　对一个纯真的姑娘来说,不以结婚为目的的恋爱,不
　　　　是耍流氓吗? 和她们结婚,是尊重她们啊!

秦　风　出轨被抓着了?

毕博海　我不搞歪风邪气那一套!(低声)出轨一次多难啊,
　　　　那还不得特别仔细地挑一个? 找不着合适的啊!

秦　风　境界!

毕博海　我就是受不了别人管我。

金　娴　婚姻不是一个人的事,好的婚姻需要两个人的共同
　　　　努力。

毕博海　错了,我是大错特错了! 我既不想改变她们,因为那
　　　　是不可能的,也不想她们来改变我,因为那也是不可
　　　　能的。我们应该去寻找和自己刚好吻合的另一半。

秦　风　那也是不可能的!

金　娴　你知道一个离过婚的女人找一个老公有多难吗? 这
　　　　不是害人吗?

毕博海　我怎么害人了? 我每次都净身出户,我给她们留了
　　　　钱的! 这年头,男人还不如钱重要呢! 再说了,你们
　　　　这婚爱保险不就是用钱解决问题的吗?

　　　　[金娴有些不高兴,突然站起身来,扭头就走。

511

16. **飞机商务舱　内　日**

秦　风　我觉得人家没说错啊！

金　娴　我要中止我们的论证。

秦　风　你这个人怎么出尔反尔啊？

金　娴　我始终没有看到这个业务可继续发展的可能性。

秦　风　一开张生意都好成什么样了，你还想怎么样？

金　娴　也许是有人需要这种保险，但它不是一种正确的价值引导。

秦　风　婚姻就像这架飞机，看似进入了平飞状态，其实悬空万里、危机四伏。一不小心，就可能机毁人亡。

　　　　〔飞机应景地抖动了一下。

金　娴　你可不要乌鸦嘴啊！

17. **婚爱保险会所　内　日**

秦　风　航空公司都建议你买人寿保险，民政局为什么不能建议结婚的人也买一份婚爱保险呢？

金　娴　婚姻根本就无险可保。

　　　　〔秦风和金娴在走廊快速地走着。金娴回头跟秦风说话。

　　　　〔金娴回头的时候，发现了站在不远处的安华。

金　娴　是你让他来的？

秦　风　你不信任这份产品，是不是因为你自己对婚姻失去了信心？

安　华　金娴。

　　　　〔从画外突然走进了一位女士，金娴似乎早已觉察出她的存在，秦风倒是吃了一惊。

［周宁穿着一身精致的香奈儿套装,化着精致的妆容,配着高档的钻石和珍珠首饰。她说话温柔而有力,让人不知不觉就很相信她。然而,这种平静和从容之下掩盖着某种婊性特征。

周　宁　你是金娴姐? 你好漂亮哦! 我是周宁。

18. 婚爱保险会所 VIP 会议室　内　日

周　宁　总算见着了! 一直听安华提起你,说你是他最好的朋友。

金　娴　不好意思,你们结婚那天我刚好出差,不过红包我可是交给安华了。

周　宁　是吗? 那天人太多,谁去了谁没去,根本记不住。改天,我们俩再单独请你吃饭。

金　娴　你们今天来找我是?

周　宁　我听说你在卖保险,那个什么婚爱保险,真是太有意思了。

金　娴　这可不是什么好玩的东西。所有的保险都是建立在恶性事件发生的前提下,你们刚结婚,怕是不能接受吧?

周　宁　没什么不能接受的。其实啊,我和安华之间的感情,是不需要保险的。我们就想找一种方法来证明我们情比金坚。

金　娴　行啊,谢谢你们来光顾我的业务。

周　宁　金娴姐,买了这个保险,你就是我们婚姻的守护神了。你可要替我看好他啊! 你知道吗,我特别在乎他!

金　娴　(实在有点看不下去了)我去帮你们拿一份表格过来,再安排人帮你们做一个婚姻安全风险测试。

周　宁　你自己不帮我们做吗?

　　　　　[秦风敲门。

秦　风　等你开会呢?

金　娴　你看,我还有个会。等下次,下次肯定亲自为你们提
　　　　　供服务。

周　宁　这谁还有下次呀?

　　　　　[金娴走出来。

金　娴　谢谢!

秦　风　这不像是你的作风啊!

　　　　　[安华追了出来。

安　华　金娴! 金娴!

　　　　　[金娴转身离开,加快了脚步。安华冲上去,一把抓
　　　　　住金娴。

金　娴　放手!

　　　　　[安华抓住了金娴,却一时不知该说些什么。金娴推
　　　　　开安华的手,转过身,伸出右手和安华握手,露出一
　　　　　种讽刺而心酸的微笑。

金　娴　安先生,谢谢您来买婚爱保险。祝您,新婚快乐!

19. 都市街景　外　日

　　　　　[雷雨洗刷着城市的污垢。

　　　　　[街边行色匆匆忙于躲避的人们。

20. 拳击场　内　日

　　　　　[秦风戴着护甲,金娴在奋力地捶打他。

秦　风　我算是搞明白,你怎么就不喜欢这个提案了!

金　娴　一个意外。

秦　风　你这是自取灭亡。

金　娴　我认识他的时候,他是单身。要不是她的介入……

秦　风　我明白了,小三上位,把正房给篡了位。这小三,不,
　　　　这正房,气势汹汹的,看起来来头不小啊!

金　娴　她爸是周氏房产集团的老板,安华大学毕业后就在
　　　　她爸的公司上班。

秦　风　那你算是死得其所! 完败!

金　娴　兔子还不吃窝边草呢!

　　　　[啪,金娴又给了秦风厉害的一脚。

21. 婚爱保险会所总经理办公室　内　日

金　娴　我们还是来聊聊价格的事吧!

　　　　[秦风透过办公室的玻璃看到江雪燕来到了婚爱保
　　　　险会所。

秦　风　有客人来了,你去招呼一下。我去上个厕所。

金　娴　你找来的客人吗?

秦　风　我实在是憋不住了,回头再说吧。

22. 婚爱保险会所 VIP 会议室　内　日

　　　　[金娴把江雪燕引入婚爱保险会所 VIP 会议室。

金　娴　怎么,就您一个人?

江雪燕　我先生去国外出差了,短期内不会回来,他委托我来
　　　　办理婚爱保险。这是他的委托书,以及风险评估的
　　　　内容、合约的签字、财产划分的方法。

金　娴　我们要求投保夫妻双方必须全部到场,只有一方到
　　　　场,我们从来没办过。

江雪燕　可是,我先生在国外,可能一年半载也回不来,我

515

担心,他万一在国外有些什么事,我也好给自己一个保障,不是吗? 您看,我也不是骗你,资料也是齐全的。

〔金娴仔细看了看内容,的确符合所有规定。

金　娴　这样吧,我先把资料收掉,把项目送去评估审批。我不能担保一定能批下来,后面再跟你确认好吗?

23. 婚爱保险会所 VIP 办公室　内　日

〔婚爱保险销售中心,一对夫妻来办理解约。

丈　夫　离了啊! 如你所愿啊!

妻　子　这不正合了你的心意!

丈　夫　是我先提出离婚的吗?

妻　子　你答应得也够快啊!

丈　夫　那是因为你就不想好好过下去了。

妻　子　你 2 月 14 日到底去哪儿了? 说得清吗?

丈　夫　当初说好了开放婚姻,互不干涉的!

妻　子　你这是开放吗? 你这是中场换人!

〔金娴和秦风从房间里退出。

秦　风　这对客人是你找来的吧,你跟我说说,什么是开放式婚姻?

金　娴　怎么,你没听说过吗,这是时下最流行的一种婚姻结构。就是说夫妻双方法定上隶属于夫妻关系,但双方都可以在外面寻找情人或者性伴侣,在对方履行夫妻义务的前提下,双方互不牵绊对方的感情生活!

秦　风　有些人对婚姻的态度可真够随便的。

金　娴　他们追求的就是强烈感官刺激下的急速个性体验,就是"感,快,性"。

[金娴拿着文件回到前一对夫妻的小房间内。

金　娴　由于您二位是协议离婚，所以我们不对财产进行特殊分配处理了。但是，二位购买保险还没有到五年，所以需要向我们支付一定的手续费用。这是具体的核算金额，如果没有什么问题，请签字吧！

　　[妻子犹豫了一下，轻轻地瞥了丈夫一眼。丈夫没有多想，便在协议上签了字。

金　娴　还有，这是您二位当初在我们这里抄写的婚姻誓词，现在也交还给你们。

　　[丈夫触摸着当年自己亲手写下的誓词。

　　[闪回结婚之初，两人在这里兴高采烈地签下婚爱保险。

两　人　我林坤，我朱梵，自愿在此作出承诺。愿以执子之手、与子偕老作为婚姻契约，今生今世，不离不弃。谨以婚爱保险，为我们婚约的保护者，立此凭证。违约者，愿接受婚爱保险相关条文的惩罚。立约人：林坤，朱梵。

　　[妻子眼中泪光闪烁，丈夫鼻子也有些酸了。

丈　夫　冰箱里的牛奶，到后天过期，坏了就直接扔了啊！

妻　子　你的内裤都洗松了，我帮你买了些新的，给你收进行李箱了！

丈　夫　你妈身体不好，别老跟她吵架！她也是为你好。

妻　子　你别跟你奶奶说我们离婚了，奶奶对我那么好，我不想让她伤心。我从小没奶奶，以后离了婚，她还是我奶奶。

　　[丈夫突然摸了一把脸，抓住妻子的手。

丈　夫　咱，不离了好吗？

妻　子　（感恩地望向丈夫,啪地打了他一巴掌)你怎么才说
　　　　这句话呢！我等了老半天了！

　　　　[丈夫和妻子抱头痛哭,留下面面相觑的秦风和金
　　　　娴。秦风无奈地瘫倒在桌子上。

24. 婚爱保险会所　内　日

　　　　[婚爱保险会所工作人员来往匆匆。

专　员　秦总,还不下班啊?

秦　风　马上就走！

　　　　[秦风偷偷地把江雪燕的材料放到了审批通过的一
　　　　栏材料中。

25. 飞机上　内　日

　　　　[金娴和秦风在对着电脑改合同。

　　　　[金娴和秦风都戴着眼镜,金娴戴着近视眼镜,秦风
　　　　戴着老花镜,看上去像是一对老夫老妻。

金　娴　甲方购买乙方所设计婚姻爱情契约保险,以下简称
　　　　"婚爱保险"。

秦　风　甲方愿意支付乙方研发费用,壹佰万元整。括号,
　　　　税后。

金　娴　你之前没说是到手价。

秦　风　这点钱对你们来说是九牛一毛,对我来说,就是九毛
　　　　一牛。

金　娴　狡诈！

秦　风　乙方将项目运营模式的全套研发内容全部交付甲方
　　　　使用,并预先告知其可能存在的风险和危机,并协助
　　　　甲方做好相应的准备。乙方不对甲方在项目进行过

程中产生的法律纠纷承担相关责任。

金　娴　乙方保证对此项目的全套设计内容有完整之权利及授权签署本合同。甲方将获得乙方项目的全套知识版权,包括后端衍生产品的研发版权,甲方将不再与乙方共享。

秦　风　霸气!

金　娴　付款方式?

秦　风　一次性!

金　娴　法务不可能通过。

秦　风　最多两次!

金　娴　好,但是乙方要保证辅助甲方工作六个月,且甲方不再支付乙方额外酬劳。

秦　风　不可能,我从来不参加我设计的项目。

金　娴　那我们的谈判就进行不下去了!

秦　风　得得得,一个月,最多一个月!

金　娴　五个月!

秦　风　一个半月!

金　娴　三个月!

秦　风　成交!(双方握手)

26. 婚爱保险会所前台　　内　　日

　　　　〔警察突然出现,打断了秦风和金娴上一场景的对话。

警　察　谁是这里的负责人?

金　娴　我是!

警　察　我们有些情况需要找你了解一下。

27. 婚爱保险会所 VIP 办公室　内　日

金　娴　江雪燕死了？

警　察　车祸！

金　娴　谋杀？

　　　　［秦风在门外偷听。

警　察　目前还没有足够的证据。她的母亲告诉我们,她和
　　　　她丈夫之间的感情并不好。

金　娴　她跟我说,她丈夫常年在国外生活,她担心她的丈夫
　　　　有外遇,所以来我们这儿买的婚爱保险。

警　察　她的丈夫一直在国内,近三年并没有出国。

金　娴　她在说谎,为什么呢？

警　察　我们根据她银行的消费记录查到,她曾经在这里交
　　　　过保费。除此以外,她并没有跟身边任何一个人提
　　　　过她曾经来买过这样一份婚爱保险。

金　娴　你的意思是,她的丈夫也不知道？

警　察　我们现在不排除他杀的可能性,嫌疑人就是她的
　　　　丈夫。

28. 飞机上　内　日

金　娴　这个客人是你设计的？ 我没有把保险卖给她啊！

秦　风　咱们不是正在论证各种骗保的可能性吗？

金　娴　你让她违反操作流程买下了保险,结果她却突然死
　　　　了……我不知道你为什么要做这样一位客人？

　　　　［秦风从电脑包中翻出一叠报纸,几乎全部是关于那
　　　　场车祸的报道。

金　娴　这一切,都是真的？

秦　风　　我只是从这个案件中想到了一种骗保的可能性。

金　娴　　如果要通过谋杀来骗保，他们最应该买的是人寿保险。

秦　风　　人寿保险对这种案件模式太熟悉了，而我们却对此一无所知。你不觉得，我们应该搞清楚，是不是她丈夫杀了她吗？

金　娴　　她丈夫叫什么？

29. 婚爱保险会所　内　日

秦　风　　欸，你男朋友又来了？

　　　　　〔金娴看见安华来了，本能地想要离开。

安　华　　今天是你的生日。

　　　　　〔秦风对着窗外，点燃一支烟。

金　娴　　（微微一笑）对哦，我最近特别忙，都给忙忘了。我要走了，我妈让我今天回家吃饭。

安　华　　（突然抱住金娴）我和周宁不会太久的。等我拿到了我想要的，我就和她离婚。

金　娴　　安先生，您现在跟我说这些恐怕不合适。我是您婚爱保险的责任人，要负责照顾您的婚姻。

安　华　　我知道我错了！我是个渣男，竟然会为了事业而放弃我们的感情，可我真的不能没有你！

　　　　　〔金娴想要说什么时，安华吻了上去。任何的倔强和任性、不服和委屈都被安华熟悉而又陌生的吻化解了。

30. 酒店房间　内　夜

　　　　　〔落地玻璃窗外，夜幕中霓虹灯闪耀，车来车往。

　　　　　〔安华从身后抱着金娴，两人坐在地毯上，没有说一句话。

安　华　娴,不要离开我!

31. 秦风家　内　夜

〔秦风把房间里所有关于江雪燕的东西都收纳起来。
突然,江雪燕的日记本里掉出了一封信。

32. 五星级酒店大堂　内　日

〔远远地看见老头从电梯间走了出来,金娴和秦风唰
的一下站了起来。

〔龚先生65岁,却有一身健美的肌肉。他头上缠着
纱布,体态有些疲惫。

两　人　龚先生!

龚先生　坐!坐!

金　娴　您,还好吗?

龚先生　好?(摇摇头)我一点也不好。只是这几天还不
错……

〔金娴的笑容有些尴尬,不知道该如何开始下面的话
题,便求助地看了秦风一眼。

秦　风　您现在决定要离婚了吗?

龚先生　我的情况,你们是了解的。我一个台商,和妻子聚少
离多,早早地就离婚了,意外遇上这么一个小女朋
友,又意外地有了爱情的结晶,我能不和她结婚吗?

秦　风　像您这样负责的男人越来越少了!

龚先生　她说我的财产都是婚前财产,让她没有安全感,一定
要让我去买一份婚爱保险,重新分割财产!

秦　风　人家跟您在一起过了这么久日子,要点补偿费也是

应该的。

龚先生　我一个 65 岁的人，老来得子，我怎么会无缘无故地和她离婚呢！但是，为了表示对她的重视，我还是买了你们那个保险。谁知道，孩子断奶之后，她就变成了那个样，正常的生活里再也没有什么和孩子相关的事，每天就是吃喝玩乐！不到晚上 12 点，绝不回家。我甚至想，还不如不回来呢！回来也是一身酒味，对着孩子和我一阵乱骂！

秦　风　您动手了？

龚先生　我哪儿敢啊，是她动手了！（龚先生摸摸自己额头上的伤疤）

秦　风　您头上这伤，是被瓷器砸的吧？

龚先生　宋代的，官窑！

金　娴　这伤可真贵！

龚先生　我算是想清楚了，只能离了！

金　娴　那按照你们之前签署的财产分配协议，我们要对您的财产进行一定的分配了。

龚先生　我只想知道，我还能为自己争取多少？

金　娴　我们需要给您做一个事故鉴定，还要和您妻子再聊一下。如果确定她对您进行了人身伤害，我们会先按照保险中的家庭暴力险对您进行赔偿。至于，您离婚财产的分配比例……

秦　风　我们还是希望您为孩子考虑一下，是否可以不要离婚。我们会去和您妻子好好谈谈，看看是否能改善？

龚先生　不不不，这个女人是个疯子！真要和她一起生活，对孩子也不好。我已经 65 岁了，没有几年可以陪她折腾了，我希望还能多活几年，陪儿子过完 18 岁的成人礼。我不要太多,够我和孩子生活就行了。也许我还能再赚点,我还想留点钱给孩子。如果把钱都给了她,等不到我闭眼的那一天,钱就会被她花完的。

金　娴　您这种情况我们也是第一次碰到,不过我们会尽最大的努力去帮您争取。一般来说,男性作为家庭经济收入的支柱,受家暴的可能性非常小……

　　　　〔龚先生站起来,没有告别,往电梯的方向走去。

　　　　〔金娴和秦风也站起来,目送龚先生离开。

　　　　〔龚先生突然回头,哀怨地问道。

龚先生　难道你们不是保护弱者的吗?

33. 都市街景　外　日

　　　　〔金娴和秦风走在公园里。四处飘散着斑驳的落叶。

秦　风　你是保险公司经理,你不是慈善家。你总不能打着锄强扶弱、惩恶扬善的名号去做保险吧?

金　娴　婚姻到底是什么?

秦　风　女人怎么老爱思考这些哲学问题!

金　娴　你认为它是什么?

秦　风　它当然……

　　　　〔金娴的手机响了。她收到了一条信息:"你身边的这个人是江雪燕的老公,他是个谋杀犯。"

　　　　〔金娴站起来向四周望去,她仿佛看到了黑衣人。

　　　　〔秦风把她从思绪中拉了回来。

秦　风　(看看表)不早了,跟我去吃饭吧!

金　娴　都什么时候了,你还有心思吃饭?

秦　风　就算天塌下来,也得先把饭吃了再说!

金　娴　你请我？

秦　风　我请你！走吧！

34. 高档餐厅　内　夜

金　娴　请我在这么高档的地方吃饭？你太客气了吧！

秦　风　一位伟大的哲人告诉我们，拿人手短，吃人嘴软！

〔金娴有些忐忑，推开了包厢的大门，却发现屋里多了两位老人。金娴本能地退了出来。

金　娴　对不起，走错房间了。

秦　风　你怎么出来了？

金　娴　里面有一对老人，不会是你爸妈吧？

秦　风　你想多了！先进去，我来跟你解释。

〔看见金娴走进房间，朱建华和赵秀芝站了起来。

朱建华　金总，你好。

〔金娴尴尬地笑笑。

秦　风　这位是朱教授，我的大学老师。这位是他的爱人，赵阿姨。

金　娴　教授好，阿姨好！

秦　风　朱教授和赵阿姨是初中同学，在 20 世纪 50 年代末就相爱。但是，赵阿姨家里嫌朱教授家穷，怎么都不同意她们结婚。后来，赵阿姨跟着老三届下乡去了湖北，朱教授参军去了黑龙江，一别就是二十多年，断了联系。赵阿姨以为自己再也回不来了，就在湖北结婚生了孩子，朱教授退伍后考了当地的大学，留校当了教授。直到 20 世纪 90 年代初，赵阿姨回上海探亲，两人才意外重逢。

朱建华　当我再见到秀芝的时候，我真是想抛下一切和她在一起。但是秀芝已经是两个孩子的母亲了，我也结了婚，生了孩子。我们不能为了自己，伤害那么多人啊！

赵秀芝 我回到湖北，就再也没有和他联系过。日子得踏踏实实地过，起了别的心思，这日子就很难过下去。一直到我老伴前年过世，我才回到上海来。我托人打听，说他老伴十年前就过世了。

朱建华 其实十年前，我就去找过她。那一年，她老伴中风了，她得照顾他！我没见她就回来了，我不能在这个时间把她带走。结了婚，她就是他的人了，这里面就算没有感情，也有责任，也有义务。

秦　风 不过，等了大半辈子，朱教授和赵阿姨总算又都恢复了单身。原本以为，等了大半辈子总算能在一起了，谁知道两家儿女坚决反对他们结婚。

金　娴 为什么？

朱建华 为什么？为了钱呗！怕我跟她结婚，她就变成遗产的第一受益人。

金　娴 这个可以通过法律手段规避一下。

朱建华 为什么要规避？我自己的钱，难道我还不能想给谁就给谁吗？谁规定父母的遗产就一定要留给子女了？荒唐！他们把我的户口本收起来了，不让我们去领证。

赵秀芝 其实老朱只想要个仪式，证明他实现了当初对我的承诺。秦风说，你们这个婚爱保险，倒是个很好的纪念。

金　娴 可这个保险，没有结婚证，我们不能卖。

35. 飞机商务舱　内　日

秦　风　你为什么不把保险卖给他们？

金　娴　你想跟我说,婚爱保险保的是一种关系,不是情感
　　　　　对吗？

秦　风　情感不需要保险,也没有保险能保情感。极端感性
　　　　　的婚姻就是一种情感,极端理性的婚姻就是一种关
　　　　　系。在婚姻中情感很复杂,但是关系很简单。有一
　　　　　位哲人告诉我们,柿子要挑软的捏。事情,要往简单
　　　　　里办。

金　娴　江雪燕是你杀的？

　　　　〔秦风微微地叹了口气,不置可否地闭上了眼睛。

36. 秦风家　内　夜

　　　　〔闪回:江雪燕拖着拉杆箱离开,秦风抱头坐在沙发
　　　　上。秦风面前摊放着江雪燕留下的离婚协议。

37. 十字路口　外　夜

　　　　〔秦风赶到了车祸现场,眼睁睁地看着救护人员把妻
　　　　子从车里挪出来。

　　　　〔秦风悲痛欲绝地站在雨里,对刚刚发生的一切束手
　　　　无策。

38. 韩太太的车　内　夜

金　娴　韩太太,我一会儿下去见韩先生。如果韩先生是一
　　　　　个人,咱们就当是自己多心了,今天的事从来没有发
　　　　　生过。另外,不管韩先生和谁在一起,你都不要出

527

来。这个结交给我来解。你要记住,如果你出面,这个结,就真的变成一个死结了。

韩太太　金小姐,我知道了,我一定忍住!

金　娴　好,我走了!

　　　　[韩波和一位女士(闵艳)前后从酒店里走了出来。韩波站在酒店门口打车,闵艳随后走了出来,站在韩波身边。两人的行为既不亲密,也不生分。一辆出租车到了,韩波先让闵艳上车,自己随后跟上了车。

　　　　[金娴一个箭步冲上去,抓住了韩先生即将要关上的出租车车门。

金　娴　韩先生,我是婚爱保险专员金娴,我想和您谈谈。

　　　　[韩波见到金娴有些惊讶。

韩　波　有什么好谈的?(说罢就要关车门)

　　　　[金娴火速拿着手机对着出租车里的两人拍了张照片。韩波冲出出租车就要夺金娴的手机。

韩　波　拍什么拍? 你侵犯个人隐私权了! 赶快删掉!

金　娴　这是保险人员正常的取证范畴。

　　　　[闵艳从出租车中走下来,却被冲出来的韩太太一把抓住狂打。

韩太太　打死你这个不要脸的! 打死你这个狐狸精!

金　娴　我不是叫你不要出来吗?

韩太太　谁忍得了!

　　　　[金娴本来是来劝韩先生的,现在只能忙着把闵艳从韩太太的拳脚里拖了出来。

　　　　[韩先生抱住韩太太,得了空隙,金娴拖着闵艳坐进出租车,逃走了。

韩太太　金娴,你到底是帮谁的!

韩　波　你闹够了吗?

39. 咖啡厅　内　夜

　　　　〔闵艳从卫生间出来,看见金娴已经帮她点了一杯热
　　　　拿铁。

闵　艳　这花拉得真漂亮。

金　娴　能聊聊吗?

闵　艳　躲得了初一躲不过十五。你要说什么?

金　娴　你并没有那么爱韩波。

　　　　〔闵艳暧昧地一笑。

金　娴　因为你是职业小三。

闵　艳　什么?

40. 多个场景

　　　　〔配各种不同的女性的状态。

金　娴　(OS)职业小三,是活跃于一线城市的新兴职业。她
　　　　们往往有一份体面且收入不菲的工作,年龄大多在
　　　　20至30岁之间,偶见30岁以上者,如有,则有过婚
　　　　史或者隐瞒了婚史。学历不限,大专生居多,研究生
　　　　也不少,集中在金融、商业、艺术和传媒等领域。这
　　　　些女性将已有一定成就的已婚男士作为择偶对象,
　　　　倒不是因为她们偏爱老男人,而是已婚的男人往往
　　　　在物质上是富足的,在精神上是困窘的。他们正经
　　　　历着中年危机,事业遭遇瓶颈,家里的妻子或周围的
　　　　同龄女子也不如早年那么具有吸引力了。这些男人
　　　　经常在深夜里独自刷着网页却不知究竟要寻找什
　　　　么。如此时刻,一位装着不谙人事的姑娘,带着鲜活

的生命力和全新的生活经历走进你的生命,用仰望的姿态等着你传道授业解惑,还告诉你她们只想跟着你学点东西,不期待有任何的结果。试问,又有多少男人会把她们拒之门外呢?

闵　艳　你不是她的朋友?

金　娴　我是婚爱保险的经理。

闵　艳　卖保险的啊,我差点以为你和我是一类人了!

[金娴倒抽了一口冷气,被闵艳看得有点坐立不安。

闵　艳　我很好奇,你会怎么劝我分手?

金　娴　这个事情没有定律,具体情况具体分析。韩波这种情况,我只要把他的婚爱保险拿给你看就可以了,上面有他离婚后能分到的财产状况。

闵　艳　(推开金娴给她的资料)我不在乎! 我相信他是个有能力赚得更多的男人。

金　娴　你相信他会跟他老婆离婚吗?

闵　艳　我说我不要他离婚,你信吗?

金　娴　只要韩太太坚持着不离婚,你不会坚持得太久。

闵　艳　只要我不放手,韩波会和她离婚的。

金　娴　你怎么知道你一定守得住他呢? 你一点都不爱他。

闵　艳　正因为我不爱他,我才敢说这话。你也是女人,这点道理还不懂吗?

[金娴仿佛觉得,坐在对面的不是闵艳,而是自己。她正被另外一个自己质问着。

金娴(镜像)　爱一个男人,就真的守得住吗? 你不是爱安华吗,你留住他了吗?

金　娴　我们的情况不一样。

金娴(镜像)　有什么不一样的,说白了,你现在不就和我一样吗？不，你比我更悲惨，从别人的正牌女友变成了婚姻外的情人。

金　娴　放手吧！

金娴（镜像）　你不正在破坏别人的家庭吗？你连你自己的感情生活都管不好，有什么资格干涉别人呢？

金　娴　安华是爱我的。

金娴（镜像）　别自欺欺人了，如果他真的爱你，会让你现在这么狼狈吗？

　　　　〔闵艳起身准备离开。

闵　艳　我没你想象得那么职业，日子长了，我也许会真的爱上韩波。在这种爱情游戏中，爱上了，很容易就会输得体无完肤，如果想玩下去，必须要清醒。其实，我今天是和韩波来谈分手的。你来不来，我都不会再见他了。

41. 咖啡厅　外　夜

　　　　〔金娴从咖啡厅走出来，秦风在门口一边抽烟一边等她。

秦　风　聊完了？

　　　　〔金娴疲惫不堪地点点头。

　　　　〔突然出现的白色本田轿车再次朝着金娴和秦风冲过来。金娴隐约看到车上坐着一个穿着黑色连帽衫、戴着帽子的男人。

42. 上海夜景　外　夜

金　娴　那个男人是谁？

秦　风　哪个男人？

金　娴　就是开车的那个男人？

秦　风　满大街都是开车的男人，我怎么知道你说的是谁？

金　娴　你在逃避！

秦　风　我怎么知道你说的那个男人是谁？

金　娴　如果你不能说清楚那个男人到底是谁，我就要考虑中止我们的合作了。

秦　风　你这好奇心怎么这么强，不就一个开白色本田轿车的黑衣男人吗？至于把你激动成这样吗？

金　娴　江雪燕是不是你杀的？

秦　风　这和你似乎没什么关系。

金　娴　江雪燕是不是你杀的？这是不是你设计婚爱保险的原因？

秦　风　这位老板，我们的合作好像还没有开始，我还不需要履行合作内容吧！

金　娴　好，那我要重新考虑要不要买你这个婚爱保险。

秦　风　不用你考虑，我现在决定不卖了！

　　　　〔周宁突然闯入秦风和金娴的世界，给了金娴一个耳光。

周　宁　安华要跟我离婚了，他走了！你满意了？你知道吗，他跟我离婚，他什么都得不到！他离开了我爸，根本什么都不是！你害得他什么都没有，什么都没有。这就是你想要的？（说完，周宁还想要给金娴一个耳光，被秦风阻止）只有你，才会要这种找小三的货！

　　　　〔周宁把半杯咖啡全部泼洒到金娴身上。金娴整个人像是被定住一样，一动不动。

金　娴　（对秦风说）你满意了？这就是你想要的？

43. 飞机商务舱　内　日

〔金娴疲惫地看着窗外，秦风扭过头昏昏睡去。

44. 安华的家　内　日

〔金娴仍然留着安华单身时住所的钥匙。安华躺在沙发上，烟灰缸里布满了半截头的香烟，其中有几根好像刚点燃就被掐灭了。

金　娴　你这是干吗？

〔安华闭着眼，看不清来者是谁。

安　华　你来干吗？

金　娴　周宁让我来找你！

安　华　周宁？周宁让你来找我，难道你就不想来找我吗？

〔安华突然从沙发上一跃而起，把金娴推到沙发上。金娴用尽全力将他推开，拿起了桌上的水杯，把半杯冷水泼在了安华的脸上，整个动作一气呵成，不带半点犹豫。

〔安华喘着粗气，渐渐冷静下来。他去卫生间扯了条干瘪的浴巾，把身上的水擦拭干净。他听见大门打开又被关上的声音，心想金娴大概再也不会见他了。他走出卫生间，客厅里空无一人。

〔厨房传来放水的声音。

安　华　你怎么还在这儿？

金　娴　我话还没说完。

〔金娴用电热水壶烧了一壶水。

金　娴　你和她结婚了，她是你的妻子。你应该尊重她！

安　华　和她离婚就是对她的尊重，也是对你的尊重。

〔水壶发出咕噜咕噜的声音,一股不纯净的水蒸气弥漫在两人之间。

金　娴　你其实谁也不爱,你最爱你自己。

45. 婚爱保险事务所　内　日

〔当金娴赶到营业大厅时,营业大厅已经关闭,理赔大厅人头如潮。

秦　风　(对所有的保险专员)从今天开始,婚爱保险将不再接受新的订单。销售中心从今天开始正式关闭,理赔中心仍然继续运营。

金　娴　为什么把它关掉?

秦　风　你不是不想办了吗?

金　娴　我想继续。(被秦风打断)

秦　风　婚爱保险从一开始就不可能成为长线产品,它只可能是保险公司品牌运营的一种营销手段,一种噱头!

金　娴　那些在婚姻中受到伤害的人,需要我们的服务。

秦　风　你什么时候变得那么天真了,你真的认为我们可以帮到他们吗?

〔保险专员带检察人员上。

检察官　我们是检察院的,有人举报你们销售的产品涉嫌诈骗。我们要查封公司并进行调查!

46. 街道　外　夜

〔嚓,嚓,嚓,嚓……嚓嚓,嚓嚓……嚓嚓,嚓嚓……另一频率的脚步声扰乱了原有的节奏。秦风走着自己的路,直觉告诉他这脚步声随他而来。秦风警觉地放慢了脚步,身体微微侧了一点,想用余光看看身后究竟是谁……就在此时,一把刀顺势割破了他的左臂。一寸之差,这把刀本来是奔着他的心脏去的。

⎡手臂上的鲜血往外狂飙。秦风瞬间被疼痛激得打了个寒战。他冷静下来,想看看对方究竟是谁,却被迎面而来的车灯晃得睁不开眼。脚步声乱了,黑衣人还想再刺一刀。车灯扫到黑衣人,黑衣人拔腿就跑。黑衣人很熟悉这里,从小区内另外一个只走行人不走车的出口逃走了。

⎡秦风捂着滴着血的伤口,疼得龇牙咧嘴。

47. 夜店　内　夜

⎡万圣节的酒吧,气氛诡异,各色人等人鬼难分。

曹传贵　(化妆成蝙蝠侠的样子)再喝点啊!

毕博海　我前妻怀孕了!

曹传贵　什么?

毕博海　我说我前妻怀孕了,我要当爸爸了!

曹传贵　是你的吗?

毕博海　你说的是人话吗?

⎡曹传贵暴怒,和毕博海扭打在了一起。众人赶紧劝住,两人却突然抱在了一起,喝了一个交杯酒。

曹传贵　兄弟,我真心羡慕你啊!

毕博海　我才羡慕你啊!

曹传贵　我有病啊!

毕博海　你没病,我有病!

曹传贵　我有病,我生不出孩子啊!

毕博海　我比你更惨,我自己的孩子我认不着啊!

曹传贵　(举起酒杯)复婚!

毕博海　你说什么？

曹传贵　我说你，和她复婚！

毕博海　她拿了我所有的财产，现在是单身小富婆，不肯！

曹传贵　现在的女人，一个个比猴都精！

毕博海　你女人傻，徐金花傻！

　　　　〔曹传贵做了一个嘘的手势，指指女洗手间，让毕博海不要说了。

曹传贵　干杯！

　　　　〔丽丽化妆成聂小倩的古装扮相，从卫生间走出来。

丽　丽　都凌晨3点了，我明天下午还约了人家下午茶呢！

毕博海　走了，走了！丽丽，曹哥喝多了，好好照顾曹哥！

丽　丽　知道了！

曹传贵　回哪儿去？不回家，不回家！

丽　丽　哎呀，我手机没拿！你乖乖坐在这里等我一下，我去拿手机哦！

曹传贵　欸，你别走啊！怎么都走了呢？

48. 陈爸爸家　内　夜

　　　　〔陈爸爸给白林倒了一杯刚泡好的大红袍。

陈爸爸　来来来，喝茶！

白爸爸　老陈，融资这事……

陈爸爸　咱们是亲家，无论如何不能伤了和气。我觉得你那厂，从生产设备到经营理念，都已经过时了。还有销售渠道……现在就连二线市场，也被大品牌分割得差不多了。再投钱给那厂，恐怕……

白爸爸　不是投，是借。我还可以做代工！

陈爸爸　本来1000万也不是什么大数目，只是今年金融市场不好做，我手头也有些转不开……

白爸爸 亲家公，你看看，还能帮我想想什么别的办法吗？

［陈兴泽突然回来了。

陈兴泽 爸，你怎么来了？小冰还跟我说，你好久没有和她联系了。

白爸爸 哦，我最近有点忙……我正准备一会儿就去你们家呢！

陈兴泽 那你等我一下，我有一份文件让我爸签字，等会儿我们一起走。

陈爸爸 （流露出送客之意）刚好，我们也聊得差不多了，去看看小冰吧……已经35周了，肚子大得不得了。

49. 车上　内　夜

陈兴泽 叔叔，你都不知道，小冰自从怀孕以后，就变得特别奇怪，她总是做些让你绝对想不到的事……有一次我回家，发现她竟然在吃肥皂，可把我吓坏了……还有，我们楼下有一家人家正在装修，装修队刚开始刷石膏，她竟然把手指伸到石膏粉里，然后放在嘴边，用舌头去舔石膏粉……哎哟，嘬得那个香啊！后来我妈跟我说，她可能是缺钙，让我赶紧给她买了两盒钙片……爸，爸？

［白爸爸明显有点心不在焉，盘算着还能去哪儿借剩下的几百万。

陈兴泽 爸，你没事吧？我听妈说，你最近遇到了点难事？你找我爸，也是为了这事吧？

白爸爸 兴泽，爸有点事，想请你帮个忙……

陈兴泽 爸，你别跟我这么客气啊，我哪受得起啊！有事您说话……

白爸爸 我知道你是个好孩子,对小冰也特别好,我们能有你
这么个儿子,是我们的福气! 我希望你跟小冰能天
长地久,百年好合。

陈兴泽 爸,你放心,我肯定会对小冰好的。等孩子生出来,
我也会对孩子好的。我特别希望是个女儿,人家都
说女儿是爸爸上辈子的情人……爸,小冰小的时候,
是不是很可爱……

白爸爸 嗯,是……是很可爱。

陈兴泽 爸,你要让我干什么吗?

白爸爸 兴泽……你可不可以和小冰离婚?

〔曹传贵挣扎着从地上站起来,走到路上想要打车。
他突然蹿到大街上,迎面驶来陈兴泽的汽车。

〔陈兴泽猛地向右打了方向盘,踩了急刹车,车撞到
了旁边的电线杆上。

〔曹传贵整个人摔倒在路上。

50. 医院急救室　内　夜

〔徐金花火速赶到医院,曹传贵还在急救中。丽丽
(聂小倩扮相,妆花了一半,比鬼还可怕)看见徐金花
后,急于脱身。

徐金花 他怎么了?

丽　丽 我不知道。我上楼去拿包,下楼就发现他已经躺在
路上了。我什么都不知道。

警　察 谁是曹传贵的家属?

徐金花 我是他太太!

警　察 (看了丽丽一眼)我们调到了监控摄像,发现曹传贵

没有被车撞到,是自己摔倒的。

丽　丽　那没有我的事情,我可以走了吗?

　　　　［医生从急救室里走出来。

徐金花　医生,他怎么样?

医　生　还在抢救。腰椎骨骨折,我们担心会挫伤坐骨神经,不排除有瘫痪的可能性。

丽　丽　瘫痪?那我岂不是要推一辈子轮椅?

徐金花　人还在就好。

丽　丽　(安徽口音)大姐,我家里上有老下有小,赚点钱不容易。

徐金花　你走吧,他是俺的人,以后,俺来照顾就行了!

丽　丽　姐,你放心,从今以后我再也不来找他了。

　　　　［丽丽拿着聂小倩头套,头也不回地走了。

徐金花　没关系,没关系,没事来家玩啊!

51. 安华临时住地　内　日

　　　　［周宁走到安华身边的时候,安华睡在地板上。周宁抚摸安华的头。

周　宁　这是我找律师起草的离婚协议……我单方面提出离婚。所以,你可以得到一定的赔偿,以及婚爱保险中的所有财产。

　　　　［安华的身体在颤抖,却没有睁开眼睛。

周　宁　我知道你和我结婚是为了事业,也不让你白忙活一场。

　　　　［周宁把金娴给她的钥匙放在那堆材料上,站起身走到门边。她握住门把手旋转开锁的那一刹那,突然回头对着安华怒吼道。

539

周　宁　我是因为爱你才和你在一起的！难道你从来都没有
爱过我吗？我是你的妻子啊！

52. 飞机商务舱　内　日

　　　　　〔空姐在做降落前的检查。

广　播　我们的飞机已经开始下降,预计将在30分钟之后抵
达上海虹桥机场。当地时间下午4点32分,地面温
度为27摄氏度。非常感谢您搭乘××航空公司的
班机。请您确认好您的电子设备已关闭,调节好座
椅靠背,打开遮光板,系好安全带,把手提行李放在
座椅下方⋯⋯

金　娴　同行一程也算有缘一场,握个手告别吧！

秦　风　买卖不成仁义在！

　　　　　〔两人握手。

金　娴　散伙之前,你跟我去一个地方。

53. 公墓　外　日

　　　　　〔金娴带秦风来到了江雪燕的墓前。

秦　风　你不该带我到这儿来。

　　　　　〔秦风想要离开。

　　　　　〔金娴从包里拿出婚爱保险的全套资料。

金　娴　你妻子生前在我这儿买了婚爱保险,我有义务帮她
理赔结案。

秦　风　公司都关门了,你拿什么赔给我？你调查清楚了吗？
如果江雪燕真的是我杀的,你还帮我理赔吗？

金　娴　我不相信她是你杀的。

秦　风　我说江雪燕不是我杀的,你就相信了？

[金娴迟疑了。

[秦风从口袋里拿出烟,看着江雪燕墓碑上的照片,照片上的她笑得那么释然。

秦　风　婚爱保险,是她对我下的一个诅咒。

金　娴　她为什么要诅咒你?

[阳光下,江雪燕笑得那么灿烂。

秦　风　她想要的婚姻是一种纯粹的情感,而不是一种关系。

金　娴　我想你不够了解你的妻子。

秦　风　我们俩天天生活在一起,干吗要去说那些情情爱爱的?

金　娴　这只是婚姻中的女人所正常需要的。

秦　风　她服从了我的生活,但是她并不快乐。她似乎比其他女人更需要那种情感上的关怀。她说,我们的婚姻像一个四面都是软垫墙的监狱,里面只住了她一个人,她不会受伤,但很孤独。后来,她得了抑郁症。

[已是深秋季节,风很大,树叶沙沙作响。

[江雪燕在世时的喜怒哀乐仿佛历历在目。

秦　风　(OS)我辞职陪她出去疗养了一段时间。她好了,她真的看上去挺好的。回上海没多久,她提出要搬去她母亲家住一段时间。后来,她父亲来找我,问我她是不是又生病了,说她在吃药。我看了一下药瓶,那只是普通的保健品。

金　娴　你们没有再住在一起?

秦　风　车祸那天晚上,她回来跟我谈离婚的事情。

[江雪燕把离婚协议书放在桌上。

金　娴　你答应了?

秦　风　她离开的时候,雨下得特别大。我担心她打不到车,让她开车走。我没有问她去哪儿。

金　娴　她是……自杀？

　　　　[秦风找到了江雪燕的遗书。

　　　　[秦风痛苦得不能自己。

秦　风　(OS)我在她留在家里的遗物中找到一封写好的遗书,这让我想到她抑郁症复发的可能性。我找到她父亲给我的那盒营养片,拿去化验确认,的确,那是抗抑郁的药。她的病一直没好,而我竟然不知道。

　　　　[江雪燕在阳光下奔跑,微笑。

金　娴　所以你在心里一直默认是自己杀了她？

　　　　[黑衣人再次出现在二人面前。

金　娴　他来了？咱们还是走吧！

　　　　[秦风一动不动地站在原地。

金　娴　走吧！走啊！

　　　　[秦风依旧一动不动,金娴伸手想要拖他走,黑衣人却突然拿出一把刀,刺向了秦风的心脏。秦风的胸口汩汩地流出鲜血,慢慢地,秦风倒在了江雪燕的墓地上。

　　　　[金娴惊恐万分,不敢相信眼前刚刚发生的一切。她忘记了这一切只是一种假设,而并非真实。

　　　　[金娴伸手去撕掉黑衣人的帽子,却发现黑衣人竟然是秦风自己。

54. 飞机上　内　日

　　　　[飞机进入降落后的滑行阶段。

广　播　我们已经到达上海虹桥机场。飞机还在滑行,请您坐在位置上耐心等待,系好安全带。不要打开行李

542

架,以免发生意外。

金　娴　所以你设计婚爱保险只是为了证明,婚姻不能只是一种关系,而必须是一种情感?

秦　风　婚爱保险是一个骗局。只有证明这个骗局失败了,才可能找到真相。

金　娴　下了飞机,我想去看看朱老师和赵阿姨。

55. 医院　内　日

[金娴和秦风急忙赶往医院,却目睹了朱家子女正在为难赵阿姨的一幕。

朱家长子　我爸的存折在哪儿? 还有剩下来的现金吗?

朱家媳妇　现在房子是你们买的还是租的? 有没有房产证?

朱家长子　不管怎么说,你和我爸没有结婚,我爸所有的财产都和你没有关系。

朱家孙女　你们都别吵了,你们怎么能这样说赵奶奶呢?

朱家媳妇　你叫谁奶奶呢? 谁是你赵奶奶?

朱家孙女　赵奶奶是爷爷的合法妻子,他们上周五去领的结婚证。是我陪爷爷去的!

朱家媳妇　什么? 他哪来的户口本?

朱家孙女　我带他去公安局补办的。

朱家媳妇　你这孩子!(伸手给了朱家孙女一巴掌)

秦　风　你怎么打孩子?

朱家长子　我们管孩子,不用你管!

金　娴　孩子是没错的!

朱家长子　朱家的事情还轮不到你们这些外人来指手画脚!

赵秀芝　你们别吵了,这是老朱的遗书,是我们结婚那天他写的。你们自己看吧。

56. 遗书内容　多个场景

〔闪回朱建华和赵秀芝平淡的最后一段时光。

〔白小冰生孩子，陈兴泽守在她身边。

〔曹传贵回家投资养猪厂，徐金花怀孕了。

〔毕博海远远地看着自己的妻子带着儿子在公园里玩。

朱建华　（OS）朱家吾儿，当你们看到这封信时，我已经离世了。我在这个世界无半点遗憾，可以安心离去。我和赵阿姨真心相爱一生，历经动荡仍彼此挂念，相忘江湖，可谓之情；但为了双方家庭的美满幸福，克制自己的感情，互不干涉，互不打扰，可谓之礼。没想到情礼之尽，弥留之际，最终还能走到一起，也算修得圆满。不求你们祝福，但求你们理解。我和赵阿姨的结合，不涉及任何经济利益，所有的遗产仍然全部留给朱家子女，赵阿姨也不需要你们赡养。我们坚持结婚，只为了实现年轻时的一句承诺。为父不求你们大富大贵，只希望你们记得你们曾经许下的诺言，善待妻儿。这算是为父的一点遗训吧，望吾儿谨记。

57. 机场出发层　内　日

〔金娴和秦风拖着行李走到出发层。他们没有看见在不远处，周宁推着行李走到头等舱托运柜台。

周　宁　三件托运行李，请问还有靠窗的位置吗？

〔一个人突然冲上前来，把护照硬塞给了地勤小姐。

安　华　等一下。不好意思，来晚了。

〔周宁心有怨气地收回护照准备让开,让后来的客人
先办理登记手续。转身之际,她被一只有力的胳膊
紧紧地搂住。

安　华　我们要坐在一起的。

〔周宁转过身,安华把弱小的周宁搂在了怀里。

安　华　傻瓜,你怎么能一个人走,我们是夫妻啊!

58. 机场　外　日

〔金娴提完了行李,和秦风在出口处握手告别。上午
11点的上海,阳光明媚,那阳光让秦风觉得有些眩
晕,秦风眼前有些发白。

秦　风　很感谢你陪我论证了这个不太靠谱的想法。这可能
是我设计的最差劲的一个骗局了。

金　娴　别把自己的工作说得这么俗。婚爱保险其实是很有
意思的创意,只是,我们的世界还不足以承受它的
真诚。

秦　风　后会有期。

金　娴　后会有期。

〔两人朝不同的方向走。金娴走了几步,突然转身
问他。

金　娴　还不知道你叫什么名字呢?

秦　风　我叫……

(剧　终)

导师评语

徐春萍

　　电影剧本《婚爱保险》从一个独特的角度,展现了当前人们婚姻和爱情的种种现状,探讨了婚姻关系的维系以及和爱的关系,表达了婚姻应该建立在爱的基础上,提醒忙碌的现代人不要忘记婚姻的初心是因为爱。

　　男女主人公在飞机上偶遇,共同探讨维持婚姻关系的婚爱保险业务在现实中的可行性。其间,二人模拟了各种各样的夫妻和恋人的婚爱故事,故事的当事人都处在婚姻或爱情关系的危险期。这些故事和人物都是虚拟的模拟推演,中间穿插了两位主人公各自困惑而令人焦虑的真实的情爱故事。情节和环境在实虚间跳跃,可以说,这个构思颇具新意。作者的目的并不是要讲故事,而是要探讨问题,形象化地探讨问题。各类人物走马灯似的进进出出、上上下下,像万花筒般传递了现代婚姻和爱情的种种困惑,同时节奏紧凑,观众也有较强的代入感和参与感。婚姻和爱情,男女关系,是永不会停止的话题。这个剧本显示了作者独特的思考和较成熟的写作功力。

　　在经过深入讨论后,作者对原剧本作了较大的修改,主要修改如下。一是加强了男女主人公各自的情感线,他们陷入情感迷茫困境以及最终走出困境的变化线更清晰了。二是剧本结尾的处理中,正面的向上的积极力量得到了加强。虽然在现实中,触礁的婚姻和善变的情感故事很多,但文艺作品最终要给人以鼓舞的力量,而不是让人愤世嫉俗或悲观绝望。三是经过慎重思考,作者修改了片名,从原来的《并不存在的爱情保险》,改为更为贴切的《婚爱保险》。

目前,作品的薄弱点或者难点如下。一是作为一部电影,台词密集,行动线较弱。二是虚实的衔接处理得不好,容易让人出戏。

这个剧本的题材是个社会话题,贴近现实生活,年轻观众会有兴趣并产生共鸣。故事的结构和视角也比较新颖。如果能找到感兴趣的投资方,剧本进入拍摄的可能性较大。

电　影

踢出一个未来

刘业成　鲁　佳

刘业成

女,硕士毕业于上海师范大学戏剧与影视专业。现任上海立达学院传媒学院广播电视编导专业主任,上海摄影家协会会员。联合创作剧本有:电影《蝴蝶牌》;动画电影《雪人奇缘》《飞奔去月球》;动漫《太乙仙魔录之灵飞纪》;短剧《咻 time》等。

鲁　佳

男,毕业于上海交通职业技术学院报关与国际货运专业。联合创作剧本有:电视剧《伏击》《三泉村的小康时代》;电影《西行客栈》《配方男友》;动画电影《雪人奇缘》《飞奔去月球》;短剧《咻 time》等。

1. 一组空镜　日　外

天空湛蓝,祥云缥缈,雪山之巅,寒威千里。

牛羊群悠闲地吃草,五彩经幡肆意飞扬。

一个足球从天而降,花骨朵般的牛羊群,顿时散开,如同一朵盛开的雪山杜鹃。

一群藏族孩子涌入镜头抢球,足球在羊群牛群里被踢来踢去。

2. 斜坡草甸　日　外

远处,一只鼠兔从洞里探出脑袋,随即又缩回地下。

一双双布鞋沾满泥浆,飞驰在坑洼草甸上,鼠兔洞被踩在脚下。

孩子们用曼妙的藏语呼喊咆哮。

乐杰追赶、指画(藏语):"宗智、闹日,关门!快!……"

宗智、闹日奔跑点头,从两边呈弧形跑开,其他人继续追击班马成利。

班马成利眼看前方宗智与闹日做好防守,距离越来越近。

班马成利彩虹过人,将球踢踺向高空。

宗智与闹日看着球从头顶越过,愣住惊叹。

班马成利随即奔跑,冲向球的落点,稳稳地将球接住,继续奔跑。

班马成利来回倒球,扎克一个滑铲,班马成利迅速将球夹起跳过,继续奔跑。

扎克反手一撑,站起,敏捷地转身,回追迅速。

才让闹旦展开双臂,压低重心,左右晃动,班马成利转身带球,绕过才让闹旦。

夕阳落下,剪影中,班马成利单薄的身影,一人带球,奔向坡顶落日处。

其他小伙伴,距离十米开外,卖力追赶。

3. 某场比赛现场　日　外

程风的球被对方拦截,对方球员带球迅速奔跑。

程风反追,体力明显不行,被对方球友甩至身后。

对方球友将球传递出去。

电子记分牌上,首发 11,替补 7 人,已换过 3 人。(表明场上已经无法再换替补)

记者嘲讽声(OS):"首发 11,已换过 3 人,不出意外,这局胜负已定。"

我方球员将球传给程风,程风跑错位置,没有接住球,球被踢出边界。

记者遗憾声:"看来近几年 21 号球员程风的体能大不如前。能踢到这个岁数也是不容易……"

程风满头大汗,气喘吁吁。

中场休息的哨声响起。

4. 更衣室　日　内

俱乐部经理将程风叫到浴室。

5. 浴室　日　内

经理将淋浴打开,水声很大。

透过磨砂玻璃,只看得见程风和经理的剪影。

6. 更衣室　日　内

程风走出浴室,经理在背后喊道:"你总得给新人机会吧?!"

其他更年轻的运动员看着程风。

程风无动于衷。

7. 某场比赛现场　日　外

程风有点心不在焉。

解说员各种吐槽:"即便是中场休息,场上局势还是很难扭转……"

程风被夹击,小腿被对方球员断球时狠狠地铲到。

程风扑倒在地,痛苦地抱着腿,在地上翻滚。

解说员惊叹(OS):"噢!21号球员程风被对方恶意绊倒……"

急救队抬着担架跑上球场。

一群人围着,程风疼得只能听见自己的心跳声和沉重的呼吸声。

程风看见远处,经理在跟教练交流着什么。

教练走过来,与裁判沟通。

解说员(OS):"现场裁判正在和教练沟通……"

裁判问程风,程风这时才听得见外界的声音。

裁判(对程风):"你还行吗? 如果不行,我们得考虑换人。"

程风望向远处的经理,经理似乎有心思,故意将视线撤开。

经理看见程风对裁判点头,示意自己还能继续。

俱乐部经理似乎有点震惊。程风站起来,给了经理一个挑衅的眼神。

解说员:"看来21号球员程风还真倔……"

程风被判点球。程风狡黠一笑。

程风艰难地迈出第一步和第二步,第三步实在太疼,难以站立,倒地。

8. 斜坡草甸　日　外

孩子们喘着气,围着班马成利。

班马成利一脚踩着球,气定神闲。

顿时,一阵大雨袭来,孩子们哄散开。

班马成利将破烂不堪的球塞进怀里,在雨里奔跑……

9. 公路　黄昏　外

班马成利跑着跑着,雨突然停了。

马路两边全是草甸,草甸上全是牛羊。

藏民们骑着马,正将牛羊赶聚到一起,回棚舍。

路上车很少,不远处有玛尼堆和经幡。

班马成利抱着球,用破烂的鞋子踢着路边石头。

他沿着一条独路,向前走。

班马成利一脚将石头踢飞,石头落入牛羊群中,牛羊群散开。

藏民不满,喊道:"喂!"

班马成利礼貌地双手合掌,鞠躬连连道歉。

10. 班马成利家附近路边大型花盆　黄昏　外

班马成利鬼鬼祟祟,将破烂的足球藏在了黑暗处的大型花盆里(注解:高原上的冻土层,树木无法存活,路边有大型花盆,以盆栽的方式种树)。

11. 班马成利家门口　黄昏　外

班马成利的家是靠在马路边的蓝色活动板房,铁牌上挂着"洗车"二字。

马路边,班马成利的母亲正拿着水管,帮人洗车。

母亲腰不好,不能弯腰太久,班马成利上前帮忙。

母亲责问班马成利晚归,班马成利不敢说是因为踢球,因为足球在他们家是被禁止的。

班马成利借口说是在学校打扫卫生了,母亲让班马成利趁天亮不需要开灯,快点做完作业,不要浪费电。

12. 班马成利家里　黄昏　内

奶奶眼疾,坐在进屋的窗边,手持转经筒,嘴里念念有词。

班马成利进屋,见奶奶念经,不准备打扰,径自走向里屋。

班马成利突然回头,走向奶奶(藏语):"奶奶,您念得累不累啊? 他会回来吗?"

奶奶不仅有眼疾,还耳背,根本没听见班马成利的话。

13. 班马成利房间　夜　内

房间内,空间狭小。昏暗的白炽灯下,只容得下一张单人床和一张破烂的课桌。

班马成利在床褥夹层里拿出藏着的美术本,上面全是内马尔等一些足球明星的照片,还有自己手抄的技巧和训练图。美术本上还贴着一张报纸上剪下来的信息,全国青少年足球比赛。

班马成利在本子上写下今天的感悟:"总有一天,我会让母亲知道,父亲不是因为足球才离开的我们。因为,足球是无辜的。我爱足球,但我不会离开你。"

门外,班马成利的母亲跟奶奶模糊的说话声,惊动了班马成利。

班马成利迅速将作业本和辅导书盖在足球本上。

班马成利拿起笔又放下,头向后仰,靠在椅背上,闭上眼睛。

闪回。

黑暗的房间,电视机发着幽暗的光,电视机前是父亲看球赛的背影。因为一个球进了,父亲开心地跳了起来。

闪回。

班马成利看足球赛时,母亲暴跳如雷,将电视机砸掉。

班马成利做梦,梦见自己在专业的球场上练习身后勾球。周围灯光刺眼,一个黑色剪影出现在灯光前,称自己是教练。班马成利看不清此人,却能听见此人的声音。从声音听出来,他教会班马成利身后勾球。

14. 俱乐部经理　日　内

程风嚼着口香糖,拄着拐杖,脚上打着石膏,走进经理办公室。

经理一边往茶几上的鱼缸里投鱼饲,一边敷衍道:"腿好些了吗?"

程风:"让您失望了,再过个一两天,基本就好了。怎么? 您还敢给我安排赛事?"

经理哈哈大笑。

经理止住笑:"多给新人机会吧。明天正好有个事情,陪同足协××领导去趟青海果洛,做一场公益慈善活动。"

鱼缸里的鱼儿争先抢后地夺食物。

程风还没坐下,倔强地说:"不去!"

经理放下鱼饲料,搓了搓手。

经理老奸巨猾:"也罢,反正你的合同也快到期了,俱乐部也不能把你怎么样。这也不是你第一次跟我说不了。"

程风一怔,嘴巴停止嚼动。

程风将口香糖吐到鱼缸里。

15. 球场观众席　黄昏　外

程风拄着拐杖,提着啤酒,坐在观众席上,迎着黄昏的光,看着训练场上的年轻球员,放纵地喝啤酒。

闪回。

10 岁时,程风就被父母送进青训队,风里雨里地训练,各种技能颠球、绕桩、体能跑……

闪回。

教练因为大家偷偷喝啤酒而惩罚大家,强调足球运动员膳食的重要性,还说要想人前显贵,必先人后吃苦……

闪回。

赛场上,程风也和操场上年轻的球员一样,热血方刚。一个门前进球,全场因为程风沸腾……

闪回。

俱乐部经理俯首帖耳……

闪回。

程风被俱乐部卖来卖去,被明码标价,替代一个又一个退役的球员,如同赚钱的工具……

闪回。

程风身边的狐朋狗友越来越多,不乏豪车美女。程风在生日派对上挥洒千金……

程风醉醺醺地举起啤酒,对自己说:"34 岁,生日快乐!"

16. 班马成利卧室　日　内

　　闹钟叮铃响起,班马成利睡眼惺忪。

　　屋里,他听见县政府司机的声音:"今天要把车洗干净点儿,一会儿得和校长去机场接上海来的足协××领导和教练!"

　　班马成利躺在床上,眼睛睁大。

　　班马成利"噌"的一声,从床上坐起,把耳朵贴在墙边。

　　班马成利摸了摸床褥子里的本子,隐藏好。

17. 班马成利家　日　外

　　班马成利背着书包,从家里跑了出来。

18. 班马成利家附近路边大型花盆　日　外

　　班马成利从大型花盆里掏出足球,抱着就跑。

19. 马路上　日　外

　　班马成利健步如飞,甚至比别人骑自行车还快。

　　他在街角转弯,差点撞到摊位,却能灵活躲闪。

　　他一跃而起,跳过障碍物,继续奔跑⋯⋯

　　如果有足球星探,一定会发现这个天赋异禀的足球少年。

20. 学校　日　外

　　班马成利冲进学校。

21. 教室　日　内

　　班马成利冲进教室,一把拽过乐杰(校长之子)的肩膀。

　　班马成利气喘吁吁:"上海要来足球教练了?"

乐杰:"不好说,早上我爸接到电话,说是教练可能来不了了。"

班马成利失望。

央金老师进来:"班马成利、乐杰、闹日……你们几个,过来。"

22. 礼堂　日　内

礼堂的大门被打开,一束光从央金老师身后散开,央金老师如同神山里走出来的仙女。

班马成利跟随在央金老师身后,央金老师走进礼堂。

央金一边走,一边布置道:"下午,学校会迎来上海的客人,大家抓紧时间将礼堂打扫一下。舞台上要……"

班马成利看着央金老师曼妙的指挥,其他同学在扫地、搬桌子、挂横幅……

班马成利(OS):"央金老师好美啊,真希望体育课上我进球的时候,她能看到。"

班马成利看着看着,好像进入了幻境。

一个旋转镜头一转,台上竟然坐着领导们,台下坐满了学生。

班马成利(OS):"噢!什么情况? 难道是幻觉?"

台上主持人:"让我们用最热烈的掌声,欢迎远道而来的客人!"

班马成利见身边的同学都在热烈地鼓掌,也跟着鼓掌。

班马成利(OS):"这个幻觉也太真实了吧?"

班马成利望向台上,台上除了一排领导,还有一个坐在最右边的,背着氧气罐、打着石膏、颓废至极的人,他的面前放着"教练"的牌子。

班马成利觉得自己肯定又在做梦。

班马成利："教练?"

台上领导："愿有一天,我们藏族小朋友,也能踏出高原,现身国家赛场!"

班马成利(OS):"套路,又是这样的套路。"

班马成利想着反正是在做梦,大不了喊一句:"那就让教练留下来啊! 不然谁带我们去国家赛场?"

台上台下都很尴尬,所有人都望向班马成利。足协领导看了看抱着氧气瓶的程风,程风做着不情愿的表情。

领导又看了看媒体记者,只好答应:"好! 这位同学的提议很好! 这次来,就是为了让我们的慈善活动能够深入,而非流于形式。程风教练是著名的原中超球员,在他的带领下,我相信,我们的愿望一定能够实现!"

顿时,台下一片掌声,班马成利惊醒,他捏了捏自己,原来这不是梦! 他不敢相信,刚刚自己竟然……

23. 学校门口　黄昏　外

活动结束,学校老师、学生簇拥着领导们驱车离开,留下毫无准备的程风。

程风此刻的内心,就像脖子上的哈达,在狂风中肆意飞舞。

孩子们冲着程风无邪地微笑。

程风不耐烦地将缠绕在脖颈上的哈达,捋也捋不清。

24. 酒店　夜　内

央金老师提着程风的书包,带领大家来到县里最高级的酒店。

孩子们围着程风。

门卡"滴滴"一声,房间灯亮起。

程风拄着拐棍,走进房间环顾。

程风尖酸刻薄地挑剔:"这环境也太差了点吧,连个沙发都没有?"

程风用手压了压床,嫌弃:"床也这么硬!"

央金瞪大眼睛,同学们眼神清澈。

程风用拐棍推开厕所门,看见摆满了热水壶。

程风用拐棍撬开洗手台上的水龙头,不见滴水。

程风惊:"连水都没有? 开玩笑吧!"

央金瞪大眼睛,程风看见。

程风:"瞪什么瞪? 这就是你们说的招待贵客?"程风瞥一眼大家,小声嫌弃:"虚伪!"

央金将书包扔在地上,走向程风,平视程风,怒怼:"高原缺水,淋浴限时供应。没让你拎着暖水壶到楼下接水就已经不错了!"

这话没毛病,可程风确实被央金的架势吓到了。

程风咳嗽两声,缓解尴尬场面。

门外,班马成利眼珠转动。

25. 马路上　夜　外

孩子们走在街道上。

乐杰:"我听我爸说,他之前去上海出差,那边的酒店都24小时供应热淋浴,床垫比我们家的还要软。"

闹日:"看来央金老师错怪教练了。"

班马成利突然停下脚步。其他人回头看班马成利。

26. 酒店房间　夜　内

深夜,程风在床上辗转反侧,床头一直有"呲呲"的声音。

561

程风开灯,打电话给前台抱怨:"喂,前台吗？你们房间跟漏气似的吡吡响,能不能给我关了。"

前台女服务员解释:"您说的应该是氧气输出声,如果关掉的话,房间内会瞬间供氧不足,这对于初上高原的您,是会有生命危险的。"

程风惊:"生命危险?!"

程风躺在床上,各种可怕的幻想出现。

他幻想塑料袋套住他的头,导致他无法呼吸。

程风辗转反侧。

他幻想湿纸蒙在他脸上,导致他无法呼吸。

程风拄着拐棍,蹒跚到床头氧气管出口处,凑近,确保氧气还在正常供应,又蹒跚到厕所。

程风从厕所出来,手里拿着一节卫生卷纸。

程风再次蹒跚到床头氧气管出口处,将卫生卷纸系在管口。卫生卷纸飘扬,程风长舒一口气。

程风躺在床上,侧头看卫生卷纸肆意飞扬,感到安心。

程风闭上眼,一想到无法呼吸,就睁开眼,看看床头氧气管处,看到卫生卷纸还在飘,又闭上眼。接着又想到无法呼吸,又睁眼……循环往复。

程风坐起来,头疼欲裂,双手捂着头。

27. 街上　夜　外

程风拄着拐棍在街上游荡,街上一片寂静。突然,一个足球滚到他脚边,周围一片黑暗。

程风用拐棍,将球任意踢向黑暗处,球却屡次从黑暗处滚回来。

其实,黑暗处躲着的是班马成利,程风在路灯下看不见四周,他将球任意踢向黑暗处,班马成利都能迅速接到球。这很考验班马成利的位置感。

程风对黑暗处的人有些好奇。

程风拄着拐棍,走向黑暗,喊道:"喂!"

黑暗处的身影迅速逃走。

28. 班马成利家　日　内

闹钟一响,班马成利一弹就起床。

他通过窗户,瞄见母亲在后院给奶奶做早餐,然后迅速将自己床上的床褥卷起来,扛着就往外跑,生怕被母亲发现。

29. 俱乐部经理办公室　日　外

俱乐部经理接电话。

电话那头传来某位领导的声音:"在媒体的关注下,你们俱乐部的程风,在此次青海的活动中受到了业界和社会的好评。我们足协对俱乐部寄予厚望,同时也希望程风能做好响应社会大趋势的公益活动。"

俱乐部经理喜笑颜开:"是是是,我们一定不辜负领导们的厚望。"

30. 街口早餐店　日　外

程风在藏族早餐店,一边嚼着蘸满酸奶的油条,一边大惊小怪,大声抱怨:"你知不知道在这儿缺氧是会死人的?"

周围吃早点的藏民们纷纷望向程风。

程风不好意思,连连点头道歉。

经理不耐烦的声音(OS):"得了,少吓唬我,高原又不是外太空。人家祖祖辈辈的藏民是怎么活过来的?"

程风小声："这能一样吗？把祖祖辈辈都生活在上海的你，突然甩到天上4000米的地方，你受得了？不行，我要回来。今天就给我安排飞机！"

经理套近乎："风弟！你这次无论如何都要帮哥一把，足协领导很重视这次活动，你要是回来，我还怎么向领导们交代？！再说了，这种积德行善的事情，多多益善，你就稍微忍忍。你不是想重返赛场吗？接下来，我保证答应你，合同延期一年，活动结束我就给你安排赛事。怎么样？"

程风转动眼珠："此话当真？我可都有录音的！如果他们自己先放弃，那就不怪我了！"

经理忍气吞声地抱怨："好小子！……行吧，君子一言，驷马难追！"

程风的手机显示校长来电。

程风："先不说了，校长来电了。"

程风挂了经理电话，接校长电话："喂，校长？"

31. 教室走廊窗户　日　内

全班同学正在做眼保健操。班马成利吹了个口哨，乐杰回头，另外几个小伙伴跟着回头。

班马成利给了个暗示，一伙人冲出教室。

32. 校门　日　外

乐杰打掩护，引开学校门卫的注意力。

乐杰："大叔，今天有我爸的信吗？他让我来取一下。"

门卫大叔低头翻信："嗯……好像……今天没有。"

乐杰用手在下面招呼小伙伴们猫着腰过去。

班马成利带着大家逃出校门。

门卫大叔:"没有。"

乐杰:"不对呀,他说今天明明有一封重要的信会寄到的。这会儿正好是课间操的时间,我去街角的邮局问问吧。"

门卫大叔:"好的,那你可得注意安全哈。"

乐杰:"嗯,放心吧,大叔。"

33. 办公楼走廊　　日　内

程风从走廊上急匆匆地走进校长办公室。

34. 校长办公室　　日　内

校长见程风进来,起身迎接。

校长:"程教练,昨晚休息得怎么样?"

程风勉强:"还行。"

校长一边倒茶,一边关心道:"头痛吗?"

程风:"有点。"

校长:"噢,那看来还是有点高反。没事儿,喝点我们这里的酥油茶,会有缓解。"

程风端起茶杯,喝了一口,难以下咽。

校长笑道:"可能味道一时不能适应。没事儿,慢慢就习惯了。"

程风苦笑道:"校长,您找我有事?"

校长:"噢,是这样的。刚刚我接到西宁体委打来的电话,说是一周后,在西宁有场青少年的足球比赛。西宁体委对您这次上高原的事情非常重视,同时也希望能在西宁球场上,看到您组建的球队。这么急匆匆地叫您过来,也是想着时间紧迫,就一个星期,您看……"

程风放下茶杯,推诿:"承蒙大家如此恭维我,我不过就是个马上要退役的球员罢了。去西宁这么兴师动众的事情，我看就不必了。"

校长没有意会程风的意思，解释："这话说的，我们可没有恭维您。要知道，能在这高原上待上一整天的教练，到目前为止也就您一位。之前也来过好几批教练，他们的身体都承受不了这里的海拔，不是流鼻血，就是晕倒。这次娃娃们算是盼来了福星。"

程风继续推诿："福星不敢当。也不是我泼冷水，以我从业多年的经验来判断，这里真的不适合发展足球。这里空气稀薄，跑两步就会喘气，而且土地坑洼，连树都长不出一棵，条件根本就不允许。您看看，这哪里能找得出一块像样的场地当球场？这种危险系数极高的训练，可不容敷衍，不出事儿还好，万一出事，别说我，您也脱不了干系啊。"

校长笑道："看来程教练还是不了解。我们这里的娃娃，从小就习惯了这样稀薄的氧气环境，不存在跑两步就会喘气的情况。至于球场嘛，我们也在慢慢争取扶持计划，我相信不久的将来，娃娃们一定可以在专业的球场上踢球。即使现在这样的情况，他们还是能快乐地奔跑。再说了，那些在专业球场上训练的职业球员，我看也没有多厉害嘛！"

程风使出撒手锏，试图让校长放弃："是是是，校长分析得没毛病。只是……这个语言沟通起来还是很费劲的……"

校长喝了一口茶："语言沟通的事情好办，央金老师的普通话和藏语都很好，和孩子们的关系也很好。不过……若是程教练没有信心，我一百个方案也没用。当然，我可以配合您取消这次活动。"

程风惊："不不不，我这不是未雨绸缪嘛，哪会有不愿意一说，您可千万别取消这次活动……"

35. 校门口　日　外

程风撞见班马成利一行人在三三两两传球带球。

程风有点孩子气,看着眼前这帮孩子不爽,故意刁难他们。

程风把一个塑料瓶子从高空踢过去,本以为会打断他们传球,没想到班马成利用胸部将瓶子接住,凌空射门,将瓶子射向了垃圾桶。

班马成利得意地一笑,以为程风会惊赞,没想到程风脸一沉,气势汹汹。

班马成利愣住,程风上来就是一顿臭骂。

程风:"就你们这样瘦胳膊瘦腿的,还想下周去西宁比赛?"

孩子们惊呆了,面面相觑,转而又笑了,笑得那么激动。程风看不懂这群孩子。

孩子们在面对不熟悉的人时,很少会用言语表达。

乐杰开心地顶着球,程风伸手要拍,哪知乐杰头一甩,球撞到墙上,又接住了。

闹日用藏语喊了一声:"课间操结束了,要上课了。"

孩子们往回跑,班马成利微笑着与程风对视。

闹日见班马成利还没走,再次喊班马成利。

闹日:"班马成利!"

班马成利身体前倾,向程风表示谢意,然后跑开。

36. 酒店房间　日　内

程风走进房间,发现房间焕然一新。床上垫了五六层床垫,软和了许多,厕所多了好几瓶热水和好几桶冷水……

程风躺在床上,感觉身下好像压着什么,伸手去摸。(班马成利的本子)

37. 教室　日　内

在教室上课的班马成利开小差傻笑。

闪回。

昨晚,班马成利突然停下脚步。

班马成利:"要不,我们从家里搬一些床垫、沙发出来,给程教练添置一下?"

程风:"就你们这样瘦胳膊瘦腿的,还想下周去西宁比赛?"

闪回结束。

班马成利傻傻地笑。

老师敲着教鞭:"班马成利! 班马成利!"

班马成利回神:"啊?!"

老师:"上课又开小差,这节课,你站着上!"

下课铃声响起。

教室门口,央金老师探出头,喊道:"班马成利、乐杰,你们几个出来帮忙贴告示!"

38. 告示栏处　日　外

班马成利和伙伴们热火朝天地贴海报。

班马成利、乐杰等一帮学生围在海报前。

乐杰念:"招募校足球队,征战西宁比赛!"

班马成利:"看来程教练刚刚说的是真的!"

闹日:"程教练可是中超球员! 他说的话还会有假?!"

班马成利疑惑:"程教练,是中超球员?"

闹日:"对啊,你那天欢迎仪式没听吗? 都有介绍的!"

班马成利正要解释:"我……那天……"

乐杰从藏袍里掏出手机:"网上肯定有程教练的经典动作,

跟着学两招,选拔时说不定有用。"

大家围过来。

39. 酒店房间　日　内

程风打电话订机票。电话中说从果洛飞往上海的航班,每周只有一趟。

程风拿着手机通话:"什么?没有直飞航班?"

电话声(OS):"不好意思,程先生。因高原气候多变,从玛沁机场只有到西宁机场的航班,飞往上海必须前往西宁转机。"

程风抱怨:"真是够麻烦的!"

40. 操场　黄昏　外

乐杰脱下藏袍,大声喊道:"来来来,新学了一招,香蕉球!"乐杰指了指闹日、扎克等人:"你们几个,并排站在这里。"

闹日、扎克等人站在球门左前方。

乐杰:"好,好,你站在这儿,别动了。"

班马成利站在旁边,目不转睛。

足球在乐杰脚下,乐杰骄傲:"见证奇迹的时刻!"

所有人屏住呼吸,乐杰俯身,一出脚,即刻停下。

乐杰:"等等,我忘记要领了。"翻找手机。

闹日喊道:"支撑脚,与球的位置不可太远也不可太近。脚面内侧偏上方,接触球的右后下方。"

乐杰给了闹日一个"赞"的手势,默念,跟着动作要领,一脚踢出去,球飞向了球场外。

所有人扶额叹气。

班马成利:"我来试试。"

央金老师突然来了:"各位,程教练刚刚来电话了,说选拔延期举行。大家不用等了,该回家的都回家吧!"

大家很失望:"啊……"

央金老师转身准备离去,班马成利喊道:"等等!"

班马成利不敢看央金老师,朝着闹日喊:"喂,你们几个,排好队形,我还没踢呢!"

班马成利用余光瞥见央金老师注视着自己(OS):"央金老师在看着我!我一定要进这个香蕉球!"

班马成利脚一挥,球真的绕过了前方队形,呈弧形状,飞向球门。

大家期待着,结果球撞在了球门上,没进。

大家再次叹息:"哎……就差一点点。"

班马成利瞥了一眼央金老师,央金老师向班马成利竖了一个大拇指。

班马成利的视线故意躲避央金老师,等他再望向球场边时,央金老师的背影已经远离。

最后,大家各自背着书包,纷纷回家。

41. 班马成利家附近路边大型花盆　黄昏　外

班马成利背着书包,小碎步跑起来,像是脚下有个无形的足球。

班马成利将头伸进大型花盆,发现球不见了。

他慌忙地在花盆周围寻找,发现还是没有,急得哭了。

班马成利起身,环顾四周,感到十分无助,不知道往哪边去寻找。

42. 街道小餐馆门口　黄昏　外

班马成利沿着马路寻找,路过一家餐馆,看见里面坐着程风,程风喝得酩酊大醉。

程风:"老板,再来一瓶。"

老板:"不是我不让您喝,是您不能再喝了。"

班马成利踌躇,一把抓住迎面走过来的人:"您刚刚过来时,有没有看到路上有个足球?"

那人摇摇头。

班马成利的脚步在前后犹豫。

老板:"先生,我看您是来旅游的吧? 您这样喝酒会有危险的。"

班马成利一捏拳头,最终踏进餐馆,一只手搭在程风手上,阻止程风继续喝酒。

程风抬头看见班马成利,怒:"走开!"

老板对班马成利:"娃娃,这人你认识?"

班马成利点点头。

老板:"那就好。你快把他弄走吧,到时候万一在我店里出事也不好。"

程风耍酒疯,一把推开班马成利:"我不认识他! 给我酒!"

班马成利被推开数米。班马成利再次上前。

程风怒,站起来,指着班马成利:"你不要总像个臭苍蝇一样在我旁边嗡嗡嗡,行不行?!"

程风脚步不稳,直打晃儿。

43. 医院走廊　夜　内

央金老师和校长急匆匆赶来,班马成利和医生站在旁边。

44. 病房　夜　内

程风躺在病床上,插着氧气管。

校长着急问医生:"怎么回事?"

医生解释说:"没事,主要是醉酒,再加上高原反应,才导致了暂时性晕厥,休息一下就好了。"

程风刚刚睁开眼,正好看见医生在夸奖班马成利。

医生抚摸着班马成利的头,对校长说:"多亏这娃娃,要不是他在餐馆及时阻止,后果不堪设想啊!"

程风和班马成利对视,班马成利的视线躲闪。

央金一手搭在班马成利肩上:"快回家吧,挺晚了,省得母亲又担心了。"

班马成利点点低着的头,没有看一眼程风,转身离开。

45. 操场　日　外

操场上,大家都在三五成群地踢球玩。

央金老师喊道:"大家集合了!"

同学们迅速聚拢。

央金老师宣布:"校足球队组建的事情又要延期了。昨晚教练出了点意外。"

同学们很失望,一片哀叹声:"啊……"

唯有班马成利没有作声,但也闷闷不乐。

突然,程风出现。

程风的声音:"谁说要延期了?!"

程风没有拄拐棍,一瘸一拐地走到操场边。

同学们喜出望外,班马成利抬头看了看程风,又垂下了头,并不开心。

程风:"给你们的时间不多,大家听我安排,按照秩序进行。"

程风望向央金老师:"这位女老师,您能否做一下我的助理,跟在我旁边记录?"

央金老师做出 OK 的手势。

程风顺口："OK！Everybody，let's do it！"

同学们面面相觑。

央金老师用藏语解释："就是'我们开始吧'的意思。"

程风愣，也听不懂。

同学们笑了。

音乐蒙太奇。

班马成利看见程风用五个书包摆成了一个"W"形，一边讲解，一边带球绕桩，做完示范后气喘吁吁。

同学们开始接二连三地模仿程风，带球绕桩。

程风手里拿着秒表，眼睛盯着队员的脚，观察他们碰球的次数和脚上带球的部位，以此判断他们的节奏和控球能力。有的队员一脚带出去，球直接跑远了，有的队员则能很好地控制球的方向，速度也很快。

程风掐秒表，央金记录每一位队员的时间和评语。

班马成利马上要上场，但看起来好像有心事。

轮到班马成利绕桩测试，班马成利的表现并不理想，时间竟然也花了 20 秒，其他很多队员都只需要 14 秒。程风摇摇头，央金很吃惊，嘀咕着班马成利究竟怎么了。程风听见。

接着，程风将四个书包摆成矩形，长八米，宽三米。

程风再次示范讲解，告诉大家接到球后要选择方向，并带球穿过对方的门，时间一共 30 秒，看能跑几次。

班马成利从脖子里掏出护身符，亲吻祈福。

程风看见很多队员左边带球比较吃力，但是班马成利这次用左脚带球绕桩并射门的动作让程风内心一颤。

再接着,在一对一的对抗测试中,班马成利的进攻能力和防守能力都得到了很好的反映。

最后,在短时间比赛中,班马成利高空接球,由于所有人没有回防,他用头接住球,将球踢出边界线。

无论是身体协调,还是技能展现,或者局势判断,班马成利都让程风刮目相看。

测试完毕,班马成利看见程风和央金老师在远处商讨定夺,其他队员都在等待选拔结果。

班马成利掏出护身符,嘴里念念有词,不断地念经祈求。

因为昨天晚上在小餐馆受到程风的指责,班马成利很担心自己会落选。

闪回。

程风将内心的不满全部宣泄而出,责骂班马成利:"你不要总像个臭苍蝇一样在我旁边嗡嗡嗡,行不行?!……就你这副穷酸样还想踢球,心里没点数吗?!台下好好坐着不说话能憋屈死你啊?!就你话多,一句话就把我给弄在这儿了!"

班马成利有点蒙,傻傻地站着,一句话也不说。

随后,程风晕倒。

闪回结束。

央金老师:"大家集合,宣布结果。"

同学们再次迅速聚拢。

央金老师按照花名册点名:"才让闹旦、乐杰、扎克……"

班马成利垂着头,程风远远看着班马成利。

直到最后,央金老师:"班马成利!"

班马成利终于听到了自己的名字,抬头。

央金老师:"其他没选上的同学不要灰心丧气,你们没选上并不代表你们不优秀,只是选拔的标准不适合你。接下来,球队有很多地方仍然需要大家……"

没选上的孩子们唉声叹气,闹日哭了,哭得很伤心。

程风:"好了,今天就先到这里,解散吧!"

央金惊:"就……解散?"

程风:"你没看到有一部分人需要舒缓情绪吗? 足球的残酷才刚刚开始,明天开始训练。"

程风懒洋洋地离开。

46. 街道边　黄昏　外

班马成利跟踪程风,看见程风在问路边摊的藏民。

程风:"这附近有没有酒吧?"

藏民们都摇摇头。

程风语速放慢,解释:"听不懂? 还是……不懂?"

藏民们还是摇摇头。

程风只好耸耸肩,离开。

一个路口,程风从墙角蹿出,吓坏班马成利。

程风惊:"原来是你!"

班马成利低着头。

程风逼问:"干吗跟踪我?"

班马成利不知道怎么回答,只好摇摇头。

程风:"算了,算了,问出来也没啥意义。"

程风顿了顿:"哎,你们这儿哪里有酒吧?"

班马成利还是低着头,因为听不懂,所以摇摇头。

程风忍不住发牢骚:"你们这里的人只会摇头吗？你不会说话吗?"

班马成利抬头,与程风对视。班马成利跑开。

47. 草甸　黄昏　外

班马成利找到乐杰一伙人。

班马成利问大家:"你们知道什么是酒吧吗?"

大家摇头,纷纷回答:"不知道。"

扎克:"要是闹日在就好了,他的脑袋比网络还好用!"

乐杰:"查一下不就知道了?"

乐杰掏出手机,在搜索栏上打出"酒吧"二字。

一群人围着一部手机看。

乐杰念道:"酒吧,是指提供啤酒、葡萄酒、洋酒、鸡尾酒等酒精类饮料的消费场所。多指娱乐休闲类的酒吧,提供现场的乐队或歌手、专业舞蹈团队表演……"

才让闹旦:"这边有图片。"

班马成利:"让我看看。"

48. 操场　日　外

一清早,孩子们在操场等待教练程风,结果,程风并未出现。闹日趴在足球场边。

央金担心程风:"怎么回事?!"央金来回踱步,再看看手表:"不好!"突然急忙跑开。

同学们面面相觑。

49. 酒店走廊　日　外

央金大步向前,身后跟着酒店服务员。

服务员用公卡,打开程风的房门。

程风正洗完澡出来,吓得央金"啊"地叫出了一声。

程风赶忙裹上浴巾喊道:"我去,你有什么好叫的?! 受伤的是我!"

央金脸还是朝外:"我哪知道都这个点了你还在洗澡! 万一你跟上次一样,又高反晕倒了呢?"

程风:"大姐,我有这么脆弱吗?"

央金:"简直无法忍受。"

程风:"谁没有点小癖好呢! 早上洗澡还不允许了?!"

央金:"你快点儿!"

程风:"知道了!"

50. 操场　日　外

程风的腿脚明显好转。

闹日喊道:"教练来了!"

央金见程风走过来,尴尬地低着头,找借口离开:"反正你也来了,学生们交给你了!"

同学们对央金老师的反应疑惑不解。

等央金走后,程风:"女人真是难以理解!"

程风继续:"好了! 把你们交给我就对了! 今天我们开始热身训练。呃……"

程风环顾周围,操场上坑坑洼洼,球场边还趴着一个落选的小男孩,闹日。

程风:"不对,今天是第一天,按你们这里的风俗应该得去祈福一下,对吧?"

同学们点点头。

程风:"要么这样吧,我们去转山!"

577

乐杰:"现在?"

班马成利:"不太好吧……"

闹日喊道:"我可以一起吗?"

程风:"当然。"

51. 神山脚下草甸上　日　外

音乐蒙太奇。

大家玩得很融洽很开心。

扎克教程风骑马,一群人将马拉住,以便程风往马背上爬。

程风坐在马背上,惊恐万分。

扎克骑着马,在程风前面兜来兜去。

程风的马不听使唤,不肯往前迈步。

扎克只好骑上程风的马,带着程风一起走。

其他小伙伴们都骑着马,飞奔在草甸上。

草甸上,程风耍着各种炫酷的球技,孩子们齐上阵,都难以抢断他脚下的球。

程风略显吃力,班马成利一个加速绕过程风,截断了程风的球。

大家鼓掌欢呼。

52. 班马成利家门口　日　外

程风跟踪班马成利,来到他的家。

程风躲在远处,窥探班马成利的生活。

程风看见班马成利到家后,就去帮母亲提水洗车。

程风听不懂他们的对话。(以下对话都是藏语)

班马成利的母亲:"你又去踢足球了?!"

班马成利:"没有!"

班马成利的母亲:"那衣服上面这么脏?!"

班马成利:"在学校大扫除弄脏了。"

班马成利的母亲唠叨:"足球不是个好东西,你要好好学习,以后要当老师或者医生才行。"

班马成利辛苦地帮母亲洗车赚钱。

程风窥见班马成利将赚来的钱,一部分放进了铁盒子,一部分塞进了自己的裤兜。

程风突然出现,吓得班马成利不知所措。

程风:"呃······您好。"

班马成利的母亲抬头。

班马成利生怕程风将自己踢足球的事情抖落出来。

程风似乎看懂了班马成利的眼神。

程风:"请问,这附近哪里有厕所?"

班马成利吓出一身汗。

53. 屋外的厕所门口　黄昏　外

程风将足球还给班马成利:"还给你!"

班马成利很吃惊。

程风:"不是我捡到的! 我只能说我很讨厌你,所以偷走了你的足球。"

班马成利:"那为什么又要还给我?"

程风:"因为我觉得你也没有那么讨厌。不过,我希望你能把你刚刚偷藏的钱还给你母亲。"

班马成利:"车是我洗的,我只不过留下一小部分。我有其他用途。"

程风:"好吧,你有你的计划。另外,这是你的笔记本,顺便跟你说声谢谢。"

班马成利接过笔记本。

班马成利:"所以,我的秘密你都知道了?"

程风:"不感兴趣。"

班马成利吐露心扉:"这个足球是我父亲在我小的时候,送给我的礼物。后来他就离家出走了,母亲讨厌足球,觉得是足球骗走了父亲。所以,她把关于父亲的一切都扔了,包括它。我把它捡回来,却不敢带回家,只好藏在那里。你应该知道的。"

程风装作漠不关心,敷衍:"嗯,故事很煽情。"

班马成利:"大人的世界,我不懂。可我觉得足球是无辜的,为什么大人吵架总是把所有的责任和不满都怪罪在足球上? 可足球从来就没有解释的机会。"

黄昏下,程风只是摸了摸班马成利的头。程风的内心在一点点被融化。

54. 办公室　黄昏　内

语数外老师纷纷来到央金办公室。

语文老师:"央金老师,你们足球队是怎么回事? 今天一整天不见他们几个来上课!"

央金老师"蹭"地从座位上站起来。

央金老师:"什么!"

55. 酒店　夜　内

程风的门再次被踢开,程风刚好又洗完澡。

程风裹着浴巾:"大姐!"

央金一把将程风推倒。

央金:"你白天带孩子们上哪儿去了?"

程风裹着被子,躲在床角,慵懒:"热身训练啊,体验生活啊。"

央金："你拉着孩子们玩，就一点愧疚感都没有吗？"

程风："我很认真的，公益活动嘛，不就是和孩子们互动互动，体验体验生活吗？我觉得我做得很到位的！"

央金："够了！你就只知道公益互动、公益活动！你来这里就是一场交易吧！"

程风爽快："对！"

央金："我不知道你经历过什么，竟然可以如此不要脸。但是我希望你既然选择了公益，那么就设身处地地为这帮孩子着想，不要整天做着你们那些虚情假意的套路。"

程风："我虚情假意？"

央金对程风失望，句句戳中程风的软肋，一口气爆发："要我说得直接一点吗？你来高原做公益，不就是为了提升自己的影响力吗？别以为我不知道，那天我就听见你定了明天的机票。既然你要走！既然你不训练孩子们，那你也别像个搅屎棍一样，影响孩子们的文化课学习啊！你知道足球队对这些孩子意味着什么吗？这是他们闯出去的路！踢好足球，他们才有机会走出这里！你来了才几天，就受不了这里的环境，那孩子们呢？他们凭什么一辈子就应该待在这里！你知不知道，西宁一战，将决定他们有没有资格进入全国比赛？还有，不要以为他们没了你就走不出去，我照样可以训练他们，照样可以带他们踢出去！"

程风头发乱糟糟，随手拿了瓶酒喝了两口："你说完了？"

程风又灌了几口酒，慢条斯理，好像压着一股火："是的，我承认，我来做公益，就是一场交易。我定了明天的机票，但我今天就要走。球队给他们组建好了，可我打心眼里就没想过要训练这帮孩子，知道为什么吗？"

央金瞪着眼睛看着程风。

程风情绪逐渐递增："你以为这里的孩子现在苦练就能超越那些从小就经过专业训练的孩子吗？你以为那些上海的孩子，十年都是白训练的吗？你有了解你的这帮孩子长大后究竟想做什么吗？他们真的热爱足球吗？兴趣和职业不一样，兴趣是人生信念，职业只是赚钱的工具，当兴趣变成职业的时候，那就意味着，他又失去了一个人生信念！这一点你都不懂，你就口口声声说踢球可以改变孩子们的命运。那么，你又当过球员吗？你面前就站着一个活生生的中超职业球员，他现在在哪儿？他为什么不在球场上比赛？你知道球员的生活是什么样的吗？你有问过你面前的这个职业球员，他过得好吗?! 连这些你都不知道，你凭什么义正词严地叫嚣，而孩子们的命运又凭什么任由你去安排?! 你可以庇护的是他们的身体，而不是他们的灵魂！因为他们的灵魂属于明天，属于你连做梦也无法到达的明天！所以请不要站在道德制高点对我评头论足！因为你根本不懂，当一个人被作为商品明码标价，卖来卖去，过了保质期还被嫌弃是一种什么样的体验！"

56. 街道　夜　外

程风冲出房间，班马成利站在门口。

57. 街道　夜　外

程风在路边叫了一辆三轮车，驶向机场。

闪回。

程风拿着手机通话："什么？没有直飞航班？"

电话声（OS）："不好意思，程先生。因高原气候多变，从玛沁机场只有到西宁机场的航班，飞往上海必须前往西宁转机。"

程风抱怨："真是够麻烦的！那你给我先订一张吧。"

闪回结束。

程风并不知道,此时,班马成利骑着马在后面跟着。

58. 机场门口外　夜　外

班马成利看着程风进了机场。天空顿时下起了雪。

班马成利知道这次是留不住教练了。

59. 值机台前　夜　内

程风惊:"什么? 下雪飞机就不开了? 什么破地方!"

工作人员不卑不亢,面带微笑:"先生,如果您有重要的事情,可以尝试去长途客运站,乘坐至西宁的大巴,西宁机场的航班比这里要多。"

60. 机场门口　日　外

程风拦了辆藏民的摩托车:"去巴士站。"

程风坐上摩托车后座。

摩托车驶离机场。

61. 巴士站　日　内

程风在巴士站柜台前:"什么?! 路也能被封? 那什么时候能通行?"

巴士站前台大妈:"你问我,我问谁啊?"

程风:"那之前遇到这种情况,一般是多久通行? 是当天还是隔天?"

巴士站前台大妈:"不好说,起码两三天吧。"

程风:"两三天? 你开玩笑吧,你们这里的人就不出行了?"

巴士站前台大妈不屑:"骑马啊。"

程风疯癫苦笑。

62. 机场外　夜　外

程风冒着大雪,徒步前进,与停在街边的私家车司机商量。

程风猫着腰:"师傅,包车多少钱?"

师傅:"上哪儿?"

程风:"西宁!"

师傅:"去西宁啊……这两天突降大雪,车开不出去啊!"

程风:"我给您双倍的钱。"

师傅:"这不是钱的问题。"

班马成利看见程风被拒绝。程风一瘸一拐的背影消失在雨雪交加的深夜。

63. 公路　夜　外

公路两边的草甸上,一群孩子冒着雪,还在快乐地踢球。

一个球滚到程风面前,程风将球踢向黑暗处。

程风远离县城,远离了灯光,前方一片黑暗。

这一路,程风一直在回想自己从小一路走来的不易,那种台上十分钟、台下十年功的画面历历在目。

闪回画面 1。

小程风在家里画画,被父亲拉着一起看球赛。小程风陪着球迷父亲,很专注。

闪回画面 2。

生日时,父亲给小程风送了一套球衣和一个足球,小程风很开心地亲吻老爸。小程风画了一幅画送给父亲,画上是自己穿着球服,牵着父亲母亲的情景。

闪回画面 3。

程风小时候，其他小朋友吃雪糕，自己只能默默地羡慕，因为要训练，不能乱吃东西。小程风被父亲带进训练场，还远远地回头望了一下那群吃雪糕的小朋友。

闪回画面 4。

小时候，程风在训练场上做着枯燥乏味的基础训练。看着自己训练时受的伤，再看看观众台上一直陪伴自己的父亲，小程风笑得很无奈。跑道上，程风一圈一圈地跑步，慢慢长大。

闪回画面 5。

高中时。程风骑着单车，与自己心爱的女孩擦肩而过。程风停下车，回头看看。看到在下个路口，有另一个男孩在等着自己心爱的女孩。而自己，只能默默地骑着单车，驶向足球场。地上，有一幅素描画，画上是骑车女孩。

闪回画面 6。

程风成为职业球员后，每天面对的是更残酷的体能、技能训练。他到各个地方踢球。赛场上，他卖力地奔跑，即使前方有障碍，也必须越过去。过人时，他被对方球员故意绊倒，摔倒在地，随之而来的是撕心裂肺的疼痛，痛到打滚。

闪回画面 7。

程风在后台一瘸一拐，忍痛也要站着上讲台，参加新闻发布会或者各种活动。无数的闪光灯让他睁不开眼睛，下舞台后，腿实在疼得不行，程风瘫坐在地上。

闪回画面 8。

在程风最后一次比赛中场休息时，俱乐部经理将程风叫到浴室，把淋浴头打开。

经理要程风踢假球，程风不同意。

经理："别以为你在球场上就能主宰一切，在一切资本眼里，你们球员只不过是个赚钱的工具。没钱，踢什么球？……"

闪回画面 9。

程风看见远处，经理在跟教练交流着什么。

教练走过来，与裁判沟通。

裁判对程风："你还行吗？ 如果不行，我们得考虑换人。"

程风望向远处的经理，经理似乎有心思，故意将视线撇开。

俱乐部经理见程风站起来，似乎有点震惊。程风给了经理一个挑衅的眼神。

程风被判点球。程风狡黠一笑。

程风艰难地迈出第一步和第二步，第三步实在太疼，难以站立，倒地。

闪回结束。

前方一片黑暗，程风踟蹰不前，蹲下哭泣。他不愿向现实低头，再次起身，行走在黑暗的边缘。公路两边是没有护栏的陡坡，程风根本看不见脚下的路，一不小心，坠入坡下，突然一阵耳鸣。

一片片雪花落在程风脸上，唤醒了昏迷的他。

程风远远看见灯光闪烁，这光亮越来越近，可他动弹不得。

不多时，一束光在程风脸上晃来晃去。程风睁开眼，周围的声音逐渐变得清晰。

程风抬头，用手挡住刺眼的光亮。

程风听见孩子们在叫喊："哎！ 找到啦！ 程教练，这里，这里，我们下来了。"

班马成利将手电筒别在腰间："你们在上面，我下去。"

班马成利从马鞍上取下粗绳："这坡有点抖，一会儿，我晃一晃灯，你们就往上拉绳子。"

乐杰："你行吗？"

班马成利推开乐杰，小心翼翼地滑下山坡。

班马成利来到程风身边,扶程风站起来。程风的脚踝受了伤。

班马成利将绳子系在程风腰间:"能行吗?"

程风说不上话,点点头。

班马成利晃动手电筒。

上面的孩子拉动绳子,程风靠另一只脚沿着坡缓慢爬行。班马成利徒手在旁边攀爬。

爬到一半时,程风已经耗尽力气。班马成利晃动手电筒。

上面的孩子使出所有的劲,齐心协力地拉。

班马成利在后面推着程风,就这样,程风被一步步拉了上来,孩子们欢呼。

程风和孩子们都瘫在公路上。

班马成利骑着马,程风坐在班马成利背后,想起了班马成利说足球没有错,可大人总是要把责任全部怪到足球身上。

64. 医院　日　内

蒙太奇。

医院病房里,程风躺在病床上。

央金低头道歉,并悉心照顾程风。

孩子们三三两两地过来看望程风,他们围在程风周围。

闹日献殷勤,给程风削苹果,双手合于胸前,祈求程风再给他一次机会。

程风摇摇头。闹日很失望,回到孩子们中间,大家安慰他。

孩子们嬉闹,引来护士的阻止。

孩子们向护士点头,表示不好意思,并与程风一一道别,去上课。

央金站在病床一边,看见吊瓶里的药水快没了,伸手去够药瓶。

程风坐起来，将药瓶取下来，一时间，两人第一次离得这么近，有些尴尬……

65. 操场酒吧角落　夜　外

一首《追梦赤子心》响起："充满鲜花的世界到底在哪里/如果它真的存在那么我一定会去/我想在那里最高的山峰矗立/不在乎它是不是悬崖峭壁/用力活着用力爱哪怕肝脑涂地/不求任何人满意只要对得起自己/关于理想我从来没选择放弃/即使在灰头土脸的日子里/也许我没有天分/但我有梦的天真/我将会去证明用我的一生/也许我手比脚笨/但我愿不停探寻/付出所有的青春不留遗憾/向前跑/迎着冷眼和嘲笑/生命的广阔不历经磨难怎能感到/命运它无法让我们跪地求饶/就算鲜血洒满了怀抱/继续跑/带着赤子的骄傲/生命的闪耀不坚持到底怎能看到/与其苟延残喘不如纵情燃烧吧/有一天会再发芽/未来迷人绚烂总在向我召唤/哪怕只有痛苦作伴也要勇往直前/我想在那里最蓝的大海扬帆/绝不管自己能不能回还/失败后郁郁寡欢/那是懦夫的表现/只要一息尚存请握紧双拳/在天色破晓之前/我们要更加勇敢/等待日出时最耀眼的瞬间/向前跑/迎着冷眼和嘲笑/生命的广阔不历经磨难怎能感到/命运它无法让我们跪地求饶/就算鲜血洒满了怀抱/继续跑/带着赤子的骄傲/生命的闪耀不坚持到底怎能看到/与其苟延残喘不如纵情燃烧吧/为了心中的美好/不妥协直到变老。"

操场一角，霓虹灯亮起，孩子们将再次挂着拐棍的程风带到操场。

霓虹灯下，桌上搁着啤酒、烤肉、零食……原来，这就是孩子们送给程风的酒吧。更惊艳的是，央金老师一袭性感礼服，闪亮出现。

　　大家玩着将球踢进竹编垃圾桶的游戏。

　　班马成利上肢倾斜,击球刹那,脚背绷直,用脚背正面击球的后中部;击球后,摆动腿随惯性自然前送。

　　闹日感叹:"哇,侧身凌空抽射!"

　　然而,球没进。

　　程风喊道:"两臂也自然前后摆动,以维持身体平衡。"

　　班马成利又试了一次,球成功地射进了。

　　现场一片欢歌笑语。

　　程风对央金:"班马成利是个很特别的孩子。"

　　央金:"他是一个心思细腻的孩子。可能跟家庭的原因有关,他比同龄的孩子要成熟许多。"

　　程风:"他的父亲真的是因为足球才离家出走的?"

　　央金:"可以这么说吧。"

　　程风:"为什么不回来呢?"

　　央金:"死了。"

　　程风震惊。

　　央金继续:"因为梦想。"

　　程风望了望身后的孩子们,他们玩得很开心,班马成利也很开心。

　　央金:"每个人都有追梦的权利,即使再贫穷。"

　　央金喝了口酒:"班马成利的父亲是个爱足球的扎西。听说那一年班马成利的父亲留下纸条,是要出去看一场真正的球赛,结果下高原的时候,遇到了山体滑坡,遗体至今不知下落。班马成利的母亲和奶奶接受不了这个事实,也不愿意去承认这个事实。"

　　程风:"所以,班马成利不知道他父亲已经遇难的事情吗?"

央金：“这就是他与众不同的地方，你不知道他知不知道，你从他的眼睛里也从来看不出他对足球的憎恨。”

程风：“我看他们家的经济来源就是洗车？”

央金：“他爸爸出事时，他们刚搬到镇上不久。据说是为了班马成利日后的学习，才卖掉了畜牲和牧场。足球在班马成利家里是不能提的，他的母亲只期盼他有朝一日做医生或者教师。”

程风：“为什么非得是医生或者教师？”

央金：“你觉得在这个三江源头，没有任何企业，除了教师和医生，还能有其他更好的机会吗？这些年还好，通了公路，之前……也就是他爸爸出事那几年，你不知道一个藏民要下高原是件多么难的事情。”

程风沉默了。

央金又喝了一口酒：“所以……再穷，也不能剥夺他们奔跑的权利，不是吗？”

央金和程风望着孩子们快乐地踢球。

66. 操场　日　外

西宁比赛日趋临近，程风拄着拐杖出现在操场，操场边围满了落选的同学，他们都真心热爱足球。

程风的第一个动作是跪下，亲吻球场。

程风：“你们要热爱球场，热爱这片草地。即使以后遇到再大的困难，也永远不要忘记在这片草地上的快乐。”

大家跟着程风做亲吻草地的动作。

程风：“一队之长，是队伍的灵魂和核心，不是选出来的，是比出来的。光会跑，是没用的。接下来，谁能给我们队取出一个响亮的球队名字，就能成为队长。”

孩子们面面相觑。

乐杰抢答:"蛟龙战队。"

程风:"嗯,可以。还有没有?"

没人说话。

程风继续:"还有没有,没有的话,我们就全票通过了。"

突然,班马成利:"阿尼玛卿战队。"

所有人惊,程风不太理解。

央金解释:"这个名字好啊,阿尼玛卿是我们的神山,以神山命名,神山一定会保佑我们顺利通过。"

程风:"哟!还有那么点异域特色,不错!"

乐杰有点不开心。

程风:"还有没有其他的想法?"

其他的孩子都摇头。

程风:"那行,那我们就定'阿尼玛卿战队'!今天是阿尼玛卿战队成立的第一天,我希望球队中的任何一员都以此为荣!第一届队长,班马成利!"

乐杰有点不开心。

程风:"有了队名,一个球队才算真正地成立。我们还有两天的训练时间,时间很紧迫,我们直入正题。你们习惯了无球场、无规矩踢球,从今天起,你们必须从最基本的对球场、规则的学习开始。"

闹日趴在球门边看着,央金站在程风旁边。

程风:"所以在今天训练之前,我们首先要学习理论知识,也就是足球的赛制规则,其中包括球场的介绍。下面,请大家面向球场,看一下。"

孩子们面向球场,程风继续讲解:"这是我用石灰粉画的一个边界线。从距每个球门柱内侧 16.5 米(18 码)处,画两条垂直于球门线的线,这些线伸向比赛场地内 16.5 米(18 码),与一条平行于球门线的线相连接。由这些线和球门线组成的区域范围是罚球区……"

央金坐在一边,看着程风一瘸一拐,很卖力地给孩子们系统地讲解球场。

央金不经意间和闹日眼神对视,央金挥了挥手,示意闹日跟着队伍去学习。

闹日很开心,跑向队伍,跟在后面听。

音乐蒙太奇。

他们走到一个位置介绍一个内容,其中包括门球区、发球区、角球区等。

程风:"了解完这些基本的规则后,我们开始体能和技术训练。"

画面:孩子们绕着操场跑步,进行绕桩带球、防守和攻击对抗等训练……

画面:孩子们的课程丝毫没有落下,只是体能训练太累,上课有打瞌睡的现象。

每次训练完,班马成利都会将上衣短袖脱下来,在学校洗手间将衣服上的足球印记洗掉,然后晾在教室的课桌上。

67. 班马成利家　黄昏　内

班马成利到家,母亲询问:"怎么这两天都这么晚放学?"

班马成利:"老师安排打扫卫生。"

班马成利进屋写作业。奶奶依旧坐在窗台边,转着她的转经筒。

68. 扎克家　日　内

丰盛的晚餐,一家人围坐。

扎克父亲用刀大块割牛肉:"多吃点。我们藏民体魄好,有神山庇护。这趟去西宁比赛可不能给我们老祖宗丢脸!"

69. 乐杰家　日　内

乐杰父亲在书房看书。

乐杰站在门口徘徊了好久。

父亲:"怎么? 有事儿? 见你站那儿有一会儿了。"

乐杰:"你跟教练说说,我想当队长。"

校长父亲合上书。

父亲语重心长:"乐杰,你本来就很优秀,这种事情还需要父亲去帮你争取吗? 更何况,男子汉要愿赌服输,班马成利能当队长,你内心其实还是服气的,对吗?"

乐杰羞愧地低下头。

父亲走向乐杰,抚摸着他的头:"队长只是一个职位,不代表权利和名次。而足球是一项集体运动,每个人都是螺丝钉,缺了谁都不行。当然,假如你有一天成为队长,父亲会替你高兴,但如果你和现在一样,只是普通的球员,父亲也还是替你感到骄傲。"

乐杰点点低着的头。

70. 闹日家　日　内

全家人都在吃饭,闹日跪在佛像前念经。

闹日父亲:"闹日,过来吃饭。"

闹日不予理会。

593

闹日母亲走过去："我们吃完饭再念好不好？"

闹日还是不理会。

挂在墙上的闹钟整点一响，闹日冲出家门。

闹日的父母很纳闷："这娃娃？！"

71. 操场　日　外

闹日跑到央金老师旁边。央金老师身边摆放着两个大纸盒子，里面是球服和球鞋。

队员们陆陆续续来到跟前。

央金老师："嘿，闹日来了。"

闹日："老师，我帮你发。"

央金："好，那你帮老师喊这个袋子上的名字。"

闹日伸手，拿到一件球服，袋子上写的是"扎克"。

闹日兴奋地喊道："扎克，你的！"

闹日递给扎克，央金在花名册上记下一笔。

扎克将钱交给央金老师。

扎克："谢谢老师。"

扎克领完，回到队伍中，大家围观他的队服。

闹日："班马成利！你的！"

班马成利从口袋里拿出皱巴巴的钱，递给老师，领过队服、鞋子。

突然，一阵雨袭来，大家都躲在遮阳棚下。

央金老师对程风："这可怎么办？要不改个时间？"

闹日："老师，你等等。"

闹日身手敏捷地爬上围栏，登高望向远方。

闹日："没事儿，老师，这雨也就下个五分钟！"

央金老师："快下来！小心点。"

闹日又敏捷地滑下来。

大家挤在遮阳棚下。班马成利看见闹日眼里流露出对大家的羡慕。

班马成利对程风："教练，闹日真有一个'数据库'大脑，存储了很多经典动作。不信的话，您可以现场考验。更何况闹日能准确地通过观察云层，测算出下雨的时间。"

程风看着手里的手表，雨停了，正好五分钟。

程风："不是我不同意，是这个游戏规则不同意。闹日体型太弱小，上场比赛如同丛林求生，从安全的角度考虑，我不能冒这么大的风险。"

程风哨声一吹。

蒙太奇。

孩子们围绕操场一圈一圈地跑。

反复练习颠球、带球、停球、射球的基本技能，以及二人一组的传接球和接球后即快速推进，接球后带球过人。

学习基本的护球和盯人战术，一对一、二对二的传接球比赛，单一的射门训练和接球后的射门训练，自抛球的七个动作，脚的内侧踢球、外侧踢球、底部踢球和背球、头球、胸球、腿球。

学习二人一组和三人一组在跑动中交叉传接球战术，练习下底传中和包抄战术。

孩子们从动作不协调，到做一做就很累，再到动作频率一致。

孩子们抓紧时间练习各种项目：原地跑，肩负杠铃；支撑交换腿跳，手持哑铃或肩负杠铃；直腿跳，肩负杠铃；半蹲跳，肩负杠铃；单足跳，手持哑铃做 25 米；双脚跳，跳箱或凳子；单足跳，跳箱或凳子。

当所有人都做趴下了,唯有班马成利还在保持匀速地做。

模拟赛场上,程风在旁边指挥呐喊,孩子们在赛场上相互配合。

程风再一声哨声:"赛前的最后训练就结束了,希望大家今晚能休息好,明天我们赛场再见!"

结束后,央金老师和程风并肩离开操场。

班马成利叫住程风:"教练!"

程风和央金同时回头。

班马成利吞吞吐吐,程风对央金:"央金老师,您先走,班马成利找我还有点事。"

操场上,班马成利和程风绕着圈散步。

程风:"你喜欢央金老师!"

班马成利低头笑。

程风:"哈哈,看来我猜对了。"

班马成利害羞地抬起头:"你怎么知道的?"

程风:"男人之间的眼神交流。"

班马成利不好意思地挠挠头:"好吧。"

程风:"找我有什么事?"

班马成利对程风:"哦,我是想问,从果洛去西宁要多久?我从未踏出过果洛,一天一个来回可以吗?"

程风:"单程 8 个小时的车程吧,怎么了?"

班马成利停下脚步:"我还没有跟母亲说去西宁比赛的事情。但我知道,如果她知道的话,肯定不会同意的。"

程风:"所以,你是希望一天能够结束?最晚几点到家,你母亲不会说你?"

班马成利:"倒也不是怕她说我,只是在不告诉她去向的情况下,太晚回家她肯定会担心的。"

程风盘算:"来回至少要 12 个小时,即便早上 6 点出发,也要中午 12 点才能到。比赛在下午 1 点,中间一点差池都不出的话,比赛结束时差不多是下午 3 点,就算立刻赶回来,也要晚上 9 点。要不……你尝试跟母亲沟通一下。"

班马成利:"那就晚上 9 点吧,还是不要让她不开心。"

程风:"或者我去跟她说?"

班马成利:"她不会普通话。这倒不是重点,重点是,只要关于足球,任何人劝都没有用。"

黄昏下,两个人的影子被拉长。

72. 班马成利家　夜　内

班马成利跪在地上。

班马成利母亲用鞭子抽打班马成利。

班马成利母亲:"是不是我今天不听见洗车的客人说你天天在学校踢球,你还会一直瞒着我?!"

班马成利忍着疼痛,不出声。

班马成利母亲继续鞭打班马成利,奶奶听见动静。

奶奶动弹不得,坐在窗边,急:"你别打孩子呀!"

班马成利母亲:"你不在学校好好念书,整天踢球! 每天晚归,还骗我说是打扫卫生! 你知不知道,我把牛羊全卖了,才来县里谋了一份洗车的活。踢球能有什么出息,你当了医生、老师,以后才有出息。足球抢走了你的父亲,你怎么也要步他后尘?!"

母亲边打边说边哭,瘫软在地。她并不知道,儿子还瞒着她明天的一场比赛。

夜里,班马成利躺在床上。回想自己那天在程风房间门口听到的话。原来这场西宁比赛,是他们唯一能踢进全国比赛的机会,球队里,除了两位老师,其他人都不知道,因为老师不想给孩子们压力。

闪回。

母亲在哀求班马成利。

面对勤苦劳作的母亲,班马成利内心纠结,不知如何选择。

73. 校门口　日　外

一清早,队员们陆续到学校门口大巴处集合,闹日也在。

央金老师点名,班马成利迟迟未出现。

央金:"班马成利呢? 怎么还没到?"

程风看看手表:"再等等。"

班马成利狂奔,出现在街角。

班马成利:"不好意思,我来晚了,走走走。"

大家上车。

车开远了,闹日目送伙伴们。

74. 大巴上　日　外

车里,程风担心地望了一眼班马成利,班马成利给了程风一个肯定的眼神。两人心照不宣。

孩子们在车里一边吐,一边坚持集体念经。

这是孩子们第一次下高原,长途车的颠簸让他们的身体受到了极大的考验。

75. 公路边的玛尼堆　日　外

程风也没忍住,最后也吐了。

藏民们出行前,都会围着玛尼堆祭祀,撒风马,祈福好运。

孩子们在央金老师的带领下,一一做完。

大巴在风马飘摇中远去。

76. 西宁赛场上　日　外

一声哨响。

战况激烈,比分你追我赶。

双方教练根据现场,不停地调整战术。

时间开始进入倒计时,阿尼玛卿战队以一球之差落后。

这时,班马成利开始着急,班马成利不停地回想央金老师对程风说的那句话:"这是他们唯一走向全国的机会!"

班马成利见比分牌落后一分,看着倒计时,开始不听程风指挥,像一只失去理智的猎豹,独自带球过人,球技确实让现场所有人叹为观止。

乐杰和队友不断变化阵型,冲着班马成利大喊:"传球!"

班马成利慌张,不敢将球传出去,他害怕失去这次机会,他唯独相信自己能力挽狂澜。

而事与愿违,眼看球已经进入禁区,就在班马成利几乎临门一脚之时,球被对方夹击抢断,最后的营救时间被耽误,比赛结束的哨声吹响。

孩子们叹息,班马成利此时跪地痛哭,无人知晓他内心的痛苦。

77. 更衣室　夜　内

程风满腔怒火无处可发,一脚踢向衣柜箱。

程风脚一阵剧痛,咬着牙大骂班马成利:"你知不知道! 因为你的自私! 因为你的自大! 你的伙伴失去了踢向全国的唯一机会!"

这时,所有孩子才知道这个秘密。

乐杰很生气,走到班马成利身前,一手推开:"可惜了我如此信任你!"

央金老师不知所措。

78. 大巴车上　夜　外

大家返程一路沉默,车里很安静。

车上,程风接到俱乐部经理的电话。

经理大声(OS):"这次西宁比赛的活动反响很好。机票已经帮你订好,明日即可返程。下周你将会有场比赛,我还是很信守承诺的吧!"

程风很低落:"嗯,知道了。"

经理大声(OS):"怎么? 还不满意? 这不是你想要的吗?"

程风:"嗯,没事我先挂了。"

经理大声(OS):"听说你们球队有个不错的小伙子,虽然最后一个球输了,但是可以看出这个小子很有潜力啊。如果你能促成俱乐部签下他,钱方面,俱乐部不会亏待你的。"

程风怒怼:"除了钱,你他妈还有没有点人情味啊!?"挂断电话。

程风挂了电话,一言不发。车里一片寂静,寂静到似乎刚刚的对话,车里的孩子都能听得见。

79. 学校　日　内

一切恢复平静,期末考试临近,学校取缔了一切体育活动。校园里只有读书声和老师上课的声音。

读书声(OS):"老夫聊发少年狂,左牵黄,右擎苍,锦帽貂裘,千骑卷平冈。为报倾城随太守,亲射虎,看孙郎。酒酣胸胆尚开张,鬓微霜,又何妨! 持节云中,何日遣冯唐? 会挽雕弓如满月,西北望,射天狼。"

程风在教室门口犹豫,最后还是进了教室,将班马成利叫了出来。

80. 球场　日　外

程风问班马成利:"你想不想去上海踢球?"

班马成利蒙,抬头。

程风坦白:"昨天回来的路上,俱乐部经理给我打来电话,邀请你去上海参加职业培训,成为职业球员。去不去,你自己决定。"

班马成利第一次离职业球员这么近,这似乎是他梦寐以求的。

片刻沉寂。

班马成利开口了:"我知道如果我成为职业球员,或许能改善家里的生活条件,或许母亲不用再终日洗车,或许我们一家可以住上好一点的房子……曾经我无数次幻想过要成为职业球员,但是即便成为职业球员的你,快乐吗?"

班马成利的话正好打在程风的心坎上,程风不作声。

班马成利继续:"就像教练您第一天教我们的那样,热爱这片土地。您做到了吗? 那天在您房间门口我不小心听见了您和央金老师的对话,正是因为那天,我知道了西宁比赛的秘密,我害怕失去。也正是因为那天,我才知道原来职业足球是那么的残酷,一切并不如我想的那般美好。所以,如果有一天,我会因为成为职业球员,而对脚下踩着的这个足球深恶痛绝时,我宁可放弃。"

这番对话,深深触动了程风。

班马成利和程风默不作声地在球场上站了很久很久。

81. 机场　日　外

班马成利远远地目送程风进入机场,其他伙伴簇拥在程风周围。

程风转身,用眼神与班马成利交流。

82. 其他人的家　日　内

所有人开始了自己并不喜欢的生活。

扎克帮着农场的父母劳作。

乐杰戴着耳机在家学英语。

闹日陪着母亲看电视剧。

才让闹旦做着数学题。

……

83. 班马成利家　日　内

全村人聚在班马成利家门口,和尚高诵经文并各执其乐器,如唢呐、锣、钵等,诵经奏乐同时进行,气氛庄严、悲哀。

班马成利和母亲布施糖果之类的东西。原来班马成利的奶奶因为年迈,安详离世了。

仪式结束,班马成利母亲跪求上师:"还有一事请求,老人临终前放心不下孙子,希望有朝一日孙子能入寺庙做和尚。恳请上师收留。"

84. 寺庙　日　内

班马成利开始终日学习藏文与经文。

走在路上,别的小孩踢球,即便球传到班马成利脚边,班马成利也不去理会。

此时正是进入寺庙之前的考核期,班马成利还不需要剃发和穿袈裟。

85. 赛场上　日　外

程风回到赛场,漫不经心地踢球,让人很是失望。

86. 寺庙　日　内

班马成利看着很多和他同岁的小沙弥,他们穿着红色袈裟,三三两两。班马成利想他的朋友们了,他想起很多与程风和伙伴们开心的场景,想起和他们一起骑马、一起踢球……

依止师对班马成利印象深刻,手里握着班马成利的稿卷,连连点头。

依止师抬头看看班马成利,和悦一笑。

87. 班马成利家里　日　内

班马成利母亲在整理班马成利的床,摸到了班马成利藏在床垫下面的本子。

班马成利母亲翻看,上面写着:“总有一天,我会让母亲知道,父亲不是因为足球才离开的我们。因为,足球是无辜的。我爱足球,但我不会离开你。”

班马成利母亲看不懂汉字,合上了笔记本。

88. 寺庙门口接待处　日　内

班马成利的母亲将班马成利的一些私人物品送至寺庙,其中就有笔记本。

班马成利的母亲将本子递给依止师:“请问上师,这写的是什么意思?"

89. 训练场上　日　外

程风正在锻炼,歌曲《追梦赤子心》响起:"充满鲜花的世界到底在哪里……"

程风想起了孩子们。他突然想起自己那次喝醉酒,指着班马成利的鼻子骂以及班马成利两次救了自己,还想起了他们一次次制造的惊喜,无论是在生活中,还是在球场上……

90. 寺庙　日　内

班马成利夜以继日地抄写藏文。

闪回。

班马成利之前向依止师申请:"大师,我能否看一场重要的球赛? 我可以以抄写藏文为代价。"

依止师:"这场球赛对你这么重要?"

班马成利:"是的,因为这是我曾经的一位朋友职业生涯的最后一场比赛。我想他是希望我看见的。"

看着电视,班马成利为程风的每一个动作提心吊胆。班马成利对足球的执著,逃不过依止师的眼睛。

班马成利盯着程风最后的颠球机会,在最后一刻,程风跪下亲吻球场。班马成利想起程风当初的话:"你们要热爱球场,热爱这片草地。即使以后遇到再大的困难,也永远不要忘记在这片草地上的快乐。"

程风临门一脚,球进了,全场沸腾。在媒体镜头前,他坦然接受了结束自己的足球生涯:"中国足球需要新鲜的血液,在高原上的日子,我看到了这股血液在流淌。每个人都有追梦的权利,即使再贫穷;每个人也都有奔跑的权利,即使那里的空气再稀薄。"

依止师远远地观察着班马成利,面相和悦,不语。

傍晚,班马成利抄写藏文时,依止师走了过来。

依止师将班马成利的小笔记本递给班马成利:"你母亲送过来的。"

班马成利凝视笔记本。

91. 寺庙门口　日　外

班马成利从寺庙里冲了出来。

92. 班马成利家门口　日　内

班马成利突然回到家,让母亲很惊讶。

班马成利:"母亲,足球并没有错,我爱足球,但我不会离开你。"

闪回。

依止师:"佛法常说以仁恕居怀,恒将惠爱为念,若梦若觉,不忘慈心,乃至蠕动蚑飞,普皆覆护。如果你内心还放不下足球,那就应该去争取。"

93. 乐杰家门口　日　外

班马成利首先冲到乐杰家,门口的大藏獒凶猛地叫着。

乐杰出来,班马成利说了点什么,两人一起冲出家门。

94. 扎克家门口　日　外

班马成利和乐杰叫出扎克,三人说了点什么,扎克点点头,三人一起冲出家门。

......

95. 草甸上　日　外

就这样,队伍越来越大,最后所有人都到齐了。

班马成利翻开自己的笔记本,上面有张曾经从报纸上剪下来的全国青少年足球比赛的信息。

他们用乐杰的手机,给组委会打电话。

乐杰拨通了电话,将手机递给班马成利:"这是一种信任的传递,你永远是我们的队长。"

班马成利接过手机:"请问您这边是全国青少年足球比赛的组委会吗?"

电话声(OS):"嗯,是的。"

孩子们十分开心,乐杰伸手,做出"嘘"的动作。

班马成利:"我们是青海省果洛州玛沁县中学的学生,我们想参加比赛。我们能报名吗?"

96. 操场酒吧角落　夜　外

霓虹灯和音乐再次响起时,程风出现,大家心照不宣地聚到了一起。

程风拿出特殊的邀请函,得意地在手中晃动。

孩子们跑上前,簇拥着程风。

央金今天也格外美丽。

班马成利和程风走在操场上。

班马成利:"你的那场球赛,我看了。"

程风:"在寺庙还能看?"

班马成利:"我用抄写藏文换来的。"

程风:"不做和尚了?"

班马成利:"嗯。"

程风:"为什么?"

班马成利:"因为喜欢。"

程风:"即使有一天,会被当成一件商品任人买卖?"

班马成利:"我不已经尝试过了吗?"

程风恍然大悟:"噢! 上次。可为什么会有改观?"

班马成利:"因为喜欢啊。"

97. 操场　日　外

训练蒙太奇。

孩子们练习各种项目:颠球、慢跑热身;对墙踢球和射门训练;有节奏地快速带球⋯⋯

闹日举着白板,程风在图纸上画战术,孩子们耐心听,然后分组训练。

四人在中短距离做直传、横传和斜传练习;按逆时针方向换位进行练习;两次斜线短传后,接一次斜线长传转移,另一侧照此反方向进行练习;连续斜传球推进练习;三人站成三角形,剩下的那个人按顺时针或逆时针方向连续传球。

(音乐停)大家躺在操场上,扎克问程风:"程教练,你说我们的优势是什么?"

程风纳闷:"为什么突然问我这个问题,你觉得呢?"

扎克:"因为电视上每次介绍球队时,都会介绍团队的优势。我们阿尼玛卿战队的优势是什么呢?"

程风迟疑,班马成利:"跑! 我们跑不死!"

程风:"也对,没有优势那就跑,拼命地跑。"

班马成利爬起来就跑,一边跑一边喊:"跑啊! 我们跑不死!"

孩子们跟着爬起来跑,一边跑也一边喊:"跑啊! 我们跑

607

不死！"

98. 校长办公室　日　内

校长找程风和央金谈话。

校长："比赛的日子快到了吧？"

央金回答："嗯，还有一周。"

校长："有这么个情况要和二位沟通一下。首先，学校非常支持学生走出去，去上海参加全国性的足球比赛，但是考虑到活动的特殊性，以及十一个孩子去上海的安全性，学校必须上报县教育局以及县政府。"

央金和程风面面相觑。

程风疑惑："这……会有什么影响吗？"

99. 县政府会议室　日　内

央金老师做好了充足的准备，会议由她主持。

央金老师用 PPT 阐述了各方面问题："这是我和程风教练昨晚连夜做的汇报 PPT，汇总了此次活动的各方面问题。首先，是大家最关心的安全问题。我们计划由五名老师，实行 1 + 2 的管理模式，即一人负责两个学生的管理模式，确保所有学生的出行安全。并且我们会提前聘请当地三甲医院的医生，请他们随同参加活动。另外是经费问题，这个已经由部分企业资助。"

孩子们趴在窗户外，紧张地等待结果。

县里领导示意央金老师停下："央金老师辛苦，看得出你们为此次活动做了充足的准备。恕我冒昧地打断您的汇报，我只有一个问题，孩子们到了上海后，如果严重醉氧怎么办？毕竟他们下高原不是走马观花地看看，而是要进行剧烈的体育运动。

所以,此番集体活动,县里非常关注,也不能随便批准。"

程风按捺不住,指着窗外的孩子:"领导们,你们这随随便便的一个决定,可就会影响一批孩子的未来啊!"

央金见势不对,用手拉了一下程风的胳膊肘,阻止他继续说下去。她比程风更了解县里的决定。

程风见央金拉了一下自己,便也不再说话。

校长自始至终保持沉默。

100. 操场　日　外

球队的所有孩子,一下陷入低谷。

大家围成圈坐着,闷闷不乐。

101. 校长家　夜　外

乐杰在家里闹,埋怨父亲非要把此事捅到县里。

乐杰:"就是你!非要上报县里,这下好了,都去不成了!你满意了吧!"

乐杰父亲:"乐杰,你要体谅父亲。"

乐杰:"我体谅你,你有没有体谅过我?从小你就对我严加管教,就因为我是校长的儿子。我不能不好好学习,因为我体谅你是我父亲,又是一校之长,我怎么能给您抹黑呢?!我就连没当上队长都会自责半天,不是因为我好胜心强,是因为我不希望给您拖后腿!我为你做了那么多,你难道一点都没有感受到吗?现在可好,全队的人视我如仇人,因为我的父亲是校长,是让他们计划失败的罪人!你又体谅过我吗?"

乐杰父亲被儿子第一次的咆哮吓坏了,更没有想到儿子内心隐藏着这么多委屈。

乐杰父亲解释:"是父亲不对,长久以来,父亲没有顾忌你的感受。但是就这件事而言，我身为校长，亦视所有学生为自己的孩子，他们能安全长大是最重要的。更何况儿行千里母担忧，你们此次上海之行，哪个家长会放心？别说你们，有多少家里祖祖辈辈都没下过高原。直线下降4000米的距离，哪是你们随便说说就能适应的？习惯了藏区的稀薄空气，突然到上海，还做剧烈运动，心脏和肺部会有严重受损的概率，哪个父母会冒这么大的风险让孩子去参加一场比赛？"

乐杰哭得很伤心，呐喊道："这些道理我们都知道，难道就因为我们出生在空气稀薄的地方，就要剥夺我们奔跑的权利吗?!我感谢你将我带到这个世界，也感谢你给了我一个幸福的家庭，所以我或许以后还有机会去上海，但是对班马成利来说，这是唯一的机会！你知不知道，上次西宁比赛后，班马成利就拒绝了俱乐部的邀请，他明明可以成为职业球员，但他因只想和大家一起踢球，所以才放弃了这么好的机会。现在我们做朋友的，难道不应该帮他争取一次去上海比赛的机会吗?!"

这番肺腑之言让做校长的父亲顿时觉得，乐杰已经长大，乐杰能为他人着想，同时也被班马成利的选择所感动。

乐杰父亲："儿子，看来你长大了。我万没有想到，你的初衷是为了朋友，为了集体。"

乐杰父亲沉默片刻："这样，这回我不做校长，我做一回家长，做一回你的好父亲。父亲给你出一个主意。"

乐杰的父亲给乐杰出了个主意。

102. 公路　日　外

一群家长骑着马，从十来公里以外的牧区纷纷赶到县里。

他们策马奔腾，涌入县政府。

103. 县政府会议室　日　内

会议室里，县长面对家长们，要求央金老师再次科普醉氧、海拔以及肺活量等相关知识。

县长："各位家长，感谢你们的配合，但是你们突然来到这里是我们始料未及的。即使你们保证自己承担孩子的出行安全，我也希望让我们专业的老师向你们科普一下与醉氧相关的常识。"

县长伸手示意央金老师发言。

央金老师看着每一位家长的眼睛，一时语塞，深深地鞠了一躬："感谢各位家长，在这繁忙的务农期间，能抽出时间来为孩子的出行出谋划策。昨天会议结束后，作为一名老师，我也深感焦虑，一边是孩子去看世界的眼睛，一边是孩子健康成长的选择。是的，县里所担心的不仅仅是孩子走丢或遗失这么简单的问题，而且还有孩子们克服一个区域生理变化的问题。我们祖祖辈辈生活在空气稀薄的高原，突然直下 4000 米，会让孩子们的肺活量负担增大，心室功能发生变化，出现我们俗称的醉氧。"

扎克父亲："这些常识我们都懂，既然我们来了，就是已经深思熟虑过的。请县里能够支持此次活动。"

乐杰父亲："今天我不作为一名校长发言。我是一名孩子的父亲，我的孩子热爱足球，我想让他出去踢一场足球赛，我为我孩子的安全负责。"

乐杰的父亲望向窗外，乐杰给了父亲一个笑容，竖了下大拇指。

宗智父亲："我从小就想走出这片高原，去看看外面的世界。我的儿子有幸能有这个机会，我当然全力支持，我相信神山会保佑他们的安全的。"

才让闹旦父亲:"我很有幸,在少年的时候曾经去过一次上海。我想这也是命里的安排,儿子在同样的年龄也能去一次上海。"

突然,班马成利的母亲推开门,最后一个赶来,前倾鞠躬:"不好意思,我来晚了。"

县里所有人都知道她的丈夫死于下高原的路上。

现场所有人都很震惊班马成利的母亲也会来。

班马成利在窗外傻眼了。

班马成利母亲:"县长大人和各位领导,我知道你们是担心孩子们的安全问题,但是担心是没有用的,孩子们总有一天会长大,让他们去吧。"

班马成利的母亲没有太多的言辞。

班马成利母亲递交安全承诺书:"这些字我看不懂,但是我相信老师和教练,也相信我娃娃的选择。我给按了个手印,行吗?"

县里领导们面面相觑。

104. 训练场上　日　外

孩子们欢呼这场赛前的胜利。

班马成利的母亲第一次坐在球场边,看儿子在球场上奔驰。

其他家长们围着操场,看孩子们训练,孩子们像极了高原上的羚羊,跳跃、奔跑……

闹旦作为后勤组,在旁边负责送水、递毛巾等工作。

班马成利和乐杰的配合越来越默契,就在一切就绪之时,守门员宗智在扑倒一个球时,摔断了腿。

气氛再次凝固,所有人吓傻了。

宗智的父亲迅速跑过去,程风蹲在宗智旁边。

宗智疼痛难忍,所有家长围了过来。

宗智父亲急,要去抱孩子:"宗智!"

程风阻拦:"别动,原地等医生。"

央金老师已经在打 120 电话:"喂! 这里是玛沁中学,有学生运动时腿部受伤,快来急救。"

家长们目睹了球场上的危险……

105. 医院　日　内

所有人等在走廊。

医生走出来告诉大家:"宗智的腿因为断裂,刚做了手术,近期无法再踢球。幸好救治及时,再晚一点,恐怕这条腿都保不住了。"

家长们很担心自己的小孩,将自己的小孩死死地护在身前。

孩子们担心队里缺少了一个不可多得的守门员。

大家走进病房,宗智卧床休养。

宗智向大家道歉:"对不起,因为操作失误,我折断了腿,我没能好好保护自己,让球队失去了守门员。我想……我想……或许闹日可以代替我。"

闹日突然抬头,惊呆了。

大家都觉得可笑。

扎克:"你别开玩笑了,连你都会受伤,闹日我们就更加不放心了。他这么瘦小,怎么可能当守门员?"

闹日再次低下头。

班马成利望向程风:"程教练,还记得上次我跟您提的事情吗? 闹日真的可以,不信我们可以试试。"

所有人的眼睛里充满了疑惑和不安。

613

106. 操场　日　外

闹日在球门处,做出非常标准的动作,眼睛盯着不远处马上射门的班马成利。

周围围着所有的孩子和家长,闹日的父亲呐喊:"闹日,加油!"

闹日回头,冲着大家笑了一下。

从闹日的眼睛看过去,转场。

107. 上海比赛现场　日　外

解说:"观众朋友们大家好,欢迎收看 2018 年全国青少年足球赛现场直播,上海中学队对战阿尼玛卿战队。"

闹日的眼睛就像扫描仪,他可以准确判断出场上的局势、球的抛弧线等。(特效)

闹日坚挺着,用弱小的身体一次又一次地拦下对方射来的球。

当球进入禁区时,闹日敏锐地判断球的来势,或扑、或挡,没人再觉得他身体弱小。

班马成利给闹日比了一个"赞"的手势。

闹日露出灿烂的笑容。

央金老师对程风:"看来闹日是个很棒的守门员。"

108. 学校　日　内

每个班级都在集体观看这场球赛。

电视解说激烈:"我们可以看到,目前上海中学队是三前锋阵型。球传给了 7 号球员,他的速度特别快,他似乎对自己的速度特别有信心。横向带球,传给 5 号,突破防线,他能不能进球呢？射门！接住了球,看来阿尼玛卿战队的门将很有实力呀。传给前锋,被劫住了,现在是 7 号球员带球,进入禁区。球被解围了,球再次被门将接住……"

109. 各个家长家里　日　内

各个家长围着电视看球赛,班马成利的母亲守着电视机看这场球赛。

电视解说:"阿尼玛卿战队开始进攻了,传给前锋,一个长射,射门！进了！"

110. 县政府会议室　日　内

领导们围在电视机前看直播。

解说词:"这是本场比赛的第一个进球！"

领导们跟着欢呼进了一个球。

领导:"这帮孩子是民族的英雄。"

111. 病房　日　内

扎克躺在床上。

解说词:"阿尼玛卿战队的门将发球非常有力！"

从电视解说到网友直播,战况激烈到无法用正常的语速表达。

112. 上海比赛现场　日　外

解说词:"球直接传给了 19 号球员,开始快速地横向带球,传给上海中学队前锋。射球,进了！现在场上比分为一比一,看来场上的战况十分激烈。"

赛场上博弈残酷。

615

观众席上，上海中学队球员的家长不停抱怨高原孩子过于野蛮和鲁莽。

观众席上自媒体直播："呼声一片，骂声也是一片，现场除了战况激烈，台下的观众也是按捺不住。我旁边是上海中学队的学生家长，他们就在抱怨对方球员太野蛮，这个不好评论。"

观众席家长："就是野蛮，有什么不好评论的！你看看他们，哪里像文明人啊……"

网上的留言铺天盖地……

现场解说词："裁判吹响了上半场结束的哨声。大家都累得筋疲力尽，看来真的需要休息一下了。"

出于班马成利在上半场凌厉攻势的威胁，对方球员围绕着教练商讨应对之策，对方教练调整战术。

解说词："下半场开始了，但是天空下起了雨，这无疑给双方球员增加了难度。现在从左面往右面进攻的是阿尼玛卿战队，从右面往左面进攻的是上海中学队。班马成利一个超远距离射门！进了！比赛才开始了两分钟，阿尼玛卿战队就又进了一个球。"

班马成利在雨里带球，并受到对方的极大阻挠，对方将比分追平。球场顿时失控，雨越下越大。

程风喊问："闹日，雨还有多久会停？"

闹日观云识天气："这是暴雨，十分钟以内一定会停！"程风决定利用这十分钟的时间差。

闪回。

央金向家长们科普肺活量。

阿尼玛卿战队在程风的指挥下，调整战术，以防守为主，拖延时间，拼命带球跑，消磨对方球员的体力。

雨渐渐停了，比赛时间进入倒计时，在最关键的 30 秒，班马成利与乐杰配合默契，最后一脚，乐杰被夹击，将球传出去，班马成利再次捡到球,就在临门一脚时,对方球员干扰,射门失败。

全场叹息。裁判吹哨,倒计时间表上还剩 5 秒。

现场再次沸腾,对方家长抱怨不断。现场解说越发绘声绘色。

赛场上更加剑拔弩张,裁判判给班马成利一次点球机会。

所有焦点聚集在班马成利身上,班马成利环顾观众席四周,密密麻麻全是人。

班马成利跪下,亲吻草地,脑海里全是他和伙伴们曾经一起快乐踢球的画面。

对方守门员注视班马成利的眼睛,希望能从他的眼神判断出他发球的方向。班马成利闭上眼睛,微笑着,凭着感觉,一脚踢出去,球进了!

全场沸腾!孩子们在球场上奔驰。

113. 学校教师/家长家里/县政府会议室　日　内

电视机前的学生、家长、领导都沸腾了!

果洛顿时全面狂欢。

114. 上海比赛现场　日　外

上海中学队球员身心俱疲。

乐杰带领大家,将高原上洁白的哈达献给了对方球友,此举再次让现场所有人沸腾。

115. 本菲卡　日　外

这群孩子们,一起在本菲卡的球场上踢球。

(剧　终)

617

导师评语

傅　星

　　中超球员程风去青海果洛参加公益活动,但超出他的计划,他不得不留在高原上训练一支少年足球队。经历了一波三折,足球队最终在上海参加了全国性的比赛,并获得了胜利。

　　剧本的亮点突出。第一,对藏族少年的塑造。一群藏族小球员在整个事件中呈现出了非常鲜明的性格特征,就主人公班马成利来说,他的父亲因为足球而死,母亲坚决不同意他沾上足球,他甚至差点入寺庙当了和尚,可后来还是回到了球场。人物很有命运感,有艺术感染力。另外,闹日、扎克、乐杰等少年人物也各具特点,是藏族孩子的真实再现,很接地气。第二,程风得以治愈。作为职业球员,程风问题不小,由于年岁渐长,面临退役,所以内心的失落感显而易见。正是因为在高原组建少年足球队的经历,程风寻到了新的人生支点。程风与一班藏族少年对比而存在,很有戏剧性。第三,细节独特。集体念经、醉氧、骑马等细节,既体现出了青海高原的地域风貌,又很好地表现了人物。作品的风格化基本上也是源于这些细节的描写。第四,关于足球的专业性。一些训练、赛场的描写比较专业,专业性的对话也煞有介事,看得出下了些工夫。

　　不足之处也有,人物的语言应该更精练些,可以写得更好。某些人物和剧情转折的部分,比如程风的来来去去,要更有说服力才对;央金老师的形象还是弱了些;比赛场面可作更深入、更紧张的表现。剧本尚需精心打磨,应该还有不小的提升空间。

　　体育题材并不少见,但是表现藏族少年踢球的故事难得。

故事有原型,有一定的纪实性,编剧去原地作了深入的采访。足球从来都是社会的热点,况且这个故事的意义已经超越了足球本身。总体来看,本剧充满正能量,十分治愈、励志。

电视连续剧

奇智妙计

（第1集）

程嫣雯　乔　婧

程嫣雯

女,中国传媒大学导演专业本科、电影学专业硕士,从事剧本策划、编剧及导演工作。多部剧本获上海文化发展基金会青年编剧扶持项目资助,其中《平静的心跳》(公映名称:《世界上最爱我的人》)获得"电影新视力"创投会优秀作品;担任编剧、导演的剧本《凶手们》获 2020 年平遥国际电影展创投类型创新奖;担任导演的剧本《一墙之隔》获得 2022 年北京国际电影节创投最具商业价值奖。

乔 婧

女,中国传媒大学导演专业本科、北京联合大学考古学专业硕士。主要作品有:电影剧本《肩水金关》《不周山下》《奇花记》等;电视连续剧剧本《为帝二十七日》《酷小孩》《奇智妙计》等。其中《奇智妙计》获上海文化发展基金会青年编剧扶持项目资助。

第1集

1. 乌有县的房顶上　夜　外

被掀开的几片屋瓦,露出闺房内的一角,一幅香艳的美人入浴图。忽然,一滴一滴的血,滴在瓦片上。

司徒高飞一惊,连忙捂上喷血的鼻子,腾身而走,快速掠过一片片房檐。这时,司徒高飞忽然发现脚下已经变成了茅草屋顶。

屋顶在司徒高飞脚下下陷,吴维诧异的面孔出现在司徒高飞眼前。吴维迅速被掉落的司徒高飞压倒。

吴维:"啊……"

2. 吴维家草堂　夜　内

郝有才匆匆推门而进,只见一身夜行衣的司徒高飞正趴在吴维身上,司徒高飞的鼻血正一点一点地滴在吴维的身上。

郝有才:"哎呀! 稀客,稀客! 奶妈! 快来看好戏! 我们家竟然来了飞贼! 是家里有什么稀罕的宝贝我们不知道吗?"

郝有才一边说一边开始在屋子里翻找。

吴维:"这是……"

吴维忽然晕了过去,司徒高飞连忙跳起来,整理自己的衣服。

司徒高飞:"他晕过去了,快请大夫!"

郝有才指指吴维。

郝有才:"大夫? 你不知道这是乌有县最好的大夫?"

奶妈整理着衣服进来,衣服穿得一丝不苟,头发梳得一丝不乱,抬头看见高飞。

奶妈:"我当有什么好戏呢! 又是他从房顶上掉下来,这三脚猫功夫还敢说自己是飞贼! 司徒高飞,你明天记得把房顶修好。"

司徒高飞连忙应和着,要走。

郝有才:"奶妈! 是表哥。"

奶妈这才发现躺在地上的吴维,吴维的衣襟上还有司徒高飞的鼻血。

奶妈:"少爷,少爷。快去请大夫!"

3. 吴维家草堂　　夜　　内

稍晚时候,吴维已经被挪到了床上,请来的大夫正为吴维诊脉。奶妈和郝有才着急地看着。司徒高飞被绑在柱子上,麻绳绑得他只剩脑袋在外面拼命地摇。

大夫:"嗯……"

奶妈:"大夫,你看我家少爷怎么样了?"

大夫:"你们先到外面去等一下,我给吴维少爷施针。"

郝有才:"没关系,我们没有什么避讳。"

大夫(捻着胡须):"这个,是我家独门针法……"

奶妈:"那先生快施针。"

奶妈拉郝有才出去。大夫见二人出去,连忙去吴维的书架上找书。

大夫："《黄帝内经》，不合用。《伤寒论》，好像不太像。《外伤宗论》，（翻了翻）也没用得上的。哎！要是吴少爷好好的，我就不用头疼该怎么办了。"

司徒高飞："废话！要是吴少爷好好的，还要你在这干吗？"

大夫："你在这干吗？！你，是不是要偷学我的祖传秘方？"

司徒高飞："你放心，你医术拙劣，我早就知道。你总是让吴维替你捉针代诊，我也知道。"

大夫："什么？你知道？你怎么知道的？"

司徒高飞："嘿嘿，刚知道。"

大夫："你？诈我！"

司徒高飞："呵呵，总之我现在有你的把柄。"

大夫："你，你想干什么？"

司徒高飞："这样吧，你放了我。我保证不把你医术恶劣的事情告诉别人。"

大夫："你被绑成这样，必然是和吴家有深仇大恨……"

司徒高飞："咱们乌有县就你这么一个大夫，要是……传出去，恐怕你……"

大夫替司徒高飞松开绳子。

大夫："你可要替我保密。"

司徒高飞："你放心，我的嘴严是出了名的，县太爷惧内，给老婆洗脚的事我都没有告诉别人。"

大夫："什么？"

司徒高飞一个腾身，从房顶飞了出去。

司徒高飞："没什么！我继续看豆腐西施去了……"

大夫："我要能达到这种高度，乌有县还有什么事能瞒着我！"

吴维自己慢慢起身，很疑惑周围的环境。

大夫："吴少爷，你可算是醒了。"

吴维:"吴少爷?"

大夫意识到吴维可能失忆了。郝有才和奶妈听到声音冲了进来。

郝有才:"表哥。"

奶妈:"少爷,你没事吧?"

吴维:"你们是谁?"

奶妈:"大夫,我家少爷怎么了?"

大夫:"太了不起了,这就是传说中的失忆症,想不到我们家十代行医,终于让我遇见了这病。"

郝有才:"什么? 失忆症。"

大夫:"对! 就是人没什么事,脑子什么都不记得了。"

奶妈:"什么? 什么都不记得了? 那我们少爷书画武术、满腹经纶,都不记得了?"

大夫:"你等等。吴少爷,'四书''五经'和《史记》《女则》,你还记得什么?"

吴维很仔细地想,可好像什么也想不起来。

大夫:"他什么都不记得了。"

奶妈:"什么?! 我家少爷明年还要进京赶考呢!"

奶妈坐到地上,号啕大哭。

奶妈:"我的少爷呀! 我苦命的少爷呀!"

郝有才:"奶妈,表哥还没死。"

奶妈:"没死? 还不如死了!"

奶妈忽然起身,冲出门去。

郝有才:"糟了!"

郝有才也飞快地出门。

大夫:"这,哎,吴少爷,你什么都不记得了,我今后可怎么出诊呀!"

吴维："什么?"

大夫："吴少爷,你觉得身上可有什么不舒服?"

吴维："没有。"

吴维看到桌子上的《洗冤集录》,拿了起来。

吴维："这是什么?《洗冤集录》?"

大夫："你还认得字?"

大夫连忙抱来一摞医书。

大夫："你先看这个!"

吴维不理会大夫,只是看着《洗冤集录》。

吴维："好! 好书!"

4. 吴家卧室　夜　内

奶妈飞快地收拾衣服细软,发现自己的东西不见了。

奶妈："奇怪,我的苏锦披风呢?"

郝有才手里拎了一件小孩的披风。

郝有才："是不是这个? 我说奶妈,你还穿得进去吗? 不如让我当了。马上入秋了,我们也该加床棉被了。"

奶妈一把抢过来,往包袱里塞。

奶妈："哼! 你知道什么? 虽然我穿不上了,可我看着就知道我也过过这么好的日子,穿过这么好的衣服。想当年我家小姐刚嫁到吴家的时候,这十里宅院全是吴家的产业,亭台楼阁、假山鱼塘……"

郝有才："你打住! 少来给我灌迷魂汤。你说,你收拾包裹干吗呀?"

奶妈："这个……这不是天气渐凉吗,我收拾收拾换季衣服。"

郝有才："你得了吧,你上上下下、里里外外,一年四季就一套衣服,你换什么季!我看你是想卷包裹走人,扔下我表哥一个人自生自灭。"

奶妈:"谁说的,谁不知道我奶妈是方圆十里出了名的义仆?吴家败落、大宅走火,其他仆人鸟兽散后,我还拉扯少爷长大。笑话!我会走人?"

郝有才:"义仆?我还不知道?本来就是个陪嫁丫头,你让我们叫你奶妈,就是为了让我们这几年里里外外地干活伺候你,你还把我送到当铺当学徒给你换胭脂。你留下来为什么?不就是觉得我表哥满腹经纶,有朝一日能金榜题名,好让你吃香的,喝辣的,好好供养我吗?现在看我表哥失忆了,考不了状元了,前途无望了,想收拾包裹走人了?"

奶妈:"哼!就是想收拾包裹走人了,怎么了?你们又没有我的卖身契,我现在走,你能怎么样?你们能拿我怎么样?"

郝有才:"不怎么样,就是告诉你走了别后悔。就算是表哥失忆了,我有朝一日也能发财,等我成了大商贾,你可别回来!"

奶妈:"哈哈哈,我再叫你一声表少爷,你这笑话一点也不好笑,我先走了,还赶着明天嫁人呢。"

郝有才:"好吧,你请便。但把我表哥的玉佩拿出来。"

奶妈:"玉佩?什么玉佩?我不知道。"

郝有才:"就是上面有个'瑶'字的玉佩,那可是我表哥和相府小姐孟瑶的订婚信物。你要是拿了,咱们这官司一打,孟丞相知道了你敢偷他爱女的定亲信物……'咔嚓'。"

郝有才用手在脖子上比画了一下。奶妈从身上拿出一块玉佩。

奶妈:"什么?你说这是少爷和孟丞相爱女的订婚信物?这么说,我们少爷还是孟丞相的女婿?……那个皇上面前的红人孟丞相?"

郝有才:"就是呀,你不知道?"

奶妈:"表少爷,我这不是看少爷病了赶紧收拾东西当了,给少爷买些好吃的补补身子吗? 要不劳烦表少爷跑一趟,没准还因为表少爷是学徒,能多当两文钱呢。"

郝有才接过包袱。

郝有才:"那——奶妈,我就不客气了。呵呵! 老狐狸。"

奶妈:"呵呵,小狐狸!"

奶妈看郝有才离开,从怀里拿出一个小包,拿出玉佩来。

奶妈:"还好,细软我都收拾到身上了。没想到呀! 我们少爷还有孟丞相这么个岳父,看来我家少爷飞黄腾达指日可待呀! 到时候我作为奶妈、少爷的长辈,还不是锦衣玉食、呼奴使婢吗?"

5. 吴家草堂 日 内

大夫捧着一堆医书,劝吴维看医书,奶妈拿着刻着"瑶"字的玉佩给吴维说婚约。

大夫:"吴少爷,看医书学医术养家糊口。"

奶妈:"少爷,听我的! 咱们完婚约娶相府小姐飞黄腾达!"

郝有才衣衫褴褛,头发杂乱,拎着一块肉兴奋地冲进门。

郝有才:"表哥! 表哥! 表哥! 咱们有肉吃了!"

奶妈:"肉! 我都半年没闻肉腥了! 你怎么这样? 不会是抢肉被打的吧?"

吴维:"不是,你看衣角有脚印,衣服破的纹理都是撕扯的,手指间有头发,头发只有左右比较乱,应该是被人群拥挤撕扯,蹲下用手护着头留下来的痕迹。"

郝有才:"天哪! 表哥,你怎么知道的? 就好像亲眼看到的一样。"

吴维:"证据和推理,很简单就能看出来。"

奶妈:"表少爷! 真是这样?"

奶妈若有所思地看着吴维。

郝有才:"当然。刚才豆腐西施挑着豆腐担子去送豆腐,街上的人追着看,我看有个人兴奋得把手里的肉都抛掉了,就过去捡,谁知赶来看豆腐西施的人潮太汹涌,我只好蹲在路边,双手护头,等他们过去。"

大夫:"什么? 豆腐西施上街了?"

大夫把手里的书一撒,奔跑出门。

大夫:"芝荷,我来了!"

奶妈:"看豆腐西施的人潮这么汹涌,还有肉捡?!"

奶妈也奔出门。

奶妈:"等等我,我也来了。"

郝有才:"表哥,你看! 我们今天有肉吃了,我去洗洗烧上,自从家里败落以后,我都没见过这么大块的肉。听说很久不吃肉的人不适合一下子吃很多肉,我都不知道吃不吃得完。"

吴维:"没关系,我们吃不完还可以风干,做成肉干,可以放很久。"

吴维举起《洗冤集录》,指指书。

吴维:"这里面有很多把肉脱水的方法。"

郝有才:"太好了! 那我们就可以放到过年,我们过年也有肉吃了。"

吴维:"嗯。"

两个人充满希望地相互点头,仿佛有肉吃是人生最美好的事情。

6. 乌有县街道　日　外

猪肉荣痴痴地看着豆腐西施离开的方向,司徒高飞在街上闲晃。

猪肉荣:"招摇的女人,不守妇道,我该娶她回来狠狠地教训她。"

司徒高飞:"没用!半个乌有县的人都这么想。"

猪肉荣:"我当是谁,原来是你。为什么是半个?"

司徒高飞:"还有半个县是女人。"

猪肉荣:"怎么?最近乌有县有什么新鲜事?"

司徒高飞:"新鲜的没有,(想想)真没有。"

猪肉荣递给司徒高飞一个铜板,司徒高飞掂量了一下。

司徒高飞:"要非说有什么吧,就是周员外女儿刚定亲的丈夫和别人私奔了,这都第九个了,估计是嫁不出去了。"

猪肉荣:"那,芝荷家有什么事吗?"

司徒高飞:"这个……"

司徒高飞接过猪肉荣递过来的一吊钱。

司徒高飞:"要说王姑娘家,王姑娘她爹很奇怪,每天晚上就是数钱,这么一大罐钱。你说他一个卖豆腐的怎么可能存下那么多钱?"

猪肉荣:"数钱?多大的罐子?放在哪儿?有多少钱?"

司徒高飞正犹豫,猪肉荣又递了一吊钱过来,司徒高飞立刻眉开眼笑。

7. 吴家院里　日　外

吴维、郝有才把薄薄的肉片仔细地挂在院子里,兴奋地看着自己的工作成果。苏乞儿穿着拼接式的衣服大摇大摆地过来,身后跟着的两个女的,穿着拼接风格的紧身上衣、短裙、长裤。(参照拉拉队衣服,三人的穿着以现在的眼光来看很时尚)

苏乞儿:"我,苏乞儿!衣锦还乡啦!"

郝有才:"你,还是破衣烂衫,哪里衣锦啦?"

吴维:"他跑了一趟远门,从丐帮四袋弟子,升为七袋弟子,恐怕现在是坛主,不,分舵主吧,后面两个是他的左右护法。"

苏乞儿:"哈哈,你们都知道了?我苏乞儿飞黄腾达的事情你们都知道了?想不到呀,我人还没有回来,我的消息你们就都知道了。这么说,我苏乞儿终于可以成为乌有县的名人了?"

郝有才:"我们什么也没有听说。乌有县还是没有人对你感兴趣。"

苏乞儿:"什么?你们不知道?你们怎么能连我当上了丐帮乌有县分舵主都不知道?这么大的事情都震动武林了,我们丐帮为此在杭州城外土地庙宴请了八方宾客!"

郝有才:"是吗——哦。"

郝有才扭头忙自己手上的活。苏乞儿看郝有才不理自己,转而找吴维吹嘘自己的功绩。

苏乞儿:"吴秀才,你都知道我成了大人物了?看来还是你这读书人见多识广,江湖上的事也能有所耳闻,连我在江湖上的名号都知道了。"

郝有才:"他?他连你是谁都不知道,还知道你在江湖上的名号?"

苏乞儿:"哈哈,怎么可能?我还没有学会走路的时候就学会在吴家门口乞讨了,他怎么会不知道我是谁,难道他脑子被砸了?"

郝有才(脸上露出纠结的表情):"他真是脑子被砸了,他把他前半辈子都忘了。"

苏乞儿:"你唬我呢?他连我升舵主都知道,怎么可能不知道他前半辈子?"

郝有才:"这个我也奇怪,他脑子被砸以后,就好像看你一眼就能知道你干了什么,就像是有了法术。"

苏乞儿:"是吗?砸一下就能有法术?那也砸我一下吧。"

可口顺手抄起一根木棒砸向苏乞儿,苏乞儿被砸得原地转了三个圈。苏乞儿狠狠地瞪着可口。

可口:"舵主,你让我砸的。"

苏乞儿:"你——"

吴维:"你不用让她砸了,其实根本不是什么法术,这是我根据观察分析推断出来的。"

苏乞儿:"这么神奇?"

吴维:"是呀,比如说,看你的穿着,补丁摞补丁,磨破的地方,主要在胳膊肘、膝盖……"

郝有才:"他这身打扮谁看都知道是乞丐,我都知道。"

吴维:"你看他的鞋底,有一层叠一层不同的土质,他起码走过了五种土质地区——还有江南特有的灰层土,所以说他走得很远,还到过江南;他背后的口袋有四个明显比其他三个旧很多,应该是刚从四袋弟子升为七袋弟子,到了七袋弟子不在丐帮总舵的,一般都能在地方做坛主或是分舵主;他身后那两个姑娘,衣不遮体,还对这种着装毫无羞愧之色,一定从小生长在丐帮,不觉得衣不遮体是羞耻,反而觉得是遵守帮规,显然是丐帮的女弟子。十六七岁的姑娘一般都是护法,坛主是没有护法的,所以他已经做了分舵主——大概只能看到这些。"

可口、可乐(齐声):"天哪!你怎么知道的?我们好崇拜你。"

可口:"你就像那天上的星星,点亮我们的眼睛。"

可乐:"你就是那黑夜的明灯,照亮我们的心灵。"

可口、可乐(花痴状):"我们崇拜死你了。"

苏乞儿发现自己受了冷落，顿觉无趣，想要离开。

苏乞儿："好了，好了，我们还要回分舵开分舵会，改天再聊。没办法，当上分舵主就是忙。"

可乐："不要了，反正回去也就我们三个人开会，讨论下顿饭吃什么。"

苏乞儿："你！你懂什么？跟我回分舵！"

8. 吴家草堂　日　内

吴维和郝有才坐在饭桌前，对着一小碟肉和白米饭，深深地闻着。

郝有才："表哥，多么美妙的味道，我真不敢相信我们居然有肉吃了。"

吴维："闻一闻，就觉得无限满足，好像光闻着，就饱了。"

郝有才："可是我还是想用肉来满足我的胃，不仅是闻味道。"

吴维："再等下奶妈。怎么还不回来？"

奶妈推门而入，抱了一大堆衣服鞋子。

奶妈："少爷！我回来了，今天收获真不小，我这就去做饭。"

吴维："不用了，我们做好了——肉饭！"

奶妈："什么？肉饭！"

奶妈将手里抱的鞋子衣物，向身后随手一扔，郑重地端起桌子上的肉，就仿佛手里的是易碎的珍宝。

郝、吴两人连忙起身去捡地上的东西。一抬头，只有几个空碗在桌子上打转。奶妈打着饱嗝，挺着肚子坐到凳子上。

郝有才："奶妈！我们还没吃饭呢！"

奶妈："锅里还有糠饭，你们吃呀！你说，这么大人了，吃饭都要我操心！我容易吗我——对了，让你们看看我的收获。"

奶妈开始一件件抖动衣服。

奶妈："这是八成新厚底皂靴,做工精良,市价十文! 可惜就一只,要不你们配着这个湖绸小元穿?"

吴维："这哪里能穿? 这些不是只有一只,就是破损,衣服还没有袖子。奶妈,这些如何能用? 下次别贪便宜了,买了也没用,我们本来就很拮据。"

奶妈："什么买呀,都是看豆腐西施那群人挤丢的,我都是白捡的。你看这些头巾帽子,拿去当铺换钱,鞋子混搭穿,撕破的袖子衣锦,我拼拼给你们做条被子的布是有了,虽说不好看,自己用没什么。"

吴维捧起奶妈的手。

吴维："奶妈,你真好。"

奶妈："少爷,这是应该的! 那我先回房了,你们收拾收拾。"

奶妈剔着牙回自己的房间。

郝有才："表哥! 你别被她的表象给骗了,她都是为了自己!"

吴维："但是对我们总还算是好的。"

吴维的肚子咕咕叫。

郝有才："她这也能叫对我们好?"

郝有才从怀里拿出个油脂包,打开,里面还有几片肉。

郝有才："还好我早有准备,表哥,我们再盛饭吃。"

(同场,稍晚时候)

两人恭敬地坐在桌前,看着桌上的肉和米饭,双手紧握,一起祈祷。

两人："感谢豆腐西施,是她的出行赐予我们食物。愿老天保佑她。"

9. 乌有县县衙大堂　日　内

梅知县坐在大堂打盹,一个婢女的声音从内堂传了出来。

婢女(画外音):"老爷,夫人请你回内堂。"

梅知县:"回禀夫人,说我有公务要办。"

婢女(画外音):"老爷,夫人说,让你给她揉完肩膀再办。"

梅知县:"胡闹!我堂堂知县怎么能把公事置于夫人之后?"

婢女(画外音):"夫人说'嗯——?'"

梅知县:"我这就来!"

梅知县起身,忽然有人击鼓鸣冤。梅知县看看外头击鼓的动静,又看看内堂,不知道应该进去,还是留在原地。

婢女(画外音):"夫人说,'老爷先忙公事'。"

梅知县向着内堂鞠了一躬。

梅知县:"谢夫人——来人!何人击鼓,带上来!"

10. 乌有县县衙　日　内

梅知县端坐在上,猪肉荣跪在下首。

梅知县:"下跪何人?"

猪肉荣:"我是市场上卖猪肉的猪肉荣。"

梅知县:"你状告何人呀?"

猪肉荣:"状告豆腐王。"

梅知县:"所为何事?"

猪肉荣:"悔婚!他收了礼金,定下我与他女儿'豆腐西施'王芝荷的婚事,现在却绝口不提,全当没这回事。"

梅知县:"哦?此事当真?"

猪肉荣:"的确当真,我怎能欺瞒青天大老爷您呢?"

梅知县:"可有证据?"

猪肉荣："他家床底下的一坛铜钱就是证据,这是我一个一个攒下来的,给了他当聘礼。我卖肉利厚,他卖豆腐利薄,怎能攒下一坛铜钱?"

梅知县："有道理! 来人,将王家父女带来,还有他家床底下的那坛铜钱,我看看猪肉荣说的是否属实。"

众衙役："是!"

梅知县："哎! 对王姑娘客气点儿。"

11. 乌有县大街　日　外

豆腐西施挑着空担往回走,她正奇怪街道上空无一人时,被司徒高飞截住了。

司徒高飞："王姑娘,你爹被官府带走了。"

王芝荷："什么?"

豆腐西施放下担子就要往官府走。

司徒高飞："你别去,猪肉荣诬告你爹悔婚,就着你家床底下一坛铜钱打了官司,他说是他的聘礼。"

王芝荷："胡说! 明明是我父女两人辛苦卖豆腐所得! 我要找他理论。"

司徒高飞："没用! 都说是自己的,双方无凭证,他不过想诓你嫁给他。"

王芝荷："什么? 这么无耻——"

司徒高飞："你现如今赶紧去吴家荒宅找吴家公子替你出头,兴许还有救。"

王芝荷："什么?"

司徒高飞："快去!"

王芝荷："哦! 好,吴公子!"

看着王芝荷跑远,司徒高飞焦急地叹了口气。

司徒高飞："哎！但愿事情有救，别让我做了错事。"

12. 吴家草堂　日　内

吴维正在看书，苏乞儿兴奋地跑了过来。

苏乞儿："吴秀才，快点儿！县衙有人打官司，快去看热闹呀。"

吴维："那都是浮云，浮云。"

王芝荷冲了进来，一下跪在吴维脚边。

王芝荷："吴公子，救命！请救小女子一命。"

吴维："这如何敢当，快快请起。有何事，慢慢说来。"

13. 吴家院子　日　外

郝有才听了司徒高飞的陈述很是惊诧。

郝有才："什么？你为了讹猪肉荣两吊钱，告诉猪肉荣豆腐王的床底下有一坛铜钱，结果猪肉荣拿这个讹诈豆腐王将女儿嫁给他？"

司徒高飞："是呀。双方僵持不下，我想只有你表哥能有办法帮帮王姑娘，你快帮王姑娘说说情去。"

郝有才："这个事情……"

司徒高飞："两吊钱都给你。"

郝有才接过司徒高飞拿出来的钱，揣进怀里。

郝有才："这个事情当然是义不容辞的！"

14. 吴家草堂　日　内

王芝荷："总之，让芝荷嫁与如此卑鄙小人，不如一死，吴公子，你一定要想办法帮帮我父女二人。"

吴维："这……"

郝有才进来连忙接话。

郝有才："这当然是义不容辞了。表哥,你不是说读书不就是要有颗公德的心吗?"

吴维："那好吧,我尽量试试。"

15. 县衙大堂　日　内

王芝荷、吴维一行进了大堂。

吴维："梅大人,学生斗胆为梅大人推断这罐铜钱是何人的。"

梅知县："你有何方法呀?"

吴维："我只要两盆清水、一枚铜钱便可。"

梅知县："哦? 快快端上来。"

衙役将东西摆在大堂,吴维手拿铜钱款款道来。

吴维："禀大人,这次案子的关键是,这钱到底是豆腐王攒的,还是猪肉荣攒的聘礼。如果是聘礼,没有媒婆,不换庚帖,实在是没有凭据;如果不是聘礼,猪肉荣又怎么会知道这坛藏在豆腐王床底下的钱,还能描述得出来呢? 况且,我们都知道猪肉荣卖肉利厚,好攒钱,而豆腐王卖豆腐利薄,攒下这许多钱似乎不可能——"

梅知县："对! 就是这样。"

吴维："那么,我们现在来证实这钱是谁的。"

吴维拿了一枚铜钱递给猪肉荣,猪肉荣接过。

吴维："你现在把钱扔到水盆里。"

猪肉荣将钱扔到水盆里,水盆里飘起油花。吴维将罐子里的铜钱全部倒入另一个水盆里,没有油花。

吴维："大人请看,铜钱经过猪肉荣之手再扔进水盆,水面便浮起油花,而这一罐硬币入水后,水面没有浮起油花。所以这钱是豆腐王的。"

梅知县:"这——是何故?"

吴维:"这是因为猪肉荣常年卖猪肉,手上有厚厚的猪油,只要是他摸过的铜钱,必然沾上了油腥。所以没有油腥就表示这不是猪肉荣攒的钱。"

梅知县:"哦!原来如此!大胆猪肉荣!竟然敢戏弄老爷我。来人,给我拖出去,打!"

16. 吴家草堂　夜　内

吴维在教训司徒高飞。

吴维:"为一己小利险些铸成大错!你呀!也该找个正当职业了。"

司徒高飞:"你就知道说我,怎么不说苏乞儿。"

吴维:"乞丐是一份皇上认证、全民认可的正当职业。"

司徒高飞:"飞贼也是一份有理想、有抱负的朝阳职业。"

王芝荷挽着提篮走了进来。司徒高飞连忙上房顶。

王芝荷:"吴公子,芝荷特来向吴公子致谢。"

吴维:"哪里!应该的。"

王芝荷:"吴公子,这是我的豆腐,我送来给你吃。"

吴维:"这么说,小姐是特意让小生吃小姐豆腐的?"

王芝荷:"这还有两吊钱……"

吴维:"万万不可,这是折辱我。"

王芝荷:"那……公子若要芝荷以身相许,芝荷也是愿意的。"

吴维:"我决没有那个意思。"

王芝荷:"公子,我一点不为难。"

吴维:"我很为难,男女之间应有父母之命、媒妁之言。"

王芝荷:"我明白了!你要向我正式提亲。那我先回去了,我来找你实在是于礼法不合。"

王芝荷做害羞状走。

吴维:"我什么时候说要向你提亲的?"

17. 梅知县卧室　夜　内

梅夫人:"哦——哦——再用点力。"

梅知县在替梅夫人捏脚。

梅知县:"这个可好?"

梅夫人:"很好。相公你明察秋毫,为民申冤,真是人民的好父母官。"

梅知县:"夫人教导有方。不过,我好像忘了什么。"

梅夫人:"我的首饰拿到兰福阁保养了?"

梅知县:"拿去了。"

梅夫人:"我的新衣服从采风轩拿回来了?"

梅知县:"拿回来了。"

梅夫人:"那就没忘什么。"

梅知县:"哦!"

18. 县衙　夜　外

衙役还在打猪肉荣板子。

衙役甲:"天都黑了,我们要打到什么时候?"

衙役乙:"老爷没说,继续打吧。"

猪肉荣的惨叫声回响在乌有县的夜空中。

(剧　终)

导师评语

汪天云

经过半年多的修改修订，电视连续剧《奇智妙计》作了如下调整：

一、丰富内容

基于编剧原先对整部剧的设计和构想：这是一部融合古代故事和现代年轻人思想的剧目。因此在内容上也进行了调整和深化，将中国古典文学作品中的故事原型进一步加以解构，提炼故事核中的正能量、优秀文化传统，将这些内容有机地结合到现有的故事当中。比如"三言两拍"系列和《儒林外史》《老残游记》《梦溪笔谈》《洗冤录集》等。同时对原先电视剧集的容量也进行了扩充，从25集扩充到了27集。

在内容的选取、再造和创作上，经过修改的作品可圈可点，可以看出作者是下了一番工夫的。比如剧本涉及了一个传统的节日腊八，作者在故事情节中加入了家人朋友一起剥蒜、腌腊八蒜、熬腊八粥的民俗，将其有机地融入了剧情当中，叙事流畅，同时也突出了人物与人物之间的友爱和相互关心。

在人物的塑造上，调整了几位主角的人物性格并且加强了人物的行动线和目的性。比如其中一个人物郝有才，他代表了开创事业的决心。作者在指导老师的建议下，加上了他屡次创业失败，却以积极乐观的心态看待失败、继续开拓的精神，人物就立住了。而另一个人物吴维，原本他是代表捍卫正义的决心，但是光有这样一个人物的目标，显得过于单薄，不够有血有肉，因此在原来的基础上，加入了人物的友情线、爱情线，以及捍卫正义与自身需求之间的矛盾,这个人物也就丰满可信了。

在此基础上,希望作者能够在接下来的创作中,继续开放胸襟,广泛吸收,将中国优秀传统文化和当前文艺市场的发展实际融会贯通,创作中国风骨、民族特色、时代精神并存的求真务实的作品。

二、调整结构

在指导老师的建议下,编剧对剧本进行了故事结构的调整,让喜剧效果更加突出,弥补了初稿中存在的大部分问题。这一部分的工作虽然完成但仍有遗憾。好的剧本都是一遍一遍修改而来的,希望编剧能够在拍摄前,进一步优化剧本结构,突出喜剧元素。

三、深化立意

优秀的文化创作一定是从现实中来的,必定是作者在关注现实生活之后,经过思考和消化得出的结果。在剧本原有的描写当下年轻人的生活和思想情感的基础上,作者接受了指导老师的建议,向生活学习,从丰富多彩的生活中汲取营养,加入了更多反映社会和人民生活的内容,弘扬真善美,弘扬主旋律。

在剧本中,主人公吴维曾经立志要考取功名(对应考上大学),然而因为种种原因,未能如愿,但是他的同学却考上了。在原先的剧本中,吴维因为巨大的落差而失意痛苦。但经过对现实生活的提炼,作者将这一段表现为吴维替自己的同学感到高兴的同时,也深知扎根做好自己的本职工作是多么重要,不论是否考取功名,只要存着一颗想要把事情做好的心,并且尽职尽责地工作,就是了不起的人。这个改动就使剧本更加符合当下的审美标准,也突出了故事中的正能量。接下来,作者应该进一步深入生活,多观察,多体会,不断获取鲜活素材,以焕发创作热情。

综上,希望这次宝贵的创作经验,能在两位年轻编剧未来的创作道路上产生积极正面的影响,也希望两位编剧能为繁荣祖国的文艺创作,创作出更多优秀的作品,渐进,渐悟,渐成。